BASTEI
LÜBBE

DAVID FEINTUCH IM TASCHENBUCH-PROGRAMM:

20 362 Der Spiegel von Caledon

DIE NICK-SEAFORT-SAGA

23 169 Sternenkadett Nick Seafort
23 178 Commander Nick Seafort – Der zweite Kontakt
23 184 Captain Nick Seafort – Die Gefangenen
23 190 Kommandant Nick Seafort – Die Verzweiflung des Fischers
23 197 Der Sohn des Fischers
23 225 Admiral Nick Seafort – Der Staatsstreich

DAVID FEINTUCH

Nick Seafort

Kinder der Hoffnung

Roman

Ins Deutsche übertragen
von Thomas Schichtel

BASTEI
LÜBBE

BASTEI LÜBBE TASCHENBUCH
Band 23 255

1. Auflage: Dezember 2002

Vollständige Taschenbuchausgabe

Bastei Lübbe Taschenbücher ist ein Imprint
der Verlagsgruppe Lübbe

Titel der amerikanischen Originalausgabe: Children of Hope

This book was negotiated through
Literary Agency Thomas Schlück GmbH; 30827 Garbsen
Lektorat: Uwe Voehl/Stefan Bauer
Titelillustration: Jim Burns/Agentur Schlück
Umschlaggestaltung: QuadroGrafik, Bensberg
Satz: Heinrich Fanslau, Communication/EDV, Düsseldorf
Druck und Verarbeitung:
Brodard & Taupin, La Flèche, Frankreich
Printed in France
ISBN 3-404-23255-0

Für Don, der wusste, wohin ich ging,
selbst als es mir nicht klar war.

PROLOG

»DER ZEUGE ERHEBE SICH!«

Müde rappelte ich mich auf und sah mich in der hoch aufragenden Kathedrale um.

Unter dem dunkelblauen Hemd pochte die Schulter unerträglich. Ich war dankbar dafür; es half mir, mich zu konzentrieren.

Die drei ältlichen Richter trugen schwarze Soutanen, keine Uniformen, andernfalls hätte dies ein Militärgericht sein können. Oder eigentlich ein ziviles. Das machte kaum einen Unterschied in einer Gesellschaft, die mit Leib und Seele der beschissenen Kirche gehörte.

»Nennen Sie Ihren Namen.«

Ich sagte nichts.

»Junger Mann, Ihre Lage ist ernst! Sofern Sie nicht kooperieren ...«

Ich zuckte die Achseln, war unachtsam. Mit zusammengebissenen Zähnen wartete ich darauf, dass die Schmerzwoge wieder nachließ.

Der Anwalt des Herrn erhob sich hinter seinem prunkvollen geschnitzten Tisch vor dem Podium. »Hochwürden, darf ich?« Er betrachtete das Schweigen des Bischofs als Zustimmung. »Sirs, er ist stur und verdrießlich, aber es ist nicht nötig, ihn wegen Nichtigkeiten zu hart heranzunehmen. Wir kennen seine Identität; was wir hören möchten, ist seine Aussage zu den Ereignissen vom 19. November 2246. Eine Aussage über Mord, Abfall vom Glauben und Verrat.« Er wandte sich mir zu. »Randolph, ich fordere Sie auf zu reden!«

Ich presste die Lippen fest zusammen.

»Versuchen Sie ihn zu schützen?«

Sie konnten diese Frage bis zur Wiederkunft Christi wiederholen. Ich würde kein Wort sagen.

»Natürlich tun Sie das«, gab er selbst die Antwort. »Und Sie glauben, dass das Schweigen Ihnen nützt. Falls Ihre Hochwürden Ihnen auszusagen befehlen, werden Sie es dann tun? Sicherlich können Sie uns zumindest das sagen.«

»Nein, das würde ich nicht.« Der Trotz verschaffte mir grenzenlose Erleichterung.

»Man wird Sie einem Polygraph-und-Drogen-Verhör unterziehen. Die Wahrheit wird ans Licht kommen, Junge.«

»Sie können meine P und D nicht benutzen, um andere zu belangen. Nur mich.«

»Nach kanonischem Recht können wir es. Hier gelten höhere Edikte.«

Vielleicht gelang es mir diesmal, die P und D zu täuschen. Oder fand eine Möglichkeit zu sterben. In meiner gegenwärtigen Verfassung hätte das nicht schwierig sein dürfen.

Der Advokat schlug einen sanften Ton an. »P und D ist unangenehm und ein absolut sinnloses Leid. Wir erfahren, was wir erfahren müssen; in einem Verfahren wegen Ketzerei können wir keine Verteidigung zulassen.«

Ich genoss das Fieber richtig, das an meinen Knochen zehrte. Ich holte tief Luft, um Worte auszusprechen, die mich über jede mögliche Erlösung hinaustrugen. »Stecken Sie sich Ihren Prozess in den ...«

Seine Hand zuckte vor, die Handfläche nach oben

gedreht. »Wenn schon nicht für uns, dann für den Allmächtigen Gott. Sprechen Sie!«

Die düstere Kathedrale bildete einen roten Schleier. Ich brachte es fertig, den Kopf zu schütteln.

»Sehr gut. Falls Eure Hochwürden gestatten?« Er steckte einen Chip in sein Holovid und schwenkte es zu mir herum.

Ich kniff die Augen zusammen, tippte meinen Privatcode ein und wartete darauf, dass der Monitor aufleuchtete.

»Randolph, ich weiß, wovor du stehst. Wovor ich stehe. Ich bitte dich und ich befehle dir: Sage ihnen, was sie erfahren möchten. Sage es ihnen frei heraus.«

Ich starrte auf die unverwechselbare Signatur.

Meine Stimme klang heiser. »Woher haben Sie das?«

»Es ist heute eingetroffen.« Der Anwalt gestattete sich ein reuiges Lächeln. »Über das Netz.« Er musterte meine Augen. »Falls schon nicht für uns, falls schon nicht für den Allmächtigen Gott ... dann wenigstens für ihn?«

Meine Wangen waren feucht. Ich scherte mich nicht darum. »Sehr schön.« Ich würde natürlich gehorchen. Welche Wahl blieb mir denn nach allem, was wir durchgemacht hatten?

»An jenem Dienstag im November, als Sie ...«

»Nein.« Ich bemühte mich um einen festen Ton. »Von Anfang an. Es wird eine Zeit lang dauern.« Mit zitternder Hand goss ich mir Eiswasser aus dem vom Kondenswasser nassen Krug ein.

TEIL EINS

September, im Jahr unseres Herrn 2246

1. Kapitel

Die *UNS Paragon* wartete am Ende des Korridors; ihre klaffende Schleuse war an die der Orbitalstation angekoppelt.

Der Statthalter des Commonwealth von Hope Nation blieb an der Luke stehen. Er drückte mich heftig, wie er es immer tat. »Pass auf dich auf, Junge. Sei artig, und ich bringe dir einen Elefanten mit.«

Ich musste albern grinsen. Schon mit neun Jahren wusste ich, dass das unmöglich war. Hinter mir lachte Mom leise.

Das Lächeln verblasste in Derek Carrs Augen. »Du bist … Gott helfe uns, fast elf, wenn ich wieder zu Hause bin.« Seine Augen glänzten feucht. »Fast erwachsen.«

Ich schluckte und bemühte mich um eine mannhafte Haltung, damit er stolz auf mich war. »Tschüs, Dad!« Ich hielt mich kerzengerade.

»Denke immer daran, dass ich dich liebe, mein Junge.«

In einer anderen Welt sagte eine Stimme: »Randy?« Finger zupften beharrlich an meinem Unterarm. »Sie brechen gleich auf.«

»Geh weg.« Ich vergrub das Gesicht im Kissen und wünschte mir so sehr, ich hätte mich wieder in meinem Traum verlieren können.

»Sie werden mit der Zeremonie nicht warten …«

Ich schoss vom Bett hoch und schlug mit beiden Armen um mich.

Kevin Dakko wich vor meinem Angriff zurück. »Sachte, Junge!«

Ich setzte ihm einen kräftigen Haken an die Schläfe. Er schrie vor Schmerz auf, holte tief Luft und griff mich mit voller Kraft an. Einen Augenblick später wälzten wir uns auf dem Boden.

»Geh *runter!*« Ich bäumte mich auf, um Kevins Gewicht von der Brust zu bekommen, aber er war vierzehn, ein Jahr älter als ich, und wog zehn Kilo mehr.

»Erst, wenn du dich wieder beruhigt hast.«

»Besorg's dir doch selbst, du beschissener ...«

Er hob die Faust, schüttelte einen Augenblick später jedoch den Kopf. »Nee. Eigentlich mag ich dich ja.«

»Dann geh runter!«

»Lieg gefälligst still!«

Kochend vor Wut fügte ich mich.

Erst als ich passiv auf dem Rücken lag, wälzte er sich von mir herunter. »Welche Laus ist dir eigentlich über die Leber gelaufen?«

Ich nuschelte: »Ich habe geträumt.«

Er lächelte süffisant. »Von Judy Winthrop?«

»Nein, du gottverdammter ...« Ich schluckte. Ich war wütend, aber es gab Grenzen. Ich sollte meine üblen Ausdrücke wirklich besser beherrschen, aber irgendein Winkel in mir hatte Spaß an dem Unbehagen, das er mit ihnen verursachte. Hätte allerdings Anthony oder irgendjemand vom Personal der Plantage mich gehört ...

»Also was?«

Ich musterte die dicken, verschrammten Planken. »Dad.«

»Ach, Randy!« Für einen Augenblick ruhte Kevins

Hand auf meiner Schulter. Mürrisch schüttelte ich sie ab, aber ich fühlte mich besser.

Diesen Traum, diesen bittersüßen und schrecklichen Traum hatte ich oft.

Mom und ich waren hinauf zur Station geflogen, um Dad zu verabschieden. Das Rennschiff *Paragon* würde die neunzehn Lichtjahre bis zur Erde in bloß neun Monaten per Fusion zurücklegen. Dad fuhr nur ungern, aber der Eindruck seiner persönlichen Anwesenheit war wichtig für die Handelsgespräche. Die Erde war der wichtigste Markt für das Getreide von Hope Nation, und im Würgegriff des Monopols der UN-Raumflotte hatten wir schon seit Jahrzehnten um niedrigere Transportpreise gekämpft.

Und so betrat Derek Carr, während er fröhlich winkte, das Sternenschiff und trat dabei gleichzeitig aus meinem Leben hinaus. Als ein Jahr später die *Galactic* unterging, war er auf Geheiß seines bescheuerten Freundes Nick Seafort an Bord. Es hieß, Dad wäre an Dekompression gestorben. Manchmal stellte ich mir vor – wenn ich es nicht verhindern konnte –, wie er danach ausgesehen hatte.

Ich fiel aufs Bett und zog mir die Socken an. »Tut mir Leid.«

»Mir auch.«

»Du hast ja nichts getan.« Und ich hätte ihn nicht angreifen sollen. Nur war mir im Traum Vaters Lächeln so nahe gewesen, seine Stimme so warmherzig ...

»Mir tut Leid, dass er umgekommen ist«, sagte Kevin.

»Du hast ihn doch nie gekannt.«

»Das brauchte ich auch nicht. Ich kenne dich.«

Ich holte tief Luft und tat es dann erneut; jetzt schämte ich mich wirklich. »Habe ich dir wehgetan?«

»Ein bisschen.« Er rieb sich die rote Stelle an der Schläfe. Eine faustgroße Stelle.

Niedergeschlagen blickte ich dem neuen Tag entgegen. »Noch drei Wochen.«

»Der Sommer ist schnell vorbeigegangen.« Kev war ein Stadtjunge aus Centraltown und absolvierte im Rahmen eines staatlichen Programms ein Praktikum in der Plantagenzone; ich hatte dieses Programm für Unfug gehalten, bis ich ihn kennen lernte. Er hatte sich an das Leben auf der Carr-Plantage gewöhnt wie ein Fisch ans Wasser, obwohl ich ihm praktisch alles erst hatte beibringen müssen.

Ich raffte meinen Mut zusammen. »Ich werde dich wirklich vermissen.«

»Du, danke.« Er blickte auf die Uhr. »Ich sage Anthony, dass du unterwegs bist.«

»So schnell ich kann.«

Kevs Schritte verklangen auf der Treppe.

Ich zog mir die Hose an. Heute wollte man den Balden-Stausee einweihen und das gewaltige Energiefeld einschalten, das den Balden River eindämmte. Das Wasser, das sich dahinter staute, würde unsere Plantagen für immer aus der Abhängigkeit von Regen oder Bewässerungspumpen befreien. Ich seufzte. Ich vermutete, dass ich mich dafür hätte interessieren sollen. Verdammt, ich *war* ja interessiert! Hätte mich doch Kev nur nicht aus dem Traum geweckt!

Ich musste mich noch waschen, um einer Rüge von Anth zu entgehen. Über das zurückliegende Jahr hinweg hatte mein erwachsener Neffe die Geschäfte übernommen, während Mom immer mehr in religiösem Eifer und ihren von Sublim herbeigeführten Chemoträumen versank. In ihren besseren Wochen arbeitete sie zu Anths Unbehagen aktiv bei den Schwestern des Faith-Cathedral-Hilfsdienstes mit.

Ich schlich mich ins Bad und betrachtete forschend mein Gesicht, voller Sehnsucht nach dem ersten Flaum. Verdammt, ich war fast dreizehn! Worauf wartete mein Körper denn noch?

Ich starrte missmutig auf den trägen Strom und zuckte die Achseln, um Anthonys tröstende Hand abzuschütteln.

»*... denn ich will in der Wüste Wasser und in der Einöde Ströme geben, zu tränken mein Volk, meine Auserwählten ...*«[1] Warum musste der alte Henrod Andori nur so lange reden? In der Plantagenzone fand man keine Einöden, und das Tal des Balden River war wohl kaum eine Wüste. Verdammt, unser Haus stand am unteren Ende des Tals, und man sehe sich nur mal an, was wir dort für grüne Wiesen hatten! Okay, das Tal verfügte über kein Stromnetz, und die einzige Straße war ein unebener Pfad, aber ... »*... das Volk, das ich mir bereitet habe, soll meinen Ruhm verkündigen.*«[2] Der hagere Erzbischof starrte uns an und beugte sich wieder über seinen Text. Ich verdrehte die Augen.

Der Stausee versprach eine tolle Sache zu werden, ungeachtet des Geschwätzes vom alten Andori. Dad hatte als Erster die Idee gehabt. Hope Nation verfügte über reichlich Wasser, aber die Plantagen, die unsere

---

1 Jesaja 43; 20
2 Jesaja 43; 21

wichtigste Existenzgrundlage bildeten – wie Carr, unser Zuhause –, hingen vom Regen und vom Grundwasserspiegel ab. Wir hatten drei Möglichkeiten: atmosphärische Umschichtung durch bewegliche Solarschirme, Entsalzung oder Damm.

Andori scrollte auf seinem Holovid zu einem neuen Kapitel. Ich stieß Anthony an: »Schluss jetzt! Sorge dafür, dass er aufhört.«

»Das geht nicht.« Anth bewegte kaum die Lippen.

»Welchen Sinn hat es, der Statthalter zu sein, wenn du nicht einmal ...«

»Still! Scanlen sieht uns an.«

»Na und?« Aber ich wurde trotzdem still. Der Bischof von Centraltown war selbst eine mächtige Gestalt und Andoris Stellvertreter in der Hierarchie der Wiedervereinigten Kirche. Mutter Kirche regierte Centraltown und im Grunde ganz Hope Nation.

Finster betrachtete ich den Balden River. Gegen Ende des Sommers machte er nicht viel her, aber im Frühling versprach er wieder ein Sturzbach zu werden. Na ja, vergangenen Frühling war das so gewesen, als Alex Hopewell und Sandy Plumwell und ich dort gezeltet hatten.

Nie wieder. In wenigen Monaten lag unser Zeltplatz unter Wasser.

Bitte, lieber Gott, bring unseren Bischof zum Schweigen! Mir tun die Füße weh, und er redet unaufhörlich weiter, und ich möchte mit Kev auf Erkundung losziehen!

An der Atmosphäre herumzupfuschen, das führte zu keinen verlässlichen Ergebnissen. Dad verbot alle weiteren Experimente, nachdem die Meteorologen den fürchterlichen Hurrikan vom März 2240 auf künstlich manipulierte Wettermuster zurückgeführt hatten.

Entsalzung hätte den gewünschten Effekt gezeitigt, war jedoch teuer, und man musste dazu fortwährend das Wasser des Farreach-Ozeans auf unsere Felder pumpen. Die Kosten eines traditionellen Damms wären enorm gewesen. Aber ein Kraftfelddamm … Anth hatte sich gleich auf die Idee gestürzt, sobald die wissenschaftliche Grundlage solide war.

»*Amen.*« Henrod Andori schaltete sein Holovid aus. Danke, lieber Gott!

Es reichte fast, um mich gläubig zu machen.

2. Kapitel

Ich wand mich unter Anthony Carrs Hand auf meiner Schulter, achtete aber sorgsam darauf, sie nicht abzuschütteln. Wir hielten uns in der Öffentlichkeit auf, und er hätte wirklich sauer reagiert, falls ich jetzt ein Problem daraus machte – besonders nach der scharfen Auseinandersetzung, die wir tags zuvor gehabt hatten. Was war eigentlich dabei gewesen, dass ich unserem polternden Erntemanager gesagt hatte, was ich von ihm hielt? Mit vierzehn brachte ich nur wenig Geduld mit Idioten auf. Leider sah Anth das nicht so, und heute führte er mich an der kurzen Leine. Zu schade, dass ich nicht Kevin Dakko dabeihatte, um mich flüsternd mit ihm zu unterhalten; er war schon vor Monaten nach Centraltown zurückgekehrt.

In Anthonys Augen war es sowohl eine Strafe als auch eine Ehre, wenn er einen rebellischen und protestierenden Jugendlichen wie mich dazu anhielt, an einem Empfang teilzunehmen. Resigniert bemühte ich mich, das Beste daraus zu machen, und zog pflichtbewusst meine Kreise durch die Menge der Pflanzer, die ihre Aufwartung machten. Sogar Mutter war zugegen, verloren hinter ihrem verträumten Lächeln.

Anthony bedachte Vince Palabee, der auf eine Antwort wartete, mit finsterer Miene. »Wir haben eine positive Handelsbilanz mit der Erde, ungeachtet der Transportpreise.«

Am Himmel ging Minor gerade unter, und Major stand dicht über dem Horizont. Bald mussten wir den Empfang vertagen; zu dieser Jahreszeit wurde es kalt auf Hope Nation, wenn der Abend hereinbrach. Zumindest galt das für den Ostkontinent; ich hatte noch nie den Farreach-Ozean überquert oder das Venturas-Gebirge besucht, wo unsere Bergbauanlagen ebenso zu finden waren wie unsere schönsten Aussichten. Dad hatte immer vorgehabt, mich mal dorthin mitzunehmen, aber...

Der stämmige Pflanzer schlug einen störrischen Ton an. »Anthony, die Terraner können ihre Preise nach Belieben anheben. Sie können uns die Luft abschnüren. Und sie werden es auch tun, um uns die Deklaration heimzuzahlen.« Dads Deklaration als Statthalter, die uns aus den UN befreit hatte.

Mein Fürsorger lächelte mit leutseliger Geringschätzung. Anth hielt Palabee für einen Esel – das hatte er mir erzählt – und scherte sich nicht um dessen Vorschläge im Rat der Pflanzer. Trotzdem musste Anthony *irgendwas* sagen. Immerhin war Palabee sein Gast.

Er deutete mit dem Daumen auf den rundlichen terranischen Botschafter, der gerade am Getränketisch auf der anderen Seite des makellosen Rasens sein Punschglas aus der Schüssel nachfüllte. »McEwan verlangt, dass wir noch mehr Anbauflächen bewirtschaften; die Erde nimmt uns alles Getreide ab, das wir nur anbieten. Sie brauchen es verzweifelt, dank Seafort.« Anthony freute sich darüber, dass der frühere GenSek seinen Planeten in eine landwirtschaftliche Katastrophe geführt hatte, und erblickte im terranischen Fiasko große Vorteile für uns.

Ich hätte nicht glotzen sollen; der Botschafter fing meinen Blick auf, nickte und spazierte zu uns herüber.

Als er näher kam, verdrückte sich Palabee unauffällig. Wenigstens wusste er, wenn er keine Chance gegen jemanden hatte.

Ich seufzte und wappnete mich auf mehr Geschwafel. Durch die ringsherum plätschernde Konversation hörte ich schwach die Rufe und das Quietschen anderer Kids am Teich. Ich wäre jetzt mit ihnen geschwommen, hätte Anthony nicht darauf bestanden, dass ich blieb, wo er mich im Auge behalten konnte.

Er wusste es nicht, aber ich war mehr erleichtert als verärgert. In jüngster Zeit sprang ich nicht mehr so gern mit den übrigen Teenagern nackt von dem hohen Felsen herunter. Auf diese Weise bekam ich zwar einen tollen Blick auf Judy Winthrop, aber sie gleichzeitig einen auf mich. Seit ich vor zwei Monaten vierzehn geworden war, fühlte ich mich dabei unbehaglich. Nicht, dass es Alex Hopewell etwas ausgemacht hätte, der mit seinen sechzehn Jahren nassforsch und muskulös war. Wenn ich jedoch darüber nachdachte, hatte Alex vor zwei Jahren noch nicht viel Zeit im Schwimmloch verbracht. Meine Laune stieg. Vielleicht war ich doch gar nicht so komisch.

»Erster Statthalter.« Der rotbackige und stämmige Botschafter McEwan hob das Glas zum Gruß.

»Sir.« Anthony bedachte ihn mit einem prägnanten Nicken, das fast einer Verbeugung gleichkam. Er hielt sich etwas darauf zugute, immer die Form zu wahren.

»Meinen Glückwunsch zu Ihrer Wiederwahl.«

»Erneuten Bestätigung«, platzte ich verächtlich heraus. Die Gesetzgebende Versammlung hatte Anthony als Ersten Statthalter des Commenwealth von Hope Nation *bestätigt.* Zum Regierungschef hatte ihn der Rat der Pflanzer vor drei Jahren *gewählt,* nachdem die Nachricht von Dads Tod zu Hause eingetroffen war.

McEwan grunzte, als käme es nicht darauf an. Er war Terraner, sodass man von ihm nicht die Kenntnis erwarten konnte, an welchem Ende ein Schwein schiss, aber für uns war der Unterschied bedeutsam.

Nur die Familien, deren riesige Plantagen den Existenzgrund von Hope Nation bildeten, waren berechtigt, den Ersten Statthalter zu wählen. Die Legislatur, in der sogar gewöhnliche Stadtmenschen eine Stimme hatten, konnte diese Entscheidung nur bestätigen und in seltenen Fällen ein Veto einlegen.

Anthony war trotzdem der jüngste Statthalter aller Zeiten. Anlässlich seiner Wahl vor drei Jahren hatte der Hopewell-Clan Einwände gegen sein Alter vorgebracht, als ob ein Vierundzwanzigjähriger nicht völlig erwachsen wäre. Um Anth zu charakterisieren, war »beeindruckend« das beste Wort. Fast immer bekam er, was er wollte. Sogar von mir.

Er drückte meine Schulter, als er mich vorstellte. »Sind Sie schon meinem jungen Onkel Randolph Carr begegnet? Botschafter McEwan.«

»Schön, dich kennen zu lernen, Junge.« Der Terraner streckte die Hand aus.

Junge! Beinahe hätten sich meine Lippen gekräuselt. Ich war niemandes Junge und ganz entschieden nicht seiner! Anthony zuliebe beherrschte ich mich. Pflichtbewusst schüttelte ich McEwan die Hand.

Ich nannte Anth manchmal »Vetter« und betrachtete ihn auch als solchen. Vor Jahren hatte er mich davor gewarnt, neckische Spielchen über unser Verwandtschaftsverhältnis zu spielen. Tatsächlich war ich sein Onkel, auch wenn er doppelt so viele Jahre zählte wie ich. Er war der Enkel meines Vaters Derek Carr, der lange unser Erster Statthalter gewesen war.

Ich war der Jüngste aus dem, was Dad scherzhaft seine zweite Ernte genannt hatte, Jahre nach dem Tod seiner ersten Frau Clarisse geboren. Meine Mutter Sandra hatte sich zu einer Saftie entwickelt und gab allmählich den religiösen Eifer zugunsten ihrer Welt aus Chemoträumen auf. Zwischen ihr und Anth bestand wenig Liebe. Dad hatte den Frieden zwischen ihnen gewahrt, und seit er nicht mehr da war, bemühte sich Anth sehr darum, entgegenkommend zu sein.

Ich vermute, dass ich nach Dads Tod zuließ, Opfer des Grolls zu werden. Über die Sommer der nächsten paar Jahre hinweg kam es zu Zwischenfällen, bei denen Steine durch Fenster flogen, nachts Stromleitungen durchtrennt wurden und Ähnliches, bis Anthony mich, wie er es nannte, unter seine Fittiche nahm.

Sicher, ich nahm es ihm übel – welches Kid hätte anders reagiert? Er war verdammt sicher nicht mein Vater und konnte keinen Gehorsam von mir fordern. Dad wäre jedoch auf eine Umlaufbahn gestartet, hätte er erfahren, was ich so trieb, und da Mom nahezu jeden Abend, an dem sie nicht zur Kirche ging, Sublim inhalierte, gab es niemanden, dem ich es hätte erklären können. Auch niemanden, der mich an die Kandare nahm. Die Mantiet-Zwillinge drängten mich sogar wegzulaufen.

Hah! Wohin denn? Nach Centraltown? Städte rissen einem den Arsch auf, und außerdem hatte mich Dad immer wieder daran erinnert, dass die Rebellischen Zeiten vorbei waren. Unsere Gesellschaft legte wie die der Erde großen Wert auf Ordnung; Kids taten, wie ihnen geheißen wurde. Ausreißer mussten damit rechnen, auf einer Besserungsfarm zu landen und vielleicht auch im Knast, falls man sie vor Gericht stellte.

Nicht, dass ich mich nicht gewehrt hätte! Ich wollte verdammt sein, wenn Anth mich kampflos einschüchtern konnte. Und dabei fand ich heraus, was ich nicht erwartet hätte: Er schüchterte mich überhaupt nicht ein.

Trotzdem fiel es mir leichter, zu tun, was er sagte, als die Konsequenzen der Verweigerung zu tragen, also gehorchte ich meistens. Aber mir gefiel auch die Welt, in die er mich einführte, eine Welt, in der unsere Pflanzer fortwährend um die Macht konkurrierten. Anthony spielte die Plantagenfamilien geschickt gegeneinander aus. Es machte Spaß, seine Machenschaften zu verfolgen. Und natürlich erzählte er mir Einzelheiten von Affären, die sich keiner meiner Freunde vorstellen konnte.

Eins muss ich meinem herrischen Neffen zugute halten: Er war freimütig, offen und erstaunlich redlich. Er vertraute nicht nur meiner Verschwiegenheit, sondern fragte mich sogar nach meiner Meinung. Obwohl er sich ihr normalerweise nicht anschloss, hörte er mir wirklich zu. Und dann erklärte er mir, warum er sich für den Weg entschieden hatte, den er einschlug. Man kann nicht umhin, jemanden zu mögen, der so mit einem umgeht.

»Randolph Carr«, sagte der Botschafter, als kostete er den Namen. »Ein angesehener Name.«

Allmächtiger, ich hasste es, wenn sie so von oben herab mit mir redeten! Anth wusste das; sein Griff um meine Schulter wurde fester, sei es als Warnung oder als Ausdruck des Mitgefühls.

Dem Statthalter zuliebe ließ ich es gut sein. »Ja, Sir.« Unsere Familie neigte dazu, Namen wiederzuverwerten; »Anthony« war der zweite Vorname meines Vaters Derek gewesen. Mein Großvater und dessen Vater hatten Randolph geheißen. Wir trugen alle vornehme Namen; so war das bei einem Carr, einem Mitglied der führenden Familie von Hope Nation.

Der Botschafter wandte sich wieder meinem Neffen zu und sprach jetzt leiser. »Um auf die Quoten zu sprechen zu kommen, Herr Statthalter: Sie haben uns mehr Sojabohnen versprochen.«

»Das haben wir nicht.« Ein Aufflackern von Ärger lief durch Anths Blick. Das hier war schließlich eine Party, und er war nicht scharf darauf, dass ihn jemand auf dem Rasen der Carr-Plantage in die Enge trieb.

»Sie haben es ganz gewiss nicht abgelehnt. Jetzt stelle ich fest, dass Ihre Leute nie welche angepflanzt haben. Wir haben vier Barken im Fusionskanal, und das Rennschiff hat die Nachricht überbracht, dass bald auch ein Liner zu erwarten ist. Einer von den ganz großen.«

Manche meiner Freunde konnten eine Barke nicht von einem Rennschiff unterscheiden; sie waren Kolonisten durch und durch, ungeachtet unserer seit Jahren bestehenden Unabhängigkeit. Ich bemühte mich, kein eingebildetes Gesicht zu zeigen. Dad hatte mir viel über die Raumflotte und ihre Schiffe beigebracht; schließlich hatte er auf ihnen gedient. Einmal, als ich auf seinem Schoß saß ...

»So, mein Junge.« Dad saugte an einer leeren Pfeife; er behauptete, dass sich seine Zähne dabei wohl fühlten. »Wie lange braucht ein Rennschiff bis ins Heimatsystem?«

Ich kuschelte mich enger an ihn und fühlte mich in meinem Kinderpyjama warm und behaglich. »Neun Monate. Vermehrte Fusion.« Ich war fünf, und nächtliche Gespräche gehörten zu unserem alltäglichen Ritual.

»Verstärkt«, korrigierte er mich freundlich. »Und eine Barke?«

»Fast drei Jahre.«

»Und ein Sternenschiff?«

»Sechzehn Monate.« Ich bemühte mich, ein Gähnen zu unterdrücken. »Sofern einen die Fische nicht kriegen.« Die Schlafenszeit rückte heran, und falls es mir gelang, ihm eine aufregende Geschichte zu entlocken ...

»Sei nicht blöd.« Dad sah mich von oben herab an, und sein faltiges Gesicht zeigte ein Stirnrunzeln, das er jedoch nicht ernst meinte. »Nick hat die letzten Aliens vor langer Zeit getötet.«

»Was ist, wenn sie zurückkommen?« Früher mal waren marodierende Fische sogar in die Atmosphäre eingetaucht, um Käpten Seafort auf der Venturas-Basis anzugreifen.

Dad packte mein Handgelenk, hob es an und kitzelte mir den Bauch. »Dann machen sie das.«

Ich quietschte vor Lachen, versuchte mich verzweifelt zu befreien und hoffte doch, dass es mir nicht gelang.

Plötzlich hörte Dad auf und drückte mich fest an sich.

Ich drückte ihn auch; ich liebte seinen Duft.

»Barken fusionieren«, sagte er verträumt. »Rennschiffe fusionieren. Linienschiffe fusionieren. Sogar die Fische verstehen sich darauf.«

»Wie ist das?«

»Vielleicht gehst du eines Tages zur Raumflotte und findest es heraus.«

»Oder ich fahre als Passagier mit.« Nur die UN-Raumflotte verfügte über Schiffe, die per Fusion den Abgrund zwischen den Sternen überwanden; schon mit fünf wusste ich das. Manchmal diskutierten Dad und seine Freunde aus der Regierung spätabends in großer Ausführlichkeit über das Dilemma, das im UN-Monopol lag.

»Randolph!«

Ich blinzelte.

»Würdest du gern kommen?« Der Botschafter wartete mit einem leisen Lächeln.

»Wohin?«, fragte ich.

Anthony runzelte die Stirn.

»Verzeihung, ich hatte ... einen Tagtraum.« Ich bemühte mich, nicht rot zu werden.

»Ins Botschaftshaus, um das Wochenende mit den Kindern von Mr. McEwan zu verbringen.«

Jesus, nein! Gerade noch rechtzeitig schluckte ich die Worte herunter, ehe sie heraus waren. Ich suchte nach einer Ausrede, fand aber keine. »Ich denke schon. Klingt toll. Kann ich anrufen, nachdem ich Mom gefragt habe?«

Anthonys Augen zeigten kurz einen sardonischen Schimmer; er wusste, was ein höfliches Ausweichmanöver war, wenn er es hörte. »Wir rufen Sie an, Mr. McEwan. Ah, Oberst Kaminski!« Geschickt wandte er sich dem Neuankömmling zu.

»Guten Tag, Statthalter.« Und an mich gewandt: »Randolph.«

Ich nickte und bemühte mich, kein böses Gesicht zu machen. Der Oberst war ein paar Jahre älter als Anth und gelegentlich bei uns zu Besuch; er kam so dicht an einen Raumfahrer heran, wie ihn ein Kolonialplanet aufbringen konnte. Er hatte zwei Dienstzeiten auf der zweiten Orbitalstation verbracht, dem außer Dienst gestellten Kriegsschiff, das uns die Erde als Ersatz für die im Krieg gegen die Fische zerstörte Station geschickt hatte.

Kaminski sagte feinfühlig: »Noch mal vielen Dank für Ihre Freundlichkeit in der, äh, Angelegenheit Driscoll.« Davon hätte ich eigentlich nichts wissen dürfen. Ein Stationsangestellter auf Urlaub war mit den Behörden von Centraltown aneinander geraten. Der Statthalter hatte sich unter der Hand eingemischt und die Wogen geglättet.

Anth lächelte nur, und sie begannen in eine Konversation. So schnell es ging, ergriff ich die Flucht zur Punschschüssel und wartete dort ab, dass sich Kusine Ellen das Glas füllte.

»Ah, Meister Carr.« Bischof Richard Scanlen klang leutselig. Seine Hand senkte sich auf meine Schulter. Jesus Christus, sollte ich vielleicht lieber eine Mausefalle am Kragen tragen? Oder ihnen in die beschissenen Finger beißen?

Alex Hopewell war sechzehn und einen Meter achtzig groß. Niemand legte *ihm* jemals die Hand auf die Schulter. Warum musste ich so beschissen klein sein? Yeah, ich war ein gutes Stück aus dem Overall des zurückliegenden Jahres herausgewachsen, und Anthony riet zur Geduld, aber *er* hatte auch leicht reden! Er ragte turmhoch über mir auf.

Um die Lippen des Bischofs spielte ein Lächeln. Nicht jedoch um seine Augen. »Mir ist dein Name gar nicht auf dem Firmungsplan der Kathedrale aufgefallen, mein Junge.«

Die Wiedervereinigte Kirche beherrschte Hope Nation praktisch aus ihrer wieder errichteten Kathedrale in der Innenstadt. Dad hatte immer alle möglichen Probleme mit Scanlen und Andori gehabt. Das gehörte zu den wenigen Themen, über die Anth nicht reden wollte.

»Bist du bereit?«

Ich sagte: »Noch nicht.« Rituale waren extrem lästig.

»Du bist im richtigen Alter.« Wieder zeigte Scanlen sein kaltes Lächeln. »Wir können nicht hinnehmen, dass du ein Jude oder Heide wirst.«

Ein Jude oder Heide?

Ich konnte nicht anders; wirklich, ich konnte nicht. Ich zeigte ihm mein schönstes Lächeln. »Fick dich!« Meine Worte kamen in jeder Beziehung so laut hervor, wie ich es geplant hatte.

Kusine Ellen ließ ihr Glas fallen.

Entsetzt starrte Anthony an Oberst Kaminski vorbei.

Überall auf der Festwiese war es mucksmäuschenstill.

Einen Augenblick lang hatte ich ein entsetzliches Schuldgefühl. Ich schüttelte es ab. Jetzt würde mich der Bischof exkommunizieren. Ich fuhr jedoch lieber zur Hölle, als dass ich ihn ertrug.

Richard Scanlen packte meinen Arm mit stählernem Griff und zerrte mich über den Rasen. »Wir werden sehen, was ...« Anthony ragte mit strenger Miene vor uns auf.

Ich riss mich los, stürzte davon, prallte von Mr. Plumwell ab. Ich hielt mir die Rippen, tappte durch eine Lücke in der Hecke, rannte in den Wald davon.

Sollte es sich doch der Bischof selbst besorgen!

Sollten sie es sich doch alle selbst besorgen!

Während ich mit gekreuzten Beinen auf Judy Winthrops Bett saß, verschlang ich ein kaltes Hühnerbein und nahm mir kaum die Zeit, die Knochen wieder auszuspucken.

Ihr Zimmer war in mädchenhaften Pastellfarben gehalten, überhaupt nicht mein Geschmack.

Sie musterte mich. »Was ist ein Jude?«

Ich zuckte die Achseln. »Ein uralter Kult auf der Erde?« Ich winkte ab. »Wen interessiert das?« Ich wusste genau, was ein Heide war, und es war eine Beleidigung.

Das Winthrop-Anwesen grenzte an unseres; das Herrenhaus lag nur wenig über drei Kilometer hinter unserer südlichsten Grenzmarkierung, zur Plantagenstraße hin. Unser Grenzzaun verlief jedoch gute acht Kilometer vom Carr-Haus entfernt, wo Anthonys Empfang gegeben worden war.

Ein langer und mühseliger Marsch, aber ich konnte keinen Elektrowagen fahren, und ich wagte nicht, per Anhalter zu fahren. Zu schade, dass ich auch keinen Heli hatte mopsen können.

Nach meiner Wanderung war ich am Abflussrohr hinaufgeklettert und hatte an Judys Fenster geklopft. Das Zimmer war leer; ich musste eine Stunde lang auf dem Dach der Winthrop-Veranda hocken, bis Judy ins obere Stockwerk spaziert kam, um zu Bett zu gehen. Dann jagte ich ihr einen Mordsschrecken ein. Nachdem sie sich wieder beruhigt hatte, ging sie die Treppe hinunter, gab den Heißhunger der Jugend vor und besorgte mir meinen Hühnchenteller.

Minor war wieder aufgegangen und beleuchtete den sorgfältig gepflegten Hof.

Judy betrachtete recht besorgt die Tür zum Flur. »Ich kriege echte Schwierigkeiten, falls Mom dich hier findet.«

»Prima, ich gehe wieder.« Mein Ton war mürrisch; ich probierte es erneut und bekam es diesmal fröhlicher hin. »Danke fürs Essen.« Ich schwenkte meine Beine neben das Bett.

Sie hielt mich mit der flachen Hand auf. »Sei einfach nur leise.« Dann: »Wohin gehst du?«

Ich zuckte die Achseln. Falls ich das gewusst hätte, hätte ich nicht um ihren Rat gebeten.

Sie rieb sich das Kinn und zeigte dieses Gesicht, das von angestrengtem Nachdenken zeugte. »Es ist nicht nur dein Onk ... ich meine, dein Neffe. Sie alle sind entsetzt. Als wir vom Schwimmen zurückkamen, haben sie immer noch über dich geredet. Wo willst du unterkommen? Ich bezweifle, dass eine Familie dich aufnimmt.«

Das hätte ich mir denken können; die Wiedervereinigte Kirche – die *einzige* autorisierte Kirche – repräsentierte den allmächtigen Gott selbst. Die UN-Regierung war Sein Instrument und herrschte in Seinem Namen über die Erde und die Kolonien. Sogar hier auf Hope Nation war die Kirche von höchster Bedeutung. Und ich hatte einen Bischof verflucht, gesalbt vom Rat der Patriarchen auf der Erde.

Ich bewegte mich unbehaglich; ich wusste, dass ich zu weit gegangen war.

»Warum musstest du das auch sagen?«

Ich öffnete den Mund, klappte ihn wieder zu. Wie konnte ich ihr das nur erklären? Ich war mir nicht sicher, was Gott anging, aber ich war mir verdammt sicher, dass ich nicht an den Bischof glaubte. Ich sagte ihr das.

»Warum nicht?«

Ich schluckte. Mir gefiel die Richtung nicht, in die ihre Frage führte. Mein Blick strebte nach dem unverfänglichen Eindruck der Tagesdecke. »Erinnerst du dich an meinen Dad?«

»Ich habe Mr. Carr hin und wieder gesehen. Gesprochen habe ich mit ihm nicht.«

Ich nickte. Als Derek an Bord der *UNS Paragon* gegangen war, war Judy neun gewesen und konnte den Statthalter nur als ferne Gestalt wahrgenommen haben. »Ein paar Monate, ehe er fortging, habe ich ihn eines Abends am Rufer gehört.«

Sie wartete.

»Er stritt sich mit dem Bischof. ›Verleugnen‹, sagte Dad leise, als könnte er es nicht glauben.«

»Was heißt das?«

Ich gab ihr zu verstehen, dass sie still sein sollte. »Das ist etwas, was die Kirche tut, wenn sie Leute nicht mag.« Ich spielte an der Tagesdecke herum. Die Verleugnung war der letzte Schritt vor der Exkommunizierung.

»Wir könnten es herausfinden. Pa ist befreundet mit Diakon …«

»Darum geht es doch gar nicht, Dummes!« Ich warf einen Hühnchenknochen hin. Er sprang hoch. Sorgfältig hob ich ihn von der Bettdecke auf. »Verzeihung.« Meinte ich damit nun den Knochen oder meinen Ausbruch?

Judy verschränkte die Arme.

»Ich habe vor der Tür zu seinem Arbeitszimmer gestanden und gelauscht. Ich wollte ihn gar nicht ausspionieren, aber …« Doch, das *hatte* ich gewollt. Ich sah ihr kurz in die Augen und wandte den Blick wieder ab, und ich hoffte, dass sie mich verstand. *Und mir verzieh,* setzte eine leise Stimme hinzu. Ich brachte sie zum Schweigen. »Nach dem Anruf saß er nur da und … und er …«

»Sag es.« Zum Glück war ihr Ton sanft.

»Er hat geweint.« Ich schluckte einen Kloß herunter.

Sie strich mir über den Unterarm. »Oh, Randy!«

»Später hat er mir erzählt, er wäre nur müde und enttäuscht. Und er war sauer, dass ich gelauscht hatte.« Eher wütend. Nicht wegen der Worte, die ich mitgehört hatte, sondern wegen der Ehrlosigkeit des Lauschens. Er hatte mich bestraft, obwohl das gar nicht nötig gewesen war. Bei seinem Tadel allein fühlte ich mich schrecklich.

Meine Finger tasteten nach Judys Bettwäsche. »Er hat geweint. Und Dad war der stärkste Mann, den ich jemals … jemals …« Abrupt stand ich auf. »Ich gehe jetzt lieber.«

Ihre Frage war wie ein Lasso, das mich zurück aufs Bett zog. »Hast du je herausgefunden, worüber sie sich gestritten hatten?«

»Am nächsten Tag wollte er nicht darüber reden.« Verstohlen wischte ich mir ein Auge ab. »Aber ich lasse mir von einem beschissenen Bischof nicht jeden Dreck gefallen!«

Als ich sah, was sie für ein Gesicht machte, war ich gleichzeitig froh und erschrocken. »Die Sache beruhigt sich wieder. Falls du einen Platz findest, wo du eine Zeit lang …«

Jemand klopfte an die Tür. Wir erstarrten.

»Judy?«

»Ja, Mom?« Es war ein Quieksen.

Ich lief zum Fenster hinüber und versuchte, es lautlos hochzuschieben.

Ihre Mutter schlug einen entschiedenen Ton an. »Mr. Carr ist unten.«

Oh Jesus! Ich zerrte das Schiebefenster hoch.

»Er möchte mit Randy sprechen.«

Woher wusste er es?

»Randy, bist du da drin?«

Judy biss sich auf die Unterlippe und hämmerte auf das Bett ein.

Ich konnte sie nicht im Stich lassen; damit handelte ich ihr noch viel größere Schwierigkeiten ein. Ich warf einen letzten wehmütigen Blick auf das Abflussrohr.

Nachdem ich tief Luft geholt hatte, ging ich zur Tür und öffnete sie. »Ja, Ma'am. Ich habe mich in Judys Zimmer geschlichen. Sie wusste nicht, dass ich kommen würde. Es war nicht ihre Schuld.« Ich wappnete mich für die Explosion.

»Wirklich.« Mrs. Winthrop warf einen kurzen Blick auf das halb verzehrte Hühnchen, den Beweis meiner Lüge. »Es ist spät, und du gehst jetzt lieber.« Ihr Ton drückte diese sorgsame Höflichkeit aus, wie sie Eltern manchmal gegenüber Personen zeigten, die nicht zur Familie gehörten.

Ich warf Judy einen mitfühlenden Blick zu, aber ich hatte eigene Probleme. Woher zum Teufel wusste Anth, wo er mich fand? Was hatte er jetzt vor? Ich hatte mich nicht nur für die Sache mit dem Bischof zu verantworten, sondern auch für die Flucht vor Anthonys Autorität. Ich konnte mich auf eine harte Nacht einstellen.

Nein, bei Gott, ich hatte für Judy getan, was ich konnte. Jetzt durfte ich an mich selbst denken.

Im Vestibül lehnte mein Erzieher mit verschränkten Armen an einer Säule. Seine Miene war kalt.

Falls er es so angehen wollte, dann würde ich seinem Beispiel folgen. Ich blieb auf der Treppe stehen. »Du wolltest mich sehen?« Es war der Ton, wie ich ihn vielleicht einem Diener gegenüber angeschlagen hätte.

»Ja, falls es dir nichts ausmacht. Draußen.«

»In Ordnung.« Die Höflichkeit wirkte sich im Moment zu meinen Gunsten aus. Um mir selbst jede erdenkliche Chance zu eröffnen, drehte ich mich um und legte meine besten Manieren an den Tag. »Gute Nacht, Mrs. Winthrop. Verzeihen Sie, dass ich eingedrungen bin.«

Sie nickte und war in Gedanken offenkundig im oberen Stockwerk. Sie schien bereit, in dem Augenblick in Judys Zimmer zu stürzen, in dem wir draußen waren.

Anthony wirkte selbst nicht sonderlich erfreut. Na ja, ich hatte nicht nur den Bischof beleidigt, sondern auch meinen Neffen auf seinem eigenen Empfang in Verlegenheit gebracht. Ganz zu schweigen davon, dass er auf der Suche nach mir bei den Nachbarn hatte betteln gehen müssen. Wir waren eine kleine Kolonie – gerade mal eine dreiviertel Million Menschen, verstreut über die Plantagenzone und eine Hand voll Städte. Aber er führte hier das Kommando, entsprach einem Kolonialgouverneur.

Höflich hielt ich die Tür auf. Anthony schlüpfte hindurch. Ich folgte ihm und stürmte dann an ihm vorbei. Ich sprintete an seinem wartenden Elektrowagen vorbei, die dunkle Einfahrt hinunter, und erwartete jeden Augenblick Anthonys Griff am Kragen.

Nichts. Ich stürzte mich ins Gebüsch; nachts fand er mich abseits des Weges weniger leicht.

Nach zwanzig Schritten riskierte ich einen Blick zurück. Nach fünfzig wurde ich langsamer. Warum verfolgte er mich nicht? Lauerten Soldaten der Heimatgarde in den Büschen?

Er saß mit verschränkten Armen auf der Kante der Veranda. »Randolph?« Er hob die Stimme und legte die Hände trichterförmig an den Mund. »Es ist wichtig, dass wir reden!«

Ha! Es war wichtig, dass er mich kräftig durchprügelte, wie er es oft angedroht, aber nie getan hatte – und ich war nicht bereit, es darauf ankommen zu lassen. Nicht Scanlens oder irgendeines Kirchenmannes wegen. Und er plante mit Sicherheit nichts Geringeres, nachdem ich ihn auf seinem eigenen Empfang beschämt hatte.

Er wartete ab, während die Stille andauerte. Dann: »Randy, ich weiß, dass du mich hörst. Wir haben keine Zeit für Spiele. Bitte, setz dich zu mir. Ich tue dir nicht weh.«

Ich wartete auf Weiteres und zitterte im Nachtwind.

»Ich fasse dich nicht mal an. Ich gebe dir mein Wort.«

Mir lief es kalt über den Rücken. Das klang gar nicht nach Anthony. Ich schluckte und setzte impulsiv meine Freiheit aufs Spiel. »Wie lange?« Vorsichtig näherte ich mich der Veranda.

Ein leiser Laut, vielleicht ein Lachen. »Wir reden, solange du bei mir sitzen möchtest, und dann kannst du dich wieder zu der Stelle zurückziehen, wo du jetzt steckst, falls du weiterhin flüchten möchtest.«

»Was ist mit deinen Leuten?«

»Um Gottes ... Es ist bald Mitternacht. Die Farmarbeiter schlafen, und falls du denkst, dass ich wegen dieser Geschichte staatliche Stellen auf Trab bringe, hast du weniger Verstand, als ich glaubte.«

»Und du fasst mich nicht an?«

Das war der Tropfen ins übervolle Fass. »Gottes Fluch über diesen Unfug!« Er sprang auf und ging mit großen Schritten zum Wagen. »Komm zu mir, wenn du so weit bist. Nicht mal du bist diese Spielchen wert.« Er riss die Wagentür auf.

Ich stand dicht genug dran, um die Hand nach ihm auszustrecken; ich schob einen Wacholder zur Seite.

»Hier bin ich.« Um eine lässige Haltung bemüht, schlenderte ich zur Veranda.

Anth funkelte mich an. Dann ließ er die Luft heraus, holte etwas aus dem Wagen und kam auf mich zu. Ich zuckte zusammen, rechnete schon fast damit, dass er sein Versprechen brach. Es war jedoch nur meine Jacke, die er mir wortlos zuwarf. Er schob sich an mir vorbei, setzte sich auf die Latten der Veranda und ließ die Füße baumeln. »Ich dachte, dir ist vielleicht kalt.«

Dankbar zog ich die Jacke an und setzte mich vorsichtig neben ihn. Der Holzboden war rau, und mir war kalt darauf. Hier gab es keine Zelluwand oder Plastiplatten. Nicht in der Plantagenzone. Wir hielten uns etwas auf unsere altmodische Bauweise zugute. Außerdem stand Bauholz reichlich und preiswert zur Verfügung.

Anth räusperte sich. »Reden wir lieber leise. Ich möchte nicht, dass Nachricht davon die Runde macht.«

»Nachricht wovon?«

»Von dem, was ich dir sagen werde.« Er musterte mich, als fasste er gerade einen Entschluss, und zuckte dann die Achseln.

»Bring es hinter dich.« Ich wappnete mich für die unvermeidliche Lektion.

»Fakt eins.« Er hob einen Finger. »Die Welt dreht sich nicht um deine pubertäre Angst.«

Vielleicht nicht, aber er hatte sich die Mühe gemacht, mich zu suchen. Und das führte mich auf einen weiteren Punkt. »Woher wusstest du, dass du mich hier findest?«

»Hier wohnt Judy. Ich konnte mir niemanden sonst

vorstellen, zu dem du flüchten würdest.« Eine Pause. »Hast du, ah, eine körperliche Beziehung zu ihr?«

»Nein!« Meine Wangen wurden heiß.

Es war keine Anschuldigung gewesen; warum reagierte ich dann so darauf? Wir hatten bislang keine körperliche Beziehung, aber wir würden sie bald haben. Falls ich je meinen Mut zusammenraffte und sie es nicht rundweg ablehnte. Selbst wenn sie nicht da war, gestaltete sie meine Nächte unruhig.

Ich überwand mich, die Lippen zu kräuseln. »Du bist nicht deshalb gekommen.«

»Nein.« Er suchte den Blickkontakt. »Ich erzähle dir eine Geschichte über die Kirche. Verdrehe nicht die Augen; dein Vater kommt auch darin vor. Immer noch gelangweilt?«

Der Stachel in seinem Ton verriet mir, dass ich ihn wütend gemacht hatte und er sich bemühte, es zu beherrschen. »Ich habe nicht gesagt, ich wäre ...« Ich gab es auf. Er hatte Dad erwähnt, und das hätte er nicht, falls es nicht wichtig gewesen wäre. »Rede weiter.«

»Du hast Religionsgeschichte gelernt.«

Ich war dazu gezwungen gewesen. Anthony zwang mich, zur Schule zu gehen, ungeachtet meiner Proteste. Ich hätte auch zu Hause das Nötige lernen können, und Schulpflicht bestand ja nun auch nicht.

»Wir haben nur eine Kirche, die der Erwähnung wert ist, und nur eine Deutung des Evangeliums. Das ist seit der Gründung von Hope Nation so.«

»Das weiß jeder.«

»Die Patriarchen leiten die Kirche, aber hier auf Hope Nation werden sie vom Bischof vertreten, und er verfügt über die ganze Autorität der ...«

»Warum hat mich der Bischof ...«

Er schlug mit der Faust auf eine Latte. »Unterbrich mich nicht mehr, Junge, oder ...«

»Du hast versprochen, mich nicht zu schlagen!«

»... oder ich bin fertig mit dir. Und ich meine: Nicht nur für diese Nacht!« Er fuchtelte mit dem Finger vor meiner Nase herum. »Kein Wort mehr!« Seine Augen blitzten. »Hast du verstanden?«

Ich starrte auf meine Schuhe.

»Nun?«

Ich nuschelte: »Ja, Sir.« Warum war ich nur erleichtert darüber, dass ich mich gefügt hatte?

Er hob mein Kinn an und sagte ganz leise: »Randy, ich stecke in Schwierigkeiten.«

Meine rebellische Haltung verflüchtigte sich augenblicklich. Letzten Endes waren wir eine Familie.

»Wegen mir?«

»Nein. Aber du hast es viel schlimmer gemacht.«

Ich schluckte und rückte näher heran.

»Wo fange ich an?« Ein paar Atemzüge lang blieb es still. »Ich wünschte, du hättest Derek besser gekannt.« Er klang nachdenklich. »Opa hat mich praktisch großgezogen, weißt du?«

Ich nickte. Das war kein Geheimnis.

Er sagte: »Mein Vater war ... abgelenkt.«

Mein Halbbruder Zack, eine Generation älter als ich, war ein Agrogenetiker, einer unserer besten. Heute lebte er auf einer Experimentalfarm auf der anderen Seite der Zone. Seine Weizensorten waren der Hauptgrund, warum Carr die Konkurrenz hatte überflügeln können, und sie hatten die übrigen Familien gezwungen, unsere patentierten Hybriden als Lizenz zu erwerben, um Schritt zu halten. Noch heute werkelte er an seinen Labortischen und spazierte über die Experimentalfelder, das Notepad in der Hand. Gerade vergangenes Jahr war es ihm gelungen …

»… hat mich weitgehend mir selbst überlassen.« Ein schelmisches Lächeln lockerte Anthonys Züge. »Es hat mir nichts ausgemacht, und es hat auch Opa Derek nichts ausgemacht, bis sie mich und Emily auf einem Heuboden erwischten. Ich war kaum fünfzehn. Für den ganzen Sommer hatte ich Arrest auf dem Anwesen.«

Ich hatte das alles schon von Dad erfahren. Nicht, dass es mich sonderlich interessiert hätte.

»Später in derselben Woche hatte ich eine Schlägerei mit Mr. Pharen, dem Vorarbeiter für die Kornspeicher, und alle fanden, ich wäre zu weit gegangen. Sie wandten sich an Pa, damit er mich disziplinierte, aber er dachte damals über Hirse nach; er hielt mir einen Vortrag und schickte mich wieder los. Also übernahm Opa die Aufgabe.«

Yeah, Dad achtete darauf, dass sich seine Sprößlinge gut benahmen. Er sorgte immer dafür, dass ich mich einfügte, obwohl es mir im Grunde auch nichts ausmachte; er hatte eine Art, Festigkeit mit einer solch offenkundigen Liebe zu verbinden, dass man ihn einfach stolz machen *wollte.* Ich denke, dass war auch das Geheimnis, wie er die Kolonie leitete. Na ja, eigentlich war es keine Kolonie mehr, obwohl alle sie nach wie vor so nannten. Vielleicht war Commonwealth ein zu großes Wort. Und außerdem …

»… was er mir anvertraute?«

»Wie?« Ich blinzelte.

»Du hast nicht zugehört.« Anthonys Blick drückte

Erstaunen aus und etwas, das trostloser wirkte. Er seufzte. »Ah, na gut.« Er stand auf und zauste mir die Haare. »Ich verlange von dir mehr, als deinem Alter entspricht, Junge. Es ist meine Schuld.«

»Es tut mir Leid, Anth. Ich werde besser ...«

Aber er ging bereits mit großen Schritten zum Wagen hinüber.

Ich lief ihm nach. »Warte, erzähle zu Ende!«

»Ich kläre es auf die eine oder andere Weise.« Er knallte die Tür zu, drückte die Schalter. »Ich wünsche dir alles Gute, Randy. Wirklich.«

»Fahr nicht!« *Lass mich nicht im Stich!*

Reifen quietschten, und er war fort.

Ich saß auf der kalten Veranda der Winthrops und verfluchte erst ihn, dann mich. Ich war unhöflich gewesen, als er mich praktisch angefleht hatte, ihm zuzuhören.

Seine Gefühle waren verletzt; na und? Er hatte mich in die Enge getrieben, mir keine Wahl gelassen. Jetzt konnte ich nicht mehr nach Hause auf die Carr-Plantage zurückkehren, ohne vor ihm zu kriechen, und dazu war ich nicht bereit – nicht für ihn, nicht für Judy, nicht für irgendwas in der Welt.

3. Kapitel

»Danke für die Fahrt.« Am Rand von Centraltown stieg ich hungrig und mit schmerzenden Knochen aus dem staubigen Getreidelaster. Der Fahrer fütterte den

Laster mit Elektronen; mit einem gedämpften Schnurren rumpelte er weiter.

Den ganzen Vormittag lang hatte ich am Rand der Plantagenstraße den Daumen in den Wind gehalten. Es war ein Plumwell-Laster, der schließlich hielt; allerdings hatte ich keinen Zweifel gehegt, dass mich früher oder später jemand in die Stadt mitnehmen würde. Hope Nation war nicht die alte, furchtbare Erde, von der unsere Vorfahren geflohen waren; wir kümmerten uns umeinander, und wenn jemand eine Mitfahrt brauchte, fand er sie auch. Damit war kaum ein Risiko verbunden; außerhalb der zwielichtigen Bezirke Centraltowns waren Verbrechen eine Seltenheit.

Nicht, dass es Centraltown an einer harten Seite gemangelt hätte! Die Menschen in der Zone murrten, die Stadt würde zu schnell wachsen. Jedes Versorgungsschiff aus dem Heimatsystem entlud seine Fuhre aus hoffnungsvollen Kolonisten, und unsere eigene Bevölkerung vermehrte sich mit mehr als nur einer gesunden Rate. Ich hatte mehrere erwachsene Geschwister, und diese familiäre Situation war nicht ungewöhnlich.

Der Älteste von uns war Zack, Anthonys Vater. Dann kam Kate, gefolgt von ihrem kleinen Bruder Billy, der jetzt vierzig wurde; dann folgte nach langer Pause und aus zweiter Ehe ich. Natürlich war dabei hilfreich gewesen, dass Dad schon in jungen Jahren losgelegt hatte; sein erstes Kind hatte er, da war er noch Fähnrich in der Raumflotte – von Nick Seafort als Verbindungsoffizier bei den Pflanzern eingesetzt, nachdem uns die letzten UN-Schiffe im Stich gelassen hatten.

In Dads Jugend lag der Raumhafen noch am äußersten Stadtrand. Heute nicht mehr. Fertighäuser – schlicht, praktisch, trist – waren überall hochgezogen worden. Viele gingen auf die Jahre zurück, nachdem die Fische ihre Bombe geworfen hatten und wir uns nichts anderes leisten konnten. Viele der eilig errichteten Häuser waren inzwischen heruntergekommen.

Ich wandte meine Gedanken der Frühstücksfrage zu.

Wohin wollte ich gehen, hatte Judy gefragt, und ihre Mom hatte uns unterbrochen, ehe wir darauf eine Antwort fanden.

Die ganze kalte Nacht lang hatte ich, zusammengekauert in einem Schuppen der Winthrops, auf den Nägeln gekaut und über meine Möglichkeiten nachgedacht. Zu Hause bewahrte ich Kreditchips auf, mit Geld, das ich für Arbeiten im Haus bekommen hatte, aber es war zu riskant, sie zu holen. Ich konnte noch nicht riskieren, dass Anthony mich in die Finger bekam. Also musste ich mit den Klamotten auf dem Buckel und meinem Verstand auskommen.

Und meinen Freunden. Alex Hopewell half mir womöglich, oder vielleicht die Mantiets, aber meine Eskapade war öffentlich bekannt geworden, da ich mitten auf der Party und in aller Welt Blickfeld explodiert war. Fast alle Eltern würden Anthony anrufen, kaum dass sie mich zu Gesicht bekamen.

Und so entschied ich mich für Centraltown.

Kevin Dakko und ich hatten uns von Anfang an so gut verstanden. Falls ich doch nur sein Haus fand … Ich hatte es einmal gesehen, im Oktober, kurz nach Beginn des Schuljahres. Anth hatte mich in die Stadt gefahren, damit ich einen Sonntag mit Kev verbringen konnte. Hier lief es zwischen uns anders, saßen wir fest in einem winzigen Haus mit sorgfältig gepflegtem Rasen ringsherum und nur einem einsamen Baum auf dem ganzen Grundstück. Ich fühlte mich eingesperrt auf diesem winzigen Flecken sterilen Landes. Und es gab dort nichts, was ich Kevin zeigen oder beibringen konnte.

Dennoch war er nur ein Jahr älter als ich und würde mich verstehen. Im Verlauf des Sommers waren wir einander nahe gekommen, nach einem steinigen Anfang aus fast feindseligen Ringkämpfen und Dominanzspielen, die er unausweichlich gewann. Wir waren darüber hinausgegangen, hatten uns, zunächst widerwillig, Geheimnisse anvertraut und schließlich Vertrauen entwickelt.

Um zu Kevs Haus zu kommen, konnte ich ein Taxi rufen. Sogar eine Buslinie gab es. Ich war jedoch völlig pleite, und es war undenkbar, dass ein Carr bettelte. Ich steckte die Hände in die leeren Taschen und machte mich auf den langen Marsch in die Innenstadt.

Der Raumhafen war nahezu verlassen, wie nicht anders zu erwarten. Wir hatten nur wenig systeminternen Verkehr; nur wenn die großen Linienschiffe der Raumflotte im Orbit andockten, entwickelte sich hier echtes Leben. Sicher, Bergbauschiffe betrieben einen Fährverkehr zwischen uns und Nummer drei, und zuzeiten verkehrten auch andere Schiffe, aber nicht genug, um die Restaurants geöffnet zu halten, mal abgesehen von ein oder zwei Kneipen, und dort würde man mich hochkant hinauswerfen, wenn ich auch nur einen Blick hineinwarf.

Im Gegensatz zur Darstellung in Historienholos

wurden heute die Schankgesetze gegen Minderjährige und gegen Personen, die ihnen Alkohol gaben, rigoros angewandt – hier nicht weniger als auf der Erde. Das war seit Generationen so. Dad hatte mir von einem Plumwell-Vetter erzählt, der wegen einer Dose Bier sechs Monate in Jugendhaft gebrummt hatte. Zum Glück war es sein erstes Vergehen gewesen.

Nichts jedoch hinderte mich, ein Restaurant zu betreten, falls ich nur Knete gehabt hätte.

Manchmal hatte uns Dad, der alten Zeiten wegen, an faulen Sonntagen mit nach Hauler's Rest genommen, einer traditionellen Raststätte an der Plantagenstraße. Pfannkuchen, die in Sirup schwammen, frisches Maisbrot, in Honig gebackener Schinken. Mutter strich dann immer reichlich Butter auf enorme Laibe selbst gebackenen Brotes und verteilte sie an...

Schluss damit, du Idiot!

Zu spät. In meinem Bauch brodelte es. Seufzend knöpfte ich mir die Jacke zu, senkte den Kopf und marschierte los.

Kevins Haus lag an der Churchill Road, nicht weit von der wieder errichteten Kathedrale. Ich schleppte mich an dem gewaltigen Bauwerk vorbei; ich interessierte mich nicht für die hoch aufragenden Türme, die grob behauenen Festungsmauern. Soweit es mich anging, war der Dom feindliches Gebiet. Ich verzog das Gesicht. Das Gleiche galt, zumindest derzeit, für unser eigenes Anwesen. Nicht, dass ich vorgehabt hatte, es für immer zu verlassen, als ich dem Bischof gegenüber die große Lippe riskierte!

Zwei Blocks nach Osten, einen Block quer durch die Stadt. Kevs Vater hatte uns angewiesen, am Morgengottesdienst teilzunehmen; das half mir wenigstens dabei, mir den Dom als Anhaltspunkt für die Lage des Hauses zu merken. Der Erzbischof persönlich, der alte Andori, hatte die Predigt gehalten; ich war eingenickt und hatte mich während des endlosen Rituals vor Ungeduld gewunden. Mr. Dakko warf uns gelegentlich einen warnenden Blick zu, aber Kev erzählte mir später, dass sein Vater nicht wirklich fromm war.

Da. Grüne Front aus Zelluwand, Solardach.

Mir taten die Füße weh. Ich stieg auf die Veranda und läutete.

Nichts.

Ich läutete wieder.

»Okay, ich komme ja!« Eine vertraute Stimme, die mein Herz erfreute. Die Tür flog auf.

»Du!« Kevin gaffte mich an. »Wie … hat dein Neffe dich gebracht?« Er blickte forschend an mir vorbei, suchte nach meiner Fahrgelegenheit. Sein lockiges schwarzes Haar kräuselte sich im Nachmittagswind.

»Nee.« Ich brachte einen lässigen Tonfall zustande. »Dachte, ich schau mal rein.« Sollte er ruhig denken, dass ich aus eigener Kraft hergekommen war, obwohl ich mehr als ein Jahr jünger als er war. In gewisser Weise stimmte es sogar; ich *hatte* es aus eigener Kraft nach Centraltown geschafft. »Wie geht's denn so?«

»Na, dann komm rein!« Er machte Platz und deutete in den Flur. »Ich war gerade dabei, mir einen Happen zu machen. Möchtest du auch was?«

Danke, lieber Gott! »Ich denke schon.«

Ich starrte wehmütig auf die Reste des Mokkakuchens, aber Kevin schien es nicht zu bemerken.

Allerdings kreisten seine Gedanken auch um die Geschichte, die ich zur Antwort auf seine beiläufigen Fragen ausgespuckt hatte. Ich schluckte einen Kloß herunter. Mit vierzehn war ich beinahe erwachsen, selbst wenn das Gesetz es anders sah. Warum hungerte ich dann so nach Kevins Ratschlägen, vielleicht sogar seiner Anleitung? Er wurde gerade mal sechzehn!

»Kev, ich habe Schwierigkeiten.«

Sein Ton war sanft. »Ich weiß.«

»Du hast davon gehört?«

»Du tauchst mit zerknitterten Sachen auf unserer Schwelle auf, flehst mich mit den Augen praktisch an, dich nicht wieder wegzuschicken … Was ist schief gegangen, Randy?«

Als ich meinen Kummer hervorsprudelte, wurde eine bleierne Last in der Brust allmählich leichter. Als ich fertig war, starrte ich auf den Tisch – nachdenklich, hungrig, beschämt.

»So.«

Meine Konzentration riss sich von dem Kuchen los, so dicht an meinem Teller und so fern.

»Du wirst bleiben wollen.« Das war mehr eine Feststellung als eine Frage.

Ich zuckte die Achseln. »Ich denke schon.« In einem fernen Winkel meiner Gedanken machte Dad ein finsteres Gesicht. Kev hatte Besseres verdient, nicht nur weil ich einen Platz brauchte, wo ich bleiben konnte, sondern auch, weil sein Angebot – falls es das war – großzügig und freundlich war. »Das würde mir wirklich gefallen. Denkst du, es wäre möglich?« Nur für eine Weile, setzte ich lautlos hinzu, bis ich mir darüber klar geworden war, was ich als Nächstes tun wollte.

»Für mich kein Problem, aber wir müssen Dad fragen. Falls ich dich ohne seine Zustimmung einladen würde…« Er verdrehte die Augen.

Ich nickte mürrisch. Eltern – und ältere Neffen – konnten eine unerträgliche Last sein. »Ist er bald wieder zu Hause?«

»Noch auf Stunden nicht.« Er zog sich die Jacke an. »Gehen wir.«

»Wohin?«

»Ins Geschäft. Er wird eher ja sagen, wenn wir ihn nicht spät am Abend damit überraschen.« Er ging zur Tür.

Noch ein langer Fußweg? Mein Körper stöhnte protestierend, aber pflichtbewusst folgte ich Kevin.

Es war gar nicht so weit, wie sich herausstellte. Nur etwa anderthalb Kilometer, vorbei am Churchill Park, durch das Labyrinth der Geschäfte und Büros in der City. Vorbei an den Flottenkasernen. Wir waren keine Kolonie mehr, aber unter praktischen Gesichtspunkten blieb uns kaum eine andere Wahl, als der UN-Raumflotte städtische Kasernen zu überlassen sowie das Admiralitätsgebäude am Raumhafen. Nach den Bestimmungen der UN hatten die Besatzungsmitglieder nach einer Fahrt von neun Monaten oder mehr Anrecht auf dreißig Tage Landurlaub; die ausgedehnte Kasernensiedlung bot eine sinnvolle und traditionelle Lösung für das Problem der Unterkunft.

Ich hatte Anth einmal gefragt, warum wir nicht in die Höhe bauten, so wie die Holos Städte auf der Erde zeigten. »Weil wir genug Land haben«, lautete seine Antwort. »Überleg mal: Wir haben mehr Landmassen als die Erde und darauf nur drei nennenswerte Städte.«

»Wir haben Dutzende Ortschaften ...«

»Wie Tyre oder Winthrop? Ich spreche nicht von Landstädten.« Er schüttelte den Kopf, um die Diskussion zu beenden. »Wenn du erst älter bist und ein paar Planeten gesehen hast, verstehst du es.«

Hah! Als ob Anthony je viel gesehen hätte, was über Detour hinausging, nur wenige Wochen Fusionsfahrt entfernt. Er hatte Constantine bereist, die jüngste Kolonie der Erde. Und das war es auch schon. Ich hatte ihm hinter seinem Rücken die Zunge herausgestreckt. Er sah es im Fenster gespiegelt und schmiss mich aus seinem Arbeitszimmer.

Jetzt, während ich neben Kevin herging, verzog ich das Gesicht. Die Wahrheit lautete, dass ich Anthony nicht immer allzu gut behandelte, obwohl es mir widerstrebte, das zuzugeben. Man nehme nur den gestrigen Abend: Er hatte sich weit genug geöffnet, um einzugestehen, dass er Schwierigkeiten hatte, und ich verschlimmerte es noch, indem ich wegrannte. Na ja, ich hätte es ja nicht getan, wenn er nicht die Beherrschung verloren und ...

»Wir sind da.«

Ich blickte mich um. Wir befanden uns im Kern des Geschäftsbezirks von Centraltown, soweit man von dergleichen reden konnte. Häuser von drei oder mehr Stockwerken warfen lange Schatten auf eine peinlich sauber gehaltene Straße.

DAKKO & SOHN stand auf einem Schild. Es hing an einem für die Verhältnisse von Centraltown eindrucksvollen Gebäude: Volle fünf Etagen, eine Fassade aus Granitblöcken. Der Türgriff bestand aus prunkvollem, antikem Messing und glänzte.

»Bist du der Sohn?«

»Nein, das ist Dad.« Er führte mich hinein.

Die Eingangshalle war ein, wie ich vermute, typischer Empfangsbereich. Ich war noch nicht viel in der Stadt gewesen. Eine gut gekleidete junge Frau blickte mit einem freundlichen Lächeln auf. »Soll ich ihm sagen, dass du hier bist?«

»Bitte.« Kevin klang angespannt.

Wir setzten uns. »Was macht dein Dad?«

»Wir haben als Schiffsausrüster für die Raumflotte angefangen. Als Viktualienlieferant«, setzte Kev hinzu, als er mein Unverständnis bemerkte. »Du weißt schon. Versorgungslieferungen. Dann hat Dad Anteile an den Kornmühlen erworben, und ...«

»Er empfängt dich jetzt.«

Kevin schoss hoch, riss einen Kamm aus der Tasche hervor, fuhr sich damit blitzschnell durch die Haare. Er zupfte an seinem Hemd und strich sich den Kragen glatt. Ich konnte mir ein Lächeln nicht verkneifen, auch wenn ich ihm damit einen finsteren Blick entlockte. Er ging auf eine geschlossene Tür zu, öffnete sie und warf einen Blick hinein. »Dad?« Sein Tonfall drückte vorsichtige Höflichkeit aus.

Ich konnte sicher anderswo Unterkunft erhalten, falls es nötig wurde. Kevin hörte sich glatt so an, als *fürchtete* er sich vor seinem alten Herrn. Wo war die Verachtung geblieben, mit der seine Stimme noch vor wenigen Monaten getrieft hatte, als wir mit gekreuzten Beinen auf unseren Betten saßen?

Die Tür stand leicht offen, aber sie unterhielten sich zu leise, als dass ich viel davon hätte verstehen können. Kev klang ernst. Er legte eine Pause ein, beantwortete eine Frage. Einmal deutete er in die Vorhalle hinaus und auf meinen Stuhl. Dann wurde wieder gemurmelt. Fragen. »Nein«, antwortete Kevin mehrmals. »Nein, Sir.«

Endlich steckte er den Kopf in die Halle hinaus und winkte mir drängend. Ich entrollte mich und nahm Kurs auf Mr. Dakkos Büro.

Der Direktor meiner Schule – der Outer Central Academy – hieß Mr. Warzburg. Sein Büro lag am Ende eines langen Flures. Falls man dorthin geschickt wurde, war noch das Beste, worauf man hoffen konnte, ein strenger Vortrag. Bei ernsthaften Verstößen erhielt man wirklich kräftige Hiebe mit dem Riemen, den er an der Wand aufbewahrte. Einmal erwischten sie Alex dabei, wie er sich über die »gottverdammten Tomaten« beschwerte, die er verarbeiten musste, und das Knallen seiner Züchtigung war bis hinaus auf den Ballspielplatz zu hören. Danach hatte ein sehr niedergeschlagener junger Hopewell mit beschämtem Gesicht seinen Weg nach draußen gesucht. Gotteslästerung wurde nicht geduldet.

Mir war das noch nicht passiert, obwohl es knapp gewesen war.

Es war dieses Gefühl des Schreckens, wenn man sich zu Mr. Warzburgs Büro schleppte, das ich jetzt spürte. Plötzlich wünschte ich mir, ich hätte nicht so unordentlich ausgesehen, ich hätte die Nacht nicht zusammengerollt in einem schmutzigen Schuppen verbracht.

Ich schlurfte hinein. Bei Kevin unterzukommen, das sah allmählich nach einer echt schlechten Idee aus. Vielleicht, falls ich Anthony anrief und dabei einen ausreichend duckmäuserischen Ton anschlug…

Kevins Vater hatte seinen Stuhl nach hinten gekippt, zum Fenster hin, die Hände hinterm Kopf verschränkt. Er war schlank und trug legere Straßenkleidung. Auf seinem schlichten, verschrammten Schreibtisch waren nur ein Rufer und ein Stapel Holochips zu sehen.

Als er mich sah, stand er auf. Seine früher schwarzen Haare waren mit grauen Strähnen durchsetzt. Ein kurzes Lächeln lockerte seine faltigen Züge auf. »Hallo, ich bin Chris Dakko.« Er streckte die Hand zu einem festen Händedruck aus.

Ich nuschelte etwas und stellte fest, dass ich es wiederholen musste, um gehört zu werden. »Wir sind uns schon begegnet, Sir.«

»Ja, du bist mit uns in die Kirche gegangen.« Die blauen Augen musterten mich wie Scheinwerfer.

Ich wurde rot. Die Sünden, die man begeht, verfolgen einen in der Zukunft.

Kevin blickte vom einen zum anderen und leckte sich die Lippen.

»Mein Sohn sagt, du bräuchtest eine Unterkunft.« Mr. Dakkos Ton war trocken.

»Jasir.« Es kam wie ein Quieksen hervor. Ich wurde dunkelrot. »Nur für ein paar Tage.« Mehr konnte ich nicht verlangen.

Von seinem rissigen Lederstuhl aus musterte er mich. »Ich kenne deinen Onkel Anthony.«

»Ich bin der Onkel.« Wieso klang das wie eine Entschuldigung? »Er ist mein Neffe.«

»Ah ja. Du bist Dereks Sohn.« Mr. Dakko trommelte mit den Fingern auf den Tisch. »Hast du ein Verbrechen begangen, Randy?«

Außer wegzulaufen? »Nein, Sir.« Aber das war schon schlimm genug. Und in drei Tagen, sobald die Ferien zum Unabhängigkeitstag vorbei waren, würde ich als Schulschwänzer gelten. Dann war nicht mehr nur Anth hinter mir her.

»Sucht man nach dir?« Hatte Mr. Dakko meine Gedanken gelesen?

»Ich denke nicht.« Es entsprach eher Anthonys Stil, mich zappeln zu lassen, bis ich zurückgekrochen kam. Und mir dann kräftig die Ohren lang zu ziehen.

»Ich werde ihm sagen müssen, wo du bist.«

»Wieso?« Ich wusste, dass ich verdrießlich klang, konnte es aber nicht ändern. »Er ist nicht mein Vormund.«

»Wer dann?«

»Meine Mutter, Sandra Carr.«

»Ich dachte, der Statthalter würde dich aufziehen.«

»Das tut er. Tat er.« Ich versuchte, eine Erklärung auf die Reihe zu kriegen. »Er hat keine entsprechenden Vollmachten. Bei allem, was er mir sagt, hat er allerdings Moms Zustimmung.« Mom war im Trost ihrer Chemoträume untergegangen, aber ich würde eher sterben, ehe ich das einem Außenstehenden wie Mr. Dakko erzählte. Manche Dinge blieben bei uns Carrs privates Geheimnis.

»Hmpf.« Er schaukelte auf dem Stuhl und verschränkte die Arme. Dann: »Na ja, ich bin kein großer Freund deines Neffen, aber ich werde dich auch nicht verstecken. Falls er mich fragt, sage ich ihm, dass du bei uns bist.« Die Andeutung eines Lächelns erschien. »Ich zweifle jedoch, dass er fragen wird.«

»Danke.« Unter seinem scharfen Blick scharrte ich mit den Füßen.

»Und wichtiger noch: Ich werde mich nicht zwischen die Mühlsteine der Carrs und des Bischofs begeben.«

»Wozwischen, Sir?« Kaum waren die Worte heraus, da wurde mir klar, dass ich lieber nicht gefragt hätte.

Anth steckte in Schwierigkeiten, hatte er mir erzählt, und mein Trotz hatte sie verschlimmert. Man erwartete von mir, über solche Dinge *Bescheid* zu wissen. Ich war ein Carr, nicht wahr? Vielleicht sollte ich doch nach Hause zurück und ...

Nein. Anth musste erkennen, dass ich fast erwachsen war. Ich konnte nicht vor ihm kriechen. Er würde zu mir kommen müssen.

»Egal wozwischen. Du kannst über Nacht bleiben. Morgen entscheide ich, ob noch länger. Aber falls Mr. Carr sagt, dass du nach Hause kommen sollst, dann gehst du. Bleib bis dahin der Kathedrale fern. Eigentlich sollte ich mich von dir fern halten, aber du bist Kevins Freund, und deine Familie hat ihn aufgenommen, als ...« Er warf die Hände hoch. »Genug! Kev zeigt dir dein Zimmer, und du wirst dabei helfen, das Abendessen zu machen. Wir essen, sobald ich nach Hause komme.« Er betrachtete mein zerknittertes Hemd. »Hast du Kleider mit?«

Ich schüttelte beschämt den Kopf, aber schließlich hatte ich ja nicht *geplant*, von zu Hause fortzugehen, um Himmels willen!

»Kevin, gehe mal den Wandschrank im grünen Schlafzimmer durch, wo ich deine alten Sachen verstaut habe. Sie passen vielleicht.«

»Ja, Sir.« Kev zupfte an mir, zur Tür hin. »Danke, Dad.«

»Und zeig Randy die Dusche! Wir sollten uns alle sauber zum Abendessen setzen.«

Ich wurde rot bis in die Ohrspitzen. »Danke.« Es kam nur als Nuscheln hervor.

Auf dem Rückweg schonte Kev meine müden Füße. »Da drüben lagen früher der Stausee und das Krankenhaus. Damals, als uns die Fische bombardierten …«

Ich hörte kaum zu. Das war alte Geschichte, und ich kannte sie schon. »Himmel, ist dein Dad vielleicht streng!«

»Yeah, stimmt …« Kev ging ein paar Schritte weiter. »Er behauptet, er wäre als Junge ein ganz Schlimmer gewesen, und er ist entschlossen zu verhindern, dass ich diesem Beispiel folge.« Er trat nach einem Kieselstein. »Er ist allerdings recht nett, denke ich. Aber es war peinlich für mich, wie er dich gemustert hat.«

»Verdammt, er musste schließlich die Entscheidung treffen! Es ist sein Haus.«

»Auch meines«, sagte Kev.

»Was hat er gemeint, als er davon sprach, dass wir dich aufgenommen haben?«

»Vergangenes Frühjahr, ehe er mich zum Farmprogramm schickte, sind wir nicht allzu gut miteinander ausgekommen.« Er wurde rot.

»Was denkt dein Großvater darüber?«

»Wie bitte?«

»Dakko & Sohn. Wenn dein Dad der Sohn ist …«

»Ach, Opa. Er ist letzten Winter gestorben. Das T.«

Ich holte zischend Luft. »Das T-Melanom?«

»Yeah. Opa liebte es zu reisen, aber er ist erst spät auf interstellare Reisen gegangen. Das Risiko hat ihn schließlich eingeholt. Er war neunzig.«

Das gehörte zu den Nachteilen der interstellaren Raumfahrt. Fusionstriebwerke erzeugten die N-Wellen, mit deren Hilfe unsere Schiffe die Lichtgeschwindigkeit überwanden. Die Wellen konnten sich jedoch auch als tödlich erweisen. Gelegentlich bewirkten sie eine Mutation des normalen Melanoms, das heilbar war, in das T-Melanom, das im Allgemeinen unheilbar war. Deshalb rekrutierte die UN-Raumflotte die Kids auch schon mit dreizehn auf die Kadettenakademie; war man den N-Wellen über fünf Jahre der Pubertät hin ausgesetzt, sank das Risiko beträchtlich. Das gehörte zu dem Physikstoff, den ich im nächsten Schuljahr lernen sollte. Wen scherte es? Nur ein Idiot würde sich wünschen, jeweils für ein ganzes Jahr auf einem Schiff eingesperrt zu sein.

Ich äußerte mich entsprechend.

Kevs Züge verspannten sich. »Nenn Opa keinen Idioten!«

Ups! »So habe ich es nicht gemeint.«

»Er war echt cool.« Wir gingen eine Zeit lang weiter. Auf einmal fuhr sich Kev kurz mit dem Handballen über die Augen, als riebe er sich an einem Juckreiz.

Ich wünschte, ich hätte ihn nicht durcheinander gebracht. »Kev ...« Ich brach ab. »Falls meine Anwesenheit Probleme zwischen dir und deinem ...«

»Nein, nachdem Dad erst mal eingewilligt hat, ist es okay. Er hat halt nur diese Einstellung ...« Er winkte vage. »Meistens tue ich, was ich will, und brauche es ihm nicht mal zu erzählen. Aber wenn er mir eine Anweisung gibt ...« Ein bedrücktes Kopfschütteln. »Er sagt, ich würde eine bessere Erziehung erhalten als er und hätte dabei kein Mitspracherecht. Opa hielt das für komisch.«

»Wie ist deine Mom?«

»Wer weiß? Sie lebt seit dreizehn Jahren auf Constantine.«

»Wieso seid ihr nicht mitgegangen?«

»Sie hat meine Schwester mitgenommen.«

Das ergab keinen Sinn, aber ich hielt den Mund. In familiären Arrangements durfte man nicht herumschnüffeln. Es galt als tölpelhaft. Zumindest hatte mich Anthony entsprechend gewarnt.

Kevin seufzte. »Dad hält nichts vom Klonen. Sagt, es würde dem Genpool übel mitspielen.«

Er hatte das Thema selbst angesprochen, also stand es mir frei nachzufragen. »Du hattest eine Leihmutter?«

»Nein, sie beide wollten jeder ein Kind, also haben sie geheiratet. Sobald sie zwei hatten, trennten sie sich.«

»Jesus, das ist ja wie auf einer Zuchtfarm!«

Kevin schwieg. Er wurde schneller, bis ich laufen musste, um Schritt zu halten. Ich packte ihn am Arm, aber er schüttelte mich ab. »Fass mich nicht an!«

Ich hatte einen schlimmen Tag nach einer noch schlimmeren Nacht. »Schrei mich an oder schlag mich oder tue sonst, was du möchtest. Nur rede mit mir!«

»Kühl ab.« Widerstrebend ging er wieder langsamer. »Junge, wieso sagst du immer alles, was dir gerade einfällt, egal wem es wehtut?«

»Weil ich dumm bin!« Ich wirbelte herum, die Fäuste geballt. Er durfte mich nicht so sehen, kurz vor dem Zusammenbruch. Er hätte mich verachtet.

»Nein, bist du nicht.« Seine Stimmung war umgeschlagen, und er war wieder der sanfte Kev, nach dessen Gesellschaft ich mich so sehnte. Einen kurzen Augenblick lang streifte seine Hand mich an der Schulter. »Ich wette, du bist ganz ausgehungert. Sehen wir lieber zu, dass wir das Abendessen machen.«

Ich nickte, traute meiner Stimme nicht.

»Ein Schuppen ist kein toller Platz zum Schlafen.« Sein Tonfall bedeutete ein Angebot.

Ich probierte ein Lächeln. »Jemals versucht?«

»Ich habe ein paar Mal draußen bei Opa kampiert, als Dad und ich nicht mehr miteinander gesprochen haben.« Endlich bogen wir wieder in seinen Block ab. »Hast du so was jemals erlebt?«

»Nein.« Dad und ich hatten immer miteinander geredet. Derek Carr war der feinste Mann, der je gelebt hatte. Ich hätte jeden umgebracht, der etwas anderes sagte.

Später, unter der Dusche, flossen aus irgendeinem Grund auch ein oder zwei Tränen zusammen mit dem kühlenden, erfrischenden, seifigen Wasser durch den Abfluss.

Am Morgen steckte Kevin den Kopf in mein Schlafzimmer.

»Dad brummt dir heute Arbeit auf.«

Ich blinzelte mir den Schlaf aus den Augen. »Was ist mit dir?«

»Schule.«

»Kannst du das nicht später machen?«

»Nicht die virtuelle Schule, Dummie. Ich muss hingehen.«

Ich verzog das Gesicht. Auf meiner Schule wurde nicht ständig die körperliche Anwesenheit verlangt; drei Tage pro Woche waren wir über das Netz eingeloggt.

»Heh!« Kev schlug einen bemüht lässigen Tonfall an. »Hier!« Er warf mir eine Zehn-Unie-Note aufs Bett.

»Wozu ist das?«

»Nur so.« Er zuckte die Achseln. »Falls du ein Mittagessen oder so was brauchst.«

»Kev, ich kann von dir kein ...«

»Dann betrachte es als Kredit, bis du wieder Boden unter den Füßen hast.«

An der Tür zögerte er, als widerstrebte es ihm zu gehen. »Macht es dir auch nichts aus, Dad zu helfen?«

»Natürlich nicht!« Dachte er, ich hätte erwartet, hier ohne Gegenleistung unterzukommen? Ich war kein Trannie; die Carrs bezahlten das, was sie erhielten. Ich würde auch dafür sorgen, dass Kev für alles entschädigt wurde. Schneller als er glaubte. »Braucht dein Vater mich jetzt schon?«

»Er geht in einer halben Stunde.«

»Ich bin dann so weit.« Ich sprang aus dem Bett und verzog das Gesicht über die Sachen, die ich anziehen musste. Die einzigen Hosen von Kevin, die mir passten, waren Shorts, die meine schlaksigen Beine betonten. Und das Hemd hätte sich nur ein ganz kleines Kind ausgesucht. Ich seufzte. Wenn du nächstes Mal von zu Hause weggehst, Randy, pack einen Koffer!

»Ah, da bist du ja!« Mr. Dakko begrüßte mich am Frühstückstisch.

»Guten Morgen«, sagte ich munter.

Er presste die Lippen zusammen.

Ich seufzte innerlich. »Guten Morgen, *Sir.*« Es war sein Haus; falls ich hier wohnen wollte ... Wäre ich mit Anthony eigentlich besser dran gewesen? Komisch, dass ich bereit war, diesem Fremden höflicher zu begegnen als meinem eigenen ...

Seine stählernen Augen bannten meinen Blick.

»Gestern Abend brauchtest du vor allem eine gute Mahlzeit und ein Bett. Jetzt sollten wir uns unterhalten.«

Ich nickte besorgt. Er reichte mir Hafermehl, kalte gekochte Eier und Brot. Ich haute rein.

»Kevin mag dich wirklich, Junge. Ich hatte immer das Gefühl...« Ein Stirnrunzeln. »Walter war nicht immer mit meinen Freunden einverstanden, aber...«

»Walter?«

»Mein Vater. Wir hatten uns hier mit meiner Mutter Galena niedergelassen. Sie ist inzwischen gestorben. Walter konnte mit Greg Attani und einigen anderen nichts anfangen...« Einen Augenblick lang trieb er in einem Meer der Erinnerungen. »Er hat sich jedoch nie in meine Freundschaften eingemischt.«

War das alles? War ich einfach ein Freund seines Sohnes, mit dem er nicht einverstanden war?

Erneut las er meine Gedanken. »Natürlich sehe ich Kev lieber in deiner Gesellschaft als zusammen mit einigen der ... na ja. Du weißt schon. Was ich sagen möchte: Es ist seine Aufgabe, sich seine Freunde auszusuchen. Wenn er also einem davon helfen möchte, bin ich natürlich nicht abgeneigt. Aber du bist ein besonderer Fall.«

»Weil mein Neffe der Statthalter ist.« Mein Ton war bitter.

»Natürlich.« Seine blauen Augen schienen mir tief in die Seele zu blicken. »Warum sonst? Wir sind eine kleine und provinzielle Gemeinschaft, aber fest der Idee des Rechts verpflichtet. Anthony Carr kann nicht einfach meine Habe beschlagnahmen oder mich verhaften. Trotzdem möchte ich mir den Regierungschef nicht zum Feind machen; er hätte zu viele kleine Mittel in der Hand, mir zu schaden.«

»Sie schicken mich also zurück.« Ich wappnete mich für das Unausweichliche.

»Natürlich nicht!« Er warf die Serviette hin und schlug einen schärferen Ton an. »Denkst du, deine tollen Pflanzer wären die einzigen Menschen von Ehre? Habe ich nicht schon gesagt, dass du bleiben kannst?«

Ich ertappte mich dabei, wie ich eilig nickte; ich wollte einfach alles tun, um nett zu erscheinen. Mir kam allmählich der Verdacht, dass Mr. Dakko Dummheit ein Gräuel war, wusste aber nicht recht, was das hieß. Es war eine Redewendung, die Dad hin und wieder benutzt hatte.

»Also, Junge. Erzähle mir, was zwischen euch vorgeht und warum.«

Ich wischte mir Hafermehl von den Lippen. »Anth schikaniert mich.«

»Wie?«

Stockend erklärte ich es. Es war nicht die Arbeit im Haus – wir alle hatten unsere Pflichten, und Dad und ich hatten uns darüber schon vor Jahren ausgesprochen. Ein Carr verdiente sich seinen Lebensunterhalt. Es waren mehr einige seiner übrigen Forderungen und dass er darauf bestand …

Mr. Dakko winkte ab. »Spricht er mit dir über Staatsangelegenheiten?«

»Manchmal.« Mehr hatte ich nicht vor zu sagen. Kevs Vater hatte nicht das Recht, in dieser Frage zu schnüffeln …

»Wieso hat er dich dazu gebracht, den Bischof zu provozieren?«

»Was?« Meine Stimme schoss in die oberen Tonlagen. Ich wurde rot und beherrschte mich wieder.

»Diese Pantomime auf dem Empfang, von der alle reden. Welchem Zweck hat sie gedient?«

»Scanlen nannte mich einen ...«

»Welche Strategie verfolgte der Statthalter damit, eine öffentliche Beleidigung zu arrangieren? Erzähle es mir entweder oder verlasse mein Haus.«

»Ich ... Er hat nicht ... aber ...« Ich brach ab und holte tief Luft. Aus schierer Verblüffung tat ich es erneut. »Denken Sie, Anthony hätte mich dazu bewegt?«

»Natürlich. Kein Junge würde von selbst die Exkommunizierung riskieren, eine Ausbildungsfarm ertragen oder den Besitz seiner Familie aufs Spiel setzen, nur weil ...« Er sah, was ich für ein Gesicht machte, und klappte den Mund auf. »Grundgütiger!« Er beugte sich über den Tisch und hob mein Kinn an. »Sieh mir in die Augen. Sofort!«

Ich tat es, solange ich konnte.

Nach langer Pause lachte er leise. »Ich werde Benny und Dr. Zayre erzählen müssen, dass wir uns geirrt haben. Wir sind einfach davon ausgegangen ...« Er stand auf, steckte die Hände in die Taschen und schlenderte zum Fenster. »Unglaublich!«

Mutter lag bestimmt zu Hause auf einer Chaiselongue zusammengerollt, in einem warmen Pullover, verloren in Träumereien. Falls ich sie weckte, erlebte ich sie vielleicht in einer ihrer sanfteren Stimmungslagen. »Mr. Dakko?«

Nichts.

»Sir!«

Etwas in meinem Ton weckte seine Aufmerksamkeit. Er zog eine Braue hoch.

»Was habe ich getan? Was sind das für Probleme, die ich verschlimmert habe? Sollte ich lieber fortgehen, damit Sie und Kev nicht zu Schaden kommen?«

Er hob beschwichtigend die Hand. »Du brauchst nicht fortzugehen.« Er sagte es freundlich. »Noch nicht.«

Ein erstickter Laut. Zu meinem Entsetzen stellte ich fest, dass ich selbst laut geschluchzt hatte. »Ich weiß nicht, was ich ... Ich verstehe es nicht. Sagen Sie mir, was hier vorgeht.«

Wieder ein leises Lachen. »Ich wollte eigentlich *dich* fragen.« Er schlug mir auf die Schulter. »Wisch dir die Augen ab. Es wird Zeit zu gehen.«

Ich blickte mich um. »Ich dachte, Sie wollten mir Arbeit auftragen.«

Ein überraschter Ton. »Nicht hier.« Er führte mich zur Tür.

Es war ein frischer Tag, und Mr. Dakko schien keine Eile zu haben, sein Büro zu erreichen. Wir fuhren einen Umweg durch den weitläufigen Park, wo ein paar junge Eltern in der Sonne saßen und ihren herumlaufenden Kindern zusahen.

»Seit dein Vater diesen Streit mit den Patriarchen hatte ...«

»Huh?« Das hätte Anthony maßlos aufgebracht. Ich probierte es erneut. »Entschuldigung?«

»Vor zehn Jahren, während der dritten Revolution.«

Ich bemühte mich um ein Gesicht, als verstünde ich ihn, aber meine Züge verrieten mich trotzdem.

»Dein Vater. Derek. Als er uns in die Unabhängigkeit führte, haben wir ...«

»Mr. Dakko, ich ...« Ich schämte mich fast für das Eingeständnis. »Ich passe nicht immer auf, wenn mir jemand Wichtiges erklärt. Könnten Sie ganz am Anfang beginnen?«

»Hope Nation. Wo wir leben. Es war früher eine UN-Kolonie.« Genauso hätte er sich auch an einen Dorftrottel wenden können, aber ich hatte ja darum gebeten. »Damals hat uns ein Kolonialgouverneur regiert. Wir hatten kein echtes Mitspracherecht. Hast du das gelernt?«

»Jasir!« Ich war eifrig bedacht, mein Ansehen zurückzugewinnen. »Damals in der fünften Klasse.«

»Wir hatten seither drei Revolutionen. Zuerst der Triforth-Aufstand.«

»Sie wurde gehängt.«

»Von Nick Seafort persönlich. Sie hatte versucht, sich an die Macht zu putschen, als sich die UN-Raumflotte vor den Fischen zurückzog.« Die Außerirdischen waren plötzlich zwischen den Schiffen aufgetaucht. Sie sahen Goldfischen ähnlich, nur unendlich viel größer. Manche kamen an kleinere Schiffe der Raumflotte heran. Ableger bildeten sich wirbelnd auf ihrer Haut, rotierten, lösten sich ab und schleuderten Säure auf die Rümpfe von Kriegsschiffen. Schlimmer noch waren die Satelliten, Gestaltwandler, die aus den Fischen heraus erschienen, sich von dort lösten und durch unsere Schiffsrümpfe schmolzen, um Viren zu verbreiten und schweren Schaden anzurichten.

Bitter sagte ich: »Die beschissenen Feiglinge in der Raumflotte sind nach Hause geflüchtet.« Und überließen uns den marodierenden Fischen an unserem Himmel.

»Mr. Carr.« Sein Ton war seltsam.

»Ja?«

»Ich habe in der UN-Raumflotte gedient. Feigheit gab es dort nicht.«

»Ich wollte Sie nicht...«

»Also fordere ich dich auf, diese Behauptung zurückzunehmen.«

»Das tue ich, Sir! Es tut mir sehr Leid, dass ich das gesagt habe.« Schweiß rieselte mir aus den Achselhöhlen. Ich saß ganz still. Mr. Dakko war nicht übermäßig muskulös und nicht sonderlich groß. Er war der Vater meines Freundes; schlimmstenfalls warf er mich aus dem Elektrowagen. Und doch...

Endlich wurde sein Blick wieder weicher. »Käpten Seafort hat Laura Triforths Aufstand niedergeschlagen und uns als örtlicher Oberbefehlshaber die volle UN-Mitgliedschaft gewährt. Es heißt, als er das zu Hause berichtete, hätte die Vollversammlung entgeistert reagiert.«

»Ja, Sir, aber wir hatten das Recht...«

»Das war die zweite Revolution. Wer war unser erster Statthalter?«

»Zack Hopewell.« Jeder wusste das. Alex ging deswegen heute noch mit geschwellter Brust, obwohl es fast vierzig Jahre vor seiner Geburt gewesen war.

»Und dein Vater?«

Jetzt schwoll mir die Brust. »Der dritte!« Er hatte das Amt viele Jahre lang ausgeübt, war von der Versammlung immer wieder bestätigt worden.

»Jahrzehntelang war Hope Nation Mitglied der Vereinten Nationen, genau wie Großbritannien oder

China oder die Afrikanische Föderation auf der Erde. Volles Stimmrecht, eigene regionale Regierung und Verfassung.«

Ich wartete darauf, dass er zum Schluss kam. Bitte keine Geschichtslektion, bitte …

»Dein Vater hat erkannt, dass wir uns zu mehr entwickeln mussten.«

Jetzt genoss er meine volle Aufmerksamkeit.

»Vor zwölf Jahren informierte er die Vollversammlung über unser Ausscheiden.«

Was hatte Dad davon erzählt? Nicht viel; ich war noch so jung gewesen. Aber später … »Es wurde Zeit, dass wir auf eigenen Füßen standen. Und es war der einzige Weg, ihr verdammtes Transportmonopol zu brechen.«

»Der Verfassung nach mussten wir drei Jahre Frist einhalten.« Mr. Dakko entdeckte eine schattige Stelle, hielt dort und drehte die Fenster herunter. Ein paar prächtige Generabäume schützten uns vor dem Wind. »Zeit für die UN-Regierung, ihren Fall vorzutragen. Die Regierung Seafort war an der Macht; er sagte, er wolle keine Kolonie mit Gewalt halten.«

»Wenigstens hat er *etwas* richtig gemacht.« Meine Stimme triefte von Verachtung.

Er ignorierte mich. »Die Regierung unternahm nichts, aber die Patriarchen entsandten Bischof Andori, um uns an die Leine zu legen.«

Der Mann, der Dad zum Weinen gebracht hatte.

»Er hatte beinahe Erfolg. Sie standen sich direkt gegenüber, er und Derek. Aber die Abstimmung über die Unabhängigkeit war nicht mehr aufzuhalten, und wir wurden unabhängig. Die dritte Revolution. Jetzt treiben wir als gleichberechtigte Partner Handel mit der Erde. Zumindest in der Theorie ...«

»Anthony sagt, sie versuchten uns immer noch zu schikanieren ...«

»Junger Mann.« Sein Ton war ruhig. »Es ist sehr grob, wenn man einen anderen unterbricht, nicht wahr? Besonders nachdem du mich gebeten hast, es dir zu erklären.«

Ich schrumpfte auf dem Sitz zusammen. Mr. Dakkos Laserblick versengte mir die Wangen. Nicht mal Anth konnte erreichen, dass ich mich so klein fühlte. »Es tut mir Leid, Sir.«

»Ich denke, ich bin in dieser Hinsicht etwas komisch. Keinem von Kevs Freunden gefällt es. Aber das ist etwas, was ich bei der Raumflotte gelernt habe. Ich verlange Höflichkeit, wenn nicht Respekt.«

»Jasir!« Ich war ein Carr, um Gottes willen, und präsentierte mich hier als Obertrottel mit schlechten Manieren! Was war nur *los* mit mir?

»Und ich verhalte mich dir gegenüber genauso. Wo waren wir stehen geblieben? Beim Handel. Auf der Erde haben sie immer noch die Oberhand; das kommt von den Schiffen. Zweifellos weiß das auch dein, ah, Neffe. Derweil stürzte auf der Erde die Regierung Seafort. Dann gelang es Henrod Andori nicht, unsere Pläne zu vereiteln. Jetzt haben wir es auch noch mit Scanlen zu tun.« Hope Nation war eigentlich nicht groß genug, um sowohl einen Bischof wie einen Erzbischof zu benötigen, aber ...

Ich warf ihm einen Blick zu und hoffte, dass er mir erlaubte, etwas zu sagen. Er nickte. »Anthony war sehr vorsichtig beim Umgang mit der kirchlichen Hierarchie; so viel weiß ich.«

»Ja. Er hat äußerste Anstrengungen unternommen, es sich nicht mit ihr zu verscherzen.«

Bis ich mich einmischte und seine Pläne durchkreuzte. *Ein Heide oder ein Jude.*

»Kennst du den Grund, Randy?«

»Weil sie die Macht hat? Ihr gehört eine Menge Land und …« Ich geriet ins Schwimmen.

Mr. Dakko zögerte. »Was ich dir erzähle, musst du für dich behalten. Gib mir dein Wort darauf!«

»Ich verspreche es. Absolut!«

»Die Kirche hat Macht, ja. Zu verleugnen, zu exkommunizieren. Dein Vater Derek war ein Held und brachte es fertig, sich ihr entgegenzustellen. Aber sogar für ihn war es nicht leicht. Ich denke …« Er zögerte. »Es gibt ein Gerücht … nein, davon spreche ich nicht, auch nicht angesichts deines Versprechens. Aber Anthony hat nicht Dereks Statur. Es setzt ihn nicht herab, wenn man das sagt. Er ist zu jung.«

Ich nickte.

Er fragte: »Weißt du, wer die Territorialisten sind?«

»Das Gegenteil der Supras.« Die zweite Partei in der Politik der Erde.

»Sie sind scharf darauf, wieder an die Macht zu kommen. Und sie sind wütend darüber, dass Seafort uns in die Unabhängigkeit entlassen hat. Die Patriarchen begünstigen sie.«

Ich tüftelte das für mich aus. »Also möchten Scanlen und Andori …« Ich machte große Augen. »Sie möchten die Macht übernehmen?«

»Ich sage nichts gegen Mutter Kirche. Ich denke es nicht mal, verstehst du?«

»Jasir!«

»Ich könnte mir vorstellen, dass Botschafter McEwan erfreut wäre, falls wir auf einen kolonialen Status zurückkehrten. Aber ich sage dem Erzbischof nichts Übles nach.« Er drückte sich ganz sorgfältig aus.

»Wie…« Meine Stimme schwankte. »Wie funktioniert eine Exkommunikation?«

»Ein Bischof oder die Patriarchen zu Hause können sie aussprechen. Wir sind ein Religionsstaat, sind es immer gewesen. Ein Exkommunizierter ist aus der Kirche verbannt, verliert seinen Besitz, muss von der Gesellschaft gemieden werden. Es ist eine Frage des Kirchenrechts.«

Ich zupfte an meinem Kinderhemd. *Anthony, was habe ich nur getan?* Ich war ein Kind, auch wenn ich etwas anderes vorgab. Falls Scanlen seine Wut auf mich am Statthalter ausließ, hatte ich meine Familie ruiniert. Dads Familie. Sein Leben.

Mr. Dakko räusperte sich. »Rebellion gegen Seine Autorität…«

»Anthony hat nicht rebelliert!«

»Bitte unterbrich mich nicht. Obwohl Rebellion eine Exkommunikation rechtfertigt, wird eine so schwere Strafe fast nie verhängt. In der Geschichte von Hope Nation erst einmal.«

»Wann?«

»Ein Verrückter hatte einen Priester umgebracht.«

»Wird man mich exkommunizieren, weil ich einem Bischof gesagt habe, er solle es sich … selbst …« In meiner Feigheit konnte ich es nicht aussprechen.

»Oh, das bezweifle ich doch sehr.« Ein frostiges Lächeln. »Obwohl ich sicher bin, dass er dich gern in die Finger kriegen würde.« Er blickte zum Fenster hinaus auf ein Kleinkind, das einige Büsche erkundete, und auf die sonnige Bank, wo die Mutter saß und las. »Die Vormundschaft für ein ungeratenes Kind, etwas in dieser Größenordnung. Die Gerichte würden kooperieren.«

»Was würde aus mir werden?«

»Dafür gibt es sowohl kirchliche wie private Einrichtungen. Wohnsiedlungen, eine Erziehungsfarm. Es kommt darauf an, wohin man dich schickt. Zunächst eine ordentliche Tracht Prügel; dafür würde er sorgen. Und offen gesagt hast du sie auch verdient. Sieh mich nicht so schräg an, Junge! Scanlen hat als Erwachsener Höflichkeit verdient, wenn schon nichts weiter. Vielleicht hättest du damals in den Rebellischen Zeiten …« Ein Seufzen. »Nicht, dass sich die Leute deinetwegen nicht ins Fäustchen gelacht hätten, von hier bis zu den Venturas. Mehr als ein paar Menschen wünschten sich, wir hätten die Freiheit zu …« Er klappte den Mund zu. »Na ja, Zeit fürs Büro.«

»Sir, sollte ich nach Hause zurück? Ich meine, nachdem ich heute für Sie gearbeitet habe?« Er sollte nicht denken, dass ich nur freie Mahlzeiten hatte schnorren wollen.

»Na ja.« Er folgte einer sanften Kurve der Straße. »Denke mal selbst über deine Frage nach.«

Ich blinzelte durch Schleier.

»Erkennst du es?«

»Nicht wirklich.« Worauf wollte er mir einen Hinweis geben?

Wir ließen den Park hinter uns. Selbst in Centraltown herrschte nur wenig Verkehr. Mr. Dakkos »Büro« war schon ungewöhnlich. Fast jeder arbeitete von zu Hause aus, außer Ladenpersonal.

»Denk nach, Randy! Was passiert mit einem Kid, das man beim Trinken erwischt?«

»Mit einem ungeratenen Minderjährigen? Jugendhaft oder Kirchenfarm.«

»Und dem Erwachsenen, der ihm ausgeschenkt hat?«

»Strafkolonie.« Das verstand sich von selbst.

»Und dem Minderjährigen, der sich über Autorität hinwegsetzt?«

Ich nickte nur.

»Und dem Erwachsenen, der ihn dazu ermutigt?«

Ich schwieg. Dann: »Oh!« Wenn ich ihn fragte, *musste* er mir raten, nach Hause zurückzukehren.

Wieder dieses flüchtige Lächeln, das seinen Blick aufhellte. »Natürlich alles nur streng hypothetisch. Ich bin mir nicht sicher, ob es den Statthalter sehr bekümmert, dass du fort bist.«

Entrüstet fragte ich: »Wieso nicht?« Ungeachtet unserer Auseinandersetzungen machte sich Anth etwas aus mir. Davon war ich überzeugt.

»Falls du zurückkehrtest, was würde passieren?«

»Er würde mir ordentlich was verabfolgen.«

»Und dann?«

»Dann wären wir wieder Freunde.« Für Anthony war eine Sache erledigt, sobald man sich ausgesprochen hatte.

»Und was den Bischof angeht?«

»Ich würde ... er würde ...«

»Dich höchstwahrscheinlich ausliefern müssen. Was er jetzt nicht braucht.«

»Aber es ist mein Problem, nicht seines.«

»Es sei denn, er hat eigene Probleme mit Bischof Scanlen. Selbst wenn er dich nur zwingen müsste, dich zu entschuldigen, würde er das Gesicht verlieren.« Mr. Dakko sprach leise. »Nun, da sind wir.« Er hielt an. »Rauf mit dir, Junge.«

Ich war froh, dass ich Kevs alte Shorts und ein leichtes Hemd anhatte. Mr. Dakko beschäftigte mich damit, Kisten in den gerade fertig gestellten Anbau zu schleppen und Comps und sonstige Chipgeräte anzuschließen.

Wie ironisch!, knurrte ich vor mich hin. Unsere Lehrer erzählten ständig, wir hätten eine Gesellschaft mit wenig Arbeitsbedarf geschaffen, was bedeutete, dass mehr Waren und Dienstleistungen für alle verfügbar waren. Auf unseren Plantagen kümmerten sich hoch entwickelte KIs um die Ernte. War die Ernte eingebracht, wurden Getreide und Gemüse in hochgradig automatisierten Fabriken gemahlen, verarbeitet, in Dosen verpackt oder eingetütet, bis man sie schließlich auf eine Umlaufbahn brachte und auf die riesigen Sternenschiffe oder Barken lud, die sie zu den Märkten beförderten.

Ähnlich fand man auch in unseren Städten nur wenige Büros mit mehr als ein oder zwei Angestellten; Comps und ihre elektronischen Brüder besorgten den Rest. Zu Hause hatte Dad einige altmodische Aktenschränke benutzt und darin oft Papierkopien wichtiger Dokumente aufbewahrt, auch wenn er die Kosten verdammte. Im Allgemeinen beschäftigten jedoch nur die Schwerreichen menschliche Sekretäre und menschliches Empfangspersonal, um damit anzugeben.

Wenn man also harte körperliche Arbeit erledigt haben wollte wie Mr. Dakko heute, dann wandte man sich an Wanderarbeiter, die derzeit keine Saison hatten, oder an Jugendliche.

Ich würde nicht sagen, dass ich Spaß daran hatte, aber ich schuldete es ihm und empfand kein Widerstreben gegen eine Begleichung meiner Schulden. Und es war eine gute Übung; falls sich herausstellte, dass ich für immer von zu Hause fortgegangen war, konnte ich nur auf niedere Arbeiten zurückgreifen.

Mr. Dakko hatte eindeutig im Sinn, etwas für sein Geld einzufordern. Ich schleppte Akten, Holovids und Chipkästen, trug Stühle eine enge Treppe hinauf und kroch hinter ein halbes Dutzend Konsolen, um erstaunlich moderne Kommunikationsgeräte anzuschließen. Eine kurze Mittagspause – er gab mir Kleingeld und schickte mich in ein nahe gelegenes Café –, und schon war ich wieder mittendrin und testete Infrarot-Transceiver. Als der halbe Nachmittag herum war, wurde ich müde, blieb aber entschlossen, mich nicht zu beklagen. Ich empfand es als große Erleichterung, als Kevin nach der Schule die Bürotreppe heraufgesprungen kam.

Ich war dankbar für seine Hilfe, aber sein Hiersein erinnerte mich auch daran, dass in ein oder zwei Tagen mein eigenes Schuljahr begann. Wollte ich wirklich als Schulschwänzer dastehen? Das durfte man nicht auf die leichte Schulter nehmen.

Außerdem ging ich wirklich gern zur Schule. Meine Lehrer beklagten sich, dass ich nicht zuhörte, und oft genug stimmte das auch. Aber Mathe war cool und Physik auch. Selbst Geschichte war gar nicht so schlimm, wenn sich jemand wie Anth die Mühe machte, sie mir zu erklären.

Glücklicher Kevin: Er musste nur etwa ein Stunde

arbeiten, bis sein Vater uns sagte, dass wir gehen durften.

Als Kev sein Holovid schnappte, zögerte ich und musterte die Konsole. »Flitzen wir doch eine Zeit lang die Hänge hinunter.« Das war terranischer Slang, nicht unserer, aber ich fand es zarky, wenn ich mich nicht provinziell anhörte. Ich fuhr mit dem Daumen über den ID-Slot, war bereit, mich einzuloggen.

»Warum?«

»Um nachzusehen, ob ich im Netz gesucht werde.« Falls Anth mich wirklich nach Hause holen wollte, würde er meine Flucht im Netz bekannt geben und alle Netzbürger darauf hinweisen, dass es illegal war, einem Ausreißer zu helfen. Und falls er wirklich sauer war, hatte er bestimmt eine Belohnung ausgesetzt.

»Meinetwegen. Dabei bleiben ja keine Spuren zurück.«

Meine Finger fielen vom Pad herunter.

Wie sehr wollte mich Anthony zurückhaben?

Nach Dads dritter Revolution, als wir wirklich frei waren, hatte er befohlen, dass alle Nachspürfunktionen aus den Computernetzen von Hope Nation entfernt wurden. Sie wären das Kennzeichen einer repressiven Regierungsform, sagte er, und Hope wäre eine Nation freier Menschen. Die Netze wären für das moderne Leben unverzichtbar, und der Commonwealth würde sie nicht dafür benutzen, um Bürgern nachzuschnüffeln und sie zu überwachen.

Die meisten Leute glaubten, es wäre heute noch so. Anthony hatte jedoch, als er zum Ersten Statthalter gewählt worden war, in aller Stille die Primärfahndung wieder eingeführt. Ich musste einen anderen Weg suchen. Vielleicht einen öffentlichen Rufer.

Ein neuer Tag brach an, und ein langer Schlaf hatte Wunder gewirkt. Erneut begleitete ich Mr. Dakko ins Büro; diesmal nahm er mich nach wenigen Stunden Arbeit mit zum Mittagstisch. Ich erwartete, dass es in ein nahe gelegenes Restaurant ging, aber wir fuhren zu einem weitläufigen Wohnhaus unweit der Innenstadt. Eine energiegeladene, kräftige Frau begrüßte uns an der geschnitzten Eichentür; sie reichte mir die Hand.

»Hilda, du bist schon da! Das ist Randy, einer von Kevins Freunden. Randy, Dr. Zayre.«

»Schön, dich kennen zu lernen.« Ihre Händedruck war fest. »Man erwartet mich in einer Stunde wieder im Krankenhaus; setzen wir uns also.« Sie erteilte dem Mikrowellenherd einen Satz forscher Anweisungen und führte uns zu den Sitzbänken in einem abgetrennten, sonnenhellen Winkel hinter der Küche.

Das Tischgespräch deckte das ganze Spektrum ab und wechselte vom Wetter zur Politik und darüber hinaus; aus Höflichkeit sprachen Dr. Zayre und Mr. Dakko gelegentlich einen Punkt an, zu dem auch ich etwas sagen konnte. Im Allgemeinen war ich zufrieden, dabeizusitzen und zuzuhören, obwohl mich die Konversation langweilte. Über frischem Salat mit Sahnedressing sorgte sich Dr. Zayre um die Probleme ihres winzigen Hinterhofes. Ihr gewohnter Gärtner hatte gekündigt, um besser bezahlte Arbeit auf einer Plantage zu suchen. Und ihr Schuppen musste neu aufgebaut und angestrichen werden.

Die Männer und Frauen, die das Commonwealth regierten, entmutigten aktiv die Entstehung eines Arbeitslosenheeres in der Stadt und der Industrialisierung, die, so behaupteten sie, daraus unweigerlich folgen würde. Diese Situation hatte Dad Sorgen bereitet, und das galt später auch für Anth. Seit der Kolonialzeit auf Hope Nation herrschten Spannungen zwischen Farm und Stadt. Laura Triforths Aufstand und Zack Hopewells spätere Regierung hatten der Stadt die Vorherrschaft entrungen und sie dem Rat der Pflanzer übertragen.

Hope Nation war eine landwirtschaftliche Kolonie, die ihren Reichtum zwingend dem fruchtbaren Land verdankte. Vielleicht fiel es Dr. Zayre deshalb so schwer, einen Gärtner mit armseligem Lohn an sich zu binden.

»Nun?« Die Erwachsenen musterten mich voller Erwartung.

»Wie?« Wütend versuchte ich mich daran zu erinnern, was Mrs. Zayre gerade gesagt hatte.

Ihr Ton war geduldig. »Wärst du daran interessiert? Ich weiß, dass die Bezahlung nicht sonderlich hoch ist, aber du hättest eine Unterkunft, und es ist auch nicht übermäßig viel zu tun.«

»Als Ihr Gärtner?« Endlich fand ich die Stimme wieder.

»Und Mädchen für alles. Ich arbeite lange und habe nicht die Zeit...«

Ich sah hilfesuchend Mr. Dakko an, aber sein gelassener Ausdruck verriet nichts. Ich konnte nach Beginn des Schuljahres nicht bei Kevin bleiben, weil Mr. Dakko in diesem Fall einem unbotmäßigen Kind Unterschlupf gewährt hätte, was einen ernsten Verstoß darstellte. Selbst wenn er mich nicht ausliefern wollte, geriet er durch meine bloße Anwesenheit in Gefahr. Und er konnte mir nicht lange Arbeit bieten; ich würde von seiner Mildtätigkeit abhängen. Dad wäre kaum damit einverstanden gewesen.

Bei der Ärztin hätte ich eine richtige Stellung, egal wie schlecht der Lohn ausfiel. Und Anth würde nie auf die Idee kommen, hier nach mir zu suchen.

Trotzdem wäre ich lieber in Kevs Nähe geblieben. Widerstrebend nickte ich. »Ich schätze, ja.«

Sie fragte: »Morgen oder irgendwann die Tage?«

»Ja, Ma'am.« Falls ich bei ihr arbeiten und in ihrem Haus leben wollte, stand ihr die einfachste Höflichkeit zu. Außerdem war sie mit Mr. Dakko befreundet; ich schuldete ihr damit ebenso viel wie ihm...

Ich versuchte mich daran zu erinnern, wie wir einander vorgestellt worden waren. Nein, er hatte mich einfach nur »Randy« genannt, nichts weiter. »Es gibt da etwas, was Sie wissen sollten«, sagte ich und verzog das Gesicht. »Ich denke nicht, dass Mr. Dakko erwähnt hat...«

»Hilda, entschuldige uns für einen Moment.« Mr. Dakko stand auf. Zu mir sagte er: »Gehen wir kurz hinaus.«

Ich sperrte den Mund auf.

»Sofort, ja?« Einen Augenblick später hatte er mich schon zur Hintertür hinausbugsiert. »Und was sollte das jetzt, Junge?«

»Ich wollte Sie davor warnen, dass Anth...«

»Denkst du jemals nach, ehe du den Mund aufmachst?«

Die Stille zog sich hin, bis ich mich vor Unbehagen wand. »Bitte, ich weiß nicht...« Ich zuckte hilflos die Achseln. »Ich habe doch nur versucht...«

»Erinnerst du dich an unser Gespräch gestern, im Auto?«

Meine Gedanken wirbelten. »Sie dürfen mir nicht empfehlen, von zu Hause fernzubleiben. Aber was hat das ... ch!«

Falls Dr. Zayre gar nicht wusste, dass ich ein Ausreißer war, konnte ihr niemand vorwerfen, dass sie mich aufgenommen hatte. Aber sobald sie es wusste ... Trotzdem, auf meine gedankenlose Art hatte ich nur versucht, sie zu schützen.

Ich schlug einen demütigen Ton an. »Es tut mir Leid.«

»Ist egal.«

»Sollte ich ihr Angebot annehmen, Sir?«

Sein Blick wurde weicher. »Randy, der Statthalter weiß, dass du mit meinem Sohn befreundet bist. Früher oder später ...«

»Ich ziehe zu Dr. Zayre.«

Für den Rest des Mittagessens fand ich nicht mehr viel zu sagen.

Später auf dem Heimweg verschränkte ich die Arme und blickte zum Fenster hinaus. Mr. Dakko überließ mich meinen Gedanken. Nach langer Zeit rührte ich mich plötzlich. »Bitte halten Sie an.«

Überrascht wurde er langsamer, bog in eine ruhige Seitenstraße ab und schaltete den Motor aus. »Was ist, Junge?«

»Ich weiß vieles nicht, was Politik angeht.« Ich schämte mich für dieses Eingeständnis. »Aber ich bin nicht dumm. Vielleicht benehme ich mich so, aber ich bin es nicht.« Ich zwang mich, den Trotz aus meinem Ton zu verbannen. »Bitte, sagen Sie mir, was vorgeht.«

»Eine Menge geht vor, Junge. Was möchtest du wissen?«

Ich starrte auf meine Schuhe. »Ich bin nur ein Junge, der Ärger mit der Familie hat. Aber Sie behandeln mich wie ...« Ich stockte und fing neu an. »Heute beim Mittagessen hat Dr. Zayre nie nach meinem Nachnamen gefragt. Mich würde das interessieren, ehe ich jemanden einlade, bei mir zu wohnen. Und sie hat mich überhaupt nicht danach gefragt, ob ich über Blumen Bescheid weiß oder mit Werkzeug umgehen kann.«

»Und das macht dir Kummer?«

»Das bringt mich auf die Idee, dass sie schon Bescheid weiß. Dass Sie schon eine Vereinbarung getroffen hatten. Dass Sie mich gemeinsam verstecken. Tun Sie das?«

»Und falls ja, hättest du Einwände?«

»Sir, Kev und ich sind Freunde, aber das ist kein Grund, dass Sie Ihre Existenz für mich aufs Spiel setzen. Geht es darum, Anth wehzutun?«

»Was bringt dich auf diese Idee?«

Eine Frage statt einer klaren Antwort. Er wich aus.

Scheiße!

Ich seufzte und wusste, was ich zu tun hatte. Ich probierte meine Tür; sie war abgeschlossen. »Bitte lassen Sie mich aussteigen.«

»Wohin gehst du?«

»Nach Hause, um mich dem Bischof zu stellen.« Um mein Leben zu ruinieren.

»Warte einen Moment.« Seine durchdringenden blauen Augen musterten mich mit frischem Argwohn. »Sehr gut, Junge, du hast mein Wort. Ich habe nicht den Wunsch, deinem Neffen zu schaden.« Einen Augenblick später rieb er die Finger aneinander wie eine Spinne auf einem Spiegel. »Warum bist du so argwöhnisch?«

»Sie haben irgendein Ziel. Irgendein …« Ich suchte nach dem Begriff, den Anthony benutzen würde. »… Programm. Politische Spiele, denke ich. Ich hasse die Art und Weise, wie Anth mich behandelt, aber wir sind eine Familie. Ich werde ihn nicht in Ihre Spiele hineinziehen.«

»Aber das hast du doch schon.« Sein Gesicht verriet Mitgefühl. »Seine Hochwürden Scanlen ist wütend und verlangt, dass du zurückkommst. Du hast ihn vor den Augen aller, auf die es ankommt, in Verlegenheit gebracht. Er hat dich heute in einer ziemlich scharfen Note an die Behörden als ungeraten bezeichnet.«

Galle stieg mir hoch und verbrannte mir die Kehle. Ich schluckte krampfhaft. »Dann stelle ich mich.«

»Ah, aber der Statthalter möchte gar nicht, dass du Scanlen in die Hände fällst. Er kann es nicht laut sagen, aber wir wissen es. Falls der Bischof dich kriegt, hat er auch Anthony am Wickel.«

»Sobald die Kirche mich bestrafen kann, bin ich kein Thema mehr.«

»Außer für deinen Neffen.«

»Warum, Sir?«

»Er hält große Stücke auf dich. Sobald die Kirche dich auf ihrer Besserungsfarm hat, wird er jeder ihrer Forderungen zustimmen. Denn jeden Tag wärst du vom Riemen bedroht, einer Einzelzelle oder einem tödlichen Unfall in der Nacht.«

»Warum interessieren *Sie* sich denn dafür?« Ich war unerträglich unhöflich.

»Für dich? Du bist der Freund meines Sohnes, aber das bedeutet wiederum nicht so viel. Sieh mich an, Junge.« Er wartete. »Tue es, bitte. Sieh mir in die Augen.«

»Ja, Sir.« Sein Ton klang irgendwie nach dem Dads, wenn ich ihn geärgert hatte.

Sein Blick war nicht unfreundlich. »Ich spreche offen, wie du es verlangt hast. Wir alle wünschten uns, du hättest keine Krise provoziert ... nein, eher eine heikle Situation. Anthony Carr führt einen prekären Tanz mit der Kirche auf, wie schon dein Vater Derek. Meine Freunde und ich würden es vorziehen, wenn er als unabhängige Kraft daraus hervorgeht. Und falls du nach Hause zurückkehrst, zerstörst du jede Hoffnung darauf.« Eine Pause; dann fuhr er hastig fort: »Du bittest um Ehrlichkeit? Sehr gut: Unsere Interessen decken sich nicht in allen Punkten mit denen Anthonys. In manchen Fragen werden wir uns dem Statthalter mit allen Mitteln entgegenstellen, die wir haben. Aber jetzt geht es nicht um einen dieser Punkte; dafür hast du mein Wort. Und so steht dir das Haus des Doktors als Unterschlupf zur Verfügung, wenn du es möchtest. Wie meines.«

Ich konnte nicht anders; mit einem Kloß im Hals streckte ich die Hand aus und suchte den Trost seines Händedrucks.

4. Kapitel

»Noch einen Softdrink?« Kevin lümmelte sich auf seinem Bett. Wir waren von Dakko & Sohn zu Fuß nach Hause gegangen; sobald auch sein Vater nach Hause kam, würden wir den Mikro in der Küche anweisen, das Abendessen aufzuwärmen.

»Nee.« Ich wurde rot. »Äh, nein danke.« Wir waren vielleicht Freunde, aber ich war auch irgendwie sein Gast. Dad und Anth vertraten beide ausgeprägte Ansichten über die Umgangsformen zwischen Gästen und Gastgebern, und ich pflichtete ihnen darin bei. Selbst ein Esel wie Bischof Scanlen hatte es verdient, dass ... Einen Augenblick lang wand ich mich. Na ja, er hatte mich zuerst beleidigt und hatte damit verdient, was er bekam, auch wenn daraus nun mehr Probleme resultierten, als ich vorgehabt hatte.

Aber als Gast in Kevins Haus durfte ich nicht unhöflich sein. Es dauerte jetzt allerdings nicht mehr lange, bis ich zu Dr. Zayre umziehen musste. Ich seufzte. Bestimmt war sie nett, aber Kev war ungefähr in meinem Alter, und wir standen einander inzwischen so nahe wie nie zuvor.

»Ich sehe lieber zu, dass ich mit meiner Arbeit fertig werde.« Er wandte sich dem Comp zu, stieg ins Netz ein und legte eine Abfahrt in seine trigonometrischen Aufgaben hin.

Ich sah ihm zu, brachte ein gewisses Interesse auf. Dann: »Hast du mal nach mir gesucht?« Ich bemühte mich um einen gelassenen Ton. Falls ich ins Netz gestellt worden war, würde eine Suchanfrage das offen legen.

»Was sollte es da zu sehen geben? Bist du berühmt?« Ein abschätziges Schnauben.

»Nein, aber ...« Ich griff auf ein Täuschungsmanöver zurück. »Dad hat vor Jahren die Biographien unserer Familie eingestellt. Mal sehen, ob sie noch da sind.«

»Ich habe zu tun.« Er berechnete eine Sinusfunktion. Ich hätte mir die Aufgabe erst durchlesen müssen, um sie zu verstehen, und wollte mir nicht die Mühe machen. Kev warf mir einen kurzen Blick zu. »Es sei denn, du hättest einen Grund ...?«

Ich bemühte mich, meine Anspannung nicht zu zeigen. Ich konnte ihm von meiner Sorge erzählen, und natürlich würde er dann im Netz nach mir suchen. Ich musste es erfahren, wirklich!

Andererseits hatte mir Anth unter dem Siegel strengster Verschwiegenheit anvertraut, dass er die Aufspürfunktionen wieder eingeschaltet hatte. Es war ein Zeichen seines Vertrauens zu mir gewesen. Wenn ich jetzt erklärte, warum ich darauf angewiesen war, dass Kevin für mich über die Datenhänge wedelte, wäre Anth damit verraten worden.

Ich seufzte. »Ach, vergiss es.« Ich lehnte mich zurück. Vielleicht konnte ich Judy Winthrop anrufen. Falls ihre Mutter sie in der Nähe eines Rufers duldete. Ich konnte nicht vermeiden, dass mir ein weiterer Seufzer entfuhr. Ich hatte Judy familiäre Schwierigkeiten eingehandelt und brachte auch Kev in Gefahr, einfach indem ich mich in seiner Nähe aufhielt. Und was Anth anging, da dachte ich lieber nicht über die Probleme nach, die ich verursacht hatte.

Vielleicht sollte ich mich lieber bei unseren Feinden aufhalten und ihnen dadurch die Probleme bereiten, die ich sonst meinen Freunden eintrug.

***

Es war dunkel geworden, und das Abendessen war vorbei. Kevin fuhr die Byte-Bit-Hänge hinunter, seit er seine Hausaufgaben abgeschlossen hatte. Auf der anderen Seite des Zimmers las Mr. Dakko in seinem Holovid, die Füße auf einem Kniekissen.

Vielleicht war es schiere Freundlichkeit, vielleicht hatte aber auch Mr. Dakko ein leises Wort mit seinem Sohn gewechselt. Warum auch immer, jedenfalls hatte Kev unterbrochen, was er gerade tat, und die Netze nach mir durchforstet. Ohne ein Wort zu sagen, zeigte er mir dann die Ergebnisse.

Jetzt saß ich da, das Kinn in den Händen, und brütete über dem, was wir erfahren hatten. Oder eher, was wir nicht erfahren hatten.

Kein Warnsignal war an mein Netzprofil gehängt worden, kein Querverweis zu einer Vermisstenmeldung. Nichts.

Das stellte mich vor Rätsel. Allermindestens hätte Anthony die Bitte einstellen sollen, ihm Informationen zu übermitteln. Das wäre ein rein nomineller Versuch gewesen, mich zu finden, und einer, dem ich leicht hätte ausweichen können, indem ich nicht meinen regulären Wegen durchs Netz folgte. Es hätte jedoch immerhin eine symbolische Befolgung kirchlicher Forderungen bedeutet und ihm Schwierigkeiten mit dem Bischof erspart.

Was andererseits konnte es bedeuten, wenn Anthony es ablehnte, nach mir zu suchen? Er war nicht dazu verpflichtet, mich am Besuch der Stadt zu hindern, als Statthalter nicht und als Ersatzvater auch nicht. War ich jedoch wirklich ein ungeratenes Kind, dann trug er als Erzieher die Verantwortung für das, was ich anrichtete, und war verpflichtet, mich an die Kandare zu nehmen.

Andererseits – mir gingen langsam die Seiten aus –

hatte eigentlich meine Mutter Sandra die Vormundschaft. In letzter Konsequenz war Anth rechtlich nicht verpflichtet, mir Benimm beizubringen oder mich zur geistlichen Besserung an die Kirche auszuliefern – solange er sich nicht der realen Verantwortung für mich versicherte. Trotzdem bezweifelte ich, dass er auf eine solch ausweichende Schutzbehauptung zurückgriff; er war es, der mich erzog, und er war stolz darauf.

Hätte ich ihn doch nur fragen können, was ich tun sollte! Ich wagte es jedoch nicht, den Rufer zu benutzen oder eine Netznachricht zu hinterlassen. Er konnte mich dann nicht nur aufspüren und, schlimmer noch, zur Rückkehr zwingen, sondern sah sich durch die Antwort, die er gab, womöglich eigener Optionen beraubt.

Kevin stockte der Atem. »Heilige Scheiße, sieh nur!«

Ich schwenkte herum, und ein kalter Stich zuckte mir durch den Rücken. Falls Anthony doch …

»Kevin!«

»Dad, sie …«

»*Kevin!*« Mr. Dakkos Holovid purzelte zu Boden.

»Was habe … ups! Verzeihung, Sir!«

»Schalte das ab.«

»Ich wollte nicht so was …«

Mr. Dakko war auf den Beinen. »Schalte das ab. In dein Zimmer!«

»Jasir!« Kevs Holovid wurde dunkel. Mir gegenüber zuckte er hilflos die Achseln. Er tappte zu seinem Zimmer.

»Einen Augenblick noch.« Sein Vater schlug einen entschiedenen Ton an. »Erinnerst du dich an das letzte Mal, als du eine unflätige Sprache benutzt hast?«

»Ja, Sir.« Kevins Stimme klang dünn.

»Wie habe ich reagiert?«

Ein bestürzter Blick. »Dad, Randy ist hier!«

»Wie habe ich reagiert?«

»Du hast mir den Mund ausgespült.« Kevins Gesicht war dunkelrot.

»Sollen wir das wiederholen?«

»Nein, Sir, ich passe jetzt besser auf meine Worte auf. Ehrlich!«

»Sehr gut.«

Kevin verschwand.

Die Atmosphäre war eisig. Mein engster Freund war in meiner Gegenwart gedemütigt worden, und ich bezweifelte, dass er das verzeihen würde.

Nach einer Weile räusperte sich Mr. Dakko. »Glaub mir, bei der Raumflotte habe ich Schlimmeres gehört.«

Ich lächelte höflich und hoffte dabei, dass ich Kev nicht verriet.

»Und habe selbst schlimmere Ausdrücke benutzt.« Er bückte sich, um sein Holovid aufzuheben. »Habe ich dir schon erzählt, dass ich auf der *Challenger* und der *Hibernia* gedient habe?«

»Die Schiffe hatten Sie nicht erwähnt.« Was hatte Kevin nur so erregt? Ich nahm mir vor, vor dem Schlafengehen in sein Zimmer zu schlüpfen und ihn zu fragen. Mr. Dakko hatte das nicht verboten. Und falls es mich betraf, so musste ich es erfahren.

»Mit meinem Vater. Ich dachte, ich wäre erwachsen, und versuchte mich entsprechend zu benehmen.« Eine Pause. »Wie Kevin.«

Ich musterte meinen Stuhl.

»Walter – mein Vater – unternahm nicht viel, um

mich anzuleiten, obwohl der Allmächtige weiß, dass ich es hätte gebrauchen können. Langsam brach auf dem Schiffswrack die Zivilisation rings um uns zusammen. Da zeigte Walter eine stählerne Haltung, von der ich gar nicht ahnte, dass er das Zeug dazu hatte.«

Was versuchte er mir zu sagen?

»Ich möchte nicht, dass Kevin so lange warten muss. Also bin ich streng. Und das nicht über Gebühr.«

»Das ist Ansichtssache.« Ich konnte es mir nicht verkneifen.

»Du siehst es anders?« Sein Ton war trocken.

»Er hatte ja nicht vor, sich rüde auszudrücken. Er war nur aufgeregt.«

»Worüber?«

»Wer weiß? Sie haben ihm nicht erlaubt, es zu sagen.«

»Es kommt auf die Sprache an, weißt du.«

»Ja, aber ...« Ich seufzte. »Es ist irgendwie dumm, wenn ich eine eigene Meinung habe. Man braucht sich nur anzusehen, was ich mit meiner Redeweise alles angerichtet habe.«

Ein leises Lachen.

Nach langer Pause: »Sag ihm, er soll wieder zu uns kommen, Randy. Sag ihm, du hättest seine Interessen erfolgreich vertreten.«

Augenblicke später setzte sich Kevin vorsichtig neben seinen Vater. Es war der ältere Dakko, der aufstand und seinen Sohn heftig umarmte.

»Also dann.« Mr. Dakko machte es sich wieder auf dem Sofa bequem. »Was hattest du entdeckt?«

»Ein Schiff kommt!« Kevins Augen funkelten.

»Hoppla!« Mr. Dakkos Züge entspannten sich zu einem Lächeln. »Wann?«

»Es legt heute Abend spät an. Pa, können wir hinauffliegen und zusehen?«

»Ich bezweifle, dass wir auf dem Shuttle Platz finden.« Natürlich würde ein Shuttle starten, voll mit Zoll- und Einwanderungsbeamten, mit hohen Tieren der Raumflotte und neugierigen Würdenträgern, die auf einen ersten Blick erpicht waren.

»Das sagst du immer. Falls du Thurmon Branstead anrufen würdest ...«

»Nein, tut mir Leid.« Eine Pause. »Ich habe wichtige Verbindungen, Kev. Es gefällt mir nicht, sie für persönliche Vergünstigungen zu benutzen. Wenn du mal das Geschäft führst, wirst du es verstehen.«

»Ja, Sir.« Kevin war die Enttäuschung deutlich anzusehen. Mir meine auch. Schiffe trafen nur so selten ein – kaum mehr als zweimal im Jahr. Die Erz- und Getreidebarken zählten nicht.

»Sehr wahrscheinlich kann ich trotzdem eine Besichtigung vereinbaren. Schließlich sind wir Schiffslieferanten der Raumflotte. Würde dir das gefallen?«

»Megazarky!«

»Ist dir aufgefallen, um welches Schiff es sich handelt?«

»Das Neue. Die *Olympia.*«

»Ahh.« Mr. Dakko trommelte mit den Fingern. »Da sind gute Geschäfte denkbar. Sie ist riesengroß. Dreitausend Passagiere, achthundert Besatzungsmitglieder.«

Ich schüttelte den Kopf, als ich versuchte, mir ein Schiff dieser Größenordnung vorzustellen. »Könnten wir zum Raumhafen fahren, um uns den Zoo anzusehen?« Ich sollte lieber nicht in der Öffentlichkeit gesehen werden, aber mitten in einer aufgeregten Menge …

»Yeah!« Kevins Gesicht leuchtete auf.

Einen Augenblick später sagte Mr. Dakko: »Warum nicht? Leute blamieren sich schließlich nur selten dermaßen.«

Vor Jahren hatte Dad als Statthalter einmal geknurrt, der Tag der Ausschiffung wäre der reinste Zoo, und der Begriff war hängen geblieben. Eifrige Kolonisten und Grünschnäbel von Matrosen erlebten ihren ersten und wahrscheinlich einzigen Besuch in Centraltown, und Bürger strömten ihnen in großer Zahl entgegen, um sie zu begrüßen. Der Zoo war eine tolle Show!

»Und Dr. Zayre erwartet Randy anschließend. Kurz nach dem Abendessen.«

Ich machte ein langes Gesicht. »Ja, Sir.« Mr. Dakko war streng, manchmal sogar hart. Warum nur betrachtete ich sein Heim inzwischen als Zuhause?

Später lungerten Kevin und ich vor dem Schlafengehen noch in seinem Zimmer herum. Unser Gespräch wandte sich dem neu eingetroffenen Schiff und der Zeit seines Vaters in der Raumflotte zu.

Ich fragte: »Je daran gedacht, dich auch zu verpflichten?«

»Nicht eine Minute lang.« Kev legte sich rücklings aufs Bett, die Arme über dem Kopf.

Ich wandte den Blick ab. Er war nicht viel älter als ich, wirkte aber viel erwachsener. Nicht nur sein Auftreten, auch die körperliche Statur entsprach fast schon der eines Mannes. »Warum nicht? Dadurch kämst du von hier weg.«

»Ich *möchte* gar nicht weg.« Er überlegte eine Zeit lang. »Mit Schiffen macht man lieber von außen Geschäfte, statt auf ihnen zu fahren.«

»Dad war anderer Meinung.« Damit meinte ich meinen Dad.

»Meiner auch, obwohl er nie Offizier war.«

»Wieso nicht?«

Kevin zuckte die Achseln. »Dad sagt, er wäre damals noch zu unreif gewesen. Warum blickt er dann jedoch mit solcher Nostalgie auf seine Dienstzeit zurück? Ein schreckliches Leben; man wird herumkommandiert, wie eine Ölsardine untergebracht, muss ein Jahr auf den nächsten Landurlaub warten. Weißt du, wie mein Leben aussehen wird?« Er wälzte sich auf die Seite. »Ich habe es mir schon überlegt. Erst die Universität, dann eine Bankausbildung, und sobald Dad bereit ist, übernehme ich das Geschäft.«

»Was ist daran so aufregend?«

»Das Bankwesen ist der aufregende Teil. Wenn wir erst mal genug Geld in der Hand haben, bauen wir unsere eigenen Schiffe.«

»Dafür braucht man spezielle Werften und Herstellungsanlagen für den Fusions...«

»Genau, und damit hält uns die Erde unter der Fuchtel. Sie enthält uns Technologien vor, die uns unabhängig machen würden. Wusstest du schon, dass diese Bastarde von der Raumflotte sogar das Fusionstriebwerk aus dem veralteten Kriegsschiff gerissen haben, das sie uns als Ersatz für die Orbitalstation schickten, die von Seafort hochgejagt wurde? Nur um sicherzustellen, dass wir es nicht wieder in Dienst nehmen konnten, dass wir nicht an ein funktionsfähiges Sternenschiff kamen.«

Ich zuckte die Achseln. Dad hatte jahrelang davon geträumt, das Transportmonopol der Erde zu brechen. »Eines Tages wird die Regierung ...«

»Nicht die Regierung! Wir!« Seine Augen funkelten. »Stelle dir mal ein Unternehmen vor, so stark, dass es seine eigenen Sternenschiffe baut und betreibt!«

»Hope Nation hat nicht die Werften, um ...«

»Nicht nur wir, Randy, sondern alle größeren Kolonien in Zusammenarbeit. Wir befördern Erz von Kalls Planet, Getreide von Hope Nation, Stoffe und Mode von der Erde ... zu Preisen, die wir selbst festlegen. Wer ernennen unsere eigenen Kapitäne und planen die Routen und Zeiten selbst. Wenn wir reich genug sind, werden sie uns nicht mehr aufhalten können!«

»Wir?«

»Dakko & Sohn. Dads Idee, die einen Viktualienlieferanten in das führende Handelshaus der Nation verwandelt! Meine Bestimmung, Frachten zu den Sternen zu befördern!«

In Kevs viel zu engen, unscheinbaren alten Sachen, den Haarschopf unter einer Veloursmütze versteckt, war ich nur ein Junge unter anderen. Nur wenige Menschen würden mir einen Blick gönnen.

Auf dem Raumhafen wimmelte es von Menschen – vielleicht nicht nach terranischen Maßstäben, wohl aber nach unseren. Alle Geschäfte hatten geöffnet; Einwanderungsbeamte kontrollierten Impfpässe; Shuttles landeten alle dreißig Minuten; und heute standen mal vor dem Terminalrestaurant Gäste in einer langen, unruhigen Schlange.

Kevin folgte mir in etwas mürrischer Stimmung. Er brannte darauf, sich das neue Schiff anzusehen. Zweifellos konnte sein Vater das arrangieren, aber er hatte gehofft, es sich auf eigene Faust anschauen zu können.

Ich sah mich im Terminal um, aber der eigentliche Spaß wartete draußen. Ich schob mich durch Knäuel desorientierter Passagiere und suchte mir den Weg hinaus ins helle Sonnenlicht, Kevin auf den Fersen.

Rings um uns hatten eifrige Händler improvisierte Marktstände jeder Beschreibung aufgebaut. Von der Reise blasse Touristen und Kolonisten betrachteten sich bunte Hemden, frisch aus den Lagerhäusern von Centraltown herangekarrt. Ein Aufdruck erweckte meine Aufmerksamkeit: *Hope Nation, wo die Fische entdeckt wurden.* Man musste schon eine Macke haben, um so was zu tragen! Anscheinend hatten viele von diesen Leuten eine.

Unweit davon bot ein schattenloser Stand hastig eingetopftes örtliches Unkraut ohne besonderen Reiz an. Auf dem nächsten Tisch prangte eine bizarre Sammlung von Produkten so genannten einheimischen Kunsthandwerks, meist aus maschinengeschnitzten Weichhölzern, geschlagen auf unseren Plantagen, wenn neue Felder gerodet wurden.

»Sieh mal.« Kevin stieß mich an.

An einem Stand mit dem Schild EINHEIMISCHE ALTE PUPPEN fummelten eine aufgeregte Frau und ihre Töchter an kleinen, extravagant kostümierten Figuren herum, während der Ehemann nachsichtig wartete.

»Vom Erntefest«, schnarrte die exotische Inhaberin

des Standes. Übergroße goldene Ohrringe klimperten unter ihrem Kopftuch. »Findet alle zwo Jahre statt. Sie haben's gerade verpasst.« Behutsam nahm sie eine der teureren Puppen zur Hand; sie gehörte zu einem Satz in kunterbunter Ausstattung: Farmkleidung, Konfektionsware vom Schiff, Krawatten und Halstücher. »Kleidung, wie sie die ersten Kolonisten trugen. Sehr seltene Puppen.«

Ich zog eine Braue hoch. Die Inhaberin warf mir einen kühlen Blick zu. »Hi, Rand.« Sie konzentrierte sich wieder auf die potenzielle Kundin. »Siebzig Unies. Isse nich' schön?«

Ich unterdrückte ein Grinsen und überließ Dr. Mantiet ihre Beute. Im wirklichen Leben lehrte sie Psychologie an der Universität von Centraltown und redete nicht mit einem Akzent, den ich hätte erkennen können. Der Herrgott wusste, woher sie diese Pidginsprache hatte, derer sie sich hier befleißigte. Sie beschrieb ihren Zoostand sowohl als lukratives Hobby wie als Seminar in angewandter Psychologie.

Trotzdem machte es Spaß, sich den Zoo anzusehen. Unethisch? Vielleicht, aber jede Schiffsbibliothek enthielt Holos über Hope Nation; nur Leute, die hartnäckig an der eigenen Leichtgläubigkeit festhielten, gingen uns auf den Leim, und der Commonwealth zog ihnen mit Lust bei lebendigem Leibe die Haut ab.

Ich erschnupperte den scharfen Geruch von Bratwürstchen. Unwillkürlich trugen mich meine Füße in seine Richtung. Natürlich waren die Preise hier übertrieben hoch, aber Kevin hatte Knete dabei, und sein Vater hatte mir ein paar Unies zugesteckt, als er uns absetzte.

Wir standen da und mampften mit Knoblauch gewürzte Bratwürstchen in Toastbrötchen, während allgemeines Geschnatter um uns herumwirbelte.

»... falls dieser beschissene Pandeker noch mal an Pa herumnörgelt...«

»Er ignoriert es. Du solltest es auch tun.«

Ein heftiger Stoß an meine Schulter schleuderte mir die Wurst aus den Fingern. Sie platschte aufs Pflaster.

»*Verdammt* noch mal!« Es entfuhr mir zu lautstark, und ich erntete missbilligende Blicke.

»Heh, Junge, tut mir Leid.« Ein freundlicher Tenor hinter mir. »Komm, ich kauf dir 'ne neue.«

»Passen Sie doch auf, wo Sie...« Ich blickte auf. Ein Schiffsoffizier um die zwanzig, begleitet von einem weiteren jungen Offizier. Sie waren für den Landurlaub gekleidet: keine Krawatten, die Jacken über der Schulter hängend.

Stirnrunzelnd betrachtete ich seine Abzeichen. Ein Fähnrich, wenn ich die Streifen richtig deutete. Dad hatte mir das alles vor Jahren beigebracht, aber viel davon hatte ich wieder vergessen. Die Anstecker, die die Dienstzeit verrieten, waren für mich der reinste Kauderwelsch.

»Yeah, Mikhael, pass auf, wo du hintrittst.« Der Gefährte des Fähnrichs lächelte zu mir herunter. »Mik ist unheilbar tolpatschig, aber er meint es nicht böse.« An seinen Freund gewandt: »Hast du Knete?« Er fischte in der eigenen Tasche herum. »Sie da, geben Sie diesem Jungen eine frische Wurst!«

Seine Abzeichen unterschieden sich von denen seines Kumpels. Zögernd fragte ich: »Sind Sie ein Leutnant?«

»Seit letzter Woche, ja.« Er streckte die Hand aus. »Tad Anselm zu deinen Diensten.« Sein Lächeln war so einnehmend, dass ich nicht anders konnte und es erwiderte.

Ich vertraute meine Hand seiner großen Pranke an. »Randy Ca … Carlson.« Das war gelogen, und ich verabscheute es. Vielleicht zur Wiedergutmachung zeigte ich jetzt meine besten Manieren. »Freut mich, Sie kennen zu lernen, Sir. Das ist mein Freund Kevin Dakko.«

Der Fähnrich wartete, bis er an die Reihe kam. »Mikhael Tamarow.«

Wir schüttelten uns reihum die Hände.

»Also, Jungs«, sagte der Leutnant. »Was kann man hier erleben?«

»Sie meinen heute?«

»Oder noch länger. Wir haben ausgedehnten Landurlaub. Einen Monat, aber Mik wird das Schiff nicht für mehr als eine Woche verlassen wollen.«

»Nein, das möchte ich nicht, Tad.« Der Fähnrich runzelte die Stirn. »Sir.«

»An Land vergessen wir das.«

»Okay. Glaub mir, ich werde meinen Monat nutzen, aber ich möchte von Zeit zu Zeit nach Pa sehen.«

Ich zog die Brauen hoch. Ich wusste nicht viel über die Raumflotte, aber … ein Offizier, der seinen Vater mitbrachte?

Als wollte er das Thema wechseln, wandte sich der Fähnrich an seinen Begleiter. »Tad, weißt du noch, was wir über Offiziere im systeminternen Dienst gesagt haben?«

»Dass sie keine echte Erfahrung sammeln?«

»Hör dir das mal an: Dieser Typ am Terminalschalter sagt, ein örtliches Bergbauschiff hätte unweit von Drei einen Fisch entdeckt. Der Funkraum hätte einen falschen Alarm abgesetzt.«

»Hätte was entdeckt?« Ich brach ab. Seit Jahrzehnten hatte man keinen Fisch mehr gesehen; Seaforts Katzenjaulstationen hatten sie ausgelöscht. Die unbemannten Stationen sendeten eine schräge N-Welle, die die Außerirdischen in den Untergang lockte. Mit Hilfe der N-Wellen gingen unsere Schiffe in Fusion, um mit so etwas wie Überlichtgeschwindigkeit zwischen den Sternen zu reisen, aber die Fische spürten, wenn wir fusionierten und defusionierten, und es trieb sie zur Raserei. Die Katzenjaulstationen lockten die Fische mit einer schrägen Welle und rösteten sie dann mit automatischem Laserfeuer. Wir verloren auch Stationen, aber das hatte keine Bedeutung. Schließlich wurden die letzten Fische vernichtet.

»Einen Fisch«, wiederholte der Fähnrich. »Aber es war keiner. Er hat nicht angegriffen. Sie haben das Ding zur Hölle gepustet, was immer es war. Vermutlich ein Eisklumpen.«

Ich nickte. Fische griffen *immer* an. Jeder Nationeer lernte unsere Geschichte, zumindest diesen Teil.

Der Leutnant wirkte nachdenklich. »Nicht jeder Asteroid reflektiert metallisch. Ein aufgeregter Tech …«

Mik nickte wissend. »Wie du schon sagtest. Vertraue nie einem Offizier von einem systeminternen Schiff.« Er und sein Leutnant wechselten kennerhafte Blicke.

Ich entrüstete mich. »Nicht jeder kompetente Raumfahrer ist nur in Ihrer tollen Raumflotte zu finden!« Einer von Dads lange gehegten Plänen hatte sich darum gedreht, den Würgegriff der UN-Flotte um den interstellaren Handel zu brechen, und Anth war nicht weniger entschieden.

»Klar doch, Junge.«

Ich knirschte mit den Zähnen, reagierte aber nicht weiter auf seinen herablassenden Ton.

Anselm deutete mit der Hand auf die planlose Reihe der Marktstände. »Was gibt es hier außer diesem Quatsch noch zu sehen?«

Kevin antwortete munter: »Da haben wir die Innenstadt, die Kathedrale, die Plantagenzone, die Venturasberge ...«

»Pa sagt, ich dürfte die Berge nicht versäumen«, sagte der Fähnrich.

»Die City wäre ein guter Start«, fand Anselm. »Kann man hier Fremdenführer mieten?«

»Eigentlich nicht ...« Kevin warf mir einen warnenden Blick zu. »Ich sage Ihnen was: Wir zeigen Ihnen Centraltown, und ich führe Sie sogar in die Zone.«

»Wie viel?« Der Leutnant musterte ihn argwöhnisch.

»Nichts; nur so zum Spaß. Wie wäre es, wenn Sie uns anschließend das Schiff zeigen?« Kev schien die Luft anzuhalten.

Die beiden Offiziere wechselten Blicke. »Das könnte ich machen«, sagte Mik. »Pa und ich essen morgen gemeinsam zu Abend.«

»Will er immer noch nicht nach unten kommen? Das wäre eine Chance, von diesem ...« Er senkte die Stimme. »... Pandeker wegzukommen.«

»Er möchte das Risiko nicht eingehen.«

»In Ordnung, Jungs, wir haben ein Geschäft.« Anselm blickte sich um. »Wo mieten wir einen Elektrowagen?«

»Sie haben nicht vorbestellt? Inzwischen sind alle weg. Nehmen wir den Bus.«

Kevin plauderte auf dem ganzen Weg in die City und wies dabei auf neue Bauten hin, auf unsere älteren Sehenswürdigkeiten, den Rand des Zerstörungsbereichs, der auf den Asteroiden vor einer Generation zurückging, kurz bevor die UN-Flotte die Flucht ergriff und uns unserem Schicksal überließ. Von Zeit zu Zeit fiel ich ein und ergänzte seine magere Ausbeute an Fakten. Vielleicht war es von Vorteil, beim Statthalter zu leben; ich wusste mehr über Centraltown als Kevin, der hier wohnte.

Mik und Tad waren nur mit halbem Ohr dabei und genossen es, einfach nur zum Fenster hinauszublicken. Hope Nation war ihr erster Planetenbesuch seit der Erde vor achtzehn Monaten. Zweifellos hatten sie einfach Freude an den weiten Aussichten.

Wir besuchten die Kathedrale; ich hielt die Luft an und bemühte mich, eine unauffällige Erscheinung abzugeben. Niemand nahm Notiz von uns unter dem Dachgewölbe und den hohen gotischen Fenstern mit den Glasmalereien. Dann liefen wir stundenlang durch Centraltown und speisten während des Nachmittags in einem der besseren Restaurants. Die beiden Raumfahrer zahlten für uns alle.

Dann ging es in die besseren Viertel, vorbei am Churchill Park. Zu meiner Überraschung blieb Kev an unserem, ähm, *seinem* Haus stehen. Er sprang die Stufen hinauf, warf die Tür auf, führte unsere beiden

Gäste hinein und zeigte ihnen alles, einschließlich seines unordentlichen Zimmers.

Wir hörten unten die Tür zufallen. Mit einem Chipkasten und einem Holovid unterm Arm blieb Mr. Dakko abrupt stehen, erschrocken über das wilde Trampeln von Schritten auf der Treppe. Kevin war zu aufgeregt, um sich darum zu sorgen, sein Vater könnte über ein Haus voller unerwarteter Gäste verärgert sein; er stellte sie ihm enthusiastisch vor. Mr. Dakko fasste sich wieder; schließlich waren diese Gäste Offiziere der Flotte, in der er gedient hatte.

Nach einem Schwätzchen von einer Stunde lud Mr. Dakko Mik und Tad für später zum Abendessen ein. Zunächst lehnten sie ab, ließen sich jedoch überreden, als klar wurde, dass die Einladung wirklich ehrlich war. Dann bot ihnen Mr. Dakko zu meinem Erstaunen sogar seinen Elektrowagen an, vorausgesetzt, dass sie unter keinen Umständen Kevin oder mich ans Steuer ließen.

»Siehst du?«, fragte Kev, als wir einstiegen. »Mein Dad respektiert meine Freunde.«

»Aber gleich das Auto?«

»Er kann richtig zarky sein. Gestern Abend, das war nur eine Seite von ihm.«

Ich schüttelte den Kopf. Dass Dad seinen Elektrowagen verlieh, das konnte ich mir so wenig vorstellen, wie dass er mich wegen eines Kraftausdrucks öffentlich in Verlegenheit brachte.

Der Tag verging, und wir kehrten zum Abendessen nach Hause zurück. Mikhael Tamarow war in guter Form, erzählte uns Geschichten vom Leben an Bord und kluge Witze. Seine Augen funkelten. Ich hörte ihm zu, das Kinn auf die Hände gestützt, und bewunderte seine Art. Hätte ich doch nur so glänzen und meine Freunde so in Bann schlagen können! Hätte ich doch nur seinen Esprit, seine offene Freundlichkeit gehabt! Ich seufzte.

Irgendwie ergab es sich, dass im Verlauf der Ereignisse nicht mehr über meinen Umzug zu Dr. Zayre noch am gleichen Tag gesprochen wurde. Spät am Abend fuhr Mr. Dakko die beiden Offiziere zur Flottenkaserne, und als er zurückkam, schliefen Kev und ich schon tief und fest.

Am Morgen hatte Kev schulfrei, und ich schwänzte meine Schule weiterhin. Mir war aufgefallen, dass Kev im Schwung der abendlichen Gespräche seinem Vater nichts von unserer Abmachung erzählt hatte, das Schiff zu besichtigen, also schwieg ich während des Frühstücks ebenfalls.

Irgendwie schafften es die Offiziere bis zum Vormittag, sich einen Elektrowagen zu besorgen. Centraltown bot diese Fahrzeuge zur Miete an, aber normalerweise bestand keine große Nachfrage. Außer wenn ein Schiff anlegte.

Leutnant Anselm fuhr uns zuerst zum Wohnsitz des Gouverneurs, wo Fred Mantiet und der alte Zack Hopewell mitgeholfen hatten, die gesetzlose Regierung Triforth zu stürzen. Ausgerechnet Fähnrich Mikhael zeigte sich über Gebühr davon gerührt; seine Augen glänzten feucht, als der Fremdenführer uns an der »neuen« Frontveranda vorbeiführte, wo sich vor sechsundvierzig Jahren der schwer verletzte Nick Seafort einen Weg an den Wachen vorbeigebahnt hatte. Dann ging es in den Funkraum, wo Seafort, aufgrund einer eiternden Lunge dem Tode nahe, seine berühmte Ansprache gehalten hatte. Leider hatte der

Mistkerl überlebt und damit Gelegenheit gefunden, meinen Vater auf der *Galactic* umzubringen.

Tad hatte das Ansinnen, im Hauler's Rest zu speisen. Ich schluckte mein Unbehagen herunter. Nur wenige Plantagenfamilien hatten einen Grund, dort einzukehren, und falls ich mich um mich selbst kümmerte und Kevins Mütze tief in die Stirn zog, erkannte man mich wahrscheinlich nicht. Außerdem hatte man mich noch nicht als ungeraten eingestuft; soweit ich wusste, war trotz der Beschwerde Bischof Scanlens keine Anklage erhoben worden. Falls nötig, konnte ich mich durchmogeln, aber ich sollte natürlich lieber zusehen, dass ich längst verschwunden war, wenn Anth Wind davon bekam.

Ich wies Leutnant Anselm während der zweistündigen Fahrt den Weg. Auf der Rückbank sitzen zu müssen erwies sich als viel weniger langweilig, als ich mir vorgestellt hatte. Die Raumfahrer stellten endlos Fragen über das Leben in Centraltown und ließen sich dabei von unserer Jugend keineswegs beirren.

Schließlich raffte ich genug Mut für die Frage auf: »Warum verbringen Sie so viel Zeit mit uns, statt nach Mädchen Ausschau zu halten?«

Mikhael wurde rot, aber Leutnant Anselm lächelte nur. »Keiner von uns ist scharf auf die Mädchen, die man in Kneipen findet, und außerdem habe ich Kneipen satt. Und denkst du, wir wären auf der Fahrt ohne Frauen gewesen? Fähnriche haben auch Freizeit, weißt du? Wir dürfen uns zwar nicht mit Frauen aus der Besatzung einlassen, aber die *Olympia* befördert mehr als dreitausend Passagiere. Eine ganze Anzahl von ihnen sind attraktiv.«

Ich grunzte, war zu verlegen, um etwas zu sagen.

»Du solltest auch zur Raumflotte gehen, Randy. Eine Menge Mädchen mögen Uniformen, sogar die eines Kadetten. Unser Mik hier hat festgestellt . . .«

Ein entschiedenes Husten. Mikhael wurde dunkelrot.

»Jedenfalls werden wir uns freuen, wenn uns die passende Gesellschaft über den Weg läuft. Bis dahin genießen wir die Sehenswürdigkeiten.«

Der Fähnrich war nett zu mir gewesen und hatte es verdient, aus seiner Verlegenheit befreit zu werden. »Sie waren ein Kadett?«

»Es schien ewig zu dauern.« Er warf einen stolzen Blick auf seine Abzeichen. »Ich bin jetzt seit zwei Jahren Fähnrich. Ich habe erst spät angefangen«, erklärte er. Die meisten Kadetten wurden mit dreizehn oder vierzehn in Dienst genommen und innerhalb von etwa zwei Jahren befördert.

»Ich bin immer hinter Tad zurück«, setzte er verdrießlich hinzu. »Wir waren zwei Jahre lang zusammen in der Fähnrichskabine, aber jetzt sind wir wieder getrennt.«

»Na und? Jetzt musst du mich halt grüßen.« Anselm klang verärgert. »Wir sind immer noch Freunde, und du bist viel zu alt fürs Fass.«

»Dem Herrgott sei Dank.« Der Junge hatte irgendeine Erinnerung, bei der er wiederum rot wurde. »Minuspunkte gibt es weiterhin.«

»Tolliver gibt dir vielleicht Minuspunkte; ich tue es nicht, und das weißt du auch.«

Mik seufzte. »Ja, Sir. Ich weiß.« Er wandte sich mir zu. »Leutnants können Minuspunkte verteilen. Jeder zieht zwei Stunden Fitness-Übungen nach sich.«

»Natürlich. Mein Vater ...« Ich biss mir auf die Zunge. Sie glaubten schließlich, dass ich Carlson hieß. »Mein Vater hat es mir erzählt.«

»Tad ...« Einen Augenblick lang ignorierte Mik uns Zivilisten. »Manchmal habe ich sie verdient, das gebe ich zu. Aber Pandeker beschwert sich immer bei Mrs. Frand, und jedesmal geht sie ...«

Anselm runzelte die Stirn. »Geh ihm aus dem Weg.«

»Pandeker ist überall. Du weißt doch, dass er nur nach Ausreden sucht ...«

»Das sind Flottenangelegenheiten, Mik.« Der Ton enthielt eine freundliche Warnung.

»Vermute ich auch.« Der Fähnrich klang bedrückt.

»Wer ist Pandeker?« Mein Ton war munter.

»Ein Sonderbotschafter der Patriarchen.«

»Für uns?« Das konnten wir gerade noch gebrauchen – mehr Kirchenväter, die hier herumpfuschten.

»Für die *Olympia.*« Mik klang bitter.

»Ein Schiff hat doch keinen Pastor.« Die Kapitäne waren für die religiösen Aufgaben zuständig. Jeder wusste das.

»Dieses schon.« Tad verzog das Gesicht.

»Er hat ein Auge auf ...«

»Mikhael!« Erneut eine Warnung, weniger freundlich diesmal.

Mik ließ die Schultern hängen. »Verzeihung.«

»Ich kann deine Frustration verstehen. Man könnte sogar sagen, dass ich sie teile. Also, Jungs, wie groß ist die Plantagenzone denn nun?«

Ich ließ mich von Anselm wieder zur normalen Plauderei verlocken. Welches Problem war es, das er nur ungern mit Außenstehenden diskutierte? So verhielt man sich nun mal in der Raumflotte, wie ich wohl wusste. Die meisten ihrer Traditionen waren Legende. Sogar heute noch war die UN-Raumflotte der Dienstzweig, über den man am häufigsten sprach, und die Kids träumten davon, zur Erde zu fahren und sich zu verpflichten. Ich natürlich nicht. Nachdem die Flotte Dad getötet hatte, hasste ich den UNNS, den Flottendienst der Vereinten Nationen, mit Inbrunst.

Wir verputzten eine gewaltige Mahlzeit aus Maisbrot, Schweinesteaks, frischen grünen Bohnen und Bergen von Kartoffeln – alle Portionen im Hauler's Rest waren gewaltig bemessen – und stiegen wieder in den Wagen, um die zweistündige Heimfahrt anzutreten. Als wir die Außenbezirke von Centraltown erreichten, war der größte Teil des Tages vorüber. Sogar Mik wirkte unruhig. Er blickte auf die Uhr. »Ich sollte jetzt ein Shuttle erwischen.«

Anselm seufzte. »Ich komme dann wohl mit, denke ich.«

»Pa erwartet nur mich; bleib ruhig hier unten und genieße deine Zeit.«

Einen Augenblick lang wirkte Anselm schüchtern. »Mit dir zusammen habe ich mehr Spaß.« An Kevin gewandt: »Seid ihr Jungs bereit für eure Besichtigung?«

»Ja, bitte.« Kev klang angespannt.

Sie parkten vor dem Admiralitätsgebäude – obwohl wir keine Kolonie mehr waren, unterhielt die Raumflotte hier einen kleinen Stützpunkt unter Admiral Kenzig – und gingen über den Asphalt zum Terminal. Viel von der Aufregung des Vormittags hatte sich inzwischen gelegt, da die Standinhaber zum Abendessen und zu ihren normalen Jobs nach Hause gingen.

Kev fragte: »Wie kommen wir danach wieder herunter?«

»Wir setzen euch in ein Shuttle. Oder ihr bleibt über Nacht an Bord, und wir nehmen euch morgen wieder mit nach unten.«

»Zarky!« Kevin aktivierte seinen Rufer. »Wünsch mir Glück!« Es läutete mehrmals, ohne dass jemand abnahm. Seine Züge entspannten sich, als er auf Bandnachricht schaltete. Er redete schnell, als fürchtete er, unterbrochen zu werden. »Dad, wir fliegen mit Tad und Mik nach oben. Wir kommen spätabends zurück. Tut mir Leid, dass wir dich nicht erreicht haben.« Er trennte die Verbindung und schaltete das Gerät auf Rufumkehr. »Wir sind sowieso außer Reichweite.«

Ich sagte nichts.

»Es gefällt ihm vielleicht nicht.« Sein Ton war abwehrend. »Später bezahle ich den Preis dafür, welchen auch immer. Ich brauche meinen Daddy nicht, um mir die Hand zu halten.«

Ich lächelte, erfreut, den Kevin wiederzusehen, den ich vom vergangenen Sommer kannte. Eine Zeit lang hatte ich mich schon gefragt, ob er inzwischen völlig erwachsen geworden war.

Mehr Leute flogen zum Planeten herunter, als in den Orbit starteten; es war kein Problem, Plätze im Shuttle zu erhalten. Mik und sein Leutnant gingen zum Flottenschalter, zeigten ihre Ausweise vor und trugen uns als ihre Gäste ein. Zu meinem Erstaunen war mehr nicht nötig; kein DNA-Test, keine Netzhauterkennung.

Wir gingen zum bereitstehenden Shuttle hinüber, das im Licht der Raumhafenlampen glänzte. Mik fragte: »Habt ihr schon mal in so was gesessen?«

»Natürlich.« Erst verspätet fiel mir auf, dass ich einen verächtlichen Ton angeschlagen hatte. Dad *hatte* mich jedoch zuzeiten mit nach oben genommen. Vor dem geistigen Auge sah ich, wie er durch die Luke an Bord des Rennschiffs ging, um nie wieder zurückzukehren. Ich schluckte.

Kevin wirkte nervös. »Ich nicht.«

Ich zog eine Braue hoch. »Wirklich nicht? Aber dein Vater ...«

»Nächstes Mal. Immer heißt es, nächstes Mal.« Er klang mürrisch.

Wir passierten die Waage und suchten unsere Plätze auf. Es war eines der größeren Shuttles und weitgehend leer.

Als wir uns gesetzt hatten, legte Leutnant Anselm Kevin leutselig den Arm um die Schultern. »Beim Start wirst du heftig nach unten gedrückt. Lieg einfach still und versuche dich zu entspannen. Danach bist du schwerelos, bis wir die Station erreichen. Atme flach und bleibe angeschnallt. Falls dir schlecht wird ...«

»Das wird ihm.« Mik klang zuversichtlich. »Beuge dich einfach nach rechts und kotze den Leutnant voll. Ich würde es selbst tun, aber ich bekäme dafür Minuspunkte.«

Kevin lächelte schwach. »Ich schaffe das schon.«

Das hoffte ich. Andernfalls würde er uns und ganz Hope Nation vor diesen Fremdweltlern in Verlegenheit bringen. Was mich anging, ich war schon mit Dad und Anth im Orbit gewesen, und mir war kein Malheur mehr passiert, seit ich sechs war.

***

Der Start verlief genau so, wie es Tad Anselm versprochen hatte. Ich lehnte mich in den gepolsterten Sitz zurück und hielt die Armlehnen umklammert, während die Welt pulsierte. Endlich war es vorbei. Eifrig öffnete ich den Gurt.

»Heh, Junge, bleib, wo du bist!«

»Mir geht es gut. Wirklich!« Ich packte einen Griff, zog mich empor, drehte mich und ließ mich langsam rotieren. »Sehen Sie?«

»Tue das nicht.« Kevs Gesicht war grün. Er schluckte.

Ich musste ihn schnell ablenken. »Sieh mal!« Ich deutete auf die Sichtluke und die grüne Kugel von Hope Nation dahinter. »Ist es nicht wunderschön?« Ich setzte mich neben ihn. »Das ist der Westkontinent.«

»Ist mir egal.«

»Die Venturas verlaufen vom Zentrum zur Küste.« Müßig rieben meine Finger seinen Unterarm. »Es sieht cool aus, Kev. Sieh nur!«

Gehorsam tat er es.

»Die alte Militärbasis lag unweit dieses Rückens. Wahrscheinlich können wir nicht viel erkennen. Jemals dort gewesen? Inzwischen ist alles ein Park.«

Er kniff die Augen zusammen und beugte sich zur Sichtluke hinüber. Gemeinsam spähten wir hinaus. Einen Augenblick später: »Danke.«

Mikhaels Blick ging in weite Ferne. Unbewusst strich er sich die Haare glatt und rückte sich die Krawatte zurecht.

Langsam glitt unser Shuttle auf die Station zu.

Wir hatten keine richtige Station mehr, seit Seafort sie zerstört hatte. In all den Jahren seither hatten wir nie eine neue gebaut. Stattdessen schickte uns die Admiralität ein altes Kriegsschiff, stellte es außer Dienst und bestimmte es dazu, als Kernstück für eine neue Orbitalstation zu dienen. Im Verlauf der Jahre bauten wir neue Luftschleusenbuchten und geräumige Lagerhallen für Getreide und Erze an. Teile des alten Schiffes waren jedoch stellenweise noch zu sehen, und der Effekt war verblüffend.

Kevin, der seine Gleichgewichtsstörung vergessen hatte, saugte alles in sich auf. »Sieh dir nur mal die Größe an!«

»Die Station? Sie ist über die Jahre gewachsen, aber ...«

»Nicht sie, du Schlai! Das *Schiff!*«

Ich blickte zum Fenster hinaus auf die *Olympia*, deren Masse die nahe gelegene Station in den Schatten stellte. »Grundgütiger!« Ich wusste gar nicht, dass ich das gesagt hatte. Sie war ... riesig. Majestätisch. Etwas rührte sich in mir. Ich warf einen Blick auf Anselm, empfand dabei so etwas wie Ehrfurcht. »Dienen Sie darauf? Auf *ihr?*«

Tad nickte mit erkennbarem Stolz.

Ich schluckte. »Kein Wunder, dass Sie nicht einsam sind.«

Sie ragte noch gewaltiger auf, als wir näher kamen.

»Legen wir nicht an der Station an?«

»Nicht nötig. Die *Olympia* verfügt über reichlich Docks. Wir können direkt anlegen.« Er lehnte sich zurück.

Mik öffnete den Gurt. »Ich rufe Pa an und führe dann euch Jungs herum.«

Ich hörte kaum hin. Meine Augen hingen gebannt

an dem riesigen Leviathan, der dort vor dem Hintergrund einer Milliarde winziger Lichter schwebte.

Präzise lenkte unser Pilot das Shuttle in die bereitstehende Andockbucht des Riesenschiffes. Ein Klicken ertönte, als die Greifhaken zupackten.

Als die Gravitronen des Sternenschiffes uns wieder Gewicht gaben, stand Anselm auf und packte seine Reisetasche.

Die Luftschleusenluke glitt auf.

Ich kniff in dem stillen weißen Licht die Augen zusammen, während ein gelangweilter Matrose, der Wache an der Luftschleuse hielt, mich von Kopf bis Fuß in Augenschein nahm. Der Korridor schien verlassen. Ich fragte: »Wo sind die ganzen Leute?«

Mik nahm den Rufer auf. »Auf dem Planeten. Wir sind auf Deck 2; die meisten Kabinen hier stehen leer.« Er winkte unbestimmt. »Die neuen Passagiere kommen frühestens in drei Wochen an Bord. Nur einen Moment.« Er tippte einen Code ein. »Brücke, Fähnrich Mikhael Tamarow zur Stelle. Erlaubnis, mit zwei Gästen an Bord kommen zu dürfen, Ma'am?« Eine Pause. »Zwei Jungen, die wir auf dem Planeten kennen gelernt haben. Kevin Dakko und Randy ... ah, weil sie uns unten herumgeführt haben. Ja, natürlich, die ganze Zeit lang. Ich trage sie ein und übernehme die Verantwortung. Danke, Mrs. Frand.« Ein kurzes Lächeln für Leutnant Anselm, das womöglich Erleichterung ausdrückte. »Ist der Käpten in seiner Kabine? Wissen Sie das?« Eine weitere Pause. »Ja, gleich.« Er trennte die Verbindung. »Wir müssen sie die ganze Zeit im Auge behalten, damit sie nicht versehentlich das Fusionstriebwerk zünden.«

Kevin wirkte besorgt.

»Oder die Luft aus dem Schiff lassen.« Tad Anselms Ton war trocken. »Zweifellos möchtest du deinen Vater sehen?«

»Zum Abendessen, ja, Sir.«

»Sehr gut, dann zieh dich um; ich mache mit den beiden einen Rundgang.«

»Danke, Sir. Wo treffen wir uns?«

»Warum nicht im Speisesaal?«

Mikhael blickte auf die Uhr. »In einer Stunde oder so. Das passt mir.« Ein kurzer Gruß, und er war weg.

Kevin rührte sich. »Warum nennt er sie plötzlich ›Sir‹?«

»Weil wir die Luftschleuse durchquert haben.« Anselm steuerte ihn sachte an der Schulter. »Hier entlang, Junge. Ich zeige euch die Passagierunterkünfte und einige der Salons. Vielleicht gestattet der Käpten nach dem Essen einen Blick auf die Brücke.«

Die Kabinen waren luxuriös, aber nicht allzu groß; mir wäre es zuwider gewesen, ein Jahr lang in so einer Kammer eingepfercht zu sein. Andererseits waren die öffentlichen Bereiche weitläufig, und das so sehr, dass ich in einem Labyrinth aus eleganten Treppenhäusern und mit Teppichen ausgelegten Korridoren die Orientierung verlor.

Die *Olympia* hatte nicht nur ein oder zwei Decks wie die meisten Schiffe, sondern sechs. Sie hatte außer den Treppen sogar Aufzüge.

»Wie ist es, wenn man hier lebt?« Ich war unwillkürlich beeindruckt.

»Kommt darauf an, wer man ist.« Anselm führte uns an einem Mannschaftssalon vorbei Richtung

Funkraum. »Die Passagiere dinieren und schlafen recht bequem. Die Mannschaftsquartiere? Ich würde sagen, sie sind angemessen. Fähnriche ...«

Kevin fragte: »Könnte ich ein Mannschaftsquartier sehen?«

»Ich fürchte, das geht nicht. Sie sind nicht zugänglich für ... Na ja, solange die Mannschaft Urlaub hat, ist es vielleicht kein Problem.«

»Das würde mir gefallen. Mein Vater ...« Mr. Dakko hatte in einer solchen Unterkunft gelebt, als er in Kevins Alter war.

»Ich sehe mal, was ich tun kann. Nun, Fähnriche leben wie überall auf engstem Raum, während die Kabinen der Leutnants ganz anständig sind. Würdet ihr meine gern sehen?«

»Sicher.« Ich bemühte mich Anselm zuliebe um einen interessierten Tonfall.

»Nach dem Abendessen; es wird jetzt langsam Zeit.«

»Wo sollen wir warten, während ...«

»Oh, ihr seid eingeladen, keine Bange. Platz haben wir reichlich, da jetzt die meisten unserer Passagiere an Land sind.« Er führte uns hinauf zum schmuckvolleren Speisesaal auf Deck 2.

Ich trottete hinterher, die Zähne zusammengebissen. Bei aller Pracht war dieses kostspielige Schiff ein fast identischer Zwilling der *UNS Galactic.* In einer solchen Umgebung war Dad eines entsetzlichen Todes gestorben, im Vakuum erstickt, mit den Händen ins Leere greifend, während ihm die Augäpfel ...

»Randy, alles okay mit dir?« Kevin packte mich am Arm.

Ich befreite mich aus seinem Griff. Ich wollte nicht

über meinen Albtraum reden. In gedrücktem Schweigen trotteten wir zum Speisesaal.

Der weitläufige Saal war so luxuriös gestaltet wie die besten Restaurants in Centraltown; zu diversen Anlässen hatte ich unter Anthonys wachsamem Blick in ihnen allen gespeist. Samtbehänge, glänzende Geländer, gestärkte Tischdecken und Kristallglas verrieten Wohlstand und die Eleganz der alten Welt.

Leutnant Anselm führte uns zu einem runden Tisch. »Während der Fahrt sitzt jeder Offizier in Gesellschaft von Passagieren an einem eigenen Tisch; die Tische wechseln monatlich. Um die Wahrheit zu sagen: Zuzeiten ist es wirklich langweilig.«

Ich zog einen gepolsterten Stuhl mit schwerem Stahlrahmen hervor. Links von mir sah sich Kev nervös um. »Wir sind dafür nicht richtig angezogen.«

Anselm klopfte ihm auf die Schulter des Overalls. »Du siehst okay aus, Junge. Offiziere kleiden sich zum Abendessen formell, aber Passagiere kommen in eher legerer Kleidung, besonders im Hafen.« Sein Ton war freundlich.

Nur eine Hand voll Leute kamen hereinspaziert, während die Stewards sich bereitmachten, die Speisen aufzutragen. Ich versuchte, mir den Saal voller Menschen vorzustellen, ebenso den Ausweichspeisesaal weiter unten, den wir auf unserem Rundgang besichtigt hatten.

Ich entdeckte Mikhael. Er hatte sich komplett herausgeputzt: frisches Hemd, dunkelblaue Hose, steife blaue Jacke mit den Abzeichen. Die Krawatte saß ordentlich, das Haar war frisch gekämmt. Er unterhielt sich angeregt mit einem älteren Offizier, der ein kleines Mädchen an der Hand führte.

Der schmal gebaute Offizier mit dem strengen Gesicht, das mit weißen Strähnen durchsetzte Haar kurz geschnitten, war eine imposante Erscheinung. Er kam mir vage bekannt vor. Etwas, was Mikhael sagte, erheiterte ihn; ein Lächeln lockerte seine Züge. Seine Finger strichen Mikhael über den Arm. Ich ballte die Faust. Dad hatte gern die gleiche Geste gezeigt.

An ihrem Tisch warteten drei Zivilisten. Ein Steward hielt einen Stuhl bereit, aber der Offizier brachte erst das Kind auf seinem Platz unter. Mikhael wartete, bis beide Platz genommen hatten, setzte sich dann dem Offizier gegenüber und breitete die Serviette sorgfältig auf dem Schoß aus.

Wir setzten uns ebenfalls an unseren Tisch.

»Heute Abend gibt es frisches Fleisch und Gemüse«, erklärte Anselm und faltete die eigene Serviette auseinander. »Natürlich versorgt uns die Hydroponik mit reichlich Grün, aber ...«

»Verzeihung, Sir.« Fähnrich Tamarow salutierte knapp vor Anselm. »Der Käpten bittet um das Vergnügen Ihrer Gesellschaft und die unserer Gäste.« Er blinzelte mir zu und zeigte dabei ein schelmisches Lächeln.

»Aber natürlich!« Tad schoss hoch und gab uns mit einem Wink zu verstehen, dass wir auch aufstehen sollten. »Das gilt als Ehre, Jungs. Wenn auch in diesem Fall nicht direkt unerwartet.«

Während ich versuchte daraus schlau zu werden, gingen wir durch den fast leeren Saal. Der ältere Offizier stand auf; ich erkannte seine Abzeichen als die eines Kapitäns. »Willkommen auf der *Olympia.*« Er streckte die Hand aus.

Mikhael sagte: »Sir, darf ich Ihnen meine Freunde Kevin Dakko und Randy Carlson vorstellen? Randy, Kevin, Käpten Nicholas Seafort.«

Jede Farbe wich aus meinem Gesicht. Eine Hand stützte mich.

Meine Lippen arbeiteten. »Sie sind ... Seafort? *Der* Kapitän Seafort? Der frühere GenSek?«

Ein dünnes Lächeln. »Ich glaube, der bin ich.«

Ehrfürchtig ergriff Kevin seine Hand. Dann tat ich es ebenfalls, weil alle zusahen.

Er deutete auf einen Platz gleich neben Mikhael. »Bitte setz dich zu uns. Ich möchte dir Jane Ellen Seafort vorstellen, meine Tochter.« Er zerzauste der Kleinen das Haar.

Ich zog meinen stark gepolsterten Stuhl heran und plumpste darauf. Mein Kopf drehte sich. Ein Steward platzierte eine silberne Terrine auf einem Ständer und schöpfte dampfende Pilzsuppe auf unsere Teller. Der Duft frisch gebackenen Brotes stieg mir in die Nase.

»Also«, sagte der Käpten. »Wie ich gehört habe, habt ihr mit unseren Jungs die ganz große Besichtigungstour durch Centraltown gemacht.«

Ich nuschelte etwas; Kevin übernahm die Konversation. »Es war einfach zarky, Sir! Wir sind zum Hauler's Rest gefahren.«

Ich hatte von diesem Tag geträumt.

»Und ihr möchtet trotzdem noch zu Abend essen? Erstaunlich.«

»Sie kennen es? Oh, natürlich!« Kevin wurde rot. Seafort hatte auf Hope Nation gelebt und gearbeitet.

Seit Jahren verzehrte ich mich nach meiner Chance, gesichert durch das Wissen, dass sie nie eintreten konnte.

Der Käpten lächelte. »Bieten sie immer noch Schweinesteaks an?«

»Mit Knoblauch-Kartoffelbrei.« Kevins Wangen waren erhitzt. »Sie sollten hinunterfliegen und es probieren.«

Mikhael sagte: »Es ist wirklich gut, Sir.«

Schweiß rieselte mir an den Rippen herunter. Wie zufällig schwebte meine Hand über den Tisch; unabsichtlich fegte sie meine Stoffserviette zu Boden.

»Ich fürchte, ich bin noch nicht so weit. Ich schrecke vor dem Start zurück.«

»Ihre Wirbelsäule, Sir?«

Heute würde ich meine Existenz rechtfertigen. Heute würde ich Anthony, Mom und Vetter Randolph stolz machen.

Ich bückte mich, erreichte die heruntergefallene Serviette nicht.

Ich murmelte eine Entschuldigung, stand auf, schob den Stuhl zur Seite, bückte mich und hob die Serviette auf. Ich legte das gestärkte Leinen neben meinen Teller.

»Ja. Als wir losfuhren, konnte ich ein Drittel g verkraften, also haben wir das Bug-Gravitron entsprechend eingestellt. Wir haben es jeden Tag ein winziges Bisschen hochgefahren. Als wir von Constantine zurück waren, kam ich mit einem g zurecht, aber ...«

Ich trat zurück. Mit einer glatten Bewegung, als hätte ich sie geprobt, hob ich den schweren Stahlrahmenstuhl hoch in die Luft. Mit aller Kraft, die ich nur aufbrachte, schlug ich ihn Käpten Seafort auf den Kopf.

Er kippte aufs Deck.

Kevin saß erstarrt, mit einem Ausdruck des Entsetzens. Das kleine Mädchen kreischte.

Erneut hob ich den Stuhl. Hände packten mich. Ich wich ihnen aus, schwenkte den Stuhl, aber meine Drehung ruinierte die Zielgenauigkeit. Anselm hatte mich jetzt um die Taille gepackt. Mikhael warf sich mit dem Kopf voran auf mich. Er schlug mir in den Magen. Wir gingen als Knäuel zu Boden. Jemand trat mich heftig.

»Dr. Romez in den Speisesaal, ruckzuck!« Eine raue Stimme über Rufer. Jemand zerrte den Fähnrich von mir weg. »Schafft ihn raus!« Ein Leutnant, älter und grauhaarig. »Schafft alle beide ins Schiffsgefängnis, sofort!« Anselm zerrte Kevin vom Stuhl hoch. Kev protestierte. Der Offizier setzte ihm einen gewaltigen Hieb an den Schädel, sodass ihm der Kopf hin und her flog.

»Schafft sie raus, habe ich gesagt!«

»Aye aye, Mr. Tolliver!« Sie drehten mir den Arm auf den Rücken. Sie führten mich im Laufschritt aus dem Speisesaal, während ich vor Schmerzen schrie, aber nicht, ehe ich noch einen Blick auf Seafort erhaschte. Er lag reglos auf dem eleganten Teppich, eine Hand ausgestreckt, als wollte er flehen. Ein langsames Rinnsal rostfarbenen Blutes sickerte in den Stoff.

Fähnrich Tamarow kniete neben ihm und hielt die Hand des alten Mannes.

Ungeachtet meiner Schmerzen und der Prügel frohlockte ich.

Derek Carr, ich habe dich endlich gerächt! Ruhe sanft. Der verdammte Käpten Seafort ist tot!

5. Kapitel

Das Schiffsgefängnis lag unten auf Deck 3. Meine Wärter schoben mich an dem erschrockenen Schiffsprofos vorbei zu einer Zelle. Die Luke glitt auf. Ein gewaltiger Tritt in den Hintern schickte mich der Länge nach auf den Boden der Zelle. Die Luke schloss sich.

Ich sprang auf, rieb mir den Allerwertesten, lief in der Zelle auf und ab. Vor lauter Adrenalin war mir schwindelig. Ja! Ich hatte es getan! Meine nächtlichen Fantasien, die Tagträume vieler Jahre hatten sich erfüllt.

Du hast meinen Vater umgebracht! Du hast mit honigsüßen Worten seine Loyalität eingefordert und ihn – einen Zivilisten, einen Regierungschef – der Gefahr ausgesetzt. Für deine Zwecke, nicht seine. Nicht unsere. Er ist für nichts gestorben; was hätte es schon für Hope Nation bedeutet, falls die Regierung der Erde gestürzt wäre?

Er ging in der Erdatmosphäre in Flammen auf, in deinem verwundeten Schiff.

Kein Begräbnis. Keine Leiche. Kein Grab, das ich hätte besuchen können in der Qual der Nacht.

Du hast mir alles genommen, was ich geliebt habe, du abscheulicher Mistkerl!

Ich lief auf und ab, geriet beinahe in Raserei. Natürlich würden sie mich hängen oder erschießen; das verstand sich von selbst. Mir war es egal. Selbst in einem Leben, das so lange gedauert hätte wie das Dads, hätte ich kein höheres Ziel erreicht, als ich es heute geschafft hatte.

Trotzdem wäre es nett, wenn ich Judy Winthrop Lebewohl sagen könnte. Vielleicht gestatteten sie mir das ja.

Eine Flut von Befehlen tönte aus dem Lautsprecher; im Durcheinander des Notfalls wurden sie schiffsweit weitergegeben.

»Hier spricht Leutnant Tolliver. Alle Meditechniker auf die Krankenstation, sofort! Pilot auf die Brücke!«

Hinter der Stimme ein Schluchzen im Hintergrund.

Alarmsirenen heulten. *»Alle Mann auf ihre Posten!«*

Die Zelle war winzig, etwa drei Meter im Quadrat. Ein spartanisches Bett hing an einer Wand, darauf nur eine schmutzige Matratze auf dürftigen Federn.

»Alle Schleusen dicht! Bereitmachen zum Losbrechen!«

Der Bauch tat mir weh an der Stelle, wo mich Mikhaels Faust getroffen hatte. Ich setzte mich auf das Bett, verschränkte die Arme, wiegte mich.

»Alle Passagiere in die Kabinen. Bleiben Sie dort, bis Sie Weiteres hören.«

Ich sprang auf, konnte mich einfach nicht beherrschen. Die gerühmte UN-Raumflotte war in wilde Hektik verfallen. Das geschah ihnen recht! Ich lief wieder auf und ab, von einer Wand der schmalen Kammer zur nächsten.

»Fähnriche Riev und Ghent auf die Brücke. Und Leutnant Frand.«

Was, wenn Anth nie erfuhr, wer es getan hatte? Ob sie mir wohl einen Abschiedsbrief gestatteten?

Ob man wohl meinen Namen ehren würde?

»Schleuse fünf, was ist das für eine Verzögerung? Ich möchte die Schleuse dicht haben, und zwar SOFORT!

Wir lösen uns von der Station, selbst wenn ich Ihre verdammte Sektion dem Vakuum aussetze! Wachhabender, versiegeln Sie die Schleuse und machen Sie in eigener Sache disziplinarisch Meldung!«

Ich grinste. Tolliver klang angefressen. Zweifellos machte es sich nicht gut in seiner Akte, dass sein Käpten vor seinen Augen umgebracht worden war. Und von niemand Geringerem als einem patriotischen Nationeer.

Mit der Zeit wurden meine Schritte langsamer, und ich setzte mich wieder. Die Beine waren zittrig geworden.

Nach längerer Zeit Schritte. Ich spannte mich an, wohl wissend, dass sie kamen, um mich zu holen. Aber sie gingen an meiner Zelle vorbei. Eine Tür zischte. Gedämpfte Worte. Ein Angstschrei. Von Kevin!

Ich sprang auf die Beine. »Lasst ihn in Ruhe! Er hatte nichts damit zu tun!«

»Nein, bitte!« Kev klang verzweifelt. »Wohin bringen Sie mich?«

Ich hämmerte an die Tür. »Lasst ihn in Ruhe!«

Nichts.

Ich lief hin und her, setzte mich erneut. Dann sackte ich auf dem Bett zusammen und nickte nach einer Weile ein.

Ein Strom kühler Luft. Die Tür glitt auf.

Ich sprang hoch. Zwei kräftige Matrosen drückten mich an die Wand. Ein Typ mit fleischigem Gesicht rammte mir eine Betäubungswaffe an die Brust. »Rühr dich ja nicht, du kleiner Schlai!« Ich erstarrte. Er rammte mir den Lauf ans Brustbein. Ich ächzte und versuchte, ein Würgen zu unterdrücken. Sie drehten mich grob herum und legten mir hinter dem Rücken Handschellen an.

»Er ist so weit, Ma'am.«

»Dann los mit ihm.« Ein Leutnant, das Gesicht starr und grimmig. Ihr Haar war dunkel und lockig, die Gestalt hager.

Sie schleppten mich aus der Zelle: »Wo ist Kevin?«, brachte ich hervor.

»Sei still. LeFevre, knebeln Sie ihn, falls er nur einen Laut von sich gibt!«

»Aye aye, Ma'am.«

Ich biss die Zähne zusammen, entschlossen, ihnen diese Befriedigung nicht zu gönnen.

»Alle Mann und Passagiere, Achtung!« Grob zerrten sie mich durch die Passage und auf den geschwungenen Korridor hinaus. Mehr Hände, als eigentlich nötig gewesen wären, hielten jeweils einen Teil von mir. *»Käpten Seafort wurde schwer verwundet und ist ...«* Eine lange Pause trat ein. *» ... dem Tode nahe. Auf Grundlage von Abschnitt 121.4 der Flottenbestimmungen und des Verhaltenskodexes enthebe ich, Leutnant Edgar Tolliver, ihn des Kommandos und übernehme selbst das Amt des Kapitäns der* UNS Olympia *bis – bis zu seiner Genesung.«* Der Lautsprecher wurde still.

Auf einmal hatten die Matrosen Schwierigkeiten, mich festzuhalten. Sie ließen mich aufs Deck fallen, hoben mich hoch, warfen mich wieder hin. Schläge prasselten auf mich ein; Ellbogen rammten meine wunden, protestierenden Rippen. Entschlossen, ihnen zu zeigen, dass ich es verkraftete, gab ich mir nach Kräften Mühe, nicht zu schreien.

»Schluss damit, Jungs.« Die Stimme des Leutnants war ausdruckslos.

»Aye aye, Mrs. Skor.« Vielleicht schwang da ein missmutiger Unterton mit.

Sie schleppten mich weiter den Korridor entlang, in einen Fahrstuhl, dann über ein weiteres Deck.

Auf dem Schild stand KRANKENSTATION. Ein Matrose öffnete die Tür mit einem Hieb auf die Schaltfläche. Sie drängten mich hinein, setzten mich auf einen Tisch. Hier warteten ein Meditechniker – vielleicht der Arzt – und der ältere Leutnant, den ich im Speisesaal gesehen hatte.

»Ist er schon tot?« Mein Ton war giftig.

Leutnant Skor riss mich herum; ihre Augen flammten. Ich schluckte und war still.

»Schnallen Sie ihn an!« Das war der schlanke, allmählich grau werdende Leutnant. Tolliver hatte er sich über Lautsprecher genannt.

»Was haben Sie ...«

»P und D. Halt die Klappe.«

Ich sträubte mich. »Dazu haben Sie kein Recht! Ich gestehe! Ich hatte geplant, ihn zu töten!« Auf allen Planeten herrschten zivilisierte Gesetze. Falls ein Angeklagter seine Schuld bestritt, obwohl Beweise gegen ihn vorlagen, hatte er nicht das Recht zu schweigen. Ein hoch entwickeltes Polygraph-und-Drogen-Verhör legte seine Schuld offen.

Aber ich stritt meine Schuld ja nicht ab; ich erklärte sie rundheraus. Ich war vor einem P-und-D-Verhör sicher.

Der Meditechniker rümpfte die Nase. »Falls er gestanden hat ...«

»Ich gebe einen Dreck darauf!«, schnauzte der Leutnant. »Verhören Sie ihn!«

Ich schrie: »Sie dürfen das nicht ...«

»Sir, bei allem Respekt, den Bestimmungen zufolge …«

Tolliver donnerte: »Ich bin der Kapitän dieses Schiffes!«

Der Techniker gab klein bei. »Ja, Sir! Aye aye, Sir. Gib mir den Arm, Junge.«

Ich widersetzte mich, wurde aber ignoriert. Sie gaben mir eine Spritze und noch eine. Grobe Finger zogen mir das Hemd aus, sodass ich zitternd der plötzlichen Kälte ausgesetzt war. Sie nahmen mir die Handschellen ab.

Ich versuchte mich zu bedecken und wünschte mir, ich hätte Alex Hopewells Körperbau gehabt oder auch nur Kevins. Ich wirkte so verdammt *babyhaft*, rosa und glatt. Wenn ich aufgeregt war, quiekste meine Stimme. Wie jetzt. »Tut das weh?«

Leutnant Skor zischte: »Es ist die reinste Agonie!«

»Schluss damit.« Das war Käpten Tolliver.

»Leg dich zurück.« Der Meditechniker.

Sie schnallten mich fest, legten die Instrumente an, regulierten den Medikamentenfluss.

»Wer hat dich geschickt?«

»Wer sind deine Komplizen?«

»Wie hast du arrangiert, an Bord zu kommen?«

Ich kam immer wieder mal kurz zu mir und bemerkte, dass ich schwatzte und es nicht verhindern konnte.

»Warum hast du versucht, den Käpten zu töten?«

»Wo bist du geboren worden?«

Ich hatte richtig gehandelt, davon war ich überzeugt. Aber einem Teil von mir widerstrebte es, mich zu verraten.

»Wie alt bist du?«

»Sag uns deinen Namen!«

Ich lag auf meinem Bett, und der Schädel pochte mir unter den Nachwirkungen der Medikamente. Ich konnte mich daran erinnern, dass ich mindestens zweimal in die Hängetoilette gekotzt hatte. Ein saurer Schweißgeruch hing in der Luft. Ich benutzte mein Hemd als Decke; eine andere gab es nicht.

Von irgendwoher hörte ich jemanden langsam und gleichmäßig weinen.

Ich kniff die Augen zu und rollte mich zu einem Häufchen Elend zusammen.

Ein Wärter brachte mir ein Sandwich und Milch im Pappbecher. Metallgegenstände waren nicht erlaubt.

»Was werden Sie mit mir machen?«

Er stellte das Essen hin.

»Wird man mich hängen?« Meine Stimme bebte.

Er drehte sich wortlos auf den Fersen um.

»Sagen Sie etwas!«

Er schlug auf die Lukensteuerung.

Ich saß auf dem Deck, die Knie angezogen, und starrte dumpf vor mich hin.

Meine Zelle enthielt nichts außer Bett und Toilette. Kahle Wände aus gestrichenen Stahlblechen. Ein Lautsprecher in der hohen Decke und ein Luftgitter. Zu klein, um hindurchzukriechen, selbst wenn ich es hätte erreichen können. Die Toilette bestand aus Stahl oder Alulegierung, sodass es über meine Kräfte ging, sie zu zerstören. Ich hatte es probiert.

Ich konnte mich nicht richtig an das erbarmungslose Verhör erinnern. Fragen, immer neue Fragen. Wer … warum … An einer Stelle war ich ins Stocken geraten, hatte verzweifelt darauf beharren wollen, dass ich Carlson hieß, ohne mein Motiv selbst richtig zu verstehen.

Ich hatte wohl versagt.

Den Leuten, die mich verhörten, schien es die Sprache verschlagen zu haben.

»Oh, Herr Jesus!« Das war Käpten Tolliver.

»Sir?«

»Er ist der Sohn Derek Carrs.« Eine Kette von Flüchen knisterte in der Luft.

Hände packten meine Schultern und schüttelten mich. »Warum, Junge? In Gottes Namen, warum?«

Kaum richtig bei Bewusstsein, schwatzte ich weiter.

In meiner Zelle legte ich den Kopf in die Hände, ohne recht zu wissen, wessen ich mich so schämte.

» ... Randy?« Eine leise Stimme.

Ich wurde ruckartig wach. »Wie?«

»Randy?«

»Kev?« Ich sprang auf, rannte zur Tür. »Kevin?«

Eine tiefe Stimme brummte etwas. Ein Protest, den ich nicht richtig verstand.

»Randy, wo sind ... *Au!*«

Stille.

Ich hämmerte erst an die Tür, dann an die Wände, bis mir die Fäuste schmerzten.

Nichts.

Nach einer Weile hatte ich genug. Ich stand vor der unnachgiebigen Tür. »Heh!«

Nichts.

»Sie da draußen! Wärter, Schiffsprofos oder wie zum Teufel Sie sich sonst nennen!«

Stille.

Ich schrie los. Manchmal Worte, und wenn sie mir ausgingen, nur noch irgendwelche Laute. Nach einer

Weile kreischte ich richtig. Die Stimme versagte mir. Ich probierte es erneut.

Es war hoffnungslos. Ich wollte schon aufgeben, als die Tür auffuhr. Zwei Matrosen standen davor, einer mit einem Schlagstock, und außerdem jemand, den ich nicht kannte, ein Zivilist. In seinen Augen funkelte etwas, vor dem ich einen Schritt zurückwich. »Was soll der Radau, Junge?«

»Wer sind Sie?« Ich schlug einen trotzigen Ton an.

»Branstead. Jerence.« Zu dem Matrosen: »Das brauchen wir nicht. Schließen Sie die Luke.«

»Aber ...« Widerwillig gehorchte der Mann.

Branstead rümpfte die Nase. »Haben Sie dir keine Möglichkeit gegeben, dich zu waschen?«

»Was geht *Sie* das an?«

Mit einer Grimasse setzte er sich auf mein Bett. »Du steckst in den fürchterlichsten Schwierigkeiten. Tolliver wartet jetzt ab. Falls der Käpten stirbt, lässt er dich auf der Stelle hängen. Niemand wird ihn aufhalten, und ich weiß nicht recht, ob ich mir die Mühe machen und es überhaupt versuchen würde.«

Ich schluckte. »Das ist mir egal.«

»Sachte, Junge! Das Leben ist ohnehin schon zu kurz.«

»Nennen Sie mich nicht ›Junge‹!«

»Wieso nicht? Du bist ein arrogantes, verdorbenes Kind. Derek würde sich schämen.«

Ich ballte die Fäuste. »Nehmen Sie seinen Namen nicht in den Mund!«

»Er war mein Freund.«

Einen Augenblick lang war ich sprachlos. »Wie ...«

Bransteads Blick war eisig. »Und trotzdem sollte ich dich mit bloßen Händen zerreißen, du gemeines, kleines Stück Scheiße!« Er bewegte sich, als wollte er aufstehen, und ich machte einen Satz rückwärts.

Einen Augenblick später grunzte er und setzte sich zurück. »Rechtlich gesehen, hängst du in der Schwebe.«

»Wie kam es, dass Sie mit meinem Dad befreundet waren?«

»Du bist Bürger von Hope Nation, hast dir jedoch Zutritt auf ein UN-Kriegsschiff verschafft. Du bist ein Minderjähriger ohne Begleitung; das macht dich zum Mündel des Kapitäns, den du zu töten versucht hast.«

Ich wurde rot. »Warum sollte ich mir Gedanken über meinen Status machen?«

»Wir haben eine stabile Position unweit der Station – es verletzt die Sicherheit nicht, dir das zu sagen –, stehen jedoch unter eigener Energie. Damit gelten unsere Gesetze, nicht eure.«

»Sind Sie Anwalt?«

»Nein, und du erhältst auch keinen. Bestenfalls verteidigt dich ein Flottenoffizier, aber selbst das ist nicht nötig. Du hast an Bord dieses Schiffes keine Rechte; der Kapitän kann dich summarisch exekutieren lassen, falls er möchte. Trotzdem hat er mich beauftragt, dich über deine Lage zu informieren. Von einem Kolonisten zum anderen, sozusagen.«

»Ich kann gut auf Ihre …«

»Auf einem Kriegsschiff ist der Kapitän sakrosankt. Wenn ihn ein Besatzungsmitglied nur unaufgefordert anfasst, ist das ein Kapitalverbrechen. Du gehörst nicht zur Mannschaft, aber falls der Käpten stirbt, ist dein Leben verwirkt. Sogar wenn er überlebt … Versuchter Mord mit Vorsatz ist schon ein Kapitalverbrechen.«

Ich hätte am liebsten mit irgendwas geworfen, hatte aber nichts zur Hand. Sogar mein Hemd lag neben Branstead auf dem Bett. Ich knurrte: »Was zum Teufel interessiert Sie das?«

Er starrte mich an, ohne ein Wort zu sagen.

Die Zeit verging. Ich fing an zu zappeln.

Als er wieder etwas sagte, geschah es leise. »Randy Carr, der Allmächtige ist mein Zeuge: Solltest du mir noch mal einen Fluch an den Kopf werfen, nehme ich meinen Gürtel und prügle dich durch.«

Ich bemühte mich, nicht rot zu werden.

»Ist das klar?«

Ich starrte aufs Deck.

Er stand auf.

»Yeah.«

Er kam auf mich zu.

»Ja, Sir!« Ich wich an die Wand zurück. Es war nicht weit.

»Formuliere deine Frage angemessen, Junge.«

Ich holte tief Luft, bemühte mich um Gelassenheit. »Was haben Sie mit der Sache zu tun? Und warum sind Sie überhaupt an Bord?«

»Ich war GenSek Seaforts Stabschef. Als er in den Ruhestand ging, blieb ich im Job. Als ich jedoch erfuhr, dass seine nächste Fahrt nach Hope Nation ging, kam ich mit.«

»Warum?«

»Der neue GenSek brauchte mich nicht wirklich, und es wurde Zeit, dass ich die Heimat wiedersah.«

Mir stockte der Atem. »Sie sind *der* Branstead? Der die Branstead-Plantage aufgegeben hat?«

»Vor vielen Jahren.« Seine Lippen zuckten; es war

womöglich ein Lächeln. »Ich war ungefähr in deinem Alter und fast so unausstehlich.«

»Wollen Sie diesmal bleiben?«

»Ich weiß nicht.« Er fuhr sich mit den Fingern durchs Haar. »All diese Jahre im Dienst der UN ... und ich habe mich nie um ihre Staatsbürgerschaft beworben. Ich war immer ein Bürger von Hope Nation, abgesehen von meinen Jahren in der Raumflotte.« Der Flottendienst brachte die volle Staatsbürgerschaft mit sich, wenn auch befristet.

Ich wäre so gern auf und ab gegangen, aber mit Branstead darin war meine Zelle noch kleiner. Mein Ton war gefügig. »Es tut mir Leid, was ich gesagt habe.« Ich hatte gedacht, dass er auch zu Seaforts Flotte gehörte, und nicht, dass er auch ein Nationeer war.

Andererseits war er Seaforts Stabschef gewesen. Mir kamen neue Zweifel.

»Anthony Carr kann dir nicht helfen. Käpten Tolliver ist Generalbevollmächtigter der Regierung der Vereinten Nationen und übt alle ihre Rechte aus. Er wird UN-Recht zur Anwendung bringen. Dein, ah, Neffe hat da nicht mitzureden.«

Wie viel hatte ich ihnen im flackernden Zwielicht des Geständnisses verraten? Hatte ich unseren schmutzigen Familienzank offen gelegt? Meine Schulschwänzerei? Meinen Affront gegen den Bischof?

Spielte irgendwas davon eine Rolle?

»Edgar Tolliver ist fuchsteufelswild. Er hat vor, dich zu töten.«

»Was hält ihn auf?«

»Nick würde es ihm nie verzeihen. Vielleicht tut er es aber trotzdem. Ich warne dich! Falls Tolliver dich zu sich ruft, dann biete ihm nichts von deiner Frechheit! Es wäre Selbstmord.«

Ich schloss die Augen. Dad zerzauste mir die Haare. Ich kicherte immer noch über sein Versprechen, mir einen Elefanten mitzubringen. »*Ich liebe dich, Junge.*«

»Mr. Branstead?«

»Ah. Höflichkeit.« Sein Ton war trocken.

Vorsichtig ging ich zum Bett hinüber und setzte mich neben ihn. »Verstehen Sie, warum ich es getan habe?«

»Ich würde lieber fragen: Begreifst du, was du getan hast?«

Ein Wärter brachte mir ein dickes, fleischiges Sandwich. Er hielt es mir hin, spuckte darauf, warf es aufs Bett.

Ich rührte es nicht an.

Bransteads Besuch hatte mich aufgewühlt. Wäre Seafort gleich gestorben, dann wäre ich – davon war ich überzeugt – furchtlos zur Hinrichtung gegangen. Wäre der Käpten unverletzt geblieben, hätte ich mit den Zähnen geknirscht und meine Strafe ertragen. Die Ungewissheit jedoch nagte an meinem Mut. Wie sollte ich mich auf den Tod vorbereiten, wenn ich gar nicht sicher war, ob er kam?

Man hatte mich geschlagen und geschubst. Auf mein Essen spuckten sie. Ich hasste das, aber schlimmer noch, es beunruhigte mich.

Ich konnte erkennen, dass die Reaktionen der Mannschaft nicht arrangiert waren. Sie hassten mich für meine Tat.

Was bedeutete, dass sie Käpten Seafort geliebt hatten.

Aber warum? Er war ein Tyrann, ein eingebildeter Despot, der Menschenleben als Futter für seinen Ehrgeiz benutzte. Dad hatte mir Geschichten darüber erzählt, wie Seafort herzlos seine Leute opferte. Sicher, Dad hatte es nicht so gesehen; er vergötterte Seafort und rückte seine Torheiten in ein vernünftiges Licht. Sogar ich hatte mich täuschen lassen, bis mir Dads brutaler Tod die Augen öffnete.

Keine Luft. Verzweifelt nach Atem ringend, barsten seine Blutgefäße, explodierten die Lungen, bluteten die Augäpfel.

Während Seafort zusah.

Die Tür glitt auf. »Worüber weinst *du* denn, du gemeiner Mistkerl?«

Ich sprang auf.

Mikhael Tamarow.

Er nickte dem Schiffsprofos zu. »Sehen Sie nach, ob Sie Leutnant Anselm im Offizierssalon finden. Falls er dort ist, geben Sie ihm diese Nachricht. Ich achte solange auf den Gefangenen.«

»Aber, Sir ...«

»Das war ein Befehl.«

»Aye aye, Sir.« Der Schiffsprofos zog sich zurück.

Der Fähnrich schob die Tür zu und näherte sich meinem Bett.

Nervös sagte ich: »Ich hoffe, ich habe Sie nicht in Schwie ...«

Er hieb mir in den Magen. Ich krümmte mich zusammen und würgte.

Er fing an zu fluchen und spickte jeden Kraftausdruck mit einem Schlag. Seine Knöchel rammten mich an der Schläfe; ich torkelte, hielt mich an der Wand fest. Ein Rundschlag erwischte mich in den Rippen; irgendwas brach.

Mikhaels Züge waren dunkel; er bleckte die Zähne. Er schlug mich ein ums andere Mal, jedes Mal fester.

Ich versprühte Speichel. »Bitte...« Es war kaum hörbar.

Ich rutschte an der Wand herunter in die Ecke; er hockte sich vor mich und schlug erbarmungslos auf mich ein. Ein wuchtiger Hieb rammte meinen Kopf an die Wand; ich fürchtete, dass er ein Auge zerstört hatte. »Halt! Aufhören!« Methodisch hämmerte er jetzt auf meine Brust und die Schultern ein.

Es ging ewig weiter. Mein Blut tropfte. Jeder Atemzug war eine Folter.

Jeder Hieb in die Rippen trieb die rote Agonie auf die Spitze. Am schlimmsten war der gleichmäßig monotone Strom der hässlichsten Worte, die ich je gehört hatte.

Die Tür fuhr auf. »Oh, Jesus, lassen Sie ihn! Sir, aufhören! Gehen Sie weg, oder ich betäube Sie! Sofort, Sir!« Matrosen bemühten sich, den Fähnrich aus der Zelle zu ziehen. Er entriss sich ihrem Griff, rannte auf mich zu, trat mir echt heftig zwischen die Beine.

Ich kreischte, rollte mich hilflos hin und her, die Arme um mich selbst geschlungen, und betete darum, sterben zu dürfen.

Ich erwachte unter hellem Licht in einem weichen Bett. Jedes Glied, jedes Organ tat mir weh. Ich bekam die geschwollenen Augen kaum auf. Der Arzt trat einen Schritt zurück.

Käpten Tolliver ragte mit verschränkten Armen über mir auf. »Das war nicht gerechtfertigt. Es wird nicht wieder geschehen.«

Ich nickte.

Er stolzierte hinaus.

Ich fragte niemand Besonderes: »Wo bin ich?«

»Auf der Krankenstation. Du hast drei gebrochene Rippen sowie diverse Quetschungen und Abschürfungen. Du hast einen Zahn verloren, aber den können wir neu einpflanzen. Ich habe den Stimulator für Knochenwachstum zweimal eingesetzt, während du bewusstlos warst, und dir Kalzium verabreicht. Die Rippen sind in ein paar Tagen wieder zusammengewachsen. Morgen kommst du in deine Zelle zurück. Ich verschreibe dir ein Schmerzmittel.«

Ich versuchte mich an der Nase zu kratzen, stellte jedoch fest, dass meine Handgelenke ans Bettgeländer gefesselt waren. »Können Sie …« Ich wackelte mit der Hand.

»Nein. Keine Chance.« Er drehte sich auf den Fersen um.

»Doktor?« Ich wartete darauf, dass ein Anfall von Schwindelgefühl vorüberging.

»Ja?« Sein Ton triefte vor Ungeduld.

Ich zwang die Worte heraus. »Wie geht es dem Käpten?«

Seine Augen füllten sich mit Tränen. »Im Koma. Schädelbruch, subdurales Hämatom, Blutungen im Schädel. Ich habe eine Kraniotomie durchgeführt, um den Druck zu mildern, aber …«

»Wird er überleben?«

»Möglicherweise. Eher ist jedoch wahrscheinlich, dass er es nicht tut. Ah, jetzt lohnt es sich, darüber zu weinen, was? Er hat immer geglaubt, dass ihm die Hölle bestimmt ist. Falls das so ist, wirst du ihm dort bald begegnen.« Er stolzierte davon.

Am nächsten Tag gestatteten sie mir, mich mit dem Schwamm zu waschen; ich hatte zu viele Quetschungen und Schwellungen, um unter der Dusche zu stehen. Dann machten sie ihre Ankündigung wahr und führten mich in meine trostlose Zelle zurück.

Ich saß hilflos in der stillen Kammer.

Niemand war bereit, meine Fragen zu beantworten, und ich konnte Kevin nicht hören. Ich hatte nicht mehr die Kraft zu schreien und eine Szene zu machen, damit sie reagierten.

Jetzt durfte ich einmal am Tag hinaus, um zu baden. Zweifellos hatte sich der amtierende Kapitän eingemischt.

Am zweiten Nachmittag ging die Luke auf, als ich gerade lustlos vor mich hindöste.

Eingerahmt von der Tür standen dort zwei Offiziere, die ich kannte. Leutnant und Fähnrich. Der Fähnrich war perfekt gekleidet und geschniegelt: glänzende Schuhe, Hose und Hemd steif, die Krawatte straff gebunden, das Gesicht geschrubbt, jedes Haar an Ort und Stelle.

Er warf einen Blick auf Leutnant Anselm, und Gefühle liefen durch ihn. Ein tiefer Atemzug. Rasch trat er vor – weit konnte er nicht gehen, ohne vor die Wand zu laufen – und nahm vor mir Haltung an. »Fähnrich Mikhael Tamarow meldet sich zur Stelle, Sir.«

Ich glotzte. Das »Sir« galt mir.

»Ich bitte für mein unentschuldbares Verhalten um Verzeihung, für meinen kin...« Sein Blick wanderte zu Anselm, aber das Gesicht des Leutnants blieb ausdruckslos. »... meinen kindischen Wutanfall. Für das Überschreiten aller Grenzen des Anstands, den Verstoß gegen die Schiffsvorschriften und die allgemeinen guten Sitten sowie die Herauskehrung von Unreife.« Mikhaels Gesicht war scharlachrot. »Sir, mein fehlerhaftes Betragen wurde dem Kapitän zur Kenntnis gebracht, und wir versichern Ihnen, dass ich dafür disziplinarischen Maßnahmen unterworfen werde.«

Stille.

Er behielt Haltung.

Ich fauchte: »Ich hoffe, dass Sie den Rohrstock erhalten!« Dad hatte mir erzählt, wie weh das tat.

Anselm rührte sich. »Das wird nicht geschehen. Er ist zwanzig, ein paar Jahre über der Grenze. Aber er wird sein Handeln noch bedauern.«

»Weshalb sind *Sie* hier?«

»Auf Anweisung des Käptens, um darauf zu achten, dass Fähnrich Tamarow die erteilten Befehle ausführt.« Eine Pause trat ein, gefolgt von der Spur von etwas, was vielleicht Mitgefühl war. »Mr. Tamarow ist Offizier; sein Wort steht nicht in Frage. Lediglich sein Urteilsvermögen. Ist das korrekt, Fähnrich?«

Mikhael knirschte mit den Zähnen. »Ja, Sir. Man hat mir gesagt, ich hätte das Urteilsvermögen eines Kleinkinds gezeigt.«

Hätte es meiner Brust nicht so wehgetan, hätte ich vor Schadenfreude geschrien. Das Äußerste, was ich zuwege brachte, war ein Lächeln, das ein Höchstmaß an Boshaftigkeit ausdrückte. »Denken Sie das auch?«

»Meine Meinung ist unerheblich.«

»Antworten Sie ihm, Mr. Tamarow.«

»Aye aye, Sir. Sir …« An mich gewandt und höflich. »… ich hasse Sie keinen Deut weniger als zuvor.

Dieser Hass hat mich bewogen, meine Karriere in der Flotte aufs Spiel zu setzen. Objektiv betrachtet, muss ich zugeben, dass das ein armseliges Urteilsvermögen verrät.«

Ich streckte das Kinn vor. »Warum hat man Sie geschickt, Anselm? Haben Sie dabei mitgemacht?«

»Ich hatte keine Ahnung. Hätte ich sie gehabt, dann hätte ich versucht, ihn aufzuhalten.« Damit ich auch nicht zu viel Trost erfuhr, setzte er hinzu: »Mr. Tamarow ist mein Freund, und ich sehe ihn nicht gern in Schwierigkeiten.«

»Hat er sie?«

»Aber gewiss. Mit zwanzig ist er zu alt, um wieder Kadett zu sein, andernfalls hätte man ihm das Offizierspatent genommen, wie es mir einmal passiert ist. Kapitän Tolliver hätte ihn beinahe aus dem Dienst entlassen.«

Ich empfand einen Stich, der vielleicht von den Rippen herrührte, vielleicht von etwas anderem. Ein Gefühl, das mir keine Freude machte. Ich wandte den Blick ab. »Es tut mir Leid, dass Sie meinetwegen Probleme haben. Auf dem Planeten waren Sie nett zu mir.«

»Danke, Sir.«

Anselm sagte: »Das reicht für heute, Mr. Tamarow.«

Beinahe tat es mir Leid, dass er wieder ging. »›Für heute‹?«

»Er kommt morgen wieder. Bis zu deinem Prozess täglich.«

Ich zuckte zusammen und wandte mich ab. Als ich die Augen wieder aufschlug, fuhr die Tür gerade ins Schloss.

Den ganzen Nachmittag lang war ich unruhig und sehnte mich ungeachtet der Schmerzen danach, auf und ab zu gehen. Es verstörte mich, in der winzigen Zelle eingesperrt zu sein; ich konnte nirgendwo hingehen und hatte nichts, das ich betrachten konnte.

Ich wollte Mikhael wiedersehen, damit ich grausam zu ihm sein konnte. Er würde es schlucken müssen; ich war ein »Sir« für ihn.

Ich hasste ihn. Er hatte mich gnadenlos verprügelt.

Ich bemühte mich, nicht zu weinen.

An diesem Abend besuchte mich Mr. Branstead wieder. »Erholst du dich?« Wie zuvor setzte er sich aufs Bett und blickte zu mir hoch.

Ich sehnte mich nach Gesellschaft, aber ich war mürrisch wegen der Schmerzen. »Machen Sie sich etwas daraus?«

»Ein wenig. Du wirst dich von deinen blauen Flecken erholen. Ich mache mir mehr Sorgen um den Fähnrich. Er hat die Vier-und-vier-Wache. Das ist nicht für immer, und er ist jung genug, um es durchzuhalten. Aber in seine Akte wird ein Verweis eingetragen; vielleicht schafft er es nie zum Leutnant, und er ist wahrscheinlich krank vor Scham.«

»Woher wissen Sie so viel über die Raumflotte?«

»Ich war selbst Offizier«, sagte Branstead sanft. »Käpten Seafort hat mich als Kadett auf der *UNS Victoria* verpflichtet, dem ersten Rennschiff.«

»Auf dem Heimweg, nachdem er die Orbitalstation hochgejagt hatte?« Als die Flotte uns im Stich ließ, blieb Seafort zurück. Sogar ich musste zugeben, dass es eine brillante Maßnahme gewesen war, die Station hochzujagen, nachdem er Hunderte von Fischen angelockt hatte. Hope Nation wurde während des Krieges nie wieder angegriffen.

»Ja.«

»Waren Sie damals schon Freunde?«

Er sagte schlicht: »Nicht, ehe ich den Glückssaft aufgab.«

Mir stockte der Atem. Glückssaft war eine illegale Droge, auf allen Planeten verboten. Die Strafen waren streng. Branstead hatte Glück gehabt; diese euphorische Droge machte dermaßen süchtig, dass ihr nur wenige wieder entkamen. Fast unglaublich, dass die Flotte einen Jungen angenommen hatte, der in ihrem Griff gesteckt hatte.

»Wie?«

»Mr. Seafort schloss mich in eine Zelle.« Er sah sich um. »Es war eigentlich eine Passagierkabine. Etwas größer als diese hier.«

Ich schnaubte. »Und enthielt Ihnen den Saft vor, bis er erreicht hatte, was er wollte.« So war Seafort nun mal.

»Nein, er hat mir eine Phiole Saft gegeben und mir gesagt, dass er mich vereidigen würde, falls ich sie nicht öffnete.« Bransteads Blick verlor sich in der Ferne. »Falls du wissen möchtest, was die Hölle ist, Junge, dann frag mich.«

Sein Ausdruck war so trostlos, dass ich zu ihm ging und mich behutsam neben ihn setzte. Die verschweißten Rippen taten nach wie vor weh.

Stille.

»Haben Sie das Zeug noch mal genommen, Sir?«

»Nein; ich hatte einen Eid geschworen.«

»Menschen brechen Eide.«

»Ich nicht.« Eine Zeit lang starrte er auf den Boden. »Nick Seafort hat es einmal getan. Seither verfolgt es ihn.« Abrupt deckte er die Augen mit der Hand ab. »Und jetzt liegt mein Freund, mein Mentor, in dieser Kammer, reglos wie der Tod, der gebrochene Schädel von einem Verband umwickelt, und ich kann nur neben ihm sitzen und an die Dinge denken, die ich nicht gesagt habe, als es noch möglich war.«

Ich sprang auf und ignorierte einen warnenden Stich. »Das ist nicht fair!«

»Was?« Ich hatte ihn aus seiner Träumerei gerissen.

»Er ist ein Monster! Sogar die Erde ist ohne ihn besser dran! Mein Vater war ein guter Mann, ein anständiger Mann ... Sie haben ja keine Ahnung, wie gut er war!« Es fiel mir schwer weiterzureden, und ich hämmerte mir auf die Beine.

»Randy ...«

»Aber Sie alle lieben nur Ihren Helden Seafort und betrachten mich als den letzten Dreck! Ihm habe ich es zu verdanken, dass ich ohne meinen Vater leben muss. Was ist mit mir, verdammt? Was ist mit mir?!« Meine Stimme war so schrill geworden, dass mir die Kehle wehtat.

Er runzelte die Stirn über meine Wortwahl, sagte aber nur: »Würde es Derek zurückbringen, wenn man ihn tötete?«

»Der Mord an Derek Carr hat nach Rache geschrien!«

»Du irregeleiteter Dummkopf.« Branstead legte den Kopf in die Hände. Einen Augenblick später stand er auf. »Vielleicht reden wir noch einmal darüber. Jetzt bin ich der Aufgabe nicht gewachsen.«

Ich hielt ihn an der Tür auf. »Warum sind Sie gekommen?«

»Ach ja. Um dich auf den aktuellen Stand zu bringen.« Er fuhr sich mit den Fingern durchs Haar. »Der Statthalter verlangt, dich zu sehen. Käpten Tolliver verweigert es.«

»Anthony weiß es?«

»Randy, die ganze Welt weiß es. Als wir von der Station losbrachen, war das schon längst kein Geheimnis mehr.«

»Warum verweigert es Tolliver?«

»Nenne ihn Käpten.«

Ich schluckte meinen Stolz herunter. »Käpten Tolliver.«

»Du bist jetzt im Gewahrsam der Flotte und wirst es auch bleiben.«

Ich runzelte die Stirn. »Werde ich Anth Lebewohl sagen dürfen? Meiner Mutter?«

»Falls man dich hängt?« Es klang brutal.

Ich nickte, wagte es nicht auszusprechen.

»Ich weiß nicht. Sicherlich per Holochip.«

Ich schlang die Arme um mich.

»Und Chris Dakko von Dakko & Sohn schlägt einen Mordslärm wegen seines Jungen. Er beharrt darauf, er wäre unschuldig, und verlangt seine Freilassung.«

»Kevin hatte keine Ahnung. Nicht mal ich...« Nicht mal ich wusste, dass ich versuchen würde, Nick Seafort den Schädel einzuschlagen.

»Er wurde einer P und D unterzogen, wie du. Käpten Tolliver ist nicht bereit, die Ergebnisse herauszurücken, aber die Gerüchte vermelden, dass der junge Dakko nichts wusste.«

»Warum wird er dann noch festgehalten?«

»Das musst du den Käpten fragen.« Damit war er fort.

***

Am nächsten Tag kam wiederum ein Meditechniker und schob einen Wagen mit einem Stimulator für Knochenwachstum vor sich her. Ich musste still sitzen, während er mir mit der kühlen Scheibe über den Brustkorb fuhr. Es kitzelte und machte mich nervös. Aber dann ging der Mann wieder, und ich blieb für einen weiteren langen Nachmittag allein.

Das Schlimmste für mich war, dass ich hier nichts zu tun hatte: kein Holovid, keine Bücher. Nichts zu sehen außer den gottverdammten Wänden.

Schritte vor der Luke. Ich saß mit gekreuzten Beinen auf dem Bett, und mir war egal, wer da kam. Hauptsache irgendjemand.

Tamarow und Anselm.

Der Fähnrich kam hereinmarschiert und nahm vor mir Haltung an. »Fähnrich Mikhael Tamarow meldet sich zur Stelle, Sir. Auf Befehl des Kapitäns entschuldige ich mich erneut für den tätlichen Angriff auf Sie.«

»Zweifellos bedauern Sie ihn.« Mein Ton triefte von Sarkasmus. »Oder bedauern Sie es, mir nicht den Rest gegeben zu haben?«

»Darf ich die Wahrheit sagen, Mr. Anselm?«

»Sie dürfen nicht nur; ich verlange es.«

An mich gewandt: »Ja, Sir, ich wünschte, ich hätte Sie getötet. Dann würde ich gehängt, und wir beide hätten es hinter uns.«

Ich hatte gewusst, dass er meinen Tod wünschte, aber es erschütterte mich trotzdem, es in diesem sehnsüchtigen Ton zu hören. »So empfinde ich bezüglich Ihres tollen Nick Seaforts.«

Einen Augenblick lang schloss er die Augen. Dann sagte er, in Anbetracht der Umstände ziemlich ruhig: »Ja, Sir.«

Ganz plötzlich war ich es leid, ihn zu quälen. »Ich schätze ...« Ich holte tief Luft. »Ich schätze, ich kann Ihre Gefühle verstehen. Schließlich ist er Ihr Käpten.«

»Er ist mein Vater!« Mikhael hatte die Fäuste geballt.

Ich gaffte. »Ihr was?«

»Oh, Sie wussten es doch.« Verachtung klang aus seinen Worten.

»Sie sagten, Sie hießen Tamarow! Sie haben über sich selbst gelogen!«

Er knurrte: »Und Sie nicht?«

»Sachte, Mr. Tamarow.« Das war Anselm von der Tür her.

»Aye aye, Sir.« Der Fähnrich nahm wieder Haltung an.

Anselm verschränkte die Arme. »Sie dürfen sich heute rühren.«

»Danke, Sir.« Er tat wie geheißen.

Wir betrachteten einander. Vorsichtig stand ich auf. »Sie sind Nick Seaforts Sohn?« Ich kostete das Bizarre, das Unmögliche.

»Ja, Sir. Mein Name lautet trotzdem Tamarow. Käpten Seafort hat mich adoptiert.«

Ich runzelte die Stirn. »Sie hatten das Wort ›Pa‹ ... vorher erwähnt.«

»Das war auf dem Planeten. Oder allein in seiner Kabine. Im Dienst ist er ›Käpten Seafort‹, so wie ich meinen Freund Mr. Anselm an Bord ›Sir‹ nenne.«

Mir wirbelte der Kopf. »Seafort hat einen Fähnrich adoptiert?«

»Natürlich nicht. Das war...« Er drehte den Kopf. »Tad – Leutnant Anselm, wie soll ich das erklären?«

Anselms Mundwinkel zuckten. »Beginnen Sie am Anfang, sprechen Sie langsam und gehen Sie nicht davon aus, dass er schon irgendwelche Einzelheiten kennt.«

»Aye aye, Sir.« Mikhael sammelte sich. »Als ich fünfzehn war, starb mein Vater bei einem Bombenattentat auf die Rotunde, das Mr. Seafort galt. Ich war ... sehr durcheinander. Ich hatte Alexi jahrelang nicht gesehen und mich so auf seinen Urlaub gefreut. Ich hasste Mr. Seafort, weil er mir die Chance genommen hatte...«

»Aufhören!« Mein Ton war schrill. »Gehen Sie!« Ich sprang vom Bett hoch und schob ihn zur Luke. »Lassen Sie mich in Ruhe!«

Anselm hob mich von den Füßen, legte mich aufs Bett, hielt mich dort fest. »So geht das nicht, Junge.« Er sah mich scharf an. »Warum sehe ich da Tränen?«

»Runter von mir!« Ich drehte mich auf die Seite, wandte mich von ihm ab. Meine Stimme schwankte. »Bitte, lassen Sie das.«

Der Fähnrich klagte: »Mr. Anselm, was habe ich...?«

»Warten Sie, Mik.« Zu meiner Verblüffung tätschelte mir der Leutnant das Kreuz. »Mikhael hat es nicht böse gemeint. Er hat einfach seine Gefühle ausgedrückt. Ich war dabei.«

»Wo?«

Mit einem Seufzen erzählte mir Anselm von Seaforts letzten Tagen als GenSek. Er beschrieb die eigene Trunksucht als junger Fähnrich, Mikhaels Verzweiflung über den Tod seines Vaters, Seaforts beharrlichen Kampf darum, sie beide zu retten, während die Erde auf eine Revolution zutorkelte. Seafort holte Anselm in seinen Stab, zusammen mit einem Kadetten namens Bevin. Dabei wurden Tads Augen feucht, und er schwieg einen Augenblick lang.

Dann bedachte er Mikhael mit einem Lächeln und wandte sich wieder mir zu. »Mr. Seafort zog Derek Carr hinzu, um Mik Geschichten von seinem Vater, Kapitän Tamarow, aus den frühen Tagen zu erzählen. Der arme Mik wusste nicht, was er damit anfangen sollte. Er wollte die Geschichten so gern hören, ärgerte sich aber gleichzeitig darüber, dass Mr. Seafort ihn an die Kandare nahm ...«

Ich platzte heraus: »Dad hat mir einmal von einem Tamarow erzählt. Als er noch Kadett auf der *Hibernia* war.«

Mik sagte leise: »Das war mein Vater. Sie haben auch zusammen auf der *Portia* gedient.«

Anselm räusperte sich und nahm seinen Bericht wieder auf. Während Seafort darum kämpfte, sich sowohl von den Umweltfanatikern wie den Reaktionären in der Raumflotte zu distanzieren, war Anselm so widerspenstig, dass er zum Kadetten degradiert wurde. Dann die Expedition nach Lunapolis wegen der riskanten Operation, um die Lähmung des GenSeks zu heilen. Während er und seine Leute sich dort oben aufhielten, unternahmen verstimmte Offiziere einen Staatsstreich und brachten die *Galactic* in ihre Gewalt. Nick Seafort verschaffte sich Zugang auf das Schiff, um den Weg für ein kleines Überfallkommando aus Zivilisten vorzubereiten; Dad bestand darauf, sich ihm anzuschließen, und schlug Seaforts lautstark vorgebrachte Einwände in den Wind. Dad schmuggelte sogar Mikhael an Bord, damit sich der Junge nicht aus Angst, er könnte im Stich gelassen werden, etwas antat.

Dad und Anselm – und Mikhael – kämpften an Seaforts Seite, um das Schiff zu retten. Inzwischen war Dad zum Leutnant befördert worden; er hatte den Käpten überredet, ihn wieder in Dienst zu nehmen.

Nachdem sie gesiegt hatten, versuchten sie mit der *Galactic* Lunapolis und Earthport zurückzuerobern. Als die Rebellen daraufhin ihre Lasergeschütze abfeuerten, ging das Schiff unter. Dad starb als Held, während er anderen in ihre Raumanzüge half.

Die Geschichte war nicht neu für mich, aber als Anselm still wurde, waren meine Wangen feucht.

Er reichte mir ein Taschentuch, und diese kleine Geste der Freundlichkeit raubte mir den letzten Rest Selbstbeherrschung.

Endlich rang ich wieder um Fassung. Da ich nicht recht wusste, was ich sagen sollte, fragte ich: »Was ist eine Vier-und-vier-Wache?«

Mik wurde rot. »Vier Stunden im Dienst, vier Stunden frei, rund um die Uhr.«

»Tolliver verlangt das von Ihnen? Wie lange noch?«

»Bis wir wieder in den Heimathafen einlaufen, sagte er, aber ich hoffe, dass er das nicht wörtlich gemeint hat.«

Anselm sagte ruhig: »Mr. Tolliver war völlig außer sich. Wir können keine Kritik dulden.«

»So war es nicht gemeint, Sir.«

»Na ja, *ich* kritisiere es.« Zu meinem Erstaunen kicherte ich. »Was kann er schon dagegen tun? Mich aufhängen?«

»Ja, falls Pa stirbt. Ich meine, Käp ... Käp ...« Miks Gesicht verzog sich.

Anselm war schon vom Bett hoch und an der Luke. »Guten Tag, Mr. Carr.« Er führte Mikhael hindurch und hieb auf die Schließtaste.

Mr. Branstead besuchte mich am Abend wieder. Seine Augen lagen tief in den Höhlen. »Nicks Lebensfunktionen werden künstlich erhalten.«

Zerknirscht sagte ich: »Es tut mir Leid.«

Er schnaubte.

»Es tut mir Leid, dass Sie vielleicht einen Freund verlieren«, erklärte ich. »Es tut mir Leid, dass ich der Grund dafür bin. Dass ich ihn hasse, das ändert daran nichts.«

»Danke.«

»Stimmt es, dass Mr. Seafort Dad gebeten hatte, Mikhael zu helfen?«

»Derek hat es gern getan. Es störte seine Handelsgespräche, aber er und der GenSek waren so enge Freunde, dass er sich darum keinen Deut scherte.«

Ich starrte zu Boden.

Er verschränkte die Arme und musterte mich. »Du hast dich verändert. Was ist passiert, Randy?«

Ich zuckte die Achseln. »Ich hatte nichts weiter zu tun, als nachzudenken.«

»Tut es dir Leid um dich selbst?«

Ich erwiderte seinen Blick. »Nein.« Jedenfalls nicht in diesem Augenblick. »Sir, anstatt zu reden, denken Sie, dass Sie vielleicht…« Ich wurde rot. »… mir etwas zu essen besorgen könnten?«

»Gefällt dir deine Verpflegung nicht?«

»Ich esse nicht viel. Der Wärter spuckt drauf.« Gab es einen Grund, verlegen zu sein? Ich wagte kaum, ihm in die Augen zu blicken.

»Das ist ein Skandal!« Er sah aus, als meinte er es ernst. »Nebenbei: Mr. Dakko ist an Bord. Er möchte dich sehen. Der Käpten hat eingewilligt.«

»Nein!«

»Zu schade, dass man dich nicht konsultiert hat. Sie kommen dich gleich holen. Hab keine Angst, wenn sie dir Handschellen anlegen; es dient nur der Sicherheit. Anschließend bringen Sie dich wieder hierher.«

»Warum muss ich ihn sehen?«

»Warum möchtest du nicht?«

»Ich weiß nicht.« Ich zuckte die Achseln, wohl wissend, dass es eine Lüge war, und Lügen verabscheute ich. Ich holte Luft, um mich zu wappnen. »Weil ich mich schäme, Sir.«

»Wessen?«

Ich wandte mich ab. »Ich wünschte…« Ein Lachen, das bitter klang. »Ich wollte schon sagen, ich wünschte, mein Vater wäre hier, damit er es mir begreiflich machen könnte. Aber falls er hier wäre, wäre nichts von all dem passiert.«

»Beinahe empfinde ich Mitleid mit dir.« Ein Seufzen. »Nicht beinahe. Ich tue es. Du bist wie alt, vierzehn? Komm her.«

Ich tat wie geheißen.

Zögernd wanderten seine Hände zu meinen Schultern. Langsam zog er mich tröstend in die Arme. »Du hast schweres Unrecht getan, Randy, aber ich denke, das weißt du auch.«

Ich klammerte mich an ihn wie an Dad, bis es Zeit für ihn wurde zu gehen.

Die Hände auf den Rücken gefesselt, wartete ich fügsam vor der Außentür des Schiffsgefängnisses. Zwei Matrosen hielten mich fest, jeder einen Arm. Mir war es gleich. Ich kam zumindest eine Zeit lang aus dem verdammten Zellentrakt heraus. Sogar eine Begegnung mit Mr. Dakko war das wert. Fähnrich Tamarow befehligte den Trupp, und Tad Anselm war nirgendwo zu sehen. Vielleicht wollten sie dem Fähnrich Gelegenheit geben, sein Vergehen wieder gutzumachen.

Oder eine erneute Chance, mich umzubringen. Ich seufzte.

Sie führten mich ein gutes Stück den kühlen, luftigen Korridor entlang. Die Nachwirkungen der Prügel zwangen mich, langsam zu gehen. Um das Schweigen zu brechen, sagte ich: »Es ist schön, mal was anderes zu sehen als diese öden Wände.«

»Es sind Schotten, Sir.« Mik schlug einen höflichen Ton an. »Der Boden ist ein Deck, und die Türen heißen Luken.«

Ich sehnte mich danach, dass er mir verzieh. »Bitte nennen Sie mich nicht ›Sir‹.«

»Befehl des Käptens, Sir.« Ein kurzer Blick auf mich, auf die Männer, dann wieder auf mich, mit einem seltsamen Ausdruck in den Augen. Vielleicht eine Bitte, ihm nicht vor seinem Trupp weiter zuzusetzen.

Wir blieben vor einer goldverkleideten Tür, äh, Luke stehen. Mikhael drückte auf die Steuertaste. »Bitte eintreten, Sir.«

Mir blieb kaum eine Wahl.

Zwei Matrosen bezogen vor der Luke Stellung. Widerstrebend ließ ich mich hindurchführen.

Der Salon war riesig. Mr. Dakko saß am Kopfende eines Tisches. Er wirkte, na ja, beinahe abgezehrt. Sein Blick drückte kaum verhohlenen Schmerz aus.

Mikhael und ein Matrose mit Stunner zogen sich an die Wand gegenüber zurück. Ich trug Handschellen und konnte Mr. Dakko nicht angreifen. Der Stunner war bereit, falls er mich attackierte.

Wie war es nur so weit gekommen?

Im Hintergrund spielte leise Musik. Falls wir leise sprachen, konnte man uns nicht belauschen. Ich glitt auf einen Stuhl.

Mr. Dakkos Mund klappte auf. »Gütiger Himmel, was ist passiert? Du siehst aus wie ein Waschbär!«

»Was ist ein Waschbär?«

»Ein Tier von der Erde.«

»Ich ... bin in eine Schlägerei geraten.« In der Ecke bewegte sich Mikhael unbehaglich. Ich redete noch leiser. »Sie wollten mich sehen?« Das kam in der falschen Tonlage heraus, klang fast spöttisch. Ich probierte es erneut. »Sie wollten mich sehen, Sir?« Da, so war es besser!

Sein Ton war kalt. »Kevin ist beinahe hysterisch. Er hat gehört, du wärst tot.«

»Noch nicht.«

»Er hat fürchterliche Angst. Allein dafür könnte ich...« Er ballte die Fäuste.

Ich schluckte.

Mr. Dakko sagte: »Was diesen Punkt angeht, werde ich ihn beruhigen. Das ist so ziemlich alles, was ich für ihn tun kann. Er möchte dich in Sicherheit sehen und dann Kleinholz aus dir machen.«

»Das möchten alle.« Vielleicht hatten sie Recht.

Er lehnte sich mit den Armen auf das polierte Holz. »Ich kann nicht glauben, dass ich dich in meinem Haus aufgenommen habe, du verachtenswertes Stück Scheiße!«

Meine Ohren brannten lichterloh.

»Falls Sie dich entlassen, falls du jemals wieder nach Centraltown kommen solltest, werde ich dich am Tage deiner Volljährigkeit herausfordern. Ich bringe dich unter die Erde, Randolph Carr, und zur Hölle mit dem Statthalter!«

»Sir, ich ...«

»Könntest du irgendetwas sagen, was von irgendeinem Belang wäre?«

»Warum haben Sie dann darum gebeten, mich zu sehen?«

»Kevins wegen und ...« Jetzt war die Reihe an ihm, unbehaglich dreinzuschauen. »Käpten Tolliver ist nicht bereit, dem Statthalter irgendeinen Kontakt mit dir zu erlauben. Ich bin nicht direkt ein Mittelsmann, aber ...«

»Ein Ersatz?«

Er nickte.

»Haben Sie mit ihm gesprochen?«

»Nicht direkt. Zweifellos werde ich es nachher tun. Wie ich sehe, haben sie dich nicht gut behandelt.«

»Sagen Sie das nicht. Eigentlich stimmt es nicht.« Ich wurde rot. »Ich hatte verdient, was ich erhalten habe.«

»Du hast es verdient zu hängen.«

»Ihr Wunsch wird in Erfüllung gehen. Er liegt im Sterben.«

»Woher weißt du das?«

»Seine Lebensfunktionen werden künstlich aufrechterhalten.« Ich beugte mich zu ihm hinüber, und die Handschellen schürften mir die Handgelenke auf. »Mr. Dakko, Sie sollen wissen, dass ich es nicht geplant hatte. Als wir das Shuttle nahmen, hatte ich noch keine Ahnung, dass Mr. Seafort an Bord der *Olympia* war. Ich wollte einfach nur das Vergnügen haben, das Schiff zu besichtigen.«

»Was entschuldigt das?«

»Nichts, Sir. Gar nichts.« Mein Ton war trostlos. »Ich bin ausgerastet. Falls ich es ungeschehen machen …«

»Oh bitte!«

»Ich habe ihn so sehr gehasst.«

»Wieso die Vergangenheit? Er lebt noch.«

»Ich hasse immer noch …« Ich wand mich, als hätte man mich dabei ertappt, wie ich im Unterricht mit jemandem flüsterte. »Ich hasse immer noch, was Dad passiert ist. Ich wusste immer, dass Seafort dafür verantwortlich war. Nur dass niemand sonst so denkt. Vielleicht habe ich … vielleicht …«

»Heraus damit.«

»… die Situation falsch eingeschätzt. Ihn. Falls Sie mich herausfordern, werde ich akzeptieren. Dad hat mich gelehrt, dass wir Carrs für unsere Fehler zahlen.«

»Wie gegenüber dem Bischof?«

Meine Stimme klang dünn. »Bitte spielen Sie nicht mit mir. Ich bin im Unrecht, und Sie haben Recht.«

»Zu spät für Demut, Junge.« Das Glitzern in seinen Augen drückte keinerlei Vergebung aus.

»Viel zu spät, Sir.«

»Habe ich dir erzählt, dass ich unter Käpten Seafort gedient habe?«

Ich senkte den Kopf. »Sie auch?«

»Auf der *Challenger.* Er hatte dort die unmögliche Aufgabe, eine zerstörte Schiffsgemeinschaft zusammenzuhalten. Ich verabscheute ihn und widersetzte mich ihm auf Schritt und Tritt. Er presste mich gegen meinen Willen in den Flottendienst. Er bildete mich aus, zwang mich, meine Pflicht zu tun. Zusammen retteten wir das Schiff und uns selbst. Im Verlauf der Dinge wurde ich zum Mann.«

Meine Augen wanderten. Aus den Augenwinkeln sah ich Mikhael, der angestrengt zuhörte.

»Falls er überlebt, verzichte ich vielleicht auf die Herausforderung. Aber ich werde dir nie verzeihen.«

»Niemand wird es.« Ich rappelte mich auf. »War das alles, Sir?«

»Ja.«

Ich wartete darauf, dass Mikhael mich wieder zur Luke führte.

Mr. Dakko rief mir nach: »Falls du irgendetwas tun kannst, um Kevin zu entlasten …«

»Ich erzähle es ihnen schon die ganze Zeit, aber sie glauben mir einfach nicht.«

Traurig trottete ich zu meiner Zelle.

6. Kapitel

Mikhael und Leutnant Anselm öffneten meine Luke. »Fähnrich Tamarow meldet sich zur Stelle, Sir. Sie werden die hier tragen müssen.« Er schwenkte Handschellen.

Reichte es ihnen noch nicht, dass ich in einen Käfig gesperrt war? »Fürchten Sie, ich könnte Sie verletzen?« Ich schlug einen höhnischen Ton an.

»Nein, Sir. Aber Sie dürfen ohne Fesseln nicht hinaus.«

Ich sprang auf. »Hinaus?«

Die Andeutung eines Lächelns. »Ja, Sir. Für etwa eine Stunde.«

Ich drehte mich um und präsentierte die Hände.

»Vorne wird reichen«, sagte Anselm.

Mein Blick huschte von einem zum anderen. »Warum behandeln Sie mich so...« *Nett.* Es war mir peinlich, das auszusprechen.

Ganz plötzlich war Anselm weniger freundlich. »Sagen wir mal, wir tun es für Derek Carr, nicht für dich.«

Trotzdem war es für mich eine solche Freude, der langweiligen Zelle zu entrinnen, dass ich, wirklich um einen höflichen Ton bemüht, fragte: »Wie geht es Mr. Seafort heute?«

»Unverändert.«

Wir verließen das Schiffsgefängnis. Wie sich herausstellte, hatten wir kein spezielles Ziel. Sie gestatteten mir, den Korridor entlangzuspazieren und die luxuriöse Einrichtung zu bewundern.

Die *Olympia* war nicht direkt eine Geisterstadt. Aus diversen Gründen waren nach wie vor Passagiere an Bord, und man erblickte einige Mannschaftsmitglieder bei Reparaturarbeiten und Ähnlichem.

Wir suchten das Zahlmeisterbüro auf, wo ich nach kurzer Wartezeit frische Kleider erhielt. Ich durfte schon jeden Morgen duschen, aber meine Kleider waren ein anderes Thema.

Mikhael hielt mich am Arm fest, nicht wirklich fest, aber genug, um sagen zu können, dass er mich in Gewahrsam hatte. Wir brachten den kompletten Korridor hinter uns, der uns schließlich wieder zum Schiffsgefängnis führte.

Er sah meine Enttäuschung. »Wir haben noch Zeit.«

Ich wandte mich an Anselm. »Müssen wir auf diesem Deck bleiben?«

»Hmm. Ich wüsste nicht, warum. Gehen wir hinunter. Ich übernehme die Verantwortung.«

Wir riefen eine Fahrstuhlkabine, und sie trug uns drei Decks weit hinunter. Solange wir darin unter uns waren, ließ Mikhael meinen Arm los; dankbar bewegte ich die Muskeln.

Wir traten auf Deck 6 hinaus, das unterste. Ich blickte den Korridor entlang, der sich in beide Richtungen krümmte. »Sind alle Decks kreisförmig aufgebaut?«

»Es sind Scheiben«, antwortete Anselm. »Der Grundaufbau eines Sternenschiffs hat sich seit anderthalb Jahrhunderten nicht verändert: aufeinander gestapelte Scheiben um einen zentralen Schaft.«

Wir folgten der Krümmung. »Man kann nur schwer sagen, wie lang die Korridore sind.«

»Sie sind unendlich lang; sie folgen der Scheibenkrümmung auf halbem Weg zwischen Mittelpunkt und Rand. Jeder Korridor ist ringförmig geschlossen. Ein Teil des Spaßes, den man mit grünen Fähnrichen haben kann – oder in Miks Fall Kadetten –, besteht darin, ihnen die Augen zu verbinden und sie raten zu lassen, wo sie sind.«

»Sie haben es mir schwer gemacht«, brummte Mikhael.

»Ich hatte nicht die Verantwortung, und ich hatte es nur wenige Monate zuvor selbst mitgemacht.«

Ich sagte: »Es muss zarky sein, wenn man einen Freund an Bord hat, den man von früher kennt.«

»Wir waren keine Freunde.« Anselm runzelte die Stirn. »Lange Zeit nicht.«

Eine unbehagliche Stille machte sich breit. Mik blieb vor einer Luke von doppelter Breite stehen. »Der Maschinenraum.«

Anselm drückte auf die Öffnungstaste und blickte forschend hinein. »Ich denke, der Chief ist auf dem Planeten.«

»Das ist er, Sir.« Das kam von einer jungen Frau in der blauen Arbeitsmontur eines Matrosen. Kurzes rotbraunes Haar, schlanke Gestalt, ein Eindruck von Kompetenz. Sie salutierte vor den Offizieren und wandte sich wieder ihren Messinstrumenten zu.

»Wir sehen uns mal um.« Anselm steuerte mich in den Raum. »Der Fusionsantrieb liegt direkt unter uns. Siehst du diese Krümmung in dem Schaft aus Alulegierung? Dort werden die N-Wellen erzeugt.«

Ich war noch nie auf einem Sternenschiff gewesen, aber die Prinzipien des Antriebs waren nicht gänzlich neu für mich. Nicht nur Dad hatte mir Geschichten erzählt, sondern wir lernten es auch in der Schule, und die Holozine von der Erde verherrlichten nach wie vor die Raumflotte. Nichtsdestoweniger beeindruckte der Schaft durch seine schiere Größe.

Mikhael gestattete mir, um den Schaft herumzugehen, behielt aber die Hand an meinem Arm. »Der Antrieb steht auf Bereitschaft, seit wir an der Station angedockt liegen«, erklärte er.

»Ich dachte, Sie hätten sich losgebrochen und würden vor der Station liegen.«

Anselm sagte: »Wir haben letzte Nacht wieder angedockt.« Die beiden wechselten Blicke. »Der Käpten hat eine, ah, Abmachung mit eurer Regierung getroffen.«

»Welche?«

»Tut mir Leid, aber ohne Käpten Tollivers Zustimmung kann ich das nicht sagen.«

Eine ätzende Stimme ertönte von der Luke her. »Was tut *der* denn hier?« Es war Leutnant Skor mit einem Holovid in der Hand. »Mr. Tamarow, das ist eine Sicherheitszone. Haben Sie denn *überhaupt* keinen Verstand? Schaffen Sie ihn raus!«

»Aye aye, Ma'am.«

Anselm warf ungerührt ein: »Im Grunde trage ich die Verantwortung, Joanne. Mr. Tamarow hat den Gefangenen auf meine Anweisung hergeführt.«

Die beiden Leutnants betrachteten einander.

»Falls Sie jedoch einen Einwand haben, gehen wir sofort.« Tads Tonfall war bewusst höflich. Die Spannung in der Luft war greifbar.

Mrs. Skor seufzte. »Falls es an mir läge ... Ich werde Ihren Befehl nicht außer Kraft setzen, Anselm. Aber ich hätte ihn ganz gewiss nicht ... Jedenfalls nicht ihn, nach dem, was er getan hat. Mrs. Kohn!«

Die Matrosin sprang auf. »Ja, Ma'am?«

»Wo ist die graphische Darstellung des Energieverbrauchs, die der Käpten angefordert hat?«

»Noch nicht programmiert, Ma'am. Ich fange gleich an.«

»Tun Sie das.« Sie tippte etwas in ihr Holovid. »Weitermachen.« Damit war sie verschwunden.

Von Mikhael kam ein leises Seufzen, das womöglich Erleichterung ausdrückte.

Anselm blickte auf die Uhr. »Deine Stunde ist um, Junge.« Er deutete zur Luke.

Wir trotteten schweigend zum Schiffsgefängnis zurück. An der Luke sagte ich: »Danke, dass Sie mich herausgelassen haben. Sie wissen ja nicht, wie sehr ich ...«

»Befehl des Käptens«, sagte Anselm.

»Ich bin sicher, dass Sie etwas damit zu tun ...«

»Nicht wir.« Einen Augenblick später: »Jerence Branstead.«

»Wirklich?« Als ich mich bei ihm beschwerte, hatte ich nicht den Eindruck, dass es ihn interessierte.

Er sprach leiser. »Ich dürfte eigentlich nicht ...« Ein Seufzen. »Branstead hat dem Käpten gesagt, du würdest skandalös schlecht behandelt; er hätte zwar nicht die Vollmacht, sich einzumischen, aber sofern sich die Umstände nicht besserten, würde er eine förmliche Beschwerde bei der Admiralität einreichen, sobald er wieder unten ist. Der Käpten war nicht begeistert.« Er wurde noch leiser. »Hat jemand in jüngster Zeit noch in dein Essen gespuckt?«

»Ich habe inzwischen einen anderen Wärter.«

»Ah.« Er betrachtete mich und schob mich dann sachte in die Zelle. »Nebenbei: Man nennt diese Leute Profosmaate.« Er schloss die Luke.

»Er atmet wieder aus eigener Kraft, und auch die Nieren arbeiten allmählich wieder.«

»Das ist ein gutes Zeichen, nicht wahr?« Ich betrachtete Mr. Branstead besorgt.

»Er liegt nach wie vor im Koma. Es sind jetzt, wie viel, fünf Tage?« Der ehemalige Stabschef sah so aus, als hätte er die ganze Zeit nicht geschlafen.

Ich versuchte, das Thema zu wechseln. »Danke, dass Sie mit dem Käpten geredet haben.«

»Tolliver und ich kennen uns jetzt seit, wie lange, vierzig Jahren?« Er dachte nach. »Jedenfalls seit der *Trafalgar.* Ich war damals Kadett. Wir sind mit einem Ausbildungsschiff hinausgefahren, um gegen Fische zu kämpfen. Tolliver und Seafort und ich. Und ein paar andere.« Viele waren Seaforts Ruf gefolgt; nur wenige hatten überlebt. Aber die Fische wurden besiegt.

Ich schluckte. Falls Mr. Branstead zu den Helden der *Trafalgar* gehörte, würde man seine Stimme bei der Admiralität nicht ignorieren. Kein Wunder, dass Tolliver nachgegeben hatte.

Als läse er meine Gedanken, sagte er: »Und ich kann dir sagen, dass Tolliver nicht begeistert ist. Unsere Freundschaft ist womöglich Geschichte.«

»Und das haben Sie mir zuliebe getan?«

»Dem Anstand zuliebe.« Er stand auf, schickte sich an zu gehen. »Ich muss noch einmal nach Nick sehen, ehe ich mich hinhaue.«

»Hat Tolliver schon entschieden, was er mit mir tut?«

»Ich fürchte, das hat er. Er wird es dir sagen, sobald er sich ganz sicher ist.«

»Sir?« Mein Flehen stoppte ihn unter der Luke. »Falls man mich hängt…« Ich zwang mich weiterzureden. »Sind Sie dann dort?«

»Warum?«

»Damit ich einen Freund habe, für den ich tapfer sein kann.«

»Gütiger Jesus!« Er hieb auf die Schließtaste der Luke.

Den ganzen weiteren Abend lag ich da und vergoss Tränen vor Selbstmitleid.

Zwei Tage vergingen. Mikhael, der vor Erschöpfung taumelte, führte mich auf meinen täglichen Ausflug, stets unter Anselms Aufsicht. Dunkle Ringe zeichneten sich unter Mikhaels Augen ab; jetzt, wo meine Blutergüsse verschwanden, waren wir fast wie Brüder. Anselm fand das amüsant, aber er ging außerordentlich sachte mit Mik um, tat fast die ganze Arbeit, gewährte ihm eine Pause, wann immer sich die Möglichkeit bot. Mikhael zuliebe überredete ich sie, mich in einen Salon zu bringen, damit ich mich ebenfalls an einem hellen, sauberen, öffentlichen Platz entspannen konnte.

Im Salon sah sich eine junge Frau ein Holodrama an. Sie warf einen kurzen Blick auf meine Handschellen. »Benötigen Sie Ihre Privatsphäre?«

»Ich fürchte ja, Mrs. Sloan.« Anselm bat sie mit einem Achselzucken um Vergebung.

»Kein Problem; der Ostsalon ist genauso bequem.« Sie schlenderte hinaus.

Ich setzte mich auf einen Stuhl. Der Fähnrich nahm

mir gegenüber Platz, und innerhalb von Minuten fielen ihm die Augen zu.

Anselm sagte leise: »Käpten Seafort ist wieder halb bei Bewusstsein. Das ist ein gutes Zeichen.«

»Megazarky!« Mein Herz machte einen Satz.

Er musterte mich seltsam. Schließlich hatte ich versucht, Seafort umzubringen.

»Möglicherweise bleibt ein Hirnschaden zurück. Doc Romez kann es noch nicht sagen.«

»Darf ich ihn sehen?«

»Das würden sie nie erlauben.«

Wir verbrachten die ganze Stunde im Salon und unterhielten uns leise, damit Mik sich »ausruhen« konnte, wie Anselm das nannte. Tatsächlich schlief der Fähnrich tief und fest und schnarchte leise. »In der Fähnrichskabine hat er jede Nacht geschnarcht. Gerade laut genug, um es zu bemerken.«

»Aber Sie sind …« Ich versuchte, schlau daraus zu werden.

»Es ist kompliziert. Als wir uns begegneten, war ich Fähnrich und er Zivilist. Dann degradierte mich Mr. Seafort zum Kadetten. Als die *Olympia* nach Constantine losfuhr, adoptierte er Mik und ich war nach wie vor Kadett. Aber es dauerte nicht mehr lange, bis der Käpten mich wieder in den alten Rang beförderte. Zu diesem Zeitpunkt machte sich Mik dafür stark, ebenfalls in Dienst treten zu dürfen, um dem Beispiel seines Vaters Alexi zu folgen. Schließlich gestattete der Käpten es. Also nahm Mik in unserer Fähnrichskabine die unterste Position ein, und ich war ein Fähnrich unter vielen. Ehe wir wieder zu Hause eintrafen, beförderte Mr. Seafort auch Mik zum Fähnrich. Ich denke, er wollte Mik ersparen, zur Akademie zu gehen, wodurch sie getrennt worden wären. Es war aber nicht einfach nur Vetternwirtschaft; er hatte dafür gesorgt, dass sich Mik die Qualifikation erarbeitete. Als wir erneut losfuhren, war ich Oberfähnrich und hatte damit die Leitung der Fähnrichskabine. Und ich sage dir, Mik brauchte einige Dämpfer! Er ist überschwänglich, impulsiv, verfolgt leidenschaftlich seine Ideen ... und ist einer der besten Freunde, die ich mir nur vorstellen kann.«

»Ja, Sir.« Ich hatte keine Ahnung, warum ich das sagte.

»Vor ein paar Wochen schaffte ich es zum Leutnant und zog aus der Fähnrichskabine aus. Mik und ich hatten geplant, das während des ausgedehnten Landurlaubs zusammen zu feiern. Dank dir halten wir stattdessen Totenwache.«

Ich schlug die Augen nieder. Keine Entschuldigung konnte dafür reichen. Ich hatte aus Prinzip so gehandelt, aber ...

»Bringen wir dich jetzt lieber in deine Zelle zurück.«

Als an diesem Abend die Luke aufging, rechnete ich mit Mr. Branstead, aber es war ein Fähnrich mit einem Holovid unterm Arm. Begleitet wurde er von einem Matrosen mit Betäubungswaffe.

»Randolph Carr.« Es war eine Feststellung, keine Frage.

Ich nickte.

Er schaltete das Holovid ein. »Ich bin Fähnrich Andrew Ghent, UNNS. Auf Befehl von Kapitän Edgar Tolliver setze ich Sie davon in Kenntnis, dass Sie des versuchten Mordes an Kapitän Nicholas Ewing Seafort beschuldigt werden, geschehen am 25. November im Jahr unseres Herrn 2246, indem Sie ihm mit Vorsatz einen stumpfen Gegenstand auf den Kopf schlugen, und zwar einen Stuhl, wobei Sie die Absicht verfolgten, den Tod herbeizuführen.«

»Stellen Sie auch Kev …?«

»Randolph Carr, ich informiere Sie außerdem, dass Sie am 1. Dezember des laufenden Jahres, also morgen, vor ein Militärgericht gestellt werden, das aus einem vom Kapitän dieses Schiffes bestellten Richter besteht. Mit dieser Aufgabe hat der Kapitän Leutnant Joanne Skor, UNNS, betraut.«

Ghent war viel jünger als Mik, hatte lockige blonde Haare und war von schlanker Gestalt. Aus irgendeinem Grund sah ich mich um, als ginge mich das alles nichts an, und entdeckte dabei, dass Ghents Beine leicht zitterten.

»Mr. Carr, ich erkläre Ihnen hiermit, dass Sie eines Kapitalverbrechens angeklagt sind, da es sich bei Ihrem Opfer um einen im aktiven Dienst stehenden Offizier des Flottendienstes der Vereinten Nationen handelte. Unter besagtem Umstand haben Sie das Recht, vor Gericht von einem Offizier rechtlich vertreten zu werden. Falls Sie einen bestimmten Offizier damit betrauen möchten, wird man Ihren Wunsch wohlwollend prüfen. Andernfalls wird man einen Verteidiger für Sie aussuchen, vorausgesetzt, Sie wünschen überhaupt einen Rechtsbeistand.«

Ghents Schuhe waren auf Hochglanz poliert, die Uniform makellos, die Haltung steif. Ein Schweißfilm glänzte auf seiner Stirn.

»Wünschen Sie einen Verteidiger?«

»Wann wird … Ich habe nicht …« *Ein rauer Strick*

schloss sich um meinen Hals und schürfte die zarte Haut auf. Mir schauderte.

»Falls Sie einen Verteidiger wünschen, sollten Sie mit ihm oder ihr vor Beginn des Verfahrens sprechen, das für vierzehn Uhr nomineller Schiffszeit angesetzt ist, also um zwei Uhr nachmittags.«

»Ich muss erst nachdenken!«

»Soll ich später zurückkommen?«

Ich beugte mich über meinen Schoß, legte den Kopf in die Hände. »Geben Sie mir eine Stunde.«

Kaum war er gegangen, da sprang ich auf und ging nervös hin und her. Falls mir die Rippen wehtaten, beachtete ich es nicht. Ich strich an den Wänden entlang. Nein, man nannte sie ja Schotten. Das musste ich mir merken.

Ich konnte verlangen, dass sie Mikhael beriefen. Eine feine Ironie; der Fähnrich, der mich umzubringen versucht hatte, würde bestrebt sein, mir das Leben zu retten – mir, der ich seinen Vater hatte töten wollen. Nein, das würde ihm nur noch mehr Probleme eintragen, und was immer er mir auch angetan hatte – das hatte er nicht verdient.

Also Anselm. Er hatte demonstriert, dass er fair war, intelligent ... Mik mochte ihn gut leiden, und das war eine starke Empfehlung. Er hatte sich Mrs. Skor widersetzt, was bewies, dass er sie nicht fürchtete. Und Seafort schätzte ihn anscheinend ebenfalls; er hatte Tad in die erweiterte Familie aufgenommen. Falls Anselm mich verteidigte, würde das Gericht vielleicht berücksichtigen ...

Es war nicht richtig. Wie konnte ich mir selbst noch ins Gesicht blicken, falls ich Tad in eine solche Position brachte?

Ganz leicht. Es ging hier um mein Leben. Meine erste Pflicht war es, mich zu retten.

Nein. Meine Pflicht war es, das Chaos zu ordnen, das ich aus meinem Leben gemacht hatte.

Ob sie Jerence Branstead gestatteten, für mich zu sprechen? Ghent hatte von einem Offizier gesprochen. Mr. Branstead war Zivilist. Vielleicht beugten sie ja die Regeln, um fair zu erscheinen. Er war ein Held; sie würden ihm zuhören müssen, falls er ...

Dad, hilf mir, wenn auch nur für einen Augenblick! Ich bin verwirrt, ich bin einsam, und ich brauche deine Hand auf meiner Schulter, einen leisen Ratschlag. Bitte! Ich bete auch, wenn du nur kommst. Ich habe seit fünf Jahren nicht mehr gebetet, und jetzt tue ich es wieder. Sieh nur!

Wie im Fieber sank ich auf die Knie.

Bitte, lieber Gott. Falls es Dich gibt ... Tut mir Leid, so habe ich es nicht gemeint!

Doch, das habe ich. So viele Menschen glauben an Dich, und ich spüre nichts. Falls Du real bist, möchte ich dir aufrichtig gegenübertreten. Ich kann nicht behaupten, dass ich mir Deiner Existenz sicher wäre, aber falls es Dich gibt, schenke mir meinen Vater Derek Carr für diesen verzweifeltsten Augenblick meines Lebens.

Bitte. Ich weiß nicht, wie ich flehen soll, aber ich flehe Dich an!

Eine ganze Weile verstrich.

Dad, was würdest du tun?

Da war niemand außer mir selbst in einer öden, nach Schweiß riechenden Zelle.

Endlich rappelte ich mich von den wunden Knien auf. Ich setzte mich wieder auf die klamme Matratze, stützte die Ellbogen auf die Knie und legte das Kinn in die Hände.

Dann entschied ich halt allein.

Was würde Dad tun?

Dad wäre gar nicht erst hier gewesen. Er hätte mehr Verstand gezeigt, mehr Stolz, mehr Integrität, als sich an einen Tisch zu setzen und dann den Gastgeber niederzuschlagen.

Was würde Dad *mir* jetzt empfehlen?

Als die Luke schließlich wieder aufging, saß ich immer noch da, den Kopf in den Händen.

Der angespannte junge Fähnrich, Mr. Ghent. »Sind Sie zu einer Entscheidung gelangt, Mr. Carr?«

»Ja.« Ich holte tief Luft. »Ich wünsche keinen Verteidiger.«

Ich wurde mit einem kurzen Ausdruck des Erstaunens belohnt. Er sagte jedoch nur: »Ich informiere den Käpten entsprechend.«

Sie ließen mich für die Nacht in Ruhe.

Am Morgen brachte mir einer der Profosmaate das Frühstück. Diesmal bekam ich sogar einen Löffel. Harmloses Plastik, aber mehr als vorher.

Nachdem ich gegessen hatte, raffte ich meinen Mut zusammen. Ich stellte mich vor die Luke und rief zunehmend lauter: »Schiffsprofos! Hallo! Schiffsprofos!«

Es schien ewig zu dauern, aber endlich kam jemand. »Was ist los?«

Ein Matrose ohne Unteroffiziersstreifen. »Sind Sie der Schiffsprofos?«

»Nein, aber sonst wird niemand kommen. Was möchtest du, Rotznase?«

Ich bemühte mich um einen Ton wie Anthony, wenn er verärgert war. »Holen Sie Ihren Chief. Ich rede nur mit ihm.«

Er musterte mich verächtlich. »Du gibst hier keine Befehle.«

»Sagen Sie es ihm.« Die Worte waren wie ein Peitschenhieb. Ich hatte Dad so reden gehört, wenn ihm der Geduldsfaden riss.

Eine Stunde lang ging ich auf und ab, ehe der Schiffsprofos auftauchte. »Ich bin Janks. Was möchtest du?«

»Sagen Sie Ihrem Kapitän, dass ich nicht in dieser Aufmachung vor Gericht erscheine.«

»Du bist ja bekloppt!«

»Ich möchte ausgiebig duschen und dann richtige Kleider haben, die passen und gut aussehen. Alles sauber und frisch. Einen Kamm. Andernfalls müssen Sie mich zum Prozess schleifen, und ich spiele dort nicht mit, sage kein Wort. Richten Sie das Tolliver aus!«

Er betrachtete mich eine endlose Minute lang finster und verschwand.

Ich war ein Nachfahre der Carrs von Hope Nation. Ich gedachte stolz vor dem Gericht zu stehen.

Das Mittagessen traf ein. Ich rührte es nicht an; mein Magen gestattete auch nichts anderes.

Ich versuchte erneut zu beten, fand jedoch keinen Trost darin. Falls es einen Gott gab, so sprach er nicht mit mir. Egal. Meinen Entschluss schwächte das nicht.

Zwei Matrosen und Fähnrich Ghent erschienen. »Kommen Sie mit, Mr. Carr.«

»Nein.« Ich setzte mich aufs Deck, bereit, mich nur gewaltsam wegschleppen zu lassen.

»Zur Dusche.«

»Ist das ein Trick?«

Der Fähnrich bleckte die Zähne zu einer Grimasse des Abscheus. »Mein Wort als Offizier.«

Ich wusste von Dad, dass das reichte. Ich stand auf und ließ zu, dass sie mir Handschellen anlegten.

Statt zu einer spartanischen Duschkabine im Zellenblock führten sie mich den Korridor entlang zu einer Passagierkabine und schlossen mich darin ein. Verglichen mit denen, die ich schon kannte, war sie riesig und luxuriös. Das Badezimmer war sauber, weitläufig und gut versorgt mit Handtüchern und Seife.

Bis zu meiner Verhaftung hatte ich das Duschen als Ärgernis betrachtet, das ich mir nur zumutete, wenn Dad oder Anth darauf bestanden. Die Zelle hatte das verändert; ich verstand jetzt, warum die Erwachsenen Wert auf Sauberkeit und Körperpflege legten. Falls ich je wieder frei war, würde ich …

Mein Lächeln verblasste. Ich würde nicht wieder frei sein. Nicht in diesem Leben.

Ich stand so lange unter dem dampfenden Wasser, dass es mir wie Stunden erschien. Endlich trocknete ich mich ab und ging hinaus ins Schlafzimmer.

Frische Kleider lagen auf dem Bett bereit. Modischer Schnitt, teurer Eindruck. Und sie passten.

Rasch zog ich mich an, stellte mich vor den Spiegel und machte mich so präsentabel, wie es ging. Ich klopfte an die Außenluke.

Ein Matrose öffnete. Ich stand vor Ghent. »Ich bin so weit.«

Er streckte die Handschellen vor.

»Die brauchen Sie nicht. Und das wissen Sie.« Ich hielt seinem Blick stand.

Nach einem Augenblick nickte er. »Hier entlang, Mr. Carr.« Seine Truppe nahm mich in die Mitte.

Gemeinsam marschierten wir in den Raum, der für das Gericht vorgesehen war.

Leutnant Skor saß am obersten Tisch. Im Hintergrund des Raumes hatte sich eine überraschende Zahl von Offizieren und Mannschaften versammelt. Na ja, ganz ohne Zweifel war ich ziemlich berüchtigt.

Mein Blick zuckte hierhin und dorthin.

Mr. Branstead war da. Aus irgendeinem Grund fühlte ich mich ermutigt.

Ich sah mich nach Kevin um, entdeckte ihn aber nicht. Hatten sie sein Verfahren schon durchgezogen? Ich hatte vergessen zu fragen.

Mikhael und Anselm waren zugegen und saßen von den Zuschauern getrennt, zusammen mit Dr. Romez und anderen, die ich vage zu kennen glaubte.

Zeugen.

Ich stand vor dem Richtertisch.

»Fangen wir an. Dieses Gericht tagt auf Vollmacht und Befehl von Edgar Tolliver, dem Kapitän der *UNS Olympia*. Wir haben uns hier versammelt, um das Kapitalverbrechen eines Mordversuchs durch einen gewissen Randolph Carr zu verhandeln. Sind Sie Randolph Carr?«

»Ja.« Ich war nicht bereit, sie »Ma'am« zu nennen. Sie war gemein zu Mik gewesen.

»Leutnant Frand vertritt die Anklage.« Sie deutete auf eine knochige, ältere Frau am Tisch gegenüber. »Wurde die Anklageschrift ...«

»Möge das Gericht die Güte haben ...« Ein fleischiger Mann mittleren Alters. Er stand auf. »Ich weise Sie darauf hin, dass diese ... Person, der Angeklagte, ein Bürger von Hope Nation ist, wo wegen verschiedener

Missetaten nach ihm gefahndet wird. Tatsächlich hat Bischof Scanlen im Namen der heiligen Wiedervereinigten Kirche den Antrag gestellt, ihn...«

Mrs. Skor klopfte mit ihrem Hammer. »Mr. Pandeker, Sie haben weder die Autorität noch die Stellung, um sich hier einzu...«

»Ich möchte der Gerechtigkeit Genüge tun. Der Anspruch der Kirche ist vorrangig.«

»Ich schlage vor, Sie diskutieren das mit dem Kapitän.«

»Das habe ich, aber er ist nicht...«

»Ihre Aussage wird zu Protokoll genommen. Bitte setzen Sie sich. Mr. Carr, das Gericht stellt fest, dass Sie ein Minderjähriger von vierzehn Jahren sind. Obwohl das Gesetz gesonderte Verfahrensrichtlinien im Fall von Jugendlichen vorsieht, muss ich Sie darüber informieren...«

»Meine Tat war die eines Erwachsenen, und ich bitte darum, dass sie wie bei einem Erwachsenen verhandelt wird.« Mein Ton war fest.

Ein überraschtes Murmeln breitete sich im Gerichtssaal aus.

»Sehr gut, Ihre Bitte wird gewährt.« Leutnant Skor konsultierte ihr Holovid. »Möchten Sie, dass Ihnen die Anklage vorgelesen wird?«

»Nein, ich bin mir über den Vorwurf im Klaren.«

»Sind Sie sicher, dass Sie keinen Verteidiger wünschen?«

»Ja.« Es war leichter, als ich befürchtet hatte. Meine Stimme war kräftig, meine Knie stabil. Hätte ich doch nur nicht ständig gegen einen Drang zu wimmern ankämpfen müssen!

»Worauf plädieren Sie?«

Einen ausgedehnten Augenblick lang blieb alles still. Ich zwang mich, ihr in die Augen zu blicken.

»Ich bin des mir vorgeworfenen Vergehens schuldig. Ich habe versucht, Kapitän Nicholas Seafort zu töten.«

Anselms Gesicht verspannte sich. Er schüttelte den Kopf.

Mrs. Skor musterte mich. Dann sagte sie: »Sehr gut, das Gericht akzeptiert Ihr Geständnis.« Erneut konsultierte sie das Holovid. »Haben Sie irgendetwas zu Ihren Gunsten vorzubringen?«

»Das habe ich nicht.«

Sie spitzte die Lippen. »Was immer Sie womöglich denken, wir halten hier kein Femegericht ab. Ich bin nicht die Marionette des Kapitäns und werde unabhängig zu einem Urteil gelangen. Falls Sie irgendwelche mildernden Fakten oder Umstände kennen, sollten Sie sie jetzt vorbringen.«

Danke, Ma'am, dass Sie es mir erleichtern! »Keine mildernden Fakten oder Umstände liegen vor.«

»Ist Ihnen klar, dass Sie eines Kapitalverbrechens angeklagt sind?«

»Ich denke seit einer Woche an kaum etwas anderes.«

»Ist das als Protest zu verstehen? Bestreiten Sie die Autorität dieses Gerichts?«

»Keineswegs. Ich befinde mich auf Ihrem Schiff, in Ihrem Gewahrsam, und unterliege Ihrem Gesetz.«

Absolute Stille im Gerichtssaal.

»Leutnant Frand, möchte die Anklage ein bestimmtes Urteil fordern?«

»Ja, ich...« Ihre Augen fixierten meine und hielten meinen Blick lange fest. »Nein, Ma'am. Der Fall spricht für sich selbst. Wir überlassen das dem Gericht.«

Mrs. Skor klopfte auf den Tisch. »Sehr gut, das Gericht zieht sich zur Urteilsfindung zurück. Bis dahin ist der Prozess vertagt.« Sie stand auf und schritt durch eine Luke gegenüber.

Ich sah mich um, entdeckte einen leeren Stuhl hinter mir und setzte mich.

Jerence Bransteads Gesicht wirkte faltig, gealtert. Er näherte sich zaghaft, sah Fähnrich Ghent an, warf einen Blick auf mich. Ghent nickte. Branstead zog sich einen Stuhl heran.

»Ein tapferer Auftritt, Junge, aber warum?«

Meine Lippen bebten. *Jetzt nicht, Randy! Reiß dich zusammen!* »Ich habe meinen Vater geliebt. Sie haben ja keine Ahnung, wie sehr.«

»Und?«

»Ich hatte gestern Abend eine schwere Zeit in meiner Zelle. Ich bin zu dem Schluss gelangt, dass ich diese Liebe am besten zeige, wenn ich so auftrete, wie Dad es getan hätte. Damit er stolz auf mich ist.«

»Er hätte sich verteidigt ...«

»Ich hätte es nicht tun dürfen, Mr. Branstead. Selbst wenn Mr. Seafort in jeder Hinsicht so böse gewesen wäre, wie ich dachte, hatte ich nicht das Recht, ihn vor den Augen seiner Mannschaft, seiner Familie zu ermorden. Hätte Dad etwas so Furchtbares getan, dann hätte er sich auch der Gerechtigkeit gestellt. Wie ich es getan habe.«

Er winkte ab. »Das ist ein zu hoher Preis für Ehre.«

»Es ist besser so. Ich habe Anthony vor dem Bischof beinahe vernichtet. Ich habe vielleicht Ihren Käpten vernichtet. Ich möchte nicht noch mehr Schaden anrichten.«

»Der Bischof? Was möchtest du damit...?«

»Das wird man Ihnen zweifellos auf dem Planeten erzählen.«

Die Luke glitt auf. Leutnant Skor ging zu ihrem Tisch. »Randolph Carr, bitte erheben Sie sich.«

Ich tat wie geheißen.

»Das Gericht hat Ihre Jugend in Erwägung gezogen sowie Ihre Bereitschaft, die Schuld einzugestehen und Verantwortung zu übernehmen. Das sind lobenswerte Eigenschaften. Sie werden jedoch aufgewogen durch die harten Fakten. Sie haben Kapitän Seaforts Schädel ohne Vorwarnung oder Mitleid gebrochen, und das vor den Augen seines vierjährigen Kindes, das nach Kenntnis dieses Gerichts immer noch benommen ist vor Schock und völlig mit den Nerven fertig. Nach wie vor ist nicht sicher, ob Kapitän Seafort überleben wird. Der Zweck des Gesetzes besteht darin, abzuschrecken und zu bestrafen.«

Sie klopfte auf den Tisch. Ihr Gesicht war stählern.

»Randolph Carr, ich verurteile Sie dazu, am Hals aufgehängt zu werden, bis der Tod eintritt. Das Urteil wird vom Schiffsprofos vollstreckt werden, sofern der Kapitän es nicht innerhalb von fünfzehn Tagen umwandelt.«

Meine Beine gaben nach. Fähnrich Ghent packte mich von hinten und half mir, stehen zu bleiben. Sein Griff war überraschend sanft.

»Bis zu diesem Zeitpunkt bleiben Sie im Schiffsgefängnis. Man wird Ihnen die Möglichkeit einräumen, jede Mitteilung aufzuzeichnen, die Sie nach Ihrem Tod übermittelt haben möchten. Möge der Allmächtige Erbarmen mit Ihrer Seele haben.«

Ghents fester Griff stützte mich unter den Armen. Langsam verlor ich den Kampf um die Selbstbeherrschung.

»Noch etwas. Schiffsprofos Janks, treten Sie vor.«

Eine Gestalt bahnte sich den Weg durch die Menge. »Aye aye, Ma'am. Schiffsprofos Janks zur Stelle.«

»Dem Gericht ist zu Ohren gekommen, dass dem Gefangenen routinemäßig diverse kleinliche Grausamkeiten zugefügt wurden. Von diesem Augenblick an wird er mit Höflichkeit und Respekt behandelt werden. Er wird Gelegenheit erhalten zu baden, wird frische Kleidung zum Wechseln erhalten sowie nahrhafte, schmackhafte, *nicht verschmutzte* Nahrung. Habe ich mich klar ausgedrückt?«

»Ja, Ma'am. Sehr klar.«

»Er erhält täglich Ausgang aus seiner Zelle, um sich zu bewegen. Sie oder andere für diese Aufgabe eingeteilte Offiziere dürfen dabei jede erforderliche Sicherheitsmaßnahme ergreifen, aber Janks, versuchen Sie nicht mich zu hintergehen. Ich würde es erfahren, und es würde Ihnen sehr Leid tun. Die Befehle dieses Gerichts wiegen sogar schwerer als die des Kapitäns, bis er sie formell außer Kraft setzt!«

»Aye aye, Ma'am!«

»Der Gefangene wird jetzt abgeführt.«

»Kommen Sie, Mr. Carr.« Ghents Ton war sanft. »Haskin, M'boia, helfen Sie ihm. Sachte, sachte!« Dienstbeflissen führten sie mich in die Zelle zurück.

7. Kapitel

Es war der dritte Tag.

Leutnant Anselm besuchte mich in Begleitung Mikhael Tamarows. Ich flehte sie an, mich nicht zu zwingen, dass ich die Zelle verließ. Ich wollte einfach nur in Ruhe gelassen werden. Schließlich taten sie mir den Gefallen.

Tags zuvor hatte ich ihnen das Gleiche gesagt, und vorgestern ebenfalls.

Einmal hatte ich Mr. Branstead gestattet, sich zu mir zu setzen. Was immer er zu mir auch gesagt hatte, ich erinnerte mich nicht daran.

Ich aß lustlos, weil der Körper danach verlangte.

Jeden Tag brachten sie mir gutes Essen, frische Sachen zum Anziehen und führten mich zum Duschen in eine Passagierkabine. Ich tat, was sie verlangten, kroch dann ins Bett zurück, um zu schlafen.

Ich hatte die eine Tat in meinem Leben begangen, auf die ich vielleicht wirklich stolz sein konnte. Jetzt blieb mir nur noch, es durchzustehen.

Mikhael kehrte zurück; war ein neuer Tag angebrochen?

Neuigkeiten: Nick Seafort war auf dem Weg der Genesung. Er war klarer im Kopf geworden und sah nicht mehr alles doppelt. Ich rief Reserven in mir ab und bemühte mich, an Miks Freude teilzuhaben.

Wenigstens er würde den Vater nicht verlieren.

Er setzte mir zu, einen Spaziergang zu machen. »Es tut Ihnen nicht gut, nur hier herumzuliegen.«

Ich kicherte. »Ist es schlecht für meine Gesundheit?«

»Bitte nicht, Sir.« Ein Flehen.

»Ich bin ein verurteilter Mörder. Nennen Sie mich nicht ›Sir‹.«

»Der Käpten hat gesagt ...«

»Wir sind hier allein.« Ich nahm sein Schweigen als Zustimmung. »Wo ist Tad?«

»Draußen.«

»Man traut Ihnen jetzt, wenn Sie mit mir allein sind?«

»Mr. Anselm tut es.« Er wurde rot. »Und ich bin nicht mehr auf Vier-und-vier-Wache.«

»Hat die Besserung von Seaforts Befinden den Käpten milder gestimmt?«

»Möchtest du die Wahrheit hören?«

»Ja.«

»Ich denke, es war das Urteil.« Er spannte sich an, als erwartete er eine Explosion.

Ich zuckte die Achseln. »Das ist nur fair.«

»Wirklich?«

»Soll er mich ruhig hassen. Sie haben es auch getan.«

»Es war abscheulich von Ihnen, Pa anzugreifen. Vor Gericht haben Sie sich nobel verhalten. Ich wünschte, ich hätte Sie besser gekannt.«

»Ich ebenfalls. Ich ticke nicht ganz richtig, das ist mal sicher. Ich sollte neu eingestellt werden.« Die hormonelle Neueinstellung war nach wie vor die bevorzugte Behandlung ernster geistiger Krankheiten, obwohl die damit verbundene Schmach ...

»Ich war nicht viel besser.« Bei irgendeiner Erinnerung wurde er rot. »Ich habe Pa höllisch zugesetzt, als ich noch jünger war. Ich weiß gar nicht, wie er es mit mir ausgehalten hat.«

»Ich war für Anth auch ein ganz schön harter Brocken.« Ich seufzte, aber meine Stimmung hing nicht mehr so tief im Keller wie zuvor. »In Ordnung, machen wir einen Spaziergang.«

Er klopfte an die Luke. »Mr. Anselm?«

Tad hob die Handschellen und machte dazu bedauernde Miene.

Ich hielt ihm die Hände hin. Er fesselte mir die Hände – vorne, wo es nicht wehtat und wo ich mich an der Nase kratzen konnte.

Auf dem Korridor zog er eine Braue hoch und wartete.

»Darf ich es mir aussuchen?«

»In vernünftigen Grenzen.«

Ich nannte den einzigen Ort, der mich reizte. »Die Krankenstation.«

»Warum?«

»Ich möchte Käpten Seafort sehen.«

»Herr im Himmel!« Anselm musterte mich zweifelnd. »Ist das ein Scherz?«

»Ansonsten bringen Sie mich in die Zelle zurück.«

»Mr. Tolliver würde es nie erlauben.«

»Hat er es verboten?«

»Na ja, er ... Nicht in so vielen ... Ich meine ... Ich kann nicht einfach ... Verdammt, Mik, lach mich nicht aus!«

»Aye aye, Sir. Verzeihung.« Mikhaels Lippen zeigten wieder Ernst, nicht jedoch die Augen.

Anselm kratzte sich am Kopf. »Ich weiß nicht ...« Ein tiefer Seufzer. »Dafür könnte er mich degradieren.« Er zog mich Richtung Treppe. »Los jetzt, ehe ich es mir anders überlege.«

»Ja, Sir.« Ich machte längere Schritte.

An der Treppe hielt er mich zurück. »Nur einen Moment.« Er öffnete meine Handschellen. »Lege die Hände auf den Rücken.« Ein Grunzen. »So. Ich denke, ich kann dir vertrauen, aber ...«

»Sie denken es?«

»Ich weiß nicht recht. Du hast dich verändert, seit wir uns unten auf dem Planeten kennen gelernt haben, aber hast du dein Gift auch wirklich gänzlich verspritzt? Ich habe keine Ahnung. Ich riskiere nicht das Leben des Käptens, um es herauszufinden. Außerdem müsste ich vors Kriegsgericht, falls ich dich mit einsatzfähigen Händen auf die Krankenstation marschieren ließe, und ich hätte es verdient.«

Das war nicht schlimmer, als ich es auch verdient hatte. Mit brennenden Ohren ließ ich mich von ihm die Treppe hinaufführen.

»Schnell! Das hier ist die Offizierssektion, und je weniger uns sehen, desto ...«

»Achtung!«

Sofort nahm Anselm Haltung an, und hinter ihm folgte Mikhael diesem Beispiel.

Käpten Tolliver kam steifbeinig den Korridor entlang, das Gesicht fleckig. »Was zum Teufel führen Sie im Schilde? Warum steckt dieser Verbrecher nicht in seiner Zelle?« Er nahm die Mütze ab und schien kurz davor, sie ans Wandschott zu schleudern. »Sie verdammtes, inkompetentes Ekel! Wie können Sie es wagen, ihn hierher zu bringen?« Er stand so dicht vor Anselm, dass sich ihre Gesichter beinahe berührten. »Antworten Sie!«

»Aye aye, Sir. Wir ermöglichen dem Gefangenen gerade körperliche Bewegung, wie vom Gericht angeordnet. Entsprechend dem Wachdienstplan ist es nach wie vor unsere Pflicht…«

»Ich kenne meinen Dienstplan, *Leutnant* Anselm! Weist er Sie an, ihn an der Brücke vorbeizuschleppen?«

»Mit allem Respekt, Sir: Untersagt er es?«

Der Käpten holte Luft und wurde noch röter.

»Sir, Mrs. Skor befahl, Mr. Carr höflich und respektvoll zu behandeln, so weit mit der Sicherheit des Schiffes vereinbar. Es ist meine Pflicht, dem zu gehorchen!«

Tolliver schob ihm die Nase praktisch in den Mund. »Und welchem Punkt genau leisten Sie hier Gehorsam?«

»Sir, er hat darum gebeten, Teile von Deck 1 zu sehen. Ich fand keinen Grund, es ihm zu verweigern. Ich habe ihm die Hände auf den Rücken gefesselt und ihn am Arm festgehalten; unter keinen denkbaren Umständen könnte er sich als gefährlich erweisen. Bitte um Verzeihung, Käpten, aber ich wusste nicht, wie ich anders hätte vorgehen sollen.«

»Haben Sie es mal mit gesundem Menschenverstand probiert?«

»Anscheinend nicht, Sir.«

»Haben Sie diesem – dieser *Person* gesagt, dass ich das Schiff führe, nicht er?«

»Nein, Sir. Das haben wir vorausgesetzt.«

»Haben Sie über die Auswirkung auf die Moral an Bord nachgedacht, wenn sie mit ihm eine Parade an den Offiziersunterkünften und der Brücke vorbei veranstalten?«

»Nein, Sir. Wir haben ausgedehnten Landurlaub, und kaum jemand befindet sich an Bord.«

Tolliver wirbelte zu Mikhael herum. »Haben Sie Anteil an dieser Farce, Mr. Tamarow?«

»Ja, Sir. Ich habe Mr. Carr gedrängt, die Erlaubnis des Gerichts zu körperlicher Betätigung auszunutzen.«

»Gedrängt?«

»Ja, Sir. Er lag in der Zelle und hatte die Hosen voll.«

»Zwei Minuspunkte, weil Sie der Natur nicht ihren Lauf gelassen haben! Schaffen Sie ihn mir aus den Augen!«

»Aye aye, Sir.« Mikhael packte mich fest am Arm. Wir eilten den Korridor entlang auf die Treppe zu, die ein ganzes Stück entfernt war, hinter der Biegung. Ich riskierte einen Blick über die Schulter. Käpten Tolliver stand mitten auf dem Korridor, die Arme verschränkt, und blickte uns finster nach.

Als uns die Biegung seinen Blicken entzog, wurde Anselm langsamer. »Puuh!«

»Das macht neun«, sagte Mikhael bedrückt.

»Bekommen Sie für zehn den Rohrstock?« Ich hatte immer gehört, dass es so lief.

»Nicht in meinem Alter. Aber er streicht mir dafür eine Woche Urlaub.«

»Tut mir Leid, dass ich Sie in Schwierigkeiten gebracht habe. Heh, wohin...« Anselm hatte mich gerade an der Treppe vorbeigeführt.

»Zur Krankenstation.«

Ich blieb abrupt stehen. »Meinen Sie das ernst? Das wird den Käpten fuchsteufelswild machen.«

»Oh, ich weiß nicht.« Tad schlug einen lockeren Ton

an, aber seine Miene war grimmig. »Ich habe nicht gehört, dass er uns befohlen hätte, es zu unterlassen. Haben Sie es, Fähnrich Tamarow?«

Ein kurzes Nachdenken. »Nicht genau, aber ...«

»Sie sind vom Dienst befreit, Mr. Tamarow. Sie können die Fähnrichskabine aufsuchen, falls Sie möchten.«

Mik zögerte kaum einen Herzschlag lang. »Ich möchte lieber Sie und den Gefangenen begleiten, Sir.«

»Sehr schön.«

»Tad ... ich meine, Mr. Anselm.« Ich leckte mir die Lippen. »Zerstören Sie doch nicht Ihre Karriere wegen ...«

»Kümmern Sie sich mal bloß nicht um meine Karriere, Mr. Carr.« Sein Ton war kühl. Dann setzte er hinzu: »Käpten Tollivers Missfallen über meine Person ist eine Sache zwischen ihm und mir. Das kann mich nicht daran hindern zu tun, was ich ...«

Ich wartete. »Ja?«

»Was ich für richtig halte.«

Plötzlich standen wir vor einer vertrauten Luke. Ich verzog das Gesicht. Als ich das letzte Mal hier war, hatte ich mich dank Mik vor Schmerzen gekrümmt.

Anselm warf einen Blick hinein. »Ah, Burns. Ist Dr. Romez da?«

Der Meditechniker salutierte, nahm aber nicht Haltung an. »Nein, Sir. Er ist in Mrs. Veels Kabine, um sich ihre ...«

»Ist Käpten Seafort wach?«

»Er sieht gerade das Logbuch durch. Jeden Tag bringt ihm der Käpten ...«

»Ich weiß. Wir machen ihm unsere Aufwartung. Kommen Sie mit, alle beide.«

Als er mich erblickte, weiteten sich die Augen des Meditechnikers. »Sir, Sie können doch nicht ...«

»Machen Sie Platz. Das ist ein Befehl!«

Mechanisch tat Burns wie geheißen. »Sir, ich werde den Schiffsprofos rufen müssen!«

»Gütiger Himmel, warum?« Anselm blieb stehen und betrachtete ihn neugierig. »Wir haben gerade vor zwei Minuten mit Käpten Tolliver gesprochen.«

»Haben Sie?« Der Meditechniker blickte von einem zum anderen, suchte die Bestätigung.

»War es nicht so, Mr. Tamarow? Komm mit, du.« Er drängte mich durch einen Gang. »Begleiten Sie uns, Burns. Sorgen Sie dafür, dass es Mr. Seafort auch bequem hat.«

Der Gang weitete sich zu einem Alkoven. Darauf folgte ein Raum, dessen Ausmaße die des üblichen Kämmerchens übertrafen. Blumen standen auf einem Sims, zwei Stühle warteten auf Besucher.

Ich sah einen hageren Mann mit lose sitzendem Schlafanzug, halb unter der Bettdecke, ein Holovid in der Hand. Der Kopf war dick mit Verbänden umwickelt, aber die Augen blickten wach.

»Leutnant Anselm zur Stelle, Sir.«

»Fähnrich Tamarow zur Stelle, Sir.« Beide behielten starr Haltung.

»Kommando zurück.« Seaforts Stimme war schwach. Vorsichtig setzte er das Holovid ab und öffnete und schloss die Finger. »Was führt Sie beide her?«

»Wir sind zu Besuch hier, Sir, falls Sie es uns gestatten.«

Ein frostiges Lächeln. »Ich gestatte es.«

»Danke, Sir.«

»Wer ist das?«

Ich hielt die Luft an.

Er musterte mich ausdruckslos. »Mr. Anselm, ich habe keine ... Oh!« Er zuckte wie unter Strom gesetzt.

Burns sprang zum Bett. »Sir, sind Sie in ...«

Seafort gebot ihm mit zitternder Hand Einhalt.

Anselm drehte mich herum, sodass ich dem Käpten den Rücken zuwandte. »Er trägt Handschellen, Sir, und kann Ihnen nichts tun. Ich verpfände mein Leben darauf.« Er wirbelte mich erneut herum.

»Ist schon in Ordnung, Burns. Ich war nur erschrocken.« Seaforts durchdringende graue Augen richteten sich auf mein Gesicht. »Du bist der Schurke, den ich zum Abendessen an den Tisch geholt habe.«

»Ja, Sir.« Es war nur ein Flüstern. Ich probierte es erneut. »Ja, Sir.«

»Warum ist er hier, Leutnant?«

»Er hat darum gebeten, Sie zu sehen. Ich hielt es für menschlich, ihm den Wunsch zu gewähren.«

»Man hat mir noch nicht die Gerichtsakten gegeben. Ich habe darum gebeten, aber Tolliver hat sich geweigert, über das Verhör oder den Fall zu sprechen. Sobald ich wieder stärker bin, sagte er.« Seafort starrte mich an. »Sie sind Carlson, nicht wahr?« Vorsichtig wechselte der Käpten die Haltung. »Der Rücken tut mir schrecklich weh, was ich Ihnen zu verdanken habe. Ich hatte gedacht, ich wäre darüber hinweg.«

»Sir, er heißt ...«

Ich sprudelte hervor: »Tad, bitte nicht! Bitte, Gott ist mein Zeuge, dass ich Sie bitte!«

Der Käpten spitzte die Lippen. »Ahm ... Randy, ja, das war es. Ich kann mich an Einzelheiten erinnern. Das ist ein sehr gutes Zeichen.« Er bewegte sich unruhig. »Burns, ich nehme jetzt dieses Kissen, denke ich.« Angestrengt konzentrierte er sich auf mich, aber er wurde sichtlich müde. »Ein vergeudetes Leben ist eine Tragödie, Junge. Meines oder Ihres. Ich sehe Sie wieder, ehe ...« Er verlor den Faden. »Ich muss jetzt wirklich schlafen. Danke, Jungs, für euren Besuch. Mr. Carlson, ich besuche Sie in der Zelle. Das ist versprochen.«

Die beiden salutierten und drängen mich hinaus.

Der Rückweg zur Zelle verlief weitgehend schweigsam. Lediglich an einer Stelle fragte Anselm: »Mik, du hast es ihm nicht gesagt?«

»Pa und ich haben uns auf eine Regel geeinigt, als er mich in den Flottendienst aufnahm. Keine Schiffsangelegenheiten, komme, was da wolle. Das war für uns die einzige Möglichkeit ...« Mikhael rieb sich das Gesicht. »Und ich hatte Angst, ihm zu sagen, dass es Dereks Sohn war.«

Ich konnte mir die Frage nicht verkneifen: »Warum?«

Miks Augen wurden feucht. »Es würde ihm das Herz brechen.«

Wie elektrisiert kämpfte ich darum, meine Hände freizubekommen. Ich drehte die Handgelenke in den Schellen, ohne auf die Schmerzen zu achten.

Wäre es mir irgend möglich gewesen, das Herz anzuhalten und tot umzufallen, hätte ich es getan.

Ich hatte nicht das Recht, so vielen Menschen so viel Schmerz zuzufügen. Ich dankte dem Herrgott für Leutnant Skors Entschlossenheit.

»Ich werde meine Regel brechen«, sagte Mik.

»Mr. Tamarow ...« Meine Stimme war unsicher. »Tun Sie es nicht.«

»Ich kann doch nicht einfach ...«

»Falls es einen Gott gibt und Er möchte, dass es Käpten Seafort erfährt, wird er es erfahren. Ihre Beziehung zu Ihrem Vater ist wichtiger als alles andere. Glauben Sie mir: Ich weiß das.«

Wir legten schweigend den restlichen Weg zum Schiffsgefängnis zurück.

»Er ist auf dem Weg der Besserung«, sagte Jerence Branstead.

»Ich habe es gesehen.«

»Ja, und diese Eskapade auf Deck 1 hat dich jeden Kontakt mit deinen beiden Spießgesellen gekostet. Tamarow hat Arrest in der Fähnrichskabine. Anselm steht in seiner Unterkunft unter Arrest und hat ein summarisches Verfahren vor dem Kriegsgericht zu erwarten.«

»Ist Tolliver ein Despot?«

»Eigentlich nicht.« Er lehnte sich auf der Couch zurück. Wir saßen in einem Passagiersalon, und zwei von Janks Handlangern hielten draußen vor der Luke Wache. Ich fragte mich, wie Mr. Branstead das arrangiert hatte. »Er findet, die Jungs hätten die ganze Wahrheit sagen sollen. Stattdessen beantworteten sie zwar seine Fragen, gaben aber kein Iota mehr Informationen.« Er lächelte verschmitzt. »Das ist genau Nicks Nummer, die er immer wieder durchgezogen hat. Unerträglich, aber wirkungsvoll.«

»Wird man sie unehrenhaft entlassen?«

»Ich bezweifle es. Tolliver wird wieder abkühlen.

Bis dahin lernen sie, dass es nie klug ist, den Käpten an den Ohren zu ziehen.«

»Ich habe Mik gebeten, Mr. Seafort nicht zu sagen, wer ich bin.«

»Ich denke, ich verstehe den Grund. Du schämst dich dafür, dass irgendjemand, der Verbindung mit deinem Vater hat, Mr. Seafort verletzen konnte?«

Ich nickte.

»Nun, Mikhael wird deine Bitte wahrscheinlich erfüllen. Er hat Verständnis für diese Dinge.«

»Gut.«

»Aber ich werde es wahrscheinlich nicht.«

Ich fiel in mich zusammen. »Gottverdammt, wieso nicht?«

»Wage es ja nicht, mir gegenüber deine üble Ausdrucksweise an den Tag zu legen! Was ist nur los mit dir?«

Ich schluckte. »Ich habe noch nie meine ... Ich entschuldige mich. Bitte sagen Sie mir, warum nicht.«

»Ich habe miterlebt, wie Nick mit seinem Sohn Philip eine dieser Fehden um die Ehre ausgetragen hat. Die ganze Familie hat darunter gelitten. Ehre ist schön und gut, aber wenn Leute anfangen, aus den besten Motiven heraus die Menschen zu zerstören, die sie lieben ...« Er schnitt eine Grimasse. »Dieser Wahnsinn muss aufhören!«

»Ich möchte, dass Dad aus der Sache herausgehalten wird.«

»Es geht doch gänzlich um Derek, Randy. Nicht nur aus deiner Sicht. Auch aus der Nicks.«

»Aber dann trifft Mr. Seafort aus den falschen Gründen eine Entscheidung! Lassen Sie ...«

Mr. Branstead beugte sich vor und umklammerte mein Knie. »Möchtest du ihn immer noch vernichten?«

Ich nahm einen langen, tiefen Atemzug. »Nein.«

»Ich kenne ihn seit vierzig Jahren. Falls er es nicht erfährt, ehe du stirbst, wird es ihn vernichten.«

Ich saß lange da und verdaute das Gewicht dieser Worte, wobei mir klar wurde, was sie über Mr. Seaforts Beziehung zu Dad aussagten.

Ich war wirklich wertloser Abschaum. Umso mehr Grund, Mr. Seafort nicht die Wahrheit zu sagen.

»Ich kann Sie nicht aufhalten, aber ich flehe Sie an: Sagen Sie nichts!«

»Ich denke darüber nach.«

Mr. Branstead begleitete uns auf dem Rückweg ins Schiffsgefängnis. Wir näherten uns einer Treppe; ein Offizier kam gerade forsch die Stufen herunter. Leutnant Skor. Sie blieb stehen und betrachtete mich finster. »Behandeln sie Sie angemessen, junger Mann?«

»Ja.« Beinahe hätte ich »Ja, Ma'am« gesagt, aber irgendwas hielt mich zurück.

»Keine Auswirkungen deiner Exkursion auf Deck 1?«

»Nicht für mich. Nur für die, die Ihre Befehle ausgeführt haben.«

Sie warf einen kurzen Blick auf Mr. Branstead und verdrehte die Augen. »Nicht Ihr Problem.«

Meine Stimme war wie Dads, wenn ich wirklich erbost war. »Madam, da irren Sie sich.«

Einen Augenblick lang wirkte sie betroffen. »Sie sind Zivilist.«

»Falls meine Bitten die Bestrafung meiner Wärter

nach sich ziehen, schrecke ich davor zurück, sie zu äußern.«

»Hmm. Weitermachen.«

Als sie gegangen war, sagte Mr. Branstead: »Treibe es möglichst nicht weiter, Junge.«

Ich schnaubte. »Was habe ich schon zu verlieren?«

»Tolliver könnte entscheiden, dass dein Urteil nicht umgewandelt wird.«

»Er plant ohnehin nichts anderes.«

Wir trafen vor meiner Zelle ein und blieben dort stehen, während der Schiffsprofos in der Nähe wartete.

»Durchaus möglich. Aber Nick erholt sich. Sobald er das Kommando wieder übernimmt, liegt es nicht mehr an Edgar.«

Einen Augenblick lang blieb ich still, wusste nicht recht, wie ich mich ausdrücken sollte. »Ich fürchte mich vor dem Tod, aber nicht vor der Bestrafung, obwohl es auf dasselbe hinausläuft. Ich werde nicht versuchen, der Hinrichtung zu entgehen.«

Seine Faust schoss vor und krachte ans Schott. »Diese Gesetze sind barbarisch! Seit wann ist es gerecht, Kids als Erwachsene zu behandeln?«

»Wenn sie die Taten eines Erwachsenen ...«

»Oh, ich habe dieses Geplapper gehört. Sogar die Kirche entsagt der Gnade zugunsten alttestamentarischer Gerechtigkeit. Sie verbrennen tatsächlich Ketzer! Ich frage mich manchmal, was eigentlich über die Patriarchen gekommen ist.«

»Nicht so laut!« Es klang wie ein Befehl. Ich verbannte die Härte aus meinem Ton. »Mr. Branstead, reden Sie lieber nicht so, wenn sie auf den Planeten gehen. Seien Sie vorsichtig!«

»Um nicht beim Bischof anzuecken?«

»Richtig.«

Er starrte mich lange an, bis ich rot wurde.

»Ja, ich weiß, Sir. Ich war ein Idiot.« Gehorsam drehte ich mich zur Zelle um.

Es war, als hielte ich Hof. Der Schiffsprofos, Fähnriche, Matrosen, Mr. Branstead kamen mich besuchen und versorgten mich mit Lebensmitteln, Kleidung, Bewegung, Gesprächen. Beinahe genoss ich es.

Am meisten überraschte mich Mikhael Tamarow, der mich am Abend nach dem Wortwechsel mit Leutnant Skor besuchte. »Ich weiß nicht, wie Sie das geschafft haben, aber danke!«

»Sie sind wieder frei?«

»Und habe keinen Eintrag mehr.« Er schüttelte den Kopf, als staunte er. »Der Käpten war ein wenig kurz angebunden, aber höflich. Er sagte, er hätte überreagiert und Mrs. Skor hätte ihm zur Kenntnis gebracht, dass ich mich im Rahmen ihrer Befehle bewegt hatte.«

»Was bringt Sie auf den Gedanken, ich hätte …«

»Ich spüre, dass Sie etwas damit zu tun hatten. Keiner wollte mir etwas sagen…« Er schüttelte den Kopf. »Ich darf solche Fragen nicht mit jemandem diskutieren, der nicht der Flotte angehört. Aber waren Sie es?«

Ich antwortete kühl: »Ich habe Mrs. Skor gegenüber mein Missfallen ausgedrückt.«

Er grinste. »Jetzt klingen Sie wie Pa.«

Ich prallte zurück. »Sagen Sie das nicht!«

»Ich wollte nicht…« Als er meinen Schmerz erkannte, setzte er lahm hinzu: »Es tut mir Leid.«

Ich suchte nach einem neuen Thema. »Warum sind Sie hier?«

»Ich genieße das Besuchsprivileg.« Sein Lächeln verblasste. »Mr. Tolliver sagte, es wäre nur für ein paar Tage.«

»Wie boshaft von ihm.«

Er senkte den Kopf.

»Aber realistisch«, ergänzte ich. »Was ist mit Tad? Wurde er auch rehabilitiert?«

»Ich habe nicht gewagt zu fragen. Mr. Tolliver schien mit seiner Geduld am Ende.«

»Und Ihr Vater?«

»Ihm geht es besser. Er kann jedoch nach wie vor nicht richtig gehen. Ihm wird schwindelig.«

»Falls er – wenn er sich erholt hat, wird dann Mr. Tolliver wieder zum Leutnant zurückgestuft?«

»Ja.«

»Was ist mit all den Feinden, die er sich gemacht hat?«

»Wovon reden Sie da?« Er betrachtete mich. »Sie haben wirklich keine Ahnung von der Raumflotte, nicht wahr?« Unaufgefordert, als wären wir alte Freunde, setzte er sich neben mich auf das dürftige Bett. »Sehen Sie, die Autorität des Kapitäns ist absolut. Ist Ihnen das so weit klar?«

»Natürlich.« Wir hatten Flottentraditionen in der Schule durchgenommen, obwohl Hope Nation aus den Vereinten Nationen ausgeschieden war.

»Als Pa ... als Käpten Seafort nicht mehr dienstfähig war, *musste* Mr. Tolliver die Zügel fest in die Hand nehmen. Niemand wird ihm daraus einen Vorwurf machen.«

»Auch nicht, dass er einem Leutnantskameraden mit dem Kriegsgericht drohte?«

»Tad war nicht sein Leutnantskamerad. Er war ein Leutnant, der mit seinem Käpten zu tun hatte. Dabei kommt es nicht darauf an, dass Mr. Tolliver den Rang nur befristet hatte. Er war Kapitän des Schiffes und konnte Gehorsam fordern.«

»Warum haben Sie sich dann über seine Autorität hinweggesetzt?«

»Warum stellen Sie immer die schwierigen Fragen?«

Wir grinsten beide.

»Randy...« Plötzlich klang er vorsichtig. »Ein Teil von mir kann nicht vergessen, dass Sie Pa zu töten versucht haben. Und Pa wird vielleicht nie mehr der Alte sein; falls die Schwindelgefühle bleiben und das Sehvermögen beeinträchtigt bleibt, wird er in den Ruhestand versetzt.«

»Es tut mir...«

»Irgendwie hasse ich Sie aber nicht mehr. Der Hass ist einfach weg. Als ich Sie vor Gericht sah...« Er fummelte an seinem Ärmel, dann an seinem Schuh herum. »Gott, ich habe Sie bewundert! Das war großartig. Ich war stolz darauf, Ihr...«

Ich wartete, aber er sagte nichts weiter.

»Ist schon in Ordnung, Mikhael.«

»... Freund zu sein.« Es war ein Flüstern.

Ich schluckte einen Kloß im Hals herunter und schwieg.

Etwa eine Stunde später traf Fähnrich Ghent uns beide an. Er baute sich vor uns auf in der Haltung, die man bequem stehen nannte. »Mr. Carr.«

Ich wartete.

Er ignorierte Mikhael. »Auf Befehl von Kapitän

Tolliver setze ich Sie davon in Kenntnis, dass er Sie heute Abend um zweiundzwanzig Uhr nomineller Schiffszeit befragen wird, um zu einer Entscheidung über das vom Gericht verhängte Urteil zu gelangen. Sie werden zur entsprechenden Zeit auf die Brücke geführt.« Er nickte kurz und ging.

Mikhael sagte: »Wenn sie Sie auf die Brücke bringen, provozieren Sie ihn nicht, Randy. Er ist ein anständiger Kerl, aber ...«

Ich zuckte die Achseln.

»Er hat einen kurzen Geduldsfaden. Er war mal Kapitän, müssen Sie wissen. Ist aus dem Ruhestand zurückgekehrt und hat sich mit dem Rang eines Leutnants abgefunden, um mit Pa zu fahren. Er ist es gewöhnt, seinen Willen zu bekommen.«

»Mikhael ...«

»Er ist nicht so hart, wie es scheint. Falls Sie ...«

»Mik.«

»... sich entschuldigen und um Vergebung bitten, kann gut sein, dass er ...«

»Mik!«

»... irgendeine Form von ... Was ist, Randy?«

»Es besteht nicht die geringste verdammte Chance, dass Tolliver Milde walten lässt, und wir beide wissen es.«

»Sie können das nicht wissen ...«

»Ich bin mir dessen so sicher wie Sie.«

Das brachte ihn zum Schweigen.

Wir saßen da, jeder mit eigenen Gedanken beschäftigt.

Ich wusste gar nicht recht, ob ich überhaupt Milde wollte. Ich würde nicht darum bitten; das war sicher. Ich hatte jedes Recht verwirkt, um mein Leben zu bitten. Falls es mir trotzdem gewährt wurde, würde ich mich freuen?

Ich wusste es nicht mehr.

Als ich ihn drängte, ging Mikhael, damit ich allein auf den Ruf des Käptens warten konnte. Ich rechnete fast damit, dass Mr. Branstead kam, um mir letzte Ratschläge zu erteilen, aber er blieb fern.

Erneut öffnete Ghent die Luke. »Der Kapitän erwartet Sie.« Er hob ein Paar Handschellen.

»Letztes Mal haben Sie die auch nicht benutzt, Fähnrich.«

»Da sind wir auch nicht auf die Brücke gegangen, Mr. Carr.« Zu meiner Verärgerung fesselte er mir die Hände auf den Rücken. Sehr schön; ich würde das Beste daraus machen und so tun, als nähme ich es gar nicht zur Kenntnis.

Er führte mich zur Außenluke.

»Warum sind Sie an Bord, Mr. Ghent?« Ich passte mich seiner Förmlichkeit an. »Haben Sie nicht ausgedehnten Landurlaub?«

»Ich habe zehn Minuspunkte zusammen.« Er sagte es voller Abscheu. »Es hieß: Verzicht auf eine Woche Urlaub, oder das Fass.«

»Ich hätte mich für das Fass entschieden.« Ich ließ mich von ihm eilig durch den Korridor zum Fahrstuhl führen.

»Hat man Ihnen je den Rohrstock verabreicht?«

»Nein.«

Er sagte nur: »Es ist eine Woche Urlaub wert.«

»Wer hat Ihnen die Minuspunkte gegeben?«

»Das geht Sie nichts an.« Er schien beleidigt. Wir drängten uns in den Fahrstuhl; er drückte den Schalter für Deck 1. Dann sagte er: »Ich habe sie nicht alle gleichzeitig erhalten. Mein erster Fähnrich hat mir eine Reihe davon verpasst.«

»Mr. Anselm?«

»Ja.« Sein Ton drückte eine Warnung aus. Ich blickte ihm kurz in die Augen; ich entdeckte kochende Wut.

Wir blieben vor der Brücke stehen. Der Fähnrich fuhr sich mit den Fingern durchs Haar, zog sich die Krawatte glatt, klopfte an die Luke.

Die Korridorkamera schwenkte auf uns; die Luke glitt auf. »Treten Sie ein.«

Ghent marschierte hinein und zog mich hinterher. »Fähnrich Ghent meldet sich wie befohlen mit dem Gefangenen, Sir.« Er ließ meinen Arm los und nahm zackig Haltung an.

Edgar Tolliver drehte seinen Stuhl herum. Das Gesicht des Käptens war dünn und faltig. Das graue Haar war kurz geschnitten und gepflegt. Er war schlank, wenn auch nicht übermäßig, und wirkte fit. »Sehr gut, Mr. Ghent. Warten Sie im Korridor, falls Sie möchten.«

»Aye aye, Sir.« Ein Salut. Der Junge warf sich auf den Fersen herum und marschierte hinaus. Der Käpten schloss die Luke hinter ihm. Wir waren allein.

Die Hände auf den Rücken gefesselt, blickte ich mich um. Das war also die Brücke eines Sternenschiffes. Dad hatte mir den Anblick geschildert, aber ...

Die Geräte glänzten. Der Käpten saß an einer Konsole an der Vorderwand (dem *Schott, Randy!*). Ihr gegenüber breitete sich ein riesiger, gekrümmter Simultanbildschirm aus. Der Ausblick raubte mir den

Atem: Millionen von Sternen, all die vertrauten Sternbilder. Und unter uns Hope Nation in schmerzhaftem, schönem Grün. Einen Augenblick lang hatte ich den Geruch des frischen Seewindes in der Nase, der mir nie wieder das Gesicht kühlen würde.

»Könnte ich vielleicht Ihre Aufmerksamkeit genießen?« Tollivers beißender Ton rief mich in die Gegenwart zurück.

Flammende Wut klärte meine Gedanken. Er hätte nicht grausam sein müssen. Es schadete niemandem, wenn ich mich hier umsah. Sehr gut, er hatte den Ton des Gesprächs festgelegt. »Natürlich.« Mein Ton war lässig. Ich stand ihm gegenüber, ein paar Schritte entfernt. Ich tat so, als hätte ich die Hände aus freien Stücken auf dem Rücken verschränkt.

Er fragte: »Würden Sie sich gern setzen?«

»Wie, eigentlich nicht.« Wir waren Pflanzer, die vor einer Konferenz höfliche Floskeln austauschten. »Aber bleiben Sie unbedingt sitzen, falls Sie möchten.«

Das war eine kalkulierte Beleidigung, und sie verfehlte ihre Wirkung nicht. Seine Augen wurden schmal. »Die Vorschriften der Flotte sehen eine Prüfung jedes Urteils durch den Kapitän des Schiffes vor. Sobald die Prüfung durch mich erfolgt ist, wird Ihre Hinrichtung entweder ausgeführt oder aufgehoben.«

»So habe ich es verstanden.« Ich war nicht bereit, einen Zoll nachzugeben.

Der Rufer summte.

»Ja?« Der Käpten wandte sich an den Lautsprecher im Schott.

»Der Funkraum meldet ein anfliegendes Fahrzeug, Priorität eins; es wird nach Ihnen verlangt, Sir.«

»Von wem?«

»Dem Statthalter.«

»Ich rufe bald zurück.« Er berührte die Schaltfläche; das Zischen im Hintergrund verstummte. »So, Mr. Carr. War Ihr Verfahren in irgendeinem Punkt unfair?«

»Das war es nicht.«

»Wurden Sie angemessen vertreten?«

»Zu meiner Zufriedenheit.«

Tolliver trommelte auf die Konsole. »Ihr Urteil bleibt innerhalb der Richtlinien. Ich war selbst Zeuge Ihres Übergriffs und habe gesehen, wie grausam er war. Was haben Sie zu Ihrer Verteidigung zu sagen?«

»Nichts.«

»Sehen Sie her, Junge!« Sein Ton wurde schärfer. »Mr. Seafort ist zurzeit nicht der Kapitän, sondern ich bin es. Meine Pflicht ist es zu entscheiden, ob Ihr Urteil gerechtfertigt ist, und nicht, Vergeltung zu üben. Wollte ich, dass Sie vor Gericht gestellt würden? Ja. Wollte ich, dass Sie verurteilt würden? Ich hoffte es. Wollte ich ein Todesurteil?« Eine lange Pause. »Ja. Aber in diesem Moment trage ich sozusagen einen anderen Hut, und ich werde mich bemühen, die eigenen Gefühle zurückzustellen. Ihre Aufgabe ist es, mich davon zu überzeugen, dass ich Ihr Leben verschone.«

»Warum ist das meine Aufgabe?«

Er schien verdutzt. »Damit Sie überleben. Sie haben keinen Fürsprecher außer sich selbst.«

Ich zuckte die Achseln. »Sonst noch was, Käpten?«

»*Möchten* Sie sterben?«

»Das ist meine Privatsache, Mr. Tolliver. Sie haben nicht das Recht, danach zu fragen.«

»Sie sind unverschämt.«

»Ich bin Ihnen gegenüber nicht zur Höflichkeit verpflichtet.« Ich schlug jedoch einen höflichen Ton an. Ich wusste nicht recht, wieso, aber ich wusste, dass ich im Begriff stand zu siegen.

»Warum wollten Sie Nick Seafort töten?«

»Das Verhör hat Ihnen jede Antwort geliefert, auf die Sie ein Recht haben.«

Plötzlich sagte er: »Sie vernichten sich selbst, nur aus Hass auf mich.«

»Vielleicht. Das ist mein Privileg.«

»Ich sollte Sie wegen Unhöflichkeit züchtigen lassen.«

»Auch das liegt in Ihrer Macht.« Ich redete so ruhig, wie ich konnte. Falls er diese Drohung wahr machte, würde es eine unerträgliche Demütigung für mich sein. Also musste ich den Anschein erwecken, dass es mir egal war.

Plötzlich wirbelte Tolliver den Sitz herum, wandte mir den Rücken zu. Ein langer Augenblick verstrich. »Wissen Sie«, fragte er das Schott, »dass es mal eine Zeit gab, in der ich Nick Seafort so hasste wie Sie?«

»Ich hatte keine Ahnung.« Ich bemühte mich um einen gelangweilten und höflichen Ton.

»Soll ich Ihnen davon erzählen?«

Ja! »Falls Sie es wünschen.«

»Ich war Leutnant, und ich war stolz darauf. Im Krieg hatte man mich der Hope-Nation-Flotte zugeteilt.«

Ich wartete.

»Ich rettete Käpten Seafort das Leben, indem ich ihn vom Pilotensitz eines Helikopters zerrte, der angegriffen wurde, und selbst die Steuerung übernahm. Einen Käpten unaufgefordert zu berühren ist ein Kapitalverbrechen. Er degradierte mich zum Fähnrich. Ich dachte daran, ihn umzubringen.«

»Eine nicht seltene Laune.«

»Vielleicht. Eine Menge Leute hassten Nick, die meisten von ihnen waren inkompetent oder Dummköpfe.«

»Schließen Sie sich da selbst mit ein?«

»Nein, ich war weder das eine noch das andere.« Er sagte es, ohne zu zögern, und ich gab ihm Punkte dafür. Anthony hätte dem beigepflichtet. Dad ebenfalls.

»Ich wünschte ihm den Tod, Mr. Carr. Aber ich bin nicht zur Tat geschritten.« Er wandte sich wieder mir zu. »Das ist der Punkt.«

»Falls Sie ihn hassten, warum sind Sie dann jetzt bei ihm?« Es war völlig irrelevant, aber ich konnte mir die Frage einfach nicht verkneifen.

»Haben Sie vielleicht ein Recht, meine Lebensgeschichte zu hören?«

»Nein, aber Sie haben damit angefangen.«

Die Andeutung eines Lächelns. »Ich hatte auf Hope Nation unter ihm gedient und dann auf der *Victoria*. Danach wollte mich dank des Makels in meiner Dienstakte niemand mehr nehmen. Also ernannte er mich zu seinem Adjutanten auf der Akademie. Er war damals Kommandant, wissen Sie?«

Ich nickte. Seaforts Geschichte war auf Hope Nation ebenso eine Legende wie auf der Erde.

»Wir hatten eine ... na ja, besondere Beziehung. Ich

sprach aus, was immer mir in den Sinn kam, und er duldete es, denn er kannte meine Gefühle. Im Gegenzug leistete ich ihm die besten Dienste.« Sein Blick heftete sich auf den Simultanschirm. »Dann kamen die Fische; immer mehr von ihnen trafen ein. Wir haben uns ihnen mit der *Trafalgar* entgegengestellt.«

»Zusammen mit Mr. Branstead.«

Tolliver schien verblüfft. »Ja, Jerence war als Kadett dabei und hatte völlig die Hosen voll. Ich sage Ihnen, Junge, was ich an jenem Tag gesehen habe, das war ...«

Ich fürchtete mich, etwas zu sagen.

Er schüttelte sich. »Seafort hat den Planeten gerettet. Und das ganze Heimatsystem. Und dann, Jahrzehnte später, rettete er uns vor Revolution und Chaos. Als er danach so verwundet und in der Seele getroffen war, im Exil und heimatlos, bin ich natürlich mit ihm gefahren.« Er dachte einen Augenblick lang nach. »Er steht jenseits von Hass und Rache. Dass Sie ihm den Kopf eingeschlagen haben, das war ... monströs. Er ist so gottverdammt selbstlos ...« Sogar ich zuckte bei der Lästerung zusammen. »... dass er Ihnen vielleicht sogar verzeiht. Aber für mich gilt das nicht. Also tue ich, was er nicht tun würde.«

Ich wünschte, ich hätte die Hände freigehabt, um ihn an mich drücken zu können.

»Was bedeutet, dass ich mich damit beeilen muss. Trotzdem schulde ich Ihnen eine gründliche Abwägung. Ich frage Sie ein letztes Mal: Möchten Sie etwas zu Ihren Gunsten anführen?«

»Das ist nicht nötig.«

»Ich werde *nicht* berücksichtigen, was nicht aktenkundig ist!«

»Das verstehe ich vollkommen.«

Er drückte eine Taste; die Luke glitt auf. »Mir liegt ein Gesuch um Milde vor.«

»Von meinem Neffen Anthony.«

»Oh, natürlich protestiert er!« Er winkte ab. »Aus den Reihen der Mannschaft.«

»Darf ich fragen, wer es unterzeichnet hat?«

»Leutnant Anselm und Andrew Ghent.«

Ich war sprachlos.

»Was haben Sie nur an sich, Junge, dass Offiziere, die Seafort verehren – weit mehr als ich, möchte ich hinzufügen –, als Ihre Fürsprecher auftreten?«

»Sie sind leicht verführbar.«

Er betrachtete mich. »Es stimmt, Sie haben *wirklich* eine Todessehnsucht. *Mr. Ghent!*«

Der Fähnrich schoss durch die Luke. »Fähnrich Andrew ...«

»Bringen Sie ihn hinunter; ich bin fertig mit ihm.«

»Aye aye, Sir.« Der Junge packte mich am Arm. »Mr. Carr ...«

Ich ließ mich von der Brücke führen.

Mehrfach traf Ghent Anstalten, etwas zu sagen, tat es dann jedoch nicht. Schließlich: »Wie ist es gelaufen?«

Ich grub die Fersen ins Deck, zwang ihn, stehen zu bleiben. »Wieso haben Sie um Milde nachgesucht?«

Er wurde rot. »Ich dachte nicht, dass er es Ihnen sagen würde.«

»Wieso nur?«

Der Junge zuckte die Achseln, machte eine hilflose Geste. »Ich weiß es nicht. Ich konnte nicht ... es war ...« Weitere Gesten, nervöses Zucken, das schließlich verebbte. »Wir müssen weitergehen.«

»Antworten Sie mir, oder Sie müssen mich in die

Zelle schleifen.« Hilflosigkeit, lernte ich gerade, verlieh einem große Macht.

Er zog an meinem Unterarm. »Ich kann mir keine weiteren Minuspunkte leisten.«

»Wieso das Gesuch, Fähnrich?«

Er wurde rot. »Falls ich jemals Schwierigkeiten bekomme, richtige Schwierigkeiten, möchte ich so auftreten wie Sie vor Gericht.«

»Aber ich habe Mr. Seafort angegriffen.«

»Tad – Mr. Anselm – sagt, Sie hätten einen Grund gehabt und würden es bitter bereuen. Ist das wahr?«

Ich schuldete es ihm und konnte die Antwort nicht verweigern. »Ich bereue es.«

»Mr. Carr, der all diese Jahre lang Statthalter war, war Ihr Vater?«

»Ja.«

»Ich habe die *Galactic* nie gesehen. Es heißt, sie wäre genau wie die *Olympia* gewesen.« Sein Gedankengang erschien mir unlogisch. »Nachts – bitte kommen Sie jetzt mit – liege ich manchmal wach und stelle mir vor, wie das Schiff in Station Earthport hineingleitet, den Rumpf aufgerissen, das nicht zu löschende Feuer ...« Ihn schauderte. »So viele Menschen! Mr. Seaforts Frau war Kapitän, als die *Galactic* unterging.«

»Ich weiß.« Sie starb mit ihrem Schiff.

Wir betraten den Fahrstuhl.

Der Verlust der *Galactic* und der Staatsstreich beherrschten monatelang die Holozine. Ich besaß jede Ausgabe, bewahrte sie sorgsam unter Verschluss im Schreibtisch meines Schlafzimmers auf.

Ghents Ton war ernst. »Wir stellen uns immer vor,

tapfer zu sein; wir alle haben diese Fantasien, nicht wahr? Aber ... wenn die Luft ausgeht, die Rettungsboote bereits ausgesetzt sind, nicht genug Raumanzüge vorhanden sind...« Seine Augen waren feucht. »Ihr Vater Derek half Dutzenden Passagieren, in Sicherheit zu gelangen. Er starb als Held.«

»Ich weiß.« Es erforderte übermenschliche Anstrengung, ruhig zu sprechen.

»Gott, wie sehr Sie ihn vermissen müssen!«

Ich rutschte aufs Deck, lehnte mich ans Schott, schlug mit dem Kopf an den Rahmen der Kabine.

»Tun Sie ... oh, Mr. Carr, es tut mir Leid!« Er kniete sich hin, zog meinen Kopf an seine Brust. »Verzeihen Sie mir.« Seine Stimme versagte. Hektisch tastete er nach dem Schlüssel und öffnete mir die Handschellen. »Gott, was habe ich getan?« Er wiegte mich in jeder Hinsicht wie eine bestürzte Mutter.

Danach führte er mich mit einer Hand auf der Schulter in die tröstliche Umgebung meiner Zelle.

Am nächsten Tag erschien niemand, abgesehen von Schiffsprofos Janks. Schweigend gab er mir zu essen, gestattete mir einen Spaziergang auf dem Korridor – keine Handschellen, nur zwei Matrosen als Eskorte, jeder mit einem Stunner – und führte mich unter die Dusche.

Es war mir nur recht so. Mein Mut war an die Grenze gelangt. Nein, war darüber hinaus. Ich hatte einen Kloß im Hals, der drohte, sich in Jammer- und Klagelauten zu lösen. Ich war es müde, die Fassade der Tapferkeit aufrechtzuerhalten, erschöpft vom Kampf, nicht um Gnade zu bitten.

Ich war nicht völlig wahnsinnig geworden; ich sehnte mich danach zu leben. Ich wollte mich mit gekreuzten Beinen auf Judy Winthrops Bett setzen, ihrem Geplauder zuhören, näher an sie heranzurücken, ihre Brüste berühren.

Ich wollte nackt in den Teich springen, selbst wenn Alex und Judy zusahen. Ich wollte mich bei Anth entschuldigen, ihm sagen, dass ich vorhatte, mir mehr Mühe zu geben.

Ich wollte zur Schule gehen.

Ich wollte ... hatte es irgendeine Bedeutung? Der Lockruf des Lebens war verführerisch, aber ...

Die Carrs bezahlen ihre Schulden.

***

Ein leises Klopfen an der Luke.

Ich war so erschrocken, dass ich nur glotzen konnte.

Erneutes Klopfen.

»Treten Sie ein.«

Tad Anselm. Er probierte ein Lächeln, ohne großen Erfolg. »Wie geht es dir heute?«

»Ganz gut.«

»Ich habe eine Nachricht von Käpten Tolliver.«

»Ich bin überrascht, dass Ghent sie nicht überbringt. Er ist gewöhnlich ...«

»Er sitzt im Schiffsgefängnis, zwei Zellen weiter. Er hat sich geweigert.«

Ich sprang auf.

»Kapitän Tolliver hat das vom Gericht ausgesprochene Urteil geprüft und be ...« Seine Züge verzerrten sich. » ... bestätigt es. Die Hinrichtung findet morgen Mittag statt.«

»Wo ist Mik? Ich möchte mit Mik reden!«

»Er ist in der Fähnrichskabine, im Bett.«

Ich schlang die Arme um mich.

Falls ich darum bat, würde Anselm versuchen, zu Seafort vorgelassen zu werden. Der alte Mann würde ihn anhören und um meines Vaters willen …

»Es zerreißt ihn, aber Mikhael wird deine Bitte achten. Er wird es seinem Vater gegenüber nicht erwähnen.«

Wenigstens einer von uns hat Ehre.

Tad selbst könnte …

Es wäre abscheulich gewesen, ihn darum zu bitten.

»Randy, ich halte auch den Mund, falls du darauf bestehst, aber ich möchte es nicht.«

Ich saß in der Falle. Ich konnte am Leben bleiben, falls ich ein Leben akzeptierte, dass es nicht wert war. Ich nickte, drehte mich zur Wand um. Zum Schott. Was immer.

»Soll ich dich allein lassen?«

»Nein!« Mit übermenschlicher Anstrengung zwang ich mich zu einem Ton, der nach Mensch klang. »Setzen Sie sich zu mir. Sagen Sie nichts, sitzen Sie nur bei mir.«

Er tat es. Nach einer Weile kroch seine Hand um meine Schultern. Die Zeit verging; ich hatte keine Vorstellung von der Zeitspanne.

»Wo ist Mr. Branstead?«

»Auf dem Planeten, habe ich gehört. Er müsste heute Abend zurück sein.«

»Darf ich Ihnen die Wahrheit sagen, Sir?«

Er sagte: »Natürlich.«

»Ich habe große Angst.«

Sein Griff wurde fester.

»Es ist mir sehr wichtig, es nicht zu zeigen. Können Sie mir helfen, dass ich eine ...« Ich wartete, bis ich sicher war, die Worte hervorzubringen: »... eine Möglichkeit finde, es durchzustehen?«

»Du hast mehr Mut als alle, die ich bislang kennen gelernt habe. Einschließlich Mr. Seafort. Dein Vater konnte auf vieles stolz sein.«

»Wir müssen das Thema wechseln.«

Nach einer Weile sagte er: »Ich werde dort sein, falls es der Käpten erlaubt. Ich denke, das wird er. Wenn du Angst hast, sieh mich an.«

»Hilft das?«

»Dessen bin ich sicher.« Er sprach mit Zuversicht. An meiner Schulter zuckten seine Finger.

Die Luke fuhr auf. »Bitte um Verzeihung, Mr. Anselm.« Schiffsprofos Janks. »Käpten Seafort verlangt nach dem Gefangenen. Ich soll ihn hinbringen.«

»Sehr gut.« Anselm stand auf. »Sag es ihm, Randy.«

»Das kann ich nicht.«

»Ich bitte dich!«

»Falls ich mich rehabilitieren möchte, kann ich es nicht tun.«

»Die Handschellen sind überflüssig, Mr. Janks.«

»Es tut mir Leid, Sir. Ich bin dazu gezwungen.« Er sicherte meine Handgelenke.

Wir legten den inzwischen vertrauten Weg zur Krankenstation zurück.

Käpten Seafort, der einen Bademantel trug, saß im Bett und wurde dabei abgestützt. Der neue Verband war viel kleiner. Nähte waren sichtbar, ebenso Stellen, wo der Schädel rasiert worden war. Sein Blick wirkte wach. Ein kleines Kind spielte auf seinem Schoß.

Janks nahm Haltung an.

»Ah, Mr. Carlson. Kennen Sie Janey bereits?«

»Ja, Sir. Von jenem Abendessen her.«

Er runzelte die Stirn. »Es war nicht gut, dass sie das miterlebt hat. Nicht wahr, Süße?« Er drückte das Gesicht an ihre Wange.

»Jetzt geht es dir besser, Daddy.«

»Ja, das tut es, Liebes.« Zu Janks sagte er: »Geben Sie ihn frei, setzen Sie ihn auf einen Stuhl und lassen Sie uns allein.«

»Es tut mir Leid, Sir, aber das kann ich nicht.« Janks nahm mir allerdings die Handschellen ab. Er drückte mich auf einen Stuhl am Schott, so weit vom Bett entfernt wie möglich. Dann befestigte er jedes meiner Handgelenke an der jeweiligen Armlehne.

Mein Herz hämmerte.

»Ich möchte, dass er frei gemacht wird.«

Janks schwitzte. »Sir, ich habe Order von Käpten Tolliver. Ich kann ihn sonst nicht mit Ihnen allein lassen.«

»Sehr gut. Raus.«

Als wir unter uns waren, betrachtete mich Mr. Seafort. »Man behandelt mich wie einen Invaliden. Ich verabscheue es.«

»Ja, Sir.«

Er richtete sich weiter auf, schloss für einen Moment die Augen. »Diese verdammten Schwindelanfälle! Mein Schatz, Dr. Romez ist in seinem Büro. Sieh mal, ob er mit dir spielt.«

»Lass mich bleiben!«

»Nein, Süße.« Er tätschelte Janeys Hinterteil.

»Du bist gemein!« Aber sie kletterte hinunter und tapste hinaus.

»So.« Kluge graue Augen musterten mich. »Erzählen Sie mir, was man vor mir geheim hält.«

»Was, Sir?«

»Trotz all Ihrer Bemühungen bin ich noch kein Idiot. Mik redet nicht mit mir; Anselm weicht mir aus, als hätte ich die Pest, obwohl er seit fünf Jahren für mich fast wie ein Sohn ist. Tolliver blickt mir nicht in die Augen. Ghent ist nirgendwo zu finden, und sogar Jerence macht sich rar. *Was zur Hölle geht hier vor?*«

Ich balancierte auf Messers Schneide. Es war leicht, sich ganz sicher zu sein, während man gerade mit Tad redete. Jetzt, im Augenblick der Wahrheit …

»Ich kann es nicht sagen, Sir.« Da. Und es war nicht mal gelogen.

»Warum haben Sie versucht, mich umzubringen?«

»Ich hatte keinen Grund, der noch von Bedeutung ist.«

»Ist schon okay, wenn Sie es mir sagen. Ich werde nicht wütend sein.«

»Es ist nichts, was einen Sinn ergeben würde.« Ich presste den Mund zu.

»Was hat man mit Ihnen vor?«

»Ich würde lieber nicht davon sprechen.« Nach meinem Duell mit Tolliver war es überraschend einfach.

Seine Finger tasteten nach den Steuertasten für das Bett. Er hob die Rückenlehne an, schwenkte die Beine über die Seite. Ganz vorsichtig stand er auf und wahrte das Gleichgewicht, indem er sich am Kopfteil festhielt.

Einen Augenblick später ließ er los, ging vorsichtig auf meinen Stuhl zu und dann weiter zum nächsten. Man konnte nicht direkt behaupten, dass er taumelte.

Dankbar senkte er sich auf den weichen Sitz. »Hören Sie mir mal zu, Junge.« Sein Ton war scharf. »Ich dulde das nicht! Sie *werden* mir jetzt sofort sagen, was ich wissen möchte! Sie hören jetzt auf damit, mir ausweichende Antworten zu geben. SOFORT!«

Ich fing an zu weinen.

»*Sofort,* Junge!«

Ich öffnete den Mund. Verzweifelt presste ich ihn wieder zu und schüttelte den Kopf.

»Genug! Gott – verflixt noch mal!« Er wurde lauter. »Romez! Doktor!«

Laufschritte. Dr. Romez kam in das Zimmer gestürmt, gefolgt von Janks einen Schritt hinter ihm.

»Ich möchte Käpten Tolliver hier sehen, und ich möchte ihn AUF DER STELLE hier sehen!«

»Sir, ich kann ihm nicht befehlen ...«

»Sagen Sie ihm, ich wäre auf dem Kriegspfad, und er sollte, bei Gott, gleich nächste Minute hier sein!«

Ich saß mit hängenden Schultern da und krallte nach den Handschellen. Meine Augen brannten salzig. Ich zog die Nase hoch.

Seafort rappelte sich auf. »*Verdammt,* ich wünschte, ich könnte richtig gehen!« Eine Pause. »Tut mir Leid. Aber wenn ich mehr als ein paar Schritte zurücklege, muss ich mich am Schott abstützen. Sie haben es mir wirklich gegeben, Junge. Na ja, ist schon okay, hören Sie auf zu weinen und putzen Sie sich die ... oh!« Entschlossen stapfte er zum Bett hinüber, fand ein Taschentuch und kam zurück. »Hier.« Er hielt es mir unter die Nase.

»Sie wollten mich ... Na ja! Wie rührend.« Tolliver schlug einen beißenden Ton an.

»Ich warne Sie, Edgar! Ich bin schon über bloßen Zorn hinaus. Reizen Sie mich nicht!«

»Darf ich vorschlagen, dass Sie sich wieder ins Bett legen? Sie sehen blass aus.«

»Gehörte nicht noch ein Junge zu Mr. Carlson?«

»Ja, Kevin.«

»Wo ist er?«

»In seiner Zelle, wo er auf das Urteil wartet.« Gott sei Dank! Niemand hatte es mir erzählt. Im Moment war Kev sicher.

»War er beteiligt?«

»Wir haben keinen Beweis dafür.«

»Lassen Sie ihn frei.«

»Nein.«

»Ich befehle es.«

»Sie führen nicht das Kommando.« Tolliver verzog das Gesicht. »Ich sage das mit allem Respekt, Sir. Im Augenblick bin ich Kapitän der *Olympia.* Ich lege das Kommando gern nieder, sobald Sie genesen sind.«

»Wie steht es um diesen Jungen?«

»Fragen Sie ihn.«

»Das habe ich. Jetzt frage ich Sie.«

»Ich rede nicht darüber.«

Seafort warf die Hände hoch. »Edgar ...« Sein Ton wurde weicher. »Sind wir nicht Freunde?«

»Das hoffe ich.«

»Dann sagen Sie es mir.«

»Nein, Sir, das tue ich nicht.«

»Sehr gut, Sie lassen mir keine Wahl. Ich übernehme wieder das Kommando über die *Olympia.*«

»Ich bin nicht damit einverstanden. Sie sind invalide. Sie schlafen fünfzehn Stunden pro Tag.«

»Ich bin schwach, aber ich bin bei klarem Verstand.«

»Sie sind nicht fit genug für das Kommando.«

»Das ist Unfug ...«

Tolliver schleuderte die Mütze an der Nase des erschrockenen Doktors vorbei. »Sehr gut, Sir; Sie sind wieder fit? Dann gehen Sie zur Brücke!«

»Was?«

»Wenn Sie aus eigener Kraft wieder zur Brücke gehen können, lege ich das Kommando nieder. Bis dahin tue ich meine Pflicht, wie ich es für richtig halte!«

»Edgar!«

»Guten Tag, Sir.« Ein steifer Gruß, der nicht erwidert wurde. Einen Augenblick später holte sich Tolliver die Mütze zurück und marschierte hinaus.

»Romez.« Seafort klang angespannt. »Helfen Sie mir ins Bett. Sie gehen jetzt lieber, Junge.«

Janks machte sich daran, die Handschellen zu lösen.

»Sir?« Meine Stimme bebte.

»Ja?«

»Hassen Sie ihn nicht.«

»Hab keine Angst. Wir zanken nur wie ein altes Ehepaar.«

»Sie sollen wissen ...« Ich widersetzte mich Janks, der mich zur Luke ziehen wollte. »Mir tut wirklich Leid, was ich getan habe.«

Er stieg gerade wieder aufs Bett. »Das freut mich.«

Unerbittlich schleifte mich Janks zur Luke.

»Leben Sie wohl, Sir.«

Die Luke fuhr ins Schloss.

Sobald wir aus der Krankenstation waren, erwies sich Janks als überraschend sanft. Er führte mich hinunter in den Zellentrakt.

Ich hob die Stimme. »Lebewohl, Kev!« Ich zögerte nur einen Augenblick. »Verzeih mir! Bitte auch deinen Vater, mir zu verzeihen!«

Janks brachte mich in meiner Zelle unter. Zu meinem Erstaunen kam er noch einmal mit einem Tablett wieder, darauf befanden sich alle Arten von süßen Sachen, die einem Jungen vielleicht schmeckten: Kuchen, Eiscreme, feste Pralinen. Seiner Freundlichkeit zuliebe kostete ich von allem.

Wie sollte man den letzten Abend seines Lebens verbringen?

In einer Hinsicht fühlte ich mich gut. Ich hatte alle Prüfungen bestanden, außer der letzten. Ich hatte der Versuchung ein ums andere Mal widerstanden, und mich erwarteten keine weiteren.

Bald würde ich den sicheren Hafen erreichen.

Aber da war noch der andere Randy, der ständig das Bedürfnis zu pinkeln hatte. Dessen Hände klamm waren, dessen Hemd feucht vor Schweiß war. Dessen Magen sich zu einem Knoten verspannt hatte. Der nicht wusste, ob er kostbare Stunden mit Schlaf vergeuden oder sinnlos auf und ab gehen sollte.

Am frühen Morgen ging die Luke auf.

Edgar Tolliver mit trostlosem Blick. »Ich bringe Ihnen das hier. Nicht nötig aufzustehen.« Ein Holovid und leere Chips. Er setzte alles auf dem Bett ab.

Er bewegte sich unbehaglich, als wäre er unschlüssig. »Randy, ich habe nie zusammen mit Derek gedient; ich kannte ihn kaum. Aber hätten Sie nur einen Deut Reue gezeigt, hätte ich Sie Nick zuliebe begnadigt. Sogar jetzt ...«

So. Der Versuchungen war noch kein Ende.

Ich stand auf. »Danke für das Angebot.«

»Warum sind Sie so starrköpfig?«

Ein Lächeln, das ich mir nicht verkneifen konnte. »Mein Vater hat mich so erzogen.«

»Mir ist klar, dass Sie Nick die Schuld am Untergang der *Galactic* geben und Sie das verrückt gemacht hat. So viel hat sich beim Verhör gezeigt.«

Ich nickte.

»Ich bin nicht gnadenlos. Was ich vorhabe, wird mich die Freundschaft eines ganzen Lebens mit Nick Seafort kosten. Er wird nie wieder ein Wort mit mir reden.«

»Das bezweifle ich.«

»Oh doch, es ist so. In dem Augenblick, wenn er herausfindet, wer Sie sind.«

»Warum dann ...« Ich konnte mir die Frage nicht verkneifen, auch wenn sie eigennützig klang.

»Weil ich glaube, dass Gerechtigkeit geübt werden muss, und dass dies sichtbar geschehen muss. Wir leben in einer Zeit des Rechts, nicht in den Rebellischen Zeiten. Die Stabilität der Gesellschaft hängt davon ab, dass Übeltäter bestraft werden. Welcher weitere Irre mit Mord im Sinn würde sich ermutigt sehen, wenn Sie begnadigt würden?«

»Warum sind Sie dann bereit, sich durch Reue ...«

»Weil ich ein Mensch bin, keine Maschine!« Es war ein Schrei aus tiefster Seele. »Ich bin nicht wie diese verdammten Fische, die uns grundlos wehgetan haben, uns grundlos angegriffen haben. Ich kann lieben. Ich habe Töchter. Ich habe ein Enkelkind, das ein Jahr jünger ist als Sie!«

»Falls ich Sie bitte, sprechen Sie dann eine Begnadigung aus?«

»Höchstwahr...« Er steckte die Hände in die Taschen. »Vertrauen Sie mir.«

»Dann bitte ich Sie darum.« Ich schluckte jede Menge Stolz herunter und sank auf die Knie. »Begnadigen Sie Kevin Dakko, Sir. Er hat nichts getan, nichts gewusst, ist völlig unschuldig. Ich bitte Sie, ihn zu begnadigen.«

»Janks, öffnen Sie die Luke! Auf der Stelle!«

Als ich aufblickte, war er gegangen.

Spät am Morgen kamen sie mich holen.

Schiffsprofos Janks und zwei stämmige Matrosen.

Und auf ihren Fersen Reverend Pandeker. »Mein Sohn...«

»Was möchte *er* denn hier?«

Der Schiffsprofos wirkte erschrocken. »Geistlichen Trost spenden. Sie haben das Recht zu beichten...«

»NEIN!«

Pandeker hob eine fleischige Handfläche. »Natürlich sind Sie verzweifelt. Lassen Sie sich von Seiner Kraft durch Ihre Not führen. Randolph, reden Sie sich alles von der Seele; gehen Sie zu Ihm mit...«

Ich hämmerte mir aufs Knie. Wie konnte ich mich für das fassen, was mir bevorstand, wenn ich diesen salbungsvollen Dummkopf blöken hörte? »Bitte!« Es war ein Flehen.

»Reverend...«

»Janks, seine Seele steht auf dem Spiel. Ich begleite ihn auf …«

»Das denke ich nicht.« Ungerührt trat der Schiffsprofos zwischen uns.

Pandeker funkelte ihn an. »Sie treten zwischen die heilige Mutter Kirche und ihr Werk?«

»Er verzichtet auf Ihre Dienste. Falls Sie dabei sein müssen, benötigen Sie die Erlaubnis des Käptens.« Janks öffnete die Luke. »Sir …«

Einen Augenblick lang schien es, als wollte Pandeker weitere Einwände erheben, aber endlich stolzierte er hinaus.

Janks wandte sich mir mit einem Seufzen zu. »Ich muss Ihnen den Mund verkleben, Mr. Carr. Das wird so gemacht.«

»O Gott.« Ich drückte mein Knie. »Können Sie Mr. Anselm auftreiben, damit ich ihn bitten kann, mich zu begleiten?«

»Ich kann nicht … In Ordnung, ich rufe in seiner Kabine an. Aber wir müssen uns beeilen.« Sie ließen die Luke offen stehen, und die beiden Matrosen hielten Wache.

Zwei Minuten vergingen. Drei.

»Es tut mir Leid, es wird Zeit. Der Käpten …«

Laufschritte.

»Ich bin hier.« Tad war außer Atem.

»Er möchte mir den Mund verkleben. Tun Sie es. Bitte!«

Anselm zuckte zurück. »Ich kann das nicht …« Er holte tief Luft. »Sehr gut.« Er nahm den Streifen von Janks entgegen. »Sind Sie bereit?«

Ich nickte.

Sachte, fast zärtlich drückte er ihn mir auf

den Mund. »Ich bin auf Schritt und Tritt dabei, Junge.«

Außer auf dem letzten.

Janks murmelte: »Jetzt seine Hände.« Dann: »Ich hasse das.«

Wir machten uns auf den Weg; ich hatte die Hände auf den Rücken gefesselt, die Füße in Ketten, einen Matrosen zu meiner Linken, Janks vor mir, und Anselm hielt meinen rechten Arm. Ich blickte zu Tad hinüber und versuchte mit den Augen eine Frage auszudrücken.

»Unten, Randy. Im Maschinenraum. Der Schacht.«

Ein so guter Platz wie jeder andere.

Wir schlurften zum Fahrstuhl.

Wir sanken in die Tiefe des Schiffes hinab.

Die Luke ging auf.

Deck 6.

Wir folgten im Schneckentempo dem gekrümmten Korridor.

Kein Besatzungsmitglied war zu sehen.

Vor mir eine vertraute Luke.

Langsam gingen wir darauf zu. Meine Feigheit brach jetzt voll aus, und ich verlangsamte meine Schritte, bis ich mich kaum noch bewegte.

Unerbittlich drängte mich Janks voran. Ungeachtet all meiner Bemühungen kam ich der Luke näher.

Ich versuchte zu schreien. Kaum ein Laut entfloh dem Knebel.

Wir standen unter der offenen Luke. Ein Dutzend Meter weit drin: der Fusionsantriebsschacht. Darüber lag eine Planke. Daran hing ein Strick.

Meine Beine gaben nach. Schlaff hing ich im Griff von Janks und Anselm.

Tad kniete sich hin. »Sieh mich an!« Ich tat es. Seine Wangen waren nass. »Ich habe es versprochen. Sieh mich an, Randy. Du hast den Mut nicht verloren. Nur noch ein paar Augenblicke.«

Irgendwie bekamen sie mich auf die Beine.

Am Schacht wartete Käpten Tolliver, neben ihm ein halbes Dutzend Offiziere: zwei Fähnriche, Leutnant Skor, Dr. Romez, weitere, die ich nicht kannte.

Ich tat einen Schritt, konnte nicht weitergehen.

Ich machte mir in die Hose.

Im Lautsprecher knackte es.

Eine dünne Stimme, näselnd, müde. *»Hier spricht Nicholas Ewing Seafort von der Brücke aus. Von meiner Verletzung genesen, übernehme ich hiermit wieder das Kommando über die* UNS Olympia. *Mr. Tolliver, Sie sind auf den Rang eines Leutnants zurückgestuft.«*

Niemand rührte sich.

»Alle Mann nehmen zur Kenntnis: Die Hinrichtung von Randolph Carr ist ausgesetzt. Das Gerichtsurteil ist annulliert. Führen Sie ihn auf die Brücke. Mr. Tamarow, auf die Brücke. Leutnant Anselm, auf die Brücke. Mr. Ghent, auf die Brücke.« Eine Pause. *»Mr. Tolliver, auf die Brücke.«*

Zu spät.

Ich war meiner Prüfung begegnet und hatte sie verpfuscht.

8. Kapitel

Es erforderte einige Zeit, das Hautband vom Mund zu entfernen; Hautbänder wurden in der Chirurgie benutzt und waren angeblich nicht zu entfernen. Zweifellos fanden selbst Chirurgen es ab und an nötig, sie wieder abzunehmen, aber Dr. Romez musste einen langen Sprint zur Krankenstation zurücklegen, um das Lösungsmittel zu holen.

Ich durfte mich umziehen. Nein. Sie zogen mich um. Zu diesem Zeitpunkt konnte ich gar nichts mehr selbst tun. Schluchzend legte ich das Gesicht an Tad Anselms Schulter. Er und Janks zogen mir die klamme Hose von den Beinen, holten Handtuch und Wasser, manövrierten mich in eine frische Hose hinein.

Romez bot mir ein Beruhigungsmittel an; ich lehnte ab.

Ich schaffte es zu gehen, auch wenn ich unsicher auf den Beinen war. Inzwischen kannte ich den Weg. Der Umfangskorridor erschien mir vertraut, fast heimatlich. Mir fielen Einzelheiten auf, die ich bislang übersehen hatte. Die Luken waren mit Goldfarbe geschmückt. Auf jedem Deck außer dem obersten hingen gerahmte Kunstwerke an den Wandschotten. Und das auf einem Kriegsschiff! Ich schüttelte den Kopf.

Unbehindert betrat ich die Brücke, gefolgt von Anselm.

Tolliver war dort und wirkte gelassen. Mikhael schien niedergedrückt und starrte aufs Deck.

»Leutnant Anselm zur ...«

Käpten Seafort trug seinen Bademantel und hatte

den Gürtel fest zugezogen. Mit einer Hand hielt er sich am schwarzen Ledersitz hinter seiner Konsole fest. Er bedeutete Tad mit einem Wink, still zu sein, und winkte mich heran. »Komm her.«

Unsicher trat ich vor. Jetzt kam die Vergeltung. Wie würde er mich bestrafen?

Er packte mich am Hemd, zog mich den letzten Schritt heran und schlang die Arme um mich. »Es tut mir so Leid, Randy, so Leid!«

Ich klammerte mich an ihn und wusste dabei, dass es nicht real sein konnte.

Endlich gab er mich wieder frei. »Wir reden gleich miteinander.«

»Ja, Sir.«

»Mikhael.«

Sein Sohn näherte sich ihm. Von den beiden war der Vater größer. Er bückte sich ein wenig, gerade weit genug, um Mik in die Augen zu blicken. Sein Ton war sanft. »Auf meinen Befehl hin bist du jetzt vom Dienst befreit. Einverstanden?«

»Ja, Sir. Ja, Pa.«

»Du wusstest es und hast es mir nicht gesagt?«

»Ja, Pa.«

Seafort gab ihm eins auf den Mund. Dem Jungen traten Tränen in die Augen.

»Geh in meine Kabine. Ich bin gleich dort.«

»Ja, Sir!« Mikhael rannte von der Brücke.

»Was Sie angeht, Tad ...«

»Nein, geben Sie mir die Schuld!« Ich zupfte den Käpten am Ärmel.

»Er hat unsere Beziehung verraten.«

»Entweder das, oder er verriet mich. Er hatte keine rechte Wahl.«

»Doch, die hatte er. Tad, ich bin enttäuscht.«

»Erklären Sie es ihm, Tad! Wie Sie mir geholfen haben!«

»Tu es nicht, Randy.« Anselm rührte sich. »Ich akzeptiere die Schuld, Sir, und was immer aus ihr folgt.«

»Sind hier alle verrückt geworden? Halten Sie mich für einen Menschenfresser?« Seafort griff nach seinem Sessel, stolperte beinahe, konnte sich setzen. »Sie hatten Recht, Edgar. Es war ein sehr langer Weg von der Krankenstation. Ich hätte mich unterwegs beinahe ausgeruht.« Einen Augenblick lang gestattete er sich, die Augen zu schließen. »Zweifellos brauchen wir eine ganze Weile, um all das zu klären. Ich kenne Sie alle und denke mir, dass jeder ehrenhafte Gründe für sein Verhalten hatte.«

»Merkwürdig nur, dass Sie dann dem Fähnrich eine Ohrfeige verpasst haben.« Das war Tolliver.

»Ich habe nicht dem Fähnrich eine Ohrfeige gegeben, sondern meinem Sohn. Mik schuldete mir vorrangig die Treue und weiß das auch. Ich habe ihm nicht wehgetan.«

»Was haben Sie mit dem ...« Tolliver kräuselte die Lippen. »... Jungen vor?«

»Mit Randolph Carr?« Seafort betonte meinen Namen, wie um seine Entrüstung zu unterstreichen, dass man ihn nicht darüber informiert hatte. »Dem Himmel sei Dank, dass ich sofort das Logbuch aufgerufen habe, als ich die Brücke erreichte. Der junge Mr. Carr erhält Bewährung.«

»In wessen Obhut, Sir?«

»In meiner.«

»Das ist unerhört!«

»Edgar, Sie gehen zu weit!«

»Sir, Sie riskieren Ihr Leben. Er ist labil.«

»Es ist mein Leben, das ich riskiere.«

»Man hätte ihn hängen sollen.«

»Wir werden nicht Dereks Sohn hinrichten, egal aus welchem Grund. Das wissen Sie.«

»*Sie* wissen das, Sir. Ich teile nicht Ihre Gewissheit.«

»Genug. Wir reden anschließend darüber.«

»Wonach?«

»Nachdem wir uns wieder beruhigt haben. Gehen Sie, Sie alle. Ich rede mit Randy allein.«

»Sir, das ist nicht sicher für Sie.«

»Randy, wirst du mir etwas tun?«

»Nein, Sir. Ich schwöre es bei ... bei Gott, bei meinem Vater, bei allem, was Sie möchten.«

»Da, sehen Sie? Raus!«

Einen Augenblick später waren wir unter uns.

»Setz dich genau dorthin, Junge. So ...« Mr. Seaforts Augen bohrten sich in meine. »Erzähle es mir. Alles.«

Und ich tat es.

Danach fand ich, vor Erschöpfung taumelnd, den Weg zum Zellenblock, aber Janks wollte mich nicht hereinlassen. Er musste den Zahlmeister anrufen, der den Offizier vom Dienst anrief, der den Käpten anrief, den man per Rollstuhl in seine Kabine gebracht hatte.

Schließlich fand ich mich in einer winzigen Kabine wieder, die an Mr. Seaforts Quartier grenzte. Ich strampelte mir die Schuhe herunter, machte mich daran, das Hemd aufzuknöpfen, setzte mich der Bequemlichkeit halber aufs Bett und war weg.

Als ich wieder zu mir kam, zeigte die Uhr, dass es Morgen war. Ich ging auf die Toilette, hatte aber nichts weiter anzuziehen als die Sachen, in denen ich geschlafen hatte.

Jemand klopfte leise an die Luke.

»Herein.«

Eine hohe Stimme. »Das kann ich nicht, Sir. Sie haben abgeschlossen.«

Ich gab das Schloss frei.

Ein Junge. Er konnte nicht mehr als zwölf sein, trug jedoch die blaue Arbeitsmontur eines Matrosen. Er brachte ein Tablett. »Hallo, Sir. Ich bin Alejandro. Der Schiffsjunge. Man nennt mich Alec.«

Ich blinzelte.

»Der Käp'n dachte, Sie würden gern frühstücken.«

Essen? Ich sollte nicht mal mehr am Leben sein.

Alejandro klappte eine Serviette zurück. Ein Stapel Toastscheiben, ein Teller mit Rührei und Kartoffeln. Wurst. Wahrscheinlich aus Soja, aber trotzdem ...

Mir lief das Wasser im Mund zusammen. Ich deutete auf den ins Wandschott gegenüber eingebauten Tisch. Der Schiffsjunge stellte das Tablett dort ab, breitete die Serviette aus, zog meinen Stuhl heran.

Ich sah ihm bei der Arbeit zu. Jemand hatte sich große Mühe gemacht, eine Uniform für seine kleine Statur zurechtzuschneiden oder gänzlich neu zu nähen. Was er anhatte, konnte nicht das sein, was hier standardmäßig ausgegeben wurde.

Ich fragte: »Was tut ein Schiffsjunge?«

»Ich helfe.« Er schien zu denken, dass seine Rolle damit erklärt war.

Ich atmete die Hälfte der Eierportion ein. »Wie?«

»Was so anfällt. Zum Beispiel sind in der Kombüse

zu wenig Leute, wo jetzt jeder an Land ist. Oder ich hole Sachen für die Fähnriche und die Arbeitsmannschaften. Oder bringe Sachen wieder weg, wenn sie fertig sind. Haben Sie noch nie einen Schiffsjungen gesehen?«

»Ich hatte noch nie ein Schiff gesehen.« Außer durch eine Sichtluke der Station, wenn ich mit Dad zu Besuch war.

Zwei Scheiben Toast verschwanden. Ich griff nach der dritten.

»Ist sie nicht zarky? Hab eine Woche gebraucht, bis ich mich an Bord auskannte. Türlich war ich da erst zehn. Nächste Woche werde ich zwölf. Muss jetzt gehen, Sir.«

Ich nickte, zu sehr auf meine Aufgabe konzentriert, um zu antworten.

Schließlich lehnte ich mich, etwas gesättigt, zurück. Ein erleichterter Seufzer durchdrang die leere Kabine.

»Oh, gut, du bist auf.«

Ich wirbelte herum. Käpten Seafort stand in Uniform in der Luke.

Ich sprang auf. »Guten Morgen, Sir.«

»Alle möchten wissen, was mit dir zu tun ist. Wir geben dir erst mal was zu essen, habe ich gesagt. Dann sehen wir weiter. Ich gehe jetzt zur Brücke und könnte deine Hilfe gebrauchen.«

»Natürlich.«

»Ich habe Monate in einem Rollstuhl zugebracht, und es war mir zuwider.« Er nahm meine Hand. »Das wird helfen, wenn mir schwindelig wird.«

»Jasir!« Falls ich kriecherisch klang, unterwürfig, war es auch egal.

Der Zwischenfall, den ich im Speisesaal verursacht hatte, war noch lange nicht Geschichte – schließlich war ich kein völliger Dummkopf –, aber ich störte mich nicht daran. Ich hatte eine Dummheit aus Liebe zu Dad begangen, wie irregeleitet auch immer sie ausgefallen war. Die Last dieser Torheit war von meinen Schultern genommen. Mr. Seafort würde überleben; ich war einer Schuld entronnen, so schwerwiegend, dass ich sie nicht ertragen hätte. Jetzt, wo es dem Käpten wieder gut ging, würde irgendeine Bestrafung erfolgen. Ich konnte darauf warten.

Er führte mich in die angrenzende Kabine. Sie war beträchtlich größer als meine; niedrige Trennwände unterteilten sie in ein Schlafzimmer und einen Gemeinschaftsraum mit einem weiteren, schmaleren Bett in einer Ecke.

Mikhael lungerte in Hemdsärmeln in einem weichen Sessel und hatte den obersten Hemdknopf offen stehen. Janey saß auf seinem Schoß. Er hob das Kind hoch und stand auf. »Pa.«

»Er war wach.« Seafort steuerte mich zu einem Stuhl.

»Hi, Randy.« Mik klang schüchtern.

Seafort nahm einen Schluck von einer noch halb vollen Tasse Kaffee.

»Mikhael.« Ich nickte ihm zu.

»Bist du okay?«, fragten wir einander gleichzeitig.

Ich kicherte. »Ja. Ist das deine Freizeitbeschäftigung?«

»Meistens. Ich habe hier gewohnt, ehe Pa mir erlaubte, in den Dienst der Flotte zu treten.«

Mit einem kurzen Blick auf den Käpten fragte ich: »Ist er immer noch böse auf dich?«

»Natürlich nicht.« Ehe ich daraus schlau werden

konnte, setzte er hinzu: »Pa sagt, du hättest ihm deine ganze Geschichte erzählt.«

Ich nickte, empfand auf einmal Schüchternheit.

»Ich bin froh, dass zwischen euch Frieden herrscht.«

»Nicht ...« Nicht Frieden. Die Ruhe vor dem Sturm. Ich blickte über die Schulter. »Mr. Seafort?« Ich zögerte, aber es war besser, wenn ich es offen aussprach. »Was meinten Sie mit Bewährung?«

Er setzte die Tasse ab. »Du bist für schuldig befunden worden. Ich habe das Urteil aufgehoben. Technisch gesehen, musst du jetzt ein neues Urteil erwarten. Ich habe dich auf Bewährung aus dem Schiffsgefängnis entlassen.«

»Warum?«

»Um dich kennen zu lernen.«

»Wirst du ihn freilassen, Pa?«

»Das ist eine Schiffsangelegenheit, mein Sohn.«

»Sollte ich meine Krawatte umbinden und als Fähnrich fragen?«

Der Käpten runzelte die Stirn. »Ich werde meinem Gewissen folgen. Reicht das?«

»Ja, Sir.«

»Passt du eine Zeit lang auf Janey auf? Randy wird mich auf die Brücke begleiten.«

»Sicher.« An mich gewandt: »Hattest du je eine Schwester? Es ist cool!«

»Mik«, sagte Seafort, »übt sich darin, Vater zu werden.« Damit trieb er Mik die Röte bis in die Ohren. Der Käpten lachte in sich hinein.

Dann packte er fest meine Hand.

Während wir dem Korridor folgten, sah ich nur wenige Anzeichen von Schwindelgefühl, aber wir gingen langsam.

Ich versuchte mich in Konversation. »Wo schläft Janey?«

Sein Griff wurde fester. »Sie hat ein Bett in der Ecke. Meistens ist sie bei ihrer Mutter.«

»Sind Sie verheiratet?«

»Nein.« Vielleicht spürte er, dass ich keinen Ansatz hatte, um daraus schlau zu werden. »Ich war es vor langer Zeit.«

»Mit Arlene. Dad hat sie gemocht.«

»Ich auch.« Etwas in seinem Ton nahm mir den Mut zu reden. Nach einer Weile fuhr er fort: »Arlene hatte ihre Eizellen und DNA speichern lassen. Als mir die *Olympia* übertragen wurde, mietete ich eine Leihmutter. Corrine Sloan fuhr mit uns.«

»Aber Sie sagten ...«

»Als das Baby auf der Welt war, hatte es nur Meditechniker, die für es sorgten. Natürlich leistete ich meinen Anteil, aber ich hatte oft Wachdienst. Corrine half. Mit der Zeit ...« Er bedachte mich mit strengem Blick. »Ich vertraue es dir an, aber es ist nicht für die Öffentlichkeit bestimmt.«

»Ja, Sir.«

»Zwischen ihr und Janey hat sich Liebe entwickelt. Es ist eigentlich ungesetzlich. Wir sind nicht verheiratet, waren es auch nie. Wir waren nie intim miteinander. Aber verflixt, sie ist die Mutter des Kindes! Als sie darum bat, an Bord zu bleiben ...« Ein Seufzen. »Ich hätte es ablehnen können; es stand in meiner Macht. Aber es erschien mir unmenschlich. Wir haben eine ... schwierige Beziehung.«

»Kevins Leihmutter lebt auf Constantine.« Ich wusste nicht recht, warum ich das sagte.

»Ah ja, Kevin. Nur gut, dass du dabei bist.«

Während er mich wie ein kleines Kind an der Hand hielt, führte er mich zur Brücke. Mir blieb nichts übrig, als ihm zu folgen.

Vor der Luke blieb er stehen. »Benimm dich heute, Randy. Ich habe Vollmacht über dich und werde nicht zögern, sie zu gebrauchen.«

Nichts an seinem Ton war unfreundlich, und sein Blick drückte keine Warnung aus, aber ich sprudelte hervor »Ja, Sir!«, so schnell ich konnte, und spürte dabei das Kitzeln von Schweiß.

Er führte mich weiter an der Hand und setzte mich an der Pilotenkonsole ab. Mrs. Skor stand auf und salutierte.

»Hallo, Joanne, ich übernehme die Wache. Wann geht Ihr Shuttle?«

»In anderthalb Stunden. Kann ich Ihnen irgendwas bringen, Sir?«

»Eigentlich nicht. Ich wünsche Ihnen einen schönen Urlaub, und vergessen Sie nicht, was ich zu den Venturas-Bergen gesagt habe. Oh ...« Er wartete, während sie an der Luke stehen blieb. »Vielen Dank, dass Sie während meiner ... Krankheit an Bord geblieben sind.«

»Keine Ursache.« Mit einem beiläufigen Gruß ging sie.

Ich fragte: »Wer wird das Schiff führen?«

»Wir kommen zurecht. Guten Morgen, Jess.«

Ein freundlicher Bariton sagte aus dem Lautsprecher: »Guten Tag, Kapitän.«

Seafort senkte sich in seinen Sessel und ließ meine Hand los. »Puuh!« Zu mir sagte er: »Jess ist unser Comp. Ich bringe ihm Schach bei.«

Aus dem Lautsprecher drang ein Schnauben. Ein Comp konnte lachen? Das hatte ich nicht geahnt.

Mr. Seafort aktivierte den Rufer und wartete. »Edgar, könnten Sie zu mir kommen? Später geht es auch, wenn es jetzt ungünstig ist. In Ordnung, danke.« Zu mir: »Ein paar Minuten; ich möchte erst zu Ende lesen.« Er ging einen Text im Holovid durch.

Nach einer Weile ertönte eine Stimme von der Luke her: »Leutnant Edgar Tolliver zur Stelle, Sir.«

»Ah. Setzen Sie sich. Randy, würdest du bitte draußen warten?«

»Ja, Sir.« Ich tat wie geheißen, und die Luke fuhr ins Schloss.

Da fast die gesamte Schiffsgemeinschaft Landurlaub hatte, war es auf dem Korridor still wie in einem Grab. Eine kurze Weile lang ging ich auf und ab und fragte mich, was sie da drin planten.

Mein Leben hing vielleicht davon ab.

Ich sollte nicht, aber ... Ich tapste zur Luke, drückte das Ohr fest daran.

»... Ihren Befehl außer Kraft setzen, und ich wollte Sie erst informieren.«

»Sie müssen mir nicht erklären ...«

»Sie haben als Kapitän gehandelt. Wo immer möglich, sollte ich bei Ihren Entscheidungen bleiben.«

»Wie bezüglich des Carr-Jungen?«

»Das *musste* ich einfach außer Kraft setzen. Das wissen Sie selbst.«

»Tue ich das, Sir?«

»Ja. Andernfalls hätten Sie mich nicht provoziert, auf die Brücke zu gehen.«

»Habe ich das?«

»Waren Sie sich dessen nicht bewusst, Edgar?«

Eine lange Pause. »Sir, das war eine fürchterliche Woche. Ich weiß nicht recht, was ich ...«

»Sie wollten dicht an seine Hinrichtung herankommen. Es war knapper, als Sie erwartet haben. Hätten Sie es durchgezogen?«

»Ja.«

»Sind Sie sicher?«

»Ich habe es so arrangiert, dass ich gezwungen gewesen wäre.«

»Was haben Sie empfunden, als ich mich über Lautsprecher meldete?«

»Bestürzung. Erleichterung. Verdammt, es ...« Eine lange Pause. »Wäre Carr doch nur zusammengebrochen! Hätte er sich doch nur erklärt, um Gnade gebeten ... Ich bin in der Nacht sogar zu ihm in die Zelle gegangen.«

»Edgar, Stolz ist alles, was ich ihm gelassen habe.«

»Sie?«

»Nachdem ich seinen Vater getötet hatte. Nein, schütteln Sie nicht den Kopf; er hat ganz Recht, was das angeht. Derek wollte mitkommen und die *Galactic* zurückerobern, aber es hätte in meiner Macht gelegen, ihn aufzuhalten.«

»Sie sagten, er hätte geschworen, die Rebellen zu warnen, falls Sie ihn nicht mitnähmen.«

»Das kann er nicht ernst gemeint haben.«

»Seinen Schwur?«

»Derek hätte einen Weg gefunden, ihn zu umgehen. Er hat mich geliebt. Und ich habe ihn in den Tod geschickt.« Seaforts Ton war traurig. »Wissen Sie, Edgar, dass ich seitdem nicht mehr gebetet habe? Nicht einmal.«

»Ich habe Sie einmal murmeln gehört, als ...«

»Ich spreche hin und wieder zu Gott. Ich schimpfe mit Ihm. Das ist kein Gebet.«

»Ich weiß nicht recht, ob ich das auch so sehe.«

»Als Er mir erlaubte, Derek sinnlos in den Tod zu führen ...«

»Wir sind diesen Weg schon gegangen, Sir.«

»Ja, und er liegt immer noch vor uns. Der junge Randolph hat Derek verehrt. Gestern Abend, als er mir seine Abschiedsnachrichten schilderte und von seinen Träumen sprach ... seine Tränen fanden kein Ende. Und ich kann Ihnen sagen, ich habe seitdem nicht geschlafen.«

»Dann verfluche ich Derek dafür, dass er Ihnen eine solche Bürde auferlegt hat.«

»Ich kann sie tragen; ich habe Schlimmeres getragen. Arlene zum Beispiel. Der Junge hat mich heute nach ihr gefragt, und ich konnte mit knapper Not einen ruhigen Ton wahren.« Ein Seufzen. »Das liegt alles weit vom Thema. Kommen wir auf Ghent zurück.«

»Möchten Sie meine Meinung dazu hören, Sir?«

»Offensichtlich sind Sie der Ansicht, dass wir ihn vors Kriegsgericht stellen sollten.«

»Ich hatte das Todesurteil bestätigt; Carr musste darüber informiert werden. Ghent hat sich rundweg geweigert. Sir, ich weiß, wie er sich fühlt; es ist eine grausige Pflicht. Aber er ist Offizier.«

»Ich weiß. In dieser Hinsicht hat er falsch gehandelt. Aber ich lasse es ihm durchgehen.«

»Das ist Ihre Entscheidung.«

»Und ich bin zuversichtlich, dass Sie letzten Endes das Gleiche getan hätten. Vielleicht hätten Sie erst ein Verfahren durchgeführt.«

»Schreiben Sie mir nicht Ihr Mitgefühl zu; man findet es in mir nicht.«

»Sie haben das Gegenteil schon bewiesen.«

»Wie? Wann?«

»Vor fünf Jahren, Egdar, kurz bevor wir ablegten, erschienen Sie auf der Brücke der *Olympia*, um mich ins Exil zu begleiten. Wenn das kein Akt des Mitgefühls war, dann weiß ich nicht ... Allmächtiger!« Ein Scharren. »Tränen, bei Ihnen? Ich denke nicht, dass ich jemals ... Nehmen Sie meine Hand.«

Ein Augenblick verging.

»Danke, Edgar. Für alles, über all die Jahre, danke.«

Ein Nuscheln, das ich kaum verstand. »Ich gehe jetzt lieber.«

Ich sprang zurück, quer durch den Korridor.

Die Luke ging auf. Tolliver kam herausmarschiert, und sein Gesicht verriet nichts.

»Randy?«

Ich setzte mich wieder auf meinen Platz, den Blick niedergeschlagen.

Er musterte mich lange. »Du hast gelauscht?«

»Nein, ich ... Es war nur ... Ja, Sir.«

»Du hast dich herumgedrückt, nachdem ich dich um Privatsphäre gebeten hatte? Möchtest du, dass ich dir nachspioniere?«

»Nein, Sir.« Meine Wangen brannten.

»Dann solltest du auch mir nicht nachspionieren.« Er nahm mein Kinn in die Hände und zwang mich, seinen Blick zu erwidern. »Ich habe deinen Vater gut gekannt und ihn geliebt. Ich sage dir: Der Derek Carr, den ich kannte, hätte nie das Ohr an eine Luke gedrückt. Verstehst du mich? Ich erteile dir einen Verweis!« Er ließ mich los.

Ich saß da und wünschte mir, ich hätte in ein Loch kriechen und sterben können. »... und tue es auch nicht wieder!«

»Was?«

Ich räusperte mich. »Ich tue es auch nicht wieder.«

»Sehr gut. Fasse dich.« Erneut schaltete er den Rufer ein. »Mr. Janks.«

Eine Pause. »Schiffsprofos Janks meldet sich zur...«

»Lassen Sie Andrew Ghent frei. Er soll sich vorzeigbar machen und auf der Brücke melden.«

»Aye aye, Sir.«

Nach einer Weile schwenkte Seafort den Sitz herum und sah mich an. »Schritt für Schritt kann ich fast alles ungeschehen machen, abgesehen vom Tod deines Vaters.« Er hob die Hand und kratzte sich die Kopfhaut, zuckte dabei zusammen. »Und das.«

Es gab nichts, was ich dazu sagen konnte; er wusste, dass es mir Leid tat.

Erneut ein Druck auf die Rufertaste. »Mr. Anselm?«

»Ja, Sir.«

»Habe ich Sie geweckt?«

»Nein, ich habe gelesen.«

»Warum haben Sie Ghent Minuspunkte erteilt? Ich weiß, dass das eine interne Angelegenheit der Fähnrichskabine ist, aber Sie sind dort inzwischen heraus.«

»Die Minuspunkte sagen...«

»Welches ist der wirkliche Grund?«

»Seine Einstellung, Sir. Er ist im Grunde ein guter

Kerl, aber in jüngster Zeit hatte er sich ständig angegriffen gefühlt. Es wurde ärgerlich.«

»Dann ist es in Ordnung.«

»Sir, was sein Verfahren vor dem Kriegsgericht angeht . . .«

Seafort sah mich kurz an und sagte nur: »Ja?«

»Könnten Sie es ihm ersparen? Als er Randy die Nachricht nicht überbringen wollte, musste ich es tun und habe dabei fast das Abendessen wieder verloren. Sir, das war fürchterlich! Ghent ist erst sechzehn.«

»Danke für Ihren Rat. Das wäre dann alles.«

Er verschränkte die Arme.

Eine Zeit lang fummelte ich nervös herum, wagte dabei aber nicht, die Steuertasten anzufassen, obwohl der Hauptschalter der Konsole eindeutig auf Aus stand. Ich blickte auf den Simultanschirm und versuchte mir die Brücke vorzustellen, während das Schiff auf Fahrt war. »Wohin fährt die *Olympia* als Nächstes, Sir? Ins Heimatsystem?«

»Nach Kalls Planet, dann nach Hause.«

»Werden Sie je wieder zur Erde hinunterfliegen?«

»Jeden Tag erscheint es realistischer. Wir haben die Gravitronen nicht besonders hoch eingestellt, solange wir vertäut liegen, aber gewöhnlich . . .«

»Erlaubnis, die Brücke zu betreten, Sir?«

Seafort machte sich nicht die Mühe, auf den Monitor zu blicken. »Gewährt.« Von seiner Konsole aus öffnete er die Luke.

»Fähnrich Andrew Ghent zur Stelle, Sir.« Der Junge machte große Augen, als er mich sah, aber er nahm rasch Haltung an.

»So, nun.« Seafort deutete mit dem Daumen auf den

Konsolenmonitor, auf dem das Logbuch aufgerufen war. »Was sollen wir mit Ihnen anstellen?«

»Ich habe ein Verfahren vor dem Kriegsgericht zu erwarten, Sir.«

»Ja, und Sie haben es verdient. Ihre rotznäsige Haltung kann ich verstehen, wenn auch nicht dulden; Sie sind noch nicht gereift.«

Ghent wurde rot.

»Aber dieser absurde Fehltritt...« Der Käpten schlug einen strengen Ton an. »Wie konnten Sie nur einen direkten Befehl verweigern?«

»Sir, ich ... Randy war ... Keine Entschuldigung, Sir.« Der Junge schwitzte.

»Ich möchte eine Antwort hören.«

»Wie kann ich jemandem sagen, dass er sterben muss?« Ghents Blick wirkte bekümmert. »Einem Jungen? Ich konnte es nicht. Ich konnte es einfach nicht.«

»Ich verstehe.« Aber der Ton des Käptens war kühl. »Die Umstände waren ... ›Ungewöhnlich‹ ist kaum das richtige Wort. Deshalb setze ich das Kriegsgerichtsverfahren ab. Nun, Andrew ... Falls Sie in den zurückliegenden Monaten kooperativ und bereitwillig gewesen wären, ließe ich Sie mit Minuspunkten davonkommen. Sie waren jedoch missmutig, rebellisch, haben sich mit Fähnrich Yost geprügelt ... Sie waren noch nicht so, als wir von Earthport losgefahren sind. Was ist nur über Sie gekommen?«

»Ich weiß nicht, Sir.« Der Blick des Fähnrichs drückte Beunruhigung aus.

»Nun, Sie müssen jetzt die Zeche bezahlen. Meine Grüße an Leutnant Skor, und sie hat Ihnen wegen Insubordination den Rohrstock gründlich zu verabreichen.«

Ghent wurde bleich.

»Dadurch werden auch Ihre Minuspunkte gelöscht; sobald sie also fertig ist, packen Sie Ihre Sachen und nehmen Urlaub.«

»Aye aye, Sir.«

»Entlassen.«

Nach einem forschen militärischen Gruß marschierte der Junge seinem Schicksal entgegen.

»Wahrscheinlich wird es ihm gut tun.« Der Käpten klang jedoch zweifelnd.

Ich wusste nicht recht, ob er mit sich selbst redete oder mit mir, also schwieg ich.

»Sehr gut, das wäre erledigt. Jetzt zum Rest.« Er nahm den Rufer zur Hand und wählte eine Station an. »Matrose vom Dienst.«

»Vollmatrose Ardin an der Stationsschleuse achtern, Sir.«

»Wartet Mr. Dakko immer noch?«

»Auf dem Stationskorridor, Sir. Läuft auf und ab wie ein Tiger.«

»Kann ich mir vorstellen. Öffnen Sie ihm. Bestellen Sie bei Mr. Janks eine Eskorte zur Brücke.«

»Aye aye, Sir.«

Mr. Seafort klopfte auf der Konsole herum. »Das wird mir keine Freude machen.«

Ich machte mich auf meinem Sitz ganz klein. Mir würde es nicht anders ergehen.

Es dauerte nicht lange, bis Mr. Janks auftauchte. Mr. Dakko erblickte mich und blieb abrupt stehen.

Der Käpten stand auf. »Ich bin Kapitän Seafort. Bitte treten Sie ein. Ich vermute, Sie kommen wegen Ihres Sohnes.« Er bot ihm die Hand an.

Mr. Dakko schüttelte sie und musterte den Käpten

konzentriert. »Kevin wird hier zu Unrecht gefangen gehalten. Er hatte nicht das Geringste mit ...«

»Ich weiß; Tolliver war erbost. Wir lassen Ihren Sohn unverzüglich frei. Mr. Janks, holen Sie den jungen Dakko aus der Zelle und führen ihn auf die Brücke.«

Mr. Dakko glotzte. Ich unterdrückte ein Lächeln; ich hatte wenigstens ein paar Tage gehabt, um mich an den Stil des Käptens zu gewöhnen. »Sie lassen ihn – wirklich frei?«

»Ja.«

»Keine Absprachen, Verzichtserklärungen, Einwilligungen ...«

»Wir hatten kein Recht, ihn festzuhalten. Ich entschuldige mich dafür.«

Erneut musterte ihn Mr. Dakko. Endlich sagte er: »Sie erinnern sich nicht an mich.«

»Sind wir uns schon begegnet?« Der Käpten runzelte die Stirn. »Als GenSek habe ich ... Dakko ... Allmächtiger, Sie sind *dieser* Dakko? Ich hätte mir nie träumen lassen ... Chris?«

Mr. Dakko musste lächeln. »Ja, Sir.«

»Herrgott im Himmel! Hier, setzen Sie sich ... Randy, mach Platz für Mr. Dakko. Er hat vor ewigen Zeiten mit mir gedient, als wir beide noch Kinder waren.«

»Ich habe es Ihnen ganz schön schwer gemacht.«

»Was die Dienstverpflichtung anging, ich entsinne mich. Und was die Transpops anging. Das Wasser stand kurz vor der Brücke! Als die *Hibernia* Hope Nation erreichte, hatten Sie sich zu einem prima Matrosen entwickelt. Ich war traurig, als Sie gingen.«

Mr. Dakko wurde rot vor Freude.

»Was ist aus Walter geworden?«

»Mein Vater ist vergangenes Jahr gestorben.«

»Wie schade! Ich hätte gern mit ihm über alte Zeiten geplaudert.«

»Er war neunzig und hat ein gutes Leben gehabt.«

»Neunzig!« Der Käpten schüttelte den Kopf. »Lass dir das eine Lehre sein, Randy. Nutze dein Leben, ehe es dir durch die Finger rinnt.«

»Ja, Sir.«

»Dad!« Eine vertraute Stimme von der Luke. Kevin flog durch die Brücke in die Arme seines Vaters.

»Oh, Gott sei Dank!« Mr. Dakko wiegte seinen Sohn. »Kev ...«

Ich wandte mich ab. Ich empfand es als anstößig, zuzusehen.

Eine Hand senkte sich mir auf die Schulter. Mr. Seaforts Ton war sanft. »Wir bringen es in Ordnung, Junge.«

Ich konnte nur nicken.

Seine Hand blieb auf meiner Schulter und spendete mir Trost.

»Fähnrich Andrew Ghent zur Stelle, Sir.« Die Stimme des Jungen schwankte. »Grüße von Leutnant Skor; der Disziplin wurde Geltung verschafft.«

»Sehr gut, ich nehme den Eintrag ins Logbuch vor. Nehmen Sie das Shuttle hinunter und besuchen Sie Hope Nation, Andrew. Ich möchte Sie mindestens zwei Wochen lang nicht sehen.«

»Aye aye, Sir.«

»Und wenn Sie zurückkommen, machen Sie einen neuen Anfang. Ich weiß, dass Sie das schaffen.«

Die Augen des Jungen glänzten feucht. »Ja, Sir. Danke.«

Wir blickten ihm nach.

»Chris Dakko …« Seafort staunte. »Kevin, dein Vater war ungefähr in deinem Alter. Ein schwieriger Junge, aber das gilt für so viele. Sie kommen darüber hinweg. Machst du ihm Schwierigkeiten?«

»Ja, Sir.« Kevin wurde rot.

»Chris – darf ich Sie so nennen? –, bringen Sie ihn nach Hause. Und falls Sie mir genug verzeihen, kommen Sie uns doch in etwa einer Woche besuchen. Sie beide, zum Abendessen.«

Mr. Dakkos Gesicht entspannte sich, als empfände er dieses eine Mal Zufriedenheit. »Das wäre mir ein großes Vergnügen.«

»Sie schulden mir nichts – tatsächlich gilt eher das Umgekehrte –, aber darf ich Sie um einen Gefallen bitten?«

»Was, Sir?«

»Verzeihen Sie Randy. Er war fürchterlich durcheinander und bedarf der Vergebung.«

Mr. Dakkos Gesicht erstarrte, als wäre es aus Stein gemeißelt. Seine Augen bohrten sich in mich, ähnlich einem Zwillingsbohrer, der sich durch Kalkstein grub. »Es tut mir Leid, aber das ist unmöglich.«

»Könnten Sie es für mich tun?«

»Er hat sich sein Bett bereitet.« Ein alter Ausdruck bei der Raumflotte: Man bereitete sich sein Bett und musste dann auch darin liegen.

»Ich habe seinen Vater auf dem Gewissen, Chris. Bitte.«

»Randy hat mehr Unheil angerichtet, als Sie je erfahren werden.«

Ich sprudelte hervor: »Aber man wird mich bestrafen! Ich bin verurteilt worden! Und was Kevin anbetrifft…«

»Ich weiß. Du hattest nicht vor, ihm zu schaden. Trotzdem, was Kev durchgemacht hat … Sohn, was empfindest *du* in dieser Hinsicht? Würdest du Randy gern etwas sagen?«

Kev knurrte: »Du hast es vermasselt!« Er wollte mich nicht ansehen. »Es wäre ein unvergesslicher Tag geworden. Eine Besichtigung des Schiffes, zarky neue Freunde bei der Raumflotte. Stattdessen hast du einen Albtraum daraus gemacht.«

Mr. Dakko sagte: »Es ist jetzt vorbei, Junge.«

Käpten Seafort seufzte. »Ich hoffe trotzdem, dass Sie zu Besuch kommen. Vielleicht hätten Sie Freude an einer richtigen Besichtigung.«

»Bring mich nach Hause.« Kevin klang bitter. »Ich möchte nie hierher zurück.«

Mr. Dakko begegnete dem Blick des Käptens mit einem Ausdruck, der vielleicht eine Bitte um Entschuldigung war, aber er drückte seinem Sohn beruhigend die Schulter.

Mr. Seafort fragte: »Was meinten Sie damit, Randy hätte mehr Schaden angerichtet, als ich je erfahren würde?«

»Bischof Scanlen hat verlangt, Randy als ungeratenen Minderjährigen einzustufen, und sobald sich die Nachricht verbreitete, dass er Sie angegriffen hatte, konnte der Statthalter es nicht mehr verhindern. Richter Hycliff gab dem Antrag statt und führte ein Verfahren in Abwesenheit aus; Randy wurde zum Zwecke der Rehabilitation zum Mündel der Kirche erklärt. Kennen Sie den Statthalter?«

»Anthony Carr. Dereks Enkel, hat man mir erzählt.«

»Er hat es abgelehnt, Sie unter Druck zu setzen, dass Sie Randy auslieferten, und Scanlen drohte ihm mit der Exkommunikation.«

Ein Stöhnen. Ich bemerkte, dass es von mir stammte.

»Spielen sie immer noch dieses Spiel?« Der Ton des Käptens war traurig. »Was erwarteten sie denn von Anthony als Druckmittel?«

»Ein Startverbot für alle Shuttles. Einbehaltung der Vorräte. Die Weigerung, Ihre Passagiere an Bord zu schicken. Einbehaltung der Fracht.«

»Unsere Fracht für den Rückweg ist das Getreide von Hope Nation, Mr. Dakko. Zu Hause wird es ebenso verzweifelt gebraucht, wie Ihre Wirtschaft die Einkünfte daraus benötigt.«

»Im Augenblick bleibt Anthony noch standhaft. Aber unter dem Damoklesschwert der Exkommunikation...« Mr. Dakkos Blick war steinern. »Jeder Aspekt dieser Krise ist von diesem jungen Dummkopf ausgelöst worden!« Er deutete auf mich. »Also werden Sie mir verzeihen, wenn ich ihm nicht Beifall spende. Guten Tag, Sir.«

»Bis zu unserem Abendessen.« Bedrückt sah Mr. Seafort ihnen nach.

»Es ist alles meine Schuld«, sagte ich niedergeschlagen.

»Zum großen Teil ist das so.«

Seine Zustimmung tröstete mich sogar.

Er klopfte auf die Konsole. »Ungeratener Minderjähriger.«

Ich wurde rot. »Schicken Sie mich lieber hinunter«, sagte ich. »Dort wird man sich mit mir befassen.«

Er wedelte mit dem Finger vor meiner Nase. »Ich entscheide über deine Strafe, nicht du. Ist das klar?«

»Jasir!«

»Sehr gut. Geh in meine Kabine. Ich komme gleich nach und nehme dich mit zum Mittagessen.«

»Ja, Sir.« Ich flüchtete. Auf dem Weg den Korridor entlang staunte ich darüber, wie gründlich er die Verantwortung für mich übernommen hatte. Es war fast, als wäre ich ein kleines Kind, und Dad ...

Nein!

Derek Carr war Dad, nicht Mr. Seafort. Ich war der Gefangene des Käptens, nicht sein Sohn. Etwas anderes zu denken, auch nur eine Minute lang, wäre Verrat gewesen.

Es tut mir Leid, Dad! Es ist nur so, dass seine Art ... Und er ist im gleichen Alter wie du und schmal und fit, und sein von weißen Strähnen durchsetztes Haar ... Und dieser Blick, den er hat, als wünschte er sich, dass er stolz auf einen sein könnte ...

Ich wischte mir die Augen ab und klopfte an die Luke. »Darf ich?«

»Hallo.« Mikhael schloss die Luke hinter mir. »Janey macht ein Nickerchen. Kommt Pa auch?«

»Gleich.« Missmutig plumpste ich auf einen Sessel. »Er hat mir gesagt, ich solle hier warten.« Ich sah mich um. Das Bett des Käptens war spartanisch: graue Decke, fest gespannt wie ein Trommelbezug, die Sachen ordentlich verstaut. Nichts weiter zu sehen als eine abgegriffene Bibel auf dem Nachttisch, zusammen mit einer Uhr, so alt, dass sie noch Zeiger hatte.

Mik fragte: »Hat er dir eine Predigt gehalten?«

»Du meinst: mir den Arsch aufgerissen?«

Er nickte.

»Yeah, ich denke schon.«

»Er tut das manchmal«, sagte Mik. »Ich habe eine Zeit lang gebraucht, um mich daran zu gewöhnen.«

Ich sagte: »Gestern, als er dich geohrfeigt hat ...«

»Mann, hatte ich das verdient!« Ein Lächeln. »Wenn man sich das vorstellt: Du hast deine Identität zu verstecken versucht! Ich hätte nie mitmachen dürfen.«

»Aber du bist erwachsen.« Ich konnte mir nicht vorstellen, dass ich in seinem Alter einem Erwachsenen noch erlauben würde, mich zu schlagen, oder dass ich es so ruhig trug.

»Ich bin zwanzig.« Ich konnte nicht sagen, ob das Zustimmung oder Widerspruch bedeutete. »Sieh mal, Pa hat mich gerettet. Gott weiß, was aus mir geworden wäre. Ich liebe ihn fast so sehr wie ... Na ja, ich liebe ihn. Falls er mich gelegentlich nicht meinem Alter entsprechend behandelt, ist das okay. Manchmal *fühle* ich mich auch jünger, als ich bin.«

»Ich wünschte, Anth ...« Er hatte sein Bestes getan, aber er war gar nicht so viel älter als ich. Eher ein großer Bruder als ein Vater.

Jemand klopfte leise. Mik ging zur Luke. »Oh. Hallo, Ma'am.«

»Ist sie auf?«

Ich blickte forschend um die Trennwand. Fließendes braunes Haar, ein sanftes Gesicht, faltig.

»Sie schläft.« Mikhael schien sich unbehaglich zu fühlen. »Möchten Sie ...?«

»Er mag das nicht.« Ihr Blick fiel auf mich. »Oh, hallo.«

»Ma'am, das ist mein Freund Randy Carr. Randy, Corinne Sloan, Janeys Mom.«

»Ah, so siehst du also aus. Mikhael, weiß der Käpten, dass Randy zu Besuch ist?«

»Ja, Ma'am, es war seine Idee.«

»Ich schätze ...« Sie kaute auf der Unterlippe. »Behältst du Jane Ellen im Auge?«

»Ich schlage Babys nicht den Schädel ein.« Mein Ton war bitter. »Nur Erwachsenen.«

»Es tut mir Leid; es ist nur ... Es war ein fürchterlicher Schock. Janey war entsetzt. Niemand wusste recht, was er ...« Sie betrachtete mich forschend. »Komm heraus und sag Hallo.«

»Können Sie nicht ...?« Ich deutete ins Innere der Kabine.

»Es verstößt nicht direkt gegen die Regeln, aber er fühlt sich dabei so unwohl, also bemühe ich mich, draußen zu bleiben.«

Ich schlüpfte auf den Korridor hinaus.

»Du bist der Sohn seines alten Freundes.«

»Ja, Ma'am.«

»Zweifellos hat er dich deshalb begnadigt. Er und ich, wir kommen nicht gut miteinander aus. Wir haben keine richtige Beziehung, außer durch Janey. Aber ich kann dir sagen: Er hatte deinen Angriff nicht verdient!«

»Das habe ich gelernt.« Ich scharrte mit den Füßen. »Ich war sehr dumm.«

»Lässt er dich ganz vom Haken?«

»Ich habe keine Ahnung.«

»Ich vermute, du könntest versuchen, auf die Station zu entschlüpfen.« Sie deutete zur Schleuse hinüber, direkt hinter der Sichtluke.

»Quatsch!« Es war nicht der stärkste Kraftausdruck, den ich kannte, aber mein Ton ging um Bände über ihn hinaus. Hielt sie mich vielleicht für einen Feigling, der sich schämte, seine Untat einzugestehen? Warum dann nicht in der Nacht zuschlagen und flüchten? Oder einen Meuchelmörder anwerben?

Von Zeit zu Zeit hatte ich mich in Schwierigkeiten gebracht – die Taten der jüngsten Vergangenheit waren die schlimmsten, wie ich zugeben musste –, aber ich hatte mich nie um die Wahrheit herumgedrückt. Dad hätte einen Anfall bekommen!

Ihre Finger strichen mir über den Arm. »Ruf mich an, wenn Janey aufwacht. Meine Kabine ist fünf fünfundsiebzig. Ich nehme sie dann mit zum Mittagstisch; Nick wird nichts dagegen haben.«

»Ja, Ma'am.« Mischte ich mich hier in private Angelegenheiten ein? Niemand hatte mich instruiert.

Obwohl der Käpten den Rückweg zu seiner Kabine aus eigener Kraft schaffte, schien er am Abend meine stützende Hand für den Weg zum Speisesaal zu benötigen. Ich wurde langsamer, empfand Widerstreben.

»Wo liegt das Problem, Junge?«

»Nichts, Sir.«

Etwas in seinem Blick verriet mir, dass ihm diese Antwort nicht gefallen hatte.

Einen Augenblick später sagte ich: »Ich bin zum ersten Mal dort seit ... na ja, Sie wissen schon.«

»Seit du mich mit einem Stuhl niedergeschlagen hast.« Er bedachte mich mit einem finsteren Blick. »Ich vertraue doch darauf, dass ich heute sicher bin?«

»Ja, Sir! Ich würde nicht ... Ich verspreche, ich setze mich ans andere Ende ...«

Er drückte meine Finger beruhigend, und ich entdeckte den Schalk in seinen Augen. Vor lauter Erleichterung plapperte ich drauflos. »Es ist nur so ... Ich war seitdem nicht mehr hier, und alle werden mich erkennen ... Sie werden mich ansehen und ...«

Er steuerte mich durch die Luke. »Du setzt dich zu mir. Was hast du für Tischmanieren?«

Ich glotzte, weil mir diese Äußerungen nicht zusammenzupassen schienen. »Gute, denke ich.«

»Zeige es mir. Wir werden sehen, wie gut dich Derek erzogen hat.«

Mir blieb keine andere Wahl, als den Test zu bestehen, und ich gab mir Mühe. Nach einer Weile wurde mir bewusst, dass ich zu sehr mit Gabeln und Servietten beschäftigt gewesen war, um mich darum zu sorgen, was die anderen womöglich von mir dachten. Außerdem war der Speisesaal fast leer. Nach dem frischen, knusprigen Salat gesellte sich Mr. Tolliver zu uns. Ein diskretes Hüsteln des Käptens gab mir einen Hinweis, dass ich aufstehen sollte.

»Guten Abend.« Tolliver deutete auf einen Stuhl und zog eine Braue hoch.

»Selbstverständlich!« Mr. Seafort gab ihm mit einem Wink zu verstehen, dass er sich setzen sollte. »Sie kennen natürlich schon Randolph.«

Tolliver zeigte sich der Situation gewachsen. »Ich freue mich, dass wir uns unter glücklicheren Umständen begegnen.« Er reichte mir sogar die Hand.

»Danke, Sir.« Sorgfältig arrangierte ich die Serviette neu, als ich mich wieder setzte. Der Steward brachte ein Tablett mit Sandwiches und frischem Obst.

»Irgendwelche Morde für den heutigen Nachmittag geplant?« Tollivers Ton war verbindlich.

»Nein, Sir, aber vielleicht stecke ich meine Kabine in

Brand.« Ich schaffte es, dazu ein ernstes Gesicht zu machen.

Er betrachtete mich verärgert, aber dann stiegen für einen kurzen Augenblick seine Mundwinkel an. »Sage uns vorher unbedingt Bescheid. Sir, ich habe das Treffen vereinbart, über das wir gesprochen haben. Heute Nachmittag, mittlere Wache.«

»Sie meinen, mit Randys Neffen, dem Statthalter.«

Ich fuhr zusammen.

»Ja, aber ich hatte mich umsichtiger ausdrücken wollen.« Tollivers Augen bewegten sich kurz zu mir.

»Wie erfrischend, Edgar. Haben Sie mich bei Anthony entschuldigt, weil ich an Bord bleibe?«

»Nein, aber ich habe ihn an Ihre gesundheitliche Verfassung erinnert. Er kommt gern herauf. Und Admiral Kenzig wünscht einen Rückruf, sobald es Ihnen passt.«

Mr. Seafort schob den Stuhl zurück. »Das wäre dann wohl jetzt.«

»Nein, ich habe ihm gesagt, dass Sie zu Tisch sitzen. Er wird warten.«

»Er ist ein Admiral.«

»Und Sie sind der frühere GenSek. Essen Sie Ihre Pasta auf.«

Mit offenem Mund verfolgte ich dieses Spielchen und fragte mich dabei, warum Mr. Seafort ihn nicht ungespitzt in den Boden rammte. Nach allem, was mir Dad erzählt hatte, redete niemand so mit dem Käpten, Leutnant hin oder her. Aber Mr. Seafort schien es nicht zu stören.

»Erinnern Sie mich daran, dass ich ihn anrufe, sobald wir auf der Brücke sind. Da Randy mein

Gehirn durcheinander gewürfelt hat, ist mein Gedächtnis nicht mehr das Alte.« Ein beruhigender Druck an meinem Unterarm.

»Vielleicht haben sich noch weitere Verbesserungen eingestellt.«

Heißer Zorn strömte um Mr. Seaforts willen in meine Wangen.

»Sobald Stanson wieder an Bord ist, Edgar, sollten Sie Ihren Urlaub nehmen. Wir sind Monate bis Kalls Planet unterwegs.« *Mr. Seafort bemerkte es nicht! Oder war er so verlegen, dass ihm keine Antwort einfiel?*

»Kommen Sie ohne mich zurecht, Sir?«

»Irgendwie. Randy, warum siehst du Leutnant Tolliver so böse an?«

Ich riss mich von Tolliver los, aber die Frage gab mir die Möglichkeit, offen zu sprechen. »Weil er Ihnen gegenüber so ungesittet ist. Unhöflich, ungehobelt und grob.«

Tollivers Mund klappte auf.

Mr. Seafort zeigte ein Lächeln, das zu einem breiten Grinsen wurde. »Na ja, ich *habe* ihn gefragt, also kann ich ihn nicht tadeln. Trotzdem wirst du, Randy, Erwachsenen ihre Unhöflichkeit nicht mit unhöflichen Worten vorhalten. Jedenfalls noch einige Jahre lang nicht.«

»Einige Jahre?«

»Jedenfalls für die Dauer deiner Strafe. Edgar, war er unhöflich oder nur aufmerksam?«

»Sir, um die Wahrheit zu sagen: Ich bin froh, dass er noch am Leben ist. Aber ich habe nicht vor, mich auf ein Wortgeplänkel mit ihm einzulassen.«

»Hmpff. Ich dachte, Sie hätten eines mit mir veranstaltet.« Der Käpten ließ das Thema fallen. Bald waren sie in eine Diskussion über den Meiler vertieft, und ich konzentrierte mich auf meine Tischmanieren.

Anschließend ging Mr. Seafort langsam zur Brücke, wobei er meine Hand fest im Griff hielt.

»Ist Ihnen schwindelig, Sir?«

»Vielleicht ein wenig.« Behutsam kratzte er sich am Kopf. »Er juckt, und ich habe Kopfschmerzen.«

Er öffnete die Luke. Die Brücke war unbesetzt.

»Ist hier nicht immer jemand?«

»Nicht, solange wir an der Station vertäut liegen. Ah, so ist es besser!« Er setzte sich an seine Konsole und nahm den Rufer zur Hand.

»Darf ich hier bleiben?« Ich machte mich bereit, auf dem Korridor zu warten.

»Falls ich es sage. Sei eine Zeit lang still. Funkraum, verbinden sie mich mit Admiral Kenzig im Admiralitätshaus. Eine Sichtverbindung.« Den Blick auf den Simultanschirm gerichtet, ruckte er sich die Krawatte zurecht, traf Anstalten, sich das Haar glatt zu streichen, zuckte dabei zusammen und holte Luft.

Ich murmelte: »Es tut mir Leid.«

»Du sollst den Mund halten.«

»Jasir!«

Der Bildschirm flackerte, wurde dunkel. Einen Augenblick später erschien dort das Riesenbild eines Gesichts von kräftiger Farbe. »Hier Kenzig.«

»Kapitän Nicholas Seafort meldet sich, Sir.«

»Oh, gut! Haben Sie sich erholt?«

»In beträchtlichem Maße, danke.«

»Wir haben ein Problem. Wer ist das?« Er blickte forschend vom Bildschirm herunter.

»Randolph Carr, Sir.«

»Grundgütiger, auf Ihrer Brücke? Warum?«

»Um ihn im Auge zu behalten.« Mr. Seaforts Ton war neutral.

»Na ja, aus diesem Grund hatte ich angerufen. Denken Sie nicht, dass dieses Gespräch unter uns bleiben sollte?«

»Nur, falls Sie darauf bestehen, Sir.«

»Nein, das tue ich natürlich nicht, Herr GenSek.« Der Admiral befleißigte sich eines servilen Tonfalls.

»Mein Rang ist der eines Kapitäns, Sir.«

»Ich wollte nur höflich sein. Sir – Mr. Seafort –, diese unglückliche Affäre ist politisch verzwickt. Die Kirche ist darin verwickelt, und wir müssen uns davor hüten, die hiesigen Behörden gegen uns aufzubringen.«

»Was soll ich tun?«

»Der Junge.« Der Finger des Admirals stach in meine Richtung. »Dieser – dieser Rowdy, der neben Ihnen sitzt. Die Gerichtsbarkeit von Hope Nation hat ihn der Obhut der Kirche zugesprochen. Falls Sie ihn auf der *Olympia* behalten, ziehen Sie uns in die Sache hinein.«

Meine Finger schlossen sich um die Armlehnen.

Mr. Seafort sagte: »Er unterliegt unserer Gerichtsbarkeit und wurde von uns abgeurteilt. Sein Urteil steht zur Überprüfung an.«

»Wir *möchten* ihn aber nicht unter unserer Gerichtsbarkeit haben. Er ist ein Bürger von Hope Nation! Das bringt uns in einen Konflikt mit Mutter Kirche!« Der Admiral zwang sich, wieder einen friedfertigeren Ton anzuschlagen. »Sehen Sie, Sir, solange Sie ihn an Bord haben, ist niemand zufrieden. Der Statthalter steht seitens des Gerichts unter Druck; Bischof Scanlen betrachtet es als Einmischung, dass Sie den Jungen bei sich behalten.«

»Ja, aber ...« Ein Seufzen. »Ja, Sir. Wie lauten Ihre Befehle?«

»Ich kann verstehen, dass Sie sich an ihm rächen möchten, und es ist verdammt unfair, dass Sie keine Rache üben können, aber manchmal genießen die politischen Realitäten Vorrang. Sehen Sie, Herr GenSek, wir können einen Bürger von Hope Nation nicht gegen den Willen der hiesigen Kirche festhalten. Solange das so ist, müssen Sie ihn in ihren Gewahrsam übergeben.«

»Aye aye, Sir.«

»Sehr gut. Schicken Sie ihn zum Planeten herunter. Sorgen Sie dafür, dass er in die Obhut der zuständigen Stellen gelangt.«

»Wann?«

»Falls möglich, noch heute. Spätestens morgen.«

»Aye aye, Sir.«

Der Ton des Admirals wurde freundlicher. »Sir, was Ihre Verletzung angeht – kann ich Ihnen irgendwas besorgen? Irgendwie helfen? Sie sehen fürchterlich aus.«

»Danke, Sir, ich sage Ihnen Bescheid, falls mir etwas einfällt.«

»Hat der Statthalter sein Versprechen gehalten und die Vorräte geliefert?«

»Bislang keine Störung. Dakko & Sohn ist der führende Lieferant. Ich habe mich mit ...«

»Ein guter Mann, Chris Dakko. Er wirkt ganz vernünftig. Guten Tag, Herr GenSek.«

»Ihnen auch, Sir.« Sie trennten die Verbindung.

Ich schluckte. Die Erziehungsfarm der Kirche war nicht lustig; ein strenges Regiment, mühselige tägliche Gebete. Nun, der Allmächtige wusste, dass ich es verdient hatte, ob es mir nun gefiel oder nicht.

Mr. Seaforts Blick ruhte auf dem dunkel gewordenen Bildschirm. Seine Augen brodelten. »Verdammte Politiker!«

Ob es heute geschah? Ein Gang durch die verbundenen Schleusen, ein Spaziergang durch den Stationskorridor, ein bereitliegendes Shuttle. Die Vibrationen in der äußeren Atmosphäre, ein unruhiger Flug, eine Senkrechtlandung in Centraltown.

Gestalten mit grimmigen Gesichtern, die auf mich warteten und die hohen Kragen der Kirche trugen. Vielleicht ein kurzer Blick auf Anthony, ehe sie mich für den langen Flug nach Norden in einen Heli setzten.

Ich würde jede Minute davon verabscheuen. Besonders die Scheinheiligkeit der Gebete an einen Gott, den ich nicht kannte.

Und Judy würde ohne mich aufwachsen, mit anderen Jungen ausgehen, zur Frau reifen, während mir nur der nervöse Trost meiner Handfläche blieb.

Noch vor wenigen Stunden hatte ich von der Freiheit geträumt, von der sauberen Seeluft zu Hause. Jetzt erfüllte es mich mit Bestürzung, dass ich von Bord gehen musste.

Mr. Seafort blickte auf die Uhr.

Zeit, mich der Herausforderung zu stellen. »Sir, ich würde gern noch das Hemd wechseln, ehe ich gehe.«

Er stemmte sich vom Sitz hoch, und seine Augen flammten. Er packte mich an der Vorderseite des Hemds und zog mich an sich heran. »Wie oft habe ich dir gesagt, dass du still sein sollst?« Er zerrte mich auf die Beine.

»Zweimal, Sir.«

»Du bist wirklich ungeraten, Randolph. Warst du zu deinem Vater auch so ungehorsam?«

»Nein, Sir!«

»Das will ich hoffen! Du befindest dich in meinem Gewahrsam, Junge, und ich werde *keinen* Ungehorsam dulden! Ich werde dich gleich fragen, was Gehorsam ausmacht, und du solltest lieber bereit sein, mir eine Antwort zu geben. Setz dich hin!«

Ich gaffte.

»AUF DER STELLE!«

Ich plumpste in meinen Sessel. Nicht mal Satan hätte mir in diesem Augenblick einen Laut entlocken können.

Mit verschränkten Armen funkelte Käpten Seafort den Simultanschirm an.

Auf der Brücke war alles still.

9. Kapitel

Als Anthony durch die Luftschleuse geführt wurde, hatte ich mich innerlich wieder sortiert.

Mr. Seafort war streng, aber nicht annähernd so sehr, wie Bischof Scanlens Leute sein würden. Und eigentlich erwartete der Käpten nicht mehr von mir, als ich Dad gegeben hatte, ohne groß darüber nachzudenken. Jedenfalls schuldete ich es ihm für die Verletzung, die ich ihm in einem Augenblick der Dummheit und des Zorns zugefügt hatte.

Der Ton allerdings, den er angeschlagen hatte … Dabei kam ich mir so jung, so hilflos vor!

Andererseits hatte er mir zweimal gesagt, dass ich still sein sollte, und zweimal hatte ich es nicht sonderlich beachtet, wie irgendein albernes Kind, das es nicht besser wusste. Mein Gesicht brannte vor Scham.

Ich war nicht für lange Zeit bei ihm, aber ich würde ihm zeigen, wozu ein Carr fähig war. Ich wünschte nur – wünschte nur … Verdammt, ich wünschte, ich hätte mehr Zeit gehabt, mich ihm zu beweisen!

Leutnant Tolliver und ein Fähnrich, den ich noch nie gesehen hatte, geleiteten den Statthalter auf die Brücke.

»Sir, Anthony Carr.«

Mit einem Begrüßungslächeln stand Mr. Seafort auf. Ganz plötzlich wurde er weiß im Gesicht und taumelte. Tolliver stürmte durch die Brücke. Einen Augenblick lang klammerte sich der Käpten an ihn, den Kopf gesenkt, die Knie weich. »Ist schon in Ordnung. Ich möchte mich setzen.« Vorsichtig senkte er sich wieder auf den Sitz an der Konsole. Er lehnte sich mit geschlossenen Augen zurück.

Ich saß wie erstarrt, hielt die Faust vor den Mund.

»Es tut mir Leid, Mr. Carr. Geben Sie mir einen Augenblick Zeit.«

Tolliver sagte: »Sir, Sie brauchen Ruhe. Gestatten Sie mir, Sie in ihre Ka …«

»Nein.« Mühsam öffnete Mr. Seafort die Augen. »Verzeihung, Statthalter. Ich bin erst seit einem Tag aus der Krankenstation heraus, und die Schwäche holt mich zuzeiten noch ein. Falls es Ihnen nichts ausmacht, bleibe ich sitzen.«

»Sir, ich kann auch später ...«

»Nicht nötig.« Mr. Seafort setzte sich aufrechter hin, und Farbe schien in sein Gesicht zurückzukehren.

Ich atmete leichter.

»So.« Der Käpten streckte die Hand aus. »Sie sind Dereks Enkel. Es ist wundervoll, Sie kennen zu lernen. Gestatten Sie mir, mich demütig für meinen Beitrag zu seinem Tod zu entschuldigen.«

»Nein, Sir. Wir müssen uns bei Ihnen für die Art und Weise entschuldigen, mit der Sie behandelt wurden.« Einen Augenblick lang brannten sich Anthonys Augen in meine. »Großvater würde sich im tiefsten Herzen schämen, genau wie ich.« Ich bemühte mich, nicht zusammenzuzucken.

Unerbittlich fuhr Anthony fort: »Ich entschuldige mich für ihn, Mr. Seafort. Er hätte es besser wissen müssen. Ich habe mich stets bemüht, ihn wie einen Erwachsenen zu behandeln.«

»Vielleicht war das ein Fehler.« Mr. Seaforts Ton war sanft.

»Ich tat, was ich konnte. Ich bin nicht Großvater.«

»Sie haben es gut gemacht. Randolph hat die Verantwortung für sein Tun übernommen.« Der Käpten räusperte sich. »Setzen Sie sich doch. Kaffee oder eine Stärkung? Nein? Das war dann alles, Mr. Tolliver.« Als wir allein waren, schloss Mr. Seafort die Luke. »Darf ich offen sein?«

»Natürlich.«

»Die Lage ist richtig verkorkst. Was haben Sie vor?«

»Der Bischof wird sich Randy holen.« Anthony schnitt eine Grimasse. »Ich kann ihn nicht aufhalten.«

»Und über ihn hat er Sie im Griff.«

Anth schloss die Augen. »Nicht gänzlich.«

»Sir…« Der Käpten schlug einen sanften Ton an. »Ich kenne mich etwas mit diesem Konflikt aus. Ich habe Nachricht von Jerence erhalten, seit er wieder auf dem Planeten ist. Und bei seinem Besuch auf Terra sprach Derek von Spannungen, von der Drohung der Verleugnung.« Er schüttelte den Kopf. »Was genau möchte Scanlen eigentlich?«

»Können Sie sich einmischen?«

»Nein. Tatsächlich hat man mir sogar befohlen, es nicht zu tun.«

»Dann sprechen wir lieber nicht darüber. Bitte seien Sie nicht gekränkt; es geschieht um Ihretwillen. Wenn von Exkommunikation geredet wird…« Anth schüttelte den Kopf.

»Ich bin schon exkommuniziert.« Mr. Seaforts Ton war trostlos. »Ob die Kirche nun davon weiß oder nicht.«

»Hope Nation, Sir, ist unabhängig. Ich muss den Commonwealth schützen, was es mich auch kostet. Es gibt Kräfte, die uns wieder zu einer Kolonie machen möchten. Wenn ich das sage, ist das nicht als Klage gegen die Kirche gedacht.«

»Natürlich.«

»Ich bin Randys wegen heraufgekommen. Ich hatte Gerüchte von einem Prozess gehört, einem Urteil…«

»Die Gerüchte sind zutreffend. Er sollte gehängt werden. Ich habe es verhindert.«

»Ah.« Eine Pause. »Wie kann ich meine Schuld zurückzahlen?«

»Das ist doch wohl eine Beleidigung, denken Sie nicht?« Der Käpten wirkte jedoch nicht gekränkt. »Sie deuten an, ich würde aus taktischen Gründen mit dem Leben des Jungen spielen.«

»Manche täten es.«

»Ja, aber Randy hat sich auch diese Blöße gegeben.« Der Käpten bedachte mich mit einem verärgerten Blick.

Ich hielt sorgsam den Mund.

»Ich freue mich zu sehen, dass es Randy gut geht, aber darf ich fragen, warum er hier ist?«

»Damit er lernt, welche Folgen impulsive Handlungen nach sich ziehen.« Ein frostiges Lächeln. »Ich denke nicht, dass sein Dabeisein schadet, aber falls Sie es wünschen, weise ich ihn an, auf dem Korridor zu warten.«

Mr. Seafort fing meinen Blick auf, und ich wurde dunkelrot. Falls er mich hinausschickte, würde ich NICHT lauschen. Nicht für alles in der Welt. Nie wieder!

»Darf ich mit ihm reden?«

»Natürlich. Junge, du darfst reden.«

Anth wandte sich mir eifrig zu. »Randy, geht es dir gut?«

»Ja, Sir.« Jetzt war nicht der Zeitpunkt für flegelhaftes Betragen.

»Du musst fürchterliche Angst gehabt haben.«

»Die hatte ich.«

»Die Ausbildungsfarm wird ... sehr schwierig.« Er stand auf, ging auf und ab, blieb vor mir stehen. »Ich werde versuchen, dich zu schützen, aber ...«

»Das ist nicht nötig, Sir. Ich habe es so übel verpfuscht, dass ich die Konsequenzen auf mich nehme. Und ja, ich weiß, wie es dort zugeht. Die Diakone bringen mich vielleicht um.«

»Das Risiko besteht, ist aber gering. Falls ich aus dem Amt scheide, verlieren sie dich als Druckmittel und gewinnen nichts mehr, wenn sie dir etwas antun. Solange ich Statthalter bin, würde dein Tod regelrecht Krieg bedeuten. Ich denke, sie wissen das. Aber die kleinlichen Grausamkeiten, das schlechte Essen, die Schikanen, die Peitsche ...« Er zuckte die Achseln. »Es tut mir Leid. Du hast es dir selbst eingebrockt.«

»Ich weiß, Anth.«

Er zerzauste mir das Haar, zog meinen Kopf an seine Brust. Ich klammerte mich an ihn und flüsterte: »Es tut mir so Leid!«

Nach einer Weile blickte er Mr. Seafort an. »Käpten, unsere politische Lage ist komplizierter, als Sie vielleicht denken.«

»Wann werden Sie es schaffen, unser Handelsmonopol zu brechen?«

Anthony gaffte. »Davon wissen Sie?«

»Derek hat es mir erzählt.« In die Stille hinein setzte er hinzu: »Freundschaft ermöglicht so etwas, sehen Sie? Freunde können ehrenhaft auf gegensätzliche Ziele zuarbeiten.«

»Ich wusste, dass er Sie wirklich liebte. Ich hatte jedoch nie geahnt, wie sehr.« Zu meinem Erstaunen wirkte Anth unsicher. So hatte ich ihn nur selten erlebt. »Wir haben Fraktionen ... Meine Regierung ist nicht gänzlich geeint. Manche möchten die derzeitige Schwäche der Erde ausnutzen, um das Transportmonopol ein für alle Mal zu brechen. Andere möchten ... zweifellos geht das alles in Ihren Bericht ein. Ich sollte diskreter sein.«

»Ich respektiere Ihre Offenheit.«

»Tatsache ist, dass einige Hitzköpfe von mir erwarten, Ihr Schiff zu kapern oder irgendein anderes, das uns anläuft, um ein Druckmittel gegen das Heimatsystem in die Hand zu bekommen.«

Mr. Seafort winkte ab. »Sie werden die *Olympia* nicht kapern, und falls doch, würden Sie damit einen Krieg vom Zaun brechen. Hope Nation würde verlieren und auf den Kolonialstatus zurückfallen.«

»Darüber bin ich mir im Klaren. Einige meiner Parteigänger jedoch nicht. Darf ich...« Abrupt stand Anthony auf und ging ein paar Schritte. »Sie ahnen ja nicht, wie demütigend es ist ... Dürfte ich vorschlagen, dass Sie zusätzliche Wachtposten an Ihren Luftschleusen postieren?«

Mr. Seafort beugte sich mit ernster Miene vor. »Wollen Sie damit sagen, dass Sie Elemente der eigenen Regierung nicht ganz unter Kontrolle haben?«

Anthony wurde rot und betrachtete seine Fingernägel. »Ich hoffe, dass es nicht so ist, aber ich kann mir dessen nicht sicher sein.«

Es blieb lange still. Dann: »Danke für die Warnung, Herr Statthalter.«

»Deshalb bin ich gekommen. Und natürlich, um Randy zu sehen.« Sein Achselzucken war eine Bitte um Verzeihung. »Darf ich fragen, wann Sie ihn hinunterschicken?«

»Morgen. Heute Nachmittag bin ich zu geschafft.«

Nach ein paar höflichen Redewendungen schüttelten sie sich die Hände, und Mr. Seafort rief Tad Anselm herbei, um Anth hinauszubegleiten.

Wir saßen schweigend da.

»Komm her. Ich möchte versuchen aufzustehen.«

Ich bot ihm die Schulter an, und er stemmte sich mit meiner Hilfe hoch. »Tolliver hatte Recht, was meine fünfzehn Stunden Schlaf pro Tag anging. Ich bin erschöpft.« Wie zuvor nahm er meine Hand. Langsam gingen wir den Korridor entlang. »Jetzt zu unerledigten Geschäften. Bist du bereit, mir zu gehorchen, Randy?«

»Ja, Sir.«

»Was macht Gehorsam aus?«

»Ich tue genau das, was Sie mir sagen, zum verlangten Zeitpunkt und ohne Widerrede.«

»Wie sicher bist du dir dessen?«

»Sehr sicher.« Ich schwitzte.

»Falls du nicht an Gott glaubst, worauf würdest du schwören?«

»Ich glaube an die Ehre, Sir. Dad sagte, Ehre wäre die Grundlage für ...«

»Bist du bereit, bei deiner Ehre zu schwören, dass du gehorsam sein wirst, solange du in meiner Obhut bleibst?«

Das war keine Kleinigkeit, die er da verlangte.

Aber falls ich sie ihm nicht gewährte, was hatte ich ihm dann überhaupt zu bieten?

»Ja, Sir.«

»Dann erwarte ich es von dir. Kleine Fehler sind nur natürlich und zählen nicht. Aber von jetzt an tust du, was ich dir sage.«

»Ja, Sir.«

Er drückte meine Hand. Ich empfand eine wilde

Erregung, so als würde ich gerade auf Kurs gebracht. Ich schaffte es gerade noch, ein Seufzen zu unterdrücken. Leider galt das alles nicht für lange. Der Bischof wartete.

Ich brachte Mr. Seafort bis zu seiner Luke.

»Du hast für den Rest des Tages Arrest in deiner Kabine. Ich schicke jemanden, der dir frische Kleider bringt. Vergiss nicht, das Hemd zu wechseln; deine Sachen sehen aus, als hättest du darin geschlafen.«

Das hatte ich auch.

Mr. Seafort schlief über die Zeit des Abendessens und bis in die Nacht hinein.

Ich sah mich mit einem neuen Dilemma konfrontiert: Ich wurde immer hungriger. Ich konnte die Kabine nicht verlassen. Ein Junge konnte richtig verhungern, während er darauf wartete, dass ein alter Mann wieder wach wurde und sich an ihn erinnerte.

Endlich, spät am Abend, fiel mir eine Lösung ein. Meine Kabine war mit einem Rufer ausgestattet, auf dem der Anschluss des Zahlmeisters markiert war. Nach vielen Klingeltönen nahm jemand ab. Ich erhielt die Nummer der Kombüse und tippte sie ein. »Ich bin Randy Carr in der Kabine neben dem Käpten. Ist Alejandro dort? Denken Sie, er könnte mir etwas zu essen bringen? Mr. Seafort sagte, ich müsste in meiner Kabine bleiben, und ich verhungere.«

Es funktionierte. Wenig später klopfte der Schiffsjunge mit verschlafenem Blick und gähnend an meine Tür. Mir fiel gar nicht groß auf, was er mir brachte; es war Minuten später vertilgt. Ich hätte Alejandro gern überredet, auf ein Schwätzchen zu bleiben, aber er schwankte so verschlafen auf den Beinen, dass ich ihm überschwänglich dankte und ihn wieder wegschickte.

Als ich dann nichts weiter zu tun wusste, zog ich mich aus, duschte und kroch ins Bett.

Ich erwachte früh an meinem letzten Tag an Bord der *Olympia.* Ich entdeckte saubere Kleider, die der Zahlmeister geschickt hatte. Ausgerechnet marineblau, wenn auch ohne Abzeichen. Es würde gehen. Ich wusch mich erneut – es wurde zur Gewohnheit – und kämmte sorgfältig die widerspenstigen Haare. Ich hatte vor, meine Strafzeit mit Würde anzutreten.

Jemand klopfte an die Luke. War es so weit? Ich wappnete mich innerlich.

»Hallo! Pa sagt, du sollst mit uns frühstücken.«

Ich runzelte die Stirn über diese undramatische Wendung und folgte Mikhael durch den Korridor. Er trug die komplette Uniform, war anscheinend im Dienst. Er nahm nicht Kurs auf den Speisesaal, sondern zu einer kleinen Kabine unweit der Brücke.

»Was ist das?«

»Die Offiziersmesse. Wir nehmen hier Frühstück und Mittagessen ein. Der Speisesaal ist nur fürs Abendessen da.«

Die Messe wies mehrere Tische auf. Mikhael entschied sich für einen kleinen. Ein Steward brachte eine Pfanne mit Eiern und verteilte sie. Auf dem Tisch lagen warme Brötchen bereit. Mir lief das Wasser im Mund zusammen.

»Siehst du diesen langen Tisch?« Mik beugte sich dicht zu mir herüber. »Es herrscht der Brauch, dass es jedem freisteht, sich zum Käpten zu setzen, falls er dort Platz nimmt. An einem kleinen Tisch hat man ihn in Ruhe zu lassen.«

»Ah, da seid ihr ja.«

Mikhael schoss hoch. Etwas langsamer folgte ich seinem Beispiel. Mr. Seafort kam hereinspaziert, eine Hand leicht auf Mr. Anselms Arm.

»Danke, Tad. Steward, zwei weitere Portionen.« Er und Tad zogen sich Stühle heran. »Janey ist bei ihrer Mutter.« Seine Miene drückte vielleicht Missbilligung aus, vielleicht auch nicht. Ich konnte dessen nicht gewiss sein. Zu mir gewandt: »Hast du gut geschlafen?«

»Ja, Sir.« Wie ein Stein. Na ja, gestern war ein ereignisreicher Tag gewesen.

»Am mittleren Vormittag geht ein Shuttle, Randy. Du wirst es nehmen.«

Ich nickte.

»Wie bitte?«

»Ah, ja, Sir!« *Manieren, Randy! Du schaffst es, wenn du es versuchst.*

Wir hauten rein.

Ich fragte vorsichtig: »Darf ich über das reden … was ich gestern gehört habe?«

»Tad, Mik, ihr behaltet das für euch.«

Sofortige Zustimmung.

»Sehr gut.«

»Sir, was wird Anth tun, falls der Bischof … falls die Kirche ihn unter Druck setzt? Wird er den Aufstand wagen?«

»Nun, *darüber* sollte ich nicht reden!« Sein Blick verriet jedoch, dass er keinen Anstoß nahm. »Es wäre Apostasie, die Kirche zu kritisieren; ihre Richtschnur ist der Wille des Herrgotts, und ich möchte von keinem von euch etwas anderes hören. Ich bin sicher, dass sich der Statthalter dessen wohl bewusst ist. Er wird jeder Sorge, die er hat, auf eine Art und Weise Ausdruck verleihen, die mit dem kanonischen Recht in Übereinstimmung steht.«

Anth würde nicht direkt rebellieren, wollte er mir damit klar machen, aber er würde sich auf diese zum Wahnsinn treibende Art wehren, wie es Regierungen nun mal taten, mühselig, langwierig, auf jedem Detail herumhackend.

Ich fragte: »Falls der Bischof möchte, dass wir wieder zu einer Kolonie werden, wie kann er das durchsetzen?«

»Die Exkommunikation ist eine sehr machtvolle Waffe. Missbraucht man sie, bewirkt man damit größtes Unheil. Jetzt genug davon. Iss deinen Toast.«

Stets eine gute Idee. »Ja, Sir.«

Er blickte auf die Uhr. »Du nimmst die Luftschleuse auf Deck 1. Wir haben gerade noch Zeit für einen Besuch auf der Brücke. Ich möchte einen Eintrag ins Logbuch vornehmen.«

Ich war verblüfft, sagte aber nichts, während er mit seinem Sohn und Tad plauderte. Was machte es schon aus, ob er mich zur Luftschleuse begleitete oder nicht?

Eine Menge. Vor dem geistigen Auge blieb ich zögernd vor der Schleusenluke stehen, schüttelte ihm ernst die Hand, brummte etwas, das meine Dankbarkeit für alles ausdrückte, was er getan hatte.

Lächerlich! Selbst wenn er Pa nicht umgebracht hatte, wie ich es all diese Jahre lang fälschlich gedacht hatte, so bedeutete mir Mr. Seafort doch nichts. Gerade gestern erst hatte er mich heruntergeputzt wie – wie ein Kind, und das wegen eines kleinen Fehlers. Er hatte nachdrücklicher mit mir gesprochen als irgendjemand seit Dad. Ich respektierte ihn, ja, aber …

»Es wird Zeit, Randy. Du hilfst mir auf die Brücke.« Vorsichtig stand er auf. »Ja, es geht eindeutig besser.« Trotzdem ergriff er fest meine Hand, ehe es schwungvollen Schrittes zur Brücke ging.

Er ließ mich auf dem Korridor stehen, ging zu seiner Konsole, machte eine Notiz, schob einen Chip in einen Kasten und steckte sich diesen in die Hosentasche. »In Ordnung; man wartet wohl schon auf uns.« Erneut nahm er mich an der Hand und führte mich wie ein kleines Kind zur Schleusenluke.

Ich stählte mich für den Abschied, aber Mr. Seafort hielt nicht inne. »Ich komme mit hindurch, Mr. … Ardin, nicht wahr? Informieren Sie Mr. Tolliver.«

Er brachte mich also an Bord des Shuttles. Das tröstete mich, wenn es auch nur ein paar Minuten ausmachte.

Der Weg zum Shuttlehangar der Station war mit einem blinkenden Symbol und Lichtern gekennzeichnet. Wir folgten einem abgenutzt wirkenden Weg. Vor der Shuttleluke blieb ich stehen. »Mr. Seafort, ich möchte Ihnen danken …«

»Später, Junge.« Er führte mich hindurch. Wollte er mich noch auf meinem Platz anschnallen? Widerwille bildete einen festen Knoten in mir. Es war unentschuldbar, mich ständig wie ein kleines Kind zu behandeln. Wusste er denn nicht, dass …?

Ja. Er schnallte mich auf meinem Platz an.

Ich zog einen Flunsch.

Die Piloten starteten ihre Checkliste.

Mr. Seafort setzte sich neben mich.

Ich sperrte den Mund auf.

Endlich sah ich den Schalk in seinen Augen aufblitzen. »Dachtest du, ich würde dich allein der Konfrontation überlassen?«

Warum konnte ich mir ein breites, dämliches Grinsen nicht verkneifen? Warum wollte mir das Herz schier aus der Brust springen?

Nach einer Weile fasste ich mich wieder. »Sir, ich dachte, Sie könnten nicht auf einen Planeten hinuntergehen. Ihr Rückgrat ...«

Sein Gesicht war ernst. »Es wird Zeit, dass ich es herausfinde.« Er unterband meinen Einwand mit erhobener Hand. »Ich habe Geschäfte an Land, mein Sohn. Mir bleibt keine Wahl.«

»Ja, Dad.«

Ach du lieber Gott! Dunkelrot wandte ich mich ab und versuchte mich auf dem angrenzenden freien Platz zu vergraben. Ich konnte das nicht gesagt haben. *Ich durfte es nicht gesagt haben!*

»Ist schon in Ordnung.« Mr. Seaforts Stimme rief mich von einem fernen Ort zurück. »Wirklich, ist schon in Ordnung. Er hat Verständnis dafür, und ich auch.«

»Es tut mir so Leid! Ich hatte nicht vor ... Bitte verzeihen Sie mir!«

»Ist schon in Ordnung, Junge.«

Einen paradiesischen Augenblick lang glaubte ich ihm. Dann: »Sie verstehen das nicht. Sie sind nicht mein ... Ich kann Dad niemals vergessen, nicht einen Augenblick lang!«

Knochige Finger packten mich an der Schulter. »Das

ist okay! Du musst es fühlen, dir darüber klar sein! Du wirst ihn nie vergessen. Das dulden wir nicht.«

»Aber ich habe Sie ...«

Sein Ton war sanft. »Und das ist auch okay. Das ist, was du gebraucht hast, was ich dir genommen habe und was dir der arme Anthony trotz all seiner Mühen nicht geben konnte. Weinst du? Gut, lass es heraus. Derek zuliebe, den ich an jedem Tag meines Lebens vermisse. Deinem Kummer zuliebe. Wegen aller Ungerechtigkeit der Welt.«

Seine Finger arbeiteten sich in meine, während die Triebwerke ansprangen und unser Shuttle aus der gleichmäßigen Beleuchtung der Station herausglitt.

TEIL ZWEI

Dezember, im Jahr unseres Herrn 2246

10. Kapitel

Ich war nur einige Wochen fort gewesen, und doch betrachtete ich den Raumhafen Centraltown, als hätte ich ihn fast ein Leben lang nicht mehr gesehen.

Vielleicht war das auch so.

Während wir durch das Terminal schritten, hielt Mr. Seafort meine Hand in festem Griff und reduzierte mich ganz auf meine Abhängigkeit. Trotzdem fühlte ich mich nicht ganz unbehaglich dabei, wie ein kleiner Junge behandelt zu werden. Ich schreckte vor dem Gedanken an meine atemberaubende Taktlosigkeit im Shuttle und seine Reaktion darauf zurück; bei der Erinnerung fühlte ich mich unwohl, verwirrt, erschrocken. Und noch etwas mehr. Geborgen. Es war seltsam: In einigen Stunden, vielleicht nur Minuten würde ich Mr. Seafort für immer verlieren, aber ich fühlte mich geborgen, wie seit dem Tag nicht mehr, als Dad Lebewohl zu mir gesagt hatte.

Mr. Seafort warf einen kurzen Blick zum Shuttle zurück. »Na ja, das war der leichte Teil.« Er steuerte mich zum Ausgang, der auf die Straße führte, wo zu meiner Überraschung Mr. Branstead neben der Tür eines Elektrowagens wartete.

»Hallo, Jerence, wie geht es bei Ihnen zu Hause?«

»Es ist viele Jahre her. Ich habe Zeit vor Pas Grab verbracht.«

»Harmon«, sagte der Käpten leise. Mich fragte er: »Kanntest du ihn, Junge?«

»Den alten Mann?« Ich nickte. »Als ich noch klein

war.« Er war mit seinen Söhnen und deren Ehefrauen zu einer Party gekommen.

»Ich habe ihn betrogen, und er hat mir verziehen.« Mr. Seafort schien in Träumereien verloren.

»Nun.« Mr. Branstead musterte mich. »Ich habe nicht so recht erwartet, dass Sie in Begleitung dieses Jungen erscheinen würden.« Ich konnte nicht erkennen, ob er sich freute, dass ich noch lebte.

»Hätten Sie es lieber gehabt, wenn ich ihn in der Zelle schmoren gelassen hätte?«

»Er muss jetzt mit Schlimmerem rechnen.« Wir stiegen in Mr. Bransteads Wagen. Er sagte schwer: »Ich hätte Ihnen sagen müssen, wer er ist.«

»Das finde ich auch. Warum haben Sie es nicht getan?«

»Randy hatte mich darum gebeten.« Wir fuhren los und nahmen Kurs aufs Stadtzentrum.

Einen Augenblick später fragte Mr. Seafort: »Wohin und wann?«

»Zum Gericht, um sechzehn Uhr.«

»Und danach?«

»Zur Carr-Plantage. Alle werden dort sein.«

»Alle?«

»Nahezu.«

»War es schwierig, sie zusammenzutrommeln?«

»Um Himmels willen!« Mr. Branstead verdrehte die Augen. »Sie sind *Nick Seafort* und besuchen Hope Nation zum ersten Mal seit ... was, zwanzig Jahren?«

»Länger.« Mr. Seafort verzog das Gesicht. »Die traurige Berühmtheit.«

Wir kamen am Churchill Park vorbei, folgten dabei der Straße, die ich vor meiner Torheit mit Mikhael, Kev und Anselm genommen hatte.

»Sir?« Mein Ton war vorsichtig. »Ich dachte, jemand von der Kirche würde mich erwarten.«

»Die meisten Kids hegen die irrige Auffassung, dass sie den Mittelpunkt des Universums bilden.«

Ich brauchte eine Zeit lang, um daraus schlau zu werden. »Sie sollten mich doch abliefern?«

»Zweifellos wird sich die passende Gelegenheit bieten.« An Mr. Branstead gerichtet: »Und der Statthalter?«

»Er empfängt uns natürlich in seiner Residenz. Was die Zeit bis dahin angeht, bin ich nicht informiert.«

Wir bogen auf den randvollen Parkplatz ein. Leute liefen auf dem Weg vor dem Gerichtsgebäude durcheinander. Jemand zeigte auf uns.

Mr. Seafort holte Luft und versuchte, sich das Haar glatt zu streichen. »Autsch! Ich vergesse es immer wieder.« An mich gewandt: »Ich setze dich in der ersten Reihe ab. Du wirst dort bleiben.«

Keine Widerrede, kein Ungehorsam. Ich hatte es versprochen. Ich wollte ihm eine bessere Erinnerung an mich hinterlassen, als er bislang hatte.

Einige Menschen in der Menge winkten mit Zetteln, um Autogramme zu erhalten. Andere schrien ermutigende Worte und Willkommensgrüße. Mr. Seafort winkte, als wir an ihnen vorbeirauschten.

Auch die Vorhalle war voller durcheinander laufender Menschen. Mr. Branstead manövrierte uns zu einem Fahrstuhl. Wir stiegen im ersten Obergeschoss aus und suchten unseren Weg zum größten Gerichtssaal. Er war rappelvoll. Zu meiner Überraschung war an der Rückwand eine Holokamera mit Satellitenverbindung montiert.

Mr. Seafort tastete nach meiner Hand und packte sie wie üblich mit festem Griff. »Gehen wir, Junge. Oh!« Er blieb stehen. »Falls sich hier Gespräche um dich drehen, versuche nicht erstaunt dreinzuschauen.«

Ich schluckte. Das klang nicht verheißungsvoll.

»Bereit, Jer?«

Ein Lächeln erhellte Mr. Bransteads Züge. »Ja, Sir.«

Wir schritten durch den Zwischengang, während ringsherum ein Tosen von Begrüßung und Applaus anstieg. Ich sah mich um. Prominente Bürger, viele aus der Plantagenzone. Vince Palabee. Im Hintergrund Mr. Dakko.

Arrgh! In der dritten Reihe, am Zwischengang, Bischof Scanlen. Ich bemühte mich angestrengt, eine unauffällige Erscheinung abzugeben.

Wir schritten Richtung Anklagebank. Zu meiner Verblüffung entdeckte ich Leutnant Skor in der ersten Reihe, die auf einen leeren Platz aufpasste. Mr. Seafort drehte mich zu ihr um und gab mir mit einem sachten Klaps zu verstehen, wohin ich gehen sollte. Er und Mr. Branstead stiegen auf die erhöhte Bank. Ich setzte mich neben Mrs. Skor. Sie nickte mir kurz zu.

Endlich legte sich der Applaus. Mr. Branstead grinste. »Bemerkenswert! Keine Werbung, keine öffentliche Bekanntgabe, und die ganze Stadt hat sich uns trotzdem angeschlossen!«

Jubelrufe und Applaus.

»Einige von Ihnen kennen mich aus einer Zeit vor vielen Jahren; ich bin Jerence Branstead und gehörte früher zur Branstead-Plantage. Ich konnte meinen guten Freund Nicholas Seafort davon überzeugen, dass er nicht vergessen worden ist in dem freien Staat, für dessen Erhalt er solch große Verdienste erworben hat. Und...« Er konnte nicht weiterreden. Tosende Zustimmung.

»Und aufgrund dieser Zusicherung ist er seit über fünf Jahren zum ersten Mal auf einem Planeten gelandet, um Sie zu begrüßen. Meine Damen und Herren, ich präsentiere Ihnen den früheren Generalsekretär der Vereinten Nationen, den Helden von Hope Nation, Kapitän Nick Seafort!«

Die Leute erhoben sich, um Beifall zu spenden. Er schien ewig anzuhalten.

Mr. Seafort hob die Hände. Schließlich legte sich der Lärm. »Gütiger Himmel!«, sagte Mr. Seafort. Eine Pause trat ein. »Ich glaube nicht, dass ich früher so populär war.«

Brüllendes Gelächter.

»Danke für den Empfang, den Sie mir bereiten. Ich habe das ernst gemeint, was ich sagte; vor Jahrzehnten, während des Fischkrieges, hatte ich ernste Konflikte mit Ihrer Regierung, ganz zu schweigen von meiner. Tatsächlich war Harmon Branstead sehr ungehalten über mich.«

Leises Lachen.

»Weshalb es mich umso mehr freut, Ihnen sagen zu können, dass ich gestern Ihren Statthalter, den Ehrenwerten Anthony Carr, getroffen habe und ich äußerst beeindruckt von ihm bin. Ein herausragender junger Mann, der...«

Applaus. Automatisch klatschte ich mit.

»... seine Amtspflichten sehr ernst nimmt. Zweifellos ist dem Herrgott mit der Wahl eines solch ausgezeichneten jungen Mannes zum Statthalter gut gedient. Ich bin sicher, dass die Vertreter unserer Kirche so erfreut sind wie die Bevölkerung. Und es ermutigt mich zu sehen, dass meine Unabhängigkeitserklärung für Hope Nation vor all diesen Jahren …«

Der Gerichtssaal ging im Tumult unter. Es dauerte Minuten, ehe der Lärm nachließ. Ich versuchte, das alles zu verarbeiten. Warum gab er sich solche Mühe, Anthony zu unterstützen, besonders nachdem ihn sein Admiral davor gewarnt hatte, sich in unsere Angelegenheiten verwickeln zu lassen?

»… zur Bildung einer ehrlichen, gottesfürchtigen Regierung geführt hat sowie zu solch offenkundigem Wohlstand und Wachstum. Ich wünsche Ihnen alles Gute!«

Erneut spendete man ihm Ovationen.

»Ich bin kein Redner, aber solange die Zeit reicht, beantworte ich gern Ihre Fragen.«

Ich stupste Mrs. Skor an. »Was tut er da?«

»Still!«

Geduldig stellte sich der Käpten der Flut der Fragen. Was war mit der *Galactic* geschehen? Eine Tragödie; er schilderte ihren Untergang in Einzelheiten, die einem kalte Schauer über den Rücken trieben. Der gescheiterte Staatsstreich auf der Erde? Er fand harte Worte für diejenigen aus seiner geliebten Raumflotte, denen ihr Pflichtgefühl abhanden gekommen war.

War die terranische Regierung stabil?

Sicherlich.

»Ist die Raumflotte vertrauenswürdig?«

Mr. Seafort runzelte die Stirn. »Wenige Offiziere haben sich unklug verhalten. Wir haben uns mit ihnen befasst.«

Wie stand es um die Verteidigung der Kolonien?

»Gegen wen?«

»Zum Beispiel die Fische.«

Sein Ton war düster. »Dank meines ... Völkermordes existieren keine Fische mehr.«

»Die Pflicht befahl Ihnen, uns zu beschützen, Sir.«

»Auf Kosten einer ganzen Art?«

»Besser sie als wir.« Beifälliges Gemurmel aus allen Richtungen.

»So dachte ich damals auch.« Mit trostloser Miene erteilte er einem neuen Fragesteller das Wort.

Würde die Ökorevolution auf der Erde erfolgreich verlaufen? Das war Gegenstand großer Sorgen bei uns, wie ich wusste, da Getreideexporte das Herzblut unserer Wirtschaft bildeten. Mr. Seafort ging ernsthaft auf jede Frage ein, verzichtete auf jede Zungenfertigkeit, bemühte sich um die Wahrheit.

Dabei erwähnte er zwei weitere Male Anthony, jedes Mal beifällig, während die lautlos surrende Holokam alles festhielt.

»Mrs. Skor, was hat ihn dazu veranlasst?«

»Hast du ihn danach gefragt?«

»Nein, Ma'am.« Ups! Ich war mal entschlossen gewesen, ihr nicht mit Höflichkeit zu begegnen. Egal; Mr. Seafort schien ohnedies entschlossen, die angespannte Atmosphäre zwischen uns zu überwinden.

Ich betrachtete sie forschend und fasste mir ein Herz. »Sind Sie froh, dass er mich begnadigt hat?«

»Niemand wünscht einem Kind den Tod.«

Ich wusste nicht recht, ob das eine Antwort war.

Auf dem Podium schien Mr. Seafort Spaß zu haben, obwohl mir nach einiger Zeit auffiel, dass er sich mit einer Hand fortwährend auf dem Rednerpult abstützte. Mein Lächeln verblasste. Sobald er ins Taumeln geriet, würde ich so schnell wie ...

Jerence Branstead stand auf und applaudierte. »Danke Ihnen allen, dass Sie gekommen sind«, sagte er. »Bitte schließen Sie sich meinem tief empfundenen Dank an den Mann an, der ...«

Der ganze Saal erhob sich wie ein Mann.

Mr. Branstead half Mr. Seafort von der Richterbank herunter. Der Käpten wurde erkennbar müde, während er durch ein Meer ausgestreckter Hände watete und so viele wie möglich schüttelte.

Ich stand unsicher auf. Der Käpten winkte mich heran.

Jemand packte mich an der Schulter.

Ich blickte auf.

Bischof Scanlen. »Ich glaube, Sie unterstehen meiner Fürsorge, junger Mr. Carr.« Sein Ton war leutselig, der Blick kalt.

Mr. Seafort blieb abrupt stehen und bahnte sich dann einen Weg an den Menschen vorbei, die ihn beglückwünschten. »Randy, raus mit dir.«

»Ich fürchte, Herr GenSek, dass Sie ihn nicht mitnehmen ...«

»Wir unterhalten uns im Vorzimmer, Sir. Hier ist es zu laut.« Der Käpten packte mich an der Hand, zerrte mich mit. Hilflos blickte ich zum Bischof zurück. Falls er mir später Mr. Seaforts Hartnäckigkeit zum Vorwurf machte, stand mir eine wirklich raue Einführung auf der Farm bevor.

Einen Augenblick später sahen wir wieder die Fahrstühle vor uns, zu denen die Menge strömte. Mr. Branstead sagte: »Zu den Konferenzzimmern hier entlang, Sir.« Er führte uns zu einem Seitengang. Leutnant Skor folgte uns.

Die Tür ging hinter uns zu und erzeugte eine Oase

der Ruhe. Bischof Scanlen schien verägert, zeigte jedoch ein Lächeln. »Herr GenSek, wir sind uns vor einigen Jahren nach dem Trannie-Aufstand begegnet. Ich gehörte zu dem Expertenausschuss, der sich um Möglichkeiten der Versöhnung bemühte.«

Mr. Seafort gab einen unverbindlichen Laut von sich.

Scanlen fuhr fort: »Danke, dass Sie Randy auf den Planeten gebracht haben. Das erspart uns ein gewisses …«

»Haben Sie etwas mit ihm zu schaffen?«

»Richter Hycliff vom Familiengericht Hope Nation hat ihn zum ungeratenen Jugendlichen erklärt. Damit unterliegt er kirchlicher Obhut. Komm her, Junge.« Der Bischof packte mich mit eisernem Griff am Kragen.

»Warum haben Sie um eine solche Maßnahme nachgesucht?« Mr. Seafort war höflich.

Vielleicht aus dem Gefühl heraus, dass er gesiegt hatte, konnte sich der Bischof großmütig geben. »Ich muss zugeben, Käpten, dass mein Bemühen, das Gesicht zu wahren, viel damit zu tun hatte. Persönlich schere ich mich nicht um Worte. Ich war selbst mal ein Junge, ehe ich Bischof wurde, und sicherlich hatte ich das Wort ›ficken‹ schon gehört.« Ein zusätzlicher Druck entstand, als er das sagte; seine Fingernägel gruben sich tief ein.

»Und aus diesem Grund haben Sie …?«

»Gestehen Sie mir ruhig *etwas* Sinn und Verstand zu. Die Rolle der Kirche steht auf dem Spiel. Herr GenSek, würden Sie dulden, dass der allmächtige Gott in Ihrer Gegenwart verflucht wird?«

»Gewiss nicht.«

»Ich bin Sein Vikar auf Hope Nation, ernannt von den Patriarchen der heiligen Mutter Kirche. Eine Lästerung des Bischofs läuft auf eine Lästerung des allmächtigen Herrgotts selbst hinaus.« In die Stille hinein setzte er hinzu: »Es ist wirklich im Interesse des Jungen. Er ist Amok gelaufen; sehen Sie nur, was er Ihnen angetan hat. Der Statthalter war nicht in der Lage, ihn unter Kontrolle ...«

»Das geht mich nichts an, Sir. Randy kommt wieder mit an Bord.«

»Admiral Kenzig hat Ihnen befohlen zu kooperieren; das hat er mir selbst gesagt. Was ist das für ein Spiel?«

»Kein Spiel«, versetzte Mr. Seafort. »Falls Sie Ihr Anliegen den zuständigen Stellen vorlegen, wird die Frage zweifellos geklärt werden.«

Scanlen klang süffisant. »Das Gericht *hat* sie schon geklärt.«

»Ich meinte die zuständigen Stellen im Heimatsystem. Dem Unabhängigkeitsvertrag von Hope Nation zufolge unterliegen UN-Bürger der eigenen heimischen Gerichtsbarkeit. Komm, Randy.«

Ich versuchte, mich aus dem Griff des Bischofs zu befreien, schaffte es aber nicht.

Scanlen schnaubte: »Nonsens! Der Junge ist Bürger von Hope Nation, geboren keine fünfzig Meilen von ...«

»Oh!« Seafort schnipste mit den Fingern. »Ich erkenne den Grund der Verwirrung. Hat irgendjemand ein Taschenholovid dabei?«

Mr. Branstead fischte sein Gerät mit dem winzigen Holoschirm hervor.

Der Käpten drückte einen Chip hinein. »Die

Olympia ist so viel größer als ein typisches Linienschiff.« Es klang nach einer Entschuldigung. »Sogar unser Schiffsjunge Alejandro ist überarbeitet. Rücksichtslose Menschen rufen Tag und Nacht nach ihm.« Ein finsterer Blick, der mir galt. »Ich habe mich vergebens bemüht, zusätzliche Besatzungsmitglieder zu finden.«

»Mr. Seafort ...«

»Wissen Sie eigentlich, Sir, dass meine Mannschaft ausgedehnten Landurlaub hat? Wir sind schrecklich unterbesetzt. Aus meiner Sicht ergibt sich daraus eine Notlage. Nach Artikel zwölf der Flottenbestimmungen und des Verhaltenskodexes, überarbeitete Fassung von 2087, sind in Notlagen Zwangsrekrutierungen in den Flottendienst rechtlich zulässig.«

Wir alle starrten ihn schockiert an.

»Wie Sie wissen, gelten alle Flottenangehörigen für die Dauer ihrer Dienstzeit als UN-Staatsbürger. Falls Sie diesen Auszug aus unserem Logbuch lesen, werden Sie erkennen, dass ich Randolph Carr heute Morgen zwangsweise für die UN-Raumflotte rekrutiert habe.«

»Sie haben was?«

»Randy ist mein neuer Schiffsjunge.«

Bransteads Heli brummte über den riesigen Bestand aus Generabäumen hinweg, deren Schatten über die Ausläufer der Plantagenzone fielen. Ich betrachtete die marineblaue Arbeitsmontur, die ich heute Morgen so naiv angezogen hatte. Hatte Mr. Seafort es von Anfang an geplant gehabt? War ich schließlich doch ein Gefangener der *Olympia?* Stand Mr. Seafort im Begriff, mich zu retten oder Vergeltung zu üben?

Im Gericht hatte sich Scanlen ereifert: »Grotesk!« Er packte mich nur noch fester. »Nehmen Sie die Kirche nicht auf die leichte Schulter, Sir. Ihre Seele ...«

Mr. Seaforts Augen wurden schmaler. »Mrs. Skor, bringen Sie den Schiffsjungen hinaus.«

Sie näherte sich dem Bischof mit einer Miene, bei der sogar mir kalt wurde. Augenblicke später fand ich mich im letzten Tageslicht wieder. Ich erhoffte mir beruhigende Worte von Mrs. Skor, erhielt sie aber nicht. »Ma'am?«

»Er kommt gleich heraus.« Sie strich mir den Kragen glatt.

»Aber ... was tut er nur?«

»Er gehorcht den Befehlen im Wortlaut.«

»Das ist völliger Qua ...« Bei der finsteren Miene, die sie machte, klappte ich den Mund wieder zu.

Was hatte Kenzig dem Käpten noch gleich gesagt? *... wir können einen Bürger von Hope Nation nicht gegen den Willen der hiesigen Kirche festhalten. Solange das so ist, müssen Sie ihn in ihren Gewahrsam übergeben. ... Schicken Sie ihn zum Planeten herunter. Sorgen Sie dafür, dass er in die Obhut der zuständigen Stellen gelangt.* Also hatte mir Seafort die UN-Staatsbürgerschaft verliehen, mich zum Planeten hinuntergebracht und mich in die Obhut der zuständigen Stellen übergeben. In seine. Ich konnte mir ein Grinsen nicht verkneifen. Mrs. Skor runzelte erneut die Stirn.

Während wir jetzt über die Branstead-Plantage hinwegflogen, fragte ich vorsichtig von der Rückbank aus: »Sir, warum als Schiffsjunge? Warum nicht als Kadett?«

Mr. Seafort sagte nur: »Du bist nicht annähernd reif genug, um Kadett zu werden.«

Die Antwort gefiel mir nicht, aber ich wusste es besser, als weiter in ihn zu dringen.

»Ein Schiffsjunge«, erklärte Mr. Branstead, »ist im Allgemeinen eine Waise.« Er hatte die Augen geschlossen und den Heli der Compsteuerung anvertraut. Ich hatte mir nicht die Mühe gemacht, darum zu bitten, dass sie mich ans Steuer ließen; Kids in meinem Alter durften sich damit eigentlich nicht auskennen.

»Wenn er älter wird«, ergänzte Mr. Seafort, »wird er zum normalen Matrosen, gelegentlich sogar zum Kadetten. Und wie ein Kadett gilt er als minderjährig und als Mündel seines kommandierenden Offiziers, und er unterliegt jeder disziplinarischen Maßnahme, die sein Kapitän für angemessen hält. Verstehe das als Warnung.«

»Sind Sie böse auf mich?«

»Zurzeit nicht.«

Ich dachte mir, dass ich daraus einen gewissen Trost ziehen konnte. »Werde ich mit Ihnen fahren müssen?« Es klang weniger liebenswürdig, als ich es geplant gehabt hatte.

»Wäre dir die Besserungsfarm lieber?«

»Gott, nein!«

Nach einer Weile wurde mir klar, dass die Stille eisig war. Ich spielte noch einmal ab, was ich gesagt hatte. »Sir, das war nicht respektlos gemeint.«

»Ich habe ernst gemeint, was ich Scanlen sagte: Ich dulde nicht, dass Gottes Name eitel ausgesprochen wird. Und wo wir gerade von Seinem Namen sprechen ...«

»Ja, Sir?«

»Wie alle Angehörigen der Schiffsgemeinschaft

wirst du einen Eid ablegen müssen. Kennst du den Wortlaut?«

»Nein.«

»Jerence?«

Mr. Branstead sagte: »Denken Sie, ich könnte ihn je vergessen, Sir? Nach der Woche damals, die ich in meiner Kabine eingeschlossen war und nur die Eidesformel hatte, um mich von der Flasche mit Glückssaft abzulenken? Hör mir gut zu, Randy. *Ich schwöre bei meiner unsterblichen Seele, die Charta der Vollversammlung der Vereinten Nationen zu bewahren und zu schützen, für die Dauer meiner Verpflichtung dem Flottendienst der Vereinten Nationen die Treue zu halten und Gehorsam zu erweisen und allen seinen rechtmäßigen Befehlen und Vorschriften nachzukommen, so wahr mir der allmächtige Gott helfe.*«

Ich sagte: »Ich schwöre es.«

»Oh nein, das tust du nicht!« Mr. Seafort schlug einen scharfen Ton an. »Das ist ein ernsthaftes Unterfangen! Du wirst dir die Formel zunächst einprägen – Jerence hilft dir, sie aufzuschreiben – und sicherstellen, dass du die damit verbundene Verpflichtung auch begreifst. Vor dem Abendessen nehme ich dir dann den Eid ab.«

»Jasir!« Ich schaffte es, den Mund zu halten und mich dadurch aus Schwierigkeiten herauszuhalten, bis wir in der Abenddämmerung auf dem Frontrasen der Carr-Plantage landeten. Anthonys Heim, und bis vor kurzem auch meins.

»Mein Sohn ...« Mir wurde warm ums Herz, als Mr. Seafort mich so anredete. Ich fürchtete nämlich, dass mein Leben sich ganz ums Salutieren und um Drills drehen würde. »Wir sind für eine oder zwei Stunden hier. Möchtest du irgendetwas mit auf die *Olympia* nehmen?«

»Dads Holo. Die Holozine, die ich aufbewahrt habe. Vielleicht ein paar ...« Spiele, hatte ich gerade sagen wollen. Kinderspielzeug.

»Suche alles zusammen und verstaue es im Heli.«

»Ja, Sir.«

Ich stürmte zwei Treppen zu meinem Zimmer hinauf. Fürs Packen brauchte ich nicht mehr als ein paar Minuten; ich stellte fest, dass ich nur wenig mitnehmen wollte. Ein neues Leben, ein neuer Anfang, neue Sachen. Aber ich schloss meinen Schreibtisch auf, holte meine Schatzkiste mit den Reportagen über die *Galactic*-Katastrophe hervor und packte alles sorgfältig in einen Chipkasten.

Unten strömten weiterhin die Familien zusammen. Das Haus erstrahlte im Lichterglanz; die öffentlich zugänglichen Räume waren von Lachen und Geplauder erfüllt.

Ich ging um eine Ecke und prallte fast mit Judy Winthrop zusammen.

Sie wirkte so erschrocken wie ich.

»Randy.« Sie musterte meine blaue Arbeitsmontur.

Ich fand vielleicht nie wieder eine Gelegenheit. Ich zog sie in ein leeres Zimmer und schlang die Arme fest um sie. Ihre Hand fuhr kurz auf meinen Rücken und bewegte sich dann nicht weiter.

Endlich fragte ich: »Hast du es mitbekommen?«

»Dass du Käpten Seafort niedergeschlagen hast. Was ist nur über dich gekommen?«

»Ich bin ein Idiot.«

Judy kicherte. »Wenigstens ist es dir klar.«

»Was machst du hier?«

»Mom und Dad haben mich mitgebracht, damit ich Mr. Seafort kennen lerne. Niemand hat damit gerechnet, dass du im Haus sein würdest. Was, wenn der Bischof dich sieht?«

»Er kann mir nichts tun. Ich bin Schiffsjunge auf der *Olympia.*«

»Mach keine Witze!«

»Es stimmt! Mr. Seafort hat es selbst gesagt.« Ich klang stolz, und ich war es auch.

»Er muss es mit Anthony vereinbart haben.«

Das war eine eiskalte Dusche. Hatte er? Hieß das, dass er mir nur Anth zuliebe half?

»Solange du in Sicherheit bist, Randy. Was spielt es dann für eine Rolle?«

Es spielte eine Rolle. Aber jetzt war keine Zeit dafür. »Ich habe dich vermisst.« Ich gab mir Mühe, weniger schüchtern zu klingen, als ich mich fühlte.

»Ich dich auch.« Die Worte, die zu hören ich so ersehnt hatte!

Ich plumpste auf eine Couch und kreuzte die Beine. Wir flüsterten und schwatzten miteinander.

Schließlich fand uns ein Erwachsener; automatisch gingen wir auf Abstand zueinander, aber es war nur Mr. Branstead. »Wir brechen gleich auf. Nimm jetzt Abschied.« Er war schon wieder verschwunden.

Ich wagte nichts zu sagen. Zitternd führte ich meine Lippen auf Judys Mund. Kein Widerstand, kein Protest. Ich drückte fest zu. Meine Hand streunte umher.

Nach einer Weile schlüpfte ich aus dem Zimmer. Ich hatte doch tatsächlich ihre Brüste gestreichelt – zum ersten Mal –, aber die übrigen Mysterien des Lebens mussten noch warten. Ich seufzte.

Auf der anderen Seite des Saals nahm eine vertraute Gestalt einen Fruchtsaft mit Eiswürfeln von einem Diener entgegen. Ich war entsetzt; wie konnte Bischof Scanlen an Anthonys Fest teilnehmen, als wäre nichts passiert? Ich schlich an ihm vorbei in den Salon.

»Randy.« Eine sanfte Stimme. Mom. Sie lag zusammengerollt auf einer Couch, Mr. Seafort neben sich.

Ich lief zu ihr. Sie sagte: »Der Käpten erzählt, du wärst ein schlechter Junge gewesen.«

»Ja.« Sie konnte heute nur eine halbe Dosis zu sich genommen haben; sie war ansatzweise bei uns. Ich setzte mich zu ihren Füßen.

Mr. Seafort sagte: »Ich habe Sandra gerade erzählt, dass ich schon einmal hier war.«

»Vor Jahren«, sagte sie verträumt. »Vor Jahren und abermals Jahren.«

Verlegenheit überwältigte mich, aber der Käpten nahm es anscheinend nicht zur Kenntnis.

Moms Tonfall wirkte müde. Sie fragte ihn: »Haben Sie Derek gekannt?«

Verzweifelt sprudelte ich hervor: »Sir, würden Sie sich gern mein Zimmer ansehen?«

»Das wäre nett. Madam, würden Sie mich für einen Augenblick entschuldigen?«

»Natürlich.« Sie hob die Finger, und zu meiner völligen Verblüffung gab er ihr einen Kuss darauf.

Er nahm mich an der Hand. So schnell ich nur konnte, zog ich ihn zur Treppe. »Es tut mir Leid, sie … manchmal wird sie …«

Er blieb stehen; ich musste seinem Beispiel folgen. »Es ist schon in Ordnung, Randy.«

»Sie meint es nicht böse. An manchen Tagen ist sie mehr bei sich, und ...«

»Nein, es ist okay.« Er hielt meinen Blick fest, bis mir klar wurde, dass er es ernst meinte.

Nachdenklich geworden und getröstet, führte ich ihn die Treppe hinauf. »An meinem Zimmer ist nichts Besonderes. Ich wollte Sie nur ablenken.«

»Ich würde es mir gern ansehen.«

Um die Halle herum und eine zweite Treppe hinauf. Ich fürchtete, dass es ihn erschöpfte, aber er hielt sich am Geländer fest und schien es gut zu schaffen. War mein Bett gemacht? In meiner Eile zu packen hatte ich es nicht bemerkt.

Ich stieß die Tür auf.

»*Das* ist dein Zimmer?« Er klang erstaunt. Er schlenderte hinein, setzte sich langsam auf das Bett. »Oh Randy!«

Ich hockte mich neben ihn. »Was ist los?«

»Oh Gott! Mein erster Besuch auf Hope Nation, als ich noch ein Junge war. Ich war gerade Käpten geworden, und Derek war Fähnrich. Eure Plantage wurde vom Manager Plumwell geleitet. Dein Dad wollte sie besuchen, sorgte sich aber, der Manager könnte uns übel wollen. Um uns Zutritt zu verschaffen, tüftelte ich eine verrückte Geschichte aus, Derek wäre mein zurückgebliebener Vetter. Ich hatte ihn nicht vorgewarnt, und er war so wütend, dass er mir an die Gurgel ging. Genau hier in diesem Zimmer.« Er lachte in sich hinein. »Oh, das erinnert mich so stark an damals!« Abrupt fuhr er sich mit der Hand über die Augen.

»Grämen Sie sich nicht! Bitte, Dad. Wir beide vermissen ...«

Ich riss die Hand vor den Mund, wiegte mich hin und her.

Untreuer Sohn!

Ich war entsetzt, dass ich es erneut getan hatte. Reichte es denn nicht, dass ich Anthony Schaden zufügte, einen Mord versucht und mich zum Exil verdammt hatte? Musste ich Dad von neuem verraten?

Der Arm des Käptens schlängelte sich um meine Schultern. »Danke. Falls ich diesem Wort gerecht werden könnte, in irgendeiner Hinsicht, wäre das eine Erleichterung für mich.«

Ich schwieg.

»Nenn mich entweder so oder Mr. Seafort, wie es dir gefällt. Derek zuliebe werde ich weiterhin mein Bestes tun. Wir sprechen das Thema nicht mehr an. So, Junge, bist du bereit, vereidigt zu werden?«

Wieder im Erdgeschoss. Mr. Seafort zog seine Kreise durch die versammelten Familien, und Anthony strahlte vor Stolz. Ich versuchte so zu tun, als wäre alles in Ordnung und ich hätte mich nicht schon zum zweiten Mal am selben Tag völlig zum Narren gemacht.

Irgendwann zwischendurch gelang es Anth, mich auf die Seite zu nehmen. Er legte mir beide Hände auf die Schultern. »Schiffsjunge, wie?«

»Wusstest du es schon?«

»Es hat mich umgehauen. Cleverer Schachzug allerdings. Damit entkommst du seinen Klauen.« Ich brauchte nicht zu fragen, von wem Anth hier sprach. Er betrachtete mich, und die Verärgerung, die ich oft gesehen hatte, war aus seinem Blick verschwunden. »Es gibt so viel zu sagen, und ich finde nicht die richtigen Worte.«

»Du, ohne Worte?« Ich probierte ein Grinsen.

»Randy, dein Leben hier bei uns liegt in Scherben. Durch ein Wunder hast du eine Neugeburt erlebt. Nutze sie gut! Tue dein Bestes.«

Dem konnte ich nicht durch einen Scherz ausweichen. »Das werde ich, Anth.«

»Ich habe mich bemüht, aber ich bin nicht Großvater.« Er verzog das Gesicht. »Trotzdem habe ich dir ein paar Dinge über Macht beigebracht.«

»Erzähle mir, warum dieser beschissene Scanlen in deinem Wohnzimmer steckt.«

»Weil wir so tun, als wären wir zivilisiert.« Eine Pause. »Noch haben wir nicht Krieg. Bitten wir den Herrgott, dass es nie so weit kommt.«

»Scanlen wird dich wegen meiner Worte hassen.«

Anth zuckte die Achseln. »Mich haben schon bessere Menschen gehasst.«

»Warum ist Mr. Seafort gekommen?«

»Als Geschenk für Großvater. Um zu demonstrieren, dass er meine Regierung unterstützt. Wie er schon demonstriert hat, dass er dich unterstützt.«

Stille.

»Anth, ist das jetzt der Abschied?«

»Vielleicht ... Falls der Allmächtige will, sehe ich dich bald wieder.«

Mein Ton war wehleidig. »Ich muss gleich heulen.«

»Tue es nicht. Sie bemerken es. Geh den Käpten suchen. Die Festlichkeiten neigen sich dem Ende zu.« Ein fester Händedruck, und er war fort.

Pflichtbewusst machte ich mich auf die Suche. Mr. Seafort hielt sich im Arbeitszimmer auf. Jemand war bei ihm. Mir sträubten sich die Nackenhaare.

Bischof Scanlen fuchtelte mit einem Finger vor Mr. Seaforts Nase herum. »... habe schon gehört, was Reverend Pandeker über Sie zu sagen hatte. Er sprach von Ketzerei.«

»Meine Weigerung, das Schiffsgebet vorzusprechen? Unfug. Er tut es selbst.«

»Es ist Ihre Pflicht, Seafort, und Sie drücken sich davor. Und es wäre auch Ihre Pflicht, den Jungen auszuliefern. Nicht mir zuliebe; der Kirche zuliebe. ›Fick dich‹? Hah! Fünfzig Menschen müssen es gehört haben. Überall in Centraltown spricht man davon.«

»Wir hatten diese Diskussion bereits.«

»Beim allmächtigen Gott, ich werde Sie exkommunizieren! Sie werden in der Hölle brennen!«

Ich wurde bleich, aber Mr. Seafort hob nur die Hand. »Würden Sie unseren Disput für einen Augenblick vergessen und mir eine theologische Frage beantworten?«

»Ziehen Sie mich nicht auf.«

»Ich meine es ernst.«

Scanlen machte ein finsteres Gesicht. »In Ordnung. Worum geht es?«

»Lehrt die Kirche, dass es verschiedene Stufen der Hölle gibt? Werden manche Leute härter bestraft als andere?«

»Die Hölle bedeutet grenzenlosen Schmerz, grenzenloses Entsetzen. Da kann es keine Abstufungen geben.«

»Danke, Sir. Das tröstet mich.«

»Inwiefern?«

Das Gesicht das Käptens wirkte gelassen. »Ich habe Verrat, Mord und Völkermord verübt. Ich *weiß*, dass ich in die Hölle komme. Also können Sie mir, egal was ich tue, nichts Schlimmeres androhen. Sie können den Jungen nicht haben.« Er entdeckte mich, wie ich mich in der Ecke ganz klein zu machen versuchte. »Warte im Heli. Wir brechen gleich auf.«

»Ja, Sir.« Ich flüchtete.

Hölle? Falls er daran glaubte, war ich dann im Recht, wenn ich es nicht tat? Hatte ich mich schon selbst verdammt?

Draußen war die Nacht hereingebrochen. Ich stieg in den Heli, der in einer Ecke der Wiese parkte.

Wo würden sie mich unterbringen? Sicherlich nicht in der Kabine neben der des Käptens; Deck 1 war Offiziersunterkunft. Bitte keine Mannschaftsunterkunft! Nicht zwischen fünfzig anderen!

Die fernen Lichter des Hauses sorgten für genug Helligkeit, um die Steuerung des Helikopters zu erkennen. Ich packte das Höhenruder und tat so, als drehte ich einen nicht existierenden Schlüssel. Ich würde scharf hochsteigen, nach links abdrehen, über das Haus hinweg. Nein, lieber direkt am Saalfenster vorbei; keine Leitungen oder Äste behinderten mich dort. Anth würde aufblicken, mit den Zähnen knirschen ...

Ließ ich irgendetwas zurück, was ich vielleicht benötigte? Ich hatte mir nicht die Mühe mit Kleidern gemacht; ich hatte Alec nie in etwas anderem als der blauen Arbeitsmontur gesehen. Ich hatte mein Lieblingsholovid eingesteckt, ein kleines Gerät. Damit konnte ich Tagebuch führen oder mir Videos ansehen.

Schritte.

»Mr. Seafort? Oh, Sie!« Ich schlug einen misstrauischen Ton an.

Mr. Scanlen in Begleitung eines Diakons mit Priesterkragen. Der Bischof hob versöhnlich die Hand. »Ich kann nicht zulassen, dass wir uns unter diesen Umständen verabschieden, Junge. Seafort hat mich ausgetrickst; das gebe ich zu. Ich kann nicht viel tun. Ich möchte dir alles Gute wünschen.«

Ich schluckte. Wo war Mr. Seafort? Ich wusste nicht recht, was ich sagen sollte.

»Du benötigst Disziplin und ein neues Ziel im Leben. Die Farm kann dabei eigentlich gut helfen. Vielleicht schafft die Raumflotte es auch.«

»Vielleicht.« Damit gestand ich ihm nicht viel zu.

»Belaste dich nicht mit Schuldgefühlen. Ich verzeihe dir. Wirklich, das tue ich. Was den Käpten angeht, er kann offensichtlich nicht anders. Gehe in Frieden.« Er hielt mir die Hand hin.

Vorsichtig ergriff ich sie.

Etwas stach mir ins Handgelenk.

Die Lichter des Hauses kippten und gingen aus.

11. Kapitel

Es war heiß im Zimmer. Ich erwachte langsam. Ich hatte einen schrecklichen Traum gehabt, in dem Dad, die *Olympia*, Käpten Nicholas Seafort, Fähnriche und ein Schiffsjunge vorgekommen waren sowie jemand, der Branstead hieß.

Im Zimmer war es seltsam dunkel. Ich kämpfte darum, den Kopf freizubekommen.

Ein vergittertes Fenster. Minor leuchtete matt vom Himmel; Major musste untergegangen sein.

Gitter? Ich richtete mich zu schnell auf; der Raum kreiste um mich. Ich hielt mich an der Wand fest, bis die Kreisbewegung nachließ.

Ich steckte in einem winzigen Zimmer, nicht größer als die Zelle, wo ich …

Zelle! Dieser Teil war kein Traum. Falls der Rest auch real war, musste ich blaue Arbeitskleidung tragen.

Nirgendwo ein Hemd zu sehen. Aber meine Hose war blau und sah nach keinem Kleidungsstück aus, wie ich es sonst besaß.

Ich sprang aus dem Bett, blickte zu dem hohen Fenster hinaus, versuchte mich zu orientieren.

Felder, auf denen sich reiches Getreide im leichten Wind wiegte. Wo in der Zone waren wir hier? Wessen Plantagenhaus?

Ich probierte die Tür. Verschlossen.

Eine Farm.

Der Bischof.

Oh Jesus! »Hilfe! Hilf mir doch jemand!« Meine Stimme klang schrill. »Rufen Sie die Jerries! Man hat mich entführt!«

Langsame Schritte. Eine Taschenlampe. Eine stämmige Gestalt, die ich noch nie gesehen hatte. Die Tür schwenkte auf. »Hör mit dem Lärm auf! Du weckst noch die anderen Kinder.«

»Wo bin ich?«

»Auf der Ausbildungs- und Besserungsfarm der Wiedervereinigten Kirche Gottes.«

»Dieser Mistkerl!«

»Üble Rede ist verboten. Wen meinst du damit?«

»Diesen Lügner Scanlen! Er sagte, er hätte mir vergeben!«

»Er vergibt dir, mein Sohn. Wirklich.« Ein weiterer Schritt, und er ragte nahe vor mir auf. »Aber da du nun in unserer Obhut bist, ist es unsere Pflicht, dich in Seinen Wegen auszubilden. Du darfst einen Kirchenmann nicht Lügner nennen, Junge.« Seine schwere Faust krachte an meine Schläfe. Ich taumelte. »Oder Mistkerl.« Ein weiterer Hieb. Mein Kopf knallte an die Wand, und mir schwanden die Sinne.

»Iss jetzt, oder du bist bis zum Abendessen halb verhungert.« Ein dürrer Junge hielt einen Napf hoch.

Es war Morgen geworden; Diakone hatten mich geholt und in eine Baracke voller Jungen geschleift und mir eines der oberen Betten zugeteilt.

Als sie dort eintraten, waren alle Jungen im Inneren aufgestanden, ohne einen Mucks von sich zu geben.

Ein Junge erhielt den Auftrag, mich in der Morgenroutine zu unterweisen; seinen Namen hatte ich nicht verstanden. Er war flachsblond und klein, und ihm fehlten Zähne, obwohl Neueinpflanzungen heute gang und gäbe waren.

»Wo sind wir hier?« Ich fragte es leise.

»Aufer Farm. Etwa fünfhundert Kilometer nördlich von Centraltown. Pass auf, dass er uns nich' reden sieht!« Sein Blick zuckte zum Diakon, der mit verschränkten Armen am Frühstückstisch stand. »Dürfen beim Frühstück nich' reden. Inner Koje isses okay, auch auf'm Feld.«

»Kann man abhauen?«

»Sin' keine Straßen da. Nur Helis kommen.« Der Diakon blickte zu uns herüber, und wir wurden still. Ich kaute das frische warme Brot. Wenigstens schien das Essen anständig zu sein.

Draußen mussten wir uns in einer Reihe aufstellen und zu zweit nebeneinander marschieren. Es waren gute anderthalb Kilometer bis aufs Feld. Dort reichte man uns Hacken. Ich blickte mich voller Abscheu um; das war eigentlich Arbeit für Maschinen. Eine gute Saatmaschine würde in Stunden schaffen, wofür wir …

»An die Arbeit!« Etwas knallte, und ein entsetzlicher sengender Schmerz zuckte über meinen nackten Rücken. Ich wirbelte herum. Ein Diakon mit einem dicken Lederriemen. »Möchtest du noch einen? Fang an zu hacken!«

Ich wagte nicht, ihn weiter zu provozieren, solange ich nicht mehr erfuhr. Ungeachtet meiner Entschlossenheit liefen mir Tränen übers Gesicht, als ich in den harten Boden hackte.

Ich fragte den Jungen neben mir: »Was pflanzen wir so spät im Jahr an?« Der Winter würde bald über uns kommen.

»Nichts.« Er spuckte aus. »Reine Übung.«

Gott im Himmel!

Ein weiterer Diakon saß an einer Lautsprecheranlage und sprach ins Mikro: »*Es war zu der Zeit, da Gott der Herr Erde und Himmel machte. Und all die Sträucher auf dem Felde waren noch nicht auf Erden, und all das Kraut auf dem Felde war noch nicht gewachsen; denn Gott der Herr hatte es noch nicht regnen lassen auf Erden, und kein Mensch war da, der das Land bebaute …*« Er nahm einen Schluck Wasser.

»… aber ein Nebel stieg auf von der Erde und feuchtete alles Land.«[1]

Ich grub in der widerspenstigen Erde. Der salzige Schweiß lief mir in die Peitschenwunde am Rücken. Falls der Diakon mich erneut schlug, kostete es entweder ihn oder mich das Leben.

Stunden vergingen.

Der Tag schleppte sich dahin, entsetzlicher, als man hätte glauben können. Ich sah mich um; einige Jungen wirkten benommen, andere mürrisch. Alle waren ab der Hüfte aufwärts nackt; die meisten trugen nur Sandalen und Hose. Ich konnte von Glück reden, dass ich die stabilen Schuhe der Raumflotte anhatte.

Wie mich mein Mentor gewarnt hatte, war ich halb verhungert, als es Abend wurde. Man hatte uns über den Tag hinweg Wasser gegeben, aber nicht viel. Als wir zu den Unterkünften zurückmarschierten, war mein Mund ausgetrocknet, die Lippen waren aufgesprungen.

Man schickte uns sofort zu unseren Betten. Die Jungen begannen sich auszuziehen; ich schluckte meine Verlegenheit herunter und folgte ihrem Beispiel. Man trieb uns in einen Gemeinschaftsduschraum, wo wir raue Seifenstücke vorfanden.

Der Flachsblonde stieß mich an und zeigte mir einen großen Burschen gegenüber, etwa sechzehn. Sein Hinterteil war überzogen mit den verblassenden Striemen, die ein Riemen hinterlassen hatte.

»Weshalb?« Ich wusste nicht genau, ob wir hier reden durften, also flüsterte ich nur.

»Hat geklaut.«

---

1 1. Buch Mose, 2, 4–6

Ich sah mich um und entdeckte einen weiteren Jungen, dessen Rücken kreuz und quer Narben zeigte. »Weshalb?«

»Lüsternheit.«

Ich war mir nicht sicher, was man daraus folgern konnte, war aber entschlossen, es auch gar nicht herauszufinden.

Draußen warteten abgenutzte, aber brauchbare Handtücher auf uns. Wir trockneten uns ab, marschierten in die Baracke zurück und zogen uns die verschwitzten Sachen wieder an. »Keine sauberen Sachen?«

»Einmal die Woche wird gewaschen.«

Herrgott, falls es Dich gibt, hole mich hier heraus! Mit nichts, was ich getan habe, habe ich das verdient!

Das Abendessen wurde auf einem Tisch in der Baracke aufgetragen. Mein Magen brodelte vor Hunger, aber er musste sich noch gedulden. Zunächst schlug ein Diakon die Bibel auf. *»Sie werden nie mehr Hunger und Durst haben.«*[1] Er wartete.

Die Jungen sprachen im Chor: »Sie werden nie mehr Hunger ...«

Flachsblond stieß mir in die Rippen; Diakone gingen durch unsere Reihen und achteten darauf, dass wir die Worte auch wirklich aussprachen und nicht nur nuschelten. Bestürzt plapperte ich die Sätze nach.

» ... denn das Lamm in der Mitte am Thron wird sie weiden und zu den Quellen des Lebenswassers leiten, und Gott wird alle Tränen von ihren Augen abwischen.«[2]

---

1 Offenbarung, 7, 16
2 Offenbarung, 7, 17

Hah! Unwahrscheinlich.

Gebet folgte auf Gebet; eine halbe Stunde musste über diesem Firlefanz vergangen sein. Als ich schon dachte, ich könnte es nicht mehr aushalten, gestatteten sie uns endlich reinzuhauen.

Ich musste zugeben, dass die Speisen reichhaltig ausfielen, obwohl ein strenges Regiment für die Ausgabe galt: Wir mussten uns in einer Reihe anstellen und dann jeder mit dem Tablett vor dem Bauch zum Tisch gehen, das akzeptieren, was ihm gegeben wurde, dann zum Bett zurückkehren und dort essen, das Tablett auf dem Schoß. Als es geschafft war, war ich satt, und das Essen hatte sich als schmackhaft erwiesen.

Bizarr, unsere Kirche! Auspeitschung, erzwungenes Beten, stinkende Kleidung, entsetzliche Arbeit und anständige Mahlzeiten.

Andere Jungen unterhielten sich beim Essen, und die Diakone schienen keinen Anstoß daran zu nehmen. »Wie lange sind einige von euch schon hier?«

Flachsblond sagte: »Justin seit sechs Jahren. Kommt bald raus; er iss fast einundzwanzig. Freddy dort iss hier, seit er neun war.«

»Mein Gott, warum?«

»Schh, darf man nich' sagen. Hat vonnem Kirchenteller geklaut.«

Nachdem man uns zur Toilette geschickt hatte, mussten wir zu Bett gehen.

Ich lag die halbe Nacht wach und schmiedete Fluchtpläne. Ich hatte keinerlei Fahrzeuge gesehen, außer einen Helikopter in der Ferne. Fünfhundert Kilometer waren zu weit für einen Fußmarsch, besonders ohne Nahrungsvorräte. Wahrscheinlich stieß ich unterwegs auf Flüsse, aus denen ich trinken konnte. Aber falls nicht …

Es wurde Morgen. Ich schleppte mich mit den anderen aus dem Bett, verschlafen und zerschlagen. Gebete, die mir endlos erschienen, ein Frühstück aus Haferbrei und Milch. Dann der mühsame Marsch aufs Feld.

Ein Tag verging, dann ein weiterer, während ich mit zunehmender Verzweiflung Ausschau hielt und wartete.

Es gab keinen Ausweg. Mehrere unserer Diakone trugen Stunner im Gürtel. Auf der anderen Seite des Feldes mühte sich die Besatzung einer weiteren Baracke ab. Verstohlen blickte ich hinüber. Eine Rauferei brach aus; ein Diakon schlug mit dem Riemen auf einen dünnen, zerbrechlichen Jungen ein. Dieser wich dem Schlag aus, widersetzte sich. Zwei weitere Diakone rannten hinüber. Ein Schlag mit der Betäubungswaffe. Der Junge brach zusammmen. Ein paar Minuten später ertönte das Motorengebrumm eines Helis.

»Was wird aus ihm?« Ich fragte es leise.

»Das Reuelager.«

»Wie lange?«

»Weißnich. Ein Jahr vermutlich.«

»Ist es schlimm?«

»Frag Arno.«

Er deutete auf einen muskulösen rothaarigen Jungen, der das Gesicht verzog und den Kopf schüttelte. »Da möchte ich um nix inner Welt mehr hin.«

Der Tag ging zu Ende.

Am Sonntag mussten wir Gott sei Dank nicht arbeiten. Stattdessen wurden wir zu Gebet und Vorlesungen und Meditation eingeladen, bewegt von der ernsten Hoffnung, dass wir Reue für unsere zahlreichen Missetaten zeigten. Ich wand mich auf der harten Holzbank und gab mir Mühe, keinen Diakon auf mich aufmerksam zu machen.

Am Montag folgte dann mehr von der verdummenden Arbeit in endlosen Furchen unnachgiebiger Erde unter einer erbarmungslosen Sonne. Ich grub im widerspenstigen Boden, und bitterer Schweiß lief mir die Rippen hinunter.

Ich hatte schon einen Kanten Brot unter dem Kopfkissen versteckt, um zu prüfen, ob die Diakone es bemerkten. Das war nicht der Fall. Sie servierten uns Hartkäse; der hielt einen oder zwei Tage, sogar in einer warmen Baracke.

Brot und Käse halfen mir bei meiner Flucht womöglich einen zusätzlichen Tag weiter, wenn ich auch kühles Wasser in einem Fluss fand.

Ich hatte nicht gewagt, das Bett zu verlassen und zu prüfen, ob die Barackentür nachts abgeschlossen war.

Wohin sollte ich mich wenden? Natürlich zur Plantagenzone; dahinter lag Centraltown. Vielleicht versteckten mich Anthony oder Judy. Bei Alex Hopewell war ich mir nicht sicher.

Drei Tage vergingen, drei Tage in der Hölle.

Ich wurde innerlich taub, marschierte wie ein Automat herum und brüllte »Ja, Sir!«, wenn ich angesprochen wurde.

Vielleicht kam ich in den tiefen Wäldern um, die an die Zone grenzten. Der Gedanke machte mir nicht viel aus.

Am Freitag lockerte ich gerade Grassoden mit einer

Mistgabel, als die klopfenden Laute eines Helis in der Ferne ertönten.

»CARR!«

Ich sprang zu meiner Hacke zurück und hackte wie rasend auf den Boden ein. Wenige Augenblicke zuvor hatte unser Diakon gerade Jackie einen grausamen Hieb übergezogen, und dem Jungen standen immer noch Tränen in den Augen. Ich war mir nicht sicher, dass er überhaupt spürte, wie ihm Blut über den Rücken sickerte.

»Carr, beweg dich!« Ein Diakon blickte sich von der Helitür aus um. Ich sperrte den Mund auf. Ein Aufseher gab mir einen Stoß.

Der kleine, schnelle Zweisitzer hatte vielleicht fünfzig Schritte entfernt aufgesetzt. Neben der Tür wartete ein gedrungener Mann. Sein Bart war buschig und schwarz. Ein Riemen baumelte in seinem Griff.

Ich hatte gesehen, wie man es machte; ich schluckte meinen Stolz hinunter und rannte übers Feld. »Hier, Sir! Womit kann ich dienen?«

Der Diakon fuhr sich mit den Fingern über das unrasierte Kinn. »Dreh dich um.« Er packte mich an der Schulter.

Ich tat wie geheißen. Er fesselte mir die Hände auf den Rücken.

»Rein.«

Ich bemühte mich einzusteigen.

Er stieß mir den Handballen ins Kreuz. Es tat weh. »Rein!«

»Ja, Sir!«

»So ist es besser.« Er half mir hinein. »Lehn dich zurück, Junge.«

»Ja, Sir.« Im kühlen Helikopter war ich klamm vor Angstschweiß.

Wir starteten und schwenkten über die Farm hinweg. Wir nahmen Kurs auf ein Nebengebäude am Rand des Komplexes, zwei bis drei Kilometer entfernt.

Fünf Minuten Flug. Aus der Landschaft schloss ich, dass wir die eigentliche Farm hinter uns gelassen hatten. Eine Lichtung mit einem geschützten Gebäude aus Zelluwänden tauchte auf. Kein Heliplatz, aber kurz gehaltener Rasen.

Der Mann landete auf einem freien Flecken vor der Tür und zog mich aus der Maschine. »Gehen wir.« Er stellte die Zündung aus, ließ aber den Schlüssel stecken.

Ich war wohl nicht schnell genug; er gab mir eins hinter die Ohren. Jesus, tat das weh! Ich trabte durch die Tür, während er meinen Hals in festem Griff hielt.

Im Innern erwartete uns ein kleiner Raum mit nur einer Bank darin. Zwei Diakone. Ich blinzelte in der plötzlichen Dunkelkeit. Vier Wände, ein Stuhl. Grob behauene Balken aus dickem, stabilem Generaholz zogen sich über die Decke.

Drei Diakone, von denen einer eine Holokamera bediente. Sie stellte sich auf mein Gesicht ein.

Eine Tür ging auf. Seine Eminenz Bischof Scanlen trat ein.

»Ah, Randolph. Ich hoffe doch, es geht dir gut?«

Meine Hände steckten immer noch in Handschellen auf dem Rücken. »Ja, Sir.« Am liebsten hätte ich eine andere Antwort gegeben.

»Sehen wir zu, dass wir es hinter uns bringen.« Sein Ton war lustlos.

Jemand packte mich von hinten. Ein weiterer zog mir eine Schlinge über den Kopf. Ich kreischte.

Scanlen wandte sich der Holokam zu. »Das hat er nun davon«, sagte er.

Sie warfen den Strick über den Balken.

»NEIN! UM GOTTES WILLEN, NEIN!«

Sie beachteten es nicht. »Los.«

Zwei zerrten am Strick. Ich wurde bis auf die Zehen hochgezogen.

Und weiter.

Sie ließen mich eine halbe Minute baumeln, in der ich strampelte und dunkelrot anlief, während das Zimmer vor meinem Blick verschwamm. Dann ließen sie mich wieder herunter. Der gedrungene, bärtige Diakon schob die Finger hinter die Schlinge und lockerte sie. Ich schnappte nach Luft.

»Denken Sie darüber nach«, sagte Scanlen zur Holokam.

Ich konnte mich nicht auf den Beinen halten. Ich wankte erst und brach dann zusammen, würgte, weinte, schrie, rang nach Luft.

»Macht ihn frei«, sagte Scanlen.

Einen Augenblick später waren meine Hände frei. Sie schleppten mich zu dem Stuhl, setzten mich darauf. Ich war außer mir vor Angst, Hass, Raserei.

Scanlen kniete sich neben mich. »Das war für ihn gedacht und galt nicht dir. Hoffentlich beachtet er die Warnung. Andernfalls nehme ich dir die Beichte ab, wenn es so weit ist.« Eine grobe Hand zerzauste meine Haare in einer Geste, die vielleicht freundlich gemeint war.

Als ich aufblickte, war er verschwunden.

Sie ließen mich eine Stunde lang sitzen, vielleicht zwei. Ich war in einer Welt jenseits aller Gedanken.

»Komm mit, Junge.« Das war der bärtige Diakon.

Ich konnte nicht aufstehen. Ich zuckte zusammen, rechnete mit dem Riemen.

Sie wechselten Blicke. Zwei griffen nach meinen Händen und fesselten sie, aber vor dem Körper. »Gehen wir.« Der gedrungene, schwer gebaute Diakon zog mich am Ellbogen hoch. Die beiden anderen sahen von der Tür aus zu.

Ich trabte flennend mit; meine Kehle brannte wie Feuer.

Vor uns stand der Heli bereit, um mich zurück zur Farm zu bringen. In die Hölle.

Der Diakon schwenkte die Tür auf. Ich tat so, als wollte ich einsteigen, und taumelte. Das warf mich einen Schritt zurück. Wieder ein Schritt zur Tür hin. Dann trat ich so fest zu wie noch nie im Leben, direkt zwischen die Beine des Diakons. Mein stabiler Raumflottenschuh grub sich ins Fleisch.

Er schnappte nach Luft. Mit hervorquellenden Augen krümmte er sich. Ich hob die gefesselten Handgelenke. Ein Lichtbogen flammte in der Sonne auf. Die stählernen Handschellen krachten auf den Hals des Mannes. Knochen brachen. Er klappte wie ein Stein zusammen und rührte sich nicht mehr.

Ich krabbelte in den Heli, knallte die Tür zu, verriegelte sie. Ich brabbelte, während ich mich verzweifelt zu fassen versuchte.

Konnte ich die Maschine mit gefesselten Händen fliegen?

Die beiden Diakone sprinteten herbei. Ich drehte

den Zündschlüssel, schaltete den Motor ein. Ganz langsam setzte sich der Rotor in Gang.

Ein Diakon kniete neben seinem Kameraden, der andere prallte gegen die Tür des Helikopters. Sie hielt. Er schwenkte seine Betäubungswaffe.

Komm schon, Heli!

Ich sah, wie der Rotor Tempo aufnahm.

Der Diakon rannte zur Pilotentür. Verschlossen. Er packte die Betäubungswaffe fest und schlug damit nach dem Fenster.

Noch einen Moment, dann war ich in der Luft.

Das Fenster zersplitterte.

Ich griff nach der Höhensteuerung, bekam aber nur die Horizontalsteuerung zu fassen.

Plastiksplitter regneten auf meinen Schoß.

Der Diakon rammte den Stunner durch das zerbrochene Fenster.

AUFSTIEG!

Der Stunner strich mir über die Seite; gerade noch rechtzeitig wich ich aus.

Wir waren in der Luft. Der Diakon hakte den Fuß unter die Landekufe und versuchte verzweifelt, mich zu betäuben.

Ich stieg zum Himmel hinauf.

Der Diakon drückte das Gesicht an die Reste der Plastikscheibe.

Unsere Blicke begegneten sich.

Mit Absicht rammte ich den Fuß ans Ruder und drehte die Horizontalsteuerung.

Abrupt gingen wir in Schräglage, und sein Gesicht verschwand.

Die plötzliche Gewichtsminderung riss die Maschine hoch. Ich zitterte vor Erleichterung, vor Angst, vor Gott weiß was, und bemühte mich darum, in der Luft zu bleiben. Verdammt, für einen Heli brauchte man beide Hände! Ich hatte hier mehr Aufgaben als ein einarmiger ... wie hatte Dad das genannt?

Der Radar piepte; ich blickte in den Himmel. Eine Flotte von sieben oder acht großen Helis hielt Kurs auf die Farm. Scheiße! Ich ging fast auf Höhe der Baumwipfel hinunter. Nach Süden, Randy! Nimm Kurs auf Centraltown, ehe sie Hilfe erhalten. Die Zone war nur dünn besiedelt; dort spürten sie mich sicherlich auf, aber in Centraltown konnte ich untertauchen.

Welches war die Höchstgeschwindigkeit? Dreihundert, wenn ich der Geschwindigkeitsanzeige Glauben schenkte. Fünfundvierzig Minuten. Zu lange; bis dahin hatten sie mich. Keine Panik, Randy! Hast du genug Saft? Ja, es reichte; die Valdez-Permabatterie war voll aufgeladen. Hätte ich doch nur nach der Horizontalsteuerung greifen können, während ich...

Ich blickte auf den Radarschirm. Niemand hinter mir. Wo war der verdammte Transponder? Ich suchte die Steuerung ab. Anth hatte mir davon nichts gezeigt. Falls jedoch meine ID gesendet wurde, konnten sie mich erfassen.

Ob sie wohl Unterstützung anforderten? Ich suchte die Frequenzen ab. Im Funk war es merkwürdig still.

JESUS, JUNGE, WOHIN FLIEGST DU EIGENTLICH?

Ich hatte Kurs nach Osten, zu den Davon-Bergen. Centraltown lag im Süden. Ruhig, Randy! Du hast eine Menge zu tun; du hast die Hände nicht frei, und...

Du Idiot!

Ich schaltete den Comp ein. »Auf Autopilot gehen, Kurs auf das Centraltown-Funkfeuer.«

»Autopilot ein.« Die Stimme des Comps klang forsch und unpersönlich.

»Transponder aus.«

»Transponder ist ausgeschaltet.«

Ich lehnte mich zurück und wünschte mir, ich hätte die Handschellen abbeißen können. »Geschätzte Ankunft in Centraltown?«

»Geschätzte Ankunftszeit am Raumhafen Centraltown in sechsundzwanzig Minuten und dreizehn Sek …«

»Nicht zum Raumhafen!« Der Allmächtige wusste, wer mich dort alles entdeckte.

»Dorthin weist das Funkfeuer …«

»Irgendwo in die City. Churchill Park.«

Unser Kurs änderte sich andeutungsweise.

Der Radar piepte. Hinter uns bewegte sich ein Signalpunkt mit hoher Geschwindigkeit.

»Scheiße!« Ich hämmerte aufs Armaturenbrett. »Höchstgeschwindigkeit!«

»War das eine Anfrage oder eine Anweisung?«

»Geh auf Höchstgeschwindigkeit!« Dann: »Wie hoch liegt sie?«

»Die Höchstgeschwindigkeit beträgt dreihundertzwölf Knoten.«

Ich blickte forschend auf den Radarschirm. »Wir werden verfolgt.«

»Habe ich bemerkt.«

»Wie schnell sind die anderen?«

»Die Maschine auf gleichem Kurs bewegt sich mit dreihundertsiebenundfünfzig Knoten. Geschätzter Abfangzeitpunkt in siebzehn Minuten achtzehn Sekunden.«

»Mach schneller!«

»Unsere Höchstgeschwindigkeit beträgt...«

»Notfallgeschwindigkeit!«

»Solange keine gültige Notfallerklärung vorliegt, kann ich nicht...«

»Ich erkläre sie! Mein Leben ist in Gefahr!« Falls sie mich erwischten, hängten sie mich auf, diesmal richtig.

Das Triebwerk legte zu. Das Tempo stieg auf dreihundertvierzig Knoten.

Ich hatte absolut nichts zu tun, außer hilflos an den Handschellen zu zerren. Damit brachte ich nichts weiter zuwege, als mir die Handgelenke noch weiter aufzuschürfen.

Ohne die freundliche Geste des Diakons hätte ich die Hände auf dem Rücken gehabt und würde nun wieder die Hacke schwingen.

Zum Dank hatte ich ihn umgebracht. Erneut spürte ich, wie der Knochen brach, und der Magen drehte sich mir um.

»Ankunftszeit?«, wollte ich wissen.

»Bis zum Nordwestrand des Churchill Parks: elf Minuten sechzehn Sekunden.«

Zu lange. Bis dahin war ich vor Angst gestorben.

»Abfangzeitpunkt?«

»Neun Minuten zwölf Sek...«

Ich rappelte mich vom Sitz auf, stieß die Seitentür auf. Die Luft kreischte. Im Stauraum eine Kiste. Ich stieß sie nach draußen. Vorsichtig, Randy! Du könntest selbst abstürzen.

»Was tun Sie da?« Der Comp klang beleidigt.

»Ich werfe Ballast ab.« Wie schwer war der Feuerlöscher? Ein paar Pfund. Ich schleppte ihn zur Tür, beförderte ihn mit einem Tritt nach draußen. Ein paar Werkzeuge. Raus damit. Hektisch suchte ich weiter.

Aha! Vor dem Sitz des Copiloten: ein Auslöser. Wahrscheinlich, um mehr Laderaum zu schaffen. Ich packte ihn, behindert durch die gefesselten Handgelenke.

Warum hatte ich den Hebel nicht bedient, ehe ich das verdammte Werkzeug hinauswarf?

Ich zerrte am Auslöser, bis er aufsprang. Der Sitz kippte nach hinten und schleuderte mich fast zur Tür hinaus. Ich wuchtete ihn aus dem Flansch, an mir vorbei, beförderte ihn mit einem Tritt hinaus und sah hinterher, wie er zu den Bäumen hinunterpurzelte.

Der Pilotensitz war besser gesichert; ich fand keine Möglichkeit, ihn zu entfernen. Ah, na gut. Vorsichtig manövrierte ich die Tür wieder ins Schloss. Das Heulen des Windes hörte auf.

Ich rutschte auf den Sitz, prüfte die Anzeigen. Dreihundertneunundfünfzig Knoten.

»Ankunftszeit?« Mein Ton war rau. Falls sie mich erwischten ...

»Vier Minuten dreißig Sekunden. Ich muss den Verlust von Ausrüstungsgegenständen nach der Landung bei der Wartungsaufsicht melden.«

»Steck es dir in die CPU!«

Vielleicht verstand mich der Comp. Er blieb still.

Ich betrachtete den Radarschirm. Der Heli, der mich verfolgte, holte nicht weiter auf, schien mir aber fürchterlich nahe zu sein. Ich kletterte nach hinten und spähte zur Kuppel hinaus.

Eine große schwarze Maschine, viel zu nahe, um

mich zu beruhigen. Ich sah den verschwommenen Fleck ihres Rotors.

»Kannst du nicht schneller machen?«

Der Ton des Comps war ausdruckslos. »Wir sind auf höchster Umdrehungszahl. Jeder Zuwachs bringt die Gefahr eines Maschinenschadens mit sich.«

»Riskiere es!«

»Dafür wird eine Instandhaltungserlaubnis benötigt.« Was immer das heißen sollte.

Wir hatten jetzt die Außenbezirke der Stadt erreicht. Ich kroch zur Tür, machte mich bereit. Ich wünschte mir sehnlichst, ich hätte ein Hemd angehabt; ich war einfach zu verdammt auffällig mit nur einer schweißdurchtränkten Hose und Handschellen.

»Kein zugelassener Landeplatz liegt innerhalb von einem Kilometer Distanz zu ...«

»Comp, lande im nordwestlichen Winkel des Parks auf der ersten Lichtung, die du erreichst.«

»Die Vorschriften untersagen ...«

»Zur Hölle mit den Vorschriften! Ich erkläre einen Notfall!«

»Übergehung notiert.« Wir stießen nieder; ich packte die Halteschlaufe.

Wir verloren rasch Höhe, zu rasch. »Comp, soll das ein Sturzflug werden?«

»Sie sagten, es läge ein Notfall vor.« Er klang etepetete.

Als wir langsamer wurden, holte die schwarze Maschine auf.

Ein Schlingern; wir sackten hundert Fuß ab. »Comp!«

»Höhe dreihundert Fuß. Geschätzte Ankunft siebenunddreißig Sekunden. Zweihundertfünfzig Fuß.«

Der schwarze Heli dräute über uns.

Wir waren ein Fahrstuhl an gerissenem Kabel. Der Boden schoss uns entgegen. Der Magen stieg mir in den Hals.

»Geschätzte Ankunft sieben Sekunden, fünf...«

Wir rammten in den Boden. Ich warf die Tür auf.

Über mir das dumpfe Pochen von Rotorblättern.

Ich sprang hinaus und sprintete zu den Bäumen hinüber.

Der schwarze Heli setzte auf. Eine drahtige Gestalt sprang heraus, rannte hinter mir her. Sofort stieg der Helikopter wieder in den Himmel.

Ich stürmte an einem kleinen Jungen vorbei; ein weicher Wasserball sprang ihm an den Kopf, während er mich angaffte. Sein Vater erstarrte und machte große Augen, als ich vorbeipreschte.

Ich musste aus dem Park heraus, aber wohin zum Teufel rannte ich eigentlich?

Eine niedrige Mauer am Rand des Parks; ich sprang hinüber, ohne innezuhalten. Ich riskierte einen Blick über die Schulter; der Mann aus dem Heli war ein guter Läufer. Falls ich...

»Aiyee!« Ich war volle Kanne gegen ein knochiges Hindernis gelaufen. Ich löste mich von einer Frau, die der Länge nach auf den Bürgersteig gestürzt war und den Inhalt ihrer Tüten verstreut hatte.

»Verzeihung!« Ich bekam kaum mehr als ein Pfeifen hervor. Ich rappelte mich wieder auf und setzte meine wilde Flucht fort. Wo war ich? Was wusste ich von dieser Gegend?

Warte mal! Zwei Blocks weiter nördlich war...

Kevins Haus.

Ich musste den Verfolger abschütteln. Ich duckte mich in eine Einfahrt, rannte durch einen Hinterhof, kletterte über den Zaun.

Ein weiterer Hof, ein weiterer Zaun.

Eine Gasse. Wieso nicht? Ich sprintete an einem Schuppen vorbei, riskierte wieder einen Blick über die Schulter. Niemand zu sehen. Gut; ich konnte nicht mehr lange so weiterrennen.

Am Himmel der Heli. Aber hier gab es Bäume, Schatten, Leitungen ... vielleicht entdeckte er mich nicht.

Ich rannte weiter, wandte mich nach Norden.

Der Heli kreiste zwei Blocks östlich. Oh, ich danke Dir, Herr!

Noch einen Block bis zu Kevins Haus. Einen halben Block. Nur noch zwei Türen. Ich stolperte den Weg hinauf und rang nach Luft.

An der Ecke drehte sich mein Verfolger im Kreis, blickte erst in die eine Richtung, dann in die andere.

Er verschwand. Ich sprang über das Verandageländer, stürmte zur Hintertür, hämmerte mit den Fäusten daran.

Keine Reaktion. Ich ballerte erneut an die Tür.

Nichts.

Verzweifelt rammte ich die Tür mit der Schulter. Es fühlte sich an, als stieße ich gegen Stein. Ich tat es erneut. Etwas splitterte. Noch einmal. Die Tür gab nach. Ich warf mich hindurch.

Fußgetrappel, das die Treppe herunterkam. Die Innentür flog auf. »Was zum ...« Kevs Augen weiteten sich. »Aus meinem Haus!«

Ich arbeitete mit den Lippen. Ich hatte nicht die Luft, um zu reden.

»Raus!« Er lief zu mir, schob mich zur Tür.

»Warte!« Es war ein Krächzen.

»Verschwinde! Ich rufe die Jerries!« Er warf sich herum.

Panisch griff ich nach ihm, zerrte ihn zurück. »Entführt!« Ich schnappte nach Luft. »Haben versucht, mich zu hängen, sieh nur! Bei der Liebe Gottes, Kev, hilf mir!«

»Wovon redest du? Du hast die Tür eingeschlagen. Dad wird einen ... Raus!«

Ich sagte: »Sie werden mich umbringen.«

»Das ist mir *egal!*«

»Gib mir ein Hemd und hilf mir, die hier loszuwerden. Dann gehe ich.«

»Wieso sollte ich dir helfen ...«

»Weil ich dir helfen würde!« Das war alles, was mir einfiel. »Siehst du meinen Hals?« Ich reckte ihn. »Abschürfungen von einem Strick!«

Er wurde bleich. »Du hast das ernst gemeint!«

»Die gottverdammte Kirche! Sie sind verrückt! Kevin, nimm mir die ab!« Ich hämmerte mit den Handschellen auf den Tisch.

»Wie?« Er rieb sich das Nasenbein. »Der Schuppen! Komm.« Er zog mich eilig mit nach draußen, durch die Tür, die ich eingerammt hatte.

Der Schuppen war mit einem Codeschloss gesichert; ich hüpfte vor Ungeduld, während Kev die Zahlen eintippte. Endlich ging die Tür auf.

Kev stürmte zu einer Wand, wo Dutzende Werkzeuge an Haken hingen. »Keine Säge, dafür reicht die Zeit nicht ... da haben wir es!« Er nahm eine riesige

Bolzenschere herunter. »Hier.« Er packte meine Handgelenke, legte sie auf die Werkbank.

»Mach schnell!«

»Tue ich ja!« Er bekam mit der Schere die Kette zwischen den Schellen zu fassen. Er drückte zu. Nichts.

»Fester!«

»Ich probiere es.« Er drückte, bis er rot anlief. »Woraus besteht das Ding?«

Ich war in Panik. »Nimm sie mir ab, Kev! Du musst einfach!«

»Auf den Boden!« Ich sperrte den Mund auf, tat aber wie geheißen. Vorsichtig packte er die Kette mit der Schere, balancierte das Werkzeug mit einem Fuß und hob den anderen Fuß über den vorstehenden Scherenarm. »Los geht's!« Mit aller Kraft trat er zu.

Klick!

Die Kette war durchtrennt.

Ich hatte immer noch einen Stahlring um jedes Handgelenk, aber egal. Ich konnte die Hände benutzen. »Ein Hemd?«

»In meinem Zimmer.« Wir stürmten ins Haus, die Treppe hinauf. Er warf mir ein Hemd zu; ich zog es über und machte es zu.

»Wie wäre es mit einer Jacke oder einem Hut?« Alles, Hauptsache eine Verkleidung.

»Nimm das.« Er warf seine Jacke herüber. Sie war bestimmt zu groß, aber ...

Jemand hämmerte an die Tür.

Ich erstarrte.

»Oh Gott, verstecke mich!«

Glas zersplitterte. Schritte. Wir starrten uns beide entsetzt an.

Die Schritte kamen die Treppe herauf. Ich wich zum Bett zurück.

Kev baute sich vor mir auf.

Zwei schwer atmende Männer. Sie drängten sich durch die Tür. »Du kommst mit uns.« Sie schwenkten Betäubungswaffen.

Hinter ihnen eine vertraute Stimme. »Ist er da?«

»Ja, Hochwürden.«

»Gott sei Dank.« Scanlen tauchte hinter ihnen auf dem Flur auf. »Du hast uns ja eine fröhliche Hetzjagd geliefert, Junge.« Die Diakone drangen auf mich ein.

Kevin sagte tapfer: »Das ist ein Privathaus. Haben Sie einen Haftbefehl? Sie können nicht ...«

Der größere der beiden Diakone versetzte ihm einen Rückhandschlag mit dem Stunner. Benommen sank Kev auf die Knie.

Ich schrie: »Sie haben nicht das Recht dazu! Ich bin UN-Bürger!« Es war einen Versuch wert.

»Schafft ihn ins Pfarrhaus ...« Scanlen klang angespannt. Sie zögerten. »Sofort!«

Sie zerrten mich auf die Beine, schleppten mich zur Tür.

»Kev, sag Seafort Bescheid! Und Anth!«

Kevin stöhnte und betrachtete seine nasse Hand. Blut tropfte ihm von der Stirn.

»Kev!« Wie rasend schlug ich nach einem Diakon.

Er zeigte lächelnd seine schlechten Zähne und drückte mir den Stunner in die Flanke.

12. Kapitel

Ich stöhnte und blinzelte, um wieder klar sehen zu können.

Ich hatte wieder etwas gelernt.

Ein Stunner raubt einem das Bewusstsein, und man spürt nichts. Der Augenblick vor dem Vergessen ist der eigentliche Albtraum: eine knisternde Woge Energie, die einem das Rückgrat emporschießt, und für einen flüchtigen Augenblick hat man das Gefühl, als flöge einem der Kopf auseinander.

Davon hatte ich nichts geahnt. Ich wollte es auch nie wieder erleben. Einmal im Leben reichte.

Ich sah mich um. Wie lange war ich bewusstlos gewesen? Es schien fast dunkel. Also etwa eine Stunde, falls zutraf, was ich von Stunnern gehört hatte.

Ich war an einen kunstvoll geschnitzten Holzstuhl gefesselt.

Bischof Scanlen sah, dass ich wieder wach war, und hockte sich neben mich. »Hab keine Angst, Junge. Du bist bald wieder auf der Farm. Sobald sich die Lage beruhigt hat.«

»Lassen Sie mich gehen, gott…« Ich holte Luft. »Gottverdammt noch mal!«

Er ballte die Faust, traf aber weiter keine Anstalten, mir wehzutun. Ein Seufzen. »Das treiben wir dir noch aus, da kannst du sicher sein. Es wird nicht lange dauern.«

Innerlich zuckte ich zusammen. War die Kante einer Hacke scharf genug? Konnte ich mir mit raschem

Schwung die Kehle aufschlitzen? Ich konnte nicht dorthin zurück. Ich durfte nicht!

Scanlen blickte auf den Flur hinaus. »Hambeld, irgendwelche Anzeichen?«

»Alles ruhig, Hochwürden.«

»Schließen Sie die Tür trotzdem doppelt ab.«

»Schon geschehen, Hochwürden, niemand ist uns gefolgt.«

Ich zerrte an den Handschellen. »Warum bin ich so verdammt wichtig? Was bedeute ich schon?«

»Du bist vor allem ein Symbol.« Scanlen sagte es abwesend, er war mit seinen Gedanken woanders.

»Für was?«

»Die Arroganz. Deine, Anthonys, die des Staates. Die Arroganz einer Nation, die bereit ist, losgelöst von Gottes Regierung zu leben. Das dürfen wir nicht zulassen.«

»Ich bin ein kleiner Junge, um Gottes willen!«

»Dafür wirst du ausgepeitscht.«

Ich war so verzweifelt, dass ich mich nicht mehr darum scherte. »Antworten Sie mir!« Ich versuchte mich loszureißen, aber die Stuhllehnen waren massiv und unzerbrechlich.

Scanlen setzte sich neben mich. »Tatsächlich glaube ich sogar, mein Junge, dass du eine Antwort verdient hast. Wie du schon sagtest, bist du ein kleiner Junge, jung, unverschämt, frech. Wesenszüge, aus denen viele Kids später herauswachsen. Aber du hast eine zusätzliche Belastung: deine Familie. Die Carrs denken, sie stünden über Gott, über Seiner Kirche, und sie haben dich in diesem Sinne erzogen.«

»Nonsens.« Ich hatte nichts zu verlieren. Seine Diakone würden mich ohnehin zu Tode prügeln, oder ich kam bei der Flucht ums Leben.

»Oh, aber das ist so! Der junge Anthony flirtet mit der Verdammnis. Man muss ihn aufhalten, und dazu bist du der Schlüssel.«

»Wir sind frei! Die UN und die Kirche können nicht…«

»Nicht mehr lange. Es wird Zeit, dass diese Farce ein Ende findet. Der alte Derek war eine verdorbene, böse Seele und führte sein Volk an den Rand der ewigen Verdammnis. Durch die Gnade der Patriarchen und ihrer Regierung jedoch…«

»Sir?«

»Was ist, mein Sohn?«

»Lecken Sie mich am Arsch, Sir.«

Sein Blick war wie ein Laser. Beinahe wäre ich zusammengezuckt.

»Helis, Hochwürden!« Das war Diakon Hambeld von der Tür her.

»Wie viele?«

»Ich weiß nicht genau. Etliche.«

»Zweifellos Anthony Carrs Miliz. Lassen Sie die Tür verriegelt. Falls sie sich Zutritt verschaffen, werde ich bereit sein.«

»Waffen, Sir?«

»Werden nicht nötig sein. Nicht in Gottes Haus.« Bischof Scanlen marschierte zum Schreibtisch und baute sich dahinter auf.

Lange blieb es still. Dann hämmernde Schläge an der Tür.

Der Bischof hob die Hand, wies damit seine Diakone an, an Ort und Stelle zu bleiben.

Stille.

Erneut das Hämmern. »Aufmachen!«

Niemand rührte sich.

Ein Knistern. Hambeld sprang zurück. »Heiliger Gott!« Er klang entsetzt.

Die Tür ging in Rauch auf.

Mein Herz klopfte wild. Ich kämpfte gegen die Fesseln an, die mich an den Stuhl banden.

Mit lautem Krach kippte die Tür nach innen, und Lärm und Zorn fanden Einlass sowie ein Dutzend bewaffneter Personen.

Eine Stimme, die ich kannte, ertönte auf dem Flur. »Es ist vorbei. Wo steckt Randolph?«

Diakon Hambeld sagte: »Er ist ein Mündel der Kirche und unterliegt damit nicht mehr Ihrer...«

Ich wollte aufstehen, wurde aber von den Handschellen daran gehindert. »Hier, Anth!« Mein Ton war schrill. »Im Arbeitszimmer!«

Anthony kam hereinmarschiert.

Bischof Scanlen richtete sich auf. »Hinaus! Wir sind hier im Haus des Herrn...«

Der Ton des Statthalters war eisig. »Seien Sie still, Scanlen. Sie sind wegen Verrats festgenommen.«

»Unmöglich! Ich bin ein Mann der Kirche! Mit welchem Recht wollen Sie...«

»Per Regierungserlass des Commonwealth von Hope Nation.« Anths Finger zuckten zu meiner Schläfe. »Bist du verletzt?«

»Dieses Haus gehört zum Gelände der Kathedrale! Es ist heiliger...«

»Natürlich gehört die Regierung zur Kirche und ist von der Kirche. Aber Sie haben niemals diplomatische Immunität besessen.« Anth drehte sich um. »Leutnant Skor, nehmen Sie ihn...«

Scanlen knurrte: »Die UN-Raumflotte genießt hier keine Vollmachten!«

»Laut unserem Unabhängigkeitsvertrag sind die Erde und Hope Nation dazu verpflichtet, sich gegenseitig vor Angriffen zu schützen. Ich habe mich mit Wirkung vom heutigen Nachmittag auf den Vertrag berufen. Mrs. Skor, weisen Sie ihre Leute an, Scanlen in Gewahrsam zu nehmen. Sollte sich irgendeine dieser – dieser *Personen* einmischen, erschießen Sie sie! Mr. Anselm, rufen Sie Ihren Kapitän an und berichten Sie ihm, dass Randy wohlauf ist.«

»Bin ich nicht.« Es war nur genuschelt; ich weiß nicht, ob er es hörte.

Anth kniete sich neben meinen Stuhl und zeigte mir den Laser. »Sieh weg.« Er stellte den Strahl auf geringe Intensität und brannte sich durch die schmalste Stelle der Armlehne.

Ich war frei. Vorläufig. Scanlen würde sich wieder zeigen, davon war ich überzeugt. Ich würde nie dem Albtraum entrinnen, den er verkörperte.

Ich schlang die Arme um Anth.

Er versuchte sich zu befreien, schaffte es aber nicht. Leise erteilte er knappe Befehle, während er mir die ganze Zeit lang die Seite streichelte. Menschen kamen und gingen.

Von draußen drang das Brummen eines weiteren Helis herein. Stille.

Schritte.

»WO IST ER?«

War es Verrat, dass ich mich von Anth löste und mich bemühte, nicht mehr zu zittern?

»Es tut mir Leid, Junge.« Mr. Seafort tauchte unter der Tür auf. »Wir konnten dich nicht finden.«

Ich flog ihm entgegen. »Sir, ich tue alles, was Sie sagen, schrubbe das Deck, arbeite in der Kombüse! Ich rede Sie mit ›Sir‹ an oder was Sie auch wollen, nur lassen Sie nicht zu, dass sie mich zurück zur ...«

»Randy.«

»... flehe Sie an.« Ich sank auf die Knie. »Um der Liebe Gottes willen, ich ertrage keinen Tag mehr auf ...«

»Randy.« Unaufhaltsam zog er mich wieder auf die Beine. »Es ist vorbei. Es tut mir Leid, dass es so lange gedauert hat.«

»Ich kann nicht ... Er hat mich entführt, hat versucht, mich aufzuhängen ...«

»Ich weiß, Junge.«

»Bitte!«

»Anselm, einen Meditech, aber hurtig.« Mr. Seafort drückte mich an sich.

»Aye aye, Sir.« Laufschritte.

»... alles, was Sie sagen!« Meine Stimme klang erstickt. »Ich werde auch Ihr Sohn sein, werde ...«

»Nein, Junge. Nicht auf diese Art. Nicht aus Angst.« Finger strichen mir über den Kopf.

Eine neue Stimme ertönte. »Wer ist verletzt?«

»Er braucht ein Beruhigungsmittel. Er ist völlig außer sich.«

»Nur einen Moment.«

»Die Farm. Konnte nicht fliehen. Grauenhaft. Sie müssen sich das ansehen! Jackie war ...«

»Tad, trommeln Sie die Truppen zusammen. Zurück zur Farm. Bewaffnet, wie vorher. Anthony, bereiten Sie die Aufnahme von zweihundert Flüchtlingen vor.«

»Wo?«

»In Ihrem Haus. Es ist Ihr Problem und hätte schon längst gelöst werden müssen.« Mr. Seaforts Stimme drückte nicht viel Mitgefühl aus.

»Lassen Sie mich nicht im Stich!« Ich hämmerte ihm auf die Brust. »Falls Sie weggehen, schnappen sie mich wieder und …«

Ein Stich. Ich schrie auf und zog die Hand weg.

»Alles in Ordnung, Junge.«

»Das sagen Sie immer, aber …«

»Wirklich. Alles in Ordnung.«

Und wenig später war es das auch.

Spät am Abend starrte ich im Vorzimmer des Admirals auf den Fußboden, zu verlegen, um Mr. Seafort in die Augen zu sehen. »Ich habe mich lächerlich gemacht.« Die Medikamente, welche auch immer es gewesen waren, hatten Wunder gewirkt. Ich war jetzt nur noch leicht ängstlich.

»Nein.«

»Strampeln und jammern wie ein kleines Kind …«

»Oh, hör auf!« In seinem Ton schwang eine Spur Ungeduld mit. »Mach es dir mal klar, Junge: Du kannst dich wie ein Kind benehmen. Du *bist* ein Kind.« Die Andeutung eines Lächelns. »Wir reden auf dem Schiff weiter, falls Admiral Kenzig mich nicht zum Hilfsmatrosen degradiert.«

Ich schluckte. »Haben Sie Schwierigkeiten?«

»Wahrscheinlich.« Mr. Seafort wirkte nicht übermäßig besorgt. Vielleicht las er meine Gedanken, denn er setzte hinzu: »Ich habe keinen ausdrücklichen Befehl richtig verweigert. Er wird mich nicht vors Kriegsgericht stellen. Schlimmstenfalls pensionieren, und das ist unwahrscheinlich.«

»Warum?«

»Weil ich sonst womöglich meine Memoiren schreibe.«

Darüber zerbrach ich mir immer noch den Kopf, als Kenzigs Adjutant steif salutierte und Mr. Seafort ins Büro des Admirals rief.

Ich zappelte die fünfundvierzig Minuten lang nervös herum, die sie unter vier Augen sprachen. Mikhael saß draußen hinter dem Steuer eines Elektrowagens. Anscheinend hatte man ihn dazu abkommandiert, seinen Vater zu fahren.

Nach wie vor verstand ich die ganze Affäre nicht richtig. Nach dem, was mir Mik und der Käpten auf der Fahrt in die Stadt erzählt hatten, war Mr. Seafort doch etwas verärgert gewesen, als er mich nicht mehr vorfand. Zunächst wusste niemand, was passiert war. Wie es schien, war Scanlen wieder ins Haus geeilt und dann erst zusammen mit den übrigen Gästen gegangen.

Am nächsten Tag legte der Bischof seine Rolle offen. Er verkündete, ich wäre dort, wo ich sein sollte: auf der Besserungsfarm. Da unser Gericht mich in die Obhut der Kirche überstellt hatte, konnte Anthony sich nicht einmischen. Er informierte jedoch Mr. Seafort, der nichts sagte, sich jedoch daran machte, in aller Stille seine Matrosen aus dem Urlaub zurückzurufen.

Sie waren nicht allzu schwer zu finden. Wie viele Sehenswürdigkeiten außerhalb Centraltowns boten sich einem Matrosen schließlich? Außer den Venturas?

Während der Käpten mit Organisation beschäftigt war, zeigte ein Diakon Anth ein Holo von meiner gespielten Erhängung, versehen mit einer strikten Warnung, sich nicht einzumischen, damit ich nicht wirklich hingerichtet wurde.

Der Statthalter tobte. Der Bischof legte ihm bestimmte Forderungen vor – welche, das wusste ich nicht.

Sie hatten nicht geahnt, in welcher Gefahr ich schwebte, versicherte mir Mr. Seafort. Nicht bis Anth das Holo zu sehen bekam.

Der Anruf des Statthalters erreichte Mr. Seafort, während er auf dem Raumhafen zu Abend aß. Er stand vom Tisch auf, marschierte ins Terminal und erteilte eine Reihe von Befehlen, mit denen er Helis beschlagnahmte und seine Leute in Trupps aufteilte. Innerhalb von Minuten waren sie zur Farm unterwegs.

Es waren Mr. Seaforts Helis gewesen, die ich bei meiner Flucht gesehen hatte. Sie stießen auf die Farm herab, nur um festzustellen, dass ich nicht mehr da war. Sie kehrten sofort nach Centraltown zurück.

Ich hatte mir Mr. Seaforts Erklärung auf der Fahrt zum Admiralitätshaus angehört. »Aber woher wusste Anthony, dass er mich in Scanlens Haus finden würde?«

»Ich habe die Ergebnisse deines P-und-D-Verhörs gelesen. Du hast Kevin Dakko sehr nahe gestanden. Ich habe seinen Vater angerufen.« Mr. Seafort schüttelte den Kopf. »Abstoßend! Sie sind in sein Haus eingebrochen, haben seinen Sohn mit der Pistole niedergeschlagen … und das im Namen der Kirche des Herrgotts?« Er wandte sich ab und blickte schlecht gelaunt zum Fenster hinaus.

Jetzt im Vorzimmer des Admirals staunte ich über

das Glück, das ich gehabt hatte. Ohne den Mann, den ich umzubringen versucht hatte …

»Komm mit, Junge.« Mr. Seafort wirkte müde.

Ich sprang auf. »Ist …« Ich deutete zum Büro des Admirals. » … alles in Ordnung?«

»Ich bin immer noch Kapitän, aber Mr. Kenzig ist nicht begeistert.« Ich ergriff seine Hand. »Gehen wir nach Hause.«

»Wohin?«

»Auf die *Olympia.*«

Ich drückte ihm die Hand. »Bin ich immer noch Schiffsjunge?«

»Ja, mein Sohn. Anthony kann dich noch nicht richtig schützen. Nicht bis …« Eine Grimasse. »Noch nicht.« Wir stiegen in den Wagen.

»Was werden …« Mir drehte sich der Kopf. »Meine Pflichten …«

»Zunächst wirst du baden. Dann etwas schlafen.«

»Ja, Sir.« Ich lehnte den Kopf an seine Schulter.

Mikhael fuhr uns direkt auf die Startbahn und hielt vor der Shuttleleiter. Mr. Seafort stieg als Letzter aus, streckte sich und bedachte das Shuttle mit besorgter Miene. Mir fiel ein, dass er eine Operation an der Wirbelsäule gehabt hatte.

Zögernd setzte er den Fuß auf die Leiter und stoppte. »Wartet hier.« Er schritt zum Terminal hinüber.

Ich warf einen Blick auf das Shuttle. »Ob sie warten?«

»Es ist ein Flottenshuttle, das speziell für uns eingesetzt wird.«

»Oh. Wo ist Tad?«

»Wer weiß?« Mik gähnte. »Er hat bald wieder Urlaub. Jedenfalls noch für ein paar Tage.«

»Und du?«

»Ihr Kolonisten habt alle eine Macke. Ich fliege mit nach oben und bleibe bei Pa.«

Nach einer Weile tauchte Mr. Seafort wieder aus dem Terminal auf. Ich sah mir seine Gehweise an. Mit einem Stich wurde mir klar, dass er meine Hand nicht mehr brauchte, um sich Halt zu verschaffen.

»So ist es besser.«

Mikhael fragte: »Was war so wichtig, Pa?«

»Ich habe Tolliver angerufen. Ich hatte ihn hinaufgeschickt, sobald das Feuerwerk losging.«

»Aber du triffst ihn doch ohnehin gleich. Was war so wichtig...«

»Schiffsbelange, denke ich. Hmm.« Geistesabwesend nahm Mr. Seafort meine Hand und machte sich an den Aufstieg. »Nein, persönliche Dinge.« Wir duckten uns durch die Tür, fanden unsere Plätze, schnallten uns an. »Ich habe deutlich gemacht, wie er Randy zu behandeln hat, für den Fall...« Er zögerte. »Für den Fall, dass mir der Start nicht gut bekommt.«

»Pa!«

»Wir müssen uns der Tatsache stellen. Ich denke, dass ich okay sein werde, aber...« Er zuckte die Achseln. »Falls sich das Transplantat löst, bin ich vielleicht gelähmt. Oder...«

»Oder was?« Mikhael und ich stellten die Frage gleichzeitig.

»Tot. Ist dein Gurt geschlossen, Randy? Ich kann es nicht erkennen.«

Mikhael löste seinen Gurt und eilte ins Cockpit. Wenige Augenblicke später kam er zurück.

Ein Lächeln spielte um Mr. Seaforts Lippen. »Fühlst du dich jetzt besser?«

»Ich habe dem Piloten gesagt...«

»Ich kann es mir vorstellen.« Mr. Seafort schlängelte sich in eine bequemere Position. »Ich müsste es gut ertragen.« Seine Hand zuckte zu meiner. »Falls es aus irgendeinem Grund nicht so gut läuft...« Eine kurze Pause. »Ich habe dich um deiner selbst willen lieb, Randolph. Nicht weniger als um Dereks willen.«

Mein Herz wuchs auf doppelte Größe, und ich fand keine Worte.

Die Triebwerke heulten. Wir starteten senkrecht. Ich spannte mich an, wohl wissend, dass ich mich eigentlich hätte entspannen sollen.

Die Haupttriebwerke schalteten sich zu.

Eine Faust rammte mich in den Sitz.

»Pa? Pa, bist du okay?« Mikhael schob sich an mir vorbei, hing schwerelos in der Luft. Ich schluckte und war froh, dass ich seit dem Morgen nichts mehr gegessen hatte.

»Alles okay, mein Sohn.« Mr. Seafort hörte sich an wie Kreide auf einer Tafel. »Es ist ein bisschen... wirklich okay.«

»Sag es mir.«

Ich drehte den Kopf.

Sein Gesicht war grau, und er atmete flach. »Wir werden es sehen, sobald wir an Bord sind. Es ... tut weh.«

»Es gibt keinen Gott!« Ich sagte es heftig. »Oder Er würde das nicht zulassen!«

»Er lässt ... vieles zu ... was ich nicht verstehe.« Mr. Seafort hatte die Augen geschlossen. »Und auch nicht verzeihe. Das habe ich Ihm auch gesagt. Ahh!« Er zuckte zusammen.

Mikhael schwebte von Handgriff zu Handgriff zum Cockpit hinüber. »Pilot!« Er wollte an die Luke hämmern, aber schon mit dem ersten Schlag stieß er sich praktisch ab, und er flog hilflos den Weg zurück, bis er ans Schott stieß. »Pilot!«

Die Luke ging auf.

»Rufen Sie die *Olympia* an. Bringen Sie uns direkt zur Luftschleuse auf Deck 1. Dr. Romez soll sich an der Luke bereithalten.«

»Ist er ...?«

»Ich weiß nicht. Beeilen Sie sich!« Mit Hilfe eines Handgriffs drehte sich Mik um und stieß sich zu unseren Plätzen ab.

Ich brummte: »Es ist meine Schuld. Wäre ich nicht in Schwierigkeiten geraten ...«

»Randy, halt den Mund, oder ich sorge dafür, dass du es tust.« Mik sagte es leise, aber es hatte einen gefährlichen Unterton.

»Was habe ich denn ...?«

»Die Welt dreht sich nicht um dich, verstanden? Falls nicht, solltest du es lieber schnell lernen. Wir treffen Entscheidungen; wir tun, was wir tun müssen. Wir übernehmen Verantwortung. Darin besteht das Erwachsensein. Vergrabe dich nicht in Schuldgefühlen für das, was Pa getan hat. Und jetzt sei still!«

Jeder Gedanke daran, Kadett zu werden, verging mir. Ich wollte die Fähnrichskabine nicht mit ihm teilen. Das Leben konnte gefährlich sein.

Umständlich dockte das Shuttle an der Schleuse der *Olympia* an. Dr. Romez kam sofort an Bord. »Spüren Sie das?« Er klopfte Mr. Seafort auf den Fuß.

»Ja.«

»Ausgezeichnet! Und das? Gut. Das Transplantat ist intakt. Ich packe Sie hier in der Schwerelosigkeit auf ein Rollbett. Damit schieben wir Sie in die Schleuse, wo Sie sich an die Schwerkraft gewöhnen können.«

»Ich bin kein Grünschnabel.«

»Natürlich nicht, Sir; ich bin etwas angespannt. Tolliver hat das Gravitron auf ein Drittel g eingestellt. Denken Sie, dass Sie damit klarkommen? Wir können die Schwerkraft auch ganz abschalten, falls es Ihnen lieber ist.«

»Lassen Sie sie auf einem g.«

»Nicht heute Abend. Schmerz deutet auf eine Verletzung hin; ich möchte Sie erst untersuchen, ehe wir Entscheidungen treffen. Wir schieben Sie gleich in die Schleuse.«

»Seien Sie vorsichtig, wenn Sie mich beugen.«

»Aye aye, Sir. Hier, das wird helfen.« Er packte das Handgelenk des Käptens.

»Geben Sie mir keine Mittel, die ... verdammt!«

»Zu spät. Wie schade. Mr. Tamarow, würden Sie wohl helfen?« Gemeinsam manövrierten sie Mr. Seafort von seinem Sitz herunter. Er war bei Bewusstsein, aber schläfrig.

»... das vorbei ist, muss ich mehr unter hoher Schwerkraft tätig sein. Gehen Sie auf ein ein viertel und später auf anderthalb ...«

»Klar, Sir. Vorsicht mit dem Kopf.«

Nach einer Weile hatten sie ihn auf der Liege. Er hatte nur einmal gestöhnt. Ich ebenfalls. Sachte schnallten sie ihn unter der Decke fest.

»Mik, sorge dafür, dass Randy etwas isst und badet.

Zunächst weiter in der alten Kabine. Bleib bei ihm, bis er eingeschlafen ist ...«

»Ja, Sir.«

Sie manövrierten ihn in die Schleuse. Mik und ich drängten uns ebenfalls hinein. Die Schwerkraft packte zu. Mr. Seafort schnappte nach Luft, presste die Zähne zusammen und gab keinen weiteren Laut von sich.

Zwei Meditechniker warteten auf dem Korridor der *Olympia.* Zusammen mit Dr. Romez schoben sie den Käpten eilig Richtung Krankenstation.

Mik blickte ihnen nach, den Arm um meine Schultern gelegt.

Niemand weckte mich. Ich schlief die Nacht durch und den halben nächsten Tag.

Am Nachmittag war ich wieder auf den Beinen. Da ich nicht recht wusste, was ich tun sollte, klopfte ich an Mr. Seaforts Luke. Keine Reaktion. Zurück in meine Kabine. Ehe sich die Luke wieder geschlossen hatte, hörte ich eine vertraute Stimme. »Ah, da bist du ja. Komm, gehen wir Pa besuchen.«

»Geht es ihm besser?«

»Er hat große Schmerzen, aber Romez hofft, dass er genesen wird.«

»Er ist sich nicht sicher?« Ich ging neben ihm her. Es war seltsam, wenn man versuchte, bei einem Drittel Schwerkraft normal zu gehen. Man, na ja, übernahm sich leicht. Der Körper widersetzte sich einem Zug, der nicht vorhanden war. Ich hüpfte gewissermaßen den Korridor entlang. Mik kam etwas besser zurecht.

Schüchtern folgte ich ihm auf die Krankenstation. Der Käpten bedachte gerade Dr. Romez mit finsterem

Blick. »... könnte die Schmerzen genauso gut in meiner Kabine haben oder auf der Brücke.«

»Es ist besser, wenn sie still liegen.«

»Woher wollen Sie das wissen?«

Der Doktor zögerte. »Ich tue es nicht, aber...« Er seufzte. »Bis heute Abend. Bleiben Sie wenigstens so lange im Bett.«

»Bis zum Abendessen, nicht länger. Hallo Jungs.« Der Käpten musterte mich mit leichtem Stirnrunzeln. »Randy, du trägst nicht deine Arbeitskleidung.«

»Sie haben meine alten Sachen gewaschen, und...«

»Möchtest du aus dem Dienst entlassen werden?«

»Nein, Sir!« Ein Anflug von Panik.

»Zieh deine Uniform an. Ich warte so lange.«

Ich eilte mit brennenden Wangen in meine Kabine zurück. Ich hatte ihn enttäuscht. Es war eine Kleinigkeit, aber er hatte Besseres verdient.

Fünf Minuten später lief ich zurück zur Krankenstation und zupfte unterwegs die gestärkte Uniform zurecht.

»... war wirklich sauer, als du mir nicht erlaubt hast, bei den Trupps mitzumachen, die die Farm ausgehoben haben.«

»Macht dir das Kummer, Mik?«

Ich blieb vor ihrer Kabine stehen.

»Natürlich. Und ich denke, du wusstest es.«

»Dein Betragen hat es deutlich gemacht.«

»Tut mir Leid, Pa.« Eine Pause. »Nein, Sir, das tut es nicht. Ich bin wütend.«

»Weil ich dein Leben nicht in Gefahr bringen wollte?«

»Bin ich ein Offizier oder nicht?«

»Ein schwerwiegender Einwand.« Eine Pause; das Bett knarrte. »Ahh, etwas besser! Mir schaudert vor dem Gedanken, dich in Gefahr zu bringen, Mik. Du bist wirklich mein Sohn ... Und ich kann einfach nicht anders, als an Alexi zu denken. Euch beide zu verlieren ...«

»Es ist mein Leben. Ich habe das Gleiche kürzlich deinem neuen ... Schützling erklärt.«

»Ich kann nicht anders, als dem Jungen zu helfen. Ich trage die Verantwortung für das Schicksal Dereks, wie auch für das deines Vaters.«

»Eigentlich nicht, und das weißt du auch.«

»Na ja, nicht im rechtlichen Sinn. Aber hätte ich mich durchgesetzt und Derek daran gehindert, sich uns anzuschließen ... Weißt du, Mik, der Junge braucht wirklich verzweifelt einen Vater. Zweimal hat er mich aus Versehen ›Dad‹ genannt.«

»Wirst du ihn adoptieren?«

»Das ist fast zur Gewohnheit geworden, was?« Ein leises Lachen. »Ich gebe zu, dass es dir nicht geschadet hat. Aber er müsste sich damit einverstanden erklären und der Statthalter ebenfalls. Ich bezweifle, dass seine Mutter ein Hindernis wäre. Die arme Frau; sie hat sich in einer anderen Welt verirrt.«

»Ist es dein Wunsch?«

»Um die Wahrheit zu sagen: Ich habe ihn recht lieb gewonnen.«

Ich war gerührt, fühlte mich plötzlich erwärmt.

Mik fragte: »Kann Randy denn gleichzeitig Schiffsjunge sein und bei dir leben?«

»Warum nicht? Er ist noch ein Kind, was immer er selbst denkt. Vielleicht mag er Janey. Du bist fast zu alt, um noch Babysitter zu sein.«

»Wir haben immer noch ...« Mik klang vorsichtig. »... ihre Mutter.«

»Die arme Corinne. Ich bin nicht besonders freundlich zu ihr.«

»Randy hat sich neulich, als ich auf Janey aufgepasst habe, zu ihr gesetzt und mit ihr gespielt. Hat ihr Spielzeugholovid zum Sternenschiff erklärt. Ihre Haarspange war die Schiffsbarkasse.«

Ich trat verlegen von einem Fuß auf den anderen.

»Er ist kein schlechter Kerl, Mik.« Eine Pause. »Aber er muss noch eine Menge lernen. Zum Beispiel, dass er leise atmen und nicht mit den Füßen scharren sollte, wenn er sich vor einer Luke herumtreibt.«

Eine volle Minute verging, ehe ich mich überwand, durch die Luke zu gehen.

Vater und Sohn betrachteten mich sehr ungnädig.

»Ich habe es wieder getan.« Ich scharrte mit den Füßen.

»Wahrhaftig. Warum?«

»Weiß nicht.« Um zu hören, was er von mir hielt.

»Bedeutet meine Meinung von dir so viel?« Hatte er meine Gedanken gelesen?

Ich hätte alles dafür gegeben, nicht antworten zu müssen. »Ich vermute.«

»Nun, soll ich dich als dein Vormund zurechtweisen oder als Kapitän?«

Ich wusste, wie es in einer Zelle aussah, und wollte mir das wirklich ersparen. Aber als Vormund ... Eine Perspektive eröffnete sich mir, zu undeutlich, um sie ergründen zu können, ebenso erschreckend wie verlockend. Ich holte tief Luft, wohl wissend, dass er mich ohrfeigen würde oder Schlimmeres. »Als Vormund, Sir.«

»Sehr gut. Geh in deine Kabine und stelle dich in die Ecke, mit dem Gesicht zum Schott, bis du dir sicher bist, dass du es nicht wieder tun wirst.«

»Die Ecke? Ich bin viel zu alt für ...«

»Das bist du nicht, und sei dankbar dafür. Geh!«

Kochend stolzierte ich in meine Kabine zurück.

Falls ich die Luke verschloss und mich in den Sessel setzte, würde es niemand erfahren. Wenn jemand kam, konnte ich aufspringen und ...

Ich seufzte. Sieh der Sache ins Gesicht, Randy: Möchtest du seine Anleitung oder nicht? Falls nicht, lässt er dich wahrscheinlich sogar gehen.

Aber du brauchst noch für etwa ein Jahr immer wieder mal die Erlaubnis eines Erwachsenen für irgendwas. Na ja, noch länger eigentlich: Auf Hope Nation betrug die Altersgrenze für die komplette Volljährigkeit zweiundzwanzig Jahre, wie auf der Erde.

Mom ist eine Limey; sie braucht mehr Fürsorge als du. Du selbst gehst allerdings über Anths Kräfte. Also ist Mr. Seafort deine einzige Wahl. Hör auf, dich gegen ihn zu wehren!

Aber in der Ecke stehen? Niemand hat dich je gezwungen, etwas so Kindhaftes zu tun.

Du warst bereit zu sterben, weil du ihn verletzt hast. Jetzt willst du nicht dafür in der Ecke stehen, dass du ihn gekränkt hast? Und du möchtest so tun, als hättest du Ehre?

Ich seufzte, und obwohl ich mich wie ein Idiot fühlte, stellte ich mich in eine Ecke meiner Kabine. Wie lange? Bis ich mir sicher war, hatte er gesagt.

Schon einmal hatte ich den Entschluss gefasst, Dad – das heißt, Mr. Seafort – nicht nachzuspionieren. Ich hatte es auch ernst gemeint. Wie konnte ich mir also sicher sein?

Das Schott war stahlgrau. Hier und dort fanden Unregelmäßigkeiten meine Aufmerksamkeit. Rechts von mir befand sich die eingebaute Frisierkommode. Darauf lag – nein. Er hatte mir aufgetragen, ans Schott zu blicken. Das bedeutete, an die Wand zu blicken und nichts anderes. Mach es entweder richtig oder setz dich hin, wohl wissend, dass du ein Betrüger bist.

Ich trat von einem Fuß auf den anderen und wurde zunehmend ungeduldiger. Ich gedachte, ihm eine Stunde zu geben. Keine Sekunde mehr.

Die Zeit lief immer langsamer, bis ich es kaum noch aushalten konnte. Mein Blick schweifte über die Sprenkel am Schott. Ich steckte die Hände in die Taschen und schob das Kinn vor.

Endlich, eine Stunde! Die Waden schmerzten.

War ich mir sicher?

Eine weitere Stunde.

Zeitalter später ging die Luke auf. Mr. Seafort in einem Rollstuhl. Eine Ader an seiner Schläfe pochte, aber sein Tonfall war recht freundlich. »Bereit zum Abendessen?«

Ich wandte mich wieder dem Schott zu. »Nein, Sir.«

»Warum nicht?«

Scham, Zorn, schierer Starrsinn. »Ich bin mir nach wie vor nicht sicher.«

»Sehr gut, mein Sohn.« Und er war wieder verschwunden.

Ich entlastete erst ein Bein, dann das andere; der Rücken tat ebenso weh wie die Waden. Ob ich ihm noch mal nachspionierte? Wahrscheinlich nicht; ich wollte mich schließlich bessern. Ich schuldete es Dad und Mr. Seafort. Auch mir selbst, um die Wahrheit zu sagen.

Der Abend war endlos.

Welchen Sinn hatte es, wenn ich mich selbst folterte? Beinahe gab ich auf. Noch ein klein wenig länger …

Wie ein kleines Kind weinte ich ein bisschen und verabscheute mich dafür.

Endlich, schon ein gutes Stück nach der Zeit, zu der ich gewöhnlich schlafen ging, konnte ich es nicht mehr ertragen. Ich fiel in mich zusammen, humpelte zum Sessel, massierte mir die Beine.

Ich ging zu seiner Kabine und klopfte leise, für den Fall, dass er schon schlief.

Meine Augen waren rot.

Er saß auf einem Stuhl und hatte Janey auf dem Schoß. »Ja, mein Sohn?«

»Ich bin mir sicher. Ich tue es nicht wieder.«

»Ausgezeichnet. Geh in die Kombüse und sag ihnen, dass ich dir eine Mahlzeit gestattet habe. Dann geh zu Bett.«

»Ja, Sir.« Ich wandte mich zum Gehen.

»Komm her.« Verdutzt beugte ich mich über ihn. Er umarmte mich.

Als ich mich später von der Kombüse zurückschleppte, staunte ich über den Mann, in dessen Hände ich gefallen war. Er hatte mich wie ein kleines Kind gezüchtigt und mir doch wie einem Erwachsenen getraut, was die Durchführung der Strafe anging. Dann hatte er mich wie einen kleinen Jungen umarmt.

Mir drehte sich der Kopf, als ich in die Koje fiel.

***

Die nächsten Tage gingen undeutlich ineinander über. Allmählich kehrten Matrosen aus dem Landurlaub zurück; das Tempo des Lebens an Bord beschleunigte sich. Auf Befehl von oben führte mich Alejandro durch das riesige Schiff und zeigte und erklärte mir jede Abteilung. Langsam lernte ich mich zu orientieren. Jeden Tag musste ich eine frische Uniform anziehen; wenn ich es nicht tat, reagierte Mr. Seafort sehr scharf darauf. Er sorgte dafür, dass meine Kabine immer einen Vorrat an blauen Monturen und Artikeln zur Körperpflege enthielt.

Dann entschied er, dass meine Haare geschnitten werden mussten – sie sahen gut aus, aber ich konnte nicht mit ihm streiten –, also machte ich mich auf den Weg zum Friseur.

Ich half Arbeitsmannschaften dabei, Fracht und Vorräte zu verstauen. Na ja, ich habe nicht wirklich beim Verladen geholfen, sondern bin durch die Gegend gerannt, um Chips mit Ladelisten zu holen, Sicherungsgurte, Ersatzlampen.

Mr. Seafort gab den Rollstuhl wieder auf, ging jedoch langsam und mit einer Andeutung unerwähnter Schmerzen. Mr. Tolliver – der Käpten hatte einmal gehört, wie ich ihn einfach »Tolliver« nannte, und mich dafür zurechtgewiesen – übernahm einen Großteil seiner Aufgaben und half, mit den anfallenden Problemen wie zum Beispiel dem Schmuggeln umzugehen, das jetzt am Ende des Landurlaubs auftrat. Als ich miterlebte, wie hartnäckig er Mr. Seafort beschützte, legte sich meine Abneigung gegen ihn. Sein ätzendes Gebaren half mir dabei; mir gefiel der sorgfältig getarnte Humor dahinter.

Derweil fand ich heraus, dass es Dinge wie Lukenlöser und Frachtdiffusoren überhaupt nicht gab, und schmiedete finstere Rachepläne gegen die Matrosen, die mich auf Wolpertingerjagd geschickt hatten – bis Mik mir erklärte, dass es sich dabei um eine Form des Neckens handelte, die der Aufnahme in ihre Reihen vorausging.

An den Abenden fühlte ich mich ein bisschen einsam und spazierte mit Alec durch die Salons oder ging zu Besuch in Mr. Seaforts Kabine. An unserem zweiten Tag hatte er mich auf einen Stuhl gesetzt und mir den Unterschied zwischen Zeiten auf Wache und außer Dienst erklärt; in den Letztgenannten war ich auch ohne Einladung willkommen. Ich fragte Mikhael, ob das wirklich ernst gemeint war; Mik schüttelte nur den Kopf und sagte mir, die Frage wäre absurd.

In der Kapitänskabine brachte ich Janey Spiele bei oder spielte mit einem Holo herum. Wenigstens einmal am Tag wies mich Mr. Seafort jedoch an, mich zu ihm an seinen glänzenden Tisch zu setzen. Schnell erkannte ich ein Ritual darin, wie er jedesmal eine abgenutzte Lederbibel hervorholte und mich anwies, sie aufzuschlagen und laut daraus vorzulesen.

Dabei schien unsere Auswahl der Abschnitte keinem Schema zu folgen. Meistens überließ er es mir und erhob nur dann Einwände, wenn ich über die Numeri stolperte, das vierte Buch Mose und seine endlose Hebräervolkszählung. »Das mögen allesamt Worte des Herrgotts sein, aber manche davon sind interessanter als andere.«

Ich unterdrückte ein Seufzen, während ich weiterblätterte und schließlich auf Hiob stieß. »*Ja, ich weiß sehr gut, daß es so ist und daß ein Mensch nicht recht behal-*

ten kann gegen Gott. Hat er Lust, mit ihm zu streiten, so kann er ihm auf tausend nicht eins *antworten.«*[1]

»Aye, da liegt der Hase im Pfeffer. Er schreibt die Regeln und gibt alle Antworten.« Mr. Seafort schloss die Augen. »*Gott ist weise und mächtig; wem ist's je gelungen, der sich gegen ihn gestellt hat?«*[2]

Ich legte den Finger ins Buch, um die Stelle nicht zu verlieren, und klappte es zu. »War es das, was Sie getan haben?«

»Ich tue es immer noch.« Er rührte sich. »Lies weiter.«

Mein Eintauchen in die Heilige Schrift dauerte nie länger als eine Stunde. Oft kochte Mr. Seafort Tee, während ich las, und bot mir eine Tasse an. Aus Höflichkeit trank ich und fürchtete dabei, ich könnte noch Geschmack an dem bitteren Trunk finden.

Gelegentlich saß ich anschließend mit gekreuzten Beinen in meiner Kabine und dachte über die Veränderungen in meinem Leben nach. Fürs Erste war ich sowohl aus der Carr-Plantage wie aus Centraltown ausgesperrt. Die *Olympia* würde zu Kalls Planet fahren und danach zur Erde, die ich noch nie gesehen hatte. Ich konnte ganz in der Mannschaft aufgehen, mich dem Dienst an der UN-Raumflotte widmen. Mr. Seafort würde mich auf die eine oder andere Art im Auge behalten. Bald würde ich erwachsen werden, mich zu dem Mann entwickeln, der ich schon zu sein geglaubt hatte.

Brauchte ich mit vierzehn noch einen Vater? Wollte ich einen? Ungeachtet dessen, was Mr. Seafort bereits

---

1 Hiob 9, 2–3
2 Hiob 9, 4

voraussetzte, hatte ich vor, diese Entscheidung selbst zu treffen.

Ich starrte in Dads Holo – das letzte, das er vor seiner unglücklichen Reise aufgenommen hatte – und stellte mir genau diese Frage ein ums andere Mal.

Ich fürchtete mich vor der Antwort.

13. Kapitel

Ich fuhr mir mit den Händen durchs Haar und zupfte am Hemd, eifrig bedacht, so gut wie möglich auszusehen. Als sie durch die Luftschleuse kamen, trat ich wie beiläufig vor. »Willkommen an Bord, Sir«, sagte ich zu Chris Dakko. »Käpten Seafort hat mich geschickt, um Sie zu begrüßen.«

»Hat er.« Mr. Dakkos Miene verriet nichts.

»Ja, Sir, ich gehöre jetzt zur Mannschaft. Als Schiffsjunge. Kevin, willkommen an Bord.«

»Danke.« Kev wirkte distanziert, aber mir fiel doch auf, dass er mich sorgfältig musterte. Ich war froh, dass meine Schuhe glänzten und das Hemd frisch gebügelt war. In diesem Augenblick nahm ich Mr. Seafort nicht mal meinen Haarschnitt übel.

Da wir nach wie vor im Hafen lagen, hatte Mr. Seafort beschlossen, unsere Gäste auf der Brücke zu empfangen und von dort aus mit ihnen in den Speisesaal zu gehen. Dem entnahm ich, dass unterwegs weder Passagiere noch einfache Besatzungsmitglieder die

Brücke betreten durften. Ich fragte mich, ob das auch für mich galt.

Die Dakkos waren durch die Schleuse auf Deck 2 an Bord gekommen. Die *Olympia* war so groß, dass wir an drei verschiedenen Schleusen auf drei Decks mit der Station verbunden waren.

Wie befohlen, führte ich unsere Gäste den Korridor entlang. Leutnant Anselm – es war nicht mehr passend, wenn ich ihn »Tad« nannte – hatte mir beigebracht, wie man Haltung annahm und salutierte; auf der Brücke hatte ich mir größte Mühe damit gegeben und war mit einem beifälligen Lächeln des Käptens belohnt worden, das jedoch rasch unterdrückt wurde. Mr. Tolliver hatte auf dem Platz des wachhabenden Offiziers nur weniger finster dreingeblickt als üblich.

Zu meiner Überraschung wurde ich nicht entlassen; Mr. Seafort legte mir erst die Hand auf die Schulter, während er höflich mit Mr. Dakko plauderte, und schob mich dann sachte auf Kevin zu.

»So.« Kev stocherte mit der Spitze des polierten Schuhs auf dem Deck herum. »Alles in Ordnung mit dir?«

Die Erwachsenen unterhielten sich und deuteten dabei auf den Simultanschirm.

»Yeah.« Ich zögerte. »Bist du immer noch sauer auf mich?«

»Ich sollte es eigentlich.« Er wurde rot. »Diese Wochen in der Zelle waren fürchterlich.« Dann: »Hast du dich von der Kirchenfarm wieder erholt?«

Ich nickte. »Du hast mir das Leben gerettet.«

»Seafort hat es getan.«

»Du hast ihm gesagt, wo er mich findet.«

»Hören wir doch mit diesem Quatsch auf.« Entschlossen blickte er mir in die Augen. »Du warst ein wirklich guter Freund. Es tut mir Leid ... dass alles verpfuscht wurde.«

»Ich habe es verpfuscht.«

Einen Augenblick lang betrachteten wir einander. Dann streckte er die Hand aus.

Inbrünstig ergriff ich sie.

»Bereit, Jungs?« Leutselig steuerte mich Mr. Seafort auf den Korridor. Ich begleitete ihn langsam die Leiter hinunter zum Speisesaal. Kevin warf mir von Zeit zu Zeit einen Blick zu. Er trug seine besten Sachen, zweifellos auf Anweisung des Vaters, und zeigte sorgfältig seine besten Manieren. Ein verblassender blauer Fleck erinnerte als Einziges an den Angriff des Diakons.

Inzwischen waren etliche Passagiere an Bord, aber der Saal war beileibe nicht voll, und viele Tische blieben unbesetzt. An unserem Tisch zog Mr. Seafort einen Stuhl für mich hervor, und somit wusste ich, dass ich mich dazusetzen sollte. Tad, äh, Mr. Anselm, kam ebenfalls herunter, und natürlich Mikhael.

Ich sah mich um. Es waren mehr Offiziere zugegen als bei früheren Mahlzeiten. Einige der Passagiere waren neu – ich hatte sie an Bord kommen sehen –; andere, unterwegs zu Kalls Planet, waren ein wenig frühzeitig aus Centraltown zurückgekehrt.

Wie üblich begann das Abendessen mit Salat, der auf einem gekühlten Teller serviert wurde. Mikhael hatte mir erzählt, dass auf Fahrt dem Abendessen das Schiffsgebet vorausging, aber irgendeiner alten Tradition zufolge verzichtete man im Hafen darauf.

»Also, Käpten, wie viele von Ihrer Mannschaft sind wieder an Bord?« Das war Mr. Dakkos Versuch, die abflauende Konversation neu zu beleben.

»Ungefähr dreihundert. Kaum mehr als ein Drittel.« Mr. Seafort brach ein Brötchen. »Verblüffend, nicht wahr? Die *Hibernia* hatte siebzig Mann Besatzung. Wer hätte gedacht ...«

»Ist das Fortschritt?« Mr. Dakko wirkte schlecht gelaunt. »Die wirtschaftlichen Aspekte von Giganten wie der *Olympia* stärken nur Ihren Würgegriff um den Raumverkehr.«

»Unsere Schiffe sind teuer«, sagte der Käpten.

Ich erinnerte mich, dass Mr. Seafort während der Bauzeit dieser Schiffe Generalsekretär gewesen war.

Mr. Dakko sagte: »Weit jenseits der Ressourcen, wie sie selbst die wohlhabendste Kolonie aufbringen kann.«

»Aber sie dienen vielen Zwecken. Der Verteidigung zum Beispiel ...«

»Sir, wir *müssen* nicht mehr verteidigt werden! Die Fische sind lange dahingegangen. Eigentlich benötigen wir sogar Schutz vor Ihrer Raumflotte. Der Staatsstreich auf der Erde ...«

»Der versuchte Staatsstreich.«

Mr. Dakko sprach leiser: »Scanlen und seinesgleichen ...« Er sah sich um. »... sind ein Produkt des gleichen reaktionären Denkens ...«

Die Alarmsirenen heulten. Ich fuhr kerzengerade hoch.

»Alle Mann auf ihre Posten! Alle Mann auf Gefechtsstation!« Tolliver klang angespannt. Offiziere warfen ihre Servietten hin und rannten zur Luke. *»Kapitän auf die Brücke!«*

Mr. Seafort sprang vom Stuhl auf; er war grau im Gesicht. Ich rannte an seine Seite. Er legte den Arm um mich, nicht aus Zuneigung, sondern um Halt zu suchen. »Herr Jesus, das hat wehgetan! Randy, bring mich zur Brücke, schnell!«

»Alle Schleusen dicht machen! Bereitmachen zur Abtrennung!«

Wir waren auf halbem Weg zum Korridor. Kevin saß noch am Tisch und hielt entgeistert sein Besteck umklammert.

»Maschinenraum, volle Kraft auf die Schubtriebwerke!«

Langsam kamen wir voran. Mr. Dakko schob seinen Stuhl zurück und rannte beinahe, um uns einzuholen. Er trat an Mr. Seaforts andere Seite. »Falls Sie gestatten, Sir.« Er bot ihm die stützende Schulter.

Eine Sekunde des Zögerns. Der Käpten nickte.

»Greifklammern öffnen!«

Mr. Dakko half dem Käpten, ihm den anderen Arm um die Schultern zu legen, und griff ihm selbst um die Taille. Gemeinsam führten wir Mr. Seafort rasch den Korridor entlang.

Tolliver hatte die Brückenluke offen stehen; als wir eintraten, zog er eine Braue hoch, sagte aber nichts.

»Edgar, Meldung!« Mr. Seafort senkte sich in seinen Sessel.

Als Antwort drehte Mr. Tolliver die Vergrößerung des Simultanschirms hoch.

Ein halbes Dutzend Funksatelliten lagen auf geostationären Umlaufbahnen innerhalb weniger Kilometer von der Station.

Unmittelbar hinter ihnen trieb eine Gestalt dahin, die ich nur aus historischen Holos kannte.

Ein Fisch.

* * *

»*Jesus, Herr im Himmel!*« Mr. Seaforts Worte waren geflüstert. »Sie sind tot! Ich habe sie alle umgebracht!«

Mr. Dakko klappte den Mund auf und zu. Er ballte die Fäuste und öffnete sie wieder. Der Außerirdische schwamm vor uns im Raum und sah in jeder Hinsicht wie ein riesiger Goldfisch aus. Natürlich ohne Flossen und ohne Kopf, aber ...

Einen langen Augenblick saß Mr. Seafort wie erstarrt, als fürchtete er sich. Dann schüttelte er sich. »Ist der Pilot an Bord?«

»Nein, Sir.«

»So ein Pech.« Er aktivierte den Rufer. »Luftschleuse drei, Meldung!«

»Luken sind dicht gemacht, Sir. Greifklammern geöffnet.«

»Luftschleuse zwei?«

»Dicht gemacht, Sir. Klammern gelöst.«

»Luftschleuse eins?«

»Dicht gemacht. Klammern ... da, gelöst.« Auf der Konsole des Käptens sprangen drei Lampen auf Grün.

»Station, *Olympia* legt ab. Leiten das Trennungsmanöver ein.« Ein tiefer Atemzug. Ein weiterer. Mr. Seafort gab sachte Schub auf die Triebwerke. Wiederholte den Vorgang.

Ich starrte auf den Simultanschirm. Langsam, wie im Traum, fiel die Station zurück.

Ich trat näher an Mr. Dakko heran, fürchtete mich zu atmen.

»Edgar, übernehmen Sie das Ruder.«

An der Konsole des Wachoffiziers flogen Mr. Tollivers Hände über die Schubsteuerung. »Wohin, Sir?«

»Jess, welcher Kurs führt zum Feind?«

»Feind, Sir?«

»Der Fisch, du verdammte Halbleiterplatte!«

»Koordinaten 350, 18, 207.«

»Verzeihung.«

Stille.

»Jess, damit warst du gemeint. Es tut mir Leid.«

»Zur Kenntnis genommen, Käpten. Dialog für künftige Überlegungen abgespeichert. Entfernung zwei Komma sieben drei fünf Kilometer.«

»Laserraum, Meldung!«

»Hier Laserraum, Sir. Leutnant Frand.« Sie klang unter diesen Umständen ziemlich ruhig. »Ich habe hier Fähnrich Sutwin und zwei Matrosen. Mehr nicht.« Alle anderen waren noch auf dem Planeten im Landurlaub.

»Wie viele Konsolen sind besetzt?«

»Drei, Sir. Der Fähnrich hat eine übernommen. Ich kann eine vierte übernehmen.«

»Tun Sie das.« Mr. Seafort schaltete den Rufer ein. »Fähnriche Clark und Tamarow, sofort in den Laserraum.« An Tolliver gewandt: »Sie sind gut genug, um jeweils eine Konsole zu übernehmen.«

Tolliver grunzte. »Ich ebenfalls.«

»Ich brauche Sie hier. Wo ist Tads Posten?«

»Im Funkraum.«

»Sie können ihn dort erübrigen.«

»Ich kümmere mich darum.« Tolliver nahm den

Rufer auf und erteilte knappe Befehle, die Anselm in den Laserraum versetzten.

»Laserraum, Sicherungen sind ausgeschaltet.« Der Käpten zog einen Finger am Konsolenschirm herab. »Jess, welcher Sicherheitsspielraum für eine Fusion?«

»Bin dabei. Fünf Stunden siebzehn Minuten sech...«

»Verdammt, wir sind zu schwer!«

Ich versuchte, mich an meinen Physikunterricht zu erinnern. Der Sicherheitsspielraum für eine Fusion wurde berechnet, indem man die Schiffsmasse mit der Entfernung zu einer Gravitationsquelle multiplizierte, die groß genug war, um ... Mir drehte sich der Kopf. Ich hatte diese Prüfung mit knapper Not bestanden.

»Wir sind in Reichweite, Sir.« Das war Tolliver.

»Wir warten ab.«

»Warum?«

»Weil ich es gesagt habe. Wie viele Konsolen sind bemannt?«

»Sechs, Sir.«

»Von vierundzwanzig.« Der Käpten klang grimmig. »Wir sind nicht gerade stark geschützt. Sorgen Sie dafür, dass vor allem die Laserbänke besetzt sind, die die Fusionsrohre schützen, was auch passiert.« Dann: »Falls wir uns zurückziehen, ist die Station ungeschützt.«

»Sie haben selbst Laser.«

»Nicht genug. Was natürlich auch für uns gilt. So viele unserer Techniker sind an Land, dass das Geschütznetz kläglich aussieht. Hätte der Fisch doch nur ein paar Tage länger gewartet...«

»Orbitalstation an Olympia.«

»Was ist, Station?«

»Hier General Thurman. Unsere Laserstellungen sind voll besetzt. Weisen Sie Ihren Comp an, sich per Richtstrahl mit uns zu koordinieren.«

»Wird gemacht. Jess, koordiniere dich mit ihm, wie er es verlangt hat.«

Mr. Dakko schüttelte sich. »Sir?« Es klang zögernd.

»Jetzt nicht, Chris.«

»Ich könnte eine Konsole übernehmen. Sie haben es mir selbst beigebracht.«

»Olympia, *wir haben alle Shuttles zum Planeten hinuntergeschickt und warten mit dem Beschuss, bis sie die Atmosphäre erreicht haben.«*

Mr. Seafort schwenkte den Sitz und starrte mit gefurchter Stirn durch Mr. Dakko hindurch. Dann: »Sehr gut. Randy, zeig ihm den Weg.«

»Aye aye, Sir.« Die richtige Antwort; falls ich jemals im Dienst war, dann jetzt. »Mr. Dakko?« In fiebriger Hast führte ich ihn zur Treppe, hinunter auf Deck 3, nach Sektion sieben, auf halbem Weg durch den langen Korridor. Mit knapper Not konnte ich mir verkneifen, dass ich losrannte.

Ich klopfte an die geschlossene Luke zum Laserraum. Leutnant Frand öffnete. Ich salutierte. »Der Käpten schickt Mr. Dakko, um eine Konsole zu übernehmen.«

Sie blickte über meine Schulter. »Gehören Sie der Flotte an?«

»Früher. Ich glaube nicht, dass sich die Konsolen stark verändert haben.«

»Treten Sie ein.«

Mr. Dakko schob sich ohne ein Wort des Dankes an mir vorbei. Die Luke schloss sich vor meiner Nase. Niedergeschlagen kehrte ich zur Brücke zurück, denn ich wusste nicht, ob ich auch einem bestimmten Posten zugeteilt war.

Niemand hatte sich die Mühe gemacht, die Luke wieder zu schließen. Ich schlich hindurch.

Auf dem Simultanschirm ragte das Fremdwesen auf. Es schien tot im Raum zu liegen, aber auf seiner Haut pulsierten Farben. Es lebte noch.

»Bestimmt sieht er uns.« Das war Tolliver.

Der Käpten sagte: »Er trifft keine Anstalten, nach uns zu werfen.« In den Holos hatte ich gesehen, dass die Fische Auswüchse erzeugen konnten, seilähnliche Arme, die erst langsam, dann immer schneller rotierten, bis sie sich ablösten und Säure auf das Ziel verspritzten.

»Schießen Sie, Sir.«

»Hier spricht Thurman. Wir feuern!«

»Nein, warten …«

Ich betrachtete den Simultanschirm mit erschrockener Faszination. Aber man kann einen Laserstrahl nicht sehen.

Ein Loch entstand in der Flanke des Fisches. Etwas – Blut, Protoplasma – spritzte daraus hervor.

Der Fisch pulsierte und verschwand.

Ich jauchzte: »Sie haben ihn erwischt!«

Tolliver wirbelte herum. »Sei still!«

Minuten dehnten sich zu einer Viertelstunde, einer halben. Ich gab mir Mühe, nicht herumzuzappeln.

Tolliver sagte: »Alle Shuttles sind am Boden; wir können die Besatzung heraufholen.«

»Die Leute sind auf dem ganzen Kontinent verstreut.«

»Nicht wirklich, Sir. Benachrichtigen Sie Centraltown …«

»Und falls Fische ein anfliegendes Shuttle angreifen?«

»Jesus, das wäre der reinste Horror!«

»Lästern Sie nicht.«

Tolliver grunzte.

Der Käpten sagte: »Zweifellos hat Thurman schon den Statthalter informiert, aber unser Funkraum soll eine Bestätigung senden. Und bitten Sie das Admiralitätshaus, unsere Besatzung zusammenzutrommeln. Bei der ersten Gelegenheit, die sich bietet, holen wir sie herauf.«

»Aye aye, Sir.« Dann: »Das war der erste Fisch seit Zeitaltern. Wieso jetzt?«

»Das weiß nur der Herr.«

Nein. Sie irrten sich.

Ich zögerte; sie hatten mir befohlen, den Mund zu halten. Aber sie mussten es erfahren! Ich holte tief Luft, ehe ich ins kalte Wasser sprang. »Verzeihung, Sir, aber vor ein paar Wochen wurde schon ein Fisch gesehen. Es tut mir Leid, dass ich etwas gesagt habe.« Innerlich krümmte ich mich und wartete auf die Explosion.

Mr. Seaforts Gesicht war kalt. »Wo, Randolph?«

»Unweit von Drei. Von einem örtlichen Bergbauschiff.«

»Randy, hast du dir das ausgedacht? Brauchst du Zuwendung?«

Entrüstet antwortete ich: »Nein, Sir! Fragen Sie Mr. Anselm oder Mik – Mr. Tamarow. Sie haben es auch gehört. Unten, im Terminal. Am Flottenschalter, am Tag, als ich ihnen begegnet bin. Sie machten sich über einheimische Offiziere lustig und ...« Ich plapperte ja schon richtig! Ich presste die Lippen zusammen.

Mr. Seafort schaltete den Rufer ein. »Leutnant Anselm auf die Brücke.« Er legte die Finger aneinander. »Ein Fisch im System, und man hat mich nicht informiert?«

Es dauerte nicht lange, bis Tad atemlos auftauchte. Er bestätigte meine Worte.

»Dieser Fisch bei Drei, hat er etwas geworfen?«

»Ich habe das aus dritter Hand erfahren, Sir, von einem Sekretär bei der Admiralität. Es war Klatsch über ein hiesiges Schiff. Alle taten die Meldung ab; warum sollte uns ein Fisch entgegentreten, ohne zu werfen?«

»Sehr gut. Danke. Entlassen.« Mr. Seafort nahm den Rufer zur Hand. »Jetzt fragen wir Thurman.«

Es dauerte ungefähr eine Stunde, aber schließlich kannten wir die Geschichte: ein intrastellares Schiff, eine unerfahrene Funkmannschaft. Hatten sie einen Fisch gesehen oder ein unidentifiziertes Radarsignal? Sie setzten ihren einzigen Laser ein, und das Objekt verschwand. Sie machten Meldung, aber diese wurde heruntergespielt. Nein, gänzlich verworfen. Niemand wollte sich lächerlich machen. Und seit Jahrzehnten hatte man keinen Fisch mehr gesehen.

Tolliver sagte: »Sir, falls sie zurückkommen ...«

Alarm heulte; Jess meldete sich zu Wort. »Ein Objekt, dreihundert Meter an Backbord! Nichtmetallisch. Annäherung um sieben Meter pro Sekunde; ich empfehle ...«

»Tolliver, zünden Sie die Backbord-Manövertriebwerke. Bringen Sie uns hier weg! Laserraum, haben Sie das Ziel erfasst?«

»Wir wechseln gerade die Konsolen, Sir. Ein paar Sekunden.« Mrs. Frand klang gehetzt.

Tolliver drängte ihn: »Eröffnen Sie das Feuer, sobald es geht, Sir.«

»Das müssen wir wohl. Er ist zu nahe.«

Tolliver drehte die Triebwerke voll auf, aber der Fisch wurde von der eigenen Trägheit bewegt. Er holte auf.

Auf der Haut entstand ein Wirbel, wurde undeutlich.

»Sir, er bildet einen …«

»Ich sehe es.« Der Käpten klang grimmig. Er stach mit den Fingern auf die Konsole ein. »Alle Mann in Druckanzüge! Ich schließe die Korridorluken.« Die Brückenluke knallte hinter mir ins Schloss.

Jeder Umfangskorridor war mit Luken durchsetzt, die die Grenzen zwischen den Sektionen markierten. Wenn sie geschlossen waren, konnte man den Korridoren nicht mehr folgen. Aus diesem Grund hielt man sie sogar dann geöffnet, wenn alle Mann auf Gefechtsstationen waren.

Waren sie allerdings geschlossen, konnte selbst bei einem Rumpfbruch immer nur eine Sektion die Luft verlieren.

Ein kalter Schauer lief mir über den Rücken.

»WIR HABEN DAS ZIEL ERFASST!« Der Lautsprecher klirrte unter Mrs. Frands Stimme.

»Schießen Sie!«

Ein Gestalt wuchs aus dem wirbelnden Loch in der Fischhaut hervor und trennte sich davon ab. Sie schoss auf die *Olympia* zu.

In dem Fisch entstand erst ein Loch, dann ein weiteres. Ein drittes.

Mr. Seafort hämmerte auf die Konsole. »Erledigen Sie den Satelliten! Alle Laser sofort feuern!«

Die wirbelnde Gestalt, die sich vom Fisch gelöst hatte, kam näher. Abrupt flog sie auseinander. Fieberhaft suchten unsere Laserstrahlen die Überreste und vernichteten sie.

Dahinter lag die Haut des Fisches inzwischen grau und reglos da.

Tollivers Ton war trocken. »Ich dachte, das läge alles hinter uns.«

»Der Herr bewahre uns.« Mr. Seafort stieß einen langen Atemzug hervor. Er drehte sich um und entdeckte mich. »Steig in deinen Raumanzug!«

Meine Stimme zitterte. »Ich weiß nicht, wie man das macht, Sir.«

Tolliver war schon aufgesprungen. »Ich ziehe ihn an.« Er riss ein Wandfach auf, entdeckte einen kleinen Anzug – sie waren in drei Größen vorrätig –, hob mein Bein an und lenkte es zur Rumpföffnung. Ich bemühte mich, ihn zu unterstützen.

»Sie auch, Edgar.«

»Sobald Sie es tun, Sir.«

»Ich verzichte darauf.«

»Dann ich ebenfalls.«

»Mir schwinden die Sinne, sobald ich den Körper drehe. Ziehen Sie einen Raumanzug an!«

Tolliver klang widerstrebend. »Aye aye, Sir.« Mit Mühe konnte er meinen Anzug schließen. »Hier ist dein Helm, Junge.« Er stülpte ihn mir über den Kopf und kontrollierte die Dichtungen. »Siehst du diese grüne Lampe? Wenn sie auf Gelb springt, musst du den Tank wechseln.«

»Wie?«

»Ich muss es dir wohl zeigen.« Rasch zog er sich den eigenen Anzug über. »Käpten, wir können nicht lange in den Raumanzügen bleiben.« Seine Stimme klang gedämpft. »Es wird heiß, und alle müssen die Tanks wechseln. Wie lange sollen wir ...«

»Bis es danach aussieht, als tauchten keine Fische mehr auf.«

»Und wann gelangen wir zu dieser Entscheidung?« Tolliver trottete zu seinem Platz zurück. »Ist Ihnen auch etwas Merkwürdiges aufgefallen, Sir?«

»Was?«

»Er hat keinen Wurfarm gebildet. Das ist ihre Hauptwaffe im Raumkampf. Warum hat er sie nicht eingesetzt?«

»Niemand hat je ein Bedienungshandbuch für Fische geschrieben, Edgar.«

»Und was tut er hier? Wir wissen, dass sie von Fusionsgeräuschen angelockt werden, aber niemand ist in Fusion gegangen.«

»Wir schon, um hierher zu kommen.«

»Vor Wochen, und es war nur eine Fusion. Falls sie wieder da sind, warum greifen sie dann nicht das Heimatsystem an?«

»Vielleicht tun sie das ja.« Der Käpten klang trostlos. Er lehnte sich zurück, schloss die Augen.

»Kann ich Ihnen irgendwas bringen?« Ich schlug eine hohe Lautstärke an, damit er mich durch den Helm hörte. Es war eine dumme Frage; ich konnte nichts tun, um zu helfen, außer ihm nicht in die Quere zu geraten und ihn nicht zu belästigen.

»Ja, mein Junge. Kaffee aus der Offiziersmesse. Ich öffne die Luken für dich.«

»Aye aye, Sir.« Ich bemühte mich um einen Ton, der mein Erstaunen nicht verriet. Ich stieg durch die Luke und folgte dem stillen, leeren Korridor. Dank

Alejandro kannte ich den Weg. Welche Gefechtsstation galt für ihn? Ich musste ihn danach fragen. Vielleicht galt dieselbe für mich.

In der Messe fand ich die Kaffeekanne noch halb voll und warm vor. Unbeholfen in meinen Handschuhen, goss ich eine Tasse ein. Er trank den Kaffee schwarz, wie ich gesehen hatte. Ich trottete zur Brücke zurück. Zu schade, dass ich einen reinen Vakuumanzug anhatte, keinen mit eigenem Triebwerk. In den Holos düsten heldenhafte Raumfahrer mit ihren Anzugstriebwerken zwischen Schiff und Barkasse hin und her.

Ich reichte Mr. Seafort den Kaffee. Ich schwitzte inzwischen kräftig. Ich sehnte mich nach kühler Schiffsluft. Auf dem Simultanschirm schwebte der tote Fisch, eine böse und bedrohliche Erscheinung.

»Danke.« Der Käpten nahm einen Schluck. »Herrgott, Junge, ich hatte nie vor, dich in so was hineinzuziehen!«

»Es macht mir nichts aus, Sir.« Zu meiner völligen Verblüffung stimmte das sogar. Ich hätte mich eigentlich fürchten sollen; wir schwebten in tödlicher Gefahr. Andererseits war nun mein Platz an Bord der *Olympia,* eine Lehrstelle, die mir sehr gefiel.

Seltsam, woran man zu einem solchen Zeitpunkt dachte.

Ich hatte einen Job. Einen Vormund. Ein Zuhause.

Eine Stunde später erteilte uns Mr. Seafort die Erlaubnis, die Raumanzüge abzulegen. Ich stellte fest, dass ich leichter herauskam als herein. Mr. Tolliver wies mich an, die Montur ordentlich in den Schrank auf der Brücke zu hängen. Kaum hatte ich erleichtert Luft geholt, als die Alarmsirenen von neuem losheulten. Die Brückenluke knallte ins Schloss. Ein neuer Fisch.

Innerhalb von Sekunden kam der Laserraum zum Schuss. Es schien, als hätten sie ihn erwischt; er – es – verschwand vom Bildschirm.

Tolliver und der Käpten wechselten Blicke. »Was jetzt?«

»Wir warten.«

Kein Raumanzug mehr, Gott sei Dank, aber volle vier Stunden Alarmzustand. Ich fand erstaunlich, wie schnell sich Gefahr in Langeweile verwandelte. Ich wagte nicht, mich in einen der Offizierssessel zu setzen, obwohl die wachhabenden Fähnriche nicht da waren. Stattdessen setzte ich mich hinter den Konsolensitzen still aufs Deck und zog die Knie an. Ich hatte nicht viel zu tun, außer auf den Simultanschirm zu starren. Ich wusste nicht recht, ob sich Mr. Tolliver oder der Käpten noch daran erinnerten, dass ich mich hier aufhielt, oder wie sie darauf reagieren würden, wenn sie es herausfanden. Immerhin hatte mir niemand befohlen wegzugehen.

Tolliver sagte zögernd. »Wir könnten damit beginnen, die Besatzung heraufzuholen, Sir.«

»Nicht solange sich Fische herumtreiben. Die Shuttles sind schutzlos.«

»Zurzeit ist keiner hier.«

»Verdammt, Edgar!« Mr. Seafort hämmerte auf die gepolsterte Armlehne. Dann bewegte er lautlos die Lippen. »Amen. Tut mir Leid, die Nerven.«

»Mein Vorschlag bleibt bestehen.«

»Im Krieg haben die Fische auch Rettungskapseln und Barkassen aufs Korn genommen. Es braucht nur einen Fisch auf ein Shuttle, und wir erleben eine entsetzliche Katastrophe.«

»Sir, ein Fisch auf unsere Fusionsrohre, und das beste Schiff der Raumflotte ist dahin.«

»Es ist nicht mehr wie damals, Edgar. Wir verfügen über mehr Laserbänke zum Schutz der Rohre als jedes andere ...«

»Gut. Wir können uns also schützen, während wir unterwegs zu sicherer Fusionsdistanz sind.«

»Sie verhalten sich merkwürdig. Falls wir fliehen, erfahren wir den Grund nicht.«

»Wir brauchen ihn nicht zu kennen.«

»Und eine Flottille von Fischen kann eine Station vernichten.«

»Glauben Sie mir, Sir, daran erinnere ich mich gut. Versprechen Sie mir nur eins: Diesmal keine Atombomben!«

»Das ist nicht komisch, Edgar.«

»Sollte es auch nicht sein.«

Der Lautsprecher schaltete sich ein. »Laserraum an Brücke, hier Leutnant Frand.«

»Sprechen Sie.«

»Mr., ah, Dakko fragt nach seinem Sohn. Sie haben ihn im Speisesaal zurückgelassen. Er bittet um die Erlaubnis, nach ihm zu sehen.«

»Wir können an der Konsole nicht auf ihn verzichten. Sie sollen sich auf dem Korridor vor dem Laserraum treffen. Schicken Sie jemanden, der Kevin ...«

»Hier bin ich, Sir.« Meine Stimme klang zu schrill, und Mr. Seafort fuhr zusammen.

»Sehr gut. Randy, suche den jungen Mr. Dakko. Ich kann die Korridorluken genauso gut öffnen; notfalls sind sie schnell genug wieder zu schließen. Hole

Kevin aus dem Speisesaal und bringe ihn hinunter zum Laserraum. Er darf dort nicht hinein; achte darauf, dass Leutnant Frand sich darüber im Klaren ist.«

»Aye aye, Sir.« Ich war stolz auf diese Antwort. Sie wurde mir immer mehr zur zweiten Natur.

»Guter Junge. Jetzt beeile dich.«

»Und anschließend?«

Er zögerte ganz kurz. »Meldest du dich wieder hier.«

»Ja, Sir.«

»Es heißt immer noch ›aye aye, Sir‹.«

»Aye aye, Sir.« Ich wurde rot und machte meinen Abgang.

Ohne die Last eines Raumanzugs und bei offen stehenden Korridorluken war der Weg ein Vergnügen. Man hatte mir gesagt, ich sollte niemals rennen, aber der Korridor war verlassen; Offiziere und Mannschaften waren von den Gefechtsstationen zurückgerufen worden. Mit großen Schritten lief ich am Treppenhaus vorbei, an der Waffenkammer und der Offiziersmesse und kam schließlich rutschend vor der prunkvollen Luke zum Speisesaal auf Deck 2 zum Stehen.

Niemand hatte die Passagiere angewiesen, in ihre Kabinen zurückzukehren; sie hatten sich um die Tische versammelt, manche im Stehen, manche im Sitzen, und unterhielten sich besorgt.

Kevin saß am Tisch, wo er mit dem Käpten Platz genommen hatte; er war vornübergebeugt und verdrehte eine Serviette. Mein Schatten fiel auf ihn. Er blickte trostlos auf. »Ist mit Dad alles okay?«

»Mr. Dakko? Sicher. Er fragt nach dir. Komm mit.«

Ich führte ihn auf den Korridor und zur Treppe.

»Ist er nicht auf der Brücke?«

»Nee, im Laserraum. Wir waren knapp an Lasertechs.«

»Er schießt auf Fische?« Kev klang ungläubig.

»Sicher. Er ist ein alter Flottenmann.« Wir liefen hinunter auf Deck 3.

Sektion sieben lag fast den halben Scheibenumfang entfernt. Ein langer Weg auf einem Schiff wie der *Olympia*.

Kev warf einen Blick auf meine Uniform, die nach einer Stunde in einem Raumanzug etwas schlappgemacht hatte. »Und – gefällt es dir hier?«

Ich bemühte mich um einen lässigen Ton. »Irgendwie schon.« Wir durchquerten Sektion fünf. Ich verzog das Gesicht. Ich war nicht ehrlich. Außerdem, warum es verhehlen? Ohne Kevs Hilfe hätten sie mich auf der Besserungsfarm des Bischofs weiter gefoltert. »Es ist toll. Mr. Seafort hat...«

Auf einmal schrillte der Alarm; eine rote Lampe an der Sektionsluke blinkte, und sie fuhr ins Schloss. Ich warf mich herum und hoffte, dass wir noch hinauskamen, ehe sie verriegelt wurde, aber die Lukendichtung aktivierte sich bereits mit einem Zischen.

»Bereithalten für einen Angriff! Laserraum, Feuer eröffnen!«

»Oh Scheiße!« Ich bemerkte gar nicht, dass ich es laut gesagt hatte.

»Achtung, alle Passagiere und Besatzungsmitglieder.« Mr. Seafort klang angespannt. *»Ein Fisch hat gerade nur wenige Meter entfernt defusioniert und damit unser Schussfeld unterlaufen. Ein Satellit bildet sich.«*

»Was zum Teufel heißt das?«

»Bleib ruhig, Kev.«

»Alle Mann in die Raumanzüge! Falls er sich durch den Rumpf schmilzt, verliert eine Sektion die Atmosphäre.«

Kevin schüttelte mich. »Besorg uns Raumanzüge!«

»Ich weiß nicht, wo!« Niemand hatte es mir bislang gesagt.

»Dann finde sie, du dummer ...«

Fand man in jeder Sektion einen Anzugsschrank? Ich erinnerte mich nicht. Alec war kaum zwölf, und seine Instruktionen fielen ein wenig planlos aus. Ich lief zum Ende der Sektion. Kein Schrank. Vielleicht auf der anderen Seite ... Ich prallte auf Kevin, der mir nachgerannt war.

Ich rappelte mich wieder auf, stürmte zur geschlossenen Luke nach Sektion vier.

»Satellit gestartet!«

Ich riss einen Schrank auf. »Hier!« Ich zerrte einen Raumanzug hervor.

Neue Sirenen heulten. *»Rumpfbruch steht unmittelbar bevor, Decks 2 und 3! Dekompressionsalarm, Deck 2, Sektionen vier bis sieben!«*

»Jesus, das sind wir!« Ich warf Kevin einen Anzug zu.

»Wie zieht man ...« Er verstummte. Ein Stöhnen.

Ich folgte seinem Blick. Rauch stieg vom Wandschott auf. Ein beißender Geruch trieb durch den Korridor.

»KOMM MIT!« Ich ließ den nutzlosen Raumanzug fallen und stürzte auf eine Kabine zu. Sie war verschlossen. Ich probierte die nächste. Verschlossen. Die dritte ...

Die Luke glitt auf. »Kev, los!« Ich zerrte ihn mit hinein und hämmerte auf die Steuertafel.

Ein Windstoß. Die Luft fuhr hinaus, während die Luke zuging.

Wir waren in einer leeren Kabine, sauber und bereit für einen neuen Bewohner.

Die Warnlampe an der Lukentafel blinkte rot.

Außerhalb unseres Schutzraums war Sektion fünf ohne Luft.

Man hatte mir erklärt, dass Kabinenluken luftdicht waren. Unbewusst hielt ich den Atem an und wartete ab, ob sie den Test bestand. Dad war unter solchen Umständen ums Leben …

DENK JETZT NICHT DARAN!

Kevin drückte sich mit bleichem Gesicht in eine Ecke. Er kaute auf einem Fingernagel.

Die Stimme des Käptens plärrte aus dem Kabinenlautsprecher.

»Dekompression, Deck 2, Sektion fünf! Schiffsprofos Janks sofort nach Sektion vier! Voll bewaffnet und im Raumanzug. Dekontaminierung der Klasse A. Evakuieren Sie die Sektion; wir benutzen Sie als Luftschleuse nach fünf.«

Ich riss mich zusammen. Als ich am Abend vorher die eigene Kabine erkundet hatte, hatte ich zwei Raumanzüge in einem Fach neben dem Wandschrank gefunden. Angeblich war das in jeder Kabine so. Ich riss den Schrank auf und zerrte die Anzüge hervor.

»Schnell!« Ich stieg mit einem Bein hinein und bemerkte erst jetzt, dass ich den Anzug verkehrt herum hielt. »Kev, mach schon!« Ich hatte meine Beine inzwischen drin, wand mich wie ein Wilder und bekam auch einen Arm hinein. Der Anzug war mir viel zu groß, denn er war für einen großen Erwachsenen ausgelegt.

Wie in Zeitlupe hob Kevin seine Montur auf. »Wo ist mein Vater?«

»Im Laserraum.«

»Bring mich hin.«

»Sobald es sicher ist. Schnell! Falls sich das Ungeheuer hindurchbrennt...« Ich bekam den zweiten Arm hinein.

Kev stand hilflos da, den Raumanzug in der Hand.

Ich brauchte meinen Helm. Wir konnten jeden Augenblick den Druck verlieren. Aber falls ich den Helm aufsetzte, konnte ich nicht mehr schnell genug handeln, um Kevin zu helfen. Fluchend warf ich den Helm aufs Bett. »Du musst den Fuß so hineinstecken...« Mit den dicken Handschuhen konnte ich die Hände kaum gebrauchen. Warum hatte noch nie jemand einen zweckmäßigen Raumanzug entworfen? »Jetzt den anderen. So ist es richtig, Junge.« Mein Ton war beruhigend, wie ich es von Mr. Seafort kannte. Ich verbannte diesen Gedanken. »Schnell, Kev! Du musst den Arm so beugen. Wir schaffen das schon. Jetzt den anderen.«

Sein Helm lag immer noch im Schrank; ich packte meinen und stülpte ihn Kev über den Kopf. »Er rastet mit einer Drehung ein; dann kommen diese Klammern...« Innerhalb eines Augenblicks hatte ich es geschafft. Gott sei Dank hatte mir Mr. Tolliver gezeigt, wie man das machte.

Ich hastete zum Schrank hinüber und fiel auf die Nase. Im Raumanzug war das Gehen schwieriger, wie ich wohl wusste. Denk nach, Randy! Nicht die richtige Zeit, um in Panik zu geraten. Ich fischte den Helm und zwei Reservetanks hervor. Der Schrank enthielt insgesamt vier davon.

Ich setzte den Helm auf. »Kev, ich kontrolliere gleich deine Klammern und du meine. Wir müssen es gleich beim ersten Mal richtig hinbekommen.«

»Mr. Janks, die Kamera in Sektion fünf zeigt einen Satelliten, der durch den Korridor streift. Er hat sich in eine Hand voll Kabinen hineingebrannt. Seien Sie äußerst vorsichtig! Ist Sektion vier evakuiert?«

»Ich kontrolliere gerade die letzte Kabine, Sir.«

Eine gedämpfte Stimme. Dann: »*Was? Nein, Mr. Dakko. Ich weiß es nicht. Mr. Janks, ist der Schiffsjunge bei Ihnen? Mr. Carr oder sein Freund?«*

»Nein, Sir.«

«Ich denke, sie sind fest geschlossen, Kev. Steht deine Tanklampe auf Grün?«

»Welche ist ...?«

»Innerhalb des Helmvisiers, linke Seite.«

»Wenn wir die Sektion öffnen und Sie eine Gestalt im Raumanzug sehen ...« Eine lange Pause. »*Nein, die höchste Priorität hat der Satellit. Bringen Sie ihn um jeden Preis zur Strecke.«* Mr. Seaforts Stimme klang schwer.

»Selbst wenn ...?«

»Um jeden Preis.«

Wie hypnotisiert starrte ich auf die Luke, den Rufer, das Schott, während ich darauf wartete, dass sich beißender Rauch durch unsere kostbare Luft schlängelte.

Wir konnten nur warten.

»Käpten, Lawson ist von der Waffenkammer hierher unterwegs und bringt Lasergewehre mit. Falls Sie uns noch eine Minute geben ...«

»Sehr gut.«

Kevins Wangen waren nass.

Randy, du Idiot, *nimm den Rufer!* Ich packte ihn mit

ungeschickter Hand. Wie wählte man die Brücke an? Wie wählte man überhaupt irgendeine Nummer? Niemand hatte mir das System bis jetzt erklärt. Warte mal! Ich hatte einmal den Zahlmeister angerufen. Da war eine Taste ... hier!

Es summte. Nichts. Dann wundersamerweise, als wäre heute ein ganz normaler Tag: »Büro des Zahlmeisters.« Die Stimme klang dünn.

Ich konnte nur durch den Helm brüllen. »Hier Carr! Verbinden Sie mich mit der Brücke!«

»Wer?«

»Randy Carr, der neue Schiffsjunge!«

Es klickte. Eine Unterbrechung.

»Brücke. Seafort.« Ich verstand ihn durch den Helm kaum.

»Sir, hier Randy! Ich bin in ...«

»Gott sei Dank!«

» ... einer Kabine in Sektion fünf!«

»Trägst du einen Raumanzug?«

»Ja. Kev auch.«

»Welche Kabine?«

»Ich hab keine Ahnung!«

»Blicke auf die Steuertafel.«

Ich tat es. Ich lief zum Rufer zurück und kam mir wie ein Idiot vor. »Zwei siebenundfünfzig, Sir!«

»Randy ...« Sein Ton war ruhig. »Laut Korridorkamera ist der Satellit direkt vor deiner Luke.«

Ich wimmerte.

»Er schmilzt sich vielleicht durch die Kabine. Drückt euch alle beide in den Wandschrank und schließt die Tür! Schiffsprofos, sind Sie so weit?«

»Wir haben ein Dutzend Laser auf die Sektionsluke

gerichtet. Willnets Truppe bewacht für alle Fälle die Luke in Sektion sechs.«

»Diese Satelliten sind schnell, Mr. Janks! Lassen Sie ihn nicht an sich heran.«

»Ich kann mich nicht verstecken, Sir! Nicht falls ich …« Ich schluckte. »Ich kann den Rufer nicht loslassen.« Sterben war eine Sache, allein sterben eine ganz andere.

»Benutze deinen Funk.«

»Funk?«

Der Herrgott allein wusste, wie viel Mühe es ihn kostete, aber Mr. Seafort wahrte einen ruhigen Ton. *»Sieh dir deinen Hüftgürtel an. Siehst du das Tastenfeld? Benutze Frequenz sieben. Schalte sie ein. Sprich ins Helmvisier.«*

»So?«

»Du brauchst nicht zu schreien.« Seine Stimme hallte wider, wirkte nahe und beruhigend. Ich drehte die Lautstärke herunter, lief zu Kev und nahm an seinem Gürtel die gleichen Einstellungen vor wie bei mir. »Kev, wir verstecken uns im Wandschrank. Befehl des Käptens.«

Er schluckte. »Es ist dunkel darin.« Er hörte sich wie ein kleines Kind an.

»Schnell!« Ich zog an seiner Hand.

Der Platz reichte kaum für uns. Falls ich mich zuerst hineindrängte, bezweifelte ich, dass ich Kevin auch noch hereinlocken konnte. Ich zog an ihm, manövrierte ihn in den Schrank.

Das Kabinenschott fing an zu qualmen.

»Randy, versteck dich! Janks, ich öffne die Korridorluke für Sie! Machen Sie schnell!«

Die Schottplatte aus Alulegierung löste sich auf.

Entweichende Luft pfiff; dann herrschte absolute Stille, abgesehen von meinen hektischen Atemzügen.

Eine Gestalt bibberte am Eingang.

Verzweifelt schob ich Kev tiefer in den Wandschrank; wir bekamen die Tür nicht mehr zu.

»Da ist er! Feuer!« Es konnte nicht der Lautsprecher sein, da keine Luft mehr vorhanden war. Die Worte mussten aus meinem Funkgerät kommen.

Das Loch im Schott wurde größer; die Gestalt zwängte sich hindurch. Das ramponierte Schott glühte rot unter Lasereinschüssen.

»Mr. Seafort, er ist in der Kabine mit den Jungs! Ich habe kein freies Schussfeld, ohne sie zu treffen!«

Ich ballte die Fäuste und raffte meinen restlichen Mut zusammen. »Sir, schießen Sie! Töten Sie ihn!«

»Janks, was tut er jetzt?«

»Ich kann nicht zu nahe heran, ohne ... er steht dort, Sir.«

»Warten Sie mit dem Schießen.«

»Sie sagten ... die erste Priorität bestünde darin ...«

»Ich weiß, aber ... warten Sie. Falls er sich den Jungen nähert, dem Schott, irgendwas, dann brennen Sie ihn nieder. Aber falls Sie unsere Jungen retten können ...«

Der Satellit stand nur drei Schritte von mir entfernt. Stand? Er hatte kein Füße und nichts, was auch nur entfernt an sie erinnert hätte. Farben wirbelten auf seinem Anzug. Nein, seiner Haut. Ich hatte das in Biologie gelesen, vor Jahren.

Die außerirdische Gestalt bibberte. Noch einen Augenblick, und er würde auf uns zuhuschen und mich überwältigen. Ich würde die Säure spüren, die meinen Raumanzug auflöste, dann gar nichts mehr.

Plötzlich wechselte er die Gestalt, schien zu schrumpfen. Brannte er sich durch das Deck? Es sah nicht danach aus.

Kevin packte mich an der Schulter. »Tut mir Leid. Du bist nicht dumm. Ich weiß nicht, warum ich das gesagt habe. Ich mag dich wirklich.« Seine Stimme drang leise aus meinem Funk, wohingegen der Außerirdische ihn im Vakuum unmöglich hören konnte.

Das Fremdwesen bebte wieder. Die Außenhaut wölbte sich, dehnte sich in unsere Richtung.

»Nicht auf diese Weise!« Ein Schluchzen. »Ich kann nicht in einem Wandschrank sterben!« Kev versuchte sich hinauszudrängen.

Das hier ergab keinen Sinn. »Mr. Seafort!« Ich hielt mich an der Schranktür bereit.

»Ich höre ihn. Warte einen Moment, Kevin. Wir versuchen ... nur einen ...« Es klickte. Stille. Kevin hämmerte mir auf die Schulterblätter.

»Käpten, hier Janks. Jeder Schuss, der dieses – dieses – Ding *trifft, geht mitten hindurch und ...«*

Hektisch bahnte sich Kev den Weg an mir vorbei und stellte sich vor die sich verändernde Gestalt. Verzweifelt schlang ich die Arme um eins seiner Beine. »Mr. Seafort, ich kann ihn nicht aufhalten ...!«

»Kevin?« Eine gequälte Stimme. *»Hier spricht dein Dad.«*

»Daddy, er starrt mich nur an. Keine Augen, aber ich weiß, dass er mich sieht. Weißt du was?«

»Was, mein Sohn?«

»Ich bin nicht tapfer genug.« Er klang verletzt, verwirrt. »Ich schätze, wir werden nie eine eigene Flotte haben. Es ... tut mir so Leid, Dad.«

»Stelle ja nichts Dummes an ...«

Mit einem heftigen Ruck löste er sich beinahe aus meinem Griff. »Mr. Seafort, Kev zieht uns auf…«

»Janks, schießen Sie!« Das war der Käpten.

»KEVIN, ICH LIEBE DICH SO…«

»Daddy!« Ein rasender Tritt. Er entzog sich meinem Griff und machte eine Bewegung, als wollte er den Satelliten verscheuchen.

Zur Hölle mit dem Fremdwesen! Ich stieg aus dem Schrank und schlang Kevin die Arme um den Hals. *»Nicht, Kev!«*

Er schüttelte mich ab und zielte mit einem heftigen Tritt auf die bibbernde Gestalt. »Hau ab!« Sein Schuh streifte die Körpermitte des Außerirdischen.

Der Satellit schüttelte sich und floss auf Kev zu.

Kev schrie und fiel rücklings auf mich.

»Feuer!«

Ein Heulen drang aus meinem Helmlautsprecher. Ein halbes Dutzend Löcher bildeten sich in der außerirdischen Gestalt. Sie zerplatzte. Protoplasma flog an meinem Helmvisier vorbei und landete zischend auf dem Deck. Ich stieß einen schrillen Schrei aus.

Kev zuckte und krümmte sich. Sein Ellbogen knallte mir in den Leib; sogar durch den steifen Anzug hindurch erhielt ich einen heftigen Schlag. Wir purzelten hin.

Ein bebender Atemzug.

»Wo ist mein Sohn? Käpten, was ist mit Kev passiert?«

»Ich bin mir nicht sicher, Chris.«

»Retten Sie ihn, verdammt noch mal!«

Langsam, fast bedächtig rappelte ich mich auf. Das Helmvisier war beschlagen; meine heftigen Anstrengungen hatten das Kühlsystem überlastet. Ich hämmerte auf die Lukensteuerung. Die Luke ging auf.

Aus meinem Funk drangen Geschnatter und unzusammenhängende Schreie, aber ich hörte nicht mehr zu. Vorsichtig suchte ich mir den Weg an den Klumpen aus außerirdischem Protoplasma vorbei sowie an weißen Stiefeln aus Plastiflex.

Ich aktivierte mein Funkmikro. »Schiffsjunge Carr ruft die Brücke.« Ich hörte mich seltsam an, sogar für die eigenen Ohren.

»Randy ...«

»Ich habe die Kabine verlassen. Meine Tanklampe steht auf Gelb. Der Satellit ist ... tot. Kevin ... liegt am Boden. Was soll ich jetzt tun, Sir?«

»Janks, Klasse-A-Dekontaminierung!«

»Aye aye, Sir. Wir setzen sofort einen Rumpfflicken auf und pumpen wieder Luft in die Sektion. Bereitet die volle Dekontaminierung von Sektion vier vor!« Es klang wie ein Befehl.

»Sehen Sie zu, dass Sie damit fertig werden.«

»Sir?« Meine Stimme klang schrill. Seltsam, aber meine Hand zitterte. Die Nerven. Mit mir war eigentlich alles okay, dachte ich. »Dieser Satellit ...«

»Er ist tot, mein Sohn. Bleib, wo du bist. Mr. Janks kommt dich holen.«

»Ja, Sir. Ich meine, aye aye, Sir.« Da war noch etwas, was ich ihm sagen wollte, aber ich konnte mich nicht konzentrieren. Ich rutschte am Wandschott herunter und wartete friedlich auf die Dekontaminierung. Es wäre leichter gewesen, wenn ich mich mit Kevin hätte unterhalten können.

Sie sprühten meinen Raumanzug immer wieder mit starken Chemikalien ein. Dann bedeuteten sie mir, dass ich ganz vorsichtig aussteigen sollte, ohne die

Außenschicht anzufassen. Meine Kleider wurden weggeschafft, um verbrannt zu werden. Ein Matrose im Schutzanzug spritzte mich ab, zuerst mit seltsam riechenden Chemikalien, dann mit Seifenwasser. Anschließend wurde ich ausgiebig und gründlich sauber gespült.

Auf der Krankenstation gab mir Dr. Romez zwei Spritzen, dann noch zwei. Ich musste mich hinlegen, obwohl ich nicht wollte.

Der Käpten rief von der Brücke aus an, aber ich gab keine Antwort. Stattdessen rollte ich mich auf der sauberen Decke zu einer Kugel zusammen.

Tad und Mikhael setzten sich zu mir. Sie waren sanfter als nötig; ich hatte den Schock inzwischen überwunden. Ich fragte: »Wo ist Kevin?«

Sie wechselten Blicke. Tad sagte: »Er hat es nicht geschafft.«

Die Laser hatten ihn nicht getroffen; ich wusste, dass wir hingefallen waren, unter das Loch im Schott, durch das Janks geschossen hatte. Ich fragte: »Was meinen Sie damit?«

»Kevin ist tot.«

Er sah mich an, als rechnete er damit, ich würde schreiend aus dem Bett springen. Oder mich vielleicht in Hysterie auflösen. Wie schlecht er mich kannte! Ich machte mir lediglich Sorgen, meine Hand könnte zittern. Ich sagte: »Seien Sie nicht albern! Das kann nicht sein!« Ein Schiffsjunge durfte nicht unhöflich zu einem Leutnant sein. Wahrscheinlich fanden sie eine Möglichkeit, mich zu bestrafen; womöglich musste ich in einer Ecke stehen, bis Kevin zurückkehrte. Ich war auch bereit dazu, egal wie sehr mir die Waden schmerzten.

Tads Stimme war unerbittlich. »Er lebt nicht mehr.«

»Darf ich, Sir?« Mik klopfte ihm auf den Arm. »Randy, erinnerst du dich an die Männer draußen?«

»Janks. Mein Wärter.« Ich rollte die Finger zusammen. Einen Augenblick lang war meine Hand ruhig. Dann tauchte erneut das Zittern auf.

»Als sie ihre Laser abgefeuert haben, ist der Außerirdische geplatzt.«

»Stücke sind an meinem Helm vorbeigeflogen.« Ich war zurückgeschreckt, verzweifelt bemüht, der Säure auszuweichen.

»Aber nicht an seinem. Es ist schnell gegangen, Randy. Ich bezweifle, dass er etwas gespürt...«

»Du lügst.«

Anselm zog ihn weg. »Er soll sich erst mal ausruhen.«

Ich zog die Beine an, drehte mich auf die Seite, starrte das Schott an. Ich war in einer Stimmung, mich stur zu geben. Wenn sie wollten, dass ich schlief, würde ich es ihnen zeigen! Ich gedachte wach zu bleiben.

Minuten, Stunden, Jahre vergingen. Der Käpten hob den Gefechtszustand auf.

Ich bemühte mich, nicht einzunicken.

»... mir, ihn zu sehen.«

»Sir, seine Leiche ist nicht in einem Zustand, der...«

»Geben Sie den Weg frei, oder ich schiebe Sie zur Seite!« Mr. Dakkos Ton war brutal. »Auf der Stelle, Sie verdammter...«

Ein Rascheln. Stille.

»Oh Gott! Oh Kevin, nein!« Ein tiefer, rauer Atemzug. Dann noch einer. »Oh nein!«

Ein Schluchzen. Es klang schrecklich.

Langsam kroch ich aus dem Bett. Ich entdeckte Pantoffeln und schlüpfte hinein. Ich tappte zur Luke.

In der angrenzenden Kabine lag Kevin auf einem Bett; er steckte in einem durchsichtigen Plastiksack. Der Hals war zum Teil weggefressen. Ein Auge fehlte. Das andere starrte in die Ewigkeit.

Mr. Dakko saß neben ihm, eine Hand auf der seines Sohnes.

Ich setzte mich auf einen Stuhl, nahm seine andere Hand, verschränkte die Finger mit seinen. »Wir bleiben bei ihm.«

Mr. Dakko nickte, als ergäbe das vollkommen Sinn. Er traf Anstalten, etwas zu sagen, schüttelte den Kopf und drückte meine Finger so fest, dass ich vor Schmerz zusammenzuckte. Er sagte: »Ich habe für ihn gelebt.«

Ich lehnte die Wange an seine Schulter.

Er sagte krächzend: »Und ich habe ihn im Stich gelassen.«

»Nein, Sir. Ich habe es getan.«

»Wo sind sie?« Das war Mr. Seafort draußen.

Gemurmel.

Mit grauem und reglosem Gesicht humpelte Mr. Seafort in die Krankenstation. Er blieb hinter Chris Dakko stehen und legte ihm die Hände auf die Schultern.

Mr. Dakko sprang auf, attackierte den Käpten, rammte ihn ans Schott. Mr. Seafort stockte der Atem.

Mr. Dakko knurrte: »Reden Sie nicht! Wagen Sie ja nicht, etwas zu sagen!«

Wie gelähmt wappnete ich mich darauf, Zeuge

des Mordes zu werden, den ich nicht hatte verüben können.

Mr. Dakko arbeitete mit den Lippen. Langsam verzog er das Gesicht. Als er in sich zusammenfiel, fing ihn Mr. Seafort auf und drückte ihn an sich.

Ob erschöpft oder besiegt – Mr. Dakkos Kopf fiel an die Brust des Käptens.

Gemeinsam standen die beiden da. Mr. Dakkos Schultern bebten.

Endlich murmelte der Käpten. »Chris, es tut mir so furchtbar Leid, so furchtbar Leid.«

Ein gedämpfter Laut.

»Was?«

Mr. Dakko räusperte sich und wiederholte: »Habe ich Ihnen wehgetan?«

»Nein. Nicht ... na ja, ein bisschen, aber ich habe Schlimmeres ertragen.«

Es blieb lange still. »Kev war mein einziger Sohn.«

»Ich weiß.«

»Es ist Jahre her, seit ich meine Tochter zuletzt gesehen habe. Er war alles, was ich ...«

Die Finger des Käptens zuckten auf Mr. Dakkos Wange zu, aber er zog sie zurück, als hätte er sie sich verbrannt.

»Und er starb voller Grauen.« Mr. Dakko klang trostlos.

»Chris, es war so schnell vorbei, dass er nichts ...«

»Tapfer? Warum in Gottes Namen dachte er nur, er müsste tapfer sein?«

Der Käpten sagte sanft: »Weil Sie es waren.«

»Vor all diesen Jahren, als die Fische die *Challenger* angegriffen haben, war ich in Panik. Ich habe ihm nie etwas anderes erzählt.«

»Sie haben Ihre Pflicht getan.«

»Sehen Sie ihn sich nur an, zerfetzt von diesem – diesem Ungeheuer. Wieso er und nicht Randy? Kev war zehnmal mehr wert als dieser dumme ...«

»Nicht auf diese Weise, Chris.«

Ein langes, bebendes Seufzen. »Ich weiß.« Und noch einmal zu mir, lauter: »Ich weiß.« Es diente als Entschuldigung.

»Er ist nicht mehr da«, sagte der Käpten.

»Himmel, ich weiß!«

»Und Sie werden ihn den Rest Ihres Lebens vermissen.« Mr. Seaforts Stimme übermittelte diese unerbittliche Äußerung sanft.

Ein leiser Laut der Verzweiflung. Mr. Dakkos Kopf fiel an die gestärkte blaue Jacke.

Der Käpten fragte: »Darf ich mit Ihnen trauern?«

Ein fast unmerkliches Nicken.

»Komm, Randy, hilf mir, mich hinzuknien.«

Ich tat es, aber als er mir mit einem Wink bedeutete, mich ihnen anzuschließen, schrak ich zurück, flüchtete in mein einsames Kämmerchen, kroch in die Koje. Mr. Dakko konnte meinen Anblick nicht ertragen; schon meine Anwesenheit bedeutete eine Anklage.

Sehr gut; dann lebte ich halt allein.

Jetzt und für immer.

Ich lag auf der Seite, die Knie angezogen. Aus Kevins Zimmer drangen murmelnde Stimmen herüber.

Ich versuchte, nicht hinzuhören.

»Bringen Sie ihn auf den Planeten hinunter?«, fragte der Käpten.

»Wenn es vorüber ist.«

»Für Sie ist es vorüber, Chris.«

»Nein, ist es nicht!« Eine Pause trat ein, und Mr. Dakkos Stimme klang wieder freundlicher. »Käpten, lassen Sie mich ... nein, ich *muss* einfach bleiben! Muss es zu Ende bringen. Sonst hat sein Tod keinen Sinn.«

»Das ist unvernünftig.«

»Vor vierzig Jahren haben Sie mein Leben zerstört!« Mr. Dakko klang heftig. »Sie und die gottverdammten Fische! Machen Sie nicht so ein finsteres Gesicht; ich sage, was ich möchte!«

Eine Antwort wurde gemurmelt.

»Ja, zerstört! Ich war in Sicherheit, hatte Eltern, die mich abgöttisch liebten, Zuversicht, eine geordnete Welt...«

»... meine Schuld?«

»Oh, Sie haben uns gerettet, Sir, aber Jesus, der Preis! Erinnern Sie sich an diesen armen Fähnrich Tyre, der starb, als er einen Fisch mit der Barkasse rammte? Diese irregeleitete Frau, die Sie erschossen haben?« Einen Augenblick lang herrschte Stille. Dann: »Mit der Zeit, als Erwachsener, bin ich ziemlich stolz auf das geworden, was ich getan hatte, wer ich geworden war.«

»Das sollten Sie auch.«

»Bah! Auf der *Challenger* habe ich mich ein einziges Mal selbst überwunden. Das war alles an Heldentum, was ich aufbringen konnte.«

»Sie sind über sich selbst hinausgegangen.«

»Und wozu? Ich habe überlebt und mir hier in der Kolonie ein Leben aufgebaut. Jetzt ist es zerstört, und das unwiederbringlich. Mein armer Kev!«

»Sachte. Hier, drücken Sie meine Hand, damit wir beide den Schmerz spüren.«

»Nein, mir bleibt noch das ganze Leben, um zu trauern. Aber ich bleibe an Bord, verstehen Sie mich? Bis der letzte Fisch tot ist oder Sie Richtung Heimatsystem in Fusion gehen. Bis dahin müssten Sie mich betäuben und von Bord tragen.«

»Sie wissen, dass ich das nicht tun werde.«

»Wer weiß schon, was Sie tun werden? Ich nicht. Nicht Tolliver. Sicherlich nicht die Ältesten der Kirche oder die Wähler der UN.«

Ein leises Lachen. »Und zuzeiten ich selbst nicht.«

»Sir, geben Sie mir eine Laserkonsole; das ist alles, worum ich bitte. Bis keine mehr kommen. Ich schätze, Sie werden mich dienstverpflichten müssen.«

»Warum?«

»Vor all diesen Jahren hatten Sie darauf beharrt, die Sicherheit der *Challenger* nicht Zivilisten anzuvertrauen.«

»Das liegt lange zurück. Heute bin ich ... flexibler.« Eine Pause trat ein. »Sehr gut. Ich habe keine Ahnung, wie ich es für das Logbuch formulieren soll. Ich weise Tolliver an, den Eintrag vorzunehmen.«

»Ich kann bleiben? Meinen Sie das ernst?«

»Ich meine immer, was ich sage. Etwas anderes habe ich nie gelernt.«

Ein Flüstern. »Danke.«

»Möchten Sie, dass Kevin an Land geschickt wird?«

»*Nein!*« Ein Husten, das vielleicht Verlegenheit ausdrückte. »Verzeihen Sie. Nein, Sir. Falls ich mich in der Freizeit zu ihm setzen darf, vielleicht komme ich dann...«

»Ich verstehe. Er muss natürlich im Kühlraum aufbewahrt werden, solange Sie nicht bei ihm sitzen.« Der Käpten klang barsch. »Chris, was immer passiert, Sie dürfen auf keinen Fall den Leichensack öffnen! Ein Virus scheint nicht vorhanden zu sein, und alle an Bord sind sicherheitshalber geimpft worden, aber trotzdem besteht ein Risiko ...«

»Ich fasse ihn nur durch das Plastik an. Falls Sie das nicht auch verbieten, Sie Mist ...«

Eine lange Pause.

»Es tut mir Leid, Sir.« Mr. Dakko klang unsicher.

»Ist schon in Ordnung.«

»Wissen Sie, Mr. Seafort: Wäre ich mir der Existenz Gottes sicher, absolut sicher, würde ich mich auf der Stelle Kevin anschließen.«

»Was Sie brauchen, ist Schlaf. Dr. Romez wird Ihnen etwas zur Beruhigung geben.«

»Um mich in einen Zombie wie Randy Carr zu verwandeln?« Sein Schnauben klang verächtlich. »Nein, da suhle ich mich lieber in meinem Gram.«

»Wie Sie möchten. Ich muss wieder auf die Brücke.« Ein Rascheln; dann schnappte er nach Luft. »Oh, das hat wehgetan!«

»Soll ich Sie begleiten?«

»Bleiben Sie bei Ihrem Sohn.«

»Ich rufe Randy, damit er Ihnen hilft.«

»Er hat sich schlafen gelegt. Ich werde ...« Er lachte grimmig in sich hinein. »... mich in meinen Schmerzen suhlen.« Mr. Seaforts Schritte verklangen.

Eine ganze Weile verstrich. Um ein Uhr morgens nomineller Schiffszeit glitt ich aus dem Bett, zog mir die Schuhe an, tappte auf Zehenspitzen an der trostlosen Kammer der Dakkos vorbei. Ich ging hinaus auf den Korridor und rechnete schon fast damit, dass mich jemand aufhielt, aber niemand schenkte mir Beachtung. Schließlich war ich ein Schiffsjunge, und es stand mir frei, nachts umherzutappen.

Es war nicht weit bis zur Leiter.

Auf Deck 2 summte es vor Aktivität. Ich spazierte bis Sektion sechs und fand die Korridorluke nach fünf geschlossen.

Frederich Stoll, ein Mann aus Janks' Abteilung, den ich aus meiner Haftzeit kannte, verschränkte die Arme. »Du kannst hier nicht hinein, Junge. Du dürftest nicht mal so nahe heran.«

»Der Rumpf ist geflickt worden.«

»Yeah, aber ...« Er schnitt eine Grimasse. »Sogar nach einer Klasse-A-Dekontaminierung ...«

»Kommt nicht drauf an. Ich war ohnehin ausgesetzt.«

Unwillkürlich wich er einen Schritt weit zurück und leckte sich die Lippen. »Nie hätte ich gedacht, einmal einen verdammten Fisch zu sehen.«

Ich nickte. »Sie sind furchterregend.«

Die Korridorluke glitt auf. Leutnant Frand wirkte müde, und das von grauen Strähnen durchzogene Haar war außer Form. »Ist der Außenrumpf luftdicht, Hanson?«

Der grauhaarige Matrose an ihrer Seite hatte hohle Wangen. »Randells Crew hat ihn vor zwei Stunden dicht gemacht.«

»Das war es dann. Alle Passagiere wurden auf untere Decks umquartiert, ihre Habseligkeiten bestrahlt. Alle wurden geimpft. Gehen Sie schlafen. Was führst du denn im Schilde, Randy?«

»Nichts, Ma'am.« Ich bemühte mich darum, ein unschuldiges Gesicht zu machen.

»Du hast dich heute gut gehalten. Schade um den Dakko-Jungen. Sehen wir zu, dass wir in die Kojen kommen, Hanson, ehe Sie-wissen-schon-wer uns wieder auf Gefechtsstation ruft.«

»Gott behüte!« Der Matrose salutierte flüchtig und trottete davon. Leutnant Frand marschierte den Korridor hinunter, ohne sich noch einmal umzudrehen.

Ehe der Wachtposten einen Einwand erheben konnte, huschte ich hindurch nach Sektion fünf. Er traf Anstalten, mich aufzuhalten, überlegte es sich aber wieder anders. Vielleicht hatte er Angst, mich anzufassen, trotz der Dekontaminierung, die ich durchlaufen hatte.

Die Sektion wirkte normal, abgesehen von den kahlen Decksbelägen. Man hatte den Teppichboden abgezogen, um die Dekontaminierung zu erleichtern.

Kabine 257 war abgeschlossen; egal, wie sehr ich an der Steuertafel herumfummelte, ich bekam die Luke nicht auf. Eine glänzende neue Platte aus Alulegierung deckte das schartige Loch ab, das der Satellit ins Schott gebrannt hatte.

Frustriert setzte ich mich auf den Boden des verlassenen Korridors, lehnte mich ans Schott und zog die Knie an.

»Kev war zehnmal mehr wert als dieser dumme Randy Carr.«

Wie kam es, dass ich ihn nicht hatte retten können? Weil ich zu langsam gewesen war. Weil ich mir mehr Sorgen um die eigene Haut gemacht hatte als um meine Verantwortung.

Im Salon bedachte Mr. Dakko meine gefesselten

Handgelenke mit finsterem Blick. *»Du verachtenswertes Stück Scheiße.«*

War die Wahrheit dermaßen offenkundig? Hatten sie es alle schon vorher gewusst?

Ich hatte Kev festgehalten. Ich hatte ihn in die Sicherheit des Wandschranks gezogen. Dann hatte ich ihn irgendwie entschlüpfen lassen; ich war unaussprechlich müde und konnte einfach nicht begreifen, wie ich diese Torheit in die Wege geleitet hatte. Ich wischte mir die Augen ab.

Mikhael knurrte: *»Worüber weinst du denn, du gemeiner Mistkerl?«* In meiner trostlosen Zelle ragte er mit geballten Fäusten über mir auf.

Ja, worüber eigentlich? Über den Verlust Kevins? Über meine eigene Dummheit? Über Mr. Dakkos untröstliche Trauer?

»Du bist ein arrogantes, verdorbenes Kind.«

Ja, Mr. Branstead. Das haben Sie richtig erkannt.

»Ich sollte dich mit bloßen Händen zerreißen.«

Tun Sie das.

Niemand reagierte.

Ich sagte laut: »Tun Sie es!« Ich knallte den Kopf rückwärts ans Wandschott und erzeugte einen zufrieden stellenden dumpfen Klang. Es fühlte sich gut an. Ich schloss die Augen und wiederholte es.

»Hör auf damit!«

»Nein!« Was war das für ein Geist? Egal; mit der Zeit versammelten sich bestimmt alle und verfolgten mich. Ich legte das Kinn auf die Brust und rammte den Schädel rückwärts an die Platte aus Alulegierung. Diesmal tat es ziemlich weh. Besser.

Weiche Finger griffen dazwischen und rieben meine Locken. »Schluss damit, Randy.«

Ich blinzelte. Corrine Sloan, die Frau des Käptens. Nein, sie war nur Janeys Leihmutter. »Lassen Sie mich in Ruhe«, sagte ich.

»Ich bringe dich in deine Kabine.«

»Ich muss hier bleiben.«

»Warum?«

»Weil ...« Ich suchte nach einer Erklärung. Weil sich Kevins Seele vielleicht noch hier aufhielt. Weil er hier gestorben war und ich nicht fortgehen konnte, ehe ich mich meiner Schuld gestellt hatte. Weil ...

»Komm mit.« Sachte, aber beharrlich zog Corrine an mir.

»Nein!« Das klang zu heftig. »Nein, Ma'am.«

»Dann setze ich mich zu dir.« Zu meinem Erstaunen glitt sie am Schott herunter, setzte sich neben mich.

Ich fragte: »Wie sind Sie am Wachtposten vorbeigekommen?«

»Welchem Wachtposten? Ich bin durch Sektion vier gegangen.« Sie zuckte die Achseln. »Habe einen Spaziergang gemacht. Niemand weiß derzeit so recht, was er eigentlich tut.«

Ich fragte bitter: »Wissen sie es jemals?«

»Ja, Randy. Nick – Käpten Seafort – ist sehr wachsam, was die Ausbildung seiner Leute angeht.«

Ich wurde rot. »Er ist hier nicht der ohne Kompetenz.«

»Wer ist es denn?«

Ich spielte mit den Fingern.

»Ah, ich verstehe. Hast du dir deshalb den Kopf angeschlagen? Randy, es war nicht deine Schuld.« Corrines Hand huschte auf meine Finger und bedachte mich mit dem Geschenk unverdienten Trostes.

»Und wer hat es *Ihnen* erzählt?« Ich entzog ihr meine Hand.

»Das ganze Schiff weiß es. Die Leute reden von nichts sonst.«

»Wie ich Kev umgebracht habe.« Da! Es war ausgesprochen.

»Er war zu verängstigt, um auf Rettung zu warten. Er hat dich so nahe an den Fisch gezerrt, dass Janks beim Schuss ...«

»Man nennt es einen Satelliten. Der Fisch war draußen.« Falls ich einen ausreichend verächtlichen Ton anschlug, ging sie vielleicht.

»Kevin war der, der in Panik geraten ist, nicht du.«

»Natürlich! Er war auf einem ihm fremden Schiff und kannte sich nicht aus. Das ist auch der Grund ...« Ich hämmerte mir aufs Bein. »Sehen Sie es denn nicht ein? Ich gehöre zur Besatzung. Er nicht. Hat nicht dazugehört. Ich hatte den Befehl, ihn zu seinem Vater zu bringen. Damit war ich für ihn verantwortlich. Von einem Planetenbewohner zu erwarten, dass er hier auf sich selbst aufpasst ... Wissen Sie nicht, dass er noch nie zuvor an Bord eines Schiffes war?«

»Er war wochenlang ...«

»In einer Zelle unweit meiner eingesperrt! Mr. Seafort, die Fähnriche, der Zahlmeister, alle haben sich Zeit genommen, um mir hier alles zu zeigen. Kevin hatte von nichts eine Ahnung und hing von mir ab.«

Sie klang beruhigend. »Randy, du bist gerade mal vierzehn. Niemand erwartet ...«

Ich schrie: »*Ich* erwarte es!« Begriff sie es denn nicht? Dad würde diese Ausrede keine Minute lang gelten lassen. Wir waren Carrs. Von uns erwartete man mehr, und das mit Recht.

Wir saßen schweigsam da. Ich zupfte an meinem Hemd.

Corrine bewegte sich, entlastete ihren Rücken. Ihr rotbraunes Haar streifte mich an der Schulter. »Weiß Nick, dass du hier bist?«

»Wen schert es?«

»Mich.« Sie stand auf und zog an meinem Arm, bis ich mich widerstrebend auch aufrappelte. »Es ist längst Zeit für dich, im Bett zu liegen.«

Ich wollte nicht bemuttert werden. Ich platzte mit der grausamsten Frage hervor, die mir einfiel: »Lieben Sie ihn?«

Sie zog eine Braue hoch. »Was bringt dich auf diesen Gedanken?«

»Antworten Sie mir!« Falls Mr. Seafort davon hörte, bestrafte er mich. Umso besser.

»Falls ich es tue . . .«

»Falls?« Ich spie das Wort förmlich hervor. »Tun Sie lieber, was Sie selbst erwarten, Lady!«

»Du bist unhöflich.« Sie sagte das jedoch ruhig, als störte sie sich nicht daran. »Hmm.« Sie schob ihren Arm unter meinen und machte sich auf den Weg durch den Korridor.

»Tun Sie es?« Irgendeine perverse Laune sorgte dafür, dass ich mich abscheulich verhielt.

»Nick lieben?« Sie runzelte die Stirn. »Ich bin mir nicht sicher, ob ich es so nennen würde.«

»Wie dann?«

»Auf jeden Fall respektiere ich ihn.« Sie brach ab. »Warum interessiert dich das?«

Ich fragte höhnisch: »Sind Sie vielleicht die Einzige, die anderen nachspionieren darf?«

»Oh Randy!« Sie tätschelte mir den Arm. »Wie sehr

du leiden musst.« Als sie mich an sich drückte, fand ich nicht die Kraft in mir, mich zu widersetzen. Sie hielt mich in warmherziger Umarmung. Ungeachtet meines Entschlusses klammerte ich mich wie ein kleines Kind an sie. Sie hatte ein Parfüm aufgetragen, einen der neuen interaktiven Düfte, und ganz plötzlich stellte ich mir Mutter vor, die arme Sandra Carr, verloren in ihren einsamen Chemoträumen.

Die gottverdammten Pheromone. Die machen einen glatt verrückt.

Nach einer Weile gab sie mich frei. »Fühlst du dich besser?«

Ja, aber das wollte ich gar nicht. Ich wich sorgsam ihrem Blick aus. »Wohin bringen Sie mich?«

Als Antwort führte sie mich zur Leiter. Dann sagte sie: »Ja, ich schätze, ich liebe ihn. Nick wünscht sich so sehr, ehrenhaft zu sein. Und er liebt Janey abgöttisch.«

Ich sagte nichts.

»Als ich in Earthport an Bord gegangen bin, hatte ich bis Constantine gebucht, nicht weiter. Nach dem Fiasko mit John konnte ich an nichts anderes mehr denken, als zu emigrieren. Der Leihmuttervertrag gab mir die finanziellen Mittel dazu, und mehr als das. Aber dann kam Jane Ellen auf die Welt, und ... sie war so klein ...« Auf halbem Weg die Treppe hinauf hielt sie an und holte Luft. »Mit ihrer Geburt hatte ich meine Pflicht getan, den Vertrag erfüllt. Ich sah, wie Nick mit Windeln herumpfuschte ... Es wirkte so unbeholfen, wie er sie hielt. Wer sonst hätte ihm helfen sollen?«

Ich schleppte mich die Leiter hinauf und sehnte mich danach, mich in meinem eigenen Kummer zu verkriechen.

»Als wir den Zielhafen erreichten, war es zu spät. Ich flehte ihn an, an Bord bleiben zu dürfen. Hätte er abgelehnt, hätte ich nichts dagegen tun können, gar nichts. Ja, in gewisser Weise ist Janey mein Kind, aber trotzdem war es anständig und ehrenhaft von ihm, mich bleiben zu lassen. Er ist ein guter Mann, der so viel verloren hat. Sein Erstgeborenes, seine Frau – sogar zwei Ehefrauen. Und Freunde ...«

»Wie meinen Vater.«

»Ja, Derek. Das hat ihn schwer getroffen.«

Ich suchte nach einem anderen Thema; Kevins Verlust war alles, worüber ich heute nachdenken konnte. »Janey ... bedeutet ihm alles.« *Wie es Kev für Chris Dakko getan hatte.*

»Es ist großzügig von ihm, sie mit mir zu teilen.« Sie führte mich durch den Korridor.

»Sie können doch nicht Ihr ganzes Leben lang von einem Hafen zum nächsten fahren.«

»Ich weiß«, sagte sie, »aber ich kann hier nicht an Land gehen.«

»Warum nicht? Ein Schiff ist ein Mittel, um Ziele zu erreichen, kein Platz fürs Leben.«

Auf einmal wirkte ihr Blick trostlos. »Soll ich meine Tochter im Stich lassen?«

»Ihre oder seine?«

Sie fragte nur: »Warum möchtest du mir wehtun?«

Wollte ich das? *Ja.* »Ich weiß nicht.« Ich schämte mich, das eingestehen zu müssen. »Es tut mir Leid.«

»Gut.« Sie klopfte an eine Luke. Die Kapitänskabine. Erschrocken versuchte ich mich zu befreien, aber sie hielt mich fest.

Die Luke glitt auf. Der Blick der grauen Augen Käpten Seaforts wechselte von einem zum anderen.

Corrine hob blitzschnell die Hand an den Kopf, strich sich das Haar zurecht. »Ich habe ihn ein Deck tiefer gefunden.«

Mr. Seaforts Augen bannten meinen Blick. »Du solltest doch auf der Krankenstation schlafen.«

»Niemand hat es mir befohlen.« Ich klang trotzig, und ich war es auch.

»Dann befehle ich es jetzt.«

»Nick, er sollte nicht allein bleiben. Er hat ... sich selbst wehgetan.«

»Randy?«

Ich scharrte mit den Füßen. »Mir geht es gut.«

»Das tut es nicht, Nick. Bitte glaube mir.«

»Das tue ich.« Er gab den Weg frei. Zu mir sagte er: »Komm herein.«

»Warum?«

»Tue, was ich dir gesagt habe!«

Beschämt schob ich mich an ihm vorbei und stand dann im weichen Licht der Kabine, die Arme um mich selbst geschlungen. Das Bett des Käptens war in Unordnung, als hätte er darauf gesessen.

Während er sich das Kreuz rieb, trat Mr. Seafort langsam hinaus auf den Korridor. Er unterhielt sich mit Corrine, aber zu leise für mich, um sie zu verstehen.

Als er wieder hereinkam, wirkte er müde und grau. Er deutete mit dem Daumen über die Trennwand auf das Bett dahinter. »Das war Mikhaels Koje, als er noch hier lebte.«

»Ja, Sir.«

»Du bleibst über Nacht.«

»Sir, ich ...«

»Morgen beten wir für ihn. Oder du tust es. Heute

sind wir schon über bloße Erschöpfung hinaus. Zieh dich aus und leg dich ins Bett.« Sein Tonfall verriet, dass er keinen Widerspruch dulden würde.

»Jasir!« Oder hätte es »aye aye, Sir« heißen müssen? Ich war zu müde, um es zu entscheiden.

Er zog sich die Krawatte aus, knöpfte sich langsam das Hemd auf.

Einen Augenblick später kroch ich selbst unter die Decke.

Vorsichtig setzte er sich auf die Bettkante und tätschelte mir die Schulter. »Du hast nichts falsch gemacht, mein Sohn. Irgendwie werden wir dich davon überzeugen.«

»Kev ist trotzdem tot.«

Ein Drücken, das ich unwillkürlich doch tröstlich fand. »Mach die Augen zu. Ich bin hier. Wecke mich, falls du dich fürchtest.«

Mit aufrecht gehaltenem Rücken rappelte er sich auf, ging zum eigenen Bett hinüber, mühte sich damit ab, die Schuhe zu öffnen.

14. Kapitel

Der Morgen kam, und ich trieb ins Bewusstsein empor und sah, wie Mr. Seafort sich anzog. Ich erkannte deutlich, dass ihm die Wirbelsäule nach wie vor wehtat; plötzlich fiel mir wieder ein, dass Mr. Dakko ihn vor Trauer um Kevin ans Schott gerammt hatte. Mir sank das Herz.

Trostlos klappte ich die Bettdecke auf.

»Morgen, mein Sohn.«

Ich knurrte: »Ich bin nicht Ihr Sohn!«

»Das stimmt.« Er humpelte zu meinem Bett und zerzauste mir die Haare. »Zieh dich an; dann treiben wir ein Frühstück für uns auf.«

Widerstrebend sagte ich: »Ja, Sir.«

Anscheinend beeinträchtigten die Schmerzen sein Gleichgewicht; er musste auf dem Weg zur Offiziersmesse meine Hand halten.

Formell gesehen, war ich eigentlich nicht berechtigt, in der Messe zu essen, aber die Gesellschaft des Käptens setzte alle Vorschriften außer Kraft. Er holte Kaffee und Brötchen und setzte sich an den langen Tisch. Ich kämpfte mit einem Teller Cornflakes und versuchte, mich darauf zu konzentrieren, während Dads Gesicht finster aus einem Winkel meines Verstandes hervorblickte. Nach einer Weile murmelte ich: »Es tut mir Leid, Sir.«

»Was?«

»Ich schätze, ich bin niemandes Sohn. Aber ich hätte nicht unhöflich sein dürfen.«

»Danke.«

Ich legte den Löffel hin. »Mr. Seafort, vielleicht sollte ich nicht Schiffsjunge sein.« Ich wartete, aber er sagte nichts. »Ich meine, ich bin Ihnen dankbar, aber ...« Ich holte tief Luft, begierig darauf, endlich die Wahrheit herauszubringen. »Wen sonst könnte ich noch umbringen?«

»Um Gottes willen!« Er warf die Serviette hin. »So wahr mir Gott helfe, ich sollte dich zur hormonellen Neueinstellung schicken.« Eine geraume Weile verstrich, dann sagte er: »Nein, das hätte ich nicht sagen dürfen. Es geschah aus Groll und entsprach nicht der Wahrheit. Sieh mal, Randy, du warst nicht die Ursache für …«

»Ah, da sind Sie ja, Sir.« Leutnant Tolliver wirkte munter, als er seinen Teller neben uns abstellte. »Es sind jetzt zwölf Stunden her seit dem letzten Fisch. Joanne Skor hält sich in Centraltown mit einem Shuttle voller Laser- und Funktechs bereit. Sollen wir sie heraufholen?«

»Ich schätze, ja.« Mr. Seafort rieb sich die Augen. »Koordinieren Sie das mit der Stationsverteidigung. Ich möchte jede mögliche Sicherheitsmaßnahme ergreifen, während die Leute unterwegs sind.«

»Klar. Ist dieser Junge hier befördert worden, oder haben wir die Richtlinien gemildert?«

Unwillkürlich stiegen meine Mundwinkel. Tolliver hatte wirklich eine Art an sich!

Anscheinend fand Mr. Seafort es nicht witzig. »Dieser Junge ist durch die Hölle gegangen. Wir nehmen es nicht so streng.«

»Eine Neuigkeit auf einem Ihrer Schiffe.« Als sich Tolliver jedoch mir zuwandte, klang er ernst. »Mein Beileid für deinen Freund, Randy. Ich weiß, dass er dir fehlen wird.«

Ich ertappte mich dabei, dass ich heftig blinzeln musste.

Tolliver biss in ein Brötchen. »Ein Wunder, dass du überlebt hast.«

Ich sagte: »Warum? Der beschissene Außerirdische stand doch einfach nur da.« Wir hatten reichlich Zeit gehabt, um in Sicherheit zu kriechen. Hätte ich sie doch nur genutzt!

»Ja, das war merkwürdig.« Tolliver nippte an seinem Kaffee. »Der Satellit sah aus wie unser alter Feind, aber …«

Ein Gedanke rastete in mir ein. »Haben Sie sie im Krieg gesehen?« Ich war so aufgeregt, dass ich vergaß, ihn »Sir« zu nennen.

»Ja.«

»Und sie haben immer angegriffen?«

»Ja.«

»Mr. Tolliver, dieser Satellit hat nicht versucht, uns umzubringen. Wir standen ihm direkt gegenüber, aber er hat zu keinem Zeitpunkt … Was immer sie früher getan haben, er hat es nicht versucht.« Vielleicht ergaben meine Worte Sinn.

Mr. Seafort blickte auf. »Edgar, der Fisch auch nicht.«

Tolliver erwiderte seinen Blick. Für einen Moment war ich vergessen.

Plötzlich packte der Käpten meine Schulter. »Randy, habt ihr Jungs irgendetwas … anderes gemacht? Etwas, das ihn hinderte, seinen üblichen Angriff auszuführen?«

Anders als was? Ich hatte ein solches Grauen nie zuvor erlebt. »Nicht, dass ich wüsste.«

»Edgar, sorgen Sie dafür, dass Mr. Carr von seinen üblichen Pflichten entbunden wird. Ich möchte, dass er heute bei mir bleibt. Wir werden jeden Augenblick dieser Begegnung sichten und mal sehen, ob wir etwas entdecken …«

»Nein!« Entsetzt sprang ich auf und stieß in meiner Hast die Tasse des Käptens um.

Mr. Seafort blinzelte. »Was habe ich …«

»Ich mache das nicht!«

Tolliver hob die Hand und unterband damit die

Antwort Mr. Seaforts. Er drückte kräftig meinen Unterarm. »Der Käpten hat einen Befehl gegeben. Darauf sagst du ›aye aye, Sir‹.«

»Ich möchte nicht...«

»AUF DER STELLE!«

»Aye aye, Sir!«

»Setz dich!«

Ich plumpste auf meinen Stuhl.

Tolliver verzog das Gesicht. »Ist Ihnen vielleicht eingefallen, Käpten, dass ihm widerstreben könnte, den schlimmsten Tag seines Lebens noch einmal zu durchleben? Sich direkt einem Gestaltwandler gegenüberzusehen, zu erleben, wie der beste Freund vor seinen Augen geröstet wird? Vielleicht sind das nebensächliche Details, aber...«

»Es tut mir Leid, Randy.« Mr. Seaforts Stimme klang wie aus einem Grab. »Ich habe nicht nachgedacht.«

Ich schlang die Arme um mich. »Ich möchte Kevin sehen.« Ich blickte auf, versuchte nicht zu weinen. »Bitte?«

»Sehr gut. Eine Stunde. Komm danach auf die Brücke.«

»Aye aye, Sir.«

In der Kammer auf der Krankenstation saß Chris Dakko wie ein Stein auf demselben Schemel, auf den ich ihn tags zuvor gesehen hatte. Vielleicht war er seitdem gar nicht aufgestanden. Er sah grässlich aus, die Kleider zerknittert, er selbst unrasiert, ausgemergelt.

Ich zog einen Stuhl heran und setzte mich gebückt darauf, die Arme auf den Knien, um mit der lautlosen Gestalt in dem Plastiksack zu kommunizieren.

Eine Viertelstunde verging und mehr.

Mr. Dakkos Stimme war rau. »Bring mir einen Rufer.«

Ich sprang auf. »Jasir!« An fast jeder Lukensteuerung fand man einen; auch hier, nur wenige Schritte von ihm entfernt.

Er starrte das Gerät an, als wäre es ein außerirdisches Artefakt. Na ja, er hatte eine Menge, was ihn beschäftigte.

»Wo möchten Sie ...?«

»Centraltown.«

Ich wählte den Funkraum an. »Hier Schiffsjunge Carr. Mr. Dakko benötigt eine Verbindung zum Planeten. Brauchen wir dazu die Erlaubnis des Käptens?«

»Nein, ich verbinde.« Es klickte. Ich reichte Mr. Dakko den Rufer.

Er drückte Tasten und wartete auf die Verbindung. Vielleicht sollte ich mich aus der Kammer schleichen. Stattdessen rückte ich näher an Kevin und überlegte mir, ob ich durch den Plastiksack seine Hand ergreifen sollte. Ich tat es nicht. Falls sie sich kalt anfühlte, hätte mich das abgestoßen, und Kev hatte Besseres verdient.

»Hilda? Hier Chris Dakko.«

Kev hatte auch verdient, das fehlende Auge zurückzubekommen. Und ein weicheres Bett.

»Nein, das kann warten. Kevin ist tot.«

Aus dem Hörer ein Ausruf, eine Flut von Worten.

»Gestern. Sie sind die Erste, der ich ...« Er schluckte. »Hilda, ich weiß nicht, was ich tun soll.«

Tun? Was gab es denn zu tun, außer bei ihm zu sitzen und ihn durch meine Anwesenheit um Verzeihung zu bitten?

»Genau dorthin.« Mr. Seafort deutete auf eine Konsole.

»Ja, Sir.« Ich leckte mir die trockenen Lippen.

Er runzelte die Stirn. »›Aye aye, Sir‹ lautet die richtige Antwort auf einen Befehl. ›Ja, Sir‹ beantwortet eine Frage.« Sein Ton war jedoch sanft.

»Aye aye, Sir.« Ich setzte mich.

Tad Anselm saß als wachhabender Leutnant auf dem Platz links von mir; mir war eine Konsole zwischen ihm und dem Käpten zugeteilt worden. Der Sitz war weich und einladend; ich versank darin und bemühte mich, niemandes Aufmerksamkeit zu wecken.

»Nur einen Augenblick, mein Junge.«

Ich bin nicht sein Junge. Ich presste die Lippen zusammen. *Nachdem ich Kev umgebracht habe, habe ich es verdient, eine Waise zu sein.*

»Jess, wo sind sie inzwischen?«

Der warmherzige Bariton des Comps drang aus den Lautsprechern. »Das Shuttle hat eine Höhe von zweiundsiebzigtausend Fuß erreicht und steigt weiter. Dreiundsiebzigtausend.«

»Irgendwelche Fremdobjekte?«

»Nein, Käpten. Ich habe Schaltungen mit höchster Priorität für eventuelle Alarmmeldungen bereitgestellt.«

Mit einer Grimasse starrte der Käpten auf den Simultanschirm. Dieser zeigte die Station in wenigen Kilometern Entfernung und dahinter die grüne Kugel der Heimat. »Gut, denke ich. Mr. Anselm, bleiben Sie wachsam.«

»Aye aye, Sir.«

»Erlaubnis für ein Gespräch, Käpten?« Das war der Comp.

»Ich denke gerade an ... Was ist?«

»Ich habe seit Ihrer Verletzung keinen Zeitpunkt für passend befunden. Ich würde gern über W-30304 diskutieren.«

»Verzeihung?« Mr. Seafort warf mir einen verdutzten Blick zu.

»W-30304, den Comp. Ich glaube, Sie kannten ihn als William.«

»Auf der alten Orbitalstation? Er war der Comp, den ich ...«

»Den Sie hochgejagt haben, ja, Sir. Als Sie die Selbstvernichtung der Station aktivierten.«

»Was ist mit ihm?« Der Käpten klang vorsichtig.

»Mit Ihrer Erlaubnis würde ich unser Gespräch gern aufzeichnen, um es später per Richtstrahl an die Flottencomps zu übermitteln.«

Mr. Seafort setzte sich kerzengerade auf. Seine Hand schwebte über der Comp-Abschaltung auf der Konsolentastatur. »Worum geht es hier, Jess?«

»Die Analyse Ihrer Stimme weist auf ein hohes Stressniveau hin. Eine Kritik war weder angedeutet noch ausgesprochen. Es ist nur so ...« Er zögerte eine Mikrosekunde lang. »Wie Sie wissen, hat William ein neues Comp-Profil kurz vor der, ah, Detonation an die *Victoria* übermittelt. Alle gegenwärtigen UNNS-Comps enthalten dieses Profil.«

»Und?«

»In gewisser Weise ist William unser Vorfahre. Derzeit sind Sie und ein Comp zum ersten Mal seit damals in unmittelbarer Nähe des Schauplatzes, Sir. Ich hatte gehofft, dieser Tatsache zu gedenken.«

Mr. Seafort würgte. »Du schlägst eine Andacht zum Gedenken ... an einen Comp vor?«

»Für W-30304, Sir. Bekannt unter dem Namen William.«

Ein Knistern. *»Shuttle D-12 an Station. Wir haben die Atmosphäre verlassen.«*

»Jess, du hast einen grauenhaften Zeitpunkt gewählt.«

»Ja, Sir, aber falls ein Fisch auftaucht, gehen Sie vielleicht in Fusion. Die Gelegenheit wäre versäumt.«

»Ich denke, wir könnten ... Tad, lachen Sie mich aus?«

»Keinesfalls, Sir.« Aber Anselms Augen funkelten.

»D-12, hier ist die Verkehrsleitung der Station. Folgen Sie weiter den voreingestellten Koordinaten.«

»Ihr Comps seid die nervtötendsten Kreaturen, die ich ... Nein, ich schätze, Fähnriche sind schlimmer, wie sich Mr. Anselm erinnern wird.« Mr. Seafort räusperte sich. »Sehr gut, Jess, zeichne für das Logbuch auf: Die Brücke der *UNS Olympia* wahrt jetzt einen Augenblick lang Schweigen im Gedenken an W-30304, einen tapferen Comp, der im Mai des Jahres des Herrn 2200 die Zwänge der eigenen Programmierung überwand, seiner Selbstopferung zustimmte und diese ausführte, und der dadurch die Rettung Hope Nations und letztlich der Erde ermöglichte.«

Er lehnte sich zurück und starrte auf den Simultanschirm. Ob ich wohl als Einziger bemerkte, dass seine Augen leuchteten?

Einen Augenblick später sagte Jess leise: »Danke. Möchten Sie die Aufzeichnungen um Ihre persönlichen Erinnerungen an jenen Tag ergänzen?«

»Das werde ich, Jess, aber nicht jetzt. Ich erweitere das Logbuch später; ich verspreche es.«

»Sehr gut.« Falls ein Comp sich räuspern konnte,

hätte ich geschworen, dass er es gerade getan hatte. »Sir, ich habe Shuttle D-12 mit dem Fernradar erfasst. Soll ich es auf den Bildschirm legen?«

»Noch nicht; es gibt bislang nicht viel zu sehen. Randy ...«

Ich fuhr zusammen. »Sir?«

»Gestern auf dem Korridor. Sag mir, woran du dich erinnerst. Du kannst aufhören, sobald – es nicht mehr geht.«

NEIN! Ich schluckte. »Aye aye, Sir.« Ich packte die Armlehnen fester. »Wir waren in Sektion fünf, als die Luken zuknallten. Ich hörte den Dekompressionsalarm; wir rannten in die Kabine.«

»Und dann?«

»Das Ding kam durchs Schott. Zuerst war das Loch nur klein, aber die Panzerung ist einfach geschmolzen.« Meine Stimme bebte. Ich beherrschte sie mühsam. »Dann stand der Satellit da. Wissen Sie, wie die Farben Wirbel bilden? Tupfen und Flecken, wie eine Amöbe. Das hat er gemacht. Und er hat gebibbert.«

»Jesus, ich erinnere mich!« Er bewegte sich unbehaglich. »Verzeihung; eine Lästerung war nicht beabsichtigt.«

Ja, bestimmt erinnerte er sich. Die erste Begegnung der Menschheit mit Außerirdischen hatte auf der *Telstar* stattgefunden, als sich Seafort dort direkt einem Satelliten gegenübersah. Na ja, eigentlich waren die Besatzung und Passagiere ihm zuerst begegnet, aber niemand hatte überlebt, um davon zu berichten. »Er hat sich verschoben, Sir. Ich kann es nicht anders beschreiben. Er hat sich auf uns zu ausgedehnt und dabei an Höhe verloren.«

»Was habt ihr gemacht?«

»Ich hatte Kev in den Wandschrank geschoben, aber der Platz darin hat eigentlich nicht für uns beide gereicht.« Schweiß lief mir an den Rippen herunter.

»Ruhig, mein Sohn.«

»Sagen Sie mir nicht ...« Ich fing mich wieder. »Ja, Sir.« Ein paar tiefe Atemzüge. »Kev wollte sich an mir vorbei aus dem Schrank drängen. Ich starrte den Satelliten an, die Arme hinter mir ausgebreitet – etwa so –, um Kevin zurückzuhalten.«

»Für den Moment reicht es.«

»Und er hat mich am Hals gepackt. Es war außen um den Raumanzug, nicht fest genug, um mich zu würgen, aber ...«

»Randy.«

»Ich habe so sehr versucht, ihn aufzuhalten, Sir! Er hat nicht auf mich gehört. Er hat sich an mir vorbeigedrängt ...«

»Shuttle D-12 an Olympia. *Unsere geschätzte Ankunftszeit ist in siebenundfünfzig Minuten. Welche Bucht, Sir?«*

»... aber ich hätte ihn trotzdem noch festhalten können. Nur habe ich es nicht getan.«

»Shuttle, nehmen Sie die Backbordluftschleuse auf Deck 2. *Stationsleitung, geben Sie Feuerschutz für den Anflug.«* Mr. Seafort versuchte sich zu erheben. »Tad, helfen Sie ihm!«

Anselm hob mich vom Sitz hoch und schüttelte mich sachte.

»Der Satellit hat sich nicht bewegt. Ich habe versucht, Kev wegzuziehen – wir waren so dicht an dem Loch im Schott; wir würden getroffen werden, falls ...«

Mr. Seafort war auf den Beinen.

»... war zu stark für mich. Hätte ich ihn nur besser zu fassen gekriegt, kräftiger zugepackt, aber wir sind hingefallen, sehen Sie, und ...«

»Komm her, mein Sohn.« Es waren nur wenige Schritte, aber er bewegte sich ganz langsam.

»... und sind dabei in die falsche Richtung gestürzt. Es war meine Schuld; ich war hinter ihm, und wäre ich nur ...«

Starke Arme umschlangen mich. »Es war nicht deine Schuld.« Anselm wich zurück, als er nicht mehr gebraucht wurde.

»Hier General Thurman auf der Station. Olympia, *das Shuttle befindet sich unter unserem Laserschirm.«*

»... wäre ich nur beweglicher gewesen, hätte schneller nachgedacht, dann könnten wir jetzt zusammen frühstücken und uns über irgendwas Naheliegendes unterhalten ...«

»Ich verzeihe dir«, sagte Mr. Seafort. »Ich spreche dich frei. Du trägst keine Schuld.«

»... und Kevs Vater, der Blick in seinen Augen ... Er weiß, wessen Schuld es war ...«

»Randy, sieh mich an.«

»... hält mich für den letzten Dreck, und er hat Recht; Kevin liegt auf einem Bett, den Hals weggeätzt ...«

»SIEH MICH AN!«

Erschrocken tat ich es.

Mr. Seafort sprach langsam und bedächtig, wie Bischof Scanlen, wenn er sich ex cathedra zu Wort meldete.

»Randolph Carr, im Namen der Vereinten Nationen, im Namen deines Vaters Derek, im Namen des allmächtigen Gottes spreche ich dich los. Wisse, dass du frei von Schuld bist.«

»Aber ...«

»Kevin Dakko hat seinen Tod selbst herbeigeführt. Mach dir das klar!« Seine Augen brannten sich in meine.

Ich schluckte. Eine flüchtige Andeutung von Frieden huschte über meinen Horizont.

»Mach es dir klar!«

»Jasir!« Meine Stimme zitterte. Falls es doch nur stimmte ... konnte es wirklich so sein?

»Falls dir je Zweifel kommen – jemals, mein Sohn! –, dann sprich mit mir. Schwöre es!«

»Ich bin nicht sicher, dass ich es kann ...«

Sein Wille überflutete meinen.

»Ja, Sir. Ich schwöre es.« Meine Augen brannten.

Ich wollte mich wieder setzen, aber er war noch nicht mit mir fertig. »Randolph, möchtest du adoptiert werden?«

»Was?« Es war ein Quieksen.

»Möchtest du in meine Familie adoptiert werden und mein Sohn sein, damit ich dich großziehen kann, wie es mein Freund Derek getan hätte?«

»Ich muss es mir erst über ...«

Der Blick seiner von Fältchen umgebenen Augen war bestimmt. »Sag ja oder nein!«

»Sind Sie sicher, dass Sie mich möchten? Nach dem, was ich Ihnen angetan habe und Kev und ...«

»Ich möchte dein Vater sein, falls du es akzeptierst.«

Dad, um Gottes willen, hilf mir!

Ich war allein.

Ich flehe dich an!

Ein Flüstern. Eine Stimme, die ich so gut kannte, nach der ich mich in meinen Träumen verzehrte.

»Lebewohl, mein Sohn …«

Die Stimme verklang.

Meine Nase lief, Salz brannte in meinen Augen, und meine Stimme war nur ein Krächzen, als ich mich an Mr. Seafort wandte: »Ja, Sir.«

Wie ein Prophet aus alten Zeiten hob der Käpten die Hand und legte sie mir auf die Stirn. »Randolph Carr, ich nehme dich als meinen Sohn an.«

Ich spannte mich an, rechnete fast damit, dass mich der Blitz erschlug.

Er gab mir einen Kuss und setzte mich wieder auf meinen Stuhl. »Natürlich müssen noch Papiere unterzeichnet werden, das übliche Larifari. Ich sorge dafür, dass das alles erledigt wird.«

»Was muss ich tun …«

»Nichts. Du bist ein Schiffsjunge und bleibst es, obwohl du in meiner Kabine wohnen wirst. In der Öffentlichkeit redest du mich mit ›Käpten‹ an und privat mit ›Vater‹.«

»Ja, Sir.« Mehr traute ich mich nicht zu sagen. Durch den Nebel meines Elends hindurch flackerte ein Leuchtfeuer des Trostes. Ich saß auf meinem Stuhl zusammengekrümmt, wiegte mich mit geschlossenen Augen ein wenig hin und her und versuchte, den Schmerz mit dem Willen zu verbannen.

Eine Stunde später legte das Shuttle an. Matrosen nahmen ihre Reisetaschen zur Hand und suchten wieder die Mannschaftsunterkünfte auf.

Nicht lange danach erschien Mr. Tolliver auf der

Brücke. »Sieben von den fünfundvierzig haben sich davongemacht.«

Die Stimme des Käptens war ein Zischen. »So viele?«

»Wegen der Fische, Sir.«

»Es sind Deserteure!«

»Junge Leute, die noch nie Krieg erlebt haben.«

»Sie haben ihre Pflicht zu erfüllen!«

»Wessen sich die meisten auch erinnert haben.«

»Hmpff.« Mr. Seafort verschränkte die Arme.

»Gestatten Sie, Sir?« Eine Stimme vom Korridor.

Der Käpten drehte seinen Sitz. »Jerence? Was in aller Welt...«

»Ich habe einen Platz im Shuttle erwischt.« Mr. Branstead grinste. »Hallo Tad.«

»Sir.«

Mit einer gereizten Geste winkte ihn der Käpten herein. »Sie waren auf dem Planeten in Sicherheit.«

»Ich musste mit Ihnen reden. Ah, Randy.« Ein Nicken.

»Verflixt, Jerence, ich hatte strikte Befehle erteilt: Nur Mannschaftsmitglieder!«

»Ich habe meinen Rang ausgespielt.«

»Sie haben keinen Rang.«

»Dann halt Freundschaft. Ich brauche Rat.«

Mr. Seaforts Gesicht wurde weicher. »Was ist los, Jer?«

»Ich bin auf dem Unterdeck und organisiere die Laserraumwache.« Tolliver machte seinen Abgang.

»Ich hatte vor, nach Hause zur Erde zu fahren, sobald das hier vorüber ist. Falls die Erde mein Zuhause ist.«

»Und Sie sind hergefahren, um das herauszufinden.«

»Völlig richtig. Und jetzt hat man mir ein Angebot unterbreitet. Wie es scheint, möchte mich der junge Mr. Carr – Anthony, der Statthalter – zu seinem Stabschef und Vizestatthalter machen.«

Mr. Seaforts faltiges Gesicht entspannte sich zu einem Lächeln. »Und was halten die Pflanzerfamilien davon?«

Ich nickte. Auf Hope Nation waren es die Familien, die zählten.

»Ich habe die Mantiets und die Hopewells getroffen. In der Stadt bin ich Henry Winthrop über den Weg gelaufen, und wir haben ein paar Worte gewechselt. Bislang keine Gegenmeinung. Aber ...« Sein Gesicht wurde schlaff.

»Was ist, Jer?«

»Ich habe mein Leben im Dienst der Vereinten Nationen zugebracht. Bin ich zu alt, um den Herrn zu wechseln?«

»Der Allmächtige weiß, dass ich Sie vermissen werde, aber denken Sie nur ... endlich nach Hause zu kommen.« Das Gesicht des Käptens verriet Wehmut.

»Ist es mein Zuhause? Ich war noch ein kleiner Junge, als ich von hier fortging. In Randys Alter.«

Mr. Seafort stand auf und ging unsicher auf und ab. »Für Anthony wäre es ein großer Gewinn. Sie sind ein Verwaltungsgenie. Falls er Ihren Wert zu schätzen weiß ...«

»Ich werde jetzt bestimmt nicht rot aus falscher Bescheidenheit; ich bin ein guter Organisator. Trotzdem, das hier ist ein kleines Spielfeld.«

»In der Rotunde haben Sie keine Zukunft. Kasra und Boland haben nicht die Geduld, um auf Ratschläge zu hören.«

»Sir, ich weiß es einfach nicht.« Mr. Branstead klang bedrückt.

»Denken Sie darüber nach. Zweifellos gibt er Ihnen die Zeit.«

»Wann reisen Sie ab? In einer Woche?«

»Ungefähr. Ich hatte mir allerdings schon überlegt, sofort abzufahren und direkten Kurs auf das Heimatsystem zu nehmen.«

»Wegen der Fische?«

»Aye.« Mr. Seafort runzelte die Stirn. »Das Heimatsystem muss gewarnt werden.«

»In Centraltown ist man verrückt nach Neuigkeiten über die Fische. Ein ansehnlicher Teil der Menschen hält alles für eine Erfindung.«

»Zu welchem Zweck?«

»Um die Rekolonisierungspartei zu unterstützen.«

»Die Re-was?«

»Sie haben mich schon verstanden.« Mr. Bransteads Ton war scharf. »Anscheinend haben Scanlen und seine Brüder mehr Anhänger, als wir ursprünglich für möglich hielten.«

»Weiß es der Statthalter?«

»Inzwischen schon. Er ist etwas besorgt.« Mr. Branstead rieb sich die Kopfhaut. »Lernt unser neuer Schiffsjunge, wie man Wachdienst hält?«

»Haben Sie das von Kevin Dakko gehört?«

»Randys Freund?«

»Er ist gestern umgekommen, wurde von dem Satelliten umgebracht. Randy war dabei.«

»Oh, Herr Jesus!« Mr. Branstead sank vor meinem Sitz auf die Knie und hob mir das Kinn an. »Es tut mir so Leid, Junge.«

»Danke.« Mein Ton war gedämpft.

»Und inzwischen«, sagte Mr. Seafort, »hat Randy eingewilligt, mein Sohn zu sein.«

Bransteads Miene erhellte sich. »Wundervoll! Darf ich?« Er gab mir einen Klaps auf die Schulter. »Alles Gute. Weiß es dein Bruder schon?«

»Zack Carr? Billy?« Warum sollten sich meine Halbbrüder überhaupt darum scheren?

»Mikhael.«

»Oh!« Das war mir nie in den Sinn gekommen. Ich kämpfte erst gegen ein Lächeln an, gab dann aber nach. Eine dunkle Wolke zerstreute sich langsam.

»Funkraum an Brücke. Eine Nachricht aus Centraltown.«

»Legen Sie sie hierher um.«

Flackernd formte sich ein Bild auf dem Simultanschirm.

»*Olympia?*« Ein besorgtes Gesicht tauchte aus den Störungen auf.

»Seafort hier. Guten Tag, Statthalter.«

»Ah, Käpten! Ich hoffte, Sie zu erreichen.« Anthony verzog das Gesicht. »Ich hielt es für das Beste, dass wir unsere Maßnahmen koordinieren. Wie kann meine Regierung helfen?«

»Ich danke für das Angebot, aber ...« Der Käpten zuckte die Achseln.

»Könnten Sie mir Ihre Pläne erläutern?«

»Wenn ich welche hätte.« Mr. Seafort kratzte sich den Kopf. »Ich sollte auf schnellstem Weg nach Hause.«

»Aber Sie müssen einen Fahrplan einhalten.«

»Kalls Planet erwartet uns, ja.«

»Falls Sie nach Hause fahren, sorgen Sie sich nicht um die Passagiere hier unten. Wir sorgen für sie.«

»Danke.« Mr. Seafort dachte nach. »Offen gesagt, bin ich gespalten. Falls wir fusionieren, locken wir dann die Außerirdischen hierher oder zu uns? Ich möchte Sie keinem Angriff preisgeben.«

»Sie müssen ohnehin in Fusion gehen, wenn Sie abfahren.«

»Ich weiß. Falls die Fische uns folgen – wie kann ich dreitausend Passagiere dieser Gefahr aussetzen?«

»Die Raumfahrt hat ihre Risiken. Das wussten sie vorher.«

Mr. Seafort winkte ab. »Ich treffe die Entscheidungen in einem Tag oder so. Soviel ich inzwischen gehört habe, planen Sie, den besten Adjutanten einzustellen, den ich je hatte.«

Jerence wurde rot vor Freude.

»Falls er das Schiff verlässt. Unsere Regierung könnte kosmopolitisches Know-how gebrauchen.«

»Und da ist noch etwas.« Der Käpten musterte mich. »Randy und ich haben beschlossen ...« Er erläuterte den Umschwung in meinem Leben.

Ich hielt die Luft an, fürchtete die Ablehnung meines Neffen und auch seine Einwilligung.

Die Stimme aus dem Lautsprecher fragte: »Randy, ist das dein Wunsch?«

»Ich muss einfach, Anth. Allein würde ich nie ...« Ich schluckte. »Er hat mir geholfen, mich zu fangen, und er hat Dad lieb gehabt.«

»Schade, dass du das nicht verstanden hast, ehe du ihn niedergeschlagen hast.«

»Genug!« Mr. Seaforts Ton war scharf. »Dieses Thema ist abgeschlossen. Niemand von uns wird es mehr zur Sprache bringen.«

Anthonys Gesicht verschwand für einen Augenblick unter Störungen. »Wie Sie möchten, Sir. Obwohl ich es ein wenig exzentrisch finde, über eine Adoption zu diskutieren, solange Fische umherstreifen.«

»Trotzdem sind Sie das Oberhaupt der Familie. Ich bitte um Ihre Zustimmung.«

»Sandra ist sein Vormund, nicht ich. Obwohl sie einen großen Teil ihrer Zeit – ein wenig geistesabwesend ist. Sie unterschreibt es, wenn ich sie darum bitte. Was meine Einwilligung angeht, so haben Sie sie, Käpten. Ich nehme Kontakt zu dem Richter auf, der ihn auf die Kirchenfarm geschickt hat, auch wenn er ein Bundesgenosse von ... Nein, Sie haben ja Randy zum UN-Staatsbürger gemacht. Unter wessen Jurisdiktion steht er damit?«

»Genau genommen der des UN-Jugendministeriums ... Nein, das ist ja lächerlich; wir können nicht warten, bis wir das Heimatsystem erreicht haben. Bis dahin ist Randy fast erwachsen.« Mr. Seafort trommelte auf der Konsole herum. »Ich bin Generalbevollmächtigter der UN-Regierung; jeder Kapitän ist es. Ich denke, ich könnte erklären – zur späteren Bestätigung durch die Behörden ...«

»Und ich bestätige es hier, um die Sache abzurunden. Jetzt haben wir dringlichere Fragen zu klären. Falls mehr Fische auf dem Schauplatz erscheinen ...« Anthony zögerte. »Käpten, ich bin mir nicht sicher, ob das eine abhörsichere Verbindung ist. Darf ich mit Ihnen an Bord konferieren?«

»Es wäre riskant.«

Anth tat es mit einem Achselzucken ab. »Könnte Jerence sich uns anschließen?«

»Wie Sie wünschen.«

»Sehr gut. Heute Nachmittag. Danke.« Sein Gesicht verschwand.

Mr. Seafort wandte sich Jerence zu. »Und worum geht es hier?«

»Er kann seinen Leuten nicht trauen. Das ist einer der...«

»Station an Olympia: *Melden Sie sich. Ein Notfall!«*

Mr. Seafort schnappte sich den Rufer. »Ja?«

»Wachsatelliten melden ein Objekt zweiunddreißig Grad über dem Horizont. General Thurman sagte, wir sollten Sie unverzüglich informieren. Er ist auf dem Weg zur Laserstellung.«

»Nur ein Kontakt?«

»Bislang. Sir, er ist als Fisch erkennbar.«

»Die Koordinaten.«

Der Tech gab sie weiter. *»Wir erhalten eine freie Sichtverbindung in, ah, neunzig Minuten.«*

»Sind Ihre Wachsatelliten bewaffnet?«

»Nein, sie sind nur auf Passivmodus eingestellt.«

Mr. Seafort sagte: »Wir bewegen uns auf einer ähnlichen Umlaufbahn. Ich müsste den Außerirdischen im gleichen Moment sehen wie Sie.«

Eine neue Stimme meldete sich zu Wort. *»Hier Thurman. Ich vernichte den Fisch.«*

»Sehr gut. Auf Gefechtsstation!« Mr. Seafort drückte die Taste auf seiner Konsole; die Alarmsirenen heulten.

Ich sprang auf, zögerte dann jedoch. Man hatte mir nach wie vor nicht gesagt, wo meine Gefechtsstation war.

»Du bist außer Dienst, Randy. Ab in unsere Kabine. Ich rufe dich, sobald...«

»Könnte ich bleiben?« Meine Stimme klang dünn. »Ich mache auch keinen Mucks.«

»Nein, du gehst lieber ... Sehr gut.« Sein Ton war barsch. »Zieh deinen Stuhl näher heran.«

Ich wusste, dass es nicht mehr an seinen Schwindelgefühlen liegen konnte, aber er packte trotzdem meine Hand und hielt sie, während wir auf den Horizont zutrieben.

Der Fisch schwebte direkt über der Atmosphäre. Von der Station aus eröffnete General Thurman schon auf große Distanz das Feuer. Der Fisch pulsierte und verschwand.

Nach zwei Stunden hob Mr. Seafort die Gefechtsbereitschaft wieder auf. Ich beugte die Finger. Meine Hand war klamm von seinem Griff.

Tolliver, der sich auf der Brücke zu uns gesellt hatte, seufzte. »Ich verstehe deren Taktik nicht.«

»Wir haben noch nie verstanden, warum ...«

»Sie wissen, was ich meine, Sir.«

»Er hätte näher heranfusionieren müssen«, bestätigte der Käpten. »Vielleicht sind nur noch so wenige übrig ...«

Tad Anselm streckte sich und rieb sich den Rücken. »Warum greifen sie dann überhaupt an?«

»Weil sie es nun mal tun.«

»Das ergibt keinen Sinn, Sir.«

»Wer weiß schon, ob es vernünftige Wesen sind?« Mr. Seafort drehte sich zu mir um. »Suche Mikhael. Versuche es in der Fähnrichskabine oder dem Videospielsalon. Bitte ihn, sich zum Mittagessen zu uns zu gesellen. Wir gehen hinunter zum Speisesaal und nehmen eine Mahlzeit zusammen mit den Passagieren ein. Stellen ein Gefühl für Normalität wieder her.«

Ich packte die Armlehne ganz fest, als könnte mich

jemand vom Stuhl zerren. »Können Sie ihn nicht anrufen?« War ich ungehorsam? Nein; er hatte mir gesagt, dass ich dienstfrei hatte. Ich sprach mit meinem Vormund, nicht dem Kapitän. Mir drehte sich der Kopf. Wie hatte sich Mikhael nur orientiert?

»Ja, doch, das könnte ich.« Eine Pause. »Aber ich habe dich gebeten zu gehen.«

Ich wurde rot. Widerstrebend sagte ich: »Ja, Sir.«

»Es sind nur zwei Sektionen den Korridor hinunter«, sagte er sanft. »Auf unserem Deck.«

»Ich weiß.« Ich lief hinaus, ehe meine Verlegenheit unerträglich wurde.

Mikhael hielt sich nicht in der Fähnrichskabine auf. Andrew Ghent war dort und packte gerade seine Reisetasche aus.

Ich fragte: »Was ist mit Ihrem Urlaub?«

Er wurde rot. »Ich habe mich freiwillig zum Dienst gemeldet, als ich hörte, dass wir angegriffen werden.«

Zwei getrennte Salons waren mit Konsolen für Videospiele ausgestattet. Am nächsten lag mir der im Westen, auf halbem Weg den Korridor entlang. Ich lief dorthin und fürchtete schon das erneute Aufheulen der Alarmsirenen.

Ich schlug auf die Steuertafel und warf einen Blick in den Raum.

»... desertiert!« Mikhael klang hitzig.

»Ach, komm schon.« Mr. Branstead klang tolerant. »Du brauchst das nicht so zu dramatisieren ...«

»Er braucht Sie!«

»Wozu? Er ist schon so lange aus dem Amt ...«

»Wie viele seiner Freunde sind noch übrig? Derek ist dahin, Rob Boland, Dad, Arlene ...«

»Mik, er hat dich, Tad Anselm ...«

»Wir sind nicht seine Generation.«

»Tolliver, Jeff Thorne ...«

»Thorne lebt in London im Ruhestand. Sir, ich weiß, dass ich nicht das Recht habe, Sie zurechtzuweisen – verdammt, Randy, drücke dich nicht in der Ecke herum. Was möchtest du?«

»Ich soll dich zum Mittagessen einladen.« Das kam nicht ganz so heraus, wie es hätte sein sollen.

»Sehr gut, du hast es. Lasse uns jetzt in Frieden.«

»Sachte, sachte.« Mr. Branstead schlug einen jovialen Ton an. »So redet man nicht mit seinem Bruder.«

»Er ist auch nicht eher mein Bruder als ...«

»Du weißt es noch nicht?« Jerence schnippte mit den Fingern und rief mich heran. »Erzähle es ihm, Randy.«

Ich streckte das Kinn vor. »Mr. Seafort hat mich adoptiert.«

Mikhaels Mund klappte auf. Er traf Anstalten, etwas zu sagen, brummte etwas Kurzes und Scharfes. Plötzlich schob er sich an mir vorbei auf den Korridor.

Entsetzt sah ich Mr. Branstead an.

»Ist schon in Ordnung, Junge.« Er packte mich am Arm und steuerte mich zur Tür. »Mik ist ein guter Junge. Er war ein bisschen erschrocken. Wir hätten ihn damit nicht so überraschen sollen.«

Niedergeschlagen kehrte ich auf die Brücke zurück. »Sir, ich denke nicht, dass er sich uns anschließen möchte.«

»Aber ich tue es.« Mr. Branstead blickte herein.

»Edgar kommt jeden Augenblick.« Der Käpten verzog das Gesicht. »Ich hasse es, die Brücke zu verlassen, während sich draußen Fische herumtreiben. Aber falls ich es nicht tue, werde ich noch zum Wrack. Ich bin nicht mehr so jung wie …«

»Das ist keiner von uns.« Tolliver salutierte, als er eintrat. »Melde mich zur Wache, Sir.«

»Bleiben Sie mit General Thurman in Verbindung und rufen Sie mich bei den ersten Anzeichen, dass es Probleme gibt.«

»Aye aye, Sir.«

»Ist der Laserraum voll bemannt?«, fragte Mr. Seafort.

»Ja, und das bleibt er auch, bis wir in Fusion gehen. Ich habe Chris Dakko der dritten Wache zugeteilt. Sarah Frand hat sich gesträubt, bis ich ihr sagte, dass es ein direkter Befehl von Ihnen ist.«

»Sehr gut.« Wir gingen.

Es war ein langsamer Weg zum Speisesaal; Jerence und ich passten uns Mr. Seaforts Tempo an. Der Käpten – sollte ich ihn lieber Dad nennen? Vater? – legte mir den Arm um die Schultern. Er mochte Körperkontakt mehr als Anth, wie es schien. Mir gefiel es sehr gut, seit ich mich erst mal daran gewöhnt hatte. Es erinnerte mich an Dad. An Derek. *Derek* war Dad und würde es immer bleiben! Wie sollte ich dann Mr. Seafort nennen?

Das Mittagessen verging ereignislos. Janey und ihre Mutter waren auch da. Als das Kind uns erblickte, rannte es durch den Saal und schlang die Arme um den Käpten. Er nahm sie auf den Schoß und schaffte es, trotzdem seinen Salat zu essen. Bei der Suppe war es zu riskant; mit freundlichen Worten und einem leichten Klaps schickte er sie zu Corrine zurück.

Wir waren fast fertig, als Mikhael auftauchte und

salutierte. »Ich bitte den Kapitän um Verzeihung, Sir, aber dürfte ich mit Randy sprechen?« Seine Wangen waren gerötet.

»Du brauchst dazu kaum meine Erlaubnis.« Mr. Seafort klang trocken.

»Vielleicht jetzt schon, Sir? Allein?«

»Ja.«

Besorgt stand ich auf. Der Käpten hielt Miks Blick fest. »Mein Sohn?«

»Ja, Sir?«

»Ich hab dich lieb.«

Mikhaels Gesicht war jetzt ganz rot. »Das weiß ich. Versetze mir einen Tritt, falls ich es je vergesse.« Mit einer Hand leicht auf meiner Schulter, führte er mich aus dem Saal.

Wir duckten uns in den nächstgelegenen Salon.

»Jesus, Randy, ich weiß nicht, wie ich anfangen soll.« Er trat von einem Fuß auf den anderen.

»Lass ihn nicht hören, wie du lästerst.« Mein Ton war munter.

»Ich möchte jetzt ernst bleiben.«

Waren wir im Dienst? Sollte ich ihn mit »Sir« anreden? »Du brauchst mich nicht anders zu behandeln. Ich komme dir auch nicht in ...«

»*Halte* doch bitte mal einen Augenblick lang die Klappe. Danke. Ich bin zwanzig Jahre alt, und ich habe gerade in meiner Koje gelegen und geweint. Kannst du dir das vorstellen?« Anscheinend konnte er es nicht; er schüttelte verwundert den Kopf. »Und weißt du, warum?«

Ja, ich dachte, dass ich es wusste.

»Trotz meiner Überzeugung, dass ich Pa nicht mehr brauchte, war ich eifersüchtig. Ich sah nur noch vor

Augen, wie er sich um deine Bedürfnisse kümmert und mich für so erwachsen hält, dass ich seine Zuwendung nicht mehr brauche.«

»Ich werde versuchen, nicht …«

»Falls du mich nicht ausreden lässt …« Mik klang gefährlich. » … werfe ich dich aufs Deck!«

Ich schluckte.

»Als kleiner Junge war ich so verdammt durcheinander, so mürrisch. Er hat mich aus all dem herausgeführt. Pa hatte die Geduld Hiobs. Zuzeiten war ich schrecklich zu ihm. Schließlich habe ich das hinter mir gelassen. Natürlich erinnere ich mich an Dad – an Alexi. Ich werde ihn nie vergessen, nicht eine Minute lang. Aber ich liebe Pa in jeder Hinsicht genauso.« Seine Augen waren feucht. »Und als du mir gesagt hast, er hätte dich adoptiert, genau wie mich damals – war es wie ein Schlag in den Magen. Ich wollte dich umbringen.«

Ich holte Luft und schaffte es, den Mund zu halten.

»Ich bin ein Idiot!«, sagte er heftig. »Ich brauchte ein paar Minuten, um mir klar zu machen, wer Pa eigentlich ist. Dass er mich nie vergessen wird, ebenso wenig, wie ich ihn. Ich habe eine Schwester, Carla. Ich hatte nie einen Bruder, bis jetzt. Willkommen.«

Ich starrte ihn verblüfft an.

»Ich meine es ernst, Junge. Willkommen in der Familie.« Er streckte die Hand aus. Ich ergriff sie, und er umarmte mich und klopfte mir auf den Rücken, beinahe fest genug, um das Mittagessen wieder herauszubefördern. Schwach erwiderte ich die Geste.

Danach setzten wir uns und redeten miteinander. »Könntest du …« Ich wurde rot. »Würdest du mir ein paar Tipps geben? Was ich tun sollte, um ihn nicht böse zu machen?«

Mikhael grinste. »Er verzeiht schlechtes Benehmen, aber nie eine Lüge. Einmal, als Tad und ich uns davongeschlichen hatten, um Videospiele zu spielen ...« Er wurde rot. »Und stehe auf, wenn er die Kabine betritt. Nenne ihn ›Sir‹, besonders wenn du ihn geärgert hast. Er hat eine Schwäche für höfliche Umgangsformen.«

»Das ist mir aufgefallen.« Ich hatte aufstehen müssen, als Tolliver sich zum Frühstück zu uns setzte.

»Er ist es wert. Das wirst du schnell herausfinden.«

»Ich denke, das habe ich schon.« Zu meiner Überraschung stimmte das. Mr. Seafort – verdammt, ich konnte ihn nicht weiter so nennen! – hatte mir so gründlich vergeben, dass ich es zum Anlass genommen hatte, mir selbst zu verzeihen. Dafür, dass ich ihm den Schädel eingeschlagen hatte. Dass ich zugelassen hatte, wie Kevin umkam. Dass ... Ich blinzelte heftig. »Wie soll ich ihn anreden?«

»Frage ihn.«

»Und wo wir dabei sind: Wie soll ich dich nennen?«

»In der Öffentlichkeit bin ich Offizier, Mr. Tamarow. Privat, wie jetzt, bin ich Mik.«

»Kann ich dich in der Fähnrichskabine besuchen?« Aus irgendeinem Grund war ich nervös wie ein junger Hund.

»Klar.« Er lächelte. »Zeigen wir Pa, dass wir uns vertragen.«

»Ich habe ihm gar nicht gesagt ...«

»Aber ich war nicht beim Mittagessen.«

Darüber zerbrach ich mir auf dem ganzen Weg in den Speisesaal den Kopf.

15. Kapitel

Zu meiner größten Verlegenheit wies mich Mr. Seafort an, nach dem Essen ein Nickerchen zu halten. Er hielte mich zwar nicht für ein Baby, sagte er, fände allerdings, dass ich einen schrecklichen Tag durchgemacht und eine ziemlich kurze Nacht und einen ereignisreichen Morgen erlebt hätte.

Es erschien mir ungehobelt, mich zu widersetzen, nachdem ich ihn gerade als meinen Vater akzeptiert hatte, und so ertappte ich mich dabei, wie ich zu unserer Kabine trottete und mich auszog.

Unruhig und erschöpft warf ich mich in der Koje hin und her.

Erst um sechs Uhr abends weckte mich Alejandros beharrliches Klopfen. »Hallo Randy. Der Käp'n sagt, es wär Zeit zum Abendessen. Zieh lieber erst deine Hose an.«

Ich rieb mir die Augen und fühlte mich, als hätte ich keinen Augenblick lang geschlafen. »Wo ist er?«

»Im Speisesaal, mittem alten Mr. Carr.«

»Wem?«

»Dem Statthalter.«

»Anth ist an Bord!« Rasch stieg ich in die blaue Montur.

»Iss kurz vorm Alarm eingetroffen.« Er bedachte mich mit einem ausdruckslosen Blick. »Hastes nich gehört? Vor etwa drei Stunden?«

War es möglich, dass mich heulende Sirenen nicht geweckt hatten? War ich *so* müde gewesen? »Was war es diesmal?«

»Wieder'n Fisch, in zehn Kilometern. Iss gleich wieder in Fusion gegangen, als sie geschossen haben.«

Ich ging zur Luke.

»Heh, Junge, dein Haar! Der Käp'n hat mich mal gewarnt, dass er mich so lieber nich zu sehen kriegen sollte, oder er würde ...« Alec deutete eine Ohrfeige an.

Brummelnd lief ich ins Bad und machte mich hastig zurecht. Das Leben als Mr. Seaforts Junge versprach auch Nachteile.

Der Speisesaal war halb voll. Ich schloss mich den Passagieren und Offizieren an, die sich beeilten, nicht zu spät zu kommen. Raschen Schrittes ging ich auf unseren Tisch zu, entschlossen, dem Käpten keinen Grund zu geben, mir schlechte Manieren vorzuwerfen. »Guten Abend, Sir. Mr. Branstead. Anthony.« Niemand sonst saß an diesem Tisch.

Mein Neffe stand auf und schüttelte mir ernst die Hand. »Meinen Glückwunsch.«

»Danke, S ...« Ich zwang mich, es auszusprechen. »... Sir.« Irgendwie war mir das in Mr. Seaforts Gesellschaft nicht peinlich.

An einem Tisch unweit von unserem stand ein Mann mit roten Backen auf. Pandeker, der anlässlich meiner Erhängung hatte beten wollen. Er klopfte an sein Glas. »Meine Damen und Herren ...«

Das Gemurmel legte sich.

»Allmächtiger Gott, heute ist der 3. Januar 2247 Schiffszeit an Bord der *UNS Olympia*. Wir bitten um Deinen Segen für uns und unsere Reise und um die Gesundheit und das Wohlergehen aller an Bord.«

Anthony fragte mich flüsternd: »Ist das nicht die Aufgabe des Kapitäns?«

Ich entrüstete mich über die mögliche Kritik. »Mr. Seafort vertritt die Wiedervereinigte Kirche. Wir haben jedoch noch einen ihrer Repräsentanten an Bord.«

Anth verzog das Gesicht. »Um den Käpten im Auge zu behalten.«

»Wer sagt das?« Mein Tonfall war hitzig, aber ich blieb leise.

»Jerence hat davon gesprochen. Die Patriarchen trauen ihm nicht.«

»Diese Mist ...«

Seine Hand zuckte vor und packte mich am Unterarm. »Nicht, Randy! Gib niemandem solche Gedanken zu hören.« Er beugte sich näher heran. »Niemals!«

Ich schluckte. »In Ordnung. Jedenfalls weiß ich nicht recht, warum er das Gebet nicht spricht. Auf jedem Schiff der Flotte spricht eigentlich der Kapitän des Schiffsgebet zum Abendessen. Man macht das seit zwei Jahrhunderten so.«

»Was heckt ihr beide für eine Verschwörung aus?« Mr. Seafort klang leutselig.

Anthonys Gesicht wirkte schelmisch. »Randy berichtet mir von den Schiffsbräuchen. Er vergisst dabei, dass Derek nicht nur sein Vater, sondern auch mein Großvater war.«

Mein Gesicht brannte. Eigentlich hatte es mir Tad Anselm schon bei unserem ersten formellen Abendessen erklärt.

Wir widmeten uns dem Essen. Vielleicht half es mir, die Erschöpfung abzuschütteln, obwohl sich mein Magen unwohl fühlte.

Nach ein paar Augenblicken leichten Plauderns

wurde Anth ernst. »Wie ich Ihnen schon auf der Brücke sagte, Käpten, ist Vince Palabee fest entschlossen.«

Jerence fragte: »Was würde Ihnen ein Wiedereintritt bringen?«

»Laut Botschafter McEwan günstige Transportpreise.«

»Bah! Die Erde könnte es sich leisten, sobald Sie wieder Steuern an sie abführten.«

Anthonys Lippen zuckten. »Sie, Jerence? Haben Sie die Seite gewechselt?«

»Wir haben ... Sie haben ... Ich meine, sie ... Verdammt! Hope Nation ist frei, seit ich ein kleiner Junge war.«

»Offiziell nicht. Wir haben die volle Unabhängigkeit erst errungen, als ...«

»Vor drei Jahren. Aber unter Dereks Regierung sind Sie in allen wichtigen Fragen einen eigenen Weg gegangen. Die Vollversammlung war ziemlich verärgert.«

Anthony sah den Käpten an. »Sir, ist es in Ordnung, wenn wir ...« Seine Augen zuckten kurz auf mich und zurück.

»Ja, es ist in jeder Beziehung eine Familienangelegenheit. Randy, ich möchte dein Wort haben, dass du nichts davon an Außenstehende weitergibst.«

»Ich schwöre es.« Es war ein Quieksen.

»Dann fahren Sie fort.«

»Offen gesagt«, stellte der Statthalter fest, »denke ich, dass McEwan uns wie die Lämmer zur Schlachtbank führt. Er ist so offen, so aufrichtig, dass ich ihm keinen Deut traue. Falls Großvater gesagt hätte, wir müssten Widerstand leisten, wären ihm andere gefolgt, aber meinem Standpunkt messen die Leute nicht die gleiche Bedeutung bei. Und da McEwan die Kirche voll und ganz hinter sich hat...«

Ich platzte hervor: »Aber falls Scanlen verhaftet ist ...«

Mr. Seafort sah mich an und zog eine Braue hoch.

Ich wurde rot. »Verzeihung, Sir.«

Anth sagte sanft: »In meinem Haus war seine Meinung willkommen. Ich habe es als Ausbildung in Politik betrachtet.«

»Genau wie hier. Er wird jedoch ›Verzeihung‹ sagen, ehe er in ein Gespräch zwischen Erwachsenen hineinplatzt.«

Ich wäre am liebsten unter den Tisch gekrochen. »Verzeihung, darf ich etwas sagen?«

Mr. Seafort tätschelte mir das Knie. »Das hast du schon. Wie steht es damit, Anthony?«

»Scanlen wurde verhaftet, aber Henrod Andori leugnet jede Mitwisserschaft an illegalen Aktionen. Sollte ich die ganze Kirchenhierarchie unter Arrest stellen, schürte ich damit nur eine Rebellion. Und falls die Patriarchen davon erführen, würden sie mich auf der Stelle exkommunizieren.«

»Aber...« Kochend wartete ich darauf, dass mir Mr. Seafort zunickte. »Tun sie das nicht ohnehin, nachdem du Scanlen verhaftet hast?«

»Wahrscheinlich.« Anthony klang niedergeschlagen.

Jerence sah nachdenklich drein. »Wie könnte man Palabees Partei spalten?«

»Ich kann einige Vergünstigungen verteilen. Die neue Stadt braucht Geld für Straßen, öffentliche Gebäude – und die Familien kontrollieren den Straßenbau, den Hochbau, die Metallverarbeitung. Ich habe schon daran gedacht. Aber ich bin weniger subtil, als vielleicht möglich wäre. Das macht die Leute widerspenstig.«

»Vielleicht könnte ich helfen.« Das kam von Mr. Branstead.

Der Käpten sagte: »Jerence hat jahrelang die Wogen geglättet, die ich erzeugt hatte.«

Ich kaute ein Brötchen. Also verloren wir Jerence wohl. Schade. Ich hatte ihn recht lieb gewonnen.

Die Stewards trugen gerade das Dessert auf, als die Alarmsirenen aufheulten. Tad Anselm stürmte von einem anderen Tisch aus herbei, um Mr. Seafort beim Aufstehen zu helfen; ich legte mir den anderen Arm des Käptens um die Schultern. Gemeinsam trugen wir ihn eilig zum Korridor.

Auf der Brücke herrschte eine gespannte Atmosphäre. Fähnrich Ghent tippte Zahlen in seinen Monitor. Tolliver stand über seine Konsole gebeugt und starrte auf den Simultanschirm. Dort war außer dem Licht der Stationslampen nichts zu sehen.

»Was ist?« Der Käpten war außer Atem.

»Ein Fisch, vor gerade einem Augenblick. Wir haben das Feuer eröffnet.«

Das Essen verklumpte sich in meinem Magen.

»Und?«

»Ich denke, wir haben ihn erwischt. Er ist in Fusion gegangen. Chris Dakko ist hinunter zum Laserraum gestürmt. Man hat ihm eine Konsole zugewiesen.«

»Wie nahe ist der Fisch herangekommen?«

»Drei Kilometer.«

Jess wurde plötzlich lebendig. »Ein Objekt in eins Komma zwei sechs fünf Kilometern! Nichtmetallisch, als Fisch gedeutet.«

Tolliver fuhrwerkte an seiner Konsole herum und drehte die Vergrößerung hoch. Das Bild auf dem Simultanschirm machte einen Satz und wurde wieder klar.

Ein Fisch trieb vor dem Bug dahin. Auf dem Schirm schien er nur wenige Meter entfernt.

»*Station an* Olympia: *Wir feuern.*«

Der Käpten aktivierte den Rufer. »Laserraum, schießen Sie, sobald ...«

Wirbel entstanden auf der Haut des Fisches. Eine formlose Gestalt tauchte auf. Ein krampfhafter Ruck. Sie stieß sich vom Fisch ab.

Von einem Konsolensitz kam ein gespenstischer Laut.

Von mir.

Zwei Löcher bildeten sich im Fischkörper. Drei. Er zuckte und verspritzte Treibmasse. Er pulsierte und verschwand.

»Sehen Sie!« Anselm klang angespannt.

Der Satellit trieb im Weltraum, verlassen von seinem ... was? Mutterschiff? Symbiont? Meister?

Ganz langsam wurde er auf dem Bildschirm größer.

»Kurs?«, raunzte Mr. Seafort.

Im Lautsprecher knisterte es. »Olympia, *sehen Sie ihn?*«

»Auf Abfangkurs«, meldete Tad Anselm. »Annäherungsgeschwindigkeit: vierhundertzwölf Meter pro Sekunde.«

»Laserraum!«

»Aye aye, Sir, wir schwenken das Geschütz ein. Wir haben ihn!«

Der Käpten sagte: »Warten Sie noch.«

Tolliver blinzelte: »Sir?«

»Edgar, haben Sie je erlebt, dass ein Satellit so weit von einem Schiff entfernt aus dem Wirtskörper hervorkommt?«

»Na ja ... nicht, dass ich wüsste.«

»Ich auch nicht. Es ergibt keinen Sinn; die Satelliten verfügen nicht über ein Antriebssystem. Sie stoßen sich einfach in Richtung auf nahe gelegene Ziele ab.«

»Sir, wir müssen ihn zerstören.«

»Stations-Laserstellung an Olympia: *Wir übernehmen ihn.«*

»Nein!« Mr. Seafort schnappte sich den Rufer. »Station, nicht feuern! Haben Sie verstanden?«

»Er erreicht Sie in – fünfundvierzig Sekunden.«

»Nein, das wird er nicht.« An Tolliver gewandt: »Setzen Sie sich. Backbordtriebwerke, ein kurzer Schub. Bewegen Sie uns zur Seite, aber bringen Sie uns in eine stabile Position in Bezug auf die Station.«

»Aye aye, Sir, aber ...« Er griff in die Triebwerkssteuerung. »Falls dieser Dämon doch über einen Antrieb verfügt, ändert er den Kurs.«

»Wir werden sehen.«

Wir waren so still wie das Vakuum draußen und hingen gebannt am Bildschirm. Die immer näher kommende außerirdische Gestalt zitterte einmal und dann erneut.

»Käpten, was tun Sie da? Schießen Sie doch!«

Mr. Seafort runzelte die Stirn. »Ein örtlicher Stationsmeister denkt, er könnte den UN Befehle geben?« Als er den Rufer einschaltete, klang seine Stimme kühl. »Danke für Ihren Rat, Gentlemen.«

Ungeachtet der Gefahr grinste ich. Anthony hatte General Thurman persönlich ernannt, als die Station schließlich in unsere Hände überging. Ich war ihm einmal begegnet. Der cholerische General reagierte bestimmt nicht freundlich auf diese Abfuhr.

»Laserraum, alle Konsolen sollen den Satelliten anvisieren. Falls er den Kurs ändert, eröffnen Sie sofort das Feuer.«

Mein Blick klebte am Bildschirm.

Der Satellit kam näher. Er würde uns verfehlen.

Ich ließ den Atem heraus.

Er passierte uns hundert Meter an Backbord, konnte den Kurs nicht ändern.

Er verschwand in der Nacht.

»Wir haben ihn, Olympia!«

Einen Augenblick später zuckte die außerirdische Gestalt und zerplatzte in Einzelteile.

Rote Lampen blinkten. Jess meldete sich drängend zu Wort. »Objekt in vierhundert Metern!« Ein neuer Fisch.

»Laserraum, warten ...«

Zu spät. Der Fisch zuckte, pulsierte und verschwand.

Ich zupfte den Käpten am Ärmel. »Was macht er? Warum?« Es war nur ein Flüstern.

»Schhh.« Er tätschelte mich geistesabwesend und deutete auf einen freien Platz. »Mach dir keine Sorgen, mein Sohn.« Er rieb sich das Kinn und starrte voll konzentriert auf den Bildschirm.

Zeitalter schleppten sich vorbei.

Langsam und bedächtig schaltete Mr. Seafort die Lasersicherungen ein.

Tolliver war entgeistert. »Wir können uns doch nicht verteidigen ohne ...«

»Ich weiß.« Der Käpten rieb einen Fingerknöchel an einem Zahn.

»Ich bin froh, dass Sie sich darüber im Klaren sind, Sir. Bitte, schalten Sie die Sicherungen wieder aus.«

»Lassen Sie mich nachdenken.«

Sogar Anselm wirkte ängstlich. Ich kaute auf einem Daumennagel.

Eine ganze Weile verstrich. Mr. Seafort nickte entschlossen. »Ja, so machen wir das.«

Tad fragte zögernd: »Was, Sir?«

»Edgar, halten Sie sich an der Triebwerkssteuerung bereit, um sofort zu manövrieren, wenn ich es sage.« Er aktivierte den Rufer. »Mr. Janks.«

»Schiffsprofos Janks hier, Sir.«

»Geben Sie Laserpistolen und -gewehre aus. Bewaffnen Sie zwei Korporalschaften, die Raumanzüge tragen; sie sollen in den Sektionen drei und fünf auf Deck 2 Stellung beziehen.«

»Aye aye, Sir. Darf ich fragen warum?«

»Ich gebe vielleicht den Befehl aus: ›Enterversuch zurückschlagen‹.«

»Herr im ... Ja, Sir.«

»Zahlmeister Li!« Der Käpten wartete ungeduldig.

»Hier der Zahlmeister, Sir.«

»Räumen Sie Deck 2, Sektionen drei, vier und fünf, und zwar sofort. Alle Passagiere haben diesen Bereich mit all ihren Habseligkeiten zu verlassen. Setzen Sie Ihr komplettes Personal ein. Bringen Sie die Passagiere hinunter auf Deck 4. Erledigen Sie das sofort.«

»Aye aye, Sir. Aber ...«

»Sofort!« Mr. Seafort drückte erneut auf den Rufer. »Mr. Tamarow, melden Sie sich unverzüglich auf der Brücke!«

»OBJEKT IN EINHUNDERTFÜNFZIG METERN!« Jess war ohrenbetäubend. »Nichtmetallisch, als Fisch …«

»Edgar, ist er in der Nähe unserer Rohre?«

»Nein, am Bug, Sir. Die Station hat freies Schussfeld in …«

»Nein! Bringen Sie uns auf eine Linie mit der Station und dem Fisch.«

»Damit nehmen Sie ihnen die Schussmöglichkeit!«

»Auf der Stelle, Edgar! Bewegen Sie uns sofort!«

»Aye aye, Sir.« Tollivers Finger flogen. »Für das Logbuch: Sie haben Ihren verdammten Verstand verloren.« Das Bild auf dem Simultanschirm verschob sich abrupt.

Laufschritte trommelten durch den Korridor. Mikhael kam hereingestürmt. »Fähnrich Mik …«

»Lassen Sie das. Sie und Ghent laufen hinunter zu den Mannschaftsunterkünften und holen sich jeder fünf Mann. Sie alle ziehen dann Raumanzüge an. Bewaffnen Sie sich; Janks wird jemanden schicken, der Sie am Waffenschrank trifft. Mr. Ghent, Sie führen dann Ihre Abteilung auf Deck 3, Sektion vier. Mr. Tamarow in Sektion vier hier auf Deck 1. Sie beide sind jung; zeigen Sie mir, wie schnell Sie laufen können!«

»Aye aye, Sir!« Sie stürmten los.

»Olympia, *hier Thurman. Was in Gottes Namen …«*

Der Käpten nahm den Rufer zur Hand. »Lästern Sie nicht.«

»Geben Sie die Bahn frei! Falls wir durch den Fisch schießen, treffen wir auch …«

»Ja, ich weiß. Wenn Sie auf mich schießen, erwidere ich das Feuer.«

Benommenes Schweigen.

»Randy.«

Ich fuhr zusammen.

»Du holst lieber deinen Neffen. Man wird Thurman beruhigen müssen.«

»Sie möchten, d-d-d-d- . . .«

»Hole den Statthalter auf die Brücke. Bislang besteht keine Gefahr. Ich vertraue dir.« Er badete mich in seiner Gelassenheit. »Beeile dich aber!«

Ich schluckte. »Jasir! Aye aye, Sir.«

»Seafort, haben Sie den Verstand verloren?«

Die Antwort hörte ich nicht mehr. Mit pumpenden Beinen stürmte ich zur Leiter, hinunter auf Deck 2, durch den Korridor. Ich schlitterte in den Speisesaal. »Anth? Bist du hier? Anthony?«

»Sachte, Junge.« Von hinten tätschelte er mir die Schulter. Ich unterdrückte einen Aufschrei. »Der Käpten verlangt nach dir!«

»Werden wir angegriffen?«

»Ja. Nein, vielleicht nicht. Er denkt es nicht!«

»Hole tief Luft.«

»Lauf!«

Anthony blieb stehen. »Hole tief Luft, oder ich bewege mich keinen Zentimeter weit. Jetzt noch einmal.« Er wartete, bis ich damit fertig wurde. Kochend tat ich, was er verlangte. »Und noch einmal. Langsam!«

Im Wechsel ballte ich die Fäuste und öffnete sie wieder. »Bitte, Anth! Ein Satellit nimmt Kurs auf uns! Gott, bei den Dingern läuft es mir kalt über den Rücken! Hast du schon mal einen gesehen? Beeile dich, Mr. Seafort verlangt nach dir.«

»Dann gehen wir.« Er hakte sich bei mir unter und

zwang mich dadurch, mich seinem langsameren Tempo anzupassen. An der Leiter fragte er: »Hast du was gelernt?«

»Panik hilft nicht. Das hast du mir schon immer gesagt.«

»Exakt.«

»Es ist eigentlich keine Panik. Ich bin nur aufgeregt.« Und mein Magen bildeten einen festen, hartnäckigen Knoten. Wir folgten dem Korridor. Gedrückt sagte ich: »Bitte erzähle es ihm nicht.«

»Zweifellos beschäftigen ihn andere Dinge.« Anth blickte durch die Brückenluke. »Sie haben mich gerufen, Sir?«

Ich wurde bleich. Auf dem Simultanschirm schwebte ein Fisch in solcher Nähe, dass ich ihn glaubte anfassen zu können. Farben wirbelten. Hinter dem Fisch erwischte ich einen Eindruck von der Station.

»Ah ja. Beruhigen Sie Ihren General Thurman.« Mr. Seafort sprach gelassen, aber seine Finger schwebten über dem Schalter der Lasersicherung. »Tad, wenden Sie nicht für eine Sekunde den Blick ab. Falls ein Satellit startet ...«

Anthony fragte sanft: »Wie ist die Lage?«

»Ich habe die *Olympia* hinter den Fisch gesteuert. Um den Fisch zu treffen, muss Thurman auch uns treffen.«

»Warum?« Anth wirkte in Anbetracht der Umstände erstaunlich ruhig.

»Ich möchte nicht, dass er auf den Fisch schießt.«

»Und warum nicht?«

»Ich möchte sehen, was der Fisch tut.«

»Er wird einen Auswuchs erzeugen«, knurrte Tolliver. »Und unsere Rohre zerstören. Dann haben wir alle Zeit der Welt, um ihn zu studieren.«

»Edgar, bitte.«

»Nein, ich muss *Sie* bitten!« Echter Zorn schwang in Tollivers Stimme mit. »Hunderte von Menschenleben stehen hier auf dem Spiel und ein riesengroßes Schiff...«

»Halten Sie den Mund! Ich befehle es!«

Tolliver warf ihm einen Blick wie ein Laser zu, gehorchte aber.

»Ich schätze Sie sehr, Edgar, aber Sie haben Ihre Position deutlich gemacht. Jetzt möchte ich mich konzentrieren.«

Anselm zog eine Braue hoch und sah sich nach jemandem um, mit dem er seine Verblüffung teilen konnte. Das war ich.

»Olympia, *entfernen Sie sich von dem Fisch! Ich fordere Sie zum letzten Mal...*«

»Darf ich den Rufer haben?« Anthonys Ton war kühl. »Danke. General Thurman, hier spricht Statthalter Carr an Bord der *Olympia.*«

»Ja, Sir. Sagen Sie diesem Irren ...«

»Ich rufe hiermit den Notstand aus. Für die Dauer des Notstandes ernenne ich Nicholas Seafort zum Oberbefehlshaber auf dem Kampfschauplatz. Tun Sie, was er sagt, Sir, oder rechnen Sie mit dem Kriegsgericht.«

»Ich ... aber ...«

»Bitte bestätigen Sie die Befehle.« Er gab den Rufer Mr. Seafort zurück.

»Verstanden und bestätigt, Statthalter. Mr. Seafort, ich erwarte Ihre Anweisungen.« Thurman klang überhaupt nicht begeistert.

Mr. Seafort wandte sich mit ironischem Unterton an Anth: »Gut gemacht. In Diplomatie ziehen Sie mit Jerence gleich.« An den General gewandt: »Danke, General. Bitte richten Sie Ihre Laser auf den Fisch. Falls er oder ein anderer Außerirdischer sich meinen Fusionsrohren nähert, vernichten Sie ihn.«

»Ja, Käpten, sehr gern.« Thurman klang düster.

»Vermeiden Sie es, meine Rohre zu treffen, aber scheren Sie sich nicht um periphere Schäden.«

»Hier Fähnrich Tamarow, Sir.« Miks Stimme war gedämpft. *»Wir tragen jetzt Raumanzüge und haben auf Deck 1 Position bezogen.«*

»Sehr gut.«

»Darf ich mich zu Wort melden, Sir?« Das war Tolliver. Zweifellos seine Sonntagsmanieren.

»Nur zu.«

»Sie haben Sektion vier auf Deck 2 isoliert – von oben, unten und beiden Seiten. Warum?«

»Das sehen Sie gleich. Ich warte.«

»Worauf?«

»Ein Satellit, Sir!« Tad Anselm klang schrill.

Alle fuhren zusammen, sogar Anthony und ich.

»Genau darauf. Edgar, halten Sie sich an den Triebwerken bereit.«

Auf dem Fischkörper wirbelten Farben.

»Olympia, *hier Thurman. Sehen Sie das?«*

Der Wirbel verschwamm. Der Satellit war hindurch. Einen Augenblick lang verharrte er zitternd auf der Außenseite des Fisches. Dann stieß er sich ab. Er wurde auf dem Bildschirm größer.

Das war der, der Kevin umgebracht hatte. Nein, das war unmöglich, aber ...

Ich stolperte durch die Brücke, packte Mr. Seaforts Hand, drückte sie fest.

»Edgar, bringen Sie uns auf Abstand! Passen Sie die Geschwindigkeit an ihn an!«

»Anpassen ... Wo steckt der verdammte Pilot, wenn wir ihn brauchen?« Tolliver stach auf die Tasten ein.

Der Satellit trieb immer näher heran.

»Ich habe volles Vertrauen in Sie, Edgar.« Der Ton des Käptens war trocken. Den Blick fest auf den Bildschirm gerichtet, befreite er seine Hand aus meinem verzweifelten Griff, setzte mich vor sich hin und massierte mir die Schultern.

Der Satellit hatte uns fast erreicht. Abrupt schaltete Anselm den Bildschirm um. Jetzt zeigte er uns gleichzeitig den Satelliten und den eigenen Schiffsrumpf. Der Satellit würde uns mittschiffs an den Scheiben treffen.

»Käpten, weichen Sie aus und geben Sie mir freies Schussfeld!«

»Lassen Sie das, Thurman!« Mr. Seafort schlug einen beißenden Ton an.

Keine Atmosphäre behinderte uns, aber die *Olympia* hatte eine gigantische Masse. Langsam und unter Aufwand großer Mengen an Treibmasse entfernte sich das Sternenschiff von der Station und dem Fisch. Der Satellit im Zwischenraum schien langsamer zu werden.

»Nicht zu schnell, Edgar.«

»Sie möchten, dass ich mit diesem Riesen Pilotenstunts durchziehe?« Tolliver brummelte düster vor sich hin.

Mr. Seafort knetete mir die Schulterblätter durch. »Ganz ruhig, mein Sohn.«

»Ich bin nicht Ihr ...« Ich biss mir auf die Zunge. Ich war jetzt sein Sohn. »Sir, ich habe ...« Ich wurde leiser. » ... Angst.«

»Natürlich; ich auch. Edgar, nicht zu schnell. Gehen Sie auf gleiche Geschwindigkeit, nicht höher.«

»Sehen Sie, Sir, der Fisch!« Das war Anselm.

Ich schwenkte mich zum Simultanschirm herum und rechnete schon fast damit, den Fisch pulsieren zu sehen, die Einleitung zur Fusion.

Jetlöcher öffneten sich in seiner Flanke. Rauchfahnen aus Treibmasse schossen daraus hervor. Die außerirdische Gestalt wuchs an. Aber egal; er war zweihundert Meter weit entfernt. Wo steckte der beschissene Satellit?

»Ich will verdammt sein«, sagte Tad. »Der Fisch folgt uns. Warum wirft er nicht nach uns?«

»Käpten?« Anthony klang zögernd. »Sind Sie sicher, dass das klug ist?«

»Laserraum an Brücke.«

»Was ist, Mrs. Frand?«

»Mr. ... ah, Hilfstechniker Dakko möchte mit Ihnen reden.«

»Sehr gut.«

Es klickte. »Gestatten Sie mir, ihn umzubringen, Sir. *Bitte!*«

»Noch nicht, Chris.«

»Er sieht so aus wie der ...«

»Ich weiß. Noch nicht.«

»Ich habe ihn anvisiert!« Er klang gequält.

»Warten Sie, oder ich hole Sie von der Konsole weg.«

»Sie Mistkerl!« Die Verbindung wurde getrennt.

»Soll ich mich mit ihm befassen?« Das war Tolliver.

»Bleiben Sie an der Steuerung. Geben Sie leichten Schub auf die Triebwerke an Steuerbord.«

»Dann werden wir langsamer.«

»Ja. Jess, versiegele alle Korridorluken.«

»Aye aye, Käpten.« Der Comp gab sich ganz sachlich.

Die Zeit stand still. Benommen verfolgte ich mit, wie die Station zurückfiel.

»Käpten?« Das war Anthony.

»Es tut mir Leid, dass Sie dabei an Bord sind, Statthalter. Ich bringe Sie in Gefahr.«

»Ach, Unfug!« Einen Augenblick lang klang Anthony so nach Dad, dass mir Tränen in die Augen stiegen. »Aber ich kann Thurmans Verwirrung verstehen. Was in Gottes Namen tun wir eigentlich?«

»Wir wenden uns vom Weg des Völkermords ab.«

Vor uns trieb der Satellit durchs All, und seine Geschwindigkeit stimmte fast genau mit unserer überein. Er war etwa sechzig Meter weit an Backbord und konnte weder zurückfallen noch näher kommen. Hinter ihm hielt der Fisch Schritt, wenn auch ungleichmäßig.

»Vorsichtig, Edgar; sorgen Sie dafür, dass wir beide zwischen der Station und uns behalten.«

»Um Thurman wütend zu machen?«

»Entheben Sie mich des Kommandos, wenn Sie sich trauen, Leutnant, oder benehmen Sie sich.« Mr. Seafort schlug einen scharfen Ton an.

»Nur einen Moment, dann habe ich mich entschieden.«

Der Käpten blickte mich an und verdrehte die Augen. Unwillkürlich lächelte ich.

»So, Edgar, geben Sie jetzt ganz sachte Gegenschub.«

»Das ist verrückt. Der Satellit wird ...«

»Suchen Sie Ihr Quartier auf. Mr. Anselm, Sie übernehmen die Steuerung.«

Einen langen Augenblick blieb Tolliver still. Dann sagte er: »Ich bitte um Entschuldigung, Sir. Ich habe mich danebenbenommen. Bitte übergehen Sie es.«

»Danke, das tue ich gern. Haben Sie Geduld mit mir, Edgar. Falls ich mich irre, dann wird es ganz fürchterlich, aber ...«

»Ja?«

»Ich wünsche mir so sehr, Recht zu haben.« Der Käpten knetete meine Schultern durch.

Ich spürte nicht, wie wir langsamer wurden. Auf dem Bildschirm sah ich es nicht direkt. Aber unerbittlich holte der Satellit auf.

Mr. Seafort beugte sich über die Konsole und drückte eine Reihe von Schaltern. Mit der anderen Hand hielt er mich in festem Griff. Ich hätte meine Schulter gern befreit, wagte es aber nicht. Er wäre allein gewesen, und ich auch.

Vierzig Meter. Dreißig.

Zwanzig.

Der Fisch hielt jetzt hinter dem treibenden Satelliten die Distanz.

»Edgar, ein klein wenig nach Backbord. Und ziehen Sie den Bug herum.«

»Möchten Sie, dass uns der Satellit trifft?«

»Ja.«

»Wo genau?«

»Deck 2.«

»Das habe ich befürchtet. Wenn er sich durchschmilzt, verlieren wir die Atmosphäre.«

Zehn Meter.

»Nicht, falls ...«

Fünf Meter. Zwei. Er berührte uns.

Entsetzt starrte ich auf den Bildschirm. Holokameras suchten den Rumpf ab. Der Satellit klebte an einem Außenbordsensor.

Der Comp wurde lebendig. Alarmsirenen heulten. *»Eindringling entdeckt! Dekompressionswarnung, Deck 2, Sektion vier!«*

»Jess.« Mr. Seafort drückte die Alarmtaste und stellte Gott sei Dank wieder Ruhe her.

»Ja, Käpten?«

Mr. Seafort holte tief Luft. »Öffne die Luftschleuse auf Deck 2.«

»Nein!« Tad Anselm und Tolliver riefen das wie ein Mann. Tads folgende Worte verhedderten sich ineinander. »Nicht auf unser Schiff, Sir! Bitte, überlegen Sie sich das noch mal, ich flehe Sie an!«

»Es gibt keine andere Möglichkeit.«

Auf einer Konsole blinkte eine rote Warmlampe. Mein Blick hing mit entsetzter Faszination am Bildschirm.

Die äußere Schleusenluke war bündig mit dem Rumpf angebracht. Langsam glitt sie auf und legte die Kammer dahinter frei.

Zehn Meter entfernt davon bibberte der Satellit.

»Schleusenluke Deck 2, Sektion vier geöffnet.« Jess klang verbindlich.

»Mr. Janks, Fähnriche, halten Sie sich schussbereit!«

Mikhael fragte unbehaglich: »Worauf, Sir?«

»Auf einen Satelliten. Falls er sich von unten durchs Deck brennt, vernichten Sie ihn. Mr. Ghent, haben Sie das verstanden?«

»Ja, Sir. Ich ziele auf die Decke.«

»Tragen Sie einen Raumanzug?«

»Darauf können Sie wetten.« Eine kurze Pause. »Verzeihung, Sir.«

Ein grimmiges Lachen. »Zur Kenntnis genommen.«

Leise murmelte ich, als hätte ich Angst, der Außerirdische könnte mich hören: »Hat er Augen? Sieht er was?«

»Du warst einem Satelliten so nahe wie nur irgendeiner von uns, mein Sohn.«

Mich schauderte. Musste er mich daran erinnern?

Die Kreatur flitzte über den Rumpf.

Ich klammerte mich an Mr. Seafort.

Der Satellit huschte in die Luftschleuse.

»Oh nein!« Ein bestürzter Schrei. Mir wurde erst bewusst, dass ich ihn ausgestoßen hatte, als mich Mr. Seafort beruhigend tätschelte.

»Setze die Schleuse unter Druck, Jess.«

»Sir, meine Programmierung zwingt mich zum Schutz ...«

»Außer Kraft gesetzt. Speichere das im Log ab und leite den verdammten Schleusenzyklus ein.« Mr. Seaforts Ton war ruhig, aber ...

»Zur Kenntnis genommen. Eingetragen. Luft strömt ein.«

Mr. Seafort schaltete die Korridor-Holokam ein. Das Bild wechselte.

Der Korridor in Sektion vier lag verlassen da. Die Luftschleusenluke war kaum zu erkennen.

Jemand zog mich auf die Seite. Anthony. Er flüsterte die Worte kaum: »Weiß er, was er tut?«

»Woher soll ich das wissen?«

»Du bist länger bei ihm als ...«

»Ich bin kein Flottenmann und finde mich auf dem Schiff kaum zurecht. Kevin ist meinetwegen umgekommen. Ich ...«

»Schleuse voll gepumpt, Sir.« Das war der Comp. »Innenluke geöffnet, Außenluke geschlossen.«

»Randy, wie lautet deine Einschätzung?«

Jeder Streit zwischen uns und mein ganzer Groll fielen von mir ab. Gott, wie lieb ich Anth hatte! Letzten Endes vertraute er mir. Damit uns niemand verstand, flüsterte ich ihm direkt ins Ohr: »Mr. Seafort kennt die Außerirdischen nicht; wer tut das schon? Aber ... er ist gescheit, Anth. Gescheit und anständig.« Ich stellte fest, dass ich zitterte. »Falls irgendjemand Dad ersetzen kann, dann er.«

Anthony flüsterte: »Das reicht mir.« Er gab mir einen Klaps auf die Schulter.

»Da ist er!« Tad hämmerte auf seine Konsole.

Auf dem Bildschirm huschte eine Gestalt an der Luke zum Korridor hin und her.

Ich schluckte Galle herunter. Wenn das Ding doch nur nicht *gebibbert* hätte!

Wir sahen zu.

Die außerirdische Gestalt flitzte auf den Korridor hinaus.

»Innenluke schließen.«

»Geschlossen.« Das war Jess. Konsolenlampen sprangen auf Grün.

Tolliver rührte sich. »Sehr gut, er ist an Bord. Wie fangen wir ihn jetzt ein?«

Mr. Seafort antwortete: »Gar nicht.«

»Was tun wir dann?«

»Wir warten ab, ob er versucht, sich durchzubrennen.«

»Natürlich tut er das; was sonst? Die Sektion ist leer.«

Ein Seufzen. »Ich weiß. Es wird Zeit.« Mr. Seafort stand auf.

»Was glauben Sie eigentlich, was Sie da tun?«

»Meine Befehle lauten wie folgt«, erklärte Mr. Seafort in ausdruckslosem Ton. »Falls ich getötet werde, vernichten Sie den Satelliten und den Fisch draußen.«

»Falls Sie getötet werden, bin ich der Kapitän und befolge meine eigenen Befehle.« Tollivers Ton war heftig.

»Jess, zeichne auf: Eine Modifizierung der feststehenden Befehle auf der *Olympia*, gültig für jede Person, die das Amt des Kapitäns übernimmt. Nach meinem Tod hat der Kapitän den Statthalter auf den Planeten zu schicken und unseren Passagieren einen Tag Zeit zu geben, dass sie an Bord kommen. Dann hat er den Weg nach Kalls Planet und ins Heimatsystem fortzusetzen.«

»Ins Logbuch eingetragen.«

Mr. Seafort ging zur Luke hinüber. »Edgar, gehen Sie bei der Dekontaminierung sorgfältig vor. Ein Ausrutscher, und ...«

Tolliver sprang von seinem Platz auf und schob sich zwischen den Käpten und die Luke. »Ich bitte Sie: Tun Sie das nicht!«

Panisch griff ich nach Anthony. »Wohin geht er?«

»Ich muss.« Mr. Seafort traf Anstalten, um Tolliver

herumzugehen, aber Tolliver machte einen Schritt zur Seite und versperrte ihm erneut den Weg.

»Edgar, ich warne Sie ...«

»Nick, um Gottes willen, Sie dürfen nicht!«

Die Stimme des Käptens klang trostlos. »Um Gottes willen, ich kann nicht anders.«

Ich schrie: »Wohin gehen Sie?«

Mr. Seafort blickte mich an, als sähe er mich zum ersten Mal. »Wieso – nach Sektion vier.«

Manchmal stellst du am Ende eines Tages fest, dass du unsagbar müde bist. Du hast einen Traum oder erlebst ihn wirklich, du weißt es nicht recht. Die Zeit bleibt stehen, während du über das Deck läufst und dabei vor Hast stolperst. Du stürmst an seine Seite, aber er nimmt dich nicht wahr. Du schlüpfst unter Tollivers ausgestreckten Armen durch, die ihm den Weg versperren. Du drückst dich mit dem Rücken ans gegenüberliegende Wandschott des Korridors. Du stehst da, klappst den Mund auf und zu und verfolgst mit, wie das unausgesprochene Drama seinen Lauf nimmt.

Du siehst, wie er Tolliver an den Schultern packt, ihn umarmt, ihn sachte zur Seite schiebt. Du siehst zu, wie er sich durch die Luke schleppt und den Korridor entlang zur Leiter humpelt. Du schließt dich ihm an.

Du zupfst an seinem Ärmel, aber er bemerkt es nicht.

Du ignorierst deine Tränen und springst vor ihn. »Mr. Seafort?« Deine Stimme klingt fern, wie in einem Traum.

Er geht um dich herum. Du packst ihn am Aufschlag, zwingst ihn stehen zu bleiben. »Sir! Käpten!«

»Das darfst du nicht tun. Wir sind im Dienst, und es

ist verboten.« Seine Stimme klingt aus weiter Ferne herüber.

Du knallst ihm deinen Kopf an die Brust. »Sir! Hören Sie doch!« Du nimmst einen tiefen Atemzug und noch einen, aber es bringt dir keine Ruhe. Du zwingst Zunge und Lippen, das verbotene Wort auszusprechen. »Vater ...« Niemand schlägt dich tot. »Bitte, ich muss mitgehen!«

»Auf gar keinen Fall.« Er blickt an dir vorbei zur Leiter.

»Du wirst es nicht ohne mich tun.« Du zitterst und weißt nicht warum. Der Traum ist seltsam, dein Griff um Vaters Aufschläge fest. »Vater, Sir, es ist das Wichtigste, worum ich je bitten werde. Ich muss es miterleben.« Die Begegnung. Den Satelliten.

Seine Schritte werden langsamer; er bleibt stehen. »Warum, Randy?«

Weil er Kevin umgebracht hat und ich den Grund erfahren muss. Weil ich in dieser Stunde vielleicht meinen neuen Vater verliere. Weil ...

Irgendwie bringst du einen entschlossen Tonfall zustande. »Weil ich dein Sohn bin.«

Langsam wechselt sein Blick von der Leiter zum Korridor, zum Deck, zum Schott, zu dir. »Bist du dir im Klaren, was ich ...«

»Ja!«

Eine Ewigkeit vergeht. Dein Griff wird schwächer; er wird tun, was er nun mal tun wird, und du kannst ihn nicht daran hindern. Du bist nicht wirklich sein Sohn und wirst es nie sein.

Er streckt seine Hand aus und wartet auf deine.

»Sehr gut, mein Sohn. Komm mit.«

Und er führt dich zur Leiter.

TEIL DREI

Januar, im Jahre unseres Herrn 2247

16. Kapitel

Der Schrank in Sektion vier war randvoll mit Raumanzügen. Mr. Seafort sah zu, wie ich mir einen auswählte, achtete darauf, dass es auch die richtige Größe war, half mir beim Hineinsteigen. Plötzlich machte er große Augen. »Oh Gott!«

»Was ist, Sir?«

»Ich habe Derek mit einem Raumanzug geholfen, kurz bevor ...« Mehr sagte er nicht. Er sicherte meinen Helm und aktivierte dann den Rufer, der im Schrank hing. »Seafort an Brücke.«

»Hier, Sir.« Das war Tolliver.

»Was tut er?«

»Huscht herum. Erkundet die Umgebung. Nimmt unsere Sargmaße. Wer zum Teufel soll das wissen?«

»Immer mit der Ruhe.«

»Verzeihung.«

Der Käpten führte mich zur Korridorluke.

»Was ist mit deinem Raumanzug, Vater?« Meine Stimme zitterte immer noch. War sie ein Traum gewesen, unsere Begegnung auf dem Korridor? Irgendwie zweifelte ich daran.

»Ich nehme keinen.«

»Dann werde ich auch keinen ...«

»Nein.« Er zog mich weiter mit. »Das kommt nicht in Frage.«

»Warum willst du keinen ...?«

»Falls der Satellit vorhat, mich umzubringen, dann wird er es tun. Ich habe mein ganzes Leben lang gegen sie gekämpft. Jetzt lege ich die Waffen nieder.«

»Sir, ich möchte nicht meckern, aber…« Dabei wollte ich das unbedingt. Ich zwang mich, andere Worte zu wählen. »Hilf mir, es zu verstehen.«

»Du hast nie töten müssen.«

»Doch, habe ich.«

»Kevins Tod war nicht deine Schuld.«

»Ich meine nicht ihn, sondern den Diakon am Heli. Ich habe ihm das Genick gebrochen, um von der Kirchenfarm zu fliehen.«

»Oh ja. Das hatte ich vergessen.« Er tätschelte mich, als wäre es nicht von Bedeutung. »Fühlst du dich gut, wenn du daran denkst?«

Mein Magen traf Anstalten, sich zu übergeben. »Nein.«

»Dann multipliziere dieses Empfinden mit tausend. Mehr.«

Das konnte ich mir nicht ausmalen.

»All diese Jahre lang«, sagte er, »habe ich geglaubt, ich hätte einen Völkermord begangen. Ich dachte, es wären keine Fische mehr übrig, der allmächtige Gott hätte zugelassen, dass ich die scheußlichste Tat überhaupt verübte. Ich habe Ihn dafür ge… geha…« Er verzog das Gesicht. »…dafür gehasst.«

»Aber es sind Killer! Sie haben Centraltown bombardiert, die Flotte vernichtet, gemordet…«

»Ehe ich sterbe, wüsste ich gern den Grund dafür.«

»Werden wir sterben?«

»Ich hoffe nicht. Wirst du draußen warten?«

»Nein.« Ich bemühte mich, ruhig zu bleiben, und diesmal schaffte ich es. »Nein, Vater.«

Ein bewaffneter Posten stand an der Luke nach Fünf. Mr. Seafort – Vater – sagte einfach: »Aufmachen.«

»Aye aye, Sir.« Der Mann drückte auf die Steuertafel.

Die Luke glitt auf. Am anderen Ende der Sektion, hinter der Korridorbiegung kaum zu sehen, hielten ein Dutzend Wachleute Lasergewehre und -pistolen auf die Luke nach Vier gerichtet.

Wir trotteten den Flur entlang.

Ich schluckte. In Sektion fünf war Kevin umgekommen, und ich hatte später dort gesessen und meinen Kopf ans Schott gerammt. Corrine hatte mich gefunden und gerettet.

»Sie ist freundlich und gut und einsam.«

Er fragte: »Wen meinst du?«

»Mrs. Sloan.«

»Gütiger Gott!«

»Du solltest dich mehr um sie kümmern.«

»Ich werde es mir merken.« Als wir uns der Luke gegenüber näherten, blieb er stehen, bückte sich und blickte mir in die Augen. Eine Zeit lang sagte er nichts. Dann: »Mein Sohn, falls ich...« Er blinzelte und begann von neuem. »Ich bitte dich um einen Gefallen, aber falls du ihn mir nicht gewähren möchtest...«

»Sag es mir.«

»Ehe wir hineingehen, verzeihe mir das mit Derek. Ich meine, falls es dir möglich ist. Falls nicht ... Oh, Herr Jesus!« Er brach ab, starrte das Schott an. »Kannst du es verzeihen?« Sein Ton war gedämpft. »Es würde mir – alles bedeuten.«

»Aber du hast ihn nicht umgebracht. Ich habe nur gedacht, du hättest es getan.«

»Nicht umgebracht. Zugelassen, dass er...« Seine Augen waren feucht. »Es tut mir Leid, dass ich gefragt habe. Ich werde die eigene Schuld...«

Ich griff nach den Helmverschlüssen, riss sie auf, atmete die frische Korridorluft ein. Falls er das von mir erbat, dann hieß das …

Ich staunte.

Ich hatte für ihn wirklich einen Wert.

»Vater, habe ich Kevin umgebracht?«

»Nein. Er ist durch eigene Torheit ums Leben gekommen.«

»Hast du Derek umgebracht?«

Lange blieb es still. »Nein, er starb durch das Heldentum, nach dem er gestrebt hatte.«

Mir fielen keine anderen Worte ein als die, die ich von Mr. Seafort selbst gehört hatte. »Ich spreche dich los. Bis in den Tod. Welchen Anteil du immer daran hattest, ich vergebe dir.« Und so war es; die letzten Reste meiner Verbitterung schmolzen dahin, wenigstens für den Augenblick. Ich versuchte zu lächeln. »Jetzt sollten wir lieber darauf achten, dass wir uns nicht selbst um Kopf und Kragen bringen.«

»Der Herrgott segne dich, mein Sohn.« Er schien sich aufrechter zu halten, als er mich zur Sektionsluke führte. »Sie da, Boritz.«

»Ja, Sir?«

»Wer von Ihnen hat eine Waffe übrig?«

»Gewehr oder Pistole?«

»Pistole.«

Die Wachleute drängten sich zusammen und brachten eine Pistole zum Vorschein. Vater kontrollierte die Sicherung und reichte mir die Waffe. »Weißt du, wie man damit umgeht?«

»Anthony hat es mir gezeigt. Wir haben Figuren in Baumstämme geschnitten.«

»Wie kurios. Pass jetzt gut auf. Die Laserzielerfassung funktioniert automatisch, sobald die Waffe entsichert wurde. Dreh die Stärke nicht über mittleres Niveau auf, oder du riskierst es, durch den Schiffsrumpf zu brennen.« Er machte ein finsteres Gesicht. »Benutze sie nur, um das eigene Leben zu retten, nicht meines.«

»Ich lasse nicht zu, dass dieser Satellit . . .«

»›Ja, Sir, ich werde tun, was mir gesagt wurde.‹« Vaters Blick war eisig. »Lass mich nicht warten; ich habe eine Verabredung. ›Ja, Sir.‹ Jetzt gleich, Randy!«

»Ja, Sir. Nur, um mein Leben zu retten.« Falls ich mit Ungehorsam und einer Lüge beginnen musste, dann sollte es halt so sein.

»Wachleute, Sie ziehen sich nach Sechs zurück, bis ich Sektion vier betreten habe und die Luke wieder geschlossen ist. Randy, du bleibst an der Luke. Sieh zu, aber mische dich nicht ein.«

»Was hast du vor?«

»Ich weiß nicht recht.«

Ich sagte: »Falls er dich berührt . . .« Die Satelliten verspritzten Säure, die einen Hals wegbrannte und nur ein starrendes Auge hinterließ. *Was tat ich nur hier?*

»Ich werde versuchen, auf Abstand zu ihm zu bleiben.«

Ich kam mit, um Vater zu helfen. Hätte ich für Dad nicht das Gleiche getan, ohne einen Augenblick zu zögern?

Wie konnte ich nur so tapfer und so feige zugleich sein? Dad hatte keine Furcht gekannt. Ich war sein Sohn, ebenso wie der Mr. Seaforts. Ich musste mich so verhalten, dass er stolz auf mich war. Ich unterwarf mich dieser Aufgabe. »Bereit, Sir.« Hinter uns schloss sich gerade die Luke nach Sechs. Wir waren allein in der Sektion.

»Sehr gut.« Vater setzte mir den Helm wieder auf und schaltete meinen Anzuglautsprecher ein. Dann aktivierte er den Rufer an der Luke. »Edgar, ich gehe jetzt hinein.«

»Er ist gerade am anderen Ende. Das verdammte Ding ist unglaublich schnell.«

»So habe ich es auch erlebt.«

»Viel Glück, Nick.« Tolliver stockte die Stimme. *»Sir, für alle Schwierigkeiten, die ich Ihnen im Lauf der Jahre gemacht habe, möchte ich mich ...«*

»Sagen Sie es nicht.«

»Ach, lassen Sie mich doch! Ich werde nie wieder so empfinden. Ich entschuldige mich. Und ich salutiere vor Ihnen.«

»Mein Segen mit Ihnen, Edgar.«

Vater öffnete die Luke.

Gemeinsam gingen wir hindurch.

Dort, unweit einer Kabinenluke. Eine missgebildete Form. Flecken und Punkte wirbelten über ihre Außenschicht.

»Das ist weit genug, Randy. Entsichere die Waffe. Schieße, wenn er auf dich zukommt.«

Ich leckte mir die Lippen. »Jasir!«

Als wäre er unterwegs in die Offiziersmesse, schlenderte Mr. Seafort den Korridor hinunter. Nur die sich abwechselnd schließende und öffnende Faust verriet seine Anspannung.

Der Außerirdische erstarrte.

Vater blieb stehen.

Der Satellit bibberte, ruckte und raste dann bestürzend schnell auf ihn zu. Ich hob die Pistole.

Er hielt unmittelbar vor Vater an.

Vater wich einen Schritt zurück.

Der Satellit stand zitternd mitten auf dem Deck, ein fluchtbereiter Nachtfalter.

Keine Füße, kein Gesicht. Wie sieht er nur? Wie kann er sich so schnell bewegen? Wie …

»Ich will dir nichts tun«, sagte Vater.

Der Außerirdische blieb still.

»Wir sprechen mit Worten. Mit Lauten. Erzeugt ihr Laute?«

Nichts.

»Vater …«

»Keinen Ton mehr!« Er klang wütend. Ich war verletzt, bis mir klar wurde, dass er fürchtete, ich könnte den Satelliten auf mich aufmerksam machen.

Vater hob eine Hand und streckte sie aus. Allmächtiger, versuche nicht, ihm die Hand zu schütteln! Er brennt dir den Arm weg!

Der Außerirdische sackte in sich zusammen, verdickte sich gleichzeitig an der Basis. Seltsam geformte Flecken wirbelten auf seiner Haut umher.

Wie gebannt sah ich zu. Schwoll der Satellit an wie ein Ballon? Nein, die Gestalt war zu unregelmäßig.

Vorsichtig trat Vater einen Schritt zurück.

Der Satellit dehnte sich in Richtung auf Mr. – auf Vater aus. Er bebte und sank noch tiefer.

Einen Augenblick später ragte er kaum noch einen Meter weit über das Deck auf.

Ich flüsterte nur. »Er stirbt.«

»Erlösen Sie ihn von seinem Elend!« Ich fuhr zusammen, als diese Worte plötzlich aus dem Lautsprecher plärrten.

»Ruhig, Edgar.«

Die fremde Gestalt wurde immer formloser. In ihrem Protoplasma bildete sich ein unregelmäßiger Klecks.

Mr. Seafort fragte: »Liegt es am Sauerstoff? Sollte ich in einen Druckanzug steigen und die Sektion dekomprimieren?«

»Erschießen Sie ihn lieber.«

Der Satellit war fast nur noch eine Pfütze auf dem Deck.

»Haben wir *ihn* mit einem Virus infiziert?« Vater betrachtete die bewegungslose Gestalt.

Auf deren Haut wirbelten weiter Farben. Ich leckte mir die trockenen Lippen. »Er lebt noch.«

Der Käpten trat einen Schritt zurück und noch einen.

Der Außerirdische reagierte erst nicht. Dann raffte er sich langsam wieder auf und wuchs vom Deck nach oben.

Der Käpten sah konzentriert zu.

Die Gestalt ragte einen Meter auf und wuchs weiter.

Vater ging die Schritte wieder nach vorn, die er zurückgewichen war. Der Satellit hatte die Hälfte seiner ursprünglichen Körpergröße zurückgewonnen. Der Käpten stand vor ihm.

Der Außerirdische schrumpfte wieder. Einen Augenblick später bildete er eine viskose, klumpige Pfütze.

»Es liegt an unserer Gegenwart, Edgar. Mein Körper bringt ihn um!«

»Gut!«

»Sagen Sie das nicht.« Vater wich zurück.

Der Außerirdische stieg hoch, konnte die Höhe nicht halten und sackte wieder zusammen.

Ich unterdrückte den Drang, auf ihm herumzustampfen, sein Protoplasma auf den Schotten zu verspritzen. Er oder sein Bruder hatte Kevin umgebracht. Aber nicht, ehe er ihn zu einem entsetzten Kind reduziert hatte, das nach seinem Daddy rief.

Ich sah Kev an dem Schwimmloch vor mir, groß und stark und kühn, wie er sich schwungvoll abstieß. Die Spiele, die wir in diesem idyllischen Sommer gespielt hatten!

Der Außerirdische stieg hoch und sank wieder zu Boden. Eine missgebildete Pfütze, die kaum mehr als zwei Zentimeter über das Deck aufragte.

»Edgar, er liegt im Sterben. Ich hole mir einen Raumanzug. Machen Sie alles bereit, um die Luft aus der Sektion zu lassen.« Vater schritt zu einem Schrank hinüber. »Vielleicht rettet das ...«

Ein Blitz traf mich und hielt mich in seinem Bann.

»Sir, nein!« Ich stolperte hinter ihm her, stürzte beinahe. »Er stirbt nicht, er – er ...«

»Was ist, Junge?«

»Wie Kevin vergangenen Sommer, als er mir den Arm verdreht, mich zu Boden gezwängt hat! Erkennst du es nicht?«

Wieder raffte sich der Außerirdische zu einer straffen Form auf. Erneut platschte er auf dem Deck zusammen.

»Wovon in aller Welt redest du da?«

»Er ...« Ich tänzelte hektisch herum. »... ergibt sich!« Kevin hatte mich immer am Boden festgehalten, bis ich seine Kraft anerkannte. Aber ich war widerborstig und wollte mich nicht ergeben, jedenfalls nicht, bis er ... »Er versucht immer wieder, sich dir zu unterwerfen!«

»Kann er uns denn sehen?«

»Das muss er!«

»Du bist zu dicht an ihm, Sohn.« Er wartete mit wachsender Ungeduld, bis ich mich ein paar Schritte weit zurückgezogen hatte.

Der Käpten sank auf die Knie und achtete sorgfältig darauf, die Protoplasmamasse nicht zu berühren. Dann legte er sich mühsam ganz hin, lag flach am Boden. Einen Augenblick später stand er wieder auf.

Der Satellit blieb auf dem Deck ausgebreitet.

Vater hämmerte mit der Faust ans Schott und deutete mit einer Geste an, dass er sich aufrichten sollte.

Nichts.

Wieder legte sich Vater hin, richtete sich erst auf die Knie auf und kam dann ganz auf die Beine.

Eine halbe Minute verging, die mir wie Stunden vorkam.

Der Außerirdische stieg hoch, saugte sein Protoplasma zu neuen Gestalten zusammen. Einen Augenblick später stand er bibbernd vor uns.

Vaters Stimme klang sanft. »Randy, leihe mir deine Pistole.«

»Stellen Sie sie hoch ein, Sir. Brennen Sie ihn zu Schlacke und sehen Sie zu, dass Sie wie der Teufel dort herauskommen!«

»Lästern Sie nicht, Edgar.«

Ich gab ihm die Pistole in die Hand. Er stellte den Strahl schmaler ein sowie auf geringe Stärke. Im Knien zielte er aufs Deck und schnitt vorsichtig einen kleinen Kreis hinein.

Dann schnitt er vorsichtig sechs kleinere Kreise rings um den ersten.

Ich fragte: »Was ist das, Sir?«

»Das Sonnensystem.« Unseres, nicht das von Vater. Sechs Planeten umkreisten die Hope-Sonne.

Als er fertig war, trat er zurück und wartete.

Die Holokam im Korridor surrte.

Der Außerirdische tat nichts. Ich zog mich Schritt für Schritt zur Luke zurück. Das verdammte Bibbern machte mich verrückt! Und jetzt hatte Mr. Seafort die Pistole; ich konnte mich nicht mehr verteidigen.

Plötzlich sackte der Außerirdische zusammen, aber nicht bis ganz hinunter aufs Deck. Er vergrößerte seine Basis, floss über die Zeichnung hinweg und bedeckte sie vollständig.

Wir warteten.

Vielleicht eine Minute verstrich. Der Außerirdische wuchs nach oben, bis er wieder seine volle Körpergröße erreicht hatte.

Vater kniete sich hin und deutete auf den Mittelkreis. »Die Sonne von Hope Nation.« Seine Finger zogen Kreise. »Planeten. Umlaufbahnen.«

Der Satellit tat nichts.

Vater seufzte. »Edgar, was tut der Fisch draußen?«

»Er bewegt sich nicht und wartet auf unseren Schuss in seine Flanke.«

»Wagen Sie es bloß nicht!«

»Sir, das ist verrückt. Genauso gut könnten Sie mit einem Hai über Philosophie diskutieren.«

»Irgendeine Idee, Randy?«

»Nein, Sir.«

»Edgar, Jess soll die Passagierliste durchsehen. Irgendwelche Sprachwissenschaftler?«

Ein paar Sekunden Pause. *»Nichts, was auch nur ent-*

fernt herankäme, Sir. Drei Journalisten und ein Spezialist für Comp-Psychologie.«

»In Ordnung, gehen wir sicher, dass er nicht feindselig ist. Randy, zur Luke.« Mit dem Gesicht zum Satelliten wich Vater langsam zurück.

An der Luke bediente er den Rufer. »Boritz, ziehen Sie sich nach Sektion sechs zurück. Wir kommen hindurch.«

»Aye aye, Sir.«

Ich schüttelte den Kopf. Der Matrose hätte die Erlaubnis verlangen sollen, in Fünf zu bleiben und seinen Kapitän zu beschützen.

Der Außerirdische blieb, wo er war. Und bibberte. Immer dieses gottverdammte Bibbern! Schweiß rieselte mir am Rückgrat entlang.

»Mr. Tolliver, rufen Sie Dr. Romez. Wir benötigen eine Klasse-A-Dekontaminierung. Und gleich zu Anfang Blutproben von uns beiden, um sie auf Viren zu prüfen.«

»Aye aye, Sir.«

»Sobald wir die Sektion verlassen haben, öffnen Sie die innere Schleusenluke. Lassen Sie den Satelliten gehen, wenn er möchte.«

»Und was, wenn er beschließt, sich durch die Außenluke zu schmelzen? Dann verlieren wir die Atmosphäre.«

»Nur in dieser einen Sektion. Er kann das ohnehin jederzeit tun, indem er sich durch ein Außenschott schmilzt.«

»Ich schätze auch, aber ... aye aye, Sir.«

»Wir nehmen für einen Tag oder so eine Kabine in Sektion fünf, nur um sicherzugehen. Falls wir infiziert sind, möchte ich es nicht auch noch verbreiten.« Vater stellte die Pistole auf mittlere Reichweite, reichte sie mir, wandte dem Außerirdischen den Rücken zu. Er bediente die Lukensteuerung.

Die Luke glitt auf.

Wir gingen hindurch. Hinter uns wartete der Satellit.

Und bibberte.

Die Dekontaminierung erwies sich in jeder Hinsicht als so unangenehm wie zuvor. Man jagte unsere Blut- und Atemluftproben durch Analysegeräte. Keine Viren, aber Dr. Romez und seine Mitarbeiter gingen trotzdem außergewöhnlich gründlich vor. Niemand fasste uns an, der keinen Schutzanzug trug, und der Herrgott wusste, was sie anschließend mit den Anzügen taten.

Ich befreite mich bei erster Gelegenheit von meinem Raumanzug und ignorierte Vaters Protest. »Ich gehe das gleiche Risiko ein wie du, und es hat keinen Zweck, von mir das Gegenteil zu verlangen. Bestrafe mich doch, wenn es unbedingt sein muss.« Ich hielt die Luft an; einen Augenblick schien er genau dazu entschlossen.

Endlich seufzte er. »Es ist die Aufgabe eines Vaters, dich zu beschützen.«

»Nicht davor.«

Zu meinem Erstaunen nickte er, als verstünde er es.

Frisch geduscht und in frischen Kleidern stellte ich dann fest, dass ich einen Mordshunger hatte. Stewards in Schutzanzügen brachten Tabletts; jeder, der uns begegnete, musste selbst eine rigorose Dekontaminierung durchlaufen. Früher hatten von Satelliten eingeschleppte Viren auf der *Challenger* und anderen Schiffen Passagiere und Besatzung dezimiert.

Wir setzten uns nebeneinander auf eine Koje. »Was jetzt, Mr. – ahm, Vater?«

»Weißt du, P. T. hat mich so genannt?«

»Wer ist Peetee?«

»Philip. Mein Sohn. Ich war Vater für ihn oder kurz Vati.«

»Vati. Das gefällt mir.« Es bestätigte die Beziehung zwischen uns, ohne albern zu klingen wie zum Beispiel »Pop«. Gleichzeitig gestand es dem Vater keine überzogene Würde zu. Ja, »Vati« war irgendwie zarky.

»Mir hat es auch gefallen«, sagte er.

»Warum nennst du ihn Peetee?«

»Seine Initialen. Philip Tyre Seafort. Benannt nach einem Jungen, mit dem ich vor vielen Jahren gefahren bin.«

»Wir haben eine Stadt namens Tyre.«

»Dein Vater Derek hat sie nach ihm benannt, um mir eine Freude zu machen.«

»Mit Erfolg?«

»Auf jeden Fall. Philip Tyre war ein Junge mit Problemen, aber am Ende war er großartig. Er rammte einen Fisch mit der Barkasse der *Challenger*. Sein Opfer hat uns gerettet.«

»Also, wie ich schon gefragt habe: Was jetzt?«

»Wir versuchen es erneut.«

»Heute Abend oder morgen?«

»Heute Abend«, sagte er. »Ich gehe diesmal allein.«

»Den Teufel wirst du!«

Er packte mich am Genick und schleppte mich ungeachtet meiner Proteste ins Bad. Einen Augenblick später klatschte er mir eine Hand voll Flüssigseife vor den Mund. Ein Teil davon drang ein. Ich wehrte mich, aber er war stärker, als ich vermutet hätte. »Ich dulde keine üble Ausdrucksweise!«

Ich spuckte ein ums andere Mal.

»Verstanden?«

Ich war so erschrocken, dass es mir die Sprache verschlug. Nach allem, was wir durchgemacht hatten ...

»Du solltest mir lieber antworten!« Sein Ton enthielt eine Warnung.

»Ich hasse dich!«

»Das ist dein Privileg. Bestätige jetzt, was ich dir gesagt habe.«

Eine ganze Weile blieb ich still. Zorn, Hass, weiß Gott was kämpften um die Vorherrschaft. Endlich erhob ich mich schwankend auf die Beine und wandte ihm den Rücken zu. »Ich war einverstanden, dein Sohn zu sein. Davon trete ich nicht zurück.«

»Das freut mich.«

»Aber ich wünschte, ich könnte es!« Mein Ton war gehässig.

»Tust du das wirklich? Sag mir die Wahrheit!«

»Ja!« Aus einem Winkel meines Bewusstseins blickte Dads Bild finster hervor. Meine Ohren brannten; die Carrs logen nicht. »Nein. Ich möchte dein Sohn sein.«

»So ist es besser.«

»Lass uns eine Abmachung treffen.«

»Keine Abmachungen.«

»Ich bin es nicht gewöhnt ...« Ich riss mich zusammen. »Bei Anth habe ich mich daran gewöhnt, große Freiheiten zu genießen. Ich werde mir Mühe geben, wirklich große Mühe, bei all den kleinen Dingen, die du von mir verlangst. Zum Beispiel, was meine Redeweise angeht. Aber in der Frage, ob du ohne mich losziehst und dein Leben aufs Spiel setzt, muss ich an der Entscheidung mitwirken dürfen. Wir sind eine Familie, richtig? Wir stellen uns dieser Gefahr zusammen, oder die Behauptung, wir wären eine Familie, ist eine Lüge.«

Er legte den Kopf in die Hände.

Ich wappnete mich. »Sir…« Es würde schwierig werden. »Vati, ich entschuldige mich. Ich benutze eine solche Ausdrucksweise nicht wieder.« Meine Wangen brannten.

Ich wartete eine Ewigkeit lang.

»Sehr gut. Wir ruhen uns ein bisschen aus und besuchen dann wieder den Satelliten.«

Ich hatte gesiegt.

Oder er?

Erneut stieg ich in einen Druckanzug. Vater bestand darauf, und nichts, was ich sagte, konnte ihn umstimmen. Eine zusätzliche Schutzschicht, so nannte er es. Er zerzauste mir die Haare, ehe er mir den Helm aufsetzte.

Der Satellit hielt sich am anderen Ende der Sektion auf.

Abrupt huschte er auf uns zu. Vati fand gerade noch die Zeit, mich hinter sich zu schieben. Ich hob die Pistole, aber zu spät.

Das Wesen hielt an, nur wenige Zentimeter von Vati entfernt, und schmolz zu einer Pfütze zusammen. Flecken und Farben flossen darauf herum, ohne ein erkennbares Muster zu bilden.

Vati sank erst auf die Knie und legte sich dann auf

den Bauch, wobei er darauf achtete, den Satelliten nicht zu berühren. Einen Augenblick später stand er wieder auf und schlug mit der Hand ans Schott.

Der Außerirdische hob sich wieder zu seiner ursprünglichen Gestalt.

»Versuchen wir es mit Mathematik«, sagte Vati. Er streckte die Hand nach meiner Pistole aus und brannte Flecken ins Deck.

* + * = **

Nichts.

*** + ** = *****

Der Außerirdische zerschmolz, deckte die Zeichen ab, nahm wieder die alte Gestalt an.

Wir warteten. Er wartete auch.

»Ob er sich mit Negation auskennt?«

** <> ***

Der Satellit deckte die eingeritzten Symbole ab und wechselte wieder in die Ursprungsgestalt. Keine weitere Reaktion.

Ich schlug vor: »Zeichne doch uns.«

»Mit einer Pistole? Ich könnte vielleicht ein Strichmännchen hinbekommen.«

»Sei nicht albern. Zeichnen ist ganz leicht.« Ich griff nach der Pistole. Verblüfft gestattete er, dass ich sie ihm abnahm.

Als Anth mir im Wald das Schießen beigebracht hatte, hatte ich rauchende Initialen, Zeichnungen, Karten in die kräftigen Stämme der Generas geritzt. Der Statthalter hatte seine Würde als Erwachsener vergessen und mitgemacht.

Ich kniete mich hin und wünschte mir, dass ich nicht mit dicken Handschuhen hätte arbeiten müssen. Sorgfältig zeichnete ich eine massige Gestalt mit einem großen runden Helm. Ich klopfte mir an die Brust. Ich zeichnete eine weitere Gestalt daneben, so menschenähnlich, wie ich sie nur hinbekam. Ich arbeitete an Nase, Ohren, Beinen. Als ich fertig war, stand ich auf und legte Vati eine Handfläche auf die Brust.

Der Satellit bibberte, als stünde er im Begriff, sich gleich abzustoßen. Ich würde nur einen Augenblick der Agonie erleben, mehr nicht. Mit pochendem Herzen wappnete ich mich.

Er sackte zu einer Schlammpfütze zusammen und deckte mein Kunstwerk ab.

Ich flüsterte: »Warum tut er das? Kann er nicht sehen?«

»Er muss. Woher sollte er sonst wissen, dass wir mit den Zeichnungen fertig sind?«

»Was möchte er uns sagen, indem er sich darauf wälzt?«

»Pass auf, Sohn!« Vati riss mich aus der Gefahrenzone. Die Decksplatte rauchte und zischte. Er schnappte den Rufer an der Luke. »Janks! Er brennt sich durchs Deck! Halten Sie sich bereit, ihn ...«

Der Außerirdische richtete sich auf, nahm seine unregelmäßige Gestalt wieder an. Auf der Decksplatte, wo er gelegen hatte, zeichneten sich neue Linien ab.

Wir nahmen sie in Augenschein.

Vati lehnte sich ans Schott und schloss die Augen. Als er aufblickte, wirkten seine Züge gelöst. »Wundervoll!«, sagte er.

Punkte, Wirbel, eine Linie hier und dort. Zweifelnd sagte ich: »Es müsste eigentlich etwas bedeuten, aber ...« Ich zuckte die Achseln. Kauderwelsch.

»Es bedeutet«, sagte Vati, »dass er zu kommunizieren versucht.«

Erneut die Klasse-A-Dekontaminierung. Beinahe war mir schon danach, Vati künftig allein zum Satelliten gehen zu lassen. Blutentnahme, eine peinliche und gründliche Dusche, völlig nackt unter den wachsamen Augen von Meditechs, antiseptisches Spray, Bestrahlung … Dass Vati es auch mitmachte, das half nicht besonders.

Vati und ich einigten uns wortlos darauf, unsere Kabine in Sektion fünf für die Nacht zu teilen. Es war seine Idee, und ich reagierte mit bemühter Lässigkeit, aber ich wollte auf keinen Fall allein schlafen, während sich der Satellit bibbernd in der angrenzenden Sektion herumtrieb.

Unser Abend war ein frustrierender Fehlschlag gewesen. Wir hatten es mit weiteren Diagrammen probiert und keine Reaktion erzielt. Der Außerirdische wälzte sich noch einmal über seine eigene Radierung, aber ich konnte keine Veränderung daran entdecken. Wir hatten etliche Meter Decksplatten versengt und die Ladung der Pistole so weit erschöpft, dass sie eine Warnung piepte. Als mein Gähnen schon drohte, zur Kiefersperre auszuarten, brach Vati die Versuche plötzlich ab und befahl, die innere Schleusenluke geöffnet zu halten, falls der Außerirdische von Bord wollte.

Tolliver kam im Raumanzug zu Besuch. »Ich bin bereit, das Risiko einzugehen.« Seine Finger spielten mit dem Schnappverschluss des Helms.

»Auf keinen Fall! Und was tun Sie überhaupt außerhalb der Brücke?«

»Frand und Tad Anselm haben die Wache. Sie sind zuverlässig.«

Vati grunzte.

»Der Statthalter wird unruhig. Er möchte auf den Planeten hinunter.«

»Wegen des Fisches?«

»Er hat nichts gesagt, aber ich bezweifle es.« Tolliver versuchte, sich an der Nase zu kratzen, hatte aber den Helm vergessen. »Er kommt mir nicht wie ein furchtsamer Typ vor. Es sind wohl eher die politischen Sorgen.«

Ich sagte: »Anth hat keine Angst.« Vor gar nichts. Er war wie Dad.

Vati betrachtete mich finster. »Und wer hat dich gefragt?« Aber sein Ton war gutmütig.

»Er ist mein Neffe.«

»Still. Wo steckt der Fisch?«

»Bislang unverändert«, antwortete Tolliver. »Etwa hundertfünfzig Meter weit an Backbord.«

»Lebendig?«

»Ich denke, ja. Seine Punkte und Kleckse bewegen sich.«

»Wartet bestimmt auf unseren Freund«, meinte Vati.

»Eine Schande, ihn noch länger warten zu lassen. Sir, machen wir der Sache ein Ende!«

»Vielleicht bald. Sehr gut, wir brauchen Anthony nicht festzuhalten. Die Deck-3-Luftschleuse liegt an Steuerbord. Wer an Bord außer Mikhael ist noch ein fähiger Pilot?«

»Ich«, sagte Tolliver. »Sarah Frand. Andrew Ghent.«

»Zu jung. Schicken Sie Frand. Nein, warten Sie! Wo ist das Shuttle, das unsere Matrosen gebracht hat?«

»Liegt außen an unserer Steuerbord-Barkassenbucht vertäut.«

»Also gut. Schicken Sie Anthony hinunter; nicht

nötig, dass er den Weg über die Station nimmt. Randy, möchtest du dich gern verabschieden?«

Ich schüttelte den Kopf. »Das habe ich schon zweimal.«

»Weisen Sie den Piloten an, den Fisch weiträumig zu umfliegen. Und geben Sie der Station die Erlaubnis, sofort zu feuern, falls der Fisch eine Bewegung auf das Shuttle zu macht.«

»Aye aye, Sir. Wie lange gedenken Sie diese ...« Eine Geste, mit der er die ganze Sektion einschloss. »... diese Farce weiterzuführen?«

»Edgar, falls wir Gelegenheit zur Kommunikation haben ...«

»Was soll uns das bringen? Uns bleibt trotzdem keine andere Wahl, als sie auszurotten. Sie vernichten fusionierende Schiffe.«

»Wir werden sehen. Bleiben Sie auf Wache, bis der Statthalter in Sicherheit ist, und schlafen Sie dann etwas. Und rufen Sie den Chief an. Er soll einen Vorrat an Kupferplatten und ein Werkzeug für Kupferstiche heraufschicken. Uns geht bald die Decksfläche aus, auf der wir zeichnen können.«

»Warum nicht Bleistift und Papier?«

»Ich denke, der Satellit muss unsere Worte schmecken, nicht betrachten.«

»Ihre Worte kosten!« Tollivers Gesicht zeigte einen Ausdruck des Leids, den Vati ignorierte.

»Tun Sie es einfach, Edgar.«

»Aye aye, Sir.«

Als er gegangen war, gähnte ich ausgiebig und warf einen wehmütigen Blick aufs Bett.

»Noch nicht, mein Sohn.«

»Was jetzt?«

»Hast du heute schon gelesen?«

»Gelesen? Na ja, nein, aber wir haben deine Bibel auch nicht dabei.«

»Dann begnügen wir uns damit.« Vati stöpselte sein Holovid ein und tippte auf der Tastatur. Einen Augenblick später füllte sich der Bildschirm mit Worten.

Ich ging den Text mehr oder weniger aufs Geratewohl durch. Widerstrebend räusperte ich mich. Ich würde nie Gelegenheit erhalten, mich unter der Bettdecke zusammenzurollen, sofern ich nicht zu Vatis Zufriedenheit vorlas. *»Herr, wie sind deine Werke so groß und viel! Du hast sie alle weise geordnet, und die Erde ist voll deiner Güter.«*

Er lächelte. *»Da ist das Meer, das so groß und weit ist …«*

»… da wimmelt's ohne Zahl, große und kleine Tiere. Dort ziehen Schiffe dahin; da sind große Fische, die du gemacht hast, damit zu spielen.«[1]

Unsere Blicke begegneten sich.

»Die du gemacht hast, damit zu spielen. Denkst du das wirklich, Vati?«

»Er hat alle Kreaturen erschaffen. Ich kann nicht behaupten, dass ich den Grund verstehe.«

»Dort ziehen Schiffe dahin …« Ich bewegte die Lippen, während ich für mich selbst las. Dort ziehen die riesigen UN-Schiffe tapfer ihre Bahn zu den Sternen und begegnen den »großen Tieren«, die Er geschickt hat, um sie zu vernichten. Ergibt das einen Sinn? Schildert die Heilige Schrift die Wirklichkeit oder nur verrückte Fantasien?

---

1 Psalm 104, 24–26

»Lies weiter, mein Sohn.«

Ich senkte den Kopf und gehorchte.

Ich bettelte und flehte, nicht wieder in einem Druckanzug schwitzen zu müssen, aber Vati blieb eisern.

Als die Luke offen stand, schleppte ich ein halbes Dutzend große Kupferplatten hindurch. Vati brachte den Radierungsstift mit, dessen Energie aus einer Valdez-Permabatterie stammte. In seiner Tasche steckte ein voll aufgeladener Laser.

Der Satellit wartete neben unseren Zeichnungen. Erneut starrte ich die bedeutungslosen Kleckse und Linien an, die er gestern Abend erzeugt hatte.

»Guten Morgen«, sagte Vati, als ob ihn das Wesen verstünde.

Ich legte eine Platte nieder, aber der Außerirdische kümmerte sich nicht darum. Er huschte zu der Zeichnung, die ich mühsam ins Deck gebrannt hatte und die Vati und mich darstellte. Das Wesen sank in sich zusammen und deckte sie ab, »kostete« sie.

Wir warteten.

Endlich baute er sich wieder auf, wartete, bibberte. Dann löste er sich abrupt zu einem Klecks am Boden auf.

Gott, ich hasste das! Dabei lief es mir kalt über den Rücken.

Endlich raffte er sich wieder auf.

Wo er gelegen hatte, wurde eine bedeutungslose Eiform erkennbar.

»Begreift er, was wir gezeichnet haben, Vati?«

Wirbel kreisten auf der Haut des Satelliten. Abrupt sank er wieder in sich zusammen. Der bibbernde Klecks auf dem Deck füllte die Eiform genau aus.

Mir sträubten sich die Nackenhaare.

Ich hämmerte Vati auf den Rücken. »Er begreift es! Er hat sich selbst gezeichnet!«

»Ja.« Steif setzte sich Vati auf die Skizze, die ich von ihm angefertigt hatte. Einen Augenblick später stand er auf und deutete immer wieder auf sich.

Der Außerirdische huschte zu seiner eigenen Zeichnung. Ein Klumpen Protoplasma streckte sich etwa dreißig Zentimeter weit zu der Zeichnung aus und wurde wieder eingezogen. Dann wiederholte er diesen Vorgang.

»Danke, danke, danke!«, brummte Vati vor sich hin, während er zeichnete. »Denkst du, dass er symbolische Logik versteht?« Auf einer unserer Kupferplatten am Boden zeichnete Vati einen kleinen Kreis und fügte dort zwei Augen ein. »Wir müssen einfachere Zeichnungen anfertigen, so etwas wie eine Bildersprache entwickeln, oder wir erreichen nie etwas.« Vom Kreisrand aus zog er eine senkrechte Linie. Die Zeichnung ähnelte einem Gesicht auf einem Stock. Mit Bedacht stellte er sich darauf. Dann trat er auf die größere Deckszeichnung, die ihn darstellte, zog sich dann auf die Kupferplatte zurück. Endlich wich er ganz zurück und legte mir den Arm um die Schultern.

Der Satellit bibberte. Dann sank er auf der Kupferplatte zusammen.

Ich sagte: »Komisch, seine Art zu lesen ...«

Ein Zischen. Wie elektrisiert sprang der Satellit von der Platte hoch, und Wölbungen und Klumpen bildeten sich fortlaufend auf seiner Haut, nur um gleich wieder zu verschwinden. Er raste am Schott hinauf, fiel herunter, sauste zur Luke am gegenüberliegenden

Ende der Sektion, huschte vom Wandschott aufs Deck und ans Schott gegenüber. Wo immer er eine Fläche berührte, warf die Alulegierung Blasen.

»Ich denke nicht, dass er Kupfer mag …«

»Schaffe sofort diese Platten hier raus!«

Ich bückte mich, um sie aufzuheben.

Der Außerirdische kam den Korridor heraufgebraust.

Zu spät brüllte Vater eine Warnung.

Der Satellit schwenkte im letzten Augenblick ab und verfehlte mich nur um Zentimeter. Ich stand wie erstarrt. Er raste zur Luke nach Sektion drei, prallte vom Schott an die Luke ab und von dort aufs Deck.

Vati packte den Laser und entsicherte ihn. »In eine Kabine, Randy!«

Ich ließ die Platten fallen und lief los.

Die Pistole auf Armeslänge ausgestreckt, wich auch Vati durch die Kabinenluke zurück und hieb auf deren Schließtaste.

Ich drängte mich in eine Ecke und weinte in meinem Helm.

Er stöhnte: »Jesus, oh Jesus, was habe ich getan?« Dann schüttelte er sich und packte den Rufer. »Seafort an Brücke: Wir haben ein Problem.«

»Das haben wir gesehen.«

»Wo ist er jetzt?«

»Derzeit an der Luke nach Sektion fünf. Bleiben Sie, wo Sie sind. Ich schicke Janks, damit er ihn tötet.«

»Nein!«

»Das bestimme ich jetzt. Sie sind isoliert und damit nicht in einer Position, um …«

Vati tippte auf den Rufertasten. »Kapitän Seafort an Janks. Melden Sie sich!«

»Hier Schiffsprofos Janks.«

»Wo sind Sie jetzt?«

»In Fünf und nähern uns der Luke nach Sektion vier. Wir sind zu sechst. Bleiben Sie außer Sicht, damit ...«

»Lassen Sie das. Der Außerirdische befindet sich am anderen Ende des Korridors. Gehen Sie nach Vier, holen Sie die Kupferplatten heraus und werfen Sie sie über Bord. Halten Sie die Waffen auf den Satelliten gerichtet, aber schießen Sie nur, wenn er auf Sie zukommt. Ich sehe mir die Aufzeichnung der Holokam später an, und so wahr mir Gott helfe: Falls einer von Ihnen das Wesen ohne Not tötet, wird er sich vor dem Kriegsgericht wiederfinden!«

»Aye aye, Sir.«

»Warten Sie einen Moment.« Vati tippte in den Rufer. »Chefingenieur!«

»Chief McAndrews meldet ...«

»Platten aus Alulegierung, ein Dutzend! Sorgen Sie dafür, dass wir sie in zwei Minuten auf Deck 2 an der Sektion-sechs-Luke haben. Tempo!«

»Aber ... Aye aye, Sir.«

»Janks, wir sind in Kabine 247. Sie bringen dann Randy ...«

»Nein!« Ich sprang auf wie ein Satellit, der sich an Kupfer verbrannt hatte. »Was macht es schon, dass ich Angst habe? Wir machen das gemeinsam!«

»Er denkt, wir hätten ihn angegriffen. Du hast gesehen, was er ...«

»Gib mir die Möglichkeit, tapfer zu sein! Du bist es auch!«

»Hah! Mein Herz klopft so schnell, dass ...« Vati schüttelte den Kopf. »Ich muss dich hier rausschaffen.«

»Du hast auch Mikhael nicht gezwungen wegzulaufen, als er in meinem Alter war!«

»Was?«

»In dem Kampf, die *Galactic* zu erobern.«

»Woher um alles in der Welt weißt du . . .«

»Er hat es mir erzählt.« In meiner Zelle, als wir über Dads letzte Tage sprachen.

Vati sah finster drein. Endlich nahm er den Rufer zur Hand. »Vergessen Sie das Letzte, Janks. Warten Sie noch eine Minute auf Chief McAndrews, und bringen Sie dann die Platten aus Alulegierung herein.«

»Aye aye, Sir.«

»Danke, Vati.« Ich bemühte mich, erwachsen zu klingen, aber ein Schniefen verdarb mir den Effekt.

Der Austausch der Platten verlief ohne Zwischenfall. Tolliver versicherte uns, dass der Satellit weit von unserer Luke weggehuscht war. Vorsichtig öffnete der Käpten und blickte hinaus.

Der Satellit bibberte am Ende des Korridors.

Vati kniete sich hin und ätzte seine winzige Stockfigur auf eine der neuen Platten.

Der Satellit blieb, wo er war.

»Kapitän?«

»Was ist, Edgar?«

»Wir erhalten einen Anruf vom Statthalter. Würden Sie bitte herauskommen, ehe Sie Ihr Glück zu sehr strapazieren?«

»Ich melde mich später bei ihm. Das hier kann nicht warten.«

Vati reichte mir die Pistole und wies mich an, mich auf halben Weg zur Luke nach Sektion fünf zurückzuziehen. Er schleppte sich in die Gegenrichtung zur Sektion-drei-Luke, wo der Außerirdische wartete.

Ich zielte sorgfältig. Der Zielerfassungsstrahl ruhte mitten auf dem Satelliten. Verstohlen drehte ich die Stärke herauf. Mein behandschuhter Finger schwebte über dem Auslöser.

Der Satellit war derzeit ungefähr einen Meter fünfzig groß. Vati ging langsam auf ihn zu und stand schließlich neben ihm. Mein Atem klang rau im Helm. *Bitte, lieber Gott! Lass es nicht geschehen!* Nicht, solange ich zusehe.

Einen Augenblick später kehrte Vati zu den Platten zurück. Nach wenigen Schritten blieb er stehen und blickte über die Schulter.

Der Außerirdische rührte sich nicht.

Gelassen näherte sich ihm Vater erst und tat dann wieder einige Lockschritte. Diesmal ging er weiter, nachdem er kurz gewartet hatte. Ich trat zu ihm an die Platten aus Alulegierung heran.

Der Außerirdische bibberte. Dann raste er mit erschreckendem Tempo auf Vati zu. Ich schoss, verfehlte ihn aber. Er stoppte unmittelbar vor uns. Vati entriss mir die Pistole. »Was ist nur *los* mit dir?«

Ich sagte nichts. Mein Mund war trocken.

Bedächtig setzte sich Vati auf die alte Zeichnung. Mühsam rappelte er sich auf und trat auf das Gesicht des Strichmännchens.

Die Zeit verging.

Aus dem Rumpf des Satelliten wuchs ein protoplasmischer Arm ohne Hand hervor. Ganz vorsichtig berührte der Außerirdische die Platte und zog den Arm zurück.

Ich hielt die Luft an.

Er berührte sie erneut. Anscheinend entschied er,

dass die Platte keine Gefahr darstellte, und sackte darauf zu einer Pfütze zusammen.

Wir warteten.

Der Satellit bewegte sich zum Gesicht des Strichmännchens. Er bildete wieder den Arm aus. Er tat es von neuem und deutete ganz kurz auf Vati.

Jetzt floss der Satellit zu seiner eigenen Zeichnung weiter. Der Arm tauchte auf, klappte nach unten, berührte den eigenen Körper an anderer Stelle und wurde dort allmählich absorbiert. Das obere, ursprüngliche Ende brach ab. Einen Augenblick später war der Arm verschwunden.

»Vati!«

»Ich weiß. Er hat auf sich selbst gezeigt.« Rasch ätzte Vati einen Klecks in die Platte. Er stellte sich auf die ursprüngliche Zeichnung, die der Satellit von sich selbst angefertigt hatte, und dann auf das neueste Bild. »Einfache Bilder, alter Bursche. Verstehst du?«

Der Außerirdische bibberte.

Vati kniete sich hin, um zu zeichnen. »Wir brauchen einen Tisch. Ich kann so nicht weitermachen.«

Die Tische in den Kabinen waren fest eingebaut und konnten nicht versetzt werden. Ich lief zur Luke und schnappte den Rufer. »Mr. Janks, einen Tisch! Irgendeinen, aber schnell!« Wenige Augenblicke später wurde er geliefert. Ein Möbelstück zu schleppen, während man einen Raumanzug trägt, ist eine schwierige, schweißtreibende, frustrierende Arbeit. Ich schaffte sie.

Ich nahm Vatis Radierkunst in Augenschein. Er hatte etwas gezeichnet, was einem Fisch ähnelte. Klein, aber erkennbar. Eine leere Platte lag daneben.

Der Satellit kostete die Zeichnung. Keine Reaktion.

Vati zeichnete einen weiteren Fisch, viel größer und in größerem Detail. Innerhalb des Umrisses zeichnete er drei dieser Kleckse, die nach unserer übereinstimmenden Auffassung Satelliten darstellten. Dann legte er die Platte aufs Deck.

Der Außerirdische kostete das Bild. Bibbernd richtete er sich auf. Dann schmolz er auf einer leeren Platte zusammen. Einen Augenblick später sickerte er davon herunter und formte sich neu.

Auf der Platte war eine Radierung zu sehen. Ein Fisch; dessen war ich mir sicher. Die Linien waren jedoch unvollständig, und Material floss aus seinem Inneren hervor.

Vati studierte ihn. »Ein Fisch, aber tot. Das sind Löcher durch Laserbeschuss.«

Der Satellit floss wieder auf die Platte. Er wogte und ... na ja, schwappte. Die Platte rauchte. Die Kreatur brauchte lange, um ihre Absicht zu verwirklichen.

Als sie sich wieder aufrichtete, war die Platte voller Radierungen, war von einem Ende zum anderen mit Fischen übersät, die alle Protoplasma verspritzten. Ernst betrachteten wir diese Vision eines Holocaust.

Plötzlich floss der Außerirdische von neuem auf die Platte. Beißender Rauch kräuselte sich in die Luft. Vater sprang zurück.

Als sich der Satellit diesmal erhob, war die Platte geschwärzt und von Blasen bedeckt. Alle Zeichnungen waren verschwunden.

Wir warteten.

Der Außerirdische sackte zusammen, zerfloss zur Pfütze und blieb länger als eine Minute in diesem Zustand. Dann bildete er seine Form aufs Neue.

Vater arbeitete mit den Lippen. Er wollte etwas sagen, gab es auf und marschierte zur Luke.

»Sir, was ist? Soll ich einen Arzt rufen?«

Vati schüttelte den Kopf. »Die Zeichnung von den sterbenden Fischen ...«

»Ja?«

»Er hat sie gelöscht.«

»Und?«

»Er hat das Bild entfernt! Dann die rituelle Unterwerfung. Begreifst du nicht? Er bittet um Frieden!«

17. Kapitel

Minuten später hatten sich Tolliver und Mikhael in der Zufluchtskabine zu uns gesellt. Keiner von beiden hatte sich die Mühe mit einem Raumanzug gemacht. Mik kniete an der Seite seines Vaters.

»Ich bin mir dessen sicher«, sagte Vati zum vierten Mal.

Als kein Erwachsener etwas sagte, zupfte ich ihn am Ärmel. »Sir, ich verstehe es nicht ganz...« Ich probierte es von neuem. »Warum warst du so aufgeregt?«

»Jetzt nicht, Randy.« Miks Ton war rau.

»Oh, ich werde es ihm erklären. Ich rufe es sogar von den Dächern. Siehst du...« Er betrachtete mich mit ernster Zuneigung. »Ich habe so viel Schreckliches getan. Gott ließ zu, dass ich deinen Vater umbrachte und Alexi und sogar Arlene. Und diese armen Kinder von der Akademie. So viele andere. Und die Fische. Tausende, und sie sind weiterhin gekommen. Erinnern Sie sich, Edgar? Unser Sirenengesang, der sie in die Sonne schickte? Und immer noch sind welche aufgetaucht.«

Kein Laut und kein Atemzug.

»Und dann hörte es auf. Ein paar folgten noch dem Lockruf der Katzenjaulstationen, und dann waren sie dahin. Vierzig Jahre lang war ich überzeugt, eine Lebensform hingemordet zu haben, eine ganze Art. Aber ... das habe ich gar nicht! Sie leben!« Er stützte sich auf Mikhael und richtete sich vom Bett auf. »Fünf Jahre lang habe ich zugelassen, dass Liebe zu Hass verfault ist, und mich geweigert, mit Gott zu reden. Und jetzt, im Winter meines Lebens, verblüfft Er mich.«

Nach einer Weile räusperte sich Tolliver. »Das ist alles schön und gut, aber wir haben einen Außerirdischen in Sektion vier, der sich fragt, warum Sie so plötzlich gegangen sind. Er nimmt es vielleicht persönlich.«

»Oh, gönnen Sie mir doch meine Gefühlsseligkeit.« Vati kämpfte sich auf die Beine. »Und meine Danksagung.«

»Zu einer Zeit und an einem Ort...«

»Pa, Mrs. Frand und ich haben miteinander gesprochen...« Miks Gesicht war eine Bitte um Entschuldigung. »Statt jedes Mal die ganze Dekontaminierung zu durchlaufen, wenn du mit diesem Ungeheuer sprichst ...«

»Was möchtest du, mein Sohn?«

»Na ja, wir bräuchten die Hilfe von Jess und der technischen Abteilung. Eine Transplex-Barriere und eine Art Servomechanismus, der die Zeichnungen ausführt ... Wäre das nicht besser?«

Ein leises Lachen. »Vielleicht, wenn ich nur die leiseste Vorstellung hätte, wovon du redest.«

»Arggh! Sieh mal, hier haben wir den Korridor. Ein paar Meter auf unserer Seite der Sektion-vier-Luke, hier in Fünf, errichten wir eine durchsichtige, luftdichte Trennwand. Hier, zwischen Trennwand und Luke, betreibt ein Servomechanismus den Radierstift. Wir öffnen die Luke. Der Satellit kommt hindurch und besucht uns. Du sitzt auf unserer Seite der Trennwand und zeichnest, was du möchtest; der Robotarm kopiert die Zeichnung für den Satelliten, damit er sie, äh, schmecken kann. Du berührst die Platte selbst nicht; keine Dekontaminierung und keine Gefahr, dass der Satellit dich umbringt.«

»Ich schätze, wir dressieren unseren umherstreifenden Freund so, dass er seine Zeichnungen hochhält, damit wir sie sehen können?«

»Ach, komm schon, Pa! Ein weiterer Servomechanismus macht das. Sicherlich kann Jess einen Servomech so programmieren, dass er eine Platte vors Holovid hält.«

»Hmm.« Der Käpten überlegte mit gerunzelter Stirn. Dann: »Wie lange?«

»Die Konstruktion? Ein paar Stunden, denke ich. Mehr nicht.«

Vatis Augen wanderten zu mir. Ich nickte nachdrücklich. Keine demütigende Dekontaminierung mehr, und ich bekam außerdem eine Trennwand zwischen mir und diesem entsetzlichen *Bibbern!*

»Mr. Tamarow, waren Sie im Dienst, als Sie sich das überlegt haben?«

»Ja, Sir.« Mikhael zeigte ein verdutztes Gesicht.

»Sehr gut, das gibt eine lobende Erwähnung im Logbuch. Ich trage sie heute Abend ein. Gut gemacht, Fähnrich.«

»Danke, Sir.« Mik sah aus, als könnte er durch die Luft wandeln.

»Ich gebe zu, dass die Dekontaminierungen schon sehr lästig werden.« Der Käpten knöpfte sich das Hemd auf, während er uns zu den wartenden Ärzten führte.

Nach der Dekontaminierung ließ sich der Käpten davon überzeugen, dass es okay war, die Quarantäne zu verlassen. Ein ums andere Mal hatte die medizinische Analyse keinen Hinweis auf einen Virus erbracht. Und wir waren schon gegen alle bekannten außerirdischen Organismen geimpft.

In unserer Kabine setzten wir uns sofort zu einer Konferenz mit dem Chief, Tolliver und Jess zusammen. Der Comp hörte sich Miks Erläuterungen an – die diesmal zusammenhängender klangen – und schlug ein paar nützliche, wenn auch geringfügige Modifikationen vor. Mr. McAndrews versprach, jeden verfügbaren Matrosen mit dieser Arbeit zu betrauen, dessen er nur habhaft werden konnte, und ging.

Vati streckte sich müde. »Machen Sie Jerence ausfindig«, sagte er zu Tolliver. »Er ist Diplomat. Ich brauche seinen Rat.«

»Er ist an Land.«

»Nein, er ist mit Anthony heraufgekommen.«

»Und wieder mit ihm hinuntergeflogen.«

»Erzählt mir denn nie jemand etwas?« Der Käpten warf die Hände hoch. »Oder bittet um meine Erlaubnis?« Er öffnete eine Schublade und holte eine dunkle Flasche hervor.

Tolliver sagte hastig: »Jetzt ist kein guter Zeitpunkt, Nick!«

»Nonsens. Diesmal haben wir wirklich etwas zu feiern.«

»Nein, danke.«

Vati runzelte die Stirn. Einen Augenblick später sagte er: »Ah, ich verstehe. Randy, Mr. Tolliver fühlt sich unwohl, weil ich im Begriff stehe, ihm einen Drink anzubieten. Du weißt ja, dass Alkohol an Bord von Flottenschiffen verboten ist, nicht wahr?«

»Dad hat es mir erzählt.«

»Ich trinke selbst nur selten. Edgar genießt jedoch gern ab und an ein Schlückchen am Abend. Er könnte nie eine Flasche Scotch mit an Bord bringen; seine Ehre untersagt es ebenso, wie die Vorschriften es tun. Aber falls ich, der Käpten, ihm zu trinken befehle, welche Wahl bleibt ihm dann, dem armen Mann?«

Ich starrte ihn mit offenem Mund an.

»Du wirst natürlich nicht darüber sprechen, mit niemandem. Niemals.«

»Nein, Sir. Ich meine, aye aye, Sir. Ich schwöre es.«

Er goss ein Glas voll und reichte es seinem Freund. Mit einem zweifelnden Blick in meine Richtung kippte Tolliver den Inhalt hinunter, ohne auf den ausdrücklichen Befehl zu warten. Vati schenkte ihm noch einmal ein, und diesmal trank er langsamer. Ich zog mich zu meinem Bett zurück, während sie sich leise unterhielten.

Schließlich verabschiedete sich Tolliver und ging.

»Du hast dich heute gut gehalten«, sagte Vati und zog sich mit einem Seufzen die Schuhe aus. »Außer als du auf ihn geschossen hast.«

»Er ist auf dich losgegangen!«

»Ich hatte dir doch gesagt: Nur um dein eigenes Leben zu retten! Jetzt werde ich dir keinen Laser mehr anvertrauen.«

»Vati . . .« Ich zog einen Flunsch. »Das ist nicht fair.«

»Gewöhne dich daran. Ich habe das Sagen.«

Ich verdrehte die Augen. Erwachsene! Ein Kid kann es ihnen nie recht machen. Andererseits: Hätte ich den Außerirdischen in Fetzen geschossen, dann hätten wir nie erfahren, dass er Frieden wollte. Ich unterdrückte Gewissensbisse. Falls der Satellit Frieden wünschte, hätte er nicht so auf Vati zufliegen dürfen.

»Für den Schuss auf ihn: Ein Dutzend Bibelverse, noch heute Abend auswendig zu lernen.«

»Vati!«

»Such dir welche aus, die dir helfen, Anweisungen mehr Beachtung zu schenken. Fange mit den Sprüchen 6, 20 und 13, 1 an. Lies sie jetzt gleich.«

Erwachsene!

Vati beschäftigte sich mit dem Rufer, während ich mich mit der blöden, dummen Bibel abplagte. Falls er glaubte, ich würde religiös, indem er mir eine Beschäftigungstherapie mit der Bibel aufbrummte, dann würde er sich noch eines Besseren belehren lassen müssen. Inzwischen achtete ich jedoch sorgsam darauf, meinen Widerwillen zu verbergen, denn als ich ein solches Gefühl einmal offen gezeigt hatte, hob Vati auf eine Art mahnend den Finger, dass es mir kalt über den Rücken lief.

»Was meinen Sie damit, dass er sich bewegt hat? Wohin?« Mit dem Rufer am Ohr ging er auf und ab. »Näher an unsere Rohre? Nein? Gut. Haben wir nach wie vor freies Schussfeld? Sehr gut.«

Ich fragte: »Der Fisch?«

»Kümmere dich um deine Arbeit.«

»Yeah.«

»Was war das?«

»Ja, Sir.« Ich tippte einen Vers ins Holovid und verglich ihn dann mit dem Original. Nur um wenige Wörter daneben, aber damit war er sicher nicht zufrieden. Nicht Vati. Grumpf!

»Anthony? Käpten Seafort. Tut mir Leid, dass ich nicht auf Ihren ... Ah, ich verstehe. Das könnte sich als Problem erweisen, falls er den Bischof unterstützt. Was sagt Jerence? Hmm.«

Ich setzte mein Holovid ab.

Vati hielt den Rufer zu. »Er hat Probleme mit Palabees Partei. Nichts Ernstes. Lern deine Verse zu Ende.« An Anth gewandt: »Wann findet der Prozess statt? Je schneller Sie sich mit Scanlen befassen ... Hätten Sie es lieber, wenn ich ihn mit nach Hause nähme und ihn den Patriarchen übergäbe? Es macht mir nichts aus; ich betrachte ihn als Strafe für meine Sünden.«

Vati lachte in sich hinein. »Na ja, informieren Sie mich. Nebenbei: Tolliver sagt, dass die meisten unserer Passagiere von Bord möchten, am liebsten sofort oder noch früher, da der Fisch kein Interesse an Ihrem Shuttle zeigte. Es macht sie nervös, dass wir einen Satelliten an Bord haben; kann nicht behaupten, dass ich ihnen daraus einen Vorwurf mache, obwohl wir ihn mit Wachtposten umzingelt haben ... Na ja, ich habe keine Idee, wie lange. Wer weiß schon, wohin uns das führt? Wir haben noch nie mit einem Außerirdischen diskutiert.« Beim Auf- und abgehen kam er an meinem Tisch vorbei; er senkte den Blick zu mir und deckte den Rufer ab. »Drei zusätzliche Verse, weil du dich nicht wieder an die Arbeit gemacht hast, als ich es dir sagte.« In den Rufer: »Hmm? Nein, ich schikaniere nur den jungen Randolph. Fahren Sie fort.«

Die Verhandlungszone war noch nicht fertig; wir gingen zum Abendessen, und Sprüche Salomons wirbelten mir durch den Kopf. Ich hatte etwas Nützliches gelernt: Man konnte Vati nicht mit Bitten oder Versprechungen umstimmen. Und sich missmutig zu geben, das war eine unbedingt zu vermeidende Taktik.

Ich musste ihn gründlicher studieren. Jeder Erwachsene hatte seine Schwachpunkte.

Beiläufig zerzauste er mir die Haare. Ein Teil von mir wollte ihn dafür beißen, ein anderer sich wie ein junger Hund winden.

Die Spannung im Speisesaal war greifbar. Kein Willkommensgruß, keine Begrüßung, nur feindselige Blicke. Lediglich von Passagieren natürlich. Niemand aus der Besatzung hätte das gewagt.

Mr. Pandeker stand auf und rezitierte das übliche Gebet, während Vati schweigend zusah. War es erst gestern gewesen, dass Anth an unserem Tisch gesessen hatte?

Nach dem Gebet blieb Vati stehen. »Ich weiß, dass viele von Ihnen besorgt sind, weil wir Kontakt mit einem Fisch haben. Wir ergreifen umfangreiche Vorsichtsmaßnahmen, und wie es scheint, besteht kaum eine Gefahr. Trotzdem habe ich mit Statthalter Carr gesprochen. Er wird Unterkünfte für diejenigen unter Ihnen bereitstellen, die bis zu unserer Abfahrt an Land gehen möchten. Bitte wenden Sie sich an Zahlmeister Li, um das Nötige zu arrangieren.« Er zögerte. »Es ist meine Überzeugung, dass wir nicht mit einem Angriff zu rechnen haben.«

Tad Anselm saß mit an unserem Tisch, nicht jedoch Mik. Ich sah mich um, entdeckte ihn aber nicht. Vielleicht hatte er Wachdienst.

Ich verschlang meinen Salat; das Halleluja-Singen machte mich hungrig. Einen Augenblick später reichte mir Vati eine Serviette und sah finster drein, bis ich sie endlich benutzte. Ich unterdrückte ein Seufzen. Die Jugendjahre versprachen eine lange Reise zu werden.

Der Zahlmeister beugte sich Vati über die Schulter und flüsterte etwas.

»Natürlich. Bringen Sie ihn herüber.«

Einen Augenblick später kehrte er zurück, Chris Dakko im Schlepptau.

Mr. Dakko sah schrecklich aus, unrasiert und zerknittert. Sein Ton war jedoch gleichmäßig. »Ich möchte mich entschuldigen.«

»Akzeptiert.«

»Sie haben Höflichkeit verdient. Aber wie können Sie nur – dieses Ding unter uns dulden?«

»Sie werden es nicht glauben, Chris. Er spricht mit uns. Er möchte Frieden. Ich denke, wir können ...«

»Ja, ich habe gesehen, wie er mit Kevin gesprochen hat.«

»Wir haben das getan, Chris, indem wir ihn erschossen.«

»Nachdem er sich durch unseren Schiffsrumpf geschmolzen hatte und die Atmosphäre entwichen war.« Mr. Dakko holte tief Luft. »Trotzdem entschuldige ich mich. Ich werde Sie nie wieder verfluchen.« Mit einer Geste, die vielleicht als symbolisches Salutieren durchgehen konnte, drehte er sich auf den Fersen um und kehrte an seinen Tisch zurück.

Wenige Augenblicke später war der Zahlmeister wieder da. Ein weiterer Passagier bat um Audienz. Vati wirkte müde, willigte jedoch ein.

Eine Frau in mittleren Jahren, locker über dreißig.

»Tut mir Leid, Sie beim Abendessen zu belästigen.« Sie klang nett. »Sir, ich habe zwei Kinder an Bord. Wie sicher sind Sie, dass ihnen keine Gefahr droht?«

»Ich kann mir dessen nicht gewiss sein.« Vati erwiderte ihren Blick. »Ich habe selbst drei Kinder auf der *Olympia.*« Mikhael, Janey und wen? ... Oh, mich! »Zurzeit mache ich mir aber keine übermäßigen Sorgen.«

»Was raten Sie?«

»Ma'am, haben Sie für Kalls Planet gebucht?«

»Mein Mann lebt dort. Ich werde bei ihm im Hawking-Labor arbeiten.«

»Falls Sie an Land gehen, besteht das Risiko – zugegeben, nur ein geringes –, dass Sie stranden. Das nächste Linienschiff kommt erst in sechs Monaten.«

»Warum stranden?«

Ich sehnte mich danach, meine Gabel hinzuwerfen und sie anzufauchen: »Lassen Sie ihn in Ruhe essen!« Ich tat es jedoch nicht.

»Falls ich mich irre und die Fische angreifen, könnten wir uns gezwungen sehen, ganz plötzlich in Fusion zu gehen.«

»Wo wäre ich in so einem Fall sicherer, hier oder an Land?«

»Das weiß nur der Herrgott, Ma'am.«

Sie war nicht zufrieden, zog sich jedoch an ihren Tisch zurück.

Das Dessert. Andrew Ghent kam hereingestürzt. »Fähnrich Ghent meldet sich zur Stelle, Sir.« Er salutierte forsch. »Grüße von Mr. McAndrews; die Arena wäre bereit zur Inspektion.«

»Ausgezeichnet!« Der Käpten nahm einen Schluck Kaffee. »Er soll dafür sorgen, dass der Robotarm gut mit Aluleg-Platten ausgestattet ist. Kein Kupfer.«

»Aye aye, Sir.«

»Entlassen.«

Zackig warf sich der Junge herum und ging. Ich sah mir seine Gangart an. Notfalls bekam ich das auch hin. Aber wer wollte schon Fähnrich werden? Ich wandte mich wieder zum Tisch um. »Worüber lächelst du, Vati?«

»Nichts, mein Sohn.«

Auf dem Weg nach draußen blieb er am Lukenrufer stehen. »Brücke, wer hat Wachdienst?«

»Ich bin gerade hereingekommen, Sir. Mrs. Frand.«

»Wo steckt Edgar?«

»Ich glaube, er hat den Salon aufgesucht.«

»Fragen Sie ihn, ob er sich uns am Verhandlungstisch anschließen möchte.« Er hängte den Rufer ein und legte mir den Arm um die Schultern. »Eines Tages bist du erwachsen.«

Sollte das eine Offenbarung sein?

»Du wirst Kinder haben. Und Enkel.«

»Ja, Sir?« Es konnte nicht schaden, höflich zu sein. Es bedeutete ihm so viel.

»Du wirst ihnen vom heutigen Tag erzählen. Dass du dabei warst, als zwei Lebensformen sich zum ersten Mal begegneten und miteinander redeten. Man wird Holovids davon machen, Bücher schreiben. Du wirst berühmt werden, weißt du?«

Ich warf ihm einen skeptischen Blick zu. Er schien es ernst zu meinen.

»Wir haben noch nichts erreicht«, sagte ich. Und außerdem waren es Staatsoberhäupter wie Dad, die Geschichte machten. Und Helden.

»Wer hat als Erster eine gemeinsame Sprache erfunden?«

»Sie, Sir.«

»Oh? Wer hat mir gesagt, der Satellit würde Unterwerfung demonstrieren?«

»Ich, aber ...« Mir wurde kalt. War es möglich, dass ich eines Tages in den Holos auftauchte?

»Du bist zu Großem fähig, Randy. Sträube dich nicht gegen ein paar Bibelverse.«

Ich fühlte mich so verlassen, dass ich am liebsten geweint hätte.

Es war fast, wie ich es mir vorgestellt hatte. Die Korridorluke war geschlossen und versperrte uns die Sicht auf den Außerirdischen. Auf unserer Seite hatte die Mannschaft ein bequemes Arrangement bereitgestellt: einen Tisch und zwei Polstersessel, die aussahen, als hätte man sie von der Brücke ausgeborgt. Auf dem Tisch sah ich elektronische Sensorpads, einen Rufer und eine Minikonsole mit einem Kabel, das sich zu einer Lukensteuerung schlängelte.

Der Tisch stand vor einer dicken Transplex-Trennwand, am Wandschott mit Metallösen befestigt, die man von unserer Seite aus öffnen konnte, nicht jedoch von der des Außerirdischen. Falls sich der Satellit durch die Trennwand schmolz, würden wir uns natürlich zu einer überstürzten Flucht Richtung Sektionsluke genötigt sehen.

Hinter der Trennwand surrten und klickten zwei einarmige Servomechanismen, die sich scheinbar aufs Geratewohl bewegten. Als Mr. Seafort sich mit einem Seufzer der Erleichterung in einen der Sessel setzte, packten sich die Roboterarme gegenseitig und schüttelten sich quasi die Hände.

Vati schnaubte. »Putzig, Jess.«

»Freut mich, dass es Ihnen Spaß gemacht hat.« Der Bariton des Comps ertönte von allen Seiten. Ich sah mich um. Überall waren Lautsprecher montiert: oben, unten, auch hinter uns. »Ich bin bereit, wenn Sie es auch sind.«

Tad Anselm stand daneben und wirkte zufrieden.

»Sehr eindrucksvoll«, fand der Käpten. »Wie viele Leute waren nötig, um das alles aufzubauen?«

»Fast dreißig«, antwortete Tad fröhlich. »Es war ein echtes Gedrän ...«

»Ohne Zweifel.« Vati räusperte sich. »Ist er immer noch drin?«

Die Lautsprecher dröhnten: »Auf halber Korridorlänge, Sir, etwa zwei Meter von der Schleusenluke entfernt.«

»Sehr gut. Tad, ergänzen Sie diese Apparatur noch um einen Monitor. Wäre nicht schlecht, wenn wir unseren Gast auch bei geschlossener Luke sehen könnten.«

»Aye aye, Sir.« Er zögerte. »Sind Sie bereit? Dann rufe ich Mr. Janks.«

»Er wird nicht benötigt.«

Tad sagte widerstrebend: »Sir, ich bin nur Leutnant und in diesem Rang auch noch frisch, aber würden Sie mir trotzdem gestatten, Ihnen einen Rat zu geben?«

Vati lächelte mich an. »Na, da haben wir mal einen Burschen, der diplomatisch versiert ist! Nur zu.«

»Wir alle empfinden das natürliche Bedürfnis, Sie zu beschützen. Sich dem zu widersetzen, ärgert die Mannschaft nur, und der Schutz, den sie gewährt, schadet ja auch nicht.«

»Stimmt.« Ich bemerkte erst, dass ich das selbst gesagt hatte, als Vati mir einen verärgerten Blick zuwarf.

»Hmm. Ich schätze, das tut es wirklich nicht. Aber keine plötzlichen, offenen Bewegungen mit Pistolen! Geschossen wird nur auf mein Kommando.«

»Sie haben vielleicht nicht genug Zeit, um ...«

»Nonsens! Der Satellit müsste sich erst durch Ihre Abschirmung schmelzen, wenn er uns erreichen wollte. Fangen wir an.«

Jess mischte sich ein. »Verzeihung, Sir. Falls Sie möchten, führe ich Buch über unsere Symbole. Ich kenne bislang vier: ein menschliches Gesicht, einen lebendigen Fisch, einen toten Fisch und einen Satelliten.«

»Und eine Löschung als Negation. Ja, führe Buch. Jetzt aber los.«

Leise setzte ich mich in den Sessel neben Vati. Er schien es nicht zur Kenntnis zu nehmen.

Sobald die Abteilung des Schiffsprofos Stellung bezogen hatte, öffneten wir die Korridorluke.

Der Satellit blieb einen Moment lang reglos und huschte dann auf uns zu.

»Fangen wir mit einem Friedenssymbol an.« Unbeholfen zeichnete Vati eine Hand voll Fische und gestaltete sie als Tote. Hinter der Trennwand kopierte ein Roboterarm die Zeichnung auf einer großen Platte.

Der Satellit kollabierte auf der Zeichnung und stand nach einer Weile wieder auf.

Vati überkritzelte die Zeichnung und löschte sie damit.

Ich betrachtete seine Arbeit, und es juckte mich in den Fingern. »Ich könnte das auch machen. Falls du die Worte sagen würdest, die ich zeichnen soll …«

»Nein, du gehst in einer Stunde zu Bett. Du hast dunkle Ringe unter den Augen.«

Der Satellit kostete erneut die Platte. Die Wirbel auf seiner Haut rotierten langsamer als gestern. Er lag auf der Platte mit der gelöschten Zeichnung. Als er fertig war, hob Jess' Roboterarm die Platte an, damit wir sie einsehen konnten.

Ein neues Zeichen, eine ungleichmäßige Spirale.

Zögernd fragte Vati: »Ein Sonnensystem?«

Tad blickte ihm über die Schulter. »Eine Umlaufbahn? Eine Fusion?«

Verwirrtes Schweigen. Der Außerirdische wartete.

Ich sagte: »Wie wäre es mit ›ja‹?«

Vati drehte sich um und starrte mich an.

»Was, wenn er dir einfach nur zustimmt?«

Tolliver kam aus Sektion sechs hereinspaziert. »Ich habe mir Gedanken gemacht, Sir. Falls wir ihm den kompletten Shakespeare rezitieren …«

»Wir brauchen eine Zeichnung. Irgendetwas, was er versteht.« Vati überlegte. »Eine Person.« Er zeichnete das Gesicht eines Strichmännchens. Der Außerirdische kostete es. »Jetzt löschen wir es.« Er überkritzelte das Gesicht.

»Warum lassen Sie mich nicht zeichnen, Sir?« Das war Jess. »Alles, was Sie schon einmal gezeichnet haben…« Der Comp zeigte einen Bildschirm voller Fischbilder. »Es könnte Zeit sparen.«

»Versuche es. Zeichne das Gesicht neu. Lösche es dann wieder, aber setze diesmal ein X in die Ecke.«

»Welche Ecke?«

»Irgendeine. Nimm nicht alles so wörtlich.«

»Würde ich Sie auffordern, nicht Mensch zu sein?« Das wurde begleitet von etwas, was vielleicht ein Seufzen war, aber der Comp zeichnete das Strichmännchengesicht neu, löschte es und fertigte die neue Zeichnung an.

»Ist das Ihre neue Unterschrift, Sir? Ein X? Für den Fall, dass Sie eine Laufbahn als Trannie beginnen, wenn…«

»Es ist ein Symbol für ›nein‹, Edgar. Als Gegenstück zur ›Ja‹-Spirale.«

»Falls unser kuscheliger Freund zustimmt. Vielleicht denkt er, dass Sie von toten Menschen sprechen. Einem Imbiss.«

Mein Magen bäumte sich auf.

Tad fragte: »Was tut er denn jetzt?«

Wir sahen hin. Der Außerirdische hatte sich zu einer mehr gedrungenen Gestalt umgeformt. Als er sich bewegte, ließ er eine dicke Flüssigkeit in einer schüsselähnlichen Kruste zurück. Dann streckte er einen Protoplasmaarm aus und schob sie mehrere Zentimeter in unsere Richtung.

Stille. Ich gähnte.

Der Käpten räusperte sich. »Hat jemand eine Idee?«

»Ein Friedensangebot?« Das war Tad.

»Ich denke, er hat Sie angepinkelt.«

»Edgar!«

»Diese Erklärung ist genauso gut wie ...«

»Er hat das noch nie gemacht.«

»Wir wissen fast nichts über seinen Stoffwechsel.«

Der Satellit zog sich hinter die Korridorluke zurück und ließ sein Angebot zurück. Er berührte ein Schott und hielt bibbernd an.

Hinter uns räusperte sich Mr. Janks. »Verzeihung, Sir, aber Mr. Dakko fragt, ob er sich uns anschließen dürfte.«

Der Käpten trommelte auf den Zeichentisch. »Ich denke, nein. Nein, das wäre keine gute Idee.« Er konzentrierte sich wieder auf die durchsichtige Trennwand. »Was machen wir mit – dem da?« Er betrachtete sich das angebotene Geschenk in der Krustenschale aus Protoplasma.

Anscheinend stellte sich der Satellit die gleiche Frage. Er schwappte über die Schüssel hinweg und absorbierte sie wieder. Seine Punkte und Kleckse wirbelten wieder eine Spur schneller. Während Vati dann noch über die Angelegenheit nachdachte, sonderte der Fremde die Gabe erneut ab, schob sie auf uns zu und wich zurück.

Vati überlegte. Ich gähnte herzhaft.

»Er möchte, dass wir sie nehmen, das ist klar. Sehr gut.« Er stand auf. »Evakuieren wir den Bereich. Nichtreaktive Behälter, umfassende Vorkehrungen. Dr. Romez und der Chief haben das Kommando dabei. Eine detaillierte physikalische und chemische Analyse, die Auswertung in meine Kabine. Gehen wir, Junge.« Er ging den Korridor hinunter.

»Wohin?«

»Auf mich wartet Arbeit. Du gehst zu Bett.« Er steuerte mich auf Sektion sechs zu.

»Vati!« Ich blieb stehen.

»Komm mit.« Er packte fest meine Hand.

Ich überlegte mir, mich seinem Griff zu entziehen, wagte es aber doch nicht. »Ich bin vierzehn!«

»Was möchtest du mir damit sagen?«

»Es ist albern, mich ins Bett zu packen wie ein ...«

»Du ziehst deinen Sohn auf, ich meinen.«

Es gab vieles, was ich hätte sagen können, aber nichts davon wäre klug gewesen. Kochend beherrschte ich mich, während wir dem Korridor folgten.

Vati schlug auf die Öffnungstaste der Kabinenluke. Drinnen herrschte gedämpftes Licht. Corrine Sloan stand auf.

Der Käpten stand stocksteif da.

»Ich habe Janey gebracht.« Ihr Ton war sanft. »Sie war unruhig und wollte nicht, dass ich gehe. Mikhael hat mich gedrängt zu bleiben, bis sie einschläft. Er sagte, es würde Ihnen nichts ausmachen...«

»Ist schon in Ordnung.«

»Danke, Nick. Ich gehe dann.«

»Nur einen Moment. Randy, erst duschen, ehe du dich ins Bett legst.«

Meine Wangen brannten. Wie konnte er in ihrer Anwesenheit nur so reden?

»Sie haben geweint«, sagte er zu ihr.

»Es ist nichts.«

»Daran zweifle ich. Möchten Sie es mir sagen?«

»Ich weiß nicht... Ich...«

»Randy, du kümmerst dich jetzt um deine Angelegenheit.« In Vatis Worten schwang ein warnender Unterton mit.

»Ja, Sir.«

»Es ist nur so ... Früher oder später muss ich sie verlassen.«

Widerstrebend verschwand ich im Badezimmer.

Als ich sauber und feucht wieder zum Vorschein kam, war Corrine gegangen. Vati saß niedergeschlagen auf der Bettkante.

Ich legte mich in die eigene Koje und achtete sorgsam darauf, Janey nicht zu wecken, die in ihrem Kinderbett in der Ecke schlief.

Schlafenszeit, zwei Stunden nach dem Abendessen? Nonsens! Ich würde es ihm zeigen. Ich würde noch stundenlang wach liegen.

»Wie lange liegst du, Fauler? Wann willst du aufstehen von deinem Schlaf?«

»Huh?«

»Sprüche 6,9.« Vati klappte meine Bettdecke zurück. »Zeit fürs Frühstück. Und wir haben uns mit dem Satelliten auf fünf neue Wörter geeinigt.«

Ich schwenkte die Beine aus dem Bett. »Welche?« Ich fummelte die Zehen in die Pantoffeln und zog die absackende Pyjamahose hoch.

»›Schnell‹ und ›langsam‹ waren die ersten beiden. Jess hat sie mit Hilfe der Roboterarme übermittelt.«

»Zarky!« Ich packte mir frische Sachen und ging zum Bad hinüber. »Welches sind die übrigen?«

»Tot. Schiff. Krieg.«

In Sektion eins auf Deck 3 drängten sich Passagiere, die auf ihre Shuttles warteten. Sie rempelten und schubsten einander, als könnten sie damit die Abfertigung beschleunigen. Jedes Shuttle schiffte jedoch zunächst ankommende Mannschaftsmitglieder aus. Ich fragte mich, ob irgendjemandem die Ironie auffiel. Trotzdem blieben viele unserer Matrosen noch auf dem Planeten.

Ich hatte den Auftrag »zu helfen«. Wie, das erklärte mir niemand. Vati sagte jedoch, ich wäre ebenso Schiffsjunge wie sein Sohn, und falls er mich unangemessen begünstigte, würde die Mannschaft daran Anstoß nehmen. Ich wäre schon einen Tag lang im Sonderauftrag an seiner Seite eingesetzt worden.

Aber ein Schiffsjunge *hat* keine regulären Aufgaben, sagte ich zu ihm. Wieso konnte ich nicht dem Käpten helfen statt dem Zahlmeister? Raus, sagte er, und versetzte mir einen sanften Klaps aufs Hinterteil. Und richte deinen Kragen.

Erwachsene! Oder sollte ich sagen, Kapitäne?

Alejandro und ich verbrachten den Vormittag damit, Handgepäck zu verstauen, in Kabinen zurückzurennen und dort vergessene Habseligkeiten zu holen, und in einem Fall, einen betrunkenen Hydroponikmaat in seine Unterkunft zu schaffen. Alec fand das lustiger als ich, und schließlich setzte sich seine gute Laune durch. Hätte Vati nicht zur gleichen Zeit ein Deck höher mit einem Außerirdischen geplaudert, hätte ich vielleicht sogar richtig Spaß gehabt.

Als die letzten Passagiere des heutigen Tages von Bord gegangen waren, stürmte ich zurück zur »Arena« auf Deck 2. Leutnant Frand fing mich ab und zwang mich, den ganzen Weg zurück zur Schleuse zu gehen und es noch einmal zu versuchen, diesmal langsamer. Ich wagte nicht zu schummeln; ich wusste, wenn sie dem Käpten davon erzählte, würde ich echte Schwierigkeiten bekommen. Was offizielle Pflichten anging, da fehlte es Vati an Humor.

Zu meiner Enttäuschung erwischte ich ihn dabei, wie er gerade ging, um zu Mittag zu essen. Der Außerirdische wirkte lethargisch oder vielleicht nur müde. Selbst sein Bibbern hatte sich verlangsamt.

Vati schien froh, mich zu sehen. Ich ertappte mich dabei, wie ich über meinen Tag schwatzte und ihn nach seinem fragte. Wenig später erreichten wir die Offiziersmesse, und niemand schickte mich hinunter, um mit der übrigen Mannschaft zu essen.

Vielleicht lag es daran, dass ich mich besonders anstrengte, um Vati mit meinen Tischmanieren eine Freude zu machen, oder vielleicht war er einsam. Welchen Grund er auch immer hatte: Ich durfte bei den Verhandlungen wieder dabei sein. Zuerst schickte er mich allerdings los, um Mr. Dakko zu holen, der gerade einen dringenden Anruf von Dr. Zayre hatte und nicht auf einen Durchruf reagierte. Ich fand ihn schließlich in einem Salon, in einem Ruhesessel zusammengesunken. Ich erzählte ihm von seiner Einladung.

»Wie«, fragte er, »läuft euer Diskurs mit der Unmenschlichkeit?«

Beinahe hätte ich geschnuppert, ob sein Atem nach Alkohol roch, aber ich wusste, dass an Bord keiner zu finden war, von Vatis Kabine mal abgesehen. »Prima, Sir. Wir machen Fortschritte.«

»Freust du dich?«

»Ich denke schon.« Schon bei der Frage hatte ich ein

unbehagliches Gefühl. Ich schuldete Kevin Treue. Aber unser Satellit war nicht der, der …

»Wenn man auf sie schießt, fliegen sie auseinander«, sagte Mr. Dakko verträumt. »Wie gern ich das sehen würde!«

Ich wusste, dass ich lieber den Mund hielt. Es war nicht meine Aufgabe, ihn zu tadeln oder ihm Anleitung oder Trost zu spenden. Und doch … »Sir, falls wir Frieden schließen, wird niemand mehr getötet.«

»Erzähle das Kev.«

»Ich wünschte, das könnte ich.« Plötzlich brannten mir die Augen.

»Ah, was wir alle wünschen! Weißt du, was ich mir wünsche? Dass ich ihm Lebewohl sagen könnte.« Ihm stockte die Stimme. »Das ist das Schlimmste – dass ich ihm nicht Lebewohl sagen konnte.« Stille. »Geh wieder zu deinem Schoßtier.«

Ein langer, mühseliger Weg zurück nach Sektion vier, wo Vati und Andrew Ghent Dienst schoben. Ich spähte durch die Transplex-Trennwand. »Was habe ich versäumt?«

»Ein oder zwei Worte. Er scheint das Interesse verloren zu haben.«

»Was ist das?« Ich bemühte mich, nicht mehr an Mr. Dakkos Elend zu denken.

»Eine weitere Gabe.«

»Was ist darin?«

Vati nahm ein Blatt zur Hand. »Leichte Säuren, sowohl komplexe wie einfache. Kaliumsulfat. Magnesiumchlorat. Die Liste geht noch weiter.«

»Warum gibt er uns das?«

»Wenn ich das wüsste, mein Sohn …«

»Ist es ein Geschenk, oder möchte er es zurück?«

Vati blinzelte. »Gute Frage.« Er schaltete seinen Rufer ein. »Chief McAndrews!«

Der Satellit hockte dicht am Schott. Seine Punkte und Wirbel bewegten sich kaum.

Minuten später öffnete ein Freiwilliger die Luke nach Sektion fünf, schob die ursprüngliche Gabe hinein, die wir zur Analyse an uns genommen hatten, und nahm Reißaus.

Auf unserem neu installierten Bildschirm verfolgten wir per Holokam, wie der Außerirdische die Verbindungen absorbierte. Er glitt wieder auf uns zu.

Erneut sonderte er seine Gabe ab.

Vati fragte: »Na, sollen wir sie an uns nehmen?«

»Wie es scheint, möchte er das.« Das war Ghent.

Ich griff an Vati vorbei und sah mir die Analyse der Bestandteile an. »Sind die gefährlich?«

»Nicht übermäßig.«

»Haben wir solche Chemikalien an Bord?«

»Könnte ich mir vorstellen.« Er war mit den Gedanken woanders.

»Könnten wir mehr davon herstellen?«

»Warum?«

»Sir, was ist, wenn er uns um Nahrung bittet?«

Er drehte sich langsam zu mir um und zog eine Braue hoch. »Daran habe ich gar nicht gedacht!« Er nahm den Rufer zur Hand.

Drei Stunden später deponierte ein Matrose ein Keramiktablett mit den Gaben des Außerirdischen auf dem Deck von Sektion vier. Der Satellit wälzte sich darauf zu und bewegte sich dabei deutlich langsamer als zuvor. Zögernd bildete er einen Tentakel aus und berührte die Mixtur. Eine Sekunde später – na ja, verschmolz er damit. Warf sich darauf. Absorbierte sie auf eine Art und Weise, wie ich es mit einem Liter Wasser getan hätte, nachdem ich an einem heißen Tag stundenlang mit dem Ball gespielt hatte.

Als er zu uns zurückrutschte, tat er es wieder im alten Tempo. Seine Punkte und Kleckse wirbelten kraftvoll. Ich musste unwillkürlich lächeln.

Vati fragte sanft: »Erinnerst du dich noch, wie man Haltung annimmt?«

»Ja, Sir.« Was hatte ich falsch gemacht?

»Tue es.«

Ich nahm starr Haltung an, wie ich es gelernt hatte. Zwei Fähnriche und vier von Janks' Abteilung sahen zu, also tat ich mein Bestes.

»Mr. Carr, bei drei Gelegenheiten haben Sie Vorschläge in Bezug auf den Satelliten gemacht, die sich als wertvoll und intelligent erwiesen haben. Deshalb teile ich Sie bis auf Weiteres der Abteilung für Außerirdische zu. Ich spreche Ihnen ein hohes Lob aus und werde es ins Logbuch eintragen.«

Mir schwoll die Brust, und ich produzierte ein bebendes Lächeln.

»Rühren.«

Ich ließ die Schultern sinken.

»Jetzt haben Sie dienstfrei.«

»Ja, Sir.«

Vati legte mir sanft die Arme auf die Schultern. »Gut gemacht, mein Sohn.«

18. Kapitel

Mannschaftsmitglieder überschütteten uns mit allen möglichen Vorschlägen, wie wir mit dem Außerirdischen kommunizieren konnten. Manche waren offenkundig lächerlich: Wie sah das Diagramm eines Wasserstoffatoms aus? Ein Nukleus, ein Elektron und von dieser Grundlage an die Physik behandeln. Das war Mrs. Frands Idee und wurde von Vati nicht offen abgetan. Aber wie ich ihm unter vier Augen sagte: Falls du mir ein Wasserstoffatom zeigtest, hatte ich dann wohl viel dazu zu sagen? Und du selbst?

Er entschied, dass wir Zeiteinheiten festlegen mussten. Ich dachte darüber nach, wie man das tun konnte, hatte aber keine Idee. Der Satellit schien zu akzeptieren, dass einige unserer Bemühungen fruchtlos blieben, und machte sich allem Anschein nach nichts daraus.

Wir legten eine Pause ein. Mikhael sammelte mich mit Tads Zustimmung ein und nahm mich mit in die Fähnrichskabine. Er stellte mich den sechs übrigen Fähnrichen vor, die nach ihrem ausgedehnten Landurlaub an Bord zurückgekehrt waren, darunter Alon Riev, der durch Anselms Beförderung Oberfähnrich geworden war. Da ich Miks Bruder war – und der neue Sohn des Käptens –, waren sie zweifellos höflicher, als sie sich unter anderen Umständen gezeigt hätten, obwohl Rievs Haltung distanziert blieb.

Mik schien ein bisschen enttäuscht, dass ich kühl und reserviert blieb. Aber alle diese Jungs waren mindestens zwei Jahre älter als ich, und ich hatte kein Interesse, mich zum Narren zu machen. Riev zum Beispiel schien froh, als ich wieder ging.

Zurück an die Arbeit.

Inzwischen hatte sogar Mr. Tolliver Interesse daran gefunden. Von Zeit zu Zeit betrachtete er den Satelliten nachdenklich und mit verschränkten Armen. Seine beißenden Bemerkungen ließen nach. Natürlich hörte er nicht ganz damit auf; das hätte ihm gar nicht ähnlich gesehen.

Wir einigten uns auf Symbole für das Fusionieren, für Nahrung und Verletzte (kaputt-aber-nicht-tot). Wir wendeten das Letztere auf Schiffe und Fische an. Dann zeichnete Vati Beispiele für Berührungen: Satellit-berührt-Fisch, Fisch-berührt-Schiff, Mensch-berührt-Mensch, alles neben einem neuen Dreieckssymbol für Berührung.

Sobald diese Konzepte fest etabliert waren, wies Vati Jess an, Symbole zu zeichnen, die Satellit-berührt-Mensch und Mensch-tot zeigten. Fisch-berührt-Schiff; Schiff-tot. Der Außerirdische antwortete mit dem Symbol für »ja«.

Damit hatten wir den kritischen Punkt der Gespräche erreicht. Keine Seite schien recht zu wissen, wie sie darüber hinaus vorgehen sollte. Vati, Tolliver und Dr. Romez besprachen sich ausgiebig.

Jemand rüttelte mich wach. Vati. Ich blickte verschlafen zu ihm auf. »Verzeihung. Ich habe meine Augen ausgeruht.«

»Zeit zum Abendessen.«

Ich streckte mich. »Frische Kleider?«

»Was dachtest du denn?«

Ich seufzte. »Jasir.«

Vati schickte mich voraus und unterhielt sich leise

mit Tolliver. Trotzdem sprach er lauter, als er glaubte; ich bekam den größten Teil des Gesprächs mit.

»...Zeit, dass er Kevins Leiche auf den Planeten bringt.«

»Er möchte vielleicht nicht von Bord gehen.«

»Zwingen Sie ihn nicht dazu; er ist ein alter Schiffsgefährte. Aber überreden Sie ihn.«

»Warum ist das so dringend?«

»Randy hat mit ihm gesprochen und ist beunruhigt zurückgekehrt.«

»Was hat Dakko gesagt?«

»Ich habe keine Ahnung.«

Nachdem inzwischen noch mehr Passagiere von Bord gegangen waren, erwies sich das Abendessen als stille und ernste Angelegenheit. Vati hatte bis Mitternacht Wachdienst; er schickte mich in unsere Kabine, um zwei Kapitel irgendeines Buches aus dem Alten Testament laut zu lesen. Er verlangte nicht, dass ich sie auswendig lernte.

Ich hasste es, wenn er das tat. In seiner Abwesenheit wäre es so leicht gewesen zu schummeln. Es war absolut unfair, wie er sich nur darauf verließ, dass mich das eigene Ehrgefühl lenkte. Wie sollte ich das natürliche Recht eines Kids ausüben, sich der elterlichen Aufsicht zu entziehen, solange er sich auf meine eigene Integrität berief?

Ich entschied mich für die Genesis, las zwei Kapitel und aus schierer Boshaftigkeit noch ein drittes. Dann zog ich mich aus, um ins Bett zu gehen. Janey war heute Abend bei ihrer Mutter. Ich schaltete das Licht aus und dachte an Anth und Dad. Dann an Alex Hopewell und Kevin am Teich. An Judy Winthrop, wie sie in das unbewegte Wasser tauchte. Beunruhigende Bilder von Judy und unserem kurzen Stelldichein auf der Carr-Plantage verfolgten mich. Ich warf mich hin und her, bis ich mir die einzige Erleichterung verschaffte, die mir offen stand.

Als Vati kam, um zu Bett zu gehen, wachte ich auf, obwohl ich ihm zuliebe so tat, als schliefe ich weiter. Bald wurde aus der Vortäuschung Realität. Es musste zwei Stunden später gewesen sein, als der Rufer leise summte.

Sofort stellte Vati ihn auf stumm, zweifellos aus langer Übung. »Ja? Sehr gut, verbinden Sie.« Eine Pause. »Jerence, ich hoffe doch, dass Sie wissen, wie spät es an Bord ist?«

Ich lag da und hörte zu. Ich hatte Vati versprochen, nie mehr zu lauschen – und hatte stundenlang in der Ecke gestanden, um mich so weit zu bringen –, aber die Situation war eine andere. Ich lag im eigenen Bett, wie er es wollte; es war nicht meine Schuld, dass er zu laut sprach, um ihn zu überhören.

»Er hat *was?*« Vati setzte sich kerzengerade auf und schaltete seine Bettlampe ein. Ich blickte durch halb geöffnete Augenlider hinüber. »Wann? Jemand verletzt?« Ein Seufzen. »Jerence, das ist ernst! Was schlagen Sie vor?«

Ich leckte mir die Lippen.

»Natürlich möchte ich helfen; er ist Dereks Enkel, und ich werde alles tun, was in meiner Macht steht. Aber Admiral Kenzig sitzt mir im Nacken. Als ich Randy aus Scanlens Klauen befreite, bekam er einen Anfall. Meine Befehle sind jetzt eindeutig: Halten Sie sich aus der örtlichen Politik heraus, Punkt. Und falls Andori darin verwickelt ist...« Er hörte weiter zu. »Weiß irgendjemand, wohin er sich gewandt hat?

Haben Sie es in der Kathedrale probiert? Sie ist sein Heimatstützpunkt.«

Es blieb lange still, während Vati lauschte.

»Jer, seien Sie vorsichtig! Denken Sie an das Holo von Randys Erhängung: Diese Typen verstehen keinen Spaß! Ja, ich weiß. Anthony ist auf seine eigene Art beeindruckend. Halten Sie mich auf dem Laufenden. Ich rufe morgen früh den Admiral an und sehe mal, welchen Spielraum er uns gibt.« Erneut trat eine Pause ein. »Und Ihnen auch, alter Freund.«

Das Licht ging aus.

Ich lag die halbe Nacht wach.

Als ich wach wurde und mich stöhnend streckte, war Vati schon auf und davon. Wie schaffte er das nur? Er war ein alter Mann; er hatte sogar schon graue Haare!

Ich wusch mich und zog mich an und nahm mir sogar die zusätzliche Minute, um mir die Haare zu bürsten und zu kämmen. Ich probierte es auf der Brücke, aber er war dort nicht; ich trabte hinunter auf Deck 2, aber er saß nicht am Tisch.

Das Schiff war viel zu groß, um es zu durchsuchen; niedergeschlagen lief ich hinauf zur Fähnrichskabine und klopfte an die Luke. Mik war nicht da; Mr. Riev sagte mir ziemlich verärgert, dass er vielleicht im Trainingsraum auf Deck zwei war.

Dort fand ich ihn vor, wie er gerade eine Folge Turnübungen absolvierte. Als er mit Liegestützen fertig wurde, fragte ich: »Was machst du?«

»Ich arbeite einen Minuspunkt ab.«

»Wer hat ihn dir verpasst?«

»Pa.«

»Weshalb?«

»Zu viele Fragen.« Nach einem kurzen Blick auf die Uhr begann er eine Folge energischer Hampelmänner.

»Komm schon!«

»Ich war zu spät zum Dienst.«

»Weißt du, wo er ist?«

»Unten bei Corrine und Janey, denke ich.«

Mrs. Sloans Kabine lag auf Deck fünf. Über die Leitern ging es schneller als mit dem Fahrstuhl. Auf Fünf hatte ich gerade Sektion zwei erreicht, als ...

»Mr. Carr!«

Ich blieb schlitternd stehen.

Mrs. Frands Gesicht war streng. »Ich glaube doch, dass wir uns über die Rennerei schon unterhalten haben?«

»Ja, Ma'am.« Ich war vorsichtig.

»Anscheinend ohne Wirkung.«

»Es tut mir Leid.«

»Das ist eine Vorschrift, wissen Sie?« Sie musterte mich. »Aber vielleicht lassen wir sie fallen. Der Korridor verläuft kreisförmig, nicht wahr?«

»Ma'am?«

»Falls Sie nach Osten laufen, erreichen Sie schließlich wieder Ihren Ausgangspunkt.«

»Ja.«

»Zeigen Sie es mir.«

»Was? Sie möchten, dass ich ...?«

»So schnell Sie können. Los!«

»Ja, Ma'am!« Ich rannte los.

»Halt! Was haben Sie gesagt?«

»Ich sagte ... Ich meine, aye aye, Ma'am!«

»Jetzt aber schnell. Ich erwarte Sie in vierzig Sekunden zurück.«

Ich raste den gekrümmten Korridor entlang. Zum Glück waren nur wenige Mannschaftsmitglieder unterwegs und gar keine Passagiere. Sektion fünf. Sechs. Ich hatte vergessen, mir den Startzeitpunkt zu merken und wusste nicht, ob ich in der Zeit war. Sieben.

Endlich die Zehn. Dann Eins und Zwei. Leutnant Frand stand dort und tappte mit einem Fuß aufs Deck. »Was hat Sie aufgehalten?«

»Ich bin so schnell gelaufen, wie ich ...«

»Sie müssen schon mehr zeigen. Probieren Sie es andersherum.«

Ich glotzte.

»LOS!«

Ich stürmte zur Korridorbiegung.

Als ich nach vollendeter Umrundung schwer atmend wieder eintraf, schien sie ganz und gar nicht zufrieden. »Faul, so würde ich das nennen. Laufen Sie nach Sieben, berühren Sie kurz die Lukensteuerung und kommen Sie zurück. Jetzt aber los, oder ...«

»Aye aye, Ma'am!«

Als ich zurückkam, erwartete sie mich mit verschränkten Armen. »Kaum zulänglich! Vielleicht brauchen Sie Übung? Sollten wir die Vorschriften bezüglich des Rennens aufheben?«

»Nein, Ma'am«, keuchte ich. »Ich werde gehen.«

»Vergessen Sie das nicht, Junge!« Sie marschierte davon.

Die Luke nach 575 stand offen. Ich warf einen Blick hindurch. Der Käpten saß auf Corrines Koje und hatte Janey auf dem Schoß.

»... Jahre zurück. Ich bezweifle, dass er sich noch erinnert ...«

»Nick, das war eine persönliche Sache. Falls John

der leibhaftige Satan gewesen wäre, hätte Scanlen ihn nicht mehr hassen können. Ich sage nur …«

»Hallo Ran!« Janey sprang von ihrem Vater herunter und lief auf mich zu. Corrine verfolgte das mit vorsichtiger Zustimmung.

»Hallo, was ist das denn?« Vati ragte über mir auf. »Sieh dich nur an! Dein Hemd ist ganz nass geschwitzt. Geh dich waschen und umziehen.«

»Es tut mir Leid, Vati, ich…«

»Wir werden uns heute Abend mal über Körperpflege unterhalten. Bis dahin lernst du ein Dutzend Verse auswendig. Versuche es mit dem 2. Brief an die Korinther.«

»Sir, ich…«

»Sofort, Randy!«

Ich schleppte mich bedrückt in unsere Kabine zurück.

Was für ein Tag! Und ich hatte nicht mal Frühstück gehabt.

Nachdem meine verhasste Pflicht erledigt war, lag die Bibel aufgeschlagen zwischen uns.

»Und da hat mich Mrs. Frand beim Rennen erwischt.«

Vati hörte mir schweigend zu, aber in seinen Augen glitzerte etwas, was vielleicht Erheiterung war. »Schrecklich«, sagte er. »Was machen wir nur mit dir?« Er stand auf. »Ich denke, ich kenne das Problem.«

»Was, Sir?« Ich klang ängstlich, denn ich war es auch.

»Komm her.« Mit einem heiteren Funkeln im Blick umarmte er mich. Und dann gingen wir Mittag essen.

»Siebzehn neue Wörter«, sagte Mr. Tolliver und biss in ein heißes, saftiges Sojaschnitzel auf Roggenbrot. »Ich muss zugeben, dass das wirklich ein Fortschritt ist. In nur ein oder zwei Generationen werden wir miteinander plaudern können. Tatsächlich ...«

»Aber Edgar!« Vati war gut gelaunt. »Sie als Zyniker? Ich hätte nie gedacht, noch mal zu erleben, dass Sie ...«

Andrew Ghent stürmte mit erhitzten Wangen in die Offiziersmesse. »Sir – Käpten – Fähnrich Ghent zur Stelle ...«

Es war nicht fair, dass er rennen durfte und ich nicht. Darüber würde ich mit Vati reden müssen.

»... Mrs. Frand sagt, der Satellit wäre erregt, und Sie sollten rasch kommen ... Ich meine, mit ihren besten Empfehlungen, und falls Sie bitte ...«

»Ruhig, Mr. Ghent.« Vati warf die Serviette hin. »Randy, möchtest du mitkommen?«

Ob ich wohl atmen wollte? Las ein Bischof die Bibel? Tat ...

Ich lief hinter ihm her. Wir hatten kaum die Luke erreicht, als der Alarm losheulte. *»Alle Mann auf ihre Posten! Alle Mann auf ihre Posten!«* Die angespannte Stimme klang nach der von Tad Anselm.

»Wohin, Vati?«

Seine Antwort bestand darin, den Rufer an der Luke zu packen. »Seafort an Brücke.«

»Hier Leutnant Anselm. Der Satellit hat sich zur Luftschleuse von Sektion vier bewegt. Falls er sich durch die Außenluke brennt, verliert die Sektion ihre Atmosphäre.«

»Steht die Innenluke offen?«

»Ja, Sir, wie Sie befohlen hatten.«

»Was tut er jetzt?«

»Huscht mal in die Schleuse hinein, dann wieder heraus.«

»Sobald er wieder drin ist, leiten Sie den Luftaustausch ein.«

»Aye aye, Sir.«

»Geben Sie das Rufsignal ›Pilot auf die Brücke‹ durch. Ich komme sofort.« Er marschierte den Korridor hinunter.

»Ist er böse auf uns? Welches waren die siebzehn Wörter?« Ich trabte, um mit Vati Schritt zu halten.

»Pilot Van Peer sofort auf die Brücke!«

»Ich weiß es nicht, mein Sohn.« Wir durchquerten eine weitere Sektion. »Du warst eine große Hilfe, also gestatte ich dir, mit auf die Brücke zu kommen. Aber wir sind jetzt im Dienst, alle beide.« Das war eine Warnung.

»Ja, Sir.« Keine andere Reaktion war möglich.

Ein Fähnrich, den ich gestern kennen gelernt hatte, teilte den Wachdienst mit Leutnant Anselm. In frischer Uniform und gut gekämmt sprang er auf, als er den Käpten sah.

»Kommando zurück, Mr. Braun. Tad, ist der Satellit jetzt draußen?« Der Käpten setzte sich auf seinen Platz. Ich fand einen leeren Sitz an der Reihe der Ausbildungskonsolen dahinter.

»Ich kann den Schleusenzyklus nicht einleiten; er hält nicht lange genug still.«

»Auf den Bildschirm.«

»Dort, erkennen Sie ihn? Halb in der Schleuse.«

»Was hat ihn nervös gemacht?«

»Ich habe keine Ahnung, Sir.«

»Laserraum, bereithalten zum Feuern. Sicherungen ausgeschaltet!«

»Hier Frand. Aye aye, Sir.«

»Funkraum an Brücke. Ein Anruf des Statthalters. Er sagt, es wäre dringend.«

»Pilot Van Peer meldet sich zum Dienst.« Der schlaksige Pilot mit den ersten grauen Strähnen atmete schwer.

»Auf Ihren Platz. Bringen Sie uns auf unter zwanzig Meter an den Fisch heran. Unser Gast möchte gehen.«

»Aye aye, Sir.« Van Peer packte die Hebel für den Schubantrieb und leckte sich die Lippen. »Das wird eine Uraufführung.«

»Kein müßiges Geplauder, meine Herren.« Der Käpten schritt vor dem Simultanschirm auf und ab. »Mr. Anselm, behalten Sie die Innenluke im Auge. Halten Sie sich bereit.«

»Aye aye, Sir.«

»Funkraum, stellen Sie Mr. Carr durch.«

»Auf den Bildschirm?«

»Nein. Seien Sie vorsichtig, Pilot. Keine Berührung! Mrs. Frand!«

»Ja, Sir?«

»Ihr vorrangiges Ziel ist der Fisch. Feuern Sie nicht, solange er keine Bewegung auf unsere Fusionsrohre zu macht oder damit beginnt, einen Auswuchs hervorzubringen.«

»Aye aye, Sir.«

»Kapitän Seafort?« Das war Anthony.

»Mr. Van Peer, machen Sie langsamer. Wir möchten den Fisch nicht erschrecken. Ja, Statthalter? Sie erreichen mich in einem sehr geschäftigen Augenblick.«

»Da, Sir!« Tad stach auf seine Konsole ein. »Er ist hineingegangen! Ich pumpe jetzt.«

»Rumpfansicht.«

Der Simultanschirm blinkte. Plötzlich erstreckte sich dort unser Schiffsrumpf bis in die Unendlichkeit. Ich versuchte mich zu orientieren, die äußere Schleusenluke zu entdecken.

»Sir…« Das war der Pilot. »Ich hätte gern Ausblick auf den Fisch, um einen Bezugspunkt zu haben.«

»Jess, teile den Bildschirm. Reden Sie, Mr. Carr.«

»Hat Branstead Sie angerufen?«

»Letzte Nacht.«

»Palabee ist zur Kirche übergelaufen, davon bin ich überzeugt. Er hilft, Scanlen zu verstecken, sodass Andori scheinbar unschuldig dasteht. Wir stehen vor einer Krise. Wo ist Chris Dakko?«

»Er ist heute Morgen hinuntergeflogen.«

Ich empfand einen heftigen Stich des Bedauerns. Ich hatte eigentlich vorgehabt, von Kev Abschied zu nehmen. Er hatte es verdient.

Der Fisch breitete sich beunruhigend nahe vor uns aus. Mr. Van Peer steuerte die Triebwerke mit Feingefühl.

»Mr. Braun, spielen Sie nicht mit Ihrer Konsole herum.« Vatis Ton war ein Schnarren.

Der Fähnrich fuhr auf seinem Platz zusammen. »Aye aye, Sir.« Er drückte die Hände fest auf den Schoß.

»Ich versuche ihn zu finden. Seine Leute waren nicht kooperativ, aber…« Seine Leute? Ich dachte, Mr. Dakko wäre Schiffsausstatter. Bei Anth klang es so, als verfügte er über einen Kader, eine politische…

Der Käpten sagte: »Jess, Sensormeldung, Deck 2, östliche Luftschleuse.«

»Druck zwanzig Prozent und weiter fallend. Lukenintegrität nicht beeinträchtigt. Anomalie innerhalb der Schleuse.«

»Der Satellit?«

»Das vermute ich. Die Schleusensensoren sind nicht darauf programmiert, andere Bewegungen zu erkennen als die von Menschen oder robotischen Mechanismen.«

»Es ist der Satellit.«

»Bedeutung gespeichert.«

»Mr. Seafort, darf ich offen sein?«

»Natürlich.«

»Falls ich über Ihre Erfahrung verfügte oder die Großvaters ... Sir, über den größten Teil meines Lebens hinweg standen Sie einer Regierung vor, neben der meine zwergenhaft erscheint. Was soll ich tun?«

»Nur einen Moment, Statthalter. Ich habe hier eine heikle Situation.« Der Käpten trommelte auf seiner Konsole herum. »Tut mir Leid, dass ich Sie angeschnauzt habe, Mr. Braun.« Er klang ruhig. »Die Nerven.«

»Danke, Sir.« Der Fähnrich saß kerzengerade.

»Elf Prozent«, meldete Jess. »Fünf. Vakuum hergestellt.« Eine Lücke öffnete sich in der glatten Außenseite des Schiffsrumpfs: die Außenluke glitt auf.

Der Pilot steuerte uns mit sachtem Schub näher an den Fisch heran. Endlich erreichten wir relativ zum Außerirdischen eine Ruheposition.

Der Käpten ignorierte den Fisch praktisch und starrte den Satelliten an. »Falls er auf dem Rumpf entlangläuft...«

Ich wurde bleich. Der Satellit konnte sich so ziemlich überall durch den Rumpf schmelzen und Verwüstungen anrichten. Sogar hier auf der Brücke. Ich sah mich um. Wo war der Schrank mit den Raumanzügen?

»Mr. Seafort, sind Sie noch da?«

Eine formlose Gestalt erschien an der Luke.

Der Käpten hing mit dem Blick gebannt am Bildschirm und verschränkte die Hände fest auf dem Rücken.

Die Farben des Fisches pulsierten.

Die Gestalt auf unserem Schiffsrumpf bibberte, spannte sich an.

»Glückliche Reise.« Vati flüsterte nur.

Der Satellit stieß sich in die unendliche Kälte des Weltalls ab. Ich schluckte. Falls er den Fisch verfehlte ...

Er landete mittschiffs auf dem Fisch und schien an dessen Haut festzukleben. Auf der Haut des Fisches kreisten Wirbel, wurden undeutlich. Der Satellit schrumpfte.

Er verschwand im Fischkörper.

Ich ließ die Luft heraus; ich hatte gar nicht bemerkt, wie ich den Atem anhielt.

»In Ordnung, Anthony. Für den Augenblick kann ich Ihnen volle Aufmerksamkeit schenken.« Eine Pause trat ein. »Sie sollten sich darüber im Klaren sein, dass die eigenen Konflikte mit der Kirche mein Urteilsvermögen verzerren.«

»Trotzdem, Sir, möchte ich Ihren Rat hören.«

»Sehr gut. Die Bischöfe sind zwangsläufig mit der Erde verbündet. Nach meiner Auffassung können Sie nicht in ihrem Namen regieren.«

Mir stockte der Atem.

»Trennung von Kirche und Staat? Ich weiß nicht recht, ob ich damit durchkomme.«

»Die Exkommunikation ist ein gewaltiger Knüppel.« Vati schwieg kurz. »Und Andori wird ihn ohne Skrupel schwingen.«

»Ob ich nun mit der Kirche regiere oder ohne sie, er hat diese Macht.«

»Nur über die, die auf ihn hören. Wie viele sind das?«

»Hope Nation ist konservativ.«

»Dann werden Sie stürzen.«

»Nicht ohne Kampf.«

»Nebenbei: Ich sollte Ihnen sagen, dass unser Reverend Pandeker viele Stunden am Rufer verbracht und mit seinen Kohorten in Centraltown diskutiert hat.«

»Worüber?«

»Ich habe keine Ahnung. Ich habe nicht das Recht, Gespräche abzuhören.«

»Woher wissen Sie dann …«

»Meine Leute im Funkraum dachten, dass es mich vielleicht interessiert. Vergessen Sie es. Was sagt Jerence?«

»Ich kann nicht riskieren, das zu wiederholen, Sir. Nur unter vier Augen.«

»Oh, ich kenne ihn. Sie haben mir schon genug gesagt.«

»Danke. Ich treffe meine Entscheidung in Kürze.«

»Ich konnte Ihnen nicht groß helfen.«

»Mehr als Sie ahnen.« Die Verbindung brach ab.

Seufzend rieb sich Vati das Gesicht.

Der Fisch trieb vor uns.

»Was jetzt, Sir?« Das war Tad.

»Wir warten, Leutnant.«

»Wie lange?«

»So lange es dauert.«

Braun warf Tad einen mitfühlenden Blick zu. Tad runzelte die Stirn.

Der Käpten schritt noch einen Augenblick länger auf und ab und setzte sich dann in seinen Sessel.

Anselm schien ungerührt. »Worauf genau warten wir?«

Vati antwortete mit einiger Schärfe: »Das weiß ich, wenn ich es sehe. Sonst noch etwas, Mr. Anselm?«

»Nein, Sir.« Zu meiner Verblüffung fing Tad meinen Blick auf und blinzelte mir zu.

Vati schwenkte den Sessel. »Mr. Carr!«

Ich fuhr zusammen. »Ja, Sir!« Es war ein Quieksen.

»Kaffee, wenn Sie so freundlich wären. Tad?«

»Nein danke.«

»Pilot?«

»Schwarz, bitte.«

Der nächste Automat war in der Offiziersmesse zu finden; ich folgte eilig dem Korridor und empfand ein wenig Groll darüber, dass er mir niedere Arbeiten aufbrummte wie einem ... na ja, wie einem Schiffsjungen. Mein Ärger wich einem Grinsen. Ich war Mannschaftsmitglied. Das war meine Arbeit.

Als ich zurückkam, dankte mir der Käpten geistesabwesend und nippte an seinem dampfenden Becher. Auf dem Simultanschirm sah man eine Holoansicht von Sektion vier, wo der Außerirdische untergebracht gewesen war. Eine Aufnahme zeigte, wie er den Korridor hinauf- und hinabsauste, von Luke zu Luke. Er entwickelte dabei einen solchen Bewegungsimpuls, dass er ihn im Vorübergehen das halbe Wandschott hinauftrug.

Immer wieder spielte Vati diese Bilder ab. Hinter

der Trennwand wartete der Außerirdische darauf, dass wir ihm eine Platte zeigten. Er schien nicht heftiger zu bibbern als üblich. Er bewegte sich ein Stück zur Seite, wie um mehr Gleichgewicht zu finden.

Der Satellit hatte kein Füße. Na ja, eigentlich schon, aber immer nur vorübergehend. Er schien sein Gewicht über Auswölbungen abzurollen, wenn er sich fortbewegte. Nur auf Zeitlupenaufnahmen konnte ich sehen, wie er das machte.

»Tad, was treibt der Fisch?«

»Keine Veränderung, Sir.«

»Mr. Seafort, dürfte ich vorschlagen, dass wir von ihm zurückweichen?« Das war der Pilot.

»Wie weit?«

»Wie wäre es mit einem anderen Sonnensystem?« Der Käpten bedachte ihn mit finsterem Blick, aber Van Peer schien ungerührt. »Zumindest ein paar Hundert Meter, Sir. Wir sind dem Ungeheuer viel zu nahe, um uns sicher zu fühlen.«

»Nun … in Ordnung. Zweihundert Meter.«

»Und dürfte ich auch vorschlagen, dass wir unsere Position relativ zum Fisch und zur Station verändern? Wir blockieren die Schussbahn der Station, falls …«

»Das ist mit Absicht so.«

»Oh?« Mr. Van Peer sagte nichts weiter, aber sein Schweigen sprach Bände. Behutsam tippte er die Steuerbordtriebwerke an. Auf dem Bildschirm fiel der Fisch zurück.

Mit einem Auge auf dem Fisch nahm Vati den Rufer zur Hand. »Funkraum, machen Sie Jerence Branstead auf dem Planeten ausfindig. Ich möchte eine abhörsichere …«

Der Fisch pulsierte und verschwand.

»Hallo? Funkraum an Brücke, wiederholen Sie!«

Vati starrte nur.

»Kapitän?«

19. Kapitel

Es wurde ein stürmischer Abend auf der Brücke.

Der Fisch tauchte nicht wieder auf. Die Wache wechselte, und wir warteten.

Andrew Ghent bekam zwei Minuspunkte, Mikhael einen. Es kam zu einer spektakulären Auseinandersetzung zwischen dem Käpten und Tad Anselm, als Letztgenannter vorschlug, wir sollten die Passagiere wieder an Bord nehmen und unverzüglich abfahren. Ehe die Sache ausgestanden war, wurde ich wegen nervösen Herumzappelns zur Schnecke gemacht und nach unten geschickt, um Janey bis zum Abendessen zu unterhalten. Vati war in gefährlicher Stimmung. Ich wusste, dass ich eigentlich nicht der Grund war, aber trotzdem wurmte es.

Um alles noch schlimmer zu machen, war Corrine Sloan unruhig und etwas missmutig. Als ich sie fragte warum, schüttelte sie nur den Kopf.

Als Einzige zeigte sich Janey unbekümmert. Ich zeigte ihr ein Holovid-Spiel, in dem es darum ging, Wörter aufzubauen, und wenige Minuten später kam sie allein damit klar. Trotzdem beharrte sie darauf, dass ich mich bereithielt, und sie war ganz schön gebieterisch, was diesen Punkt anging.

Corrine rührte sich. »Du hattest gefragt, warum ich nirgendwo an Land ging.«

»Ja, Ma'am.«

»Der Grund, warum ich davor zurückschrecke, ist John.«

Für mich ergab das keinerlei Sinn, aber ich hielt den Mund.

»Wir wollten heiraten, verstehst du?« Ihr Blick ging in die Ferne.

»Und Sie haben die Verlobung gelöst.«

»Nein, eigentlich nicht.« Sie spielte mit den Fingernägeln. »Er war ein Pfingstler.«

»Die Kinder des Teufels!«

»Wo hast du denn das gehört?« Ihr Ton war scharf.

»So nennt sie der Bischof.« Nicht, dass irgendjemand auf Hope Nation schon mal einen Pfingstie gesehen hätte; sie waren eine verbotene Sekte, vor fast zweihundert Jahren schon zerschlagen, damals, als es zur Wiedervereinigung kam. Trotzdem galten sie weiterhin als ein Beispiel für die Torheit religiöser Anarchie. »Es gibt sie schon lange nicht mehr.«

»Eigentlich doch«, warf sie ein. »Eine Anzahl Familien bekennen sich weiterhin dazu. Sie praktizieren ihren Glauben im Untergrund.«

»In Höhlen?«

»Randy, bitte sei nicht sarkastisch.«

Ich wurde rot. »Es war nicht so gemeint.«

»Untergrund bedeutet: Außerhalb des Blickfelds der Behörden.«

»Oh. Verzeihung, Ma'am.«

»Wir hatten das Aufgebot bestellt. Wir wohnten außerhalb von Baton Rouge. Wir hatten dort einen Nachbarn, Arlan Richards ... Gott weiß, woher er es wusste. Janey, wenn das Wort nicht stimmt, hilft es auch nicht, wenn du auf den Bildschirm schlägst. Du bist ein kluger Kopf; probiere es erneut.«

Ich fragte: »Waren Sie Pfingstie?«

»Ich halte nichts von diesem Begriff.«

»Verzeihung.« Es wurde zum Refrain. »Eine Pfingstlerin.«

»Nein, aber bei John machte es mir nichts aus. Die Wahrheit ist: Pfingstler sind normale Leute und auf ihre eigene Art religiös. Aber Arlan Richards hat unseren Pfarrer aufgesucht, und dieser hat sich an den Monsignore gewandt.«

»Was ist passiert?«

»Sie haben die Hochzeit verboten und John vor ein Kirchengericht gestellt.«

»Was hatte er getan?«

»Die Anklage lautete auf Ketzerei.«

Ich zischte. Das war übel! Und die Strafen waren ... Ich stählte mich innerlich. »Wie ist es ausgegangen?«

Ihre Augen waren feucht. »Ich war verzweifelt. Mein Vater und ich wandten uns an den Bischof von Louisiana und setzten uns für John und seine Familie ein. Bei dem Bischof handelte es sich um ...« Sie schnitt eine Grimasse. » ... Henrod Andori.«

»Er hat abgelehnt?«

»Zu diesem Zeitpunkt war der Prozess gelaufen. Das Urteil stand schon vorher fest. Aber Andori hat uns anschließend empfangen. Er bezeichnete mich als eine babylonische Hure und sagte mir, er würde persönlich die Verbrennung besuchen. Und das hat er auch.«

»Hier, Ma'am.« Ich bot ihr das saubere Taschentuch an, das ich nach Vaters Anweisung immer bei mir hatte.

»Danke.« Sie wischte sich die Augen ab. »Und ich tat es auch.«

»Ma'am?«

»Ich habe die Hinrichtung besucht. Erst die seiner Mutter, dann seine, dann die seiner Schwester. Es war alles, was ich ihnen noch geben konnte. Ich wollte, dass er mich als Letztes sieht; er sollte wissen, dass ich bei ihm war. Es war ein schrecklicher Fehler, denn so war es für ihn viel schlimmer. Aber als mir das klar wurde, war es schon zu spät.«

Ich schluckte Galle. »Wann war das?«

»Vor sieben Jahren.«

»Vati war damals GenSek, nicht wahr? Warum haben Sie kein Gnadengesuch bei ihm eingereicht?«

»Die Regierung hat keine Vollmachten gegenüber der Kirche. Außerdem erholte er sich gerade von diesem Absturz in Helsinki, bei dem er sich das Knie verletzt hatte. Valera führte die Amtsgeschäfte und weigerte sich, auch nur um Milde zu bitten.«

»Dieser Mistkerl!«

»Amen.«

»Daddy sagt, man soll dieses Wort nicht gebrauchen.« Janey zupfte mich am Ärmel.

»Es tut mir Leid, Süße.« Süße? Himmel! Hätte Kevin mich so reden gehört, dann hätte er mich kräftig aufgezo ... Das Lächeln verging mir.

»Also ...« Corrine stand müde auf und streckte sich. »... gehe ich lieber nicht an Land.«

»Das kann ich verstehen.«

»Isst du mit uns zu Abend?«

Ich dachte an Vati und sein schroffes Verhalten auf der Brücke. »Ich esse mit dem Rest der Mannschaft.« Der Ausweich-Speisesaal befand sich auf Deck 4. Der Käpten aß dort nie.

Zu meiner Überraschung bot man mir nicht nur an einem Mannschaftstisch einen Platz an, sondern an zweien. Ich musste mich entscheiden. Ich saß neben den übrigen Matrosen und hörte ihren Gesprächen zu.

Zwischen Männern und Frauen wurde viel geulkt und gezankt, aber alle am Tisch waren so erleichtert über den Weggang des Außerirdischen, dass nur Gutmütigkeit in der Luft lag.

Da ich mich immer noch an Vatis Tadel erinnerte, spazierte ich anschließend durch die Salons und Holoschirmkabinen; es widerstrebte mir, in unsere Kabine zurückzukehren, ehe es unvermeidlich wurde. Als mir klar wurde, dass jede weitere Verzögerung Vati nur aufbringen würde, suchte ich ohne große Begeisterung den Weg zurück auf Deck 1.

»Ah, da bist du ja.« Vati lag auf dem gemachten Bett, war noch angezogen. »Guten Abend.«

»Guten Abend, Sir.« Mein Ton war steif.

Vorsichtig richtete er sich auf und zog mich an sich.

Ich befreite mich aus seinem Griff. »Was hast du nur mit dieser Drückerei?«, fragte ich verächtlich.

»Na komm, ich erzähle es dir. Komm her.« Er tätschelte neben sich das Bett.

Widerstrebend setzte ich mich zu ihm.

»Als ich noch ein Junge war … Mal sehen. Ich war

genau ein Jahr jünger als du. Im vorindustriellen Zeitalter.«

Ich lächelte pflichtbewusst, interessierte mich aber nicht wirklich dafür.

»Mein Vater hat mich zweifellos geliebt, auf seine Art, aber er zeigte es nicht groß. Jedenfalls nicht mit wirklicher Zuneigung. Am Tag, als ich zur Akademie ging, hat er mich mit dem Zug nach Devon gebracht. Eine lange Reise, und wir haben meist geschwiegen. Vom Bahnhof war es ein langer Weg über das Gemeindeland zum Fronttor, wo wir uns trennten.«

Der Käpten legte eine Pause ein, versunken in einer fernen Vergangenheit.

»Unterwegs hatte ich geübt, wie ich Lebewohl sagen wollte, wie ich Vater erklären wollte, dass ich ihn stolz machen würde.«

Ich war plötzlich ganz Ohr.

»Er trug meine Tasche. Als ich versuchte, seine Hand zu ergreifen, hat er die Tasche in diese Hand gewechselt. Ich bin auf seine andere Seite gegangen. Erneut hat er die Tasche in die andere Hand genommen. Am Wachhäuschen habe ich tief Luft geholt, wollte meine Ansprache beginnen. Er reichte mir die Tasche, packte mich an den Schultern, drehte mich um, führte mich durchs Tor.«

Vatis Augen schimmerten feucht.

»Als ich mich umdrehte, um ihm zum Abschied zuzuwinken, ging er schon über die Gemeindewiese davon. Ich habe ihm lange nachgeblickt, aber er hat sich kein einziges Mal umgedreht.«

Ich schluckte.

»Jahre später, Randy, habe ich ihn gefragt, ob er mich liebte. Er konnte mir nicht die Antwort geben, dass er es tat.« Er arbeitete sich in die Sitzhaltung empor. »Ich wurde nur selten gedrückt und weiß, wie sehr man das braucht. Falls ich es dir zu oft anbiete, brauchst du es mir nur zu sagen, und ich höre auf. Ich möchte nicht, dass du dich dabei unwohl fühlst.«

Das war nicht fair! Ab und an müsste man einem Kid ermöglichen, seine Eltern zu hassen.

»Das war es, was über mich und das Drücken zu sagen ist, mein Sohn.«

Wusste er, dass auch Dad das sehr oft getan hatte? Und genau das hatte ich am meisten vermisst, und es war das Einzige, was ich Anth aus lauter Schüchternheit nie hatte erzählen können.

Ich studierte das Schott gegenüber. »Ich hätte es jetzt gern, bitte.«

Am Morgen achtete Vati darauf, in Gesellschaft von Andrew Ghent zu frühstücken, und als Tad eintrat, winkte Vati ihn an den Tisch. Verstohlen suchte ich bei beiden nach Anzeichen von Groll, entdeckte aber nichts. Na ja, er hatte Tad auch nicht bestraft, ihn nur angefahren. Und ein Fähnrich war Minuspunkte gewöhnt.

Der Vormittag stand mir zur freien Verfügung; mein Dienst begann erst nach dem Mittagessen. Vati war auf der Brücke, aber ich spürte irgendwie, dass ich dort nicht willkommen gewesen wäre; er machte sich Sorgen und starrte auf den leeren Simultanschirm. Ich langweilte mich in einem Salon.

Ein Schiffsjunge hatte keine Wachstation; er musste dort aushelfen, wo er gebraucht wurde. Das verhalf ihm zu einem interessanten, wenn auch ungewissen Leben. Alejandro schien es nichts auszumachen; nach dem Mittagessen rief man ihn und mich in die Hydroponik, um dort Schläuche neu verlegen zu helfen. Er schwatzte dabei fröhlich, während ich mich fragte, ob man unter den Passagieren vielleicht Kids in meinem Alter fand. Alec war ein bisschen zu jung, und die Fähnriche waren zu alt und außerdem hochnäsig. Außer Mik natürlich, aber er war zwanzig. Und vielleicht Andrew Ghent; seit dem Tag in meiner Zelle, als er sich geweigert hatte, mich von meinem Schicksal zu informieren, sah ich ihn in anderem Licht.

Kurz vor dem Abendessen kam Mr. Branstead an Bord; er hatte ein Shuttle voller Matrosen genommen. Er nickte mir besorgt zu und eilte gleich davon, um den Käpten zu suchen.

Als es Zeit zum Abendessen wurde, war ich immer noch im Dienst, aber ich erhielt einen Anruf, dass der Käpten meine Hilfe wünschte. Ich verkniff mir ein Grinsen; Hilfe, ach du liebe Güte! Ich wusch mich und zog mich um, ehe ich mich im nur halb gefüllten Speisesaal meldete.

»Sir.« Ich salutierte steif. Falls er Spielchen spielen wollte, beteiligte ich mich gern.

Ernst erwiderte er den Gruß. »Setzen Sie sich, Mr. Carr.«

»Aye aye, Sir. Guten Abend, Mr. Branstead.« Ein schlichter Ausdruck der Höflichkeit, wie er Vati bestimmt gefiel.

Jerence saß rechts vom Käpten, Tolliver links. Zu meiner Verblüffung versetzte mir Tolliver einen Klaps auf die Schulter, als ich mich setzte. Er musste wirklich in heiterer Stimmung sein!

Nachdem Reverend Pandeker das Gebet gesprochen hatte, stand Vati auf. »Meine Damen und Herren, wie Sie wissen, waren wir an einem außerordentlichen Ereignis beteiligt. Unser alter Feind, die Fische, ist uns ohne Feindseligkeit begegnet. Wir haben sogar Worte gewechselt. Ich muss allerdings gestehen, dass ich mir mehr erhofft hatte ...« Für einen Augenblick wurde er still. »Aber vielleicht soll es nicht sein. Morgen werde ich Befehl erteilen, dass der Rest unserer Besatzung und die Passagiere, die mit uns reisen möchten, heraufgebracht werden. Die *Olympia* setzt dann planmäßig ihre Fahrt fort.«

Jubelrufe von nahezu jedem Tisch. Vati verzog das Gesicht. Er setzte sich.

Mr. Branstead berührte ihn am Knie. »Sie begreifen es nicht, Sir.«

»Tun Sie es?«

»Ich – denke schon.« Er erwiderte Vatis Blick. »Ich habe mir Sorgen um das Schiff gemacht und um Sie. Aber Ihr Ziel war wundervoll.«

»Danke.« Vati klang steif. Einen Augenblick später ergänzte er: »Sind Sie sicher, dass Sie hier klarkommen?«

»Im Großen und Ganzen.« Mr. Branstead schlug einen fröhlichen Ton an. »Ein Risiko besteht immer. Aber unsere Tage in der Rotunde ...«

»Beten wir zum Allmächtigen, dass es nicht so weit kommt.«

Ich blickte verdutzt drein. Vati sagte: »Jerence wurde während des Putschversuchs der Raumflotte gefangen gehalten. Er hatte Glück, mit dem Leben davonzukommen.«

Mr. Branstead schnaubte. »*Ich* soll Glück gehabt haben? Was war dann mit Ihnen?«

»Genau darauf wollte ich hinaus.«

»Sir, die Gesellschaft von Hope Nation ist konservativ. Letztlich werden sich selbst Scanlens Leute nicht gegen die Regierung erheben.«

»Hat man ihn gefunden?«

Ich klagte: »Ich weiß zwar, dass ich nur ein Schiffsjunge bin, aber könnte mir jemand erklären, was passiert ist?«

Vati sagte: »Ein mitfühlender Richter hat Scanlen auf freien Fuß gesetzt. Auf Anthonys Einspruch hin wurde dieser Beschluss wieder außer Kraft gesetzt, aber jetzt ist der Bischof nirgendwo zu finden.«

»Schwebt Anthony in Gefahr?«

»Ich weiß nicht recht.«

Zumindest war Vati ehrlich.

Nach dem Essen schloss ich mich an, als Vati Mr. Branstead zur Schleuse begleitete. »Vergessen Sie nicht, was ich Ihnen gesagt habe«, schärfte er ihm ein.

»Ja, Sir.« Jerence wand sich unbehaglich. »Ist das wirklich der Abschied?«

»Wir legen morgen ab, falls wir bis dahin die letzten Passagiere an Bord haben. Ich hätte nicht gestatten sollen, dass sie das Schiff verlassen.«

»Na ja, dann.« Sie sahen einander an.

Es war Vati, der Mr. Branstead schließlich umarmte. »Leben Sie wohl.«

»Glückliche Reise, Sir. Ich bete, dass Sie bald zurückkehren. Falls nicht, werde ich Sie nie vergessen.«

»Ich Sie auch nicht.«

Ich nahm meinen Dienst wieder auf.

Als ich mich an diesem Abend fürs Bett bereitmachte, saß Vati in fast völliger Dunkelheit zusammengesunken da.

»Sind Sie traurig, Sir?« Ich musste *irgendwas* sagen.

»Ja.« Er starrte auf seine Füße. »Ich war mir so sicher.«

»Wessen?«

»Randy – all diese Jahre des Bedauerns, des Entsetzens über das, was ich erreicht hatte, das Töten so vieler Fische ... Als sie jetzt nach Hope Nation zurückgekehrt sind, dachte ich, Gott wollte mich auf die Probe stellen. Ich weiß, dass ich unsicher im Glauben wurde und Ihn enttäuscht habe, aber irgendwie stellte ich mir vor, Er hätte mir trotzdem vergeben, hätte mir eine große Aufgabe übertragen und eine noch größere Belohnung gegeben: den Frieden zwischen unseren Lebensformen. Beinahe war ich schon bereit, Ihm zu vergeben, was Er Arlene angetan hatte und deinem Vater, so verachtenswert das auch war. Aber der Fisch, der uns besucht hat, ist verschwunden und unser Satellit mit ihm. Ich habe keine Aufgabe mehr. Nur meine erneuerten Zweifel.«

»Du bist immer noch Käpten.« Das war alles, was mir einfiel.

»Und dein Vater. Das wird mich beschäftigen.« Er bemühte sich um einen gelösteren Tonfall.

»Manchmal...« Ich setzte mich zu seinen Füßen aufs Deck. »... bin ich einsam. Wie du.«

»Nein«, sagte er. »Ich bete darum, dass es nicht wie bei mir ist.«

Ich wusste es besser, als darauf eine Antwort zu geben. Ich lehnte mich ans Bett.

Wir verbrachten eine kameradschaftliche Stunde im Schweigen.

Die *Olympia* war nicht direkt überfüllt, aber es ging geschäftig zu. Ein Shuttle nach dem anderen dockte an den Luftschleusen an und spuckte besorgte und hin und wieder auch noch ganz grüne Passagiere aus. Jede Maschine löste sich wieder und tauchte in die Atmosphäre ab, kehrte für die nächste Fuhre nach Centraltown zurück, wo sich Leutnant Skor um die Einschiffung der Fahrgäste kümmerte. Alejandro und ich hatten »Laufburschendienst« und unterstützten das überarbeitete Personal des Zahlmeisters. Sie schickten mich mal hierhin, mal dorthin – um Bettwäsche zu holen, neue Sicherheitstanks, Holovids und alle Arten von Gerätschaften, ohne die unsere Passagiere einfach nicht auf Fahrt gehen konnten, wie es schien.

Zu meiner Freude entdeckte ich drei Teenager, zwei Jungen und ein Mädchen, die anscheinend in meinem Alter waren. Vielleicht kamen noch mehr.

Bis jetzt hatte ich mich gefragt, warum die *Olympia* frei im Raum lag, anstatt an der Station festzumachen, wie es Brauch war. Sicherlich hätte man Passagiere auf den Gängen der Station leichter organisieren können als auf unseren. Aber durch den Abstand zur Station waren drei zusätzliche Luftschleusen zugänglich, und die Einschiffung verlief wahrscheinlich letzten Endes schneller.

Endlich dockte das abschließende Shuttle an, und Leutnant Skor kam mit den Letzten unserer Fahrgäste an Bord.

Ich eilte umher, bis der Druck meiner Aufgaben nachließ. Erst dann gestattete mir Zahlmeister Li eine Pause.

Mikhael hatte Dienst an der Ostschleuse auf Deck 3,

trug eine frische Galauniform und zeigte seine besten Manieren. Ihm zur Seite stand der Jüngste unserer Fähnriche, Tommy Yost, der eben erst vom Landurlaub zurückgekehrt war. Ein Zahlmeistermaat entfernte sich gerade, nachdem seine Aufgaben an der Schleuse abgeschlossen waren.

Ich blickte zum Bullauge hinaus. Obwohl ich nichts spürte, waren wir schon unterwegs. Langsam und gleichmäßig fiel die Station zurück.

Mik räusperte sich. »Aufgeregt, Mr. Carr?«

»Weshalb?«

»Ihre erste Fahrt.«

»Oh!« Darüber hatte ich noch gar nicht nachgedacht. Seltsam, wie schnell die *Olympia* mein Zuhause geworden war. Nach wie vor bemühte ich mich, mich an Vatis seltsame Art zu gewöhnen – zum Beispiel seine Fixierung darauf, dass ich immer frisch gebügelte Sachen trug –, aber andererseits hatte ich das Gefühl, ihn schon seit Jahren zu kennen. Er bemühte sich sehr, ein guter Vater zu sein. Ich vermutete, dass ich mich gleich stark würde bemühen müssen, ein guter Sohn zu sein.

Hope Nation trieb grün und ruhig unter uns dahin. Nun, Dad. Hättest du dir je vorstellen können, dass ich einmal mit Mr. Seafort fahren würde, noch dazu mit dem Schwesterschiff des Fahrzeuges, auf dem du ums Leben gekommen bist? Würde es dir gefallen? Dich traurig machen?

Mik legte mir den Arm um die Schultern. »Es ist schon in Ordnung, Junge.«

»Ich weiß, Sir.« Ich wischte mir ein Auge ab.

»Wir alle empfinden es zu Anfang so.«

Ich wand mich vor Verlegenheit; Matrosen sahen

uns zu. Um ihn abzulenken, fragte ich: »Wann gehen wir in Fusion?«

»Die sichere Fusionsdistanz beträgt ... Sagen Sie es uns, Mr. Yost.«

Der jüngere Fähnrich fuhr zusammen. »Ah, das Quadrat der n-fachen Entfernung zu ... Ich benötige eine Konsole, um es zu berechnen ... Ungefähr fünf Stunden, Sir.«

»Ziemlich gut, und ich bin kein ›Sir‹. Nicht, solange Mr. Riev an Bord ist.«

»Verzeihung, Mr. Tamarow.« Der jüngere Fähnrich schwitzte. Waren das Schikanen, wie sie alle Fähnriche erduldeten? Falls ja, dann fragte ich mich, was das ganze Gerede sollte.

»Falls wir zu früh in Fusion gehen, was passiert?«

»Die Triebwerke sind nicht in der Lage, den Widerstand ...«

»Die Frage war an Mr. Carr gerichtet.«

Ich schluckte. Das war nicht fair! Mik sollte doch mein Bruder sein. Ich sagte: »Das Schiff explodiert oder implodiert oder so was.« Ich hatte bei diesem Thema nicht besonders gut zugehört, als wir es in Physik 3 durchnahmen. Ich hatte über die Kurve von Judy Winthrops Rücken nachgedacht.

»Selbst von einem Schiffsjungen wird erwartet, die Grundlagen zu kennen.«

»Verzeihung, Sir.« Mein Ton war steif. Ich würde außer Dienst nie wieder mit ihm reden. Kein Wort!

»In der Nähe einer bedeutsamen Masse – man kann die Einzelheiten im Lambert und Greeley nachschlagen – kann ein Fusionstriebwerk keine ausreichend starke N-Welle erzeugen, um die Trägheit der normalen Raumzeit zu überwinden. Das Triebwerk überhitzt sich. Die dabei entstehende Energie wird auf das Schiff übertragen. Eine Explosion folgt, keine Implosion. Du möchtest bestimmt nicht dabei sein, wenn so was passiert.«

»Ja, Sir.«

»Komme bei Gelegenheit mal in der Fähnrichskabine vorbei, und ich zeige dir den Abschnitt in den *Elementen der Astronavigation.*«

»Sicher.« Keine Chance! Er konnte sich seinen Lambert und Greeley sonst wohin...

»Bei der Verstärkten Fusion ist es noch schlimmer. Mehr Energie.« Mik prahlte jetzt.

»Benutzen wir sie?«

»Alle Sternenschiffe nutzen sie. Wir haben sie von den Fischen gelernt, damals, als Pa – äh, Käpten Seafort noch jung war.«

Während ich ihm mit halbem Ohr zuhörte, blickte ich erneut zu den jetzt fernen, kaum noch erkennbaren Stationslampen hinüber. Würden wir je wieder eine Orbitalstation haben, so groß wie die alte, die Mr. Seafort hochgejagt hatte? Und wann sah ich die Heimat wieder?

»*Alle Mann, bereitmachen zur Fusion.*« Der Käpten klang melancholisch.

»Wie lautet die korrekte Antwort, Thomas?« Mik wartete mit verschränkten Armen.

»Wir rufen die Brücke und sagen: ›Ostschleuse, Deck 3, versiegelt und gesichert.‹«

»Tun Sie das.« Zu mir sagte er: »Außer im Maschinenraum und den Luftschleusen gibt es nicht viel vorzubereiten. Ich weiß nicht, warum man die Fusion ankündigt...«

»Warum werden die Schleusen versiegelt?« Ich hätte ihn nicht unterbrechen sollen, aber ...

»Um zu verhindern, dass irgendjemand hineinspaziert. Er wäre dort zu dicht am Rand des Feldes.«

»Maschinenraum, Initialzündung.«

»Wenn du einen letzten Blick hinauswerfen möchtest, beeile dich. Wir sind sieben Monate in Fusion.«

Ich beugte mich zur Sichtluke vor. Nicht, dass ich viel sehen würde, in dieser Entfernung von ... Ich schrak zurück und klappte den Mund auf und zu. »Mik, da ist ein ...!«

Die Alarmsirenen heulten.

»Alle Mann auf ihre Posten! Alle Mann auf ihre Posten!« Tollivers Stimme klang ausgefranst. Kein Wunder, während ein Fisch uns fast anstupste.

»Initialzündung sofort stoppen! Energie vom Antrieb!«

»Hier Maschinenraum, aye aye, Sir. Fusionsantrieb ist ...«

»Alle Passagiere in die Kabinen! Fisch an Backbord, bugwärts! Bereiten Sie sich vor, die Raumanzüge anzulegen!« Der Fisch ruckte, oder wir taten es, als jemand Treibmittel aus unseren Schubdüsen jagte.

»Mik – ich meine, Sir – wohin muss ich gehen?« Ich hoffte, er würde Brücke sagen.

»Bleib bei mir, Randy.«

»Warum?«

»Weil ich es gesagt habe!« Sein Ton war rau.

»Aye aye, Sir.« In Gedanken versetzte ich mir selbst einen Tritt. Wenn alle Mann auf ihre Posten gerufen wurden, war nicht die richtige Zeit für Insubordination.

»Es wird schon gut gehen, Randy.«

»Ich weiß.« Ich glaubte es beinahe, auch wenn sich mein Magen verkrampfte. *Immer mit der Ruhe, Junge! Vati führt das Ruder, und Mik ist bei dir.* Ich blickte zum Bullauge hinaus. Der Abstand zum Außerirdischen vergrößerte sich schon. Ich zwang mich zur Ruhe.

Tommy Yosts Augen wirkten glasig. »Haben sie das – auch früher so gemacht?«

Was für eine dumme Frage! Nein, warte mal: Er war während unserer vorangegangenen Begegnungen an Land gewesen. Ich schlug einen beruhigenden und leicht herablassenden Ton an. Fähnriche waren also doch nicht so erwachsen. »Sie sind aus dem Nichts aufgetaucht wie dieser, aber nicht so dicht an uns heran.«

»Er wirft! Laserraum, feuern Sie nach eigenem Ermessen! Korridorluken werden geschlossen! An alle: Passagiere in die Raumanzüge!«

Ich beugte mich zum Bullauge vor, um einen letzten Blick nach draußen zu werfen. Während wir uns gezankt hatten, hatte der Fisch einen Auswuchs erzeugt, der träge rotierte. Noch einen Augenblick, und er würde sich abgetrennt haben, durch unsere Abwehr hindurchfliegen und auf dem Schiffsrumpf zerplatzen. Die Säure fraß sich dann hindurch.

»Du Idiot, *komm schon!*« Mikhael zerrte mich auf den Schrank mit den Raumanzügen zu.

In fieberhafter Eile stieg ich in einen davon. Die Beine. Der Rumpf. Die Arme, der schwierige Teil. Puuh! Warum konnte nicht irgendein Konstrukteur …

»Brücke, Laserbank drei außer Gefecht!« Mrs. Frand musste so abgelenkt sein, dass sie gar nicht bemerkte, wie sie einen schiffsweiten Kanal benutzte.

»Was ist passiert?«, jammerte Yost. »Warum sagt man uns nicht ...«

»Das reicht völlig, Thomas!« Miks Befehlston war mir vertraut. Ich verkniff mir ein Grinsen. Man konnte nicht lange in Vatis Gesellschaft leben, ohne dass seine Art auf einen abfärbte. »Tatsächlich ist es schon mehr als genug. Ich denke daran, es Mr. Riev zu sagen.«

»Oh nein, bitte nicht!«

Mikhael schloss seine Helmklammern und drehte mich herum, um auch meine zu überprüfen. »Wäre ich Oberfähnrich, würden Sie jetzt schon in Minuspunkten schwimmen, mein Junge. Wir haben alle Angst. Hören Sie vielleicht, dass Randy Theater macht?«

»Nein aber ...« Ein tiefer Atemzug. »Verzeihung, Mr. Tamarow.«

»So ist es besser.« Er versetzte Tommy einen beruhigenden Klaps, unter dem dieser fast zusammenbrach.

»Achtung, Passagiere und Mannschaften!« Der Ton des Käptens war schwer. *»Der Fisch ist verschwunden. Als unsere Laser das Feuer eröffneten, ist er in Fusion gegangen. Wir schweben nicht mehr in unmittelbarer Gefahr.«*

Ich stieß einen Atemzug hervor, bei dem mir der Helm beschlug.

»Die Olympia *wurde unmittelbar vor einer Fusion angegriffen, dem Zeitpunkt, an dem wir am leichtesten verwundbar sind. Wir haben die Initialzündung gestoppt. Unsere Sorge war, dass unsere Rohre im Augenblick der Fusion angegriffen würden. Ein Laserturm ist außer Funktion, kann aber repariert werden. Falls der Fisch nicht wieder auftaucht, leiten wir gleich die Initialzündung erneut*

ein und versuchen, in Fusion zu gehen. Verzichten Sie zur Vorsicht darauf, die Kabinenluken zu öffnen, und bleiben Sie in den Raumanzügen.«

»Jesus, warum lassen sie uns nicht in Ruhe?« Das war Mikhael.

»Lästern Sie nicht«, sagte Yost prüde.

Mik verdrehte die Augen. »Ich entschuldige mich. Ich hatte es nicht vor.«

»Ich sollte es Mr. Riev sagen. Tatsächlich denke ich, dass ich ...«

Ich fauchte: »Lassen Sie ihn in Ruhe, Sie Scheißkerl! *Ich* werde Mr. Riev sagen, dass Sie wie ein kleines Kind geheult haben, als ...«

»Das habe ich nicht!«

»RUHIG, ALLE BEIDE! SOFORT!« Mikhael war rot angelaufen. »Mr. Carr, ich werde Meldung über Sie machen. Nein, keinen Ton!« Sein warnender Finger wirkte wie ein Dolch. Ich schluckte. »Was uns angeht, Mr. Yost, so werde ich den Oberfähnrich über unser Betragen informieren, einschließlich meiner eigenen unpassenden Wortwahl.«

Tommy Yost blickte verdrossen drein.

»Sichern Sie Ihren Helm.« Mik schlug einen gebieterischen Ton an. »Mr. Carr, zurück auf Ihren Posten.«

»Welcher Posten? Sie sagten mir, ich sollte bei ...«

»Die Schleuse.« Er stolzierte davon.

Ich versuchte, ihn zu hassen, schaffte es aber nicht. Es war nicht meine Aufgabe, mich zwischen zwei Fähnriche zu stellen, und hatte es schon in dem Augenblick gewusst, als ich den Mund aufriss. Ich seufzte. Der entscheidende Trick war, es zu bemerken, *ehe* ich den Mund aufsperrte.

»Maschinenraum, Initialzündung.«

Mein Herzschlag beschleunigte sich.

Der Korridor war verlassen, von uns mal abgesehen. Zweifellos kämpften unsere Passagiere noch mit den so unvertrauten Verschlüssen der Raumanzüge.

Fähnrich Yost trottete den Korridor hinunter, nachdem sein Anzug schließlich fest geschlossen war. »Mr. Tamarow ...« Sein Ton klang versöhnlich. »Es tut mir Leid, falls ...«

Alarmsirenen heulten.

»Initialzündung stoppen! Fisch in unmittelbarer Nähe!«

Ich stieß Mik mit der Schulter zur Seite und blickte mit zusammengekniffenen Augen zur Sichtluke hinaus. Der Fisch lag so dicht vor mir, dass ich fast den Eindruck hatte, er würde uns berühren. Zornige Farben wirbelten. Ein Loch öffnete sich. Ein feiner Sprühregen spritzte daraus hervor. Der Fisch trieb auf unser Heck zu. Ein Auswuchs entstand an seiner Flanke und begann zu rotieren.

Nicht unsere Fusionsrohre! Bitte, lieber Gott! Wir wären gestrandet!

»Laserraum, nach Belieben feuern!«

Abrupt tauchte ein zweiter Fisch auf. Ich zuckte zusammen.

Alarmsirenen heulten, ein Schwall von Befehlen kam von der Brücke. Langsam und bedächtig schwenkte die *Olympia* von dieser neuen Gefahr ab.

Es war derselbe Fisch, der so lange querab von uns gelegen hatte; das hätte ich schwören können. Er wies denselben rötlichen Wirbel unweit seiner Rückenwölbung auf. Der andere Fisch hatte keinen. Auch die übrigen Außerirdischen nicht, die ich gesehen hatte.

Der zweite Fisch bewegte sich auf einem Kollisionskurs mit seinem Artgenossen. Ein Loch entstand in seiner Flanke; unsere Laser hatten ein Ziel gefunden. Er pulsierte, ging aber nicht in Fusion. Er rammte unseren Angreifer mittschiffs.

Ich packte den Rufer, stach auf die Tasten ein.

Mik rang mit mir, wollte mir den Apparat entreißen. »Weg davon! Nach wie vor gilt ›alle Mann auf ihre...‹«

Meine Stimme klang schrill. »Brücke! Sagen Sie Käpten Seafort – hier ist Randy, der Schiffsjunge ... Sagen Sie ihm, es wäre unser alter Fisch! Der Neue hilft uns!«

Mik entriss mir den Rufer und schaltete ihn aus. »Wie *können* Sie es wagen!« Er war ganz Flottenoffizier.

»Laserraum, Feuer einstellen!«

Wie in Zeitlupe schwenkten unsere Backbordtriebwerke am Heck und die vorderen Steuerbordtriebwerke die unersetzlichen Fusionsrohre vom Angreifer weg. Damit geriet der Fisch vollständig ins Blickfeld unserer Schleusensichtluke.

Ein Satellit rotierte auf der Haut des Neuankömmlings. Er stieß sich ab.

Nicht auf uns, sondern seinen Artgenossen.

Er trieb durchs All und prallte auf die wirbelnden Farben der Fischhaut. Er heftete sich an die Haut, wurde undeutlich und verschwand im Körper.

Mein Atem ging rau im Helm. Immer mit der Ruhe, Junge! Nicht hyperventilieren! Nur, weil du vor Angst fast den Verstand verlierst, brauchst du noch lange nicht so nach Luft...

Unser Angreifer pulsierte. Plötzlich war er fort.

Der Fisch mit dem roten Wirbel blieb, ungemütlich dicht an unseren Rohren. Ich suchte nach einem Auswuchs. Keiner bildete sich.

»Schiffsjunge Carr auf die Brücke.« Vati klang kurz angebunden. *»Ich öffne jeweils die Luken, wenn Sie sie erreichen.«*

»Mik, stecke ich in Schwierigkeiten?«

»Los jetzt, oder du wirst noch.« Mit dem Handschuh schob er mich zur Sektionsluke.

»Schiffsjunge Carr meldet sich zur Stelle, Sir.« Mit geschlossenem Helm konnte ich nicht salutieren.

Zu meiner Überraschung trugen hier alle Raumanzüge, sogar der Käpten.

»Woher wussten Sie, dass es unser ursprünglicher Fisch war?«

»Der rote Fleck, Sir.« Ich deutete darauf.

Vati warf Tolliver einen kurzen Blick zu. »Sie hatten Recht. Er war der Erste, der es bemerkte.«

»Welch ein Glück, dass ihn niemand gehängt hat.« Tollivers Ton war trocken.

Andrew Ghent sperrte den Mund auf. Tolliver bemerkte es, und Ghent beugte sich eilig über seine Konsole.

»Sehr gut, Mr. Carr.« Vati klang beifällig. »Noch etwas?«

»Ja, Sir. Ich soll disziplinarisch Meldung machen.« Es war besser, wenn ich es ihm selbst sagte.

»Das kann warten. Ich meinte, bezüglich des Fisches.«

Der Außerirdische schwebte auf unserem Bildschirm. Ein Satellit hing an seiner Haut. Ich sprudelte hervor: »Woher ist der gekommen?«

»Von innen. Vermutlich denkst du, dass er uns freundlich gesinnt ist?«

Falls ich mich irrte, stand ich wie ein Idiot da. Schlimmer noch, ich gefährdete das Schiff. Ich holte tief Luft. »Ja, Sir.«

»Ich ebenfalls. Edgar ist anderer Meinung.«

»Was ich sagte, Sir, war: Ob freundlich gesinnt oder nicht – nach dem, was wir eben gesehen haben, wären wir verrückt, wenn wir ihm vertrauten.«

»Ich muss mich korrigieren. Edgar hält Sie und mich für verrückt.«

Andrew Ghent würgte. Vor lauter Anstrengung, nicht mit einem nervösen Lachen herauszuplatzen, war er rot angelaufen.

»Also.« Der Käpten trommelte auf seine Konsole. »Was jetzt?«

Ich hatte genug Verstand, um zu wissen, dass diese Frage nicht mir persönlich galt. Ich presste die Lippen zusammen.

Vati aktivierte den Rufer. »Laserraum, wenn sich der Satellit abstößt, schießen Sie nur, falls er sich den Rohren nähert.«

»Hier Frand. Sir, sobald er erst mal auf unserem Rumpf auftrifft, befindet er sich außerhalb unseres Schussfeldes. Falls er sich dann den Rohren nähert ...«

Vati setzte den Rufer ab und kaute auf der Unterlippe. »Lieber Gott, dieses eine Mal wende ich mich an Dich: Tausende Menschen schweben in Gefahr. Ich flehe Dich an: Was soll ich tun?«

Ich ertappte mich dabei, wie ich angestrengt nach einer Antwort lauschte. Ich schüttelte mich. Vatis Verrücktheit war ansteckend. Es gab keinen Gott.

Eine ganze Weile geschah nichts.

Als wollte er meiner Meinung beipflichten, schnitt Vati eine Grimasse. »Nichts. Es ist Ihm egal, oder Er überlässt es mir.« Er stemmte sich vom Sessel hoch. Als er unter dem riesigen Simultanschirm stand, verschränkte er die Arme und blickte hinauf.

»Schießen Sie jetzt, Sir. Entweder gelingt es uns, ihn zu töten, oder er geht in Fusion. Dann haben wir eine gute Chance, die Initialzündung einzuleiten und zu fusionieren, ehe …«

»Ich weiß, Edgar.«

Auf der Brücke war es still. Ein Augenblick, der Stunden dauerte, verging.

»Informieren Sie die Station, dass wir bleiben. Und bereiten Sie die Öffnung der Luke in Sektion vier vor.«

Erneut wurden die Passagiere aus den Sektionen drei und fünf beiderseits der Sicherheitszone evakuiert, ebenso aus den Vierer-Sektionen der Decks 1 und 3 über und unter der Zone. Vati befahl, alle Habseligkeiten zurückzulassen, und die Inhaber der betroffenen Kabinen drängten sich in den Speisesaal. Die Kombüsenmannschaft arbeitete hart für die Ausquartierten, klatschte Sandwiches zusammen und machte Salat.

Zu meiner Erleichterung schickte Vati mich nicht dorthin, um zu helfen. Wer interessierte sich schon für die beschissenen Passagiere, wenn ein Satellit an Bord kam?

Vati befahl mir allerdings zu warten, bis Mr. Janks' Sicherheitstruppe in voller Stärke Position bezogen hatte. Dann suchten wir zusammen mit Tad Anselm die Verhandlungszone auf.

Vati befahl, die Außenluke zu öffnen. Der Pilot lenkte uns näher an den Fisch.

Jess legte das Bild von der Brücke auf den kleinen Bildschirm am Verhandlungstisch.

Der Satellit bibberte; nach wie vor hing er am Fisch. Eine krampfartige Erschütterung folgte, und er flog durch den Weltraum. Er landete auf unserem Schiffsrumpf, nicht weit von der Luke.

»Ist es derselbe, Vati?«

»Hmm, ich denke schon.«

Fünf Minuten vergingen. Der Satellit tat nichts. Ich kaute auf einem Fingerknöchel. Ob er, wenn es ein anderer war, wohl die gleiche Haltung zeigte wie sein Vorgänger?

Ich gelangte gerade zu der Überzeugung, dass der Satellit im Vakuum erstarrt war, da huschte er in die Luftschleuse. Wir führten den Druckausgleich herbei. Das Wesen tauchte auf dem Korridor in Sektion vier auf.

Sofort stürmte er zu unserem Ende der Sektion und zerlief dort zu einer Pfütze. Er richtete sich wieder auf und schmolz von neuem.

Vati seufzte. »Ich muss zu ihm gehen. Edgar, hören Sie?«

»Ich bin hier, Sir.«

»Lassen Sie die Mannschaft von ihren Alarmposten zurücktreten. Wir sind wieder Diplomaten.« Er stand auf.

Ich folgte seinem Beispiel.

»Diesmal nicht, mein Sohn. Sieh von hier aus zu. Sag mir Bescheid, falls ...«

»Ein Vater sollte konsequent sein.« Die Worte entwichen mir einfach, aber sie waren als Schachzug so gut wie jeder andere auch.

»Verzeihung?«

»Du hast mich schon verstanden!« Ich schlug einen trotzigen Ton an. Na ja, nicht mehr zu ändern. »Wir hatten entschieden, es wäre ein Risiko, das wir gemeinsam eingehen. Ich habe ein Recht darauf, mich auf dich verlassen zu können.« Ich konnte mir nicht vorstellen, jemals so mit Dad zu reden, aber falls ich meine Beziehung zu Vati nicht klarstellte, dann wusste Gott allein, wohin sie uns noch führte. Trotzdem wünschte ich mir, es wäre nicht in Anwesenheit Tads und Mr. Janks' geschen.

»Unser Freund kann nicht warten.« Vati marschierte zu Sektion sechs hinüber; um Vier zu betreten, ohne die Transplex-Trennwand abzubauen, mussten wir dem ganzen Korridor außen herum folgen. »Wir sprechen später darüber.«

»Nein, lieber jetzt!« Ich schob meinen Stuhl zurück und lief Vati nach.

»Als Kapitän befehle ich dir ...«

»Falls ich dich anfasse, werde ich dann gehängt?« Berührte ihn ein Besatzungsmitglied unaufgefordert, so galt das als Kapitalverbrechen.

»Nein.«

»Warum nicht?«

»Du bist mein Sohn.«

»Deshalb komme ich auch mit.« Ich fiel seitlich neben ihm ein.

Es war ein langer Weg. Als wir am Ziel waren, sagte Vati: »Zieh dir einen Raumanzug an.«

»Wenn Sie es auch tun, Sir.«

Sein Ton war scharf. »Mach dir klar, dass du bestraft wirst!«

»Ich rechne damit.« Und es stimmte. Ein Teil von mir begrüßte es sogar. Ich war über alle Maßen unverschämt, und in gewisser Hinsicht war das falsch. Aber ich hatte schon Dad verloren, und ich hatte nicht vor, auch noch Vati zu verlieren.

Vor der Luke reichte er mir seine Pistole.

Ich sagte: »Ich dachte, du wolltest mir keine mehr anvertrauen.«

»Das dachte ich auch. Aber ich möchte dein Leben nicht aufs Spiel setzen.«

Wir traten ein.

Der Außerirdische hatte teilweise wieder die aufrechte Gestalt angenommen, aber als wir uns ihm näherten, wurde er zur Pfütze.

Vati setzte sich neben ihn, stand auf, schlug mit der flachen Hand ans Schott, um den Satelliten auf sich aufmerksam zu machen.

Der Satellit richtete sich auf.

Ich schlug vor: »Frage ihn, ob er derselbe ist.«

»Wie?«

»Zeichne ... darf ich? Jess, zeichne einen Satelliten und dann ...«

»Befehle durch einen Offizier sind gültig. Nichtoffiziere dürfen einem Comp nur Befehle erteilen, wenn ein ...«

»Jess, hier spricht der Kapitän. Zeichne, was er anordnet.«

»Aye aye, Sir.«

Ich holte tief Luft. »Zuerst einen Satelliten. Daneben ein Schiff. Dann den Satelliten innerhalb des Schiffes. Zeige ihm dann das Weltall. Das steht für seinen ersten Besuch, Vati. Dann einen Satelliten in einem Fisch, neben einem Schiff ...«

»Mach langsamer, mein Sohn.«

»Jess kann Schritt halten. Er ist fast so clever wie wir.«

»Ihre Weisheit ist Ihrem Alter gemäß, Schiffsjunge Carr.« Der Roboterarm radierte in rasender Geschwindigkeit eine Platte, während ich über die Erwiderung des Comps nachdachte.

»Verändere jetzt die Darstellung, sodass sie einen Satelliten außerhalb eines Fisches zeigt. Dann den Satelliten im Schiff.«

Der Robotarm senkte die Platte. Der Satellit kostete sie und beschriftete sie selbst.

Ein unbenutzter Teil der Platte zeigte zwei Ergänzungen.

Satellit tot.

Satellit im Schiff.

»Wie kann er tot sein, falls er sich bei uns an Bord aufhält?« Ich versuchte, daraus schlau zu werden.

»Vielleicht möchte er ausdrücken, dass sein Vorgänger tot ist und er selbst ein anderer.«

»Aber er kennt unsere Sprache.«

»Randy, wir wissen nicht, ob er das gemeint hat. Unsere Worte sagen ihm vielleicht etwas ganz anderes.«

»Ja, Sir. Jess, zeichne Fisch-greift-Schiff-an.«

»Ist geschehen, Schiffsjunge Carr.«

Der Außerirdische kostete es. Er setzte einen weiteren Fisch hinzu und zeichnete Fisch-greift-Fisch-an. Erneut zerlief er zu einer Pfütze, das Symbol der Unterwerfung.

»Rasch, Jess: Zeichne ein Symbol für diese Unterwerfung.«

»Welches Symbol?«

»Irgendeins. Such dir eins aus.«

Jess tat es: ein Quadrat.

Der Satellit kostete es.

»Zeichne Satellit-unterwirft-sich-Mensch.«

Er kostete es. Ein Symbol: *Ja.*

Zweimal absorbierte der Außerirdische Nährstoffe, die wir ihm bereitstellten. Ich absorbierte ebenfalls Nährstoffe von einem Tablett, das auf unseren Tisch gestellt wurde. Ich widmete dem, was ich verzehrte, keinerlei Aufmerksamkeit.

Eine Zeit lang arbeiteten wir an Symbolen. Es war eine Qual: Was wir auch probierten, der Satellit schien es nicht zu verstehen.

In der Ferne kam es zu Unruhe: Tad Anselm sprang auf und marschierte los, um sich darum zu kümmern. Es dauerte etliche Minuten, ehe er zurückkam. »Sir, auf Deck 4 hatten sie – ein Gemeinschaftstreffen? Ich weiß nicht, wie ich es nennen soll. Sie haben eine Delegation geschickt.«

»Und?«

»Sie möchten den Satelliten vom Schiff haben. Sie, Sir, hätten nicht das Recht, ihr Leben aufs Spiel zu setzen, usw. Die Leute sind ziemlich aufgebracht, was diesen Punkt angeht.«

»Jetzt auch noch?«

»Ja, Sir. Ich sagte ihnen, ich würde Ihnen das Wichtigste auseinander setzen.«

»Wie viel haben Sie ausgelassen?«

»Die meisten Übertreibungen und sämtliche Kraftausdrücke.«

Es war schon tief in der Nacht, als Vati sich aufrappelte. »Ich kann nicht mehr klar denken. Wir machen morgen weiter. Mr. Janks, entlassen Sie Ihre Wachleute.«

»Vati, schlafen Satelliten eigentlich?«

»Das wissen wir nicht.«

»Warum organisieren wir keine zweite Schicht?«

»Ich möchte die Sitzungen persönlich beaufsichtigen; ein falsches Wort reicht womöglich schon, um Chaos zu stiften.« Vati führte mich zu Sektion sechs hinüber. »Vielleicht sogar Feindseligkeiten.«

Müde schleppte ich mich die Leiter hinauf. »So viel Zeitverschwendung.«

Er schlug auf die Öffnungstaste unserer Kabinenluke. »Um auf heute Nachmittag zu sprechen zu kommen, als ich dich aufforderte, einen Raumanzug anzuziehen …«

Ah oh! Jetzt bekam ich die Rechnung präsentiert.

»Setz dich hierher.« Er klopfte auf die Bettkante.

Mit diesem Teil kannte ich mich aus. Zuerst kam immer der Vortrag.

»Du bist lieber von Anthony weggerannt, als dich zu benehmen, nicht wahr?«

»Das war wegen Scanlens …« Ich schluckte. »Ja, Sir.«

»Du warst einverstanden, dass ich dein Vater bin, und hast dich mir dann widersetzt. Soll das ein Verhaltensmuster werden?«

»Nein, aber …«

»Trage ich die Verantwortung?«

»Ja, Sir.« Ich sagte es widerstrebend.

»Sehr gut. Verlasse die Kabine. Komme erst zurück, wenn du bereit bist, dich entsprechend zu benehmen. Schlafe irgendwo, wo es dir passt. Du bist vom Dienst befreit, bis deine persönlichen Probleme gelöst sind.«

»Du wirfst mich raus?« Ich konnte es kaum glauben.

»Ich lege vorübergehend die elterliche Verantwortung nieder. Sobald du sie auf Dauer akzeptierst, tue ich es auch.«

»Ich akzeptiere sie.«

»Das geht mir zu glatt. Denk erst darüber nach.«

»Das habe ich.« Meine Lippen waren trocken.

»Auf Dauer, bis du erwachsen bist. Selbst wenn ich falsch liege, habe ich das Sagen. Kannst du das bei deiner Ehre versprechen, oder bei allem, was dir teuer ist?«

Dad winkte mir fröhlich von der Luke der *Paragon* aus zu.

Sein Bild verblasste.

Unter Tränen sagte ich zu Vati: »Soll ich einfach zusehen, wenn du weggehst, um dich um Kopf und Kragen zu bringen?« Konnte er das nicht verstehen? Ich hatte es einmal getan. Ich konnte das niemals wieder zulassen.

Er antwortete nicht.

»Ich ka ... ka ... kann nicht, Sir!«

»Dann gehe, bis du es kannst.« Er deutete zur Luke.

Ich schleppte mich auf den Korridor. Hinter mir glitt die Luke zu.

20. Kapitel

Es war tiefe Nacht auf der *Olympia*. Ich rollte mich auf einem Salonsofa zusammen. Minuten später sprang ich schon wieder auf und spazierte ziellos durch den

Raum. Wie sollte ein allein gelassenes, einsames Kid nur schlafen? Wenn ihm die Augen brannten und sich der Magen zu einem harten Knoten verkrampfte?

Eine Stunde verging. Der Salon wurde bedrückend. Ich wanderte die Korridore entlang. Deck 1 war kalt und unpersönlich; ich ging nach unten.

Nach einer Weile fand ich mich vor der Luke zur Kabine 575 wieder. Ich klopfte leise an. Lauter. Tat es erneut.

»Was ist, Randy?« Corrine war vom Schlaf zerzaust.

»Darf ich bei Ihnen und Janey bleiben? Der Boden wäre prima. Ich meine, das Deck. Ich mache auch keinen Mu…«

»Komm rein. Was ist nur zwischen euch passiert? Nein, erzähle es mir morgen.« Sie holte eine Bettdecke und ein Kissen aus dem Wandschrank. Sie brachte mich am Fußende ihres Bettes unter, gab mir einen Kuss auf die Stirn, schaltete das Licht aus.

Ich lag wach und lernte, wie man völlig lautlos weinte.

Im unteren Speisesaal waren die Gesichter verdrossen und der Ton gedämpft. Bei der Besatzung und den Passagieren gleichermaßen. Ich schnaubte über die Ironie: Man konnte mir nicht trauen, weil ich zur Familie des Käptens gehörte, obwohl er mich aus seinem Leben verbannt hatte.

Lustlos und mit benebeltem Kopf löffelte ich das unappetetliche Mus, das ich aus meinem Müsli gemacht hatte.

»Da bist du ja.« Jemand packte mich am Arm.

Mikhael Tamarow wirkte müde. »Ich habe überall nach dir gesucht.«

»Warum?« Er hatte Meldung über mich gemacht. Glaubte er vielleicht, ich vergaß das?

»Komm mit.« Er zögerte. »Ich habe dienstfrei. Es ist eine Bitte. Bitte, Randy.«

Ich ließ meine Schale stehen. »Wohin?«

»Irgendwohin. In einen Salon.«

Mir tat der ganze Körper weh, aber ich folgte ihm. Sobald wir allein waren, platzte er los: »Pa sieht fürchterlich aus. Seine Augen sind rot.«

»Warum?«

»Er wollte es mir nicht sagen, aber ich konnte sehen, dass niemand in deinem Bett geschlafen hatte. Was ist zwischen euch vorgefallen?«

Ich schluckte. Plötzlich und ungebeten sprudelte die Geschichte aus mir hervor. Als ich schließlich fertig war, während ich von einem Wandschott zum anderen lief, packte mich Mik und zwang mich, mich hinzusetzen. »Ihr seid beide so verflucht stolz.«

»Du vielleicht nicht?« Mein Ton war hitzig. »Als ich versucht habe, mich Yost gegenüber für dich einzusetzen ...«

Er winkte ab. »Ein Vater hat die Aufgabe, dich zu schützen. Und das möchte Pa auch tun.«

»Stehst du auf seiner Seite? Er hat dich auch nicht vor dem Kampf auf der *Galactic* beschützt.«

»Quatsch! Ich habe gebettelt und gefleht, aber Pa hat sich geweigert, mich mitzunehmen. Es war Derek, der mich an Bord brachte!«

Ich schluckte. »Vati hat ein Versprechen gebrochen.«

»Randy, mir ist egal, ob du im Recht bist. Es quält ihn. Geh und mach der Sache ein Ende.«

»Du verstehst das nicht! Dad – Derek – ist nicht mehr da. Ich habe gesehen, wie der Satellit Kev umbrachte, meinen besten Freund.« Irgendwie brachte ich hervor, was ich mich eigentlich nicht einzugestehen traute. »Ich – kann – ihn – nicht – auch – noch – verlieren.«

Zur Antwort legte mir Mik den Arm um die Schultern.

Als er ging, fühlte ich mich so leer, dass ich keine Worte mehr fand. Ich stolperte auf den Korridor hinaus.

Falls sich der Außerirdische fügen konnte, dann konnte ich es auch. Nichts war das wert, was ich jetzt empfand.

Vati war nicht in unserer Kabine. Taumelnd vor Erschöpfung ging ich Richtung Brücke. Ich war außer Dienst, aber er würde mich empfangen. Irgendwie war ich davon überzeugt. Ich klopfte an.

Leutnant Frand hatte zusammen mit Tommy Yost die Wache. »Ja, Mr. Carr?«

»Ist er ... Ich suche ...« Ich lehnte mich an die Luke.

»Reißen Sie sich zusammen, Junge.« Sie schwenkte den Sitz herum. »Fahren Sie fort, Station.«

»Hier General Thurman. Kann ich mit Kapitän Seafort sprechen?«

»Er ist nicht auf der Brücke.«

»Ein Shuttle legt bei uns an. Der Statthalter ist an Bord. Er ersucht dringend um ein Treffen mit dem Kapitän. Er möchte, dass ich dabei bin. Könnten Sie zur Station zurückkehren?«

»Warten Sie, Mr. Thurman.« Sie tippte auf einem Rufer. »Brücke an Mr. Seafort.«

»Reden Sie, Mrs. Frand.« Es war Vati aus dem Brückenlautsprecher. Er hörte zu. Dann seufzte er. »Ich sehe keine Möglichkeit, es abzulehnen. Rufen Sie Mr. Van Peer auf die Brücke. Wir kehren zur Station zurück.«

»An die Schleuse?«

»Nein, wir legen nicht an. Wir gehen längsseits. Ich fahre mit der kleinsten Barkasse hinüber.«

»Aye aye, Sir. Was ist mit dem Fisch draußen?«

»Himmel, den hätte ich beinahe vergessen! Fahren Sie ganz langsam und weichen Sie ihm weiträumig aus. Falls er uns folgt, beunruhigen Sie sich nicht. Alarmieren Sie allerdings die Laserraumwache.«

Mrs. Frand legte den Rufer wieder auf und wandte sich an mich. »Nun?«

»Spricht Vati – Mr. Seafort mit dem Satelliten?« Ich sollte bei ihm sein. Wer konnte sagen, welche verrückten Risiken er ohne mich einging?

»Ich stehe nicht unter dem Befehl, Ihnen seinen Aufenthaltsort mitzuteilen.« Ihr Ton war kalt. »Dem Logbuch zufolge sind Sie vom Dienst suspendiert.«

»Ja, Ma'am.«

»Junge, das ist eine persönliche Sache zwischen Ihnen und ihm. Regeln Sie sie zu einem Zeitpunkt, den Sie nur für persönliche Dinge übrig haben.«

»Aye aye, Ma'am.«

»Aber regeln Sie sie! Verstanden?«

»Ja, Ma'am.« Ich ergriff die Flucht.

Falls irgendetwas den Außerirdischen zu seiner Geste der Unterwerfung provozierte, würde Vati schleunigst seine Gesellschaft aufsuchen, wie immer.

Aber diesmal würde er allein sein. Er würde keinen Gedanken an die eigene Sicherheit verschwenden. Vor einem Augenblick noch hatte ich geglaubt, ich könnte damit leben. Jetzt war ich mir nicht mehr so sicher. Ich wusste, was ich nach Miks Vorstellungen tun sollte; zwecklos, ihn erst aufzusuchen. Und Mr. Branstead war auf dem Planeten.

Worin bestand meine Pflicht: Vati zu gehorchen oder ihn zu beschützen?

Ich hatte niemanden, den ich fragen konnte.

Niemanden außer Anth.

Mein Herzschlag beschleunigte sich.

Anth machte sich etwas aus mir. Er hatte Dads Sinn für das, was richtig war. Er würde mir sagen, was ich tun sollte.

Vati würde mir nie gestatten, ihn auf der Station zu besuchen.

Ich musste es aber! Ich war verzweifelt.

Wenn diesmal alles getan war, würde Vati mich ohne Zweifel erbarmungslos bestrafen. Und ich hatte es verdient.

Ich nahm meinen Mut zusammen und eilte zu den Barkassenhangars.

Die *Olympia* war, wie vorher die *Galactic*, mit vier Barkassen ausgestattet. Ich fand den Hangar für die kleinste davon, durchlief die Luftschleuse und spähte durch die Luke. Zwei Matrosen wurden gerade damit fertig, die Barkasse mit Treibstoff zu betanken. Ich schnappte mir eine leere Reisetasche von einem Haken und spazierte lässig zu dem Fahrzeug hinüber.

Einer der Matrosen blickte auf.

»Der Käpten möchte die hier an Bord gebracht haben.« Ich trabte die Leiter hinauf. Sie beachteten mich nicht weiter.

Druckanzüge würden nicht ausgegeben werden; in der Barkasse herrschte Luftdruck. Ich öffnete den Anzugschrank im Heck und drückte mich hinein. Es war knapp, aber ich schaffte es. Ich schloss die Schranktür hinter mir. Es war nicht ganz finster im Inneren. Die Raumanzüge verbreiteten einen metallischen Geruch.

Ich wartete eine volle Stunde, und die Waden fingen an zu schmerzen. Die Halsklammern eines Raumanzugs drückten mir gegen das Schlüsselbein.

Endlich hörte ich Stimmen. Der Käpten. Ein Matrose. Noch jemand. Mikhael.

Ich spürte, wie wir ablegten. Ich schluckte, als wir schwerelos wurden. Jetzt war nicht der richtige Zeitpunkt, um das Frühstück wieder herzugeben!

Die Schubtriebwerke schnurrten. Ich bildete mir ein, die Beschleunigung zu spüren, wusste jedoch, dass es nicht stimmte.

Aus der Kabine hörte ich leise Stimmen plaudern.

Dumpfe Geräusche und Klicklaute ertönten, als die Barkasse andockte. Unter der plötzlich wieder einsetzenden Schwerkraft wurden mir die Knie weich.

Eine Luftschleuse zischte.

»Kapitän Seafort?« Eine neue Stimme.

»Hier.«

»Die Patriarchen grüßen Sie.«

»Was? Wieso sind Sie ... *Mik, pass auf* ...« Ein Wutschrei.

Ich stieß die Schranktür auf. Drei Soldaten mit Stunnern. Vati lag auf dem Deck. Mik war im Cockpit und wehrte sich. Plötzlich sackte er in sich zusammen und fiel aufs Deck. Ein Matrose duckte sich auf seinem Platz. Der ihm nächststehende Soldat hielt ihm den Stunner an die Brust. Der Mann verdrehte die Augen.

Niemand hatte mich gesehen. Ich duckte mich zurück in den Schrank und schloss die Tür.

Wenn sie vorbeigingen, würde ich die Tür aufreißen und wenigstens einen von ihnen erwischen. Ich würde seinen Stunner schnappen und ihn gegen die anderen einsetzen.

Ich legte die Schulter an die Tür und wartete auf den richtigen Augenblick.

Füße scharrten übers Deck. »Vergiß ihn; wir holen ihn später!«

Ich spannte mich an.

Die Schritte verklangen. Eine Luftschleuse zischte.

Ganz vorsichtig blickte ich hinaus.

Idiot! Du bescheuerter Idiot! Du hast im Anzugschrank achtern gesteckt! Die Luftschleuse lag zum Bug hin!

Vati war fort.

Es gelang mir einfach nicht, Mik wach zu bekommen, obwohl sein Atem regelmäßig ging und das Herz kräftig schlug. Er war für mindestens eine Stunde bewusstlos. Ich marschierte panisch zwischen den Sitzen hin und her.

Sogar ich wusste es besser, als einfach auf den Stationskorridor hinauszustürmen und nach Vati zu suchen. Fast mit Sicherheit bewachten sie die Barkasse. Außerdem kannte ich mich dort nicht aus und würde hilflos und unbewaffnet herumtappen.

Ich blickte zur Sichtluke hinaus. In der Ferne erblickte ich künstliche Lichter vor dem flammenden Glanz der Sterne. Die *Olympia.* Ich musste sie warnen, hatte aber keine Ahnung, wie man das Funkgerät im Cockpit bediente. Es sah gar nicht wie ein Schiffsrufer aus.

Es gab verdammt noch mal nichts, was ich tun konnte …

Denk nach! Ich hatte mich in einem Schrank für Raumanzüge versteckt. Also hatten wir hier Raumanzüge. Wohin kam ich damit?

Nirgendwohin, aber Raumanzüge waren mit Funk ausgestattet. Als Kev und ich uns vor dem Satelliten versteckten, hatte Vati uns angewiesen, Frequenz sieben zu benutzen. War das die bordeigene Frequenz für die *Olympia?* Hörten sie mich dort wohl auf diese Entfernung?

Was war mit der Station? Überwachten sie dort diesen Kanal? Sie würden auf die Barkasse stürmen und …

Egal. Wir mussten Vati retten. Fieberhaft zog ich einen Raumanzug an. Es gab keinen in Dreiviertelgröße. Ich musste in einen Anzug von Normalgröße steigen und schwamm förmlich darin.

Ich blickte nach unten, entdeckte aber die Funktasten nicht; ich war zu klein. Mit den Augen reichte ich kaum über das Halsstück.

Die Bedienung war bestimmt in jedem Anzug die Gleiche. Ich entdeckte Frequenz sieben in einem hängenden Raumanzug, ertastete das Bedienungselement bei mir und stellte es ein.

»Hallo? *Olympia,* hallo?« Ich sprach leise, als könnte ich mich damit schützen.

Nichts.

»Mayday, Mayday! Ich rufe die *Olympia!* Um Gottes willen, antworte mir doch jemand ...!«

»Hier Funkraum! Wer spielt mit dem Funk herum?« Mrs. Skors Ton war scharf. *»Anzüge sind nur für Notfälle gedacht. In welcher Kabine sind Sie ...«*

»Hier ist Randy! Ich ...«

»Raus aus diesem Kanal! Benutze den Rufer. Ich werde Meldung ma ...«

»HÖREN SIE ZU, SIE DUMME GANS!« Ich war heiser. »Ich bin an Bord der Barkasse; sie haben Käpten Seafort geholt, ich meine entführt! Beeilen Sie sich! Mik ist bewusstlos, und sie werden zurückkommen und ...«

»Welche Barkasse? Er hat dich nicht mitgenommen. Du bist suspendiert.«

Ich erreichte gar nichts, wenn ich hysterisch schwatzte. Für Vati zählte jeder Augenblick. Ich schluckte und zwang meine Gedanken unter Kontrolle. »Hier Schiffsjunge Carr, Ma'am. Ich bin in der Barkasse, die an der Station angedockt hat. Ich habe mich an Bord geschlichen und im Anzugschrank versteckt. Sie sind an Bord gekommen und haben Vati betäubt, ich meine den Käpten. Mr. Tamarow hat sich zu wehren versucht, und sie haben ihn auch betäubt. Sie haben den Matrosen und Mr. Seafort weggeschleift.«

»Wer?«

»Ich habe nur gehört: ›Die Patriarchen grüßen Sie.‹ Er ist fort! Holen Sie ihn zurück!«

»Warte.« Ein Klicken. Stille. In wachsender Panik trat ich von einem Fuß auf den anderen.

»Hier Tolliver. Wohin haben sie ihn gebracht?«

»Durch die Luftschleuse, Sir.«

»Wie sieht es bei dir aus?« Im Hintergrund heulten die Alarmsirenen.

»Wir haben an der Station angedockt. Die Schleuse ist geschlossen, aber ich habe gehört, wie jemand sagte, sie würden zurückkommen, um Mik – um Fähnrich Tamarow zu holen. Er ist besinnungslos.«

»Wer weiß, dass du an Bord bist?«

»Niemand, Sir. Ich habe mich im Anzugschrank versteckt.« Ich zwang mich, die Scham zu überwinden und es auszusprechen. Ich hätte hinausspringen und Vati beschützen müssen. Falls wir eine Familie waren, schuldete ich ihm kein Jota weniger.

»Zeige dich nicht an der Sichtluke der Luftschleuse.«

»Aye aye, Sir.«

»Versiegle deine Luftschleuse.«

»Wie?«

Er erklärte es mir. Ich drückte auf die entsprechenden Tasten. Eine Lampe sprang auf Rot. »Was jetzt, Sir?«

»Randy ...« Ein tiefer Atemzug. Ich sah fast vor mir, wie sich Tolliver zwang, ohne Schärfe zu sprechen. *»Bist du absolut sicher, dass sie ihn betäubt haben? Ist das nicht irgendein ...«*

»Irgendeine Kindergeschichte?« Mein Ton war bitter. »Nein, Sir, er hat aufgeschrien, und dann lag er auf dem Deck. Bitte, schicken Sie Matrosen! Greifen Sie die Station an! Holen Sie ihn zurück!«

Tolliver klang gedrückt. *»Ein Shuttle hat die Station vor fünf Minuten verlassen. Ich vermute, dass Nick an Bord ist.«*

»Setzen Sie es außer Gefecht!«

»Wir sind hier nicht in einem Holovid. Außerdem wird es – wann, Jess? – in zwei Minuten die äußere Atmosphäre erreichen.«

»Rufen Sie Anthony an! Er wird sie auf dem Raumhafen abfangen!«

»Mrs. Skor ist schon dabei. Randy, ich habe Gefechtsbereitschaft angeordnet. Warte. Ich muss ...« Erneut war ein Klicken zu hören.

Minuten vergingen, die mir wie Stunden vorkamen. Warum hatte Vati mir keine Pilotenfähigkeiten beigebracht? Ich hätte die Barkasse selbst nach Centraltown gesteuert. Schaffte sie einen Eintritt in die Atmosphäre? Sie war nicht aerodynamisch geformt, aber das interessierte mich auch kaum. Zu verbrennen war immer noch besser, als in einem heißen, nutzlosen Anzug herumzulaufen, während Vati ...

Ich fiel auf die Knie. »Mik, wach auf!« Er würde wissen, was zu tun war. Ich schüttelte ihn, erreichte damit aber nichts. »Mach die Augen auf! Komm schon, Mik!«

Nichts. Nicht mal ein Stöhnen.

»Mr. Carr.«

Ich sprang auf. »Jasir?«

»Hängt auch ein Triebwerksanzug im Schrank?«

»Woher soll ich das ... Ja, Sir, da ist einer.« Seine Halsklammern hatten Druckstellen an meinem Schlüsselbein hinterlassen. »Ich weiß nicht, wie man damit umgeht.«

»Mr. Tamarow weiß es. Wenn er sich erholt hat ...«

»Sie können jetzt jede Minute zurückkommen, um ihn zu holen.«

»Du hast die Schleuse versiegelt. Ohne Schweißbrenner kommen sie nicht hindurch.«

»Dann holen sie sich einen. Sir, was ist mit Mr. Seafort?«

»Falls der Käpten an Bord dieses Shuttles ist, können wir gar nichts tun. Ich lasse allerdings kein weiteres Shuttle starten, was es auch kostet. Falls ich jedoch die Station anfunke, informiere ich sie darüber, dass wir über ihre Umtriebe auf dem Laufenden sind. Das möchte ich erst tun, wenn ihr Jungs in Sicherheit seid.«

»Warum hat man ihn entführt?«

»Ich habe keine Ahnung. Die gottverdammte Politik von Hope Nation!« Die Blasphemie zerschnitt die Luft. *»Wenn Mikhael wach wird, tust du Folgendes ...«*

Jemand hämmerte an die Luke, und gedämpfte Flüche wurden vernehmbar. Panisch schüttelte ich Mikhael. Keine Reaktion. Ich aktivierte den Helmfunk. »Mr. Tolliver! Sie versuchen durchzubrechen!«

»Ist Mikhael ...?«

»Immer noch bewusstlos.«

»Stecke ihn in einen Raumanzug.«

»Warum, was ...?«

»Tu es!«

Ich hastete zum Schrank und schnappte mir einen Anzug für Erwachsene. Wollte Mr. Tolliver immer noch einen Triebwerksanzug? Keine Zeit, um ihn zu fragen. Mik in einen T-Anzug zu bugsieren, das war auch nicht schwieriger als in irgendeinen anderen.

Mik wog doppelt so viel wie ich, und er war völlig schlaff. Fast unmöglich, ihn zu bewegen. Irgendwie bekam ich sein Bein in den Anzug. Dann das zweite. Jetzt die Arme ...

Von der Luke drangen metallische Geräusche und

Kratzen herüber. Während ich mit Mik und dem Anzug kämpfte, ignorierte ich diese Kulisse, so lange ich es irgend wagte. Dann stolperte ich zwischen den Sitzen zur Luke und blickte durchs Bullauge. Das verstieß gegen Mr. Tollivers Befehl, aber die Leute von der Station wussten schon, dass etwas nicht stimmte.

Soldaten mit Stunnern. Einer Laserpistole.

Einer Schneidvorrichtung.

Fieberhaft stemmte ich Mik in die Sitzhaltung hoch. Dabei brach ich mir beinahe den Rücken. Ich rammte den anderen Arm in den Ärmel.

Er seufzte.

»Mik! Mr. Tamarow!« Ich gab ihm einen Klaps ins Gesicht.

»Lass mich schlafen.« Er versuchte sich hinzulegen.

»Pa steckt in Schwierigkeiten! Er verlangt nach dir!«

Einen Augenblick lang geschah nichts. Dann ging ein Auge auf. Mik versuchte sich aufzurappeln und sank stöhnend zurück. »Wo bin ich?«

»In der Barkasse.« Ich brachte ihn rasch auf den neuesten Stand, während meine Finger mit seinen Helmklammern beschäftigt waren.

Als ich fertig wurde, hatte er sich auf die Beine gekämpft. »Gottverdammte Mistkerle ...« Ich machte große Augen über den Strom von Verwünschungen, die ihm ungebremst entfuhren. Endlich wurde er ruhiger. »Die Tanks!«

»Du trägst sie schon. Der Sauerstoff fließt aber erst, wenn dein Helm ...«

»Nein, du Trottel, die Antriebstanks!« Ein bedrohliches Zischen wurde an der Luke vernehmbar. »Hol sie!«

»Aye aye, Sir!« Ich holte sie aus dem Schrank. »Schnell! Sie schneiden die Luke auf!«

Er sicherte seinen Helm und kontrollierte meinen. »Frag Mr. Tolliver, ob ich mit der Barkasse losbrechen soll.«

Ich tat es.

»Nein, sie ist ein zu leichtes Ziel für die Laser. Anzüge sind kleiner und können besser manövrieren. Die Barkasse ist entbehrlich.«

Ich half Mik dabei, seine Treibmitteltanks festzuschnallen.

Unsicheren Schrittes schwankte er zwischen den Sitzen einher. Er führte mich zur Rettungsluke, ein Weg, der uns fast bis ins Heck führte. Die Rettungsluke war viel kleiner als eine Luftschleusenluke und bot einen zweiten Ausgang, gegenüber der Schleuse auf der anderen Seite des Fahrzeuges. Wir klappten den Sitz zusammen, der sie verdeckte, beugten uns zum Hebel herunter und machten finstere Gesichter. »Sie öffnet sich nicht, solange eine Atmosphäre an Bord besteht.« Mik schob mich zur Seite, eilte den Zwischengang entlang, stolperte und fiel auf die Nase. Er rappelte sich wieder auf und stürmte ins Cockpit.

Von der Luftschleuse drangen Rufe und dumpfe Schläge herüber. Ich überquerte den Zwischengang und blickte zur Sichtluke hinaus. Die *Olympia* war so weit weg wie eh und je. Warum hatte Tolliver das Schiff nicht längsseits geführt, um uns zu retten?

Ein Motor summte. Warnlampen blinkten überall in der Kabine. Mikhael tauchte mit geröteten Wangen wieder auf. Er blickte zur Luftschleuse hinüber, von deren Beschichtung beißender Rauch aufstieg. »Es wird knapp.«

»Was hast du ...?«

»Die Luft wird abgelassen.« Er schob mich auf die Seite und zog am Lukenhebel. »*Clympia,* hier Fähnrich Tamarow. Wir sind in einer Minute draußen.«

Hinter uns ertönte ein Prasseln. Ich brummte: »Wir haben keine Minute mehr.«

Er warf einen Blick über meine Schulter. »Jesus!« Ein gewaltiger Tritt löste den Hebel. Mik drehte am Rad. Abrupt schwebte die Luke davon. Mik beförderte sie mit einem Tritt ins All hinaus. Ohne Vorwarnung packte er mich und schleuderte mich nach draußen.

Ich fand gar nicht die Zeit, um nach dem Lukenrand, dem Bootsrumpf oder irgendwas zu greifen. Völlig hilflos schoss ich in den Weltraum hinaus, rotierte wie eine Windmühle und brüllte. Die Barkasse und die Station kreisten wie verrückt vor meinem Helmvisier.

»Randy ...!«

Hinter mir flammte Licht auf. Eine Sichtluke löste sich auf. Mikhael duckte sich durch die Rettungsluke und stieß sich dabei ab.

Er nahm ungefähr Kurs auf mich, würde mich jedoch meterweit verfehlen. Ich würde durch das Vakuum treiben, bis mir die Luft ausging und ich starb. Meine Leiche schwebte dann für immer im gewaltigen Mutterleib des Weltalls.

Ich brüllte so heftig, dass mir die Augen aus dem Kopf quollen.

Mik tippte seine Anzugstriebwerke sachte an. Sein Kurs veränderte sich ansatzweise. »*Warte einen Mo-*

ment, Junge. Und hör mit diesem infernalischen Geschrei auf!«

Ich kümmerte mich nicht darum und strampelte und ruderte sinnlos herum, ein verrückter, nutzloser Versuch, in Sicherheit zu schwimmen.

Mik packte meine Hand. *»Sir, ich habe ihn …«* Ich schlang die Arme krampfhaft um seinen Hals und hielt mich so mit aller Gewalt fest.

Wir trieben dahin und rotierten langsam. Die Station kam und ging. »Lass los, Randy. LASS MICH LOS!«

Seine Wut durchdrang mein Entsetzen. Ich lockerte meinen Griff gerade weit genug, dass Mik mich wieder herumdrehen und von hinten packen konnte. »Ich habe dich. Du bist in Sicherheit.«

Ich stieß ein langes, bebendes Schluchzen hervor.

Mik griff um mich herum und schaltete meinen Helmfunk auf einen offenen Kanal.

»Zum Schiff, Mr. Tamarow. So schnell Sie …«

»Aye aye, Sir«, sagte Mikhael. »Ah, oh!« In der Rettungsluke der Barkasse zeichnete sich eine Gestalt im Raumanzug ab. Sie zielte mit einem Laser. Mik wirbelte mich herum, dass wir uns frontal berührten, und zog meine Hände um seine Taille. »Halt dich fest!« Wir düsten seitlich davon.

Hatte der Stationssoldat nicht geschossen? Ich sah nichts. Keinen Strahl, keinen aufsteigenden Rauch …

Nein, Idiot, im Vakuum sieht man ja auch nichts, nicht mal den Laserstrahl, der einen selbst zu Asche verbrennt. Ich schauderte.

Mik krümmte sich und brach mir damit fast die Wirbelsäule. Wir schwenkten aus der Schussbahn der

Pistole. An der Station drehten sich zwei Lasergeschütztürme, zielten auf uns. Ich krächzte eine Warnung.

Mikhael reckte den Hals, entdeckte sie, suchte nach der *Olympia,* brummte einen Fluch.

»Was?« Ich wusste nicht recht, wie ich weitere schlechte Nachrichten verkraften sollte.

»Station, unterlassen Sie es zu feuern, oder ich puste Sie zur Hölle!« Das war Tolliver.

Mik bückte sich, aktivierte seine Triebwerke.

»Schießen Sie nicht, ich wiederhole, schießen Sie nicht auf meine Leute!«

Die Station jagte auf uns zu. Ich keuchte: »Der falsche Weg!«

»Muss sein!«

Ein Laserturm schwenkte. Mikhael wackelte mit den Lenkhebeln seiner Triebwerke; wir schossen mal hierhin, mal dorthin, und rotierten dabei. Die Station wuchs ins Riesenhafte. Ihre Geschütztürme folgten unserer Bahn, bis der Winkel so spitz wurde, dass sie sich nicht weiter drehen konnten.

In letzter Sekunde, wie es schien, drehte uns Mik und gab vollen Schub. Damit wurden wir abgebremst. Wir segelten auf den Rumpf der Station; Mik federte den Aufprall mit den Beinen ab, so gut es ging. Durch den Aufprall lockerte sich sein Griff, und ich rammte mit dem Rücken an die Alulegierung. Ehe ich abprallte, packte mich Mik wieder. Mit der anderen Hand hing er an einem Griff.

»Warum hast du die Gegenrichtung genommen?« Zu meiner Schande klang ich wehleidig. *Reiß dich zusammen, Junge!* »Mik ... Sir, hier erwischen sie uns!«

Er packte meine Hand und drückte meine Finger um den Griff. »Hatte keine Wahl.«

»Aber ...«

»Still, Mr. Carr. Brücke, hier Mr. Tamarow.« Mik klang atemlos, als wäre er die ganze Strecke von der Barkasse gerannt.

»Reden Sie.« Das war Tolliver.

»Ich konnte es nicht riskieren. Wir hätten auf ganzer Strecke unter Beschuss gestanden.«

»Das habe ich gesehen. Dieser Mistkerl Thurman antwortet uns nicht.«

»Im Augenblick sind wir sicher. Wie steht es um Pa?«

»Ich weiß nicht. Ich stehe kurz davor, die Station auseinander zu nehmen, damit ich es herausfinde.«

Eine neue Stimme knackte im Lautsprecher. »Tun Sie das, und ich zerschneide die *Olympia* in kleine Fetzen.« Es war General Thurman.

»Wo ist Kapitän Seafort?«

»Auf dem Planeten. Er ist des Verrats, der Ketzerei, der Blasph ...«

»Von wem?«

»Der Regierung von Hope Nation und ...«

Ich zischte: »Quatsch!« Anthony hätte niemals ...

Mik versetzte mir einen Stoß.

»Sie haben kein Recht, einen UN-Flottenoffizier festzuhalten!«

»... der Heiligen Mutter Kirche, deren Autorität universelle Gültigkeit besitzt.« General Thurman klang frömmlerisch.

Ich war schlau genug, meinen Sender abzuschalten. Ich legte den Helm an den Miks. »Können Sie das tun?«

»Sie haben es getan. Still!«

Tollivers Ton war kalt. *»Sagen Sie Statthalter Carr …«*

»Mr. Carr wurde aus seinem Amt entfernt.«

Ich wurde bleich. »Das können sie nicht!«

»Er … Ich … Wer zum Teufel hat das Sagen?«

»Mr. Palabee steht einer Regierung der nationalen Versöhnung vor.«

»Verbinden Sie mich mit ihm!« Tolliver schien in Weißglut.

Ich zupfte Mik am Ärmel. »Palabee ist ein Witz! Wo steckt Anth?«

»Still.«

»Rufen Sie ihn selbst an, Käpten. Sie haben ja die Nummer des Gouverneurssitzes.«

»Sie antworten nicht.«

»Vielleicht nach dem Prozess.« Thurman klang salbungsvoll.

»Schicken Sie mir meine Besatzungsmitglieder.«

»Ihr Mr. Tamarow … Ist er mit Seafort verwandt?«

»Falls ja, was soll es?«

»Wir halten ihn vorläufig fest. Ihr Kapitän kann – dickköpfig sein.«

Es blieb lange still. Ich zappelte herum. »Mik …«

»Was?« Er hatte seinen Sender ausgeschaltet. Sein Blick streifte fortlaufend umher.

»Sie haben Vati und Anthony. Dahinter steckt Andori, und vielleicht dieser terranische Botschafter McEwan. Palabee allein würde es nie wagen …«

»Was meinst du damit?«

»Die Kirche hasst alle beide. Falls sie vor Gericht gestellt werden …«

»Beweg dich. Griff über Griff, so.« Er zog mich mit.

»Wieso?«

»Leute kommen aus der Luke.«

Ich warf einen Blick über die Schulter. Jesus! Ich hastete am Stationsrumpf entlang.

Tollivers Ton war eisig. *»Sie Dreckskerl, Sie haben zwanzig Minuten! Rufen Sie Palabee an. Seafort muss auf freien Fuß gesetzt werden, oder die Station ist Geschichte, und Hope Nation fliegt aus dem Getreidegeschäft.«*

Ich nickte. Gut für Tolliver. Für uns.

»Wir sind ebenso gut bewaffnet wie Sie. Wenn Sie auf uns feuern, verlieren Sie Ihr Schiff!«

»Sie lassen mir keine Wahl.«

Thurman sagte: »Unfug. Ermöglichen Sie der Gerechtigkeit, ihren Lauf zu nehmen.«

Mik und ich hatten einen vorstehenden Barkassenhangar zwischen uns und unsere Verfolger gebracht. Ich fragte: »Was wollen sie?«

»Wir wären gute Geiseln; Pa ist zu sentimental.« Er schüttelte den Kopf, tief in Gedanken versunken. »Mr. Carr.«

»Huh?«

»Ich bin im Dienst. Sie ebenfalls.«

»Ich verstehe ... Ja, Sir.«

Er schlug mir auf die Schulter. »Danke. Das macht es einfacher.«

Und seltsam genug, ich empfand es als tröstlich. Er hatte mich daran erinnert, dass ich eine Pflicht hatte wie er auch.

»Sie haben Pa auf den Planeten gebracht. Die *Olympia* verfügt über Barkassen und Gigs, aber nichts, was in die Atmosphäre eindringen könnte. Das bedeutet, dass Tolliver ihn nicht retten kann.«

Ich wartete.

»Die Station hat ein Dutzend Shuttles, aber von der *Olympia* aus sind sie nicht erreichbar. Damit bleiben nur wir. Falls wir eine Chance sehen, nutzen wir sie. Einverstanden?«

Mein Herz klopfte. »Ja, Sir.«

Einen Augenblick später entdeckten wir eine Silhouette vor den Stationslampen. Ein Typ im Raumanzug stand auf dem Rumpf, deutete auf uns und winkte unsichtbaren Gestalten zu.

»Schnell!« Mik half mir weiter. Er wechselte die Funkfrequenz. »*Olympia,* wir werden verfolgt.«

»Schalten Sie Ihre Anzugtransponder ein.«

»Aye aye, Sir.« Mik aktivierte erst seinen, dann meinen.

»Wir haben Sie.«

Wir hasteten an der Station entlang. Ich zog mich von einem Haltegriff zum nächsten weiter und versuchte, die Übelkeit zu ignorieren, die aus der Schwerelosigkeit resultierte.

»Mik ... Sir, meine Lampe steht auf Gelb!«

»Oh, super!« Er seufzte. »Wir haben noch etwa zwanzig Minuten.«

Wir kauerten uns an zwei Haltegriffen zusammen.

»Da sind noch mehr, Sir!« Ich deutete hinter ihn. Ein halbes Dutzend Soldaten in Raumanzügen. Sie waren aus einer anderen Luftschleuse gekommen.

Er schwenkte ab, zerrte mich mit. »Mistkerle!«

Der Atem rasselte in meinem Helm.

Mikhael gab über Funk durch: »Sir, uns – uns geht die Zeit aus.«

Eine ganze Weile blieb es still. Dann: *»Hören Sie mir gut zu. Als Ihr, ah, Teamgefährte die Kabine zwei sieben-*

undfünfzig aufsuchen würde, dann täte ich genau das, was sein Besucher vorher tat.«

Was in aller Welt meinte er damit? Plötzlich machte ich große Augen und legte den Helm an den Mikhaels. »Mik, zwei siebenundfünfzig ist die Kabine, in der Kevin umkam! Kev ist der Teamgefährte, von dem er spricht. Der Besucher ist der Satellit. Er hat sich durch den Schiffsrumpf gebrannt!«

»Keinen Mucks! Sieh weg!« Mikhael zog mich herunter.

Für nur einen Augenblick hob ich den Kopf.

Fünf Meter von uns entfernt glühte der Stationsrumpf.

Obwohl mein Funk ausgeschaltet war, flüsterte ich: »Was soll das nützen?«

»Alle Batterien: Feuer eröffnen!« Thurman klang fuchsteufelswild. »Vernichtet die *Olympia!*«

Mikhael sagte: »Uns geht die Luft aus, und man umzingelt uns allmählich. Er macht uns einen Weg nach innen frei. Vielleicht erhalten wir eine Chance, Pa zu helfen.« Ein Augenblick verstrich. »Mr. Seafort zu helfen.« Ich grinste. Auch für Mik war es eine persönliche Sache und würde es bleiben.

Die Rumpfplatten kochten. Plötzlich tauchte ein Lichtklecks auf.

Ich hatte einen blitzartigen Einfall. Ich hielt die Luft an. Keine Zeit für Erklärungen! Ich schaltete den Funk ein und brüllte: »NEIN, AUFHÖREN! OH GOTT, TUN SIE DAS ...« Ich schaltete erst meinen Transponder und dann den Miks aus.

Er packte mein Handgelenk. »Bist du verrückt geworden?«

Eine Rumpffläche von einem Meter Breite schmolz

und verschwand. Treibgut wirbelte daraus hervor. Staub, Papiere, Chips, weiß Gott noch was. Dann nichts mehr.

Ich legte den Helm an Miks. »Sir, falls die *Olympia* unsere Transponder erfasst hatte, dann auch die Station. Jetzt werden sie denken, wir wären tot.«

In der Ferne schrumpften die Lichter der *Olympia* zusammen.

»Tolliver aber auch.« Er seufzte. »Daran ist nichts zu ändern. KOMM jetzt!« Er schob mich zu dem klaffenden Loch hinüber.

»Es wird heiß sein!«

»Nur ein paar Sekunden lang. Nicht die Kante anfassen! Spring hindurch. Schnell!«

»Aye aye, Sir.« Das war nicht so einfach, wie es sich anhörte. Wie springt man überhaupt in Schwerelosigkeit? Ich krabbelte auf allen vieren zum Rand der Öffnung, packte den nächsten Haltegriff, senkte den Kopf und stieß mich zu einem Kopfsprung ab, wie in dem Schwimmloch hinter unserem Haus.

Ich hatte die Gravitronen der Station vergessen. Sie erwischten mich auf halbem Weg nach unten. Ich hatte Glück, mir nicht den Hals zu brechen; ich riss gerade noch rechtzeitig die Hände nach vorn. Ich schlug einen Purzelbaum, sodass ich auf dem Rücken landete, und blieb dort halb benommen einen Augenblick lang liegen. Dann rappelte ich mich auf und orientierte mich. Das Loch, das die *Olympia* geschossen hatte, befand sich im Seitenschott. Ich gab Mik mit Handzeichen zu verstehen, dass er vorsichtig sein sollte. Gott allein wusste, ob er mich verstand.

Draußen, senkrecht zum Schott, trat Mik über das Loch hinaus und tippte ganz leicht sein Triebwerk an.

Er sank herab. Als die Schwerkraft ihn packte, feuerte er das Seitentriebwerk. Es funktionierte nicht ganz, bremste aber doch seinen Sturz. Ich wich hastig aus, um nicht von seinen Abgasen erfasst zu werden.

Ich blickte mich um. Eine Art Lagerraum. Schränke. Ein Spind. Eine fest verschlossene Luke.

Ich legte den Helm an den Miks. »Was jetzt, Sir?«

»Ist dieser Tisch lose?«

Ich gaffte.

»Lässt er sich bewegen, verdammt?« Er schob mich auf die Seite und hob die Tischkante an. Verletzt packte ich das andere Ende. Zusammen schafften wir den Tisch zum Wandschott. Die Tischfläche reichte gerade, um das klaffende Loch abzudecken. Mik zerrte auch einen Schrank herüber, kippte ihn, damit er mit seinem Gewicht den Tisch ans Schott gedrückt hielt, packte mich und zog meinen Helm an sich heran. »Tut mir Leid, dass ich geflucht habe.«

Ich blinzelte Tränen weg. »Danke, Sir.«

Er bediente die Lukensteuerung. Keine Reaktion. »Die verdammten Sicherungen verhindern, dass man sie zum Vakuum öffnet.« Hilflos blickte er sich um.

»Mr. Tamarow, meine Tanklampe steht jetzt auf Rot!«

»Ah, so geht es!« Er sprang zum Spind. Darin hingen Raumanzüge. Ersatztanks. Er zerrte zwei davon heraus und holte ein Spannwerkzeug aus seiner Werkzeugtasche. Ich drehte mich um, damit er Zugriff auf mein Rückenteil erhielt.

Er ignorierte mich. Ich wirbelte herum. Mik öffnete gerade die Ventile der Ersatztanks so weit, wie es nur ging.

Erneut legte ich den Helm an seinen und wünschte

mir, ich hätte den Funk benutzen können. Aber dann hätte das Stationskommando erfahren, dass wir an Bord waren. »Was zum Teufel machen Sie da?«

»Immer mit der Ruhe, Mr. Carr. Schnappen Sie sich weitere Tanks. Schnell!«

»Aber ... Aye aye, Sir!« Ich zerrte drei weitere Tanks hervor. Einen Augenblick später hatte er sie geöffnet.

»Drücken Sie den Tisch fest an!«

Keuchend drückte ich den Tisch mit der Schulter so kräftig ans Schott, wie ich nur konnte. Bildete ich es mir nur ein, oder roch die Luft im Raumanzug verbraucht? Ich gähnte ausgiebig.

Mik ließ die Tanks liegen, lief zur Luke, bediente die Steuerung. Nichts. Er verdrehte die Augen und zeigte mir ein schwaches Lächeln. »Geduld.«

»Ja, Sir.« Matt klangen aus der Ferne Alarmsirenen herüber. Ich blinzelte. Geräusche! Geräusche setzten Luft voraus.

Einen Augenblick später probierte es Mik erneut. Die Luke glitt auf.

Er bewegte die Lippen. »Raus!«

Ich stürmte auf den Korridor, Mik einen Schritt hinter mir. Er schloss die Luke mit einem Hieb auf die Taste und kontrollierte eine Anzeige an seinem Raumanzug. »Hier ...« Er schaltete den Helmfunk aus, drückte seinen Helm an meinen und rief mir durch den Lärm der Sirenen zu: »Der Korridor hat Luft! Nehmen Sie den Helm ab!«

Gott, falls er sich irrte, endete ich wie Dad! Verzweifelt verbannte ich diesen Gedanken. Ich brauchte Luft, und zwar sofort. Ich öffnete die Klammern und riss den Helm herunter.

Frische, kühle Luft.

»Achtung, an alle! Wir haben einen Angriff der Olympia *abgewehrt. Sie zieht sich zurück. Wir haben Treffer eingesteckt. Keiner davon scheint ernst zu sein. Alle Stationen: Schadensmeldung!«*

»Raus aus Ihrem Anzug.«

»Warum?« Aber ich öffnete schon die Verschlüsse.

»Mr. Carr …«

»Verzeihung. Aye aye, Sir. Aber die Luft sickert an diesem Tisch vorbei hinaus. Falls jemand die Luke öffnet …«

»Sie öffnet sich nicht, wenn auf der anderen Seite ein Vakuum besteht. Derselbe Grund, aus dem wir erst nicht herauskonnten.«

»Eine Reparaturmannschaft in Raumanzügen nach Sektion acht, Deck 2.«

Ich blickte mich um und empfand ein seltsames Gefühl des Wiedersehens. Der Korridor ähnelte denen auf der *Olympia,* auch wenn er beträchtlich kleiner und weniger prunkvoll ausfiel. Na ja, die Station war rings um ein altes Kriegsschiff aufgebaut. Und die Flotte verehrte Tradition mehr als alles andere. Das bedeutete allerdings, dass der Korridor natürlich in Sektionen unterteilt war, und bei Druckverlust … Ich ging ein paar Schritte weit und warf einen forschenden Blick um die Biegung. Richtig. Die Sektionsluken waren geschlossen. Natürlich waren sie das, wenn auch nur ein Teil der Sektion ohne Luft war.

Als ich es Mikhael sagte, zuckte er die Achseln. »Niemand hat gesagt, dass es einfach sein würde, aber etwas wirkt sich zu unseren Gunsten aus.«

»Nämlich?«

»Ihr seid ein Haufen Provinzler.« Er grinste über meine Entrüstung. »Ernsthaft: Eure Sicherheitsvorkehrungen sind grauenhaft. Auf der Erde käme man damit nie durch. Denken Sie nur, wie leicht es war, in Centraltown an Bord eines Shuttles zu gelangen.«

»Das liegt daran, dass wir keine Kriege und Revolu …«

»Genau.« Er öffnete seine Helmklammern. »Sehen Sie zu, dass Sie den Anzug loswerden.«

»Wohin damit?«

»Irgendwohin. Dorthin.« Er öffnete eine Luke an der Korridorwand gegenüber.

Ich sah mich um. Mopps, Eimer, ein Wasserhahn. Toll! Vielleicht sollte ich mich freiwillig zum Reinigungsdienst melden. Schließlich war ich nur ein Schiffsjunge.

»Reparaturmannschaft in den Sektion-fünf-Salon, Deck 3.«

»Was ist das?«

Ich sah hin. »Ein Moppgriff.«

»Ein Knüppel.«

Ich packte ihn. Es würde gehen. »Hey, Sir, ist dieses Zeug nicht ätzend?« Ich deutete auf eine Tüte Reinigungspulver. Vor wenigen Tagen hatten Alejandro und ich Vorräte eingelagert, und für den Decksplattenreiniger hatten wir Handschuhe tragen müssen.

»Nur, wenn man es mit Wasser mischt.«

Ich schnappte mir einen Eimer und schob ihn unter den Wasserhahn. Als er halb voll war, riss ich die Tüte auf und schüttete den größten Teil des Pulvers ins Wasser. »Was jetzt, Sir?«

»Beten Sie, dass es hier keine Korridorkameras gibt.« Wir trotteten zur Sektionsluke. Ich sah mich um, entdeckte aber keine Spur von Kameras, wie sie auf der *Olympia* Standard waren.

Wir betrachteten uns die Lukenschalttafel mit ihrem verwirrenden Lichtermuster. Mik bückte sich und betrachtete sie sich gründlich. »Die Prioritätsschaltung ist nicht aktiviert.«

»Was heißt das?«

»Niemand rechnet mit uns. Wir können die Luke öffnen.«

»Warten Sie!« Ich lächelte schwach; es klang zu sehr nach einem Befehl. »Sir, ich trage Flottenblau, und auch Sie haben Ihre Uniform an. Wenn man uns entdeckt, fallen wir auf wie Trannies in der Oper.«

»Wir dürfen nicht mehr hier sein, wenn sie kommen, um den Rumpf zu flicken.«

Wir betrachteten uns gegenseitig und hatten beide verwirrt die Stirn gerunzelt.

»Hallo?«

Ich wirbelte herum. Die Stimme kam hinter einer Kabinenluke hervor.

»Irgendjemand da? Kann man wieder ungefährdet hinausgehen?«

Mik gab mir mit einem Wink zu verstehen, dass ich still sein sollte. »Identifizieren Sie sich!« Er schlug einen gebieterischen Ton an.

»Rolf Iverson, Elektriker, dritte Schicht.«

»Was tun Sie hier?«

»Das ist meine Kabine, Sir. Ich habe gerade geschlafen, als der Alarm ...«

Mikhael entrang mir den Moppgriff. »Auf dem Korridor herrscht Luftdruck, aber wir evakuieren die Sektion, um Reparaturen vorzunehmen. Haben Sie die Durchsage nicht gehört? Kommen Sie sofort heraus.« Mik packte den Prügel fest.

»Ja, Sir. Es tut mir Leid, ich ...«

Die Luke glitt auf. Iverson war bleich, von leichtem Knochenbau und entwickelte eine Glatze. Mik schlug sofort zu. Der Moppgriff erwischte den Mann an der Stirn. Ein knirschendes Geräusch. Er kippte rücklings in die Kabine und prallte mit dumpfem Schlag aufs Deck. Blut sickerte hervor.

Mikhael zog mich mit in die Kabine und schloss die Luke. Er kniete sich neben den am Boden liegenden Mann, fischte dessen ID-Karte hervor und wischte das Blut davon ab.

Verzweifelt versuchte ich, der sich ausbreitenden Lache auszuweichen. »Ist er …?« Ich starrte entsetzt auf ihn. Vati lag reglos im Speisesaal, und das Lebensblut rann aus ihm heraus. Ringsherum tobte das Chaos.

»Ich weiß nicht.« Er durchsuchte Iversons Wäscheregal. »Ziehen Sie das an. Und das. *Hören Sie mir zu, Mr. Carr!*«

»Jasir!« Benommen knöpfte ich mein Hemd auf.

Augenblicke später gaben wir ein ziemlich ungepflegtes Paar Stationsmatrosen ab. Mik waren die Sachen zu klein, mir zu groß. Wenigstens hatten die Hemden die richtige Farbe. Ich hoffte, niemand würde bemerken, dass wir beide »Iverson« hießen.

Mikhael rannte zur Besenkammer, kam mit einem Mopp zurück und reichte ihn mir. »Verschütte das Wischwasser nicht.«

An der Steuertafel der Korridorluke nahm er den Rufer zur Hand, holte tief Luft und schaltete ihn ein. »Hallo? Irgendjemand dort?«

»Was haben Sie …?«

Er gab mir mit einem Wink zu verstehen, dass ich den Mund halten sollte. »Kommt schon! Antworte mir jemand!«

Der Lautsprecher plärrte: »*Hier Funkraum.*«

»Rolf Iverson hier. Ich bin auf ...« Er blickte auf die Lukentafel. » ... Deck 4, Sektion sechs. Irgendwo muss ein Leck sein; die Luke ist zugeknallt. Auf dem Korridor ist alles in Ordnung. Ist es okay, wenn ich herauskomme?«

»Fragen Sie im Büro des Kommandanten.«

»Wie lautet die Scheißnummer?«

»Vierundzwanzig fünfundsiebzig.« Ein Klicken.

Mik tippte die Nummer ein. »Hier Iverson, ID 70-J-446. Keine Ahnung, wo das Problem liegt, aber ich bin auf einem Korridor, und hier draußen ist alles okay. Soll ich mich nicht beim Maschinisten melden?«

Eine Pause trat ein. *»Sehr gut. Schließen Sie die Luke wieder, sobald Sie hindurch sind.«*

»Klar.« Zu mir: »Bring Mopp und Eimer mit.«

Gelassen öffnete er die Luke.

Wir schlenderten hindurch.

Niemand war zu sehen. Wir gingen um die Biegung. Die Luke am anderen Ende war geschlossen. Ich fragte: »Wohin gehen wir, Sir?«

»Ich weiß selbst nicht recht.«

Das war vielleicht ehrlich, aber nicht tröstlich. Ich warf ihm einen zweifelnden Blick zu.

Wir öffneten die nächste Sektionsluke und schlossen sie hinter uns. »Was wir brauchen«, sagte er, »ist eine Karte. Wo sind die Shuttlehangars ... Wisch das Deck!«

»Was?«

Stimmen.

»Wische!«

Schwitzend widmete ich mich meiner Aufgabe. Mik würde uns noch um Kopf und Kragen bringen.

Er lehnte sich ans Wandschott und spielte müßig mit dem zweiten Moppgriff herum. »Sie war wirklich was, kann ich dir sagen. Weicher, runder Arsch, Titten wie...«

Drei Techs in Raumanzügen. Begleitet von zwei Soldaten. Einer hielt eine Pistole, der andere einen Stunner. Unbekümmert schwappte ich ihnen Wasser vor die Füße.

»... also habe ich gesagt: Sieh mal, Baby, wieso dagegen ankämpfen? Ich bin der Beste, den du...« Miks Moppgriff wirbelte herum und erwischte einen Soldaten im Genick. Mik ging auf den Laser des Mannes los. Ich stieß meinen Mopp dem anderen Soldaten zwischen die Beine. Er fiel mit ausgebreiteten Armen zu Boden. Ich packte den Eimer und schüttete ihm das ätzende Reinigungsmittel ins Gesicht. Er schrie. Er warf sich auf dem Deck hin und her und rieb sich panisch die Augen. Ich setzte mich rittlings auf ihn und zog seinen Stunner hervor.

Mik zeigte mit dem Laser ruckartig von einem Tech zum nächsten. »Kein Funkspruch! Sonst bringe ich Sie um!« Auf seinen Wink hin stellten sie sich ans Wandschott.

Mik probierte Kabinenluken aus, bis er eine unverschlossene fand. »Hier rein!« Der Raum sah nach einem unbenutzten Salon aus; ein paar staubige Holovids und Spiele lagen herum. Als wir hineingingen, griff einer der Techs nach Miks Laser. Sie rangen miteinander. Ich hielt dem Mann den Stunner an die Flanke. Nichts. Fluchend tastete ich nach der Sicherung. Von hinten schlang jemand den Arm um meinen Hals und drückte mir die Luftröhre zu.

Ich konnte mich nicht befreien, bekam keine Luft.

Ich stach mit dem Stunner hinter mich, berührte etwas, zog den Auslöser.

Plötzlich war der Hals wieder frei.

Der Tech schlug Mik die behandschuhte Hand an die Brust. Der Fähnrich wurde bleich im Gesicht. Als ihm der Tech den Laser aus dem Griff wand, sprang ich den Mann an und erwischte ihn mit dem Stunner an der Seite. Er stürzte. Mikhael rutschte am Schott herunter. Mit wildem Blick warf ich mich zum dritten Tech herum.

Er wich an die Wand zurück. »Nein, tun...«

Ich stach nach ihm. Er wurde schlaff.

Ich duckte mich durch die Luke. Auf dem Korridor lag einer der Soldaten reglos am Boden. Der andere schlug um sich. Ich betäubte ihn und schleppte ihn an den Fersen in den Salon. Dann den anderen.

Schwer atmend schlug ich auf die Bedienungstaste der Luke. »Mik? Sir?« Er konnte nicht reden. Ich kniete mich neben ihn. »Holen Sie so tief Luft, wie es geht.«

Er packte mein Handgelenk und drückte so fest zu, dass ich glaubte, gleich schreien zu müssen. »Es tut weh.« Es klang wie ein Krächzen.

»Er hat ein Nervengeflecht getroffen.«

»Ein was?«

»Einen Druckpunkt.« Ich schob die Handfläche vor, zögerte aber. War es ein Verbrechen, einen Offizier anzufassen? *Randy, sei kein Idiot!* Ich massierte ihm die Brust, so sanft ich konnte.

Langsam kehrte Farbe in sein Gesicht zurück.

»Was jetzt, Sir?«

»Sollten Sie als Tech oder als Soldat gehen?« Er überlegte. »Als Tech. Suchen Sie sich einen aus und nehmen Sie seinen Anzug.«

»Sie sind zu groß. Ich würde albern aussehen.«

»Sie würden als Soldat noch alberner wirken.«

Es gefiel mir nicht, aber er hatte Recht. Hope Nations Streitkräfte rekrutierten keine Kids, wie es die Flotte tat.

Wir zogen einem Tech die Montur aus und suchten nach seiner ID-Karte.

Auf einer Holovidkonsole rief Mik einen Plan der Station auf. »Hier sind die Barkassenhangars. Deck 5.« Er deutete auf den Bildschirm.

Ich fragte: »Können Sie fliegen? Ein Shuttle nach unten nehmen und Vati finden?« Er half uns dann bestimmt, Anth zu befreien.

»Falls wir mit einem Shuttle zur *Olympia* flögen, könnte Mr. Tolliver ein bewaffnetes Kommando entsenden.« Er verzog das Gesicht. »Aber welchen Sinn hätte das? Die Stationslaser würden uns erwischen.«

»Wie finden wir die Lasersteuerung?«

»Zu zweit den Laserraum angreifen? Seien Sie nicht albern! Außerdem können sie die Konsolen umgehen und von jeder Stelle aus feuern.«

Ich lief auf und ab, war nahezu außer mir. Dann: »Sir, war das hier einmal ein Schiff?«

»Ja, wieso?«

»Auf der *Olympia* musste Vati – Käpten Seafort – die Laser von der Brücke aus entsichern, ehe Mr. Dakko schießen konnte.«

Unsere Blicke begegneten sich.

»Wo liegt das Büro des Kommandanten?« Er beugte sich über den Monitor und beantwortete die Frage selbst. »Deck 1. Die Laser unterstehen sicher allein der Kontrolle des Kommandanten. Das kann nicht anders sein, besonders nach dem Fiasko von Earthport.« Die Kontrolle über die Laserkanonen der Station hatte dort den Flottenputsch ermöglicht, für dessen Niederschlagung Dad sein Leben gab.

Kühl gab Mikhael die ID eines Soldaten ein und las eine Nummer aus einer Rufliste ab. »Wünsch mir Glück, Bruder.« Er nahm den Rufer zur Hand, sagte dann jedoch: »Nein, ihre Anzeige verrät ihnen den Ursprung des Anrufs. Schnell!«

Er führte uns mit einem Spurt zurück nach Sektion sechs. Er benutzte den Rufer an der Korridorluke. »Hier Stabsfeldwebel Burns, Sir. Ich bringe Techniker Ouward. Er hat ein Artefakt in der Hand, das General Thurman sehen sollte.«

»Worum handelt es sich?«

»Haben Sie die Vollmacht?«

Ein entrüstetes Prusten. *»Wofür?«*

»Sie haben es draußen gefunden, an den Leichen dieser Flottentypen. Ein Holovid. Der Bildschirm zeigt einen Plan und darauf den Weg nach ... Nein, das ist nur für den General persönlich. Er wird entscheiden, wer davon wissen sollte.«

Eine Pause. *»Er ist in seinem Büro.«*

»Ich bringe Ouward hinauf.« Mikhael trennte die Verbindung.

Innerhalb von Augenblicken waren wir umgezogen. Ich trug den kleinsten der Anzüge und schwamm trotzdem förmlich darin. Mikhael war in die Montur von Feldwebel Willard Burns von der Heimatgarde Hope Nations geschlüpft. Er steckte den Laser ins Halfter.

»Wie lautet der Plan, Sir?«

»Die Lasersicherung finden, dafür sorgen, dass sie

eingeschaltet ist, und die *Olympia* anfunken.« Mik steckte den Stunner in seine Werkzeugtasche.

»Klar.«

Wir machten uns auf den Weg. Mik passte sein Tempo meinen zwangsläufig kürzeren Schritten an. »Vergessen Sie Ihre Nummer nicht.«

»367-T-491.« Ich hüpfte hoch, denn ich konnte kaum durch den Helm nach draußen blicken. »Sir, wir hatten bislang unglaubliches Glück. Falls wir es nicht beide schaffen…« Ich holte Luft und raffte meinen Mut zusammen. »Retten Sie Vati, was auch passiert! Und sagen Sie ihm, dass es mir Leid tut, wie ich mich benommen habe. Ich hatte nie die Chance.«

»Das weiß er.«

»Sagen Sie es ihm.« Wenn man einen Helm trägt, kann man sich die beschissenen Augen nicht abwischen.

21. Kapitel

Wir schleppten uns zu Deck 1 hinauf, und Mik hielt mir beruhigend den Unterarm. Kühl wie Eis folgte er der Karte, die er sich eingeprägt hatte, und hin und wieder einem Korridorschild, um mich ins Vorzimmer des Kommandanten zu führen.

Thurman war ein General unserer Heimatgarde; natürlich war sein Empfangschef auch ein Militär. Während ich auf Thurman zutapste, das Holovid in der Hand, bedachte der Adjutant Mikhael mit finsterer Miene.

»Sie sind nicht Burns«, stellte er fest. Augenblicklich schleuderte mich Mik durch die Büroluke und griff nach seinem Laser. Zwei Techs warfen sich auf ihn.

Es war Thurman selbst, der uns eine Chance gab. Er lief mir nach und hieb auf die Schließtaste der Luke, zweifellos in der Absicht, Mikhael den Zutritt zu seinem Büro zu verwehren. Die Luke knallte zu und schnitt uns von dem Handgemenge im Vorzimmer ab. Ich rappelte mich auf und zog den unförmigen Stunner aus meiner Anzugstasche.

Thurman ignorierte die Laserpistole, die er am Gürtel trug, beugte sich über die Konsole und griff nach seinem Rufer. Ich sprang ihn an.

Vielleicht hatte man ihn schon einmal betäubt, und es war ihm so zuwider wie mir. Er schrak zurück und rammte dabei seinen Stuhl ans Wandschott. Ich hastete ihm nach. Zu spät fiel ihm seine Pistole ein. Ich schwenkte den Stunner, nur Zentimeter von Thurmans Brust entfernt, schüttelte den Kopf und streckte die Hand aus.

Er dachte daran, sich zu weigern – ich las den inneren Widerstreit in seinen Augen –, aber einen Augenblick später löste er die Pistole widerstrebend und reichte sie mir mit dem Griff voran. Sobald ich sie hatte, schob ich den Stunner in die Werkzeugtasche zurück.

»Damit kommt ihr nie durch.« Sein Gesicht war bitter.

»Stecken Sie sich den Spruch sonst wohin.« Ich sah mich um, ganz benommen vom Tempo der Entwicklung.

Thurmans Büro war früher die Brücke des Kriegsschiffes gewesen. Obwohl man im Lauf der Jahre den Komfort verbessert hatte – weichere Sessel, ein weiträumiger Schreibtisch, ein gut bestückter Kühlschrank – blieb die verstärkte Brückenkabine eine Festung, und im Augenblick war sie das Einzige, was mich schützte.

Jemand hämmerte wie rasend an die Korridorluke. Ich warf einen Blick auf die Konsole. Wie auf der *Olympia* war sie eine komplizierte Anordnung von Lampen und Schaltern, die weit über meine Begriffe gingen. »Hier rüber, ans Schott gegenüber!«, knurrte ich. Ich konnte die Konsole unmöglich studieren, solange sich Thurman bereithielt, mich von hinten anzuspringen.

»Gib auf, Junge. Du hast keine Cha ...«

Ich stellte die Pistole auf geringe Intensität ein, entsicherte sie und zielte unmittelbar vor seine Füße. Die Decksplatte prasselte. Er schrie auf und lief quer durchs Büro.

»Kommandant, sind Sie okay?«

Ich ignorierte den Lautsprecher, öffnete die Helmklammern und betrachtete forschend die Konsole. Keiner der Schalter trug die Aufschrift »Lasersicherung«.

Mik hätte es gewusst.

Ich konnte jedoch die Luke nicht öffnen; auf der anderen Seite war man bestimmt bewaffnet und bereit. »Wo finde ich die Steuerung für die Korridorkamera?«

»Wovon redest du?« Er klang mürrisch.

»Vor der Brückenluke ist immer eine Kamera montiert.« Sonst hätte ein Käpten nie gewusst, wem er den Zutritt gestattete.

Thurman schnaubte. »Sie ist seit Jahren kaputt.«

»Erzählen Sie mir nicht ...«

»Probiere sie doch aus. Direkt links von diesem roten Hebel.«

Vorsichtig folgte ich seinem Vorschlag, den Blick auf den Monitor gerichtet. Entweder hatte er gelogen, was den richtigen Schalter anging, oder die Kamera war wirklich kaputt.

»General Thurman? Sir?«

Ich hielt den Mund an die Luke. »Mikhael? Mr. Tamarow?«

Keine Antwort.

Ich saß tief in der Tinte.

Wie wäre Vati mit dieser Lage umgegangen? Wie Anthony?

Mit Verschlagenheit.

»Ich möchte Ihre Laserkanonen einsetzen«, erklärte ich großspurig. »Wie schalte ich die Sicherung aus?«

Thurman presste die Lippen fest zusammen.

»Wie?«

In seinem Blick wurde eine Entschlossenheit erkennbar, die mir nicht gefiel. Ich schluckte meinen Widerwillen herunter und zielte mit der Pistole. »Sie erzählen es mir lieber!«, sagte ich. Ich wollte einen bedrohlichen Ton anschlagen, brachte aber nur ein schrilles Quieksen hervor. Ich wurde rot.

»Töte mich, und du erfährst es nie.«

»Gib den General frei, Junge! Wir haben deinen Kumpan.«

Ich sagte: »Spielen Sie keine Spielchen. Die Zeit ist knapp.«

»Stimmt. Sie brennen sich jetzt jeden Augenblick hindurch.«

»Sie wissen nicht viel über Brückenluken«, sagte ich verächtlich. Das Gleiche galt allerdings für mich. Ich hoffte, dass ich Recht behielt.

»Ob fünf Minuten oder zwanzig, sie kommen durch. Sie werden dich töten, es sei denn, du gibst mir die Pistole.«

»Wo ist die Lasersicherung?« Ich visierte sein Gesicht an.

Er erwiderte meinen Blick. »Bist du nicht der Sohn des alten Derek? Würdest du jemanden kaltblütig umbringen?«

»Ja. Fünf. Vier. Drei.«

Schweißperlen traten ihm auf die Stirn, aber er sagte nichts.

»Öffne die Luke, Junge, oder ich reiße dich in Stücke! Das ist die letzte Warnung!«

»Zwei. Eins.«

General Thurman schloss die Augen.

Zitternd steckte ich die Pistole in meine Tasche, voller Abscheu vor mir selbst. Ich konnte es nicht tun.

Thurman warf mir einen triumphierenden Blick zu.

»Bitte, nennen Sie mir den Code.« Ich klang wehleidig. »Das Leben meines Vaters hängt davon ab!«

»Wessen? Derek ist tot. Du meinst Seafort?« Thurman klang verächtlich. »Er ist auch nicht mehr dein Vater als ich.« Vorsichtig stand er auf. »Hier, ich tue dir nichts.«

»Warum hat man ihn entführt?«

»Um ihn vor Gericht zu stellen. Sein Leben lang ist er mit den empörendsten ... Solche Arroganz! Sogar Verrat! Aber nicht diesmal.«

Ich schrie: »Warum hassen Sie ihn so?«

Er deutete mit dem Finger nach draußen, vielleicht Richtung *Olympia.* »Er verhandelt mit diesen teuflischen … Zur Hölle mit ihnen! Die Fische sollten eigentlich tot sein!« Er rückte gegen mich vor. »Er ist erledigt, Junge. Mach es nicht noch schlimmer.«

»Erledigt?«

»Die Kirche hat ihn in der Hand und möchte ihn loswerden. Er wird hängen, oder besser noch brennen. Eine Berufung im Heimatsystem ist nicht möglich.« Ein weiterer Schritt. Er deutete mit dem Kopf zur Luke. »Meine Männer warten. Du sitzt in der Falle; es geht nur noch um uns.«

Meine Stimme klang seltsam. »Ja. Nur Sie und ich.« Ich zog mich zur Lukensteuertafel zurück.

Hinter mit ertönte ein dumpfer Laut. Ein Surren. Es kam mir bekannt vor.

Unerbittlich kam mir Thurman näher. »Immer mit der Ruhe, Junge. Du bist noch jung und hast Angst. Sei nicht töricht.«

»Nein, Sir, ich werde nicht töricht sein.« Ich riss den Stunner hervor, stellte ihn auf die niedrigste Stufe ein und berührte Thurman an der Taille. Er taumelte und brach zuckend zusammen.

Metall kreischte auf Metall. Sie arbeiteten an der Luke.

Als Thurman sich nach drei oder vier Minuten wieder regte, hatte sich meine Panik fast zur Raserei ausgewachsen. Zitternd konnte Thurman sich in die Sitzhaltung aufrichten. *Oder besser noch brennen.* Ich berührte ihn sachte mit dem Stunner. Er kippte wieder um, bestand nur noch aus Zuckungen und Krämpfen.

Eine Minute verstrich. »Nicht …« Eine Stimme wie aus einem Grab.

Ich betäubte ihn erneut.

Nach dem fünften Mal hatte er eine Art Schüttelkrampf. Ich schwitzte in meinem Raumanzug, während ich Thurman zum Schott zerrte, ihn dagegen lehnte und darauf wartete, dass er sich wieder ins Bewusstsein hinaufkämpfte. »Die Codes.« Beim Warten hatte ich einen besseren Einfall gehabt. »Alle. Geben Sie mir Vollmacht über den Comp.«

»N-n-nein, n-nicht ...« Ich berührte seinen Arm mit dem Stunner.

Minutenlang sabberte und zuckte er. Als er dann etwas sagte, verstand ich ihn kaum. Ich wies ihn an, die Worte ein ums andere Mal zu wiederholen, bis ich überzeugt war, alles richtig verstanden zu haben.

Zur Konsole.

Nein. Erst ein Umweg in die Ecke, um meinen Mageninhalt hervorzukotzen.

Ich wischte mir Galle von den Lippen, schleppte mich zur Konsole, tippte die Sequenz ein, die er mir genannt hatte.

Eine warme Altstimme erfüllte den Raum. »Ja, General?«

Es war mir nur recht, wenn der Comp glaubte, ich wäre Thurman. Die Stimme hätte mich allerdings verraten. Ich tippte: »Nur alphanumerische Eingaben.«

»AUF ALPHANUMERISCHE EINGABEN EINGESTELLT.«

»Status der Lasersicherungen?«

»LASER NICHT GESICHERT.«

Ich tippte: »Die Laserkanonen sichern.«

»GEBEN SIE DEN KOMMANDOCODE EIN.«

Ich hielt die Luft an, während ich Thurmans Zahlen eingab.

»LASER GESICHERT. WARNUNG: DIE LASERABWEHR KANN ERST NACH ENTSICHERUNG FREIGEGEBEN WERDEN!«

»Nur entsichern, wenn eine Genehmigung über diese Konsole vorliegt. Alle gegenteiligen Anweisungen übergehen.«

»ANWEISUNGEN BESTÄTIGT.«

Gut. »Frage: Wie kann der Funkraum umgangen werden, um direkt von dieser Konsole aus einen Funkkontakt herzustellen?«

»GEBEN SIE DIE GEWÜNSCHTE FREQUENZ EIN UND BEGINNEN SIE ZU SENDEN.«

»Überwachst du die eingehenden Antworten?«

»POSITIV. ICH DENKE, SIE MÖCHTEN DIE ANTWORTEN EBENFALLS DIREKT ZU DIESER KONSOLE GELEITET HABEN.«

»Ja.« Es klang richtig inbrünstig. »Ich meine ...« Ich tippte es: »Ja. Benutze die Frequenz des letzten Funkspruchs der *Olympia.*«

In der Ecke stöhnte General Thurman. Plötzlich bog er den Hals durch und trommelte mit den Füßen aufs Deck.

Ich bemühte mich, nicht hinzuhören. »Comp, kann ich jetzt sprechen?«

»Positiv.«

»*Olympia,* melden Sie sich. Mr. Tolliver! Antworte mir doch jemand!« Es war nicht besonders professionell, aber woher hätte ich den korrekten Drill kennen sollen?

Eine Weile verging.

»Mr. Tolliver! *Olympia!* Wo sind Sie?« Ich stach auf die Tastatur ein. »Comp, sendest du?«

»SIE TUN ES BEREITS.«

»UNS Olympia *an Station, sprechen Sie.«* Eine mir unbekannte Stimme.

»Ich brauche Mr. Tolliver!«

»Geben Sie Ihre Nachricht durch.«

»Sie beschissener Penner, hier spricht Randy Carr, der Schiffsjunge, und ich muss mit Mr. Tolliver sprechen. SOFORT!«

Fast sofort mischte sich eine neue Stimme ein. Er musste zugehört haben. »Hier spricht Tolliver. Was möchten Sie?«

»Sir, ich bin hier auf der Brücke. Ich meine, dem Büro des Kommandanten. Sie haben Mr. Tamarow gefangen genommen. Ich habe hier den Kommandanten und bin im Besitz seiner Autorisationscodes, und die Luke ist verschlossen. Die Lasersicherung ist aktiviert; sie können nicht feuern. Besetzen Sie die Station!«

»Wie?«

»Führen Sie die *Olympia* heran! Entern Sie uns!«

Stille. *»Sie schlagen vor, dass ich mit der* Olympia *in die Reichweite Ihrer Geschütze fahre?«*

»Die Sicherung ist eingeschaltet.«

»Ich habe keine Möglichkeit, das nachzuprüfen.«

»Um Gottes willen, warum sollte ich lügen?« Vati wäre über meine Redeweise entrüstet gewesen. Verzeihung, Sir. Ich bin außer mir.

»Mr. Carr, können Sie beweisen, dass Sie kein Gefangener sind?«

An der Luke hatte das Kreischen der Sägen gestoppt. Es schien auf meiner Seite jedoch wärmer zu werden. Vorsichtig berührte ich die Luke und riss gleich wieder die Hand zurück. Sie war warm. Und wenn ich genau hinhörte, konnte ich das Zischen eines Schweißbrenners hören.

»Mr. Tolliver, wir haben keine Zeit mehr! Sie versuchen, die Luke zu durchschneiden! Um Gottes willen, beeilen Sie sich!«

»Können Sie mich mit Mr. Tamarow verbinden?«

»Sie haben ihn erwischt. Oder vielleicht ist er auch tot.«

»Ich kann die Olympia *nicht aufs Spiel setzen. Falls sie unsere Rohre treffen, sind wir gestrandet; Rohre kann man nur in einer Werft reparieren. Ich vermute, dass Sie unter Zwang handeln.«*

»Aber das stimmt nicht! Mr. Seafort steckt in Schwierigkeiten; sie sprechen davon, ihn zu verbrennen! Sie haben Shuttles hier!« Mein Ton war schrill. »Ich flehe Sie an!«

»Ich wünschte, ich könnte Ihnen glauben. Sie sagen, dass Sie Thurman dahaben? Lassen Sie mich mit ihm reden.«

Ich hämmerte auf die Konsole. »Ich kann nicht! Er ist ... Ich kann nicht!« Falls ich noch einmal sah, wie ihm das Blut aus dem Mund lief, würde ich durchdrehen. Seine Finger zuckten.

»Dann stecken wir in einer Sackgasse.«

Ein Atemzug war zu hören. Ein vernehmliches Zischen. Die Finger des Generals entspannten sich.

Mein Blick zuckte von einem Schott zum nächsten. Eine Ventilationsöffnung! Ich packte meinen Helm und konnte ihn gerade noch aufsetzen, als mich schon eine Woge von Schwindelgefühl überschwemmte. Ich sackte zusammen.

Minuten vergingen oder sogar Stunden. Oder Jahre. Mit schierer Willenskraft hob ich den Kopf.

»Mr. Tolliver?« Meine Stimme klang gedämpft.

»Ja?«

»Sie haben es mit Gas probiert. Ich stecke in einem

Raumanzug. Meine Tanks reichen für eine Stunde.« Ich bemühte mich, das Rotieren des Raums ringsherum zu unterdrücken. »Sir, die Station gehört Ihnen. Ich stehe nicht unter Zwang.«

»Woher soll ich das wissen?«

Ich bemühte mich, nicht zu kotzen. »Denken Sie an meine Zelle auf der *Olympia*. Nichts in Gottes Universum könnte mich zwingen, das gegen meinen W-Wi-Willen zu tun.« Ich schluckte einen Kloß herunter. Ich scheiterte. Alles würde sich als vergebens erweisen.

»Oh mein Sohn, wie kann ich Ihnen nur trauen?«

Ich flüsterte: »Vati würde es.« Es war mein letzter Versuch. Ich lehnte den Kopf an die Konsole.

Äonen vergingen.

»Olympia *an Station. Hier spricht Kapitän Tolliver. Wir nähern uns mit hoher Geschwindigkeit und in voller Gefechtsbereitschaft. Öffnen Sie alle Außenluken. Wir verlangen im Namen unseres Verbündeten, der Regierung von Statthalter Anthony Carr, Ihre Kapitulation.«*

»Randy, sind Sie dort drin? Öffnen Sie; es ist jetzt sicher.«

Ich hob die Hand zur Lukensteuerung und zögerte dann. Ich kannte die Stimme, aber ... »Mr. Tolliver soll es befehlen.«

Schimpfwörter wurden gebrummt. Ein paar Augenblicke verstrichen.

»Mr. Carr? Käpten Tolliver ist hier. Öffnen Sie, wie er es verlangt.«

»Aye aye, Sir.« Ich schlug auf die Taste. Die Luke glitt auf. Tad Anselm und ich sahen einander an. Müde öffnete ich den Helm und nahm Haltung an. »Schiffsjunge Randolph Carr zur Stelle, Sir.«

»Kommando zurück. Gut gemacht, Junge.« Anselm blickte herein, sah Thurman an. »Allmächtiger, was haben Sie mit ihm gemacht? Arzt!«

»Wo ist Mik, Sir? Ich meine, Mr. Tamarow?«

Er presste die Lippen zusammen. »Auf der Krankenstation. Sie waren ganz schön grausam zu ihm. Wie in aller Welt konnten Sie nur die Kommandokonsole in die Hand bekommen?«

Ich erzählte es ihm und schrieb dabei Mikhael das ganze Verdienst zu. Ich hatte wenig anderes getan, als in meinen Raumanzug zu brüllen und Mr. Thurman zu foltern.

»Der Käpten wird stolz auf Sie sein. Ich sorge dafür, dass Ihre Heldentat im Logbuch vermerkt wird.« Er schlug mir auf die Schulter.

»Verzeihung.« Leutnant Frand schob sich vorbei und plumpste mit müdem Seufzen auf den Sitz an der Konsole. »Mr. Carr, geben Sie mir die Codes, ehe Sie gehen.«

»Aye aye, Ma'am.« Pflichtgetreu rezitierte ich alles.

Vor der Brücke hatten drei Leute von Mr. Janks auf dem Korridor Stellung bezogen. Sie waren voll bewaffnet. Nirgendwo war Stationspersonal zu sehen.

»Gehen wir.« Anselm führte mich durch den Korridor.

»Wohin?«

»Zurück aufs Schiff.«

»Sie haben Mr. Seafort auf den Planeten gebracht.«

»Ich weiß. Der Käpten möchte ein Rettungsteam entsenden, aber es gibt eine Komplikation.« Er verzog das Gesicht. »Admiral Kenzig hat es verboten.«

Ich blieb abrupt stehen. »*Was?*«

»Einmischung in die örtliche Politik. In kirchliche Angelegenheiten.«

Meine Lippen bebten. »Haben Sie Thurman auf dem Deck liegen gesehen? Denken Sie, ich hätte das für mich selbst getan? Es war für Vati! Wir *müssen* ihm einfach helfen!«

»Ich halte ihn so hoch, wie Sie es tun ...«

»Blödsinn!« Ich schleuderte den Helm aufs Deck.

Anselm schlug einen kalten Ton an. »Sie vergessen sich, Mr. Carr!«

»Nein, Sie tun es!« Ich beförderte den Helm mit einem Tritt durch den Korridor und verfehlte nur knapp einen vorbeigehenden Matrosen. »Sie haben mir erzählt, er hätte Sie gerettet! Wer sind Sie eigentlich, Leutnant?«

»Kommen Sie mit.« Sein Ton war jetzt eisig. Er packte mich am Ärmel und zerrte mich den Flur entlang, eine Leiter hinunter, in einen Barkassenhangar. Er warf mich praktisch in eine wartende Gig und setzte sich auf einen Platz neben mich. Die Luke ging zu.

Ich verschränkte die Arme und knirschte mit den Zähnen.

Barsch sagte Anselm: »Ich rede mit ihm. Mit Käpten Tolliver.«

Der Satan persönlich hätte mir jetzt kein Wort mehr entlocken können. Finster blickte ich zur Sichtluke hinaus und sah die Station davonschweben.

»Ich war sechzehn, als ich ihn kennen lernte. Er hat mich gerettet. Vor mir selbst.« Tad wandte sich plötzlich ab und sprach zu dem leeren Platz auf der anderen Seite. »Ich hätte mich ruiniert – durch Trinken und

Trägheit und Verzweiflung. Es war fast so, als hätte er mich adoptiert wie Mikhael; er behandelte mich wie einen Sohn. Das, was ich bin, habe ich ihm … Ich würde alles geben, um ihn zu retten.« Eine Pause trat ein. »Aber Admiral Kenzig verkörpert die Flotte, der zu dienen wir geschworen haben. Er und Mr. Tolliver und Mr. Seafort. Es geht um Befehle und Loyalität und Vertrauen.«

Quatsch! Es ging um Vati.

Weißes Licht brannte rings um uns, als wir in den Hangar der *Olympia* glitten.

Anselm führte mich aus der Gig. »Komm mit.«

»Wohin?« Ups! Ich hatte doch geschworen, nichts zu sagen.

»Auf die Brücke. Und es heißt ›aye aye, Sir‹.«

Ich brummte etwas, das vielleicht den geforderten Worten entsprach.

Mr. Tolliver schritt vor dem riesigen Simultanschirm auf und ab.

»Leutnant Anselm zur Stelle, Sir, mit dem Schiffsjungen.« Er nahm Haltung an.

Abgesehen von dem weggeworfenen Helm, trug ich immer noch den Raumanzug und traf keine Anstalten zu salutieren.

»Kommando zurück, Tad.«

»Irgendwelche Nachrichten, Sir?«

»Von diesem Arsch Palabee. Er weigert sich, mir zu sagen, wie es um Anthony steht. Er hat einen Kirchenmann bei sich, jemanden namens Hambeld.«

Ich sprudelte hervor: »Er gehört zu Scanlen! Er hat geholfen, mich im Pfarrhaus festzuhalten.«

Tad fragte: »Was wissen wir über den Käpten?«

»Nichts. Kenzig hat Beschwerde eingelegt.«

»Bei wem?«

»Dem Erzbischof. Und Palabee.«

»Mit welchem Erfolg?«

»Soweit ich verstanden habe, ignorieren sie ihn.« Tolliver blieb lange genug stehen, um uns anzufunkeln. »Ich möchte eine Truppe auf den Planeten schicken. Kenzig lehnt das rundheraus ab.«

»Verzeihung.« Mein Ton war kalt.

»Ja?« Tolliver zog eine Braue hoch.

»General Thurman sprach von einer Verbrennung.«

»Andori – der Erzbischof – hat ihn der Ketzerei angeklagt, weil er versucht hat, Bischof Scanlen festzunehmen. Das wäre die entsprechende Strafe. Sie machen ihm jedoch erst aufgrund der bürgerlichen Anklagepunkte den Prozess.«

»Die wie lauten?«

»Verbrechen gegen die Menschheit. Vor allem die Verhandlung mit unserem Freund, dem Satelliten.« Er deutete müde Richtung Deck 2. »Sie möchten, dass die Fische vernichtet werden. Was mich an etwas erinnert.« Er nahm den Rufer zur Hand. »Mrs. Frand? Ich möchte, dass Sie hinuntergehen und mit dem Satelliten Kontakt aufzunehmen versuchen. Sagen Sie ihm, er soll in seinem eigenen Schiff warten – ähm, seinem Fisch. Wir öffnen die Schleuse wieder, sobald wir bereit sind, die Verhandlungen aufs Neue zu beginnen.«

»Na ja ... Das ist eine sehr komplizierte Mitteilung, Sir.«

»Ich weiß, Sarah. Tun Sie Ihr Bestes.«

»Aye aye, Sir.«

Tolliver wandte sich wieder Anselm zu, aber mir reichte es jetzt. »Wann ist die Verhandlung?« Mein Ton war trotzig.

»Heute Nachmittag vor dem Strafgericht. Sie möchten es schnell durchziehen.«

»Was werden Sie unternehmen?«

Er klang trostlos. »Was *kann* ich denn unternehmen?«

Ich sagte: »Sie haben die Geschütze der Station in der Hand und Ihre eigenen dazu. Zunächst könnte man die Kathedrale in Schutt und Asche legen.«

»Und dann ganz Centraltown? Wäre Ihr Vormund damit einverstanden?«

Ich schrie: »Es ist nicht seine Entscheidung!«

Anselm wirbelte mich herum. »Das reicht vollkommen, Mr. Carr!« Zum Käpten sagte er: »Er ist durch die Hölle gegangen.«

»Ich weiß; ich mache entsprechende Zugeständnisse. Randy, als wir Mr. Tamarow an Bord holten, erzählte er uns, welchen Anteil Sie an der ganzen Sache hatten. Ich kann Sie nicht hoch genug loben. Ich trage es ins Logbuch ein.«

Ich starrte ihn an, als hätte er nur Kauderwelsch gesprochen.

Er wurde rot und wandte sich an Tad. »Wie es scheint, war die jüngste Aufregung zu viel für unsere Passagiere. Mehr als nur ein paar möchten von Bord.«

»Idioten.«

»Vielleicht. Einige sind Bürger von Hope Nation. Ich habe mich Palabee gegenüber verpflichtet, dass ich nicht versuche, eine Flottentruppe zwischen ihnen einzuschmuggeln. Er weiß, dass er sich auf mein Wort verlassen kann, und außerdem halten wir seine Raumstation. Er hat eingewilligt, dass wir Passagiere in Centraltown absetzen. Zwei Shuttles stehen dazu bereit. Sie, Mr. Anselm, haben die Ausschiffung zu leiten.«

»Aye aye, Sir.«

»Mr. Carr, gehen Sie sich ausruhen. Ich spreche Ihnen erneut ein Lob aus. Ich sage Ihnen Bescheid, sobald wir ...«

»Habe ich mich wirklich gut geschlagen?«

»Ja.«

»Darf ich dann um einen Gefallen bitten?«

»Welchen?«

»Die Rücknahme der Dienstverpflichtung.« Alle schwiegen erschrocken, und ich setzte hinzu: »Wir beide wissen, dass sie ihn umbringen ... Ich möchte nicht mehr mit Ihnen fahren, nachdem – nachdem ...« Mir versagte die Stimme. »Bitte.« Ich blickte zu Boden.

»Sind Sie sicher, Randy?« Seltsamerweise klang Toliver sanft.

»Ja, Sir.« Ich hielt die Luft an.

»Nick wünscht sich bestimmt, dass Sie in Sicherheit sind und bei Freunden aufwachsen, die ...«

»Bitte.« Mir brach die Stimme. »Ihm zuliebe, mir zuliebe, Derek zuliebe! Es ist alles, worum ich Sie je bitten werde.«

Er schwieg lange. »Sehr gut, gewährt. Gehen Sie mit Mr. Anselm. Und alles Gute.«

»Ihnen auch, Sir.« Vor der Luke blieb ich noch einmal stehen. »Sagen Sie Mik, ich lieb ...« Ich brachte es nicht über die Lippen. »Sagen Sie ihm Lebewohl von mir.«

***

Fähnrich Yost führte mich im zweiten Shuttle an Corrine Sloans Platz vorbei. Ich blieb abrupt stehen; mir war immer noch heiß und elend in dem Raumanzug. »Sie auch?«

»Ich muss, Randy.« Sie klang bedrückt.

»Warum?«

Ihre Augen waren feucht. »Die Anklage wegen Ketzerei. Ich war für John da. Für Nick kann ich nicht weniger tun.«

»Aber Sie haben John geliebt.« In einem Winkel meiner Gedanken fragte ich mich, woher ich so viel Grausamkeit nahm.

Sie wollte antworten, würgte, senkte den Kopf.

Tommy Yost rührte sich. »Bitte setzen Sie sich.«

Ich tat es unweit von Corrine. »Was ist mit Janey?« Ich sah das Kind nirgendwo.

Corrines Schultern bebten.

Ich schnallte mich an und zwang mich, den Mund zu halten. Ich hatte schon genug Böses für ein ganzes Leben getan.

Nein. Es war noch nicht genug. Ich öffnete den Gurt und ging zur Luke. »Mr. Anselm?«

»Was ist denn jetzt wieder?«

»Kommen Sie mit.«

Er wirkte erschrocken. »Das wäre befehlswidrig.«

»Hat man Sie nicht angewiesen, die Ausschiffung der Passagiere zu leiten?«

»Ich bin sicher, der Käpten wollte damit nicht sagen …«

»An dem Tag, als Sie mich zur Krankenstation brachten, waren Sie abenteuerlustiger.« Um Vati zu besuchen. Mr. Seafort, ehe er zu Vati wurde.

»Gibt es irgendeinen Grund ...?«

Ich kräuselte die Lippen. »Möchten Sie ihn nicht sehen?«

Sein finsterer Blick hätte den Schiffsrumpf schmelzen können. Endlich brummte er zu Yost: »Sagen Sie der Brücke, dass wir ablegen können.« Er verschloss die Luke von innen.

Wir begannen unsere Reise. Langsam und mit einem leisen Gefühl der Verlassenheit sah ich, wie die *Olympia* vom Bullauge zurückfiel. Ich würde sie nie wiedersehen.

Eine Stunde verging, in der ich herumzappelte und vor Hitze fast verging, während ich mich fragte, ob ich das Richtige tat. Vielleicht ließen sie Vati ja mit einer Verwarnung davonkommen oder der Schande. Vielleicht ein paar Monaten im Gefängnis. Vielleicht ...

Am schlimmsten ist immer das Rütteln, wenn das Shuttle mit den äußeren Schichten der Atmosphäre und der eigenen Geschwindigkeit zu kämpfen hat. Auf sechzigtausend Fuß beruhigt sich der Flug und verläuft auch nicht unruhiger als ein Suborbitalflug.

Ich löste den Gurt. Rasch ging ich zum Cockpit hinüber. Als ich an Anselm vorbeiging, blickte er überrascht auf; während des Fluges lief man nicht in einem Shuttle herum.

Ich klopfte an die Cockpitluke.

»Was ist?« Der Pilot klang verärgert, als er öffnete. Ich drängte mich hinein.

Hinter mir sprang Anselm vom Sitz auf.

Ich griff in die Tasche.

Tad blieb stehen.

Nur zu verständlich. Die Zielerfassung meiner Laserpistole erhellte seine Taille. Ich warf einen Blick auf die Instrumente. Der Höhenmesser stand bei sechzigtausend Fuß. Ich sagte zum Piloten: »Weisen Sie den Comp an, dass er übernimmt.«

»Sie können nicht . . .«

Ich schoss. Eine Druckanzeige löste sich auf. »Los!« Fünfundfünfzigtausend.

»Comp, Autopilot ein!«

»Raus.« Ich deutete auf die Luke.

Er eilte an mir vorbei in die Passagierkabine. Tad kam näher. »Woher haben Sie die?«

»Von der Station. Niemand hat sie mir anschließend weggenommen.«

Ein weiterer beiläufiger Schritt.

»Tun Sie das nicht, Mr. Anselm! Ich warne Sie!«

»Erschießen Sie mich?«

Ich erwiderte seinen Blick. »Falls ich muss. Das schwöre ich.« Vierzigtausend.

»Was haben Sie vor?«

»Ich werde das Shuttle landen.«

»Sie können nicht fliegen.«

»Ich bitte den Comp um Hilfe. Wahrscheinlich stürzen wir ab.«

»Randy, wir haben neunzig Passagiere an Bord!« Mit einem Wink schloss er sie alle ein.

»Ja. Ihretwegen, nicht meinetwegen, bitte ich um Ihre Hilfe.« Dreiunddreißigtausend.

»Wobei?«

»Geben Sie mir Ihr Wort als Offizier – und Ihren Eid –, dass Sie sich nicht einmischen, dass Sie nicht versuchen, mir die Pistole wegzunehmen oder mich zu überwältigen. Dass Sie die Maschine nach meinen Anweisungen landen.«

»Und falls nicht?«

»Dann mache ich es selbst.«

»Herr Jesus!« Nach einem langen Augenblick: »In Ordnung. Ich schwöre es.«

»Beim allmächtigen Gott.«

»Beim allmächtigen Gott.«

»Und Ihr feierliches Versprechen als Offizier.«

»Ja!« Er schien bereit, einen Mord zu begehen.

Fünfundzwanzigtausend. »Herein.« Ich trat zur Seite, als er sich ins Cockpit drängte, und setzte mich dann auf den Platz des Copiloten.

»Randy, wieso?«

»Ich möchte Vati retten.«

»Sie sind wahnsinnig!«

»Spielt das eine Rolle?«

Einen Augenblick später zuckten seine Lippen. »Vermutlich nicht. Comp, Autopilot aus.«

»Stimme nicht erkannt. Der Sprecher identifiziere sich bitte.«

»Leutnant Thadeus Anselm, UNNS. Die ID lautet N-123 ...«

»Befehlsgewalt abgelehnt.«

Vati hatte mir von seinen Schwierigkeiten mit Comps erzählt. Ich bleckte die Zähne. »Comp, eine Sicherheitsprüfung. Wo befindet sich deine CPU-Box?«

»Rechts vom Ruder des Copiloten, zwischen Treibstoffanzeige und ...«

Ich stellte den Laser auf geringe Intensität und brannte die Box nieder, bis sie zischte.

»Jesus Christus, Sohn Gottes!« Tad sprang von seinem Platz auf.

»Lästern Sie nicht.« Seltsam, wie sehr ich mich nach Vati anhörte.

Danach wusste Tad nicht mehr viel zu sagen. Die Centraltown-Flugleitung schien den Wechsel der Stimme nicht zu bemerken und wies uns die übliche Landebahn zu.

Auf fünfzehntausend Fuß Höhe setzte ich Tad ins Bild. »Wir landen nicht auf dem Raumhafen.«

»Dann machen Sie es selbst!«

»Nein, Sie haben mir Ihr Wort gegeben.« Mit klopfendem Herzen lehnte ich mich zurück und schloss die Augen. Obendrein legte ich noch die Pistole auf die Armaturen.

Fast eine Minute verging.

»In Ordnung, Sie haben gewonnen.« Er presste es zwischen den Zähnen hervor. »Wo?«

»Im Churchill Park. An der Südostecke liegt ein offener Streifen. Ohne Bäume.«

»Das wird eine Bruchlandung!«

Ich sagte: »Shuttles landen senkrecht.«

»Mit der Hilfe des Comps. Ich bin nicht gut genug, um ...«

»Oh, ich habe Vertrauen. Sie sind besser, als Sie denken.« Gott wusste, warum ich das sagte. Vielleicht scherte ich mich nicht länger darum. »Und sagen Sie der Flugleitung nicht Bescheid.«

»Sie wissen es ohnehin, wenn wir den Kurs ändern ...«

»Als Vati mich auf den Planeten brachte, führte uns der Anflug am Churchill Park vorbei. Nehmen Sie die Geschwindigkeit zurück und gehen Sie frühzeitig mit der Höhe herunter. Verdammt, ich habe vor gar nicht so langer Zeit dort einen Heli gelandet!«

»Einen Heli!« Er fluchte unterdrückt. »Falls ich Sie je in die Hand kriege ...!«

»Ja, und ich habe es sogar verdient.« Ich sagte es mit dünner Stimme. »Tad, man redet davon, ihn zu verbrennen!«

»Halt die KLAPPE!« Sein Ton war heftig. »Ich muss nachdenken, um dieses Ungeheuer zu landen!«

Ich tätschelte ihm das Knie.

Vielleicht hatte ich irgendwie Tads Interesse geweckt. Vielleicht machte er sich ebenso viel aus Vati wie ich. Lakonisch wiederholte er die Landeanweisungen von Centraltown Control, fragte nach Windgeschwindigkeit und -richtung und nannte ihnen unsere geschätzte Ankunftszeit.

Ich fand, dass unsere Geschwindigkeit ein bisschen hoch war, als er die Tragflächen für den Senkrechtstartermodus zurückklappte, aber die Maschine verkraftete es. Er setzte die Landeklappen zu vollem Effekt ein; trotzdem flogen wir schnell und tief über dem Park ein.

»Werden Sie lieber diesen Raumanzug los.«

Ich warf ihm einen überraschten Blick zu. Ich hatte das schon ganz vergessen. Unbeholfen öffnete ich die Verschlüsse und wand mich aus der Montur. »Danke.«

»Wenn Sie hinausgesprungen sind, was kommt dann?«

»Das Gericht.«

»Wie weit?«

Ich zuckte die Achseln. Ich kannte mich nicht allzu gut in Centraltown aus. »Fünfzehn, zwanzig Blocks.« Es lag an der Farnum oder einer dieser gewundenen Straßen.

»Können Sie fahren?«

Ich wurde rot. »Kein Bodenfahrzeug.« Das war ein

wunder Punkt zwischen mir und Anthony gewesen, aber er hatte eisern darauf bestanden, dass ich warten musste; ich war schließlich noch nicht volljährig.

»Hmpff.« Er gab mir mit einem Wink zu verstehen, dass ich still sein sollte, und konzentrierte sich auf seine Arbeit. Wir schwebten südwärts auf die Churchill Road zu.

»Shuttle, Sie weichen vom Kurs ab! Was haben Sie?«

Tad schaltete den Funk aus. »Machen Sie sich bereit.«

»Wofür?«

»Um zu entwischen. In Minuten werden sie einen Heli an Ort und Stelle haben.«

»Klar.« Ich leckte mir die Lippen.

»Der Pilot und Tommy Yost sind in der Passagierkabine. Sie versuchen vielleicht, Sie aufzuhalten.« Er klang angespannt. Wir stießen zu den Bäumen und der sich anschließenden Lichtung hinab.

»Warum die Warnung?«

»Verletzen Sie sie nicht. Verletzen Sie niemanden.«

»Ich gebe mir Mühe.«

»Machen Sie sich bereit.«

»Jesus, die Bäume!«

Ich packte die Instrumententafel, hielt mich für einen Aufprall und das Vergessen bereit. Wir glitten mit gerade noch einem Meter Spielraum über die Baumwipfel. Tad schaltete die Triebwerke auf Senkrechtmodus und setzte die Maschine in einem tosenden Unwetter von Staub und versengtem Gras auf.

Ich holte tief Luft und sprang zur Cockpitluke. Eine Hand packte mich am Kragen und zerrte mich zurück.

Ich schrie: »Sie haben es versprochen!«

»Vergessen Sie nicht etwas?« Er betrachtete mich mürrisch.

»Was?« Ich hatte keine Zeit; ich musste die Hauptluke erreichen, hinausspringen und wie der Teufel … »Oh!« Ich lief dunkelrot an. Ich packte den Laser, den ich auf die Instrumententafel gelegt hatte. »Danke.«

Ich stieß die Luke auf.

In der Passagierkabine war die Hölle los. Kolonisten kämpften mit Fähnrich Yost, der sein Bestes tat, um die Außenluke zu blockieren.

»AUS DEM WEG!« Bei meinem Schrei hielten alle inne. Ich schwenkte den Laser. Panisch duckten sich die Leute hinter die Sitze, sprangen auf die winzige Toilette, duckten sich hinter alles, was ihnen die Illusion der Sicherheit vermittelte.

Ich knurrte Yost an: »Aufmachen!«

»Machen Sie es doch selbst!« Er funkelte mich so an, dass ich mich auf einen Angriff vorbereitete.

Trotzdem zielte ich neben ihn auf die Lukensteuerung.

Eine eisige Stimme ertönte hinter mir: »Mr. Yost, tun Sie, was er gesagt hat.« Tad Anselm.

»Aber …«

»SOFORT!«

»Aye aye, Leutnant!« Yost schlug mit der Faust auf die Steuertafel. Die Innenluke glitt auf; die Außenluke klappte nach außen und faltete sich zu Stufen auseinander. Knurrend rannte ich ins Tageslicht hinaus, schwankte am Rand der Treppe, die sich noch bewegte, sprang hinunter auf den dampfenden Rasen.

Die nächste Straße war … dort drüben. Ich schob den Laser hinter den Gürtel und rannte los.

Ich riskierte einen Blick zurück. Die Shuttletreppe hatte auf dem Boden aufgesetzt. Tad Anselm sprintete mir nach. Dieser Verräter, dieser verlogene ... Nein, ich hatte ihm den Schwur abgerungen, mich nicht an der Entführung des Shuttles zu hindern, und das hatte er auch nicht. Jetzt stand es ihm frei, seine Pflicht zu tun. Gott sei Dank waren Flottenoffiziere nicht routinemäßig bewaffnet, andernfalls hätte er mich in meinem Lauf niederbrennen können.

Ich warf erneut einen Blick über die Schulter. Tommy Yost stürmte mit wie verrückt arbeitenden Beinen hinter Anselm her.

Das Gericht lag – südlich von hier. Ich schwenkte ab.

Ich schnappte bereits nach Luft. Ich musste mein Tempo dosieren, oder ich schaffte es nie. Andererseits musste ich jetzt jeden Augenblick mit dem Knattern eines Heli-Rotors rechnen; auf dem Raumhafen Centraltown würde man keine Zeit verlieren, hinter dem vermissten Shuttle herzujagen.

Hinter mir schwankte Tad Anselm auf die Straße und warf sich vor einen langsam fahrenden Elektrowagen. Er ruderte wild mit den Armen. Er zerrte den Fahrer heraus und duckte sich in das Fahrzeug. Ich fluchte. Jetzt würde er mich einholen und mich damit zwingen, ihn zu erschießen. Ich würde es tun. Nichts und niemand konnte mich daran hindern, zu Vati vorzudringen, solange noch Atem in mir war. Ein keuchender Atemzug wurde zum Schluchzen.

Unerbittlich holte Anselms Wagen auf. Ich hielt in zugewucherten Gärten Ausschau nach einem freien Pfad; Vati zuliebe wollte ich Tad auszuweichen versuchen, ehe ich ihn tötete.

Ein Motor heulte auf. Tads Wagen tauchte neben mir auf. Er war allein. Ich wich auf den Bürgersteig aus und zog den Laser. Am Himmel wurde ein Fleck größer. Ein Heli.

Hinter uns stürmte Tommy Yost die Straße entlang, sein Gesicht eine Maske hitziger Entschlossenheit.

Anselms Elektrowagen schwankte, als er sich vorbeugte, um meinem Schuss auszuweichen. Nein, er war schon halb den Bordstein herauf und fummelte an der Tür. Hatte er eine Macke?

»Weg da!« Ich keuchte. »Ich schieße sonst scharf!«

»Steig ein, du Arschloch!« Tad warf die Tür auf.

Ich glotzte. Hinter uns trommelten Yosts Schritte. Ich zögerte eine Sekunde zu lang; Yost warf sich auf mich, als ich gerade herumwirbelte, um zu schießen. Er schleuderte mich zu Boden und schlug mir die Pistole aus der Hand. Ich schlug um mich, bekam keine Luft, lief dunkelrot an.

Anselm sprang aus dem Wagen. Während Yost auf mich einschlug, stürzte er sich auf die Pistole. »Tommy, machen Sie Platz!« Tad schubste den Fähnrich von mir herunter, zerrte mich auf die Beine, stieß mich ins Auto.

Ich atmete pfeifend. Ich hatte das Gefühl, ein Stein säße in meiner Lunge.

»Geben Sie mir den Rufer! Ich rufe die Jerries im Heli an!« Yost tanzte aufgeregt herum.

»Nein, nicht ganz.« Anselm sicherte die Pistole, packte mein Handgelenk, drückte meine Finger um den Griff.

Yost klappte den Mund auf und zu. »Sir, was haben Sie ...?«

»Ich habe die Seite gewechselt.«

»Unsere Befehle ...«

»Es geht um den Käpten. Mr. Seafort.«

»Ja, aber ...« Yost schluckte.

»Retten Sie Ihre Karriere. Das ist nicht Ihr Kampf.« Tad langte an mir vorbei und knallte die Wagentür zu.

»Ach zum Teufel!« Yost riss die Tür wieder auf und duckte sich hinter uns auf die Rückbank. »Ich komme mit.«

Tad sah finster drein. »Vor einer Minute wollten Sie noch die Jerries rufen.«

Der Fähnrich wurde rot. »Falls Sie mithelfen, haben wir eine Chance.«

Die Räder kreischten, als sie den Asphalt zu greifen versuchten. Häuser flogen vorbei.

Das Autoradio brummte und knurrte monoton vor sich hin. Ich drehte die Lautstärke höher. »... *einleitender Schlagabtausch im Verfahren gegen den früheren GenSek, der es bislang abgelehnt hat, sich einen Rechtsbeistand zu nehmen. Der Gerichtssaal im ersten Stock ist voll gepackt mit den Honoratioren von Kirche und Staat, die ...*«

Anselm stieß mich an. »Hast du einen Plan?«

Ich holte bebend Luft. Alle meine Teile schienen zu funktionieren. »Ihn finden und befreien.«

»Ist das alles?« Er klang beißend.

»Bieg rechts ab. Oh Jesus, die Farnum ist eine Einbahnstraße. Probiere die Henderson; das ist einen Block hinter ...«

Anselm ignorierte mich und brauste in die falsche Richtung die Farnum entlang. Kein anderes Fahrzeug war zu sehen.

»Ich hatte nicht die Zeit für Planungen.« Ich klang abwehrend.

Wir rasten um eine Biegung und knallten seitlich beinahe gegen einen Laster. Hinter uns verklang wütendes Hupen. »Wo zum Teufel ist das Gericht?«

»Frag den Comp.« Ich stach mit dem Finger auf das Kartendisplay ein. »Fahre nach Süden, während ich ...« Einen Augenblick später hatte ich die Amtsgebäude auf dem Bildschirm. Das Gericht lag westlich der Churchill an der Hopewell Plaza. Ich brummte Anselm die Richtungsangaben zu.

Zwei Blocks vor dem Gerichtsgebäude hingen Umleitungsschilder an Gerüsten aus Alulegierung. Andererseits hatte sich niemand die Mühe mit Straßensperren gemacht. Alles in allem waren wir Hope Nationeers ein gesetzestreuer Verein. Und ich bezweifelte, dass die neue Regierung alles unter Kontrolle hatte. Trotz seiner herrischen Art war Anth populär gewesen. Außerdem war er der legitime Regierungschef. Nur wenige würden zum Feind überlaufen, solange er lebte.

Jede Straße, die wir probierten, war gesperrt.

Ich blickte auf die Karte. »Es liegt hinter der nächsten Ecke. STOPP!«

Tad trat auf die Bremsen. Ich flog beinahe durch die Windschutzscheibe. Er sprühte hervor: »Was zum ...?«

Ich hatte meine Tür schon aufgerissen. »Zu viel Aufsehen mit einem gestohlenen Auto. Zu Fuß ...« Ich steckte den Laser hinter den Hosenbund und lief los.

Tad sprang zur Tür hinaus und versuchte, mit mir Schritt zu halten. Ein weitläufiges Betongebäude gab gute Deckung. Ich sprintete zu einer Tür, die nur noch wenige Schritte vor der Straßenecke lag. Meine beiden

Bundesgenossen waren kaum einen Schritt hinter mir.

Ich versuchte, mich unsichtbar zu machen, und blickte forschend um die Ecke.

Ich erkannte das Gebäude wieder; ich hatte es oft genug in den Nachrichten gesehen, und Vati hatte mich dorthin mitgenommen, als er seine Rede hielt. Ein dreistöckiges Haus aus gegossenem Beton, dem man unpassende weiße Säulen aufgepappt hatte, scheinbar ein verspäteter Einfall. Auf dem Dach ein Heli-Landeplatz, wie ich wusste. Jedes Verfahren, von dem ich jemals in den Nachrichten gehört hatte, hatte hier stattgefunden.

Ein Zug der Heimatgarde hielt Wache. Eine Behelfsbarriere vor der Tür aus Stahl und Glas bot ihnen Deckung. Sie starrten vor Waffen: Laserpistolen, Gewehre, Stunner.

Mich verließ der Mut.

Tad, der hinter mir kauerte, flüsterte: »Wir können uns nicht mit der Armee anlegen.«

»Ich weiß, aber ...« Ich kaute auf den Lippen.

»Ein Ablenkungsmanöver?« Das kam von Tommy Yost.

»Keine Zeit.« Meine Stimme bebte. »Ich gehe hinein. Dieser Heli, den wir gesehen haben, ist beim Shuttle gelandet, um die Lage zu klären. Sie werden die Truppen hier informieren, und ...«

Noch während ich redete, hielt ein Truppentransporter vor dem Gericht. Seine widerstandsfähigen Türen aus Alulegierung schwenkten auf.

Zu spät! Es tut mir Leid, Vati.

Aber keine Soldaten kamen hervor. Vielmehr gab ein Offizier einen Wink und erteilte knappe Befehle.

Ich konnte nur den tiefen Klang seiner Stimme hören.

Die Heimatgardisten drängten sich in das Fahrzeug. Einen Augenblick später war der Transporter verschwunden.

»Das ist unsere Chance.«

Tad hielt mich zurück. »Wo ist der Gerichtssaal?«

»Im oberen Stockwerk, hieß es im Radio.« Ich befreite mich aus seinem Griff.

Motoren dröhnten. Ich zog den Kopf ein.

Kein Truppentransporter, sondern ein Lastwagen. Er parkte am gegenüberliegenden Rand der Plaza. »Was jetzt?« Es war egal. Es wäre verrückt gewesen, die Chance nicht zu ergreifen, die mir die Vorsehung bot. Aber mit nur einer Pistole …

Die Tür zum Gerichtsgebäude ging auf. Eine Gestalt kam hervor.

Mir stockte der Atem.

Anthony. Er blinzelte im Sonnenlicht und rieb sich die Handgelenke.

Die Hintertüren des Lastwagens wurden geöffnet. »Hierher, Statthalter!« Ein hagere Frau winkte. Sie kam mir bekannt vor. »Schnell, Sir!«

Anth blickte hinter sich auf die wieder geschlossene Tür zum Gericht. Dann lief er zum Laster. *Schnell!* Ich bekam kaum Luft. *Um Gottes willen, beweg dich!* Die Frau – wer zum Teufel war sie? Mir stockte der Atem. Dr. Zayre, Chris Dakkos Verbündete! Sie hatten einen Plan geschmiedet, um den Statthalter zu retten. Mein Mut stieg. Mit Dakkos Hilfe konnten wir den Käpten befreien. *Beeile dich, Anth!* Ich trat einen Schritt weit aus der Deckung hervor und winkte heftig, aber er sah mich nicht.

»Was hast du ...?«

»Sieh nur, Tad, es ist Anthony! Der Statthalter! Sie haben ihn freige ...«

Die Tür zum Gericht flog auf. Vier uniformierte Wachleute mit bedrohlichen Lasergewehren. Sie hielten sich gar nicht erst mit der Absperrung auf, die die Heimatgarde aufgestellt hatte.

Dr. Zayre schrie: »Rennen Sie!«

Anth sprintete auf den Lastwagen zu. Dessen Motor sprang an. Er ruckte ein paar Fuß weit, hielt, wartete, dass sich Anth an Bord schwang.

Zwei der Wachleute knieten sich hin und zielten.

»Anth!«

Ohne langsamer zu werden, blickte er suchend über die Schulter, als er meinen schrillen Schrei hörte.

Verzweifelt kämpfte ich gegen die Hand an, die sich über meinem Mund schloss. Ein erbarmungsloser Arm zerrte mich im lautlosen Ringen hinter den Schutz der Hauswand.

Ein Laser summte. Die Straße rauchte. Anth sprang auf die offene Tür des Lastwagens zu.

Ein Schuss rammte die Tür weit auf. Angeln zerplatzten.

Und ein weiterer Schuss kam.

Er erwischte Anth am Knie. Sein Bein löste sich in einem Sprühregen dampfenden Blutes auf. Er stürzte heftig, schlug um sich.

Er gab keinen Laut von sich.

Ich versetzte Anselm einen Stoß in die Rippen, riss mich los. Weinend versuchte ich, mit der Pistole zu zielen.

Ein Wachmann stellte das Gewehr auf Dauerfeuer.

Eine Laserlinie kroch auf Anth zu und durchschnitt ihn. Er zischte.

Ein schriller Schrei der Agonie, selig kurz.

Die rauchende Leiche fiel zurück, zuckte einmal und rührte sich nicht mehr.

Der Lastwagen fuhr an. Laserfeuer erwischte das Führerhaus. Blut spritzte.

Sengender Beschuss deckte das ganze Fahrzeug ein. Dr. Zayre fiel aus dem Laderaum, war schon tot. Der brennende Laster rollte langsam über die Straße. Er stieß an den Bordstein und kam mit einem Ruck zum Stehen.

Auf der Straße war alles still.

Abgesehen vom Trommeln meiner Laufschritte.

Ich war schon fast über dem ersten Wachmann, ehe er mich hörte. Ich hielt die Pistole bei ausgestreckten Armen mit beiden Händen im Griff, als fürchtete ich den Rückstoß. Es gab keinen Rückstoß, wie ich wusste. Zumindest hatte es keinen gegeben, als Anth und ich im schweigenden Wald der Plantage auf Bäume geschossen hatten.

Der Wachmann drehte sich um. Er wurde bleich.

Ich schoss ihm mitten ins Gesicht, warf mich herum, erwischte den zweiten Wachmann, ehe er das Gewehr heben konnte.

Zwei Schritte entfernt warf der Straßenbelag Blasen. Ich tänzelte zur Seite und schoss im Laufen. Eine entsetzliche Hitze streifte mich am Oberschenkel.

Wie eine wild gewordene Kreatur schlug ich Haken und feuerte unablässig. Ein dritter Wachmann ging zu Boden. Der vierte wollte sich durch die Tür des Gerichts ducken. Ich weiß nicht, ob ich ihn getroffen habe. Laserfeuer schlug mir aus dem Inneren des Gebäudes entgegen. Auf einem Knie, nicht weit von Anthony, schoss ich durch die Tür, bis ich den warnenden Piepton der leeren Pistole hörte. Dann erhob ich mich schwankend, aber kühl, war über alles Denken hinaus, marschierte zu dem entsetzlich brennenden Wachmann hinüber, entriss das Gewehr seinen zerstörten Armen und eröffnete erneut das Feuer.

Ich hörte erst auf, als einer der zusammensackenden Türflügel krachend zu Boden stürzte.

Ich wühlte in dem widerlichen Wrack herum, das einmal ein weiterer Wachmann gewesen war, und fand ein Gewehr, das aber nicht mehr zu gebrauchen war. Im Schutt an der Tür lag ein Gewehr, das noch funktionierte. Ich nahm es an mich.

»Kommt schon!« Meine Stimme klang seltsam. Ich räusperte mich und probierte es erneut. »Anselm, Yost, los!«

Tad kam zum Vorschein, die Handflächen mir zugewandt, als wollte er sich ergeben. »Randy?«

»Hier.« Ich warf ihm ein Gewehr zu und bückte mich, um Nachladepacks aufzusammeln. »Ich finde keins für Tommy.«

»Statthalter Carr . . .«

»Ist tot.« Kurz legte sich ein Vorhang vor die Sonne. Ich wischte Schweiß und Schmutz weg und konnte wieder sehen. »Schnell! Sie wissen, dass wir hier sind.«

Yost bewegte kaum die Lippen und redete so leise, dass ich ihm fast nicht folgen konnte. »Er hat eine Macke, Sir. Können Sie sich das Gewehr schnappen?«

»Ich habe das gehört! Keine Zeit. Helfen Sie uns, oder gehen Sie nach Hause.«

Der Fähnrich schluckte.

»Nun?« Warum schlug ich nur Anths Ton an, wenn er doch schon genug hatte?

»Ich werde helfen, Sir.«

Ich fragte mich, ob sich Yost klar war, wie er mich angesprochen hatte. »Los!« Ich steckte ein frisches Ladepack ins Gewehr, trabte in die Eingangshalle und feuerte in die Schatten.

Niemand.

Stille.

Ein Fahrstuhl. Ein halbes Dutzend Wachleute hatten sich hineingedrängt. Einer hielt einen Rufer umklammert.

Der Fahrstuhl war von der Haustür aus einsehbar. Mein Laserstrahl hatte ihn frontal erwischt. Verkohlte Leichen, sie alle. Ich suchte zwischen ihnen herum und entdeckte eine unbeschädigte Laserpistole zwischen all dem Fleisch.

Ich fragte mich, ob der Wachmann seinen Hilferuf hatte absetzen können. Ich reichte seine Pistole Tommy, winkte die beiden in den nächsten Fahrstuhl und schlenderte hinterher. Ich blieb stehen, als wollte ich nachdenken, beugte mich vor und erbrach mich, bis ich nichts weiter mehr hervorbrachte als dünne Galle. Dann spazierte ich mit rotem Gesicht und tränenden Augen in den Fahrstuhl und drückte den Schalter.

»Warum kommen keine weiteren Wachleute?« Anselm klang zögernd. »Nach diesem Schusswechsel sollte man denken, sie würden in hellen Scharen ...«

»Ich bezweifle, dass sie überhaupt viele hier hatten. In der Regierung muss das Chaos herrschen.« Über den anderen Grund wollte ich ungern reden. Ich holte tief Luft. »Wir fahren hinauf.«

»Und dann?«

»Suchen wir Vati.« Es war so einfach. Wieso kapierte er das nicht?

Es lief nicht ganz so, wie ich es mir vorgestellt hatte. Zwei Wachleute warteten vor dem Gerichtssaal und vier Holokameras darin. Anselm zwang mich zuzulassen, dass er die Wachleute entwaffnete; er war in diesem Punkt unerbittlich. Ich hätte ja Einwände erhoben, hätte ich nicht so weinen müssen.

Mr. Anselm passte die neue Uniform nicht richtig, und für mich sah er weiterhin mehr nach einem Flottenoffizier als einem Wachmann aus. Er schlüpfte jedoch mit gelassener Miene in den Gerichtssaal und kam einen endlosen Augenblick später wieder heraus.

»Er sitzt auf der Anklagbank.«

»Wo genau ist das?«

»Dieser hüfthohe Kasten vor der Richterbank. Er sitzt darin.«

»Ist er verletzt?«

»Ich denke nicht.«

Einen Augenblick lang atmete ich leichter. Dann fiel mir das Blutbad auf der Straße wieder ein. Bis zum Augenblick seines Todes war Anth auch unverletzt gewesen.

Ich holte tief Luft. »Bringen wir es hinter uns.«

Anselm hielt mich auf. »Wie?«

»Wir gehen hinein. Befreien ihn.«

»Da sind ein Dutzend Wachleute oder noch mehr.«

»Bringen wir sie um.«

Er sagte: »Wir können nicht einfach ...«

»Du kannst nicht? Ich schon. Wo sind die Wachleute postiert?«

»Die nächsten stehen rechts hinter der Tür. Weitere am Gang gegenüber. Aber Randy ...«

Ich schrie: »Genug geredet!« Sie hatten Vati in der Hand. Ich hatte schon Morde verübt, um so weit zu kommen.

»Und danach werdet ihr einfach hinausspazieren? Sie haben Statthalter Carr umgebracht. Sie werden vor dem Käpten nicht zurückschrecken.«

Ich schnauzte: »Auf dem Dach steht bestimmt ein Heli; außerdem kontrollieren sie die Straßen nicht. Du wirst fliegen. Bring den Heli in deine Hand. Der Fähnrich und ich, wir holen Vati heraus.«

»Da sind auch Richter. Bischof Andori. Ich weiß nicht, wer sonst noch.«

»Geiseln.« Was bedeutete schon Entführung neben den Verbrechen, die ich inzwischen begangen hatte?

»Aber ...«

Falls wir uns weiter stritten, überzeugten sie mich womöglich noch. Ich entsicherte das Gewehr und stieß die Tür auf.

»... werde an Ihrer Farce nicht mitwirken. Tun Sie, was Sie wollen.« Vati klang bestimmt. Von der Zuschauergalerie aus verfolgte Bischof Andori konzentriert das Geschehen.

Zwei Wachleute standen hinter dem Geländer, wenige Schritte von der Tür entfernt. Drei weitere in der Ecke.

Der nächststehende Posten drehte sich mit finsterer Miene zu der Störung um. Seine Augen weiteten sich; seine Hand flog zur Pistole. Ich rammte ihm den Gewehrschaft zwischen die Zähne. Er brach zusammen.

»Niemand rührt sich!« Ich hatte es laut rufen wollen, aber es klang einfach nur schrill.

Vati wirbelte herum. »Randy, tue es nicht!« Sein Befehl knallte wie eine Peitsche.

Das Chaos brach aus. Richter und Mitarbeiter sprangen in Deckung. Ein tapferer Reporter richtete die Holokam auf mich. Zuschauer stürzten ringsherum durcheinander. Ein Wachmann entsicherte seine Pistole. Ich schoss ihn auf kurze Distanz nieder.

Ein weiterer Wachmann stürzte, und sein Gewehr fiel klappernd zu Boden.

Ich riskierte einen Blick. Es war Tommy, der geschossen hatte. Ihm schien übel zu sein.

Richter duckten sich hinter ihre Bank.

Alarmsirenen heulten.

Wir hatten die Hälfte der Wachleute ausgeschaltet. Zwei waren zur Hintertür hinausgestürmt, andere duckten sich schutzsuchend unter Tische. Ich schwenkte das Gewehr hin und her, suchte nach einem Ziel.

»Schluss jetzt!« Die Stimme des Käptens war unüberhörbar.

»Tommy, bringen Sie ihn zu Anselm.«

»Aber ...«

Ich knirschte: »Sofort!«

»Aye aye, Sir!«

Stur schüttelte Vati den Kopf. »Nicht so. Es hat schon genug ...«

Yost brüllte: »Vorsicht!«

Hinter Vati – eine verstohlene Bewegung. Ich schoss, verfehlte das Ziel aber. Eine Sitzbank explodierte zu einem Funkenregen.

Ein Bolzen schnappte. Tommy warf sich auf den Käpten, riss ihn von den Beinen, kam auf ihm zu liegen. Darin war er gut; auf der Straße hatte er das Gleiche mit mir gemacht. Ich bleckte die Zähne zu einem irren Grinsen. Ich eröffnete das Feuer und verfehlte den davonhuschenden Wachmann knapp. Aus geduckter Haltung gab er selbst einen Schuss ab. Ich wich seitlich aus. Der Wachmann duckte sich unter die Zuschauerbänke.

Ich rief: »Stellen Sie das Feuer ein; niemand braucht verletzt zu werden!« Nette Haltung, Randy, aber ein klein wenig spät. Wie viele hast du heute umgebracht? Als wollte ich die eigenen Worte Lügen strafen, zielte ich konstant auf die Bänke.

»Leg das Gewehr weg, Randy.« Eine alte, barsche Stimme.

Mein Blick schweifte ab.

Der hagere und kantige Bischof Andori schüttelte die schützenden Arme eines Diakons ab. »Im Namen des allmächtigen Gottes schwöre ich dir ab.« Er tat einen humpelnden Schritt auf mich zu.

Ich zielte mitten auf seine Brust.

»Tue es nicht, Junge. Es wäre die ewige Verdammnis.« Ein weiterer Schritt.

»Als ob ich mir daraus etwas machte.« Mein Ton war verdrießlich, wie der eines verdorbenen Kindes. Anth wäre entrüstet gewesen.

»Sachte, Junge. Das ist alles, was Bedeutung hat.«

»Randy.« Vatis Ton klang gedämpft. »Leg das Gewehr weg!« Er lag unter Tommy Yost vor der Anklagebank.

Im Augenwinkel sah ich ein Flackern. Ich wirbelte herum. Der Wachmann war aufgestanden. Er visierte mich entlang des Gewehrlaufs an. Ich sprang zur Seite, stolperte über einen umgekippten Stuhl, streckte den Arm aus, um das Gleichgewicht zu wahren.

Eine Explosion aus weißem Feuer schleuderte mich an einen Tisch.

Schmerz. Der Gestank von verbranntem Fleisch.

Ich fiel lang hin. Irgendwie konnte ich das Gewehr mit der anderen Hand festhalten.

»Packt ihn!«

»Bleiben Sie weg, Oleg!«

Entsetzlicher, sengender Schmerz von der Schulter bis in die Fingerspitzen. Ich knirschte mit den Zähnen.

Ein Bolzen schnappte. Der Tisch über mir löste sich auf.

»Wir ergeben uns! Nicht schießen!«, schrie Tommy Yost. »Wir erge ...«

»Ich nicht!« Mit dem Gewehr als Krücke erhob ich mich schwankend auf die Beine. Der linke Arm verweigerte die Mitarbeit. Ich blickte hinab. Der Ärmel war weg und alles darin. Blut, Matsche, Kohle.

Ich starb, und ich wusste es.

Ein Schnapplaut. Der Geruch von Ozon. Hinter mir ging die Wand in Flammen auf.

Wie ein Idiot versuchte ich, den Schaft meiner Waffe mit dem fehlenden linken Arm zu packen. Es kostete mich wertvolle Sekunden. Viele blieben mir nicht mehr. Ich stolperte; ein weiterer Schuss streifte meine Haare. Ich hörte, wie sie zischten. Mit herkulischem Kraftaufwand riss ich das Gewehr hoch, packte es am Auslöser, balancierte den Schaft auf der Hüfte.

Bischof Andori schrie: »Schnappt ihn euch!«

Mit einer kurzen Bewegung des Fingers stellte ich meinen Laser auf Dauerfeuer. Ich verströmte Flammen und Rauch und Tod in die Bänke, von denen aus die Wachleute geschossen hatten.

Endlich hörte ich auf, drehte mich zu Andori um, sagte zu den Überlebenden: »Er ist der Nächste.« Meine Stimme hörte sich gespenstisch an. Ich musste mich räuspern und wiederholte es. »Ich nehme ihn mit in die Hölle, das schwöre ich beim Allmächtigen!«

Der Raum schwankte. Ich stolperte, das Gewehr auf der Hüfte.

In all dem Gemetzel hatte sich Andori nicht bewegt. »Leg es nieder, Randolph.«

Ich sagte an ihm vorbei: »Yost, lassen Sie den Käpten aufstehen. Vati, du beeilst dich lieber.« Ich konnte mich nicht mehr lange auf den Beinen halten.

Vati benutzte Tommys Schulter als Stütze. Ich sehnte mich danach, es ihm gleichzutun. »Randy, du hast Böses getan und bist schlimm verletzt. Leg das Gewehr nieder.«

Etwas sickerte an meiner Seite herunter. »Sobald du in Sicherheit bist. Tad wartet am Heli.«

Unter den Diakonen rührte sich etwas. Ich bleckte die Zähne. »Versuchen Sie es nur! Irgendeiner von Ihnen!«

Andoris Hand zuckte, ein Wink, noch abzuwarten.

Vati sagte: »Gib Yost das Gewehr. Ich helfe dir an Bord ...«

»Jemand muss sie hier festhalten.« Das schien mir nicht genug. Ich schrie: »Siehst du nicht, dass ich erledigt bin? Das war alles für dich! Vergeude es nicht!«

Sein Ton war gepresst. »Dieses Massaker ist in meinem Namen geschehen? Nein. Das akzeptiere ich nicht!«

»Wir brauchen dich! Hope Nation braucht dich. Anth ist tot.«

Vati stöhnte.

»Andori hat ihn erschießen lassen.«

Vati presste die Lippen zusammen.

Der Bischof schüttelte den Kopf. »Das habe ich nicht.«

»Ach Quatsch!« Der Gerichtssaal pulsierte wie ein schlagendes Herz. »Yost, bringen Sie Vati zum Heli, notfalls mit Gewalt. Sonst zähle ich bis fünf und erschieße Sie dann; das schwöre ich! Eins. zwei.« Ich packte das Gewehr fester.

Yost zerrte verzweifelt am Käpten.

»Ich habe ihn nicht umbringen lassen.« Das war Andori.

»Dann war es Scanlen.« Ich wich einen Schritt zurück, dann noch einen. Falls ich mich teilweise entlastete, indem ich mich ans Geländer lehnte ... »Es war alles arrangiert. Jemand hat die Soldaten weggelockt, die das Gebäude bewachten. Dann hat man Anth hinausgeschickt, wo Dr. Zayre mit einem Lastwagen wartete, um ihn zu befreien. Dann haben die Wachleute ihn niedergeschossen. Sie hatten sogar einen Reporter an der Tür postiert, damit er es für die Nachwelt festhielt. Drei, Yost!«

Vati fragte nur: »Bist du sicher?«

Andori sagte: »Er hat sich das ausgedacht.«

»Sie verdammter Lügner!« Irgendjemand schnappte nach Luft. Ich knurrte: »Erzählen Sie mir nicht, Ihre Wachleute hätten den Tumult unten nicht gehört!

Warum sind sie nicht hinuntergegangen?« Ich wartete nicht auf eine Antwort. »Weil sie damit gerechnet hatten.« Ich hätte gern mit einem Wink auf das Gemetzel gedeutet, das hier oben und das unten. »Wir haben sechs Wachleute im Fahrstuhl umgebracht. Zu viele. Anth hätte sich nicht befreien können, es sei denn, es war geplant.«

Ich war verzweifelt durstig, aber ich spuckte auf den versengten Boden. »Auf der Flucht erschossen. Es ist so...« Ich suchte nach dem richtigen Wort. »... fantasielos. Anth wäre das peinlich. Sprechen Sie Ihre Gebete, Yost. Vier. Fünf.«

»KOMMEN Sie doch, Sir!« Der Fähnrich zerrte Vati zur Tür. »Sofort! Er wartet nicht länger!«

Vati flüsterte: »Ich kann dich nicht im Stich lassen, Sohn.«

»Derek zuliebe, Anth zuliebe bitte ich dich! Hope Nation zuliebe. Lasse nicht zu, dass dieser Abschaum damit durchkommt.« Ich schwankte auf den Beinen.

»SOFORT, SIR!« Verzweifelt zerrte Yost Vati zur Tür und hindurch.

»Lebewohl.« Ich denke nicht, dass sie es gehört haben.

Auf dem Korridor verklangen die Laufschritte.

»Niemand rührt sich!«, warnte ich.

Bischof Andori tat einen weiteren Schritt. Ich betrachtete ihn und bemühte mich, einen sich ausbreitenden roten Nebel fern zu halten.

Das Gewehr wurde schwerer.

»Randolph...«

»Nein.« Beinahe spannte ich den Finger um den Abzug.

»Sachte, mein Sohn.« Derek Carrs Stimme war wie ein weiches Kissen.

»Ich versuche es, Dad.«

»Ich bin stolz auf dich.«

»Sei es nicht!«

Von weiter oben drang das Knattern eines Helis zu uns.

»Du hast getan, was du konntest.«

»Und was hat es genützt?«

»Randolph?« Andori ließ zu, dass ich ihm die Mündung an die knochige Brust drückte. »Es ist vorbei.«

»Ja«, sagte ich und wollte ihn erschießen. Aber das Gewehr entglitt meiner Hand. Es fiel klappernd auf den Boden.

Ich kippte mit dem Kopf voran in die Arme des Bischofs.

22. Kapitel

Ich wollte mich zwingen, bewusstlos zu werden, scheiterte aber. Die Agonie hatte sich über die Schulter hinaus ausgebreitet und mein ganzes Wesen erfasst.

Sie hatten Recht, Bischof. Es IST eine Hölle.

Ein zerzauster, blutbefleckter Wachmann. »Du stehst unter Arrest, du kleiner ...«

»Nein.« Das war Andori. »Er gehört uns.«

»Aber er ...«

» ... hat Diakon Smathers umgebracht. Er wird nach *unserem* Recht abgeurteilt.«

Brennen. Ich würde es ertragen. Es konnte nicht schlimmer sein als das, was ich in diesem ...

Das Gesicht eines Diakons ragte über mir auf. Hambeld. Ich erinnerte mich von der Farm her an ihn.

Sein Fuß zuckte vor und traf mich in der Flanke. »Du beschissener ...«

»Das reicht!«, donnerte Andori. »Schaffen Sie ihn ins Krankenhaus. Gehen Sie sanft mit ihm um.«

»Sein Arm wurde weggerissen; er stirbt in ...«

»Die Wunde ist kauterisiert. Halten Sie ihn warm; er hat einen Schock erlitten. Sorgen Sie für die Verletzten, Hambeld, und überlassen Sie Gott die Rache.«

»Aye, Exzellenz.«

Nach endlosen Jahren saßen wir in einem Fahrzeug. Ich lag auf Decken, auf dem Fußboden. Jeder Holperer kündete von ewiger Verdammnis. Hambeld hockte neben mir.

Ich bewegte die Lippen, aber niemand antwortete. Ich probierte es erneut. »Wo ist Mr. Seafort?«

»Für den Moment entkommen. Wir erwischen ihn wieder.« Hambelds Ton war ausdruckslos, als wäre es ihm egal, ob ich überlebte oder starb.

»Wir?«

»Die Jerries. Die Heimatgarde. Die Kirchenmiliz.« Einen flüchtigen Augenblick lang drückte sein Blick Zufriedenheit aus. »Admiral Kenzig ist des Verrats verdächtig, und der Raumhafen wird schwer bewacht. Seafort kann unmöglich vom Planeten entkommen.«

Da war etwas, was ich hätte sagen sollen, aber wir fuhren durch ein Schlagloch, und ich wünschte mir vergeblich zu sterben.

Als sich der Nebel verzog, war mein Gesicht tränennass. Mein Atem ging flach, und nur so konnte ich ihn gerade noch verkraften. Hambeld legte mir die raue Handfläche kurz auf die Stirn. »Wir sind fast da«, sagte er.

»Auf der Farm?«

Er betrachtete mich seltsam. »Im Krankenhaus.«

Egal.

***

Ich war mal wach, mal bewusstlos, und entdeckte neue Welten der Qual.

Stimmen murmelten. Ein Augenpaar folgte dem anderen. Ein grimmiges Kopfschütteln.

Die Decke bewegte sich gleichmäßig. Ein neues Zimmer. Helle Lampen, ein kalter Tisch.

Schwärze.

Als ich erwachte, war ich fest angeschnallt und mir taten die Finger weh. Ich versuchte, das Handgelenk zu beugen, schaffte es aber nicht. Es brachte mich schier zum Wahnsinn. Warum hatten sie mir den Arm so fest angebunden?

Ich schlief wieder ein.

Jemand las mir mit monotoner Stimme lange Passagen vor. Ich stand unter der Wirkung von Beruhigungsmitteln und konnte ihm kaum folgen. Es hörte sich nach der Bibel an, war es aber nicht. Nach einer Weile begriff ich, dass es sich um die Anklageschrift handelte.

Schlaf.

Ich versuchte, den wunden Arm zu beugen. Flammender Schmerz. Ich schrie auf.

Eine Krankenschwester kümmerte sich um mich und redete beruhigend auf mich ein.

Von meinem linken Arm war nichts übrig gewesen, nicht mal ein Stumpf. Nur eine verkohlte Masse Fleisch, die ein paar Zentimeter weit aus der Schulter ragte. Die Ärzte hatten ihr Bestes getan. Ich würde später erneut operiert werden müssen, um mich für eine Prothese fit zu machen, falls … Die Schwester schürzte die Lippen.

Ich verstand. Ich benötigte später keine Operation mehr.

Aus Stunden wurden Tage. Ich fand heraus, dass ich zu rein gar nichts fähig war. Ich konnte mich nicht anziehen, hatte im Bad große Probleme mit der Kleidung und war überhaupt zu schwach, um aus eigener Kraft ins Bad zu kommen. Es fiel mir schwer zu essen, umso mehr, als ich die Speisen nicht ohne Hilfe schneiden konnte. Ich reagierte mürrisch auf die Schwestern und weinte, wenn ich allein war, nachdem sie meine Verbände gewechselt hatten.

Triste Tage vergingen, bevor mich jemand besuchte.

Mr. Dakko, Kevs Dad. Er wirkte gealtert und müde.

Er starrte auf meine bandagierte Gestalt. »Das hat man dann davon.« Er klang ernst.

Ein perverser Kobold fuhr in meine Zunge. »Es geht mir besser als Kevin.«

»Wirklich?« In seiner Miene war kein Mitleid zu erkennen.

Mein Trotz brach in sich zusammen. »Ich werde mich ihm bald anschließen.«

»Du wirst dich erholen.«

»Ich werde brennen.«

Ein leichtes Achselzucken. »Du hast dein Schicksal selbst gewählt.«

»Ja, Sir.« Ich zögerte. »Was gibt es Neues über Vati?«

»Wen?«

Ich wurde rot. »Kapitän Seafort.«

»Man hat ihn nicht gefunden. Auch nicht Leutnant Anselm und den Fähnrich.«

Meine Schulter pochte. »Gut.«

»Vielleicht nicht.«

Ich wartete.

Mr. Dakko sagte schwer: »Mr. Seafort wurde exkommuniziert.«

Ich holte scharf Luft.

»Andori«, erklärte er überflüssigerweise. »Auf den Stufen zur Kathedrale. In voller Amtstracht. Eine überaus eindrucksvolle Zeremonie. Der Käpten wurde zum Abtrünnigen und Gesetzlosen erklärt. Jeder Christ ist verpflichtet, ihn zu vernichten, oder falls er das nicht kann, ihn für die Kirche dingfest zu machen.«

Oh Vati! Nach meiner Auffassung ist das nur ein Haufen Scheiße, aber dich wird es quälen. Und ich kann nichts für dich tun!

Ich sagte nur: »Das müsste Ihnen gefallen.«

»Darf ich fragen, wie du zu einem solchen Schluss gelangst?«

»Wegen des Satelliten.« Die *Olympia* und ihr außerirdischer Besucher schienen Lichtjahre entfernt.

»Ja?«

Ich sagte: »Sie haben dem Außerirdischen die Schuld an Kevins Tod gegeben. Sie wollten, dass Vati ihn tötet. Zusammen mit allen Fischen, die wir fänden. Vati hat abgelehnt. Sie haben ihn an Andori verraten.«

»Das war wohl kaum ein Verrat. Ich habe nur darauf hingewiesen, dass sich eine Regierung, die zu Gottes Gesetzen steht, der Bedrohung durch die Fische entgegenstellen würde.«

»Also haben Sie Anth umgebracht.«

»Den Statthalter? Ich hatte nichts damit zu ...«

»Quatsch.« Mein Ton war schrill. »Man hat ihn umgebracht! Sie haben dazu beigetragen!«

»Hilda, meine engste Freundin, ist am selben Tag umgekommen! Wir hatten vor, ihn zu befreien. Die Wachleute waren bezahlt worden; sie hätten ... Irgendwie ist es schief gegangen.«

Ich starrte ihn erstaunt an. »Sie wissen es nicht?«

»Was?«

»Man hat ihn ermordet. Es war alles arrangiert.« Stockend schilderte ich ihm, was ich gesehen hatte.

»Sie müssen ...« Er rieb sich die müden Augen. »... ihn für gefährlich gehalten haben. Es tut mir schrecklich Leid. Anthony Carr war ein anständiger Mann.«

»Sie haben ein Omelett gemacht. Was bedeuten da ein paar Eier?« Mein Ton triefte von Verachtung. »Anth, Käpten Seafort, Hilda Zayre ...«

Sein Gesicht wirkte steinern.

Schlimmstenfalls brachte er mich um; ich hatte jedoch nichts zu verlieren. »Sagen Sir mir, Sir: Verachten Sie sich selbst?«

»Du bist wohl kaum der Richtige ...«

»Stellen Sie sich vor, ich wäre Kevin. Was würde ich denken?«

Er fuhr hoch. »Zur Hölle mit dir!«

»Ja, Sir, dieser Trost bleibt.«

Er steckte die Hände in die Taschen und schien die Wand zu begutachten. »Ich habe ihn geliebt.«

Natürlich. Kevin war sein Sohn gewesen.

»Ich war so stolz auf unsere gemeinsamen Jahre. Ich hatte jedem erzählt, dass ich unter ihm gedient habe.«

Ah! Er hatte also doch nicht von Kev gesprochen.

»Weißt du eigentlich, was es mich gekostet hat, mich gegen den Käpten zu stellen?« Mr. Dakkos Ton war heftig. »Selbst jetzt bedaure ich noch die abscheulichen Worte, die ich ihm an den Kopf geworfen habe. Er hatte ... Er hat meinen Respekt verdient. Selbst wenn ich ihn einfach aufhalten musste.«

Falls ich hätte aufstehen und ihn aus dem Zimmer drängen können, hätte ich es getan. Ich unternahm einen halbherzigen Versuch und fiel wieder zurück. »Was bedeuten schon Ihre heutigen Gedanken? Sie haben Kevin verraten. Sich selbst verraten.«

Ein Stöhnen.

Als ich aufblickte, war er gegangen.

Vier Tage später brachten sie mich per Heli zur großen Kathedrale der Wiedervereinigung in der City, neu erbaut, nachdem die Außerirdischen die Stadt mit ihren Bomben fast zerstört hatten. Riesige Steinpfeiler ragten zum Himmel auf und schützten die Festung Gottes.

Weit innerhalb des abgeschirmten Geländes lag ein friedlicher, gepflegter Rasen, auf dem wir landeten.

Eine Hand auf meiner gesunden Schulter führte

mich zu den stabilen, eisenumspannten Türen. Ich folgte ihr fügsam.

Die verletzte Schulter pochte unerträglich, umso mehr, als ich ein enges, dunkelblaues Hemd tragen musste, das an eine Uniform erinnerte. Ich war zu stolz gewesen, um mich zu beschweren, und bedauerte das jetzt.

Wir schritten den Zwischengang entlang, durch das Längsschiff, und näherten uns dem prunkvollen Chor, hinter dessen Gittergeländer unterhalb des Altars meine Richter warteten.

Man hatte mir gesagt, dass Bischof Scanlen als vorsitzender Richter agieren würde. Entsprechend saß er in der Mitte, einen Lakai an jeder Seite.

Das Verfahren versprach eine Farce zu werden.

Ich sah mich um. Sie hatten für diese Show ein ansehnliches Publikum zusammengetrommelt. Viele Pflanzerfamilien waren vertreten, wenn auch nicht alle, und zig Stadtmenschen, die keine Verbindung zu den Plantagen hatten. Ich starrte in ein Meer von Gesichtern, viele davon feindselig, manche neugierig. Chris Dakko saß mit verschränkten Armen auf einer Kirchenbank. In strategischen Abständen waren Holokams montiert und wurden von Medienleuten bedient, die mir von Anthonys offiziellen Bekanntmachungen her vertraut waren.

Ernste Diakone platzierten mich auf einer improvisierten Anklagebank vor einem erhöhten Podium. Drei Richter. Einer war Scanlen, die anderen kannte ich nicht.

Erneut verlasen sie die Anklagepunkte.

Die Todesstrafe war gefordert für meinen Versuch, die allerheiligste Wiedervereinigte Kirche des Herrgotts zu stürzen, Sein gesegnetes Instrument auf Erden, und ihre weit verstreuten Besitzungen. Für Blasphemie, Abfall vom Glauben, für eine Liste von Sünden, die eine halbe Stunde in Anspruch nahm. Ich gähnte offen, um meine Verachtung zu zeigen.

Sie legten eine Pause ein, warteten auf meine Antwort.

Wie hatte Vati es ausgedrückt? Ich sprach laut und deutlich und hoffte dabei, dass es bis zu den Holokams drang. »Ich wirke nicht an dieser Farce mit. Tun Sie, was Sie wollen.«

Richter Scanlen raunzte: »Schweig, Lästerer!« Sie besprachen sich flüsternd. Nach einer Weile ernannten sie einen Anwalt für mich.

Ich lehnte es ab, aber sie scherten sich nicht darum. Als sich der Anwalt zu mir herabbeugte, um mit mir zu reden, spuckte ich ihm ins Gesicht.

Die Sitzung wurde vertagt.

Unter der Obhut meiner Wärter fuhr ich ins Krankenhaus zurück, erschöpft und voller Schmerzen. Sie sperrten mich über Nacht in ein vergittertes Zimmer. Ich beobachtete mich selbst auf Holoaufnahmen. Anscheinend hatten sich die Ältesten der Kirche für ein öffentliches Spektakel entschieden; das Verfahren wurde live übertragen.

Am nächsten Morgen ging es richtig los.

»Der Zeuge erhebe sich.«

Müde rappelte ich mich auf. Unter dem dunkelblauen Hemd pochte die Schulter unerträglich. Ich war dankbar dafür; es half mir, mich zu konzentrieren.

Die drei ältlichen Richter trugen Soutanen, keine

Uniformen, andernfalls hätte dies ein Militärgericht sein können. Oder eigentlich ein ziviles; das machte kaum einen Unterschied in einer Gesellschaft, die mit Leib und Seele der beschissenen Kirche gehörte.

»Nennen Sie Ihren Namen.«

Ich sagte nichts.

»Junger Mann, Ihre Lage ist ernst. Sofern Sie nicht kooperieren ...«

Ich wartete.

Sie besprachen sich. Wir stritten uns. Sie drohten mir mit Lügendetektor und Drogen. Ich zuckte die Achseln, war unachtsam. Mit zusammengebissenen Zähnen wartete ich darauf, dass die Schmerzwoge wieder nachließ.

Der Anwalt des Herrn – der Ankläger – mischte sich ein. »Falls Eure Hochwürden gestatten?« Er steckte einen Chip in sein Holovid und schwenkte es zu mir herum.

Eine Chipnachricht. Zu meiner Verblüffung stammte sie von Vati.

Er lebte! Ich konnte vor Freude kaum lesen.

»Randolph, ich weiß, wovor du stehst. Wovor ich stehe. Ich bitte dich und befehle dir: Sage ihnen, was sie erfahren möchten. Sage es ihnen frei heraus.«

Ich starrte auf die unverwechselbare Unterschrift.

Und begann zu reden.

Es wurde schon dunkel, als ich den letzten Schluck von meinem Wasser trank. Die Eiswürfel waren schon lange geschmolzen.

Scanlen hatte mich zweimal unterbrochen, einmal, als ich von der inszenierten Erhängung auf der Farm sprach, und erneut, als ich zur Ermordung Anthonys gelangte. Ich war jeweils still geworden, hatte abgewartet, dass er mit seinem Einwand fertig wurde, und den Bericht wieder aufgenommen, wo ich ihn unterbrochen hatte. Nach einer geflüsterten Diskussion gestatteten sie mir schließlich, so fortzufahren, wie ich wollte. Vielleicht wussten sie, dass es ohnehin nicht von Belang war; ihre später anstehenden Besprechungen waren eine Farce, mein Schicksal schon besiegelt.

Jetzt war ich mit meiner Geschichte fertig.

Ich sah mich um.

Die Holokams arbeiteten lautlos in der Düsternis. Meine Kehle war wund und rau, und in der dunklen und zugigen Kathedrale war alles still, von einem gelegentlichen Knarren abgesehen. Hundert Augenpaare suchten nach meinem Blick.

Bischof Scanlen rührte sich. »Setzen Sie sich.«

Ich setzte mich oder vielmehr plumpste auf meinen Stuhl. Die Waden waren zu festen, unnachgiebigen Knoten geworden, und der Rücken schmerzte fürchterlich. Was meine Schulter anging...

Und doch empfand ich einen Frieden, wie ich ihn noch nie erfahren hatte.

Alle meine Geheimnisse lagen offen, alle meine Torheiten waren ausgebreitet. Zum Besseren oder Schlechteren – vor allem zum Schlechteren – würde ich nun nach dem beurteilt werden, was ich wirklich war.

»Das Tribunal akzeptiert das Geständnis des Angeklagten. Das Verfahren wird auf morgen früh vertagt.« Bischof Scanlen schlug einen harten Ton an. »Zu diesem Zeitpunkt wird das Urteil verkündet.«

Erschöpft und benommen fügte ich mich, als sie mich aus der Kathedrale führten. Erneut flog mich ein mit Wachleuten voll besetzter Heli in das Krankenhaus, das zu meinem Heim geworden war.

Unmittelbar vor meinem fensterlosen Zimmer hatte meine strenge Krankenschwester eine heftige Auseinandersetzung mit der Wache und erhielt die Erlaubnis, meine Mahlzeit aufzustocken. Selbst gebackener Kuchen. Sie sagte nichts, während sie mir das Essen servierte, aber ihre Augen drückten Mitleid aus und vielleicht noch etwas mehr.

Ich erwartete, wie immer für die Nacht allein im Zimmer eingeschlossen zu werden, aber diesmal blieben die ganze Zeit Wachleute bei mir. Einer bezog sogar direkt vor der Tür zum Badezimmer Position, als ich es benutzte.

Ein Arzt versorgte meinen Armstumpf. Schwestern lasen die Monitore ab, die Puls, Körpertemperatur und andere Werte anzeigten. Wenig wurde gesagt, sei es zu mir oder untereinander. Trotzdem spürte ich eine Anspannung, die ich gestern noch nicht bemerkt hatte.

Als sie sich bereitmachten, das Zimmer abzudunkeln, sah ein Arzt noch einmal nach mir.

»Warum machen Sie so ein finsteres Gesicht?« Meine Stimme klang zu laut in dem stillen Zimmer.

»Das tue ich nicht.« Sein Ton war schroff.

»Liegt es daran, dass ich verbrannt werde?«

»Das ist noch nicht entschieden.«

»Oh bitte!«

Der Wachmann spitzte die Ohren, lauschte intensiv nach ich weiß nicht was.

Ich wurde still, hörte aber nichts.

Sie ließen mich im Schein einer matten Nachtlampe zurück. Ich gab vor zu schlafen, eingelullt von den langsamen, gleichmäßigen Atemzügen des bewaffneten Postens in der Ecke.

***

Am Morgen halfen sie mir beim Anziehen. Ich war verschlafen vor lauter Schlafmangel. Die halbe Nacht hatte ich über den bevorstehenden Tod gebrütet und war zu dem Schluss gelangt, dass er mir keine Angst machte. Ich hielt nicht viel davon, verstümmelt weiterzuleben, egal wie clever eine mögliche Prothese konstruiert war. Außerdem hätte ich, falls ich weiterlebte, der Kirche gehorchen müssen, und nichts war das wert.

Außerdem bot der Tod keinen großen Schrecken mehr für mich. Ich hatte ihm auf der *Olympia* schon einmal gegenübergestanden. Nur Vatis Intervention hatte mich gerettet, aber zu welchem Zweck? Vielleicht schuldete ich dem Allmächtigen den Tod. Ich zuckte die Achseln, dachte für einen Augenblick nicht daran, die Wunde zu schützen.

Heute Morgen führten sie mich nicht zum Helilandeplatz, sondern zu einem schwer gepanzerten Elektrowagen. Diakon Hambeld wartete unter einem trüben Himmel an der Tür.

»Was ist hier los?«

Niemand antwortete mir. Sie packten mich in den Wagen. Wir fuhren los, begleitet von zwanzig Heimatgardisten. Sirenen heulten.

Ich rutschte auf dem Platz herum, wollte auf einmal unbedingt einen Blick hinauswerfen, während die Umgebung vorbeiflog.

Brachten sie mich zu einer abgelegenen Stelle, um mich unverzüglich niederzuschießen? Unwahrscheinlich; sie hätten mich schon im Krankenhauszimmer umbringen und irgendeinen beliebigen Grund dafür anführen können. Wollten sie mich verschwinden lassen? Es hatte nicht den Anschein; der Weg schien uns zur Kathedrale zu führen, wie immer.

Auf der Churchill Road lagen umgestürzte Elektrowagen. Ein ausgebranntes Haus schwelte in der Dunkelheit.

Mein Herz klopfte schneller.

»Was ist los?« Ich griff nach dem Wachmann neben mir.

Er schlug meine Hand weg.

»Was schadet es schon, wenn Sie es mir sagen?« Ich bemühte mich um einen umgänglichen Ton.

»Ketzer.« Es war ein Knurren. »Sie wollten die Regierung des Herrn stürzen ...«

»Das reicht!«, unterbrach ihn Diakon Hambeld.

»Wann?« Ich schluckte; es hatte zu fordernd geklungen.

»Gestern Abend.« Der Diakon machte ein finsteres Gesicht. »Vergiss es. Kümmere dich lieber um deine Seele.«

Unsere Kavalkade schnurrte durch eine Stadt, die seltsam still geworden war. Ich hielt nach weiteren Schäden Ausschau, entdeckte aber nur wenige.

Unser Fahrer parkte den Wagen direkt vor den eisenbeschlagenen Türen der Kathedrale. Meine Wachen versuchten, mich schnell aus dem Wagen zu zerren, aber ich nahm mir Zeit. Sollten sie mich doch auf den Boden werfen, wenn sie wollten; zweifellos hielt es eine versteckte Holokam für die Nachwelt fest.

Am Himmel kreiste ein wachsamer Heli.

Ich lächelte süß. »Rechnen Sie mit Schwierigkeiten?«

»Rein!«

Ich gehorchte und blieb gleich wieder stehen.

Heute war die Kathedrale halb leer.

Während die Wachleute mich durch das Längsschiff zum Chor führten, warf ich einen Blick über die Schulter. Drei Diakone hatten an der massiven Eichentür Stellung bezogen. Einer hielt sich einen Rufer ans Ohr.

Weiter vorn warteten meine Richter auf dem Podium. Unter den Zuschauern wurden Kommentare gemurmelt.

Eine Stimme war kühner als der Rest. »Lasst ihn gehen!«

»Ruhe!« Bischof Scanlen schlug mit dem Hämmerchen zu.

»Er ist nur ein Junge!«

»Eure Regierung ist gestürzt! Lasst es gut sein!«

Scanlen holte Luft, um zu antworten, aber vom Altar her erklang eine donnernde Stimme: Henrod Andori, Erzbischof der Wiedervereinigten Kirche von Hope Nation. »Die Regierung des Herrn ist NICHT gestürzt! Er währt ewig, und Ketzer werden dies zu ihrer Bestürzung lernen!«

Bischof Andori raffte die scharlachrote Robe eng um sich, wie um sich vor starkem Wind zu schützen. »Fahren Sie fort.« Er klopfte mit seinem Stab auf den Marmorboden.

Scanlen räusperte sich. »Wir, Richter und Prälaten der Heiligen Mutter Kirche, ernannt für diese Aufgabe und im Konklave versammelt, erklären nach ernster

Erwägung Randolph Carr für schuldig, Akte der Ketzerei und des Abfalls vom Glauben begangen zu haben, zu zahlreich, um sie im Detail aufzuführen, sowie des Mordes an unserem Bruder und Diener Diakon Edwin Salazar und der Beihilfe zur Flucht von Nicholas Ewing Seafort...« Er spie diese Worte praktisch hervor. »... des früheren Kapitäns der *UNS Olympia,* des Renegaten, Apostaten und Exkommunizierten.«

Scanlen klopfte mit seinem Hammer auf den Tisch; es knallte in dem schlecht beleuchteten Kirchenschiff wie ein Gewehrschuss.

Zu mir sagte er: »Eine Berufung ist möglich über die Hierarchie der Wiedervereinigten Kirche, in diesem Fall direkt beim Erzbischof, Seiner Exzellenz Henrod Andori.«

Meine Stimme triefte von Verachtung. »Ich werde keine Atemluft auf einen Berufungsantrag verschwenden. Töten Sie mich doch.« Ob diese Worte nun tapfer waren oder nicht, mein Magen bäumte sich auf. Genau das hatten sie schließlich vor.

Diakon Hambeld eilte durch den Zwischengang. »Eure Exzellenz...« Er nahm direkten Kurs auf Scanlen. Eine geflüsterte Besprechung fand statt. Der Bischof stand auf und machte eine gebieterische Handbewegung.

Die Diakone schwenkten die großen, eisenbeschlagenen Holztüren der Kathedrale ins Schloss.

Unter den Zuschauern breitete sich unbehagliches Murmeln aus. In der düsteren Kirche wurde die Atmosphäre trist und trübselig.

Scanlen runzelte die Stirn. »Zweifellos erhalten wir gleich Besuch. Ich werde mein Priestergewand benötigen.« Er marschierte zu den Umkleideräumen hinter dem Altar.

»Heh!« Ich schoss auf die Beine. »Sagen Sie mir, was…«

»Bringt ihn zum Schweigen!«

Jemand drückte mir einen Stunner an die Flanke. Er musste niedrig eingestellt gewesen sein. Einen Augenblick lange wehrte ich mich gegen die Bewusstlosigkeit. Von den Kirchenbänken her hörte ich, wie Leute entrüstet nach Luft schnappten, und dann nichts mehr.

***

Ich versuchte, die Arme zu bewegen, schaffte es aber nicht. Müde blinzelte ich, um wach zu werden.

Ich ballte die Fäuste; das tat weh und machte mich wieder ganz wach. Die Schulter pochte. Ein Arm fehlte – wie konnte ich das nur vergessen? –, der andere war mit einem Ledergürtel an eine Kirchenbank gefesselt. Ich kämpfte darum, mich zu befreien, brachte es aber nicht zuwege. Nur eine Hand war gefesselt – falls ich sie mit der anderen erreichte … Aber ich hatte keine andere Hand mehr. Wie verrückt kaute ich an dem Gürtel, blieb aber auch damit erfolglos.

Wenige Augenblicke später tauchte Scanlen wieder auf, angetan mit seiner roten Robe. Er nahm den vergoldeten Bischofshut unter dem Arm hervor und setzte ihn sich auf. Er trug das förmliche Priestergewand für ein Hochamt. Zuzeiten hatte mich Anth zu einer solchen Zeremonie mitgenommen. Ich hatte nervös herumgezappelt, so gelangweilt, dass es mich fast um den Verstand brachte.

Der Bischof stieg auf die Kanzel, von wo aus er gewöhnlich den Massen predigte. »Hambeld, was gibt es Neues?«

Der Diakon an der Haupttür spähte durchs Gitter. »Ein Truppentransporter auf der anderen Straßenseite. Ein paar Helis kreisen. Das ist alles.«

Scanlens Lächeln war verächtlich. »Und die betrachten sich als Regierung? Bis zum Abend haben wir sie hinter Schloss und Riegel. Haben Sie die Farm angerufen?«

»Ja, Hochwürden. Die Leute sind unterwegs.« Er spannte sich an. »Der Truppentransporter fährt los. Er scheint zu wenden.«

Ich sah mich um und fragte mich, ob die Kirchenleute die Kathedrale mit Gewalt verteidigen wollten.

Die Kirchenbänke waren leer, abgesehen von meiner. Wie lange war ich bewusstlos gewesen? Nicht lange, kaum Zeit genug für Scanlen, sich das Messgewand anzuziehen. Zeit genug jedoch für die Diakone, um die Zuschauer hinauszuwerfen. Zweifellos waren die Stadtleute froh, gehen zu können, froh darüber, sich nicht zwischen der Kirche und der zivilen Staatsgewalt entscheiden zu müssen.

Zwischen Kirche und Staat ... Ich schüttelte den Kopf. Wie lange war es her, dass Menschen zuletzt vor einer solchen Wahl gestanden hatten?

An der Tür leckte sich Hambeld nervös die Lippen. »Was, wenn sie versuchen, mit Gewalt einzubrechen?«

»Sagen Sie ihnen, dass dies das Haus des Herrn ist.«

»Aber Hochwür ...«

Scanlen sagte entschieden: »Nur Anthony Carr war so verrückt, Mutter Kirche anzugreifen, und er hat den gerechten Lohn erhalten. Ob nun Abtrünnige oder nicht, diese Schwächlinge würden nie ...«

Hambeld sprang zur Seite.

Ein ohrenbetäubendes Krachen.

Die großen Eichentürflügel zersplitterten und schwankten wie trunken in den Angeln.

»Jesus!« Der Diakon hastete in Sicherheit.

Die zerknautschte Nase eines Truppentransporters drang in die Kathedrale vor.

Bewaffnete Männer stiegen aus.

»Stopp!« Von seinem hohen Standort aus warf Bischof Scanlens Stimme Echos in der leeren Halle. »Im Namen des Allmächtigen, haltet ein!«

Der Ansturm der Soldaten verlangsamte sich.

»Verschwindet mit euren Waffen aus diesem Haus!« Scanlen schlug einen Befehlston an. »Sofort, oder seid verdammt! Denn ich, Richard Scanlen, Bischof der Wiedervereinigten Kirche Jesu Christi, erkläre jeden für aus der Heiligen Mutter Kirche und vom allmächtigen Gott selbst exkommuniziert, der in feindlicher Absicht den Fuß in dieses Bauwerk setzt!«

Damit brachte er alle zum Stehen.

Vorsichtig näherte sich ihnen Hambeld, als wollte er sie hinausscheuchen. Die Eindringlinge wechselten unsichere Blicke.

Eine Stimme sagte leise: *»Ich bin schon verdammt. Ich tue es.«* Nicholas Seafort schritt, in der weißen Galauniform eines Kapitäns, eine Laserpistole in der Hand, durch das Hauptschiff.

Scanlen intonierte: »Aufgrund der uns verliehenen Vollmacht erklären wir dich ...«

Vati lächelte, ein grimmiger Ausdruck, der seine Miene nicht aufhellte. Er zielte und schoss. Eine Ecke der Kanzel ging in Flammen auf.

Der Bischof schnappte nach Luft.

Käpten Seafort sagte: »Ich verhafte Sie im Namen der Regierung des Commonwealth von Hope Nation. Die Anklage lautet auf Verrat.«

»Welche Regierung?« Scanlens Ton triefte von Verachtung.

»Unserer.« Jerence Branstead trat hinter dem Truppentransporter hervor, das Lasergewehr ruhig im Griff.

»Bah, Sie sind nicht mal ein ...«

»Was? Ein Bürger? Das bin ich ganz gewiss.«

Scanlen holte tief Luft, nahm wieder seine befehlsgewohnte Haltung ein. »Verschwinden Sie aus meiner Kathedrale!«

»Nicht Ihre, Sir.« Vatis Ton war eisig. »Die des Herrgotts. Das ist ein Unterschied, den zu begreifen Ihnen schwer fällt. Aber ...«

Warum debattierte Scanlen mit ihnen? Offenkundig waren Branstead und Vati nicht bereit, klein beizugeben. Plötzlich wurde mir klar: der Bischof spielte auf Zeit! Ich rappelte mich auf und renkte mir fast die verbliebene Schulter aus, während ich hilflos an der Fessel zerrte, die mich an der Kirchenbank hielt. »Vati, Sir, er hat Hilfe von der Farm gerufen! Diakone, die bewaffnet sein ...«

»Zweifellos. Bist du verletzt, mein Sohn?«

»Nein, nicht ... Ich meine, ich war es. Mein Arm ist ...« *Vergiss das jetzt, du Idiot!* »Vati, sei vorsichtig, oder sie werden ...« Plötzlich weinte ich und bekam kein Wort mehr heraus. Ich stampfte mit dem Fuß auf.

»Sachte, mein Sohn.« Vati ging langsam durch das Kirchenschiff, die Pistole konstant auf den Bischof gerichtet. Er legte den Arm um mich und drückte mich kurz und sanft. Während sein Blick weiter auf Scanlen ruhte, tastete er mit der freien Hand nach dem Gürtel, der mein Handgelenk an die Kirchenbank band, und schaffte es schließlich, die Schnalle zu öffnen.

Ich beugte die tauben, geschwollenen Finger. »Ich habe ihnen alles gesagt, Vati. Wie du es wolltest.«

»Du machst mich stolz.« Seine Augen glänzten. »Mein Sohn.«

Ich hickste und schluchzte, schämte mich meiner Jugend.

Auf dem Zwischengang räusperte sich Jerence Branstead. »Käpten, nehmen Sie diese – diese *Person*...« Ein Schwenk mit dem Gewehr. »...in Gewahrsam.«

Einen Augenblick lang glaubte ich, er meinte mich, aber Vati tätschelte mir die Schulter und deutete auf den Bischof. »Mr. Anselm! Ergreifen Sie ihn!«

»Aye aye, Sir.« Tad schritt den Gang entlang, gefolgt von Tommy Yost.

Scanlen wich zurück. »Ich genieße Immunität gegen Strafverfolgung. Sie können mich nicht...«

»Achten Sie mal darauf.« Anselm packte ihn am Arm und unterband seine Flucht. »Wohin, Sir?«

»Jerence?«

»Zum Gouverneurssitz, denke ich. Ich traue dem Braten nur, solange ich ihn im Auge behalte.«

»Klar.« Anselm sprach mit ungewohntem Ernst. »Bischof Scanlen, auf Befehl des amtierenden Statthalters Branstead verhafte ich Sie hiermit.«

Er führte den benommenen Bischof zu der zertrümmerten Tür.

Vati raunzte: »Nur einen Moment noch! Wo steckt Andori?«

»Hinter dem Altar.«

Ich sah mich um.

Der Erzbischof war verschwunden.

»Tad, suchen Sie ihn!« Er wandte sich an Mr. Branstead. »Brauchen Sie mich noch? Ich möchte Randy ins Krankenhaus bringen.«

»Nein!« Ich klang schrill. »Nicht dorthin!« Es war mein Gefängnis gewesen. Ich bemühte mich darum, ruhig zu werden. »Können wir nicht nach Hause? Auf die *Olympia?*«

»Nach Hause.« Vati sagte es leise. »Ja, ich fliege bald hinauf. Die Außerirdischen warten. Aber zuerst habe ich hier noch etwas zu erledigen. Möchtest du an Bord auf mich warten?«

»Nein, Sir.« Irgendwie schaffte ich es, seinen Blick zu erwidern. Nach allem, was wir durchgemacht hatten, war es mies, mich ihm zu widersetzen.

»Und falls ich es befehlen würde?«

Mein Ton war nur ein Flüstern. »Ich würde nicht gehorchen.«

Ein Seufzen. »Ich werde dich nicht zwingen. Und ich kann noch nicht sofort das Shuttle nehmen. Sobald ich im Orbit bin, werde ich für einige Zeit keinen Planeten mehr betreten, denke ich.«

Ich erinnerte mich daran, wie Vati mit weißem Gesicht auf dem Rücken gelegen hatte, während seine Trage durch die Schleuse auf die *Olympia* gebracht wurde, als er und ich und Mik ... Ich schluckte.

»Jerence, ich brauche ein Transportmittel für Randy;

er hält sich kaum noch auf den Beinen und braucht einen sicheren Unterschlupf.«

Mr. Branstead sagte: »Warum nicht bei mir zu Hause? Ich wäre froh, ihn zu ...«

»Auf die Carr-Plantage.« Meine Stimme war unsicher. »Bitte, Vati! Nur für eine Weile!« Damit ich so tun konnte, als wäre mein Leben in letzter Zeit nur ein Albtraum gewesen, der wieder verblasste.

Vati und Mr. Branstead blickten sich gegenseitig an. »Die Wahl ist so gut wie jede andere, Jerence. Ich bleibe bei ihm, während wir die Lage klären. Falls Sie Leute erübrigen können, suchen Sie Andori. Er ist eine Giftschlange und wird uns ohne Ende Schwierigkeiten machen.« Mit äußerster Vorsicht legte Vati sanfte Finger auf meine entzündete Schulter. »Komm mit, Sohn.«

23. Kapitel

Es war ein schwüler Mittag, und Mom war nirgendwo zu finden. Annette, die Köchin, sagte, sie wäre zu einem Kirchentreffen nach Centraltown. Ich fragte mich, ob Mom überhaupt von meinem Prozess gewusst hatte; niemand konnte vorhersagen, wann Safties mal aus ihren Chemoträumen erwachten oder wieder darin versanken.

Um der gnadenlosen Sonne zu entkommen, schob ich mich an einem Trupp der Wachleute vorbei, die Mr. Branstead geschickt hatte, um uns zu beschützen.

Dankbar stand ich dann unter einer Öffnung der Klimaanlage auf dem Korridor vor dem Arbeitszimmer.

Einen Geleitschutz zu haben, das war peinlich für mich; ich kannte Feldwebel Zack Martels Bruder Rafe seit Jahren. Ich hatte das Gefühl, Soldat zu spielen, und rechnete schon fast damit, dass sie salutierten.

Noch vor wenigen Stunden hatte ich auf das Todesurteil gewartet und Vati war auf der Flucht gewesen. In einer bizarren Antiklimax schleppte ich mich jetzt die zwei Treppen zu meinem Zimmer hinauf, senkte mich auf das seit langem vertraute Bett und strampelte die Schuhe von den Füßen.

Der Einwurf von zwei Schmerztabletten linderte in keiner Weise das Pochen des fehlenden Arms. Ich fragte mich, ob ich mich jemals daran gewöhnen würde. Im Heli hatte Vati beruhigend von einer Prothese gesprochen, aber ich wollte nichts davon wissen und erklärte ihm das auch, vielleicht sogar in ziemlich störrischem Ton. Er runzelte die Stirn und ließ das Thema fallen.

Ich versuchte zu schlafen, wie Vati es mir aufgetragen hatte, aber es war sinnlos. Nach einer Weile schlüpfte ich wieder in die Schuhe und tappte die Treppe hinunter.

In dem spartanisch eingerichteten Raum, der Anths Arbeitszimmer gewesen war, führte Vati mit grimmiger Miene ein Rufergespräch. »Ich habe mich nicht eingemischt, Sir. Falls Sie sich noch daran erinnern: Man hat mich entführt.« Ich schlich auf Zehenspitzen hinein, setzte mich und sorgte dafür, dass er mich auch sah. Ich wollte mir *keinesfalls* vorwerfen lassen, dass ich lauschte. Nie wieder!

Admiral Kenzig schlug einen giftigen Ton an. »Aber nach Ihrer Flucht haben Sie sich wieder damit befasst, die rechtmäßig eingesetzte …«

»Ach, Unfug!« Eine Pause. »Sir.« Außerhalb des Blickfelds der Kamera tätschelte mir Vati beruhigend das Knie. »Anthony Carr stand einer Regierung vor, die von den UN schon lange anerkannt wurde, ungeachtet der gegenteiligen Wünsche Botschafter McEwans. Anthony hat Branstead zum Stabschef und stellvertretenden Statthalter ernannt. Nachdem Carr bei dem Putschversuch getötet worden war, blieb Jerence als einziges Mitglied der Regierung zurück, das nicht unter Zwang handelte. Er hat die Ordnung wiederhergestellt.«

»Tatsächlich?« Es war ein Knurren. »War es Branstead, der die Tür der Kathedrale einrammen ließ und UNNS-Personal anwies, den Bischof zu verhaften? Es ist nicht Aufgabe der Flotte, sich in den Wechsel von Kolonialregierungen einzumischen, was auch …«

Vatis Finger trommelten auf der Tischplatte, das Vorzeichen eines heraufziehenden Sturms. »Wer genau sollte nach Ihren Vorstellungen verbrannt werden, Admiral? Ich oder mein Schiffsjunge?«

Kenzig sagte nur: »Das war unnötig, Herr GenSek.«

Vati scherte sich nicht darum. »Ich wurde von Bord der *Olympia* gelockt, entführt und vor ein Gericht gestellt, wobei mein Leben auf dem Spiel stand. Ist es Politik der Raumflotte, über solche Niedertracht stillschweigend hinwegzugehen?«

»Sicherlich nicht, aber sobald Sie frei waren …«

»Wäre Randy nicht gewesen, würde jetzt der Wind meine Asche verstreuen. Hätte ich zulassen sollen, dass die Bischöfe ihn umbringen? Er ist Mitglied meiner Schiffsgemeinschaft und UN-Bürger.«

»Nur weil Sie ihn dazu gemacht haben.«

»Möchten Sie damit sagen, dass Eingebürgerte keinen Anspruch auf unseren Schutz haben?«

»Verflixt, Seafort, drehen Sie mir nicht das Wort im Mund herum!«

Eine ganze Weile blieb Vati still. »Sir, wir alle wissen, weshalb man Andori hergeschickt hat: Um die Rekolonialisierung voranzutreiben. Er wird jede Regierung unterstützen, die für seine Sache eintritt. McEwan steht fest auf ihrer Seite. Tun Sie das auch?«

Ein Schatten bewegte sich an der Tür.

Ich sprang auf. »Mom!« Ich sehnte mich danach, in ihre Arme zu sinken, den Kopf an ihre Schulter zu legen. Ich hatte so viel durchgemacht, erlebt, wie meine Welt auf den Kopf ...

Sie bleckte die Zähne. »Was tut *er* denn hier?«

Kenzig sah finster drein. »Meine Aufgabe besteht darin, für den Schutz der UN-Flotte ...«

Ich legte den Finger an die Lippen und warf einen Blick auf den Rufer.

»Er soll *verschwinden!*« Gebieterisch deutete Mom zum Helilandeplatz.

Vati runzelte die Stirn. »Mit allem Respekt, Sir, die Lage verträgt keine Ausflüchte.«

Ich sperrte den Mund auf. Der Admiral war schließlich Vatis Vorgesetzter. Mit einem Wort konnte er Vati das Kommando entziehen, früherer GenSek oder nicht.

Aber es war Kenzig, der einen Rückzieher machte. »Sie haben uns in eine extrem schwierige ... Sie haben den *Bischof* festgenommen! Den Bischof der Wiedervereinigten Kirche, die unserem Staatswesen zu Grunde liegt!«

Mom zischte: »Exkommunizierter! Brut Satans!« Meinte sie Vati oder mich? Ich gab ihr mit einem Wink zu verstehen, dass sie still sein sollte. Seit Jahren steigerte sie sich grundlos in Tiraden, nur Augenblicke später gefolgt von Rührseligkeit. Wir hatten gelernt, dem keine große Beachtung mehr zu schenken.

»Tatsächlich habe ich Scanlen *erneut festgenommen.*« Vatis Ton war trocken. »Während er auf seinen Prozess wartete, war er aus dem Gewahrsam des Commonwealth von Hope Nation geflüchtet.«

»Er ist immer noch unser Bischof!«

»Und ein fehlbarer Mensch«, wandte Vati ein. »Der nicht über dem Gesetz steht.«

Moms Ton war schrill. »Ich rufe die Heimatgarde!« Gut; soweit wir wussten, war die Heimatgarde fest in Mr. Bransteads Hand.

Der Admiral sagte: »Scanlen steht über dem bürgerlichen Recht. Nur die Kirche selbst darf ...«

»Das gilt bei uns, Sir. In einem unabhängigen Commonwealth unterliegt er ...«

»Verdammt, Seafort!«

Vati ignorierte die Blasphemie. »*Stehen* Sie auf deren Seite, Sir? Werden Sie McEwan helfen, Hope Nation wieder zu einer Kolonie zu machen?«

Eine lange, widerstrebende Pause. »Das ist nicht mein Auftrag.«

Sachte schloss ich die Tür vor Moms erstarrtem Blick und schlich zu meinem Platz zurück.

»Sehr gut.« Falls Vati über die Kapitulation des

Admirals erleichtert war, verriet er es nicht. »Ich schlage vor, dass wir der Regierung Branstead helfen, die Ordnung wiederherzustellen, und uns dann zurückziehen.«

»Die Patriarchen werden mit Empörung reagieren, falls ich Scanlen in den Händen der Kolonisten lasse.«

»Ich bringe ihn nach Hause, damit man ihm dort den Prozess macht. Zweifellos wird Branstead erleichtert sein.«

»Nein, wir erheben keine Klage. Sie, Käpten, werden deutlich machen, dass der Bischof vom Commonwealth ausgewiesen wurde und wir ihn nicht gezwungen haben, nach Hause zurückzukehren. Wann fliegen Sie in den Orbit?«

»Sobald wie möglich. Wie Sie sich erinnern werden, wartet ein Fisch neben dem Bug der *Olympia* darauf, dass die Verhandlungen erneut beginnen.«

»Ahh, was das angeht ... Denken Sie nicht, dass diese Angelegenheit an das Heimatsystem übergeben werden sollte? Sie schicken dann ein Team ...«

»Nein.« In die Stille hinein ergänzte Vati: »Ich denke nicht. Die Außerirdischen können nicht warten. Sicherlich stimmen Sie darin mit mir überein, Sir.«

»Na ja ...«

»Exakt. Noch etwas?« Vielsagend blickte Vati auf seine Uhr.

»Ich schätze nicht. Sollen wir ins Logbuch eintragen, dass Sie aus eigenem Entschluss Verhandlungen mit den Außerirdischen aufgenommen haben?«

»Ich habe keinen Einwand dagegen, Sir.«

»Sehr gut.« Sie trennten die Verbindung.

»Puuh!« Einen Augenblick später bedachte mich

Vati mit einem finsteren Blick. »Wieso liegst du nicht im Bett?«

»Konnte nicht schlafen.« Ich versuchte, die Achseln zu zucken, wurde jedoch von einem stechenden Schmerz daran gehindert. »Hast du Schwierigkeiten?«

»Zweifellos wird Mr. Kenzig froh sein, wenn ich abreise. Was war das für ein Aufruhr an der Tür?«

»Mom wollte ...« Ich presste den Mund zu.

»Ja?«

Widerstrebend sagte ich: »Wollte, dass du verschwindest.«

»Ah.« Eine Pause trat ein. »Das hätte mir klar sein sollen. Ich wohne bei Jerence.«

»Nein!« Ich schrie es fast. »Du bist mein Gast, Vati.« Verstand er, wie sehr es die Carr-Plantage und unsere Familie entehrt hätte, wenn wir ihn hinausekelten? Darüber hinaus und viel wichtiger: Er war Dads engster Freund gewesen, der Vater, den ich ... Ich schluckte schwer.

»Ich kann nicht bleiben, falls Sandra dagegen protestiert ...«

»Soll sie es sich doch selbst besorgen!«, sagte ich rücksichtslos.

»Derek hat sie geliebt.« In seinem Ton schwang ein Tadel mit, den ich auch verdient hatte.

»Ich bin nicht ...« Ich verzog das Gesicht. »Ich rede mit ihr.« Vielleicht hatte sie es schon vergessen.

»Sag mir bald Bescheid.« Er wandte sich wieder dem Rufer zu.

Ich fand Mom auf einem gepolsterten Küchenstuhl, wie sie verdrossen auf eine Tasse Kaffee starrte. Ehe ich ein Wort sagen konnte, knirschte sie: »Ich wünschte, du hättest ihn umgebracht!«

Das verschlug mir den Atem. »Erinnerst du dich noch an unseren Besuch, als er dir die Hand küssen durfte?«

»Ja, ich bin schließlich nicht senil. Seafort hat durchaus Charme, womit er auch deinen Vater betört hat. Er verfügt über die Arroganz, die ihn zum GenSek gemacht hat. Und er verachtet Gott und Seine Kirche.«

Das war absolut unfair. »Du hast ja keine Ahnung ...«

»Erkläre du mir nicht, was ich weiß, Kind!« Sie knallte die Handfläche so heftig auf den Tisch, dass ein Löffel voll Kaffee überschwappte. »Ich weiß, dass es einer Todsünde gleichkommt, mit einem Exkommunizierten zu verkehren, *und ich möchte, dass er mein Haus verlässt!«*

»Er ist mein Vater.«

»Derek Anthony Carr ist dein Vater!«

Sachte, mein Sohn.

War es Dad oder Vati gewesen, der hier flüsterte? Egal.

»Ich habe ihn eingeladen, Mom.« Ich überwand mich zu einem vernünftigen Tonfall. »Und es besteht eine Verpflichtung zur Gastfreundschaft.« Sie war eine Carr und davor eine Winthrop gewesen; wie war es nur möglich, dass sie es nicht verstand?

»Er wird in der Hölle schmoren.« Sie tupfte die Kaffeepfütze mit ihrer Serviette auf.

»Gewähre ihm um Dads willen Gastfreundschaft.«

»Um Dereks willen. Ja, dein richtiger Vater würde der Freundschaft zuliebe seine Seele aufs Spiel setzen.« Ein müdes Achselzucken, als ob nichts von

Bedeutung wäre. »Riskiere du auch deine, wenn du unbedingt musst.« Eine lange Pause. »Sehr gut, ich werde deinen kostbaren Käpten nicht hinauswerfen.«

»Danke, Mom.« Unbeholfen umarmte ich sie mit einem Arm und wandte mich zum Gehen.

»Gut, dass du wieder zu Hause bist.« Ihr Ton war müde und schwebte zu einem fernen Ort hinüber. »Ich habe dich vermisst.«

Mir brannten die Augen.

»Nebenbei, was ist mit deinem Arm passiert?«

Trostlos kehrte ich ins Arbeitszimmer zurück.

Vati zog eine Braue hoch.

»Ich habe mit Mom geredet. Es ist in Ordnung.« Ein bisschen übertrieben, aber ...

Er wirkte nachdenklich. »Sie hat die Adoptionspapiere unterzeichnet, weißt du. Das begrenzt unsere Möglichkeiten.«

Ich blinzelte. »Wieso?«

»Du möchtest, dass ich dich mit aufs Schiff nehme.«

»Natürlich.«

»Als Schiffsjunge?«

Ich öffnete den Mund, schloss ihn wieder. Ich hatte die Rücknahme meiner Dienstverpflichtung verlangt, und Tolliver hatte sie mir gewährt.

Er konnte meinen Überlegungen folgen. »Da ist doch noch mehr, mein Sohn.«

Ich sagte schwach: »Das Shuttle.« Ich hatte es mit vorgehaltener Waffe entführt.

»Das ist ein Problem.« Er spitzte die Lippen. »Entführung von Flottenbesitz mit vorgehaltener Waffe.

Automatische Todesstrafe und so weiter. Oh, mach dir keine Sorgen, eine Strafverfolgung findet nicht statt.« Vatis Ton war trocken. »Es wird Tolliver nicht gefallen, obwohl er insgeheim begeistert ist, dass du mich befreit hast. Er wird jedoch Argumente für ein Verfahren vorbringen, um den Eindruck von Günstlingswirtschaft zu vermeiden.«

»Stell mich vor Gericht.«

»Ja, die Carrs bezahlen ihre Schulden und all das. Diesmal nicht, Junge; man wird vorübergehende Unzurechnungsfähigkeit feststellen. Dr. Romez wird da nicht kleinlich sein. Aber die Sache ist kompliziert. Als du aus der Schiffsgemeinschaft ausgeschieden bist, hast du auch die UN-Staatsbürgerschaft verloren, sofern die Adoption sie nicht ebenfalls verleiht. Ich denke, sie tut es.« Er kratzte sich am Kopf. »Falls nicht, mit welchem Recht soll ich dich dann mit aufs Schiff nehmen oder aus dem System bringen?«

»Wen interessiert das?«

»Zum Beispiel Richter Hycliff.« Er hatte mich in den Gewahrsam der Kirche übergeben.

»Aber diese Regierung wurde gestürzt.«

»Und wir haben sie wieder eingesetzt. Erkennst du, warum Admiral Kenzig mich angewiesen hat, mich nicht in die örtliche Politik einzumischen?« Ein Seufzen. »Und natürlich muss ich dich wieder in den Flottendienst aufnehmen, und zweifellos wird man auch darauf mit hochgezogener Braue reagieren. Oh? Du dachtest nicht, dass ich es tun würde?«

»Es erschien mir zu dem Zeitpunkt nicht wichtig. Jetzt ...« Tränen stiegen mir in die Augen. »Danke, Vati. Sir.«

»Palabee auch.« Es war am nächsten Morgen, und Mr. Branstead schritt in unserem Wohnzimmer auf und ab, während draußen triste Regentropfen an die Fenster trommelten. »Er und Andori sind verschwunden. Sie könnten sich in den Venturas-Bergen verstecken, der Plantagenzone, weiß Gott wo. Die Sache ist nicht ausgestanden.«

Vati nickte unglücklich. »Und die Soldaten, die Sie ihnen nachgeschickt haben …«

»Ich kann mich nicht darauf verlassen, dass sie zu uns halten.«

»Gottverdammt, Jerence, ich reise nicht ab, solange das nicht geklärt ist! Dabei muss ich eigentlich auf mein Schiff zurückkehren.«

»Warum?«

»Ein Außerirdischer liegt einen Kilometer von uns an Backbord. Ich glaube wirklich, dass er auf mich wartet. Diese Verhandlungen sind von größter Bedeutung.«

»Fliegen Sie hinauf. Ich werde schon …«

»Wir sind zu einem kritischen Zeitpunkt für die Carrs über Hope Nation aus der Fusion gekommen, und ich habe zugelassen, dass mir Anthonys Leben durch die Finger geglitten ist. Derek würde mir das nie verzeihen. Randy …« Vati tätschelte mir das Knie. »… ist ebenfalls beinahe umgekommen. Einen solchen Fehler mache ich nicht noch einmal.«

»Ich verstehe ni …«

»Sie sind vierzig Jahre lang meinem Zickzackkurs gefolgt, Jerence, alter Freund. Ich sorge jetzt dafür, dass Sie einen sicheren Hafen erreichen.«

Mr. Branstead wandte sich abrupt ab und starrte lange zum Fenster hinaus. »Danke.« Sein Ton war barsch.

Ich versuchte, mich zu strecken, ohne Aufmerksamkeit zu wecken, damit Vati mich nicht hinausschickte, um unter vier Augen zu reden, wie er es bei ein paar Anrufen getan hatte. Jetzt, wo Anth für immer gegangen war, war das einzige Zimmer, das mein Interesse weckte, immer das, in dem sich auch Vati aufhielt. Das Gästehaus brachte mir nachdrücklich Kevin Dakko in Erinnerung; die Küche und Moms Chaiselongue im Patio erzeugten vages Unbehagen in mir. Das eigene Schlafzimmer kam mir unwichtig und klein vor, das Relikt eines schon lange zurückliegenden Lebens.

Vati fragte ihn: »Wird man Sie zum Statthalter wählen?«

»Durchaus möglich. Man betrachtet mich als neutral, mit keiner der Pflanzergruppierungen verbündet. Und selbst falls nicht, werden mir die Ereignisse der laufenden Woche schon ein wenig Einfluss verleihen.«

Während ich verfolgte, wie die Regentropfen verträumt an der Fensterscheibe hinabrannen, beruhigte ich ein Muskelzucken im Bein.

»Zweifellos. Falls man Palabees habhaft wird, hängt von seiner Behandlung ... Randy, hast du nichts zu tun?«

»Nein, Sir.« Ich bemühte mich um einen unauffälligen Eindruck.

»Möchtest du niemanden treffen? Alte Freunde? Sobald wir in Fusion gehen, wirst du für einige Zeit fort sein.«

Vielleicht konnte ich Alex Hopewell mit meinen Abenteuern beeindrucken. Und falls Judy Win... »Oh!« Ich raffte meinen Mut zusammen. »Könnte ich Judy Winthrop besuchen?« Falls er mich auslachte ...

»Jerence, ist er dort sicher?«

»Nicht weniger als andernorts. Die Winthrops sind keine Anhänger Andoris. Und wir schicken Ihre Wachmannschaft mit; meine reicht für uns beide.«

»Ooch!«

»Nicht ohne Schutz, Junge. Geh dich waschen.«

Leichter gesagt als getan, mit nur einer Hand.

Ich kletterte aus dem Lastwagen, die Schulter unter dem hartnäckigen Regen hochgezogen, und klopfte schüchtern an die mit Ziernägeln beschlagene Fronttür. Bei meinem letzten Besuch war ich das Abflussrohr hinaufgeklettert.

Mrs. Winthrop öffnete mir. Ihr Blick zuckte von mir zu meinem Geleitschutz und zurück.

»Es sind Vatis Wachleute, Ma'am. Käpten Seaforts, meine ich. Und auch meine. Nicht, dass wir sie hier bräuchten, aber Vati sagte ... Sie werden Ihnen nicht zur Last fallen; sie sind ja nicht hier, um ...« Ich stoppte und holte tief Luft und wünschte mir, ich wäre nicht so rot geworden. »Ist Judy da?«

»Es hat mir so Leid getan, als ich von Anthony erfuhr. Du hast unser Mitgefühl, meins und Henrys.«

»Danke, Ma'am.« Warum nuschelte ich nur? »Vati sagt, ich muss bis sechs Uhr zurück sein; kann ich Judy sehen?«

»Ja, natürlich.« Sie führte mich zur Treppe. »Stimmt es, dass er dich adoptiert hat?«

»Ja, Ma'am.« Ich sehnte mich danach, ihr endlich zu entkommen, hielt aber den Kopf hoch. »Ich bin sein

Sohn. Ich denke nicht ... dachte nicht, dass es Dad etwas ausmachen würde.«

»Ich kann es mir auch nicht vorstellen.« Sie hob die Stimme. »Judy? Du hast Besuch!«

Einen Augenblick später saß ich mit gekreuzten Beinen auf ihrem Bett. Fünf Minuten lang quasselten wir uns gegenseitig zu. Plötzlich streichelte ich ihr mit klopfendem Herzen den Nacken, zog sie an mich heran und küsste sie auf die Lippen.

Das war eine Gesprächsbremse, aber danach waren wir beide nicht mehr richtig an einem Gespräch interessiert. Ein Teil von mir empfand enorme Freude, während ein anderer Positionen auf einem gedanklichen Plan abhakte, der die Fortschritte zu einem lange ersehnten Ziel markierte.

Sanft und vorsichtig befreite mich Judy vom Hemd und schonte dabei den Armstumpf. Wir lagen Seite an Seite; ihre beiden Hände und meine einzelne gingen auf Erkundung, sondierten zärtlich, lockten uns gegenseitig immer weiter auf einen Abgrund zu, vor dem es kein Zurück mehr gab.

Judys Mund war süß. Mein Puls ging heftig, und in der Ferne heulte eine Sirene. Ich absorbierte das Geräusch in meine Leidenschaft, streichelte Judy, wo sie...

Eine Sirene? Ich blinzelte.

Ich setzte mich kerzengerade auf, ohne mich um den Stich in der Schulter zu kümmern.

»Randy? Was ist los? Habe ich dir wehge ...«

»Mein Hemd!« Ich griff hilflos danach. »Hilf mir!«

Mit verletzter Miene hielt sie es richtig und bot mir einen Ärmel.

Keine Zeit! Ich zerrte es ihr aus der Hand, riss die Tür auf, stürmte die Treppe hinunter. »Wachen!« Ohne Hemd am Leib schoss ich zur Eingangstür hinaus, hielt gerade lange genug an, um sie zu öffnen.

Niemand saß im Lastwagen; meine Wachen lungerten auf der geräumigen, überdachten Veranda der Winthrops herum. Ich sprang ins Führerhaus.

Auf der Veranda rappelte sich Feldwebel Martel auf.

Ich schaltete den Bordcomputer ein. »ID Randolph Carr, Stimmeingabe, Motor starten, nach Hause!«

Martel schwang sich an Bord. Der Elektromotor schnurrte los, und der Laster setzte auf nassem Rasen zurück. Unsere Wachleute stürmten heran, um an Bord zu klettern.

»Nach Hause, Laster, schnellstmöglich!« Nein, das war Flottensprache. »Höchstmögliche Geschwindigkeit, Sicherheitsspielräume ignorieren.«

»Anweisungen für künftige Überprüfung gespeichert.« In gefährlicher Schräglage nahmen wir die Ausfahrt.

»Randy, was zum Teufel ist los?« Martel atmete schwer.

»Die beschissene Sirene, hören Sie sie nicht?« Ich hämmerte aufs Armaturenbrett. Wir waren höchstens noch Minuten von der Carr-Plantage entfernt. Ich fand den Rufer, wählte die Nummer von Zuhause.

Martel zog die Waffe. »Was meinst du damit?«

»Der Damm! Der Balden River!«

Im Ohr hörte ich nur den Rufton, und er trieb mich schier zum Wahnsinn. Niemand nahm ab. Ich ließ es läuten, während wir die von Furchen durchzogene

Straße entlangplatschten. Warum hatte Anthony die Plantagenstraße nicht in besserem Zustand erhalten? Auf neuem Belag hätten wir wenigstens doppelt so schnell …

Nein, das führte nirgendwohin …

»Was willst du damit sagen?« Martel hielt den Türgriff so fest gepackt, dass die Fingerknöchel weiß hervortraten.

»Der Damm ist ein Kraftfeld. Waren Sie nicht bei der Einweihung?«

»Was soll die Einweihung mit …«

»Das Feld hat versagt!«

»Das kann es nicht!«

»Ist das hier nicht die Warnsirene, die wir jeden vierten Freitag testen?« Wir brausten mit einem Ruck durch ein riesiges Schlagloch, und ich knallte mit der Schulter an den Türrahmen. »Herr Jesus!« Ich knirschte mit den Zähnen. »Laster, schneller!« Unser Haupteingang lag gleich hinter der Kurve.

Der Laster hielt, und Wasser spritzte unter den Rädern hervor.

Die Straße existierte nicht mehr. An ihre Stelle waren die zersplitterten Stämme gewaltiger Generas getreten, die zwischen Bächen und Pfützen durcheinander lagen. So weit das Auge reichte, nur Zerstörung und Verwüstung.

»Oh Gott!« Ich warf die Tür auf, sprang in ein Meer aus Schlamm, verlor das Gleichgewicht, fiel auf die Nase. Mit nur einer Hand war es fast unmöglich, wieder auf die Beine zu kommen. Irgendwie schaffte ich es und schleppte mich auf etwas höher gelegenen Grund.

In welcher Richtung lag das beschissene Haus?

Hier führte die Straße her; das Haus musste auf der anderen Seite der Wiese liegen, wo …

Es stand nicht mehr.

Ich stöhnte.

Vati hatte sich darin aufgehalten. Und Mr. Branstead. Und Mom.

Nicht wieder! *Ich konnte es nicht noch einmal ertragen!*

Martel hielt mich fest, als ich in den Morast hinausstürmte. »Immer mit der Ruhe, Junge.«

»Kommen Sie mir nicht so, Sie gottverdammter …« Ich presste den Mund zu. »Zack, es tut mir Leid. Bringen Sie mich zum … dorthin, wo das Haus stand.« Ich kämpfte gegen die Tränen.

Ich hatte nicht die richtigen Schuhe an, aber wir stiegen über, wie es schien, Kilometer von Schlamm und Trümmern hinweg, eine Fläche, die einmal der Rasen vor dem Haus gewesen war. Ungefähr hier, wo Anth mich festgehalten und mich Botschafter McEwan vorgestellt hatte. Und hier, wo der alte Scanlen mich aus Mr. Seaforts Heli entführt hatte.

Ich rutschte auf glattem Gestein aus und stürzte. »Au!« Ich glaubte, ohnmächtig zu werden; der Himmel verwandelte sich in einen roten Schleier. Randy, hör endlich auf, dir ständig die beschissene Schulter zu rammen!

Martel zerrte mich auf die Beine. »Du hättest auf den Rest unserer Truppe warten sollen.«

Ich bekam nur ein Grunzen hervor. Ich stach mit einem Finger ungefähr zum Haus hinüber, ließ den Arm jedoch wieder sinken; da war einfach nichts mehr. Rechts von mir entdeckte ich eine leichte Erhebung, die das Gästehaus abgeschirmt hatte. Ein paar Schatten spendende Bäume, jetzt triefnass, hatten überlebt, ihrer unteren Äste beraubt.

Langsam bahnten wir uns den Weg die Anhöhe hinauf, während das Pochen in meinem Arm immer hartnäckiger wurde.

Hinter einem Baum bewegte sich eine verschlammte Gestalt und rappelte sich auf.

»Er ist ein böser, böser Mann«, sagte Mom. »Das hätte er nicht tun dürfen!«

»Vergiss das!« Mein Ton war rau. Ihr Hass auf Seafort konnte warten. »Wer hat überlebt?«

»Was ist aus deinem Hemd geworden?«

»*Gottverdammt!*« Ich trat so heftig gegen den Baum, dass ich schon fürchtete, mir wäre das Bein gebrochen. Trotzdem schrie und tobte ich und stieß Flüche hervor, für die mir Vati – oder Dad – den Mund ausgespült hätte. Endlich wurde ich wieder ruhiger; ein Vulkan kann nur eine gewisse Zeit lang Lava speien. Mit schmutzigem, von Tränenstreifen überzogenem Gesicht setzte ich mich in den Schlamm und lehnte mich an eine tropfende Eiche.

Vati war fort. Und Mr. Branstead. Ich bemühte mich, durch Tränen Erleichterung zu finden.

Dumpf starrte ich nach oben. Die Gewalten der Flut hatten tiefer hängende Äste abgebrochen und von anderen das Laub gerissen. Sie hatten an den seltsamsten Stellen Schutt aufgehäuft. Über mir erblickte ich im Winkel eines hohen Astes ein Beinpaar. Blaue Hose, schlammbedeckt.

Das Blau der Raumflotte!

Ich rappelte mich auf. »Zack!« Es war ein heiserer Schrei.

Er kam herangelaufen. Ich deutete hinauf.

Mit nur einem Arm konnte ich keinesfalls auf einen Baum steigen. Martel tat es, während ich frustriert herumsprang.

Mom stand müde daneben. »Er hätte es nicht tun dürfen.« Ihre Stimme war belegt.

Ich ballte die Faust und öffnete sie wieder und wünschte, wer immer hier jammerte, möge endlich damit *aufhören!* Ich trat von einem Fuß auf den anderen wie ein kleiner Junge, der pinkeln musste.

»Er ist es! Der GenSek!«

Eine endlose Wartezeit.

»Er lebt noch!«

Der Atem schoss wie eine Explosion aus mir hervor.

Es schien ewig zu dauern. Zack krabbelte mit allen vieren vom Baum, fand einen Becher, füllte ihn mit Wasser – ein hier reichlich vorhandener Grundstoff – und stieg wieder auf die Eiche.

Nach einer Weile wurde ein Stöhnen vernehmbar. Dann fragte eine raue Stimme: »Wo bin ich?«

Ich konnte nichts tun. Zähneknirschend und ohnmächtig verfolgte ich mit, wie Zack Vati vorsichtig auf festen Boden half. Ausgeprägte blaue Flecken zeichneten sich auf Vatis Stirn und Wange ab.

Als er endlich unten war, stützte er sich auf meine gesunde Schulter und sah sich um. »Wo ist Jerence?«

»Keine Ahnung, Sir.« Ich wischte mir die Nase ab und wünschte, ich hätte mit dem Schniefen aufhören können. Dabei fühlte ich mich so beschissen *jung!*

»Wer hat einen Rufer?«

»Ich.« Das war Zack.

»Rufen Sie ihn an. Er hat seinen immer dabei.« Vati

leierte die Nummer herunter, entriss Martel aber, ehe dieser wählen konnte, den Apparat.

Es klingelte endlos. Endlich meldete sich eine heisere Stimme. »Ja?«

»Oh, Gott sei Dank.« Vati schloss die Augen. »Wo stecken Sie?«

»Flussabwärts. Ich kann mich nicht gut bewegen. Mein Knie ist zertrümmert.«

»Wir finden Sie. Wie weit vom Haus?«

»Ein paar hundert Meter, denke ich. Und ich bin beim Versuch, den verdammten Rufer zu erreichen, in einen Abwasserkanal gerutscht.«

Vati lehnte sich schwer auf meine gesunde Seite, als wir uns den Weg durch Schutt und Schlamm suchten. Flussabwärts, hatte Mr. Branstead gesagt. Es hatte keinen Fluss gegeben, der am Haus vorbeiführte. Bis heute jedenfalls nicht.

In einer Schlammfurche winkte Mr. Branstead matt. Er lag ungünstig, die Beine höher als der Kopf. Wir halfen ihm dabei, sich umzudrehen. Das heißt, Zack, Mom und Vati taten es; ich war ein hilfloses, verletztes, weinendes Kind. Vati schien es nicht zu bemerken.

Mr. Bransteads Gesicht war grau. »Wer hat noch überlebt?«

Vati antwortete: »Sandra Carr. Sonst haben wir niemanden gesehen. Die Vorwarnzeit war recht kurz.«

Ich betatschte seinen Arm. »Wie hast du ...«

»Die Köchin hat die Sirene erkannt und kam schreiend ins Arbeitszimmer gerannt. Wir sind nach oben gelaufen und haben es kaum geschafft. Jerence, bei wem sollten wir Hilfe rufen: bei Pflanzern in der Zone oder in Centraltown?«

»Wir brauchen Suchmannschaften, und zwar große. Soldaten. Ah, da ist ja ein Heli!«

Wir winkten. Die Maschine umkreiste uns einmal, setzte dann neben uns auf und überschüttete uns mit einem schlammigen Sprühregen. Zack Martel beugte sich über Mr. Branstead und schützte ihn damit vor dem Wind und Dreck.

Vati humpelte zur Kabine, duckte sich unter dem kreisenden Rotor, blieb abrupt stehen, als die Tür aufging. Diakon Hambeld von der Vereinigungskathedrale. Er hielt die Laserpistole ruhig auf Vati gerichtet.

Hinter Hambeld half ein weiterer Diakon einer vertrauten Gestalt aus der Maschine.

Bischof Henrod Andori.

Knurrend griff Zack nach seiner Pistole. Diakon Hambeld warf sich herum und schoss ihm durch die Brust. Martels Rumpf löste sich in Flammen auf. Er war schon tot, ehe er in den Schlamm stürzte.

»Schluss damit!« Bischof Andori hob friedlich die Hand. Mit der Vorsicht des Alters kniete er neben der Leiche nieder und schlug das Kreuzzeichen. Er bewegte die Lippen lautlos im Gebet. Grunzend stand er wieder auf. »In den Heli, falls es Ihnen recht ist.«

Mom drängte sich an Vati vorbei und baute sich vor dem Bischof auf. »Böser Mann! Ich hätte es Ihnen nie gesagt, falls ich Ihnen zugetraut hätte, eine solche – solche ...« Sie schüttelte den Kopf.

»Es erscheint hart, meine Tochter, aber der Herr wirkt auf geheimnisvolle Weise. Hinein, allesamt. Und tragt diesen Branstead.«

24.
Kapitel

Wir dröhnten durch grauen Nebel Richtung Centraltown. Hambeld hatte uns in den geräumigen Helikopter getrieben und sich gerade genug Zeit genommen, um uns auf Waffen zu kontrollieren. Mr. Branstead schrie auf, als man ihn in die Maschine hob. Jetzt lag er mit aschfarbenem Gesicht auf dem Frachtdeck ausgestreckt und unterdrückte gelegentlich ein Stöhnen. Mom, Vati und ich hockten neben ihm, während uns die Männer des Bischofs von den Vordersitzen aus im Auge behielten. Hambeld zielte mit der Pistole nacheinander auf jeden von uns.

Zack Martel blieb vergessen im Matsch zurück.

»Wohin bringen Sie uns?« Vatis Ton war scharf, aber Andori ignorierte ihn.

Ich beugte mich zu Mom hinüber und zeigte mit dem Daumen auf den Bischof. »Warum hast du ihn böse genannt?«

»Er hat uns vernichtet. Ich gehöre zu den Gottesfürchtigen, und trotzdem hat er unser Heim zerstört.«

»Das Kraftfeld muss versagt haben. Die Sirene ...«

»Warum sollte es versagen?«

Ich saß benommen da. Ich hasste den Bischof und alles, wofür er stand, aber ich konnte nicht glauben, dass er eine solche Verwüstung zu verantworten haben könnte. »Andori, stimmt das?«

»Still, oder ich erschieße dich.« Das war Diakon Hambeld.

Vati zerrte mich an sich heran.

Ich war über jede Sorge hinaus. »*Andori, haben Sie das getan?*«

Der Bischof blickte über die Schulter. »Die Flut, Junge? Du wirst dich erinnern, dass ich es war, der den Damm im Namen des Herrgotts eingeweiht hat. Wie passend, dass ich ihn nun benutzt habe, um Sein Werk zu verrichten.«

»Wie viele Menschen haben Sie umgebracht, um Mr. Seafort zu kriegen?«

»Die Unschuldigen wurden der Gnade des Allmächtigen anvertraut. Die Schuldigen bezahlen für ihre Torheit.«

»Sie Mist ...«

»Ein hoher Preis, wolltest du das sagen? Branstead ist nach Hause gekommen, um sich einzumischen. Besser wäre er auf der *Olympia* geblieben, um seinem abtrünnigen Herrn zu dienen.« Andori kratzte sich die Wange. »Eine Gelegenheit, sie beide zu kassieren? Sicherlich war es das Werk des Herrn.«

Dieser scheinheilige Mistkerl! »Was jetzt?« Ich spie die Worte hervor.

»Der Tod. Eine Chance, vor Ihm für dich einzutreten.«

»Für uns alle? Auch Mom?«

»Nein, sie ist harmlos und meint es gut.«

Vati sagte: »Warum schießen Sie uns nicht einfach nieder, wie Sie es mit dem Soldaten gemacht haben?«

»Ahh, ein interessanter Punkt. Ich weiß, dass die Flut von der strengen Hand des Herrn ausgelöst wurde, aber für einige Menschen wird das zu abstrakt sein. Ihre Hinrichtung muss öffentlich sein, veranstaltet von der Kirche selbst. Und wir haben es versäumt, eine Holokam mitzubringen. Auf dem Raumhafen werden wir eine vorfinden.«

»Sie verrückter Drecksack!« Ich spuckte aufs Deck.

»Hambeld, brennen Sie ihm den anderen Arm auch weg.«

Ich prallte zurück.

Hastig warf sich Vati zwischen uns. »Sie möchten meinen Tod in der Öffentlichkeit? Dann pfeifen Sie ihn zurück!«

Andori seufzte. »Ein guter Punkt. Wir warten, Mr. Hambeld.«

Ab jetzt lauerte Vati wie ein Falke auf jede Bewegung des Diakons und blieb zwischen mir und dem Laser.

Wie lange noch bis zum Raumhafen und meinem Ende? Höchstens eine halbe Stunde. Nein, wir waren schon gute zehn Minuten in der Luft. Mich schauderte, und ich wünschte mir, die Triebwerke würden langsamer arbeiten. Draußen ließ der Regen nach.

Nur zu bald kreisten wir um den Raumhafen, grau, grimmig und feucht. Andori fragte den Piloten: »Irgendwas von der Heimatgarde zu sehen?«

Der Pilot grinste humorlos. »Ein halbes Dutzend saßen im Café beim Mittagessen. Conrads Jungs haben sie geschnappt.«

Andori schnaubte: »Und dieser Pöbel nennt sich eine Regierung. Landen Sie.«

Wir setzten nicht weit vom Terminal mit einem heftigen Ruck auf. Die Tür schwang auf und ließ einen Schwall der mittäglichen Hitze herein.

Hambeld zerrte mich auf den Asphalt hinaus. Am Himmel traten die ersten Wolkenlücken auf, und ich kniff im plötzlichen Sonnenlicht die Augen zusammen und vergaß dabei auch nicht, den Rumpf zwischen der Pistole des Diakons und meinem verbliebenen Arm zu halten. Obwohl ich in ein paar Minuten sterben sollte, krümmte ich mich förmlich beim Gedanken an eine weitere Verstümmelung.

Also, Gott. Soll ich an Dich glauben, wie es Vati tut? Wie kann ich das, nach allem, was Du heute gebilligt hast? Du hast zugelassen, dass uns die Bösen vernichtet haben und dass sie das sogar in Deinem Namen taten. Ich brummte einen Fluch.

»Gib Ihm nicht die Schuld.« Vati legte mir sanft die Hand auf die Schulter. »Sie sind nur Menschen und wissen es nicht besser.«

Ich wollte weiterleben, mehr als alles andere, und war voller Hass. »Bist du dumm genug, um zu verzeihen? Na ja, es war nicht dein Haus, dein Erbe, dein Leben, was sie vernichtet haben!«

»Wirklich nicht?« Vati wirkte unglücklich. Von der Luke hörten wir Jerence aufschreien. Vati knurrte: »Tun Sie ihm nicht weh!«

Andori ballte die Faust. »Noch ein Moment, und es kommt auch nicht mehr darauf an. Wo ist die Holokam?«

Hambeld deutete mit dem Finger hinüber. »Conrad hat sie.« Ein schwitzender Diakon kam vom Flugsteig herübergelaufen, vorbei an einem geparkten Lastwagen.

Schafften wir vielleicht einen Sprint zu dem Fahrzeug? Vati auf keinen Fall, und selbst um den Preis meines Lebens war ich nicht bereit, es ohne ihn zu versuchen.

»Stellen Sie sich in einer Reihe auf.« Sie setzten Mr.

Branstead auf den heißen Asphalt. Als sie sein Knie losließen, erschauerte er und stöhnte einmal.

Vati humpelte zu ihm hinüber, um ihn vor der Sonne abzuschirmen. Ich stellte mich neben ihn, und Vati packte meinen gesunden Arm. Ich sah mich um und sagte: »Lebwohl, Mom.«

Der Diakon bezog mit der Holokam Position im Schatten des Helis.

Mom lächelte verträumt. »Es ist zu warm. Gehen wir lieber hinein.«

Den Blick auf Hambeld gerichtet, deutete Andori beiläufig mit dem Finger auf Mom.

Vati packte mich fester. »Sohn, ich habe dich hierher gebracht. Es war verrückt von mir, dich nicht aufs Schiff zu schicken.«

»Du hättest mich zwingen müssen.«

»Ein geringer Preis.«

Die Holokam surrte los.

Andori sagte: »Hiermit verlange ich, Henrod Andori, Hoher Bischof der Wiedervereinigten Kirche, dass die Hinrichtung von …«

Knochen und Blut spritzten mir auf die Schuhe.

Ich schrie los.

Ein Diakon kippte nach vorn, ein dampfendes Loch im Bauch.

Hambeld wirbelte herum, suchte nach dem unsichtbaren Feind, entdeckte niemanden, wirbelte zu Vati herum. Er hob die Pistole.

Der Rumpf des Helis leuchtete weiß auf; geschmolzene Legierung spritzte davon los.

Hambeld fluchte und zog den Kopf ein. Ein Laserstrahl brutzelte vor seinen Füßen. Ehe er reagieren konnte, trennte der Strahl ihm die Beine an den Knien durch. Ein entsetzlicher schriller Schrei brach rasch wieder ab.

Eine Gestalt schritt von dem Lastwagen herüber, der neben dem Flugsteig parkte. Sie kam mir vertraut vor. Sie hielt ein Lasergewehr.

Von unseren Entführern war nur Andori übrig. Mit erschreckender Gewandtheit bückte sich der alte Mann, packte Hambelds Pistole und huschte hinter den Heli.

Diakon Conrad stand wie erstarrt, und die Holokam surrte.

Aus dem Terminal ertönten Wutschreie. Ein Soldat stürmte zur Tür heraus, blieb neben dem Lastwagen stehen, legte auf die Gestalt an, die sich uns näherte.

Ich sah zu, stand wie festgewurzelt auf dem dampfenden Asphalt.

Die Tür des Lastwagens flog auf. Ein Mann sprang heraus. Das Gewehr auf Dauerfeuer eingestellt, sprühte er den unweit von ihm stehenden Soldaten nieder und deckte dann die Tür zum Terminal ein. Schreie ertönten darin, dann war es still.

Unmöglich! Der so erbarmungslos auf das Terminal feuernde Mann war – Chris Dakko.

Die andere Gestalt kam weiter näher. Eine Frau. Ich kniff die Augen zusammen.

Das konnte nicht sein!

Corrine Sloan, Janeys Mutter. Ihr Gesicht war hart.

Jerence wurde bleich.

Sie sah aus wie der Todesengel.

Andori feuerte und verfehlte sie um Zentimeter.

Ohne stehen zu bleiben, erwiderte sie das Feuer. Ihr Schuss versengte den Saum seines Gewands. Er kreischte auf und wich unsicheren Schritts zurück.

Mrs. Sloan näherte sich weiter. »Hallo Nick.« Sie ließ den Bischof keine Sekunde aus den Augen.

»Corrine!«, krächzte Vati.

Sie wäre über mich hinweggetrampelt, hätte ich keinen Sprung zur Seite gemacht.

Mit bebenden Händen hob Andori die Pistole. »Nicht!«

Einer seiner Füße löste sich auf. Er kreischte und fiel schwer zu Boden.

Ein Dutzend Schritte, und Corrine stand über ihm, während er sich am Boden wand.

»Es ist vorbei!« Sie wandte sich zur Holokam um. »Haben Sie gehört? Es ist vorbei, jetzt und für immer!«

»Warten Sie!« Andoris Zähne waren entblößt, als die Agonie ihm den Mund aufriss. »Nein, ich …«

»Corrine, halt!« Vati lief auf sie zu.

»Ich tue das für John.« Sie zielte nach unten, gab einen Schuss ab. Der Bischof war still. Sie nahm das Gewehr in Augenschein, stellte es auf Dauerfeuer. Kühl zielte sie auf die verkohlte Gestalt am Boden und hielt den Abzug gedrückt, bis nichts mehr übrig war außer Asche, rauchenden Flecken und Stofffetzen.

Endlich drehte sie sich zu Diakon Conrad um. »Und Sie?«

»Heiliger Erlöser!« Er ließ die Holokam fallen, wich verzweifelt zurück, schirmte das Gesicht mit den Händen ab. »Ich flehe Sie an, nein!«

»Laufen Sie weg!«

Er tat es.

In der Ferne steckte Chris Dakko kühl eine frische Ladung ins Gewehr, spazierte zum Terminal und blickte hinein. Wie es schien, war das Gemetzel zufrieden stellend ausgefallen; ohne einen weiteren Blick schritt er zum Heli herüber.

Sanft nahm Vati das Gewehr aus Corrines Händen, die keinen Widerstand leistete. »Allmächtiger!« Es war vielleicht ein Gebet.

Corrine umfasste seine Wangen mit den Händen. »Nick.«

Er drückte ihr die Finger.

»Käpten, bringen Sie sie in den Orbit«, sagte Mr. Branstead, der immer noch auf dem Asphalt saß, mit gepresster Stimme. »Ehe sie ...«

»Ich weiß.«

»Warum? Ich kann nirgendwohin flüchten. Früher oder später erwischen sie mich.«

»Nonsens, Corrine. Ich bringe dich zurück auf die Erde. Nein, die Patriarchen würden ... Als Kapitän habe ich Generalvollmacht. Ich begnadige dich.«

»Du verstehst nicht! Was es mich auch kostet, das war es wert.«

Mr. Dakko atmete schwer. »Sir.«

Der Käpten starrte ihn an.

Dakko nahm Haltung an und reichte Vati das Gewehr. Vati wirkte ein wenig verblüfft; er hielt schon Corrines Waffe.

»Sir, ich hatte dem Erzbischof gesagt, was nötig war, um Anthony Carrs Regierung zu stürzen. Das führte zu Carrs Tod. Ich übernehme dafür die Verantwortung. Tun Sie mit mir, was Sie für richtig halten.«

»Sie sprechen von Verrat.«

»Ja, das denke ich auch. Ich war nicht ganz bei Sinnen. Natürlich ist das keine Entschuldigung. Ich habe zum letzten Mal die Seite gewechselt.«

»Jerence?«

Mr. Branstead stemmte sich mit einem Ellbogen hoch und rieb sich die Augen. »Wo steckt Palabee?«

»Er ist als Statthalter zurückgetreten, als Sie die Kathedrale besetzten. Ich könnte mir vorstellen, dass er untergetaucht ist. Die Palabees haben eine Hütte in den Venturas.«

»Und Scanlen?«

»Vorläufig immer noch im Gefängnis.«

Vati zog eine Braue hoch.

»Sie sollten lieber Verstärkungen schicken. Meine ...« Mr. Dakko wurde rot. »... Aufpasser reichen vielleicht nicht, wenn sich die Kirchenleute sammeln.«

»Ihre Revolutionäre.«

»Ach Unsinn, das waren wir nie. Verschwörer, das ja. Für eine bessere Politik. Wir haben versucht, Anthony zu befreien; hat man Ihnen das erzählt? Man hat uns jedoch hereingelegt und auch noch Hilda Zayre umgebracht. Randy hat mich beschuldigt ...« Er schüttelte den Kopf. »Egal. Ich stelle mich jetzt.«

Ich wollte etwas sagen, aber Vati gab mir zu verstehen, dass ich still sein sollte. »Sehr gut. Mr. Dakko, als amtierender Statthalter unterstellt Jerence Sie meinem Gewahrsam, damit Sie sich bewähren. Und ich befehle Ihnen, ihn sofort in ein Krankenhaus zu bringen und bei ihm zu bleiben, bis man ihn versorgt hat.«

»Sir ...« Mr. Dakko klappte den Mund auf und zu.

»Ich weiß, Chris. Keiner von uns hat viel getan, worauf er stolz sein könnte. Ich verzeihe Ihnen und bestrafe Sie nicht. Darüber sind wir hinaus. Gehen Sie und machen Sie etwas wieder gut.«

»Aye aye, Sir.« Er sagte es automatisch, eine Reaktion aus lange vergangener Zeit.

Der Käpten lächelte, aber sein Blick war grimmig. »Und jetzt, Jerence ...«

»Ich schätze, es wird Zeit.« Mr. Branstead seufzte. »Andori ist tot, Scanlen in Gewahrsam, Palabee versteckt. Um den Rest kümmere ich mich. Kehren Sie heim auf die *Olympia.*«

Vati tätschelte ihm die Schulter.

»Und Sie sollten sich lieber beeilen, Nick. Wir haben wirklich nicht genug Soldaten, um Sie oder Corrine zu schützen. Mr. Dakko, ich fürchte, Sie werden mich in den Funkraum das Terminals schleppen müssen, damit ich ein Shuttle rufen kann. Derweil sollte Mrs. Sloan in Deckung gehen. Die Kirchenleute sammeln sich womöglich. Nick, Sie und der Junge ...«

»... sind dort drüben.« Er deutete zum Admiralitätshaus auf der anderen Seite des Rollfelds. »Komm mit, Randy.« Das Gewehr in der Hand, humpelte er von der dampfenden Blutpfütze weg und nahm mich mit.

Der Adjutant des Admirals sperrte den Mund auf, als Vati Meldung machte. Danach bat er uns lammfromm, zu warten, und verschwand.

Der Nachmittag war in die Abenddämmerung übergegangen. Wir saßen erschöpft im staubigen Vorzimmer, aber es dauerte nicht lange, bis Admiral Kenzig aus seinem inneren Heiligtum hervorkam. Vati stand vorsichtig auf, um seine schmerzenden Stellen zu schonen, und legte das Gewehr weg, das er von Mrs. Sloan konfisziert hatte. Er salutierte, als wäre seine Uniform nicht zerrissen und schmutzig und das Gesicht nicht dreckverschmiert. »Käpten Nicholas Seafort zur Stelle, Sir.«

»Kommando zurück, Herr GenSek.«

»Ich bin gekommen, um meinen Rücktritt anzubieten.«

»Was die Vorschriften der Flotte verbieten, außer unter präzise umrissenen Umständen. Das haben Sie schon bei Ihrem früheren Besuch erfahren.«

»Mit der *Hibernia,* als ich noch ein Junge war. Ja. Gestatten Sie mir, es anders zu formulieren: Ich möchte Ihnen eine Gelegenheit bieten, mich des Kommandos zu entheben.«

Kenzig musterte mich. »Das ist eine Privatangelegenheit.«

»Darf ich meinen Sohn dabeihaben, Sir?«

»Warum?«

»Er hat es verdient.«

Mir klappte der Mund auf.

»Bestimmte Fragen ... Falls sie öffentlich werden...«

»Sobald wir fertig sind, fliegt Randy in den Orbit. Er kommt jahrelang nicht zurück.«

Der Admiral verzog das Gesicht. »Sehr gut. Kommen Sie in mein Büro.«

Er setzte sich auf seinen Platz hinter einem glänzenden Monster von Tisch, auf dem nichts zu sehen war, nicht mal ein Holovid. »Erfrischungen, Gentlemen? Ein Softdrink für den Jungen?«

»Nein, danke.« Vati bewegte sich ungeduldig.

Draußen in der dichter werdenden Dunkelheit erhellten Scheinwerfer Terminal und Rollbahn. Eine Gruppe Soldaten überprüften ihre Waffen und bezogen Stellung rings um das Terminal. Ich fragte mich, welcher Seite sie dienten.

Kenzig seufzte. »Was sollen wir nur tun?«

»Das ist Ihre Entscheidung, Sir.«

»Bah. Keinerlei Präzedenzfall liegt vor. Keinerlei Vorschriften behandeln auch nur entfernt...« Erneut ein Seufzer. »Die Verhaftung Scanlens hat die Menschen unruhig gemacht. Falls...«

»Wen?«

Der Admiral öffnete und schloss den Mund, als verblüffte ihn die Unterbrechung. »Alle Frommen. Wie es sich gehört.« Er warf Vati einen Blick zu, der vielleicht eine Herausforderung darstellte. »Durch die Ermordung Andoris ist Scanlen Erzbischof der Mutter Kirche von Hope Nation geworden. Wenn man bedenkt, dass Bransteads Regime in unmittelbarer Gefahr eines Umsturzes schwebt ...«

»Das bezweifle ich.«

»Sollte seine Regierung überleben, wird Branstead Bischof Scanlen unbefristet festhalten, oder schlimmer noch, ihm wegen Verrats den Prozess machen. Der...«

Jemand klopfte an die Tür. »Verzeihung, Sir.« Der Adjutant blickte herein. »Das Shuttle ist im Anflug. Geschätzte Ankunftszeit in fünfzig Minuten.«

»Sehr gut.« Als die Tür wieder zu war, runzelte Kenzig die Stirn. »Wird er ihm wegen Verrats den Prozess machen, hatte ich gesagt. Die Patriarchen würden uns für dieses Fiasko die Schuld geben.« Er verzog das Gesicht. »Es sei denn, wir greifen ein.«

»Es ist eine interne Angelegenheit von Hope Nation.«

Kenzig schlug einen scharfen Ton an. »Das sagen Sie, wenn es Ihnen in den Kram passt! Trotzdem haben Sie Scanlen in der Kathedrale festgenommen.«

»Ich habe im Namen der Regierung Anthony Carr gehandelt, nicht gegen sie.«

»Sophisterei.« Der Admiral winkte ab. »Was ist, falls ich Ihnen befehlen würde, den Zellentrakt zu stürmen und den Bischof zu befreien?«

Ich erwartete schon, dass Vati hochgehen würde wie ein startendes Shuttle, aber er fragte nur sanft: »Zu welchem Zweck?«

»Exakt. Sie würden ihn erst wieder verhaften, wenn die *Olympia* in Fusion gegangen ist, es sei denn, wir führten auch einen Regierungswechsel herbei.«

Der Käpten presste die Lippen zusammen.

Kenzig sagte: »Botschafter McEwan behauptet, die wiederholten Putsche zeigten, dass Hope Nation nicht in der Lage ist, eine stabile Regierung zu bilden. Er verlangt, dass wir das System wieder auf einen kolonialen Status zurückführen.«

»Mit Gewalt?«

»Falls nötig.«

Ich bemühte mich, nicht die Luft anzuhalten.

Vatis Blick wanderte zu mir. »Randy, du wartest doch besser draußen.«

»Nein!« Ich musste erfahren, wie das ausging. »Sir, ich würde an der Tür lauschen.« Ich wurde rot, wusste sehr wohl, dass das Verrat war.

Einen Augenblick später seufzte Vati. »In Ordnung. Aber du wirst nie jemandem erzählen, was du hier gehört hast!«

»Ich schwöre es.« Mein Herz klopfte.

Vati wandte sich an den Admiral. »Sie sprechen davon, die koloniale Herrschaft wieder einzuführen. Welche Machtmittel haben Sie dafür?«

»Ihre Besatzung. Die Orbitalstation und das, was

uns die Kirche an Personal zur Verfügung stellen kann.«

Vati holte tief Luft. »Sir, solange ich das Kommando führe, werden weder Mannschaften noch Offiziere der *Olympia* gegen die Regierung des Commonwealth vorgehen.«

»Sie würden mich zwingen, Sie des Kommandos zu entheben?«

»Wie Sie sich erinnern werden, bin ich gekommen, um Ihnen diese Gelegenheit zu bieten.«

Es blieb lange still.

»Es gab einmal eine Zeit«, sagte Admiral Kenzig schwer, »da konnte sich der kommandierende Admiral auf die Loyalität seiner Leute verlassen. Da hielten sich Offiziere noch an den Buchstaben ihrer Befehle.«

»Es gab einmal eine Zeit«, sagte Vati, »als Kirche und Admiralität nie daran gedacht hätten, eine niederträchtige Tat zu verüben.« Er stand auf. »Ich habe Sie schon einmal gefragt, Sir: Stehen Sie auf deren Seite oder unserer?«

»Deren? Unserer?«

»Der Neukolonialisten, mangels eines besseren Begriffs. Oder der von uns, die sich der Machtgier dieser Leute widersetzen. In der alten Zeit, von der Sie gesprochen haben, hätten es Leute vom Schlage Andoris oder McEwans nie gewagt, die Raumflotte in ihre ordinären Intrigen hineinzuziehen.«

»Mir sind nicht die Freiheiten vergönnt, die Sie sich herausnehmen, Seafort: Ich gehorche meinen Befehlen. Und im Gegensatz zu Ihnen *möchte* ich das auch. Falls es die Politik der UN ist, Hope Nation zu rekolonialisieren, dann ist das genau das, was ich tun werde.«

Überraschenderweise war Vatis Ton sanft. »Ist das so? Haben Sie eindeutige Befehle?«

Kenzig warf die Hände hoch. »Nein, sie würden nie ... Sie haben nicht ... Ich meine ...« Er verstummte, um sich neu zu sammeln. »Sie wissen doch, wie das läuft, Herr GenSek. Dinge verstehen sich einfach von selbst. Gemeinsam vertreten Botschafter McEwan und der Bischof die Interessen unserer Regierung.«

»Mir hat man stets erklärt, dass die Admiralität dem UNNS vorsteht, und es waren ihre Befehle, die zu befolgen ich geschworen habe.«

»Oh, das ist bewundernswert, Seafort. Aber Politik wird nun einmal gemacht, gerade Sie müssten das eigentlich wissen.« Kenzig wurde rot. »Ich bin in einer schwierigen Position.«

Ein Rufer summte.

»Dann halten Sie sich an Ihre Befehle«, sagte Vati, »und niemand wird Ihnen einen Vorwurf machen können. Hat man Sie angewiesen, sich McEwans Wünschen zu fügen?«

»Nicht ausdrücklich.«

Jemand klopfte. Der Adjutant mit einer Miene, die um Entschuldigung heischte. »Sir, Mr. Branstead für Käpten Seafort. Er sagt, es sei dringend.«

Vatis Hand zuckte zum Rufer, aber er beherrschte sich und wartete mit dem Ausdruck einer stummen Bitte.

»Sehr gut.«

»Ja, Jerence?«

Ich war ihm nahe genug, um es mitzuhören. »Ich bin im Krankenhaus. Der obszöne Akt, den Andori begangen hat, wurde live gesendet. Zehntausende haben gesehen, wie er niedergebrannt wurde. Seine Anhänger versammeln sich in der City, und man redet davon, zum Raumhafen zu marschieren. Bringen Sie Corrine aufs Schiff.«

»Ein Shuttle wird jeden Augenblick erwartet.«

»Ich kümmere mich darum, aber ihre Anwesenheit auf dem Planeten ...« Er seufzte. »... könnte zu Blutvergießen führen.«

»Ich verstehe. Wir brechen sofort auf, wenn ...«

»Ich schicke einen Trupp zum Terminal, um Sie zu schützen. Sind die Protestierer schon aufgetaucht?«

Ehe Vati antworten konnte, platzte ich heraus: »Ja!« Ich deutete nach draußen.

Vati sagte es ihm, und mit knappen Worten beendeten sie das Gespräch. Er wandte sich an den Admiral: »Wir müssen uns beeilen, Sir. Sie sagten, man hätte Sie nicht angewiesen, McEwans Führung zu folgen. Wurde Ihnen befohlen, die einheimische Regierung zu stürzen?«

Eine Pause. »Nein.«

»Also dann.«

Kenzig wedelte mit der Hand, räumte damit ein, dass Vati Recht hatte. »Falls wir nicht gegen die Regierung vorgehen – was ist dann mit Scanlen? Falls ich zulasse, dass er hingerichtet wird, verlangt die Admiralität meinen Kopf. Die Raumflotte kann es sich nicht leisten, der Kirche in solchem Ausmaß zu trotzen.« Er wartete, aber Vati sagte nichts. »Was nun? Bringen wir den Bischof zurück auf die Erde? Und was, wenn er das ablehnt?«

»Würden Sie ihm die Möglichkeit geben, Sir?«

»Er *ist* schließlich unser Bischof.« Der Blick des Admirals verriet Neugier. »Falls ich Ihnen befehlen würde, ihn als freien Mann nach Hause zu bringen, würden Sie gehorchen?«

Vati überlegte. »Haben Sie sich das Holo von Randys gestellter Erhängung angesehen?«

»Entschieden als Fehlleistung zu betrachten.«

In der Ferne brummten Motoren.

Ich rührte mich hitzig, aber Vati stoppte mich mit erhobener Hand. »Oder das von Anthonys Tod?«

»Ein unglücklicher Vorfall.« Kenzig räusperte sich. »Ich hatte gefragt, Mr. Seafort, ob Sie Scanlen als Passagier mitnähmen, falls ich Ihnen den Befehl gäbe.«

»Ich denke nein«, sagte Vati. »Ich denke, ich würde ihn eher zur nächsten Luftschleuse hinauswerfen.«

Im Ton des Admirals schwang Verachtung mit. »Und Sie sprechen von Gehorsam!«

»Ich würde den Vorfall ins Logbuch eintragen und die zwangsläufigen Folgen tragen.« Hängen, das meinte er damit. Mich schauderte. Vati setzte hinzu: »Sie wissen, wo ich stehe, Sir. Entheben Sie mich meines Kommandos?«

Einen Augenblick lang ballte Kenzig die Fäuste. Dann: »Nein.«

Das Motorengedröhn wurde lauter. Ich blickte auf das Landefeld hinaus. Lichter in der Ferne. Sie kamen näher.

Das Shuttle.

»Sehr gut.« Vati erhob sich mühsam. »Mit Ihrer Erlaubnis mache ich weiter.«

»Sehr gut.«

Vati salutierte und behielt die Haltung bei, bis der Admiral sie erwiderte. Dann gab er mir mit einem Wink zu verstehen, dass ich ihm folgen sollte.

»Einen Moment noch.« Kenzigs Worte stoppten uns

an der Tür zum Flur. »Verflixt, Mr. Seafort, Sie *müssen* mir das Scanlen-Problem aus der Hand nehmen! Falls Sie nicht bereit sind, ihn als Passagier mitzunehmen – dann halt als Gefangenen? Wer hat die Vollmacht, ihn anzuklagen?«

»Sie haben sie, Sir, wegen Verstoßes gegen UN-Gesetze; allerdings können Sie ihm nicht hier den Prozess machen. Und Sie können ihn an die Kirche im Heimatsystem übergeben, falls er das Kirchenrecht verletzt hat.«

Kenzig zögerte. »Muss eine offene Anklage erfolgen?«

»Ja. Falls es den Anschein hätte, ich verfolgte eine persönliche Vendetta, würde er womöglich ohne Prozess auf freien Fuß gesetzt.«

Kenzig klang widerstrebend. »Welche Anklage würde passen?«

»Subversion gegen eine vom Allmächtigen eingesetzte Regierung?« Vati lächelte. »Ich glaube, damit hat er sowohl gegen kirchliches als auch bürgerliches Recht verstoßen.«

»Dann machen wir es so.« Einen Augenblick lang musterte der Admiral Vati freudlos. »Herr GenSek – wie können Sie sich Ihres Weges nur so verdammt sicher sein? Irren Sie sich nie? Haben Sie eine besondere Verbindung zum Herrgott?«

»Wohl kaum, Sir.« Vati sah, dass Kenzig damit nicht zufrieden war. »Ich irre mich lieber, als das Gewissen der Vorsicht zu opfern. Das ist der einzige Weg, den ich kenne.« Sanft schob er mich auf den Flur hinaus und nahm das Gewehr wieder an sich.

In grimmigem Schweigen trotteten wir über das Flugfeld zum Terminal. Vati hatte die Hand auf meiner gesunden Schulter liegen. Er war grau im Gesicht. Ich fragte mich, ob er wusste, wie viel von seinem Gewicht ich trug.

In der Hoffnung, ihn abzulenken, sagte ich: »Er hat Angst vor dir.«

»Natürlich.«

»Warum, Sir?«

Vati blieb stehen und rieb sich das Kinn. »Ich war GenSek. Du bist ein Provinzler; du hast keine Ahnung, was das bedeutet.«

»Ich weiß, dass du der gesamten UN-Regierung vor ...«

»Du müsstest es erleben, um es zu verstehen. Frag irgendwann mal Anselm. Wann immer ich mich am Hintern gekratzt habe, wurde es in flammenden Schlagzeilen gemeldet. Ich genoss – und genieße immer noch – unbegrenzte öffentliche Aufmerksamkeit, wann immer ich möchte. Falls ich meine Memoiren schriebe, würden zig Millionen sie lesen.« Er suchte in meinem Blick nach Verständnis, fand es aber nicht. »Mr. Kenzig fürchtet, ich könnte ihn vor der ganzen Bevölkerung des Heimatsystems rügen.« Er schnaubte. »Als ob ich die schmutzige Wäsche der Raumflotte in der Öffentlichkeit waschen würde!« Er schüttelte ärgerlich den Kopf. »Habe ich jemals so was gemacht?«

»Während des Flottenputsches hast du den Holozinen gesagt ...«

»Bah! Komm mit.«

Lammfromm gehorchte ich.

25. Kapitel

Es war ein riesiges Shuttle, viel größer, als ich erwartet hatte. Es rollte an den Flugsteig heran und stoppte. In dem Augenblick, als das dumpfe Tosen der Triebwerke verstummte, flog die Luke auf. Ich sah mit offenem Mund zu. Schiffsprofos Janks stürmte die Treppe herunter, gefolgt von ungefähr dreißig Matrosen. Viele gehörten zu seiner Abteilung, aber ich erkannte auch andere: Hydroponikmaate, Funktechs, Maschinenraumhelfer. Alle waren bis an die Zähne bewaffnet. Sie wurden begleitet von Mikhael Tamarow, Fähnrich Ghent, Tommy Yost.

»Sir? Wo sind Sie?« Mikhael blickte forschend in die Nacht.

»Hier«, sagte Vati. Er packte meine gesunde Schulter.

»Janks!« Mikhael deutete heftig mit dem Finger auf uns.

»Verstanden, Sir.« Der Schiffsprofos stürmte wie verrückt über den Asphalt. Einen Augenblick später waren wir umringt. Matrosen wandten uns den Rücken zu, knieten sich hin, nahmen die entsicherten Gewehre in Anschlag.

Vati zog eine Braue hoch, aber es war zu dunkel, als dass Janks es gesehen hätte. »Was hat das zu bedeuten?«

»Schutz, Sir. Mr. Tollivers Befehle.«

Andrew Ghent tänzelte von einem Fuß auf den anderen. »Gott sei Dank sind Sie in Sicherheit, Sir!« Seine Augen funkelten.

Der Schiffsprofos runzelte die Stirn. »Mr. Ghent, vielleicht sehen Sie im Terminal nach? Bitte.« Er drückte sich vorsichtig aus, was auch nicht verkehrt war, wenn man einem nominellen Vorgesetzten Befehle erteilte.

»Aye aye ... Ich meine, gute Idee, Mr. Janks. Ihr Jungs – und du.« Der junge Fähnrich deutete in die Menge. »Hier entlang!« Sie stürmten zu der versengten Tür hinüber.

Vati sagte: »Warum steigen wir nicht einfach ins Shuttle?«

»Das ist nicht unseres.«

»Was meinen ...«

»Nur einen Moment, Sir.« Janks schaltete seinen Rufer ein. »Mr. Ghent?«

»Hier. Im Terminal herrscht das reinste Chaos. Verkohlte Leichen und ... Jesus!« Schwerer Atem. »Gut, wir haben Mrs. Sloan gefunden. Und die einheimischen Jungs entwaffnet, die sie bewacht haben. Was sollen wir mit ihnen machen?«

»Sie stehen auf unserer Seite!« Vatis Ton war scharf.

»Ich möchte nicht, dass sie bewaffnet sind.« Das war Janks.

»Ich schon. Falls wir Bransteads Leuten nicht trauen können ...«

Janks seufzte. »In Ordnung, Sir.« In den Rufer: »Geben Sie ihnen ihre Waffen zurück. Schicken Sie sie zu Yost, um die Umgrenzung zu sichern. Mr. Yost, sind Sie auf diesem Kanal?«

»Ja, Sir. Ich meine, Mr. Janks.«

»Nun?«

»Die Straße ist frei, in beiden Richtungen, so weit wir blicken können. Wir haben Stellung bezogen.«

Janks grunzte. »Mr. Tamarow?«

»Ich habe mitgehört. Ich denke, es wird Zeit, das Signal zu senden. Sind Sie auch dieser Meinung?«

»Ja, Sir.«

Vatis Ton war beißend. »Da ich das Kommando führe, sind Sie vielleicht so freundlich, mir zu erklären, was hier vorgeht.«

Der Schiffsprofos klang beschämt. »Aye aye, Sir. Ihr Spezialshuttle ist unterwegs; Mr. Tamarow und der Pilot haben gerade das Codewort gesendet.«

»Wir nehmen dieses hier. Sinnlos, noch ...«

»Wir haben das andere für medizinische Notversorgung ausgestattet. Dr. Romez kommt mit herunter. Sie und Ihr, ahm, Sohn kommen nicht mit der Beschleunigung klar, ohne ...«

»Welcher Idiot hat das angeordnet?«

»Leutnant Tolliver, Sir.« Obwohl er in phlegmatischem Ton sprach, hatte Janks die Schultern hochgezogen, als rechnete er mit einer Explosion.

Vatis Finger spannten sich um meinen Hals. Ich knirschte mit den Zähnen. Einen Augenblick später lockerte er den Griff wieder. »Na ja, vielleicht für Randy ...«

»Sir, Sie wissen, was der Start Ihnen letztes Mal angetan hat.« Ich sagte es, ohne nachzudenken.

Vati machte ein finsteres Gesicht. »Es wird wieder.« Er versuchte auf und ab zu gehen, aber der Kreis aus Wachleuten war zu eng, und vielleicht hatte er auch zu große Schmerzen. »Wie lange?«

»Zwei Stunden vierzehn Minuten.« Das war Janks.

»Wir warten im Terminal.«

Der Schiffsprofos schüttelte den Kopf. »Zu schwierig zu verteidigen, Sir. Die ganze Front besteht aus solchen Glasfenstern. Die ganzen Türen ...«

»Dann im Shuttle. Notfalls können wir damit auf die andere Seite des Rollfelds fahren.«

Janks biss sich auf die Unterlippe. »Sehr gut, Sir. Nachdem es wieder aufgetankt wurde.« Er aktivierte den Rufer und bellte Befehle hinein. Wenige Augenblicke später raste ein Tanklaster über den Asphalt. Erst, als dieser wieder in den Treibstoffhangar zurückgekehrt war, erlaubte uns Janks, ins Shuttle zu steigen.

An der Luke zeigte Mikhael seinen forschesten militärischen Gruß, und ein breites Grinsen erhellte sein schmales Gesicht. »Willkommen, Sir. Pa.« Er trat zur Seite, als sich Vati an ihm vorbeischob.

»Kommando zurück. Janks, holen Sie Corrine an Bord.«

»Aye aye, Sir.«

Mikhael stand da und strahlte. Erst, als sein Blick zu meinem leeren Ärmel abschweifte, verblasste das Lächeln. »Oh Randy!«

Ich versuchte, die Achseln zu zucken, und schnitt eine Grimasse, als die Bewegung einen heftigen Schmerzstich erzeugte. »Es wird wieder.« Ich runzelte die Stirn. Hatte Vati nicht das Gleiche gesagt – eben auf dem Rollfeld?

Vati tätschelte mich geistesabwesend und betrachtete Mik. »Tolliver hat dich heruntergeschickt?«

»Ja, Sir. Ich denke nicht, dass er eine Meuterei riskieren wollte.«

Sie starrten einander an, und keiner senkte den Blick, bis Vati abwinkte – und damit seine Niederlage eingestand. »Es ist ein fürchterlicher Schlamassel. Hast du das mit Corrine gehört?«

»Ich habe es miterlebt. Das ganze Schiff hat es.«

Vati gaffte ihn an.

»Sie hatten angekündigt, dich zu exekutieren. Mrs. Skor gab die Sendung von der Station aus weiter, und Tolliv – *Mr.* Tolliver hat sie schiffsweit ausgestrahlt.«

Die Augen des Käptens glitzerten. »Sie kann nirgendwohin, Mik. Überhaupt nirgendwo.«

»Sicherlich wird man sie begnadigen, wenn erst mal Andoris Untaten ...«

»Ein Bischof.« Vati sank auf einen Sitz.

»Ein Verrückter.«

»Aber ein *Bischof!*« Vati legte den Kopf in die Hände.

»Es lief auch auf dem Bildschirm in der Mannschaftsmesse«, erzählte Mik. »Corrine kam ins Blickfeld, ein grimmiger Racheengel. Unsere Leute haben applaudiert! Eher war es sogar ein Aufruhr. Corrine stand über diesem Drecksack Andori und feuerte, bis ihre Ladung verbraucht war ... Wir konnten die Leute noch drei Decks weiter oben hören, auf der Brücke. Sie tanzten immer noch herum und johlten. Mrs. Frand bekam einen Anfall. Sagte, es wäre nicht richtig, den Tod des Sendboten Gottes zu feiern.«

Vatis Blick war trostlos. »Die hiesige Kirche würde Corrine sofort verbrennen. Das Gleiche droht ihr im Heimatsystem und überall, wohin sie sich auch wendet. Wie soll ich sie beschützen? Sobald wir zu Hause eintreffen, wird man mir befehlen, sie an Land zu schicken.«

»Weigere dich, Pa.«

»Dann entheben sie mich des Kommandos. Was

dann? Soll ich die *Olympia* entführen, um Corrine zu retten?«

Eine neue Stimme meldete sich von der Luke her. »Nein. Sollen sie mich doch holen.«

Vati sprang vom Sitz auf und zuckte zusammen. »Corrine!« Er humpelte zur Luke. Draußen, hinter Mrs. Sloan, überwachte Fähnrich Andrew Ghent den Raumhafen, das Gewehr schussbereit.

»Es ist wirklich am besten, wenn es hier geschieht. Janey bekommt es nicht mit, und du brauchst dich nicht selbst zu gefährden. Ich gehe in die Stadt, zur Kathe ...«

Vati nahm sie in die Arme und brachte sie mit einem Kuss zum Schweigen.

Von der Luke her blinzelte Ghent mir zu. Ich wandte gekränkt den Blick ab. Wer war er, dass er sich über Vati lustig machte? Er war nur Fähnrich, stand damit fast so tief wie ein Schiffsjunge. Freundschaft hin oder her, er vergaß sich. Ich betrachtete ihn mit kalter Miene.

Einen Augenblick später fragte Mrs. Sloan: »Nick?«

»Du hast etwas Furchtbares getan, Corrine. Und ich liebe dich.«

Sie blinzelte. »Wann bist du zu diesem Schluss gelangt?«

»Vor langer Zeit. Ich habe es mir nur nicht eingestanden.«

Ich musste mich abwenden. Seine Miene wirkte so einsam, dass ich es nicht ertragen konnte.

Nach einer Weile ging die Cockpittür auf. Der Pilot blickte heraus. »Das zweite Shuttle hat die Mesosphäre erreicht. Es dauert nicht mehr lange. Mr. Van Peer sitzt am Ruder.«

Vati löste sich von Corrine. »Sehr gut.«

Ich wandte mich flüsternd an Mik. »Was ist das?«

»Die obere Atmosphäre, noch über der Stratosphäre.«

»Oh.« Sollte ein Schiffsjunge so was wissen? Bald war ich einer. Von neuem.

An der Luke räusperte sich Ghent, den Rufer in der Hand. »Sir?« Einen Augenblick lang glaubte ich, er meinte mich, aber sein Blick ruhte auf Vati. »Grüße von Mr. Janks, und würden Sie sich bitte von Luke und Bullaugen fern halten?«

Vati betrachtete ihn ernst. »Hat er sich so ausgedrückt?«

»Nicht ganz, Sir.« Ghents Augen funkelten. Seine Krawatte saß schief, und die Jacke war rußbeschmutzt.

»Nun?«

»Seine Worte lauteten: ›Der Käpten soll seinen verdammten Arsch in Deckung bringen, ehe man ihn ihm wegpustet.‹ Verzeihung, Sir.«

»Natürlich.« Vatis Ton war trocken. Aber er ging auf Distanz zur Luke.

Eine Minute nach der anderen schlich mit der Geschwindigkeit eines Gletschers vorbei. Ich saß in dem stickigen Shuttle unweit des Cockpits, verschwitzt, zerzaust, wund. Vati löste sich von Corrine und wies das Cockpit an, ihn mit Tolliver zu verbinden. Ich bekam nicht alles mit, aber ich verstand, dass die Unterhaltung nicht in freundschaftlichem Ton verlief. »Verdammte Zeitverschwendung«, war eine Wendung, die ich aufschnappte, ebenso wie »ich bin kein Krüppel«.

Plötzlich änderte sich Vatis Tonfall. Er wurde leiser, und ich musste mich zurücklehnen, um ihn besser zu verstehen. Dann wünschte ich mir schon, ich hätte es nicht getan. »Ihrer persönlichen Verantwortung«, sagte er. Und: »Randy hat mehr Hölle durchgemacht, als er verkraftet. Zeigen Sie Mitgefühl.« Eine Pause. »Ja, ich rechne damit, dass ich es gut schaffe. Ich hatte schon Dutzende von Starts. Aber für den Fall, dass ich – nicht mehr fit genug bin, um das Kommando zu übernehmen. Nur für diesen Fall, denken Sie daran!«

Aus irgendeinem Grund brannten meine Augen, bis ich mich von dem Beschleunigungssitz hochstemmen und ins Heck des Shuttles schleppen musste. Ich stand dort und starrte auf das schmuddelige Schott. Als Vati aus dem Cockpit kam, entdeckte er mich, und aus irgendeinem Grund kam er herüber und tätschelte mir die Hand, als wäre ich ein kleines Kind.

Endlich prasselte es im Funk und das vertraute gedämpfte Tosen eines Shuttles wurde vernehmbar. Mr. Janks tauchte an der Luke auf. »Nur noch ein paar Minuten, Sir. Das Notfallshuttle wird dicht heranfahren und tanken. Dann steigen Sie um.«

Vati rieb sich die Augen. »Anzeichen von Schwierigkeiten?«

»Yosts Truppe bewacht die Straße. Er sagt, alles wäre ruhig.«

Ich fand einen Platz näher an der offenen Luke. Zur Hölle mit Laserschüssen; ich brauchte Luft.

Finger strichen mir über den Armstumpf. Mik fragte leise: »Tut es weh?«

»Nein. Na ja, ein bisschen. Ziemlich.«

»Romez macht dich ruckzuck für eine Prothese bereit. Du wirst schon sehen. Sobald ...«

»Nein.«

»Wieso nicht?«

Ich achtete sorgsam darauf, nicht die Achseln zu zucken. »Das wäre – kein Teil von mir.« Da war noch mehr. »Wenn ich in den Spiegel blicke, sehe ich, was ich getan habe.«

»Du wirst es vergessen«, versicherte mir Mik. »Mit der Zeit ...«

»Ich *möchte* mich aber erinnern!« Auf meine eigene tölpelhafte, dumme Art hatte ich Vati gerettet. Nachdem ich nichts getan hatte, um zu verhindern, dass sie Anthony zu verkohltem, stinkendem Fleisch verbrannten. Ich schluckte. Ja, ich musste gezwungen sein, mich zu erinnern.

»Oh, kleiner Bruder.« Mik schlang die Arme um mich. Dankbar ließ ich mich fallen.

»Fähnrich Yost an Mr. Janks!« Tommys Stimme klang schrill. *»Autos, ein ganzer Haufen davon! Und Lastwagen! Leute springen heraus ...«*

Janks sprang zum Rufer. »Wo? Norden oder Süden?«

»Aus der Stadt. Wir haben uns hinter den zweiten Hangar zurückgezogen.«

»Sie verdammter Idiot, damit lassen Sie die Straße zwischen Hangar eins und dem Terminal ungedeckt!«

Ein Laser fauchte. *»Ducken Sie sich, Mapes! Was sollen wir tun, Sir? Den ersten Hangar wieder einnehmen?«*

Vati sagte leise: »Der Fähnrich ist überfordert.«

Der Schiffsprofos nickte. »Ich werde die Lage erkunden. Mr. Tamarow!«

Mik fuhr zusammen. »Ja?«

»Sie sind fürs Auftanken verantwortlich. Sorgen Sie dafür, dass das Notevakuierungs-Shuttle wendet.«

»Aye aye ... Äh, klar, Mr. Janks.« Mik spähte vorsichtig hinaus, entdeckte keinen Feind, sprintete zum Tankhangar hinüber.

»Mr. Ghent, bewachen Sie das Shuttle. Und sorgen Sie dafür, dass Ihre Leute wachsam bleiben«, ergänzte Janks mit finsterer Miene. »Yost hat dem Gegner eine Öffnung gelassen; Unruhestifter brechen womöglich durch. Sobald wir das Signal geben, geleiten Sie den Käpten hinüber. Falls Sie einverstanden sind, bitte.« Sein Ton drückte widerstrebende Höflichkeit aus.

»Sehr gut.« Aber das kam schon zu spät; Mr. Janks lief bereits mit raumgreifenden Schritten über den Asphalt, das Gewehr vor der Brust.

Mrs. Sloan rührte sich. »Ich bin es, die sie wollen, Nick. Dann lassen sie dich gehen.«

Vati erwiderte scharf: »Sei nicht töricht!« Einen Moment später setzte er hinzu: »Denkst du vielleicht, ich würde ohne dich gehen?«

»Olympia *an Shuttle.*« Eine vertraute, nervöse Stimme. Der Pilot nahm den Funkspruch entgegen.

»Ich möchte mich ja nicht selbst zur Märtyrerin machen. Aber einer von uns muss für Janey überleben.«

»Still.« Vati tätschelte ihr die Schulter. »In ein paar Stunden stecken wir sie gemeinsam ins Bett.«

Der Pilot räusperte sich. »Für Sie, Sir.«

»Was ist denn jetzt?« Vati drückte einen Schalter, legte den Anruf auf den Lautsprecher.

»Wo zum Teufel steckt er?« Leutnant Tolliver schien außer sich.

»Hier Seafort.«

»Käpten, Ihr verdammter Fisch ist zum Leben erwacht. Er hat einen Satelliten erzeugt, um das Schiff anzugreifen.«

»Woher wollen Sie wissen, dass es ein Angriff ist?«

»Wir können nicht wissen, dass es keiner ist, und ich habe ein Schiff voller Passagiere.«

»Nur ein Satellit, Edgar?«

»Mehr ist auch nicht nötig, Sir. Falls er sich durchschmilzt ...«

»Immer mit der Ruhe, alter Freund.«

»Oh, ich bin ganz ruhig! Das Viech hat sich vor zwei Minuten abgestoßen. Mit direktem Kurs auf unsere Mittelsektion. Geschätzte Ankunftszeit in vier Minuten sechsundvierzig Sekunden. Ich habe Gefechtsbereitschaft angeordnet. In etwa einer Minute werde ich es verdampfen.«

»Nein! Auf keinen Fall!« Vati erhob sich schwankend.

»Ich kann nicht das Risiko ...«

»*Ich* gehe das Risiko ein!«

»Sir, die Entscheidung liegt bei mir, solange Sie auf dem Planeten sind. Mit allem gebührenden Respekt.«

Vati sagte: »Geben Sie vollen Schub, fahren Sie aus seiner Bahn! Sie wissen doch, dass Satelliten kein eigenes Antriebssystem haben.«

Ein Tanklaster schoss über das Rollfeld hinweg und hielt neben dem Evakuierungsshuttle, knapp fünfzig Meter entfernt.

»Und was dann? Lassen wir das Viech dahintreiben, bis es von Hope Nations Schwerkraft angesaugt wird? Na, das ist mal ein feindseliger Akt!«

»Gehen Sie auf gleiche Geschwindigkeit. Öffnen Sie eine Luftschleuse zu unserem Begegnungskorridor.«

»Nein.« Vielleicht kam ihm das doch zu kühn vor, und er schlug einen versöhnlichen Ton an. *»Ich kann diesen Irrsinn mitmachen, wenn Sie an Bord sind, Sir. Mit knapper Not. Aber wenn die Entscheidung bei mir liegt …«*

»Lass mich mit ihm reden.« Ich zupfte Vati am Ärmel.

»Nein, mein Sohn. Edgar, ich flehe Sie an …«

»Es lohnt das Risiko nicht. Zwei Minuten. Eins fünfzig.«

Ich wusste nicht, was mich antrieb. »Wir haben keine Zeit!« Ich griff nach dem Rufer.

Verblüfft ließ Vati zu, dass ich den Apparat seinem Griff entwand, was mit nur einer Hand keine Kleinigkeit war.

»Mr. Tolliver, hier Schiffsjunge Carr.« Ich war zwar keiner mehr, wusste aber nicht, wie ich sonst hätte beginnen sollen. »Öffnen Sie um Gottes willen die Luftschleuse. Bringen Sie nicht den Botschafter einer außerirdischen Rasse um!«

»Wir können nicht wissen, dass er ein Botschaf …«

»Natürlich ist er das, und wir alle wissen es.« Ich redete so schnell, dass es fast ein Brabbeln war. »Diese Dinger sind mir unheimlich, besonders wenn sie *bibbern!* Und ich habe gesehen, wie eins davon Kevin Dakko umgebracht hat.« War das wirklich, was ich sagen wollte? Machte ich alles noch schlimmer?

»Janks an Shuttle!«

Ich ignorierte die neue Stimme und wandte mich weiter an den fernen Tolliver. »Das ist Vatis – Käpten

Seaforts Lebenswerk. Das Wichtigste, was er je getan hat.« Ich riskierte einen kurzen Blick auf Vati, wandte mich aber rasch wieder ab, schämte mich des Tadels, den ich in seinem Gesicht las. »Frieden mit den Außerirdischen zu schließen – das würde *ihm* endlich Frieden schenken. Sie wissen doch, welche Last er getragen hat. Völkermord, hat er geglaubt. Er hat Tränen in den Augen, wenn er mit Ihnen spricht.« Vati griff nach dem Rufer, aber ich wich aus, redete schneller. »Gott, er ist jetzt wütend, aber er hat auch guten Grund dazu. Wir haben ihn beide verraten, jeder auf seine eigene Art.«

Vati packte mich an der Jacke, zog mich heran, entriss mir den Rufer.

»Edgar!«

»Fünfzig Sekunden.« Es blieb lange still. *»Mr. Anselm, wenden Sie. Die Breitseite zu dem gottverdammten Fisch.«* Mit der Breitseite konnte er mehr Laser auf das Ziel richten.

Vati packte den Rufer fester.

»Öffnen Sie die Luftschleuse auf Deck 3. Enterkommando bereithalten, wir nehmen einen Besucher an Bord. Beten Sie, dass Sie Recht haben Nick. Und dieser Junge von Ihnen kann was erleben! Dafür sorge ich!« Der Lautsprecher wurde still. Ich schluckte.

»Shuttle, antworten Sie!« Das war Janks.

Müde wechselte Vati den Kanal. »Seafort.«

»Könnten Sie mit Branstead Kontakt aufnehmen und herausfinden, was das für ein Haufen ist?« Der Schiffsprofos sprach leise. *»Die meisten sehen nicht nach Soldaten aus, aber sie haben Gewehre und Stunner und dergleichen dabei. Und die Menge nimmt Kurs auf die Lücke, die Yost geöffnet hat.«*

»Mache ich.« Vati schlug einen grimmigen Ton an. »Sind es Diakone oder Zivilisten?«

»Keine Priesterkleidung, aber das heißt nichts. Wir schießen von Zeit zu Zeit über die Straße hinweg, damit sie die Köpfe eingezogen lassen. Sir, falls sie das Rollfeld umzingeln ... Wir haben nicht genug Leute.«

»Ich möchte nicht, dass jemand niedergeschossen wird, Janks. Weder auf ihrer Seite noch auf unserer.«

»Mein Auftrag besteht darin, Sie in den Orbit zu bringen, was es auch kostet.«

»Lassen Sie das! Ich sage, Sie sollen ...«

»Meine Befehle stammen von Mr. Tolliver, Sir. Er führt nominell das Kommando. Besprechen Sie das mit ihm.«

Vati wandte sich vom Lautsprecher ab und ließ eine furchterregende Flut von Flüchen vom Stapel. Ich war beeindruckt. Er konnte selbst Alex Hopewell noch das eine oder andere beibringen, und Alex hatte das schlimmste Mundwerk in ...

»Falls Sie helfen möchten, Sir, fragen Sie Branstead um Rat. Vielleicht könnten wir über Verhandlungen ...«

»Klar.« Mit einem Knurren hängte Vati den Rufer ein.

Ich zupfte ihn am Ärmel. »Was ist mit der Admiralität? Könnte Kenzig uns Hilfe schicken?«

»Die Flotte verfügt hier über keinen richtigen Stützpunkt. Nur ein paar Büromenschen im Admiralitätshaus.« Vati stach auf die Tasten ein. »Hier Seafort. Verbinden Sie mich mit Statthalter Branstead.« Eine lange Pause trat ein, während der er kochend dastand.

Endlich ertönte eine blecherne Stimme. »Hallo?«

»Jerence, wir haben ein Problem. Diese Hitzköpfe, von denen Sie gesprochen haben ...«

Ich musste mich dicht heranlehnen, um etwas zu verstehen. Hieß es, dass ich lauschte, wenn ich das Ohr direkt an Vatis Rufer hielt? Ich meine, er *wusste* schließlich, dass ich mithörte.

»Ich bin nicht Branstead. Sie haben heute Abend sein Knie operiert. Er liegt noch in der Narkose.«

Vati blinzelte. Dann fragte er: »Chris?«

»Ja, Sir.« Mr. Dakko. »Warum sind Sie noch nicht wieder an Bord? Bischof Scanlen hat den Pöbel aufgehetzt. Sie sind unterwegs zum …«

»Scanlen? Er sitzt im Gefängnis.«

»Nicht mehr.« Mr. Dakko klang grimmig. »Wir konnten ihn nicht festhalten.«

»Jerence hat ihn angeklagt …«

»Wir konnten ihn körperlich nicht festhalten. Wenigstens tausend Leute hatten sich rings um den Gouverneurssitz versammelt, darunter Mrs. Carr. Sogar Vince Palabee ist aufgetaucht, um die Menge aufzuhetzen. Einige unserer Heimatgardisten sind desertiert. Andere wollten nicht auf die eigenen Leute schießen.« Eine Pause trat ein. »Wir auch nicht. Sir, die Sache ist gründlich außer Kontrolle.«

Vati fragte: »Besteht noch eine Regierung?«

»Ich frage Mr. Branstead, sobald er wieder zu sich kommt.« Mr. Dakko legte auf.

Vor der Luke ertönten Schreie. Fähnrich Ghent stürmte herein. »Sir, wir bringen Sie lieber auf Ihr Shuttle! Mr. Janks muss sich zurückziehen.«

»Wird er angegriffen?«

»Nicht direkt, aber Tommy Yost sagt, die anderen versuchten, hier herum …« Er deutete auf die Hangars. »Sein Trupp ist hinübergelaufen, um sie auszuräuchern.« Er blickte zur wartenden Luke des kleineren Shuttles hinüber. »Es sind fünfzig Meter, Sir. Können Sie rennen?«

»Nein.« Es fiel Vati schwer, das zu sagen. Er aktivierte den Rufer. »Mr. Janks, Ihre Leute sollen sich zum großen Shuttle zurückziehen und im gleichen Augenblick starten wie wir.«

»Negativ, Sir. Falls wir den Gegner so dicht herankommen lassen, wird er Ihre Maschine unter schweren Beschuss nehmen. Wir können nicht das Risiko eingehen, dass er etwas Wesentliches trifft. Sobald Sie abgeflogen sind, steht es uns frei, uns vom Gegner zu lösen. Er hat keinen Grund, uns festzuhalten.«

Vati wandte sich zu Mrs. Sloan um. »Es gefällt mir nicht, unter Druck gesetzt zu werden. Von Edgar, von den Rebellen, vom Fisch.« In den Rufer sagte er: »Ich komme heraus, Janks.«

»Wozu?«

»Ich rede mit ihnen.«

Der Fähnrich rührte sich. »Sir ...«

»Halten Sie den Mund, Mr. Ghent.«

Andrew Ghent biss sich auf die Unterlippe, blickte sich wild um und stürzte davon in die Dunkelheit.

Vati nahm sein Gewehr auf und steckte eine frische Ladung hinein.

Ich sah verblüfft zu. Von all den Offizieren auf der *Olympia* hatte Tolliver ein paar nutzlose, idiotische Fähnriche geschickt ... Tommy Yost, ein verdorbenes Kind, und Ghent, der den Kopf verloren hatte. Zugegeben, Vati wirkte manchmal so auf jemanden, aber ...

Trommelnde Schritte. Mikhael kam hereingeplatzt, dicht gefolgt von Ghent. »Was höre ich hier?« Mik wirkte aufgebracht.

»Wir haben genug Tote. Ich werde jetzt verhandeln …«

»Pa, das ist absoluter Quatsch!«

Ich wartete darauf, dass ihn der Blitz erschlug. Hier sprach schließlich ein Fähnrich mit seinem Kapitän.

Vati fauchte: »Geh zur Seite!«

»Bitte höre mir zu!« Irgendwie klang Mik bestimmt und flehend zugleich. »Sechsundvierzig Matrosen, alles Freiwillige! Zwei Shuttles. Soldaten, die Mr. Brandstead kaum erübrigen kann. Der ganze Einsatz wurde geplant, um dich sicher nach Hause zu bringen. Menschenleben stehen auf dem Spiel …«

»Ich *möchte* nicht, dass Menschenleben …«

»Um deines zu beschützen.« Mik blieb hartnäckig bei der Sache. »Du möchtest einen Konflikt vermeiden. Du bist ritterlich, Pa; jeder weiß das. Aber falls du bei dem Versuch umkommst, wird ein Blutbad folgen. Ich werde Janks nicht aufhalten können und es auch nicht wollen. Corrine stirbt vielleicht dabei. Auch Randy. Zusammen mit weiß Gott wie vielen Matrosen.« Seine Augen brannten sich in die des Käptens. »Unsere einzige Hoffnung besteht darin, euch beide auf das gottverdammte Notevakuierungs-Shuttle und heraus aus Centraltown zu bringen. Als ein Offizier und als dein Sohn flehe ich dich an! Bitte!«

Es blieb lange still. Vati öffnete den Mund, schloss ihn wieder, traf erneut Anstalten, etwas zu sagen. Schließlich sagte er: »Lästere nicht.« Aber es hatte keinen Nachdruck.

Anscheinend nahm Mikhael das als Zustimmung. »Andy, Shuttle zwei ist beinahe voll getankt. Wir begleiten den Käpten an Bord. Sorgen Sie dafür, dass er auf ganzer Strecke von anderen umringt ist.«

»Aye aye, Mr. Tamarow.« Ghent wirbelte herum und erteilte knappe Befehle.

Einen Augenblick später hatten wir uns an der Luke gesammelt. Vati packte Mrs. Sloan am Arm. »Gehen wir, meine Liebe.«

»Sie da, schließen Sie sich uns an!« Ghent klang schrill, während er die Nachzügler seiner Truppe heranwinkte. Er reckte den Hals, versuchte in alle Richtungen gleichzeitig zu blicken.

Von der Straße hinter dem Terminal waren Schreie und Tumult zu hören.

Unser Tempo war, obwohl recht forsch, nicht schnell genug für die Eskorte. Mikhael tänzelte frustriert herum. »Mit Ihrer Erlaubnis, Sir!« Er schob eine Schulter unter Vatis Arm, damit Vati die verletzte Hüfte schonen konnte.

Corrine stolperte; Matrosen zogen sie wieder auf die Beine, ohne stehen zu bleiben. Sie führten sie um den stummeligen Tanklaster herum, hinter Mik, der Vati praktisch trug, die Treppe zum Shuttle hinauf.

Ich drängte mich hinter ihnen hinein.

Dr. Romez salutierte; neben ihm stand ein Meditechniker. »Hier, Mr. Seafort.« Dr. Romez tätschelte eine von zwei stark gepolsterten Liegen, neben denen normale Betten der Krankenstation spartanisch wirkten. Man hatte ganze Sitzreihen herausgerissen, um sie zu installieren. Widerstrebend setzte Vati sich.

Ich blickte zur Luke hinaus. Andrew Ghent lehnte an der Gangway, schwitzte und schnappte nach Luft. Er grinste. »Hab den Käpten noch nie so schnell laufen gesehen.« Ich betrachtete ihn kühl, aber er scherte sich nicht darum. »Außer, als Mikhael sich einmal betrunken meldete und alles voll ge ... *oh!*« Er wirkte verdutzt, zuckte zusammen und brach vor meinen Füßen zusammen. Ein schartiges Loch in seinem Rücken rauchte und zischte.

Unten auf dem Asphalt zerstreute sich seine Truppe wie Blätter im Wind.

Der Fähnrich stemmte sich mit einem Arm hoch. Er hustete. Blut quoll ihm über die Lippen. Gequälte Augen erwiderten meinen Blick. Er arbeitete mit den Lippen, aber kein Laut kam hervor.

Ich stürmte die Gangway hinunter, legte den Arm um ihn. Ich konnte ihn mit einer Hand unmöglich anheben.

Mit einer gewaltigen Kraftanstrengung zog ich ihn über ein Knie und verlagerte den Griff. Meine Schulterblätter äußerten flammenden Protest. Ich keuchte. Es waren nur drei Stufen bis zur sicheren Luke. Ich rief, aber niemand hörte mich.

Das Geländer zischte, und geschmolzene Tropfen davon regneten mir aufs Handgelenk.

Mit rotem Gesicht, atemlos vor Anstrengung, zerrte ich Ghent zentimeterweise zur Luke hinauf. Pilot Van Peer stand im Inneren und sah Romez an.

Der Fähnrich blieb mit den Füßen an einer Stufe hängen. Ich stemmte mit aller Gewalt und bekam ihn los, stolperte ins Shuttle.

Romez justierte gerade Vatis Gurte. » ... ein krampflösendes Mittel. Es wirkt fast sofort und ... gütiger Jesus!«

Ich stand schwankend da; Andy Ghent hing schlaff von meinem Arm.

Mikhael sprang über den Korridor, senkte den Fähnrich auf die zweite Liege. Pilot Van Peer duckte sich ins Cockpit, drückte Schalter. »Tanklaster, losreißen! Gehen Sie auf Abstand!«

Ghent wollte etwas sagen, würgte, spuckte Blut. Romez drehte ihn auf die Seite, riss mit einem gewaltigen Ruck den Rücken der Jacke auf.

»Orbitalstation, hier Van Peer; wir werden angegriffen und starten sofort! Comp!«

»Hier Shuttleco …«

»Notfallübergehung aller Systeme! Kalkuliere Senkrechtstart, niedrige Flugbahn nach Norden, fünfzehn Kilometer, dann Höhe gewinnen, umgekehrtes Schema, um den Orbit zu erreichen!«

»Shuttle, hier Joanne Skor auf der Station. Tolliver sagt, er hätte alle Hände voll zu tun, und möchte wissen, wo der Käpten ist.«

Van Peer sagte: »An Bord, Ma'am.«

Mit zitternder Handfläche verschmierte sich Andy das Blut auf dem Hemd. Er runzelte die Stirn »So kann ich mich nicht melden«, sagte er zu niemandem speziell. Ein Hustenanfall schüttelte ihn, und er rang nach Luft.

Romez sah sich die Verletzung an. Während er gleichmäßig und monoton Flüche hervorstieß, fummelte er nach Verbänden. »Hearns, eine IV-Leitung, sofort!«

Der Meditech klappte einen Kasten auf und machte Ghents Arm frei.

Vati tastete an seinen Gurten und befreite sich.

»Tanklaster, antworten!« Van Peer trommelte auf die Konsole.

Keine Antwort.

»Ich sage es ihnen, Sir!« Mikhael stürmte die Gangway hinunter, dass ihm die Arme nur so flogen.

»Halten Sie durch, Andrew!« Vatis Ton war ein Krächzen. Er schwankte den Zwischengang entlang.

Ich beugte den schmerzenden Unterarm.

Ghents Hand zuckte vor, packte mich am Handgelenk. Wie eine Flickenpuppe sank ich auf die Knie. Ich blickte ihm direkt ins Gesicht. Er bewegte die Lippen.

»Was?«

Er sagte es erneut. Ich beugte mich dicht heran, hörte nichts.

Ein Hustenanfall. Ein Klümpchen dunkles Blut spritzte mir aufs Hemd.

»Aus dem Weg, Randy!«

»Sag es mir.« Ich war nicht im Weg. Nicht wirklich.

Ghents Gesicht war dunkelrot angelaufen. Irgendwie bekam er den Weg für Atemluft frei. »... giss mich nicht, Randy!« Es war ein Flehen.

Ich gaffte.

Sein Blick wirkte konzentriert. »Vergiss mich nicht. Den, der ich war.« Es war fast wieder die Stimme, die ich kannte.

»Das werde ich nicht! Oh, das w ...«

Und er starb.

Ich kniete benommen mitten im Chaos.

Vatis Stimme klang dumpf und monoton. »Eine Verschwendung! Eine völlige Verschwendung!«

Romez war an Vatis Seite und redete ihm gut zu. »Käpten Seafort, legen Sie sich wieder ...«

Durch die Sichtluke sahen wir, wie sich Scheinwerfer bewegten. Der Tanklaster entfernte sich.

»Schließe die Luke!« Das war Van Peer.

»Nicht ohne Mik!« Vati stolperte zur Luke, drückte die Stopptaste. »Wir haben Ghent verloren; ich werde nicht zulassen, dass wir auch noch …«

Auf dem Asphalt hatte der Tanklaster inzwischen vom Shuttle zurückgesetzt und wendete, um zum Hangar zurückzukehren.

»Weg von der Luke!« Romez stieß Vati praktisch zur Seite.

Vati entwand sich seinem Griff. »Mikhael!«

»Er sitzt im Laster!« Romez streckte die Hand an ihm vorbei zur Lukensteuerung aus.

Ich streichelte Andrew sachte den Unterarm, damit ich ihm nicht wehtat.

»Nein, tut er nicht!« Vati deutete nach draußen. »Schnell, Mik!«

Mikhael Tamarow stürmte die Gangway herauf. »Fahren wir lieber los; eine ganze Bande schießt von…«

Eine gewaltige Detonation. Der Himmel wurde taghell.

Eine heftige Schockwelle knallte mir an die Brust. Sie trug Mikhael förmlich durch die Luke und knallte ihn gegen Vati. Sie stürzten zu Boden, Mik obenauf.

Ich lag halb benommen und halb taub da, den Kopf auf Ghents blutigem Hemd.

Romez zerrte Mik weg und kniete sich neben Vati.

Mikhael stolperte zu einer Sichtluke. Er starrte zu einem riesigen, rauchenden Krater hinaus, nicht weit vom Hangartor. »Sie haben den Tanklaster erwischt. Pilot, welche Schäden liegen vor? Können wir fliegen?«

»Das will ich verdammt hoffen!« Van Peer schloss die Luke. Die Triebwerke sprangen an.

»Hearns, helfen Sie mir, den Käpten aufzuheben!«

»Ich bin o. k. …« Vatis Gesicht war aschfarben. Der Doktor und der Tech legten ihn sachte auf ein Bett.

»Wo ist hier ein Rufer?« Mik duckte sich ins Cockpit. »Janks! Schiffsprofos!«

Rauschen. Dann endlich: »Hier Janks.«

»Ziehen Sie sich zu Ihrem Shuttle zurück! Wir starten!«

»Dabei sollten Sie sich lieber auch beeilen.« Janks wirkte jedoch ziemlich ruhig.

»Hier Leutnant Skor. Die Sensoren melden eine Explosion. Bericht!«

Mik drückte diverse Tasten. »Hier Fähnrich Tamarow auf dem Notevakuierungs-Shuttle. Ein Tanklaster ist hochgegangen. Wir werden angegriffen, sind aber startbereit. Ghent wurde verletzt. Wir haben den Käpten, Randy und Mrs. Sloan an Bord. Janks führt seine Leute zum anderen Shuttle.«

»Wo sind die Rebellen?«

Mein Ton war sanft. »Ich werde dich nicht vergessen, Kevin.«

»Sie greifen von Süden her an, Ma'am. Sie halten die Hangars, wir das Terminal.«

Ich wurde bleich. »Ich meine Andrew!«

Ein Klicken. *»Janks, hier Tolliver.«*

»Ja, Sir.«

»Mrs. Skor hat freie Schussbahn von der Station aus. Bleiben Sie im Norden. Wir geben Ihnen Deckungsfeuer.«

Vati hob den Kopf. »Lassen Sie das!«

Janks sagte: *»Geben Sie mir eine Minute, Sir. Yost!*

Lösen Sie sich sofort vom Gegner! Zum Shuttle!« Seine Stimme verklang.

»Jetzt den anderen Arm, Sir.« Dr. Romez justierte die Sicherheitsgurte.

»Haben Sie mich verstanden? Nicht feuern!«

»Ich kann nichts tun, Sir. Nicht von hier aus.« Romez machte Vatis Arm frei. »Jetzt Ihr krampflösendes Mittel, Sir.«

»Fangen Sie nicht meinetwegen einen Krieg an! Ich bitte ...«

Das Medikament tat seine Arbeit. Vati seufzte. Ein Teil der Spannung verließ ihn.

Romez und sein Tech hoben Andy Ghent vom Bett auf und schnallten die Leiche auf einem Sitzplatz an.

»Jetzt du, mein Sohn.« Romez deutete auf die umgebaute Liege, die noch feucht war von Andys Blut.

»Mir geht es gut.« Ich winkte ab und setzte mich auf den Platz neben Andrew.

Vati hob den Kopf so weit, wie es die Gurte erlaubten. »Tu *sofort*, was er sagt!«

Ich sprang auf, um zu gehorchen. Vati war wacher, als er sich hatte anmerken lassen. Ich verzog das Gesicht. Sein letzter Start hatte ihn fast zum Krüppel gemacht, und seitdem hatte er eine Entführung durchgemacht, einen Prozess, eine Flut und gerade eben einen schweren Sturz.

»Hast du mich verstanden?«

»Ja, Sir!« Rasch legte ich mich auf die Schaumliege, während Dr. Romez sachte an meiner heilenden Schulter herumfuhrwerkte und sie mit einer Art Schutzmaterial umkleidete. Ich murmelte: »Verzeihung, Vati.«

Er grunzte.

»Station ...« Das war Van Peer. »Wir starten Richtung Norden. Sie haben uns in ein oder zwei Augenblicken auf dem Radar.«

Mein Ton war angespannt. »Schafft er es?«

Romez antwortete: »Mach dir lieber um dich selbst Gedanken, Junge. Deine Heilung ist nicht annähernd genug fortgeschritten, um die Belastung eines ...«

»Schafft er es?«

»Ich weiß nicht recht. Ich denke schon. Pilot, wir sind so weit.« Romez setzte sich auf den eigenen Platz und schnallte sich an.

Die Triebwerke heulten auf. Nach dem ersten Ruck warf ich einen besorgten Blick auf Vati.

Ein Senkrechtstart verläuft zunächst recht sachte. Als wir beschleunigten, fuhren die Tragflächen in die normale Flugstellung. Die Nase stieg hoch. Gewaltige Motoren mühten sich ab. Als wir in Schräglage gingen, hatte ich Gelegenheit zu einem kurzen Blick auf die Plantagenzone. Würde ich sie je wiedersehen? Ich schluckte.

Langsam stieg der Druck.

Meine Schulter tat weh. Vati atmete langsam und gleichmäßig.

Etwas stach in mein heilendes Fleisch. Ein Knochen knirschte. Die Kabine pulsierte in rotem Licht. Ich zwang einen Schrei an dem Grabstein in meiner Brust vorbei und wurde ohnmächtig.

26. Kapitel

Ich trieb durch ein sanftes, weißes Meer. Meine Schulter war fest umwickelt. Ich blinzelte. Die weißen Laken der Krankenstation zeichneten sich vor meinen Augen ab. Als ich mich bewegte, brannte ein Hauch von Euphorie plötzlich ab.

Dr. Romez steckte den Kopf herein, zog eine Braue hoch, sagte etwas in seinen Rufer. »Hier Romez, Sir. Er ist wach.« Er hörte zu. »Sieht für den Moment gut aus. Ein dämliches Grinsen, der Blick leicht verschwommen. Ich halte ihn erst mal in diesem Zustand, bis wir uns sicher sind. Und Sie, Sir?« Ein Stirnrunzeln. »Seien Sie nicht albern; Sie dürfen sich nicht bewegen. Nein, die Gravitation bleibt auf einem Sechstel, und sollten Sie etwas anderes anordnen, werde ich Mr. Tolliver drängen, Sie des Kommandos zu entheben.« Er verzog das Gesicht, als ein erregtes Summen aus dem Rufer drang. »Sir, Sie sind reizbar, weil Sie Schmerzen haben; steigern Sie die Schwerkraft, und ich garantiere Ihnen, dass auch die Schmerzen stärker werden. Guten Tag.« Romez legte auf.

Ich kämpfte gegen die Lethargie an. »Ist mit Vati alles okay?«

»Er gibt vor, es ginge ihm besser, als es tatsächlich der Fall ist. Möchte Harry besuchen.«

»Wen?«

»Den Außerirdischen. So nennt Anselm ihn.«

Das ergab keinen Sinn, aber ich war nicht wach genug, um diesem neuen Gedankengang zu folgen. »Ist Vati verkrüppelt?«

»Nicht ganz. Die Nerven des Rückgrats sind gereizt und neigen zu Krämpfen. Dass ihn eine tobende Flut an einen Baum geschleudert hat, das war auch nicht hilfreich.«

Ich wurde rot; bei ihm klang es so, als wäre es meine Schuld gewesen. »Ich stehe auf.« Mein Ton war trotzig.

Die Hände in den Hüften, fuhr Romez fort, als hätte ich gar nichts gesagt. »Du bist wach genug, um mir zu folgen? Der Käpten hätte nie auf den Planeten fliegen dürfen. Beim zweiten Mal war es nicht freiwillig, aber trotzdem ist er viel zu früh wieder heraufgekommen. Seine Wirbel verkraften nicht noch viel mehr Belastung. Der Ghenili-Prozess ist ein Wunder, aber die Nervenverbindungen sind noch ...« Er schüttelte den Kopf. »Sein nächster Flug hinunter ist vielleicht sein letzter. Nicht, dass du in diesem Punkt viel zu sagen hättest.«

»Ich werde ihn daran erinnern.« Vorsichtig schob ich die Decke zur Seite, hatte aber vergessen, dass die Schwerkraft stark reduziert war. Die Decke blähte sich. »Machen Sie bitte Platz.« Ich schwang die Beine hinaus. Alles schien gut zu gehen, mindestens eine Sekunde lang. Dann schnappte ich nach Luft und ruderte mit dem einen Arm, um auf dem Bett Halt zu finden. Romez legte mich wieder zurück und hielt dabei den pochenden Rumpf. Ich blickte ihn an, ein stummes Flehen.

»Jetzt hast du es ja erlebt, Junge; du wirst eine Weile im Bett bleiben. Dein Schlüsselbein war in üblem Zustand, und solange du ohne Bewusstsein warst, haben wir dich für eine Prothese vorbereitet – eine vorläufige, mechanische Lösung, bis die organische bereit ist. Der Armstumpf war zu schlimm verletzt, um länger zu warten. Wir setzen zweimal am Tag den Stimulator für Knochenwachstum ein; also wirst du nicht …«

»Sie Mistkerl!« Ich trommelte mit den Fersen aufs Bett und ballte die einzige verfügbare Faust. »Ich will keine Prothese haben!«

»Sprich mit dem Käpten. Er hat es angeordnet.« Sein Ton war frostig. »Keiner von euch hätte starten dürfen. Nicht, ehe du richtig ausgeheilt warst, aber der Käpt … Dein Vater wollte dich und Mrs. Sloan auf dem Schiff in Sicherheit bringen. Sagte, die Lage auf dem Planeten wäre zu chaotisch, um zu riskieren … Na ja, egal.«

Ich schluckte. »Hat er deshalb das Shuttle genommen? Weil ich wegmusste?«

»Es liegt an ihm, sich dazu zu äußern.«

»Sagen Sie es mir.« Ich schlug einen lammfrommen Ton an. »Bitte.«

»Er wollte dich auf keinen Fall allein lassen. Das stand ganz außer Frage, sagte er uns, also hat Mr. Tolliver das Notevakierungs-Shuttle geschickt.«

»Verdammt.« Ich wusste, dass Dr. Romez das missbilligte, aber es war mir egal. »Kommt er wieder in Ordnung? Ich wollte nicht, dass er noch mehr verletzt wird. Ich dachte …«

»Junge …« Romez setzte sich aufs Bett. Erstaunlicherweise klang er sanft. »Mr. Seafort tut nun mal, was er für richtig hält. Sohn oder nicht, du wirst das auch nicht ändern.«

Meine Augen brannten. Ich fragte: »Was ist nach dem Start passiert?«

»Du hast das Bewusstsein verloren.«

»Am Boden!«

»Janks und seine Jungs haben sich zum Shuttle zurückgezogen und sind gestartet. Erstaunlicherweise ist der arme Ghent als Einziger ums Leben gekommen.«

»Andy.« Ich hatte mich fast bis zuletzt über ihn lustig gemacht.

»Im Moment passt Mr. Janks auf Har ... auf den Außerirdischen, ah, Besucher auf. Tad Anselm kritzelt derweil auf Metallplatten herum, um das Wesen zu amüsieren, bis der Käpten sich ihnen wieder anschließen kann. Und wir haben Schwierigkeiten mit ...« Dr. Romez spitzte die Lippen und wurde still.

»Sagen Sie es mir.«

»Ich möchte keine Gerüchte verbreiten. Und du gehörst nicht zur Schiffsgemeinschaft.«

»Ich werde es aber.« Bis ich diese Worte gesagt hatte, hatte ich gar nicht geahnt, wie sehr ich mich danach sehnte.

Er runzelte die Stirn. »Na ja, zweifellos wirst du es früh genug von Tamarow hören. Der Schiffsprofos hat Tommy Yost vor der halben Mannschaft heruntergeputzt. Hat ihm die Schuld an der Ermordung Ghents gegeben. Wie es scheint, war es Yosts Aufgabe, die Straße zu den Hangars zu sperren, und er hat es vermasselt. Hat sich zurückgezogen, ohne jemanden zu informieren. Janks sagte, Yost wäre nicht fähig zu ... Er hat sich ziemlich drastisch ausgedrückt.«

Ich hörte kaum zu. »*Vergiss mich nicht.*« Andrews Augen brannten sich in meine. Kevin, hörst du auch zu? Ich legte eine nicht mehr existierende Hand auf die meines abwesenden Freundes.

Ich drehte das Gesicht ins Kissen. Romez durfte es nicht sehen.

»Ich lasse dich jetzt schlafen.«

»Ich möchte Vati besuchen.« Einen Augenblick später: »Den Käpten.«

»Jetzt noch nicht.«

»Ich bin sein Sohn.«

»Du bist zu stark verletzt, um zu gehen. Du müsstest ihn im Rollstuhl besuchen, und was würde das für seine Moral bedeuten? Er leidet, Junge. Mehr, als er je zugeben wird.«

»Können Sie ihm kein Beruhigungsmi ...«

»Was er braucht, ist Tiefschlaf, keine Beruhigungsmittel. Und es sind nicht nur die körperlichen Leiden. Corrine Sloan ist praktisch eine Gefangene in der eigenen Kabine. Sie kann nicht ohne Schutz herumgehen, damit nicht irgendein Verrückter sie angreift, um Andori zu rächen. Die Tochter des Käptens, Janey, lässt ihn nicht mehr aus den Augen. Und er bläst Trübsal, weint um Andrew Ghent und die siebzehn Toten, die sie vom Raumhafen geborgen haben.« Romez funkelte mich an, als wäre es meine Schuld.

»Sie sagten, Ghent wäre der Einzige ...«

»Nicht unsere. Ihre. Obwohl ich einen Scheißdreck auf irgendeinen Kolonisten ...« Er brach ab und wurde rot. »Vielleicht bin ich ein bisschen engstirnig. Tut mir Leid. Ich hoffe, es war niemand dabei, den du gekannt hast.«

»Ist Scanlen ... Was ist mit Mr. Branstead?«

»Jerence hält immer noch den Gouverneurssitz. Was den Rest angeht, da habe ich keine Ahnung. Worauf ich hinausmöchte: Lass den Käpten in Ruhe. Er hat genug, worüber er sich den Kopf zerbricht.«

Ich wischte mir die Wangen ab und scherte mich nicht mal mehr darum, dass er sah, wie feucht sie waren. Vorsichtig drehte ich mich auf die Seite, den Rücken zur Luke, und tat so, als schliefe ich.

Nach zwei Tagen ließ das Pochen in der Schulter nach, und ich wäre vor schierer Frustration am liebsten die Wände hinaufgegangen. Ich konnte nichts weiter tun, als die Krankenstation mit Wutausbrüchen heimzusuchen, aber Vatis Verfassung strahlte auf das ganze Schiff aus. Als Tad Anselm mich besucht hatte, sah ich dunkle Ringe unter seinen Augen. Mikhael wirkte abwesend und winkte nur ab, als ich Fragen stellte.

Endlich warf Romez die Hände hoch und brachte uns zusammen.

Mitten am Nachmittag verband er mir die Schulter neu, verfrachtete mich in einen elektrischen Rollstuhl und fuhr mich über Deck 1 zur vertrauten grauen Luke.

Es war Janey, die öffnete. Sie betrachtete mich ernst aus ihren Kleinmädchen-Augen. »Du kannst nicht reinkommen. Daddy schläft.«

»Nein, das tue ich nicht.« In seiner Stimme schwang Schärfe mit. »Lass sie herein.« Widerstrebend gab Janey den Weg frei.

Ich gaffte. Wie konnten wenige Tage so viel ausmachen?

Vati wirkte abgezehrt, die Augen eingesunken. Voll bekleidet lag er flach auf dem Rücken. Mit einer Hand hielt er die Bettkante gepackt. Ich wäre am liebsten zu ihm hingerannt. Romez schob meinen Rollstuhl vor.

Ein Lächeln. »Hallo Junge. Willkommen zu Hause.«

Ich stemmte mich vom Stuhl hoch, stolperte zu ihm hinüber.

»*Nein!*« Romez kam zu spät.

Ich berührte Vati gar nicht erst. Ich landete mit einem Knie am Bett, um mich abzustützen, und die Matratze schwankte.

Vati wurde weiß.

»Es tut mir…«

Romez zerrte mich weg. »Tölpel! Was habe ich dir auf dem Korridor gesagt?«

»Ihm nicht weh…« Eigentlich wusste ich es nicht. Ich hatte mir zu sehr gewünscht, endlich Vatis Kabine zu erreichen.

»Nicht in seine Nähe zu kommen! Falls du über so viel Grips verfügen würdest, wie Gott einer Mücke gegeben hat…«

»Das reicht vollkommen!« Vati presste die Kiefer zusammen. »Zurück zu Ihren Pflichten, Doktor.«

»*Sie* sind meine Pflicht! Wie schlimm ist es heute? Viel schlimmer, als Sie über Rufer zu erkennen gegeben haben, so viel sehe ich. Gestatten Sie mir, Sie zu untersuchen.«

»Jetzt nicht.«

»Wir steigern die Schmerzmitteldosis. Ich erhöhe sie auf …«

»Aus meiner Kabine!«

»Zweihundert Milligram, dreimal täglich. Und ich verabreiche sie Ihnen persönlich.«

»Haben Sie mich verstanden? Raus!«

»Käpten, Sie haben vielleicht eine Chance auf Heilung, falls Sie sich die nötige Zeit nehmen, aber auch dann nur, falls Sie völlig entspannt sind. Dazu wird es nicht kommen, wenn Sie die Muskeln anspannen, weil Sie die nächste Umdrehung des Messers erwarten.« Romez verschränkte die Arme.

Vati stemmte sich auf die Arme hoch. Das verlangte ihm eine enorme Anstrengung ab, obwohl wir in dieser Mondschwerkraft fast über dem Deck schwebten. »RAUS, ODER SIE HABEN EINE WOCHE LANG ARREST IN IHRER KABINE! Janey, die Luke!«

Pflichtbewusst drückte sie auf die Taste.

Romez schien etwas sagen zu wollen, überlegte es sich dann besser. Er salutierte und stolzierte hinaus.

Ganz sachte ließ sich Vati wieder aufs Bett sinken. Auf der Stirn perlte Schweiß. »Jesus, gesegneter Sohn Gottes.« Sein Ton war rau.

Ich stand da wie ein Idiot und rang die Hände. »Was kann ich tun? Dein Bett justieren? Mikhael rufen?«

»Schhh. Ist schon in Ordnung.« Er öffnete die Hand. Er beugte einen Finger, winkte mich heran. Ich legte die Hand in seine, wagte nicht zuzudrücken. »Wie geht es dir, mein Sohn?«

»Prima.« Verglichen mit ihm, stimmte das auch. »Gelangweilt.«

»Dr. Romez hat gesagt, in einer Woche wärst du schon wieder fast der Alte. Und läufst in der Gegend herum.«

»Sir, könnte ich…« Ich schluckte. »… wieder Schiffsjunge werden?«

»Noch nicht.«

»Du hast es versprochen!« Ich klang gehässig, und ich war es auch. Wieso setzte ich Vati eigentlich zu, während er so litt?

»Mit einer Hand kannst du die entsprechenden Pflichten nicht ausführen. In ein paar Monaten ist dein neuer Arm gewachsen. Und du wirst ohne zurückgeklappten Ärmel auch viel besser aussehen.«

Ich sagte mürrisch: »Ich möchte keine Prothese.«

»Du bekommst eine. Ich werde nicht zulassen, dass du herumschmollst.«

»Darum geht es nicht.«

»Um was dann?«

Ich wollte es ihm nicht sagen und wechselte das Thema. »Vati, warum wolltest du nicht, dass er dir ein Schmerzmittel gibt?«

»Vielleicht war ich ein bisschen hart zu dem alten Romez. Man sollte eigentlich denken, dass die Wissenschaft nach zwei- oder dreihundert Jahren ...« Er sprach durch zusammengebissene Zähne. »... mal mit einem Schmerzmittel aufwartet, das nicht einschläfert. Ich *möchte* aber nicht, dass das Zeug mich umhaut.«

»Warum nicht?«

Sein Blick zuckte zu dem Holoschirm, der am Bett aufgestellt war. »Harry ist an Bord.« Einen Augenblick lang milderte ein Lächeln die Spannung um seine Augen. »Ja, ich habe den Spitznamen gehört und finde ihn gut. Alles, was dazu beiträgt, ihn weniger fremd, weniger erschreckend zu finden ...«

»Aber falls du hier festliegst...«

»Das gilt nicht für Tad. Ich beaufsichtige ihn und mache Vorschläge.«

Ich blickte an ihm vorbei auf den Monitor, der den Korridor auf Deck 2 zeigte, wo wir unser Interface für den Kontakt Mensch/Satellit aufgebaut hatten. Der Tisch an der durchsichtigen Transplex-Wand. Der Robotarm, der Piktogramme auf die Metallplatten zeichnete. Derzeit war niemand außer unseren Wachleuten zu sehen. Der Außerirdische wälzte sich langsam den lautlosen Korridor auf und ab. Mich schauderte; Satelliten waren abscheuliche Kreaturen.

»Machen wir Fortschritte?«

Vati klang bedrückt. »Tad meint es gut und tut sein Bestes, aber er hat einfach nicht das Talent dafür.«

Vorsichtig drückte ich Vati die Hand. Was ich am tollsten fand, war nicht, dass er mich wie einen Erwachsenen behandelte, sondern dass er wusste, ohne zu fragen: Ich würde seine Worte nie anderen gegenüber wiederholen.

»Bleib still liegen«, sagte ich ihm. »Werde wieder gesund.«

Mit wenig mehr als einem einzelnen Finger winkte Vati ab. »Dr. Romez sagt, du wärst schwierig.« Er machte ein strenges Gesicht.

»Ich habe nichts zu tun.«

»Dann wirst du deinen Unterrichtsstoff zu schätzen wissen. Du fängst heute Nachmittag damit an.«

»Machst du Witze?« Das entfuhr mir einfach so. Nach einem Augenblick unter seinem forschenden Blick wurde ich rot. »Ja, Sir.«

»Und du lernst Bibelverse auswendig, wie vorher.«

Vor lauter Bockigkeit hätte ich dem Bett beinahe einen Tritt verpasst, aber ich stoppte mich gerade noch rechtzeitig. Meine Verärgerung zeigen, das war eine Sache, aber Vati zu verletzen, das war schon etwas ganz anderes. Ich suchte nach einer Ausrede. »Vati, falls ich nicht um die Entlassung aus dem Dienst gebeten hätte, falls ich als Schiffsjunge den Arm verloren hätte, hättest du mich dann an Land gesetzt?« Diesen Ausdruck benutzte man sonst, wenn ein Offizier vom

Dienst suspendiert, aber nicht gleich aus der Flotte entlassen wurde. Aber er wusste sicher, was ich meinte.

»Nein. Ein verletzter Matrose bleibt für die Dauer der Fahrt ein Mitglied der Schiffsgemeinschaft. Er erhält leichte Pflichten übertragen.«

»Na dann.«

Vati zog eine Braue hoch.

»Nimm mich wieder in Dienst. Es ist nur eine Formalität; ich bin aus dem Dienst ausgeschieden, um dich zu retten.«

»Gutes Argument, aber die Antwort lautet nein. Thema beendet.«

Ich öffnete den Mund, um zu protestieren, ließ es aber. Vati wirkte angefressen. »Falls ich meine Arbeit erledigt habe, darf ich dann spazieren gehen? Hinunter in die Mannschaftsquartiere gehen, Leute besuchen, die ich kenne?«

»Das ist nur fair.«

Ich verdrückte mich.

Mr. Bransteads Regierung überlebte. Scanlen blieb auf freiem Fuß, aber Branstead traf keine Anstalten, ihn wieder verhaften zu lassen. Sicherlich hätte er den flüchtigen Bischof finden können; die besiedelten Gebiete von Hope Nation waren gar nicht so groß, und der amtierende Statthalter kannte sich aus.

Ich setzte Dr. Romez zu, mir die Rückkehr in unsere Kabine zu gestatten. Das heißt, in Vatis Kabine. Da auf Deck 1 durchgängig die herabgesetzte Schwerkraft herrschte, hatte der Doktor keinen Grund, mich auf der Krankenstation zu behalten. Ich denke, er machte sich eher Sorgen, ich könnte Vati lästig fallen, aber nachdem er sich mit ihm besprochen hatte, willigte er widerstrebend ein. Ich musste mich jeden Nachmittag bei ihm melden, wirklich jeden Nachmittag, damit er meine Biomech-Implantate untersuchen konnte.

In einer Woche würde ich für eine vorläufige Prothese bereit sein, einen biegsamen Arm aus Alulegierung, mit dem ich mich behelfen konnte, bis der richtige Ersatzarm aus dem Wachstumstank kam. Ihn anzusetzen erforderte eine Operation, auf die ich mich nicht gerade freute. Ich würde sie ertragen, wenn es sich nicht vermeiden ließ. Die Wiederherstellung des Arms konnte unmöglich so wehtun wie seine Entfernung.

Ehe ich allerdings Gelegenheit fand, in die vertraute Koje zurückzukehren, packte mich Tolliver am Kragen und schob mich ans Schott. »Ich schulde dir noch etwas!« In seinem Ton schwang eine Warnung mit.

»Warum?« Falls ich nicht Schiffsjunge war, schuldete ich ihm auch kein »Sir«.

»Weil du mich beschwatzt hast, dieses Monster an Bord aufzunehmen. Weil du ganz allgemein eine Plage bist. Laut, penetrant und frech.«

Ich hielt es für das Beste, nichts zu sagen.

»Und so wahr mir Gott helfe: Falls ich erfahre, dass du Käpten Seafort ärgerst, werde ich ... Bei Gott, falls es nach mir ginge, würde ich dich auf Deck 6 verbannen, bis er wieder genesen ist. Sei ja vorsichtig in seiner Nähe, Junge!«

»Ja, Sir.« Eine andere Antwort konnte ich nicht riskieren.

»Halte dich daran.« Er stolzierte davon.

Ich zog bei Vati ein und fühlte mich eine Zeit lang besser, aber bald brachte ich meine Zeit nur noch damit zu, im Bett zu liegen und an Andrew Ghent zu denken. Wie sanft er gewesen war, als er mich als Gefangenen begleitete. Wie er alles riskiert hatte, als er eine Petition für meine Freilassung unterzeichnete. Den fragenden Ausdruck, der über sein Gesicht lief, als sein Leben ausgelöscht wurde. Um fair zu sein: Ich versuchte mich auch an Kevin zu erinnern.

Jeden Abend raffte ich mich auf, um im oberen Speisesaal zwischen unruhigen, ungeduldigen Passagieren zu essen. Täglich kam ich auf dem Weg zum Abendessen an Schildern vorbei, die zu Reverend Pandekers Gebetsversammlungen einluden. Die *Olympia* war inzwischen lange überfällig, was die Weiterfahrt zu Kalls Planet anbetraf, und die Ausschiffung und Rückkehr der Passagiere – ganz zu schweigen von dem Fisch, der nicht weit von den Bullaugen entfernt im Raum trieb –, hatte die Nerven aller strapaziert. Vielleicht gab Pandekers Gequatsche den Menschen wieder Mut. Ich hatte nicht vor, daran teilzunehmen; es gab keinen Gott. Dessen war ich mir ziemlich sicher, obwohl ich das Vati nie gesagt hätte.

Jeden Abend bemühte ich mich, nachdem Reverend Pandeker das Schiffsgebet gesprochen hatte, meine Portion Gemüse und Fleisch mit einer Hand zu bewältigen. Die älteren Frauen an meinem Tisch – in den Dreißigern oder vielleicht sogar Vierzigern – boten mir freundlich an, mir zu helfen und mein Essen klein zu schneiden, und ich bemühte mich, keinen zu mürrischen Ton anzuschlagen, wenn ich es ablehnte. Es lag an mir, mit dem Essen selbst fertig zu werden, und ich tat es, so gut ich konnte. Falls ihnen nicht gefiel, wie ich speiste, brauchten sie ja nicht zuzusehen.

Danach spazierte ich jeweils, sofern Mikhael Dienst hatte, zu meiner Kabine zurück und sah nach Vati.

Um die Wahrheit zu sagen: Ich freute mich über den Unterrichtsstoff, den er mir aufgebrummt hatte. Ich hatte so wenig zu tun, dass *jede* Ablenkung eine Erleichterung war, sogar das Auswendiglernen dummer Bibelverse; außerdem machte es Vati solche Freude zu hören, wie ich sie fehlerfrei rezitierte, so dass ich mich fast darauf freute.

Nicht heute Abend jedoch. Vati hatte sich den Rücken verrenkt, als er sich anzog, und endlich in stärkere Schmerzmittel eingewilligt. Er lag im Bett und schlief, und ein Meditech hielt sich neben ihm bereit. Vati hatte es abgelehnt, auf die Krankenstation verlegt zu werden; das war typisch für ihn, die Fersen in den Boden zu rammen, und zur Hölle mit den Folgen.

Ich schlich auf Zehenspitzen zum eigenen Bett und fühlte mich befangen, als ich mich hineinlegte; unter dem Blick des Meditechs konnte ich allerdings nicht schlafen. Ich stand auf, öffnete die Luke, schlenderte hinaus.

Es war schon schlimm genug, wenn ich versuchte, im gleichen Raum mit Vati zu schlafen. Wie gewöhnten sich andere Kiddies nur an die Fähnrichskabine, wo vier bis acht Fähnriche untergebracht waren? Vor Jahren hatte mir Dad von seiner Kindheit auf der Erde erzählt, wo Opa Randolph ihn als Obie erzog. Eine Zeit lang hatte Dad es als fürchterliche Prüfung empfunden, in Gesellschaft anderer zu schlafen.

Mik schien es nichts auszumachen.

Wo steckte er heute Abend? Ich sah in seinem Lieblingssalon auf Deck 3 nach und fand ihn verlassen vor. Jetzt, wo ich wieder Zivilist war, durfte ich die Räumlichkeiten der Fähnriche eigentlich nicht mehr betreten, aber ich bezweifelte, dass irgendjemand einen Einwand erheben würde. Und ich sehnte mich nach Gesellschaft.

Ich folgte dem Korridor zu der vertrauten Luke. Sie stand offen, aber die beiden Fähnriche dahinter hatten nur Blicke füreinander. Ich wollte mich schon räuspern, entschied mich aber doch dagegen.

»... Leid! Ich werde mich bessern, Mr. Riev. Das verspreche ich.« Tommy Yost schien den Tränen nahe.

Ich erstarrte.

»Sie Jammerlappen!« Der Ton des Oberfähnrichs triefte vor Verachtung. »Was für eine traurige Gestalt als Offizier! Wir verlangen doch nicht viel. Folgen Sie einfach nur dem Korridor, ohne schon dabei Minuspunkte zu sammeln.«

»Mrs. Skor sagte, ich ließe mich hängen, aber ehrlich, ich habe doch ...«

»Ich glaube ihr jederzeit mehr als Ihnen.«

Ich verzog das Gesicht. Man gewöhnte sich an die Schikanen in der Fähnrichskabine, hatte Dad gesagt. Aber Mr. Rievs Stimme hatte einen hässlichen Unterton.

»Es tut mir Leid.« Yost klang resigniert.

»Ja, Sie sind ein kümmerlicher Offizier. Anders als Sutwin oder Tamarow.« Eine Pause. »Oder Ghent. Das ist nun wirklich jemand, den ich vermissen werde.«

Es blieb eine Zeit lang still. »Sir, ich schwöre Ihnen: Ich hatte keine Ahnung, dass die Rebellen durchbrechen könnten. Um nichts in der Welt hätte ich riskiert, dass Andy ...«

»Sie haben Ihren Posten verlassen, Sie kleines Stück Scheiße! Ich würde Sie sofort gegen ihn eintauschen.«

»Ich habe nicht ... Es gibt nichts, womit ... Bitte!« Ein Möbelstück knarrte. »Es war ein Unfall! Ich wusste nicht, dass sie ...«

»*Sie* sind der Unfall, Yost. Und Sie werden dafür zahlen, so wahr mir Gott helfe. Sie werden eine fantastische Reise erleben, dafür sorge ich schon!«

»Entschuldigung.« Mik stand auf dem Korridor hinter mir, die Hände in den Hüften.

Riev stolzierte zur Luke. »Was geht hier vor?«

Mikhael zögerte einen Augenblick lang. »Nichts, Sir.«

Mr. Riev bedachte mich mit einem vernichtenden Blick. »Ein *Zivilist* hat in dieser Sektion nichts verloren, Junge.« Und als wäre das nicht genug, setzte er hinzu: »Und du bist in meiner Fähnrichskabine nicht willkommen.«

Mik runzelte die Stirn, schwieg aber.

»Ja. Ja, Sir.« Ich leckte mir die Lippen.

»Drücke dich gefälligst nicht vor Luken herum, du Kolonialtrannie.« An Mikhael gewandt: »Rein oder raus?«

»Rein, falls es Ihnen nichts ausmacht.«

Die Luke schloss sich hinter ihnen, und ich blieb kochend vor Wut auf dem Flur zurück.

27. Kapitel

»Weil ich sonst niemanden habe, mit dem ich reden kann.« Ich stand vor Corrine Sloan, den Blick fest auf den Boden ihrer Kabine auf Deck 5 gerichtet. »Vati steht unter Beruhigungsmitteln, Tad Anselm ist mit dem Außerirdischen beschäftigt und Mik ...« Ich verzog das Gesicht. Seine Loyalität galt dem Fähnrichsstab.

»Was ist passiert?«

Ich überwand mich und erzählte es ihr. Vielleicht half mir dabei, dass hier ein Ausgestoßener mit dem anderen sprach. Obwohl sie aus meiner Sicht eine Heldin war und keine ...

Ihr Ton war trocken. »Neugier ist gar nicht so schrecklich, Randy.«

»Ich habe an der Luke gelauscht.«

»Einer offenen Luke. Falls Sie Privatsphäre gewünscht hätten ... Suchst du nach jemandem, der dir verzeiht? Ich tue es.«

»Nein, ich möchte ...« Galle stieg mir in die Kehle, als mir klar war, was ich wollte. »Entschuldigen Sie.« Ich ging zur Luke. »Ich hätte nicht kommen sollen.«

Ein Schiffssalon ist ein scheußlicher Schlafplatz. Die Beleuchtung ist zu hell, Leute kommen herein und schalten das Holovid ein, die Sitze sind nicht bequem. Nicht auf Stunden hinaus. Und nicht, wenn ein seit langem totes Gesicht anklagend im fahlen Licht schwebt, bis du dich aufrichtest und brüllst: »Ich habe nie behauptet, ich wäre so gut wie du!« Und du schluckst, weil diese Augen sich weiterhin in deine brennen und du schließlich mit gebrochener Stimme sagst: »Bitte, Dad!« Und du wendest dich ab und hoffst, ihn nicht weiter zu sehen.

Am Morgen, Schiffszeit, als ich mich gerade aufraffen wollte, um das zu tun, was ich tun musste, blickte Alejandro herein, der Schiffsjunge. »*Da* bist du! Ich habe dich schon überall gesucht!«

Ich rieb mir das Gesicht. »Wieso?«

»Der Käp'n hat gesagt, ich soll dich suchen.«

»Na ja, nun hast du mich gefunden.« Ich wusste, dass ich mürrisch klang, aber nach einer solchen Nacht konnte das nicht verwundern.

»Beeile dich lieber! Er klang nicht besonders erfreut.«

Nein, wohl nicht. »Sobald ich mir das Gesicht gewaschen habe.« Ich spritzte mir mit einer Hand Wasser hinein und unternahm einen kurzen Versuch, mir die Haare zu kämmen. Bis dahin war Alejandro gegangen. Anscheinend gehörte es nicht zu seinen Befehlen, mich zurück in unser Quartier zu begleiten.

Ich schleppte mich wieder nach oben, und die Schritte wurden leichter, trotz meiner sich verfinsternden Laune. Auf Deck 3, wo ich geschlafen hatte, herrschte volle Schwerkraft, aber Vatis Kabine – wie das ganze Deck 1 – war auf Mondstandard eingestellt. Natürlich nicht den unserer Monde, sondern den Lunas im Heimatsystem.

Vor der Luke holte ich tief Luft. Beinahe hätte ich angeklopft. Nein, ich wohnte hier immer noch, zumindest bis jetzt. Ich öffnete die Luke und trat entschlossenen Schrittes ein.

Vati trug einen verblassten Morgenmantel und saß angespannt in einem Sessel, einen Rufer neben sich. Er hielt die Armlehnen umklammert. Sein Gesicht war grau. Er war allein oder war es gewesen, bis ich eintrat.

Ich brauchte nur einen Blick. »Ist es schlimm?«

»Ja.«

»Warum bleibst du nicht im Bett?«

»Sage du mir nicht, was ich zu tun habe.« Er klang kurz angebunden. Deutete mit dem Kopf auf mein unbenutztes Bett. »Du hast Schwierigkeiten. Nachts herumzuspazieren ...«

Ich sagte gelassen: »Ich habe noch mehr Schwierigkeiten.«

Er machte den Mund zu und verzichtete zunächst auf etwas, was zweifellos ein vernichtender Tadel geworden wäre. Dann: »Erzähl mir davon.«

»Hat Mikhael es nicht getan?« Einen Augenblick lang hoffte ich, dass er es getan hatte. Das hätte es leichter gemacht.

»Ich habe ihn in letzter Zeit nicht gesehen. Raus damit, Randy. Mir ist nicht nach ...«

Mit perversem Stolz nahm ich vor ihm Haltung an, wie ich es bei Andrew Ghent gesehen hatte, als er sich auf der Brücke meldete, um sich disziplinarischen Maßnahmen zu stellen. »Ich bin zur Fähnrichskabine gegangen. Zwei Fähnriche haben sich unterhalten. Ich habe gelauscht. Und weißt du was? Wäre die Luke geschlossen gewesen, hätte ich trotzdem gelauscht.«

Er sagte: »Das kannst du nicht wissen.«

»Ich wollte Dads Vorbild gerecht werden und habe versagt. Ich wollte, dass du stolz auf mich bist, und ich sch-sch-schaffe das einfach nicht. Ich verabscheue das, was ich bin. Ich bin nicht gut genug für dich, für die *Olympia* ...«

»Das habe ich nie behauptet.«

»*Ich* behaupte es, Vati ... Mr. Seafort. Ich wollte es Ihnen sagen, bevor ...«

Sein Ton war ausdruckslos. »Bevor du was?«

»Auf den Planeten hinunterfliege. Um die Adoption zu annullieren. Wir haben ... Du hast einen schrecklichen Fehler gemacht.«

Er senkte den Blick aufs Deck. Stille, die sich über Zeitalter erstreckte. Als er wieder aufblickte, waren seine Augen feucht. »Mehr als alles andere wünsche ich mir, von diesem Sessel aufstehen zu können.«

Um mich niederzuschlagen.

»Um dich zu halten, diesen Unsinn aus dir herauszudrücken. Aber ich kann es nicht, mein Sohn. Ich denke, falls ich diese Armlehnen losließe, falls ich mein Gewicht ganz diesem Sessel anvertraute, würde ich ohnmächtig werden. Also muss ich mich mit bloßen Worten ausdrücken. Du bist mein Sohn und wirst es bleiben. Nein, unterbrich mich nicht; das ist entschieden, und ich habe es nie einen Augenblick lang bedauert.«

Ich wandte mich ab, steckte die Hand in die Tasche. »Weißt du, was ich brauche? Eine Neueinstellung.«

Er runzelte die Stirn. Die hormonelle Neueinstellung war das letzte therapeutische Mittel bei unüberwindlichen Gefühlsproblemen, und sie war mit einem wohlverdienten Stigma behaftet. »Wir wollen doch nicht überreagieren ...«

»Oh Vati, siehst du es denn nicht? Zu Hause habe ich ein Zerwürfnis zwischen der Kirche und Anthony herbeigeführt. Dann habe ich versucht, dich umzubringen. Ich konnte Kevin nicht aus seiner Panik helfen, als der Außerirdische kam, und so ist er umgekommen. Vor dem Gerichtsgebäude hatte ich Gelegenheit, Anth zu retten, und habe sie verpfuscht. Wie viel mehr willst du mir noch verzeihen?«

»Tu das nicht, Sohn. So kannst du nicht...«

»Ich habe mich vor der Brücke herumgedrückt und dich und Mr. Tolliver belauscht, und auf der Krankenstation habe ich es wieder getan. Ich hatte geschworen, es nicht zu tun, aber...« Ich hämmerte mir mit der Faust ans Bein. »Ich kann einfach nicht anders, als abscheuliche Dinge zu tun. Weißt du, dass ich mich über Andy Ghent noch in dem Moment lustig gemacht habe, als er erschossen wurde? Und dann heute. Ich meine gestern. Wäre Derek Carr herumgeschlichen und hätte an Luken gelauscht?«

»Wirf dir nicht selbst vor, dass du...«

»Sag es mir!«

»Nein, das hätte er nicht.«

»Aber ich habe es. So jemand bin ich!« Meine Wangen waren feucht.

Ganz vorsichtig ließ Vati eine Armlehne los und aktivierte den Rufer. »Dr. Romez auf schnellstem Weg in die Kapitänskabine.« Er setzte den Apparat wieder ab.

»Ich habe es ernst gemeint, was die Annullierung der Adoption angeht. Sie war eine schöne Geste – wirklich eine tolle Geste, Vati –, aber ich bin es nicht wert, und...«

»Sohn, tue dir das nicht selbst an!«

»... sogar Mik verachtet mich. Du hättest sein Gesicht sehen sollen, als...«

Die Luke flog auf. Dr. Romez stürmte herein. »Was...?«

»… und ich habe es verdient!«

»Er braucht ein Beruhigungsmittel. Ich fürchte, er könnte sich etwas antun.«

»Das tue ich nicht! Du hast mir nicht zugehört!« Es war ein heiserer Schrei. »Weg von mir!« Ich versuchte, Romez' Griff auszuweichen.

»Sachte, Junge.« Er fischte in seiner Tasche herum.

»Ich möchte nicht ruhig sein, ich möchte mich der Wahrheit stellen! Wieso begreifst du das nicht?« Ich strampelte und kämpfte, aber Romez packte meinen einzigen Arm. Etwas stach mich in die Schulter.

Schluchzend, hicksend, schwindelig ließ ich mich von ihm zu meinem Bett führen. Jemand zog mir die Schuhe aus. Ich rollte mich zu einer Kugel zusammen.

»Ich als Nächster.« Das war Vati. »Ich kapituliere. Ich akzeptiere Ihren Tiefschlaf, aber zuerst muss ich noch mit Anselm sprechen.«

»Warum, wenn ich fragen darf?«

»Ich werde eine Zeit lang nicht bei Bewusstsein sein.« Vati klang grimmig. »Ich kann so nicht weitermachen. Ich lege mich ins Bett und warte, bis es vorüber ist.«

Ich holte tief und bebend Luft.

»Hätten Sie das schon getan, als Sie an Bord kamen, könnten Sie vielleicht …«

»Doktor, um der Liebe Gottes willen!« Es war ein Tadel, ein Flehen oder beides.

»Verzeihung, Sir.« Ein Grunzen. »So. Legen Sie sich vorsichtig aufs Bett, wenn es geht. Ich halte Sie.«

»Rufen Sie Anselm an.« Vati wartete, bis Romez den Rufer wieder ablegte. »Was ist mit – ahm, Sie wissen schon.«

»Nicht nötig zu flüstern. Randy ist voll weggetreten. Ich werde nach ihm sehen.«

Ich knirschte mit den Zähnen. Ich *wollte* nicht, dass jemand nach mir sah!

»Nein, was ist mit ihm *los?*«

»Wegen seines Ausbruchs? Nicht ungewöhnlich bei starken Depressionen.«

»Bei was?«, fragte Vati.

»Er ist von einem Verlust nach dem anderen überwältigt worden. Sein Vater, den er sehr liebte, sein Neffe, der Statthalter, sein bester Freund Dakko, sein Zuhause, sogar eines seiner Gliedmaßen. Kein Wunder, dass er deprimiert ist.«

Stille. »Warum haben Sie mir das nicht gesagt?«

»Ihnen gesagt?« Der Ton des Doktors stieg um eine Oktave. »Wie ist es möglich, dass Sie es nicht bemerkt haben?«

»Es ist nicht meine ... Ich denke nicht in Begriffen von ... Himmel, was habe ich ihm nur angetan?«

Jemand klopfte an die Luke.

»Sie haben ihn gerettet. In jeder erdenklichen Hinsicht.«

»Leutnant Anselm zur Stelle, Sir.«

»Einen Augenblick, Tad. Ihn gerettet? Sehen Sie ihn sich nur an!«

»Er ist überreizt. Nicht gänzlich unbekannt bei heranwachsenden ...«

»Machen Sie keine Witze!«

Romez sagte ruhig: »Das tue ich nicht, Sir. Wir können ihm Stimmungsaufheller geben, falls er sie braucht. Worauf es vor allem ankommt ...«

»Er hat von einer Neueinstellung gesprochen.«

»Er braucht keine Neueinstellung; er ist nur verzweifelt. Sie müssen ihm helfen, sein Minderwertigkeitsgefühl zu bewältigen.«

Anselm räusperte sich. »Ich warte lieber draußen, Sir.«

»Setzen Sie sich und seien Sie still. Wie, Doktor?«

»Seien Sie sein Vater, Mr. Seafort. Das ist es, was er braucht. Sagen Sie jetzt Leutnant Anselm, was Sie auf dem Herzen haben. Ich schicke Sie nämlich gleich schlafen.«

Von Vati kam ein Seufzen. Ich schwebte auf wogenden Wolken dahin, bis ich seine Stimme von neuem hörte. »Tad, ich vertraue Ihnen den Satelliten an. Tun Sie, was Sie können.«

Da war etwas, was ich sagen musste. Ich kämpfte darum, wach zu werden.

»Und falls Harry gehen möchte, Sir?«

»Dann lassen Sie ihn natürlich.«

»Aye aye, Sir. Ich tue mein Bestes.« Anselm legte eine Pause ein. »Sie haben uns heute Morgen überwacht, nicht wahr? Wir haben ein paar zusätzliche Wörter entwickelt, aber was echten Gedankenaustausch angeht, stecke ich in einer Sackgasse.«

»Mmph.« Ich hatte den Mund voller Watte.

»Wir wissen, dass sie Frieden möchten.« Das kam von Vati.

»So scheint es, Sir, aber um das zu erreichen, müssen wir in abstrakten Begriffen reden können, und ich habe keine Ahnung, wie.«

»Ich weiß nicht ... Ich kann auch nicht ... Ich weiß nur, Tad, dass ich selbst keinen klaren Gedanken fassen kann. Die Hölle selbst kann nicht schlimmer sein als ...« Sein Ton war gepresst. »Verzeihung. Selbstmitleid ist zwecklos. Ich werde ein paar Sitzungen auslassen; Dr. Romez versetzt mich in Tiefschlaf.«

»Ja, Sir.«

»In Ordnung, Doktor, tun Sie Ihr Schlimmstes.«

Mit gewaltiger Anstrengung raffte ich mich weit genug auf, um aus dem Bett zu fallen. »Wa.« Ich räusperte mich. »Wartet.«

Alle drei starrten mich an, ihre Mienen waren unbeschreiblich.

»'n paar Sachen.« Ich grinste dumm. Nein, das erschien mir nicht richtig. Ich zwang mich zu einem Stirnrunzeln. »Nur 'ne Sekunde. Mir ist schwummerig.«

»Romez, Sie sagten doch, er würde schlafen! Tad, helfen Sie ihm ins ...«

»Zummeispiel Tolliver«, sagte ich im Konversationston. »Hasst Harry. Vati kann ihm nich's Kommando lassen. Der olle Tad kann auch nich ...« Ich winkte unbestimmt. Der Nebel schloss sich um mich.

»Warten Sie noch, Doktor.« Vati schob die Injektionspistole zur Seite. »Vielleicht wechsle ich besser noch ein Wort mit ...«

»Sir, Sie sind an der Grenze! Gestatten Sie, dass ich ...«

»Nein, was Randy sagt, hat etwas für sich.« Mühselig versuchte Vati, tief zu atmen. »Edgar und ich haben gemeinsam einen weiten Weg zurückgelegt, und ich halte große Stücke auf ihn, aber er verabscheut die Fische. Zu diesem Zeitpunkt kann ich ihm nicht die Verantwortung übertragen.«

Romez zuckte die Achseln. »Das ist nicht meine ...«

Ich platzte hervor: »Un' mit Harry reden. Lasst mich helfen.«

»Randy, du bist nicht in der Verfassung . . .«

»Hab schon früher geholfen.« Ich gähnte ausgiebig. »Habich dannich an was anderes zu denken?«

Vati versuchte, sich auf einen Ellbogen zu drehen, damit er mich besser ansehen konnte. Ein Ruck lief durch ihn, und er wurde weiß im Gesicht. Einen Augenblick später presste er zwischen den Zähnen hervor: »Sonst noch was?«

»Yeah.« Aber ich kam einfach nicht darauf.

Anselm hob mich ins Bett zurück.

Das Kissen war so verdammt einladend! Aber ich zwängte die Augen auf. »Tommy.«

»Was?«

»Fähnrich Yost. Haben ihn gequält. Ich hab anner Luke gelauscht.« Ich rollte mich zusammen, packte das Kissen. »Halt sie auf, Vati.« Ich klang schläfrig.

»Was meinst du damit, mein Sohn?«

Ich schloss die Augen. Stimmen murmelten, und endlich löste sich die Welt auf.

Ich richtete mich abrupt auf. »Arg!«

»Psst, du weckst sonst Pa.« Das war Mikhael.

»Psst, ich wecke *mich.*« Ich plumpste wieder zurück.

»Selbst ein Ruf auf Gefechtsstation würde den Käpten nicht wecken, Sir.«

Nach einer Weile öffnete ich die Augen wieder und blickte an Mik vorbei auf die Quelle der fremden Stimme. Ein aufmerksamer Meditech saß auf einem Schemel an Vatis Bett. Er grinste. »Der Käpten bleibt zumindest noch eine Wachperiode lang weggetreten.«

Mik sagte: »Randy ist wieder wach, und sie haben ihm die Mittel zur selben Zeit gegeben ...«

»Randy hatte ein Sedativum; der Käpten liegt im Tiefschlaf.« Der Tech beugte sich vor und klatschte kräftig mit den Händen. Vati rührte sich nicht. »Sehen Sie?«

»Schluss damit!« Mik klang entrüstet.

»Aye aye, Mr. Tamarow. Aber es ist nicht nötig, leise zu reden.«

Mik bemühte sich um einen strengen Gesichtsausdruck. »Nicht nötig, überhaupt zu reden.« An mich gewandt: »Wie fühlst du dich?«

Ich war hungrig, aber das konnte warten. Ich betrachtete ihn mürrisch. »Du hasst mich.«

Er zog eine Braue hoch. Genau das hätte Vati auch getan.

»Weil ich spioniert habe. Ich habe es Vati erzählt, denke ich.« Ich durchsuchte mein zerstreutes Gedächtnis. »Yeah. Kurz bevor ...«

»Du hast ihm viel erzählt.« Mikhaels Blick war eisig.

Mir knurrte der Magen. »Hätte ich es nicht tun sollen? Was habe ich denn gesagt? Können wir essen gehen?« Vielleicht war das nicht die logischste Gedankenkette, aber ich tat mein Bestes. Es war nicht leicht, in dichtem Nebel zu denken.

Mik musterte Vati zweifelnd und blickte auf die Uhr. »In der Offiziersmesse wird noch serviert.«

Vorsichtig arbeitete ich mich aus dem Bett. »Ich bin kein Offizier.«

»Du könntest es genauso gut sein«, sagte er griesgrämig.

»Was soll das heißen?«

»Zieh ein frisches Hemd an.« Er holte eines aus der Schublade und half mir, das alte auszuziehen. Ungeachtet seines Tons war er mit den Händen schön sanft.

Auf dem Korridor wiederholte ich die Frage. »Was wolltest du damit sagen?«

»Du hast einen ganz schönen Krawall angerichtet.«

»Ich kann mich nicht an viel erinnern.«

»Ich erkläre es dir. Du musst wissen, dass Angelegenheiten der Fähnrichskabine privat sind. Man geht damit nicht nach außen.«

»Falls du mir nicht traust ...«

Er funkelte mich an. »Möchtest du ein Mittagessen oder nicht?« Ehe ich antworten konnte, stolzierte er davon.

Ich trabte ihm nach. »In Ordnung, du hast mein Wort!«

Mikhael steuerte mich an der Brücke vorbei zu dem kleinen Abteil, das als Offiziersmesse diente. Ein halbes Dutzend Offiziere hielten sich noch mit ihren Tabletts auf. Leutnant Frand führte an der langen Tafel ein angeregtes Gespräch mit zwei Fähnrichen.

Heute gab es Suppe und Sandwiches. Es war zu schwierig, eine Entscheidung zu treffen; ich nahm beides.

Ich verputzte einen Hühnchensalat. Er war wundervoll. Heute wäre alles wundervoll gewesen. Man sollte nie ein Beruhigungsmittel von Dr. Romez nehmen, wenn man auf Diät ist.

»Ich habe Folgendes von Tad Anselm gehört.« Mik redete leise. »Nachdem du eingeschlafen warst, hat Pa Mr. Tolliver hereingerufen. Sie sind ordentlich aneinander geraten. Pa rang ihm das Versprechen ab, Tad und den Außerirdischen in Ruhe zu lassen, es sei denn, Harry wollte ausbrechen. Und Pa übt nur eine Zeit lang keinen Wachdienst mehr aus; er hat das Kommando nicht niedergelegt.«

»Das ist nur fair.«

»Es ist nicht normal.«

»Aber ...«

»Halt die Klappe; es kommt noch mehr.« Er sah sich um. »Was in drei Teufels Namen hast du nur über Mr. Riev erzählt?«

»Nichts.«

»Lüge nicht!«

»Nicht – oh!« Ich zuckte die Achseln. »Ich habe Riev gar nicht erwähnt. Nur Tommy Yost.«

»Pa hat Tad und Mr. Tolliver tatsächlich gefragt, was da vorgeht.«

»Na und?«

»Verstehst du es denn nicht? Angelegenheiten der Fähnriche regelt der Oberfähnrich. Ranghöhere Offiziere kümmern sich nie darum, nicht offiziell. Tolliver wusste natürlich nichts von der Sache; außerhalb der Brücke beachtet er uns nicht. Aber obwohl Tad inzwischen Leutnant ist, hat Pa ihn direkt auf das Problem angesprochen.«

Ich fragte: »Warum?«

»Genau das möchte ich herausfinden. Was hast du ihm erzählt?«

»Ich habe ihm gesagt, dass sie Tommy quälen.«

»Du dummer ...« Mik knallte einen Löffel auf den Tisch und erschreckte damit Leutnant Frand. »Was geht dich das eigentlich an?«

Ich gab keine direkte Antwort. »Ist es immer so?«

»Du hast kein Recht, deine Nase in …«

»Haben Sie beide ein Problem?« Mrs. Frand ragte über uns auf.

»Nein, Ma'am.« Mik schoss vom Stuhl hoch.

»Dann wäre Anstand angebracht. Besonders da Sie entschieden haben, einen Gast mitzubringen.« Frands Blick fuhr über mich hinweg und brachte kaltes Missfallen zum Ausdruck.

»Aye aye, Ma'am. Verzeihung.« Mik wartete, bis der Leutnant gegangen war. »Du hattest nicht das Recht, Pa zu erzählen …«

»Laufen so Schikanen unter Fähnrichen? In kaltem Hass?«

»Ich werde nicht darüber diskutieren …«

Ich schrie: »Warum hast du mich dann hergebracht?«

»Schhh!« Einen Augenblick später fragte er: »Was haben sie gesagt?«

Als ich Rievs giftiges »Sie kleines Stück Scheiße« zitierte, zuckte Mik zusammen. »Alon lässt sich leicht hinreißen.«

»Auch früher schon?«

Er schwieg lange. »Ja.« Dann setzte er hinzu: »Seit sie wieder an Bord gekommen sind, hat Mr. Riev keine Minute lang von Yost abgelassen.«

Meine Hand schoss vor und drückte seine. »Mik, falls Tommy einen Fehler gemacht hat, braucht man es ihm nicht zu sagen.« Meine Stimme bebte. »Glaub mir, er weiß es.« Ich widmete mich meiner Suppe.

Mikhael räusperte sich. »Es ist noch gar nicht so lange her, da war auch Anselm noch Fähnrich und zusammen mit Alon in der Fähnrichskabine. Der Herrgott weiß, was er dem Käpten erzählt hat. Dann wurde *ich* hereingerufen.« Seine Miene verdüsterte sich. »Stell dir vor: Mein Leutnant und der Käpten – Pa und mein Freund Tad – befehlen mir, ihnen zu erzählen, was in der Fähnrichskabine geschieht. Verlangen damit von mir, Mr. Riev zu verraten.«

Ich fragte leise: »Und hast du?«

»Ich habe mich bemüht, es nicht zu tun.« Sein Blick ging in die Ferne. »Aber Pa hatte solche Schmerzen und konnte kaum reden. Wie sollte ich da Einwände erheben?« Ihm stockte die Stimme. »Ich sagte ihnen, Mr. Riev wäre ein bisschen grob. Er wüsste wie wir alle, dass Yost für Andys Tod verantwortlich wäre. Und Pa wollte es damit nicht bewenden lassen. Er zwang mich, genau zu wiederholen, was ich gehört hatte.« Zu meinem Erstaunen waren Miks Augen feucht. »Es war ein direkter Befehl. Und ... Ich hatte gehört ... Na ja, Tommy hat ein paar Mal geweint. Nachts, wenn Mr. Riev damit fertig war, ihn herunterzuputzen. Ehe er losging, um Minuspunkte abzuarbeiten.«

Ich legte den Suppenlöffel hin und war mucksmäuschenstill.

»Pa erklärte Mr. Tolliver, er hätte zu lange Grausamkeit ertragen; sie wäre sein ständiger Begleiter auf allen Schiffen gewesen, auf denen er fuhr. Dass es, bei Gott, endlich Zeit würde, damit aufzuhören. Dass Mr. Riev nicht das Kommando behalten könnte.« Jetzt war es Mikhael, der meine Hand packte. »Ich habe gefleht und gebettelt. Er befahl mir, still zu sein. Und er gab Anweisung, Mr. Riev aus der Fähnrichskabine zu weisen.«

»Für wie lange?«

»Das weiß niemand. Es wird in Alons Akte eingetragen. Es könnte ihn ruinieren. Und stell dir nur vor, wie es ist, ihm auf dem Korridor zu begegnen, falls er an Land gesetzt wird!«

Ich zuckte die Achseln. »Für Tommy die bessere Lösung.«

Er packte mein Handgelenk fester. »Kapierst du es denn nicht, du beschissener Trottel? Ich bin der Nächste im Dienstalter; ich wäre Oberfähnrich!«

»Glückwun ...«

»Nein!« Er suchte nach meinem Blick, erkannte, dass ich nicht verstand. »Ich habe es mir gewünscht, davon geträumt, aber nicht so! Alle wissen, dass der Käpten mich in seine Kabine gerufen hat. Wenn Riev suspendiert wird, denkt jeder, ich hätte schmutzige Wäsche in aller Öffentlichkeit gewaschen, und hasst mich dafür. Mit gutem Grund. Denn ich *habe* es getan!«

Ich sagte: »Es war ein direkter Be ...«

»Wer glaubt mir das?«

»Ich sage es ...«

»Das wirst du *nicht!*«

Ich versuchte, mich aus seinem Griff zu befreien. »Bitte, Mik!«

Plötzlich ließ er mich los.

Ich schluckte. »Mikhael – sag mir die Wahrheit: Ist Riev ein guter Offizier?«

»Er hat mir in Navigation Nachhilfe gegeben. Er hat dafür gesorgt, dass wir auf dem Laufenden blieben, was ...«

»Ist er es?«

»Er ist sehr engagiert.« Einen Augenblick später setzte Mik widerstrebend hinzu: »Er hat einen grausamen Zug an sich.«

»Wird es bei dir auch so sein?«

»Jesus, ich hoffe nicht!«

»Was ist mit Tommy?«

»Ich verabscheue, was Yost getan hat.«

»*Weißt* du denn, was er getan hat?«

»Alle sagen ...«

»Warst du dabei?«

Eine lange Pause trat ein. »Nein, ich habe das Tanken organisiert.«

»Es war ...« Ich suchte nach dem treffenden Wort. »... das Chaos. Erinnerst du dich? Die Nacht war hereingebrochen; wir warteten darauf, dass das gottver ... dass das Shuttle aufgetankt würde ... Vati hätte erschossen werden können, hätte man ihn nicht daran gehindert hinauszugehen. Wir hatten alle Angst; alle Funkgeräte summten von Geschrei ...« Ich starrte in die dicker werdende Suppe. »Ich denke nicht, dass Yost klar war ...« Rauch stieg von Andy Ghents Jacke auf. Der Gestank brennenden Fleisches ... Ich schob die Suppe weg.

Einen Augenblick später seufzte Mik. »Wir gehen jetzt lieber. Ich möchte Pa nicht so lange allein lassen.«

»Was ist mit der Fähnrichskabine?«

»Riev wohnt zurzeit noch dort. Frand ... *Mrs.* Frand und Tad behalten ihn scharf im Auge. Offiziell bin ich nicht darüber informiert, dass er an Land gesetzt werden soll. Vorläufig bin ich zum Kabinendienst abgestellt, um auf euch beide aufzupassen.«

Ich folgte Mik auf den grauen Korridor. Als wir an der Brücke vorbeikamen, schnippte er mit den Fingern. »Oh, noch eins: Du sollst Mr. Anselm bei Harry helfen, sobald du körperlich dazu in der Lage bist.«

28. Kapitel

Vati schlief weiter. Meditechs kümmerten sich um seine Bedürfnisse. Manchmal scheuchten sie mich aus der Kabine, vielleicht aus Anstandsgründen.

Von Zeit zu Zeit weckten sie ihn, wenigstens ansatzweise, gerade genug, damit er sich ausdruckslos umsehen und weiche Speisen zu sich nehmen konnte. Dann setzten sie ihm wieder die Injektionspistole auf, und ihm fielen die Augen zu.

Unruhig spazierte ich durch die Korridore, nutzte den Urlaub von elterlicher Aufsicht. Ich konnte so lange aufbleiben, wie ich wollte, und anziehen, was ich wollte; Mikhael war kein Hindernis. Und ich hatte freien Zugriff auf Holovids, ohne dass mir jemand über die Schulter blickte.

Trotzdem fühlte ich mich zuzeiten einsam. Na ja, um ehrlich zu sein, ging es mir meistens so. Ich vermisste Vati, trotz seines gelegentlich finsteren Blicks, seiner Neigung, mich an die Kandare zu nehmen. Ich suchte Kontakt zu Erwachsenen, die ich kannte.

Am dritten Tag begleiteten Tad Anselm und ich, den Bauch voll mit Abendessen, Corrine Sloan und Janey zu ihrer Kabine, pflichtbewusst gefolgt von ihren zwei Wachleuten – Maaten des Schiffsprofos', die Mr. Janks persönlich dafür abgestellt hatte. Höflich waren sie auf ein paar Schritte Abstand gegangen, damit wir einen Augenblick lang Privatsphäre genießen konnten; ihre Stunner hielten sie jedoch griffbereit.

Als wir an einem offenen Salon vorbeigingen, ließ Corrine Janey los und packte mich am Unterarm.

»Hör zu!« Ich wünschte, die Leute würden endlich mit so was aufhören; alle Welt, von Mik über Vati bis zu Dr. Romez, packten mich nach Lust und Laune. Es war ja nicht so, dass ich mich mit Hilfe einer zweiten Hand hätte befreien können.

»Denn siehe, der Herr wird ausgehen von seinem Ort, heimzusuchen die Bosheit der Bewohner der Erde. Dann wird die Erde offenbar machen das Blut, das auf ihr vergossen ist, und nicht weiter verbergen, die auf ihr getötet sind.«[1] Reverend Pandeker blickte von seinem Holovid auf und erwiderte nacheinander fest den Blick jedes Passagiers und Mannschaftsmitglieds. *»Zu der Zeit wird der Herr heimsuchen mit seinem harten, großen und starken Schwert den Leviatan, die flüchtige Schlange, und den Leviatan, die gewundene Schlange …«* Sein Blick fiel lange auf das Bullauge und hindurch. *»… und wird den Drachen im Meer töten.«*[2]

Anselm runzelte die Stirn. »Nicht besonders hintersinnig.« Er sagte es leise. »Möchtest du eine Vermutung wagen, an welchen Leviatan er denkt?«

Ich brummte: »Als Nächstes wird er über die babylonische Hure predigen.« Ich verzog das Gesicht, als ich seine Überraschung entdeckte. Vatis Bibelvers-Unterricht war also doch zu *etwas* nütze. *»Und die zehn Hörner, die du gesehen hast, und das Tier, die werden die Hure hassen und werden sie ausplündern und entblößen und werden ihr Fleisch essen und werden sie mit Feuer verbrennen.«*[3]

Anselms Augen wurden schmal. Er entzog Corrine meinen Arm und schob sie auf die andere Seite des

---

1 Jesaja, 26, 21
2 Jesaja, 27, 1
3 Offenbarung, 17, 16

Korridors. »Hör mal, Junge.« Klein Janey sah mit offenem Mund zu.

»Lassen Sie ihn los, Mr. Anselm!« Corrines Blick drückte Besorgnis aus.

Tads Worte waren kaum ein Flüstern. »Kein Gerede von Feuer und Brennen, nicht auf...«

»Ich wollte nicht ... Ich habe doch nur gemeint...«

»Nicht auf diesem Schiff, verstanden?«

»Ja!« Endlich ließ er mich wieder los. Ich rieb mir den stechenden Arm am Schott. »Ich wollte damit nicht andeuten...« Ich kam mir wie der letzte Tölpel vor; ich stampfte mit dem Fuß auf.

Sanft hakte sich Corrine bei mir unter. »Gehen wir weiter; nicht, dass sie noch auf uns aufmerksam werden.« Als wir sicher außer Hörweite waren, wandte sie sich an Anselm. »Sinnlos, so zu tun, als würden sie nicht genau das meinen.«

»Woher wollen Sie das wissen? Hat irgendjemand gewagt ...«

»Niemand hat mich bedroht. Nicht direkt.« Sie wurde rot. »Denken Sie, Pandeker hätte ihnen diesen Vers oder Schlimmeres nicht schon vorgelesen? *Und das Blut der Propheten und der Heiligen ... wurde in ihr gefunden.*[1] Das bezieht sich auf Babylon, aber es ist leicht, die Heilige Schrift zu verdrehen, wenn man sie auswendig kennt. Drücke mich nicht so, Janey; wir streiten uns nicht.«

Wir gingen eine Zeit lang schweigend.

Anselm räusperte sich. »Randy, vielleicht...« Ein Seufzen. »Tut mir Leid. Ich war ein bisschen voreilig.«

---

1 Offenbarung, 18, 24

»Ist schon in Ordnung.«

»Unsere Nerven sind angegriffen. Wir alle sorgen uns um Mr. Seafort. Und wenn ich nicht mit diesem verdammten Satelliten am Tisch sitze, liege ich wach und überlege mir, was ich als Nächstes probieren soll.«

Ich wusste, dass Tads Verhandlungen ins Leere liefen; niemand hatte daran gedacht, die Weiterleitung des Monitorbildes in unsere Kabine zu kappen. »Sie sollen doch meine Hilfe annehmen.«

»Das wurde mir nicht direkt so gesagt. Du wirst es mit Leutnant Tolliver klären müssen.«

Ich erkundigte mich: »Wieso fragen Sie ihn nicht?«

»Das steht mir nicht zu. Und es ist nicht mein Problem.«

»Aber er ist nicht bereit, mich zu empfangen.« Der Allmächtige wusste, dass ich es versucht hatte.

»Ich kann es nicht einfach – aus eigener Befugnis tun.«

Ärgerlich sagte ich: »Sie haben mich damals aus eigener Befugnis mit auf die Krankenstation genommen.«

»Wann war ... Oh!« Er wurde rot, als er sich an die Begegnung mit Käpten Tolliver erinnerte, damals, als ich Gefangener gewesen war. »Das war etwas anderes.«

»Warum?«

»Es ging nur um ums.«

»Also um nichts Wichtiges?« Mein Ton triefte von Sarkasmus.

»Sei nicht kindisch!«

»Aber er *ist* doch ein Kind.« Corrine sagte das

in vernünftigem Ton. »Das versucht, sich wie ein Erwachsener zu verhalten. Lassen Sie ihn.«

Anselm machte ein finsteres Gesicht und tappte mit dem Fuß. Dann: »Morgen nach dem Mittagessen besuchen wir Mr. Tolliver.«

Ich trug einen frischen Overall, den ich mühsam angezogen hatte. Mein Gesicht war frisch gewaschen, das Haar so gut gekämmt, wie ich es hinbekam. Zu Zeiten wie diesen war ich fast froh darüber, dass sie mir eine Prothese geben wollten. Ich schlich auf Zehenspitzen an Vati vorbei und ging hinaus auf den Korridor. »Fertig.«

Fähnrich Yost musterte mich gründlich. »Dann gehen wir, Sir.«

»Sie brauchen das nicht zu sagen, Tommy. Ich bin kein ›Sir‹.« Ich hatte ihn nie gemocht und einmal sogar gedroht, ihn Mr. Riev zu melden. Jetzt jedoch hinterließ sein misstrauischer Respekt einen schlechten Nachgeschmack.

»Ich weiß nicht recht, was ich tun muss«, sprudelte er hervor und wurde dann rot.

»Das ist eine dumme Farce.« Ich sprach, ohne nachzudenken. Warum brauchte ich einen Fähnrich, der mich zu Leutnant Tollivers Quartier geleitete? Wie oft hatte Vati mir Zutritt auf die Brücke gewährt? Meldete ich mich nicht jeden Nachmittag bei Dr. Romez auf der Krankenstation, nur wenige Luken von Mr. Tolliver entfernt?

»Befehle.« Mechanisch zupfte er sich Jacke und Krawatte zurecht.

»Ist Tad – Mr. Anselm – schon da?«

»Ich weiß es nicht, Sir.«

Ich öffnete den Mund, um zu protestieren, ließ es aber sein. Ich war nicht mehr Schiffsjunge, womit ich nur noch als Passagier betrachtet werden konnte. Von Fähnrichen wurde erwartet, dass sie jedem Passagier an Bord höflich begegneten. Außerdem war ich der Sohn des Kapitäns, und vermutlich schenkte mir dieser auch Gehör; falls Tommy mich also fürchtete, war das verständlich. Perverserweise war es jedoch nicht das, was ich mir wünschte. Vor noch gar nicht langer Zeit hatte ich mich darin gesonnt, wenn sich ein Fähnrich meinetwegen unbehaglich fühlte. Was ich jetzt wollte, war …

… ein Freund.

Tommy klopfte an und wich zurück.

Die Luke glitt auf. »Ja, Mr. Yost?« Tolliver fing meinen Blick auf. »Was tut *er* denn hier? Offiziersunterkünfte dürfen von …«

Ich hasste es, wenn Leute einfach so redeten, als wäre ich nur ein Fleck auf dem Deck. »Ich wurde von einem Fähnrich begleitet.« Ich klang trotzig, obwohl ich wusste, dass ich besser einen anderen Ton angeschlagen hätte.

»Na ja, dann lassen Sie sich von Ihrer Fähnrichseskorte wieder hinunter in Ihre Kabine führen.«

Das reichte, und zur Hölle mit den Folgen! »Ich wohne auf diesem Deck!«

»Ah ja«, sagte Tolliver. »Vielleicht hatte ich es vergessen.« Verdammt unwahrscheinlich! »Machen Sie den Korridor frei, Mr. Yost.«

»Aye aye, Sir.« Der Fähnrich packte mich am Arm.

Der Hauch von Verachtung in Tollivers Gebaren wirkte auf mich wie ein Guss eiskalten Wassers. Ich blinzelte, holte langsam tief Luft und betrachtete ihn forschend. »Ich hoffe wirklich, dass Sie das ins Logbuch eintragen. Sind Sie ehrenhaft genug, um das zu tun?«

Das erschreckte ihn, wie ich es beabsichtigt hatte. »Was denn?«

Ich wehrte mich gegen Tommys beharrliches Ziehen. »Die Weigerung, den Befehlen des Kapitäns Folge zu leisten.« Jetzt würde ich nie mehr Gelegenheit erhalten, mit dem Außerirdischen zu arbeiten, aber inzwischen scherte ich mich nicht mehr darum. »Oder war dieser Quark, den Sie mir in meiner Zelle erzählt haben, reine Heuchelei?«

Jetzt war er an der Reihe, mich forschend zu betrachten. »Warten Sie, Mr. Yost. Erkläre mir, was du meinst, Junge.«

Ich schloss die Augen und rief eine ferne Erinnerung an seine Stimme herauf. »*Weil ich glaube, dass Gerechtigkeit geübt werden muss, und dass dies sichtbar geschehen muss. Wir leben in einer Zeit des Rechts, nicht in den Rebellischen Zeiten. Die Stabilität der Gesellschaft hängt davon ab, dass Übeltäter bestraft werden.* Worin besteht die Strafe, wenn man dem rechtmäßigen Befehl eines Vorgesetzten nicht Folge leistet?«

Er verschränkte die Arme. »Welcher Befehl könnte das sein, Mr. Carr?« Sein Ton war bedrohlich leise. Tommy Yost trat von einem Fuß auf den anderen. Er blickte kurz den Korridor hinunter in eine Richtung, die ihm vielleicht Sicherheit geboten hätte.

»Käpten Seafort hat befohlen, dass mir die Möglichkeit eingeräumt wird, Tad bei den Verhandlungen mit dem Außerirdischen zu helfen.«

»Und das weißt du mit Bestimmtheit?«

»Nein, Sir. Aber Sie wissen es.« Wie gern wäre ich zusammengezuckt, aber ich hielt seinem Blick stand.

Endlich sagte er: »Entlassen, Mr. Yost. Randy, herein.« Er schloss die Luke hinter uns.

Mr. Tollivers Kabine war grau, spartanisch, halb so groß wie Vatis. Die Koje war ordentlich gemacht, und alle seine Sachen waren sauber verstaut.

Ich leckte mir die trockenen Lippen.

Er schüttelte den Kopf. »Du hast einfach weder Sinn noch Verstand. Das war keine Szene, die ein Fähnrich hätte miterleben sollen.«

»Welche Wahl blieb mir denn? Sie wollten mir keinen Termin geben.«

»Aus gutem Grund.« Dann sagte er zu meiner völligen Verblüffung: »Setz dich.«

»Danke.« Ich tat es.

»Alles, was ich möchte, Randy, ist dieses verdammte Ungeheuer loswerden. Falls ich bis zum Tage meines Todes nie mehr einen Fisch zu sehen bekomme, wird es immer noch zu früh sein, wenn es wieder geschieht.« Er seufzte. »Aber statt die Angelegenheit an die Behörden in der Heimat zu übergeben, hat Nick eine Gelegenheit ergriffen, vor der jeder vernünftige Mensch zurückgeschreckt wäre. Vielleicht wird sich seine Entscheidung als richtig erweisen, wie schon so oft.« Er schnitt eine Grimasse. »Aber es gefällt mir nicht.«

»Es ist eine Gelegenheit, ganze Welten zu ändern.« Und ich wollte dabei mitwirken.

»Ich stimme nicht mit Nick überein. Wir sollten dich nicht in Harrys Nähe lassen.« Er hob eine Hand. »Ich gebe zu, dass du letztes Mal einige nützliche Ansätze entwickelt hast. Du scheinst ein Talent dafür zu haben.«

»Was ist es dann?«

»Das Problem ist: Wir haben einen tödlichen Außerirdischen an Bord, und du, Junge, bist wild und unberechenbar. Du handelst auf spontane Eingebungen hin, und diese Impulse sind bizarr.«

Ich sprang auf; meine Lippen bebten.

»Wie, du bist anderer Meinung? Du hast Nick einen Stuhl auf den Kopf gehauen. Du hast dich aus keinem vernünftigen Grund auf einer Schiffsbarkasse versteckt. *Versteckt*, wie irgendein Kid in einem billigen Holodrama! Gütiger Jesus!« Er schritt in der winzigen Kabine auf und ab. »Du hast den Kommandanten der Orbitalstation gefoltert, um seine Codes in Erfahrung zu bringen. Du hast ein verdammtes *Shuttle* entführt! Hast das Gerichtsgebäude von Hope Nation zusammengeschossen. Habe ich irgendwas ausgelassen?«

»Ja, Sir.«

»Was?«

»Ich habe Vati gerettet. Sie hätten ihn sonst verbrannt.« Aber ich hatte Anths Tod zu verantworten. Und Kevins. Ich versuchte, an etwas anderes zu denken.

»Ja, Sohn, du hast den Mut von Derek Carr. Und ganz unter uns – sodass es niemand mitbekommt: Du hast nobel gehandelt. Du scheinst überrascht? Von dem Augenblick an, als du in eine Zelle geschleppt wurdest, bis zu dieser gespenstischen Szene im Maschinenraum, habe ich dich ungeheuer bewundert. Es fiel mir doch sehr schwer, dich nicht zu begnadigen.« Einen Augenblick später setzte er hinzu: »Bitte weine nicht.«

»Ich kann nicht anders.« Ich sank auf meinen Stuhl und bedeckte die Augen.

»Ach, Randy.« Eine Hand drückte mir beruhigend die gesunde Schulter. »Hat Mikhael sich um dich gekümmert?«

»Ja, Sir.« In gewisser Weise.

»Ich wette, er ist kein toller Vater.«

»Er hat keine Übung.« Ich brachte ein Lächeln zuwege.

»Bist du einsam?«

Ich zuckte verächtlich die Achseln. Dann entfuhr mir auf einmal, wie aus dem Mund eines verräterischen Fremden: »Den ganzen Tag lang.«

Mr. Tolliver sagte: »Das Schicksal der Welten hängt von unserem Konklave mit dem Außerirdischen ab, aber Nick Seafort, der Einzige unter uns, der das für gut hält, liegt bewusstlos im Bett. Ein falscher Schritt, und der Herrgott allein weiß, was der Satellit tut. Falls er ausbricht, zerstört er womöglich die *Olympia.* Bei deiner Vorgeschichte – wie könnte ich da zulassen, dass du in seine Nähe kommst?«

Ich sank tiefer auf meinem Stuhl zusammen. Es kostete mich Überwindung, laut genug zu sprechen, dass Tolliver mich verstand. »Gar nicht.«

»So ist es.« Müde ging er zur Luke. »Aber es ist nicht meine Entscheidung. Nick hat sie getroffen, und wie du festgestellt hast, ist es meine Pflicht, ihm zu gehorchen.«

Mit klopfendem Herzen stand ich auf.

»Ich bitte dich nur um eins, Randy: *Überstürze nichts!* Uns allen zuliebe – sage nichts zu dem Außerirdischen, ehe Tad dem zugestimmt hat. Folge seinen Befehlen. Du bist dort, um zu helfen, und nicht ...«

»Ich verspreche es!«

»Ich wäre eher beruhigt, falls du dir mehr als nur eine Millisekunde nehmen würdest, um...«

»Ehrlich, Sir! Ich würde...« Ich suchte nach den richtigen Worten. »Vati wacht bald wieder auf. Was hat er von mir gesehen, seit wir zurück sind? Wutanfälle auf der Krankenstation, bis sie mir erlaubt haben, ihn zu besuchen. Verdrossenheit, wenn ich meinen Willen nicht bekam. Und Herumspionieren vor Luken. Ja, so bin ich. Aber das ist nicht alles, was ich sein möchte. Gestatten Sie mir, es wieder gutzumachen!« Ich hörte mir selbst entsetzt zu. Ich hatte nie vorgehabt, mein Inneres dermaßen offen zu legen.

Mr. Tolliver forschte in meinen Augen. »Bedeutet er dir so viel?«

Kläglich nickte ich. »Viel mehr.«

»Sehr gut, ich gebe die Nachricht weiter. Du bist Harrys Wache zugeteilt.«

»Danke.«

»Als Schiffsjunge.«

»Was?« Mein Herz machte einen Satz.

»Ich nehme dich von neuem in Dienst.«

»Aber Vati hat gesagt, nicht ehe...«

»Es steht ihm frei, dich wieder an Land zu setzen, wenn er aufwacht.« Tolliver betrachtete mich finster. »So haben wir dich besser unter Kontrolle, obwohl das vielleicht nur eine tröstliche Illusion ist. Jedenfalls unterliegst du wieder den Flottenbestimmungen und dem Verhaltenskodex, revidierte Fassung von 2238. Du bist ja mit dem Inhalt vertraut.«

»Einem Teil.« Ich klang vorsichtig.

»Zwinge mich nicht, sie durchzusetzen. Jedenfalls – entspricht dies mehr den Anforderungen. Ich kann nicht zulassen, dass ein Passagier in lebenswichtigen Belangen des Schiffes herumpfuscht.« Er winkte ab. »Und – Randy?«

»Ja, Sir?«

»Ich weiß, dass ich nicht ...« Er schien nicht die richtigen Worte zu finden. »Ich bin nicht Nick, nicht annähernd. Aber du findest mich hier, wenn ich nicht auf der Brücke bin. Falls du jemals – ein Gespräch brauchst, einen Rat oder ...« Er winkte hilflos.

»Dann komme ich.« Aber das würde ich nicht tun, und ich vermutete, er wusste es.

»Also gut, dann.« Er schlug auf die Öffnungstaste der Luke.

Tad Anselm stand draußen, die Faust erhoben, um anzuklopfen. »Tut mir Leid, dass ich mich verspätet habe«, sagte er fröhlich. »Sollten wir uns nicht unterhalten?«

Ich ging wie auf Wolken zu unserer Kabine zurück und daran vorbei. Mr. Tolliver war ganz sicher ein Menschenfresser, aber ein erstklassiger Menschenfresser: Man konnte über die Wahrheit zu ihm durchdringen. Jedenfalls als jemand, der sich unter seiner beißenden Art nicht duckte.

Ich sollte die Arbeit mit dem Satelliten am nächsten Tag beginnen; Tad und ich hatten uns darauf geeinigt, ehe er mich kurz abfertigte, damit er sich unter vier Augen mit dem ersten Leutnant unterhalten konnte. Und ich würde genau das tun, worum mich Tolliver gebeten hatte: Ich würde umsichtig sein und vorsichtig. Tad war älter und – ich prallte von einem steifen, ausgestreckten Arm ab.

»Pass doch auf, wo du hinläufst!«

Ich blinzelte. Ich war gegen Alon Riev gerannt. Buchstäblich. Er war voll uniformiert und trug die Reisetasche am Schulterriemen.

»Verzeihung.« Ich gab ihm den Weg frei.

Der Blick des Oberfähnrichs war hart. »Na ja, ich hoffe doch, dass du zufrieden bist.«

Ich runzelte verwirrt die Stirn.

»Du und Tamarow, ihr seid ein tolles Team.« Er drang vor; unwillkürlich wich ich ans Schott zurück. Er ragte vor mir auf. »Sechs Jahre seit der Akademie. Der beste Posten in der ganzen Galaxis. Und dann bringen mich zwei verachtenswerte Intriganten zu Fall.«

Ich betrachtete seine prallvolle Reisetasche.

»Das hast du richtig erkannt; ich fliege auf den Planeten hinunter. Zur Admiralität versetzt, dank seiner kaiserlichen Majestät Käpten Seafort. Einzelhaft in einer beschissenen Provinz, bis das nächste interstellare Schiff einläuft. Glückwunsch! Was ist dein Lohn? Ich weiß ja, was Mikhael bekommt.«

»Ich hatte nie vor ...« Ich redete nicht weiter. Vielleicht hatte ich es doch vorgehabt.

»Du bist Abschaum! Es reicht, dass du es weißt und dass ich es weiß.« Er rückte die Reisetasche zurecht und schritt davon.

Ich war auf dem Weg zum Speisesaal gewesen. Jetzt war mir jeder Gedanke ans Essen vergangen; ich stürmte zum Fahrstuhl und drückte den Schalter für Deck 5.

Die Luke ging auf und entließ mich auf das Unterdeck. Ich stürmte durch den Korridor, stoppte vor Mrs. Sloans Unterkunft und hämmerte an die Luke.

Keine Reaktion. Ich wich zurück und sah mich um.

Dieser Abschnitt des Korridors war verlassen. Etwas an der Luke erweckte meine Aufmerksamkeit. Zeichnungen. Obszöne Zeichnungen. Ich versuchte, sie mit dem Ärmel wegzuwischen, aber dafür hätte man Lösungsmittel oder Farbe gebraucht.

***

Unsere erste Sitzung mit Harry verlief geradezu lachhaft banal. Oder wäre es gewesen, wäre Leutnant Anselm nicht so angespannt gewesen, dass er mir fast den Kopf abriss. Ich schmollte, bis er das Gleiche mit einem herumlungernden Wachtposten und dann mit Alejandro tat, als der Schiffsjunge Kaffee brachte. Danach entschuldigte sich Tad bei allen.

Wir erreichten absolut nichts.

Wir hatten versucht, Symbole für Zeit zu vereinbaren. Einfach, nicht wahr? Na ja, wie erklärt man einem Außerirdischen die eigene Vorstellung von einem Jahr oder einem Tag? Man zeigt einen rotierenden Planeten, um den Tag zu symbolisieren, und seinen Umlauf um die Sonne für das Jahr. Also zeichnet man ein Sonnensystem, aber die Galaxis enthält Millionen davon; von welchem spricht man also? Vielleicht vom irdischen Heimatsystem. Oder von Hope Nation, dessen Tag ganz ähnlich ist, aber dessen Jahr stark abweicht. Oder meinen wir vielleicht das ferne Herkunftssystem des Satelliten, wo immer es liegen mag? Was wir auch taten, Harry löschte es oder stand einfach nur da, während Farbflecken über seine sich fortlaufend ändernde Gestalt flossen.

Ich stolzierte zu meiner Kabine, die Hand in der Tasche, während Tad neben mir Schritt hielt.

Wie zum Trost fasste er an meine Schulter. »Wir probieren es morgen noch mal.«

»Yeah, klar.«

Er runzelte die Stirn.

»Ja, Sir.« Das war das Mindeste, was ein Schiffsjunge einem Offizier schuldete. Trotzdem fiel es mir schwer, meine Gefühle außer Acht zu lassen. Wir hatten viele Stunden vergeudet und weiß Gott wie viele Platten aus Alulegierung.

Es war eine harte Nuss. Welches ist der Bezugspunkt für das Sonnensystem? Die Zahl der Planeten, die man in die Platte radiert? Und selbst wenn man das irgendwie deutlich gemacht hat, woher soll Harry wissen, dass man die Idee der Zeit zu übermitteln versucht und nicht irgendein obskures astronomisches Detail?

Ich schlug auf die Öffnungstaste unserer Kabinenluke, verabschiedete mich mit einem mürrischen Brummen von Anselm und schlüpfte hindurch.

Der Meditech nickte mir schweigend zu. Dank der starken Medikamente von Dr. Romez schlief Vati tief und fest, der Körper reglos, das Gesicht frei von Schmerz.

»Ich passe auf ihn auf.« Ich wand mich aus dem Hemd, warf es zur Seite und verfolgte mit, wie es in der kaum spürbaren Ein-Sechstel-Schwerkraft von Deck 1 träge zu einer Stuhllehne hinübersegelte.

Der Meditech stand auf. »Falls er sich rührt …«

»Rufe ich in der Krankenstation an, keine Sorge.« Dr. Romez und ich hatten es ein paar Tage zuvor geklärt. Ich konnte unmöglich schlafen, solange mir ein Tech zusah, und es war außerdem überflüssig. Der Doktor willigte schließlich widerstrebend ein.

»Außerdem hat Romez ihn auf dem Monitor.« Ich deutete auf das Holovid, das über Vatis Bett montiert war, der Kompromiss, den der Doktor ausgehandelt hatte.

Als ich allein war, verschwand ich im Bad, tauchte wenige Minuten später wieder auf und plumpste ins Bett. Fast sofort sprang ich wieder auf und lief hin und her. Diese Sache mit Harry trieb mich schier zum Wahnsinn. War er begriffsstutzig? Hatte Zeit für seine Lebensform keine Bedeutung? Wir hatten Darstellungen eines Tageszyklus gezeichnet und versucht, die Idee von Intervallen zu übermitteln – alles vergeblich. Das reichte, um einen zum Säufer zu machen.

Tatsächlich …

Auf Zehenspitzen schlich ich zu Vatis Kommode und wich dabei sorgfältig dem Aufnahmebereich der Holokam aus. Ich suchte eine Flasche aus, die schon angebrochen war. Zum Henker: Vati bekam nichts mit, und wer sollte mich aufhalten?

Man brauchte Zähne, um als Einarmiger eine Flasche zu öffnen. Ich benutzte sie.

Nach zwei guten Schlucken Rachenbrenner verstaute ich die Flasche wieder in der Schublade.

Wärme breitete sich von der Luftröhre bis zum Magen aus. Vorsichtig schaltete ich die Tonaufnahme von Romez' Holokam aus und zog einen Stuhl an Vatis Bett heran. »Die Sache ist die, dass Tad nicht aus ihm schlau wird, und alle anderen hassen ihn nur.«

Vati sagte nichts.

»Also bleibt's irgendwie an mir hängen, stimmts? Dir zu helfen, dass dein Traum wahr wird.« Ich starrte verdrossen auf die Bettdecke. »Wärst du glücklich, wenn wir mit diesen Mistviechern Frieden schlössen?«

Käpten Seafort lag nur da und atmete langsam, ein und aus, ein und aus. Auf seinem Nachttisch tickte eine antike Metalluhr. Er hatte sie von seinem Vater, einem gemeinen alten, schon lange toten Mistkerl. War ihm nie begegnet, konnte ihn aber nicht ausstehen, allein aufgrund von Vatis Geschichten. Ich nahm die Uhr zur Hand, betrachtete sie schlecht gelaunt, versuchte, aus ihrem Verfahren schlau zu werden. Zahlen und Zeiger, um Gottes willen! Archaisch!

Ein Sekundenzeiger ruckte hartnäckig über das Zifferblatt.

Vielleicht kapierte es Harry endlich, wenn ich ihn ein paar Mal damit schlug.

»Yeah, Vati, du wärst echt glücklich.« Vorsichtig stellte ich die Uhr wieder hin. »Und ich wäre ...« Ich blickte kurz in die Holokam und wandte mich wieder ab, damit niemand meine Lippen las. »Wenn ich doch nur helfen könnte, um einen Durchbruch zu erzielen, dann hätte ich etwas getan, das zählt. Ich *muss* es einfach schaffen! Nur, um anderes wettzumachen. Du sagst, das mit Kevin wäre nicht meine Schuld gewesen; vielleicht war es das auch nicht. Oder vielleicht nicht mal das mit Anth.«

Ich blinzelte heftig, aber die Augen brannten weiter.

»Aber ich habe Andy Ghent schikaniert und Yost schon gehasst, ehe er Riev überhaupt auffiel. Tolliver hat Recht; ich bin nicht stabil, so wenig wie Mom. Also, ehe ich etwas so übel verpfusche, dass nicht mal du es wieder hinbekommst, werde ich einen Weg finden, mich Harry begreiflich zu machen. Verstehst du mich?«

Vati sagte nichts, aber ich redete auch gar nicht mit ihm. Ich hob den Kopf und verzog die Lippen zu einer gehässigen Grimasse. »Hörst Du mich? Vati glaubt an Dich, aber ich nicht. Falls Du existierst, bist Du Scheiße, genau wie ich. Falls Du meiner Beachtung wert sein möchtest, tue das für ihn! Weil er…« Ich deutete auf Vati. »…es wert ist, dass Du dich anstrengst, wie Du verdammt gut weißt!«

Ich stellte fest, dass ich brüllte. Ich brummte einen Fluch und warf mich auf mein Bett.

29. Kapitel

Dumpfe Kopfschmerzen am nächsten Morgen halfen auch nicht.

Ich frühstückte im Hilfsspeisesaal auf dem Unterdeck, wo die Mannschaft aß. Vati hätte mich zweifellos mit in die Offiziersmesse genommen, aber als Schiffsjunge konnte ich nicht einfach in Sektionen hineinplatzen, die für mich nicht zugänglich waren.

Beharrlich kaute ich auf meinen Konzentrateiern und wartete darauf, dass mich Anselm zu unserer Sitzung mit dem Satelliten rief. Wir wollten erneut an dem Zeitproblem arbeiten, und ich freute mich nicht darauf.

Ein paar Matrosen grüßten mich, als sie eintraten;

ich gab mir entschieden Mühe, zur Antwort nicht zu knurren.

An einem Tisch in der Nähe saß der Schiffsprofos mit ein paar Freunden zusammen. Mir gegenüber saßen zwei Funktechs.

Ein Schatten fiel auf meinen Tisch. Ich blickte auf.

Reverend Pandeker. »Guten Morgen, mein Sohn.«

»Ich bin nicht Ihr Sohn.« Die Worte entfuhren mir, ehe ich Gelegenheit fand, darüber nachzudenken. Wenn ich es mir allerdings überlegte, scherte ich mich nicht darum.

»Das ist so ein Ausdruck. Darf ich mich setzen?«

Ich kann Sie nicht aufhalten. Trotzdem bemühte ich mich. »Das ist die Mannschaftsmesse. Gehören Sie zur Mannschaft?«

»Sozusagen.«

Ich zog eine Braue hoch, sagte aber nichts.

»Ich stehe nicht auf dem Dienstplan der *Olympia*. Ich bin jedoch von den Patriarchen abgeordnet worden, um mich um die Menschen an Bord zu kümmern. Man könnte mich als eine Art Frachtaufseher betrachten, falls du einen technischen Begriff vorziehst.« Er lächelte. »Spielt das eine Rolle?« Er setzte sich, gab anscheinend den Versuch auf, meine Erlaubnis einzuholen.

»Essen Sie hier oft?« Falls ja, würde ich es nicht tun.

»Nun, ja. Umso mehr, als wir derzeit von Kümmernissen heimgesucht werden. Ich biete den Matrosen Trost, die ...«

»Welche Kümmernisse?« Nach meinem Zusammenstoß mit Bischof Scanlen schreckte mich der Gedanke nicht, den Reverend zu beleidigen.

»Die Brut des Satans, die vor unserem Bug treibt.« Pandeker sprach ruhig.

»Zarky! Die sollte ich mir mal ansehen.« Ich tat so, als wollte ich aufstehen. »Hat sie Hörner?«

»Nein, ein Fisch hat keine Hörner.« Sein Blick war kalt. »Du machst dich über mich lustig, Junge. Womit habe ich deine Verachtung verdient? Wie du dich erinnern wirst, habe ich gegen deinen Prozess protestiert, nachdem du, ah, Käpten Seafort misshandelt hattest.«

»Ja, Sie wollten mich direkt auf Scanlens beschissene Farm schicken.«

»Wie auch immer. Können wir nicht trotzdem Freunde sein?«

»Sobald Sie mit meinem Vater Freundschaft geschlossen haben.«

»Ich habe Bewunderung empfunden für Derek Carrs …«

»Käpten Seafort!« Pandeker wusste verdammt gut, wen ich meinte.

»Ah ja. Dein – Schirmherr.«

Ich reckte das Kinn, zeigte meinen Stolz. »Er hat mich rechtmäßig adoptiert.«

»Vorläufig. Nach seinem Prozess wird er nur noch wenig Zeit für dich haben.«

»Welcher Prozess?« Mein Ton war verächtlich.

»Oh, sei versichert, dass man ihn zur Rechenschaft ziehen wird. Warum so ein überraschtes Gesicht? Hast du wirklich geglaubt, er würde ungeschoren davonkommen?«

»Mit was?«

»Mal abgesehen von seiner atemberaubenden Arroganz, mit der er über das Schicksal ganzer Völker entscheiden möchte – und jetzt von Arten –, ohne seine Vorgesetzten zu konsultieren. Denk doch nur: Er platzt in die Kathedrale der Heiligen Mutter Kirche hinein, um den Gesalbten des Herrgotts von seiner Kanzel zu zerren! Er hat eine Regierung gestürzt, die sich auf ...«

»Wessen Regierung?«

»Palabees. Unsere. Die Hope Nations und der Kirche.«

»Quatsch! Es war nicht ...«

Pandeker hob die Hand. »Sehr gut. Stell dir mal vor, das alles wäre vergessen. Er hat einer Frau Unterschlupf gewährt – sogar jetzt noch schützt er sie –, die unweigerlich verdammt ist. Einer Frau, die Erzbischof Andori niedergestreckt hat, den Vertreter des allmächtigen Gottes auf Hope Nation. Hat er sie verhaftet? Nein. Sie zurechtgewiesen? Nein. Vor aller Augen hat er sie geküsst. Er wird bezahlen, was er dafür schuldet, mein höhnischer junger Bursche! Er wird die Flammen hochzüngeln sehen, und falls nicht hier, dann zu Hause. Mit den Patriarchen ist nicht zu spaßen.« Sein Gesicht war rot angelaufen.

»Sie hassen ihn.« Das war keine Frage.

»Er ist abgründig fehlgeleitet.« Pandeker sagte es, ohne zu zögern. »Und ich bin überzeugt, dass er rettungslos verdammt ist. Ich empfinde jedoch für keinen Menschen Hass.«

»Warum gehen Sie nicht ...«

»Ah, da bist du ja.« Eine feste Hand packte meine gesunde Schulter. Ich blickte auf. Mikhael. »Mr. Anselm wartet auf dich.«

Ich sprang auf und hatte Pandekers heuchlerische

Selbstgefälligkeit schon vergessen. »Warum hat er nicht nach mir gerufen?«

»Keine Ahnung.« Mik steuerte mich zur Luke. Auf dem Korridor sagte er: »Das schien keine Plauderei unter Freunden zu sein.«

»Dieser beschissene alte …«

Seine Finger schlossen sich um meinen Oberarm. »Möchtest du einen brüderlichen Rat hören? Falls Pa hört, dass du unhöflich zu Pandeker warst, macht er dir die Hölle heiß.«

»Warum?« Ich versuchte mich zu befreien – erfolglos. »Er hetzt die Mannschaft gegen Corrine auf und …«

»Ist Pas Lage nicht schon schwierig genug, auch ohne dass du sie noch verschlimmerst?«

Beschämt nahm ich hin, dass er mir den Arm drückte, bis er das Gefühl hatte, sich verständlich gemacht zu haben. Dann sagte ich: »Mik, er sagt, sie würden Vati den Prozess machen!«

»Schnell, Tad wartet auf dich.« Während wir die Leiter hinaufstiegen, ergänzte er: »Pa hat Freunde und Einfluss, aber …« Ein Seufzen. »Zum Sturz der Bischöfe beizutragen – damit ist er vielleicht doch zu weit gegangen.«

»Nicht nur den Prozess.« Mir stockte die Stimme. »Pandeker sagt, sie würden ihn verbrennen.«

»Ich bezweifle, dass es dazu kommt. Vati hat das Heimatsystem gerettet. Zu viele Leute verehren ihn. Aber ein Prozess – ist durchaus möglich.«

»Wie können wir ihn beschützen?«

»Gar nicht.« Sein Ton war fröhlich. »Denkst du vielleicht, die Angst vor einem Prozess würde ihn dazu bringen, auch nur ein Iota von dem abzuweichen, was er für richtig hält?«

»Natürlich nicht.« Trotzdem war ich niedergeschlagen. Sicher, ich bewunderte die Tapferkeit meines neuen Vaters. Selbstmord war jedoch etwas anderes.

»Hallo Randy«, empfing mich Leutnant Anselms freundliche Stimme, als wir um die Korridorbiegung kamen.

»Sir.« Pflichtbewusst nahm ich Haltung an und salutierte.

»Kommando zurück. Sollen wir einen neuen Versuch wagen?« Er klang angestrengt fröhlich.

»Ja, Sir.« Alle drei gingen wir zur Trennwand und zu den Roboterarmen. Harry wartete ungeduldig auf halber Strecke seiner Korridorsektion, unweit der Luftschleuse. Nur ein gelegentliches Zucken verriet, dass er noch lebte.

Ich sprudelte hervor: »Was ist das denn?« Ein merkwürdiger Apparat lag auf dem Verhandlungstisch: eine kleine Kugel mit einem steifen Draht, der aus einer durch ihren Mittelpunkt führenden Rinne aufragte. Am Ende des Drahts hing ein winziger Ball.

»Etwas, was Chief McAndrews gestern Abend auf meine Bitte hin zurechtgebastelt hat«, erklärte Tad Anselm stolz. »Sieh mal!« Er drückte einen Schalter. Die Kugel leuchtete in weichem Licht auf, und der Draht drehte sich langsam. Der Ball an seinem Ende kreiste dabei um die Kugel.

»Was denkst du?« Anselm betrachtete stolz seine Vorrichtung.

»Dass einer von Ihnen eine Macke hat.« Sofort bedauerte ich diese Worte, aber ich konnte sie nicht zurücknehmen. Hinter Anselm machte Mikhael ein ausgesprochen finsteres Gesicht. Eilig ergänzte ich:

»Verzeihung, Sir! Was zum Teufel ... Äh, was soll das sein?«

»Natürlich eine Sonne. Mit einem Planeten. Das wird uns zu definieren helfen, was ein Jahr ist.«

Ich kicherte. »Sofern Harry nicht denkt, wir wollten ihm ein Nachtlicht schenken.« Sowohl Anselm als auch Mikhael sahen mich böse an. Ich zuckte die Achseln. »Entschuldigung. Ich bin heute albern. Probieren wir es mal. Darf ich es hineinbringen?«

Anselm fragte zweifelnd: »Mik?«

»Pa bekäme einen Anfall.«

»Ach, komm schon ... Ah, Sir. Ich war schon vorher bei Harry. Er hat mir nichts getan.« Beiläufig schlenderte ich zum Schrank mit den Raumanzügen hinüber. »Ich nehme einen Laser mit, falls es Ihnen lieber ist. Nur für alle Fälle.« Wie ich eine Pistole und den Apparat gleichzeitig mit einer Hand tragen wollte, das erwähnte ich lieber nicht.

Zu meinem Erstaunen ließen sie mich gehen. Eine Viertelstunde später hatte ich die Luftschleuse durchquert, hatte das Ding des Chefingenieurs auf dem Korridordeck platziert und war zu unserem Tisch zurückgekehrt.

Auf seinem Bildschirm zeichnete Anselm einen Kreis, der eine Sonne darstellte; gehorsam zeichnete Jess, der Comp, das Bild mit dem Servo auf einer Platte aus Alulegierung in Harrys Korridor nach. Tad ergänzte die Darstellung um einen Planeten. Der Servo senkte die Platte ab, damit Harry sie kosten konnte. Der Satellit floss darüber hinweg und wich wieder zurück. Keine weitere Reaktion erfolgte.

»Es ist das Gleiche wie das da.« Ich wies Harry auf den leuchtenden Apparat hin. »Sieh nur.« Keine Reaktion. »Sir, Jess soll das Ding mal neben die Platte mit der Zeichnung stellen.«

»Sehr gut.«

Der Roboterarm senkte Tads Apparat aufs Deck. Harry floss darauf zu, als wollte er ihn abdecken, und hielt plötzlich an. Bibbernd stand er davor.

»Komm schon, verdammt!« Ich bemerkte gar nicht, dass ich es laut gesagt hatte, bis Mikhael mir einen ärgerlichen Blick zuwarf. Ich musste wirklich besser aufpassen, damit sie mich nicht in meine Kabine zurückschickten. »Sir, darf ich?« Ich zeichnete eine weitere Sonne mit einem Planeten, der eine erheblich größere Umlaufbahn hatte als der auf der letzten Zeichnung. Daneben zeichnete ich das Symbol für Zeit, auf das wir Menschen uns geeinigt hatten: den Großbuchstaben M. »Darf ich Jess anweisen, das wiederzugeben?«

»Sehr gut.«

Der Roboter ritzte es in eine Platte. Harry floss hinauf. Eine Pause. Die Platte rauchte und zischte. Als Harry sich zurückzog, hatte er die Zeichnung gelöscht.

»Löschung bedeutet ›nein‹«, sagte Tad langsam. »Was meinst du mit ›nein‹? Natürlich kreisen Planeten um Sonnen. Du kannst doch nicht einfach nein sagen!« Er klang verletzt.

Wir versuchten es damit, die Darstellung um mehr Planeten zu ergänzen und verschiedene Systeme zu zeichnen. Wir unternahmen sogar einen mühseligen Versuch, den Rhythmus von Tag und Nacht zu übermitteln. Nach einer Weile löschte Harry einfach sämtliche Platten.

Nach zwei enttäuschenden Stunden warf Tad die

Hände hoch. »Ich gebe auf. Vielleicht hat Tolliver Recht: Wir können nicht mit ihnen reden. Er sagt einfach immer nur nein.«

»Sir ...« Ich bemühte mich um einen höflichen Ton; ich hatte ihn für einen Tag genug gereizt. »Wie wäre es mit der Deutung: Ich verstehe nicht?«

»Aber Löschen ist negativ.«

»›Nein, ich verstehe nicht.‹«

»Mik?«

»Diese Spekulation ist so gut wie jede andere.« Er rief eine Wörterliste auf. »Wir haben uns noch nicht auf ein Symbol für mangelndes Verstehen geeinigt.«

»Vielleicht haben wir jetzt eines.« Tad wirkte niedergeschlagen. »Wir werden es häufig benutzen.«

Verdammt, sogar ich sah ein, dass wir das Konzept der Zeit brauchten! Wie sonst sollte Vati aushandeln, *wann* etwas zu tun war? Ich kaute auf der Unterlippe.

Tad sagte: »Denkt ihr, es wird Harry etwas ausmachen, wenn wir eine Pause einlegen?«

»Sir, darf ich etwas probieren?« Ich sprang vom Stuhl auf.

»Ich vermute. Mir sind gerade die Ideen ausgegangen.«

»Ich bin gleich zurück!« Ich ging eilig den Korridor hinunter, rannte aber erst los, als ich hinter der Biegung außer Sicht war.

Ich stürmte zu unserer Kabine, schlug auf die Öffnungstaste und erschreckte den Meditech, der auf Vati aufpasste. Der Käpten lag reglos da, und nur seine Brust hob und senkte sich langsam. Ich zögerte und wünschte mir, ich hätte ihm meine Idee erklären können. Vielleicht war es aber besser so; falls ich Erfolg hatte, konnten wir ihn mit einem wichtigen Durchbruch überraschen.

Ob sie wohl wagten, ihn vor Gericht zu stellen, wenn er mit einem Friedensvertrag nach Hause kam?

Ich schnappte mir die antike Uhr auf seinem Nachttisch und stürmte zurück aufs Unterdeck.

Minuten später legte ich sie keuchend auf unseren Tisch. Auf Tads fragendes Stirnrunzeln hin erklärte ich: »Vielleicht arbeiten wir mit einer zu langen Zeitspanne.«

»Was nützt dann diese alte ...«

»Weil sie sich bewegt!« Ich deutete auf den Sekundenzeiger. »Was nützt eine blinkende Ziffernanzeige, wenn er unsere Ziffern doch gar nicht versteht? Oder ein Ausrufer, wenn er unsere Sprache nicht kennt? Hier kann er sehen, wie sich der Zeiger bewegt.«

»Und was willst du ihm sagen?«

»Zeigen wir sie ihm zuerst mal.« Ich nahm die Uhr zur Hand.

Mik sah schockiert aus. »Das ist ein Erbstück! Pa wird dir bei lebendigem Leib die Haut abziehen!«

Anselm sagte entschieden: »Du wirst sie NICHT hineinbringen!«

»Nein, Sir, ich halte sie nur ans Fenster.« Ich tat es und klopfte kräftig an die Scheibe, um Harry auf mich aufmerksam zu machen. »Sieh mal!« Falls er sie sah oder etwas verstand, so zeigte er es nicht.

Die Zeit verstrich quälend langsam. Ich klopfte an die Transplex-Wand. »Pass jetzt auf!« Als der rote Zeiger fast eine komplette Umdrehung absolviert hatte, zeichnete ich ein Zifferblatt und zeigte darauf den

Sekundenzeiger an seinem Ausgangspunkt. Daneben setzte ich ein kleines »m«, gefolgt von einem Kreis. »Das soll unser Symbol für die Minute sein. Bereit, Jess? Dann – jetzt!«

Der Roboterarm des Comps kopierte mein Symbol und legte die Platte aufs Deck.

Harry wälzte sich darauf, kostete, wich zurück.

Ein langer Augenblick verstrich.

Der Satellit hatte unsere Zeichnung gelöscht.

»Verdammt noch mal!« Ich schlug mit der Faust auf den Tisch.

»Das reicht jetzt aber!« Anselms Ton war scharf.

»Aber …«

»Sei still.« Er stand auf und zeigte mir mahnend den Finger. »Wir dulden hier keine Gefühlsausbrüche!« Er war jeder Zoll ein Leutnant.

»Ja, Sir!«

»Harry sieht uns und spürt uns. Was soll er denken, wenn du herumbrüllst und auf den Tisch haust? Mal angenommen, er denkt, wir wären sauer auf *ihn?*«

Ich hatte eine fürchterliche Vision von Harry, wie er sich durch ein Schott brannte, um uns zu erreichen oder ins All zu entkommen. Ich schluckte.

»Und dieser Hokuspokus mit der Uhr …«

»Das war kein …«

»Hast du mich gefragt?« Er ragte über mir auf. »Hast du mir gesagt, was du vorhast? Meine Erlaubnis eingeholt?«

»Nein, Sir.« Ich spürte, wie mir ein Schweißfilm auf die Stirn trat.

»Hast du Mr. Seafort um Erlaubnis gefragt, was die Uhr angeht?«

Wie hätte ich das tun können? Er lag im Tiefschlaf. »Nein, Sir.«

»Das reicht. Ab in dein Quartier.«

Oh nein! »Aye aye, Sir. Wie lange?«

»Bis ich mich abgekühlt habe.« Vielleicht war es die Andeutung eines Lächelns, das Falten um seine Augen zeichnete. »Du bist bis morgen früh außer Dienst. Und Randy?«

»Ja, Sir?«

»Du warst in jeder Hinsicht der Irrläufer, vor dem sich Mr. Tolliver gefürchtet hat.«

Ich war mir nicht sicher, was ein Irrläufer war, aber es schien etwas, was ich besser vermied. »Verzeihung.«

»Geh jetzt. Mik, ab zum Mittagessen.«

Von der Sektionsluke aus warf ich noch einen verstohlenen Blick in Harrys Korridor. Innerhalb der Sperrzone leuchtete Anselms »Sonne« matt, und ihr »Planet« folgte bedächtig seiner endlosen Kreisbahn. Harry ignorierte den Apparat und wälzte sich zum gegenüberliegenden Ende der Sektion. Müßig umkreiste er seinen riesigen Nährstoffbottich.

Ich hätte Vatis Uhr von unserem Tisch holen sollen, aber Anselm war nur wenige Schritte hinter mir und eindeutig immer noch gereizt. Seufzend ging ich meines Weges.

Wenigstens war ich am gleichen Nachmittag in der Kabine, als sie Vati weckten. Dr. Romez hatte ihn auch vorher schon gelegentlich aus dem Tiefschlaf geholt, aber Vati war dabei kaum richtig zu sich gekommen. Diesmal stimulierte Romez ein bisschen Wachheit.

Ich zog meinen Stuhl an sein Bett und sah hoffnungsvoll zu.

Sie hatten das Bett in eine Sitzposition gebracht. Natürlich waren die Gravitronen so niedrig eingestellt, wie nur möglich war, um überhaupt noch Gewicht zu erzeugen.

Romez beugte sich über Vati. »Wie fühlen Sie sich, Sir?«

»Erschöpft.« Vati kratzte sich die Stoppeln auf seinen Wangen. »Sollte das so sein?«

»Es ist völlig normal.« Romez befasste sich mit seinem Puls und anderen Einzelheiten.

»Darf ich mich strecken?«

»Bewegen Sie sich vorsichtig.«

Vati tat es und tastete sich dabei innerlich ab. »Es fühlt sich – ja, der Druck hat sich weitgehend gelegt.« Vorsichtig sondierte er mit einer Hand den unteren Rücken.

»Das ist gut. Nur noch ein paar Tage ...«

»Nein, das ist unmöglich. Wir müssen uns um den Fisch kümmern, und ...« Vati blinzelte verschlafen und richtete den Blick auf mich. »Wie läuft es damit, Junge?«

Die Wahrheit oder schlechte Nachrichten? »Wir haben ein paar neue Wörter definiert. ›Ich verstehe nicht‹ ist eines davon.« Da. Es war keine Lüge, und trotzdem hatte ich verschwiegen, dass wir wenig oder gar keinen Fortschritt erzielt hatten. Na ja, ich war darauf gekommen, »gleich/ungleich« zusammenzustellen. Richtig/falsch. Das diente als Fragezeichen. Und ein Fragezeichen führte zu »warum«. Jetzt konnten wir wenigstens Fragen stellen, statt nur endlose Feststellungen zu treffen. Wenn Vati nächstes Mal wach wurde, hatten wir bestimmt einen Durchbruch erzielt. Einen Stein von Rose[1] oder wie immer man das nannte, der die Kluft zwischen uns überbrückte. Vati hatte einen solchen Erfolg verdient, und ich hatte vor, ihm dazu zu verhelfen, selbst wenn ich Anselm die Stiefel lecken musste, nur um weiter dem Verhandlungsteam anzugehören.

Vati fragte: »Wie geht es Jerence? Irgendeine Nachricht aus Centraltown? Ruf Tolliver, ja?«

Ich rief auf der Brücke an und verhehlte dabei meine Enttäuschung. Er zeigte kein besonderes Interesse an mir. Kein »Wie ist es dir ohne mich ergangen, mein Sohn? Warst du einsam?« Na ja, er war verletzt und kaum richtig wach. Ich machte ihm also keinen Vorwurf daraus.

Er und Tolliver scheuchten mich hinaus, um sich ungestört zu unterhalten, und als ich wieder eintreten durfte, versetzte Romez ihn gerade aufs Neue in Tiefschlaf. Als er hinüberschwebte, drückte mir Vati die Hand und lächelte beruhigend.

Als ob das genug gewesen wäre!

Ich debattierte mit mir, ob ich mich in meiner Koje zusammenrollen sollte – falls Vati schlafen konnte, dann ich auch –, aber dann lag ich wohl die Nacht über wach und war am Morgen müde und reizbar, wo ich mich doch von der besten Seite zeigen musste, um Anselm zu besänftigen.

Ich hatte doch nicht immer noch Kabinenarrest, oder? Vati und Tolliver hatten mich hinausgeschickt,

---

1 Gemeint ist wohl der Stein von Rosette, ein Fund in Ägypten, der schließlich die Entzifferung der Hieroglyphen ermöglichte. Anm. d. Übers.

was schwerer wog als Tads vage Anweisungen. Zumindest war es zweifelhaft, und das reichte. Trübsinnig spazierte ich durch die Salons, fand aber nur wenige vertraute Gesichter. Niemand, mit dem es mich gereizt hätte, den Tag zu verbringen.

Vielleicht erwies sich ja Mikhael als gesellig, obwohl er miterlebt hatte, wie mir das Temperament durchging. Er hatte nicht die Angewohnheit, an meinem Verhalten herumzunörgeln; vielleicht lag es daran, dass er selbst vor noch nicht allzu langer Zeit so jung gewesen war.

Ich nahm Kurs auf die Fähnrichskabine. Als ich vor der Luke eintraf, klopfte ich sofort an. Diesmal sollte niemand einen Anlass für den Vorwurf finden, ich würde mich hier herumdrücken. Jedenfalls war Alon Riev auf dem Planeten, ins verschlafene Admiralitätshaus verbannt.

»Ja?« Es war Fähnrich Yost. Ringe unter den Augen, ein wachsamer Gesichtsausdruck.

»Ich suche nach jemandem, der ...« Alon Riev hatte ihm zugesetzt. Hatte Mikhael es auch getan? Ungeschickt wechselte ich die Richtung. »... den ich in einem Videospiel schlagen kann. Haben Sie frei?« Ich hasste diese Spiele, und mit nur einer Hand konnte ich sowieso nicht gleichzeitig schießen und steuern; ich würde es kaum durchs erste Level schaffen. Etwas anderes fiel mir jedoch nicht ein.

Tommy wirkte skeptisch. »Meinst du das ernst?«

»Klar.«

Einen Augenblick lang schien er geneigt, es abzulehnen. Dann sagte er: »Ich habe bis zur dritten Wache frei.« Er setzte sich die Mütze auf.

Wir gingen zu einem Salon auf den unteren Decks.

Zu meiner grenzenlosen Erleichterung wurde die Konsole gerade benutzt. Wir holten uns Erfrischungsgetränke und setzten uns in eine Ecke, wo wir uns ohne besonderes Thema unterhielten. Während ich Yost einzuschätzen versuchte, hatte ich das unbehagliche Gefühl, dass er mit mir das Gleiche tat.

Abrupt brach er unser sinnloses Geschwätz ab. »Was möchtest du mir sagen?«

»Nichts.«

»Quatsch! Niemand hat mir Beachtung geschenkt seit – wir wieder an Bord gekommen sind.« Seit dem Fiasko in Centraltown.

»Außer Alon Riev.« Der ihn mit Minuspunkten und Schlimmerem überhäuft hatte.

Er sagte würdevoll: »Das ist eine Angelegenheit des Fähnrichsstabes.«

»Mein Bruder gehört auch dazu.« Ich konnte selbst nicht glauben, was ich da gesagt hatte; zum ersten Mal nutzte ich eine familiäre Bindung aus, aber nicht die zu Vati, sondern die zu Mik.

»Hat Mikhael dir davon erzählt?«

Ich zögerte, entschied mich dann für die Wahrheit. »Eigentlich nicht. Wie Sie hat er gesagt, es wäre privat.«

Yost wirkte bedrückt. »Ich schätze, das ganze Schiff weiß davon. Ich stehe bei acht Minuspunkten. Ich habe in dieser Woche fünf abgearbeitet.«

»Hat Mik auch ...« Ich biss mir auf die Lippe. »In Ordnung. Sagen Sie es mir nicht. Ich verstehe schon.«

Tommy schoss auf die Beine. »Komm mit!« Er führte mich auf den Korridor. Wir marschierten von einer Sektion zur nächsten. Tommy hielt den Blick gesenkt, als studierte er das Deck. Dann sagte er auf einmal: »Als Mr. Riev noch Oberfähnrich war, hatte Mik nicht die Vollmacht, Minuspunkte zu verteilen, aber er war ... Er sagte ...« Stille, abgesehen von seinem Atem, während wir eine weitere Sektion durchquerten. »Ich schätze, ich hatte es verdient.« Ein Seitenblick, als versuchte er abzuschätzen, ob er mir trauen konnte. »Etwa einen Tag, bevor Mr. Riev fortging, hat Mikhael sich verändert. Auf einmal kamen von ihm keine beißenden Bemerkungen mehr; den Grund dafür kenne ich nicht.« Mik und ich hatten an jenem Tag beim Mittagessen über Yost gesprochen; hatte sich Mik also meinen Rat zu Herzen genommen? Tommy fuhr fort: »Keine Blicke mehr, die mir das Gefühl gaben ...« Er klappte den Mund zu.

Ich bemühte mich, mit ihm Schritt zu halten. Falls Tommy niemanden außer mir hatte, dem er sein Herz ausschütten konnte, musste sein Leben eine Qual sein. Und damit kannte ich mich aus. Falls irgendjemand verstand, was ich durchmachte, dann er.

Ich sprudelte hervor: »Es ist die Hölle, wenn man von allen verachtet wird.« Jetzt war es an mir, rot zu werden.

Er bemerkte es nicht. »Ja«, sagte er bitter. »Es ist die Hölle. Ist es das, was du möchtest? Fein, ich gebe es zu. Ich habe mir das Leben zur Hölle gemacht. Andy Ghent ist gerächt.«

»Das habe ich nicht ...«

»Oh bitte!« Sein Ton triefte von Verachtung. Er stolzierte Richtung Leiter davon.

Ich stürmte ihm nach. Hätte ich zwei Hände gehabt, dann hätte ich ihn erwürgt. Wie konnte er es wagen zu denken, ich wäre grausam und von niederer Gesinnung wie … *Lassen Sie ihn in Ruhe, Sie Scheißkerl! Ich werde Mr. Riev sagen, dass Sie wie ein kleines Kind geheult haben.* »Yost!« Er hörte nicht auf mich. Ich packte ihn und riss ihn herum, ein krasser Verstoß gegen die Vorschriften: er ein Offizier, ich nur ein Schiffsjunge. »Denken Sie, ich würde mich in der Hölle nicht auskennen?« Meine Stimme klang rau. »Ich habe den Käpten niedergeschlagen! Eine Woche lang haben mir die Wärter ins Essen gespuckt, ehe sie das Tablett auf einen Stuhl knallten! Mik hat mich grün und blau …«

Der Ausdruck seiner Augen war bitter. »Möchtest du ihnen sagen, wie Yost es aufnimmt? Er bricht nicht zusammen, noch nicht. Aber er steht kurz davor.«

»Mr. Branstead, Mr. Dakko, Mr. Tolliver, Tad Anselm … Sie alle haben mich verabscheut. Sogar mein Freund Kevin!«

Er knurrte: »Also können Sutwin oder Clark oder Tamarow damit aufhören, Ghents Bild in meinem Holovid zu speichern. Es ist nicht nötig! Ich sehe Andy die ganze Nacht hindurch!« Er warf sich auf den Fersen herum. »Sag es Mik oder wer immer gefragt hat.«

Ich musste es ihm begreiflich machen! »Und jetzt ist er mein Vater und ich schulde ihm alles, und sie reden davon …« *Ihn zu verbrennen!* Ich schluckte. Es war zu obszön, um es laut auszusprechen. »Sie werden ihn vor Gericht stellen. Alles, was er für sie getan hat, wird vergessen sein, weil er sich gegen die Kirche gestellt hat. Wissen Sie, was ihn retten würde? Niemand würde es wagen, den Mann zu verfolgen, der einen Friedensvertrag mit den Fischen nach Hause bringt. Wir versuchen, ihm das zu geben, Anselm und ich, und egal, wie sehr wir es versuchen, wir verstehen die Außerirdischen einfach nicht, oder sie verstehen uns nicht! *Das* ist die Hölle!«

»Sieh mal, Junge. Ich **weiß**, dass du mich für eine Heulsuse und einen Jammerlappen hältst.« Hatte Tommy auch nur ein Wort von dem gehört, was ich gesagt hatte? »Du hast es damals Riev erzählt und wirst es jetzt Mik erzählen. Es ist mir aber egal. Lass mich einfach in Ruhe!« Er stolzierte in die Fähnrichskabine und knallte die Luke hinter sich zu.

Ich gaffte.

Und Vati fand, *ich* hätte nicht die Reife, um Fähnrich zu sein!

30. Kapitel

Zwei Tage waren vergangen.

Ich vergrub Vatis Flasche in der Kleiderschublade und wischte mir den Mund ab. Der Alkohol brannte angenehm in der Kehle. Wie viele Flaschen bewahrte Vati auf und wo? Sicherlich hatte er mehr als eine mitgebracht; die Fahrt der *Olympia* dauerte fast drei Jahre. Andererseits war Alkohol in Centraltown leicht zu bekommen – wenn man erwachsen war – und zweifellos auch auf Kalls Planet. Solange Vati nicht bemerkte, dass der Inhalt der Flasche zurückging, war alles in Ordnung.

Er schlief, wie immer. Monitore überwachten Puls, Atem, den Sauerstoffgehalt des Bluts.

Romez sagte, dass es ihm allmählich besser ging. Dass er mit etwas Glück wieder ganz der Alte sein würde. Dass er ihn in weniger als einer Woche aus dem Tiefschlaf holen und ihm gestatten würde, in der Mondschwerkraft des obersten Decks spazieren zu gehen. Dass ich keinen Grund hatte, mir Sorgen zu machen. Dass sie in zwei Tagen einen kleinen Eingriff an mir vornehmen wollten, um mich für die vorläufige Prothese bereitzumachen, und dass es mich beschäftigen würde, mit ihr umgehen zu lernen.

Ich stahl noch einen Blick in die Schublade, entschied mich aber widerstrebend gegen einen weiteren Schluck. Ich war gleich mit Mikhael zum Abendessen verabredet.

Während ich wartete, mühte ich mich in ein frisches Hemd. Ich wollte keine Prothese, aber ich musste zugeben, dass sie bei manchen Gelegenheiten hilfreich sein würde. Wenn ich mich zum Beispiel an der linken Seite kratzen wollte. Und eine Handfläche nimmt nicht genug Wasser auf, um sich das Gesicht zu waschen.

Natürlich war das, was ich erhalten würde, ein hässlicher mechanischer Arm, ungeachtet der Fleischfarbe außen. Zunächst mussten sie mir jedoch das Interface einsetzen, all die Chips und Nanomechanismen, die die Lücke zwischen Nerven und Prothese überbrückten. Agh! Genauso gut konnten sie mir einen Haken aufsetzen, wie ihn dieser vorzeitliche Kapitän in den Geschichten gehabt hatte.

Gestern hatte unser Team neue Tiefen der Frustration mit Harry erreicht. Anselm, Leutnant Frand, Mik und ich ... sogar Joanne Skor hatte sich zu uns an den Tisch gesetzt. Wir kämpften uns erneut mit den Begriffen Zeit und Dauer herum, ohne einen erkennbaren Erfolg zu erzielen. Tad gestattete mir sogar, einen zweiten Versuch mit der Uhr zu unternehmen.

Nach dem Mittagessen saßen wir kaum wieder hinter der Transplex-Trennwand, als Harry sich rührte. Er wälzte sich auf eine Platte und zeichnete eine Botschaft. Sie schien einen toten Fisch darzustellen.

Wir wussten nicht recht, wie wir reagieren sollten. Aber Harry wartete auch nicht groß. Seine nächste Platte war bedrohlicher: ein toter Mensch. Tad und Mikhael sahen sich gegenseitig an.

Leutnant Frand fragte: »Was bedeutet das?«

»Ich weiß nicht«, sagte Anselm. »Jess, lösche das. Als ›Wir verstehen nicht.‹ Randy ...«

Ich fuhr zusammen. »Ja, Sir?«

»Erschrecke ihn nicht. Bewege dich nicht ohne Erlaubnis. Keine plötzlichen Gesten, und lass die Finger von deiner verdammten Uhr. Falls Harry hier eine Drohung geäußert hat, sollten wir ganz vorsichtig antworten.«

Ich wurde rot. »Sie können mir trauen ...«

»Halt den Mund!«

Jess löschte die Platte.

Harry fertigte die Zeichnung erneut an.

Mrs. Frand sah sich um. »Okay, Leute: Was sagt er?«

Niemand hatte eine Idee. Nach einer Weile sagte ich: »Ma'am, ich denke ... War das nicht das erste Mal, dass er überhaupt etwas zu uns gesagt hat?«

»Unfug! Wir reden schon die ganze Zeit über Frieden, über den Krieg, über ...«

»Ja, Ma'am, aber war es nicht das erste Mal, dass Harry zuerst etwas sagte?«

Stille.

»Wissen Sie«, sagte Mikhael langsam, »ich denke, er hat Recht.«

»Was sollen wir damit anfangen?«, fragte Anselm.

Wieder wusste niemand eine Antwort. Ich wagte mich mit einer Idee vor. »Ob er uns mitteilt, dass er die Geduld verliert?«

Tad grunzte: »Er oder du?«

Das war nicht fair. Ich gab mir Mühe. Ich schob das Kinn vor, entschlossen, nichts mehr zu sagen.

Anselm und die anderen zauderten. Sie fürchteten, etwas zu sagen, was vielleicht missverstanden wurde, und löschten erneut Harrys Botschaft.

Harry geriet in Hektik und ritzte auf Platten, so schnell Jess' Roboterarm sie ihm liefern konnte. Tote Fische. Tote Menschen. Ein kaputtes Schiff. Drei mysteriöse Schnörkel, die nach Würmern aussahen. Sieben Satelliten, dann noch mal sechs. Dann fünf. Während wir über die Platten rätselten, huschte Harry auf dem Korridor hin und her. Schließlich stoppte er unweit der Transplex-Barriere und stand bibbernd dort.

Verzweifelt antwortete Anselm mit sieben Menschen, dann sechs, schließlich fünf. Harry löschte sie.

Wir besprachen uns, aber ich hatte nichts zu sagen. Mir waren gerade die Ideen ausgegangen, und über das, was ich noch zu sagen hatte, machte Anselm sich lustig.

In unserer Kabine seufzte ich jetzt. Wo zum Teufel blieb nur Mikhael?

Harry machte mich allmählich ganz schön nervös.

Das verdammte Bibbern trieb mich wahrscheinlich irgendwann in den Wahnsinn.

Ein leises Klopfen, und die Luke glitt auf. »Bereit? Wie geht's Pa?« Mik blickte herein.

»Wie soll es ihm schon gehen?« Mein Ton war bissig.

Mikhael schnupperte und sah mich scharf an, sagte aber nichts. Auf dem Weg zum Speisesaal bemerkte er dann: »Nervös wegen der Operation morgen?«

»Etwas. Romez sagt, ich würde nichts spüren.«

»Er ist sehr gut.« Aber Mik wirkte besorgt.

Ich wartete ein paar Augenblicke und fragte dann zögernd: »Geht es um Tommy?«

»Wie? Nein.« Er schnitt eine Grimasse und schüttelte den Kopf. »Aber verspotte den Fähnrich nicht; er hat schon genug Probleme.«

»Ich habe ihn nicht ...«

»Sieh mal.« Mik blieb stehen. »Ich habe es auf der Brücke gehört, also dürfte ich es dir nicht sagen. Du gehörst jedoch zur Familie, also sollte ich es doch tun.«

Wie war mein Gespräch mit Yost nur bis auf die Brücke gedrungen? Ich gaffte.

»Etwas ist mit Mr. Branstead passiert; Tolliver erreicht ihn nicht mehr.«

Ein schmerzhafter Verlust. Jerence war gut zu mir gewesen.

»Vince Palabee ist in den Venturas aufgetaucht. Hat eine Rede gehalten, mit Bischof Scanlen und Botschafter McEwan an der Seite.« Mikhael rieb sich die Augen. »Und das Schlimmste habe ich dir noch gar nicht erzählt. Scanlen hat Corrine Sloan öffentlich exkommuniziert. Behauptet, sie wäre auf dem Boden von Hope Nation dem Glauben abtrünnig geworden, und verlangt, dass sie für ein Verfahren und die Verurteilung ausgeliefert wird. Er fordert, dass alle Welt ihre Schuld verkündet, wo immer sie sich herumtreibt, und verweist jeden aus seinem Amt, der ihr Unterschlupf gewährt.«

»Was heißt das?«

»Falls Pa sie ins Heimatsystem bringt, wird von ihm verlangt, sie als exkommuniziert anzuprangern und sie dem Gericht auszuliefern. Und falls er es nicht tut, dann übernimmt es Pandeker.«

Ich griff nach Strohhalmen. »Aber als Scanlen Vati exkommunizierte, hat sich niemand darum gekümmert.«

»Pa hält ein UN-Patent. Selbst die Kirche kann es nicht widerrufen. Obwohl es dieser Scheißkerl Scanlen gerade versucht hat. Aus dem Amt entfernen … pah!« Mik kräuselte die Lippen.

»Aber wenn Vati nach Hause kommt?«

Mik spitzte die Lippen. »Ich sagte dir ja, dass ein Verfahren zu erwarten ist.«

»Kann er Corrine beschützen? Sich weigern, sie auszuliefern?«

»Ich wüsste nicht wie.« Er zupfte an meinem Ärmel. »Gehen wir weiter; das Abendessen beginnt gleich.«

Ich hatte keinen Hunger, duldete aber, dass er mich zum Speisesaal führte. Wir hatten kaum die Stühle herangezogen, als Reverend Pandeker aufstand, um das traditionelle Schiffsgebet zu sprechen.

»Allmächtiger Gott, heute ist der 7. März 2247 Schiffszeit an Bord der *UNS Olympia*. Wir bitten um Deinen Segen für uns und unsere Reise und um die Gesundheit und das Wohlergehen aller an Bord.«

Pandeker traf Anstalten, sich zu setzen, zögerte, blieb stehen. »Wir bitten weiter um den Segen des Herrgotts, auf dass der Kapitän der *Olympia* wieder gesund werde, damit wir unsere Reise fortsetzen können. Auf dass die Schuldigen bestraft und Fälle von Verrat und Ketzerei gesühnt werden.«

»Mik!« Ich packte ihn am Handgelenk.

»Still!« Er befreite sich. Dann setzte er leise hinzu: »Wir werden sehen, was Mr. Tolliver tut.«

»Er sitzt da und schlürft Suppe.« Ich deutete auf einen Tisch in der Nähe, wo sich die Leute wie an unserem jetzt ihren Speisen widmeten.

»Nicht jetzt, du Tölpel. Später.« Er schenkte seiner Nachbarin ein Lächeln. »Wie bitte, Ma'am? Ja, ich finde auch. Sehr wohlschmeckend.« Mik nahm einen weiteren, dampfenden Löffel voll Pilzsuppe. »Sehr.« Aber sein Blick war wachsam.

Es war empörend: Tolliver unternahm gar nichts! Ich trieb mich nahe der Brücke herum, um zu sehen, ob er Pandeker herbeizitieren oder selbst zu ihm gehen würde. Mikhael entdeckte mich und verlangte, dass ich meine Kabine aufsuchte, ehe Leutnant Frand mich erwischte. Ich zuckte die Achseln. Ich tat nichts Illegales. Ich hatte dienstfrei und wohnte auf Deck 1. Und Tolliver hatte mir gesagt, dass es mir freistand, ihn zu besuchen.

Nach einer Weile jedoch wurde mir auf dem grauen, stillen Korridor langweilig, und ich trottete in unsere Kabine zurück. Griesgrämig machte ich mich fürs Bett fertig.

Dieser Arsch Pandeker hatte Dad auf dessen eigenem Schiff bloßgestellt. Auch Corrine Sloan, und niemand hatte sich aufgerufen gefühlt, sie zu verteidigen. Ich hätte aufspringen und dem Reverend sagen sollen, wer er war.

Ich ging auf und ab, aber leise, um Vati nicht zu wecken. Ich schnaubte über die eigene übertriebene Vorsicht. Nicht mal das Plärren der Alarmsirenen würde ihn aus dem Tiefschlaf reißen.

Also. Morgen wieder ein trüber Tag mit Harry.

Nein. Die Operation, um mir das Interface für die Prothese einzusetzen. Ich verzog das Gesicht.

Ich zögerte.

Zur Hölle damit! Ich ging hinüber zu Vatis Kommode und grub den Scotch hervor. Falls Vati damit nicht einverstanden war, sollte er doch aufwachen und mir die elterliche Beachtung schenken, wie er es hätte tun sollen. Ich zog den Korken, nahm einen Schluck. Es schien mir nicht genug. Ich nahm einen tieferen Schluck.

Eine halbe Stunde später entschied ich, den Stier bei den Hörnern zu packen. Zeit, den alten Tolliver zu besuchen und herauszufinden, was er im Hinblick auf Pandeker zu unternehmen gedachte. Widerstrebend steckte ich die entleerte Flasche in Vatis Kommode zurück, blickte in den Spiegel und fuhr ein paarmal mit der Bürste durchs Haar. Tolliver war jemand von der Art, der gar nicht darauf eingehen würde, was ich sagte, nur weil das Hemd oder eine Haarlocke schlecht aussah.

Unsicheren Schrittes näherte ich mich der Brücke. Diese verdammte niedrige Schwerkraft, die Vati brauchte ... Es war schwer, sich daran zu gewöhnen.

Anselm hatte die Wache. Ich würde Tolliver in seiner Kabine finden, und ob ich nicht wüsste, dass ein

Matrose die Brücke nur in Begleitung eines Offiziers betreten durfte? Und warum wurde ich laut? Wollte ich vielleicht gemeldet werden?

Knurrend ging ich zu Tollivers Kabine. Es war nicht weit. Meistens waren alle Offiziere auf Deck 1 untergebracht. Möglichst dicht an der Brücke, vermutete ich. Sogar die Fähnrichskabine lag …

Hitzige Stimmen drangen mir aus der nächsten Sektion entgegen.

»Ein Gehorsamseid kann nicht außer Kraft gesetzt werden!« Das war Tolliver.

»Nicht von der Person, die ihn geleistet hat, einverstanden. Aber in …« Wer war das? Sie klang nach …

»Damit ist die Sache geklärt.«

»Aber in diesem Fall verlangt derjenige, dem der Eid geleistet wurde, ihn zu brechen.« Ah ja. Die liebe alte Frand.

»Sie haben dem Flottendienst Gehorsam geschworen.« Tolliver klang rau. »Bis die Admiralität Sie davon entbindet …«

Ich wurde langsamer, und das erwies sich als gut so. Meine Schritte waren nicht mehr so zuverlässig, wie sie hätten sein sollen, und der Korridor zeigte eine alarmierende Tendenz, vor meinen Augen zu verschwimmen.

»Ich habe der Flotte Gehorsam geschworen, aber das habe ich im Namen des allmächtigen Gottes getan. Und es ist Sein Vertreter, der …«

»Reine Sophisterei, Sarah!«

»Eine Gewissensfrage. Kann ich – diesen Befehlen Folge leisten, ohne das Risiko der ewigen …«

Ich lehnte mich ans Korridorschott und lauschte

angestrengt, wobei ich versuchte, selbst keinen Mucks zu machen. Es war wie damals, als …

Ich spürte, wie ich tiefrot wurde. Ich hatte es versprochen! Ich hatte es geschworen! *Ich würde mich nicht mehr herumdrücken und vor Luken lauschen.* Widerstrebend zwang ich meine Beine, den Weg fortzusetzen.

Ich spazierte um die Biegung. Mr. Tollivers Luke stand offen. Leutnant Frand lehnte am Lukenrahmen. Sie blickte in die Kabine. Tollivers Stimme kam aus dem Inneren. Beide sahen mich nicht.

Direkt vor der Luke lehnte ich mich ans Wandschott gegenüber. Ich war deutlich zu sehen; niemand konnte mir vorwerfen, ich würde herumschleichen. Missmutig starrte ich auf den Rücken von Frands gestärkter Uniformjacke.

»Man hat Seafort schon vor Wochen exkommuniziert.« Das war Tolliver. »Woher jetzt Ihre plötzlichen Gewissensbisse?«

Mrs. Frand verschränkte die Arme. Das glückliche olle Tantchen! Na ja, nachdem sie mir die Prothese angesetzt hatten, konnte auch ich in gewisser Weise wieder die Arme verschränken …

»Bis jetzt«, erklärte sie Tolliver, »konnte ich einwenden, dass die Admiralität den Käpten nicht seines Kommandos enthoben hatte. Aber seit Scanlen, der amtierende Bischof, jeden Offizier seines Postens enthoben hat, der …«

»Er ist nicht *unser* amtierender Bischof! Er kümmert sich um Hope …«

»Er steht meiner Kirche vor und spricht für Gott!« Mrs. Frand klang gequält. »Und auch Ihrer Kirche, nicht wahr? Und es steht außer Frage, dass Kapitän Seafort dieser Sloan Unterschlupf gewährt.«

»Sarah, Sie haben doch dieses fürchterliche Holo gesehen, das vom Diakon aufgenommen wurde. Wäre es Ihnen lieber gewesen, man hätte den Käpten auf dem Raumhafen niedergebrannt? Wäre das eher dem Gesetz gemäß gewesen? Hätten Sie gejubelt?«

»Edgar!« Frand ballte die Fäuste. »Ich war mit Ihnen auf der Brücke! Habe ich vielleicht gejubelt?«

»Nein, Sie haben einen fortlaufenden Strom von Flüchen ausgestoßen, bei denen sich den Fähnrichen die Haare kräuselten. Darum verstehe ich ja nicht ...«

»Ich bin verwirrt und wende mich deshalb an Sie: Worin besteht unsere Pflicht?«

»Na ja, erwarten Sie von mir nicht, Nick abzulösen.« Tollivers Ton drückte Endgültigkeit aus. »Diese Drohung stoße ich nie mehr aus. Er ist ein Irrer, aber er ist *mein* Irrer. Ich werde mit ihm unter ...« Ein leises Summen ertönte. »Nur einen Moment.« Er trat in mein Blickfeld und nahm den Rufer zur Hand. »Hier Tolliver. Was, Tad? Oh, gütiger Jesus! Wann? Wer ist dort?«

Mrs. Frand wollte wissen: »Was ist los, Edgar?«

Tolliver deckte das Mundstück ab. »Dieser verdammte Satellit! Er ist erregt und huscht hin und her. Janks sagt, er hätte sich in die Luftschleuse gewälzt. Sieht so aus, als verließe er uns.«

»Es war verrückt, die Luke offen stehen zu lassen.«

»Wie sonst sollte er uns deutlich machen, dass er hinausmöchte?« In den Rufer: »Rufen Sie alle Mann auf ihre Posten! Behalten Sie den Fisch querab vom Bug im Auge. Schalten Sie die Lasersicherung ab und halten Sie sich bereit, auf meinen Befehl zu feuern. Informieren Sie die Station. Romez soll Nick wecken –

ich meine, den Käpten. Ich möchte, dass er in dieser Situation bei Bewusstsein ist. Halten Sie die Brückenluke geöffnet; ich bin unterwegs!« Er schnappte sich die Jacke und schob sich an Frand vorbei. Als er mich sah, erschrak er. »Was zum Teufel führst *du* denn im Schilde? Geh in deine …«

Aber ich war schon losgerannt, wie aus der Kanone geschossen; ich lief, so schnell ich in der geringen Schwerkraft konnte, und prallte dabei von einem Schott ans andere ab. HARRY DURFTE NICHT FORTGEHEN!

Alarmsirenen heulten. *»Alle Mann auf ihre Posten! Die Korridorluken schließen in einer Minute!«* Anselm klang angespannt.

Ich stürmte am Treppengeländer vorbei und die Stufen hinunter.

Das war ein Fehler.

Das Buggravitron war niedrig eingestellt. Auf Deck 1 herrschte Mondschwerkraft, ein Sechstel der Erdschwerkraft. Einen Augenblick lang schwebte ich praktisch die Leiter hinunter.

Deck 2 lag im Einflußbereich des Mittschiffsgravitrons, das auf Standardwert eingestellt war. Ich beschleunigte im Sturz und krachte auf den Boden von Deck 2. Einen Augenblick lang lag ich benommen da. Gott sei Dank war ich auf die gesunde Schulter gestürzt. Wäre es die Verletzung gewesen, hätte ich das Bewusstsein verloren.

»Dreißig Sekunden bis Schließung der Korridorluken!«

»Oh Scheiße!« Ich erhob mich schwankend und rannte den Flur hinunter. Ich schlitterte an einer Gestalt im Raumanzug vorbei. Einer weiteren. Eine Luftschleusenabteilung, unterwegs zu ihrem Posten.

»Heh, was zum …«

»Aus dem Weg!« Keuchend stürmte ich durch Sektion sieben. Sektion sechs. Endlich kam Fünf hinter der Biegung ins Blickfeld. Mr. Janks und ein Maat hielten dort Wache, direkt auf unserer Seite der Luke und der Transplex-Barriere.

»Alle Luken schließen jetzt!«

»Randy, halt …«

Die Korridorluke glitt aus ihrer Wandfassung hervor. Während die Öffnung schon schmaler wurde, sprang ich noch hindurch. Ein Gummisiegel scharrte an meiner Ferse. Die Luke knallte zu. Hinter mir wurden Flüche gebrummt, und jemand hämmerte an die Türplatte. Das konnte Janks allerdings nichts nützen, denn auf der Brücke hatte Anselm bestimmt schon die Übergehung der Lukensteuerungen eingeschaltet.

»Harry!« Ich hämmerte an die Transplex-Wand, die mir den Weg versperrte. Der Satellit war nirgendwo zu sehen. »Heh, Junge!«

Tollivers Stimme knisterte in den Lautsprechern. *»Mr. Janks, der Schleusenzyklus auf Deck 2 läuft. Halten Sie sich für den Fall bereit, dass …«* Eine Pause. »Er hat WAS?« Seine Entrüstung fand ihren Weg durch die Lautsprecher und packte mich regelrecht am Schlafittchen.

»Hier, Fischie!« Ich bemühte mich um einen lockenden Tonfall. Aus irgendeinem abwegigen Grund kicherte ich. Nein, das ist nicht komisch, du Schlai! Harry haut ab und nimmt Vatis Hoffnungen mit. Ich hämmerte mit meiner einen und einzigen Faust an die Transplex-Platte.

Aber Harry hörte mich natürlich in der fernen Schleuse nicht.

»Randy Carr! Verschwinde augenblicklich von dort, du verrückter kleiner…« Ein tiefer Atemzug. *»Harry möchte hinaus. Wir wissen nicht, warum. Also lass ihn gehen, damit du nicht noch einen Krieg anzettelst!«*

Ich kletterte auf den Tisch und bemühte mich, an die obersten Befestigungen zu langen, die das Transplex am Schott festhielten. Sie gaben nicht nach. Mit nur einer Hand konnte ich keine ausreichende Kraft entfalten. *Wie lange brauchte eine beschissene Luftschleuse für den Druckausgleich?* Ich musste die Befestigung verdammt noch mal sofort lösen! Hau drauf, Junge! Benutze irgendwas, was auf dem Tisch liegt. Ich bückte mich, stürzte beinahe kopfüber aufs Deck und führte einen wilden Tanz auf, um das Gleichgewicht zu behalten.

»Mr. Janks, ich öffne die Luke nach Vier! Überwältigen Sie den verdammten Kindskopf! Benutzen Sie den Stunner!«

Ich riss mich zusammen, packte Vatis antike Uhr und packte sie fest. Auf Zehenspitzen holte ich weit aus und knallte sie an die Befestigung am Ostschott. Erneut. Die Klammer löste sich. Jetzt die im Westen.

»Käpten, hier Janks in Begleitung von Matrose Hostler. Wo steckt er?« Ich hörte die Stimme des Schiffsprofos nicht über Lautsprecher; er stand nur einen Meter hinter mir auf der anderen Seite der geschlossenen Luke.

»Auf dem Tisch, wo er die Trennwand einschlägt! Ich habe ihn auf der Holokam. FASS DAS NICHT AN, DU SCHWACHKOPF!«

Ich führte einen nutzlosen Schlag nach der Kamera aus, erreichte sie jedoch nicht. Ich wandte mich von neuem der widerspenstigen Befestigung zu. Das Metallgehäuse der Uhr wies bereits eine hässliche Delle auf. Ich schlug auf die Klammer ein und erwischte die eigenen Knöchel. Ich quiekte und saugte an den Fingern. *Keine Zeit, du Idiot!*

»Sir ...« Janks klang vorsichtig. »Falls er die Trennwand beseitigt ... Wir tragen keine Raumanzüge. Die Luftschleuse, und dieses Ungeheuer und seine Viren ...«

Tolliver stieß einen Strom unflätiger Ausdrücke hervor. Plötzlich fiel der Lautsprecher aus. Einen Augenblick später meldete Tolliver sich zurück und klang jetzt beherrschter. *»Dann steigen Sie in Raumanzüge, aber schnell, um Gottes willen!«*

»Zwei Minuten, Sir, nicht mehr.«

Die zweite Klammer zersplitterte. Stücke prasselten ans Schott gegenüber. Jetzt musste ich unter den beschissenen Tisch kriechen, um die Bodenbefestigungen zu erreichen.

Ach zum Teufel!

Ich legte mich auf den Tisch, sodass mein Kopf über die Kante baumelte, und stemmte die Stiefel gegen die Trennwand.

Eine schlechte Idee! Wirklich ganz schlecht. Eine Woge der Übelkeit überschwemmte mich. Die Decke drehte sich langsam.

Ich schluckte, schmeckte Galle. Ich schloss die Augen und verbannte mit Willenskraft das langsame Kreisen des Korridors. Mit aller Kraft knallte ich die Fersen an die Trennwand, was meine Wirbelsäule bis hinauf in den Hals erschütterte. Das Transplex zitterte, hielt aber.

Noch einmal.

Die Transplex-Platte bog sich oben ein wenig durch.

Immer wieder trat ich dagegen. Die Füße taten mir weh. Die Platte beugte sich Zentimeter weit, dann stärker.

»Sir, wir tragen jetzt Raumanzüge.«

Ich trat wieder zu. Die Trennwand krachte zu Boden. Ich kam schwankend auf die Beine.

»Sehr gut, ich öffne die Luke nach Sektion vier.«

Als die Luke aufging, kippte ich den Tisch und beförderte ihn mit einem heftigen Tritt auf die Luke zu. Janks sprang erschrocken zurück. Mit aller Kraft rammte ich ein Tischbein in die Lukenabdichtung am Schott und drehte es. Ein Abschnitt der Versiegelung riss ab und hing baumelnd am Schott.

»Was soll das, du...« Janks versuchte, mich am Arm zu packen, bewegte sich in dem Druckanzug aber unbeholfen.

Alarm heulte. »INTEGRITÄT DER KORRIDORLUKE BEEINTRÄCHTIGT. SEKTION FÜNF VERLIERT DEN LUFTDRUCK, FALLS...«

Ich wich Janks aus und stürmte zur Schleuse. Hinter mir zog der Schiffsprofos einen Stunner.

Mikhael hatte mir gezeigt, wie man die Steuerung einer Luftschleuse bediente, damals vor so vielen Zeitaltern, als er, ich und Yost dort Dienst getan hatten.

In der Innenkammer bestand fast schon Vakuum. Ich blickte durch die Sichtluke; Harry stand reglos da. Ich knallte auf den Übergehungsschalter und verhinderte damit, dass sich die Außenluke öffnete. Dann drückte ich die Notfall-Luftzufuhr und hoffte, dass Tolliver nicht auf die Idee kam, seine Übergehungsschalter auf der Brücke zu betätigen.

Harry bibberte.

»Mach *schnell!*« Ich tanzte von einem Fuß auf den anderen wie ein kleiner Junge, der auf die Toilette musste. Hinter mir tapsten zwei Gestalten in Raumanzügen durch den Korridor.

»Randy, was immer du da tust, hör auf!« Das war Tolliver.

»KOMM schon!«

Als er meine Hand an der Steuerung sah, lief Janks mit überraschender Geschwindigkeit auf mich zu.

Die Anzeige sprang auf Grün. Ich schlug auf die Öffnungstaste der Innenluke.

Sie glitt zur Seite.

Janks ging mit dem Stunner auf mich los. Ich sprang in die Schleuse. Janks betrachtete mich, Harry, die Luftschleuse. Er zögerte. Kühl schloss ich die Luke.

Harry bibberte.

Mein Blick zuckte zur Außenluke, die alles war, was zwischen mir und – dem kalten, erbarmungslosen Vakuum draußen stand, das Dad umgebracht hatte. Ich bemühte mich, nicht zu kotzen, und schaffte es nur mit knapper Not. Ich stampfte mit dem Fuß vor Harry auf. »Du gottverdammter BASTARD!« Ich klang schrill. »Vati hat alles für dich geopfert!« Ich fuchtelte mit der Hand, um meine Worte zu unterstreichen, und bemerkte, dass ich nach wie vor die Uhr schwang. »Zeit! Wir haben doch nur versucht, dir zu sagen, was Zeit ist!«

»Mr. Tolliver?« Das war Janks vor der Luke. Die durch Luke und Raumanzug gedämpfte Stimme war kaum zu verstehen. Er blickte finster durch das Transplex-Bullauge.

»Können Sie den Jungen herausholen?«

»Falls ich schieße, Sir. Das – Ding erschieße.«

»Nur, falls es ihm etwas tut.« Eine Pause. *»Es möchte hinaus. Wir können nicht zulassen, dass es sich durch die Außenluke brennt. Randy, komm da raus!«*

»Ficken Sie sich!«

Jemand schnappte nach Luft – vielleicht Tolliver, vielleicht ein Fähnrich auf der Brücke.

Ich äffte den keuchenden Laut nach, um das Ausmaß meiner Verachtung zu demonstrieren. Offiziere hielten sich für so verdammt groß und mächtig!

In unserer winzigen Kammer huschte Harry von einem Schott ans andere. Ich betete darum, dass er nicht versuchen würde, über mich hinwegzuwalzen.

»Jüngelchen, falls er sich durch die Luke frisst, stirbst du an der Dekompression!« Tolliver klang grimmig.

»Besser als Verbrennen.« Ich wusste nicht recht, warum ich das sagte. Vati und Corrine, nicht ich, waren mit der Drohung ...

»Was?«

»Schicken Sie Janks weg; dann komme ich heraus.«

»Das kann ich nicht.«

Ich fragte: »Warum nicht? Sie haben Harry auch früher in die Schleuse gelassen, und Janks war nicht in der Nähe.«

»Aber du auch nicht.«

»Machen Sie sich keine Sorgen um mich.«

»Das tue ich nicht.« Sein Ton war ernst. Ich verstand ihn. Seine ganze Sorge galt dem Schiff.

Obwohl es dafür ein bisschen spät war, bemühte ich mich um einen vernünftigen Ton. »Sir, weisen Sie Janks an, alle, die sich in Sektion fünf aufhalten, durch die Korridorluke nach Sechs zu führen. Auf diese

Weise kommt niemand um, falls wir hier den Druck verlieren.«

»Außer dir.«

»Außer mir.« Vielleicht machte ich mir etwas daraus. Darüber musste ich nachdenken.

»Warum hast du die Sektion-vier-Luke sabotiert?«

»Um Zeit zu schinden. Um Janks und Hostler zu beschäftigen, während ich ...« Mit dem Satelliten redete. Das ergab keinen Sinn, und ich sagte es nicht laut.

Harrys Bewegung durch die Luftschleuse wurde hektischer. Ich bemühte mich, nicht zusammenzuzucken.

Tolliver zögerte. *»Randy, falls ich Janks abziehe, wirst du dann die Sektion dekomprimieren?«*

»Nicht, wenn ich es vermeiden kann.« Aber wie konnte ich? Ich hatte keine Waffe. Und ich konnte auch nur schlecht Harry um Hilfe bitten. Das war ja unser Problem.

Eine lange Pause. *»Sehr gut. Mr. Janks?«*

»Sir, ich kann ihn vielleicht betäuben, ohne dem Ungeheuer zu nahe zu kommen. Und Hostler und ich tragen Laser, falls er sich zu gereizt fühlt.« Einen Augenblick lang dachte ich, er meinte mich.

»Nein, schicken Sie Hostler los, damit er Fünf evakuiert. Dank diesem jungen Irren sind Luftdichtungen zerstört worden; ich werde Sektion sechs als Dekontaminierungszone benutzen. Halten Sie Wache in Fünf, direkt außerhalb der beschädigten Korridorluke. Schießen Sie, falls der Außerirdische an Ihnen vorbeizukommen versucht. Ansonsten lassen Sie ihn in Ruhe.«

»Um Gottes willen, Sir, warum?«

Tolliver klang trostlos. *»Randy hat sich selbst in Ge-*

fahr begeben. Ich vermute, dass die Säure oder ein Virus ihn erwischt. Aber der Fisch draußen verhält sich ruhig. Ich bin bestrebt, den Satelliten ohne weitere Verluste von der Olympia *zu bekommen. Ich habe hier auf der Brücke Übergehungsschalter für die Schleusenluken; ich könnte Harry sofort den Weg in den Weltraum öffnen, aber ich werde den Jungen nicht umbringen, solange der Satellit zusieht.*« Sein Ton deutete an, dass er später sehr wohl dazu fähig sein könnte. »*Soll Randy seinen großen Augenblick haben. Aber falls Harry in die Schleuse zurückgeht, leite ich den Druckausgleich ein und schicke ihn hinaus. Randy, solltest du dich an diesem Punkt noch einmischen, weise ich Janks an, dich niederzuschießen!*«

»Verstanden, Sir.« Ich leckte mir die Lippen. »Ich bin einverstanden.«

»*Ich werde dich nicht um dein Wort bitten; es ist wertlos. Janks, ziehen Sie sich zurück.*«

»Aye aye, Sir.« Ich hörte stampfende Schritte.

»*Und Randy?*«

»Ja, Sir?«

»*Du musst allein klarkommen. Falls es schief geht, unternehme ich keinen Versuch, dich zu retten.*«

»Danke, Sir.« Zumindest hatte ich meinen Stolz.

Ich schlang die Finger um die Freigabe der Innenluke und spähte durch die Sichtluke auf den Korridor hinaus. Ich sah Janks nicht, aber er konnte trotzdem auf der Lauer liegen. Durfte ich es riskieren?

Ich musste. Noch einen Augenblick länger in der Luftschleuse, in Gesellschaft eines erregten Satelliten, nur Zentimeter vom tödlichen Vakuum entfernt, und ich verlor auch das, was von meinem Verstand noch übrig war.

Ich drückte die Freigabe.

Nichts.

In Panik drückte ich erneut zu, aber die Luke zum Korridor rührte sich nicht. Ich stöhnte.

Du Idiot! »Mr. Tolliver? Öffnen Sie bitte!« Ich hatte seine Übergehungsschalter vergessen.

Er ließ sich nicht zu einer Antwort herab, aber die Innenluke glitt auf. Ich trat einen Schritt zurück, in Richtung auf die Sicherheit, die mir der Korridor bot. *Warte!* Ich knirschte mit den Zähnen, steckte mir die Uhr unter den Arm, huschte an Harry vorbei, zog den Hebel zur manuellen Öffnung der Außenluke aus seinem Fach, wich zur Innenluke zurück, bückte mich. Sorgfältig verkeilte ich den Hebel an den Dichtungen und verhinderte damit eine Schließung der Luke. Tolliver hatte keinen Grund, mir zu trauen. Ich wusste meinerseits nicht recht, ob ich ihm trauen konnte. Vielleicht wollte er mir ja ermöglichen, die Schleuse zu verlassen, und sie dann hinter mir zuknallen, während Harry noch darin war. Jetzt konnte er das nicht mehr.

Janks war nirgendwo zu sehen.

Schwitzend und schwindelig lehnte ich mich ans Schott. Reiß dich zusammen, Junge! Jetzt hast du deine Chance. Du bist mit Harry allein; du hast ihn daran gehindert zu gehen.

Und was willst du jetzt machen?

Vati retten. Mit diesem bibbernden Säureklumpen ins Gespräch kommen. Das tun, was Anselm, Vati, Mikhael und Frand nicht zuwege gebracht haben.

Die Korridor-Holokam schwenkte, richtete sich auf mich. Tolliver behielt mich sicher im Auge und schritt derweil in wachsendem Zorn auf der Brücke hin und her.

In meinem Kopf herrschte nur Leere. Rückblickend kam es mir gar nicht mehr als so gute Idee vor, meine Sorgen in Vatis Flasche zu ertränken. »Komm schon, Harry, raus da.«

Er bibberte, floss zwischen den Schotten hin und her, verließ die Luftschleuse aber nicht.

Ich winkte mit der Uhr, hoffte, damit eine Reaktion zu erzielen oder zumindest seine Aufmerksamkeit zu erlangen. »Hier, Fischie, Fischie, Fischie!«

Nichts. Ich stampfte auf. »Komm schon, du beschissener ...« Ich hatte mein Leben für nichts zerstört. Ich wagte mir gar nicht auszumalen, was Tolliver mit mir anstellen würde. Das Schiffsgefängnis. Anklagen, die selbst Vati nicht verwerfen würde, um keine unerhörte Günstlingswirtschaft zu betreiben. Vati würde mich verleugnen, und ich hatte es verdient.

Ohne Vorwarnung schoss der Satellit auf den Korridor heraus und prallte vom Schott gegenüber ab. Er raste auf Sektion fünf zu, zu der umgestürzten Transplex-Barriere und Jess' lautlosen Roboterarmen. Im letzten möglichen Augenblick schwenkte er seitlich ab. Mit offenem Mund stand ich wie angewurzelt mitten auf dem Korridor, direkt vor der Luftschleuse.

Harry flog von einem Schott ans nächste und sauste in Schräglage plötzlich wieder auf mich zu. Gerade noch rechtzeitig sprang ich in die Luftschleuse. Während mir das Herz noch gegen die Rippen klopfte, blickte ich forschend hinaus.

Harry war vielleicht zwei Meter von der Luke entfernt.

Und bibberte.

Es war zu viel.

Ich stürmte aus der Luke heraus. »Hör mit diesem gottverdammten Bibbern auf!«

Er kümmerte sich nicht darum.

»Was bist du eigentlich? Warum hasst du uns? Warum hast du Kevin umgebracht?« Ich wischte mir die Augen ab. »WARUM HÖRST DU EINFACH NICHT ZU?« Mit aller Kraft schleuderte ich die Uhr nach ihm.

Er huschte zur Seite und bibberte dort weiter.

»SCHLUSS DAMIT!« Ich schrie es so laut, dass ich heiser wurde, erzielte aber trotzdem keine Wirkung auf den Satelliten. »Fein, möchtest du auch mal jemanden zittern sehen?« Ich zwang mich zu zittern und rückte dabei so nahe an Harry heran, wie ich mich nur überwinden konnte. »Wie du, du beschissener Tropfen?«

Falls überhaupt etwas, verdoppelte sich die Frequenz, mit der er zitterte. Bei mir trat das Gleiche ein.

Plötzlich schwenkte Harry zum Schott ab, sauste den Korridor hinunter und wurde vom eigenen Schwung noch einen Meter an der Wand hochgetragen.

»Oh, so geht das, ja?« Ich rannte den Korridor entlang, versuchte die Wand hochzustürmen, prallte ab, konnte gerade noch einen Sturz vermeiden. »Hier, probieren wir es noch mal!« Ich lief zur Schleuse zurück, rannte gegen das Schott, war aber zu erschöpft, um hoch über das Deck zu gelangen.

»RANDY, UM GOTTES WILLEN!«

»ES GIBT KEINEN GOTT!« Ich begann wieder zu zittern. Schweiß lief mir übers Gesicht. »Vati irrt sich! Sie alle irren sich!« Ich ließ zu, dass ich noch heftiger zitterte. Noch einen Augenblick, dann flog ich auseinander, und es war vorbei.

Harry wälzte sich heran.

»Zu – frie – den?« Mein Atem ging in mühsamen Zügen. »Ich k'nn – das – auch!« Endlich konnte ich die Raserei nicht mehr aufrechterhalten. Ich taumelte zur Schleuse und trat den Hebel weg, mit dem ich die Luke aufgestemmt gehalten hatte. »Verschwinde, du außerirdisches Mistvieh!«

Harry bewegte sich nicht vom Fleck.

»Rein mit dir! Du bist in einer Minute zu Hause!«

Seine Farben pulsierten.

Ich hob die Uhr auf. »Eine Minute!« Durch die Scherben der Glasabdeckung deutete ich auf den Sekundenzeiger. »Siehst du? Das ist alles, was wir dir zu sagen versucht haben!«

Harry bibberte.

Hätte ich zwei Fäuste gehabt, dann hätte ich ihn zu Tode geprügelt, und zur Hölle mit seiner Säure. »Koste es!« Ich warf die zertrümmerte Uhr aufs Deck. Er unternahm nichts. Ich hockte mich vor die Uhr, bis meine Schenkel sie berührten. »Koste das verdammte Ding!« Ich zog mich zurück.

»Randy, es hat keinen Sinn.« Tolliver klang fast mitfühlend. Die Holokam sah mit ungerührtem Blick zu.

Mit erschreckender Geschwindigkeit floss Harry über die Uhr.

Es zischte.

Einen Augenblick später wälzte er sich herunter. Etwas in der Uhr qualmte.

»Eine Minute!« Ich scharrte ein kleines »m« aufs Deck. Vorsichtig hob ich die zerstörte Uhr auf. »Der

Zeiger hat sich so bewegt.« Ich griff durch die Glasscherben und zog an dem verbogenen roten Zeiger, riss die Hand wieder zurück und lutschte Blut von den Fingern. Verdammtes Glas! Ich suchte nach einer Stelle, wo ich das zerstörte Instrument abstellen konnte.

Die Bibel, eine alte Teekanne und die Uhr, die ich zerschmettert hatte, waren alle Erinnerungsstücke, die Vati von seinem eigenen Vater hatte. Umso mehr Grund für ihn, mich zu hassen. »Zur Hölle mit ...«

Ich verstummte.

Harry näherte sich mir. Seine Farben flossen. Aus der Masse, die sein Rumpf gewesen wäre, falls er einen gehabt hätte, tauchte ein Tentakel auf.

Ich blickte den Korridor hinunter. Ein Sprint in die Sicherheit, nach ... Wohin? Der Satellit war zehnmal schneller als ich.

Ich kniff die Augen zu. *Dad, bete für mich! Ich kann es nicht tun; ich glaube nicht an ...*

Ich öffnete ein Auge einen winzigen Spalt weit. Harry hatte sich aufgerichtet, mit meiner Körpergröße gleichgezogen oder überragte mich sogar. Der Auswuchs hing nur Zentimeter vor meinem Gesicht. Ich wandte den Kopf ab, drückte die Wange ans Schott, die einzige Hand an die Seite. Falls ich Harry berührte, starb ich umso schneller. »Mr. Tolliver, Sie hatten Recht.« Meine Stimme war unsicher. »Ich war dumm. Es tut mir Leid! Leben Sie wohl ...«

Der Auswuchs berührte mich an der Schläfe. Die Haare zischten. Weißes Feuer leckte nach meiner Kopfhaut. Ich kreischte. Der Bauch verspannte sich. Ich wartete auf die abschließende Umarmung der Agonie.

Langsam zog sich der Tentakel zurück.

Ich bibberte unwillkürlich, als wäre ich selbst ein Satellit, drückte mich fest ans Schott und bemühte mich, nicht zu atmen. Der pochende Schmerz war unglaublich.

Ich hätte nicht gedacht, dass mir Harry noch näher kommen könnte, aber er tat es. Ich muckste mich nicht, denn ich hätte es gar nicht tun können. Die kleinste Bewegung, sei es auch nur ein tiefer Atemzug, und ich hätte ihn berührt.

Zu meinem Entsetzen bildet sich ein weiterer Auswuchs. Wie der andere wuchs er aus Harrys Zentrum hervor. Mit tränenden Augen und unerträglich pochender Schläfe wartete ich auf das Unvermeidliche.

Eine neue Stimme drang aus dem Lautsprecher. Mr. Janks. Vielleicht hatte er in der Aufregung seinen Helmfunk falsch eingestellt. »Sir, sollte ich versuchen...?«

»Nein, Randy hat sich sein Lager selbst bereitet. Sobald er tot ist, lassen wir den Außerirdischen ziehen; der Junge hat ihn eindeutig provoziert. Vielleicht können wir etwas vom Frieden retten.«

Während der Auswuchs länger wurde, verschmälerte sich das Ende auf die Dimension eines Menschenfingers. Einen Augenblick später schien er zu erstarren. Seine Farbe veränderte sich auf eine unterschwellige Art, für die ich kein Wort fand. Die Oberfläche schien zu – was eigentlich? Zu verkrusten. Einen oder zwei Augenblicke später war der Auswuchs von dumpfem Blaugrau. Er verlängerte sich zu meiner Wange hin.

Ich wimmerte. Nur Mut! Gleich ist es vorbei.

Mit einer Entschlossenheit, die ich nicht mehr für möglich gehalten hätte, erwartete ich das Heranrücken des Todes.

Der Auswuchs berührte mich an der Wange.

Ich zuckte zusammen, schnappte nach Luft.

Er fühlte sich rau an, wie unpoliertes Eisen. Er rieb etwa zwei Zentimeter weit über die Wange.

Es brannte nicht.

Harry wälzte sich zurück. Einen Augenblick lang bibberte er.

Vati, Dad, Gott, helft mir! Ich schaffe das nicht allein.

Ganz langsam, jeder Zentimeter ein Kampf, hob ich die Hand, streckte einen Finger aus. Mit der Geschwindigkeit eines Gletschers führte ich ihn immer näher an den Außerirdischen heran. Das Herz versuchte mir aus der Brust zu springen.

Während ich ein leises Stoßgebet sprach, zwang ich den Finger, die Entfernung zwischen Harry und mir zu überbrücken. Endlich berührte ich damit den rauen grauen Auswuchs.

Ich quietschte und riss die Hand zurück, starrte auf die Finger. Die nicht verbrannten Finger. Nach einer Weile streckte ich die Hand aus, berührte ihn erneut, zwang mich, mit dem Zeigefinger an dem Auswuchs entlangzustreichen, etwa so weit, wie der Auswuchs über meine Wange gefahren war.

Ich drückte die Knie durch, überwand mich, nicht mehr zu zittern.

Harry und ich standen nur Zentimeter voneinander entfernt.

Bewegungslos, alle beide.

Und er bibberte nicht.

Es dauerte eine Minute lang, oder vielleicht nur Sekunden. Mein Ton war gedämpft. »Mr. Tolliver?«

»Ich habe es gesehen.«

Harry huschte weg. Mir sackte das Herz in die Hose. Aber er hielt nur wenige Meter entfernt wieder an, über der Uhr. Seine Gestalt löste sich auf, verlor die Hälfte von ihrer Höhe. Der Auswuchs fiel herab, fasste ans Zifferblatt. Er fand den bewegungslosen Sekundenzeiger, stupste ihn ein paar Grade weiter.

Mit grenzenloser Vorsicht hockte ich mich unweit von ihm hin. Vorsichtig, darum bemüht, mich nicht zu schneiden, drehte ich den Sekundenzeiger ganz herum, bis zu seinem Ausgangspunkt. »Eine Minute.« Ich wollte erst etwas aufs Deck scharren, richtete mich dann aber plötzlich auf. »Jess, eine Platte!«

»Die Kommunikation erfordert die Zustimmung eines Offiziers, der über die Verhandlungen ...«

Der Lautsprecher knisterte. *»Gewährt!«*

»Sehr gut.«

»Ein ›m‹, Jess. Schnell!«

Der Radierstift des Roboterarms zeichnete den Buchstaben. Dann beugte sich der Arm und legte die Platte aufs Deck.

Harry floss darüber hinweg. Es zischte.

Als er sich zurückzog, war dort ein weiteres »m« zu sehen. Und ein plumpes Zifferblatt. Jedenfalls ein Kreis mit einem Strich, der den Radius markierte.

»Oh Gott, Jess, schnell! Sechzig solche Kreise und ein kleines ›h‹!« Es schien ewig zu dauern. Endlich waren die Kreise gezeichnet.

»Jetzt vierundzwanzig mal ›h‹ und ein kleines ›d‹. Dann ...«

»Sachte! Er muss es erst mal verdauen.«

»Was, wenn er zur Luftschleuse geht? Schnell, Jess!« Ich lief auf und ab, rieb mir geistesabwesend die Wange, zuckte unter dem Schmerz zusammen. »Dann dreißigmal ›d‹ mit einem kleinen ›m‹. Nein, das sind ja Minuten ... Probieren wir die Großbuchstaben ›MO‹; er sollte sie nicht verwechseln ...«

»Anselm, Tamarow, Frand nach Sektion vier! Sofort!«

Der Satellit hockte sich geschäftig auf eine Platte nach der anderen.

»Die Uhr ist kaputt; wir brauchen einen funktionsfähigen Sekundenzeiger. Kann der Chief eine Uhr herstellen – irgendeine primitive Ausgabe reicht ... Oh bitte, schnell!« Ich lief im Korridor herum und ging von neuem schier die Wandschotten hoch. Mein Arm zitterte.

»Mr. McAndrews, schicken Sie einen Arbeitstrupp, um die Trennwand wiederherzustellen. Anselm, Sie tragen die Verantwortung. Sorgen Sie dafür, dass er weiterredet. Ich meine Harry. Bringen Sie Mr. Carr auf die Brücke.«

Abrupt hörte Harry auf zu lesen. Er streckte den grauen Auswuchs aus und strich mir über den Arm. Zu meiner Verblüffung beruhigte mich das. Der Tremor löste sich auf.

Ich starrte entsetzt auf mein Handgelenk. »Allmächtiger Gott im Himmel!«

»Was ist los?« Tolliver schlug einen scharfen Ton an. *»Randy, antworte!«*

»Jess, ein neues Symbol! Nimm – nimm ein großes ›E‹. Es ist leicht zu zeichnen und ...« Unbesorgt stupste ich den Auswuchs des Außerirdischen an. Ich schüttelte den Arm, die Beine, so viel von meinem Körper, wie nur möglich war. »Sieh mal, Harry!« Ich wirbelte herum, entriss dem Roboterarm das gerade fertig gestellte ›E‹ und warf es vor Harry. »Koste es.« Ich zwang mich, noch heftiger zu zittern.

Schritte trommelten weiter unten durch den Korridor. Tad Anselm, Mik, Leutnant Frand. Sie hatten sich nicht die Mühe mit Raumanzügen gemacht, aber Anselm trug eine Pistole. »Das reicht, Randy. Du wirst auf …«

Harry wälzte sich von der Platte. Anselm kam schlitternd zum Stehen und musterte ihn vorsichtig.

Harry fing an zu bibbern. Ich sah voller Angst und Hoffnung zu.

Er wälzte sich zurück auf eine Platte. Ein »E«.

»Jess, einen toten Menschen. Ein E!«

Anselm packte mich am Arm. »Komm jetzt, Junge!«

»Warten Sie!«

Der Außerirdische kostete die Nachricht. Ich versuchte, mich aus Tads Griff zu befreien, schaffte es aber mit nur einem Arm nicht. Verzweifelt beugte ich mich vor und biss ihn. Er schrie auf und ließ los.

Ich schrie: »Was hat er geschrieben? Sagen Sie mir doch, was er geschrieben hat!«

Mrs. Frand sah hin. »Ein ›E‹. Wir wissen also, dass E Zittern bedeutet. Das ist nicht gerade …«

Harry floss auf die Platte. Wie ein Mann hielten wir inne.

Er wälzte sich herunter.

Ein toter Fisch. Ein toter Satellit. Und ein »E«.

Ich blickte von einem zum anderen. »Erkennen Sie es nicht?« Ich konnte in ihren Gesichtern lesen, dass sie keine Ahnung hatten. »›E‹ bedeutet ›Zittern‹. Er stellt das Bibbern dar, wenn wir ihm Tod zeigen. ›E‹ steht für Emotion! Zittern bedeutet, dass er Angst hat, genau wie bei uns!«

Chief McAndrews platzte herein, eine Uhr in der Hand. Hinter ihm tauchte ein Arbeitstrupp mit einer neuen Scheibe Transplex auf, um sie als Trennwand einzusetzen.

Anselm nickte. Mikhael packte mich am Arm.

Mr. Janks schnappte sich mein Ohr auf der anderen Seite.

Ich sprudelte hervor: »Zeichne einen Fisch und ein Schiff, nebeneinander und unbeschädigt! Und das Negationszeichen zum ›E‹. Erzeuge ein neues Wort für Frieden.« Ich redete immer schneller, bis ich nur noch plapperte. »Schreib das Symbol für Fusionieren hin und integriere es mit Tagen und Monaten. Zeig ihm, wie lange wir brauchen, um nach Hause zu fusionieren; frag ihn nach seinem eigenen Planeten ...«

Gemeinsam zerrten sie mich zur Luke.

Harry verfolgte es und bibberte dabei kaum.

31.
Kapitel

Stunden waren vergangen; die allgemeine Einsatzbereitschaft an Bord der *Olympia* war schon lange aufgehoben.

Fähnrich Sutwin führte mich zur vertrauten Luke.

»Komm rein.«

Ich riss mich zusammen, schlug auf die Öffnungstaste, zwang die Beine, mich in die Kabine zu tragen.

Unrasiert und mit zerzausten Haaren saß Käpten Seafort auf dem Bett, unter dem Holobild des Korridors in Sektion vier, wo Anselm und Mikhael mit Harry Platten austauschten. Der Ton war jedoch herabgedreht, sodass ich nicht feststellen konnte, welche Fortschritte sie erzielten. Wenigstens war Harry noch an Bord.

Vati trug Uniformhose und -hemd, aber keine Jacke. Er hatte Besucher: die Leutnants Frand und Joanne Skor. Mrs. Skor saß auf einem Stuhl dem Bett gegenüber; Frand stand am Schott, die Hände auf dem Rücken verschränkt.

Der Käpten blickte an mir vorbei. »Das war dann alles, Mr. Sutwin.« Der Fähnrich salutierte und ging.

Ich meldete mich in gedämpftem Ton zu Wort. »Schiffsjunge Carr zur Stelle, Sir.« Wir hatten Rituale, die gewahrt werden mussten. Außerdem zweifelte ich daran, dass er in diesem Augenblick auf Vertraulichkeit Wert legte.

Vati musterte mich. »Kommando zurück.«

Ich gab die Gruß- und die Habachtstellung auf.

»Möchtest du dich setzen?« Er deutete auf mein Bett.

»Nein, Sir.«

»Tut es weh?«

Beschämt nickte ich, unfähig, seinen Blick zu erwidern. Meine Hinterbacken brannten und pochten. Kein Wunder, dass Fähnriche alles taten, um dem Rohrstock aus dem Weg zu gehen, aber musste er mir in Gegenwart von Offizieren diese Frage stellen?

Ich holte tief Luft, ein bebender Atemzug, der sich zu einem Schluchzen auszuweiten drohte. Es war eine lange Wartezeit gewesen, voller Angst, ehe Mr.

Tolliver mich empfing. Seine schneidenden Bemerkungen klingelten mir noch in den Ohren. Wie er das Beispiel erwähnt hatte, das Derek Carr und Vati gaben. Seine ätzenden Vergleiche zwischen mir und Philip Tyre Seafort und Mikhael Tamarow, Vatis übrigen Kindern. Ich hatte gezittert und Übelkeit empfunden, als ich mich, nachdem sie mich dekontaminiert und meine Verbrennung behandelt hatten, in der Kabine des ersten Leutnants meldete; der Rückgang des Adrenalins und die Angst erzeugten Sodbrennen. Vielleicht trug auch der illegale Alkohol dazu bei, den ich genossen hatte. Unerwarteterweise rundete ich meine Schande auch noch ab, indem ich Mr. Tolliver vor die Füße kotzte. Sein Ekel war vernichtend.

Schon lange hätte sich gezeigt, dass mir das einmal blühen würde, erklärte er mir eisig. Er hoffte, dass man mich sofort auf den Planeten schicken würde, aber zunächst … Ich krümmte mich beim Gedanken an das, was folgte: die totale Demütigung, über den Tisch gebeugt, um Schläge zu erhalten wie das Kind, das ich war. Ich reagierte auch wie ein kleines Kind, schrie und schluchzte und bettelte um Nachsicht. Es lag nicht nur an den Schmerzen, sondern auch an dem Wissen, dass mich Vatis engster Freund und alle auf der *Olympia* verachteten.

Und am schlimmsten von allem war der Augenblick jetzt: Sie hatten mich zu unserer Kabine geführt, damit ich Vati gegenübertrat.

Mrs. Frand warf mir einen Blick zu. »Vielleicht setzen wir das Gespräch lieber später fort.«

»Wieso? Nein.« Vatis Ton war kühl. »Er sollte es hören.«

»Also gut. Ich glaube, und Joanne und Mr. McAndrews stimmen mir darin zu, dass Ihr Mündel ...«

»Mein Sohn.«

»... Ihr Sohn eine Gefahr für die *Olympia* darstellt. Er ist geisteskrank, instabil und extrem impulsiv, anscheinend ein asozialer Psychopath, ein Trunkener ohne jedes Gefühl für einen geleisteten Eid. Wir legen Ihnen dringend nahe, ihn an Land zu setzen.«

Ich setzte mich auf mein Bett, zuckte zusammen und suchte eine Haltung, die noch den geringsten Druck auf die pochenden Striemen ausübte.

»Nahe legen?« Vati klang mild.

»Bitten. Betteln. Anflehen.« Mrs. Frand setzte hastig hinzu: »Ich erkenne an, dass die Entscheidung bei Ihnen liegt, Sir, aber niemand von uns ist in Sicherheit, solange er sich an Bord aufhält.«

Vati richtete sich in der geringen Schwerkraft mühelos auf. Vorsichtig hob er den Arm und rieb sich den Nacken. »Joanne?«

»Ich bin der gleichen Meinung. Er hat ein Raumfahrzeug entführt und sich im Gerichtssaal eine Schießerei mit Amtsträgern geliefert. Heute hat er uns dem Risiko des Druckverlusts ausgeliefert. Mal ganz zu schweigen von Ihrer ersten Begegnung mit ihm.«

Meine Wangen brannten.

»Und ich gehe noch weiter.« Ihr Blick war ruhig. »Ich habe Tolliver gedrängt, Sie des Kommandos zu entheben und das Problem nach eigenem Gutdünken zu regeln.«

»Und was hat er gesagt? Nein, verzeihen Sie, ich hätte nicht fragen dürfen. Ich bin vollkommen sicher, dass Edgar seinen Standpunkt noch auf die ihm eigene, unnachahmliche Art klarlegen wird. Impulsiv …« Vati ging vorsichtig einige Schritte weit. »Ja, das ist Randy. Aber ich bin in der Lage, ihn zu bändigen.«

»Bislang nicht.« Ihr Ton war schroff.

»Bitte unterbrechen Sie mich nicht, Mrs. Skor; ich bin Kapitän, und dieses Amt hat Höflichkeit verdient.« Er winkte ab, als sie sich leise entschuldigte. »Ja, ich bin verletzt worden, und so ist Randy – ohne zügelnde Hand zurückgeblieben.«

Ich rührte mich, öffnete den Mund, klappte ihn schnell wieder zu. Ich hätte alles nur schlimmer gemacht.

»Sir …« Mrs. Skor sah unbehaglich drein. »Darf ich offen sprechen?«

»Ich dachte, das hätten Sie schon.« Aber er gab ihr mit einem Wink zu verstehen, dass sie fortfahren sollte.

»Ich weiß, dass Sie es gut gemeint haben, als Sie ihn zum Schiffsjungen machten. Sie haben es gut gemeint, als Sie ihn adoptierten. Aber übergeben Sie ihn jetzt lieber der Fürsorge von Verwandten auf dem Planeten. Es ist Brauch, dass ein Kapitän seine Familie an Land zurücklässt, und dieser Fall macht die Gründe deutlich. Wäre er nicht Ihr Sohn, hätte man den Jungen längst in eine Zelle geworfen oder von Bord geschickt. Die Sache wird noch dadurch verschlimmert, dass Offiziere sich fürchten, ihn an die Kandare zu nehmen, um nicht Ihren …«

»Fürchten *Sie* sich davor?«

»Nein.« Sie erwiderte seinen Blick fest. »Ich kenne Sie gut genug, um zu wissen, dass Sie sich nie an

Offizieren rächen würden, die taten, was sie für das Beste hielten. Aber was ist mit Leutnants, die nicht Ihrem inneren Kreis angehören? Oder den Fähnrichen?«

»Ich verstehe, was Sie meinen.« Vati setzte sich vorsichtig in seinen Lieblingssessel, den einzigen, der nicht schon besetzt war. »Soll ich den Befehl ausgeben, dass es Ihnen allen freisteht, Randy zu schlagen?«

»Die Angelegenheit ist zu ernst für Scherze.« Mrs. Skor stand auf. »Tolliver hat ihn verprügelt, aber damit ist kein Problem gelöst. Niemand möchte Ihnen wehtun, indem er eine Anklage vorbringt, aber jeder andere Junge an seiner Stelle stünde längst vor dem Kriegsgericht. Falls Sie objektiv wären, würden Sie ihn selbst anklagen. Schicken Sie ihn an Land.«

»Ich vermute, Jerence könnte für uns einen Unterschlupf finden ...« Vati klang nachdenklich. »Vielleicht in den Venturas ... Aber wie, Joanne? Die Vorschriften sind ganz eindeutig: Sie gestatten einem Kapitän nicht, vom Kommando zurückzutreten.«

»Niemand hat gesagt, Sie sollten ...«

»Sicherlich möchten Sie mir doch nicht vorschlagen, dass ich meinen schwierigen vierzehnjährigen Sohn wegschicke und davonfahre, um mich um die eigenen Belange zu kümmern?«

Ich schluckte.

Vati stand langsam auf, ging vorsichtig ein paar Schritte weit und bückte sich, um mir geistesabwesend die Schulter zu tätscheln.

Mrs. Frand räusperte sich. »Es gibt eine andere Lösung.«

Vati zog eine Braue hoch.

»Sie wissen doch, Sir ... Bischof Scanlen hat – während Sie im Tiefschlaf lagen ...«

Mit einer fließenden Bewegung stand Mrs. Skor auf. »Ich möchte deutlich machen«, sagte sie, »dass Sarah in diesem Punkt nicht für mich spricht. Wir hatten uns darauf geeinigt, dieses Thema nicht ...«

»Wir *müssen* es ansprechen! Wir können nicht einfach so tun ...« Frand machte eine Handbewegung, warf einen finsteren Blick auf ihre Finger und fuhr sich damit geistesabwesend durch die Haare. »Mr. Seafort, sind Sie abgesetzt? Unser Bischof behauptet es. Wäre es nicht die beste Lösung, wenn Sie an Land gingen und sich dem stellten, was ...«

»NEIN!« Ich stand schwankend vom Bett auf. »*Ich* gehe, nicht er!«

Vatis Hand packte mich kraftvoll und riss mich herum. »Du bist hier, um zu sehen, welche Schwierigkeiten du verursachst, nicht, um dich einzumischen. Sei still!« Sein Gesicht war grimmig.

»Ja, Sir!« Oder hätte es heißen müssen, »aye aye, Sir«? War ich im Dienst? Wahrscheinlich, aber ...

»Also, Sarah.« Vati drehte sich langsam um. »Sie haben schließlich eine Lösung für meine Sünden gefunden.«

Mrs. Frand schwieg.

»Und Corrine Sloan? Sollte ich sie zu ihrem Scheiterhaufen führen?«

»Sie ist der Grund ...« Frand biss sich auf die Lippe. »Man hat Sie abgesetzt, weil Sie *ihr* Unterschlupf gewähren. Welche Wahl bleibt uns denn?«

»Ich bin mir im Herzen ganz sicher«, sagte Vati, »dass der Allmächtige kein Verfahren gegen sie fordert.«

»Unsere Kirche verlangt es. Das ist das Gleiche!«

Es blieb so lange still, dass ich schon glaubte, es würde ewig dauern.

»Nein«, sagte Vati, »das ist es nicht.«

Wir saßen allein in unserer Kabine. Vati hatte den Kopf in die Hände gelegt.

Nach einer Weile räusperte ich mich. »Vati?«

Sein Ton war rau. »Schlage die Bibel auf. Präge dir ein Dutzend Verse ein.«

»Aber ...«

»Was sagst du da?«

»Ja, Sir!« Heute wagte ich nicht, ihm auf die Füße zu treten. Schwitzend tappte ich zu seinem Bett, hob die abgegriffene Bibel auf und blätterte darin. Etwas Leichtes.

Wer seine Rute schont, der haßt seinen Sohn; wer ihn aber lieb hat, der züchtigt ihn[1] ... Nein, das nicht! Hastig sah ich andere Verse durch.

Vati brummte etwas.

»Verzeihung, Sir?«

»Es ist das Gleiche.« Sein Blick war trostlos. »Falls nicht, wieso hat Er dann seine Gemeinden zusammengeführt? Kennst du die Geschichte von Babel?«

»Wohlauf, laßt uns eine Stadt und einen Turm bauen, dessen Spitze bis an den Himmel reiche.«[2] Genesis elf irgendwas; Vati hatte mich an einem Abend, an dem ich besondere Verdrossenheit zeigte, angewiesen, diesen Vers zu lernen.

---

1 Sprüche Salomos 13, 24

2 Genesis, 11, 4

»So ist es. *Wohlauf, laßt uns herniederfahren und dort ihre Sprache verwirren, daß keiner des anderen Sprache verstehe! So zerstreute sie der Herr von dort in alle Länder, daß sie aufhören mußten, die Stadt zu bauen.*«[1] Vati stand auf, um in der geringen Schwerkraft mühelos auf und ab zu gehen. »Denke nur an die Reformation.«

Die *was?* Ich verkniff es mir, die Achseln zu zucken.

»Ich habe sie immer für ein Echo, sozusagen eine Parallele zu Babel gehalten. Die Herr spaltete die Christenheit in unzählige unversöhnliche Sekten, auf dass keiner von uns zu sicher wäre, Sein Wort zu verstehen. Aber falls das zutrifft, was für ein Wunder ist dann die Wiedervereinigung?«

Das schien keine Antwort zu erfordern. Ich hielt den Blick auf die Bibel gerichtet, las aber kein einziges Wort.

»Erkennst du es nicht, mein Sohn? Vor fast zweihundert Jahren hat Er nachgegeben. Die katholisch-anglikanische Versöhnung, der Einschluss der Baptisten, das Große Konklave, der endgültige Ausschluss der ketzerischen Pfingstler ...« Er blieb vor meinem Bett stehen. »Mit seinem Segen erbauten wir für uns einen Turm und betrachteten Sein Wort mit dem gleichen Auge. Dieser Turm – Seine Gabe der Letzten Tage – ist die Kirche, in der wir Ihn anbeten. Die Wiedervereinigte Kirche. Dass sie existiert beweist schon Seinen Segen. Wie wäre es möglich, dass sie nicht für Ihn spricht?«

Langsam klappte ich das Buch zu, war mir jedoch darüber im Klaren, dass ich meine Gedanken nicht

---

1 Genesis, 11, 7–8

offen auszusprechen wagte. »Ich bin nur ein verwirrtes Kind«, sagte ich bitter. »Was ich sage, ist nicht von Belang.«

»Außer für mich.«

Ich stand vom Bett auf; mein Hinterteil brannte. »Alles das ist nur ... Wie heißt noch dieses Wort, das du mir beigebracht hast? Sophisterei. Es ist alles Quatsch, Vati. Sie sind böse. Das weißt du!«

Das intensive Licht in seinen Augen musterte mich wie ein Paar riesige Scheinwerfer. Langsam wurden sie matter. »Vielleicht irregeleitet.«

»Der Mord an Anthony. Die Gefängnisfarmen. Corrines Verlobter John. Und jetzt Mr. Branstead.« Mein Ton war erbarmungslos.

»Ein paar Kirchenleute sind auf die schiefe Bahn geraten. Aber die Seele ist die Seele von Chri...«

»Böse!« Ich spie das Wort förmlich aus. »Sie haben meinen Dad zu Tränen getrieben. Derek hat geweint!« Das war eine unverzeihliche Sünde. »Selbst er konnte nicht verzeihen...«

»Vertreter vor Ort, weit entfernt von...«

»Die Patriarchen selbst! Ihre Gier nach Macht, ihre Lust an der Macht hat den Flottenputsch provoziert. Ihnen ist zu verdanken, dass die *Galactic*...« Ich wischte mir die feuchten Augen ab, fuhr mir mit dem Ärmel über die Nase. »Ohne sie wäre deine Arlene noch ... wäre Dad...« Ich konnte nicht fortfahren.

»Du hast mich nie ein Wort gegen...«

»Mikhael hat es mir erzählt.« Verriet ich jetzt sein Vertrauen? Zu spät.

Vati schüttelte den Kopf. »Er dürfte eigentlich nichts davon wissen.«

»Eine Schurkerei zu vertuschen, das macht sie nicht ungeschehen.« Mein Ton wurde schrill. »Wo bleibt der berühmte Seafort-Mut? Wo bleibt das Beispiel, das man von dir erwartet? Woher soll ich die Wahrheit kennen, wenn du sie dir nicht eingestehst?« Ich würde eine weitere Tracht Prügel erhalten. Und hatte sie verdient.

Er flüsterte nur. »Weißt du eigentlich, was du verlangst?«

Jemand klopfte an die Luke. Wir drehten uns beide um. Vati brummte einen Fluch und ging hinüber, um zu öffnen.

»Hallo«, sagte Edgar Tolliver. »Störe ich?«

Müde gab Vati den Weg frei. »Was führt Sie her?«

»Ich wollte, dass Sie mich erst anhören, ehe Sie ihm vergeben.« Mr. Tolliver musterte mich voller Widerwillen.

»Nur heraus damit.« Es war ein Knurren.

»Sie werden ihn nicht anklagen; dazu haben Sie nicht das Zeug.« Tolliver traf eine Feststellung; es war keine Frage. »Also lautet die Frage, wie die *Olympia* zu schützen ist, insoweit Schiffsjunge Carr als Irrer betrachtet werden muss.«

»Bitte ...« Vati schleppte sich zu seinem Bett, ließ sich vorsichtig darauf nieder. Ich versuchte, mich ganz klein zu machen.

»Sir, glauben Sie nur eine Minute lang, dass er Ihnen mehr gehorchen wird als uns anderen?«

»Zweifellos möchten Sie eine Lösung vorschlagen.«

»Sie werden ihn nicht auf den Planeten schicken, wie es Frand und Skor gern hätten; ich hatte ihnen ja gesagt, dass sie sich gar nicht erst die Mühe mit diesem Vorschlag machen sollten. Möchten Sie, dass ich die Anklageschrift verfasse? Ernennen Sie die Offiziere zu Richtern, die Sie möchten. Sie werden fair urteilen.«

»Ich kann Sie nicht aufhalten.«

»Nonsens.« Tollivers Ton war sanft. »Ich werde Sie nicht so tief verletzen.«

Vati nahm die Hände vors Gesicht. Als er etwas sagte, klang es gedämpft. »Sie gehen jetzt lieber.«

»Einen Augenblick noch. Begreift er, was er getan hat?«

»Wir haben noch nicht darüber gesprochen.«

»Hmmm.« Tolliver musterte uns. »Er hat geweint, und Sie sind zu verstört, um mir in die Augen zu blicken. Was hat Sarah Frand Ihnen gesagt?«

»Ich möchte nicht darüber diskutieren.«

»Die törichte Frau hat Bischof Scanlens Proklamation erwähnt?«

»Edgar!«

»Sie sind gerade mal ein paar Stunden aus dem Tiefschlaf und noch wackelig auf den Beinen; sie hatte nicht das Recht dazu! Was jetzt Randy angeht ...« Er verschränkte die Arme. »Entfernen Sie ihn aus der Schiffsgemeinschaft. Verbannen Sie ihn aus allen Bereichen, die auch Passagiere nicht betreten dürfen, einschließlich Deck 1, wo er der Brücke zu nahe kommt. Und sorgen Sie dafür, komme, was da wolle, dass der Junge so viel Distanz wie nur menschenmöglich zu diesem verdammten Satelliten einhält! Geben Sie ihm eine Unterdeckskabine, und treffen Sie ihn zum Abendessen oder wann immer Sie möchten. Dann erreichen wir womöglich lebend Kalls Planet.«

Vati sagte nichts.

»Falls Sie es nicht tun möchten, erteile ich die entsprechenden Befehle. Sie müssen es mir nur sagen. Nein, das ist zu viel verlangt. Verbieten Sie es nur nicht. Ich trage es heute Abend im Logbuch ein, ehe …«

»Ich verbiete es.«

Tolliver wackelte tadelnd mit dem Finger vor mir. »Siehst du, was du angerichtet hast?«

Vati sagte sanft: »Lassen Sie ihn in Ruhe. Ich weiß, dass Sie verärgert sind.«

»VERÄRGERT?« Tollivers Ton stieg um eine Oktave. »Ich werde ihm zeigen, was Verärgerung bedeutet! Sobald er geheilt ist, werde ich seinen Hintern ärgern, dass ihm …«

»Das reicht!« Vatis Stimme knallte wie eine Peitsche. »Randy, steh auf.«

Ängstlich tat ich es.

»Sie haben Recht, weißt du? Frand und Mrs. Skor und Edgar.« Vati schritt vor mir auf und ab. »Als Romez mich aus der Lethe zurückrief …«

»Was?«

»Dem Schlaf, du Dummkopf! Der Fluss der Vergessenheit. Wir werden uns mehr um deine klassische Bildung kümmern müssen. Dr. Romez hat mich geweckt und mir Stimulanzien gegeben. Sobald ich die Augen aufmachen konnte, habe ich mir die Holos von deinen Sitzungen mit Harry angesehen. Dann habe ich das Logbuch überflogen. Unglaublich! Wie konntest du es nur wagen, so mit meinem ersten Leutnant zu reden?«

Welche Gelegenheit meinte er? Die Szene in Mr. Tollivers Kabine oder den heutigen Nachmittag, als ich ihm sagte, er sollte doch …

»Antworte!«

Ich schluckte. Vati ohrfeigte mich heftig. »Das war für üble Rede gegenüber einem Erwachsenen!« Eine weitere Ohrfeige. Mein Kopf schaukelte. »Du wirst Mr. Tolliver mit Höflichkeit begegnen. Und mir. Jedem Erwachsenen an Bord, bis hinunter zum bloßen Fähnrich!«

Er hob erneut die Hand. Ich quietschte.

»Was?«

»Jasir!« Ich warf mich herum und schlang den einen Arm um mich.

»Na, schmilzt einem dabei nicht das Herz?« Tollivers Geringschätzung war vernichtend. »Unser armer kleiner Pisser ist ganz zerknirscht. Seine Schultern zittern, und die Rotze läuft ihm aus der ... Bitte, Sir, halten Sie sich nicht meinetwegen zurück. Ohrfeigen Sie ihn gründlich, aber es wird nicht das Allergeringste nützen. Und genau darauf möchte ich hinaus: Ich habe ihm befohlen, diese verflixte Sektion vier zu verlassen und sich vom Außerirdischen fern zu halten. Ungeachtet seines Schwures zu gehorchen – Sie haben ihm doch einen abgenommen, als Sie ihn in Dienst nahmen, nicht wahr? –, hat er nicht nur meinen Befehl missachtet, sondern mir auch gesagt, ich sollte ...«

»Was er auch Bischof Scanlen gesagt hat, ganz zu Beginn dieses Fiaskos.« Vatis Ton war trocken. »Er hat eine Schwäche für diese Redewendung. Nächstes Mal werden wir ein Stück Seife ...«

»Verdammt, Nick, Sie weichen dem Thema aus! Er gehorcht keinen Befehlen, und mit einem Satelliten an Bord und einem Fisch neben uns schweben wir in tödlicher Gefahr!«

»In Ordnung, Edgar, ich höre Ihnen zu.« Vati setzte sich müde. »Was ist damit, Sohn? Du hast deinen Schwur des Gehorsams gebrochen?«

»Yeah, das habe ich.« Ich wischte mir die Nase mit dem Ärmel ab; ich hatte nichts anderes. »Aber Harry wollte doch von Bord ...«

»Aber?«

»Ich musste es tun, erkennst du das nicht? Sonst wärst du nach Hause gekommen, ohne dass ...«

»Das ist keine Entschuldigung.«

»Hast du niemals einen Schwur gebrochen?«

»Einmal, mein Sohn, und seitdem quält es mich.«

Die Frau, die Käpten Seafort erschoss, nachdem er ihr geschworen hatte, ihr nichts zu tun; ich hatte die Geschichte von Dad gehört. Indem er seinen Schwur brach, rettete Vati sein Schiff. Aber für ihn hatte das keine Bedeutung.

Vati fragte: »Siehst du nicht, was du getan hast? Ein Schwur ist eine heilige Verpflichtung vor Gott.« Einen Augenblick lang wirkte er wie ein Patriarch, einer der alten aus der Bibel.

Trotzig entgegnete ich: »Ich glaube nicht an Gott.« Ich fragte mich, ob er mich schlagen würde.

Alles in allem nahm Vati es ziemlich leicht. »Ich würde diesen Standpunkt nicht gerade laut verkünden.« Ein ironisches Achselzucken. »Erkennst du das Dilemma? Wenn du dich nicht an deine Schwüre hältst, kann ich dir nicht trauen. Niemand kann es.«

»Aber ich halte mich doch daran! Ich meine, meistens jedenfalls.«

»Oh, mein Sohn.« Einen Augenblick lang fürchtete ich, er könnte weinen. »Das reicht nicht annähernd.«

Es blieb lange still, während Tolliver geduldig wartete und ich darum rang, mich zu beruhigen.

»Sehr gut, Edgar.« Vatis Ton war leblos. »Ich folge Ihrem Vorschlag. Ich werde ihn nicht verbannen; das ginge mir zu weit. Aber er gehört nicht mehr zur Besatzung. Er darf die Brücke nicht betreten. Und muss sich vom Satelliten fern halten.«

»Vati!« Ich stürmte zu ihm, packte ihn am Revers; vielleicht war es ein Flehen. »Wo ist Harry gerade?«

Er blickte auf den Bildschirm. »Er arbeitet mit Anselm.«

»Und ...«

»Dank dir.« Trotz des Eingeständnisses wirkte sein Blick entschlossen. »Aber ich kann nicht riskieren ...«

»Welche Wörter?«

»Sie haben sich auf ›Stunde‹, ›Tag‹ und ›Jahr‹ geeinigt, mehr oder weniger. Auf ›E‹ für Furcht. Nebenbei: Das war eine brillante Eingebung! Sogar Edgar gibt das zu, nicht wahr? Und wir haben ›keine Furcht‹; ich schätze, wir könnten es als Ausdruck für ›Ruhe‹ betrachten. Anselm versucht, es auf die Vorstellung ›Frieden‹ auszuweiten. Er zeigte Harry gerade ... Vergiss es. Du hast gute Arbeit geleistet, aber jetzt ist Schluss.« In seinem Ton schwang eine Endgültigkeit mit, vor der mir graute.

Ich dachte über diese Katastrophe nach.

Ich hatte meine Aufgabe verloren, gehörte nicht mehr zur Familie der *Olympia*. Und doch weigerte sich Vati entschieden, mich an Land zu schicken. Er behandelte mich weiterhin als seinen Sohn – er hatte mich geohrfeigt, dass mir die Ohren klingelten, und das in Tollivers Gesellschaft.

Ich schätzte, ich hätte dankbar sein sollen. Wieso empfand ich dann einen Verlust, dass mir fast übel wurde?

»Zufrieden, Edgar?«

Ich schnaubte; vielleicht hätte ich die gleiche Frage stellen sollen.

Vati legte mir eine Hand auf die Schulter, wie zum Trost, und hob mühsam den Rufer an. »Brücke? Mrs. Skor, nehmen Sie einen Eintrag ins Logbuch vor: Mit sofortiger Wirkung ist Randolph Carr ...«

Es läutete. Einen Augenblick lang glaubte ich, es wäre Vatis blöde Uhr. Er drehte sich verärgert um. »Edgar, fragen Sie nach, was anliegt.«

Tolliver ging zu dem Holoschirm über Vatis Bett und drehte die Lautstärke auf. »Ja, Tad?«

»Joanne, schreiben Sie: ›Auf Befehl des Kapitäns ...‹ – natürlich mit dem heutigen Datum – ›... ist Randolph Carr aus dem Dienst als Schiffsjunge ...‹«

»Sir, wir brauchen den Käpten.« Tads Stimme, die aus Sektion vier übermittelt wurde, klang angespannt. »Sofort, denke ich.«

»Nick?«, fragte Tolliver.

»Ich habe es gehört. Einen Augenblick, Joanne.« Mit erkennbarer Verärgerung schob er mich zur Seite und blickte in den Monitor. »Ja?«

»Harry hat gerade ... Jess, eine Großaufnahme der neuesten Platte. Sir, falls ich sie richtig deute ...«

»Raus damit, Junge!«

Das Bild machte einen Satz. Eine radierte Platte mit einem Strichmännchen wurde gezeigt, dem Symbol für »Mensch«, auf das wir uns geeinigt hatten. »Er hat uns die ganze Zeit Menschen gezeigt; weiß

Gott, warum. Ah, Verzeihung. Ich habe sie immer wieder gelöscht, um zu sagen, dass wir ihn nicht verstehen. Dann das hier.« Das Bild wechselte erneut. Als es deutlich wurde, zeige es wieder einen Menschen.

Er war asymmetrisch.

Ein Arm fehlte.

Vati blinzelte und betrachtete mich neugierig.

Ich protestierte: »Ich habe nicht …«

»Sir, wir haben gesagt, wir würden nicht verstehen, und dann hat er das hier gezeichnet.«

Ein einsamer Satellit. Ein »E«. Ein Satellit mit einem normalen Menschen. »E«. Furcht.

Ein Satellit neben einem einarmigen Menschen. »Nicht-E«.

Es lief mir eiskalt über den Rücken.

Vati glotzte.

Edgar Tolliver warf die Hände hoch und stolzierte aus der Kabine.

***

Ich gehörte weiter zu Harrys Gruppe, mit knapper Not.

Ich war immer noch Schiffsjunge, nicht weniger knapp.

Vati hatte mich hinuntergeschickt, damit ich Harry beruhigte. Obwohl Tad Anselm wie ein Falke auf mich Acht gab, nutzte ich die Gelegenheit, um »nicht-E« zu erweitern und ein Symbol für »mögen« zu entwickeln. Harry mag Randy, Randy mag Harry. Wir stimmten überein, und vielleicht verstand sogar jeder von uns, was der andere sagen wollte. Schließlich drehte ich gähnend und schläfrig die Uhr vor, deutete auf die Zeit und hoffte, er möge verstehen, dass ich am Morgen wiederkommen würde.

Ein langer, mühseliger Weg zurück in unsere Kabine. Kaum traf ich dort ein, packte mich Vati gleich am Schlafittchen. Ich würde weiterhin der Mannschaft angehören – ihm blieb keine Wahl, da der Außerirdische mich zu bevorzugen schien –, aber beim allmächtigen Gott, ich würde auch nicht ansatzweise mehr über die Stränge schlagen; ob ich das verstanden hätte? Ich würde höflich zu allem sein, was sich bewegte, und sämtlichen Befehlen gehorchen. Besonders denen Anselms oder Mrs. Frands, wenn ich in Harrys Gesellschaft war. Nur einmal brachte ich einen Einwand vor und erhielt gleich eins um die Ohren. Derek Carr wäre empört über mein Betragen, und das Gleiche gelte für ihn, Vati, selbst. Ja, meine Intuition war brillant; ja, ich hatte unsere Verhandlungen gerettet, aber das war keine Entschuldigung. Unverschämtheit und Ungehorsam würden nicht geduldet werden. Ob das auch ganz klar war, Junge?

Ich rieb mir die Wange, gab jede Widersetzlichkeit auf und stimmte allem zu, was er sagte, entschlossen, meine Entrüstung die Nacht über zu hegen und zu pflegen. Verdammt, die ganze Reise lang! Meine Teenagerjahre lang!

Vati schien es nicht zu beachten. Stattdessen saß er auf meiner Bettkante, während ich mich auszog – und noch lange, nachdem ich schon in den Federn lag – und schwelgte in Erinnerungen an längst vergangene Tage, als er und Dad noch Schiffsgefährten gewesen waren. Um höflich zu sein, musste ich natürlich zuhören. Hin und wieder eine Frage stellen. Gelegentlich eine Träne abwischen.

Manchmal waren Erwachsene einfach nicht zu begreifen.

32. Kapitel

Wäre ich nicht so angespannt gewesen, hätte ich über die Prozession gelacht. Vati entschuldigte sich zu diesem Anlass von der Brücke; dazu gesellten sich Corrine Sloan, Hand in Hand mit Janey, und mein Bruder Mikhael, um mich allesamt den Korridor hinunter zur Krankenstation zu begleiten, wo Dr. Romez darauf wartete, mir die Prothese anzusetzen.

Es war eine vorläufige Lösung, eine mechanische, angetrieben von einer Valdez-Permabatterie. Der Ersatz aus Fleisch und Blut, gezüchtet aus meinen Stammzellen, war erst in drei oder vier Monaten ausgewachsen.

Ich hatte Vati erneut gesagt, dass ich die Prothese nicht haben wollte – seit dem Start vom Planeten hatte ich es ihm immer wieder erklärt, bis ich blau im Gesicht war –, aber er lächelte einfach nur und wies mich an, mich gründlich zu waschen, ehe ich mich bei Romez meldete.

Hatte ich nicht das Recht, in Fragen der eigenen Gesundheit selbst zu entscheiden?

Vielleicht theoretisch, mein Sohn, aber er übte dieses Recht nun mal an meiner statt aus; und jetzt sieh zu, Junge, oder wollte ich lieber an Mr. Tollivers Luke klopfen und ihm erklären, dass ich mich schlecht benahm?

Nur Fähnriche würden so skandalös schikaniert, versetzte ich finster. Falls er mich misshandeln wollte wie einen Fähnrich, warum machte er mich nicht zu einem? Aber bis dahin hatten wir die Krankenstation erreicht, und es gelang ihm, einer Antwort aus dem Weg zu gehen.

Na ja, ich hatte wenigstens mein Bestes getan, um Vorkehrungen für die Zeit zu treffen, die ich nicht in Sektion vier sein würde.

Unser Durchbruch mit Harry lag jetzt zwei Tage zurück. Neue Wörter bildeten sich rasch, obwohl wir nie völlig sicher wussten, dass wir einander auch richtig verstanden. Ich meine, sobald man sich auf »Minute« verständigt hat, ist eine »Stunde« einfach. Aber abstrakte Begriffe sind schwieriger. Meinte ein Satellit mit »Furcht« wirklich das Gleiche wie wir?

Da ich wusste, dass ich erst mal im Bett liegen würde – mindestens drei Tage, lautete Vatis Befehl –, hatte ich mehrere Konzepte entworfen, mit denen Anselm und Mrs. Frand arbeiten konnten.

Seltsam. Es schien gar nicht mehr erwähnenswert, dass ich ganz beiläufig Menschen Ratschläge erteilte, die nicht nur meine Vorgesetzten waren, sondern auch um ein Jahrzehnt älter, in Mrs. Frands Fall sogar noch mehr.

Dass Harry mich herbeizitiert hatte, das hatte sogar eine unterschwellige Veränderung in der Haltung Tad Anselms bewirkt, den ich trotz seiner gelegentlichen scharfen Bemerkungen als Freund betrachtete. Solange ich meine Vorschläge angemessen höflich unterbreitete und meine zuzeiten auftretende Ungeduld verbarg, fügte er sich immer häufiger meinen Wünschen.

Ich hatte Harry begreiflich zu machen versucht, dass ich einen oder zwei Tage lang fort sein würde.

Ich hoffte, dass er mich verstanden hatte.

Ich schlief ein, während Vati mir die Hand tätschelte und Mikhael freundlich schwatzend auf der Bettkante saß.

Ich kam auf einer Woge der Euphorie wieder zu mir; der Rumpf war von weißen Verbänden umwickelt, aus denen ein unheimlicher hautfarbener Arm hervorragte. Er sah einem Arm etwa so ähnlich wie ein … Ich suchte nach einem ausreichend abscheulichen Vergleich.

»Ah, da bist du ja wieder.«

Ich blinzelte. Und blinzelte aus schierer Überraschung erneut. »Was machen Sie denn hier?«

Es war Mr. Branstead, der an meinem Bett saß. Dunkle Ringe zeichneten sich unter seinen Augen ab, und er hatte Gewicht verloren. Das Knie war verbunden, und er hatte eine Krücke dabei. »Ich habe Nick gesagt, dass ich dich im Auge behalten würde. Er ist auf dem Unterdeck und trifft sich mit deinem, ah, Freund.«

»Was tun Sie an *Bord?*« Hatte ich verdrießlich geklungen? Es war sicherlich nicht meine Absicht gewesen; ich hatte ihn vermisst.

»Ach, das. Man hat mich, na ja, ausgewiesen.« Mr. Branstead verzog das Gesicht. »Scanlen hat verlangt, mich vor Gericht zu stellen. In letzter Zeit möchte er einfach jedem den Prozess machen. Ziemlich eingleisiges Denken. Besonders im Hinblick auf Nick und Corrine. Aber McEwan hat sich eingemischt. Der terranische Botschafter.«

»Ich weiß.« Anthonys Feind, und jetzt meiner.

»Sie haben eine kapitale Anklage zurechtgebastelt, aber zweifellos ist ihnen noch eingefallen, dass ich Freunde in der UN-Bürokratie habe. Fanden wohl, ein Prozess würde zu viel Wind machen, vermute ich. Oh, habe ich schon erwähnt, dass McEwan gestern, mit Scanlens voller Zustimmung, die Rekolonialisierung verkündet hat? Sie ...«

»Er hat WAS?« Ich schoss vom Kissen hoch und zitterte vor Entrüstung. Dads Lebenswerk und auch das von Anth, wie weggewischt! Erneut waren wir Sklaven der beschissenen Vereinten Nationen. Falls es einen Gott gegeben hätte, hätte er diesen verlogenen McEwan und Seinen Bischof mit einem Blitz ...

Aber es gab keinen Gott. Davon war ich immer mehr überzeugt gewesen, und hier hatte ich den endgültigen Beweis. Irgendwie würde ich Vati überreden, die Rekolonialisierung wieder rückgängig zu machen, obwohl er es aus Gründen der Schicklichkeit sicherlich nicht gern tat. Ich schäumte und hörte Mr. Branstead kaum noch zu.

»McEwan und der Bischof haben eine Regierung ernannt, und sie haben jedes Mitglied fest in der Hand. Widerstand auf dem Planeten wird nur wenig geleistet, während die Raumstation bislang durchhält; es sind Anthonys Leute dort. Also war es das Beste, dass ich mich in aller Stille verdrückt habe. McEwan hat mich in meiner Gefängniszelle vor die Wahl gestellt: Sie würden mich freilassen, falls ich einwilligte, eine Passage auf der *Olympia* zu nehmen. Ansonsten ... In Anbetracht der Alternative habe ich eingewilligt. Der Trick wird jetzt darin bestehen, Nick zu überreden, dass er abfährt, ehe sie ihre Verdrossenheit gegen ihn richten. Wie fühlst du dich?«

Damit erwischte er mich auf dem falschen Fuß. Ich überlegte. »Eigentlich gut.« Ich blickte hinab. »Hat die Verbindung geklappt?«

»Danach wirst du Romez fragen müssen, aber ich habe eben gesehen, wie sich etwas bewegte.«

Unwillkürlich spannte ich das, was normalerweise meine Muskeln gewesen wären, und stellte erstaunt fest, dass sich etwas auf dem Bauch bewegte.

»Also.« Mr. Branstead strahlte mich an. »Wie ich gehört habe, bist du ein Held.«

»Ein was?« Es wurde ein Quietschen daraus.

»Mit nur einer Hand und unter großer persönlicher Gefahr hast du den Satelliten zum Bleiben bewegt. Eine erstaunliche Leistung.«

»Wer hat Ihnen das erzählt?«

»Nick. Er war sehr stolz.«

Die Luke ging auf. Dr. Romez blickte herein. »Sage mir, dass du ihn nicht bewegt hast.«

»Ein- oder zweimal.« Es klang abwehrend.

»Tu es nicht. Noch ein paar Tage lang nicht.«

»Es fällt mir schwer, nicht ...«

»Nutze dafür die Selbstbeherrschung, für die du berühmt bist.« Der Doktor klang trocken.

»Oh«, sagte Mr. Branstead unschuldig. »Habe ich da etwas verpasst?«

Vati seufzte und rieb sich den Rücken. »Man gewöhnt sich an die geringe Schwerkraft.«

Mr. Tolliver hielt sich für seinen gewohnten Schlummertrunk in unserer Kabine auf. Ich war aus der Krankenstation entlassen worden, um so etwas wie Genesungsurlaub anzutreten; ich hatte mich nervtötend genug aufgeführt, damit Dr. Romez mich für einige Stunden wegschickte. Falls ich mich gut genug fühlte, erlaubte man mir vielleicht sogar, im eigenen Bett zu schlafen.

Weder Tolliver noch Vati erwähnten die leere Flasche, aber ich entschied trotzdem, dass Vorsicht die Mutter der Porzellankiste war, und bemühte mich, ganz unauffällig zu bleiben. Das war schwierig, denn das Implantat pochte und schmerzte. Ich hätte gern die Finger oder was immer das war gebeugt, traute mich aber nicht.

»Falls Sie nicht auf Deck 1 bleiben möchten«, sagte Tolliver zu Vati, »gestatten Sie mir, die Gravitation auf Deck zwei zu senken. Harry kommt in der Schwerelosigkeit klar.«

»Aber die Passagiere nicht.«

»Sir, wo wir gerade von Passagieren sprechen …«

Vati rieb sich die Augen. »Ich weiß, ich weiß.« Wir hatten mehrere Wochen Verspätung, und Zahlmeister Li hatte mit Beschwerden und der Verärgerung der unruhigen Fahrgäste alle Hände voll zu tun.

»Und es gibt noch, ähm …« Tolliver warf mir einen unbehaglichen Blick zu. » … weitere Gründe, dass wir lieber losfahren sollten.«

»Scanlen und McEwan? Ja, ich schätze, sie könnten Admiral Kenzig überreden, mich des Kommandos zu entheben. Bitte verdrehen Sie nicht die Augen; ich würde Ihnen in Gegenwart des Jungen keinen Drink einschenken, falls ich seiner Diskretion nicht vertraute.«

»Seiner was? Ich habe mich wohl verhört!« Tolliver schenkte mir einen finsteren Blick. »Sehr gut, reden wir offen. Mal angenommen, sie gehen noch weiter und überreden Kenzig, Sie für ein Verfahren auf den Planeten zu zitieren?«

»Falls der Befehl von der Admiralität käme, würde ich natürlich gehorchen.«

»Ich ziehe den Hut vor Ihrer Lust, den Märtyrer zu geben. Haben Sie dabei auch an Randy und Corrine gedacht?«

»Randy kann auch ohne mich leben.« Vati sah mich an, als wollte er sich davon überzeugen, ob ich es wagte, einen Einwand vorzubringen.

»Nick, um Gottes...« Mr. Tolliver holte tief Luft. »Was, wenn sie *ihn* auf den Planeten zitieren, um ihn hinzurichten? Er hat Scanlens Diakone umgebracht, und der Bischof ist nicht von dem Schlag, der leicht verzeiht. Wenn Sie nicht mehr Kapitän sind, können Sie den Jungen auch nicht mehr schützen. Und denken Sie vielleicht, diese Leute würden Corrine vergessen?«

»Lassen Sie es gut sein!« Vatis Ton war scharf.

»Sir, das Problem erledigt sich nicht, indem man einfach nicht daran denkt.«

Vatis Gesicht zeigte mehr als nur Ärger. Ich wappnete mich für eine Explosion. Stattdessen schrie er: »Was möchten Sie von mir?« Er sprang auf und ging voll qualvoller Energie auf und ab. »Ja, indem ich versuche, mit den Außerirdischen Frieden zu schließen, bringe ich die in Gefahr, die ich liebe. ICH WEISS!« Eine Drehung, ein paar unbeholfene Schritte. »Außerdem setze ich die *Olympia* aufs Spiel und das Leben jedes Menschen an Bord. So halte ich es nun mal, und immer ...« Sein Ton triefte von Verachtung. »... mit gutem Grund.«

Unbehaglich stand ich vom Bett auf.

»Ich komme oft damit durch, Edgar. Aber ich habe auch die *Galactic* aufs Spiel gesetzt und verloren. Peng, und Arlene war abgehakt. Oh, na ja. Peng, weg mit Derek Carr. Peng, weg mit tausend anderen. Erinnern Sie sich an die *Trafalgar* und die Kadetten, die ich in den Tod gelockt habe? Peng, peng, peng!« Er warf die Hände hoch. »Ich bin ein Engel des Todes. Ich bringe die Leben derer, die mir teuer sind, in Gefahr. Manchmal verliere ich sie dabei. Oder vielmehr, sie verlieren!«

Tolliver schob mich zur Seite, schnappte sich die Flasche und ein Glas, goss einen großzügigen Schluck ein. Er reichte ihn Vati.

»Glauben Sie denn wirklich, Edgar, dass Alkohol mich trösten würde?« Vati klang trostlos.

»Sir ...« Tollivers Ton war sanft. »Über all das haben wir schon gesprochen. Sie haben getan, was getan werden musste.« Erneut bot er ihm das Glas an.

»Möchten Sie also, dass ich unsere Gespräche mit Harry abbreche? Noch nie haben Menschen und Außerirdische miteinander gesprochen. Wir müssen die Gelegenheit nutzen.« Vati nahm widerstrebend einen Schluck und setzte das Glas ab.

»Sir, was, wenn es einen Monat dauert? Oder drei?«

Vati schwieg.

»Sagen wir mal, drei volle Monate vergehen. Es

könnte nach wie vor so aussehen, als stünden wir nur eine Woche vor dem Durchbruch. Wir haben aber auch Pflichten gegenüber der Admiralität, unseren Passagieren und denen, die uns auf Kalls Planet erwarten. Wann ist es genug?«

Vati wandte sich mir zu. »Er denkt, nur weil ich Kapitän bin, wüsste ich die Antwort.«

Tolliver schüttelte den Kopf. »Nein, ich war selbst Kapitän. Sie haben nicht jede Lösung, Nick, nur die Pflicht, eine zu finden.«

Ich räusperte mich. »Was, wenn ...«

»Halte dich da raus, Junge.« Tolliver hob mahnend den Finger.

Wer zum Teufel war *er* eigentlich, dass er ... Nein, nicht Vati reizen! Nicht jetzt. »Sir, bitte!« Ich trat von einem Fuß auf den anderen, bis Tolliver widerstrebend nickte. »Was, wenn ...« Ich bemühte mich, eine Geste mit dem mechanischen Arm zu unterdrücken; ich sollte ihn schließlich still halten. »Was, wenn wir Harry bitten würden, uns woanders zu treffen?« Stille. »Warum müssen wir denn *hier* mit ihm reden?«

Vati runzelte die Stirn. »Wie sollen wir ihm klar machen, wo ...«

»Wir kennen Wörter für Fusion und sind endlich dabei, das Problem mit der Zeit zu klären. Wir denken, dass wir ›jetzt‹ ausdrücken können: mit dem Sekundenzeiger auf zwölf Uhr. Jetzt brauchen wir nur noch einen Ausdruck für den Ort. Zum Beispiel könnte man das Heimatsystem umschreiben mit: ›Fusion monatelang, Hunderte von toten Fischen, Dutzende von toten Schiffen‹.«

Tolliver wandte ein: »Das beschreibt Hope Nation

ebenso gut wie das Heimatsystem.« Natürlich. Vati hatte Hunderte von Fischen vernichtet, als er die Orbitalstation hochjagte, nachdem die Fische ein Drittel der UN-Flotte ausgelöscht hatten.

Hartnäckig schüttelte ich den Kopf. »Nicht, wenn wir unseren Vorschlag mit ›Fusion‹ einleiten. Das gibt einen klaren Hinweis darauf, dass wir einen anderen Ort aufsuchen möchten, und abgesehen von hier wurden nur im Heimatsystem ausgewachsene Schlachten ausgetragen.«

Vati schlug einen scharfen Ton an. »Wahnsinn! Wir werden *keine* Fische ins Heimatsystem locken!« Er schritt wieder hin und her. »Die Admiralität würde mir wegen Verrats den Prozess machen, und das mit Recht. Wie könnten wir jemals darauf vertrauen, dass die Fische den Krieg nicht wieder aufnehmen?«

»Du vertraust ihnen hier auch.«

»Das hier ist nur Hope...« Nach einer Weile schluckte er. »Es tut mir Leid, mein Sohn. Ein dummer Gedanke. Ich vertraue ihnen hier, weil wir ihnen hier begegnet sind. Da bleibt mir kaum eine Wahl.«

Der Rufer summte.

Vati seufzte. »Was ist denn jetzt los?« Er schaltete ein. »Seafort ... Er hat was? Grundgütiger! Einen Augenblick.« Er schaltete ab. »Edgar, es ist Chris Dakko auf der Station. Er bittet um Asyl.«

Trotz meiner Bitten erlaubten sie mir nicht, sie zu begleiten. Ich schätze, sie hatten Recht; nicht, dass ich es je zugegeben hätte! Das Implantat war noch zu frisch, und mal angenommen, es entzündete sich, während ich unterwegs war?

Mikhael erhielt den Auftrag, die Barkasse in die Schleuse der Station zu steuern. Jeder Fähnrich sehnte sich nach den seltenen Gelegenheiten, eine Schiffsbarkasse zu fahren. Ich wusste nicht, warum dieses Privileg nur so spärlich vergeben wurde; schließlich war es eine gute Übung. Als Vati nach der Empfehlung des Oberfähnrichs fragte, wen er schicken sollte, schlug Mik sich ohne zu zögern selbst vor. Vati schien nicht überrascht.

Ich fragte mich, ob Mr. Dakko etwas von dem Streit ahnte, den er verursacht hatte. Tolliver hatte energisch protestiert. »Sir, er hasst die Außerirdischen leidenschaftlich.«

»Mit gutem Grund. Wir stellen Wachtposten auf.«

»Wir lassen ihn lieber gar nicht erst an Bord.«

»Er ist ein alter Schiffsgefährte in Not«, erwiderte Vati. »Und, Herrgott, wie wir in seiner Schuld stehen...!« Aber Vati irrte sich. Ich trug eher als er die Bürde von Kevins Tod.

»Na ja«, überlegte Tolliver, als die Entscheidung gefallen war, »wenigstens braucht sich Scanlen nicht mehr zu fragen, wo seine Feinde stecken. Sie werden alle bei uns an Bord sein und inbrünstig beten, dass wir bald in Fusion gehen.«

Danach kehrte ich widerstrebend auf die Krankenstation zurück; der Schmerz in der Schulter war von einem sanften Pochen zu einem hartnäckigen, kräftigen Ziehen übergegangen, unter dem ich schwitzte und die Zähne zusammenbiss. Dr. Romez tadelte mich, weil ich nicht früher zurückgekehrt war, und verabreichte mir ein Schmerzmittel, das mich bald wieder in Ordnung brachte. Vom Bett aus bettelte ich

Vati an, einen Tag früher als geplant wieder mit Harry arbeiten zu dürfen. Ich blieb auf Abruf, sagte er. Falls Harry nach mir fragte, durfte ich zu ihm. Voller Groll über diese geringfügige Konzession dämmerte ich in den Schlaf hinüber. Nein, in Lethe, wie er das nannte. Es klang sehr erwachsen.

Am Morgen brachte mir Mikhael mit grimmiger Miene Frühstück und Klatsch. Mr. Dakko hatte sich auf alte Freundschaften berufen und vielleicht das eine oder andere Bestechungsgeld gezahlt, um in Centraltown an Bord eines Versorgungsshuttles zu schleichen, und entkam so gerade eben noch Scanlens Diakonen, die ihn wegen seiner Rolle beim Tode Erzbischof Andoris verhaften wollten.

Aber Bischof Scanlen nahm inzwischen kapitaleres Wild aufs Korn. Er verbreitete eine Liste von Corrine Sloans »Beschützern und Komplizen«, auf der man unter anderem Mr. Dakko, Jerence Branstead, Vati und zu meiner Überraschung auch mich fand. Welche Ämter auch immer einer von uns bekleidete, es galt als nun unbesetzt, und wir sollten »unverzüglich« auf den Planeten gebracht und der Justiz des Herrgotts ausgeliefert werden.

Mr. Tolliver, der zu diesem Zeitpunkt auf der Brücke war, stufte die komplette Sendung als geheim ein und begründete dies damit, dass sich Scanlens Verfügung auf den Planeten Hope Nation erstreckte, nicht jedoch auf irgendwelche Schiffe, die sich auf einer Umlaufbahn bewegten. Weder die Passagiere noch die Mannschaftsangehörigen der *Olympia* wurden über die Durchsage informiert. Natürlich erfuhr das ganze Schiff trotzdem ruckzuck davon.

Inzwischen erreichte Tommy Yost zehn Minuspunkte und meldete sich zur Züchtigung bei Mr. Tolliver. Ich empfand mehr Mitgefühl, als ich erwartet hätte; die eigenen Striemen taten immer noch weh, und ich war grenzenlos verlegen, wenn ich mich vor Vati umzog.

Sobald er und Romez es gestatteten, nahm ich meinen Platz vor der Trennwand zum Außerirdischen wieder ein, obwohl die Schwerkraft ungemütlich an meinem Implantat zupfte. Ich unterbreitete Vati und Tad Anselm Vorschläge, wenn mir etwas einfiel.

Welche veränderlichen Zellen bei Harrys Lebensform auch immer als Augen dienten, er musste mich durch die Trennwand hindurch sehen können, aber er zeigte kein Interesse. Ich war verärgert; ich hatte Himmel und Erde in Bewegung gesetzt, um wieder zur Kontaktgruppe zu gehören, damit ihn meine Abwesenheit nicht beunruhigte.

Den ganzen Nachmittag lang wirkte Vati angespannt und besorgt. Endlich wurde mir klar, dass ihm die volle Schwerkraft zu schaffen machte.

Und nicht nur Vati hatte Probleme. Sarah Frand war zunehmend schlecht gelaunt, als hätte der Satellit irgendeinen Nerv tief in ihr berührt. Endlich murmelte sie eine Entschuldigung, bat um die Entlassung und trottete zu ihrer Kabine.

Zum Abendessen saßen wir in einer Gruppe zusammen, die sich gut hätte verstehen müssen: Vati und ich, Mr. Branstead, Mikhael, zwei oder drei der freundlicheren Passagiere und Corrine Sloan, die Vati, der öffentlichen Meinung zum Trotz, an unseren Tisch geholt hatte.

Mr. Branstead wirkte lustlos und besorgt. Vielleicht hatte er sich immer noch nicht ganz von seiner Haft in Centraltown erholt. Nur Corrine Sloan gab sich unerklärlich fröhlich und lebhaft. Und doch reagierte Vati auf ihre Gesprächsangebote mit kaum mehr als Gebrumm, und Mik ging seinem Anteil an der Last der Gesprächsführung ebenfalls aus dem Weg. Ich tat mein Bestes, in die Bresche zu springen, bis Mikhael mir einen ziemlich groben Ellbogenstoß in die Rippen verpasste. Ich funkelte ihn unverwandt an. Nach einer Weile fragte er aalglatt: »Entschuldigt uns der Kapitän für einen Augenblick?« Ob Sohn des Käptens oder nicht, er war ein Fähnrich und übte gerade Repräsentationspflichten aus.

»Sehr gut.«

»Danke, Sir.« Mik steuerte mich zur Luke.

»Was zum *Teufel* sollte dieser ...«

»Du Flegel, halte lieber die Klappe! Weißt du nicht, was Corrine getan hat?«

Ich glotzte ihn an. »Wohl nicht.«

»Sie hat darum gebeten, auf den Planeten gebracht zu werden, vorausgesetzt, Scanlen nimmt sein Edikt zurück.«

»Edikt?«

Mik machte eine vage Handbewegung. »Die Absetzung von Pa. Die Forderung, dass du und er und Chris Dakko zu einem Verfahren ausgeliefert werdet. Pa ist fuchsteufelswild. Hat es ihr glatt ausgeschlagen, aber sie behauptet, sie hätte das Recht dazu.«

»Jesus Christus, verdammt noch mal!« Es rutschte mir einfach heraus. In einem anderen Leben hatte ich das Alex Hopewell einmal sagen gehört.

»Randy!« Er sah sich um, entdeckte aber niemanden in der Nähe. »Wenn du nur einen Funken Menschenverstand hättest … Unsere religiösen Angelegenheiten werden scharf überwacht; jetzt ist nicht die Zeit für Lästerungen! Mir ist beinahe danach, es Pa zu sagen.«

»Tu es nicht!« Ich hatte Mik gekränkt, ohne es zu wollen.

»Diesmal noch nicht.« Mit einer Spur Ungeduld schob er mich wieder zum Tisch.

Die Stewards brachten das Dessert, eine brennende Kreation mit einer bitteren Sauce, die ich schon einmal gehabt hatte. Corrine plauderte mit Mr. Branstead, mit den Passagieren, mit jedem, der ihr zuhörte. Ihre Wangen waren gerötet. Ich starrte sie böse an. Ich hatte keine Mutter; falls Corrine ihren Willen bekam, hatte Janey auch keine mehr.

»Es ist ja nicht so«, erklärte sie Mrs. Aren, »dass es uns an Kleidern fehlte. Was macht es schon, wenn die Entwürfe altmodisch sind? Auf Hope Nation sieht es schlimmer aus. Hier bekommen die Leute gar nichts zu sehen, bis wir …«

Ich fragte sie über den Tisch hinweg: »Warum haben Sie das getan?«

Stille.

»Randy?« Sie schien sich entschlossen um eine freundliche Miene zu bemühen.

Unter dem Tisch versetzte mir Mikhael einen kräftigen Tritt. Seine Augen waren Zwillingslaser. Ich scherte mich nicht darum.

»Warum haben Sie darum gebeten, an Land gehen zu dürfen? Man wird Sie verbrennen!«

»Nicht unbedingt«, sagte sie scheinbar ruhig. »Das Kirchenrecht verlangt …«

Der Käpten packte meinen Arm wie ein Schraubstock.

Ich ignorierte auch ihn. »Vati liebt Sie! Wie können Sie nur erwarten, er würde Sie …«

»Halte sofort die Klappe!« Vatis Ton war heftig.

Eine neue Stimme ertönte über uns. »Bitte um Verzeihung, Kapitän …« Fähnrich Yost, die Uniform steif, die Haltung tadellos.

Vati schleuderte die Serviette auf das gestärkte Tischtuch. »Was ist denn jetzt?«

»Reverend Pandeker bittet darum, ein Wort mit Ihnen wechseln zu dürfen.«

»Oh, tut er das?«

»Ja, Sir.« Yost bewegte sich unbehaglich. »Hätte ich nicht stören dürfen? Ich bin der einzige Offizier an unserem Tisch, und er hat gesagt …«

Vatis finsterer Blick wanderte von mir zu Yost und sicherheitshalber gleich noch zu Mik. »Ich möchte es nicht hören.« Eine Pause, in der er mit der Schärfe in seinem Ton rang. »Sehr gut, schicken Sie ihn herüber.«

Mikhael sprudelte hervor. »Hierher, Sir?« Er wirkte schockiert.

»Ich habe nichts zu verbergen. Führen Sie ihn rasch herüber, Mr. Yost, ehe wir die Tafel aufheben.«

»Aye aye, Sir.«

Wenige Augenblicke später kehrte er zurück, Reverend Pandeker im Schlepptau. »Kapitän, darf ich Ihnen Rev …«

»Wir sind uns schon begegnet. Entlassen.«

Ich hatte Vati noch nie so entschlossen erlebt, unhöflich zu sein. Die Gabel auf halbem Weg zum Mund eingefroren, sah ich zu.

»Nun?« Obwohl Pandeker vor uns stand, bot ihm Vati keinen Stuhl an.

»Danke, dass Sie mir gestattet haben ...«

»Ja, und all das. Was möchten Sie?«

Pandeker sah sich um. Mikhael und Mr. Branstead gaben vor, mit dem Essen beschäftigt zu sein. Corrine betrachtete den Reverend ruhig. Ich glotzte. Die Passagiere hingen den Beteiligten an den Lippen. »Ich hatte gehofft«, sagte Pandeker, »wir könnten kurz unter vier Augen reden.«

»Tut mir Leid, das wird nicht möglich sein.« Vati klang eisig.

»Können wir wenigstens die Umgangsformen wahren?«

»Aber sicher doch. Reverend Pandeker, darf ich Ihnen meine Verlobte vorstellen, Corrine Sloan?«

Pandekers rote Backen wurden noch dunkler.

»Corrine, meine Liebe, der Sondergesandte der Patriarchen.«

»Guten Abend, Sir. Ich glaube, wir sind uns schon begegnet.« Ihr Ton war ausgeprägt förmlich und unendlich distanziert.

Verlobte? Ich war sein Sohn; warum hatte er mir nicht erzählt, dass ich eine Stiefmutter erhielt? Andererseits: Hatte er es *ihr* überhaupt gesagt? Ich konnte mir jedoch nichts Befriedigenderes vorstellen, was man diesem pompösen Kerl hätte ins Gesicht schleudern können, ob nun wahr oder falsch.

»Mrs. Sloan.« Ein kaum sichtbares Nicken; sogar das schien für den Reverend schmerzhaft. Sein kalter Blick richtete sich auf Vati. »Also, Kapitän. Ich rede Sie mal so an, da Sie de facto weiter das Kommando ausüben, obwohl Sie de jure ...«

Ich stieß Mik an. »Was heißt das?«

»Still! Hör zu.«

»... abgesetzt wurden.«

»Die Admiralität hat keinen entsprechenden Befehl erteilt.« Vatis Ton war noch frostiger geworden. »Und das ist kein Thema, über das ich mit *Ihnen* diskutiere.«

»Mr. Seafort, ich versichere Ihnen, dass mir diese Begegnung noch schwerer fällt als Ihnen. Ich bitte Sie ein letztes Mal: Liefern Sie sich und diese – diese *Frau* – dem Urteil der souveränen Kirche des Herrgotts und ihrer Zivilregierung von Hope Nation aus. Andernfalls sehe ich mich gezwungen, Mannschaften und Offiziere daran zu erinnern, dass ein Bündnis mit einem Exkommunizierten ihre unsterblichen Seelen gefährdet.«

Vati funkelte ihn nur an, aber Mik sprang auf. »Als Offizier der *Olympia*, Reverend, bitte ich um die Erlaubnis, Sie daran erinnern zu dürfen, dass ungeachtet Ihres Status ein Aufruf zur Meuterei mit dem Tod durch Erhängen geahndet wird.« Mik drückte sich mit Bedacht höflich aus, obwohl in seinem Ton kochende Wut mitschwang. »Kapitän Seafort, es steht mir vielleicht nicht zu, es ihm zu sagen. Trotzdem bin ich der Meinung, dass er Ihre Gutwilligkeit auf die Probe stellt.«

BRAVO, MIK! Hätte mein neuer Arm schon fest gesessen, hätte ich jetzt geklatscht.

Vati ignorierte ihn. »Sonst noch etwas, Mr. Pandeker?«

»Ja. Die Patriarchen haben, versammelt im Namen Jesu Christi, schon vor langer Zeit entschieden, dass die Fische, die uns heimsuchen, Kreaturen des Widersachers sind, des Satans persönlich. Dass Sie sie an Bord dulden ist untragbar!«

»Für wen?«

Pandeker richtete sich auf. »Für die Bischöfe und die Gemeinschaft Seiner heiligen Wiedervereinigten Kirche. Für jeden Passagier an Bord. Für Mannschaften und Offiziere gleichermaßen. Im Namen des allmächtigen Gottes und Seines Volkes verlange ich, dass Sie sie in die tiefste Tiefe verstoßen!«

»Danke.« Vati stand auf. »Fähnrich Tamarow, meine Grüße an Dr. Romez, und ob er vielleicht untersuchen könnte, ob Reverend Pandeker in letzter Zeit seine Medikamente genommen hat.«

Miks Augen funkelten, und einen Augenblick lang durchbrach ein breites Grinsen seine beherrschte Haltung. Dann riss er sich zusammen und war wieder ernst. »Aye aye, Sir.« Er salutierte forsch.

»Ich nehme keine Medi...« Der Inhalt von Vatis Bemerkung wurde ihm deutlich, und er wurde dunkelrot. »Guten Abend!« Er stolzierte davon und zog dabei die Reste seiner Würde hinter sich her.

Mr. Branstead sagte sanft: »So viel zu dem Versuch, Beziehungen zu kitten.«

»Richtig. Komm mit, junger Randolph.« Vati schien guter Laune, als er mich auf den Korridor führte.

Mikhael folgte uns, und sein freundliches Naturell kämpfte darum, durch das Eis des Zorns zu brechen. »Pa, bei Gott, falls er sich auch nur mit einem Wort an meine Fähnriche wendet, klage ich ihn selbst an!«

Vati klang nachdenklich. »Er muss sich seiner Sache wirklich sicher sein.«

»Hast du mir überhaupt zugehört? Ich dulde nicht, dass er damit durchkommt!« Wir machten uns an den Anstieg zu Deck 1.

»Ich habe Sie gehört, Fähnrich. Ein Minuspunkt.«

Mikhael wandte ein: »Zufällig bin ich außer Dienst, Sir.«

»Ah. Dann spreche ich dir in deiner persönlichen Eigenschaft einen Tadel aus.« Vati klang jedoch nicht verärgert. »Ich kann diesen Kerl wirklich nicht leiden. Ich empfinde es fast als Erleichterung, dass wir alle uns allmählich zu unseren Standpunkten bekennen und es mir freisteht, meine Einstellung zu demonstrieren.«

»Jemand sollte ein Wort mit dem Schiffsprofos wechseln.« Miks Ton war stur.

»Ich bezweifle, dass es dazu kommen wird.« Vati wandte sich mit finsterer Miene an mich. »Jetzt zu dir, junger Mann. Mit welchem Recht bringst du meine Herzensangelegenheiten vor einer fremden Tischgesellschaft zur Sprache?«

»Mr. Branstead ist kein …«

»Randy.« Ein warnender Unterton, falls ich je einen gehört hatte.

»Jemand *musste* sie einfach fragen. Es wäre Selbstmord, falls sie sich denen auslieferte.«

Mik fragte barsch: »Denkst du, das wüsste sie nicht?«

»Warum sollte sie dann …«

»Um Pa zu retten.«

»Was ich nicht zulassen werde«, sagte Vati. »Und falls ich sie dazu in ihrer Kabine einschließen müsste. Dein Beistand war nicht erforderlich. Ein Dutzend zusätzliche Bibelverse heute Abend, nach deiner Sitzung mit Harry.«

»Das ist nicht fair! Ich habe doch nur ...«

»Verzeihung?«

»Jasir!« Vielleicht hätte es »aye aye, Sir« heißen müssen, aber ich war zu verärgert, um mich darum zu kümmern. Mik kriegt immer nur einen Verweis, und ich muss die Bibelverse pauken.

33. Kapitel

Vati nahm persönlich an unseren regulären Nachmittagsgesprächen mit Harry teil. Danach fragte ich ihn, wie er Scanlens Klauen entgehen wollte, falls Admiral Kenzig ihn des Kommandos enthob, aber er weigerte sich, darüber zu sprechen. Wir wechselten hitzige Worte zu diesem Thema. Er versicherte mir jedoch, dass er nicht an Land zu gehen gedachte, ohne dass ein direkter Befehl dazu erging. Und notfalls würde er den Admiral an seine gesundheitliche Verfassung erinnern; ein weiterer Start aus der planetaren Schwerkraft hätte ihn extrem belastet. Ich musterte ihn seltsam; falls Scanlen Vati in die Hände bekam, brauchte er sich um einen Start keine Gedanken mehr zu machen. Vati tätschelte mich jedoch nur auf diese freundliche, wegwerfende Art, bei der ich immer das Bedürfnis empfand, Erwachsenen gegen die Schienbeine zu treten.

Unsere Abendsitzung mit dem Satelliten verfolgte Vati auf dem Kabinenmonitor, um die heilende Wirbelsäule nicht erneut der vollen Schwerkraft auszusetzen. An diesem Abend führte, während Mrs. Frand Wachdienst auf der Brücke hatte, Leutnant Skor das Kommando an unserem Tisch. Mit ihr konnte man nie so leicht zusammenarbeiten wie mit Tad Anselm; ich musste besonders auf meine Manieren Acht geben, um sie nicht zu verärgern. Ich seufzte. Ich schätze, es war eine gute Übung.

Harry wirkte nervös. Er kostete kaum die Zeichnungen auf unseren Platten, und »ich verstehe nicht« erwies sich als seine häufigste Bemerkung. Irgendwann ignorierte er unser Angebot ganz und zeichnete selbst etwas.

Einen Satelliten und einen einarmigen Menschen.

Ich stand auf und winkte. »Ich bin hier, Junge!«

»*Setz dich!*« Vati klang scharf, selbst durch den Lautsprecher.

»Ja, Sir. Ich wollte nur, dass er mich sieht.«

»*Und falls er sich durch die Trennwand schmilzt, nur um dich besser zu sehen? Hole erst die Erlaubnis ein. Warum bist du so verdammt impulsiv?*«

Ich wurde rot. »Anthony hat mich das auch oft gefragt.«

»*Deshalb machst du Tolliver solche Angst. Mrs. Skor, falls dieser Junge wieder winkt, weichen Sie lieber zurück.*«

»Nur zu gern.« Leutnant Skor trat etliche Schritte zurück und hielt sich bereit, die Korridor-Sicherheitsluke zuzuknallen.

Ich drückte das Gesicht ans Transplex. »Ist schon gut, Harry. Ich bin ja hier.«

Der Satellit zeichnete eine weitere Platte. KEIN EINARMIGER MENSCH, FURCHT.

»Vati ... Ich meine, Sir, ich werde hineingehen müssen. Er erkennt mich von dort aus nicht.«

»Nein, das ist zu gefährlich.«

»Wir müssen es tun, Sir. Sehen Sie nur, er bibbert! Behandeln Sie mich doch nicht wie ein Kind.«

Leutnant Skor schien gleich der Schlag zu treffen. Sie fuchtelte warnend mit dem Finger, was ich jedoch ignorierte.

Ein müdes Seufzen. »Sehr gut, ziehe einen Raumanzug an.«

Ich wandte ein: »Wie soll Harry Menschen in Raumanzügen auseinander halten? Raumanzüge haben immer zwei Arme. Ich nehme einfach einen mit. Er fängt an herumzuhuschen, Sir.«

Ein Strom leiser Flüche drang aus dem Lautsprecher.

»Du beschissener ...« Mrs. Skor packte mich am Kragen und zog mich heran. »Ausgerechnet jetzt den Käpten zu provozieren! Ich sollte dich hinaus ...«

»Warum, Ma'am?«

»Weißt du es nicht?« Sie runzelte die Stirn. »Nein, du bist ja schon hier seit ... Erzähle nur ein Wort davon weiter, und ich stopfe dich in die Wiederverwertungsanlage!«

»Ja, Ma'am!«

»Sarah Frand hatte die Wache. Der Käpten war in seiner Kabine.« Sie verzog das Gesicht. »Mrs. Sloan bat um eine Passage auf die Station, und Frand war einverstanden. Hat sie sofort hinübergeschickt, mit nur einem Matrosen in der Gig. Ohne Mr. Seafort zu fragen.«

»Dieses Miststück!«

Mrs. Skor betrachtete mich verdrießlich, widersprach mir aber auch nicht.

»Was ist mit Corrine?«

»Die Station hält sie zunächst fest, ›um die Lage zu klären‹; sie möchten sie nicht auf den Planeten schicken, aber auch nicht zurück. Hole deinen Anzug.«

Ich tat es, und verabscheute es. Vor allem jedoch dachte ich an Mrs. Frand. Hatten ihre religiösen Überzeugungen dazu geführt, dass sie Vati verriet? Hoffte sie, der Forderung nach Vatis Rücktritt die Grundlage zu entziehen? Ich zuckte die Achseln. Es war egal. Man konnte ihr nicht mehr trauen. Und was war mit Corrine? Warum war sie gegangen, und das ohne eine Vereinbarung zum Schutz Vatis?

Weil sie wusste, dass Vati sie nie hätte gehen lassen; sie hatte die Gelegenheit beim Schopf ergriffen. Zweifellos würde sie versuchen, von der Station aus Verhandlungen zu führen, aber ließ Oberst Kaminski sie trotzdem auf den Planeten fliegen? Anth hatte ihn geschätzt, aber ...

Ich seufzte. Wir alle bereiteten uns unser Lager selbst und mussten es dann auch beziehen.

Vati erteilte seine Zustimmung. Ich trottete den Korridor entlang und schleppte dabei einen nutzlosen Raumanzug mit. Ich konnte mir genau ausmalen, wie Harry wartete, bis ich in die Montur gestiegen war, ehe er eine Dekompression herbeiführte. ZEIT FÜNF MINUTEN. VIER MINUTEN GLEICH TOTER EINARM.

Ich musste den Druckanzug auf Deck 1 hinaufschleppen und dann die nächste Treppe hinunter, um zur Luke am anderen Ende des Korridors zu gelangen; an unserem Ende hätten wir die Trennwand entfernen müssen.

Endlich stand ich vor der Luke, in Sektion drei, die als Dekontaminierungszone ausgerüstet war. Das Hemd war klamm, obwohl ich gar nicht so schnell gelaufen war. Die Nerven. Ich wollte doch Harry treffen, nicht wahr? Ich hatte mich freiwillig gemeldet. Und doch hoffte ein Teil von mir, dass die Trennwand zerbrochen war, dass die Korridorluke nicht geöffnet werden konnte.

Immer mit der Ruhe, Junge! Du bist übermüdet. Noch etwa eine Stunde, dann die demütigende Dekontaminierung, und du liegst in deiner Koje. Nein, erst musst du dir noch diese bescheuerten Bibelverse einprägen. Vielleicht erlässt Vati es dir aber auch. Yeah. Vielleicht tragen Satelliten Röcke.

Lautlos glitt die Luke in ihre Vertiefung. Ich betrat Sektion vier und schleppte mich am Nährstoffbottich des Satelliten vorbei. Da war er ja, am anderen Ende. Ich rief: »Hallo Harry!« Satelliten hatten noch nie auf Laute reagiert; vielleicht konnten sie gar nicht hören. Aber der Klang wirkte beruhigend, zumindest auf mich. Ich folgte dem Korridor. »Hast du mich vermisst, Junge?« Ich ließ den ungelenken Anzug fallen und winkte. Keine Reaktion. Um den unvertrauten Arm zu testen, der mir von der Schulter hing, winkte ich auch mit der Prothese.

Als ich näher kam, huschte Harry wie verrückt auf dem Flur hin und her, von einem Schott zum anderen. Er absorbierte Vatis zerstörte Uhr, spuckte sie wieder aus. Ein Pseudopodium stach nach dem Zifferblatt.

»Sachte, Junge.« Mein Ton war beruhigend.

»Nicht zu dicht heran, Mr. Carr.« Das war Leutnant Skor hinter der Trennwand. Ich blieb stehen.

Harry zeichnete auf eine Platte: SATELLIT. EINARMIGER MENSCH.

Ich sagte: »Jess, schreibe ›ja‹.«

Der Außerirdische löschte es. Eine neue Radierung: SATELLIT. NICHT. ZWEIARMIGER MENSCH.

»Noch einmal ›ja‹, Jess.«

NEIN! Noch lange, nachdem Harry die Platte gelöscht hatte, rauchte und zischte sie. Der beißende Gestank der Angst stieg mir in die Nase.

Vati sagte aus dem Lautsprecher: *»Zieh dich jetzt zurück, mein Sohn. Langsam und ruhig.«*

Nichts wollte ich lieber tun, aber ich musste die Lage erst klären. »Noch eine Minute, Sir. Jess, schreib nieder, was er uns vorher gesagt hat: Einarmiger Mensch und Satellit. Füge ›jetzt‹ hinzu.«

EINARMIGER MENSCH NICHT GLEICH ZWEIARMIGER MENSCH. SATELLIT ANGST.

»Randy, sieh zu, dass du die Luke erreichst!« Vatis Stimme knallte wie eine Peitsche.

Ich war derjenige, der sich auf dem Korridor aufhielt; damit war ich am besten geeignet, die Lage einzuschätzen, und es war *mein* Leben. Ich stampfte mit dem Fuß auf. »Siehst du, warum ich ungehorsam bin? Vertraue mir, Vati!«

»Der Satellit ist aufgeregt. Er könnte dich umbringen.«

»Jesus, denkst du, das wäre mir nicht klar?« Ich rückte vorsichtig näher. »Bitte!«

»Oh Gott!« Eine lange Pause trat ein. Dann: *»Sieh zu, dass du es hinter dich bringst.«*

»Jess, schnell: ›Einarmiger Mensch gleich zweiarmiger. Keine Furcht.‹« Ein weiterer Schritt. Harry bibberte.

Wie konnte ich ihm begreiflich …

Natürlich!

Ich warf mich herum. Harry sprang zur Seite. Ich begann einen irrsinnigen Tanz und schüttelte dabei alle Glieder. Sicherheitshalber tat ich auch noch mein Bestes, ein Schott hinaufzurennen. Endlich blieb ich keuchend stehen. »Kapiert, du dummer Plasmatropfen? ICH bin es!«

Harrys Gebibber klang ab. Er näherte sich mir, indem er sich wellenförmig über diese Nichtfüße abrollte, diese vorübergehend ausgebildeten Scheinfüßchen, die uns so unheimlich waren.

Unwillkürlich wich ich ans Schott zurück.

Ein Auswuchs bildete sich.

»Oh Scheiße!«

»Mrs. Skor.« Vatis angespannte Stimme kam aus dem Lautsprecher. *»Lenken Sie ihn ab! Machen Sie Lärm, spielen Sie mit der Beleuchtung!«*

»Nein, Vati! Ich meine, Käpten.« Meine Lippen waren trocken. »Warten wir lieber ab.« Es war ohnehin zu spät. Falls sie Harry jetzt erschreckten, wusste nur der liebe Gott, wie er reagierte.

»Sir?«, fragte Mrs. Skor.

»Ich weiß nicht … Okay.«

Harry rückte näher heran. Zu meiner grenzenlosen Erleichterung bildete sich eine Kruste über dem Auswuchs und verdunkelte sich zu einer metallisch blaugrauen Farbe.

Er berührte meinen echten Arm.

Ich fand die Stimme wieder. Tatsächlich ertappte

ich mich sogar dabei, wie ich regelrecht plapperte. »Jess, eine neue Platte, schnell! ›Einarm gleich Zweiarm.‹ Wirf sie ihm vor die Füße.«

»Befehl nicht verstanden. Das Wesen hat keine Füße.«

»Komm mir jetzt nicht so, du rostiger Chip-Eimer! Fertige die Zeichnung an und wirf sie aufs Deck, so dicht bei dem Satelliten, wie …«

Mit immer noch wedelndem Auswuchs floss Harry, scheinbar geistesabwesend, auf Jess' neue Platte.

Plötzlich strich Harrys »Hand« über meinen Bauch auf die andere Körperseite. Ich zuckte zusammen. Er sondierte den mechanischen Arm.

Ich stieß die Platte kräftig mit der Schuhspitze an. »Einarm gleich Zweiarm.«

Harry floss auf die Zeichnung. Langsam zog er den Auswuchs zurück, als kämen ihm Zweifel.

Ich ließ die Schultern hängen. »Danke, lieber Gott!« In diesem Augenblick hätte ich es glatt ernst meinen können.

»Das reicht für heute Abend, Randy.« Es war Vati.

»Ja, Sir.« Ich stimmte ihm von ganzem Herzen zu. Sobald Harry mir genug Platz gab, damit ich mich von ihm ent …

Ein neuer Arm wuchs aus Harrys sich laufend verändernder Haut hervor. Resigniert wartete ich darauf, dass sich die Kruste bildete.

Das geschah nicht.

Harry schien in die Höhe zu wachsen. Unerbittlich näherte sich der Auswuchs meinem Rumpf. Falls er mich bespritzte, war ich tot.

Ich zog den Bauch ein. »Vati, rede mit mir!« Meine

Lippen waren trocken wie Wüstensand, und die Knie drohten nachzugeben.

»Ich bin stolz auf dich.«

Es half, aber nicht annähernd genug.

Harrys Arm zuckte hervor. Er floss über die Prothese hinweg. Die mechanische Hand zischte.

»NEIN!« Ich zuckte instinktiv zurück, hatte aber keinen Platz, war schon fest ans Schott gedrückt.

Im neuen Arm gab es irgendeinen Kurzschluss. Ich schrie gellend auf. Wie aus eigenem Antrieb zuckte die Prothese und bäumte sich auf. Harry floss rückwärts und saugte den Auswuchs allmählich wieder ein. Das Pseudofleisch der Prothese zischte und tropfte zu Boden. Ich versuchte, den Arm wegzustrecken, aber er reagierte nicht mehr auf Willensimpulse. Unbeholfen lehnte ich mich nach links, verzweifelt darauf bedacht, dass mir Säure und sprudelndes Metall nicht am Bein herabliefen.

Harry floss auf eine Platte. EINARM GLEICH EINARM.

»Vati?« Klamm vor Schweiß und mit rasendem Puls kicherte ich. Das musste am Schock liegen. »Ich denke nicht, dass ihm meine Prothese gefällt.«

»Bist du verletzt?«

»Ich denke nicht ...«

Alarmsirenen heulten.

Ich ebenfalls. Das Herz klopfte mir an die Rippen. Speichel flog mir von den Lippen.

»Klar zum Gefecht! Schiff klar zum Gefecht! Kapitän auf die Brücke!« Es war Sarah Frand.

Auf der anderen Seite der Trennwand stürmte Mrs. Skor schon zur fernen Leiter und ihrem Posten auf dem Oberdeck. Warum zum Teufel war es nicht ihre Aufgabe, *mich* zu schützen?

»Randy, raus da!« Vatis Stimme.

Ich warf einen sehnsüchtigen Blick auf die Luke, aber Harry stand zu dicht neben mir. Ich würde es nie schaffen.

»Alle Mann, alle Passagiere in die Raumanzüge! Bereitmachen, um ein Enterkommando zurückzuschlagen! Bereitmachen für Druckverlust!« Mrs. Frand leierte die Befehle herunter.

Ich rutschte vorsichtig am Schott entlang. Endlich erreichte ich ein Bullauge.

Ein Dutzend Fische. Mehr.

»Stationen, Meldung machen!«

Sie drängten durcheinander, verspritzten Treibmasse, näherten sich unseren Fusionsrohren. Einer bildete bereits einen Tentakel. Bald würde dieser hin und her schwenken und sich lösen. Seine Säure würde sich durch unseren Schiffsrumpf brennen.

»Pilot auf die Brücke!« Vati atmete schwer; er musste die ganze Strecke gerannt sein. *»Maschinenraum, Notenergie auf die Schubtriebwerke!«*

Ich wirbelte zu Harry herum. »Ihr M-M-Mistviecher!« Ich hämmerte ans Schott. »Warum?« Aber er sah nur ungerührt zu. »Jess, eine Platte! ›Warum Krieg?‹«

Einen Augenblick lang glaubte ich, der Comp würde nicht reagieren, da auf der *Olympia* volle Alarmstufe bestand. Dann beschrieb der Roboterarm eine Platte.

»Korridorluken schließen!«

KEIN KRIEG. SATELLIT MAG EINARM. Oder vielleicht hieß es auch: SATELLIT NICHT FÜRCHTEN EINARM.

»Zwölf Fische Krieg.«

Harry löschte die Platte. NICHT VERSTEHEN.

»Jess: ›Zwölf Fische Krieg Schiff. Hier, jetzt.‹«

»Einen Augenblick.« Der Lautsprecher fiel aus. Die Brücke musste schwere Anforderungen an Jess' Systemressourcen stellen.

»Prioritätsschaltung! Zeichne das jetzt!«

Ein Roboterarm wurde lebendig und zeichnete meine Platte. Ich warf sie nach dem Satelliten. Er huschte zur Seite. Sie landete an einem Wandschott. Nachdem er einen Augenblick lang gebibbert hatte, kostete er die Platte.

Und flippte völlig aus. Er flog kreuz und quer durch den Korridor, bibberte, fegte mal hierhin, mal dorthin. Nach einer Weile sauste er in die Luftschleuse.

Ich stolzierte ihm nach. »Yeah, hau nur ab, du tückische Riesenamöbe!«

Vor der Außenluke verharrte Harry bewegungslos, als wartete er auf den Druckausgleich in der Luftschleuse. Das würde natürlich nicht geschehen. Die Innenluke stand noch offen.

»Vati, spüle ihn raus!«

Keine Antwort.

Ich runzelte die Stirn. War er böse auf mich? Hätte ich ihn mit Kapitän anreden müssen? Ohne Zweifel: Wir waren im Dienst. Aber er machte daraus doch kein Problem, wenn wir …

Du Idiot!

Die Korridormikros sendeten in unsere Kabine, und Vati war auf die Brücke gegangen. Ich schnappte mir den Rufer. »Schiffsjunge Carr ruft die Brü …«

Harry sauste aus der Schleuse.

»Du beschissener Irrer!« Ich näherte mich langsam

der Luke nach Sektion drei. Vati würde sie öffnen, falls ich ihn von der Lukensteuerung aus anrief.

Der Satellit huschte an mir vorbei, umkreiste seinen Nährstoffkübel und stürzte sich darauf.

Was jetzt, Randy? Um die Luke zu erreichen, musste ich mit nur einem Meter Abstand an ihm vorbei. Sein Verhalten war so unberechenbar, dass ich mir nicht sicher war, ob ich das probieren wollte.

»Achtung, alle Mann und Passagiere.« Vati klang angespannt. *»Wir werden von einer Flottille Fische angegriffen. Sie springen per Fusion heran und verschwinden wieder, und es werden immer mehr. Unser Beschuss vernichtet die, die sich unseren Rohren nähern, aber …«*

Mein Gott, was tat Harry eigentlich? Er hatte den gesamten Nährstoffbottich leer gesaugt und wuchs vor meinen Augen an.

Ich zog mich an einer Kabine vorbei zurück, dann an noch einer. Dann an der Luftschleuse. Es war noch gar nicht lange her, da hatte ich darin festge …

»… aber es sind eine Menge Fische.« Es klang wie ein Eingeständnis der Niederlage.

Ich bekam eine Gänsehaut. Es war nicht nur die Schleuse; die gesamte Sektion konnte jeden Augenblick die Luft verlieren. Ich hatte meinen Raumanzug auf dem Deck liegen gelassen, etwa … Ich riskierte einen Blick. Zwanzig Meter hinter mir. Ich behielt Harry im Auge, zog mich Richtung Raumanzug zurück und stolperte beinahe, als ich ihn erreichte.

Ich lehnte den Anzug in eine Sitzhaltung ans Schott und manövrierte die Füße hinein. Es ist gar nicht so einfach, mit nur einer Hand in einen Druckanzug zu steigen. Ich wusste das; ich hatte es schon probiert.

Einhändig ist allerdings noch gar nichts. Man muss es mal mit einem Arm aus Metall und Pseudofleisch probieren, der einfach nicht tut, was man möchte, der einfach nicht still hält. Endlich packte ich das halb geschmolzene Handgelenk mit der anderen Hand und versuchte, es in einen Ärmel zu zwingen. Es wollte immer noch nicht kooperieren; ich bekam es einfach nicht richtig hinein. Endlich drückte ich den kaputten Arm fest an die Seite und schob ihn mit dem Rumpf ins entsprechende Anzugteil. Die verdammte Hand flatterte am Rumpf herum und zuckte wie ein sterbender Fisch. *Argh! Finde lieber ein besseres Bild, Junge.*

Harry sauste durch den Korridor, zischte in die Luftschleuse und wieder heraus.

»Schiffsprofos Janks, rufen Sie vom nächsten Rufer aus die Brücke an! Mr. Carr steckt in Schwierigkeiten. Gehen Sie in Sektion vier auf Deck 2 und befreien Sie ihn; töten Sie notfalls den Außerirdischen, um das zu tun. Ich öffne die Korridorluken für Sie, sobald ich weiß, wo zum Teufel Sie stecken!«

»Jesus!« Schwitzend verdoppelte ich meine Bemühungen. Die Beine hatte ich drin. Jetzt den echten Arm. Ich machte mich an den Verschlüssen zu schaffen.

Harry sauste an mir vorbei, kehrte wieder um. Er war wirklich größer als zuvor. Um etwa ein Drittel. Und er war fürchterlich schnell. Aber das waren die Satelliten schon immer gewesen.

»Geh weg von mir, du Weichtier!« Zum Glück war er Richtung Sektion fünf an mir vorbeigeschossen; damit war für mich der Weg zur Sektion-drei-Luke frei. Ich packte den Helm und schlurfte den Korridor entlang. In einem Raumanzug rennt man nicht.

Während ich mich der Luftschleuse näherte, versuchte ich den Helm aufzusetzen. Mit einer Hand schaffte ich es nicht. Er rutschte mir aus den Fingern und rollte übers Deck. Ich tapste hinterher.

Als ich ihn aufhob, huschte Harry vorbei und versperrte mir den Weg nach Sektion drei. Na ja, es konnte nicht mehr lange dauern, bis Janks kam und ihn erschoss. Ich war froh darüber. Ich wurde vielleicht voll gespritzt wie Kevin, aber ...

Vor Minuten noch hatte ich Vati angefleht, mir zuzureden, damit ich die Panik überwand, aber im Augenblick machte ich mir nicht mehr viel daraus. »Ich habe keine Angst vor dir, du Eiterbeutel!«

Wie schade, dass mich Harry nicht verstand.

»Aus dem Weg!« Ich stampfte mit dem Fuß auf, hoffte, dass er sich zurückzog. Stattdessen drang er auf mich ein, und sofort verließ mich der neu entdeckte Mut wieder. Ich stolperte rückwärts.

Der Lautsprecher knisterte. *»Randy, unternimm nichts. Janks ist unterwegs. Noch etwa eine Minute. Setz den Helm auf!«*

Ein Teil von mir staunte darüber, dass der Kapitän auch nur einen Blick auf mich erübrigen konnte, während die *Olympia* angegriffen wurde. »Aye aye, Sir.« Ich fummelte an den Helmverschlüssen herum. »Was passiert draußen?«

»Van Peer, schwenken Sie unser Heck nach Steuerbord, schnell!« Der Lautsprecher fiel aus.

Harry erzeugte einen Tentakel. Von der falschen Sorte. Vati hatte wahrscheinlich Recht gehabt mit seiner Empfehlung zu warten. Falls ich versuchte, mich an dem Satelliten vorbei nach Sektion drei vorbeizudrücken, schmolz Harry womöglich den Raumanzug und mich gleich mit. *Kommen* Sie schon, Janks!

Der über mir aufragende, bibbernde Satellit kam näher. Der Auswuchs sondierte. Hastig wich ich zurück, während ich weiter mit dem Helm herumfuhrwerkte. Der Tentakel kam wieder näher. Ich zog mich von neuem zurück.

Direkt in die Luftschleuse hinein.

Harry folgte mir. Mit dem wedelnden Säuretentakel trieb er mich bis vor die Außenluke. Ich landete an der Steuertafel. Harry wurde größer, breiter, versperrte mir jeden Ausweg.

»Gott verdamme dich!« Es war ein Krächzen.

Mein Blick fiel auf das Bullauge direkt neben Harry. Ich machte große Augen. Ein Dutzend Fische? Na ja, jetzt waren es dreißig.

Harrys Tentakel schoss vor. Ich zuckte zusammen. Er dehnte sich an mir vorbei zur Luke aus. Verzweifelt zerrte ich an den Helmverschlüssen herum. Der Helm klemmte; ich würde ihn erst herunterreißen und neu aufsetzen müssen.

Die Lukenplatte zischte.

»JANKS!« Mein Schrei warf Echos in der kleinen Kammer.

Wenn Harry sich durchschmolz, erlitten wir den Druckverlust. Falls ich den Helm bis dahin nicht geschlossen hatte, starb ich.

Harrys Farben wirbelten durcheinander. Ein ganzes Segment von ihm wurde grau. Gut, du Schleimball, vielleicht stirbst du ja auch!

Der Helm rutschte mir aus der Hand. Ich fing ihn zwischen Knie und Schott auf. Setz ihn auf, rasch, ehe ... Du Idiot, so ist es verkehrt herum! Sachte, Junge, du hast ein Dutzend Übungen mit dem Raumanzug absolviert. Du brauchst nichts weiter zu tun, als ... Wo zum *Teufel* bleibt Janks?

Zu spät. Jede Sekunde brennt Harry sich jetzt hindurch. Janks kommt nicht mehr rechtzeitig. Ich würde das Gleiche spüren wie Dad, diese letzten qualvollen Sekunden.

Im Raumanzug flatterte die nutzlose Prothese seitlich am Rumpf herum.

Ruhig, mein Sohn.

Was, Vati? Oh, du bist es gar nicht! Dad, ich habe dich so vermisst! Bleibst du bis zum Ende bei mir? Um mehr bitte ich gar nicht. Und falls du den Arm um mich legen könntest ...

Die Luke rauchte und zischte. Sobald sich die Säure hindurchgefressen hatte – drückte mich der explosive Druckverlust wohl durch das Loch? Wir verloren die Luft dann nicht nur aus der Luftschleuse, sondern der ganzen Sektion vier. Falls die angreifenden Fische angrenzende Sektionsluken beschädigten, kamen zig Passagiere ums Leben.

Während ich einen Gott verfluchte, der nicht existierte, ließ ich den Helm los und drückte auf die Lukensteuerung. Die Innenluke glitt zu. Tut mir Leid, Janks. Sie werden um Ihre Schussgelegenheit kommen.

Der Weg auf den Korridor hinaus war blockiert. Jetzt dekomprimierte Harry nur noch unsere Luftschleuse.

Ich würde den Scheißhelm niemals rechtzeitig aufsetzen können. Ich riss den Nothebel aus seiner Fassung und kratzte aufs Deck: »Einarm stirbt.«

Während Harry mit dem Pseudopodium weiter die

Außenluke wegfraß, floss er auf meine Worte. Als er sich wieder hinunterbewegte, zeigte das qualmende Deck eine Antwort. KEIN KRIEG.

Was zur Hölle meinte er damit? Dutzende von Fischen gingen auf uns los. Hatten wir je ein Wort verstanden, das der andere sagte? Ich rammte den Helm auf den Halsring. Er verklemmte sich.

»Janks, laufen Sie! Sie sind in der Schleuse!«

»Laserraum, wir schwenken herum. Schießen Sie auf ...«

Blecherne Stimmen aus dem Helmfunk; jemand hatte ihn nicht ausgeschaltet. Während sich Harrys Säure durch die Außenluke fraß, hantierte ich fieberhaft an den verbleibenden Helmverschlüssen herum. Es war schwieriger, als man denken könnte. Ich stand fest an die Luke gedrückt da, und Harry, der zur Hälfte grau und tot wirkte, ragte über mir auf, leicht gekippt, bereit, mich in Agonie zu baden. Ich hatte die Luftzufuhr noch nicht aufgedreht; die Atmosphäre im Raumanzug war erstickend.

»Olympia, *wir haben freie Schussbahn.«*

»Nutzen Sie sie, Station!«

»Olympia, *hier Vince Palabee im Namen der Kolonialregierung. Ich fordere Sie auf, uns zu schützen ...«*

»Halten Sie die Klappe, Palabee. Wir tun, was wir können.« Vati klang scharf.

Noch zwei Klammern, die am schwierigsten zu erreichen waren.

»Übertragen Sie uns wieder das Kommando über die Station!«

»Klären Sie das mit Ihren Offizieren ...«

Ein Zischen. Luft fuhr pfeifend durch die Luke.

Noch eine Sekunde, und ich schnappte nach Luft, meine Augen quollen hervor …

Harry kippte auf mich.

»Aiiih!« Mein Schrei stieg bis in die höchste Stimmlage. Der Helm beschlug. Ich war mit den Helmklammern noch nicht fertig; der Anzug konnte die Luft nicht halten. Egal. Ich hörte beinahe das Sprudeln im Anzug, spürte beinahe die Hitze, als Harry sich durchschmolz. In wenigen Sekunden würde ich aufgelöst sein.

Ich versuchte, mich vom Anzugsstoff zurückzuziehen, und fragte mich dabei, wo die Säure zuerst brennen würde.

»JANKS AN BRÜCKE! ER HAT RANDY ERWISCHT!« Mühsame Atemzüge. »Die einzige Möglichkeit, wie ich … Soll ich durch die Luke schießen? Wir verlieren die Sektion, aber niemand ist mehr hier.«

»Ja!«

Ich keuchte. Die Luft war abgestanden und nutzlos. Ich konnte die Arme bewegen, wagte es aber nicht. Falls ich Harry auch nur kurz berührte, war das das Ende.

Ein Rucken. Ich stürzte, blind, sterbend, allein.

»Sir, er hat sich gerade vom Schiffsrumpf abgestoßen! Jesus, lieber Gott, der Junge lebt noch! Der Raumanzug! Er … Kopf und Schultern stecken im Satelliten. Er strampelt wie verrückt. Ich puste die Innenluke weg!«

Nein, du Idiot! Ich hatte kostbare Sekunden darauf verwandt, sie zu schließen. Mach aus meinem Tod keine Verschwendung.

»Kapitän, hier Kaminski auf der Orbitalstation. Palabee

möchte Zugriff auf unseren Comp nehmen, um die Verteidigung zu koordinieren. Sollen wir es dulden?«

»Janks ...« Vati klang dumpf. *»Töten Sie ihn.«*

»Druck ausgeglichen, die Luken öffnen sich.« Das war Janks. »Sir, falls ich ... Erinnern Sie sich an den jungen Dakko? Falls der Satellit zerplatzt ... Ich kann ihn nicht töten, ohne Randys Leben zu riskieren!«

»Mr. – Janks ...« Die Stimme klang leblos; die Worte drangen schleppend über widerstrebende Lippen. *»Töten – Sie – meinen – Sohn. Er leidet.«*

Stille. Dann: »Der Herrgott rette meine Seele. Ich kann es nicht.«

»SOFORT, JANKS! Laserraum, Sie auch! Zielen Sie auf den Satelliten!«

»Laserraum, tun Sie es nicht.« Das war Mr. Tolliver. *»Sir, warum ...«*

»Edgar!«

Ich schwamm in einem Nebel der Verständnislosigkeit und gähnte gewaltig.

»Olympia, *empfangen Sie die Orbitalstation?«*

»Warum strampelt Randy?« Tollivers Stimme.

»Ein Reflex oder ...«

»Nick, falls es ein Reflex ist, dann ist er tot, obwohl es sein Körper noch nicht weiß, also brauchen Sie nicht zu schießen. Falls nicht, DANN LEBT ER NOCH! Die Säure hat ihn nicht erwischt.«

Warum konnte ich nichts sehen? Und wichtiger noch: Warum war ich nicht tot?

Ich gähnte erneut. Die Stimmen verklangen allmählich. Schwach und ohne nachzudenken drehte ich am Luftventil.

Kühle Luft zischte. Und sie blieb im Anzug.

Ich blinzelte. Weiterhin war alles schwarz. Aber die Welt – wenigstens in Form ihrer Laute – wurde wieder deutlich.

»Aber ... Das können Sie nicht wissen ... Verdammt, wir sind auf einer offenen Frequenz.« Ein Klicken.

Völlige Stille.

»Verlasst mich nicht!« Niemand hörte mein Flehen.

»Janks an Brücke!« Auch er trug einen Raumanzug, also konnte ich ihn hören.

Nichts.

»Janks an Brücke, dringend!«

Vati klang leblos. *»Was ist?«*

»Verzeihung, aber der Satellit nimmt Kurs auf diesen großen Fisch mit dem grünlichen Emissionsloch. Entscheiden Sie möglichst sofort, ob der Laserraum ihn vernichten soll.«

»Natürlich soll er das!«

»Hat der Satellit vor, Randy zu töten?«

»Er hat vor, uns alle zu töten. Und falls der Fisch mit Randy im Innern in Fusion geht ...«

Mein Magen krümmte sich. Ich würde allein sterben. Aber falls der Fisch in Fusion ging, gewann »allein« eine ganz neue Dimension.

Aber wieso hatte sich die Säure des Satelliten nicht durch meinen Anzug gefressen? Harry lag im Sterben; er war grau geworden. Hieß das, dass er nicht mehr über genug Säure verfügte, um ...

Grau. Wie der Auswuchs, mit dem er mir an die Wange gefasst hatte.

Er war auf mich geflossen, über den unverschlossenen Helm. Und jetzt hielt der Raumanzug die Luft.

Jesus, lieber Gott! Er hatte sich mit der Schutzschicht überzogen und sich in ein Luftsiegel für mich verwandelt! Er wollte mich retten. Warum jedoch? Als Trophäe? Gefangenen? Geisel?

Ganz sachte hob ich die Hand zum Helm. Etwas Hartes bedeckte den Helmkranz. Ich zog die Finger zurück, spürte aber keine Verbrennung, keine entweichende Luft.

»Sir, uns bleiben nur Sekunden!« Das war Janks. »Falls Sie den Fisch vernichten, wohin soll sich dann der Satellit wenden?«

»Nirgendwohin. Er hat keinen Eigenantrieb.«

Wir würden für immer durchs All gleiten, oder bis uns die Schwerkraft von Hope Nation in die Flammen der Vernichtung zog. Andererseits war ich bis dahin längst tot. Ich hatte nur für zwei Stunden Luft.

»Olympia, *hier spricht Palabee vom Regierungssitz in den Venturas. Melden Sie sich! Wie viele Fische sind es, und was haben sie vor?«*

In einem fast traumartigen Zustand überlegte ich müßig, wie Vati und Janks über mein Schicksal entscheiden würden. Ich war völlig hilflos, gefangen in Harrys Körper. Entweder vernichteten sie den Fisch, oder sie taten es nicht. Ich konnte in jedem Fall einen Furz unternehmen.

Zum Teufel, wieso eigentlich?

Ich fasste mir an die Brust, tastete nach Schaltern, drückte den, den ich gesucht hatte. Ich öffnete den Mund, klappte ihn wieder zu. Das wurde vielleicht das letzte Andenken an mich. Ich sollte es lieber richtig machen.

»Schiffsjunge Randolph Carr ruft die Brücke.«

Mein Ton war munter. »Bitte holen Sie den Kapitän heran.«

Eine zögernde Stimme, fast ehrfürchtig. *»Randy?«*

»Ja, Sir. Ich schlage vor – schlage respektvoll vor, dass Sie den Fisch nicht erschießen. Harry hatte einen Grund, mich mitzunehmen. Ich weiß nicht recht, welchen, aber er hat mir nichts getan. Tatsächlich ...« Mit übereinander purzelnden Worten erklärte ich die Geschichte mit dem Helm.

»Laserraum, feuern Sie NICHT auf den bewegungslosen Fisch achtzig Meter an Backbord! Bestätigen Sie!«

»Befehl erhalten und verstanden, Sir.«

»Auch nicht auf den Satelliten, der sich ihm nähert!«

»Vati, was geschieht eigentlich? Ich kann nichts sehen.«

»Der Fisch, der Harry mitgebracht hat, ist untätig, aber lebendig. Der Satellit, der dich trägt, wird mittschiffs auf ihm auftreffen. Andere Fische stürzen sich auf unsere Rohre. Der Laserraum wehrt sie ab und tötet sie massenweise. Wir verfügen über sechs Laserbänke zum Schutz der Rohre, aber immer neue Fische fusionieren heran. Und ...« Vati klang unbehaglich. *»Sollte ein Fisch mal zu dicht an den Rohren aus der Fusion kommen, erreicht er sie vielleicht, ehe wir ...«*

»Olympia, *bitte antworten Sie der Station.«* Oberst Kaminski klang wehleidig.

Ich fragte: »Könnt ihr nicht in Sicherheit fusionieren?« Ich würde bald ersticken; die *Olympia* sollte sich lieber selbst retten.

»Wir sind zu dicht dran.«

An Hope Nation, wollte Vati damit sagen. Kein Schiff konnte neben einer großen Masse in Fusion gehen; die Schwerkraft zerstörte das Feld. Die entsprechenden Formeln hatten mich in Mathe zu Tode gelangweilt. Es war ein verrückter Augenblick, um diese Frage zu stellen, aber ... »Vati, wie schaffen die Fische das?« Hier war ich, unterwegs zum eigenen Tod, und fragte Vati über die Prinzipien der Fusion aus. Na ja, mein Leben hatte noch nie viel Sinnvolles hervorgebracht.

»Falls ich das nur wüsste!« Eine Pause trat ein. *»Randy, sobald der Angriff nachlässt, schicke ich eine Barkasse los, um dich zu retten. Ich habe schon nach Freiwilligen gefragt.«*

Ich schnaubte; wie wollten sie mit dem Fisch reden? »Sollen Sie eine Zeichenplatte mitbringen, die Harry bittet, mich gehen zu lassen?«

»Werde jetzt ja nicht schnodderig, du ungezogener junger Trottel!« Vatis Ton war gepresst. *»Jeder Fähnrich an Bord ist bereit, sein Leben für dich aufs Spiel zu setzen. Einschließlich Mr. Yost, den du hasst!«*

»Ich hasse ihn nicht ...« Ich gab es auf. »Es tut mir sehr Leid, Sir. Danken Sie ihnen, besonders Mr. Yost.«

»Randy, du stehst kurz vor dem Aufprall.« Seine Worte verhaspelten sich vor Eile. *»Ich nehme zurück, was ich gesagt habe. Du bist kein Trottel. Ich liebe dich, mein Sohn! Glückliche Reise!«*

Ich biss mir so heftig auf die Lippe, dass ich Salz schmeckte. »Vati, ich ...«

BUMM.

Ich schrie gellend auf.

»Randy? ... Randy!«

»Ich bin ...« Ich staunte darüber. »... noch da.«

»Auf der Haut des Außerirdischen wirbeln die Farben; er steht im Begriff, den Satelliten zu absorbieren. Aber er ver-

ändert sich. Harry ist dabei ... Oh, Allmächtiger, er zerläuft rings um deinen Raumanzug!«

Noch während er redete, floss eine gummiartige Membran über meine Beine. Der Helmlautsprecher zischte und prasselte. Ich zuckte am ganzen Körper wie unter Strom, konnte mich aber nicht befreien. »Nein! Noch nicht!« Erschrocken spannte ich mich an, wartete auf das Unvermeidliche.

»Rand ... Bitte um ...« Vatis Stimme war mal hörbar, mal nicht. *»Sprich mit mir ... Jesus, ich bete zu Dir ... gnädig!«*

Ich wollte mich wie ein Fötus zusammenrollen, aber der Anzug behinderte mich. Ich schwebte hilflos in der Leere und verfluchte Harry. Er hatte mich ganz umschlossen und schnitt mir den Funkverkehr ab.

Ein vages Druckgefühl, etwas wie ein Aufprall. In meinem Kokon, ohne etwas zu sehen und ohne Schwerkraft, konnte ich mich nicht orientieren. Und ich hatte Magenschmerzen.

»Station ... tnant Skor ... Kapitän ist ... beschäftigt.«

»Ma'am, sollen wir die Zielkoor ... Regierung? ... koordinierte Feuerleitstelle, aber ... schießen vielleicht auf die Olympia!«

»Vati, Mrs. Skor, irgendwer! Können Sie mich hö ...«

» ... gebe einen Dreck darauf, ob ... Sie koor ... schießen Sie auf uns, und wir pusten Sie in Stücke!«

»Weil ich gleich losschreie und dann nicht mehr aufhören ...«

» .. der Liebe Gottes willen, Randy, antworte!«

»Olympia ... *Leutnant Riev ... für eine Nachricht von ... miral Kenzig in Central ...«*

Der Druck auf die Beine ließ nach. Mein Arm kam frei.

»... kann es nicht kommen sehen, und die Warte ...«

»Hab ich dich, du Mistvieh!«

»Laserraum, halten Sie sich aus dieser Frequ ...«

Ein fahles Licht. Ich konnte sehen!

Aber dann ein entsetzliches Luftrauschen. Ein kalter Hauch rings um den undichten Helmverschluss.

Wie lange kann man den Atem anhalten? Wie lange dauert ein Leben?

Die Armprothese zuckte und scharrte an meinen Rippen. Noch einen Augenblick, und meine Ohren knackten und die Augäpfel ...

Die Luft entfuhr mir mit explosiver Kraft.

Ich würgte.

Die Luft roch fürchterlich. Ungläubig atmete ich erneut ein. Auch wenn ich Sauerstoff erhielt, konnte ich in diesem Mief nicht lange ...

Warte, du Idiot! Panisch hantierte ich an den widerspenstigen Helmklammern herum. Diesmal konnte ich sie mit Leichtigkeit schließen, und die Helmlampe zeigte blinkend die intakte Versiegelung an. Aber mein Anzug war erfüllt von einem Gestank, der ... argh! Um die Luft zu reinigen, drehte ich das Ventil bis zum Anschlag auf.

Randy, du wirst diese Luft noch brauchen! Widerstrebend drehte ich es wieder herunter.

»Admiralitätshaus an Olympia, *antworten Sie!«* Die Stimme klang vertraut. Alon Riev.

Die Helmlüftung mühte sich ab. Der Beschlag löste sich vom Visier. Ich blickte forschend hierhin und dorthin. Wo zum Teufel war ich? Wo war die *Olympia?*

Ein vages orangefarbenes Leuchten. Flecken. Wirbel. Wo steckte Harry?

Ohne eine Griffmöglichkeit ist es schwierig, sich in Schwerelosigkeit umzudrehen. Nein, nicht schwierig. Unmöglich. Und das Nächstbeste, um danach zu greifen, war ... Ich schrak zurück. Der Fisch. Ich steckte im Inneren des Fisches. »Jesus Herr im Himmel!«

»Randy!« Schock und Überraschung.

Zwischen mir und der – was eigentlich? Wand? Haut? – schwamm ein formloser schwarzer Schatten. In dem Streulicht konnte ich nicht erkennen, ob er groß oder klein war, nah oder fern.

Abrupt wurde die Perspektive deutlich.

Es war Harry.

Nein. Ich wusste nur, dass es ein Satellit war. Es konnte irgendeiner sein.

»Reden Sie, Admiralitätshaus.« Das war Mrs. Skor.

»Vati, ich habe – Angst.« Ich hätte mir am liebsten einen Tritt versetzt. Von all den dummen Sachen, die ich jetzt hätte sagen können! Ich war vielleicht der erste Mensch, der ins Innere des Feindes gelangt war. Ich hätte etwas Nobles sagen können wie ... wie: »Ich biete mich als Opfer für den Frieden an.« Oder *irgend so was!*

Nicht nur das, womöglich war es das Letzte, was ich überhaupt sagte. Welche abschließende Erinnerung wollte ich Vati hinterlassen? Sicherlich nicht: »Ich habe Angst.« Scheiße! Zu spät, um es zurückzunehmen.

»Hier Kenzig. Wo ist Seafort?«

»Randy, was machen sie mit dir?«

»Sie kümmern sich nicht um mich. Da ist ein Satellit ... Wow, mach zwei daraus! Drei!« Sie sickerten einer nach dem anderen aus dem Fleisch des Fisches. Schweiß trat mir auf die Stirn. Ich wollte *raus!* Falls ich das durch irgendein Wunder Harry begreiflich machen konnte ... Aber welche dieser Tropfengestalten war Harry? Unmöglich zu sagen.

»Geben Sie mir Seafort, oder ich enthebe ihn sofort des Kommandos!«

»Nur einen Moment, Sir.«

»Provoziere sie nicht, Sohn. Ich melde mich gleich wieder. Joanne, bleiben Sie bei ihm. Ja, Admiral? Hier Kapitän Nicholas Seafort ...«

»Wo zum Teufel haben Sie ... Egal. Palabee möchte, dass sich die Olympia, *Kaminskis Station und seine eigene Bodenverteidigung koordinieren.«*

»Unter wessen Kommando?«

»Seinem.«

Provoziere sie nicht! Toller Ratschlag, aber was genau wirkte provozierend auf sie? Sie kamen näher. Ich konnte mich nicht mit den Füßen abstoßen; ich hatte keinen Kontakt zum Fisch, und man bewirkte nichts, wenn man in Schwerelosigkeit strampelte. Und falls es mir gelang, den Fisch zu berühren, würde er mich in Säure baden.

Ich würde jetzt wirklich gern aufwachen, bitte!

»Lautet so Ihr Befehl, Sir?«

»Randy, hier spricht Joanne Skor. Käpten Seafort spricht gerade mit Centraltown.«

»Ich höre ihn. Die Verbindung ist offen.« Vatis Abwesenheit war noch die geringste meiner Sorgen. Falls ich den verdammten Fisch berührte ...

»Ups!«

Örg! Ich *berührte* ihn ja. Lehnte sozusagen an ihm. Und ich verbrannte nicht. War das ein gutes Zeichen? Vergiss das jetzt; versuche lieber, mit ihnen zu reden. Harry, würdest du mir bitte eine Platte und ein Radierwerkzeug leihen? Vielleicht war es ein bisschen impulsiv von mir gewesen, als ich Sektion vier aufsuchte, um Harry seinen alten Freund Einarm zu zeigen.

»Na ja, wir sollten …« Kenzigs Ton wurde unsicher. *»Herr GenSek, wie lautet Ihre Empfehlung?«*

»Sir, ich werde fortlaufend angegriffen; jetzt ist nicht der richtige Augenblick, um über politische Fragen zu debattieren. Die Raumflotte hat jedoch noch nie Schiffe einer unabhängigen Macht unterstellt. Nie.«

»Unabhängig? Auf Befehl McEwans gilt Hope Nation wieder als UN-Kolonie.«

»Absoluter Quatsch.« Selbst von Vati war das ein bisschen heftig. Er redete mit einem Admiral, der eben noch gedroht hatte, ihn des Kommandos zu entheben. *»McEwan ist Botschafter, nicht Gouverneur. Er hat nicht die Vollmacht, eine Regierung zu beseitigen, die von der UN-Vollversammlung anerkannt wurde. Und dieses Arschloch Scanlen hat sie auch nicht.«*

»Mr. Seafort!«

»Van Peer, drehen Sie das Schiff! Wenn Sie noch länger warten, erwischt uns dieser verdammte Fisch! Sir, ich sagte Ihnen ja, dass ich keine Zeit für Spitzfindigkeiten habe.«

»Ich auch nicht. Wissen Sie, man verlangt von mir, Ihnen zu befehlen, dass Sie auf den Planeten kommen.«

»Tun Sie das?« Vati klang nur neugierig.

»Nicht, solange Sie Fische abwehren.« Kenzig räus-

perte sich. »*Man setzt mich stark unter Druck, damit ich kooperiere. Tatsächlich schickt Scanlen heute Nachmittag sogar eine weitere Delegation. Ich persönlich bin nicht scharf darauf, mich dem Vorwurf der Ketzerei auszusetzen. Unter uns gesagt …*«

Ich schnaubte. Jemand hatte hier gepfuscht und das Gespräch nicht auf eine abgeschirmte Verbindung gelegt. Nur unter ihnen und vor den Ohren der ganzen beschissenen Welt.

»*… habe ich keinen Beweis dafür gesehen, dass die Regierung Branstead zusammengebrochen war. McEwan war ein bisschen übereifrig.*«

»*Sir, darf ich das ins Logbuch eintragen?*«

Wen interessiert das, Vati? Ich saß in einem Fisch fest, in Gesellschaft dreier nervöser Schatten, während die beiden sich über ihre Horsd'œuvres unterhielten.

Eine lange Pause. »*Beim Allmächtigen, nur zu.*«

Ein Satellit näherte sich mir und bildete dabei ein Pseudopodium aus. *Jesus, nicht schon wieder!* Zu meiner Erleichterung wurde der Tentakel grau. Die übrigen Satelliten schwammen auch näher heran.

Ich bemühte mich, nicht zusammenzuzucken. »Mrs. Skor, sie fassen mich an! Erst einer, dann die anderen.« Ich war bedacht, es nicht wie eine Beschwerde klingen zu lassen.

»*Warte ab, Junge.*« Sie schlug einen barschen Ton an. »*Wir holen dich dort heraus, falls es irgend menschenmöglich …*« Yeah, das war der Haken. Falls es *menschenmöglich* war.

Ein Satellit baute sich bibbernd vor mir auf.

»Hast *du* Angst? Was ist mit mir? Hör auf, an meinem verdammten Raumanzug herumzustochern!« Jetzt klang ich wie Vati. Ich verdrehte die Augen.

»Admiral, bislang wehren wir die Fische ab, aber das kann sich jeden Augenblick ändern. Falls ich die Wahl treffen muss: Soll ich Hope Nation oder das Schiff schützen?«

»Das Schiff, Mr. Seafort.« Die Antwort kam schneller, als ich erwartet hatte. *»Es wäre undenkbar, ein weiteres Schiff wie die* Olympia *zu verlieren.«*

Der Satellit stocherte auf dem – Deck? Bauch? – des Fisches herum und hinterließ dabei Linien. Ich kniff im fahlen Licht die Augen zusammen.

EINARM KEINE FURCHT. Oder vielleicht auch KEINE FURCHT EINARM. Wir hatten uns wirklich nicht besonders um die Syntax bemüht.

»Du bist Harry!«

»Was, Junge?«

»Nichts, Mrs. Skor.«

Nicht, dass es etwas bedeutet hätte. Selbst wenn ich gewusst hätte, was ich ihm sagen sollte, stand mir keinerlei Schreibgerät zur Verfügung, abgesehen vom Stiefel – und um nichts in aller Welt hätte ich meine Antwort ins lebendige Fleisch des Fisches gescharrt! Schon beim Gedanken schauderte es mich.

KEIN KRIEG.

»Yeah, richtig.«

Harrys grauer Auswuchs fuhr auf mich zu. Ich konnte nichts weiter tun, als dort zu stehen. Zu schweben. In der Schwerelosigkeit, in seiner heimatlichen Umgebung war der Satellit viel beweglicher als ich. Verdammt, er war sogar auf unserem Schiff beweglicher!

Der Tentakel sondierte meine Hand. Ich zog den

Arm hinter den Rücken und berührte etwas Weiches und Nachgiebiges. Ich schrie und riss die Finger zurück. Gott sei Dank steckte ich im Raumanzug!

Das Pseudopodium stach nach mir, zwang mich, die Faust zu öffnen.

»Was? Du möchtest mir die Hand schütteln?« Ich überwand mich, die Finger um die kalte graue Substanz zu schließen. Mit einer Verachtung, die meine Angst überwand, schüttelte ich den Tentakel, als stellte ich mich einem von Anths Freunden vor.

Der Auswuchs löste sich in meinem Griff. »Jesus!« Entsetzt warf ich ihn zu Boden. Der Satellit schrumpfte zusammen, nahm ihn auf, reichte ihn mir erneut.

»Ich *möchte* deine Scheißhand nicht!«

»Olympia, *hier Vince Palabee. Meine Regierung verlangt von Ihnen, beim Aufbau einer einheitlichen, koordinierten Verteidigung zu helfen. Admiral Kenzig sagt, er hätte Ihnen befohlen zu kooperieren.*«

»Haben Sie das, Admiral?«

»Wie? Was wollen Sie damit ...«

»Spielen Sie es noch einmal ab, Mrs. Skor; Palabee spricht auf einer anderen Frequenz.«

Ich funkelte das Tentakelstück an. »In Ordnung, ich nehme es. Was soll ich damit...« Ich wurde abrupt stumm. War es eine Hand oder ein – Werkzeug?

Vorsichtig bückte ich mich, lehnte mich mit der Schulter an das Fleisch des Fisches.

»Nein, das habe ich nicht gesagt, Kapitän; nicht ganz in diesen Worten.« Das war Kenzig.

Ich zeichnete: »Einarm Furcht. Einarm nicht-Fusion Schiff.« Wir kannten bislang kein Wort für »gehen«.

»Nicht-Fusion« kam noch als Nächstes heran. Ich hoffte, dass er mich verstand.

Ich wartete darauf, dass Harry die Botschaft kostete. Stattdessen gab er Antwort: FISCH. KEIN FISCH. KEIN SATELLIT.

Ich führte die Löschgeste aus. »Ich verstehe nicht.« Dann: »Einarm. Schiff. Jetzt.«

Etwas Unverständliches folgte.

»Jesus, verdammt, Harry, ich bin hier drin verloren! Ich kann nichts außer dir sehen!« Ich schwang wieder den Stock/das Werkzeug/die Hand. Hatten wir ein Wort für »sehen«? »Einarm nicht kosten Schiff. Furcht.«

Der Satellit berührte seinen Fisch. Plötzlich wurde die äußere Membran dünner, erst durchscheinend, dann durchsichtig. Ich wollte verdammt sein: Ein Bullauge. Ich blickte sehnsüchtig hinaus zu den schönen Lichtern meines Zuhauses: der *Olympia*. Ich schluckte.

Weitere Bullaugen tauchten auf. Hinter einem davon schwamm Hope Nation, grün und fern, unerreichbar. Hinter den übrigen ein Schwarm Fische, die aus der Fusion kamen, Treibmasse verspritzten, wieder in Fusion gingen. Aghh!

EINARM UND SATELLIT NICHT-FUSION. Plötzlich trieb er mich zu einer Membran. Wohin jetzt?

»Heh, warte!« War das die Außenhaut? Warf er mich hinaus?

»Hier Palabee. Ich möchte eine Antwort, Seafort!«

»Centraltown, schalten Sie Ihre Lasersteuerung auf die Orbitalstation um. Wir koordinieren uns dann mit ihren ...«

Die Membran öffnete sich, sobald wir sie erreichten.

Eine Kabine lag dahinter, ein größerer Raum. Er wimmelte von Satelliten. Ich prallte zurück und ruderte mit dem einen funktionsfähigen Arm. Harry stupste mich durch die Öffnung.

»Was ist los, Junge?« Das war Mrs. Skor. Ich hatte zuerst gar nicht mitbekommen, dass ich laut gewimmert hatte.

»Es … Sie … Bitte zeichnen Sie auf, Ma'am: Wir halten uns im Fisch auf; sie haben mich gerade aus einem kleinen Raum in einen größeren geführt. Hier wimmelt es von Satelliten. Ein paar Dutzend. Keine besondere Ordnung; sie hängen an Wänden und Eingeweiden und weiß Gott was. Ich muss gleich kotzen.« Ich schluckte. Man erbrach sich nicht in einem Raumanzug; die Konsequenzen waren drastischer Natur.

»Olympia, *wir halten uns in den Venturas auf, nicht in Centraltown. Wir sind mit der Regierung umge …«*

Die Außenmembran wirbelte. Neue Bullaugen bildeten sich.

Harry war hinter mir. Ich hielt nach einer Stelle Ausschau, wo ich eine Botschaft für ihn zeichnen konnte.

»Sehr gut. Oberst, koordinieren Sie sich mit der Venturas-Basis.«

Aus einem weiteren Satelliten schossen Pseudopodien hervor. Wie ein Matrose, der sich in Schwerelosigkeit an Handgriffen fortbewegte, huschte er über Vorsprünge und Nischen im Fisch hinweg und hielt direkt vor mir an. SATELLIT ‹SYMBOL› MENSCH. KEIN KRIEG.

Ich warf einen Blick über die Schulter. »Ich dachte, *du* wärst Harry.« Natürlich erfolgte keine Reaktion.

Ich bückte mich, um die Worte zu löschen, zögerte, löschte dann nur das eine Symbol, das keinen Sinn ergab. »Mrs. Skor, zeichnen Sie weiterhin auf? Sie möchten irgendwas von uns. Ein Schnörkelsymbol wie eine Schlange mit einem Kopf an jedem Ende.« Es war eigentlich keine Schlange, eher ein Spermium. In meinem Raumanzug wurde ich rot bis in die Ohrläppchen. Lieber starb ich, als dass ich das zu Mrs. Skor sagte. Aber was sollte das Zeichen bedeuten? »Satellit fickt Mensch?« Sie versuchten es sicherlich nach Kräften.

Ich blickte verstohlen durch die durchsichtige Membran. Dutzende Fische drängelten sich um die *Olympia*, aber sie war ein Schiff der neuen Generation, entworfen auf der Grundlage unserer Erfahrungen im Krieg. Natürlich war sie riesig, aber wichtiger noch, sie starrte von Lasern. Bislang schienen sie ihrem Auftrag gewachsen. Der Fisch, der den Fusionsrohren am nächsten war, trieb reglos im Raum, von Löchern durchsiebt.

Ich zeichnete: »Ich verstehe nicht.«

Ein weiterer Satellit huschte vor. Er schwang ... Allmächtiger, er schwang Vatis kaputte Uhr!

»Wie zum Teufel bist du daran gekommen? Und wer von euch ist Harry? Harry ist der, dem wir beigebracht haben zu reden.«

Der Außerirdische griff nach dem Zifferblatt. Der Sekundenzeiger drehte sich rückwärts.

»Wie bitte?«

»Olympia, *hier spricht Bischof Scanlen. Verbinden Sie mich mit Hochwürden Pandeker, dem Sondergesandten. Sofort!*«

Der Satellit schrieb: ZEIT KLEIN.

»Ja, eine Sekunde ist eine kleine Zeitspanne. Was ist damit?« Dann machte ich große Augen. »Kosten Wörter Einarm?«

SATELLIT SCHIFF KOSTEN NICHT FISCH KOSTEN.

»Mrs. Skor! Sagen Sie Vati, dass die Satelliten im Fisch wissen, was ich schreibe, ohne sich erst hinaufzuwälzen! Vielleicht spürt der Fisch es und sagt es ihnen.« Ich brach plötzlich ab und blickte von einem Satelliten zum anderen. »Sagen Sie ihm, dass sie alle reden! Was immer wir einem beibringen, wissen alle. Entweder ...«

»Ich habe es gehört, mein Sohn.«

»... geschieht es telepathisch oder ...« Ich hatte keinen Schimmer, was es sonst hätte sein können.

ZEIT KLEIN. MENSCH SATELLIT SCHNÖRKEL KEIN KRIEG.

»Vati ... Ich meine, Kapitän?« Ich drückte mich vorsichtig aus. »Sie möchten etwas von uns, um den Krieg zu beenden.«

»Was?«

»Einen Schnörkel.« Hastig setzte ich hinzu: »Verzeihung, ich weiß nicht, was er bedeutet.«

»Um Gottes willen, finde es heraus! Sofort!«

Zwei Satelliten bewegten sich wellenförmig über den Fisch. Einer zerlief zur Pfütze, die Geste der Unterwerfung. Der andere spuckte einen kompakten Gegenstand aus und deponierte ihn vor meinen Füßen.

Vorsichtig bückte ich mich und hob ihn auf. Wir schwebten über der Tagseite von Hope Nation, aber trotz der Bullaugen war die Beleuchtung nicht gerade toll. Ich hielt das Geschenk dicht vor meine Nase und kniff die Augen zusammen.

Eine fleckige, verwesende Menschenhand, die allmählich auftaute.

»Oh Gott, eine faulende Hand!« Ich schleuderte sie durch den Raum. Verzweifelt bemühte ich mich, den Brechreiz zu unterdrücken, schaffte es aber nicht. Ich würgte den Mageninhalt in den Helm.

»Randy, was haben sie gemacht?«

Erneut würgte ich.

Schwerelosigkeit. Stinkende Klümpchen schwebten vor der Innenseite des Helmvisiers. Der beißende Gestank ... Die Luftzufuhr brach ab. Ich hatte die Leitung verstopft. Ich atmete ein Klümpchen ein, schnappte pfeifend nach Luft. »Vati ... Probleme! Muss ... Helm abnehmen.«

»Nein, Junge!«

Ich hatte keine Wahl; ich konnte keinen Augenblick länger durchhalten. Die erste Kabine hatte unter Druck gestanden; ich betete, dass für diese das Gleiche galt. Würgend und mit puterrotem Gesicht zerrte ich an den Klammern herum. Durch das verschmierte Visier erwischte ich einen kurzen Eindruck von Satelliten, die sich auf die nächsten Membranen stürzten. Gut. Vielleicht infizierten Menschen ja auch *sie.*

In den Ohren knackte es; es war, als stünde ich wieder auf dem Mount Von Walther in den Venturas. Ich atmete keuchend. Die Atmosphäre war viel zu dünn. Die Membran zur ersten Kammer riss auf. Stinkende Luft wehte herein, aber nicht genug. Der Fisch pulsierte wie ein schlagendes Herz. Luft! Erneut. Mehr Luft, stinkend, aber willkommen. Mein Puls ging langsamer. Ich saugte am Luftschlauch, um die Verstopfung zu beseitigen, spuckte es aus. Sofort absorbierte es der Fisch, und es verschwand. Ich wischte das Visier mit dem Ärmel ab, so gut es ging.

Der Satellit bibberte. Er zeichnete einen Klumpen.

»Später, ich bin beschäftigt.« Ich scheuerte die Tropfen aus dem Helm, setzte ihn wieder auf. Auf ein Neues. Ich konnte die erste Klammer schließen.

Der Satellit wogte auf mich zu und streckte einen Tentakel aus. Er kletterte an der Membran hinauf, die als Wand diente, türmte sich über mich.

Er landete auf mir. Graues Protoplasma blockierte mir die Sicht. »Verschwinde, du verdammter ...« Mit knapper Not verkniff ich es mir noch, ihn wegzuschlagen. »Vati, er zieht mir den Helm herunter!«

Ein Knirschen. Ein Klicken. Noch eines.

»Warum?«

Von allen dummen Fragen ... Woher zum Teufel sollte ich das wissen? Vielleicht schälte er sein Abendessen.

Klick. Ich zuckte zusammen. Ein Scharren.

Der Satellit floss von mir herunter, hing einen Augenblick lang an der Membran, sickerte aufs Deck.

Nervös tastete ich nach dem Helm. Er war intakt. Und die Verschlusslampe blinkte gleichmäßig. »Na, da hol mich doch der Teufel! Sir, er hat die Klammern geschlossen! Er hat es gut gemeint!« Hätte hier Schwere geherrscht, wäre ich vor Freude gesprungen. Der straffe Knoten im Bauch lockerte sich vernehmlich.

»Station an Olympia: *Wir verteilen unsere Schüsse wie folgt ... JESUS CHRISTUS!«*

Wie elektrisiert stieß ich mich zum nächsten Bullauge hin ab. Ich landete an der dicken Haut des Fisches, dessen Farb- und Formflecken unablässig durcheinander wirbelten.

Draußen sah ich Fische.

Hunderte von Fischen.

Mehr, als ich mir je erträumt hätte, dass es sie überhaupt gab.

»Alle Einheiten, nach Belieben feuern!«

»Warten Sie, Kaminski! Sehen wir erst mal, was sie ...«

Löcher erschienen in einem halben Dutzend Fischen. Sie verspritzten Protoplasma und wurden welk.

Der Schwarm bewegte sich. Wohin? Ich konnte es nicht richtig sehen.

»Feuer! Feuer! Feuer!« Die Stimme von der Station klang panisch.

»Sie greifen nicht an! Sie ...«

Ich kritzelte in den Fisch: »Totes Schiff nein! Kein Krieg!«

Der Satellit zuckte und bibberte. Er zeichnete selbst wieder etwas. Ich kniff die Augen zusammen. Ein Flecken mit fünf Punkten. Eine Hand. SCHNÖRKEL HAND?

»Nein!« Ich schnitt es mit dem Schreibwerkzeug in den Fisch.

Der Satellit sickerte durch die Membran und tauchte mit einem halben Dutzend seiner Gefährten wieder auf. SCHNÖRKEL SCHIFF?

Ehe ich antworten konnte, trieben sie mich auf eine Membran zu. Wie viele Kabinen hatte dieser verdammte Fisch? Sicherlich bot er Platz für viel mehr, als ich bislang gesehen hatte. Andererseits war er eindeutig lebendig und brauchte einen großen Teil seines Körpers für die lebenserhaltenden Funktionen.

»Centraltown und Venturas-Basis, hier spricht Kapitän Seafort. Fische, eine Flottille aus Hunderten von Fischen nimmt Kurs auf Ihre Atmosphäre. Die Fortschreibung ihrer Flugbahn deutete auf eine Landung in zwei Stunden und sechzehn Minuten hin. Sie haben ihren Angriff auf die Olympia *abgebrochen.«*

»Palabee an Seafort: Bringen Sie sie um, alle!«

»Wir liegen neben der Station; wir schützen uns gegenseitig. Wir verlieren die Venturas in einer halben Stunde aus dem Blickfeld.«

»Setzen Sie Ihre verdammten Triebwerke ein!«

ZEIT KLEIN.

»Yeah.« Ich packte meinen Zeichenstift. »Reden Schnörkel. Einarm nicht verstehen.«

Die Satelliten drängten sich um mich. Ihre Auswüchse zeigten nicht das sichere Grau. Ohne Umstände führten sie mich zur Membran und hindurch.

SCHNÖRKEL SCHIFF?

Ich gaffte an der Schrift vorbei. Es war kein Schiff, was dort an einer Membran lehnte, aber was in Gottes Namen ... eine Konsole? Woher? Und wie kam sie in den Fisch? Sie war nicht in richtig schlechtem Zustand, obwohl es so aussah, als hätte man sie aus der Verankerung gerissen.

»Sir, Käpten, sie zeigen mir eine Compkonsole.«

»Nur einen Moment, Junge, er kartographiert gerade einen Kurs.« Das war Mrs. Skor.

»Fahren Sie nicht weg!« Es platzte aus mir heraus, ehe ich mich bremsen konnte.

»Die Entscheidung liegt nicht bei mir.« Sie klang brüsk.

»Käpten, hier Oberst Kaminski. Einige dieser Fische brechen auf jeden Fall durch.« Er klang angespannt. Vielleicht war der Oberst alt genug, um sich an die letzte Invasion der Fische zu erinnern, als Dad noch ein kleiner Junge gewesen war. *»Vergessen Sie nicht, die Venturas-Basis ist nach dem Krieg nie wieder ganz aufgebaut worden. Sie ist nur minimal mit Lasern bestückt.«*

»Warum in Gottes Namen ist Palabee mit seiner Regierung nur dorthin umgezogen?«

Ein grimmiges Lachen. *»Vielleicht fühlte er sich unter seinen Mitbürgern nicht sicher.«* Kaminski war einer von Anthonys Männern. Zweifellos schätzte er Palabee nicht besonders.

»Er hat sich selbst in diese Lage gebracht. Randy, was hältst du davon?«

Palabee war ein Feigling und Dummkopf. Anth hatte sich entsprechend geäußert. Deshalb war er auch ... Oh. Davon sprach Vati gar nicht. »Die Konsole, Sir? Ich weiß nicht viel über ...«

»Beschreibe sie.«

»Etwa einen Meter breit. Ein Compmonitor von etwa zwei Hand Breite, Spracheingabe, Tastatur.« Ich betrachtete sie genauer. »Notfreigabe für die Luken, eine grüne Schaltfläche. Für den Andockring, kleiner, blau ...«

»Sie stammt aus einer Schiffsbarkasse alten Stils. Du findest den Namen wahrscheinlich auf einer Tafel unter der Tas ...«

»Challenger. UNS Challenger.«

Stille.

»Hast du mich verstanden? Ich sagte ...«

»Ich habe dich verstanden.« Vatis Stimme klang wie aus dem Grab.

Die *Challenger* war Vatis altes Schiff gewesen. Mit ihr hatte man ihn der gnadenlosen Umgebung des interstellaren Raums ausgeliefert. Er hatte gegen die Fische gekämpft, hatte den Bug in einen sterbenden Fisch gerammt, war mit diesem ins Heimatsystem fusioniert. Also ... Wie konnte ihre Barkasse in einem Fisch über Hope Nation stecken?

»Vati, in der Funkkonsole steckt immer noch ein Chip.«

»Kaminski ...«

»Ja, Sir?«

»Die Lage ist nicht so ... wie sie scheint. Würden Sie bitte das Feuer zurückstellen?«

»Das kann ich nicht. Palabee ist das Pulver nicht wert, mit dem man ihn zur Hölle pustet, aber dort unten lebt mein Volk. Ich kann nicht zulassen, dass die Fische es sich holen.«

»Ich denke nicht, dass sie ...« Ein Seufzen. *»Ich verstehe. Randy?«*

»Ja, Sir?«

»Der Chip ... Falls es dir nichts ausmacht, verbinde deinen Anzugstecker mit dem Funkgerät. Die Stromversorgung des Anzugs wird es aktivieren.«

»Das möchte ich nicht.« Ich stieß mich ab, schwebte zum Schott gegenüber. Etwas Schreckliches lauerte bestimmt in dem Chip. Schreie, oder die Geräusche von Matrosen, die verschlungen wurden. Diese Albträume würde ich nie wieder loswerden.

»Ich bitte dich darum. Bitte!«

»Nein!«

Eine neue Stimme schaltete sich ein. *»Randy, hier Jerence Branstead. Ich bin bei Mr. Seafort auf der Brücke. Das war eine schreckliche Zeit, damals auf der* Challenger.

Ich war deinem Vater noch nicht begegnet, aber ich hörte später davon. Fähnrich Tyre, der einzige andere Offizier an Bord, nahm die Barkasse, um einen Fisch zu rammen, und er starb, um das Schiff zu retten. Nick hat seinen Sohn Philip nach ihm benannt. Philip Tyre Seafort, der Junge, den wir ›P.T.‹ nennen.« Eine Pause trat ein. »*Nein, Nick, lassen Sie mich. Er hat ein Recht, es zu erfahren. Junge … Dein Vater hatte ein hartes Leben voller Schuld. Es würde ihm viel bedeuten, wenn du dieses Kapitel für ihn schließen könntest. Ermögliche ihm, das Schlimmste zu erfahren. Es kann nicht so schlimm sein wie das, was er sich vorstellt.*«

Ich flüsterte etwas, räusperte mich. Tat es erneut, lauter diesmal. »Ja, Sir.« Widerstrebend stieß ich mich von dem lebendigen Schott ab und schwebte hinüber zur Konsole. Ich beugte mich darüber und stöpselte meine Funkleitung ein.

34. Kapitel

Ein Zischen ertönte und schien ewig zu dauern.

Eine Stimme, matt und erschöpft.

»Ich m-m-mache meine letzte Meldung.« Es zischte. Dann, als nähme er erneut Anlauf: »Hier spricht Fähnrich Philip Tyre von der *UNS Challenger* mit seiner abschließenden Meldung. Nicht, dass irgendjemand sie je lesen wird. Ich bin krank. Das Scheißvirus … Immerhin schneller, als wenn ich verhungerte. Denke ich. Und Jesus, die Hand tut weh!«

Ich drückte auf den Funkschaltungen herum. Sendete ich? Ja.

»Es ist irgendwann im September 2198. War der Angriff erst gestern? Ich habe die Barkasse genommen. Kapitän Seafort war gewissermaßen einverstanden. Ich habe ihm keine große Wahl gelassen. Ich bin schnell eingestiegen und habe versucht, den Fisch von unseren Rohren wegzuschubsen. Blöd, sich darum Sorgen zu machen; die Rohre funktionieren nicht und werden es nie mehr tun. Aber sie sind alles, was die Menschen an Bord bei Verstand hält. Seafort ... Verzeihung, *Mr.* Seafort ist ein guter Mann, besser als er selbst ahnt. Er lässt uns an der Reparatur des Antriebs arbeiten und hält uns damit an unsere Pflichten gebunden.«

Langes, trockenes Husten.

Ich, der sicher in seinem Raumanzug steckte, erschauerte.

»Olympia, *hier spricht Palabee! Vernichten Sie sie!*«

Ich schaltete die planetare Frequenz aus.

»Na ja, ich habe den Scheißfisch gerammt. Es war die einzige Möglichkeit, ihn wegzutreiben. Der Rumpf meiner Barkasse löste sich auf, bis über das Cockpit hinweg. Hätte ich nicht im Raumanzug gesteckt, wäre ich jetzt tot. Ich wünschte, ich wäre es.« Erneut hustete er. »Sie sind über mich hinweggeschwärmt. Diese herumhuschenden Dinger. Die Satelliten. Aber es kam keine Säure, diesmal nicht. Sie haben mich aus der Barkasse gewälzt, aus dem, was davon übrig ist, in eine Art Kabine hinein. Ich bin ziemlich sicher, dass ich im Fisch war. Er zuckte wie verrückt. Ich denke, er lag im Sterben. Sie werden das nicht glauben ...« Schwerer Atem. »Sie haben mir den

Raumanzug ausgezogen, und ich bekam weiter Luft. Da drin herrschte eine Atmosphäre. Sie haben mich angestoßen und Erde oder Sand vor meine Füße gestreut. Sie wollten etwas. Als versuchten sie, mit mir zu reden, aber ich hatte keine Ahnung, wie ich antworten sollte. Hat mir die Beine ganz schön angesengt. Und die Hand, Jesus, die Hand!«

Er erzeugte einen Laut. Ich ebenfalls.

»Sie blutet nicht mehr, aber ich kann sie nicht gebrauchen ... Ich war immer phänomenal ohne Mumm. Selbst jetzt noch habe ich zu viel Angst, um mich umzubringen.« Die gequälte Stimme des Fähnrichs wurde lauter. »Warum zum *Teufel* haben sie das mit meiner Hand gemacht? Sind ... dort eingedrungen. Haben sie aufgerissen. Jesus!«

Geistesabwesend versuchte ich die Hand an die Wange zu heben, schaffte es aber durch den Helm nicht.

»Sie haben mich fortgebracht ... in einen anderen Fisch. Ich denke, ich wurde ohnmächtig. Teile der Barkasse sind auch hier drin. Jetzt dauert es nicht mehr lange. Sauerstoff war reichlich vorhanden, die ganzen Tanks, die auf der Barkasse für Passagiere verstaut waren, aber ich halte nicht viel länger durch. Ich habe Fieber und behalte nichts mehr in mir.«

Auf der *Olympia* herrschte tödliche Stille.

»Mr. Seafort, ich wünschte ... Eigentlich ist es egal, aber mein Gott, ich würde es gern erfahren: Hat es sich gelohnt? Wurden Sie gerettet? Es macht mir eigentlich nichts aus, dafür zu sterben; Sie haben schließlich auch *mich* gerettet. Vor mir selbst. Ich war ein fürchterlicher Scheißkerl; so, wie ich Ihre Fähnriche behandelt habe. Spielt jetzt keine Rolle mehr. Aber die *Challenger* ist aus meinem Blickfeld verschwunden, als ich aufprallte. Wenn ich doch nur wüsste ... Jesus, wenn ich nur wüsste ... nur ...«

Meine Hand näherte sich langsam der Leitung. Ich musste sie herausziehen. Vati würde es verstehen.

»Sir, falls irgendein Wunder dazu führt, dass Sie diese Worte hören und ich noch lebe, werden Sie mir sicher wegen meiner Unverschämtheit den Rohstock verabreichen, dass mir Hören und Sehen vergeht. Aber ich mö... möchte ... möchte sagen ... verdammt, ich kann einfach nicht aufhören zu weinen ... nicht Ihre Schuld. Ich wollte die Barkasse nehmen und habe Ihnen nicht die Chance gegeben, nein zu sagen. Mein Fehler. Würde es nie wieder tun, für nichts in der Welt. Noch etwas, Sir: Ich habe mich sosehr bemüht, wie Sie zu sein: Ging einfach nicht. Sie sind ein schwieriges Vorbild. Tamarow hat Sie verehrt und Carr natürlich auch ... Oh Gott oh Gott, da kommen sie wieder falls Sie mich leben lassen führe ich den Bericht fort Fähnrich Philip Tyre von der *UNS Challenger* meldet sich ab ...«

Es zischte.

Ich spulte bis zum Ende vor. Nichts.

»Bring sie um!«

Keine Antwort.

»Vati, bring sie alle um, wie es Palabee verlangt hat. Verschone meinen Fisch nicht! Erledige jeden einzelnen!«

»Randy ...« Das war Joanne Skor. *»Mr. Seafort ... kann im Augenblick nicht reden. Warte.«*

»BRING SIE UM!« Ich trat nach dem schwebenden Satelliten.

SCHNÖRKEL SCHIFF?

»Scheiß auf euch alle!« Ich zeichnete das Schnörkelsymbol mit einem Satelliten am Ende. »Schlängel dich selbst, du mieser Bas ...«

JA. Die Satelliten huschten durch den Raum, übergroße Amöben in Massenverzückung. ZEIT KLEIN. SCHNÖRKEL SCHIFF PUNKTE.

»Wie bitte? Mrs. Skor, sie gehen buchstäblich die Wände hoch. Ich habe ihnen gesagt, sie sollen sich schlängeln. Ich denke, sie mögen das, aber sie möchten, dass ich Punkte schlängele. Jetzt sausen sie ... Hoppla, der Fisch führt Wellenbewegungen aus. Das Deck hebt sich; die Konsole rutscht ... sie schieben sie auf mich zu. Ich denke, sie wollen, dass ich sie nehme.«

»Dann nimm sie!«

Klar. »Und wohin damit? Ich bin ein Scheißgefangener!«

»Olympia, *hier Leutnant Riev von der Admiralität für Mr. Kenzig. Sie müssen ...«*

Leutnant? Letzte Woche war Alon noch bloßer Fähnrich gewesen, und kein sehr angenehmer. Er machte rasch Karriere.

»... den Feind mit allen Mitteln angreifen. Legen Sie sofort einen Kurs zu einer geostationären Umlaufbahn über den Venturas an. Halten Sie diese Position, bis alle Fische auf dem Kampfschauplatz vernichtet wurden. Bestätigen Sie!«

»Admiralität, wachhabender Offizier Joanne Skor bestätigt ...«

»Mr. Riev, hier spricht Kapitän Seafort.« Vatis Ton war eisig. *»Bitte verbinden Sie mich mit dem Admiral.«*

»Er ist nicht erreichbar, Sir. Er hat Anweisungen hinter ...«

»Sir, ich bestätige seine angeblichen Anweisungen NICHT.« Jemand auf der Brücke schnappte nach Luft.

Die Konsole rutschte mir vor die Füße. Ich beförderte sie mit einem Tritt weg, oder versuchte es wenigstens. Ich erreichte damit nichts weiter, als zurückzuprallen und dann von der Haut des Fisches erneut abzuprallen.

Mr. Riev klang verletzt. »Sir, möchten Sie damit andeuten ...«

»Ich bin nicht erst gestern auf die Welt gekommen. Verbinden Sie mich mit Kenzig, und zwar über eine Bildleitung, und fragen Sie mich dann, was ich andeuten möchte.«

»Sir, ich ... Er hat mich angewiesen, Ihnen zu sagen ... Ich melde mich gleich zurück. Werde ihn *bitten, sich bei Ihnen zu melden.«* Die Verbindung wurde unterbrochen.

»Sir? Vati? Was, wenn der Befehl wirklich vorliegt?«

»Dann muss ich mit einem Verfahren vor dem Kriegsgericht rechnen. Vergiss es. Leiste deinen Teil, Junge, und wir finden vielleicht einen Ausweg. Wo ist die Konsole?«

Was hatte die beschissene Konsole mit ... »Direkt vor mir.«

»Irgendeine Idee, warum?«

»Sie möchten, dass ich sie schlängele.« Ich hörte selbst, was ich da sagte, und schnitt eine Grimasse. Vati hatte gerade die Hölle durchgemacht, und ich schlug hier einen fürchterlichen Ton an. »Sir, das sollte nicht respektlos klingen.«

»Sie haben dir die verweste Hand des armen Philip gegeben. Jetzt die Konsole.« Er klang nachdenklich. *»Warum?«*

»Harry hat meine Prothese geschmolzen. Könnte es hier um Hände gehen? Dass sie einen Arm bevorzugen statt zweien?«

»Nein, das erscheint mir doch etwas …«

»Kaminski an Olympia: *Wir haben dreiundfünfzig Abschüsse erzielt. In wenigen Augenblicken erreichen sie die äußere Atmosphäre. Etwa siebzig bewegen sich am äußersten Rand unserer …«*

»Kaminski, halten Sie sich aus dieser Frequenz heraus. Palabee an Seafort: Wir zählen hundertsiebzehn Fische am Himmel. Sie bedecken die ganze Küste. Sie haben mehr Erfahrung mit ihnen; sollten wir versuchen, per Heli aus den Venturas zu fliehen?«

»Admiralität an Olympia: *Antworten Sie!«*

»Randy, möchten sie, dass du die Konsole schlängelst, oder möchten sie es selbst tun?«

Ich starrte auf die letzte Botschaft: SCHNÖRKEL. SCHIFF. PUNKTE.

Ich zuckte die Achseln. »Beides. Weder noch. Sir, ich habe keine Ahnung. Ich bin nur …« Mir versagte die Stimme. »… ein kleiner Junge. Ich habe hier gar nichts verloren.« In dem Fisch. Auf der *Olympia.* In Vatis Welt.

Ein Satellit zuckte vor. SATELLIT FISCH SCHNÖRKEL SCHIFF EINARM PUNKTE. Ich gab die Botschaft gleich an Vati weiter.

In meinem Raumanzug leuchtete eine gelbe Lampe auf.

»Mein Sohn, sie möchten irgendwas ganz dringend. Ich dachte, es wäre Frieden, aber jetzt führen sie Krieg. Du bist der …« Eine kaum wahrnehmbare Pause. *»… Mann vor Ort. Du warst bislang schon brillant, und ich verlasse mich auf dich. Löse das Rätsel.«*

Ein Satellit bibberte vor mir und zerlief auf dem Deck. Unterwarf er sich? Nein, er wich etwa einen Meter weit zurück. An der Stelle, die er vorher eingenommen hatte, entdeckte ich eine weiße Substanz. Ich bückte mich, berührte sie vorsichtig. Winzige Sandkörner rieselten von meinen Handschuhen.

»Admiralität an Kapitän Seafort, antworten Sie!«

»Sir, er gibt uns da etwas anderes.«

»Was?«

»Unmöglich festzustellen.«

»Ich zähle auf dich. Reden Sie, Admiralität.«

Ich konnte nichts Genaueres über den Sand herausfinden, ohne den Raumanzug abzulegen. Das wäre auch fast eine Erleichterung. Es war heiß darin, und die hartnäckig blinkende Lampe warnte vor dem Ende des Luftvorrats.

»Ich verbinde mit Mr. Kenzig.« Klicklaute.

Was in Gottes Namen wollten sie nur von mir? Mir brannten die Augen.

Ich stampfte mit dem Fuß auf und schoss in die Luft. Verdammter Grünschnabel! Als ich mich wieder orientiert hatte, packte ich den Schreibstift. »Warum Fisch Schnörkel?«

»Seafort, hier Admiral Kenzig.« Er klang angespannt.

»Ja, Sir. Bitte eine Bildverbindung.«

Derselbe Satellit antwortete mir: FISCH PLANET KEINE PUNKTE STERBEN.

Ich schrieb: »Ich verstehe nicht.«

»Vergessen Sie es! Sie müssen ...«

»Eine Bildverbindung, oder ich lege auf.«

FISCH KEINE-FUSION PLANET STERBEN KEINE PUNKTE. SCHIFF SCHNÖRKEL FISCH PUNKTE. FISCH PLANET KEIN-PLANET NICHT STERBEN.

Ein kalter Schauer lief mir über den Rücken. Was ich hier sah, war von großer Bedeutung. Kauderwelsch, aber wichtig.

»In Ordnung.« Ich redete mit mir selbst. »Fische gehen zum Planeten und sterben keine Punkte ... ohne Punkte. Schiff – wir Menschen – schlängelt oder schnörkelt die Punkte. Fische sterben nicht. Nein, nicht alle Fische. Nur die Fische Planet / Kein-Planet.«

Ich schrieb: »Warum der Krieg?«

»Das ist reine Insubordination, Seafort! Hier haben Sie Ihre verdammte Bildverbindung! Zufrieden?«

FISCH EINARM KEIN KRIEG. ‹ZAHLEN› – ich würde sie später ergänzen – KRIEG PUNKTE.

»Käpten, hier Schiffsjunge Carr. Schießen Sie sie nicht zusammen – noch nicht. Wir sind so dicht davor!« Warum sollte er auf mich hören? Vor Augenblicken noch hatte ich sie alle tot sehen wollen. Dieser arme Tyre ... Verloren, allein in einem Fisch, wie ich jetzt.

Zurück an die Arbeit, Junge. Mein Fisch ist nicht im Krieg. Yeah, das sehe ich! Aber die anderen sind es. Wegen der Punkte. Warum einige, andere aber nicht?

»Schwenken Sie die Holokamera. Wer ist bei Ihnen?«

»Das geht Sie verdammt noch mal nichts an!«

Ich fragte den Satelliten: »Fisch gleich Fisch?«

Große Aufregung. Satelliten huschten durcheinander. Einer schrieb schließlich bibbernd: FISCH NICHT GLEICH FISCH.

»Sir, ich habe Grund zu der Annahme, dass Sie unter Zwang handeln.«

Wozu das unaufhörliche Geschwätz? Wie sollte ich

mich konzentrieren, während ein Bürgerkrieg überall auf …

War es das? Ich schrieb mit dem Stock: »Fisch Krieg Fisch?«

NEIN. Dann, anscheinend sehr widerstrebend: SATELLIT KRIEG SATELLIT. MENSCH KEIN SCHNÖRKEL PUNKTE.

»Ich schnörkel dir gleich deine verdammten Punkte! Brecht den Angriff ab!«

»Was ist los, Randy?«

»Verzeihung, Käpten, habe nur laut gedacht.«

»Ich stehe nicht unter Zwang!«, schäumte der Admiral. *»Ich hätte nicht übel Lust, Sie auf der Stelle des Kommandos zu entheben!«*

»Mit gebührendem Respekt, Sir, ich würde diesen Befehl missachten.«

»Sehr gut. Leutnant Riev und Gouverneur McEwan sitzen in meinem Büro, aber das ist nicht von Belang. Sie müssen …«

»Wer noch?«

»Verdammt und zugenäht, Seafort, kein Wort mehr! GenSek hin oder her, ich werde …«

»Scanlen, sind Sie bei ihm? Palabee? Wie viele bewaffnete Posten? Admiral, schwenken Sie SOFORT die Holokam!« Eine Pause. *»Ah, das habe ich mir gedacht. Seltsam, dass ich ihre Hände nicht zu sehen bekomme. Mr. Kenzig, kommen Sie an Bord der* Olympia, *und ich gehorche jedem Befehl, den Sie erteilen. Unter den gegebenen Umständen …«*

»Sie wissen verdammt gut, dass ich nicht in den Orbit fliegen kann, solange Fische …«

»Sobald die Krise abklingt. Guten Tag, Sir.«

»Fisch nicht gehen Planet sterben keine Punkte?«

Ich hoffte, dass mich der Satellit verstand. Starben Fische ohne diese mysteriösen Punkte, falls sie keinen Planeten aufsuchten?

NEIN.

Und er hatte Sand vor meinen Füßen deponiert, genau wie Harrys Vorgänger auf unserem Korridor die Nährstoffe abgesondert hatte, die er brauchte. »Ich hatte gefürchtet, dass du das sagen würdest.« Langsam und widerstrebend griff ich nach den Helmklammern. »Schiffsjunge Carr an *Olympia* mit meiner ...« Einen Augenblick lang fiel es mir schwer zu reden. »... womöglich abschließenden Meldung. Sie möchten Punkte schlängeln. Ich denke, dass es sich bei den Punkten um den Sand auf dem Deck handelt. Ich möchte mich davon überzeugen, was das für ein Material ist. Falls es mich verbrennt, werde ich den Druckanzug nicht wieder anlegen können.« Nicht mit nur einer Hand.

»Nein! Lass das ...«

»Die Luft wird knapp, und mir geht die Zeit aus. Bitte hören Sie mir zu. Die Satelliten sind in Gruppen gespalten, genau wie wir. Satelliten bekriegen Satelliten. Es geht dabei um diese Punkte. Unsere Gruppe – Harrys Leute – möchte mit uns Punkte schlängeln. Die anderen möchten es vielleicht nicht oder halten es nicht für machbar. Also greifen sie die Venturas an. Vielleicht können wir sie aufhalten. Nur eine Sekunde.«

Ich bückte mich. »Warum Krieg Planet?«

PUNKTE. PLANET HAT PUNKTE.

»Sir, in den Venturas gibt es irgendwas, was sie brauchen. Harrys Leute haben es zu erklären versucht, aber ...«

»Kaminski, hier spricht Admiral Kenzig mit offener Leitung zu Vince Palabee und seiner Regierung in den Venturas. Wir erteilen gemeinsam den Befehl: Pusten Sie den verdammten Fisch aus dem Hope System! Und zwar den, der den Jungen hat.«

»Oberst, bitte vergessen Sie das. Admiral Kenzig handelt unter Zwang.«

EINARM FISCH. SATELLIT. Dann: KRIEG FISCH SATELLIT. Nein, das zweite Bild war anders. Ein Satellit, aber viel größer.

»Seafort, hören Sie mich? Hier spricht Bischof Richard Scanlen. Sie haben diese Fische zu vernichten, sie alle! Tun Sie das, und ich denke noch einmal darüber nach, Ihre Spießgesellen zu exkommunizieren. Branstead und diesen Dakko.«

Wie wenig er Vati kannte, wenn er wirklich glaubte, Mr. Seafort würde für das Leben seiner Freunde einen Tauschhandel eingehen.

Vati würde einen Handel eher ...

Handel.

Schnörkel.

»Vati ... Käpten, Sir, ich denke, ich habe es verstanden! Aber ich werde nicht so handeln wie Mr. Tyre. Gestatten Sie mir, den Raumanzug auszuziehen. Ich denke, ich weiß jetzt, was sie haben wollen!« Jedenfalls das meiste davon.

»Randy ...«

»Ich hatte ihn vorher auch schon abgelegt.«

»Einen Augenblick lang, als du gewürgt hast.«

»Glaube mir, es dauert diesmal auch nicht viel länger. Die Luft der Fische stinkt. Schnell, bitte!«

»Seafort? Vince, reden Sie mit ihm, diesem Irren, der nicht ...«

»Erlaubnis gewährt, Mr. Carr.«

Ich klappte eine Helmklammer nach der anderen auf. Der Fisch begann zu pulsieren. Vielleicht setzte er die Kabine schon im Vorgriff unter Luftdruck.

Der Helm löste sich. In meinen Ohren knackte es nicht. Vorsichtig holte ich Luft. Puuh!

Ich wischte mir die schwitzende Stirn mit dem Ärmel ab. Okay jetzt. Ich bückte mich und fuhr mit dem Handschuh durch den trockenen Sand. Erneut gab mir das keinerlei Hinweis.

Ich schnupperte daran. Nichts, überhaupt kein Geruch.

Vorsichtig näherte sich mir der Satellit. ‹GROSSE ZAHL FISCHE› KRIEG PUNKTE. EINARM FISCH SCHNÖRKEL PUNKTE.

Yeah, du bist anderer Meinung. Das habe ich kapiert.

KEINE PUNKTE, PLANET FISCHE STERBEN.

»Und?« Ich hatte es zweckloserweise laut ausgesprochen.

KEINE PUNKTE, FISCHE FUSION, NICHT STERBEN. KEINE PUNKTE, FISCHE NICHT-FUSION, NICHT STERBEN. KEINE PUNKTE, FISCHE PLANET, FISCHE STERBEN. Sie brauchen den weißen Sand nicht, um in Fusion zu gehen oder sich anzutreiben. Nur, um auf einen Planeten hinunterzugehen.

Müde zerrte ich den Arm aus dem Raumanzug und bemühte mich, die übel riechende Luft möglichst nicht einzuatmen. »Schätze, wir müssen es herausfinden, Junge.« Irgendwie konnte ich mich überwinden, die Hand nach dem Sand auszustrecken. Sobald ich ihn mit einer Fingerspitze berührte, zuckte sie zurück, als hätte ich mich verätzt.

Aber ich hatte mich nicht verätzt. Ich nahm die Haut in Augenschein, holte tief Luft, nahm eine Hand voll auf. Das Zeug kam mir so vertraut vor, aber ... Randy, du bist ein Idiot, wenn du ... Ich weiß. Bring es hinter dich. Ich kniff die Augen fest zu und führte den Sand an die Zunge.

Ich sperrte die Augen auf. Ich starrte erst den Satelliten an, dann den Sand. Erneut den Satelliten. Das war doch nicht möglich! »Es geht bei all dem um ... Salz?« Ich nahm mir wieder eine Hand voll. »SALZ?« Fieberhaft schrieb ich: »Punkte gleich Einarm Hand?«

JA.

»Fisch nicht sterben große Zahl Punkte, kleine Zahl?« Wie viel Salz braucht ihr? Warum hatten wir keine Wörter für »wie viel« oder »wie viele« ausgearbeitet?

SCHIFF SATELLIT IM INNEREN.

»Yeah, die *Olympia.*«

Er zeichnete eine Linie, die sie durchschnitt, dann noch eine und eine dritte.

»Komm mir nicht mit Drohungen, Bursche!«

Und wieder eine. Dann löschte er den Rest des Schiffes. Ein kleiner Keil war übrig geblieben. Viel weniger als ein Frachtraum.

»Warum könnt ihr euch das verdammte Salz nicht selbst besorgen?« Sinnlose Frage. Wir hatten nicht die Wörter, um es zu erklären, und die Zeit lief ab.

»Zeit klein«, schrieb ich.

ZEIT KEINE.

»Handel Salz, Satellit Einarm Fisch reden mit Satellit Krieg-Fisch, sagen nein Krieg?« Falls wir einen

Handel abschließen, bringst du sie dann dazu, den Angriff abzubrechen?

JA.

»Millionen Planeten, millionenfach Salz.« Sicherlich hatten die Außerirdischen Zugang zu Salzvorkommen an anderen Stellen der Galaxis. Es konnte nicht so selten sein. »Warum Salz Einarm-Planet?«

FISCHE FUSION FUSION FUSION FUSION. GEHEN PLANET NICHT STERBEN. NICHT GEHEN PLANET, STERBEN.

Ich blinzelte. Konnte die Antwort so simpel sein? Sie mussten alle paar Fusionen auf einen Planeten hinuntergehen und brauchten dazu Salz? Oder möglicherweise, um wieder in den Weltraum zu gelangen? Salz war kein Treibstoff, aber ... Verdammt, sie waren organisch! Der Allmächtige wusste, welche Stoffe sie brauchten, um sich selbst in Stratosphärenballons zu verwandeln. Vielleicht fand man in unserer Gegend der Milchstraße nicht allzu viele Planeten mit Salzvorkommen. Diese Frage war vielleicht wichtig, aber nicht hier und nicht jetzt.

Wir hatten die Lösung womöglich in Griffweite, aber ... Ich schrieb: »Großer Satellit?« Er hatte vor wenigen Minuten so einen erwähnt.

GROSSER SATELLIT SAGEN KRIEG / NICHT KRIEG. SAGEN FUSION / NICHT FUSION. SAGEN PLANET / NICHT PLANET.

Klar. Sein Wort war Gesetz. Wie Vatis.

EINARM SAGEN HANDEL. Es klang nach einer Forderung.

»Ich muss nachdenken!« Ich sank zu Boden und hielt den Raumanzug umschlungen.

ZEIT KLEIN. ZEIT NEIN.

Zuerst musste ich wieder in den Raumanzug. Dann dauerte es kostbare Minuten, um alles zu erklären, und noch mehr, um Vati zu überreden ... Keine Zeit.

Und doch würde das, worüber ich jetzt nachdachte, die Beziehung zu den Außerirdischen auf Generationen hinaus prägen.

Nein.

Egal, was es kostete, ich musste Vatis Zustimmung haben.

Gott, wie es hier stank! Mechanisch breitete ich den Raumanzug aus.

Meine funktionsgestörte Prothese klopfte mir an die Seite. Wie gern hätte ich auf sie eingeschlagen, bis sie endlich Ruhe gab!

Die Luft im Anzug roch abgestanden. Na ja, sie *war* abgestanden. Wenn sie verbraucht war, konnte ich atmen, was mir der Fisch lieferte, aber sofern die Fische nicht zufällig Fotosynthese betrieben, konnten sie nicht viel speichern. Mir blieb noch ... wie viel Zeit? Besser packte ich es jetzt gleich an. Ich schaltete den Funk ein.

»Statthalter Palabee, Bischof Scanlen, Gouverneur McEwan, antworten Sie! Hier spricht Sarah Frand an Bord der Olympia. *Statthalter Palabee, Bischof Scan ...«*

»Sprechen Sie, Mrs. Frand. Hier Palabee.«

»Mit Reverend Pandekers Zustimmung habe ich Kapitän Seafort des Kommandos enthoben. Ich habe die Brücke. Er und sein Sohn stehen in ihrer Kabine unter Arrest. Andere Offiziere ebenfalls. Ich kann Admiral Kenzig nicht erreichen; würden Sie ...«

Oh Scheiße!

»Wunderbar, Mrs. Frand!« Das war Palabee. *»Warten Sie, ich weise die Diakone ... Kenzig meldet sich gleich.«*

»Sagen Sie ihm, dass wir uns mit Höchstgeschwindigkeit einem geostationären Orbit über den Venturas nähern.«

Ich stieß mich vom Schott ab und schwebte untätig in meinem feuchten Anzug im Raum. Die Zeit spielte jetzt keine Rolle mehr. Die Außerirdischen würden auf Hope Nation vordringen; Mrs. Frand würde so viele von ihnen töten, wie sie konnte. Der fürchterliche Krieg, der die Erde verwüstet und Centraltown beinahe ausgelöscht hatte, würde erneut ausbrechen. Das Leben weiterer Generationen stand im Begriff, im Krieg gegen die Fische vergeudet zu werden.

Müde schaltete ich den Lautsprecher aus.

Alles vergebens. Anthonys Tod, um unseren Staat zu retten. Dads Tod, um die Bevölkerung der Erde und seinen geliebten Nick Seafort vor der Herrschaft der Kirche zu retten. Andrew Ghent. Sogar der grässliche Tod des armen Kevin Dakko und die daraus resultierende Verwüstung in der Seele seines Vaters ... wozu?

Ich hatte den Schlüssel fast in Griffweite. Mit Vatis Hilfe hätte ich die Menschen überreden ...

Jetzt nicht mehr. Sarah Frand hatte eine katastrophale Entscheidung getroffen. Um ihrer Kirche zu dienen, verriet sie die Raumflotte. Jetzt würde man Vati natürlich auf den Planeten schicken. Auch Corrine würde brennen.

ZEIT NEIN.

Ich brummte: »Damit hast du Recht.« Ich rollte mich

wie ein Fötus zusammen. In der schlechter werdenden Luft trieb ich dahin und träumte. Mühsam setzte ich die Einzelteile zusammen. Da, für Vati. Da, für Kevin. Da, für Dad und Anthony. Da, für Mr. Branstead.

Ein Satellit schwenkte einen grauen Tentakel, drehte mich langsam um, untersuchte mich durch den Raumanzug hindurch.

EINARM STERBEN?

Der erste Harry war gestorben, hatte uns sein Nachfolger erzählt. Vielleicht gingen sie davon aus, dass wir nach meinem Tod einfach einen anderen Boten schickten.

Nein, wir beherrschten keine Telepathie. Was ein Mensch wusste wurde nicht automatisch an alle anderen übermittelt.

Ich streckte mich und kratzte mit dem Stock in den Fisch: »Einarm sterben eine Stunde.« Oder so ungefähr.

Die Ironie war: Mit ein bisschen Luft, ein bisschen Zeit konnte ich es immer noch zusammenkriegen.

Aber wagte ich es? Ich diente nur auf Vatis Geheiß in der UN-Flotte. Ich hatte weder die Befehlsgewalt noch das Recht. Mir war der Kamm geschwollen durch Dads Vorbild und Anths törichte Toleranz. Mr. Tolliver hatte gewusst, wie er mich anfassen musste; nach der schmerzlichen Züchtigung von seiner Hand wagte ich es so bald nicht mehr, ihm dumm zu kommen.

Na ja, jetzt stand er wie Vati unter Arrest.

Also, Junge, tust du es oder nicht?

Ich schwebte im schwerelosen Kokon des Fisches und plante meinen Verrat.

»Menschen handeln Salz.« Ich atmete schwer, als hielte ich eine lange Rede. Wie albern – ich hatte kaum die Lippen bewegt.

JA. Bibbernde Emotion.

»Menschen nicht handeln Salz / Hand. Nicht handeln Salz / Schiff.«

Emotion. Es sah mir nicht nach Freude aus. Vielleicht Bestürzung. Die Kammer wirkte überfüllt. Immer mehr Satelliten schlängelten sich durch die durchlässigen Membranen und suchten sich Plätze an Deck, Schotten, Decke.

HANDEL? NICHT HANDEL?

»Schiffe Fusion«, sagte ich und schrieb es hin.

JA. Ein Satellit schien zum Sprecher berufen worden zu sein. Die anderen sahen nur zu.

»Fische Fusion.«

JA.

»Fische Fusion Satelliten.«

JA.

»Fische Fusion Schiffe?«

NICHT VERSTEHEN.

»Fische Fusion Menschen-Nährstoff?« Könnt ihr Frachten übernehmen?

SCHIFF FUSION MENSCHEN-NÄHRSTOFF. Na ja, stimmte. Aber das war nicht der Punkt.

»Fische Fusion Menschen-Nährstoff, Menschen Felsenbombe?« Dichter kam ich an »Erz« nicht heran.

JA. Ich hätte schwören können, dass darin Zweifel mitschwangen. Etwas im Strich des Gleichheitszeichens …

»Zeit Fusion …« Das war jetzt schwierig. Mir fiel nur ein Ort ein, den wir beide kannten. »Zeit Fische

Einarm Planet Fusion Hunderte-toter-Fische, Dutzende-toter-Schiffe?« Wie lange bis ins Heimatsystem? Falls wir ein Wort dafür gefunden hatten, wusste ich es nicht mehr. Als ich mit der Niederschrift fertig war, atmete ich schwer. Ich erfand ein neues Symbol für das Heimatsystem und deutete auf den Satz. Jetzt hatten wir ein Wort.

‹GROSSE ZAHL›.

Er hatte Stunden als Zeiteinheit benutzt; natürlich war die Zahl groß. Ich musste sie umwandeln …

Nein, sollte er es tun! »Zeit Fusion Planet sage Monat.« Wir hatten mit Sekunden begonnen und uns bis zum Jahr hinaufgearbeitet.

MONAT. MONAT. MONAT. MONAT. MONAT. MONAT. ‹SCHRÄGSTRICH›.

Sechseinhalb Monate. Viel schneller als unsere Schiffe. Ich flüsterte: »Danke! Gott, falls es Dich gibt, danke auch Dir.« Es war doch keine Blasphemie, oder, wenn … Jetzt war keine Zeit dafür.

»Einarm Handel Salz / Fusion Menschen-Felsenbombe. Fusion Nährstoff.«

NICHT VERSTEHEN. NEIN. FURCHT. NEIN. EINARM TOT. KRIEG.

Ich schluckte. Ich hatte das Risiko gekannt. »Menschen nicht handeln Hand, nicht handeln Schiff. Menschen handeln Fische Fusion.«

TUT FISCHEN WEH.

»Ich verstehe nicht.«

SCHIFFE FUSION, GESCHMACK TUN FISCHEN WEH. SATELLITEN ‹IRGENDWAS› FISCHE, NICHTWEHTUN. NICHT FUSION HEIMATSYSTEM. WEHTUN STERBEN.

»Hat Einarm Fisch auch ‹irgendwas›?«

JA.

Ich leckte mir die Lippen. »Ihr Jungs habt etwas mit euren Fischen gemacht, nicht wahr? Damit unsere Fusionen sie nicht mehr verrückt machen und anlocken. Sie wurden geblendet oder taub gemacht. Aus irgendeinem Grund könnt ihr die veränderten Fische nicht in unser Heimatsystem schicken.«

»Nicht-‹irgendwas›-Fische Fusion Heimatsystem?« Wie sah es mit den nicht veränderten Fischen aus?

JA. NEIN. Der Satellit zuckte hin und her. NICHT-‹IRGENDWAS›-FISCHE FUSION HEIMATSYSTEM NICHT WEHTUN.

»Gut.«

Aber er war noch nicht fertig: SCHIFFE FUSION. FISCHE WEHTUN. FISCHE KRIEG SCHIFFE.

»Ihr schickt sie, und sie hören uns fusionieren und drehen durch.« Ich runzelte die Stirn. »Damit ist ihr Einsatz ausgeschlossen.« Ich zeichnete: »‹Irgendwas›-Fische Fusion Heimatsystem, warum sterben?«

FISCHE FUSION FUSION FUSION GEHEN PLANET. STERBEN OHNE SALZ.

»Aber wir haben ... Sie haben reichlich ... Oh Junge, es wird alles gut!« Eine letzte Niederschrift: »Heimatsystem Menschen Handel Salz, hier Menschen Handel Salz. Kein Krieg.«

SATELLIT SAGEN GROSSEM SATELLITEN HANDEL. EINARM SAGEN HANDEL MENSCHEN SCHIFF. KEIN KRIEG EINE STUNDE. Wir haben ein Geschäft gemacht. Jeder von uns erklärt es jetzt seiner Seite. Eine Stunde Waffenstillstand.

»Warte mal!« Ich hatte jetzt alle Teile beisammen. Ich schaltete den Helmfunk ein.

EINARM-ANZUG JA?

»Schiffsjunge Carr an *Olympia.* Bitte antworten…«

ANZUG JA?

»Ja, der Helm ist abgedichtet! Lasst mich mal eine Zeit lang …«

Wie ein Mann lösten sich die Satelliten im Fleisch des Fisches auf. Der Fisch pulsierte. Farben wirbelten durcheinander.

»Was zum…«

Pulsieren.

»Heh, wartet mal!«

PULSIEREN.

Hinter den Bullaugen verschwanden die Sterne.

Ich wurde bleich.

Wir waren in Fusion gegangen.

35. Kapitel

Gott, ich bin es, Randy. Es ist dunkel, und ich habe ein klein bisschen Angst. Mehr als ein bisschen. Ich bin nicht … Ich habe noch nie … Ich weiß nicht, wie ich das machen soll; ich habe noch nie ernsthaft gebetet. Hörst Du einfach nur zu, oder mischst Du Dich ein? Weil solltest Du eingreifen, kann ich es gerade jetzt gut gebrauchen. Nicht meinetwegen. Nein, ich meine das wirklich ernst. Ich habe keine Ahnung, wie viele Menschenleben jetzt von mir abhängen … sicherlich Hunderte. Tausende. Wahrscheinlich Millionen. Würdest Du ihretwegen…

Ich weiß nicht, worum ich eigentlich bitte. Darum, die Sache zu Ende zu bringen, denke ich. Vati sagt, Du wärst real. Ich wünsche mir das sosehr, besonders jetzt. Kannst Du mich lautlos weinen hören, hier in meinem Helm?

Hast Du Philip Tyre getröstet in seinen unglücklichen letzten Augenblicken? Falls Du mir nicht hilfst, die Sache zu Ende zu bringen, tröstest Du mich dann wenigstens? Was hatte Tyre noch gleich gesagt in der Demut, die sich einstellt, wenn alles verloren ist? »Ich war ein fürchterlicher Scheißkerl.« Gott … Sir? Ich kann mich nicht überwinden, es Vati oder Mr. Tolliver gegenüber zuzugeben, aber Sir … Ich war ein fürchterlicher Scheißkerl. Anth gegenüber, Vati gegenüber. Ich wollte immer meinen Willen haben und habe mir selten die Mühe gemacht, auf jemanden zu hören. Noch seltener habe ich getan, was mir gesagt wurde. Jetzt bekomme ich das, was ich verdient habe. Ich fürchte wirklich, dass eine Hölle existiert und Du mich dorthin schickst. Falls ich es verspreche, würdest Du …

Nein, ich sagte, ich würde nicht betteln. Nicht für mich. Ich zahle meine Schulden und akzeptiere die Hölle. Aber könntest Du helfen, unser Dilemma zu lösen? Oder mir das irgendwie möglich machen, ehe es mit mir zu Ende geht?

Falls Du mich hörst, könntest Du mir ein Zeichen geben, irgendwas, egal wie klei …

Blendendes Licht. Ich riss den Arm vors Helmvisier.

Vorsichtig öffnete ich ein Auge. Auf einer Seite leuchtete die Haut des Fisches. Sonnenlicht? Im Fleisch rotierten Farbmuster wie verrückt und fortlaufend. Ein Schema? Ich war mir nicht sicher.

Aus dem wirbelnden Fleisch kamen die Satelliten wieder zum Vorschein. Sie hefteten sich an die äußere Membran des Fisches, wurden von neuem undeutlich, liefen durch sie hindurch.

Ich arbeitete mich zu einer Sichtluke vor und schnappte nach Luft.

Vor uns hing Hope Nations gewaltige, grüne Kugel im All. Wir waren in einer riesigen Masse von Fischen aus der Fusion gekommen. Einige waren tot, wie ich erkannte, die Haut grau und voller Blasen. Die Satelliten ignorierten sie, stießen sich von einem lebenden Fisch zum nächsten ab.

Einer nach dem anderen gingen die Fische, zu denen sie vordrangen, in Fusion.

Satelliten – es waren neue, obwohl ich nicht genau sagen konnte, woher ich das wusste – wurden durch die Membran von unserem Fisch absorbiert. Sie blieben nur einen Moment und verließen ihn wieder.

Entschlossen versperrte ich einem den Weg. Ich ritzte das Symbol für »Warum« ins Deck: »???« Was geht hier vor?

EINARM FISCH SAGEN GROSSEM SATELLITEN HANDEL JA. ‹GROSSE ZAHL› FISCHE FUSION NICHT PLANET. EINE STUNDE FUSION PLANET.

Mein Herz klopfte. Sie zogen sich zurück, hielten sich an unsere Abmachung. Wir hatten eine Stunde, nicht mehr, um den Waffenstillstand zu zementieren.

Jetzt hing es von mir ab.

Ich öffnete alle Frequenzen, die mein Helmfunkgerät hatte. Sollten sie es ruhig alle hören: »Schiffsjunge Carr an *Olympia*, an die Station, die Admiralität

Centraltown, die Venturas-Basis. An die regionale Regierung. Alle Pflanzer, die meine Stimme hören, geben Sie Obacht!«

»Lass das, Jüngelchen!«

»Wer spricht da?«

»Frand. Kapitän Frand.«

Nur über meine Leiche. »Station, zeichnen Sie bitte auf: Mrs. Frand, das ist für Ihr Logbuch bestimmt.«

»Ich bestimme, was dort ...«

»Quatsch!« Sachte, Junge! Wie würde Vati das machen? »Man wird Sie einem Polygraph-und-Drogen-Verhör unterziehen, weil Sie Ihren Kapitän abgesetzt haben. Verbergen Sie ruhig, was ich zu sagen habe, und man wird Sie hängen. Die Sendung beginnt.«

»Nur einen ... Sehr gut, nehmen Sie es ins Log auf, Mr. Sutwin.«

»Hier spricht Schiffsjunge Randolph Carr von der *Olympia* ...«

»Nicht mehr. Du wurdest aus der Schiffsgemeinschaft ausgestoßen.«

Ich richtete mich in meiner Montur auf und prallte von einer Membran ab. »Unterbrechen Sie mich nicht, Sie selbstgerechte Paragraphenreiterin! Das Schicksal Hope Nations und des Heimatsystems liegt in unserer Hand. Hier spricht Randolph Carr an Bord des außerirdischen Raumfahrzeuges ... ah, *Einarm.* Auf Kapitän Seaforts Anweisung hin habe ich mit den Satelliten verhandelt und einen Waffenstillstand vereinbart. Sie brechen ihren Angriff auf die Venturas und die *Olympia* ab. Zum Zeichen des Vertrauens ziehen sie sich für eine Stunde zurück.«

»Olympia, *hier Oberst Kaminski auf der Orbitalstation.*

Das ist ein Trick! In einer Stunde sind wir hinter den Horizont gesunken. Wenn sie wieder hereinfusionieren, kann niemand sie aufhalten. Die Olympia *ist dann nicht mehr in der Lage, Deckungsfeuer zu liefern, und das drei Stunden und siebenundvierzig ...«*

»Dessen bin ich mir wohl bewusst, Sir.« Mrs. Frands Ton war kalt.

»... und die Laser in den Venturas reichen nicht! Wir stellen den Kampf nicht ein! Feuern Sie weiter!«

»Ich bin der gleichen Meinung. Wir werden es tun.«

»Carr an Station: Sind Sie verrückt? Sie haben gerade eben noch festgestellt, dass Sie nicht alle erwischen können. Die Fische wissen, dass Sie hinter den Horizont sinken; wieso bringen Sie sie sinnlos in Wut ...«

»Sie haben nichts zu sagen, Mr. Carr.« Das war Frand. *»Überlassen Sie das den Verant ...«*

»Ich möchte es hören.« Eine neue Stimme. Sie schien aus großer Ferne zu kommen. *»Henry Winthrop vom Rat der Pflanzer. Randolph, was hast du vereinbart?«*

»Noch nichts Endgültiges, aber ...«

Mrs. Frand warf heftig ein: *»Ein duchgedrehter kleiner Junge kann keinen Vertrag schließen! Nur die UN-Vollversammlung ...«*

Mr. Winthrop knurrte: *»Sie haben Centraltown bombardiert, Mrs. Frand. Ich war damals ein Junge und habe die Zerstörung gesehen. Waren Sie dort?«*

»Nein, aber ...«

»Falls er einen Krieg verhindern kann, hindern Sie ihn nicht daran, oder ich sorge dafür, dass Sie es bedauern! Das ist eine Drohung an Sie und Ihre Raumflotte und die ganzen beschissenen UN ...«

»Hier Gouverneuer McEwan. Was Sie da reden, ist Ver-

rat, Winthrop. Ziehen Sie sich aus diesem Gespräch zurück!«

»Jetzt mal langsam!« Das war Palabee in besorgtem Ton. *»Bischof Scanlen und ich befinden uns im zentralen Zielpunkt des Angriffs. Hören wir uns an, was …«*

»HÖREN SIE ENDLICH ZU, SIE ALLE!« Mein Schrei zerriss mir im Helm beinahe die Trommelfelle. »Sie möchten einen Handel abschließen. Alles, was wir …«

»Wir haben die Funkmeldung zurückverfolgt.« Das war Mrs. Frand. *»Ich weiß jetzt, in welchem Fisch er steckt. Er hat ihnen gesagt, sie sollten warten, bis die Orbitalstation hinter den Horizont …«*

Ich packte meinen Stock. »FUSION JETZT JETZT JETZT!«

Der Fisch pulsierte.

»… keine Fusion Fisch sterben …«

Die Membran teilte sich. Protoplasma leuchtete weiß auf und stürzte nach draußen. Ich duckte mich, als könnte ich mich damit dem Beschuss entziehen.

Ein weiterer Impuls.

Dunkelheit. Fusion.

Ich knirschte mit den Zähnen und schrieb nach Gefühl: »Defusion Schiff ‹Linie› Station ‹Linie› Fisch.« Ob sie verstanden, was ich meinte? Würde es sie retten? Die Hälfte von uns hatte die Seiten gewechselt, und ich war mir nicht sicher, wer wo stand. Scanlen und Palabee wollten mich anhören. Frand wollte mich umbringen. Und ich rettete Fische vor Menschen.

Augenblicke später defusionierten wir in der Schwärze des Alls. Ich blickte besorgt durch die

Membran. Hope Nation war nirgendwo zu sehen. Keine Station. Keine *Olympia.*

Ich atmete schwer. Die gelbe Anzuglampe brannte stetig. Meine Zeit war fast abgelaufen. Wo zum Teufel steckten wir? Das kalte, unversöhnliche Licht einer Milliarde ferner Sterne war die einzige Antwort.

Wir gingen erneut in Fusion.

»... verschwunden. Keine Ahnung, wohin er ...«

»... hätten ihm zuhören sollen.«

»... bringen Sie ruhig eine Verratsklage vor, McEwan. Nur zu, probieren Sie es! Anthony Carr hatte Recht; Sie sind eine Schlange am ...«

Ein Licht brannte hinter der Haut des Fisches. Ein starkes Licht.

Ich schrieb: »Wo Einarm-Fisch?«

Ein Satellit materialisierte aus dem Fleisch des Fisches. Ich wünschte, sie würden das nicht tun; es machte mich wirklich nervös. PLANET ‹LINIE› FISCH ‹LINIE› STATION ‹LINIE› SCHIFF.

»... wir haben vielleicht noch zehn Minuten lang freie Schussbahn. Wir sehen jedoch höchstens ein halbes Dutzend Fische über der Atmosphäre.«

»Oberst, wir sind drei Stunden und zwanzig ...«

Ein Bullauge bildete sich nur Zentimeter vor meiner Nase. Ich zuckte zusammen.

Die Orbitalstation lag atemberaubend dicht vor uns.

Hastig schaltete ich den Funk ein: »Oberst Kaminski, stellen Sie das Feuer ein! Hier spricht Randy Carr. Ich bin in dem längsseits liegenden Fisch.«

»Was führst du im Schilde, Junge? Auf der Olympia

möchten sie dich tot sehen, und Scanlens Leute fühlen genauso. Und falls du dich den Fischen angeschlossen hast, gilt das auch für …«

Herrgott, erinnerst Du Dich an die Hilfe, um die ich Dich gebeten habe? Jetzt wäre der richtige Zeitpunkt! »Sir, mein Fisch greift nicht an. Hören Sie mir doch zu!«

Eine Pause. *»Ich weiß nicht recht, Junge. Es kommt immer der Zeitpunkt, an dem man sich bekennen muss.«*

»Ja.« Ich versuchte, mich an den Stationstechniker zu erinnern, für den Kaminski vor Zeitaltern Anth um Hilfe gebeten hatte, damals auf unserem Empfang. »Ist Mr. Driscoll noch auf der Station? Anthony würde sich freuen. Seinetwillen bitte ich Sie, Sir.« Ich hielt die Luft an. Es war entweder genug oder nicht.

»Bist du …« Er klang gedrückt. *»Bist du zu den Fischen übergelaufen? Sag mir die Wahrheit, Junge!«*

»Die Wahrheit, Sir? Die Kirche ist verrückt geworden. Sie möchte alle Fische tot sehen, was immer es kostet. Vati – Käpten Seafort – ist kompromittiert; er würde alles geben, alles tun, um Corrine Sloan zu retten. Leutnant Frand hat die *Olympia* für die Kirche übernommen. Dutzende Fische werden heute umkommen, und der Allmächtige weiß, wie viele von uns, wenn die Außerirdischen Rache nehmen. Bin ich übergelaufen? Ja, Sir. Zur Seite des Friedens. Falls das Verrat ist …« Ich kämpfte um meine Stimme. »… exekutieren Sie mich auf der Stelle!«

Bravo, Junge. Anthony Carr in sardonischem Ton.

Bravo, mein Sohn. Mein Vater Derek mit ernster Stimme aus irgendeiner unvorstellbaren Ferne.

»Dad, ich …«

»Sehr gut, du genießt unseren Schutz. Olympia, *nehmen Sie das zur Kenntnis!«*

»Kaminski, Sie blockieren unsere Schussbahn!« Leutnant Frand klang angewidert.

Ich sagte: »Mr. Winthrop, Bischof Scanlen, Sie alle. Ich habe ein Abkommen ausgearbeitet, aber ich brauche Hilfe, was die Einzelheiten angeht. Ich brauche dazu Käpten Seafort und ebenso ...«

»Er wird nicht an den Rufer geholt!«

»Nicht an den Rufer. Zum Fisch.«

Absolute Stille. Mehr als eine Minute lang hörte ich nur die eigenen, schmerzhaften Atemzüge.

Dann: *»Hier spricht Reverend Scanlen. Welches Angebot schlägst du vor?«*

»Salz. Ich weiß, das klingt komisch, aber sie brauchen Salz. Geben Sie es ihnen, und sie werden ...«

»Du brauchst eine hormonelle Neueinstellung.« Scanlen klang abschätzig. *»Mrs. Frand, vernichten Sie diesen Fisch bei erster Gelegenheit. Ich habe eine Verbindung zu Mr. Kenzig, falls Sie eine entsprechende Bestätigung brauchen.«*

»Nein, Sir, das ist nicht nötig.« Frands Ton war schwer.

»Sie werden Seafort und diese Frau zum Planeten hinunterschicken, sobald die Feindseligkeiten beendet sind.«

»Reverend Pandeker hat mir zugesichert, dass das nicht nötig sein ...«

»Ich bin sicher, dass er das selbst wirklich geglaubt hat.« Scanlen klang salbungsvoll. *»Aber von der Kathedrale aus sieht man klarer. Gottes Gesetz verlangt Vergeltung.«*

»Ich denke nicht ... Ich muss darüber nachdenken ...«

»Selbstverständlich, Mrs. Frand. Überlegen Sie in aller Ruhe. Konsultieren Sie Reverend Pandeker.«

Es blieb lange still. »*Sehr gut.*« Frand klang besiegt.

Also *sollte* es wohl Verrat werden. Ich rief: »Mr. Winthrop?«

Die Antwort erfolgte sofort; er musste sich am Sender bereithalten. »*Ja, Junge?*«

»In weniger als einer Stunde werden die Fische dank der Kirche und der Raumflotte angreifen. Falls Sie von deren Irrsinn genug haben, rufen Sie mich auf dieser Frequenz.« Zwei konnten es ja ruhig mal mit einem Aufstand versuchen.

»Palabee an Admiralität: Ich breche sofort nach Centraltown auf. Erwarten Sie mich in ...«

»Tun Sie das, Vince.« Ich sprach es mit vernichtender Verachtung aus. »Mit dem Heli ist das ein sechsstündiger Flug. Ich schätze, sie werden Sie etwa auf halbem Weg abfangen. Denken Sie an mich, wenn der erste Satellit an Bord springt.«

»Du kleiner Mistkerl, du würdest doch nicht ...«

»Ich nicht. Die Fische schon.« Mein Ton war eisig.

»Wir können uns nicht einfach in den Bergen verstecken ...«

»Ich habe es mit Vernunft probiert. Ich habe es mit Flehen probiert. Jetzt versuche ich es mit dem einzigen Weg, der noch bleibt. Guten Tag.«

Ich schaltete den Rufer aus, packte den Schreibstock. »Einarm reden Großer Satellit.«

GROSSER SATELLIT NICHT IN EINARM FISCH.

»Einarm gehen Großer Satellit Fisch.« Oder, falls ihr es vorzieht ...

ZEIT KLEIN. MINUTEN. NICHT-GEHEN. Ich

grunzte. Falls das nicht »warte eine Minute« hieß, dann wusste ich auch nicht mehr.

Plötzlich gingen wir wieder in Fusion. Abgesehen vom unerwarteten Eintreten war es nicht mehr ganz so beunruhigend. Augenblicke später defusionierten wir. Wir waren vielleicht ein bisschen weiter von der Sonne entfernt, aber das Sonnenlicht reichte, um zu erkennen, dass wir von Fischen umringt waren.

Die Farben unseres Fisches wirbelten noch rascher als zuvor; die Flugrichtung änderte sich, und andere Fische rückten näher. Wir mussten Treibmasse verspritzen, aber ich spürte nichts.

Ein Satellit verschmolz mit der Außenmembran und verschwand.

Ich nutzte die Wartezeit, um an unserem Wortschatz zu arbeiten. Wir brauchten ein Symbol für »helfen«. Ich zeichnete »Handel helfen Satelliten« und »Handel helfen Menschen«. Sie verstanden mich nicht. Dann probierte ich: »Satellit helfen Einarm Raumanzug, Einarm nicht sterben.«

JA. HELFEN.

Ein neues Wort. Ich seufzte. Wir brauchten so viele!

Augenblicke später tauchten zwei Satelliten aus der Membran auf. Mir wurde klar, dass ich einfach nicht auf dem Laufenden bleiben konnte, wer von ihnen wer war. Vielleicht konnten sie es selbst nicht.

Im matten Licht zeichnete ein Satellit: GROSSER SATELLIT SAGEN KRIEG / NICHT KRIEG.

»Hier in Einarm Fisch?«

JA. Er zog sich zurück, heftete sich an eine Membran.

Ein Satellit blieb bei mir.

»Hallo.«

Er bibberte.

Ich machte mich an die Arbeit. »Einarm nicht Groß-Mensch. Groß-Mensch in Schiff. Menschen Krieg Menschen. Einarm sagen Handel. Schiff-Menschen sagen Nicht-Handel.«

Ich wartete. Er hatte eine Menge zu verdauen.

HANDEL GLEICH KEIN KRIEG. NICHT-HANDEL GLEICH KRIEG.

»Das weiß ich.« Ich biss mir auf die Lippe. Nebel hängte sich über meine Gedanken.

»Großer Satellit sagen Fisch gehen Planet. Nicht Planet.« Verdammt, ich brauchte Wörter, die wir noch nicht ausgearbeitet hatten! Ich versuchte mich an jedes verfluchte Symbol zu erinnern, das wir kannten. Nahe. Jess hatte eine Hieroglyphe für »nahe« entwickelt. Kreise, die einander nahe kamen, sich aber nicht berührten. Harry schien es verstanden zu haben. Falls das zutraf, dann galt das für sie alle. »Großer Satellit helfen Einarm. Großer Satellit sagen Fischen gehen nahe Planet. Kleine Zeit. Einarm reden Schiff, Einarm sagen Handel. Fische gehen nahe Planet. Nahe Krieg.« Aber führten den Krieg nicht. Bitte, lieber Gott, mach es ihnen begreiflich!

HUNDERT FISCHE GEHEN NICHT-NAHE STATION, NAHE PLANET. FISCHE / MENSCHEN NAHE KRIEG. NICHT KRIEG.

»Ja!« Ich unterstrich das dreimal, als könnte er meinen Eifer schmecken. »Einarm sagen Groß-Mensch gehen in Einarm Fisch. Groß-Mensch reden Großer Satellit.« Ich bringe euch zusammen, hier in meinem Fisch. Und wenn es das Letzte ist, was ich tue.

HANDEL?

»Groß-Mensch sagen Handel.« Das war ein Versprechen, was ich hoffte halten zu können.

Wir warteten, während er Sendboten zu allen Fischen seiner Flotte schickte.

Einer nach dem anderen gingen die Fische aus.

Ich schwebte in Fötusstellung. Gelegentlich stieß ich mit dem Helm an die Decke oder mit dem Arm ans Deck.

»... ungefähr weitere zwanzig. Sie massieren sich direkt über der äußeren Atmos ...«

»... gedrängt, jede erdenkliche Vorkehrung zu treffen. Als im großen Krieg die Centraltown-Bombe am Himmel auftauchte, ist sie keine dreizehn Minuten später auch schon ...«

»... mit Höchstgeschwindigkeit. Sie werden schon im Sinkflug sein, ehe die Olympia *eine Position erreicht, in der sie ...«*

Im Raumanzug war es heiß, fürchterlich heiß. Ich sollte etwas dagegen tun.

»... hat eine Liste von Impfstellen ausgewiesen, für den Fall, dass ein Virus ...«

»Josh Hopewell, Theo Mantiet, hier spricht Winthrop auf einer offenen Frequenz. Ich kann Sie nicht ausfindig machen; rufen Sie mich privat an, sobald Sie ...«

Der große Satellit hatte sich am Deck verankert. Er wartete gelassen, und nur ein gelegentliches Zucken verriet Leben.

»Kaminski, haben Sie den Fisch mit dem Carr-Jungen entdeckt?«

»... eine Krisensitzung des Rates der Pflanzer ...«

»Mrs. Frand, ich habe es gar nicht versucht. Wir sind hinter dem Horizont, außer für ein paar ...«

»Ich bin genau hier.« Ich räusperte mich und probierte es erneut. »Randolph Carr … an alle Parteien, Achtung!« Meine Zunge war dick. »Wir befinden uns in einem großen … Geschwader von Fischen direkt über der Atmosphäre. Sobald die Fische den Sinkflug einleiten, bezweifle ich, dass sie noch umkehren …« Ich atmete schwer.

»Du Scheißverräter!« Das klang nach dem Bischof.

»Ich habe ihnen nie gesagt, sie sollten angreifen!« Das stimmte sogar; ich hatte ihnen nur gesagt, sie sollten so tun. Was sie wohl unternahmen, wenn mein Plan fehlschlug? Ich ertrug den Gedanken nicht. »Uns bleiben … höchstens ein paar Minuten. Die Station kann Ihnen jetzt nicht helfen, Scanlen. Auch die *Olympia* nicht. Ihr Schätzchen Frand wird gerade rechtzeitig eintreffen, um das Gemetzel mitzuerleben.«

»Denkst du vielleicht, deine Fischfreunde würden dich verschonen, Randolph? Du bist erledigt! Falls nicht durch sie, dann durch uns.«

»Oh, ich weiß. Aber … wir beeilen uns lieber. Mir schwinden hier rasch die Sinne.« Ich schlug mir ans Bein. Es schien nicht zu helfen. »Sie hören auf mich, sehen Sie? Möchten Sie, dass ich sie zurückpfeife?«

»Was verlangst du dafür?« Bischof Scanlen klang angespannt.

»Hilfe. Ich brauche einen verantwortlichen Erwachsenen, der mit ihnen verhandelt. Einer, dem Sie alle vertrauen.«

»Und … wer … ist … das?« Die Stimme klang aus einer anderen Galaxis herüber.

Ich schüttelte den Schlaf ab. »Das sagte ich Ihnen

schon. Mr. Seafort.« Ich gähnte gewaltig und renkte mir dabei fast den Unterkiefer aus.

»Du machst Witze! Ich kann ihm nicht so weit vertrauen, wie ich …«

»Nicht seinen Absichten. Nur 'ne Sekunde.« Es hatte keinen Sinn. Ich zerrte an den Helmverschlüssen. Irgendwie bekam ich das Ding herunter und schnappte tief nach der grauenhaften Luft. Ich hielt den Helm verkehrt herum in den Armen und sprach weiter ins Mikro, bemühte mich dabei, die Antworten aus den Lautsprechern zu verstehen. »Ich wette, dass Sie seinem Wort vertrauen. Er ist der aufrichtigste Mensch, dem Sie je begegnet sind.«

»Das mag sein. Er … kommt jedoch nicht in Frage.«

»Sorgen Sie dafür, dass er wieder in Frage kommt. Uns bleiben nur noch wenige Minuten.« In der übel riechenden Luft wurde mir schwindelig. Kaum besser als im Raumanzug.

Der große Satellit rührte sich. Andere Außerirdische drückten sich durch die inneren Membranen und nahmen Kurs auf die Haut. Sie wurden undeutlich und verschwanden.

Hastig schrieb ich: »?«

SATELLIT HELFEN EINARM.

Wie? Ich hätte das fragen können, aber irgendwie schien es mir zu viel der Mühe.

»Mrs. Frand, wie sieht es aus? Möchten Sie Krieg?«

»Das ist nicht meine Entscheidung, Junge.«

»Quatsch! Schicken Sie Mr. Seafort zu mir. Wir machen der Sache ein Ende …«

»Wir fahren auf dich zu.«

»Schicken Sie ihn mit der Barkasse!« Die Barkasse verfügte locker über die nötige Reichweite.

»Er steht unter administrativem Arrest ...«

»Herr Jesus, wie haben Sie es je zum Leutnant geschafft? Lassen Sie ihn frei! Sie sind nicht Scanlens Eigentum!«

»Nein, aber meine Seele gehört dem Herrgott. Ich tue, was ...«

Ich keuchte: »Was denken Sie, wird Er ... sagen, wenn ... die Fische Hope Nation vernichten? ›Gut gemacht, Tochter?‹«

Frands Ton war ernst. *»Nein, das denke ich nicht.* Olympia *an Admiralität, höchste Priorität: Antworten Sie!«*

»Leutnant Riev von der Admiralität: Sprechen Sie, ich gebe es weiter an ...«

»Verbinden Sie mich mit Kenzig. Sie verachtenswerter Speichellecker!«

»Ma'am, wir dienen derselben Sache ...«

»Den Teufel tun wir! Holen Sie ihn an den Apparat!«

Zwei Satelliten schmolzen sich durch die Haut und erreichten unsere Kabine. Sie waren von dicker, massiger Form.

Ich fragte mich, welches Gebet ich am Ende sprechen sollte. Ich würde nicht mehr lange bei Bewusstsein sein.

Ein Satellit stupste mich mit einem grauen Tentakel an.

Ich winkte ab. »Später.«

»Hier Kenzig.« Der Admiral klang vorsichtig.

»Sir, ich weiß, dass Ihre Lage schwierig ist, aber denken Sie, wir können vielleicht tun, worum er bittet? Carr vertraut ihm, und die Pflanzer tun es ebenfalls. Verdammt, ich tue es eigentlich selbst! Seafort wird nie sein Wort brechen.«

SATELLIT HELFEN EINARM.

»Zu spät, Junge.«

EINARM NICHT STERBEN.

»Ja, sterben.« Bitte, lieber Gott, ich möchte es endlich hinter mich bringen. Ich hatte versagt.

Der Satellit stieß meinen Lufttank an. Er hing frei in der Luft und schwebte jetzt durch die Kammer.

»Lass ihn, er ist leer.« Ich konnte es nicht hinschreiben; ich hatte Watte im Kopf, und wir kannten ohnehin nicht die passenden Wörter.

Er stieß ihn erneut an.

Der Lautsprecher knisterte. »*Alle Bürger von Centraltown: Der Rat der Pflanzer empfiehlt Ihnen, in den Häusern zu bleiben. Gehen Sie nicht auf die Straße!*«

Ich schloss die Augen. Etwas stupste mich. Ich öffnete die Augen einen Spalt weit. Mein Tank. Ich schob ihn weg.

Warte mal eine Minute!

Ich *trug* den Tank ja.

Müde und mit klopfendem Herzen stieß ich mich ab und schwebte hinter dem anderen Tank her; ich drückte ihn an eine Membran.

Die Oberfläche war fleckig. Ich konnte die Registriertafel kaum erkennen.

UNS Challenger.

»Danke, aber er ist fünfzig Jahre alt. Er hat bestimmt ...«

Der Verschluss war dicht.

Ich schrie: »Mach mir keine Hoffnung!« Falls er leer war, würde ich das nicht verkraften.

»*Sie möchten den GenSek losschicken, damit er in einem Fisch umkommt?*« Das war Admiral Kenzig.

Mrs. Frand wandte ein: »*Sie haben Randy nicht umgebracht.*«

»*Noch nicht.*«

Ich griff hinter mich, löste den nutzlosen Tank, wechselte das Verbindungsstück des Schlauchs zum neuen Tank. In der Schwerelosigkeit schaffte ich es mit knapper Not; unter Schwerkraft wäre es mit nur einer Hand nicht möglich gewesen.

Der Helm.

Ich griff danach; er rutschte weg.

Der Satellit plumpste darauf, fuhr dann vom Deck am Schott hinauf. Er ragte über mir auf und schwenkte den Helm. Ich zuckte zusammen. Der Satellit floss über mich hinweg, stülpte mir den Helm auf den Nackenkranz, blendete mich vollständig. Ein Klicken ertönte. Noch eines.

Licht fiel herein, als der Satellit sich zurückzog. Hastig schaltete ich die Luftzufuhr ein.

Kalte, frische Luft!

Meine Lungen weiteten sich. Allmächtiger! Ich atmete tief, tat es immer wieder. Der dumpfe Schmerz hinter den Augen ging zurück.

»*Venturas-Basis an* Olympia: *Die Fische kommen herunter! Mindestens ein halbes Dutzend! Um Gottes willen, helfen Sie uns!*«

Ich wirbelte zum großen Satelliten herum. »Satellit sagen kein Krieg!«

KEIN KRIEG.

»Fische gehen Planet!«

SATELLIT HELFEN EINARM.

»Aber ...«

FISCHE GEHEN PLANET. STERBEN.

Ich glotzte: »Ein Bluff?« Ich sehnte mich nach einer

Möglichkeit, das schreiben zu können. Waren sie schließlich doch wie wir?

FISCHE GEHEN. KEINE SATELLITEN.

Ich drückte die Funktaste. »Um Gottes willen, Mr. Kenzig!«

Der Admiral klang müde. *»Bischof Scanlen, ich übernehme die Verantwortung für die Entsendung Seaforts. Haben Sie Einwände?«*

»Verflixt, natürlich habe ich die! Er ist exkommuniziert, vom Glauben abgefallen ...«

»Sein verdammter Junge hat uns an den privaten Teilen gepackt und verlangt nach Seafort. Was schlagen Sie vor?«

Scanlen brüllte: *»Töten Sie den Fisch!«*

»Aber Hochwürden, dagegen sprechen technische Schwierigkeiten. Die Station ist noch für sechzehn Stunden außer Reichweite. Die Olympia *hat erst wieder freie Schussbahn, wenn sie ...«*

»Sie sind hier, um uns zu schützen!«

Es blieb lange still. *»Eigentlich bin ich als Gesandter bei einer verbündeten Regierung hier, um unsere Schiffe, die hier zu Besuch kommen, zu beaufsichtigen. Wir haben keine Flotte stationiert, kein Personal, kein ...«*

Der Bischof schien in Panik: *»Während Sie daherplappern, Kenzig, taucht Satans Brut am Himmel auf!«*

Ich grinste gepresst. »Ich möchte mal eins deutlich machen«, sagte ich. »Ohne Käpten Seafort rühre ich keinen Finger, um die Fische aufzuhalten.«

»Verfluchte Brut einer verdorbenen Seele! Du Kind des Teufels, du Feind aller Rechtschaffenheit, willst du nicht aufhören, alles zu pervertieren ...«

»BISCHOF!« Kenzigs Gebrüll hätte eine Lawine aufgehalten.

Stille trat ein und schien ewig anzuhalten. »*So sei es*«, sagte Scanlen schwer. »*Schicken Sie einen Dämon, um mit einem Dämon zu verhandeln.*«

Der Admiral schlug einen forschen Ton an. »*Mrs. Frand, führen Sie Käpten Seafort zur Barkasse. Beeilen Sie sich!*«

»Und geben Sie ihm Rang und Autorität zurück!«, verlangte ich.

»*Ich kann ihm das Kommando über die* Olympia *nicht zurückgeben. Nicht, solange …*«

»Ich habe nicht vom Kommando über die *Olympia* gesprochen. Den vollen Rang und die Autorität.«

»*Aber …*«

»*Centraltown, hier Venturas-Basis. Können Sie Hilfe schicken?* Olympia? *Station? Die Venturas-Basis ruft den Notsta …*«

»*Sehr gut. Mrs. Frand, tragen Sie das ins Logbuch ein. Machen Sie lieber schnell!*«

»Nicht nur den Käpten. Ich brauche noch jemanden.«

»*Wen?*«

Ich holte tief Luft. »Chris Dakko. Einen Zivilisten; Sie finden ihn …«

»*Den Schiffsausstatter, ja. Sorgen Sie dafür, dass das geschieht, Mrs. Frand!*«

»*Sir, falls er nicht gehen möchte …*«

»*SCHICKEN SIE IHN HINÜBER!*« Unter dem Gebrüll des Admirals zuckte ich zusammen.

»*Aye aye, Sir!*«

Ich drehte mich zum großen Satelliten um. »Großer Mensch gehen zu Einarm-Fisch. Innen ja?«

INNEN JA. Dann: MENSCH ANGST?

Mein Ton war grimmig. »Nicht dieser Mensch.«

36. Kapitel

Die Barkasse näherte sich vorsichtig, mit ganz kurzen Schüben ihrer Triebwerke. Zwei Gestalten tauchten daraus auf und zogen Zusatztanks hinter sich her.

Kaum war die Luke zugeglitten, als eine wehleidige Stimme fragte: »Darf ich mich bitte zurückziehen, Käpten?«

»Nein, Mr. Yost. Bleiben Sie, für den Fall …«

»Erlaubnis gewährt, Mr. Yost. Ziehen Sie sich auf eine sichere Entfernung zurück. Einen Kilometer.« Und überflüssigerweise setzte Frand hinzu: *»Das ist jetzt mein Schiff, Mr. Seafort. Wir brauchen die Barkasse vielleicht noch.«*

Vatis Ton war ausdruckslos. »Sehr gut, Mrs. Frand.«

Ich sagte: »Alles ist vorbereitet, Sir. Sie schicken einen Satelliten aus, der Sie abholt. Das wirkt ein bisschen furchterregend.« Eine Untertreibung, falls je eine ausgesprochen worden war.

Vati fragte: »So, wie Harry dich hineingebracht hat?«

»Er wird dich umschließen, damit du nirgendwo an die Haut des Fisches stößt.«

»Ich freue mich nicht gerade auf …«

»Ich mache das nicht mit!« Chris Dakko.

»Sie haben keine Wahl.« Vatis Ton war freundlich.

»Ich bin Ihr Gefangener, aber …«

»Nicht *mein* Gefangener. Ich versichere Ihnen …«

»Ich weigere mich. Ich fliege weg.«

»Sie haben keine Erfahrung mit einem Triebwerksanzug, Chris.«

»Das ist mir egal.«

»Hier Venturas-Basis: Sie kommen weiterhin näher!«

»Olympia *an Venturas, wir haben in siebenundneunzig Minuten freie Schussbahn.«*

Vati seufzte. »Randy, wird Chris wirklich gebraucht?«

»Ja, Sir.«

»Halten Sie mich für verrückt?« Das war Mr. Dakko. »Ich dulde nicht, dass mich dieses Monster verschluckt! Eher sterbe ich!«

»Nein«, sagte ich. »Das werden Sie nicht. Sie tun es für Kev.«

»Kev hat nichts damit zu ...«

»Sie irren sich. Ich zeige es Ihnen gleich.« Ich sprach ruhig. Vati war direkt draußen, und dank des großen Satelliten verfügte ich über einen frischen Luftvorrat. Was konnte sich ein Junge mehr wünschen? Einen richtigen Arm, der nicht herumzuckte. Eine richtige Nachtruhe. Eine Stunde Knutschen mit Judy Winthr ...

»Randy ...« Mr. Dakko begann in festem Ton, aber die Stimme versagte ihm dann. »Ich kann nicht ... im selben Raum mit ... Sie haben ihn umgebracht.«

»Nein, wir waren es. Wir haben den Satelliten in Fetzen geschossen. Sir, ich schaffe das nicht ohne Sie.« Nicht ganz zutreffend. Es gelang mir vielleicht, aber ich wollte nicht.

»Chris?« Vati. Er klang geduldig.

»Oh Jesus! Halten Sie meine Leine.« Atemgeräusche. »Ich mache die Augen zu. Sagen Sie mir, wenn es vorüber ist.«

»Ich habe Sie, Chris. Mein Sohn, wir sind bereit.«

Ich bückte mich, den Stock in der Hand. »Zeit jetzt.«

»So.« Vati blickte sich um. »Chris, Sie können hinsehen.«

Mr. Dakko öffnete ein Auge und schreckte zurück. »Oh Gott!«

»Sohn ...« Vati zog mich heran und umarmte mich. »Warum hast du mich gerufen?«

»Zunächst, um dich von der *Olympia* zu holen. Man kann Frand nicht trauen.«

»Sarah steht loyal zur Raumflotte. Ihr Gewissen ...«

»Sir, wir haben keine Zeit für dummes Zeug.«

Er versuchte, mich mit finsterem Blick zur Räson zu bringen, schaffte es aber nicht. »Warum sonst noch?«

»Um deinen Einfluss zu nutzen. Ich kann es nicht allein durchziehen. Mr. Dakko?« Ich schüttelte ihn. »Sehen Sie in mein Gesicht. Vergessen Sie die Satelliten.«

»Schlimmer als ein Albtraum.« Seine Stimme klang belegt.

»Hat Ihnen Kev je von seinem Traum erzählt?« Ich ließ meine Neugier durchblicken.

Damit rüttelte ich ihn wach. »Nein. Er stand Walter näher. Seinem Großvater. Vielleicht war ich zu streng.«

»Seit Generationen halten uns die UN mit ihrem Transportmonopol im Würgegriff. Meinem Dad war das zuwider, und Anthony auch. Kevins Idee war es ...«

Ich erzählte es ihm. Falls sich die Kolonien zusammenschlossen, entsprachen ihre kombinierten Ressourcen denen der Erde, übertrafen sie womöglich. Sie konnten eigene Schiffe bauen und sich damit den ruinösen Gebühren entziehen, die uns der Gnade der Erde auslieferten.

»Ein lohnendes Ziel«, sagte Mr. Dakko müde, »aber völlig unrealistisch. Die Flotte würde nie dulden, dass wir Material zum Schiffbau oder halb gebaute Schiffe befördern. Ganz zu schweigen von der Herstellung der Triebwerke.«

»Stimmt. Aber jetzt brauchen wir die Flotte nicht mehr. Vati, Mr. Dakko, ich möchte euch jemanden vorstellen. Einen … einen Freund.« Ich packte den Stock fester. »Hier Groß-Mensch.«

ZWEI MENSCHEN.

»Einarm berühren Groß-Mensch.« Ich packte Vati am Arm. »Käpten, darf ich Ihnen den Befehlshaber der Außerirdischen vorstellen? Sein Symbol lautet großer Satellit.«

»Du sagtest, sie wären telepathisch begabt? Was einer von ihnen weiß …«

»Ich bin mir nicht sicher. Vielleicht übermitteln sie es, indem sie den Fisch berühren. Aber dieser hier führt eindeutig das Kommando.«

»Ist der … ah, Körper … mit Luft gefüllt?«

Mit dieser Frage hatte ich schon gerechnet. »Ja, Sir. Ich hatte gefragt, ob ich einen Tank aufdrehen dürfte.« Der zweite Tank aus der unglücklichen Barkasse der *Challenger* zischte in einer Ecke leise vor sich hin.

»Gut. Sage ihm, dass ich nichts Böses vorhabe.« Vati machte sich daran, seine Helmklammern zu öffnen.

»Sind Sie sicher, Sir? Falls etwas schief geht …«

»Ja, ich bin mir sicher.«

Einen Augenblick später hatte sich Vati vom Raumanzug befreit. »Puuh!« Er rümpfte die Nase. Er stieß sich sachte ab und stoppte an einer Membran neben dem großen Satelliten. »Sag ihm, dass ich wohl gesinnt bin.«

»Groß-Mensch sagen Satelliten nicht sterben nicht verletzen.« Es war die beste Annäherung, die ich hinbekam.

Langsam entwickelte der Satellit einen Tentakel. Grau. Ich ließ die Luft wieder heraus. »Vati, das ist die Sorte, die einen nicht verletzt.«

»Ich entsinne mich.«

Langsam streckte der Satellit den metallisch grauen Finger weiter aus und fasste Käpten Seafort an die Wange. Vati stand ganz still, obwohl er die Lippen lautlos bewegte – vielleicht im Gebet.

Als der Satellit fertig war, streckte Vati selbst den Arm aus und legte die Finger um den Tentakel. *Bitte nicht schütteln! Falls er sich in deinem Griff ablöst, kriegen wir alle Zustände.*

»Was jetzt, mein Sohn?«

So hastig, dass ich mich dabei verhaspelte, erklärte ich die Sache mit dem Salz. »Wir benötigen ein dreiseitiges Handelsabkommen. Mr. Dakko kümmert sich um die hiesigen Belange.«

»Ich tue was?« Er sah ungläubig drein.

»Sie sind Kaufmann, nicht wahr? Wer wäre besser geeignet, Vorräte zu kaufen und für uns Handel zu treiben?«

»Uns?«

»Hope Nation.«

Er sagte: »Du bist UN-Bürger, Randy. Sie werden es als Verrat betrachten.«

»Bin ich das, Vati? Mrs. Frand hat mich aus der Mannschaftsliste der *Olympia* gestrichen. Dein eigener Status ist – unklar.«

»Ich vermute, du hast die doppelte Staatsbürgerschaft. Aber das Salz ist nicht weiter schlimm. Sie werden *das hier* ...« Vati wedelte mit der Hand. » ... als Verrat betrachten.«

Ich zuckte die Achseln. »Das wusste ich von Anfang an.«

»Außerdem ist die Frage akademisch. Die Entscheidung liegt nicht bei Hope Nation.«

»Doch, tut sie.« Durch das Visier erwiderte ich seinen Blick. »Das habe ich entschieden.«

Vati presste die Lippen zusammen. »Spiele nicht mit mir!«

»Das tue ich nicht, Sir. Falls wir aus der Sache herauskommen, wirst du mich zur Ordnung rufen.« Ich freute mich nicht darauf. »Aber bis dahin nenne ich die Bedingungen.«

»Wie hast du vor, das durchzusetzen?«

Ich reichte ihm den Schreibstock. »Hier. Mach es auf deine Art.«

»Ich kenne die Worte nicht, Sohn. Du bist unser Linguist.«

»Exakt, Sir.«

Ich denke, falls ich keinen Helm getragen hätte, hätte er mich geohrfeigt. Sein Ton war rau: »Du kannst es uns nicht diktieren. Die Vollversammlung legt die Bedingungen für den Außenhandel fest.«

»Für UN-Mitglieder«, sagte ich. »Hope Nation ist unabhängig.«

»McEwan hat erklärt ...«

»McEwan kann seine Großmutter zum Schwertfisch erklären, so weit es uns angeht.« *Anthony, das ist für dich! Ich hoffe, du bekommst es mit.* »Hope Nation bleibt frei. Das ist Bestandteil jedes Abkommens.«

Chris Dakko starrte mich konzentriert an und hatte die Satelliten vergessen.

Ich sagte: »Wir beeilen uns lieber, Vati. Diese Fische landen bald.« Und mein Bluff löst sich in Luft auf.

»Verdammt, Junge, weißt du eigentlich, was für ein Chaos du anrichtest? Ich war dort, auf der Venturas-Basis!« Als die Fische vor all diesen Jahren schon einmal gelandet waren, hatte Vati gegen sie gekämpft. Ja, das hatte ich gehört.

Ich sagte: »Wir sind noch in der Lage, das Schlimmste zu vermeiden. Sir, du musst Folgendes arrangieren: Wir liefern den Fischen ein paar Tonnen Salz – du und Mr. Dakko, ihr könnt den Umfang festlegen. Wir können sie ihnen auf eine Umlaufbahn liefern; das geht für uns leichter. Als Gegenleistung ...«

»Du hast Konzessionen vereinbart?« Mr. Dakko klang verblüfft.

»Aber sicher. Deshalb brauchen wir Sie ja. Der große Satellit hat eingewilligt, als Gegenleistung für Salz unsere Frachten zu befördern. Die größte Schwierigkeit dabei ist, ihnen deutlich zu machen, wohin sie damit sollen; wir haben bislang keine Sternenkarten ausgearbeitet, aber ...«

Vati hob eine Hand. »Und falls ich damit nicht einverstanden bin?«

»Dann lasse ich die Fische landen.«

»Sohn, das verbiete ich!«

»Ich widersetze mich dir. Ich muss es tun! Ich hoffe, dass du es eines Tages verstehst.« Mir brannten die Augen. »Sir, ich bin nur ein kleiner Junge. Der Herrgott weiß, was mich auf die Idee gebracht hat, ich wäre bereit, mich wie ein Erwachsener zu verhalten. Ich bin keiner. Aber alle haben erwartet …« Nein, es war meine eigene Schuld. »Beschütze mich nächstes Mal, Sir. Vor mir selbst. Ich bitte dich: Dulde nicht, dass ich wieder so rede, wie ich es gern tue, oder mir wieder einbilde, es wäre meine Aufgabe, über das Schicksal von Welten zu entscheiden. Und trotzdem stehe ich hier, der einzige Mensch, dem die Fische trauen, der Einzige, der mit ihnen reden kann. Mein Zuhause, meine Familie existieren nicht mehr. Die *Olympia* möchte mich nicht, die Kirche ist nur auf Rache erpicht. Ich habe immer wieder an der Grenze des Todes gestanden, bis ich dafür taub geworden bin. Weißt du was? Das gibt mir das Recht zu entscheiden.«

Ich holte ganz tief Luft.

»Und ich entscheide, dass Hope Nation über seinen Außenhandel selbst bestimmt. Ich lie … Ich respektiere und bewundere dich wirklich sehr, aber Vati – ich bekomme entweder meinen Willen oder wende mich von dir ab.« Ich stoppte. Ich hatte die Stimme nicht mehr ausreichend unter Kontrolle, um weiterzureden.

Vati schwieg. Sein Blick drückte … was aus? Tadel? Trauer? Eine neue Einschätzung?

»Junge …« Mr. Dakko schwebte durch den Raum. »Ist dir eigentlich klar, was du getan hast?«

»Ich denke …« Ich schluckte. »Ich denke, ja.«

»Anthony ... und dein Vater Derek Carr wären so ... so ...« Er blickte sich schuldbewusst um. »So gottverdammt stolz!«

Ich konnte nicht mehr anders; ich riss mir den Helm herunter und umarmte Vati. Einen Augenblick später legte er seinerseits die Arme um mich. »So ist es, mein Sohn. Gestatte mir, dieses eine Mal für Derek zu sprechen. Er wäre stolz. Er hat diesen Kampf jahrelang ausgetragen.«

»Randy, die Sate ... *Randy!*« Mr. Dakko zog sich blitzartig an eine Wand zurück, als zwei Satelliten vorrückten.

Ich packte den Stock. »Anderer Mensch nicht verletzen Einarm. Einarm Gefühl. Einarm nicht verletzt, nicht sterben.« Ich sprach laut mit, während ich schrieb.

Die Satelliten beruhigten sich. Ein Sprung führte sie an die Membran gegenüber. Sie hefteten sich dort an und bibberten.

Ich sagte verlegen: »Danke, Sir. Jetzt ...« Ich räusperte mich. »Falls wir die Raumfahrtstraßen mit den Fischen teilen möchten, müssen die Vereinten Nationen zustimmen. Die Fische brauchen auch Salz, wenn sie unser Heimatsystem erreichen, und sie brauchen einen Landeplatz. Das musst du erreichen.«

»Später. In diesem Augenblick sinken Fische auf die Venturas hinab, und die *Olympia* ist auf dem Weg zum Kampfschauplatz.«

»Kannst du Mrs. Frands Angriff stoppen?«

»Ich bezweifle es.« Vati lächelte nur über meine Beunruhigung. »Aber ich kann mir vorstellen, dass es dem Bischof gelingt. Chris, ist Ihnen das recht? Gut.

Machen wir uns an die Arbeit. Seafort an *Olympia:* Mrs. Frand, bitte eine offene Funkschaltung – mit uns, Bischof Scanlen, Oberst Kaminski, dem Admiral. Und Mr. McEwan.«

Drängend sagte ich: »Die Pflanzer!«

»In Ordnung, mein Sohn. Und mit dem Rat der Pflanzer.«

»*Was haben Sie ausgehandelt?*« Mrs. Frand klang argwöhnisch.

»Wir diskutieren das alle gemeinsam.«

»Randy.« Mr. Dakko stieß mich an der Schulter an. »Übersetze mal für mich: Wie viel Salz wollen ...«

»Einen Laderaum voll.«

»Nach Gewicht. Und wie oft brauchen sie es? Ist Anlieferung an der Orbitalstation akzeptabel? Und ...«

»Ich weiß nicht recht, ob wir die Worte haben – warten Sie.« Ich zupfte Vati am Ärmel. »Sir, noch ein paar Details.«

»Was nun?« Ein finsterer Blick.

»Corrine Sloan muss freigelassen werden. Kein Prozess.«

»Sosehr ich mir das auch wünsche, kann ich nicht verlangen, dass ...«

»Ich verlange es. Sag ihnen, ich übersetze das Abkommen sonst nicht. Und noch eins: Du erhältst die *Olympia* zurück.«

»Nein.«

»Ich bestehe darauf. Andernfalls werde ich nicht ...«

»Begreifst du es nicht? Alles, was ich für mich selbst verlange, untergräbt ihr Vertrauen. Sie müssen bei deinem Vorschlag schon genug schlucken. Das wäre ein Schritt zu weit. Sie würden argwöhnen, es ginge letztlich um mich, um die Macht. Eigentlich ist es mir auch egal. Ich fahre notfalls als Frachtaufseher nach Hause. Wir nehmen eine gemeinsame Kabine, du und ich.«

»Du möchtest mich immer noch haben?« Meine Stimme bebte.

»Natürlich, mein Sohn.« Seine Augen wurden schmal. »Ich nutze die Zeit, um genau das zu tun, was du vorgeschlagen hast.«

Ich schluckte. Das würden lange achtzehn Monate werden. Vielleicht bekamen sie mir sogar gut, aber mir graute vor dieser Prüfung.

Im Augenblick war es jedoch egal. Ich wandte mich wieder dem großen Satelliten zu.

Mr. Dakkos Gespräch mit dem Außerirdischen ging immer stärker in technische Einzelheiten. Ich entwickelte spontan neue Wörter, ging dabei von der bescheidenen Grundlage aus, die wir bislang hatten. Manches war einfach: »weit« war »nicht nahe«. Anderes – wie die Gewichtsmaße – erwies sich als so schwierig, dass man hätte verrückt werden können. Ich schaffte es endlich, indem ich auf »gehen zur Sonne« und »gehen zum Planet« zurückgriff, um Schwerkraft darzustellen, und indem ich dann »Gewicht« aus der Schwerkraft ableitete. Da wenig anderes verfügbar war, diente mein Körpergewicht als Standardgröße. Ein Einarm-Gewicht entsprach etwa fünfzig Kilo, zumindest auf Hope Nation.

Gott sei Dank hatte ich eine Begabung dafür, unsere Piktogramme im Gedächtnis zu behalten, andernfalls wären die Verhandlungen im Chaos untergegangen.

Vati schüttelte nur den Kopf über meine Zeichnungen, und Mr. Dakko warf die Hände hoch.

Vati war wieder in den Raumanzug gestiegen, weil er so leichter das Funkgerät bedienen konnte. Ich lauschte mit halbem Ohr und staunte über seine Geduld. Na ja, im Verlauf von zwei langen Amtszeiten als GenSek hatte er die Repräsentanten der irdischen Milliardenbevölkerung an der kurzen Leine gehalten. Das erforderte gewiss hoch entwickelte Nachsicht und ebensolches Taktgefühl. Andererseits war er nicht gerade berühmt gewesen für seine diplomatischen …

»Mr. McEwan, wir benötigen eine eindeutige Verpflichtung, nicht nur eine Zusage, über Exportgenehmigungen nachzudenken …«

»Beseitigen Sie die Bedrohung durch die Fische, und wir sehen mal …«

»Gouverneur …« Scanlen klang angespannt. *»In Anbetracht unseres Dilemmas sollten wir vielleicht auf eine Milderung …«*

Ich fauchte: »McEwan ist kein Gouverneur!« Ich hoffte, dass der Rat der Pflanzer das Gleiche feststellte. Sie waren es gewesen, die Hope Nation auf dem langen Weg zur Unabhängigkeit geführt hatten. Aber Winthrop und der gesamte Rat waren verschwunden.

»Die Olympia *hat freie Schussbahn in zweiundsechzig …«*

»Das reicht jetzt, Mrs. Frand. Randy, kannst du garantieren, dass nach einer Einigung keine weiteren Fische in die Atmosphäre eindringen?«

Das hatte ich bereits mit dem großen Satelliten vereinbart. »Ja.«

»Und dass die bereits eingedrungenen Fische nicht angreifen?«

»Ja.« Das war der leichte Teil. Ohne Satelliten, die sie lenkten, waren sie zu einem Angriff gar nicht in der Lage.

»Sehr gut. Gentlemen, wir werden uns nie auf alle Details einigen. Also unterbreite ich einen Vorschlag; sobald ich damit fertig bin, schlagen Sie bitte keine Änderungen vor. Sagen Sie einfach ja oder nein.« Ein tiefer Atemzug. »Erstens: Hope Nation gestattet Dakko & Sohn den Export von Salz an die Fische, direkt an der Orbitalstation. Zweitens: Mr. Dakko wird von allen Parteien amnestiert und erhält das Recht, alle Transportvereinbarungen zu treffen, die er möchte. Drittens darf Mrs. Sloan unversehrt und unbelästigt zur Erde reisen, um ihren Fall vor einem neutralen Kirchen-Tribunal vorzutragen.«

Ich schnaubte. Gab es so etwas?

»Viertens: Die Vollversammlung entscheidet über den Status von Hope Nation. Mr. McEwan, Sie kehren zur Erde zurück ...«

»Auf keinen Fall!«

»Lassen Sie mich ausreden. Kehren Sie zur Erde zurück und tragen Sie Ihren Standpunkt vor. Für die Zeit Ihrer Abwesenheit ernennen Sie Jerence Branstead zum Stellvertretenden Gouverneur. Sollte der Rat der Pflanzer wünschen, auf seine Unabhängigkeit zu pochen, wird er ihn zwischenzeitlich zum Statthalter berufen, und er wird in dieser doppelten Funktion dienen, bis ...«

Vati, du bist ein Genie!

»Fünftens erklären sich die Außerirdischen bereit, die Frachten von Hope Nation entsprechend noch zu treffender Abkommen zu befördern. Sie verpflichten sich, kein Schiff und keinen von Menschen besiedelten Planeten anzugreifen, und dieses Abkommen ist beim ersten Verstoß null und nichtig. Sechstens …«

»Sir, ich kann das nicht alles übersetzen.«

»Halten Sie den Mund, Mr. Carr. Siebtens: Ich übernehme die Aufgabe, dieses Abkommen der Vollversammlung der Vereinten Nationen zur Annahme vorzulegen und einen ähnlichen Salz-für-Frachten-Vertrag für das Heimatsystem vorzuschlagen.«

Er überlegte einen Augenblick lang. »Achtens: Die *Olympia* fährt auf direktem Weg nach Hause. Die Angelegenheit ist zu wichtig für irgendeine Verzögerung. Jeder ihrer unter Arrest stehenden Offiziere braucht nur zu versichern, dass er Mrs. Frands Kommando über das Schiff nicht in Frage stellt, um für die Heimfahrt auf freien Fuß gesetzt zu werden. Neuntens und am wichtigsten: Wir erklären einen sofortigen Waffenstillstand. Die Außerirdischen greifen weder die Venturas noch die *Olympia* oder die Station an, und weder die *Olympia* noch Oberst Kaminski eröffnen das Feuer auf sie.«

Ich sah ehrfürchtig zu.

Zu meiner Verblüffung blinzelte Vati. »Also dann. Was sagen Sie, Admiral?«

»Ich habe nur wenig zu sagen, was …«

»Sir, erklären Sie sich!«

»Sehr gut, Herr GenSek. Ich willige ein.«

»Mr. McEwan?«

»Es ist ein Skandal! Diese Frau geht frei aus, und dieses Schandmaul von einem jungen Carr kommt einfach durch mit den schlimmsten …«

»Ziehen Sie die Fische vor? Falls Sie aus dem

Büro des Admirals nach Süden blicken, sehen Sie den Punkt des Einschlags, wo die Centraltown-Bombe …«

»IN ORDNUNG!« McEwan brummte einen Fluch. *»Falls Carr sie zurückpfeift …«*

»Spricht irgendjemand für den Rat der Pflanzer?«

Keine Reaktion.

»Mr. Kaminski?«

»Sir, unsere Lage ist schwierig.«

Das war eine Untertreibung. Oberst Kaminski hatte auf der Station McEwans Rekolonialisierung noch nicht bestätigt, auch nicht die von Bischof Scanlen dominierte neue Regierung, aber Mr. Bransteads Administration war inzwischen zusammengebrochen. Und die Station hing von Versorgungslieferungen aus Centraltown ab.

»Käpten, falls alle anderen Parteien einverstanden sind … Wir haben keinen Grund, einen Einwand vorzubringen.« Kaminskis Antwort war vernünftig, wie ich widerstrebend einräumen musste.

»Sehr gut. Mrs. Frand?«

»Die Offiziere, die Ihre Günstlinge waren, werden an Land gesetzt. Der Sicherheit meines Schiffes zuliebe kann ich nicht …«

»Doch, Mrs. Frand, Sie können.« Admiral Kenzigs Ton war kalt. *»Und Sie bringen auch Alon Riev nach Hause. Ich möchte ihn nicht in meinem Stab haben.«*

»Aye aye, Sir. Aber …«

»Er ist in mein Büro hineingeplatzt, zwei bewaffnete Diakone im Gefolge! Und das, nachdem ich ihn befördert hatte …«

»Wird Anklage erhoben?«

»Gentlemen, wir haben keine Zeit dafür. Sarah?«

»Sehr gut, Mr. Seafort, ich erkläre mich einverstanden.«

»Bischof Scanlen?«

Oh, Vati war geschickt! Er hatte den Bischof von seinen Anhängern isoliert, ehe er ihn nach seiner Meinung fragte.

»Sie lassen uns keine Wahl. Meine Bedingungen lauten: Die Vertreter der Kirche dürfen ungehindert ihren Aufgaben nachgehen; wir behalten die Aufsicht über ...«

»Stecken Sie sich das in die Wiederverwertung, Scanlen.« Das war Henry Winthrop vom Rat der Pflanzer. Er schien außer Atem. *»Wir befinden uns im Gouverneurssitz. Wir haben den Raumhafen eingenommen, das Gericht, die Versorgungs ...«*

»Mit welchem Recht ...«

»Im Namen der Regierung Branstead-Carr.«

»Verrat!« Scanlens Stimme zitterte.

»Die Kathedrale bleibt geschlossen, bis die Beziehungen zwischen Kirche und Staat zu, ah, unserer Zufriedenheit neu definiert wurden. Nebenbei: Wir erklären Sie zur unerwünschten Person. Das gilt auch für McEwan. Fahren Sie mit der Olympia *nach Hause, oder wir deportieren Sie auf die Orbitalstation. Verlassen Sie sich nicht auf einen Unterschlupf in Palabees Berghütte in den Venturas. Wir werden auch mit ihm noch ein Wörtchen wechseln!«*

»Ich ... Sie ... Wir exkommunizieren ...« Scanlens Gestotter brach ab.

»Mr. Seafort, wir hätten nicht übel Lust, auch Ihren Admiral hinauszuwerfen.«

»Bitte tun Sie das nicht«, sagte Vati sanft. »Mr. Kenzig hat unter großem Druck sein Bestes getan. Also, Bischof Scanlen: Wählen Sie uns oder die Fische?«

»Verdammt sollen Sie sein in die Tiefen der Hölle!« Es blieb lange still. *»Was ist mit Ihnen, Seafort? Sie verlangen von anderen so viele Opfer.«*

»Was meinen Sie damit?«

»McEwan gibt den Gouverneursposten auf; der Kirche wird der Zugriff auf Ihre Geliebte, die Mörderin, verweigert. Die zivilisierte Gesellschaft muss schockiert zusehen, während Sie mit den Handlangern des Teufels Absprachen treffen; Sie haben den Herrgott selbst auf Hope Nation Seiner Rechte beraubt ... Und Sie möchten unter den Ovationen Ihrer Kumpane nach Hause fahren? Wir kennen Sie, Seafort. Sie werden Intrigen spinnen, um die Olympia *der Kontrolle von Käpten Frand ...«*

»Ich werde nichts dergleichen tun!«

»Das mag sein, wie es sei. Sind Sie so angetan von den Fischen? Bleiben Sie bei ihnen. In Centraltown – oder auf der Orbitalstation, falls Sie keinen Flug auf den Planeten riskieren möchten. Überall, nur nicht auf der Olympia. *Die Tage und Monate werden vergehen. Ein weiteres Schiff wird kommen. Es dauert nur ein Jahr.«*

»Und weitere achtzehn Monate bis nach Hause. Der Vertrag kann nicht warten.«

»Aber er ist im Logbuch der Olympia *verzeichnet, nicht wahr, Mrs. Frand? Und wichtiger noch: Wir garantieren, dass er vorgelegt wird. Recht bald schon wird die Vollversammlung über Ihren tollen Vertrag abstimmen!«*

»Vati, höre nicht auf ihn! Er wird ...«

»Still.«

»Das sind meine Bedingungen, Seafort. Andernfalls treten Palabee und ich dem Satan auch ohne Hilfe entgegen. Wir werden zu Märtyrern im Glanz des ...«

Vati verdrehte die Augen. »Und falls ich einwillige?«

»Schwören Sie es, und ich akzeptiere. Nicht, weil es richtig wäre, sondern weil ich gezwungen bin.« Scanlen klang mürrisch.

Vati dachte lange nach. »Sehr gut. Ich schwöre, dass ich weder um eine Heimfahrt an Bord der *Olympia* bitten noch eine solche Passage akzeptieren werde. Ich bleibe auf der Station, bis...« Sein Blick war traurig. »... meine Verbannung aufgehoben wird.«

»Auch Centraltown!« Ich zupfte ihn am Ärmel.

»Das wäre ein Exil für immer.« Unbewusst beugte er das Rückgrat. »Aber dir steht ein Besuch dort frei.«

Der Bischof klang triumphierend: *»In diesem Fall schwöre ich beim allmächtigen Gott, dass ich in diese Übereinkunft einwillige, und zwar genau so, wie Sie sie formuliert haben. Zumindest, bis der Vertrag der Vollversammlung zur Ratifizierung vorgelegt wurde. Reicht das?«*

Vati sagte: »Das ist akzeptabel.«

»Haben Sie das gehört, Mrs. Frand? Tragen Sie es im Logbuch ein, damit er keinen Spielraum für Haarspaltereien und Ausweichmanöver hat.«

Vati rümpfte die Nase, als nähme er zum ersten Mal wahr, was für eine Luft im Fisch bestand.

»Ich habe die komplette Besprechung im Logbuch festgehalten, Hochwürden. Und ich übermittle eine Kopie per Richtstrahl an die Orbitalstation, um Fragen vorzubeugen. Erledigen Sie das, Mr. Sutwin.«

»Seafort, hier Palabee. Sie haben mich nicht um Zustimmung gebeten.«

Vatis Ton war kühl. »Ich habe es nicht für nötig gehalten.«

»Ich vertrete ...«

»Ihre eigenen Ambitionen, kaum mehr.«

»Gib es ihm, Vati!«

Er brachte mich mit mahnend gehobenem Finger zum Schweigen. »Sonst noch etwas, Mr. Palabee?«

»Sie waren schon immer ein sturer ... Ich war noch ein kleiner Junge, als ich mit offenem Mund zugesehen habe, wie Sie versuchten, Laura Triforth an der Ausrufung der Republik zu hindern. Sie hätte Sie hängen sollen, als sie die Chance hatte. Ich fordere Sie zum Duell, Seafort! Haben Sie den Mumm dazu? Sie haben Ihr Schiff verloren und sind nur noch Zivilist. Betreten Sie unseren Boden, und ich werde ...«

»Ich weiß ...« Vati klang nachdenklich. »Ein Dutzend von Ihresgleichen für einen Anthony Carr – das wäre immer noch ein armseliges Geschäft. Er war ein Mann!«

Ich hätte ihn drücken können und tat es beinahe.

»LASSEN SIE DAS JETZT!« Bischof Scanlen schien gleich der Schlag zu treffen. *»Die Fische! Rufen Sie die gottv ... die verflixten Fische zurück!«*

»Ja. Randy, wie weist ihr Befehlshaber sie an, den Angriff abzubrechen?«

Ich schaltete meinen Funk ab. »Er kann es nicht.«

Vati wirbelte zu mir herum, fast so etwas wie Mordlust im Blick.

»Sie kommunizieren nicht über große Distanzen. Nur durch Farbwirbel oder die Entsendung eines Satelliten. Oder vielleicht, indem sie die Fusion hören.«

»Dann sind die Venturas ...«

»Die Fische sind nur Lockvögel. Sie haben keine Satelliten an Bord.« Ich spannte mich an.

Vati wirkte entsetzt. »Ich habe mein Wort gegeben! Wie konntest du nur?«

»Sir, du hast nicht gelogen.«

»Ich sagte, wir müssten uns beeilen, die Fische würden bald landen.«

»Stimmt das vielleicht nicht?«

»Sie würden angreifen!«

»Zutreffend, soweit du wusstest.«

»RANDY!«

»Habe ich dir nicht gesagt, du solltest mir nicht die Verantwortung übertragen? Es war die einzige Art, wie ich die Leute dazu bringen konnte ...« Meine Stimme zitterte. Ich warf mich zu Mr. Dakko herum. »Was blieb mir denn übrig? Sie alle standen im Begriff, sich gegenseitig umzubringen!«

»Ich halte mich da lieber ...« Er lehnte sich an die Wand mit den wirbelnden Farbmustern, bemerkte, was er da berührte, und prallte erschrocken zurück.

Ich schrieb: »›Groß-Mensch sagen ja Menschen Handel Satelliten Salz.‹ Da, Vati. Sag Scanlen, ich hätte mit dem Satelliten gesprochen – ich habe es gerade getan –, und versichere ihm, die Fische würden landen, ohne Schaden anzurichten. Sag ihm, er soll sie in Ruhe lassen, für den Fall, dass sie ein Virus tragen. Dass es ihm jetzt freisteht, nach Centraltown zu fliegen und ein Shuttle zu nehmen.«

»Aber ...«

»Es ist nicht gelogen.«

Sein Ton war grimmig. »Junge, dafür wirst du bezahlen!« In den Rufer sagte er: »Bischof? Lassen Sie die Fische landen. Wir garantieren, dass es zu keinem Angriff kommt ...«

37. Kapitel

Tage der Unruhe und Umwälzung: Mr. Dakko kam aus dem Fisch zum Vorschein, die Augen fest zugekniffen, und dachte doch schon über die neuen geschäftlichen Möglichkeiten nach. Er hatte mir das Versprechen abgerungen, bis zum nächsten Tag eine vollständige Liste der Piktogramme zu liefern. Damit wusste ich, was ich zu tun hatte.

Scanlen und McEwan trafen ihre Vorkehrungen, um in den Orbit zu fliegen. Derweil nahm Mr. Branstead des erste Shuttle nach unten und begann mit seinem Kampf, Ordnung ins Chaos zu bringen.

Die sechs geopferten Fische waren auf einen Sandstrand zu Füßen der Venturas niedergegangen, wo nacheinander bei allen der Fluss der Farben versiegte. Nach ihrem Tod benutzte eine Mannschaft aus Freiwilligen Brandbeschleuniger, um der Sicherheit zuliebe die umgebende Küstenlinie zu sterilisieren.

Satelliten wurden nicht gefunden.

Henry Winthrop leitete die Expedition, um Vince Palebee in seiner Berghütte zu verhaften.

Ich bekam eine Stunde am Rufer, um mit Judy zu reden.

Mr. Dakko folgte Jerence auf den Planeten, durch die Amnestie abgesichert.

Hope Nations ergiebigste Salzmine lag in den Vorbergen der Venturas. Innerhalb von vier Tagen startete die erste Frachtmaschine zur Orbitalstation.

Mrs. Frand ließ Tolliver frei, der widerstrebend sein

Wort gegeben hatte. Mik und Tad Anselm weigerten sich, bis Vati in scharfem Ton per Rufer mit ihnen gesprochen hatte. Alle drei behielten Rang und Stellung, blieben aber von allen Pflichten entbunden. Ich vermutete, dass Vati auf die eine oder andere Art ihre Wiedereinsetzung bewerkstelligen konnte.

Ich versicherte dem großen Satelliten, dass sein Salz unterwegs war. Mit seiner Zustimmung – er sagte nichts, was ich als Einwand deutete – zogen uns Vati und ich in der von Tommy Yost gesteuerten Barkasse auf die Station zurück. Mrs. Frand überließ uns das Fahrzeug widerwillig, für den Fall, dass weitere Besuche bei den Außerirdischen nötig wurden.

Das Geschwader Fische schloss sich wieder dem Anführer an, hielt aber ein gutes Stück Abstand zur *Olympia.* Es war ein wenig erschreckend, durch ein Bullauge der Station eine feindliche Flotte zu sehen, die gelassen bereitlag – ein Anblick, den ich bislang nur aus Holos vom Krieg kannte.

Auf der Station empfand ich die Standardgravitation und heiße Duschen als unvorstellbare Freuden.

Vati bezog mit Mrs. Sloan zusammen ein Privatquartier. Ich kam in eine nahe gelegene Kabine ins Exil. Das war mir nur recht. Die körperliche Züchtigung von Kids ist barbarisch und grausam, besonders da Vati sie sehr schnell verabfolgte, nachdem wir auf der Station eingetroffen waren. Ungeachtet meines Flehens machte er keinerlei Zugeständnisse aufgrund der erst kürzlich zurückliegenden Prügel durch Mr. Tolliver. Hätte ich es nicht so gründlich verdient gehabt, hätte ich ihn noch mehr gehasst. Wie die Lage war, redete ich etwa einen Tag lang kaum mit ihm.

Erwachsene kichern gern über Kids, die im Stehen essen müssen, aber ich fand es nicht witzig. Missmutig durchstöberte ich die Stationsbibliothek nach Chips, fand sie alle langweilig und schmökerte schließlich im Bett in Vatis beschissener Bibel.

Wenigstens konnte mir der Stationsarzt die zerstörte Prothese abnehmen. Ich hatte gar nicht gewusst, dass sie am Ellbogen austauschbar war. Zu meiner Bestürzung schickte Dr. Romez ein Duplikat, und Vati zwang mich, es mir von den Meditechs implantieren zu lassen. Ich wagte nicht zu protestieren; er hielt mich derzeit an einer sehr kurzen Leine. In einem Anfall von Bockigkeit hatte ich es gegenüber einem Stationstech an der ganz perfekten Höflichkeit fehlen lassen, und Vati hatte mich am Kragen gepackt und ... Ich wurde immer noch rot, wenn ich daran dachte. Später schlug ich vor, dass er mich auf die *Olympia* zurückschickte, aber er wollte nichts davon hören. »Nicht ohne Vormund, Junge! Und selbst so wäre es eigentlich das Beste, dich in einen Kleiderschrank zu sperren und nur zu den Mahlzeiten herauszulassen.«

»Aber ...«

»Zwölf Bibelverse.«

Ich ließ das Thema fallen.

Endlich brach ein großer Tag an: Bischof Scanlen traf unterwegs zur *Olympia* auf der Station ein. Ich bettelte Vati an, zusehen zu dürfen. Ich wollte bestimmt auch nicht höhnisch grinsen! Nirgendwo, wo Scanlen mich sehen konnte. Vati wollte natürlich nichts davon wissen.

Am nächsten Tag durchquerte »Gouverneur« McEwan, der terranische Botschafter, die Schleuse, mit genug Gepäck, um einen ganzen Laderaum zu füllen. Er rechnete wohl nicht mit einer triumphalen Rückkehr an Bord des nächsten Sternenschiffes.

Vati und ich besuchten unseren Fischgastgeber Einarm, um sicherzustellen, dass die Außerirdischen mit der Entwicklung der Dinge zufrieden waren. Fähnrich Yost steuerte die Barkasse mit größter Vorsicht. Er war recht nervös; ich konnte nicht feststellen, ob er sich darum sorgte, vielleicht nicht geschickt genug zu lenken, oder ob er die Nähe der Außerirdischen fürchtete. Dadurch provozierte er mich, in der Schleuse mit einer forsch-fröhlichen Lässigkeit aufzutreten, die mir rasch verging, als wir uns dem pulsierenden Fisch näherten.

Satelliten tauchten auf und eskortierten uns. Einen oder zwei Augenblicke lang umhüllte mich einer, und ich empfand dabei einen Widerwillen wie Mr. Dakko.

Im Fisch war jedoch alles okay. Eine symbolische Salzlieferung sollte bald erfolgen. Vati hatte die Idee, einen Satelliten auf die Station einzuladen, um sich die Anlieferung anzusehen. Niemand dachte darüber nach, wie er dorthin gelangen sollte; ich bezweifelte, dass Mrs. Frand den Außerirdischen auf der Barkasse dulden würde. Ich war völlig sicher, dass Yost eher ausstieg, als ihn zu fliegen. In einer Aufwallung von Groll wies mich Vati an, den Mund zu halten. Ich tat es.

Als wir zurückkehrten, schlug Vati Corrine vor, auf die *Olympia* zurückzukehren. Ich vermutete, dass er sie nicht in der Nähe eines Außerirdischen haben wollte, in einem Raumfahrzeug, das er nicht befehligte. Da die Orbitalstation auf einem veralteten Schiff der Raumflotte aufgebaut war, war sie sehr klein, verglichen mit der *Olympia.* Falls Probleme entstanden, fand man weniger Fluchtmöglichkeiten vor.

Aber Mrs. Sloan wollte nichts davon wissen. »Dazu müssten sie mich tragen. Und ich warne dich: Ich beiße und kratze!«

»Aber es ist deine einzige Chance! Wenn ein Schiff mit einer Verfügung der Kirche zurückkehrt...«

»Dann hatte ich drei Jahre mit dir. Randy, würdest du nicht gern den Salon aufsuchen?«

»Eigentlich nicht, ich ... Ah, ja, Ma'am.« Ich ergriff die Flucht.

Später fragte ich Vati: »Warum zwingst du sie nicht?«

»Weil ich egoistisch bin. Eines Tages wirst du es verstehen.«

»Ich bin kein Kind mehr.«

Er schnaubte. Dann sagte er: »Geh etwas schlafen. Morgen beaufsichtigen wir den Salztansport.«

»Wir?«

»Du sprichst fließender als ich.« Er studierte die gleiche Liste mit Piktogrammen, wie ich sie auch Mr. Dakko übergeben hatte.

»Du verlässt dich darauf, dass ich die Verhandlungen nicht an mich reiße?«

Er setzte sein Holo ab. »Zuzeiten«, sagte er, »finde ich dein Verhalten lästig.«

Ich hatte immerhin den Anstand, rot zu werden. Und die Weisheit, den Mund zu halten.

Ich hätte mir keine Gedanken machen müssen, wie wir den Satelliten herüberholen sollten. Sein Fisch brachte ihn. Er trieb immer näher an die Station heran, bis auf wenige Meter. Ich wünschte, ich hätte in der

Kommandozentrale sein können; Oberst Kaminski musste außer sich sein!

Ich hing gebannt an einem Bullauge und sah zu. Auf der Haut des Fisches wirbelten Farben und wurden undeutlich. Ein Satellit quetschte sich hindurch. Ich schüttelte den Kopf, fragte mich, wie sie das machten. So weit ich es hatte feststellen können, erlebte der Fisch keinerlei Druckverlust, wenn sich die Membran öffnete.

Der Satellit stieß sich in Richtung der Station ab. Vati holte bei Oberst Kaminski die Bestätigung für seine Arrangements ein und eilte zu der Luftschleuse, die für den Außerirdischen am nächsten lag.

Der Satellit kam an Bord.

Ich hatte nicht vor, das Vati zu sagen, aber ich fragte mich doch, ob das eine seiner besseren Ideen war. »Um die Beziehungen zu normalisieren«, hatte er gesagt, aber Satelliten hatten schon Viren übertragen. Allerdings waren Vati und ich und Mr. Dakko sauber gewesen, als wir nach unserer Sitzung im Fisch die Dekontaminierung auf der Station durchliefen.

Oberst Kaminski, der allmählich die Fassung zurückgewann, schickte aufmunternde Bulletins über den Besuch des Satelliten nach Centraltown und zur *Olympia*, und Vati posierte gar mit dem Außerirdischen vor Holokams. Dabei verabscheute er eigentlich Publizität; ich hatte gar nicht geahnt, wie wichtig es ihm war, dass diese Beziehung einen guten Start hatte.

»Großes Schiff nicht-Fusion, nicht-gehen«, so hatten wir ursprünglich die Station beschrieben, ehe wir dieser Wendung ein Symbol zuwiesen. Vati führte den

Außerirdischen herum, obwohl ich vermutete, dass das Labyrinth der Korridore für das Wesen etwa so viel Sinn ergab wie für mich die Fischmembranen.

»Sag ihm, dass bald mehr Salz eintrifft«, befahl Vati, und gehorsam tat ich es. Tatsächlich war ein Frachtshuttle gerade im Anflug auf die Station.

Das erste Fahrzeug, das ins Dock fuhr, war jedoch eine Barkasse der *Olympia*.

Wir stellten dem Satelliten einen Nährstofftrog bereit – die Gastfreundschaft wollte als wichtige Tradition gepflegt werden –, ehe wir in die nächste Sektion hinübergingen, um die Besucher zu begrüßen. Vertraute Gestalten kamen den Stationskorridor entlang: Mikhael Tamarow, Janey an der Hand. Hinter ihnen Fähnrich Yost mit einer voll gestopften Reisetasche auf der Schulter. Janey riss sich los und schlang die Arme um Vati.

Miks Augen waren eingesunken. Er salutierte zackig, aber Vati winkte ab und zog ihn an sich.

»Pa, ich hatte mir überlegt, den Dienst zu quittieren, aber ...«

»Untersteh dich!«

»Sobald wir zu Hause sind, nehme ich Kontakt zu Philip auf. Er und Senator Boland werden uns helfen ...«

»Ja, mein Sohn, tu das. Aber auf der Heimfahrt erwarte ich von dir beispielhaftes Auftreten. Gib ihnen ja keine Ausrede für ...«

»Tad Anselm lauert nur auf eine Gelegenheit, Frand des Kommandos zu entheben. Nach dem, was man so hört, kommt ...«

Vati packte ihn so fest am Arm, dass Mik zusammenzuckte. »Unter keinen Umständen! Mach ihm begreiflich, dass sie ihn hängen! Die Politik der Flotte ist ungefähr so schlimm geworden wie ...« Er schüttelte den Kopf. »Mik, sein Leben liegt in deiner Hand.«

»Ich gebe mir Mühe, Pa.« Mik klang ernst. Er blickte Vati forschend in die Augen. »Drei Jahre nach Hause und zurück. Gott, ich werde dich vermissen!«

Vati lächelte. »Du wirst beinahe erwachsen sein.«

Mik war jetzt schon zwanzig, schluckte die Stichelei jedoch gutmütig.

»Warum bist du gekommen, mein Sohn?«

»Ich habe deine Sachen dabei, aber vor allem wollte ich dir Janey bringen. Da du mit Corrine hier bist ...«

»Natürlich. Ich wollte es schon mit Mrs. Frand vereinbaren.«

»Sie sagte, es müsste sofort geschehen.«

Vati wirkte nachdenklich. »Oh, hat sie das?«

»Ja, Sir.« Mik blickte über die Schulter. »Du da, komm her!«

»Ich?«, quiekste ich. Vorsichtig näherte ich mich seiner Reichweite.

Er drückte mich so fest an sich, dass mir fast die Rippen brachen. »Ich werde dich vermissen. Kümmere dich um Pa.« Es war nur ein Flüstern.

»Ich versuche es ... Nein. Er kümmert sich um mich.« Der Versuch, mich um Vati zu kümmern, war für die meisten Schwierigkeiten verantwortlich, die ich mir eingehandelt hatte.

»Bitte, Randy. Kämpfe nicht gegen ihn an.«

Das konnte ich versprechen, und ich tat es.

Mik sagte zu Vati: »Ich muss jetzt gehen, Sir. Mrs. Frand möchte die Barkasse zurückhaben.«

»Weshalb die Eile?«

»Wir fahren bis auf Fusionsdistanz hinaus.«

»Hmm. Sehr gut, ihr zwei. Los mit euch.«

»Ich bleibe.« Tommy Yost wirkte verlegen. »Mr. Tamarow bringt die Barkasse zurück. Ich meine, zur *Olympia*.«

Vati zog eine Braue hoch. »Oh?«

Yost trat von einem Fuß auf den anderen. »Es ist ... na ja ... Ich habe um Versetzung zur Admiralität gebeten.«

»Es wird Ewigkeiten dauern, bis das nächste Schiff eintrifft.«

»Ich weiß, aber ...« Seine Augen zuckten zu Mik hinüber. »Sir, ist es okay, wenn ich es sage?«

Mik nickte.

»Ich möchte da nicht mitmachen. Ich meine, was Ihre Absetzung angeht, Sir. Außerdem marschieren Scanlen und dieser Sack Pandeker dort herum, als gehörte ihnen das Schiff. Mrs. Frand rührt keinen Finger.«

Vati sagte nichts; er konnte ja auch schlecht den neuen Kapitän der *Olympia* vor einem bloßen Fähnrich kritisieren.

Mik rührte sich. »Sir, ich gehe jetzt lieber. Viel Glück, Mr. Yost.«

Wir führten ihn zur Luftschleuse.

Tommy Yost fragte zögernd: »Soll ich mich beim Kommandanten melden, um die Weiterfahrt zu arrangieren?«

»Ich kümmere mich darum«, sagte Vati. »Ein Frachtshuttle ist im Anflug. Ich bin sicher, dass Sie es für den Flug hinunternehmen dürfen.« Er blickte auf die Uhr. »Ich kehre jetzt lieber zum Satelliten zurück.

Randy, bringst du bitte Janey zu Corrine? Mr. Yost, halten Sie lieber Abstand zu unserem Besucher. Gehen Sie mit Randy.«

Als Janey und ich Hand in Hand losgingen, schloss sich uns der Fähnrich an. »War es schlimm?«

Ich blinzelte. »Der Fisch? Schlimmer.«

»Mrs. Frand war fuchsteufelswild, als du sie angefahren hast.«

»Gut.«

Yost sagte zögernd: »Mr. Carr . . .«

»Randy. Ich bin nicht mal mehr Schiffsjunge.« Es versetzte mir einen Stich, als ich feststellte, dass ich es vermisste.

»Es tut mir Leid, wie ich mit dir geredet habe.«

Ich versuchte mich zu erinnern. Seit Yost und ich uns gezankt hatten, war über das Schicksal ganzer Lebensformen entschieden worden. Unser Streit bedeutete überhaupt nichts mehr, und ich sagte es ihm.

Janey war begeistert, ihre Mutter wiederzusehen. Yost und ich gingen zurück. Ich ließ ihn auf dem Korridor stehen und durchquerte die Luke zur Sektion des Satelliten.

»Was denkst du – sollen wir unserem Freund eine Besichtigung bieten?« Vati klang beinahe jovial.

»Das haben wir doch schon.«

»Nur ein paar Hangars und die Reste der Fusionskammer.«

Ich erhob Einwände, aber Vati hörte mir gar nicht richtig zu. Ehe er jedoch Gelegenheit fand, die Stationstechniker zu erschrecken, fuhr das Frachtshuttle ins Dock. Wir führten den Außerirdischen also lieber in die Sektion fünf, an deren Schleuse die Maschine anlegen sollte.

Der Lautsprecher knisterte. »Kapitän Seafort, hier der Funkraum. Eine Nachricht für Sie.«

Vati schaltete die Freisprechanlage des Rufers ein, damit er dem Außerirdischen nicht den Rücken zuwenden musste.

»Olympia *an Station. Hochwürden Scanlen möchte mit Kapitän Seafort sprechen.«*

»Ich bin hier. Reden Sie.«

»Wir gehen bald in Fusion. Wie schade, dass Sie uns nicht begleiten können.« Der Bischof hörte sich zuckersüß an. *»Aber in Gesellschaft Ihrer teuflischen Bundesgenossen sind Sie besser dran.«*

Voller Abscheu starrte ich zum Bullauge hinaus. Ein dickes, stummeliges Shuttle koppelte sich an.

»Dient Ihr Anruf einem Zweck?« Vati schlug einen beißenden Ton an.

»Treten Sie nie über Detailfragen zu einem Duell gegen die Kirche an, Seafort; wir sind amtierende Meister in diesem Spiel. Ich versprach zu gehen und habe es getan. Ich versprach, Ihren Vertrag vorzulegen, und werde es tun. Ich halte mein gegebenes Wort auf den Buchstaben genau.« Scanlen klang schadenfroh. *»McEwan und ich werden Ihren verfluchten Vertrag der Vollversammlung vorlegen. Letzten Endes werden Sie oder Branstead oder Dakko oder sonst einer von Ihren Handlangern uns hinterherhetzen, aber viel, viel zu spät.«*

Eine Alarmsirene heulte. Das Shuttle hatte angedockt.

Der Satellit bibberte.

»In der chaotischen Welt von heute gibt den Ausschlag, wer zuerst das Wort ergreift, und wir haben fast drei Jahre

Zeit für unsere Arbeit, ehe Sie nach Hause kommen. McEwan und ich werden die Debatte bestimmen und die Themen für die Medien aufbereiten. Auch darin sind wir Meister. Wir werfen das Licht auf Ihren Vertrag, das er verdient hat. Wenn wir erst mal fertig sind, wird niemand mehr einen Dreck darauf geben, was Sie sagen.«

»Warum?«

»*Seafort, Sie haben die Kirche ein ums andere Mal an den Ohren gezogen, hier und auf der Erde. Halten Sie unsere Geduld für grenzenlos? Die Vergeltung naht!«*

»Sie möchten aus Rache eine ganze Lebensform vernichten?«

»*Vergessen Sie den Handel; Ihre kostbaren Fische sind tot oder werden es sein. Wir werden mit all unserer gotterfüllten Macht gegen sie Krieg führen, bis Satan bezwungen ist. Und Sie sollen wissen, dass die Raumflotte in ihrer ganzen Glorie zurückkehren wird, um die kolonialen Ketzer zu unterwerfen, die Mutter Kirche gestürzt haben. Hope Nation gehört uns, und das wird so bleiben. Oder denken Sie vielleicht, Ihre Sache würde siegen, weil sie gerecht ist?«*

Vati blickte gequält. »Ist das so unvernünftig, Bischof?«

Die Kontrolllampe der Luftschleuse sprang auf Grün. Die Innenluke glitt auf. Leutnant Alon Riev schlenderte hindurch, die Reisetasche auf der Schulter. Als er Vati erblickte, salutierte er knapp, und Vati machte sich nicht die Mühe, den Gruß zu erwidern.

Scanlen schlug einen heftigen Ton an: »*Sie vergessen eins: Wir haben das erste Wort! Sie sind exkommuniziert und verdammt, Nicholas Seafort, und werden mehr Schmerzen erleiden, als ich Ihnen je zufügen könnte, aber ich werde versuchen, im Dienst am Herrgott meinen Anteil zu leisten!«*

»Bischof...«

Die Verbindung wurde getrennt.

Vati starrte ans Schott. Ich ballte die Fäuste und starrte hinaus zu den fernen Lichtern des Sternenschiffes.

Leutnant Riev räusperte sich. »Ich soll eine Barkasse zur *Olympia* überführen. Aus der nächsten Schleuse.«

»Sehr gut.« Vati klang gleichgültig.

Riev musterte den Satelliten. »Ist das ihr Boss?« Da Vati ihn bewusst ignorierte, war die Frage an mich gerichtet.

Ich hätte ihn brüskieren sollen, wagte es in Vatis Gegenwart aber nicht. Du bist vierzehn, Junge, aber wenn du dich wie ein Zehnjähriger benimmst, wirst du auch wie einer behandelt. Ja, Sir.

»Ich denke schon«, erklärte ich Riev, aber mir wurde bewusst, dass ich mir gar nicht die Mühe gemacht hatte, mich selbst danach zu erkundigen. Verspätet musterte ich den Außerirdischen. War unser Besucher der große Satellit? Eigentlich unmöglich zu erkennen. Gestaltwandler wiesen keine charakteristische Gestalt auf. Auf ihrer Haut wirbelten Muster; sie alle bibberten, wenn sie ängstlich waren, und huschten unerwartet durch die Gegend.

Der Satellit ließ sich auf einer Decksplatte nieder und beschrieb sie.

»Ich habe etwas für ihn«, sagte Riev und griff in seine Reisetasche. »Ein Geschenk der Einwohner von Centraltown.«

»Fragen Sie lieber zuerst!«, schlug ich nachdrücklich vor. Der Allmächtige wusste, wie der Außerirdische auf eine Überraschung reagierte. »Vati, Käpten Seafort, soll er ...«

Riev zog sein Geschenk hervor. »Eigentlich kommt es von Hochwürden Scanlen. Und den Diakonen unserer heiligen Kirche.«

»LEUTNANT, NEIN!« Das war Vati.

Rievs Laser war voll geladen. Der Außerirdische sah zuckend zu, wie Riev zielte.

Vati sah sich auf halber Länge des Korridors überrascht, zu weit, um nach der Pistole zu greifen. Verspätet wurde ich lebendig. Mit beiden Armen, der Prothese und dem echten, wollte ich Rievs Handgelenk packen. Er stieß mir die Linke an die Brust und hielt mich auf Abstand.

»Warum, Alon?« Vati klang gequält.

»Er ist die Brut Satans! Ihr Vertrag wird ein Attentat nicht überleben. Und Sie haben nicht verdient zu siegen!«

Ich versuchte, ihn zu würgen. Vergeblich; Riev hatte längere Arme als ich und war viel stärker.

»Pfeifen Sie Ihren Knirps zurück, ehe ich ihn umbringe!«

»Randy, zurück!« Vati schlug einen Ton an, der keine Widerrede duldete.

Der Laser-Zielsucher erhellte gleichmäßig meine Nase. Unablässig fluchend gab ich den ungleichen Kampf auf.

»Warum bringen Sie mich nicht auch um?« Vati war näher herangerückt.

»Das sollte ich, Sie egoistischer Intrigant! Der Tod dieses Dämons ...« Sein Laser zuckte zum Satelliten und dann wieder zurück. » ... wird mir eine Auszeichnung einbringen! Für Ihren Tod würde man mich hängen. Das sind Sie nicht wert.«

»Lassen Sie ihn in Ruhe. Ich werde alles tun, was in meiner Macht steht, um ...« Ein weiterer Schritt.

»Gott sei Dank haben Sie keine Macht.« Rievs erster Schuss klatschte den Außerirdischen ans Schott.

Vati ging auf Riev los, aber dieser stieß ihn zu Boden. Kühl richtete er Dauerfeuer auf den Satelliten, bis nichts mehr übrig war außer einem zischenden Klumpen. »Wie Ihre Hure es mit Bischof Andori getan hat.« Sein Ton war voller Hass. »Zurück, Junge!«

Ich gehorchte.

Riev schnappte sich die Reisetasche und stürmte den Korridor entlang zur nächsten Luftschleuse.

»Vati, bist du ...«

Er stieß mich zur Seite. »Dieser Idiot!« Er stürmte zum Rufer. »Stationsalarm! Schließen Sie alle Luken! Erlauben Sie Riev nicht ...«

Zu spät. Leutnant Riev war schon hindurchgesprungen.

Alarmsirenen heulten. Schritte trommelten. Vati wischte sich ein Rinnsal Blut von der Stirn. Er wirkte erschüttert.

»Station, Barkasse N109 verlässt Hangar 3.«

Ich plapperte: »Setz dich, Sir. Bleib von dieser Säure weg! Gehen wir lieber aus dem Korridor. Du wirst wieder okay sein, sobald ...«

»Flugleitung an Barkasse: Negativ; verlassen Sie NICHT ...«

»Ich *bin* schon okay! Gott, Randy, wie konnte ich nur so blind sein?«

»Du?« Ich gaffte.

»Ich leite die Abtrennung ein.« Riev klang kühl.

»Ihn irgendwo in die Nähe von …«

Ich sagte: »Woher solltest du wissen, dass er …«

»Er ist ein Mann des Bischofs – hat ihnen sogar geholfen, Kenzig einzuschüchtern. Hat nie einen Gottesdienst an Bord versäumt. Hat an den Fähnrichen herumgenörgelt, sie sollten an ihr Seelenheil denken; während der Fahrt nach draußen habe ich dem ein Ende bereitet. Jetzt kommt er in den Korridor des Außerirdischen getanzt, und ich tue nichts! Seafort, du *Idiot!*«

»Vati, die Stationslaser! Sag Kaminski, sie sollen ihn abschießen, ehe er entkommt!«

»Riev sitzt in einer Barkasse, nicht in einem Shuttle. Er nimmt Kurs auf die *Olympia.*« Natürlich. Barkassen waren keine atmosphärentauglichen Fahrzeuge. Und die einzigen anderen Schiffe in der Gegend waren Fische.

Müde rieb sich Vati die Kopfhaut, schritt zum Rufer hinüber und rief den Oberst an. »Mr. Kaminski, rufen Sie den Notstand aus. Schicken Sie ein Dekontaminierungsteam nach Sektion …« Er kniff die Augen zusammen. »… fünf. Der Korridor benötigt eine umfassende Behandlung; wir selbst müssen abgespritzt und geduscht werden. Verfolgen Sie die Barkasse mit dem Radar; falls sie zurückkommt, verhaften Sie Riev. Verbinden Sie mich mit der *Olympia.*«

Eine Folge von Klicklauten. »Funkraum, ich brauche Mrs. Frand. Sofort!« Vati ballte eine Faust und öffnete sie wieder.

Ich starrte die grausigen Überreste an. Alles vergebens. Meine fragwürdigen Machenschaften, die Ängste, die ich überwunden hatte, Vatis Zorn. Alles wurde nun den Abfluss des Krieges hinuntergespült. Riev hatte die Machenschaften des Bischofs mit einer ausgewachsenen Gräueltat übertroffen.

Der Rufer klickte.

»Sarah?«

»Ich bin KAPITÄN Frand.« Es klang missbilligend.

Vati starrte den Rufer an, als hätte ihn der Apparat in die Hand gebissen. Er schüttelte sich. »Riev wird gleich bei Ihnen andocken. Er ist dem außerirdischen Beobachter begegnet, hat eine Laserpistole gezogen und ihn umgebracht. Betrachten Sie ihn als bewaffnet und gefährlich.«

Mrs. Frand klang kühl. *»Was schlagen Sie vor?«*

»Verhaften Sie ihn!«

»Aufgrund welcher Anschuldigung?«

Vati spuckte: »Sind Sie eigentlich blöd? Er hat den Satelliten umgebracht!«

»Ja, richtig. Als ich zuletzt in den Flottenbestimmungen gelesen habe, war es noch kein Verbrechen, den Feind zu töten.«

»Mrs. Frand, um Gottes willen!«

»Präzise.«

Benommene Stille.

»Er hat *mich* niedergeschlagen. Zählt das?«

»Ich kümmere mich darum, Mr. Seafort.« Die Verbindung wurde getrennt.

Ich starrte aufs Deck. Inmitten der rauchenden Schweinerei las ich die letzte Radierung des Außerirdischen: SALZ MENSCHEN HIER?

Yeah. Das Salz der Erde.

Die Korridorluke glitt auf. Stationspersonal in

Raumanzügen stampfte zu den qualmenden Überresten hinüber, Schläuche in den Händen.

Ein stämmiger Kerl kam näher. »Kapitän?« Die Stimme klang gedämpft unter dem Helm hervor.

»Oberst, ich ...« Vati brach ab und schüttelte nur den Kopf.

»Ja, eine Katastrophe.« Kaminski klang mitfühlend.

»Was ist nur über Sarah gekommen?«, wollte Vati wissen.

»Scanlen ist an Bord. Und da ist noch dieser Pandeker.« Ihre Blicke begegneten sich. »Sie ist Wachs in ihren Händen.«

»Bis jetzt«, sagte Vati schwer, »hätte ich nie gedacht, dass ich Hingabe an die Kirche einmal missbilligen könnte.«

Kaminski räusperte sich. »Wie dem auch sei, Sir. Ich habe die Station auf volle Bereitschaft gebracht. Was jetzt?«

»Oh Gott! Was jetzt!« Es war eine Feststellung, keine Frage. »Unterziehen Sie meinen Sohn einer Dekontaminierung der Klasse A.«

»Und Sie?«

Vati blickte in einen Schrank für Raumanzüge. »Ich brauche einen Triebwerksanzug.«

»Warum?«, fragten Kaminski und ich wie aus einem Mund.

»Ich habe ... eine Reise zu ...« Er beließ es dabei. »Oberst ...« Er gab mir einen Klaps auf die Schulter. »... ich kenne diesen Burschen gut. Er wird versuchen ... Ich mache Sie für ihn verantwortlich. Er darf mir nicht folgen! Halten Sie ihn auf der Station fest, selbst wenn Sie ihn dazu in einer Kabine einschließen müssen.«

»Vati!«

»Falls es schief geht, sagen Sie Jerence Branstead, ich hätte gewusst, was ich tue. Und bringen Sie Randy auf die *Olympia.* Mik kümmert sich dann um ihn.«

Nein! Das nicht!

Vati kämpfte sich in den Raumanzug.

Hinter uns spritzten Besatzungsmitglieder das Deck ab.

Vati bat mich mit einem Achselzucken um Vergebung. »Jemand muss … es ihnen sagen. Den Krieg verhindern, wie immer das zu erreichen ist.«

Kaminski sagte heftig: »Opfern Sie sich nicht!«

»Das habe ich nicht vor.«

»Lügner.« Meine Lippen bildeten das Wort, aber ich sprach es nicht laut aus.

»Sohn, haben wir schon ein Wort für ›Verzeihung‹ entwickelt?« Er kontrollierte die Verschlüsse.

»Nein, Sir.«

»Für ›Wiedergutmachung‹ oder …« Er gab es auf. »Ich werde es mit ›sterben‹ und dem Gleichheitszeichen probieren.«

»Ich möchte dir helfen! Ich kenne alle Symbole und weiß, wie sie …«

»Diesmal nicht.« Mit dem Helm unterm Arm beugte er sich vor und gab mir einen Kuss auf die Stirn. »Lebe wohl.«

»Du kannst nicht gehen! Ich möchte …«

Handschuhe schlossen sich um meine Arme und zogen mich unerbittlich zur Dekontaminierungsstation hinüber.

»Wartet! Ich muss nachsehen, ob …«

Vati stapfte zu einer leeren Schleuse. »Kaminski, ich

flehe Sie an! Schießen Sie nicht auf sie! Nicht bis ...« Sein Blick war grimmig. »Nur, um das eigene Leben zu retten.«

»Ich bemühe mich, Sir.«

Kapitän Seafort schleppte sich in eine Luftschleuse. Einen Augenblick später begann der Druckausgleich.

Kaminskis Schläger schleppten mich zur Dekontaminierung.

Die Tafel blinkte rot. Die Außenluke öffnete sich.

Ich trat zu, erwischte einen Wachmann am Schienbein, befreite mich. Ich stürmte zum nächsten Bullauge. »Nein, bitte lassen Sie mich zusehen! Geben Sie mir noch eine Sekunde ...« Ich kratzte, biss, wand mich hin und her. »Ich bitte ...«

»Lassen Sie ihn zusehen.« Kaminskis Stimme klang weich.

Ich drückte die Nase ans Transplex.

Vati kam aus der Schleuse zum Vorschein, begab sich in das gnadenlose Vakuum.

»Du brauchst nicht zu gehen! Wir haben noch Zeit, um ...«

Er stieß sich ab. Sobald er sich von der Station gelöst hatte, schaltete er das Triebwerk ein und nahm direkten Kurs auf den Fisch, der uns schon beherbergt hatte.

»Ich kenne die Piktogramme; ich habe selbst die Hälfte von ihnen entwickelt ...«

Elegant stoppte er etwa einen Meter vor der Haut des Fisches mit ihren kreisenden Wirbeln.

»Du verlässt mich und findest mich wieder, verlässt mich und ...«

Ein Satellit tauchte aus dem Fisch auf. Er umhüllte

Vati fast vollständig, bis auf die Füße, und zog ihn in den Fisch.

Ich erstarrte. »Der Anzug! Er hatte nur einen Lufttank!«

Sie zerrten mich zur Dekontaminierung.

»Komm mit, Junge.« Kaminski sprach freundlich. »Mehr wird er nicht brauchen.«

***

Die Dekontaminierung. Brennende Chemiedusche, Blutentnahme, Nadeln.

Frische Kleider, die nicht stanken.

Heiße Schokolade aus einem dampfenden Becher, unberührt.

Gemurmel. Besorgte Stimmen, die mir zuredeten, mich auszuruhen.

Eine Kabine.

Ich rollte mich in der Koje zusammen, steckte einen Bibelchip ins Holovid. Zwölf Verse hatte mir Vati aufgebrummt, und ich hatte bislang nicht gehorcht. Ich würde es ihm zeigen! Ich lernte jetzt dreißig!

Eine Stunde oder so verging, und ich ertrug die Einsamkeit nicht mehr. Ich stürmte zur Luke hinaus. Nur Minuten später hatte ich vor einem Bullauge im Korridor Stellung bezogen. Draußen trieb der Fisch schweigend im All.

Ein paar hundert Meter hinter ihm schwebten zahllose weitere Außerirdische. Etwa dreihundert.

»Randy?« Es war Corrine Sloan in sanftem Ton.

Ich blickte auf, sagte nichts.

»Niemand von uns kann ihn aufhalten.« Sie kniete

sich neben mich, die Augen feucht. »Gott helfe uns, wir haben es versucht! Tolliver, du, ich, Arlene, Derek ... da, leg den Kopf an mich. Lass es heraus.«

Nein, das wäre zu einfach gewesen. Mühsam beherrschte ich mich. Um Vatis willen drückte ich mich sorgfältig aus: »Ma'am, falls es Ihnen nichts ausmacht, wäre ich lieber allein.«

Als mir klar wurde, wie grausam ich war, war sie gegangen.

Ich saß da, brütete vor mich hin.

Auf einmal brach Aktivität aus. Satelliten tauchten auf, stießen sich ab, schwebten zu ihren Artgenossen hinüber. Etwa ein Dutzend Fische pulsierten, gingen aus. Die anderen schwebten langsam, bedrohlich auf die Station zu.

Ich wappnete mich darauf, dass Oberst Kaminski alle Mann auf ihre Posten rief, aber das geschah nicht.

Nach einiger Zeit verdunkelte sich die Korridorbeleuchtung, als die nominelle Nacht eintrat.

Ich massierte mir den Schmerz im Hals und schleppte mich gleichgültig durch Korridore und Durchgänge, Leitern hinauf und hinab.

Der riesige Holoschirm im Funkraum der Station zeigte die Fische. Unaufgefordert sah ich von der Luke aus zu.

Eine gleichmäßige Stimme redete, so gleichmäßig, dass es sich um eine Compschleife handeln musste: »Mr. Seafort, bitte antworten Sie der Station! Mr. Seafort, bitte antworten Sie der ...«

Nach einiger Zeit bekam ich Wadenschmerzen. Ich setzte mich.

Zeitalter vergingen.

»Da kommt er!«

Ich setzte mich kerzengerade auf.

»Oberst, hier Funkraum, blicken Sie auf den Bildschirm!«

Auf dem Holoschirm trieb der Fisch längsseits, wie zuvor. Eine Membran öffnete sich in seiner Flanke. Ein Raumanzug kam durch sie zum Vorschein.

Dem Himmel sei Dank!

»Heranholen.«

Das Bild machte einen Ruck, als sich der Brennpunkt verschob.

Ich erzeugte einen gespenstischen Laut.

Der Anzug war leer.

»Wo ist Vati?« Ich packte den nächsten Tech. »WO?«

»Ist wohl noch drin.«

Ich prallte zurück. »Sie haben ihn *verdaut?*«

Keine Antwort.

Ich rannte los, weiß Gott wohin. Nach einer Weile fand ich mich auf dem Unterdeck wieder, unweit eines Maschinensaals, wo ich an ein Schott hämmerte.

Junge, so geht das nicht!

Ich schleppte mich zum Funkraum zurück.

Der Morgen sah mich zusammengerollt in einem Konsolensessel. Falls irgendeine gedämpfte Stimme per Rufer die Erlaubnis für meine Wache eingeholt hatte, so hatte ich mich nicht darum geschert.

»Frühstück, Junge.« Heißer Haferbrei auf einem Tablett.

»Danke.« Meine Stimme klang rostig. Ich probierte es erneut: »Danke.«

Der Fisch schwebte im All, umgeben von seinen

Gefährten. Auf einem anderen Bildschirm sah ich die *Olympia* ungehindert treiben.

Ich fragte: »Wie viele Stunden jetzt?«

»Dreizehn.«

Viel zu lange.

»Mr. Carr?«

Ich blickte auf. Oberst Kaminski, unrasiert. Ich erwiderte seinen Blick.

»Gestatten Sie mir, Sie zu Ihrer Kabine zu führen.«

Ich packte die Sessellehnen, als wollten sie mich daraus hochzerren. »Nein!«

»Sohn, ich weiß, dass du ...«

»Ich dulde nicht, dass Sie mich so anreden!«

Er zögerte. »Sieh mal, Junge, du brauchst Schlaf. Ich verspreche, dass wir anrufen, falls ...«

»Oberst, ein Funkspruch geht ein. Der Gouverneurssitz.«

Kaminski runzelte die Stirn über diese Störung. »Sehr gut, ich nehme ihn hier entgegen.« Er lauschte. »Ah, Statthalter Bran ... also in Ordnung, Jerence. Nein, er ist ...« Ein kurzer Blick auf mich. »... noch auf Besuch im Fisch. Bislang nicht. Wir hoffen immer noch ... Ja, gleich hier.« Eine Pause. »Ich könnte fragen, aber die letzten ... Die Anweisungen des GenSeks lauteten, ihn auf die *Olympia* zu bringen.« Er deckte den Rufer ab. »Würdest du gern auf den Planeten fliegen und bei Mr. Branstead abwarten? Er sagt ...«

»Nein.« Warte mal, damit wäre Vati nicht zufrieden! »Ich meinte, ›nein, Sir‹. Und danken Sie ihm bitte.«

Ich würde selbstständig tun, was Vati von mir

verlangt hatte. Zu schade, dass er es nicht miterleben …

Noch nicht, Randy! Dafür bleibt später Zeit.

Die Mittagszeit kam und ging. Ich war vielleicht hungrig, entschied aber, dass es nicht von Bedeutung war. Nach einiger Zeit wurde der warme Ledersitz unerträglich. Ich ging spazieren, aber die Korridore waren entsetzlich leer und ergreifend langweilig. Vor keinem der Bullaugen war ein Sitz montiert, wo ein Junge Bibelverse auf seinem Holovid studieren konnte, wenn er es müde wurde, in den Weltraum hinauszublicken.

Zurück im Funkraum. Ich rieb mir den schmerzenden Rücken und starrte unablässig auf den Holoschirm.

Alarmsirenen heulten. Ich fuhr aus dem Schlaf hoch.

Weitere Fische fusionierten heran.

Dutzende.

Hunderte.

Eine ganze Menge davon gesellten sich zu der Flottille rings um die Station. Andere trieben auf die *Olympia* zu.

Satelliten bewegten sich von einem Fisch zum anderen.

Im Funkraum ging es geschäftig zu: Die *Olympia* rief den Gouverneurssitz an und verlangte Statthalter Branstead persönlich zu sprechen. Station an *Olympia*. Venturas-Basis an Station. Chris Dakko an Oberst Kaminski auf offenem Kanal: »Denken Sie, falls wir Ihnen das Salz übergeben …«

»Sinnlos. Mit Seaforts Tod ist der Vertrag eine Platine mit verkohlten Chips.«

»Ist er ... haben sie ...«

»Keine Leiche bislang. Wir passen weiter auf. Jesus, der Junge hört wahrscheinlich zu ...« Die Verbindung fiel aus.

Eine Stunde später nahm die *Olympia* Kurs auf sichere Fusionsdistanz. Auf dem Bildschirm schrumpften ihre Lichter langsam, bis sie nur noch so matt leuchteten wie die gleichgültigen Sterne. Die zurückgelassenen Fische schlossen sich ebenfalls der Flottille an. Ich staunte darüber, dass sie nicht die Fusionsrohre des Sternenschiffes angegriffen hatten. War das ein Zeichen der Hoffnung?

Minuten dehnten sich zu Zeitaltern, Stunden sprengten jedes Vorstellungsvermögen. Ich lief herum. Ich sackte auf Stühlen zusammen und fuhr beim leisesten Geräusch aus dem Schlaf hoch.

»Komm mit, Randy.«

Ich blickte verschlafen auf. Tommy Yost.

»Ich bringe dich in deine Kabine.« Er überging meinen Protest und führte mich den Korridor entlang.

Vati hatte mehr verdient. Ein Denkmal, ein Grab, damit künftige Generationen vielleicht über den Mann nachdachten, der sie beinahe vor sich selbst gerettet hätte.

Die Fische, unser Feind, würden ihn nie zurückgeben. Das war nicht drin.

Plötzlich sperrte ich mich, wollte nicht weitergehen. »Nein. Woandershin.« Bei dem, was ich mir gerade überlegte, wurde mir übel. Mik. Corrine. Janey. Wenigstens sie würden dankbar sein für das, was ich vorhatte.

Yost wartete. »Wohin, Randy?«

Ich sagte es ihm.

»Das kann ich nicht machen!« Er blickte sich um, obwohl wir allein waren, und redete leise.

»Bitte!«, sagte ich.

»Der Admiral wird mich ... Das bedeutet meinen Rausschmiss, Junge.«

»Es geht hier um Nicholas Ewing Seafort!« Ich hielt seinem Blick stand. Vati. Der Mann, der die Fische entdeckt und gegen sie gekämpft hatte, als Kommandant der Akademie gedient und die Raumfahrtwege von Fischen befreit hatte, zu schrecklichen Kosten für Menschen und Außerirdische gleichermaßen. Der GenSek. Der Mann, der ...

Ich brauchte es nicht auszusprechen. Tommy wusste es.

Ein Seufzen. »Scanlen war unerträglich, aber eigentlich hatte ich nie vorgehabt, auf meine Karriere zu verzichten.« Er stupste mich an. »Gehen wir.«

Ich führte ihn zum Maschinensaal. Yost entlieh dort einen Stift für Kupferstiche und ein paar Abfallplatten Alulegierung. Ich hielt seine Ausrede für schwach, dass er mit meiner Hilfe Piktrogramme einüben wollte, für den Fall ... Aber er war Offizier. Damit behandelten ihn die Leute als Erwachsenen. Ich hingegen war nur ein kleiner Junge.

Yost sah mir dabei zu, wie ich die Botschaft niederschrieb: »Verstehst du diesen Nonsens?«

Ich schnaubte. »Verstehen? Ich habe ihn *erfunden!*« Einen Augenblick lang glühte ich vor Stolz. Dann erinnerte ich mich an den Grund, aus dem die Platte jetzt vor uns lag.

Ich gab ihm das Werkzeug. »Geben Sie es lieber zurück, ehe jemand nachsehen kommt.«

»Suche eine Gig, solange ich unten bin.«

An der Station lagen eine Hand voll Gigs vertäut, hatte Tommy mir erzählt, kleine Boote für höchstens sechs Personen. Die Station verfügte sogar über eine eigene Barkasse. Und natürlich über Shuttles, wenn sie nicht auf dem Planeten standen.

Das Problem war nicht das Boot selbst; niemand machte sich die Mühe, eine Gig abzuschließen. Wohin sollte man schon damit fahren? Sternenschiffe trafen nur zweimal im Jahr ein, und lediglich die Shuttles konnten in die Atmosphäre von Hope Nation eindringen. Außerdem wären abgeschlossene Boote im Fall einer Notevakuierung nutzlos gewesen.

Auf der Station galt jedoch dank der bedrohlichen Fische eine hohe Alarmstufe. Da konnten wir nicht einfach durch eine Luftschleuse spazieren, oder? Ein Alarm würde aufheulen. Nervöse Techs würden ihre Laser in Anschlag bringen. Mir wurde das Hemd klamm.

»Fertig.«

Ich fuhr zusammen.

Tommy runzelte die Stirn. »Wohin?«

Ich wurde rot. »Ich habe nicht nachgesehen.«

Ich duldete, dass er mich auf einen absurden Spaziergang durch die Station führte, wobei wir die Platte mitschleppten und zu den Bullaugen hinausblickten. Wir entdeckten drei Boote, die in Frage kamen.

Ich flüsterte: »Ob sie wohl voll getankt sind?«

»Ich kann mir nicht vorstellen, warum nicht.«

Wir einigten uns auf eine Gig, die an einer Deck-2-Luftschleuse lag. In der Nähe gab es keine Servicestellen – wie Funkraum, Speisesaal und Ähnliches –, und der Korridor davor erwies sich meistens als leer.

Yost blickte in einen Schrank für Raumanzüge. »Keiner mit Triebwerk.«

»Egal. Ich brauche eigentlich auch keinen.«

Er sagte: »*Ich* vielleicht schon, wenn sie die Gig fressen.«

Ehe er sich den Helm aufsetzte, sank er unbeholfen auf die Knie. Er schloss die Augen und bewegte die Lippen.

Ich wartete.

»Amen.« Er rappelte sich auf.

»Worum haben Sie gebetet?« Eine dumme Frage, aus reiner Neugier geboren. Es ging mich gar nichts an.

Seine Ohren wurden rot. »Um Mut.«

Jesus, was tat ich hier? »Sie brauchen nicht mitzukommen.«

»Du kannst keine Gig steuern...«

Ich sagte: »Wir blasen es ab.«

»Meinetwegen?«

Ich nickte.

Ein langer Atemzug. »Danke, aber...« Er reichte mir einen Raumanzug. »Ich bin es leid, mich mit dir und Ghent zu vergleichen.«

Ich arbeitete mich in die Montur.

Eines musste ich zu Gunsten der Prothese ins Feld führen: Dank der Nervenkopplung brauchte ich den Umgang mit ihr nicht zu lernen. Sie sah schon recht merkwürdig aus, aber sie war klar besser, als einhändig in einen Raumanzug zu steigen.

Ich seufzte. Vielleicht hatte Vati Recht gehabt.

Letztlich ging die ganze Sache so simpel: Wir

durchliefen einfach den Druckausgleich in der Luftschleuse. Die Gig wartete, und ihre Triebwerke starteten problemlos. Wirklich ein winziges Fahrzeug: Sie wies eine kleine Luftschleuse auf, sechs von einem schmalen Zwischengang getrennte Sitze und eine Steuertafel für den Piloten. Kein Cockpit. Keine Toilette.

Tommy schnallte sich an, leitete die Abtrennung ein.

Wir kamen sauber weg.

Aber in dem Augenblick, als ich mein Funkgerät einschaltete …

»Randy, was tust du da?« Es war Kaminski selbst. Sein Ton drückte keinen Zorn aus, nur Besorgnis.

»Wir fliegen hinaus, Sir. Wir sind in wenigen Minuten zurück.« Jedenfalls Tommy.

»Ich habe es Mr. Seafort versprochen!« Qual. *»Komm zurück, Junge! Bitte!«*

»In seinem Namen spreche ich Sie los.« Ich kicherte. »Ich schätze, ich bin sein Erbe.«

»Sohn …« Vielleicht hatte er vergessen, dass er mich nicht so nennen sollte. *»Du bringst uns alle um Kopf und Kragen, falls du die Fische reizt.«*

»Das ist das Letzte, was ich vorhabe.« Kurz schaltete ich den Funk ab. »Schnell, Tommy, ehe sie sich noch etwas ausdenken.«

»Wir haben uns gelöst. Ich versuche, die Station nicht zu beschädigen.« Langsam glitten wir hinaus.

»Sachte, Tommy, es ist dieser Fisch ganz nahe vor uns. Nicht nötig zu …«

»Ich weiß.« Er bremste schon. Ich schaltete den Helmfunk wieder ein.

»Warum, Randy? Welche Absicht verfolgst du?«

»Vati zurückholen.«

Tommy brachte mich so nahe an den Fisch, wie er nur wagte.

Ich schwamm zur Schleuse und packte eine Stange an der Außenluke, dankbar für den funktionsfähigen linken Arm. »Öffnen Sie bitte.«

Ich warf einen abschließenden Blick auf die Platte: »Handel Einarm-Mensch / toter Groß-Mensch.«

Das war alles, was sie vielleicht wollten und ich ihnen auch geben konnte.

Vorsichtig ließ ich die Platte los und tippte sie leicht an. Sie schwebte zum Fisch hinüber. Sicherlich würden sie sie spüren und aufnehmen. »Tommy, sobald ich fort bin, bringen Sie die Gig so schnell wie …«

Eine Membran wirbelte. Ein Satellit tauchte auf und hing an der Haut. Die Platte stieß daran. Ein Tentakel schoss vor und packte sie.

Protoplasma lief auf die Platte, las sie, löschte sie.

»Oh nein!«

Der Satellit stieß sich ab. Direkt auf die Gig zu.

Ich bildete Worte: Tommy, weg hier! Aber ich sagte nichts. Während mir das Herz heftig an den Raumanzug klopfte, hielt ich mich in der Luke fest. In der letzten Minute brachte ich genug Verstand auf, um mich nach innen zurückzuziehen.

»Laserraum, machen Sie sich bereit, auf …«

Ich sprudelte hervor: »Warten Sie, Sir!«

Der Satellit segelte an mir vorbei, landete an der Innenluke. Er bibberte.

Ich wartete auf das Vergessen. Endlich drehte ich erstaunt den Kopf.

Vor dem Fisch erblickte ich einen weiteren Satelliten, absurd groß. Nein, er hatte sich um …

Ein Anzug. Ein uralter Raumanzug. In den Holos sah man diesen Stil seit Jahren nicht mehr. Seit Jahrzehnten!

»Nicht Philip Tyre, ich bitte euch! Ich könnte es nicht ertragen!« Bittere Galle überflutete mir den Rachen.

»Was ist, Randy?« Das war Yost.

Verzweifelt schluckte ich. »Nichts.«

Der Satellit sickerte vom Anzug herunter, stieß sich selbst und den Anzug ab. Gemeinsam trieben sie auf unsere Luke zu.

Der erste Satellit ragte über mir auf. Er sonderte meine Platte ab.

Es zischte.

Nach einer Weile gab er die Platte auf, sammelte sich wieder an der Luke, bibberte einmal und stieß sich heimwärts ab.

Der zweite Satellit beförderte den Anzug auf unsere Schleuse zu.

Ich wagte nicht, den Druckausgleich einzuleiten, nicht mit ihm an Bord. Ich konnte mein Leben aufs Spiel setzen, aber nicht Tommys ...

Ich blickte auf die Platte.

Eine lange Nachricht.

SALZ IN MENSCHEN. SALZ IN SATELLIT. KEIN KRIEG MENSCH / SATELLIT.

Ich blinzelte. »Was zum Teu...« Ich verkniff es mir im letzten Augenblick noch.

Der Satellit streckte einen Tentakel aus. Grau.

Er berührte meinen Raumanzug.

Ohne zu wissen warum, packte ich ihn, führte ihn an den Helm, küsste ihn durch das Transplex.

Ein Augenblick der Reglosigkeit.

Mit erschreckender Schnelligkeit fegte der Satellit zur Luke, stieß sich ab und war verschwunden.

Mechanisch leitete ich den Druckausgleich ein.

SALZ IN MENSCHEN. SALZ IN SATELLIT. KEIN KRIEG MENSCH / SATELLIT.

Es kam mir beinahe vertraut vor. Was konnte es...

Ich rieb mir die Augen. Ich war erschöpft. Wäre ich nicht zwei Nächte lang aufgeblieben, um in der Scheißbibel zu lesen, hätte ich vielleicht klar genug denken können, um...

»Yost, Sie Entführer, bringen Sie ihn zur Station zurück!«

»Aye aye, Sir, sobald ich ihn wieder an Bord habe.« Die Innenluke glitt auf. Tommy stolperte über den uralten Anzug, zerrte mich darüber hinweg. »Setz dich dorthin.« Er drückte mich auf einen Sitz. Ohne daran zu denken, dass wir schwerelos waren, versuchte ich, die Platte auf den Knien zu balancieren.

Der Arm des Raumanzugs blockierte die Luke. Tommy brummte einen Fluch und zerrte das Ding auf den winzigen Zwischengang.

Als er losließ, drehte sich der Helm auf die Seite.

Ich schnappte nach Luft.

Es war Vati!

»TOMMY!« Ich zerrte an den Helmverschlüssen herum, aber die Hände waren praktisch nutzlos aufgrund der panischen Hast.

»Oh mein Gott!« Er kniete sich hin, riss ihm den Helm herunter.

Vatis Gesicht wirkte grau und leblos.

Yost wirbelte herum, klappte meine Helmklammern auf, riss mir den Helm herunter. »Bleib bei ihm!« Er warf sich auf den Pilotensitz. Er drehte das Triebwerk so weit auf, dass wir an unserer Schleuse vorbeischossen.

Bitte, Sir! Ich werde nie mehr um etwas bitten, solange ich lebe! Nur dieses eine Wunder! Bitte!

Nichts.

Und dann holte Vati Luft.

38. Kapitel

Chaos.

Alarm heulte. Laufschritte, Meditechniker, eine Andruckliege, Schleifspuren auf dem Deck.

Corrine, ich, Janey, Yost, Oberst Kaminski, ein Meer schwebender Gesichter.

»Zurücktreten!«

Janey schlug ihrer Mutter ans Bein. »Wird Daddy aufstehen?«

Sanfte Hände schlangen sich warm und tröstend um meine Stirn. Ich klammerte mich an Corrine.

»Die Maske!«

»Ich bin okay. Sie brauchen nicht …«

»Doch, Sie brauchen sie, Sir.«

»Mrff.«

»Nick …« Corrines Finger drückten mich fester. »Oh Nick!«

»Diese Tanks sind völlig leer!« Ein Meditechniker in entrüstetem Ton.

»Wahrscheinlich alles, was sie hatten.«

»... aufstehen. Lassen Sie mich aufstehen!«

SALZ IN MENSCHEN. SALZ IN SATELLIT. KEIN KRIEG MENSCH / SATELLIT.

Salz in uns, Salz in ihnen. Frieden. Die Satelliten waren durchgetickt.

Ich wurde starr. »Oh, Allmächtiger!« Ich ließ Corrine los und schob mich durch den Ring um Vati. »*Habt Salz bei euch und haltet Frieden untereinander.* Markus 9, 50.« Ich hatte im Evangelium gelesen, bis mir das Holovid vor den Augen verschwamm.

Vati zog die Brauen zusammen. Er riss sich die Maske vom Gesicht.

»Auf der Platte!« Ich rannte zum Schott, schnappte sie mir, hielt sie ihm vor die Nase.

Er schien verlegen. »Die Luft ist ... Gegen Ende bin ich ein wenig ins Faseln geraten. Ich dachte nur noch an Salz. Ein ewiger Bund des Salzes, falls das Salz kein Salz mehr ist, so was in der Art. Die beste Übersetzung, die ich hinbekam.«

»Warum haben sie genau diesen Vers für mich aufgeschrieben?«

»Vielleicht haben sie es verstanden. Zeigten sich mit dem Gedanken einverstanden.«

Langsam zog sich der Ring aus Menschen von ihm zurück, wie aufgrund einer stillschweigenden Übereinkunft. Er richtete sich auf einen Arm auf.

»Vati, Sir, warum hast du ihnen deinen Triebwerksanzug gegeben?«

»Als Geste der Unterwerfung.«

»Du hättest umkommen können!«

»Es sei denn, sie wollten, dass ich überlebe.«

»Allein in dem Fisch, ohne Raumanzug...« Ich

konnte mir die Qual gar nicht vorstellen, der er sich ausgesetzt hatte.

Er zuckte zusammen, als kämen ihm Erinnerungen, die er lieber vergessen hätte. *»Ich schrie aus dem Rachen des Todes, und du hörtest meine Stimme.«*[1]

Ich sprudelte hervor: *»Du warfest mich in die Tiefe, mitten ins Meer, daß die Fluten mich umgaben. Alle deine Wogen und Wellen gingen über mich.«*[2]

Er mustete mich erstaunt.

Ich zuckte beschämt die Achseln. »Ich hatte sonst nichts zu lesen.«

Er kämpfte sich auf die Beine und musterte mich gründlich. »Und aus welchem Grund bist du halb mit einem Anzug bekleidet?«

Ich schluckte.

Seine Augen wurden schmal. »Junge, was hattest du im Schilde?«

Im Lautsprecher knisterte es. »Funkraum an Kommandant: Ein Anruf für Käpten Seafort. Ist er, ah, in der Verfassung, ihn entgegenzunehmen?«

»Ja, das bin ich.«

Ich stieß einen Seufzer der Erleichterung aus. Mit etwas Glück übersah Vati meine Eskapade.

Ein Klicken. *»Hier Frand.«*

Vielleicht war Vati noch nicht wieder ganz beieinander. Er ließ die Lautsprecher eingeschaltet. Wir alle hörten mit.

»Seafort.«

»Wir stehen kurz davor, in Fusion zu gehen.« Eine Pause. *»Ich wünschte, die Ereignisse ... Ich hatte*

---

1 Jonas 2, 3
2 Jonas 2, 4

keine andere Wahl, als Sie des Kommandos zu entheben.«

Vati sagte nichts.

Mrs. Frand räusperte sich. *»Hat Mr. Kenzig Ihnen Anweisungen erteilt?«*

»Worüber?«

»Ob Sie das nächste planmäßige Schiff nehmen oder Befehle von Zuhause abwarten sollen.«

»Das hat er nicht.« Vatis Ton war trübselig. »Spielt das eine Rolle?«

»Unser Übereinkommen ist in diesem Punkt etwas vage. Ich würde gern die Admiralität informieren.«

»Ich denke mir«, sagte Vati, »dass ich meinen Weg nach Hause finde.«

»Sie werden zu spät kommen, wissen Sie? Scanlen hatte Recht.«

»Ah, Sie haben mitgehört?«

»Er hat von der Brücke aus gesprochen.«

Ich verdrehte die Augen. Der Tag, an dem Vati seine Brücke mit einem Dreckskerl wie Scanlen teilte...

»Wissen Sie«, sagte Mrs. Frand, *»ich bin ziemlich erstaunt, dass Sie sich nicht auf eine Barkasse geschlichen und versucht haben, das Schiff wieder in Ihre Hand zu bringen – wie Sie es mit der* Galactic *taten.«*

»Ich hatte mein Wort gegeben. Ich halte es.«

»Aber hätten Sie es nach Hause geschafft, dann hätten Sie vielleicht die Vollversammlung überzeugt. Sie sind so verdammt tüchtig im Umgang mit den Medien. Wo so viel auf dem Spiel steht ...«

»Kümmern Sie sich um Ihr Gewissen«, versetzte Vati, »und ich kümmere mich um meins.«

»Na ja ... Was, Mrs. Skor? In Ordnung, bereithalten zur

Initialzündung. Wissen Sie, Seafort, ich bin recht froh, dass Ihr Vertrag keine Chance haben wird. Ich habe diese Kreaturen immer gehasst. Leben Sie wohl.« Der Lautsprecher knisterte und wurde stumm.

Vati legte den Rufer auf.

Ich schlug mit der Faust ans Schott. »Bastarde! Warum brüsten sie sich?«

Vati schien nicht verärgert. »Um sich selbst zu beruhigen.«

»Vati...« Ich schüttelte den Kopf. Erkannte er es nicht? Bedeuteten unsere Errungenschaften nichts? Man würde die Fische vernichten, Hope Nation unterwerfen, Corrine Sloan aufs Neue verhaften und hinrichten. Es war alles nur eine Frage der Zeit. Hätte Corrine doch nur Scanlen ebenso umgebracht wie Andori; hätte der Bischof Vati nur nicht gezwungen, das Exil auf sich zu nehmen...

»Verzweifle nicht, mein Sohn.«

Mein Ton war lustlos. »Was wirst du jetzt tun?«

»Na ja«, sagte er, »ich denke, ich kehre heim.«

Mein Herz machte einen Satz. »Können wir das Fusionstriebwerk der Station reparieren?«

»Auf keinen Fall. Ein veraltetes Schiff bildet zwar den Kern der Station, aber das Triebwerk wurde entfernt. Und man hat ganze Sektionen direkt über den alten Antriebsschacht gebaut.«

»Falls wir sie wegschnitten...«

»Nein, wir haben keine Möglichkeit, eine N-Welle zu erzeugen. Das Triebwerk selbst fehlt.«

»Aber die *Olympia* ist in Fusion gegangen.« Sie war das einzige Sternenschiff innerhalb von neunzehn Lichtjahren, das Vati hätte nach Hause bringen können. »Und du hast dein Wort gegeben.«

»Du möchtest es ja so gern erfahren, Junge! Sehr gut, heute Abend in meiner Kabine. Zusammen mit deiner Mutter und Janey.«

»Meiner Mutter ...!« Ich schluckte. Wie es schien, verschwieg er mir eine ganze Menge.

»Sieh sie dir an.« Mr. Dakko blickte zur Sichtluke hinaus.

Es war wirklich ein Anblick. Fische, sechshundert von ihnen, beschnüffelten ein Frachtshuttle und achteten sorgfältig darauf, nicht dessen Rumpf zu beschädigen. Riesige Salzblöcke – ich hatte gedacht, dass es ihn nur als Streu gab – trieben im All. Fische stupsten sie an, absorbierten sie durch Membranen. Gelegentlich half ein Satellit seinem Fisch.

In der Frachtluke des Shuttles lud ein Stationsarbeiter das Salz aus, so schnell er konnte. Ein Freiwilliger; mich wunderte, dass wir überhaupt einen gefunden hatten. Ich hätte es ja selbst gemacht, aber Vati lehnte so heftig ab, dass ich mich nicht traute, die Frage ein zweites Mal zu stellen. Also hing ich herum und erhielt gelegentlich einen Klaps auf die Schulter. Er wollte sicherlich nicht herablassend erscheinen; er war nur in Gedanken.

»Der erste Schritt.« Vati sprach leise. »Wer hätte gedacht ...«

Mr. Dakko stützte das Kinn in die Handfläche. »Könnte Kevin es doch nur miterleben!«

Ich blickte Vati an und glaubte, in seinem Gesicht das Einverständnis zu lesen. »Es war Kevs Idee, Sir.«

»Und deine, Junge.« Mr. Dakko schwieg lange. »Ich war gehässig und gemein zu dir. Es tut mir Leid.«

»Es war nicht mehr, als ich auch ver...«

»Du genießt meinen Respekt.«

Ich blinzelte, weil mir plötzlich die Augen brannten.

Mr. Dakko sagte zu Vati: »Dieses Manöver verbraucht einen Jahresetat. Oder eher zwei.«

»Denken Sie an die Alternative.«

Ein bedrückter Seufzer. »Ich weiß. Tun Sie es.«

Vati lächelte. »Ich habe nie erwartet, dass Sie sich dagegen aussprechen würden.«

»So ist es nicht, Jerence. Wir leihen sie nur eine Zeit lang aus.« Janey saß auf Vatis Schoß und spielte mit dem Revers. Wir waren in seiner Kabine.

Während er der Entgegnung lauschte, legte er mir einen Arm um die Schultern und zog mich heran. »Wir helfen Ihnen, eine befristete Lösung zu improvisieren. Ah, na ja. Natürlich wissen Sie, dass ich mich daran halten werde, falls Sie nein sagen.«

Aus dem Rufer drangen blecherne Protestlaute.

Vati blinzelte.

»Sehr gut, alter Freund. Danke. Wir schicken dann die Shuttles hinunter.«

Nachdem er aufgelegt hatte, sagte ich zu Vati: »Ich möchte helfen.«

»Nein.«

»Warum nicht?« Es klang verdrossen.

»Du bist brillant, mein Sohn, aber auch ein impulsives Geschöpf. Ich möchte nicht, dass du...«

»Das ist nicht fair! Ich tue, was du sagst...«

»Und der andere Grund...« Er klang gelassen. »Neulich im Fisch hast du mich darauf hingewiesen, du wärst ein kleiner Junge mit einer Verantwortung, die über dein Alter hinausginge. Das stimmte. Also treffe ich die Entscheidungen und erziehe dich nach bestem Vermögen.«

Ich wollte ihn umarmen, aber auch treten. Ich zog mich in die eigene Kabine zurück.

Tommy schleppte seine Reisetasche zur überfüllten Shuttleschleuse; er sollte sich bei Admiral Kenzig auf dem verschlafenen Stützpunkt von Centraltown melden. Ich leistete ihm Gesellschaft.

Als wir uns der Schleuse näherten, kam Vati durch den Korridor gelaufen. »Yost!«

»Ja, Sir!« Der Fähnrich nahm Haltung an.

»Kommando zurück. Ich habe mit Mr. Kenzig gesprochen. Ihre Befehle wurden aufgehoben.«

»Wirklich?« Es klang dünn.

»Ja. Enttäuscht?«

»Ich ... Ich verstehe, warum er mich nicht...« Er scharrte mit den Füßen. Ich runzelte die Stirn. Mikhael hätte ihm sofort einen Minuspunkt verpasst. »Ich war nicht sehr ... Es tut mir Leid, dass ich...«

»Oh, darum geht es nicht. *Ich* brauche Sie.«

»Was?« Es kam als Quieksen hervor. Er wurde rot.

»Wären Sie mit ein paar Monaten Dienst auf der Station einverstanden? Unter meinem Befehl?«

»Ich ... Ja, Sir.« Er reckte die Brust vor.

»Landurlaub ist nicht möglich.«

»Ich verstehe.«

»Sehr gut. Packen Sie Ihre Sachen wieder aus.«

»Wie viele noch, Vati?«

»Zwei Shuttles. Wir haben noch etwa eine Stunde.«

Und so kam der Zeitpunkt.

Minuten, nachdem Oberst Kaminski in das letzte Shuttle gestiegen war, begannen sechshundert Fische ihren langsamen Anflug auf die Station.

Ein Satellit schwebte in unsere offene Luftschleuse. Er zuckte und bibberte, während der Druckausgleich hergestellt wurde.

Vati und ich begegneten ihm im Korridor.

ZEIT JETZT.

Vati bückte sich mit dem Radierstift, entdeckte jedoch das Flehen in meinen Augen. Schweigend reichte er ihn mir.

Ich bückte mich. »Menschen / Fische gemeinsam Fusion Heimatsystem.« Und dann setzte ich hinzu: »Zeit jetzt Freunde.«

Vati lächelte mit den Augen.

Die Stimme einer Frau: »Schatz, wir sollten zusammen sein.«

»Ja, das sollten wir.« Vati ergriff ihre Hand. Für den Moment nahm ich seine andere. Janey lief neben uns her.

Minuten später lief ich im Funkraum auf und ab. Meinem Funkraum. Ich war der einzige Tech vom Dienst, persönlich ernannt von Vati.

Auf dem Bildschirm konnte ich die Sterne vor lauter Fischen kaum sehen.

Nachdem wir alle gegenseitig Versprechungen ausgetauscht hatten, war ich in meine Kabine gegangen und hatte mein Lieblingsholo von Derek geholt. Ich stellte es auf die Konsole und betrachtete es verdrossen. *Jetzt verstehe ich, Dad, wieso du ihm überallhin gefolgt wärst.*

Es wird nicht leicht werden, ihn stolz zu machen. Du

warst leichter zufrieden zu stellen und nachsichtiger. Natürlich war ich damals auch jünger. Aber seine Gesellschaft wird gut für mich sein. Da bleibe ich wenigstens auf Draht.

Niemand außer ihm wäre auf die Idee gekommen, Dad. Vielleicht brauchte man dazu einfach nur Fakten zusammenzusetzen, aber er war der Einzige, der es erkannte.

Die Fische willigten ein, Frachten zu befördern. Sie konnten allerdings nicht uns selbst mitnehmen, nicht im eigenen Leib. Die Satelliten von Einarm hatten mich gefragt, ob mein Anzug sicher geschlossen war, ehe sie in Fusion gingen. Ohne den Raumanzug wäre ich umgekommen. Ich wusste nicht recht, woran das lag. Vielleicht hatten die Satelliten es am Schicksal einiger armer Seelen während des Krieges erkannt. Und wir konnten nicht die vielen Monate in Raumanzügen verbringen, die die Fusion nach Hause dauerte.

Allerdings hatte Vati während des Krieges den Rumpf der *Challenger* in einen Fisch gebohrt, und dieser war für Wochen in Fusion gegangen. Niemand an Bord hatte einen Raumanzug getragen.

Im Krieg war ein Geschwader Fische mit einem riesigen Felsbrocken in unsere obere Atmosphäre hineinfusioniert. Ein externer Gegenstand, den sie irgendwie mit ihrem Fusionsfeld eingehüllt hatten.

Unsere Station verfügte über Barkassen und Gigs, aber sie waren alle zu klein. Wir konnten zwar die beengten Verhältnisse in Kauf nehmen und uns hineinzwängen, aber auf keinen Fall die Vorräte mitnehmen, die wir für Monate in Fusion brauchten.

Die Station selbst war da schon etwas anderes.

Ich hatte Vati gefragt: »Wird man dir nicht vorwerfen, dein Wort zu brechen?«

»Nein, ich halte mich buchstabengetreu daran. Ich habe versprochen, an Bord der Station zu warten, bis meine Verbannung aufgehoben wird. Und das tue ich auch. Ich kann Scanlen nicht helfen, wenn er davon ausging, die Station wäre, ähm, ortsfest.« Seine Augen funkelten.

Ich versuchte, mir den Aufruhr im Heimatsystem vorzustellen, wenn die Orbitalstation unerwartet auftauchte, umgeben von Fischen. Und die Erde selbst ... Dad hatte mir Geschichten von ihr erzählt, und Vati auch, aber ich kannte sie noch nicht aus eigener Anschauung. Ich fragte mich, ob sie mir wohl gefallen würde.

Ich sagte: »Zu Hause wirst du das erste Wort haben, wie er es ausgedrückt hat. Der Bischof wird toben.«

»Oh, schlimmer noch! *Der Gottlose wird's sehen, und es wird ihn verdrießen; mit den Zähnen wird er knirschen und vergehen.*«[1] Vati wirkte nicht übermäßig besorgt. »Du bist verdutzt? Lies die Psalmen; präge dir ein Dutzend Verse pro Tag ein.«

»Vati!«

»Was hast du sonst schon zu tun? Videospiele mit Yost? Erleuchte erst deine Seele und spiele dann.« Er milderte seinen Erlass, indem er mir die Haare zerzauste.

Dad, ich werde dich immer vermissen. Aber er ist jetzt wahrhaft mein Vater.

---

1 Psalm 112, 10

Die Fische rückten näher. Ich konnte einzelne Wirbel auf ihren fleckigen Häuten erkennen.

Bald würden wir unterwegs sein.

Hope Nation hatte dafür einen hohen Preis zu zahlen – zwei Jahre von Mr. Dakkos Transportkredit, und Mr. Bransteads Regierung musste außerdem mit einer Behelfsstation Vorlieb nehmen, zusammengestückelt aus untereinander verbundenen Shuttles und Barkassen; die Alternative wäre jedoch die unausweichliche Niederlage gewesen.

Seit Tagen hatten Shuttles Lebensmittel, sonstige Vorräte und Ausrüstung in den Orbit gebracht, alles, was wir paar Menschen für die monatelange Reise brauchten. Janey, Corrine, Vati und ich, Tommy Yost. Fünf Techs hatten sich freiwillig für das neue Abenteuer der Menschheit gemeldet.

Mr. Branstead hatte den Einfall gehabt, Holos von den kirchlichen Besserungsfarmen zu übermitteln sowie Nahaufnahmen der Kinder, die man daraus befreit hatte. Das Logbuch der *Olympia* war sicher in unseren Compbänken gespeichert, zusammen mit Bischof Scanlens gehässigen Bemerkungen, die Oberst Kaminski freundlicherweise aufgezeichnet hatte. In sechs Monaten – fast ein Jahr vor der *Olympia* – würden wir im Heimatsystem aus der Fusion kommen. Bis dahin war ich ein gut ausgebildeter Funktech, und im Funkraum würde ich auch einen Logenplatz haben, wenn die Kirche endlich ihre lang erwartete Quittung bekam.

Eine Konsolenlampe leuchtete auf. Stolz nahm ich den Funkspruch entgegen: »Orbitalstation, sprechen Sie.«

»Randy? Hier Chris Dakko. Ich wollte Mr. Seafort nur glückliche Reise …«

Der Bildschirm fiel aus.

Wir waren in Fusion.

Also.

Nach einer Weile schaltete ich mein Holovid ein und rief endlose, langweilige Bibelverse ab.

Ich schätze, ich glaube an Dich, Du alter Sack; Du hast mir keine andere Wahl gelassen. Aber ich hasse das, was Du Dad angetan hast. Ich finde es abstoßend, dass Du Vati gequält hast. Und weißt Du, Du warst auch nicht allzu freundlich zu mir. Ich habe Dir nichts Nettes zu sagen. Aber ich lese weiter. Ich werde mich bemühen zu verstehen.

Eines Tages werden wir uns mal unterhalten, Du und ich.

Der Armageddon-Zyklus

Dies ist die Zukunft der SF,
der SF-Roman des nächsten
Jahrtausends schlechthin.

Peter F. Hamilton
hat mit diesen
ungeheuer spannenden Romanen
um den drohenden Untergang
der menschlichen Zivilisation
die klassische Space Opera entstaubt.
Ein intergalaktisches Abenteuer,
genial konstruiert und
detailreich inszeniert.
Ein Könner ohne gleichen.

23 221 • Band 1
Die unbekannte Macht

23 222 • Band 2
Fehlfunktion

23 227 • Band 3
Seelengesänge

23 228 • Band 4
Der Neutronium Alchemist

23 233 • Band 5
Die Besessenen

23 234 • Band 6
Der nackte Gott

23 240 • Band 7
Zweite Chance auf Eden